J.U. Faesi

Homers Iliade

Erster Band

SALZWASSER
VERLAG

J.U. Faesi

Homers Iliade

Erster Band

Unveränderter Nachdruck der Originalausgabe von 1864.

1. Auflage 2022 | ISBN: 978-3-75259-885-8

Verlag: Salzwasser Verlag GmbH, Zeilweg 44, 60439 Frankfurt, Deutschland
Vertretungsberechtigt: E. Roepke, Zeilweg 44, 60439 Frankfurt, Deutschland
Druck: Books on Demand GmbH, In de Tarpen 42, 22848 Norderstedt, Deutschland

HOMERS

ILIADE.

ERKLAERT

VON

J. U. FAESI.

ERSTER BAND.

VIERTE BERICHTIGTE AUFLAGE.

BERLIN,

1864.

DEM ANDENKEN

JOHANN HEINRICH BREMI'S,

DES TREFFLICHEN LEHRERS,

DES FREUNDES UND ERZIEHERS DER JUGEND.

EINLEITUNG.

Was wir in der Einleitung zur Odyssee S. 1—21 über die Entstehung und Fortpflanzung der homerischen Gedichte, über die Bedeutung des Namens Homeros, über das Verhältniss der beiden grossen Gedichte zu einander in Beziehung auf Inhalt, Sprache und Zeitalter als unsere Ansicht vorgetragen haben, müssen wir auch hier als zugestanden voraussetzen und auf diesen Grundlagen fortbauen. Die Iliade ist uns also das ältere der beiden Gedichte aus dem troischen Sagenkreise; auch sie ist ursprünglich — und zwar theilweise noch mehr als die Odyssee — successiv in Form einzelner, für den mündlichen Vortrag gedichteter Gesänge oder Lieder entstanden, und erst später — vielleicht nach zwei Jahrhunderten — nachdem inzwischen schon einzelne Partien verwandten Inhalts und vielleicht auch durch den Ursprung zusammengehörend sich zu kleineren Ganzen verbunden und wie von selbst zusammengefunden hatten, von einem Einiger und Füger mit Absicht und Plan zu einem, nach Massgabe der überkommenen Theile möglichst vollständigen, Ganzen gemacht worden. Aber ein zusammenhängendes, zur Einheit verbundenes Ganzes, nicht bloss eine Sammlung einzelner und getrennt gedachter Gesänge über Gegenstände derselben oder verwandter Sphären, sollte sie nach der Absicht dieses Einigers sein. Nicht nur fällt die Handlung des ganzen Gedichtes in dieselben Tage, sondern es findet in derselben auch unverkennbar ein chronologischer Zusammenhang und Fortschritt statt, und sie hat einen gemeinschaftlichen Mittelpunkt, auf den sich die einzelnen Rhapsodien unmittelbar oder mittelbar beziehen; das erste Buch als Exposition erhält seine Bedeutung nur durch das nachfolgende Ganze. Eine Idee zieht sich — übereinstimmend mit der Ankündigung im Prooemion — als leitender und zusammenhaltender Faden durch das ganze Gedicht: und mit diesem stehen alle anderen Theile in theils engerer, theils loserer Verbindung, sei es als Vorbereitung, sei es als Folge oder ausschmückende Nebenpartie.

Freilich ist die Einheit und Planmässigkeit der Iliade keine so symmetrische, abgerundete und relativ vollkommene als die der Odyssee. Die Ursache davon liegt theils in der Natur des Stoffes, indem der Gegenstand der Iliade wegen seiner grossen Einfachheit entweder nur eine viel kürzere Behandlung gestattete, oder dann eine Erweiterung durch Aufnahme zwar verwandter, aber doch mehr bloss äusserlich angereihter als aus demselben Kerne hervorgekeimter Gesänge hervorrief; theils in der Masse des überlieferten Stoffes, d. h. der zur Zeit des Homeros, als er den Gedanken der Einigung fasste, vorhandenen, grossentheils schon von früheren Dichtern her ererbten Gesänge, welche ihres verwandten Inhalts und der poetischen Vortrefflichkeit wegen, wie auch weil sie dem Volke theilweise schon bekannt und lieb geworden waren, nicht beseitigt werden konnten, sondern die Anfnahme in das neue Gedicht laut verlangten. Wie aber auf diesem Wege mehrere *ἀριστεῖαι* (des Diomedes, Agamemnon, Menelaos) in die Iliade aufgenommen wurden, so sollte das ganze Gedicht durch die über alle anderen unendlich hervorragende Tapferkeit des Haupthelden zur *ἀριστεία Ἀχιλλέως* werden, in welcher die Heldenthaten der einzelnen anderen Helden, wenn sie auch nur geringe Beziehung auf den Hauptgegenstand zu haben scheinen, dennoch zur volleren Beleuchtung und Hebung desselben die bedeutendste Wirkung thun und darum keineswegs als müssige oder gar störende Beiwerke betrachtet werden dürfen. Dennoch ward das ganze Gedicht nicht etwa *Ἀχιλληἲς* oder *Ἀχίλλεια* genannt, sondern *Ἰλιάς*, um neben dem individuellen auch den universellen Charakter desselben zu bezeichnen.

Bei dieser Entstehung der Iliade als Ganzen lässt sich leicht erwarten, dass zwischen den vorhandenen Bestandtheilen sich hin und wieder Lücken zeigten. Diese wurden im Ganzen durch den noch immer fort schaffenden Dichtergeist mehr oder weniger befriedigend ausgefüllt, oft wie unbewusst und von innen heraus, in wahrer Naturwüchsigkeit: wie wir oft in der Pflanzenwelt sehen, dass ein durch das Alter schadhaft gewordener oder durch die Macht der Elemente aus seinem ursprünglichen Standorte gerissener Baum oder Strauch auf anderem, oft dünnem Erdreich sich wieder ansetzt, vom Stamme oder einzelnen grösseren Aesten aus nach dem Boden hin neue Wurzeln treibt, mangelnde Theile reproducirt, oder mit anderem Gesträuch sich verschlingt und in Eins zusammenwächst. So lassen sich bei manchen Abtheilungen auch der Ilias noch die Spuren der Zusammenfügung und die ursprünglichen Einschnitte erkennen (vergl. die Anmerkungen zu η, 334 und φ, 228); aber anderswo haben sich die Uebergänge so verhärtet und sind mit einer dichten, ästigen Rinde so überwachsen, dass sich die einzelnen Stücke oder Glieder nicht mehr von einander ablösen oder ausscheiden lassen. Ja man kann oft in einen neuen Abschnitt ziemlich weit hineinlesen, ehe es einem zum Bewusstsein kommt, dass man auf einem vom vorigen verschiedenen Boden angelangt ist; auf dem Punkte des Ueberganges selbst erkennt man ihn nicht.

In Nebendingen — so in den Namen der einzelnen kämpfenden und fallenden Helden, sofern es nicht Hauptpersonen und in der Sage feststehende Charaktere sind — darf man freilich keine historische Genauigkeit erwarten. Man kann sogar zugeben, dass in den vorhandenen und zu Einem Ganzen verbundenen Gesängen sich allerlei directe oder indirecte Widersprüche (vgl. das zu ε, 576 und λ, 329—332 Bemerkte), in ihrer Fügung manche Unebenheiten finden, dass die Namen der untergeordneten Personen zum Theil nach augenblicklichem Bedürfniss erfunden oder doch nur aus der Sage herausgegriffen seien (vgl. die Anmerkungen zu ε, 677. 705. ζ, 31. ϑ, 274). Manchen einzelnen Partien sieht man es an, dass sie nicht ursprünglich für die Stelle bestimmt waren, die sie jetzt einnehmen; aber dennoch wagen wir in guter Zuversicht die Behauptung, dass in ihrer jetzigen Verbindung und der überlieferten Reihenfolge der Gesänge im Ganzen ein tieferer Zusammenhang, ein durchdachterer und weiter reichender Plan herrscht, als in sehr vielen der neueren Reconstituirungsversuche, die immerhin ein sehr gewagtes und missliches Unternehmen bleiben, wenn sie auch oft auf einer an sich richtigen Wahrnehmung beruhen*).

*) Wir wollen keineswegs das Berechtigte und Verdienstliche dieser Bemühungen in Abrede stellen, halten aber noch immer dafür, dass die Gefahr dabei sehr gross und beinahe unausweichlich sei, der subjectiven Willkür und Einseitigkeit zu vielen Spielraum zu geben. Auch müssen noch manche Vorarbeiten, manche Specialuntersuchungen über Eigenthümlichkeiten der Sprache und des Versbaues vorher abgethan werden, ehe man mit diesen Bestrebungen in etwas grösserem Umfange an ein gedeihliches Ziel gelangen kann. In diesem Gebiete specieller homerischer Untersuchungen müssen wir auch jetzt noch die des Herrn Director Hoffmann in Lüneburg — Quaestiones Homericae und eine Reihe von Programmen — mit vorzüglicher Anerkennung hervorheben.

Aus der angegebenen Entstehungsart der homerischen Gedichte überhaupt und der Ilias insbesondere erklärt es sich, dass die einzelnen Partien, Gruppen und selbst Bücher eigenthümliche Ausdrücke (ἅπαξ εἰρημένα), Formen, Wendungen und Verse haben, die in anderen nicht vorkommen, aber eben so gut Merkmale eines früheren als eines späteren Ursprunges, der höheren Echtheit als der Unechtheit sein können. Jeder aufmerksame Leser wird in jeder Abtheilung des Gedichtes solche Eigenthümlichkeiten der Sprache finden, aber beispielsweise wollen wir auch einige anführen. Nur in der Iliade β, 52 und 444 findet sich der Vers οἱ μὲν ἐκήρυσσον, τοὶ δ' ἠγείροντο μάλ' ὦκα, sonst nie mehr im ganzen Gedichte und nur ein Mal in der Odyssee β, 8. Die Verbindung πάντες θεοὶ πᾶσαί τε θέαιναι kommt zwei Mal in demselben Buche, θ, 5 und 20 vor, daneben nur noch τ, 101 und — ohne πάντες — Od. θ, 341, ausserdem die Form θέαινα nirgends. Zuweilen lassen sich daraus triftige Muthmassungen über Entstehungszeit und Verfasser herleiten. Der Vers ἀλλὰ τίη μοι ταῦτα φίλος διελέξατο θυμός; erscheint in der Iliade fünf Mal, λ, 407. ρ, 97. φ, 562. χ, 122 und 385, und immer in ähnlichem Zusammenhange, um die Missbilligung einer vorher ausgesprochenen Unschlüssigkeit oder der Hinneigung zu einem verkehrten Entschlusse und die Befestigung im besseren Vorsatz auszudrücken. Den letzten Büchern eigen ist eine ganz besondere Art von Anaphora (παλιλλογία, ἀναδίπλωσις), wonach die letzten Worte eines Verses im folgenden wiederholt werden, und die affectvolle Schilderung oder Rede nach einem augenblicklichen Stocken gleichsam in neuen Schwung geräth. So υ, 371 τῷ δ' ἐγὼ ἀντίος εἶμι, καὶ εἰ πυρὶ χεῖρας ἔοικεν, εἰ πυρὶ χεῖρας ἔοικε, μένος δ' αἴθωνι σιδήρῳ, vgl. χ, 127f. und besonders ψ, 641f. οἱ δ' ἄρ' ἔσαν δίδυμοι· ὁ μὲν ἔμπεδον ἡνιόχευεν, ἔμπεδον ἡνιόχευ', ὁ δ' ἄρα μάστιγι κέλευεν. Nur theilweise lässt sich hiermit β, 870f. τῶν μὲν ἄρ' Ἀμφίμαχος καὶ Νάστης ἡγησάσθην, Νάστης Ἀμφίμαχός τε, Νομίονος ἀγλαὰ τέκνα, und ebend. 671—673 Νιρεὺς — Νιρεὺς — Νιρεὺς vergleichen.

Hinwieder war es bei dem allmälichen Wachsthum des Gedichtes natürlich und kaum zu vermeiden, dass sich eine Menge Wiederholungen und Nachahmungen einschlichen, theils in den Uebergängen und der Anknüpfung neuer Stücke, theils in der Schilderung ähnlicher Scenen, deren bei der Gleichartigkeit des Stoffes viele vorkommen mussten. Aber gewiss ist auch, dass jeder Uebergang und jede wiederholte Stelle, jede längere oder kürzere Formel nur an Einem Orte ursprünglich, daher oft auch nur an Einem Orte ganz passend und angemessen ist. Zuweilen, aber nur in den seltenern Fällen, wird diese Stelle gerade die sein, wo nach der gegenwärtigen Verbindung der Bücher eine Wendung oder Formel zum ersten Mal vorkommt. So kommt der ganze Vers *ἐξαύδα, μὴ κεῦθε νόῳ, ἵνα εἴδομεν ἄμφω* in der Iliade zwei Mal vor, nämlich *α*, 363 und *π*, 19. Und läse man ihn zufällig zuerst in der zweiten dieser Stellen, so würde ihn kaum jemand unschicklich oder der Situation unangemessen finden. Vergleicht man aber damit die andere Stelle, wo ihn die zu ihrem gebeugten Sohne herbeieilende Thetis ausspricht, so wird man finden, dass er da im Munde der zärtlichsten Mutter und zu dem Mitleid heischenden Sohne gesprochen einzig seine volle Angemessenheit hat und die ganze Innigkeit der mütterlichen Theilnahme ausdrückt, der ihr Gefühl sagt, dass Mittheilung des Grames, das Ausschütten desselben in das Mutterherz die grösste aller Erleichterungen für den leidenden Sohn ist. So ist die in der Iliade und Odyssee mit geringen Veränderungen mehrfach vorkommende Stelle *ἀλλ' εἰς οἶκον ἰοῦσα τὰ σ' αὐτῆς ἔργα κόμιζε* u. s. w. gewiss überall schön und im Allgemeinen angemessen, aber ursprünglich und vollkommen an ihrem Platze doch wohl nur Iliad. *ζ*, 490—493; vgl. die Anmerkung zu Od. *α*, 356—359 und D ü n t z e r bei J a h n N. Jahrbb. 87, S. 729.

Sogar auf einzelne Epitheta findet diese Beobachtung ihre Anwendung, und manche Schwierigkeit der Erklärung dürfte durch dieselbe wegfallen. Wir denken hier an die — ausser der kritisch mehr als zweifelhaften Stelle Od. *δ*, 661 — vier Mal vorkommenden *φρένες ἀμφιμέλαιναι*, für welche Iliad. *α*, 103 und ebenso *ρ*, 83 der Begriff „ringsumdunkelt“ (durch Gram, Unwillen, Zorn) im Zusammenhang so gut begründet und durchaus passend ist, dass bei jeder Verallgemeinerung des Begriffes die Wahrheit und Naturgemässheit der Erklärung leidet; in den anderen Stellen aber (*ρ*, 499 und 573) ist jener Begriff nicht am Platze, und das Epitheton scheint in denselben zum bloss ausschmückenden, wo nicht gehaltlosen geworden zu sein.

Da ferner bei der Abfassung und dem Vortrag der einzelnen Gesänge der ganze trojanische Sagenkreis als bekannt vorausgesetzt werden konnte, so ist es durchaus nicht störend noch als ein Uebelstand zu betrachten, wenn etwa in einem der Gesänge, welche eine der vordersten Stellen einnehmen, eine hier zum ersten Mal erwähnte Person ganz allgemein und unbestimmt bezeichnet wird; denn wer kann verlangen, dass es dem Dichter oder Einiger gerade gegenwärtig sei, dass diese Person in dem bisherigen Verlaufe der Darstellung noch nicht vorgekommen sei? So wird Iliad. *α*, 307 der noch nie dagewesene Patroklos ganz unbestimmt durch *Μενοιτιάδης* bezeichnet, wie später mitten in seiner Geschichte *ι*, 211 vgl. mit 205, *λ*, 608 vgl. mit 602. 605. *ϱ*, 267. 270, während *π*, 420. *σ*, 93 seine beiden Benennungen neben einander stehen. Dagegen findet sich oft in einem späteren Buche, wo gerade — als in einem ursprünglichen Einzelgesang — eine neue Darstellung beginnt, eine Ausführlichkeit und Umständlichkeit vielleicht in Nebendingen, die man auf diesem Punkte des Ganzen nicht mehr erwartet. Wo Agamemnon sich zu seiner *ἀϱιστεία* vorbereitet, wird — obgleich schon mehrere ähnliche Scenen vorangegangen sind — die Art seiner Rüstung und ihr Bestand mit der detaillirtesten Genauigkeit geschildert, *λ*, 16—45. Viel kürzer, obgleich an dieselben Grundfäden sich anschliessend, ist die entsprechende Aufzählung Iliad. *γ*, 330—338 (vgl. *π*, 131—139), wo Paris sich zum Zweikampfe mit Menelaos rüstet, und vollends wird in dieser Stelle der andere Hauptheld mit einem einzigen Verse (339) abgefertigt.

Da wir uns also für überzeugt halten dürfen, dass die einzelnen Bestandtheile des Gedichtes ihren ersten Ursprung verschiedenen, zum Theil weit aus einander liegenden Zeitaltern verdanken; so werden wir uns auch nicht wundern, wenn im Umfange der dasselbe Ganze bildenden Gesänge bedeutende Verschiedenheiten nicht nur in der Sprache und im Versbau, sondern auch in den sittlichen Begriffen, in religiösen und mythologischen Vorstellungen an den Tag treten. Ueber die ersteren uns ausführlich zu verbreiten dürfen wir uns des Raumes wegen nicht gestatten, und zu manchen dahin gehörigen Hinweisungen werden die Anmerkungen bei den einzelnen Stellen Gelegenheit geben. Dagegen wollen wir hier über die Verschiedenheiten im religiösen und sittlichen Standpunkte Einiges beibringen. Von der Verehrung des Dionysos ist in den meisten Gesängen gar keine Rede, obgleich die Veranlassung, davon zu sprechen, in manchen Stellen sehr nahe lag; er erscheint nie in der Versammlung der olympischen Götter, ja der Name *Βάκχος* mit seinen Ableitungen findet sich in beiden Gedichten nie. Dennoch zeigt sich in einigen Stellen, ohne Zweifel späteren Ursprunges, eine Kenntniss der Mythen von Dionysos, nicht nur in der Odyssee (*λ*, 325 vgl. *ω*, 74), sondern auch in der Iliade *ξ*, 323—325 in

Verbindung mit Semele, wo er zwar nicht ausdrücklich Erfinder des Weines heisst, aber doch als Epitheton χάρμα βροτοῖσιν erhält, und ζ, 130—140 in der Sage von dem Thraker Lykurgos, wo auf einen aus Thrakien (Νυσήιον 133) stammenden, begeisterten und mystischen Cultus desselben hingewiesen, er selbst den θεοῖς ἐπουρανίοις gleichgestellt und die ihm zugefügte Beleidigung von Zeus gerächt wird; endlich kommt χ, 460 in einer Vergleichung auch der Ausdruck μαινὰς vor. Auch Demeter gehört bei Homer noch nicht zu den olympischen Göttern; dennoch wird sie in der Iliade mehrmals erwähnt, theils als Geliebte des Zeus (ξ, 326) theils als Geberin des Getreides in der Verbindung Δημήτερος ἀκτή und ähnlichen (ν, 322. φ, 76. ε, 500), und als Besitzerin eines τέμενος (β, 696).

Die Art der Einwirkung der Götter auf die Menschenwelt ist im Ganzen einfach, ungekünstelt, unmittelbar; auch ihre Wunder sind so zu sagen natürlich und unverhüllt. Aber in einigen Stücken, die wir wohl unbedenklich der späteren Zeit werden zuweisen dürfen, zeigt sich auch hierin etwas Gesuchtes, mehr Complicirtes und Raffinirtes. Dahin rechnen wir das schon in der Anmerkung zu Od. ν, 429 berührte σκηπάνιον des Poseidon Il. ν, 59, vermittelst dessen er die beiden Aias mit Muth und Kraft erfüllt; dahin die Art, wie derselbe Gott υ, 320—329 die Lanze des Achilleus, nachdem er dessen Augen in Nebel gehüllt hat, aus dem Schilde des Aeneias herauszieht und jenem wieder vor die Füsse legt, während er diesen durch die Luft entführt und auf einem entfernten Punkte der Schlacht wieder herunterlässt; wie ebend. 438—441 Athene die Lanze des Hektor durch ihren Hauch von Achilleus zurückwendet, so dass sie wieder zu Hektor zurückkehrt und vor seinen Füssen niederfällt. Vgl. noch χ, 276 f. ψ, 388—390, wo ebenfalls Athene und Apollon in etwas kleinlicher Weise in den Gang der Ereignisse eingreifen.

Der sittliche Standpunkt der Iliade ist im Ganzen niedriger, als der der Odyssee; die Helden derselben, bei aller unleugbaren Grösse und Erhabenheit im Einzelnen, gehören einer tieferstehenden Entwickelungsperiode an. Selbstsucht und ein gewisser Mangel an zarterer Empfindung herrschen in den meisten Gesängen bei ihnen vor, und nur selten vermögen sie die Ansprüche ihrer Person der Billigkeit gegen Andere oder dem Interesse des Ganzen, die augenblickliche Befriedigung ihrer Leidenschaft einem höheren sittlichen Zwecke oder auch nur ihrem eigenen künftigen Vortheil unterzuordnen. Während Odysseus als

Sieger Od. χ, 411 ff. eine so edle Mässigung und weise Besonnenheit zeigt (vgl. Einleit. zu Od. S. 16 f.): wie oft überhebt sich in der Iliade der glückliche, von einem Gotte momentan begünstigte Sieger in kaltem schneidenden Hohn über den vielleicht nicht minder würdigen Besiegten, ohne zu ahnen, dass er dadurch das Schicksal und die göttliche Nemesis gegen sich herausfordert! Vergl. ν, 374—382. 414—416. 620—630. ξ, 454—457. 470—474. 479—485. 501—505. π, 745—750. 830—842. υ, 389—392. φ, 60—63. 122—135. Stolz und Ruhm der Tapferkeit sind bei den hervorragendsten Helden der Iliade so sehr die vorherrschenden Charakterzüge, die alle anderen verschlingenden Motive des Handelns, dass selbst ein durch Göttergeschenk verliehener Sieg in Vergleich mit der Befriedigung des stolzen Selbstgefühles nur einen untergeordneten Werth hat, und eben so wenig die eingestandene Rettung durch einen Gott irgend einen Anspruch auf Achtung und Anerkennung giebt (λ, 362—366). Hinwieder tritt im dreiundzwanzigsten Buche ein abergläubischer und eigennütziger Sinn in der Verehrung der Götter hervor. Die Ursache nämlich, warum Eumelos im Wagenkampfe unglücklich gewesen sei, wird 545—547 (vgl. λ, 364) mit nackten Worten darin gefunden, dass er nicht zu den Göttern gefleht oder ihnen Gelübde gethan habe; und ähnlich 863. 872—876 das verschiedene Glück des Teukros und Meriones im Vogelschiessen daraus erklärt, dass der erstere es versäumt, dem Apollon vor dem Schuss eine Hekatombe von Lämmern zu geloben, der letztere aber es gerade im rechten Augenblicke gethan habe. Eine rohe und niedrige Ansicht über das Geschlechtsverhältniss zeigt sich in der Erzählung γ, 441—447 vgl. mit 428—436, wogegen ι, 341—343 von Achilleus sehr würdige Vorstellungen darüber ausgesprochen werden. Aber ganz ideal in Reinheit und Adel, sowie in Tiefe und Innigkeit, erscheint das eheliche Verhältniss zwischen Hektor und Andromache, worin selbst das schärfste Späherauge keinen Flecken zu entdecken vermöchte. Dem sittlichen Standpunkte, den im Allgemeinen die menschlichen Charaktere der Iliade einnehmen, entsprechen auch die in derselben auftretenden Götter. Bemerkenswerth ist fürs erste die so ganz offene und unverhüllte Parteiung derselben für den einen oder andern der kriegführenden Theile. Es kann uns zwar nicht entgehen, dass jedem der beiden Völker gerade die Götter vorzugsweise beistehen, die auch von ihm vorzugsweise verehrt werden, vgl. unten S. 27 die Uebersicht des zwanzigsten Buches. Mag also auch dieser

Sage von der Parteinahme der Götter ursprünglich die Idee zum Grunde gelegen haben, dass die verschiedenen Götterculte mit einander in Conflict gerathen seien und sich bis zur Vernichtung oder Ueberwältigung des einen bekämpft haben: so ist doch klar, dass der Dichter hiervon kein Bewusstsein mehr hatte, sondern den Kampf der Götter und ihre leidenschaftliche Parteiung buchstäblich verstand, ohne seine Vorstellung von der Würde und Erhabenheit der Götter dadurch im geringsten gestört oder beeinträchtigt zu finden.

Dass dann, wie wir schon in der Einleit. z. Od. S. 16 bemerkten, die Götter der Iliade nach dem Geiste des Zeitalters in der Wahl der Mittel zur Ausführung ihrer Rathschlüsse gegen die armen Sterblichen durchaus nicht schwierig sind, mögen folgende Beispiele beweisen. Im zweiten Buche sendet Zeus, um nach dem Wunsche der Thetis dem Achilleus eine Genugthuung von den Achäern zu verschaffen, dem Agamemnon einen täuschenden und verführenden Traum (οὖλον ὄνειρον), und veranlasst dadurch die Achäer zu einem Kampfe gegen die Trojaner, der nach seiner Absicht in seinen nächsten Wirkungen für jene verderblich ausfallen soll und wirklich ausfällt. Wenn nun auch am Ende gerade diese Niederlage der Achäer zu ihrem Siege führte, so schloss doch auch nach der Vorstellung des Dichters und seines Zeitalters das von Zeus gewählte Mittel Betrug und Lüge in sich, und wir sehen abermals, dass es seine Vorstellung von der Reinheit göttlicher Wesen nicht trübte, sich dieselben mit Lüge und Betrug behaftet zu denken. Ebenso ist im vierten Buche Athene aus Auftrag des von Hera dazu aufgeforderten Zeus die Ursache, das Pandaros durch einen Bogenschuss auf Menelaos den mit den Achäern abgeschlossenen Vertrag frevelhaft bricht. Da Patroklos (π, 788—822) nach Beschluss des Verhängnisses in der Schlacht fallen soll, kommt ihm Phöbos Apollon in Nebel gehüllt entgegen und giebt ihm einen betäubenden Schlag auf Rücken und Schultern, so dass ihm der Helm vom Haupte fällt; derselbe Apollon löst ihm den Panzer, und in Folge dessen wird Patroklos, schon aller Besinnung beraubt, leicht von Euphorbos mit dem Speere von hinten durchstossen und dann von Hektor durch einen Lanzenstich in den Unterleib vollends getödtet. Am alleranstössigsten aber, ja beinahe empörend erscheint unserm Gefühle die Art, wie Hektor im letzten und entscheidenden Kampfe mit Achilleus überlistet und seinem unversöhnlichen Feinde preisgegeben wird. Nachdem Zeus eben noch mit dem armen, von Achilleus schon drei Mal um Ilios

Herumgejagten Mitleid geäussert, ihn aber doch der immer gleich feindseligen Athene als Beute überlassen hatte, verlässt ihn durch das Sinken seiner Wagschale bestimmt auch Apollon, der ihm bisher einen wenigstens den Entscheid hinausziehenden Beistand geleistet hatte. Athene steigt vom Olympos, und nachdem sie dem Achilleus ihre Mitwirkung zugesichert, tritt sie in des Deiphobos Gestalt zu Hektor hin und verleitet ihn durch das Vertrauen auf die Nähe und den Beistand des vermeintlichen Bruders, sich in offenen Kampf mit Achilleus einzulassen. Aber bald muss er die Falschheit und boshafte Arglist der Göttin erkennen. Denn als Hektor den Speer des Achilleus durch Vorsicht vermieden, giebt Athene ihm unbemerkt denselben dem Achilleus wieder zurück; als aber Hektor den seinigen auf Achilleus abgeschleudert hat und nun den Deiphobos um einen anderen Speer anspricht, erkennt er auf einmal, dass er verlassen und verrathen sei, und muss, sein Geschick beklagend, dem übermächtigen Gegner unterliegen. Auch bei den Leichenspielen im dreiundzwanzigsten Buche erscheinen einzelne Götter nur als boshafte Schadenfrohe, die aus kleinlicher Rache oder parteiischer Befangenheit den wahrscheinlichen Sieg gewisser Kämpfer vereiteln. So schlägt ψ, 384 beim Wagenrennen Apollon dem Diomedes die Peitsche aus der Hand, Athene zerbricht 391 ff. dem Eumelos das Joch und lässt 774 den Aias im Wettlauf ausgleiten, damit ihr Liebling Odysseus Sieger werde.

So menschlichunvollkommen aber auch in sittlicher Hinsicht die Götter der Iliade erscheinen, so sind sie — und diess führt uns wieder auf einen allgemeineren Standpunkt — in Hinsicht auf die eigentlich göttliche Macht und Wirksamkeit den Beschränkungen der menschlichen Natur weniger unterworfen, als man erwarten sollte. Das Thun der himmlischen Götter darf auch bei Homer nicht schlechthin nach menschlichem und irdischem Masse gemessen werden. Das homerische Zeitalter denkt sich z. B. seine Götter nicht so streng den Bedingungen des Raums und der Zeit unterworfen, wie die Sterblichen; ja man kann sagen, dass es ihnen schon eine gewisse beschränkte Allgegenwart zugesteht. Meistens wird allerdings, wenn die Götter ein Geschäft auf Erden zu vollbringen haben, ihr Herabsteigen aus dem Olympos (Himmel) ausdrücklich erwähnt, und sobald ihr diesseitiges Werk vollbracht ist, auch ihre Rückkehr an den gewöhnlichen Aufenthaltsort wieder besonders bemerkt; aber wo augenblicklich ihre Hülfe vonnöthen ist, sind sie auch ohne solche Erwähnung auf jedem Punkte der Erde gleich bei der

Hand und wird, nachdem sie ihr jeweiliges Werk auf Erden vollbracht, ihre sofortige Rückkehr stillschweigend vorausgesetzt. Wie ermüdend und unpoetisch wäre es auch, wenn z. B. im vierten und fünften Buche, wo Athene so oft auf den Gang der grossen Schlacht — bald sichtbar, bald unsichtbar — einwirkt und dazwischen doch auch wieder mit den Göttern im Olympos verkehrt, ihr Auf- und Absteigen jedes Mal registrirt werden müsste? So kann man also sagen, dass der Gott zwar in der Regel seinen Aufenthalt im Olympos habe, aber wo es seine Wirksamkeit erfordert, auch jeden Augenblick auf Erden erscheinen oder neben seinem Aufenthalt im Olympos auch einen gleichzeitigen längeren oder kürzeren, selbst einen fortdauernden Aufenthalt auf Erden haben könne. So scheint δ, 507—514 Apollon seinen bleibenden Aufenthalt auf der Ilischen Burg Pergamos zu haben, und ε, 445 ff. bringt er den verwundeten Aeneias aus der Schlacht in seinen Tempel auf Pergamos, wo Leto und Artemis die Wunden desselben heilen; von dort aus sieht er auch η, 20 f. die vom Olympos herabgestiegene Athene: wer aber möchte darum die Behauptung wagen, dass der Gott nicht doch auch noch im Olympos wohne (wie er ja α, 44 ausdrücklich von dort herabkommt und ihn auch der auf dem Ida weilende Zeus ο, 55 vgl. 143, von da zu sich bescheidet), oder dass er, um dort gedacht werden zu können, nach der Vorstellung des Dichters zuerst jedes einzelne Mal den Tempel auf der Burg verlassen haben müsse? Die oben ausgesprochene Ansicht deutet auch der Dichter selbst unmissverstehbar an, wenn er π, 514 f. den verwundeten Glaukos nach Sarpedon's Fall den Apollon um seinen lindernden Beistand anrufen lässt als einen, „der wohl in Lykien oder in Troja sei und ihn allenthalben hören könne". Wirklich erhört er ihn auch sogleich 527 und heilt seine Wunde. Aber gleich nachher (667) befiehlt Zeus dem Apollon (doch wohl im Olympos), den Leichnam des Sarpedon vom Blute zu reinigen, und jener, ihm gehorchend, steigt über das Idäische Gebirg' auf das Schlachtfeld hinab. Aehnlich verhält es sich wohl auch mit der allgemeinen Wirksamkeit der Götter während ihrer Reisen zu den Aethiopen in den Okeanos, welcher Ausdruck ohne Zweifel eine bestimmte physikalisch-astronomische Bedeutung hat*). Denn wer möchte

*) Vgl. Dornedden, neue Theorie zur Erklärung der griechischen Mythologie S. 1–70, welcher unter dieser zwölftägigen Reise der Götter das zwölftägige Aufhören des aus 354 Tagen bestehenden Mondjahres wäh-

die Behauptung aufstellen und erhärten, das homerische Zeitalter habe sich dabei den Gedanken objectiv klar gemacht, dass während jener Reise (also wenigstens zwölf Tage) der Olympos leer stehe und auch die Wirksamkeit sämmtlicher olympischen Götter im Verhältniss zu der Erde und Menschenwelt ganz im Stocken befindlich sei? Also können auch im ersten Buche der Iliade Athene, Hera und Apollon während dieser Zeit ohne inneren Widerspruch sich gleichwohl der menschlichen Angelegenheiten annehmen und auf verschiedenen Punkten wirksam sein. Thetis aber benutzt dennoch die Abwesenheit des Zeus schicklich als Vorwand, um ihren Besuch bei Zeus aufzuschieben, weil diess in der Convenienz des Dichters lag, damit die Achäer in der Zwischenzeit zum Bewusstsein kommen könnten, was es heisse, Achilleus' Beistand ganz zu entbehren, und weil es auch der Würde des höchsten Gottes entsprechend schien, dass er nicht gleich im ersten Augenblicke des gefühlten Bedürfnisses auf den Wunsch eines Sterblichen einschreite.

Die Natur der Sache bringt es mit sich, dass über solche Dinge keine durchgebildete Einheit und Consequenz der Ansicht im Gedichte herrscht, weil auch der Dichter und sein Zeitalter eine solche nicht hatten, noch haben konnten. Ein ähnliches Schwanken der Ansicht über das Verhältniss des Göttlichen und Menschlichen zeigt sich, wenn der Dichter gleichzeitig oder doch unmittelbar nach einander Götter und Menschen in derselben Angelegenheit handeln und auf dasselbe Ziel hinarbeiten lässt. Er wird dabei von dem richtigen Gefühle geleitet, dass auch durch den wirksamsten Beistand der himmlischen Mächte doch der Gebrauch menschlicher Kräfte, irdischer Werkzeuge und Hülfsmittel nicht ausgeschlossen sein soll. Wie wir daher in der Odyssee sehen, dass, nachdem Leukothea dem vom Sturm überfallenen Odysseus die schützende Binde übergeben und ihm vermittelst dieser zuverlässige Rettung verheissen hat (ε, 347 f. und Einleit. z. Odyss. S. 24 f.), doch in den Augenblicken der höchsten Gefahr noch zwei Mal eine ausserordentliche Geistesgegenwart nöthig ist, um ihn wirklich zu retten; wie nicht nur Nausikaa, sondern Athene selbst in Gestalt eines phäakischen Mädchens demselben Odysseus Anweisung giebt, wie er sich der Stadt und dem Hause des Alkinoos nähern und darein einführen solle: so er-

rend der Dauer der alle zwei Jahre hinzugesetzten zwölf Schalttage versteht. Zeus und die olympischen Götter waren dann abwesend, weil die gewöhnlichen Zeitabtheilungen in diesen Schalttagen gleichsam eingestellt waren.

halten im zweiten Buche der Iliade in der *βουλῇ* zuerst die Geronten selbst von Agamemnon den Auftrag, die durch seinen eigenen Scheinbefehl irregeleiteten Achäer von ihrem verkehrten Vorhaben zurückzubringen (vgl. 75 *ὑμεῖς δ' ἄλλοθεν ἄλλος ἐρητύειν ἐπέεσσιν* mit 83—86); dann aber wird noch Athene 155ff. besonders von der Hera auf die Erde gesandt, um die Ausführung des Rückzuges zu verhindern, und diess thut sie vornehmlich durch die Dienstleistung des Odysseus, der zwar nach 170f. schon sonst jenem Bestreben entgegen gewesen war, aber von der Göttin angeregt ihm jetzt doppelt eifrig entgegenwirkte. Vgl. auch die doppelte Angabe der Einwirkung des Zeus auf Hektor (unmittelbar und durch Iris) λ, 163—165 u. 185—210.

INHALT DER ILIAS. ZEITVERHÆLTNISSE UND SCHAUPLATZ.

Der eigentliche Gegenstand der Iliade, in Ein Ganzes zusammengefasst, ist nach der richtigen Angabe des Prooemion (α, 1—7) der Groll des Achilleus (*μῆνις Ἀχιλλέως*), vgl. Einleit. z. Od. S. 8. Beinahe in allen Büchern wird derselbe ausdrücklich erwähnt, sei es als Hauptmotiv oder gelegentlich und im Vorbeigang*), und selbst bei den zwei einzigen Büchern, in welchen diess nicht der Fall ist, *γ* und *μ* (wenn wir nämlich von der kritisch verdächtigen Stelle *μ*, 10 absehen wollen), ist gerade dieses Schweigen von Achilleus ein sprechender Beweis, dass dieselben unter Voraussetzung des Grolles gedichtet sind. Wie wäre es sonst denkbar, dass bei der *τειχοσκοπία* (*γ*), wo die merkwürdigsten Führer der Achäer von der Helena dem Priamos gezeigt und geschildert werden, gerade der von den Trojanern am meisten gefürchtete Achilleus unerwähnt bliebe, wenn er nicht eben wegen seines Grolles ganz vom Kampfplatze entfernt wäre? Ebenso wäre ohne diese Voraussetzung die Situation des

*) Vgl. ausser dem ersten Buche, worin die Entstehung desselben erzählt ist, β, 239–242. 375–380. 686–694. 769–779. δ, 512f. ε, 788–791. ζ, 99f. η, 228–230. ϑ, 370–372. 473f. ι ganz von 96 bis zu Ende. [κ, 106f.] λ, 599–616. 656–668. 762–764. 790–801. [μ, 10.] ν, 107–114 (vgl. 324f.) 347–350. 746f. ξ, 50. 139–142. 366–369. ο, 63–77. 402. 598f. [613f.] π, 1–256, besonders 202. 282. ρ, 640–642. 691–693. 700f. σ ganz, besonders aber 125. τ, υ, φ, χ ganz, wie schon die Ueberschriften dieser Bücher *ὁπλοποιία*, *μήνιδος ἀπόρρησις*, *θευμαχία*, *μάχη παραποτάμιος* und *Ἕκτορος ἀναίρεσις* zeigen. Die zwei letzten Bücher (*ἆθλα ἐπὶ Πατρόκλῳ* und *Ἕκτορος λύτρα*) setzen mit Patroklos' und Hektor's Tod natürlich auch den Groll des Achilleus als ein nothwendiges Antecedens voraus.

zwölften Buches, wo die Achäer in immer grössere Noth und Bedrängniss gerathen, rein unbegreiflich, sofern gerade der Tapferste des Volkes weder irgendwo kämpfend erschiene, noch auch nur mit einem Worte vermisst würde. Die beiden letzten Bücher aber gehören zwar nicht gerade als unentbehrlicher Bestandtheil zum eigentlichen Gegenstande, schliessen sich aber als Vollendung und Schluss sehr natürlich an denselben an und stehen in einem ähnlichen Verhältniss zu den früheren Büchern wie die entsprechenden Theile der Odyssee; und denkt man sich die Entstehung des Gedichtes nach unserer obigen Darstellung, so wird man nicht umhin können zuzugeben, dass der Einiger des Ganzen sich hätte Gewalt anthun müssen, um solche Stücke, wie die Leichenspiele des Patroklos und die Auslösung von Hektor's Leichnam aus dem Gedichte auszuschliessen.

Nach dem Gesammtinhalte gruppiren sich die Bücher der Iliade in vier Hauptpartien nebst einer Einleitung (α) und einem vollendenden Schlusse (ψ, ω). Die grösseren Gruppen aber sind

1) β—η, 312. Erste Hauptschlacht und darin eingereihte Zweikämpfe, worin noch kein Entscheid herbeigeführt, sondern mehr nur die Grösse und Ausdehnung des Kampfes entfaltet wird; allmählich indessen wendet Zeus den Troern mehr und mehr Vortheile zu.

2) η, 313—κ einschliesslich. Durch die Vortheile der Troer sehen sich die Achäer veranlasst, auf Nestor's Rath Mauer und Graben um ihr Schiffslager zu erbauen. Unvollendet abgebrochene Schlacht, worin die Achäer immer mehr in Nachtheil kommen, so dass sie im steigenden Gefühl ihrer Noth eine Gesandtschaft an Achilleus abordnen, jedoch vergeblich. Er grollt noch fort. Nächtliches Abenteuer der *Δολώνεια*.

3) λ—σ. Dritte Schlacht. Siegreicher, den Wendepunkt des Gedichtes bildender Kampf der Trojaner bei der Mauer und den Schiffen. Achilleus empfindet mit der Noth seines Volkes wenigstens in so weit Mitleid, dass er dem Patroklos erlaubt, für dasselbe zu kämpfen; ihm selbst gestattet sein Groll noch nicht, den Kampf wieder aufzunehmen; nachdem aber dieser durch Hektor gefallen, entschliesst er sich, furchtbare Rache für ihn zu nehmen, und zu diesem Ende werden ihm neue Waffen bereitet.

4) τ—χ. Nun endlich entsagt Achilleus feierlich seinem Grolle. Kämpfe desselben gegen Götter und Menschen; endliche Erlegung des Hektor. (Vierter Schlachttag.)

Dass hier Ein Faden sich durch das Ganze hindurchzieht, muss selbst aus diesem flüchtigen Umrisse klar geworden sein; dass aber die Lösung des Knotens durch die μήνιδος ἀπόῤῥησις erst so spät kommt und ihr eine verhältnissmässig so grosse Anzahl von Gesängen, die grössere des ganzen Gedichtes, vorangeht und gleichsam den reicheren, man kann sagen überladenen Vordergrund des Hauptgemäldes bildet, gewährt den Vortheil, dass durch die so bewirkte Spannung der Gemüther die ungleich grössere Bedeutsamkeit und Folgewichtigkeit der im letzten Theile enthaltenen Entscheidung zum Bewusstsein gebracht wird.

Der nähere Inhalt der einzelnen Bücher und ihr Zusammenhang ist folgender:

Erstes Buch. Bei der Flotte der Achäer erscheint flehend Chryses, der Priester des Apollon aus der trojanischen Stadt Chryse, und verlangt die Loslassung seiner Tochter Chryseis, die bei einem Streifzuge unter Anführung des Achilleus von den Achäern erbeutet und dem Oberfeldherrn Agamemnon als Ehrengeschenk zugetheilt worden war. Statt der Rückgabe entlässt Agamemnon den mit Ehrerbietung Bittenden unter harten Drohungen; dieser aber wendet sich Rache flehend an Apollon, und der Gott sendet sogleich seine verderbenden Pfeile auf die Achäer, und diese sterben in neuntägiger Seuche haufenweise dahin, ohne die Ursache ihres Unglücks zu kennen. Darum veranlasst am folgenden Tage Achilleus eine Versammlung des Heeres, in dessen Gegenwart der Seher Kalchas, um die Ursache der Seuche befragt, die Zurückgabe der Chryseis fordert, aber dadurch den höchsten Unwillen des Agamemnon und einen heftigen Zwist zwischen diesem und Achilleus hervorruft. Agamemnon versteht sich zwar nothgedrungen dazu, die Chryseis ihrem Vater zurückzugeben, verlangt aber als Ersatz die Briseis, das Ehrengeschenk des Achilleus, und lässt ihm diese wirklich durch seine Herolde gewaltsam entführen. Der tief verletzte Achilleus trennt sich von den Achäern und ruft am einsamen Meeresstrand den Beistand seiner Mutter Thetis an, die ihm erscheint und auf seine Klagen die Hülfe des Zeus anzusprechen verheisst, sobald dieser (binnen zwölf Tagen) von seinem Besuche bei den Aethiopen zurück sein werde. Nachdem inzwischen Odysseus mit Anderen die Chryseis nebst einer Hekatombe nach Chryse gebracht, verspricht Zeus der Thetis wirklich, den Achilleus zu rächen und darum die Achäer den Troern eine Zeit lang unterliegen zu lassen, was zu einem vorübergehenden, durch

Hephästos' gemüthliche Laune bald beigelegten häuslichen Zwist mit der Hera führt.

Zweites Buch. Um das der Thetis gegebene Versprechen zu erfüllen, oder genauer gesprochen, um die allmäliche Erfüllung desselben in möglichst naturgemässem Hergang vorzubereiten, sendet Zeus in der nächstfolgenden Nacht einen täuschenden Traum an Agamemnon, der durch seinen Uebermuth gegen Achilleus sich auch die Missbilligung der Götter zugezogen hatte, um ihn durch vorgespiegelten Sieg zu einem sofortigen Angriff auf Ilios zu reizen. Agamemnon, durch den Traum getäuscht, lässt gleich am folgenden Morgen durch die Herolde das Heer zu einer Versammlung, zunächst aber den engeren Kreis der Geronten zu einer *βουλή* zusammenrufen. Dieser *βουλή* erzählt er den Traum und zugleich den darauf gebauten Plan, eine entscheidende Schlacht zu liefern, aber das Heer nicht geradezu dazu aufzufordern, sondern dasselbe vielmehr durch verstellte Einladung zur Heimkehr auf die Probe zu stellen und dabei durch die kluge und berechnete Mitwirkung der mit ihm einverstandenen Geronten seinen gesunkenen Muth wieder beleben zu lassen. Dabei gehen ihm besonders Odysseus (vornehmlich in der ergötzlichen Scene mit Thersites, dem Mund des griechischen Pöbels, nach Herder's Ausdruck) und Nestor mit dem glücklichsten Erfolg an die Hand, also gerade zwei Männer, die durch ihre Theilnahme an der *βουλή* in seine eigentliche Absicht eingeweiht waren. Nachdem das ganze Heer versammelt ist und nach eingenommenem Mahle schlagfertig dasteht, wird durch eine Reihe prachtvoller und höchst lebendiger Gleichnisse der Totaleindruck seiner Erscheinung in wenige schlagende Punkte zusammengefasst, und dann folgt die sogenannte *Βοιωτία* oder *Νεῶν κατάλογος*, d. h. die Aufzählung der beiderseitigen Streitkräfte, die begreiflicher Weise bei den Achäern viel einlässlicher und genauer ist, als bei den Troern. Ein Stück, das an und für sich auch an irgend einer anderen Stelle der Ilias angebracht sein könnte und streng genommen zur Schilderung der *μῆνις* nicht gehört, aber doch gerade hier am Eingang in einen Kampf, der von entscheidender Wichtigkeit zu werden verspricht, passender als anderswo untergebracht ist, um mit der Gesammtheit der zu erwartenden Personen in einem allgemeinen Ueberblicke bekannt zu machen.

Drittes Buch. Der vielfach angekündigte und vorbereitete Kampf bleibt nicht aus, aber er wird bei weitem nicht in der erwarteten Ausdehnung und Stärke geführt, und darum der entscheidende Erfolg noch in ungewisse Ferne gerückt. Es tritt daher bald nach dem Anfange dieses Buches eine fühlbare Abspannung ein, die nur durch die anziehende Persönlichkeit der hervortretenden Personen wieder einigermassen gehoben wird. Paris nämlich (Alexandros) fordert als der, dem der Angriff eigentlich gilt, jeden Achäer, jeden, der Lust habe, zum Zweikampfe heraus, und zu seiner eigenen Bestürzung nimmt gerade sein natürlicher Gegner, Menelaos, die Herausforderung an. Vor dem Beginne des Zweikampfs wird auf Hektor's Antrag unter Zustimmung beider Heere beschlossen, der Sieger im Zweikampf solle die Helena und alle ihre Besitzthümer heimführen, die Uebrigen nach geschlossenem Bündniss fortan in Frieden und Eintracht leben. Während des Kampfes lagern sich die beiden Heere zum Zusehen, und von der Mauer am Skäischen Thore schauen theils Helena mit ihren Begleiterinnen, theils Priamos mit seinen Geronten auf den Kampfplatz herab, und die Letzteren lassen sich von jener die merkwürdigsten der achäischen Helden zeigen und schildern. Eine Scene, die an und für sich freilich nicht erst im zehnten Jahre des Krieges zu erwarten war, die sich aber im Bereiche dieses Gedichtes in keine frühere Zeit verlegen liess. Dann wird auch Priamos herbeigeholt, um dem für den bevorstehenden Kampf abzuschliessenden Vertrage grössere Feierlichkeit und Rechtskraft zu geben; er kehrt aber unmittelbar nach dem Opfer in die Stadt zurück und nimmt auch die geschlachteten Opferthiere mit sich. Im Zweikampfe, der nun erfolgt, hätte Menelaos den Paris entscheidend besiegt, wenn nicht Aphrodite ihren bedrängten Liebling in Nebel gehüllt und in seine Wohnung gebracht hätte. Ebendahin rief sie auch die noch am Skäischen Thore weilende Helena, und so ungern diese dem Rufe folgt, so wird doch durch die Einwirkung der Göttin das eheliche Band zwischen Paris und Helena, das schon der Lösung ganz nahe schien, neu befestigt und dadurch der Erfolg des Zweikampfs und die Wirkung des Vertrages in bedeutsamer Weise thatsächlich vereitelt. Vergeblich ist's also auch, dass Agamemnon, der von diesen letzten Vorgängen nichts ahnt, den Menelaos als Sieger erklärt und die Trojaner auffordert, den bedungenen Preis zu entrichten.

Viertes Buch. In der Götterversammlung wird zwar der Sieg des Menelaos auch anerkannt und Zeus äussert — wahrscheinlich nur um die Göttinnen zu feindseligen Aeusserungen zu veranlassen, und gewiss, dass sie seinem Vorschlage nicht beistimmen werden — den Wunsch, dass Menelaos die Helena wieder heimführe, Ilios aber in Frieden fortbestehe. Athene und mehr noch Hera widersetzen sich dem Vorschlage mit Heftigkeit, ja die letztere macht den Antrag, Athene solle auf den Kampfplatz hinabsteigen, um die Troer dem — zwar schon vereitelten — Vertrage zuwider zu einem neuen Angriffe auf die Achäer zu verleiten. Zeus nimmt den Vorschlag ohne Widerrede an, wohl in der Voraussicht, dass dadurch eine Gelegenheit werde herbeigeführt werden, sein der Thetis gegebenes Wort zu lösen. Athene reizt dann in Laodokos' Gestalt den Bogenschützen Pandaros, einen Pfeil auf Menelaos abzuschiessen und dadurch die Feindseligkeiten zu erneuern; sie schützt aber auch den Menelaos, so dass er wenigstens nur ungefährlich verwundet wird. Schon darüber geräth Agamemnon in grosse Bestürzung und lässt sogleich durch Machaon seine Wunde besorgen. Daneben ermahnt er — da die Feindseligkeiten nun von Seite der Troer wieder eröffnet sind — seine Mannschaft zum unverdrossenen Kampfe, indem er ihre Reihen durchwandelt und eine grössere Schlacht vorbereitet. Länger verweilt er bei Diomedes, um seine Kampflust nachhaltiger anzuregen. Schon ist der Kampf ziemlich allgemein entbrannt.

Fünftes Buch. Der Kampf wird, wiewohl unter vielfachem Wechsel, fortgeführt, vorzüglich durch Diomedes, der, von der besonnenen Athene begeistert, geschützt und unmittelbar geführt, Wunder von Heldenthaten vollbringt. Athene bewegt auch den Ares — den wildstürmenden Beistand der Troer — zuerst, die Schlacht zu verlassen, und führt ihn seitwärts an den Skamander. Später, nachdem Diomedes selbst von Pandaros durch einen Pfeil getroffen ist, verwundet er — von Athene neu ermuthigt — die Aphrodite, den Aeneias, welchen Apollon in Sicherheit bringt, endlich auch den Ares, der, von Apollon aufgefordert, sich neuerdings zu Gunsten der Troer und besonders zum Schutze des Hektor in den Kampf gemischt hatte. Von Seite der Troer verrichten vor allen Hektor und Sarpedon, welcher den Tlepolemos tödtet, grosse Thaten.

Sechstes Buch. Diomedes setzt seine ἀριστεία noch immer fort und die Troer wissen sich nicht mehr gegen ihn zu helfen. Mitten aus dem Kampfe geht daher Hektor auf Helenos' Rath in die Stadt, um Hekabe und die anderen Troerinnen aufzufordern, dass sie der Athene auf der Burg einen köstlichen Peplos als Weihgeschenk darbringen, damit sie den furchtbaren Tydiden wenigstens von der Stadt fern halte. Während Hektor's Abwesenheit und wie um die dadurch eingetretene Lücke zu decken erfolgt das Zwiegespräch zwischen Glaukos und Diomedes, worin sie sich als Gastfreunde von den Grossvätern her erkennen und Gastgeschenke — freilich von sehr ungleichem Werthe — gegen einander austauschen. Hekabe vollzieht den von Hektor erhaltenen Auftrag, und dieser fordert auch den Paris, sein unzeitiges Verschwinden aus der Schlacht scharf rügend, zu sofortiger Rückkehr auf. Endlich sucht Hektor seine nächsten Angehörigen und besonders Andromache auf, von welcher er am Skäischen Thore rührenden Abschied nimmt. Paris erreicht den Hektor, noch ehe er die Stadt verlassen hat.

Siebentes Buch. Durch Hektor's und Paris' Wiedererscheinen ermuthigt erneuern die Troer den Kampf; doch wird er auf Anregung von Apollon und Athene bald beendigt, indem Hektor einen der Achäer zum Zweikampfe auffordert. Von neun Heroen der Achäer, die sich dazu anerbieten, wird der Telamonische Aias durch das Loos bezeichnet. Beim Einbruch der Nacht trennen die Herolde die beiden Kämpfenden, ohne dass einer von ihnen besiegt ist, und diese wechseln sich ehrend Geschenke mit einander. Auf Nestor's Rath beschliessen die Achäer in einer *βουλή*, für jetzt dem Kampfe ein Ende zu machen und am folgenden Morgen ihre Todten zu sammeln und zu bestatten, zugleich aber — und diess kommt nach den, wenn auch nicht entscheidenden, doch vergleichungsweise günstigen Erfolgen des vergangenen Tages unerwartet — Mauer und Graben zum Schutze ihres Lagers und der Schiffe aufzuführen. Hinwieder beschliessen die Troer in einer Versammlung auf Priamos' Antrag, von den Achäern einen Waffenstillstand zu verlangen und ebenfalls ihre Todten zu bestatten, dabei auch denselben die Rückerstattung der geraubten Güter ohne Helena anzubieten. Das Letztere wird von den Achäern auf Diomedes' Antrag verworfen, das Erstere zugestanden. Am nächsten Morgen erfolgt auf beiden Seiten die Todtenbestattung, am zweiten Tage bei den Achäern in wunderähnlicher Schnelligkeit die Aufführung der Mauer und des Grabens, worauf eine nächtliche Mahlzeit.

Achtes Buch. Neue Versammlung der Götter bei Zeus, worin dieser — damit nun die Achäer wirklich zurückgedrängt werden — ihnen allen streng verbietet, am Kampfe ferneren Antheil zu nehmen, und nur Athene den von Zeus zugestandenen Vorbehalt macht, den Achäern heilsame Rathschläge zu ertheilen. Zeus fährt dann auf seinem Wagen auf den Ida (Gargaros), von wo er seine Augen auf den Kampfplatz richtet. Es beginnt nach dem Ausfall der Troer ein neuer hitziger Kampf, der aber mit wenigen Worten abgethan wird. Denn da die Wage des Zeus schon um Mittag die Niederlage der Achäer anzeigt (68—72), so fliehen ihre Helden alle, selbst Odysseus, im unaufhaltsamen Fluge; nur Diomedes hält Stand und schützt den greisen Nestor. Das ungünstige Zeichen der Wage deutet Zeus selbst durch einen vor Diomedes' Streitwagen niedergeschleuderten Blitzstrahl (134 f.) und dreimaligen Donner (170). Voll Siegeshoffnung setzt Hektor den Kampf fort, aber noch immer ist ihm Diomedes ein gefürchteter Gegner (194 f. 532 ff.). Hera kann indess dem wachsenden Schaden der Achäer nicht unthätig zusehen: zuerst sucht sie den Poseidon als Beistand zu gewinnen, aber vergeblich; dann giebt sie dem Agamemnon den Gedanken ein, sein Heer durch besonderen Zuspruch anzufeuern und den Zeus um Rettung wenigstens ihrer Personen anzuflehen, und dadurch werden nebst Diomedes noch die neun ersten seiner Helden zu angestrengterem Kampfe gestärkt. Endlich können Athene und Hera sich nicht enthalten, doch noch einen Versuch zu machen, zu Wagen in die Schlacht zurückzukehren; aber durch furchtbar ernste Drohung werden sie auf Zeus' Geheiss von der Iris zurückgewiesen. Mit 438 kehrt Zeus in den Olympos zurück und eröffnet der grollenden Hera, dass am folgenden Tage die Achäer noch mehr Unglück in der Schlacht haben und Hektor nicht ablassen werde, bis der Pelide wieder zur Theilnahme am Kampfe erweckt sei. Durch beschleunigten Sonnenuntergang wird die Schlacht abgebrochen (κόλος μάχη), den Troern zu frühe, desto erwünschter den Achäern. Hektor ordnet noch für die Nacht die Unterhaltung von Feuern und ununterbrochene Wachen im Freien an.

Neuntes Buch. Agamemnon beruft seine Krieger, die sich in andauerndem Schrecken fern vom Kampfplatz halten, noch am Abend zu einer Versammlung und fordert sie abermals zur Rückkehr in's Vaterland auf, und zwar in einer Anrede, die ganz aus den Hauptbestandtheilen seiner Rede β, 110—141 zusammengesetzt ist. Aber Diomedes weigert sich entschieden, und die Anderen geben ihm Beifall. Nun tritt Nestor auf (mit dem vielleicht Agamemnon schon im Einverständniss war, als er den eben erwähnten Vorschlag machte) und erinnert an die Nothwendigkeit, Wachen am Graben ausserhalb der neu errichteten Mauer aufzustellen, was sogleich von sieben Führern mit je hundert Mann vollzogen wird. Dann räth er bei einem von Agamemnon veranstalteten Mahle, den Achilleus durch Geschenke und besänftigende Worte zu versöhnen. Auch Agamemnon zeigt sich in Anerkennung seiner Schuld dazu geneigt (schon β, 378 äusserte er die erste Regung von Reue), und anerbietet reiche Geschenke zur Sühne, noch grössere nebst Auszeichnungen aller Art für die Zukunft verheissend. Nestor bezeichnet den Phoenix, den grösseren Aias und den Odysseus als Gesandte, und ohne Verzug begeben sich diese mit zwei Herolden zu Achilleus. Aber so freundlich dieser sie aufnimmt und obgleich die drei Abgesandten alle Künste der Ueberredung aufbieten, bleibt er doch unbeweglich gegen ihre Bitten. Zuerst droht er sogar mit der Rückkehr nach Phthia und spottet der ohnmächtigen Schwäche der anderen Achäer. Endlich entlässt er sie mit der Erklärung, sich nicht eher des Kampfes wieder anzunehmen, als Hektor bis zu seinen Schiffen vorgedrungen sei und sie in Brand gesteckt hätte. Nachdem die Abgesandten bei Agamemnon Bericht erstattet, ermahnt Diomedes — allein ungebeugt — jetzt ruhig zu schlafen und sich auf den Morgen zum Kampf vor dem Schiffslager bereit zu halten.

Zehntes Buch. Aber in derselben Nacht erhebt sich Agamemnon, den seine Sorgen keinen Schlaf finden lassen, wieder von seinem Lager, in der Absicht zu Nestor zu gehen, ob vielleicht dieser ihm einen Rath wisse; und ehe er sich noch auf den Weg gemacht, kommt von der gleichen Unruhe getrieben Menelaos zu ihm: und beide werden nun einig, eine *βουλή* der Geronten an den Standort der Nachtwachen vor dem Lager zu versammeln, wozu Nestor, Odysseus, Diomedes, die beiden Aias, Idomeneus und Meges einberufen, von den Anführern der Wachen aber Meriones und Thrasymedes beigezogen werden. Nach Nestor's Aufforderung entschliessen sich Diomedes und Odysseus, als Kundschafter in's feindliche Lager zu gehen und zwar gegen Morgen, nachdem schon die dritte Nachtwache begonnen. Zufällig sendet zu derselben Zeit auch Hektor einen Späher, Dolon, aus seinem Lager aus, mit dem Versprechen, ihm zur Belohnung die Rosse des Achilleus zu schenken. Dieser fällt aber in die Hände der beiden achäischen Kundschafter und wird, nachdem er ihnen über die Verhältnisse des trojanischen Lagers und insbesondere über die Stellung des neuangekommenen thrakischen Königs Rhesos alle gewünschten Aufschlüsse gegeben, von ihnen niedergemacht; ebenso gleich nachher Rhesos nebst zwölf anderen thrakischen Helden. Die berühmten Rosse des Rhesos aber werden von ihnen erbeutet und ins achäische Lager gebracht. — Jedenfalls macht dieses ganze Buch (vgl. die Vorbemerkung zum Texte) — in einem ganz andern Sinne als andere verdächtige Stellen — den Eindruck, später verfasst und nur eingelegt zu sein.

Eilftes Buch. Die von Zeus gesendete Eris flösst schon am frühen Morgen durch das laute Geschrei, das sie in der Mitte des achäischen Schiffslagers ausstösst, den Achäern Zuversicht und neue Kampflust ein; Agamemnon vor allen rüstet sich zu seiner *ἀριστεία*. Ebenso auf der andern Seite die Troer unter Hektor, Polydamas u. A. Bis gegen Mittag kämpfen beide Theile gleichmässig mit unentschiedenem Erfolge (84—96); von da an neigt sich der Vortheil auf die Seite der Danaer, und Agamemnon verfolgt die Troer eifrig, immer den Hintersten tödtend. Zeus lässt dem Hektor durch die Iris entbieten, sich so lange zurückzuziehen, als Agamemnon in den vordersten Reihen kämpfe (als ob er sich scheute, den durch ihn zum Kampfe Aufgeforderten in directe Berührung mit dem überlegenen Gegner kommen zu lassen); wann aber jener verwundet den Wagen besteige und sich zurückziehe, dann bis zu den Schiffen der Achäer vorzudringen. Jener thut diess, nachdem Agamemnon von Koon am Unterarme verwundet ist; doch stellen sich ihm Odysseus und Diomedes entgegen, und Zeus hält vom Ida herab den beiden kämpfenden Theilen die Wage noch gleich. Dann muss aber auch Diomedes, von Alexandros durch einen Pfeil verwundet, die Wahlstatt verlassen, und der allein gelassene Odysseus wird von den Troern in die Enge getrieben und von Sokos verwundet; gleichwohl erlegt er den letzteren, und ihm kommen der grössere Aias und Menelaos zu Hülfe. Nachdem nun schon drei der Tapfersten des Heeres dem Kampfe entzogen sind, verwundet Paris auch noch den Machaon, der als Arzt sogleich von Nestor, um grösserer Gefahr vorzubeugen, aus der Schlacht geführt wird, dann aber eine Zeit lang ganz aus dem Gesichtskreise verschwindet; endlich den Eurypylos, der dem Aias beispringen will. Als Achilleus vom Hintergrunde seines Schiffes aus den Nestor mit dem Verwundeten ankommen sieht, sendet er — von wiedererwachender Theilnahme an dem Schicksale seines Volkes getrieben — den Patroklos aus, um sich nach der Person des letztern und seiner Bedeutung für das Heer zu erkundigen. Dem Nestor und seinem Begleiter bereitet die Dienerin den gewöhnlichen Kühltrank; und Nestor erzählt dem Patroklos, der Anfangs grosse Eile zeigt, aber allmälig über dem Reiz des Gespräches, mehr noch über der steigenden Theilnahme am Unglück der Achäer, seines Auftrages zu vergessen scheint, eine lange Reihe von Kämpfen und Abenteuern, die er als Jüngling bestanden. Dringend bittet und ermahnt er dann den Patroklos, Alles zu thun, um den Achilleus zu versöhnen oder wenigstens sich die Erlaubniss von ihm auszuwirken, dass er in seiner Rüstung den Achäern helfen dürfe. Nachdem endlich Patroklos von Nestor losgekommen, stösst er wieder auf den verwundeten Eurypylos, dessen dringend nothwendige Verpflegung eine neue Verzögerung seiner Rückkehr bewirkt. Von Machaon's Wunde ist nicht weiter die Rede, ausser im Vorbeigang ξ, 5—7, da dieselbe wohl nur eine Veranlassung werden sollte, den Achilleus wieder in die Handlung zu ziehen und so der Entscheidung entgegenzuführen.

Zwölftes Buch. Während die Achäer sich aus Furcht vor Hektor bis zu den Schiffen zurückgezogen hatten, stehen die Troer am Graben vor der achäischen Mauer und steigen, da sie mit den Pferden nicht über den Graben kommen können, auf Polydamas' Rath von ihren Wagen herab, um in fünf Abtheilungen getheilt zu Fuss durch den Graben zu schreiten, und einen Sturmangriff auf die Mauer zu machen; nur Asios, Hyrtakos' Sohn, versucht es, mit Ross und Wagen an die Mauer zu kommen. Vor dem Thore der Mauer stehen als Vertheidiger die zwei Lapithenfürsten Polypoetes und Leonteus, und halten den Asios und seine Abtheilung zurück; dann rücken Hektor, Polydamas und die andern Abtheilungen, die bis dahin noch am Graben gestanden, trotz eines ungünstigen Anzeichens, von einem sich erhebenden Staubwirbel begünstigt, hinüber und erstürmen an zwei Stellen die Mauer, wobei Sarpedon die erste Brustwehr herunterreisst, Hektor durch den Wurf eines ungeheuern Steines das Thor sprengt.

Dreizehntes Buch. Indess so Zeus fortwährend die Troer begünstigt, kommt sein Bruder Poseidon, der auf der Höhe von Samothrake dem Kampfe zugesehen hatte, sich der geschlagenen Achäer erbarmend in ihr Heer und ermahnt sie in Gestalt des Kalchas, nicht nachzulassen in tapferer Gegenwehr, indem er zunächst an die beiden Aias sich wendet, dann auch an andere Führer und an das ganze Heer, das sich nun wieder um jene schaart. Von Seite der Achäer thut sich in diesem Buche noch besonders Idomeneus hervor, von Seite der Troer Helenos, Deiphobos u. A., vor allen aber Hektor, der zu wiederholten Malen mit grosser Gewalt vordringt. Daran reihen sich eine Menge nichtsentscheidender Einzelkämpfe.

Vierzehntes Buch. Der erneuerte Vorschlag Agamemnon's in der Mitte der Helden, die wegen Alter und Wunden sich aus der Schlacht zurückgezogen haben — Nestor, Diomedes, Odysseus —, die Schiffe zur Flucht in Bereitschaft zu setzen, wird von Odysseus und Diomedes nachdrücklich zurückgewiesen und dem Agamemnon Muth eingesprochen von Poseidon, der auch sonst fortfährt, für die Achäer zu thun, was er kann. Hera hinwieder setzt sich, um ihnen ungehinderter Beistand zu leisten, in's Einverständniss mit Aphrodite und dem Schlafgott, und schläfert den Zeus ein; während aber dieser schläft, führt in ungewohnter Weise Poseidon selbst die von Diomedes, Odysseus und Agamemnon geordneten Krieger in den Kampf und thut den Troern grossen Schaden. Hektor, von Aias mit einem grossen Steine getroffen, kommt dem Tode nahe und liegt lange in Ohnmacht. Im Ganzen schreitet die Handlung — in Folge der Situation des Zeus — nur wenig vor, und meistens überlässt sich die Darstellung einer behaglichen Weitschweifigkeit. Der Schluss des Buches besteht wieder aus einer Reihe einzelner Kampfnotizen, wie sie einen grossen Theil des vorigen Buches ausmachen, am meisten zu Ehren von Aias, Oileus' Sohn.

Fünfzehntes Buch. Als Zeus wieder erwacht, ist er nicht wenig überrascht über das Unglück der Trojaner und Hektor's Fall, sowie die Betriebsamkeit des Poseidon, und entladet sich seines Unwillens zuerst in Vorwürfen gegen Hera. Dann kündigt er in Form eines später der Iris und dem Apollon zu ertheilenden Auftrages seinen weitern Plan zur Erfüllung des der Thetis gegebenen Versprechens an. Apollon soll den Hektor wieder zum Kampfe beleben, Hektor die Achäer bis zu den Schiffen des Achilleus zurücktreiben, damit dieser zuerst seinen Freund Patroklos in den Kampf ziehen lasse und jener ihn erlege, dann Achilleus zur Rache entflammt den Hektor tödte und die Achäer zur Einnahme von Ilios anführe; doch vorher noch müsse der Pelide ehrende Genugthuung erhalten. Durch Iris lässt also Zeus dem Poseidon verbieten, weiter am Kampfe Theil zu nehmen, und Poseidon zieht sich in's Meer zurück. Auch Apollon gehorcht dem Befehle des Zeus und regt den Hektor zu neuem Kampfe an. Zum Erstaunen der Achäer erscheint dieser wieder auf dem Kampfplatze und treibt, von Apollon begleitet, die Achäer in die Mauer zurück. Nestor fleht zu den Göttern um Gnade, aber Zeus begünstigt fortwährend die Troer, und bereits kämpfen diese bei und auf den Schiffen mit Stangen. In dieser auf's Höchste gestiegenen Noth und die Seele ganz davon erfüllt verlässt endlich Patroklos (390—404) den Eurypylos, zu dessen Verpflegung er seit λ, 842 ff. in seinem Zelte geblieben war, um zu Achilleus zurückzukehren. Doch leisten die Achäer noch Widerstand auf einzelnen Punkten; aber die Troer dringen mit Feuerbränden immer weiter vor, so dass schon viele Schiffe in Brand stehen, und werden zuletzt nur von Aias noch aufgehalten.

Sechzehntes Buch. Endlich kommt Patroklos zu Achilleus zurück und erhält von ihm auf dringendes Bitten seine Rüstung, um darin gegen die Troer auszurücken und sie zu schrecken, das bedrohte Schiffslager aber zu retten; zugleich gestattet ihm derselbe, seine Myrmidonen in den Kampf zu führen, aber er macht ihm dabei zur Bedingung, sobald er die Troer von den Schiffen zurückgetrieben, wieder umzukehren, und nicht etwa sie bis zur Stadt zu verfolgen, damit er nicht die ihm gebührende Ehre schmälere. In dem Augenblicke, da Aias den dicht andringenden Feinden weichen muss und die Troer in das bisher von ihm vertheidigte Schiff Feuer werfen, führt Patroklos mit des Achilleus Ross und Wagen die von ihm selbst in fünf Abtheilungen geordneten Myrmidonen in den Kampf und drängt die Troer zuerst vom Schiff des Protesilaos zurück, dessen Brand er löscht; sie weichen mit Hektor über den Graben. Neben vielen Andern erlegt Patroklos auch Sarpedon, den Sohn des Zeus, dessen Leichnam dem *Θάνατος* und *Ὕπνος* übergeben wird, um ihn in seine Heimat Lykien zu bringen, nachdem sich vorher noch ein langer, von Zeus in Nacht gehüllter Kampf um den Besitz desselben entsponnen hatte; seine Waffen werden nach den Schiffen der Achäer gebracht. Zeus begünstigt sichtbar die Waffen des Patroklos, aber dieser lässt sich, entgegen der Vorschrift des Achilleus, bis zu den Mauern von Ilios verlocken, und hätte ohne Apollon's Widerstand dieselben erstiegen; schwer muss er aber seinen Ungehorsam büssen, indem er — von Apollon durch einen Schlag betäubt — von Euphorbos verwundet, von Hektor vollends getödtet wird.

Siebzehntes Buch. Ueber den Leichnam des Patroklos entsteht ein harter Kampf, zuerst zwischen Euphorbos und Menelaos, deren ersterer erlegt wird, der letztere sich vor Hektor zurückzieht; dann zwischen Hektor, der ihm bereits die Waffen ausgezogen, und Aias. Glaukos macht dem Hektor Vorwürfe, dass er Sarpedon's Waffen und, wie er glauben muss, auch seinen Leichnam den Achäern überlassen, um ihn zu desto grösseren Anstrengungen für Patroklos zu nöthigen. Darauf zieht Hektor die dem Patroklos abgenommene Rüstung des Achilleus an, die er bereits seinen Gefährten in die Stadt zu tragen übergeben hatte, und wendet sich mit neuem Feuer gegen die Patroklos' Leichnam schützenden Achäer. Zeus breitet dichten Nebel, dann dunkle Nacht über die um die Leiche Kämpfenden aus, während die Andern heitern Himmel haben, und lange ist der Kampf unentschieden, Viele fallen von beiden Seiten. Die Rosse des Achilleus weinen, als sie den Fall des Patroklos vernehmen, und wollen weder vor- noch rückwärts, bis ihnen Zeus neuen Muth einflösst, so dass sie auf die Wahlstatt zurückkehren und ihr Führer Automedon, dem Alkimedon an die Seite tritt, am Kampfe Theil nehmen kann. Auch Athene steigt wieder vom Himmel herab, um die Danaer zum Kampf anzufeuern; auf der andern Seite ermuntert Apollon (in verschiedenen Gestalten) die Führer der Troer. Endlich kündigt Zeus vom Ida herab durch Donner und Blitz den Troern den Sieg an, und die Achäer beginnen zu fliehen. Auf das Gebet des Telamonischen Aias zerstreut Zeus das Dunkel; Antilochos aber wird entsendet, um dem Achilleus den Tod des Patroklos zu melden. Menelaos und Meriones, von den beiden Aias im Rücken gedeckt, tragen den Leichnam nach den Schiffen der Achäer.

Achtzehntes Buch. In den heftigsten Aeusserungen des Schmerzes beklagt Achilleus, den schon vor Antilochos' Ankunft trübe Ahnungen erfüllt hatten, den Tod des Patroklos. Seine Mutter, die seine Klage vernommen, kommt mit dem ganzen Gefolge der Nereiden zu ihm und verspricht dem von ungemessener Rachlust Erfüllten, doch auch bereits seine Verschuldung an Agamemnon ohne Rückhalt Eingestehenden, auf den folgenden Morgen eine neue von Hephästos verfertigte Rüstung; sofort begiebt sie sich in den Olympos, um diese bei Hephästos zu bestellen. Auf der Hera Geheiss und von Athene durch Aegis und Wolke unterstützt stellt sich Achilleus an den Graben, um die dem Leichnam des Patroklos noch immer nachsetzenden Troer durch seine Erscheinung zu schrecken; nur so wird jener endlich in völlige Sicherheit gebracht, und Hera lässt vor der Zeit die Nacht eintreten, so dass die Achäer vom Kampfe ausruhen können. Die Troer halten auf ihrer Flucht noch in der Ebene eine Versammlung, in welcher Polydamas räth, sich in die Stadt zurückzuziehen und dort zu vertheidigen, Hektor aber darauf dringt, dass man in der Ebene bleibe und morgen an den Schiffen den Kampf fortsetze.... Sein Vorschlag wird angenommen. Unterdessen beklagen die Achäer den Leichnam des Patroklos, vor allen Achilleus, welcher betheuert, ihn nicht eher zu bestatten, als bis er Hektor's Haupt und Waffen zur Stelle gebracht und vor seinem Scheiterhaufen zwölf junge Troer geschlachtet habe. Thetis kommt zu Hephästos und erhält von ihm in derselben Nacht die verlangte göttliche Rüstung, deren Anfertigung im Einzelnen beschrieben wird, am ausführlichsten die des Schildes.

Neunzehntes Buch. Mit Tagesanbruch überbringt Thetis ihrem Sohn die neuen Waffen, und schützt durch eingeträufelte Ambrosia den Leichnam des Patroklos gegen Verwesung. Achilleus beruft die gesammten Achäer zu einer Versammlung, in welcher er seinem Groll gegen Agamemnon feierlich entsagt und die angebotenen Geschenke annimmt, nachdem auch dieser alle Beleidigungen zurückgenommen. Auch Briseis und die andern Weiber beklagen den Patroklos. Achilleus will durchaus keine Speise geniessen, bis die Sonne untergehe, die Andern aber stärken sich durch ein Mahl zum bevorstehenden Kampfe. Jener zieht dann die Rüstung an und überzeugt sich, dass er sich mit Leichtigkeit darin bewegen kann. Zuletzt weissagt ihm Xanthos, das eine seiner unsterblichen Rosse, den nahen Untergang.

Zwanzigstes Buch. Da der Entscheid des Kampfes nun immer näher rückt, lässt Zeus alle Götter in den Olympos zusammenkommen, und giebt ihnen die Erlaubniss, nach ihrer Neigung dem einen oder andern Theil beizustehen. Sie begeben sich auf den Kampfplatz: Hera, Athene, Poseidon, Hermes und Hephästos zu den Achäern, Ares, Apollon, Artemis, Leto, Xanthos, der Flussgott, und Aphrodite zu den Troern. Nun beginnt der furchtbare Entscheidungskampf, den Zeus mit seinem Donner begleitet, während Poseidon die Gewässer aufregt und alle Berggründe erschüttert. Die auf der Seite der Achäer stehenden Götter beschliessen, einstweilen am Kampf keinen Theil zu nehmen, sondern ihn seitwärts sitzend und in Nebel gehüllt nur zu beobachten, so lange nicht die andern dem Achilleus in den Weg treten; ihrem Beispiel folgen aber auch Phöbos und Ares mit ihrem Anhang. Aeneias, von Apollon selbst angetrieben, und der Pelide gehen auf einander los, und jener ist in der höchsten Gefahr umzukommen, wird jedoch von Poseidon aus Mitleid gerettet. Nachdem Achilleus mehrere Helden erlegt, kommt er auch mit Hektor zusammen; doch rettet Apollon diesen jetzt noch, ihn in Nebel einhüllend, und jener fährt fort, durch die Besiegung Einzelner und Verfolgung des feindlichen Heeres bis gegen die Stadt Verheerungen anzurichten gleich einem Waldbrand auf dürren Bergen.

Einundzwanzigstes Buch. Am Flusse Xanthos theilt Achilleus die von ihm verfolgten Troer in zwei Hälften, deren eine er in die Ebene nach der Stadt, die andere in den Fluss selbst treibt. Er selbst springt mit dem Schwert in den Fluss, gleich einem Dämon wüthend, und wählt aus den Troern im Flusse zwölf lebende Jünglinge aus zum Sühnopfer für Patroklos. Den Lykaon, Priamos' Sohn, der ihm begegnet, schlachtet er trotz seinem rührenden Flehen erbarmungslos hin, ebenso den Päonier Asteropäos und viele seiner Gefährten. Der Flussgott bittet den Helden, sich doch wenigstens von seinem Bette zu entfernen, und dieser scheint es zu versprechen, aber wie zum Trotze springt er unmittelbar darauf gerade in's Flussbett. Doch der Gott birgt schützend die noch in ihm lebenden Troer, und Achilleus muss durch die Fluth gedrängt das Bett wieder verlassen, und wird auch noch auf dem Lande weit von ihr verfolgt, so dass er zuletzt unter Anrufung des Zeus sich den Tod durch Hektor wünscht. Da erscheinen ihm Poseidon und Athene und ermuthigen ihn durch Rath und Zuspruch. Er wendet sich nach der Ebene, aber Xanthos mit dem zu Hülfe gerufenen Simoeis lässt nicht ab ihm nachzusetzen, und bringt ihn neuerdings in Lebensgefahr. Auf Bitte der Hera setzt Hephästos die Bäume am Fluss und die Fluthen selbst in Flammen, und Xanthos muss hinwieder sowohl ihn als die Hera um Erbarmen und Schonung flehen, verspricht auch, den Troern nie mehr Beistand zu leisten. Jetzt beginnt aber zwischen den andern Göttern der furchtbarste und leidenschaftlichste Kampf: Ares gegen Athene, diese — die sich besonders unbändig und roh zeigt — gegen ihn und Aphrodite; dann wieder Hera gegen Artemis, welche von ihr misshandelt in den Olympos entweicht; nur Apollon nimmt in weiser Mässigung den von Poseidon ihm angebotenen Kampf nicht an, kehrt auch nicht gleich den andern Göttern in den Olympos zurück, sondern begiebt sich für die Stadt besorgt nach Ilios. Achilleus kommt der Stadt immer näher, und würde auch den Antenoriden Agenor, der sich ihm entgegenstellt, erlegen, wenn nicht Apollon ihn sicherte und in Agenor's Gestalt selbst den Verfolgenden äffte, so dass unterdessen die fliehenden Troer sich in die Stadt retten können.

Zweiundzwanzigstes Buch. Einzig Hektor ist noch ausser dem Thore, den Kampf mit Achilleus herbeiwünschend, und bleibt draussen, trotz den dringenden Bitten des Priamos und der Hekabe. Aber als der Gegner wirklich naht, erschrickt er und fängt an, rückwärts sich an der Mauer hinzuziehen. Dreimal treibt ihn jener um die Mauer der Stadt herum, und so oft Hektor sich dem Thore nähert, um sich unter den Schutz der auf der Mauer Kämpfenden zu retten, eilt ihm Achilleus zuvor und nöthigt ihn wieder in die Ebene hinaus. Nachdem Zeus die Geschicke beider Helden auf die Wage gelegt und das des Hektor gesunken ist, verlässt diesen auch Apollon, der ihn bisher geschützt, und er fällt, von der Athene in Deiphobos' Gestalt getäuscht (vgl. S. 10), durch den Speer des Achilleus, der mit ungebeugter Härte dem Sterbenden auch die letzte Bitte verweigert, seinen Leichnam dem Priamos gegen ein reiches Lösegeld auszuliefern. Nach Absingung eines Siegespäan führt der stolze Sieger den Leichnam, die durchstochenen Füsse an seinen Wagen gebunden und das Haupt auf der Erde nachschleppend, in das Schiffslager, während Vater, Mutter und Volksgenossen bei diesem Anblick von der Stadtmauer herab in die schmerzlichsten Wehklagen ausbrechen, am meisten aber die Gattin Andromache, zu welcher zuletzt erst die Schreckenskunde hindurchgedrungen ist, die ihrem stillen häuslichen Fleisse das schmerzlichste Ende macht.

Dreiundzwanzigstes Buch. Achilleus lässt aus der Schlacht zurückgekehrt die Myrmidonen dreimal um den Leichnam des Patroklos fahren und ihn beklagen; erst dann giebt er ihnen einen Leichenschmaus. In der Nacht erscheint dem am Ufer des Meeres Ruhenden der Schatten des Patroklos und bittet, ihn schnell zu bestatten, seine Asche aber einst in derselben Urne mit der eignen beizusetzen. Am folgenden Morgen sendet Agamemnon unter Meriones' Führung eine Schaar Männer mit Maulthieren aus, um Holz aus den Wäldern des Ida für den Scheiterhaufen zu holen. Dann lässt Achilleus auch den Leichnam von den Myrmidonen in feierlichem Zug, zu Wagen und zu Fuss, an die Stelle bringen, wo nun der Scheiterhaufen errichtet werden soll. Er weiht ihm sein ganzes abgeschnittenes Haar, schlachtet die zwölf troischen Jünglinge und wirft sie nebst Pferden, Hunden und anderen Opferthieren in den brennenden Scheiterhaufen. Aphrodite und Apollon schützen den Leichnam vor der Verstümmlung durch Hunde und gegen die Einwirkung der Hitze. Boreas und Zephyros fachen den Scheiterhaufen an und Achilleus spendet die Nacht hindurch Wein in die Flamme. Nachdem diese gelöscht und die Asche eingesammelt ist, beginnen die Leichenspiele: zuerst ein Wagenrennen mit fünf Preisen für eben so viele Kämpfer; dann ein Faustkampf und ein Ringen mit je zwei Preisen, ein Wettkampf mit dreien, ein Kampf in voller Rüstung mit zweien; endlich wird noch ein Diskos als Preis für die Diskoswerfer, und je zwei Preise für ein Vogelschiessen und für das Wurfspiessschleudern ausgesetzt.

Vierundzwanzigstes Buch. Nach Vollendung der Spiele setzt Achilleus seine Klagen um Patroklos (vgl. ψ, 12) und die Misshandlung von Hektor's Leichnam fort, bis im Ganzen zwölf Tage seit Hektor's Tod verflossen sind. Zeus lässt durch Thetis die Misshandlung der Leiche missbilligen und empfiehlt, dieselbe gegen ein Lösegeld dem Priamos auszuliefern; ebenso lässt er dem Priamos durch Thetis befehlen, sich zu diesem Ende mit reichen Gaben in das achäische Schiffslager zu begeben. Priamos entschliesst sich dazu, obschon gegen der Hekabe Rath, und lässt durch seine Söhne theils einen mit Maulthieren bespannten Wagen für die Geschenke, theils einen von Pferden gezogenen für sich und den Herold ausrüsten. Nachdem er dann auf den Rath der Hekabe dem Zeus für glückliche Fahrt gespendet und von demselben ein günstiges Anzeichen erhalten hat, tritt er, von Verwandten und Freunden bis vor die Stadt begleitet, die Fahrt an. Zeus sendet ihm den Hermes als Geleitmann, und dieser kommt gerade beim Einbruch der Nacht zu ihm, sich für einen Myrmidonen und Diener des Achilleus ausgebend. Nach freundlicher Wechselbegrüssung setzt sich Hermes zu ihm auf den Wagen, und lenkt denselben zur Lagerhütte des Achilleus, indem er die aufgestellten Wächter einschläfert; erst beim Abschied giebt er sich ihm zu erkennen. Mit unerwarteter Milde nimmt Achilleus die Bitte des Priamos auf und zeigt ihm tiefes Mitgefühl; er nimmt das Lösegeld in Empfang und lässt den gewaschenen und gesalbten Leichnam auf den Wagen bringen. Nach der Abendmahlzeit lässt er für Priamos und seinen Herold Nachtlager in der Vorhalle bereiten und bewilligt ihm noch einen Waffenstillstand bis zum zwölften Tage, um die Leiche nach aller Gebühr zu bestatten. Hermes weckt den Priamos schon in der Nacht, um ihn wieder bis an den Xanthos zu geleiten, und entlässt ihn mit Aufgang der Sonne. Unter Wehklagen wird der Leichnam nach der Stadt geführt, und, von Kassandra aufgerufen, strömt ihm die ganze Bevölkerung entgegen. Nachdem er auf ein Lager gebracht und von Klagesängern umringt ist, beklagen ihn der Reihe nach besonders Andromache, Hekabe, Helena. Die Troer schaffen, auf Priamos' Geheiss, während neun Tagen Holz für den Scheiterhaufen herbei, verbrennen (am zehnten) den Leichnam, sammeln die Asche und errichten (am eilften) ein Denkmal.

Die ganze eigentliche Handlung der Ilias fällt in das Ende des neunten und den Anfang des zehnten Jahres des trojanischen Krieges (vgl. β, 134. 295. 328f.), führt aber noch nicht wirklich zur Einnahme der Stadt, ja wir sehen nicht einmal, wie der Dichter sich diese vorstellt. Die Handlung umfasst*) einundfünfzig Tage, von denen 21 auf das erste, 22 auf das letzte Buch kommen, für die übrigen Bücher nur 8 übrig bleiben. Von diesen 8 Tagen geht einer mit Einschluss der folgenden Nacht auf β, 1—η, 380, zwei auf η, 381—482, wieder je einer mit der Nacht auf ϑ, 1—κ am Ende, λ, 1 bis σ am Ende, τ, 1—ψ, 108, zwei auf ψ, 109—ω, 12. Die Uebersicht der Tage im Einzelnen ist folgende:

1—9. Tag. Seuche unter dem Heere der Achäer (α, 1—53). Reise der Götter zu den Aethiopen für 12 Tage (424f.).

10. Tag. Volksversammlung der Achäer (54), Unterredung mit Thetis (348—360).

11—21. Tag. Aufenthalt der Götter bei den Aethiopen; am 21. ihre Rückkehr und Unterredung der Thetis mit Zeus (493—497. 605—611).

22. Tag (β, 1—η, 380). Ein langer Tag, dessen Grenzpunkte β, 48 und η, 293 vgl. 381 angegeben sind; er enthält folgende einzelne Handlungen: Versammlung der βουλή und der ganzen Gemeinde; Rüstungen zur Schlacht und Imbiss (β, 381. 399). Eidschwur und Zweikampf des Paris und Menelaos. Vereitelung des Eides durch Pandaros' Schuss; Agamemnon ermuntert das Heer zu tapferm Kampfe. Heldenthaten des Diomedes (Aphrodite, Aeneias, Ares verwundet); Tlepolemos durch Sarpedon getödtet. Hektor's Gang in die Stadt und Abschied von der Andromache; in der Zwischenzeit Erkennung des Glaukos und Diomedes. Zweikampf des Hektor und Aias.

23. Tag (η, 381—432). Bestattung der Todten.

24. Tag (η, 433—482). Erbauung des Grabens und der Mauer vor dem Lager der Achäer.

25. Tag (ϑ—κ zu Ende). Aufgang der Eos ϑ, 1. Eintritt des Mittags 66—68. Sonnenuntergang und Nacht 485—488, darin Versammlungen sowohl der Troer als der

*) Vgl. Wilh. Müller, homerische Vorschule. 2. Aufl. S. 120–131, wo sich indessen einige Versehen finden. Dagegen bringt A. Kiene, die Chronologie der Ilias (bei Jahn N. Jahrb. 83 S. 161–166) die Summe der Tage auf 49 herab; wir können aber seinen Voraussetzungen nicht folgen.

Achäer ϑ, 489. ι, 10—78. Nachtwachen von beiden Seiten ϑ, 508. ι, 79—88. Gesandtschaft an Achilleus in der Nacht (ι, 182ff.), welche astronomisch eigentlich zum folgenden Tage gerechnet wird (vgl. zu τ, 141).

26. Tag (λ, 1 bis σ zu Ende). Wieder ein sehr inhaltreicher Tag. Die Masse der auf einen Tag fallenden Handlungen scheint dem Einiger der Gesänge selbst Bedenken verursacht zu haben, daher er die Uebergänge der Tageszeit einigermassen verwischt. Der eigentliche Eintritt des Mittags wird wenigstens nirgends bezeichnet; denn λ, 86—90 geht nur auf den spätern Vormittag, dagegen π, 777—779 wird der Mittag selbst als vergangen, der Abend aber als eben einbrechend bezeichnet. Der Sonnenuntergang σ, 239—242 ist nicht der natürliche, sondern durch Hera beschleunigt; von da an ist es Nacht, wiewohl bei Hephästos nichts davon zu bemerken ist.

27. Tag (τ, 1 [vgl. σ, 136] bis ψ, 108). Versammlung der Achäer, Aussöhnung zwischen Agamemnon und Achilleus und Mahlzeit. Schlacht der Götter und am Xanthos, Fall des Hektor.

28. Tag (ψ, 109—225). Herbeischaffung von Holz für den Scheiterhaufen.

29. Tag (ψ, 226 bis ω, 2—12). Sammlung der Gebeine des Patroklos. Leichenspiele.

28—39. Tag (ω, 12—31). Achilleus schleift den Leichnam des Hektor um den Grabhügel des Patroklos bis am 12. Tag vom Todestage an gerechnet (vgl. χ, 395—405. ω, 31 mit 413) (am 27. war Hektor gefallen). Priamos' Fahrt zu Achilleus.

40. Tag (ω, 695—697). Priamos bringt den Leichnam nach der Stadt zurück.

41—51. Tag. Neuntägige Wehklage um Hektor; am zehnten Tage die Bestattung, am eilften die Errichtung des Grabmals (ω, 784—804 vgl. mit 664—667). Die auf den 12. Tag in Aussicht gestellte Wiedereröffnung der Feindseligkeiten tritt in der Iliade nicht mehr ein.

Durch diese chronologische Uebersicht der Tage wollen wir, wie sich schon aus dem Frühern entnehmen lässt, keineswegs sagen, dass auch die ursprünglichen Dichter der einzelnen Gesänge dieselben in diesem chronologischen Zusammenhange gedacht haben; sondern unsere Absicht war nur zu zeigen, dass die Einigung des Gedichtes, die Betrachtung desselben als Ganzen wenigstens diese Probe auch ertrage, dass durch die Annahme eines solchen Zusammenhanges keine Unmöglichkeit noch Ungereimtheit in dasselbe gebracht werde. Die Masse der auf einzelne Tage gehäuften Begebenheiten ist allerdings gross und verstösst hie und da gegen die poetische Wahrscheinlichkeit, wie z. B. die zwei Zweikämpfe am ersten Schlachttag. Aber um diess desto eher zu begreifen und zu entschuldigen, erinnere man sich, dass das Gedicht nicht zum Lesen und zusammenhängenden Studium, sondern zum mündlichen Vortrag bestimmt war, dass aber der mündliche Vortrag nie das Ganze weder umfassen konnte noch sollte, und daher die übermässige Anhäufung des Stoffes kaum je einem Zuhörer zum Bewusstsein kam.

Der Schauplatz der Handlung ist die Nordwestküste von Kleinasien am Hellespont und am Archipelagus. Hier*) nördlich an dem weiten Meerbusen zwischen den Vorgebirgen Rhoeteum (östlich) und Sigeum (westlich) stehen die auf's Land gezogenen Schiffe der Achäer, wahrscheinlich im Halbkreise treppenförmig aufgestellt. Südlich davon zieht sich landeinwärts zwischen zwei Bergketten, die in den genannten Vorgebirgen auslaufen, die breite trojanische Ebene, der Schauplatz der Schlachten und Kämpfe, und im südöstlichen Hintergrunde von dieser, anderthalb bis zwei deutsche Meilen von der Küste entfernt, wo sich die Berge von beiden Seiten zu einer Schlucht verengen, die nur durch den Skamander durchbrochen wird — hier liegt auf einem keineswegs freistehenden Vorberge des Ida die Stadt Ilios (das jetzige Bunarbaschi) mit der auf Felsengrund ruhenden Burg Pergamos, die gegen den Skamander hin schroff abgeschnitten ist. Zu beiden Seiten durchschneiden zwei Flüsse das Thal, rechts von Südost nach Nordwest, anfangs mitten durch die Ebene fliessend, doch zuletzt sich auf die linke (westliche) Seite neigend, der Skamander, jetzt Mendereh (dessen Sommer und Winter gleichmässig hellgelbe Farbe die Identität mit dem Skamander und die Wahrheit des andern Namens Ξάνθος, flavus, beweist); links den Bergen entlang der schmälere Simoeis (jetzt ohne eigentlichen Namen, bei den Türken Bunarbaschi-Wasser genannt), der in der Nähe der Stadt, auf der nordwestlichen Seite derselben, aus zwei Quellen entspringt, welche nach

*) Vgl. F. G. Welcker, über die Lage des homerischen Ilion, in d. kleinen Schriften II. S. I–LXXXVI.

einem auch vom Dichter angedeuteten Volksglauben (vgl. zu χ, 147—153) mit dem Skamander in unterirdischem Zusammenhang stehen*). Gegen das Ende der Ebene vereinigen sich beide und ergiessen sich näher an Rhoeteum durch Eine Mündung in den Hellespont. — Das im siebenten und den folgenden Büchern erwähnte trojanische Lager ist im Vordergrunde der Ebene unweit des Schiffslagers der Achäer. Andere der im Gedichte vorkommenden speciellern Oertlichkeiten lassen sich nicht mehr auch nur mit einiger Sicherheit nachweisen; vgl. indessen Horner's Bilder des griechischen Alterthums Tafel I. II. VII. VIII. XIX.

*) Forchhammer (Beschreibung der Ebene von Troja, Frankfurt a. M. 1850) hält den Fluss zur Rechten für den Simoeis (den Windungenreichen, den jetzigen Mendereh), das Bunarbaschi-Wasser für den Skamander, der nur weiter unten in der Ebene, wo er zur Winterzeit austrete, Xanthos geheissen habe.

ΕΠΙΓΡΑΦΑΙ ΚΑΙ ΥΠΟΘΕΣΕΙΣ

ΤΩΝ ΤΗΣ ΙΛΙΑΔΟΣ ΡΑΨΩΙΔΙΩΝ.

Α. λοιμός. μῆνις.

Χρύσης ἱερεὺς τοῦ Ἀπόλλωνος παραγίνεται ἐπὶ τὸν ναύσταθμον τῶν Ἑλλήνων βουλόμενος λυτρώσασθαι τὴν θυγατέρα αὐτοῦ Χρυσηίδα. οὐκ ἀπολαβὼν δὲ ἀλλὰ καὶ μεθ' ὕβρεως ἀποδιωχθεὶς ηὔξατο τῷ Ἀπόλλωνι κατὰ τῶν Ἑλλήνων. λοιμοῦ δὲ γενομένου καὶ πολλῶν ὡς εἰκὸς διαφθειρομένων ἐκκλησίαν Ἀχιλλεὺς συνήγαγε. Κάλχαντος δὲ διασαφήσαντος τὴν ἀληθῆ αἰτίαν, καὶ κελεύσαντος Ἀχιλλέως ἐξιλάσκεσθαι τὸν θεόν, Ἀγαμέμνων ὀργισθεὶς διηνέχθη πρὸς τὸν Ἀχιλλέα καὶ αὐτοῦ τὸ γέρας ἀπέσπασε τὴν Βρισηίδα. ὁ δὲ ὀργίζεται τοῖς Ἕλλησι. Θέτις δὲ τοῦ υἱοῦ δεηθέντος εἰς Ὄλυμπον ἀνελθοῦσα ᾐτήσατο παρὰ τοῦ Διὸς ὅπως τοὺς Τρῶας ἐπικρατεστέρους τῶν Ἑλλήνων ποιήσῃ. Ἥρα δὲ γνοῦσα διηνέχθη πρὸς τὸν Δία, ἕως αὐτοὺς διέλυσεν Ἥφαιστος οἰνοχοήσας ἐν ἐκπώματι χρυσῷ. οἱ δὲ τὸ λοιπὸν τῆς ἡμέρας εὐωχηθέντες εἰς ὕπνον τρέπονται.

Β. ὄνειρος. Βοιωτία ἢ κατάλογος τῶν νεῶν.

Ζεὺς ὄνειρον ἐπιπέμψας Ἀγαμέμνονι παρακελεύεται τοὺς Ἕλληνας ἐξάγειν ἐπὶ τὸν πόλεμον. ὁ δὲ πρότερον μὲν συνέδριον τῶν ἀρίστων, ἔπειτα δὲ ἐκκλησίαν ποιησάμενος ἀποπειρᾶται αὐτῶν παρακελευσάμενος φεύγειν εἰς τὰς πατρίδας. κατέχει δὲ αὐτοὺς Ὀδυσσεὺς Ἀθηνᾶς προνοίᾳ καὶ Νέστωρ δημηγορήσας. εἶτα τροφὴν ἀνελόμενοι ἐξοπλίζονται αὐτοί τε καὶ οἱ ἡγεμόνες. ὁμοίως δὲ καὶ οἱ Τρῶες Ἴριδος αὐτοῖς ἀπαγγειλάσης. κατάλογον δὲ ὁ ποιητὴς ἐποίησε τῶν στρατευμάτων καὶ τῶν νεῶν.

Γ. ὅρκοι. τειχοσκοπία. Πάριδος καὶ Μενελάου μονομαχία.

Ἀλεξάνδρου προκαλεσαμένου Μενέλαον εἰς μονομαχίαν ἐπὶ διαλύσει τῶν ὅλων ὅρκοι γίνονται, ἐφ' ᾧ τὸν νικήσαντα τὴν Ἑλένην λαβεῖν καὶ τὰ χρήματα αὐτῆς. ἡττηθέντα δὲ Ἀλέξανδρον Ἀφροδίτη ἁρπάζει καὶ εἰς τὸν ἴδιον θάλαμον ἀπαγαγοῦσα μετακαλεῖται ἀπὸ τοῦ τείχους τὴν Ἑλένην. οἱ δὲ συνομιλήσαντες εἰς ὕπνον τρέπονται.

Δ. ὁρκίων σύγχυσις. Ἀγαμέμνονος ἐπιπώλησις.

ἔδοξε τοῖς θεοῖς τὴν Ἴλιον ἁλῶναι· διὸ Ἀθηνᾶ μὲν Μενέλαον τοξευθῆναι ὑπὸ Πανδάρου παρεσκεύασε. καὶ οὕτω συγχυθέντων τῶν ὅρκων Μαχάων μὲν ἰᾶται Μενέλαον, Ἀγαμέμνων δὲ ἀπελθὼν τὴν στρατιὰν παρορμᾷ εἰς τὸν πόλεμον. συμβολῆς δὲ γενομένης πολλοὶ ἑκατέρωθεν ἀναιροῦνται.

Ε. Διομήδους ἀριστεία.

Διομήδης Ἀθηνᾶς αὐτῷ συλλαμβανομένης ἀριστεύει καὶ πολλοὺς ἀναιρεῖ τῶν πολεμίων, τιτρώσκει δὲ Ἀφροδίτην κατὰ τῆς χειρὸς καὶ Ἄρεα κατὰ τοῦ κενεῶνος. Αἰνείαν δὲ πληγέντα ὑπ' αὐτοῦ λίθῳ Ἀπόλλων διασώζει. Τληπόλεμος δὲ ὑπὸ Σαρπηδόνος ἀναιρεῖται. τῷ δὲ Ἄρει Ζεὺς ἐπιπλήττει, ἰᾶται δὲ αὐτὸν Παιήων ὁ τῶν θεῶν ἰατρός.

Ζ. Ἕκτορος καὶ Ἀνδρομάχης ὁμιλία.

τῶν θεῶν ἀποστάντων τῆς μάχης οἱ Ἕλληνες πολλοὺς ἀναιροῦσι τῶν Τρώων. Ἑλένου δὲ συμβουλεύσαντος Ἕκτωρ εἰς τὴν πόλιν ἄνεισι καὶ τῇ μητρὶ Ἑκάβῃ κελεύει εὔξασθαι τῇ Ἀθηνᾷ καὶ ὑποσχέσθαι αὐτῇ δώδεκα βοῶν θυσίαν, ὅπως τὸν Διομήδην ἀποστήσειε τῆς μάχης. τέως δὲ ὄντων αὐτῶν ἐν τῷ πεδίῳ Γλαῦκος καὶ Διομήδης ἀναγνωρίσαντες φιλίαν πατρικὴν διαλλάσσουσι τὰ ὅπλα ἀλλήλοις. Ἕκτωρ δὲ διαλεχθεὶς τῇ μητρὶ Ἑκάβῃ καὶ τῇ γυναικὶ Ἀνδρομάχῃ σὺν τῷ ἀδελφῷ Ἀλεξάνδρῳ εἰς τὸν πόλεμον ἔξεισιν.

Η. Ἕκτορος καὶ Αἴαντος μονομαχία. νεκρῶν ἀναίρεσις.

Ἑλένου συμβουλεύσαντος Ἕκτωρ προκαλεῖται τῶν Ἑλλήνων τὸν ἄριστον εἰς μονομαχίαν. ἐννέα δὲ ἀναστάντων ἔλαχεν Αἴας ὁ Τελαμώνιος, καὶ γενναίως αὐτοὺς ἀγωνισαμένους διαλύουσι κήρυκες ἑσπέρας γενομένης. τῇ δ' ἑξῆς τοὺς νεκροὺς ἀνελόμενοι θάπτουσι, καὶ τεῖχος οἱ Ἕλληνες κατασκευάζουσιν, ἐφ' ᾧ ὁ Ποσειδῶν ἠγανάκτησεν. Ζεύς τε αὐτοῖς διὰ νυκτὸς σημεῖα οὐκ αἴσια τῶν μελλόντων δείκνυσιν.

Θ. κόλος μάχη.

Ζεὺς ἀπαγορεύσας τοῖς θεοῖς μηδετέρῳ βοηθεῖν τῶν στρατευμάτων ἐπὶ τὴν Ἴδην κατέρχεται, καὶ πρότερον ἴσον μαχομένους τοὺς Ἕλληνας ἐλάττονας τῶν Τρώων καθίστησιν. Ἥραν δὲ καὶ Ἀθηνᾶν ἐπὶ βοήθειαν τοῖς Ἕλλησιν ἐξιούσας ἐπέσχεν Ἶρις Διὸς κελεύσαντος. ἑσπέρας δὲ γενομένης Ἕκτωρ ἐδημηγόρησεν ἐν τῷ πεδίῳ ὥστε στρατοπεδεύεσθαι καὶ πῦρ δι' ὅλης νυκτὸς καίειν.

Ι. πρεσβεία πρὸς Ἀχιλλέα. λιταί.

Ἀγαμέμνονος συμβουλεύσαντος τοῖς Ἕλλησι φεύγειν ἵστανται τὴν ἐναντίαν ἀποφαινόμενοι γνώμην Διομήδης καὶ Νέστωρ. συμβουλεύσαντος δὲ Νέστορος πρὸς Ἀχιλλέα πέμπονται πρέσβεις. καὶ δεηθεῖσιν ἀντεῖπεν αὐτοῖς Ἀχιλλεύς. οἱ δὲ ἀπαγγέλλουσι, καὶ μετὰ ταῦτα εἰς ὕπνον τρέπονται.

Κ. Δολώνεια.

Ἀγαμέμνων ἀγρυπνήσας ἀνίστησι τοὺς ἀρίστους τῶν Ἑλλήνων αὐτός τε καὶ Μενέλαος· καὶ ἐπὶ τῆς τάφρου συμβουλευσάμενοι πέμπουσι κατασκόπους εἰς τὸ τῶν Τρώων στρατόπεδον Ὀδυσσέα καὶ Διομήδην, οἳ Δόλωνα μὲν συναντήσαντες ἀναιροῦσι, πυθόμενοι δὲ παρ' αὐτοῦ Ῥῆσόν τινα βασιλέα καὶ Θρᾷκας παρεῖναι, ἔνθα τε ἐστρατοπεδεύσαντο, ἐπελθόντες δολοφονοῦσι τὸν Ῥῆσον καὶ τῶν ἑταίρων τινάς, τούς τε ἵππους αὐτοῦ ἀπελάσαντες εἰς τὸν ναύσταθμον παραγίνονται.

Λ. Ἀγαμέμνονος ἀριστεία.

Ἀγαμέμνων αὐτός τε ὁπλισάμενος καὶ τοὺς ἄλλους καθοπλίσας Ἕλληνας ἐξάγει ἐπὶ τὸν πόλεμον. Ἕκτωρ δὲ Διὸς κελεύσαντος ἀναχωρεῖ τῆς μάχης, ἕως Ἀγαμέμνων ἐπὶ τὸν ναύσταθμον διασώζεται. μετὰ ταῦτα Ὀδυσσεὺς κυκλωσαμένων αὐτὸν τῶν Τρώων ἀμύνεται αὐτούς, Αἴαντος καὶ Μενελάου βοηθησάντων αὐτῷ. τιτρώσκονται μέντοι τῶν Ἑλλήνων οἱ ἄριστοι, Ἀγαμέμνων μὲν ὑπὸ Κόωνος, Ὀδυσσεὺς δὲ ὑπὸ Σώκου· ὑπὸ δὲ Ἀλεξάνδρου τοξεύονται Διομήδης καὶ Εὐρύπυλος καὶ Μαχάων, ὃν ἐπανιόντα σὺν Νέστορι θεασάμενος Ἀχιλλεὺς διαπέμπεται Πάτροκλον μαθησόμενον τίς εἴη ὁ τετρωμένος. ὁ δὲ ἀφικόμενος καὶ μαθὼν Μαχάονα εἶναι, παρὰ τοῦ Νέστορος προτρέπεται ἢ τὸν Ἀχιλλέα πεῖσαι συμμαχῆσαι τοῖς Ἕλλησιν ἢ αὐτὸς γοῦν λαβὼν τὴν παντευχίαν τοῦ Ἀχιλλέως ἐξελθεῖν εἰς μάχην. ἐπανερχόμενος δὲ περιτυχὼν Εὐρυπύλῳ κομίσας εἰς τὰς ναῦς θεραπεύει.

M. *τειχομαχία.*

ἀποβάντες οἱ Τρῶες τῶν ἵππων διαβαίνουσι τὴν τάφρον, καίτοι ἀπαισίου αὐτοῖς φανέντος οἰωνοῦ· καὶ εἰς πέντε τάξεις διαιρεθέντες προσβάλλουσι τῷ τείχει τῶν Ἑλλήνων. ἔνθα Σαρπηδὼν ἔπαλξιν κατασπᾷ, Ἕκτωρ δὲ λίθῳ βαλὼν τὰς πύλας ἐπέβη ταῖς ναυσί, καὶ οἱ ἄλλοι σὺν αὐτῷ πάντες Τρῶες.

A.

Μῆνιν ἄειδε, θεά, Πηληιάδεω Ἀχιλῆος
οὐλομένην, ἣ μυρί' Ἀχαιοῖς ἄλγε' ἔθηκεν,
πολλὰς δ' ἰφθίμους ψυχὰς Ἄϊδι προΐαψεν
ἡρώων, αὐτοὺς δὲ ἑλώρια τεῦχε κύνεσσιν
οἰωνοῖσί τε πᾶσι — Διὸς δ' ἐτελείετο βουλή —,
ἐξ οὗ δὴ τὰ πρῶτα διαστήτην ἐρίσαντε
Ἀτρείδης τε ἄναξ ἀνδρῶν καὶ δῖος Ἀχιλλεύς.
τίς τ' ἄρ σφωε θεῶν ἔριδι ξυνέηκε μάχεσθαι;
Λητοῦς καὶ Διὸς υἱός. ὁ γὰρ βασιλῆι χολωθεὶς
νοῦσον ἀνὰ στρατὸν ὦρσε κακήν, ὀλέκοντο δὲ λαοί,
οὕνεκα τὸν Χρύσην ἠτίμησ' ἀρητῆρα

1 – 7. Das Prooemion; vgl. die erste Anmerk. zur Odyssee. Hauptgegenstand und Mittelpunct der Iliade ist der Groll des Achilleus, und zwar nicht nur in seiner Dauer, welche sich über die ersten drei Viertheile des Gedichtes erstreckt, sondern auch in seinem Schlusse — der Rache für Patroklos und der Tödtung des Hektor. Das Weitere s. oben in der Einleitung S. 13 f.

4. *αὐτούς*, sie selbst, im Gegensatze der *ψυχαί*, der nichtigen Schatten (vgl. Od. ω, 1. 14), also ihre Leiber.

5. *πᾶσι*, allen ohne Unterschied, so viel ihrer kamen. *Διὸς – βουλή*. Die Parenthese ist etwas nachdrücklicher als die adverbiale Bestimmung, deren Stelle sie eigentlich vertritt, *Διὸς μεγάλου διὰ βουλάς*, wie es Od. ϑ, 82 heisst.

6. *ἐξ οὗ δὴ τὰ πρῶτα*, vgl. 235 *ἐπεὶ δὴ πρῶτα*, nachdem nun einmal, hängt zunächst an den Relativsätzen *ἣ ἔθηκεν – προΐαψεν* u. s. w. und bildet den Uebergang zur folgenden Frage nach dem Urheber des Haders.

8 *τίς τ' ἄρ*. Ueber den Gebrauch von *τε* im Anfange einer sich an das Vorige anschliessenden Frage vgl. zu Od. α, 346.

11. *τὸν Χρύσην* nachdrücklich hinweisend: jenen Chryses d. h. dort oder bei jenem Anlass den Chryses. Auch der beinahe ganz spondeische Gang dieses Verses muss auf den

Ἀτρείδης. ὁ γὰρ ἦλθε θοὰς ἐπὶ νῆας Ἀχαιῶν
λυσόμενός τε θύγατρα φέρων τ᾽ ἀπερείσι᾽ ἄποινα,
στέμματ᾽ ἔχων ἐν χερσὶν ἑκηβόλου Ἀπόλλωνος
χρυσέῳ ἀνὰ σκήπτρῳ, καὶ λίσσετο πάντας Ἀχαιούς,
Ἀτρείδα δὲ μάλιστα δύω, κοσμήτορε λαῶν.
„Ἀτρεΐδαί τε καὶ ἄλλοι ἐυκνήμιδες Ἀχαιοί,
ὑμῖν μὲν θεοὶ δοῖεν Ὀλύμπια δώματ᾽ ἔχοντες
ἐκπέρσαι Πριάμοιο πόλιν, εὖ δ᾽ οἴκαδ᾽ ἱκέσθαι·
παῖδα δέ μοι λῦσαί τε φίλην τά τ᾽ ἄποινα δέχεσθαι
ἁζόμενοι Διὸς υἱὸν ἑκηβόλον Ἀπόλλωνα.“
ἔνθ᾽ ἄλλοι μὲν πάντες ἐπευφήμησαν Ἀχαιοί
αἰδεῖσθαί θ᾽ ἱερῆα καὶ ἀγλαὰ δέχθαι ἄποινα·
ἀλλ᾽ οὐκ Ἀτρείδῃ Ἀγαμέμνονι ἥνδανε θυμῷ,
ἀλλὰ κακῶς ἀφίει, κρατερὸν δ᾽ ἐπὶ μῦθον ἔτελλεν.
„μή σε, γέρον, κοίλῃσιν ἐγὼ παρὰ νηυσὶ κιχείω
ἢ νῦν δηθύνοντ᾽ ἢ ὕστερον αὖτις ἰόντα,
μή νύ τοι οὐ χραίσμῃ σκῆπτρον καὶ στέμμα θεοῖο.
τὴν δ᾽ ἐγὼ οὐ λύσω· πρίν μιν καὶ γῆρας ἔπεισιν
ἡμετέρῳ ἐνὶ οἴκῳ ἐν Ἄργεϊ τηλόθι πάτρης,

gewichtigen Inhalt desselben aufmerksam machen.

14. *στέμματ᾽ ἔχων – ἀνὰ σκήπτρῳ.* Hervorhebung des bedeutsamsten Merkmahles in der Erscheinung des Chryses, wodurch er besonders Anspruch auf eine ehrfurchtsvolle Behandlung erhielt.

18. *θεοί.* Ueber diese Synizese vgl. zu Od. ξ, 251 *θεοῖσιν.*

20. *παῖδα δέ μοι.* Diese Worte bilden keinen Gegensatz zu *ὑμῖν μὲν θ. δ.*, sondern enthalten das eigentliche Verlangen des Chryses, wozu er sich durch jene *Captatio benevolentiae* den Weg bahnen wollte. Die Infinitive *λῦσαι* und *δέχεσθαι* stehen mit einem gewissen feierlich-ernsten, ja drohenden Ausdruck geradezu für den Imperativ, und hangen nicht etwa von *δοῖεν* ab (daher auch der Nominativ *ἁζόμενοι*). — *τὰ ἄποινα* dieses, von mir dargebotene, Lösegeld.

22. *ἐπευφήμησαν* mit dem Infinitiv als Object prägnant: sie verlangten, ermahnten mit frommen und günstigen Worten, dass u. s. w. = *ἐπευφημοῦντες ἐκέλευσαν* nach Bekk. hom. Blätter S. 226.

25. *ἐπὶ μῦθον ἔτελλεν.* Auch hier liegt in *ἐπιτέλλειν* der Begriff des Befehles, Gebotes, Auferlegens; ebenso unten 326.

26. *μή σε – κιχείω*, (sieh zu) dass ich dich nicht treffe, lass dich nicht treffen.

28. *μή – οὐ χραίσμῃ*, damit dir nicht nutzlos sei. *οὐ χραισμεῖν* bildet hier wie ein Compositum Einen Begriff = *ἄχρηστον εἶναι.* Zu *στέμμα θεοῖο* vgl. Virg. Aen. 2, 430 *Apollinis infula.*

29. *πρίν* Adverbium, vgl. zu Od. γ, 117 und ν, 427.

30. *ἐν Ἄργεϊ* im Peloponnes, vgl.

ἱστὸν ἐποιχομένην καὶ ἐμὸν λέχος ἀντιόωσαν.
ἀλλ' ἴθι, μή μ' ἐρέθιζε, σαώτερος ὥς κε νέηαι."
ὣς ἔφατ', ἔδδεισεν δ' ὁ γέρων καὶ ἐπείθετο μύθῳ,
βῆ δ' ἀκέων παρὰ θῖνα πολυφλοίσβοιο θαλάσσης.
πολλὰ δ' ἔπειτ' ἀπάνευθε κιὼν ἠρᾶθ' ὁ γεραιός
Ἀπόλλωνι ἄνακτι, τὸν ἠύκομος τέκε Λητώ.
„κλῦθί μευ, ἀργυρότοξ', ὃς Χρύσην ἀμφιβέβηκας
Κίλλαν τε ζαθέην, Τενέδοιό τε ἶφι ἀνάσσεις,
Σμινθεῦ. εἴ ποτέ τοι χαρίεντ' ἐπὶ νηὸν ἔρεψα,
ἢ εἰ δή ποτέ τοι κατὰ πίονα μηρί' ἔκηα
ταύρων ἠδ' αἰγῶν, τόδε μοι κρήηνον ἐέλδωρ·
τίσειαν Δαναοὶ ἐμὰ δάκρυα σοῖσι βέλεσσιν."
ὣς ἔφατ' εὐχόμενος, τοῦ δ' ἔκλυε Φοῖβος Ἀπόλλων,
βῆ δὲ κατ' Οὐλύμποιο καρήνων χωόμενος κῆρ,
τόξ' ὤμοισιν ἔχων ἀμφηρεφέα τε φαρέτρην.
ἔκλαγξαν δ' ἄρ' ὀιστοὶ ἐπ' ὤμων χωομένοιο,
αὐτοῦ κινηθέντος· ὁ δ' ἤιε νυκτὶ ἐοικώς.

zu Od. α, 343 f.

31. ἐμὸν λέχος ἀντιόωσαν dem Sinne nach = τῆς ἐμῆς κοίτης μεταλαμβάνουσαν. Der Accusativ, der bei ἀντιᾶν einzig hier steht, bezeichnet wohl eigentlich das erreichte Ziel, den Ort, wohin sie kommt. Vgl. θ, 291 ἤ κέν τοι ὁμὸν λέχος εἰσαναβαίνοι. Soph. Aias 491 ἐπεὶ τὸ σὸν λέχος ξυνῆλθον.

32. σαώτερος, nämlich als im entgegengesetzten Falle; vgl. zu Od. η, 159 κάλλιον.

33. ὁ γέρων = 35 ὁ γεραιός, 70 τά τ' ἐόντα τά τ' ἐσσόμενα. Hier nähert sich der Gebrauch des Artikels schon dem bei Spätern herrschenden, indem er das Adjectiv und Participium substantivirt. — ἀπάνευθε κιών, vgl. ἀποχωρήσας ἐκ τοῦ στρατοπέδου (Platon).

37 f. Χρύσην – Κίλλαν Städte am Adramyttenischen Busen, die schon im Alterthum verschwunden waren. — ἀμφιβαίνειν umschreiten, schützend umgeben, wie Od. ι, 198; vgl. Virg. Aen. 3, 35 Gradivum patrem, Geticis qui *praesidet* arvis. Zu Τένεδος vgl. Virg. Aen. 2, 21 ff.

41. τόδε μοι κρ. ἐέλδωρ wie Od. ρ, 242 τόδε μοι κρηήνατ' ἐέλδωρ.

45. ἀμφηρεφής, auf beiden Seiten, also über die ganze Fläche hin deckend, daher gutschliessend und auch wohlverschlossen. Die Dehnung der kurzen Endsylbe in ἀμφηρεφέα (vgl. ε, 576. θ, 556. ψ, 240 = Od. ψ, 225 ἀριφραδέα) nach vorangegangenen zwei kurzen darf nicht anstössig sein: es ist der entgegengesetzte Fall von ἀθάνατος, ἀγοράασθε (β, 337) u. dgl.

47. αὐτοῦ, er selbst, im Gegensatz seiner Geschosse, wie 51 αὐτοῖσι den Achäern selbst im Gegensatz der Maulthiere. — νυκτὶ ἐοικώς wie μ, 463: finster (in seiner ganzen Erscheinung).

ἕζετ' ἔπειτ' ἀπάνευθε νεῶν, μετὰ δ' ἰὸν ἕηκεν.
δεινὴ δὲ κλαγγὴ γένετ' ἀργυρέοιο βιοῖο.
οὐρῆας μὲν πρῶτον ἐπῴχετο καὶ κύνας ἀργούς,
αὐτὰρ ἔπειτ' αὐτοῖσι βέλος ἐχεπευκὲς ἐφιεὶς
βάλλ'· αἰεὶ δὲ πυραὶ νεκύων καίοντο θαμειαί.
ἐννῆμαρ μὲν ἀνὰ στρατὸν ᾤχετο κῆλα θεοῖο,
τῇ δεκάτῃ δ' ἀγορήνδε καλέσσατο λαὸν Ἀχιλλεύς·
τῷ γὰρ ἐπὶ φρεσὶ θῆκε θεὰ λευκώλενος Ἥρη·
κήδετο γὰρ Δαναῶν, ὅτι ῥα θνήσκοντας ὁρᾶτο.
οἱ δ' ἐπεὶ οὖν ἤγερθεν ὁμηγερέες τ' ἐγένοντο,
τοῖσι δ' ἀνιστάμενος μετέφη πόδας ὠκὺς Ἀχιλλεύς
„Ἀτρείδη, νῦν ἄμμε παλιμπλαγχθέντας ὀίω
ἂψ ἀπονοστήσειν, εἴ κεν θάνατόν γε φύγοιμεν,
εἰ δὴ ὁμοῦ πόλεμός τε δαμᾷ καὶ λοιμὸς Ἀχαιούς.
ἀλλ' ἄγε δή τινα μάντιν ἐρείομεν ἢ ἱερῆα
ἢ καὶ ὀνειροπόλον — καὶ γάρ τ' ὄναρ ἐκ Διός ἐστιν —,
ὅς κ' εἴποι ὅ τι τόσσον ἐχώσατο Φοῖβος Ἀπόλλων,

48. *μετὰ* gehört zu *ἕηκεν*, er entsandte (seinen Händen) den Pfeil, liess ihn entfliegen. Beschreibung des ersten Schusses.

49. *γένετο* bildet für sich allein das Prädicat zu *δεινὴ κλαγγή*, es erfolgte, trat in die Erscheinung (ertönte).

50. *ἀργούς*, vgl. zu Od. *β*, 11.

54. *καλέσσατο Ἀχιλλεύς*. Demnach beruft auch einer der gewöhnlichen Geronten, ohne Vorwissen und Genehmigung des Oberkönigs, eine Volksversammlung. Vgl. zu Od. *ω*, 464.

57. *ἤγερθεν – ἐγένοντο* = Odyss. *β*, 9 mit der Anmerkung.

58. *τοῖσι* hängt eigentlich von *μετέφη* ab, steht aber auch in Beziehung zu *ἀνιστάμενος*; vgl. Od. *ω*, 422 *τοῖσιν δ' Εὐπείθης ἀνά θ' ἵστατο καὶ μετέειπεν*.

59. *παλιμπλαγχθέντας*, zurückgetrieben. Vgl. zu Od. *ε*, 27 *παλιμπετὲς* und *ν*, 5 *παλιμπλαγχθέντα*, über das einfache *πλάζω* ebend. *ε*, 389 *πλάζετο*.

61. *εἰ δὴ – δαμᾷ*, wenn denn bezwingen soll, wie es jetzt allen Anschein hat. *δαμᾷ* ist Futurum, wie *ζ*, 368 *δαμόωσιν*. Vgl. zu Od. *φ*, 170 *εἰ δὴ – κεκαδήσει*.

63. *ὀνειροπόλος*, Träumer, Traumseher, eine geringere Art Wahrsager (*μάντις*), d. h. einer, der sich eigens hinlegt, um durch Incubation auch für Andere Träume als Wahrzeichen zu erhalten — oder auch ein Ausleger fremder Träume. Ein solches Orakel durch Träume schildert Virg. Aen. 7, 86 – 91. — *καὶ γάρ τ' ὄναρ*, denn auch der Traum (so gut als andere Einkleidungen der göttlichen Offenbarung). Zu *καὶ γάρ τε* vgl. *ω*, 602 *καὶ γάρ τ' ἠΰκομος Νιόβη κτέ.* und zu Od. *ψ*, 118.

64. *ὅς κ' εἴποι*, der uns dann (vorausgesetzt dass wir ihn fragen) sagen kann.

εἴτ᾽ ἄρ᾽ ὅ γ᾽ εὐχωλῆς ἐπιμέμφεται εἴθ᾽ ἑκατόμβης,
αἴ κέν πως ἀρνῶν κνίσης αἰγῶν τε τελείων
βούλεται ἀντιάσας ἡμῖν ἀπὸ λοιγὸν ἀμῦναι.“
ἤ τοι ὅ γ᾽ ὣς εἰπὼν κατ᾽ ἄρ᾽ ἕζετο, τοῖσι δ᾽ ἀνέστη
Κάλχας Θεστορίδης, οἰωνοπόλων ὄχ᾽ ἄριστος,
ὃς ᾔδη τά τ᾽ ἐόντα τά τ᾽ ἐσσόμενα πρό τ᾽ ἐόντα,
καὶ νήεσσ᾽ ἡγήσατ᾽ Ἀχαιῶν Ἴλιον εἴσω
ἣν διὰ μαντοσύνην, τήν οἱ πόρε Φοῖβος Ἀπόλλων.
ὅ σφιν ἐυφρονέων ἀγορήσατο καὶ μετέειπεν
„ὦ Ἀχιλεῦ, κέλεαί με, διίφιλε, μυθήσασθαι
μῆνιν Ἀπόλλωνος ἑκατηβελέταο ἄνακτος.
τοιγὰρ ἐγὼν ἐρέω· σὺ δὲ σύνθεο, καί μοι ὄμοσσον
ἦ μέν μοι πρόφρων ἔπεσιν καὶ χερσὶν ἀρήξειν.
ἦ γὰρ ὀίομαι ἄνδρα χολωσέμεν, ὃς μέγα πάντων
Ἀργείων κρατέει καί οἱ πείθονται Ἀχαιοί.
κρείσσων γὰρ βασιλεύς, ὅτε χώσεται ἀνδρὶ χέρηι·
εἴ περ γάρ τε χόλον γε καὶ αὐτῆμαρ καταπέψῃ,
ἀλλά τε καὶ μετόπισθεν ἔχει κότον, ὄφρα τελέσσῃ,
ἐν στήθεσσιν ἑοῖσι. σὺ δὲ φράσαι εἴ με σαώσεις.“
τὸν δ᾽ ἀπαμειβόμενος προσέφη πόδας ὠκὺς Ἀχιλλεύς
„θαρσήσας μάλα εἰπὲ θεοπρόπιον ὅ τι οἶσθα·

65. *εἴτε – εἴτε* in der gewöhnlichen Bedeutung: sei es dass ... oder dass, wie *μ*, 239. *εὐχωλῆς – ἑκατόμβης*, nämlich dass sie unterlassen, nicht erfüllt worden seien.

66. *αἴ κέν πως – βούλεται* (*βούληται*) ist mit dem Hauptsatz *ἐρείομεν* zu construiren: lasst uns fragen (um zu sehen), ob etwa Apollon u. s. w.

69. *οἰωνοπόλος*, eine Unterart von *μάντις*, vgl. 72. 106.

71. *Ἴλιον εἴσω*, vgl. zu Od. *ο*, 40 *πόλιν εἴσω*.

77. *πρόφρων* gehört zu *ἀρήξειν*, wie ein Adverbium, vgl. zu Od. *β*, 230. Wirklich steht auch einige Mal *προφρονέως*, z. B. *ε*, 810. 816.

78. *ἄνδρα* ist Object zu *χολωσέμεν*.

79. *καί οἱ* für *καὶ ᾧ*, vergl. unten 162.

80. *κρείσσων γὰρ βασιλεύς κτέ.* d. h. ein König ist in jedem Streit mit einem Geringern, wann er ihm zürnt, so oft er ihm zürnt, im Vortheil, ihm überlegen.

81. *εἴ περ γάρ τε*, denn angenommen auch dass er, gesetzt auch ...; vgl. zu Od. *α*, 167 und unten zu *δ*, 160 f.

83. *φράσαι* (Imperat. med.), bedenke, erwäge bei dir selbst.

85. *μάλα* gehört zu *εἰπέ*, immerhin, recht, ganz. Die Verbindung *θαρσήσας εἰπέ* erklärt sich aus 92 *θάρσησε καὶ ηὔδα*, vgl. zu Od. *α*, 336 *δακρύσασα*.

1 οὐ μὰ γὰρ Ἀπόλλωνα διίφιλον, ᾧ τε σύ, Κάλχαν,
εὐχόμενος Δαναοῖσι θεοπροπίας ἀναφαίνεις,
οὔ τις ἐμεῦ ζῶντος καὶ ἐπὶ χθονὶ δερκομένοιο
σοὶ κοίλῃς παρὰ νηυσὶ βαρείας χεῖρας ἐποίσει
συμπάντων Δαναῶν, οὐδ' ἢν Ἀγαμέμνονα εἴπῃς,
ὃς νῦν πολλὸν ἄριστος Ἀχαιῶν εὔχεται εἶναι."
  καὶ τότε δὴ θάρσησε καὶ ηὔδα μάντις ἀμύμων
„οὔτ' ἄρ' ὅ γ' εὐχωλῆς ἐπιμέμφεται οὔθ' ἑκατόμβης,
ἀλλ' ἕνεκ' ἀρητῆρος, ὃν ἠτίμησ' Ἀγαμέμνων
οὐδ' ἀπέλυσε θύγατρα καὶ οὐκ ἀπεδέξατ' ἄποινα,
τοὔνεκ' ἄρ' ἄλγε' ἔδωκεν ἑκηβόλος ἠδ' ἔτι δώσει.
οὐδ' ὅ γε πρὶν Δαναοῖσιν ἀεικέα λοιγὸν ἀπώσει,
πρίν γ' ἀπὸ πατρὶ φίλῳ δόμεναι ἑλικώπιδα κούρην
ἀπριάτην ἀνάποινον, ἄγειν θ' ἱερὴν ἑκατόμβην
ἐς Χρύσην. τότε κέν μιν ἱλασσάμενοι πεπίθοιμεν."
  ἦ τοι ὅ γ' ὣς εἰπὼν κατ' ἄρ' ἕζετο, τοῖσι δ' ἀνέστη
ἥρως Ἀτρείδης εὐρυκρείων Ἀγαμέμνων
ἀχνύμενος· μένεος δὲ μέγα φρένες ἀμφιμέλαιναι
πίμπλαντ', ὄσσε δέ οἱ πυρὶ λαμπετόωντι ἐίκτην.
Κάλχαντα πρώτιστα κάκ' ὀσσόμενος προσέειπεν.

86. *οὐ μὰ γάρ*. *οὐ* ist Vorläufer der im Hauptsatze nochmals ausgesetzten Verneinung, braucht aber neben *μὰ* nicht übersetzt zu werden, vgl. *ψ*, 43.

88. *ζῶντος καὶ – δερκομένοιο*, wie die Attiker sagen *ζῶν καὶ βλέπων*, die Lateiner *vivus vidensque*.

90. *οὐδ' – εἴπῃς* d. i. *οὐδ' Ἀγαμέμνων, ἢν (ἄρα) τοῦτον εἴπῃς*.

94. *ἕνεκ' ἀρητῆρος*. Dabei schwebt dem Sprechenden schon das folgende Hauptverbum vor: *τοὔνεκ' ἄρ' ἄλγε' ἔδωκεν*.

97. *Δαναοῖσιν – ἀπώσει* erklärt sich aus 67 *ἡμῖν ἀπὸ λοιγὸν ἀμῦναι*. An sich wäre bei *ἀπώσει* der Genitiv *Δαναῶν* natürlicher, wie *θ*, 96. *ο*, 503.

98. *ἑλικῶπις* wie 389 *ἑλίκωπες* (von *ἕλιξ*), mit rundem, gewölbtem Auge. Ebenso Hymn. in Aphrod. 19 *ἑλικοβλέφαρος* als Beiwort der Aphrodite. Zu *δόμεναι* ist wegen 78 f. als Subject zu ergänzen *αὐτόν*, *Ἀγαμέμνονα*. So versteht es auch Agamemnon selbst 116 und 134.

99. *ἀπριάτην ἀνάποινον* scheinen hier Adjectiva zu sein; anders *ἀπριάτην* Od. *ξ*, 317.

103. *φρένες ἀμφιμέλαιναι*. Vgl. die Einleitung S. 5. So Aeschyl. Pers. 114 *μελαγχίτων φρήν*.

105. *Κάλχαντα – προσέειπεν*, Asyndeton, da dieser Satz schon durch 101 *τοῖσι δ' ἀνέστη* angekündigt ist. Vgl. unten 117. Zu *κάκ' ὀσσόμενος* vgl. Od. *β*, 152 *ὄσσοντο δ' ὄλεθρον*.

„μάντι κακῶν, οὔ πώ ποτέ μοι τὸ κρήγυον εἶπας. 1
αἰεί τοι τὰ κάκ' ἐστὶ φίλα φρεσὶ μαντεύεσθαι,
ἐσθλὸν δ' οὔτε τί πω εἶπας ἔπος οὔτ' ἐτέλεσσας.
καὶ νῦν ἐν Δαναοῖσι θεοπροπέων ἀγορεύεις
ὡς δὴ τοῦδ' ἕνεκά σφιν ἑκηβόλος ἄλγεα τεύχει,
οὕνεκ' ἐγὼ κούρης Χρυσηίδος ἀγλά' ἄποινα
οὐκ ἔθελον δέξασθαι, ἐπεὶ πολὺ βούλομαι αὐτήν
οἴκοι ἔχειν. καὶ γάρ ῥα Κλυταιμνήστρης προβέβουλα,
κουριδίης ἀλόχου, ἐπεὶ οὔ ἑθέν ἐστι χερείων,
οὐ δέμας οὐδὲ φυήν, οὔτ' ἂρ φρένας οὔτε τι ἔργα.
ἀλλὰ καὶ ὣς ἐθέλω δόμεναι πάλιν, εἰ τό γ' ἄμεινον·
βούλομ' ἐγὼ λαὸν σῶν ἔμμεναι ἢ ἀπολέσθαι.
αὐτὰρ ἐμοὶ γέρας αὐτίχ' ἑτοιμάσατ', ὄφρα μὴ οἶος
Ἀργείων ἀγέραστος ἔω, ἐπεὶ οὐδὲ ἔοικεν.
λεύσσετε γὰρ τό γε πάντες, ὅ μοι γέρας ἔρχεται ἄλλῃ."
τὸν δ' ἠμείβετ' ἔπειτα ποδάρκης δῖος Ἀχιλλεύς
„Ἀτρείδη κύδιστε, φιλοκτεανώτατε πάντων,

106. *τὸ κρήγυον*, das was heilsam, erspriesslich, förderlich ist, Erwünschtes, wie nachher *ἐσθλόν*. Der Artikel hat generische Bedeutung, wie gleich nachher in *τὰ κακά* und oben 70 *τά τ' ἐόντα κτἑ.*

107. *τὰ κακά*, alles was nur böse ist, ist Subject zu *φίλα ἐστί*. *μαντεύεσθαι* kommt nur als Epexegese (erklärend) hintennach.

108. *ἐτέλεσσας* (*ἔπος*), vollbracht, wirklich und selbst gethan, welcher Begriff nur, um den Gedanken durch den Gegensatz vollständig zu machen, beigefügt ist. Vgl. τ, 242 *ἅμα μῦθος ἔην, τετέλεστο δὲ ἔργον.*

110. *ὡς δὴ τ. ἕν.* ironisch: dass nur darum. *δὴ* wie im Lateinischen *scilicet*; stärker ist bei Herodotos das daraus verlängerte *δῆθεν*.

111. *κούρης Χρυσηίδος* hängt wohl eher von *δέξασθαι* als von *ἄποινα* ab, vgl. Od. λ, 327 *χρυσὸν φίλου ἀνδρὸς ἐδέξατο.*

112. *βούλομαι* wie nachher *προβέβουλα* = *μᾶλλον βούλομαι*, ebenso 117. — *αὐτήν*, sie selbst, statt ein Lösegeld für sie.

115. *οὐ δέμας οὐδὲ φυήν*, nicht an Bau (Grösse) oder auch an Wuchs (Proportion und Ebenmass der Glieder, Schönheit überhaupt). Dann wird fortgefahren, als ob auch im ersten Glied schon *οὔτε* gestanden hätte, oder vielmehr asyndetisch und nur durch *ἄρ* angeknüpft ein neuer Gegensatz hinzugefügt. Vgl. Od. δ, 566 *οὐ νιφετός, οὔτ' ἂρ χειμὼν πολὺς οὔτε ποτ' ὄμβρος.* Dagegen ebend. δ, 168 *οὔτε φυὴν οὔτ' ἂρ φρένας οὔτ' ἀγορητύν.*

116. *ὥς*, vgl. zu Od. α, 6.

117. *σῶν* muss als Gegensatz von *ἀπολέσθαι* betont werden; zur Form vgl. Od. κ, 268.

119. *οὐδὲ ἔοικεν.* Vgl. zu Od. ε, 212.

120. *ὅ* = *ὅτι*. *ἄλλῃ* = *ἀλλαχόσε*. Sinn: dass ich so um die mir gebührende Auszeichnung komme.

πῶς γάρ τοι δώσουσι γέρας μεγάθυμοι Ἀχαιοί;
οὐδέ τί που ἴδμεν ξυνήια κείμενα πολλά,
ἀλλὰ τὰ μὲν πολίων ἐξεπράθομεν, τὰ δέδασται,
λαοὺς δ' οὐκ ἐπέοικε παλίλλογα ταῦτ' ἐπαγείρειν.
ἀλλὰ σὺ μὲν νῦν τήνδε θεῷ πρόες· αὐτὰρ Ἀχαιοί
τριπλῇ τετραπλῇ τ' ἀποτίσομεν, αἴ κέ ποθι Ζεύς
δῷσι πόλιν Τροίην εὐτείχεον ἐξαλαπάξαι."
τὸν δ' ἀπαμειβόμενος προσέφη κρείων Ἀγαμέμνων
„μὴ δ' οὕτως, ἀγαθός περ ἐών, θεοείκελ' Ἀχιλλεῦ,
κλέπτε νόῳ, ἐπεὶ οὐ παρελεύσεαι οὐδέ με πείσεις.
ἦ ἐθέλεις, ὄφρ' αὐτὸς ἔχῃς γέρας, αὐτὰρ ἔμ' αὔτως
ἧσθαι δευόμενον, κέλεαι δέ με τήνδ' ἀποδοῦναι;
ἀλλ' εἰ μὲν δώσουσι γέρας μεγάθυμοι Ἀχαιοί,
ἄρσαντες κατὰ θυμόν, ὅπως ἀντάξιον ἔσται·
εἰ δέ κε μὴ δώωσιν, ἐγὼ δέ κεν αὐτὸς ἕλωμαι

123. *πῶς γάρ τοι.* Davor denke hinein: Du forderst Unbilliges, ja Unmögliches; denn wie sollten u.s.w. Vgl. zu Od. *κ*, 337.

124. *πολλὰ* gehört unmittelbar zu *κείμενα*, dass irgendwo in Menge, vorräthig liege. *οὐδέ τι*, auch gar nicht.

125. *τὰ μὲν* (ohne ausgesetzten Gegensatz: er liegt in 127 – 129) ist relativ, das zweite *τὰ* demonstrativ.

126. *παλίλλογα ἐπαγείρειν*, *denuo collecta accumulare*. *παλίλλογα* steht proleptisch.

129. *πόλιν Τροίην εὐτείχεον* d. i. Troja selbst, wie Od. *λ*, 510 *ἀμφὶ πόλιν Τροίην*. Vgl. Iliad. *ι*, 136 *εἰ δέ κεν αὖτε ἄστυ μέγα Πριάμοιο κτέ.* Etwas Geringeres als die Einnahme der Hauptstadt selbst mag Achilleus jetzt gar nicht mehr in Aussicht nehmen.

131. *μὴ δ' οὕτως* = *μὴ δὴ οὕτως*, wie unten 340 *εἴ ποτε δ' αὖτε*, vgl. zu Od. *ι*, 311. Ebenso Il. *ε*, 218 *μὴ δ' οὕτως ἀγόρευε*. *μὴ δή*, doch nicht, gewöhnlich auf etwas Vorhergehendes zurückweisend, oder nur (das) nicht.

132. *μὴ κλέπτε νόῳ*, suche (mich) nicht zu täuschen, denn nicht wirst du mich überholen, überlisten. Zu *παρελεύσεαι* vgl. Od. *ν*, 291 *ὅς σε παρέλθοι*.

133. *ἦ ἐθέλεις κτέ.*, willst du etwa, du willst wohl, damit du selbst dein Ehrengeschenk behaltest, dass dagegen ich (*αὐτὰρ ἔμ'*) darbend dasitze. Zur Hervorhebung des Gegensatzes mit *αὐτὸς* (*σὺ*) ist dem *ἐμὲ* ein *αὐτὰρ* vorgesetzt, ähnlich wie *δὲ* Od. *ξ*, 404 f. *ὅς σ' ἐπεὶ – ἄγαγον – αὖτις δὲ κτείναιμι*. Andere — und schon unter den ältesten Auslegern — lassen *ὄφρα* von *ἐθέλεις* abhangen (vgl. zu *δ*, 465), und nehmen im zweiten Gliede einen Wechsel der Construction an; s. Bekk. homer. Blätter S. 271 f.

135. *εἰ μὲν δώσουσι.* Der aus dem Zusammenhange sich von selbst ergebende Nachsatz zu diesem Anapodoton ist einfach: gut, so bin ich zufrieden, *καλῶς ἔσται*.

136. *ἄρσαντες κατὰ θυμόν*, es meinem Sinne, Wunsche anpassend.

137. *ἐγὼ δέ κεν.* Der Gegensatz

ἢ τεὸν ἢ Αἴαντος ἰὼν γέρας, ἢ Ὀδυσῆος
ἄξω ἑλών· ὁ δέ κεν κεχολώσεται ὅν κεν ἵκωμαι.
ἀλλ' ἤ τοι μὲν ταῦτα μεταφρασόμεσθα καὶ αὖτις,
νῦν δ' ἄγε νῆα μέλαιναν ἐρύσσομεν εἰς ἅλα δῖαν,
ἐς δ' ἐρέτας ἐπιτηδὲς ἀγείρομεν, ἐς δ' ἑκατόμβην
θείομεν, ἂν δ' αὐτὴν Χρυσηίδα καλλιπάρῃον
βήσομεν· εἷς δέ τις ἀρχὸς ἀνὴρ βουληφόρος ἔστω,
ἢ Αἴας ἢ Ἰδομενεὺς ἢ δῖος Ὀδυσσεύς
ἠὲ σύ, Πηλεΐδη, πάντων ἐκπαγλότατ' ἀνδρῶν,
ὄφρ' ἥμιν ἑκάεργον ἱλάσσεαι ἱερὰ ῥέξας."
τὸν δ' ἄρ' ὑπόδρα ἰδὼν προσέφη πόδας ὠκὺς Ἀχιλλεύς
„ὤ μοι, ἀναιδείην ἐπιειμένε, κερδαλεόφρον,
πῶς τίς τοι πρόφρων ἔπεσιν πείθηται Ἀχαιῶν
ἢ ὁδὸν ἐλθέμεναι ἢ ἀνδράσιν ἶφι μάχεσθαι;
οὐ γὰρ ἐγὼ Τρώων ἕνεκ' ἤλυθον αἰχμητάων
δεῦρο μαχησόμενος, ἐπεὶ οὔ τί μοι αἴτιοί εἰσιν·
οὐ γάρ πώ ποτ' ἐμὰς βοῦς ἤλασαν, οὐδὲ μὲν ἵππους,
οὐδέ ποτ' ἐν Φθίῃ ἐριβώλακι βωτιανείρῃ
καρπὸν ἐδηλήσαντ', ἐπεὶ ἦ μάλα πολλὰ μεταξύ,

wird auch im Nachsatze fortgeführt. κεν ἕλωμαι drückt die kecke, doch gemessene Zuversicht des Sprechenden aus: ich werde wohl selbst mir nehmen, wie 184 *ἐγὼ δέ κ' ἄγω Βρισηΐδα*. Vgl. zu 205.

139. *ἄξω ἑλών*. Hier kehrt die Rede wieder zu grösserer Ruhe zurück und bereitet so den folgenden Abschluss vor. *κὲν* mit dem Futurum wie 175.

140. *ἀλλ' ἤ τοι μὲν ταῦτα* für *ἀ. ἤ. ταῦτα μέν*, wie *θ*, 35 *ἀλλ' ἤ τοι πολέμου μὲν ἀφεξόμεθα*. — *αὖτις*, *alio tempore*, ein ander Mal.

143. *ἂν* ist Adverbium zu *βήσομεν*, *ἀναβήσομεν* (*ἀναβήσωμεν*).

144. *ἀρχὸς* mit *ἔστω* zu verbindendes Prädicat, während *ἀνὴρ βουληφόρος* nachträgliche Apposition zu *εἷς τις* ist.

150. *τοι* – *ἔπεσιν πείθηται*, vgl. *ψ*, 156 *σοὶ γάρ τε* – *πείσονται* *μύθοισι* und im Lat. *dicto audientem esse alicui*.

151. *ὁδὸν ἐλθέμεναι* z. B. als Gesandter, Bote, gerade nach Chryse (146).

153. *δεῦρο* ist mit *ἤλυθον* im vorigen Verse zu verbinden, was darum weniger anstössig ist, weil es keine nothwendig erwartete Bestimmung bildet. Vgl. 208 *οὐρανόθεν*. Ueber *οὔ τί μοι αἴτιοί εἰσιν* zu Od. *α*, 348 *οὔ νύ τ' ἀοιδοὶ αἴτιοι*.

154. *οὐδὲ μέν*, auch wahrlich nicht.

155. *ἐν Φθίῃ*, vgl. *β*, 683. Offenbar ist hier die Landschaft (später Phthiotis) zu verstehen.

156. *ἐπεὶ ἦ* hier mit vollem Nachdruck wie Od. *ι*, 276. *μεταξὺ* nur hier für das homerische *μεσηγύς*, welches die Neuesten aufgenommen haben.

οὔρεά τε σκιόεντα θάλασσά τε ἠχήεσσα·
ἀλλὰ σοί, ὦ μέγ' ἀναιδές, ἅμ' ἑσπόμεθ', ὄφρα σὺ χαίρῃς,
τιμὴν ἀρνύμενοι Μενελάῳ σοί τε, κυνῶπα,
πρὸς Τρώων. τῶν οὔ τι μετατρέπῃ οὐδ' ἀλεγίζεις·
καὶ δή μοι γέρας αὐτὸς ἀφαιρήσεσθαι ἀπειλεῖς,
ᾧ ἔπι πόλλ' ἐμόγησα, δόσαν δέ μοι υἷες Ἀχαιῶν.
οὐ μὲν σοί ποτε ἶσον ἔχω γέρας, ὁππότ' Ἀχαιοί
Τρώων ἐκπέρσωσ' εὖ ναιόμενον πτολίεθρον·
ἀλλὰ τὸ μὲν πλεῖον πολυάικος πολέμοιο
χεῖρες ἐμαὶ διέπουσ'· ἀτὰρ ἤν ποτε δασμὸς ἵκηται,
σοὶ τὸ γέρας πολὺ μεῖζον, ἐγὼ δ' ὀλίγον τε φίλον τε
ἔρχομ' ἔχων ἐπὶ νῆας, ἐπεί κε κάμω πολεμίζων.
νῦν δ' εἶμι Φθίηνδ', ἐπεὶ ἦ πολὺ φέρτερόν ἐστιν
οἴκαδ' ἴμεν σὺν νηυσὶ κορωνίσιν, οὐδὲ σ' ὀίω
ἐνθάδ' ἄτιμος ἐὼν ἄφενος καὶ πλοῦτον ἀφύξειν."
τὸν δ' ἠμείβετ' ἔπειτα ἄναξ ἀνδρῶν Ἀγαμέμνων
„φεῦγε μάλ', εἴ τοι θυμὸς ἐπέσσυται· οὐδέ σ' ἔγωγε
λίσσομαι εἵνεκ' ἐμεῖο μένειν· πάρ' ἔμοιγε καὶ ἄλλοι
οἵ κέ με τιμήσουσι, μάλιστα δὲ μητίετα Ζεύς.

159. *τιμὴν* (*τιμωρίαν*) *ἀρνύμενοι*, Ersatz, Genugthuung zu erlangen suchend, erstrebend. Ueber *ἄρνυμαι* vgl. zu Od. *α*, 5.

160. *τῶν* (Neutrum) weist mit Nachdruck auf das Vorige 158 ff. zurück: (aber) daran kehrst du dich nicht. Zu *οὐ μετατρέπῃ* vgl. Od. *α*, 60 *οὐδὲ – ἐντρέπεται φίλον ἦτορ*.

163. *σοί ποτε ἶσον* d. i. *τῷ σῷ* (*γέραϊ*), vgl. Od. *β*, 121 *ὁμοῖα νοήματα Πηνελοπείῃ*.—*ὁππότ' Ἀχαιοὶ κτέ.* wann die Achäer eine Stadt der Troer zerstören: ein Fall, der während des vieljährigen Krieges schon oft eingetreten ist. So auch *β*, 228 *δίδομεν εὖτ' ἂν πτολίεθρον ἕλωμεν*. Vgl. *ι*, 328 – 336. Od. *γ*, 105 f.

167. *τὸ γέρας*, das Ehrengeschenk (collectiv), das du jedes Mal erhältst. Zu *ὀλίγον τε φίλον τε* vgl. Od. *ζ*, 208 *δόσις δ' ὀλίγη τε φίλη τε*.

170. *οὐδὲ σ' ὀίω κτέ.* d. i. *οὐδὲ σοὶ οἴω*, so dass *σοὶ* von *ἀφύξειν* abhängiger Dativus commodi, das Subject zu *ἀφύξειν* aber ich, d. h. das Subject des regierenden Verbi *ὀίω* ist, und darauf *ἄτιμος ἐὼν* sich bezieht, wie 76 f. *ὄμοσσον — πρόφρων — ἀρήξειν*. Zu der Verbindung *σ' ὀίω*, die jedoch eher Elision als Krasis ist, vgl. Od. *δ*, 367 *ἥ μ' οἴῳ ἔρροντι συνήντετο* und besonders Iliad. *ζ*, 165 *ὅς μ' ἔθελεν φιλότητι μιγήμεναι οὐκ ἐθελούσῃ*.

173. *φεῦγε μάλ'*. Zu *μάλα* beim Imperativ vgl. 85 *μάλα εἰπέ*: fliehe nur immer.

174. *πάρ' – ἄλλοι*, erg. *εἰσί*, vgl. zu Od. *ϑ*, 562 f.

ἔχθιστος δέ μοί ἐσσι διοτρεφέων βασιλήων·
αἰεὶ γάρ τοι ἔρις τε φίλη πόλεμοί τε μάχαι τε.
εἰ μάλα καρτερός ἐσσι, θεός που σοὶ τό γ' ἔδωκεν.
οἴκαδ' ἰὼν σὺν νηυσί τε σῇς καὶ σοῖς ἑτάροισιν
Μυρμιδόνεσσιν ἄνασσε. σέθεν δ' ἐγὼ οὐκ ἀλεγίζω,
οὐδ' ὄθομαι κοτέοντος· ἀπειλήσω δέ τοι ὧδε·
ὡς ἔμ' ἀφαιρεῖται Χρυσηίδα Φοῖβος Ἀπόλλων,
τὴν μὲν ἐγὼ σὺν νηί τ' ἐμῇ καὶ ἐμοῖς ἑτάροισιν
πέμψω, ἐγὼ δέ κ' ἄγω Βρισηίδα καλλιπάρῃον
αὐτὸς ἰὼν κλισίηνδε, τὸ σὸν γέρας, ὄφρ' εὖ εἰδῇς
ὅσσον φέρτερός εἰμι σέθεν, στυγέῃ δὲ καὶ ἄλλος
ἶσον ἐμοὶ φάσθαι καὶ ὁμοιωθήμεναι ἄντην."
ὣς φάτο· Πηλείωνι δ' ἄχος γένετ', ἐν δέ οἱ ἦτορ
στήθεσσιν λασίοισι διάνδιχα μερμήριξεν,
ἢ ὅ γε φάσγανον ὀξὺ ἐρυσσάμενος παρὰ μηροῦ
τοὺς μὲν ἀναστήσειεν, ὁ δ' Ἀτρείδην ἐναρίζοι,
ἦε χόλον παύσειεν ἐρητύσειέ τε θυμόν.
ἕως ὁ ταῦθ' ὥρμαινε κατὰ φρένα καὶ κατὰ θυμόν,

176 f. *διοτρεφέων*, vgl. Hesiod. Theogon. 96 *ἐκ δὲ Διὸς βασιλῆες* (*εἰσίν*). — Diese beiden Verse scheinen aus *ε*, 890 f. entstanden zu sein. Nach dem Zusammenhang unserer Stelle wird die überlegene Tapferkeit des Achilleus und seine darauf gegründeten Ansprüche von Agamemnon nur als Ausfluss der Streitsucht dargestellt.

178 f. *εἰ μάλα – οἴκαδ' ἰών*. Die leidenschaftliche Heftigkeit der Rede vernachlässigt die gewöhnlichen Verbindungen, also ein Asyndeton der natürlichen Rhetorik.

181. *οὐδ' ὄθομαι κοτέοντος*. Genauere Bestimmung des vorangehenden allgemeinen *σέθεν – οὐκ ἀλεγίζω*. Das vorangestellte *σέθεν* ist aber auch bei *κοτέοντος* zu denken.

182. *ὡς ἔμ' ἀφαιρεῖται*. Der eig. Nachsatz hierzu liegt in 184 *ἐγὼ δέ κ' ἄγω* = *οὕτως ἐγὼ ἄξω*. Ein ähnliches Verhältniss hatten wir oben 165 – 168. Der Satz *τὴν μὲν – πέμψω* hat nur den Werth eines Nebensatzes.

185. *τὸ σὸν γέρας*, nachdrückliche Apposition, wobei besonders *τὸ* zu betonen ist: *istud tuum praemium*, gerade dein Ehrengeschenk.

187. *ἶσον — φάσθαι*. Auf diesem Begriffe beruht die spätere *ἰσηγορία* der Hellenen = *ἰσονομία*, Rechtsgleichheit.

191. *τοὺς μὲν ἀναστήσειεν*, ob er die andern, den Atriden gerade umgebenden aufscheuchen und vertreiben solle (schon dadurch, dass er auf Agamemnon losgehe). Statt *ὁ δ' Ἀτρείδην ἐναρ.* würde man nur erwarten *Ἀτρείδην δὲ ἐναρίζοι*, da der Gegensatz nicht im Subjecte liegt, welches das gleiche bleibt, sondern im Object, *τοὺς μὲν — Ἀτρείδην δέ*. Vgl. zu Odyss. *η*, 163

ἕλκετο δ' ἐκ κολεοῖο μέγα ξίφος, ἦλθε δ' Ἀθήνη
οὐρανόθεν· πρὸ γὰρ ἧκε θεὰ λευκώλενος Ἥρη,
ἄμφω ὁμῶς θυμῷ φιλέουσά τε κηδομένη τε.
στῆ δ' ὄπιθεν, ξανθῆς δὲ κόμης ἕλε Πηλείωνα,
οἴῳ φαινομένη· τῶν δ' ἄλλων οὔ τις ὁρᾶτο.
θάμβησεν δ' Ἀχιλεύς, μετὰ δ' ἐτράπετ', αὐτίκα δ' ἔγνω
Παλλάδ' Ἀθηναίην· δεινὼ δέ οἱ ὄσσε φάανθεν.
καί μιν φωνήσας ἔπεα πτερόεντα προσηύδα
„τίπτ' αὖτ', αἰγιόχοιο Διὸς τέκος, εἰλήλουθας;
ἦ ἵνα ὕβριν ἴδῃ Ἀγαμέμνονος Ἀτρείδαο;
ἀλλ' ἔκ τοι ἐρέω, τὸ δὲ καὶ τελέεσθαι ὀίω·
ᾗς ὑπεροπλίῃσι τάχ' ἄν ποτε θυμὸν ὀλέσσῃ."
τὸν δ' αὖτε προσέειπε θεὰ γλαυκῶπις Ἀθήνη
„ἦλθον ἐγὼ παύσουσα τὸ σὸν μένος, αἴ κε πίθηαι,
οὐρανόθεν· πρὸ δέ μ' ἧκε θεὰ λευκώλενος Ἥρη,
ἄμφω ὁμῶς θυμῷ φιλέουσά τε κηδομένη τε.
ἀλλ' ἄγε λῆγ' ἔριδος, μηδὲ ξίφος ἕλκεο χειρί·
ἀλλ' ἦ τοι ἔπεσιν μὲν ὀνείδισον ὡς ἔσεταί περ.

vgl. *ν*, 205. *υ*, 80.

194. *ἕλκετο* im Imperfectum, weil das Schwert nur theilweise herausgezogen, die Handlung also nicht vollendet wurde, vgl. 210. 219 f. — *ἦλθε δ' Ἀθήνη* ist der Nachsatz: da kam Athene; vgl. oben 58.

196. *ἄμφω – κηδομένη*. *ἄμφω* gehört zu beiden Verben (Participien), obgleich *κηδομένη* eigentlich den Genitiv erfordert. Vgl. Od. *ν*, 300 *ἧ τέ τοι αἰεὶ ἐν πάντεσσι πόνοισι παρίσταμαι ἠδὲ φυλάσσω* (*σε*).

200. *δεινὼ δέ οἱ ὄσσε φ.* *οἱ* geht auf Athene, die *γλαυκῶπις*, wie oben 104 auf Agamemnon: furchtbar leuchteten ihr (d. h. ihre) Augen, und eben daran erkannte sie Achilleus.

201. *φωνήσας*, eig. nachdem er die Stimme erhoben: häufig bei der Anhebung eines Gespräches oder sonst zur Hervorhebung der folgenden Rede. Nach Classen.

202. *τίπτ' αὖτε*, warum wieder: das gewöhnliche wieder des unmuthigen Vorwurfes, dem es vorkommt, als reihe sich für ihn ein Widerwärtiges an das andere. Vgl. zu Od. *ε*, 356.

205. *ὑπεροπλίῃσι*. Ueber die Dehnung des *ι* vgl. zu Od. *ν*, 142 *ἀτιμίῃσιν*, über *ἂν ὀλέσσῃ* ebend. *α*, 396 *τῶν κέν τις τόδ' ἔχῃσιν*, über *τάχα* zu *α*, 251.

211. *ἔπεσιν μέν*. Den Gegensatz macht das schon im Vorhergehenden Liegende: Nur durch die That vergreife dich nicht an ihm. — *ὡς ἔσεταί περ* bildet das Object zu *ὀνείδισον*, halte (wirf) ihm nur vor, wie es doch kommen wird; vgl. zu Od. *τ*, 312 und unten *θ*, 415 *ἧ τελέει περ*. Nur so weit soll Achilleus seinem Zorn den Lauf lassen, als es dazu dienen kann, den Agamemnon zur Besinnung zu bringen und von der

ὧδε γὰρ ἐξερέω, τὸ δὲ καὶ τετελεσμένον ἔσται· 1
καί ποτέ τοι τρὶς τόσσα παρέσσεται ἀγλαὰ δῶρα
ὕβριος εἵνεκα τῆσδε. σὺ δ' ἴσχεο, πείθεο δ' ἡμῖν."
τὴν δ' ἀπαμειβόμενος προσέφη πόδας ὠκὺς Ἀχιλλεύς
„χρὴ μὲν σφωΐτερόν γε, θεά, ἔπος εἰρύσσασθαι,
καὶ μάλα περ θυμῷ κεχολωμένον· ὣς γὰρ ἄμεινον·
ὅς κε θεοῖς ἐπιπείθηται, μάλα τ' ἔκλυον αὐτοῦ."
ἦ, καὶ ἐπ' ἀργυρέῃ κώπῃ σχέθε χεῖρα βαρεῖαν,
ἂψ δ' ἐς κουλεὸν ὦσε μέγα ξίφος, οὐδ' ἀπίθησεν
μύθῳ Ἀθηναίης. ἡ δ' Οὔλυμπόνδε βεβήκει
δώματ' ἐς αἰγιόχοιο Διὸς μετὰ δαίμονας ἄλλους.
Πηλείδης δ' ἐξαῦτις ἀταρτηροῖς ἐπέεσσιν
Ἀτρείδην προσέειπε, καὶ οὔ πω λῆγε χόλοιο.
„οἰνοβαρές, κυνὸς ὄμματ' ἔχων, κραδίην δ' ἐλάφοιο,
οὔτε ποτ' ἐς πόλεμον ἅμα λαῷ θωρηχθῆναι
οὔτε λόχονδ' ἰέναι σὺν ἀριστήεσσιν Ἀχαιῶν
τέτληκας θυμῷ· τὸ δέ τοι κὴρ εἴδεται εἶναι.
ἦ πολὺ λώϊόν ἐστι κατὰ στρατὸν εὐρὺν Ἀχαιῶν

Nothwendigkeit einer Versöhnung zu überzeugen. In diesem Sinne spricht denn auch Achilleus 240 – 244, übereinstimmend mit den gleich folgenden Worten der Athene 212 – 214.

213. *καὶ* gehört als Ausdruck der Steigerung zu *τρὶς τόσσα* wie ω, 686 *καὶ τρὶς τόσα*: nicht nur einmal, sondern sogar dreimal so viel.

216. *σφωΐτερον*, euer beider, weil auch Athene gerade am Schluss ihrer Rede im Namen beider Göttinnen gesprochen (214 *πείθεο δ' ἡμῖν*).

218. *ἔκλυον*. Ueber den Begriff dieses (gnomischen) Aorists in einem allgemeinen Satze vgl. zu Od. *κ*, 327. — *μάλα* ist versichernd. Vgl. Ev. Joann. 9, 31.

219. *ἦ*, vgl. zu Od. *β*, 321. — *σχέθε*, er hielt, nämlich eben jetzt, nachdem er gelegt. Um das halb herausgezogene Schwert in die Scheide zurückzustossen, musste er die Hand wieder an den Griff legen.

222. *μετὰ δαίμονας ἄλλους*, vgl. Einleit. S. 16.

223. *ἐξαῦτις*, von neuem, weil seine Unterredung mit Agamemnon durch die Erscheinung der Athene unterbrochen worden war; vgl. zu Od. *δ*, 213.

225. *κυνὸς ὄμματ' ἔχων*, Umschreibung von *κυνῶπα* 159, die durch den Gegensatz mit *κραδίην (ἔχων) ἐλάφοιο* nothwendig wurde.

228. *τέτληκας*, scheint hier und unten 543 auch Präsensbedeutung zu haben, gleich den syncopirten Formen *τέτλαμεν*, *τετλάμεναι*, u. s. w.: nie hast du den Muth. Zur Verbindung mit *οὔ ποτε* vgl. 278 *οὔ ποτε – ἔμμορε*.

δῶρ' ἀποαιρεῖσθαι ὅς τις σέθεν ἀντίον εἴπῃ.
δημοβόρος βασιλεύς, ἐπεὶ οὐτιδανοῖσιν ἀνάσσεις·
ἦ γὰρ ἄν, Ἀτρείδη, νῦν ὕστατα λωβήσαιο.
ἀλλ' ἔκ τοι ἐρέω, καὶ ἐπὶ μέγαν ὅρκον ὀμοῦμαι.
ναὶ μὰ τόδε σκῆπτρον, τὸ μὲν οὔ ποτε φύλλα καὶ ὄζους
φύσει, ἐπεὶ δὴ πρῶτα τομὴν ἐν ὄρεσσι λέλοιπεν,
οὐδ' ἀναθηλήσει· περὶ γάρ ῥά ἑ χαλκὸς ἔλεψεν
φύλλα τε καὶ φλοιόν· νῦν αὖτέ μιν υἷες Ἀχαιῶν
ἐν παλάμῃς φορέουσι δικασπόλοι, οἵ τε θέμιστας
πρὸς Διὸς εἰρύαται· ὁ δέ τοι μέγας ἔσσεται ὅρκος.
ἦ ποτ' Ἀχιλλῆος ποθὴ ἵξεται υἷας Ἀχαιῶν
σύμπαντας· τότε δ' οὔ τι δυνήσεαι ἀχνύμενός περ
χραισμεῖν, εὖτ' ἂν πολλοὶ ὑφ' Ἕκτορος ἀνδροφόνοιο
θνήσκοντες πίπτωσι· σὺ δ' ἔνδοθι θυμὸν ἀμύξεις
χωόμενος, ὅτ' ἄριστον Ἀχαιῶν οὐδὲν ἔτισας."
ὣς φάτο Πηλείδης, ποτὶ δὲ σκῆπτρον βάλε γαίῃ
χρυσείοις ἥλοισι πεπαρμένον, ἕζετο δ' αὐτός·
Ἀτρείδης δ' ἑτέρωθεν ἐμήνιε. τοῖσι δὲ Νέστωρ
ἡδυεπὴς ἀνόρουσε, λιγὺς Πυλίων ἀγορητής,
τοῦ καὶ ἀπὸ γλώσσης μέλιτος γλυκίων ῥέεν αὐδή.

230. *ἀποαιρεῖσθαι* (= 275), erg. *τοῦτον* nach der Construction, die wir 182 hatten, und zu *ρ*, 509.

231. *δημοβόρος βασιλεύς*, ein Ausruf der unwilligen Verwunderung, nicht eine Anrede, daher auch nicht gerade ein Verbum (etwa *εἶ*) hinzuzudenken ist. Vgl. Od. *υ*, 194.

234. *ναὶ μὰ τόδε σκῆπτρον κτἑ.* Vgl. zu diesem Schwure die ausschmückende Nachahmung Virgil's Aen. 12, 206 – 211, besonders die Worte *Quum semel in silvis imo de stirpe recisum (sceptrum) Matre caret posuitque comas et brachia ferro.*

237. *μὶν* geht wie *ἕ* im vorigen Verse auf *σκῆπτρον*.

238. *δικασπόλοι*, Apposition zu *υἷες Ἀχαιῶν*: die Richter, die Pfleger des Rechts, denen bei der Ausübung ihres Berufes jedesmal die Herolde das Scepter in die Hand legen. Vgl. *σ*, 505 f. und das zu Od. *β*, 37 (= Iliad. *ψ*, 567 f.) Bemerkte.

239. *εἰρύαται*, bewahren, nämlich durch Anwendung, Handhabung (vgl. Od. *π*, 463). — *πρὸς Διός*, von Zeus her, d. h. als von ihm Beauftragte und Bevollmächtigte.

244. *ὅτ'* für *ὅτι*, wie auch in der Odyssee mehrmals; vgl. zu Od. *υ*, 333. *φ*, 254, und ebenso bei Späteren (Nonnos).

245. *ποτὶ δὲ – γαίῃ* (= Od. *β*, 80) eig. zuwarf er der Erde das Scepter.

247. *τοῖσι – ἀνόρουσε* wie 58 *τοῖσι δ' ἀνιστάμενος*.

249. *τοῦ* hängt von *γλώσσης* ab, *καὶ* aber fügt der vorher erwähn-

τῷ δ' ἤδη δύο μὲν γενεαὶ μερόπων ἀνθρώπων
ἐφθίαθ', οἵ οἱ πρόσθεν ἅμα τράφεν ἠδ' ἐγένοντο
ἐν Πύλῳ ἠγαθέῃ, μετὰ δὲ τριτάτοισιν ἄνασσεν.
ὅ σφιν ἐυφρονέων ἀγορήσατο καὶ μετέειπεν
„ὢ πόποι, ἦ μέγα πένθος Ἀχαιίδα γαῖαν ἱκάνει.
ἦ κεν γηθήσαι Πρίαμος Πριάμοιό τε παῖδες,
ἄλλοι τε Τρῶες μέγα κεν κεχαροίατο θυμῷ,
εἰ σφῶιν τάδε πάντα πυθοίατο μαρναμένοιιν,
οἳ περὶ μὲν βουλὴν Δαναῶν, περὶ δ' ἐστὲ μάχεσθαι.
ἀλλὰ πίθεσθ'· ἄμφω δὲ νεωτέρω ἐστὸν ἐμεῖο.
ἤδη γάρ ποτ' ἐγὼ καὶ ἀρείοσιν ἠέ περ ὑμῖν
ἀνδράσιν ὡμίλησα, καὶ οὔ ποτέ μ' οἵ γ' ἀθέριζον.
οὐ γάρ πω τοίους ἴδον ἀνέρας, οὐδὲ ἴδωμαι,
οἷον Πειρίθοόν τε Δρύαντά τε ποιμένα λαῶν
Καινέα τ' Ἐξάδιόν τε καὶ ἀντίθεον Πολύφημον
[Θησέα τ' Αἰγείδην, ἐπιείκελον ἀθανάτοισιν].

ten Eigenschaft die ihr entsprechende Wirkung oder Folge bei, wie ε, 62. 632. η, 214.

250. *δύο γενεαί*. Vgl. Herodot. 2, 142 *γενεαὶ τρεῖς ἀνδρῶν ἑκατὸν ἔτεά ἐστι*. Also belief sich das Alter des Nestor auf 70 bis 80 Jahre.

251. *οἱ ἅμα* gehört sowohl zu *τράφεν* als *ἐγένοντο*, vgl. Od. δ, 723. In einem Hysteronproteron steht gewöhnlich der wichtigere Begriff voran, der zweite kommt als minder wesentliche Ergänzung hinzu; das *ἅμα τραφῆναι* giebt aber eine innigere Beziehung zwischen den Menschen als *ἅμα γενέσθαι*.

252. *ἐν Πύλῳ*, vgl. zu Od. γ, 4.

257. *σφῶιν* hängt von *πυθοίατο* ab, und *μαρναμένοιιν* ist nachträgliche Apposition dazu = *οἷα μάρνασθε*, wie ihr euch bekämpfet.

258. *βουλήν*, an Rath (in der Ertheilung verständigen Rathes), als Gegensatz von *μάχεσθαι*, wie Od. π, 242 vgl. 374. Zum Infinitiv *μάχεσθαι* vgl. Iliad. ο, 642 *ἠμὲν πόδας ἠδὲ μάχεσθαι*.

260. *ἠέ περ ὑμῖν* = *ἠέ περ ὑμεῖς ἐστε*. So nachher 263: *οἷον Πειρίθοον* = *οἷος Πειρίθοος ἦν*. Wenn aber selbst jene, die tapferer waren, als die jetzigen Gefährten des Nestor, ihn ehrten und auszeichneten (vgl. 273), wie viel mehr muss es diesen geziemen auf sein Wort zu hören (274).

262. *οὐ γάρ πω τοίους κτέ.* Schöner Ausdruck der dankbar freudigen Erinnerung an ruhmvolle Verbindungen der Vergangenheit, der wahrlich einen tiefern Grund hat als leere Geschwätzigkeit des Alters. Zu *οὐδὲ ἴδωμαι*, noch kann ich je sehen, vgl. Od. ζ, 201 *οὐδὲ γένηται*.

263 f. *Πειρίθοόν τε Δρύαντά τε – Πολύφημον*, alles Lapithen aus Larissa in Thessalien, die mit den rohen Kentauren (*φηρσὶν ὀρεσκῴοισι* 268) kämpften; vgl. β, 741 ff. und die Anmerkung zu Od. φ, 303.

265. *Θησέα – ἀθανάτοισιν*. Dieser Vers ist wahrscheinlich erst

1 κάρτιστοι δὴ κεῖνοι ἐπιχθονίων τράφεν ἀνδρῶν·
κάρτιστοι μὲν ἔσαν καὶ καρτίστοις ἐμάχοντο,
φηρσὶν ὀρεσκῴοισι, καὶ ἐκπάγλως ἀπόλεσσαν.
καὶ μὲν τοῖσιν ἐγὼ μεθομίλεον ἐκ Πύλου ἐλθών,
τηλόθεν ἐξ ἀπίης γαίης· καλέσαντο γὰρ αὐτοί·
καὶ μαχόμην κατ᾽ ἔμ᾽ αὐτὸν ἐγώ· κείνοισι δ᾽ ἂν οὔ τις
τῶν οἳ νῦν βροτοί εἰσιν ἐπιχθόνιοι μαχέοιτο.
καὶ μέν μευ βουλέων ξύνιεν, πείθοντό τε μύθῳ.
ἀλλὰ πίθεσθε καὶ ὔμμες, ἐπεὶ πείθεσθαι ἄμεινον.
μήτε σὺ τόνδ᾽ ἀγαθός περ ἐὼν ἀποαίρεο κούρην,
ἀλλ᾽ ἔα, ὥς οἱ πρῶτα δόσαν γέρας υἷες Ἀχαιῶν·
μήτε σύ, Πηλείδη, ἔθελ᾽ ἐριζέμεναι βασιλῆι
ἀντιβίην, ἐπεὶ οὔ ποθ᾽ ὁμοίης ἔμμορε τιμῆς
σκηπτοῦχος βασιλεύς, ᾧ τε Ζεὺς κῦδος ἔδωκεν.
εἰ δὲ σὺ καρτερός ἐσσι, θεὰ δέ σε γείνατο μήτηρ,
ἀλλ᾽ ὅδε φέρτερός ἐστιν, ἐπεὶ πλεόνεσσιν ἀνάσσει.

spät aus Hesiod. Scut. 182 hierher verpflanzt worden. Vgl. zu Od. λ, 321 – 325.

267. μὲν – καὶ für μὲν – δέ, wie Od. γ, 351. Die Wiederholung von κάρτιστοι — κάρτιστοι — καρτίστοις hat einen besondern Ausdruck von Innigkeit, wie auch καὶ μὲν 269 = 273: und fürwahr (ich kann euch sagen).

270. τηλ. ἐξ ἀπίης γαίης = Od. η, 25.

271. κατ᾽ ἔμ᾽ αὐτόν (Homer hat nie die zusammengesetzten Formen ἐμαυτοῦ, σεαυτοῦ u. s. f.), für mich allein, im Einzelkampfe, so dass man sehen konnte, was ich als Einzelner zu leisten vermöge. Vgl. β, 366 κατὰ σφέας γὰρ μαχέονται.

272. τῶν οἳ νῦν βροτοί εἰσιν, dieselbe Verbindungsweise wie Od. β, 119 τάων αἳ πάρος ἦσαν ἐυπλοκάμιδες Ἀχαιαί. βροτοὶ ἐπιχθόνιοι ist grammatisch Prädicat zu εἰσίν.

275. ἀποαίρεο (vgl. 230) für ἀποαιρέεο, ἀποαιρέο, mit elidirtem ε und zurückgezogenem Accente.

277. Πηλείδη ἔθελ᾽. End- und Anfangsvocal dieser zwei Wörter sind durch Synizese verschmolzen. Uebrigens vgl. zu μήτε ἔθελε die Anmerkung zu β, 247.

278. οὔ ποθ᾽ ὁμοίης d. h. nie nur die gleiche Ehre wie die Andern, Geringern, sondern immer grössere; der König hat ein Vorrecht von Zeus her. Vgl. ε, 441 f. οὔ ποτε φῦλον ὁμοῖον ἀθανάτων τε θεῶν χαμαὶ ἐρχομένων τ᾽ ἀνθρώπων. — ἔμμορε, wo es bei Homer vorkommt, ist Perfect; vgl. zu Od. ε 335 ἐξέμμορε.

280 f. καρτερός, stark im Kampfe (persönlich), vorzüglich tapfer, wie 266 κάρτιστοι, dagegen φέρτερος mächtiger und von höherm Range, βασιλεύτερος. So wird ι, 69 derselbe Agamemnon angeredet: σὺ γὰρ βασιλεύτατός ἐσσι. — θεὰ δέ σε γείνατο μ. gehört auch noch zum Vordersatz; denn darin liegt der Grund, nicht irgend welche Beschränkung der καρτερία.

Ἀτρείδη, σὺ δὲ παῦε τεὸν μένος· αὐτὰρ ἔγωγε
λίσσομ' Ἀχιλλῆι μεθέμεν χόλον, ὃς μέγα πᾶσιν
ἕρκος Ἀχαιοῖσιν πέλεται πολέμοιο κακοῖο."
τὸν δ' ἀπαμειβόμενος προσέφη κρείων Ἀγαμέμνων
„ναὶ δὴ ταῦτά γε πάντα, γέρον, κατὰ μοῖραν ἔειπες.
ἀλλ' ὅδ' ἀνὴρ ἐθέλει περὶ πάντων ἔμμεναι ἄλλων,
πάντων μὲν κρατέειν ἐθέλει, πάντεσσι δ' ἀνάσσειν,
πᾶσι δὲ σημαίνειν, ἅ τιν' οὐ πείσεσθαι ὀίω.
εἰ δέ μιν αἰχμητὴν ἔθεσαν θεοὶ αἰὲν ἐόντες,
τοὔνεκά οἱ προθέουσιν ὀνείδεα μυθήσασθαι;"
τὸν δ' ἄρ' ὑποβλήδην ἠμείβετο δῖος Ἀχιλλεύς
„ἦ γάρ κεν δειλός τε καὶ οὐτιδανὸς καλεοίμην,
εἰ δὴ σοὶ πᾶν ἔργον ὑπείξομαι, ὅ ττί κεν εἴπῃς.
ἄλλοισιν δὴ ταῦτ' ἐπιτέλλεο· μὴ γὰρ ἔμοιγε
[σήμαιν'· οὐ γὰρ ἔγωγ' ἔτι σοὶ πείσεσθαι ὀίω].

282. *αὐτὰρ ἔγωγε κτέ.* wird als Motiv zu der vorhergehenden Forderung *σὺ δὲ παῦε τεὸν μένος* nachdrücklich hinzugefügt.

283. *Ἀχιλλῆι* hängt von *μεθέμεν* ab, ihm den (deinen) Zorn nachzulassen, gleichsam zu schenken, also den Zorn gegen ihn nicht mehr zu hegen.

287. *ὅδ' ἀνήρ.* In seiner Verstimmung vermeidet Agamemnon, seinen Gegner auch nur zu nennen.

288. *κρατέειν* Gewalt haben (innerlich), *ἀνάσσειν* sie nach aussen üben, gebieten, sich als Herrscher gebaren, *σημαίνειν* Befehle ertheilen im einzelnen Falle, was dem das Joch mit Unwillen Tragenden das Allerverhassteste ist.

289. *ἅ τινα. τινὰ* ist Subject zu *πείσεσθαι (αὐτῷ)*, und ist zwar eigentlich collectiv, mancher, man, soll aber im Grunde nur die Person des Sprechenden (das allzu offene ich) mit einem gewissen Selbstgefühl verhüllen: und ich denke nicht, dass man ihm darin Folge leisten werde.

291. *τοὔνεκά οἱ προθέουσιν κτέ.* wird gewöhnlich erklärt: stellen sie (die Götter) ihm darum frei od. gestatten sie ihm? (setzen sie ihm desshalb vor, wollen sie ihm vorsetzen?) Da aber die Präsensform *θέω = τίθημι* ohne Beispiel, auch die angenommene Bedeutung von *προτίθημι* nicht erwiesen ist, so erklärt Rumpf nach erneuerter umsichtiger Erörterung der Stelle (Jahn N. J. 75, 2 S. 112): „stürmen ihm deshalb die Schmähworte einem kecken *πρόμαχος* gleich" — mit Anspielung auf *αἰχμητὴν* im vorigen Verse —) „voran zur Rede" (sie zu reden, dass er sie ausspricht)? Zum Infinitiv *μυθήσασθαι* vergleicht er Il. *σ*, 585 *δακέειν μὲν ἀπετρωπῶντο.*

292. *ὑποβλήδην*, vgl. zu *τ*, 80 *ὑββάλλειν.* Zum folgenden *γὰρ* vgl. oben 123 *πῶς γάρ τοι κτέ.*

293. *δειλός*, ein Elender, Schwächling, und darum bedauernswürdig.

295. *μὴ γὰρ ἔμοιγε.* Dabei wiederhole *ταῦτ' ἐπιτέλλεο.* Durch Weglassung des folgenden Verses (296) wird die Rede des Achilleus viel kräftiger und seiner lei-

ἄλλο δέ τοι ἐρέω, σὺ δ' ἐνὶ φρεσὶ βάλλεο σῇσιν.
χερσὶ μὲν οὔ τοι ἔγωγε μαχήσομαι εἵνεκα κούρης,
οὔτε σοὶ οὔτε τῳ ἄλλῳ, ἐπεί μ' ἀφέλεσθέ γε δόντες·
τῶν δ' ἄλλων ἅ μοι ἔστι θοῇ παρὰ νηὶ μελαίνῃ,
τῶν οὐκ ἄν τι φέροις ἀνελὼν ἀέκοντος ἐμεῖο.
εἰ δ' ἄγε μήν, πείρησαι, ἵνα γνώωσι καὶ οἵδε·
αἶψά τοι αἷμα κελαινὸν ἐρωήσει περὶ δουρί."
ὣς τώ γ' ἀντιβίοισι μαχησαμένω ἐπέεσσιν
ἀνστήτην, λῦσαν δ' ἀγορὴν παρὰ νηυσὶν Ἀχαιῶν.
Πηλείδης μὲν ἐπὶ κλισίας καὶ νῆας ἐίσας
ἤιε σύν τε Μενοιτιάδῃ καὶ οἷς ἑτάροισιν·
Ἀτρείδης δ' ἄρα νῆα θοὴν ἅλαδε προέρυσσεν,
ἐς δ' ἐρέτας ἔκρινεν ἐείκοσιν, ἐς δ' ἑκατόμβην
βῆσε θεῷ, ἀνὰ δὲ Χρυσηίδα καλλιπάρῃον
εἷσεν ἄγων· ἐν δ' ἀρχὸς ἔβη πολύμητις Ὀδυσσεύς.
οἱ μὲν ἔπειτ' ἀναβάντες ἐπέπλεον ὑγρὰ κέλευθα,
λαοὺς δ' Ἀτρείδης ἀπολυμαίνεσθαι ἄνωγεν.
οἱ δ' ἀπελυμαίνοντο καὶ εἰς ἅλα λύματ' ἔβαλλον,
ἔρδον δ' Ἀπόλλωνι τεληέσσας ἑκατόμβας

denschaftlichen Erregtheit angemessener.

297. *ἄλλο – σῇσιν*, vgl. zu Od. *λ*, 454. Was er ihm aber eigentlich sagen will, ist erst in 300 –, 303 enthalten.

302. *εἰ δ' ἄγε μήν.* Hier erkennt man in *εἰ δὲ* noch deutlich eine gegensätzliche Beziehung auf das Vorhergehende: wenn du aber (daran zweifelst), wenn du meinst, wohlan so mache den Versuch u. s. w. Aehnlich Od. *φ*, 217. Vgl. ebendaselbst zu *α*, 271.

306. *ἐίσας* die ebenmässig (symmetrisch) gebauten, daher auch, wenn sie in ihrem Elemente sind, gleichschwebenden.

307. *Μενοιτιάδῃ* d. i. *Πατρόκλῳ*, seinem Vertrautesten. Ueber diese ungenaue Bezeichnung vgl. Einleit. S. 6. Die Aufzählung dieser für das Gemüth gleichgültigen Handlungen gewährt nach der vorhergegangenen Aufregung dem Leser einen erwünschten Ruhepunkt.

308. *Ἀτρείδης δ' ἄρα* nach dem oben 141 – 145 ausgesprochenen Vorsatz.

311. *Ὀδυσσεὺς* wurde vorzugsweise zu Botschaften und wichtigen Sendungen gebraucht, vgl. *γ*, 205. *ι*, 169 mit 180.

313. *ἀπολυμαίνεσθαι*, die Befleckung abthun, weil durch die Verschuldung des Agamemnon (also mittelbar auch durch die Seuche) das ganze Heer verunreinigt war. Vgl. 1 Samuel. 7, 6, wo erzählt wird, dass „die Kinder Israel" — entschlossen vom bisherigen Götzendienste abzulassen — „sich nach Mizpah versammelten, Wasser schöpften und es vor Jehovah ausgossen, fasteten und sprachen: Wir haben gesündigt wi-

ταύρων ἠδ' αἰγῶν παρὰ θῖν' ἁλὸς ἀτρυγέτοιο· 1
κνίση δ' οὐρανὸν ἷκεν ἑλισσομένη περὶ καπνῷ.
ὣς οἱ μὲν τὰ πένοντο κατὰ στρατόν· οὐδ' Ἀγαμέμνων
λῆγ' ἔριδος, τὴν πρῶτον ἐπηπείλησ' Ἀχιλῆι,
ἀλλ' ὅ γε Ταλθύβιόν τε καὶ Εὐρυβάτην προσέειπεν,
τώ οἱ ἔσαν κήρυκε καὶ ὀτρηρὼ θεράποντε.
„ἔρχεσθον κλισίην Πηληϊάδεω Ἀχιλῆος·
χειρὸς ἑλόντ' ἀγέμεν Βρισηίδα καλλιπάρῃον.
εἰ δέ κε μὴ δώῃσιν, ἐγὼ δέ κεν αὐτὸς ἕλωμαι
ἐλθὼν σὺν πλεόνεσσι· τό οἱ καὶ ῥίγιον ἔσται."
ὣς εἰπὼν προΐει, κρατερὸν δ' ἐπὶ μῦθον ἔτελλεν.
τὼ δ' ἀέκοντε βάτην παρὰ θῖν' ἁλὸς ἀτρυγέτοιο,
Μυρμιδόνων δ' ἐπί τε κλισίας καὶ νῆας ἱκέσθην.
τὸν δ' εὗρον παρά τε κλισίῃ καὶ νηὶ μελαίνῃ
ἥμενον· οὐδ' ἄρα τώ γε ἰδὼν γήθησεν Ἀχιλλεύς.
τὼ μὲν ταρβήσαντε καὶ αἰδομένω βασιλῆα
στήτην, οὐδέ τί μιν προσεφώνεον οὐδ' ἐρέοντο·
αὐτὰρ ὁ ἔγνω ᾗσιν ἐνὶ φρεσί, φώνησέν τε
„χαίρετε, κήρυκες, Διὸς ἄγγελοι ἠδὲ καὶ ἀνδρῶν.

der Jehovah".

317. *ἑλισσομένη περὶ καπνῷ*, vom Rauche umwirbelt oder im Rauche emporwirbelnd. Vgl. *χ*, 95 *ἑλισσόμενος περὶ χειῇ* u. die Bemerkung zu Od. *ϑ*, 426 über *ἀμφὶ πυρί*.

318. *οὐδ' Ἀγαμέμνων κτέ.* übereinstimmend mit seiner Ankündigung 184 f., nur dass er nicht selbst die Briseis abholte.

320. *Ταλθύβιον* (den Lebenskräftigen, in der Blüthe Lebenden, von *ϑάλλω* (*ϑαλτὶς*) und *βίος*, vgl. *βιοϑάλμιος*, *ζωϑάλμιος* nach Bekker). Nach Herodot. 7, 134 hatte dieser später in Sparta ein Heiligthum und seine Nachkommen waren fortwährend im Besitze des Heroldsamtes. Eurybates hiess auch ein Herold des Odysseus *β*, 184, vgl. zu Od. *τ*, 247.

323. *ἀγέμεν* steht parallel mit *ἔρχεσϑον*, vgl. *β*, 8 – 10 *βάσκ' ἴϑι – ἐλϑὼν – ἀγορευέμεν*.

330. *οὐδ' ἄρα – γήϑησεν*, und wie sich leicht denken lässt (natürlich) freute sich bei ihrem Anblick nicht. Ein ähnliches *οὐδ' ἄρα* findet sich Odyss. *ι*, 230, und noch mehr ebend. *β*, 36. *δ*, 186.

331. *ταρβήσαντε*, vgl. oben zu 85 *ϑαρσήσας*. Wie anmuthig ist aber diese schüchterne Unbeholfenheit der Herolde, wie edel hinwieder das milde Zuvorkommen des Achilleus, der sich nicht etwa ihre Unbehülflichkeit zu Nutze macht!

334. *Διὸς ἄγγελοι*. Auch die Herolde handeln im Auftrage des Zeus (*πρὸς Διός*, s. 239) wie die Richter, und wahren seine heiligen Rechte, wenn sie z. B. im Kriege den Verkehr zwischen zwei feindlichen Völkern besorgen.

ἄσσον ἴτ᾽· οὔ τί μοι ὔμμες ἐπαίτιοι, ἀλλ᾽ Ἀγαμέμνων,
ὃ σφῶι προΐει Βρισηίδος εἵνεκα κούρης.
ἀλλ᾽ ἄγε, διογενὲς Πατρόκλεις, ἔξαγε κούρην
καί σφωιν δὸς ἄγειν. τὼ δ᾽ αὐτὼ μάρτυροι ἔστων
πρός τε θεῶν μακάρων πρός τε θνητῶν ἀνθρώπων
καὶ πρὸς τοῦ βασιλῆος ἀπηνέος, εἴ ποτε δ᾽ αὖτε
χρειὼ ἐμεῖο γένηται ἀεικέα λοιγὸν ἀμῦναι
τοῖς ἄλλοις. ἦ γὰρ ὅ γ᾽ ὀλοιῇσι φρεσὶ θύει,
οὐδέ τι οἶδε νοῆσαι ἅμα πρόσσω καὶ ὀπίσσω,
ὅππως οἱ παρὰ νηυσὶ σόοι μαχέοιντο Ἀχαιοί."
ὣς φάτο, Πάτροκλος δὲ φίλῳ ἐπεπείθεθ᾽ ἑταίρῳ,
ἐκ δ᾽ ἄγαγε κλισίης Βρισηίδα καλλιπάρῃον,
δῶκε δ᾽ ἄγειν. τὼ δ᾽ αὖτις ἴτην παρὰ νῆας Ἀχαιῶν·
ἣ δ᾽ ἀέκουσ᾽ ἅμα τοῖσι γυνὴ κίεν. αὐτὰρ Ἀχιλλεύς
δακρύσας ἑτάρων ἄφαρ ἕζετο νόσφι λιασθείς,
θῖν᾽ ἔφ᾽ ἁλὸς πολιῆς, ὁρόων ἐπ᾽ ἀπείρονα πόντον·

338. *τὼ δ᾽ αὐτώ*, sie selbst aber; vgl. zu Od. δ, 654 *τῷ δ᾽ αὐτῷ πάντα ἐῴκει.*

340. *καὶ πρὸς τοῦ βασ. ἀπηνέος*, und vor diesem König dem Harten (eigentlich von Seite dieses Königs). Das Adjectiv steht in Apposition bei dem Substantiv, vgl. zu Od. λ, 492 *τοῦ παιδὸς ἀγαυοῦ*. ρ, 10 *τὸν ξεῖνον δύστηνον*. — *δ᾽ αὖτε*: vgl. zu 131 *μὴ δ᾽ οὕτως*, „wenn denn einst wieder". Dann sollen sie durch ihr Zeugniss über die an mir verübte Unbill meine Unthätigkeit rechtfertigen.

344. *ὅππως οἱ — μαχέοιντο*, wie oder dass sie ihm kämpfen könnten. Der Optativ, auch nach einem Hauptttempus, bezeichnet die Absicht als etwas bloss Subjectives, eine reine Vorstellung, ohne die unmittelbare Tendenz zur Verwirklichung, wie hier schon der verneinende Hauptsatz (*οὐδὲ οἶδε*) zeigt. Uebrigens hat Homer sonst immer die Optativendung *οίατο* (daher Köchly *μαχεοίατ᾽ Ἀχαιοί*).

348. *γυνὴ* ist nachträgliche Erklärung zu *ἡ δέ*, das auch für sich schon verstanden würde. — *αὐτὰρ Ἀχιλλεὺς κτέ.* Der Dichter kann unmöglich den Eindruck unberührt lassen, den die Abführung der Briseis bei Achilleus hervorbrachte, und die Situation wie die Ausführung gehört auch zu den ansprechendsten.

349. *ἑτάρων* ist mit *νόσφι λιασθείς* zu verbinden.

350. *θῖν᾽ ἔφ᾽ ἁλὸς π.* hängt an *ἕζετο*, an das Ufer des grauen Meeres, wie θ, 442 *χρύσειον ἐπὶ θρόνον — ἕζετο*, vgl. Od. ζ, 236 *ἕζετ᾽ ἔπειτ᾽ ἀπάνευθε κιὼν ἐπὶ θῖνα θαλάσσης*. Das anastrophirte *ἔφ᾽* hat trotz der Abwerfung des Endvocals den Accent, damit nicht verbunden werde *ἐφ᾽ ἁλός*, sondern *ἐπὶ θῖνα*. Vgl. zu δ, 352. — *ἐπ᾽ ἀπείρονα* wie Od. δ, 510 *κατὰ πόντον ἀπείρονα κυμαίνοντα*. Das unermessliche Meer liess den Achilleus jetzt

πολλὰ δὲ μητρὶ φίλῃ ἠρήσατο χεῖρας ὀρεγνύς.
„μῆτερ, ἐπεί μ' ἔτεκές γε μινυνθάδιόν περ ἐόντα,
τιμήν πέρ μοι ὄφελλεν Ὀλύμπιος ἐγγυαλίξαι,
Ζεὺς ὑψιβρεμέτης· νῦν δ' οὐδέ με τυτθὸν ἔτισεν.
ἦ γάρ μ' Ἀτρείδης εὐρυκρείων Ἀγαμέμνων
ἠτίμησεν· ἑλὼν γὰρ ἔχει γέρας, αὐτὸς ἀπούρας."
ὣς φάτο δακρυχέων, τοῦ δ' ἔκλυε πότνια μήτηρ
ἡμένη ἐν βένθεσσιν ἁλὸς παρὰ πατρὶ γέροντι.
καρπαλίμως δ' ἀνέδυ πολιῆς ἁλὸς ἠύτ' ὀμίχλη,
καί ῥα πάροιθ' αὐτοῖο καθέζετο δακρυχέοντος,
χειρί τέ μιν κατέρεξεν, ἔπος τ' ἔφατ', ἔκ τ' ὀνόμαζεν.
„τέκνον, τί κλαίεις; τί δέ σε φρένας ἵκετο πένθος;
ἐξαύδα, μὴ κεῦθε νόῳ, ἵνα εἴδομεν ἄμφω."
τὴν δὲ βαρὺ στενάχων προσέφη πόδας ὠκὺς Ἀχιλλεύς
„οἶσθα· τίη τοι ταῦτα ἰδυίῃ πάντ' ἀγορεύω;
ᾠχόμεθ' ἐς Θήβην, ἱερὴν πόλιν Ἠετίωνος,
τὴν δὲ διεπράθομέν τε καὶ ἤγομεν ἐνθάδε πάντα.
καὶ τὰ μὲν εὖ δάσσαντο μετὰ σφίσιν υἷες Ἀχαιῶν,
ἐκ δ' ἕλον Ἀτρείδῃ Χρυσηίδα καλλιπάρῃον.
Χρύσης δ' αὖθ' ἱερεὺς ἑκατηβόλου Ἀπόλλωνος

besonders seine hülflose Lage erkennen.

353. *τιμήν πέρ μοι*, vgl. Od. ζ, 325 *νῦν δή πέρ μευ ἄκουσον*. *πέρ* = *utique*, *certe*, jedenfalls, doch wenigstens.

356. *αὐτὸς ἀπούρας* verstärkte Wiederholung von *ἑλών*.

359. *ἀνέδυ πολ. ἁλός*, vgl. zu Od. ζ, 127 *θάμνων ὑπεδύσετο* (vgl. ebend. ε, 337 *ἀνεδύσετο λίμνης*), dagegen unten zu 496. Die Vergleichung *ἠύτ' ὀμίχλη* bezieht sich nur auf ihr schnelles und leichtes Emporsteigen.

361. *ἔκ τ' ὀνόμαζεν*, vgl. zu Od. β, 302.

363. *ἵνα εἴδομεν ἄμφω*. Was den geliebten Sohn betrübt, muss die Mutter auch wissen. Vgl. Einl. S. 5.

365. *οἶσθα*, nicht sowohl als Göttin, sondern vielmehr durch mein Gebet, aber im Allgemeinen, so dass *πάντα* mit *ἀγορεύω* zu verbinden ist. Ueber *τίη* vgl. zu Od. ο, 326, über *ἰδυίῃ* zu Od. α, 428. Dennoch erzählt Achilleus 366 – 392 Alles ausführlich, grossentheils mit schon vorgekommenen Versen, um sein Gemüth zu erleichtern; und die Theilnahme der Leser, wie einst der Zuhörer, folgt der bündigen Erzählung gern, zumal da von dieser alle Folgen des Zornes ausgehen.

366. *Θήβην* mit dem Beinamen *ὑποπλακίῃν* nach ζ, 397, wo Eetion, Vater der Andromache, König war.

369. *ἐκ δ' ἕλον* als ein *γέρας ἐξαίρετον*, ausser seinem Antheil an

1 ἦλθε θοὰς ἐπὶ νῆας Ἀχαιῶν χαλκοχιτώνων
λυσόμενός τε θύγατρα φέρων τ' ἀπερείσι' ἄποινα,
στέμματ' ἔχων ἐν χερσὶν ἑκηβόλου Ἀπόλλωνος
χρυσέῳ ἀνὰ σκήπτρῳ, καὶ λίσσετο πάντας Ἀχαιούς,
Ἀτρείδα δὲ μάλιστα δύω, κοσμήτορε λαῶν.
ἔνθ' ἄλλοι μὲν πάντες ἐπευφήμησαν Ἀχαιοί
αἰδεῖσθαί θ' ἱερῆα καὶ ἀγλαὰ δέχθαι ἄποινα·
ἀλλ' οὐκ Ἀτρείδῃ Ἀγαμέμνονι ἥνδανε θυμῷ,
ἀλλὰ κακῶς ἀφίει, κρατερὸν δ' ἐπὶ μῦθον ἔτελλεν.
χωόμενος δ' ὁ γέρων πάλιν ᾤχετο. τοῖο δ' Ἀπόλλων
εὐξαμένου ἤκουσεν, ἐπεὶ μάλα οἱ φίλος ἦεν,
ἧκε δ' ἐπ' Ἀργείοισι κακὸν βέλος· οἱ δέ νυ λαοί
θνῆσκον ἐπασσύτεροι, τὰ δ' ἐπῴχετο κῆλα θεοῖο
πάντῃ ἀνὰ στρατὸν εὐρὺν Ἀχαιῶν. ἄμμι δὲ μάντις
εὖ εἰδὼς ἀγόρευε θεοπροπίας ἑκάτοιο.
αὐτίκ' ἐγὼ πρῶτος κελόμην θεὸν ἱλάσκεσθαι·
Ἀτρείωνα δ' ἔπειτα χόλος λάβεν, αἶψα δ' ἀναστάς
ἠπείλησεν μῦθον, ὃ δὴ τετελεσμένος ἐστίν.
τὴν μὲν γὰρ σὺν νηὶ θοῇ ἑλίκωπες Ἀχαιοί
ἐς Χρύσην πέμπουσιν, ἄγουσι δὲ δῶρα ἄνακτι·
τὴν δὲ νέον κλισίηθεν ἔβαν κήρυκες ἄγοντες
κούρην Βρισῆος, τήν μοι δόσαν υἷες Ἀχαιῶν.
ἀλλὰ σύ, εἰ δύνασαί γε, περίσχεο παιδὸς ἑῆος·
ἐλθοῦσ' Οὔλυμπόνδε Δία λίσαι, εἴ ποτε δή τι

der Beute. Vgl. Od. λ, 534 *μοῖραν καὶ γέρας ἐσθλὸν ἔχων.*

381. *φίλος ἦεν*, nämlich *ὁ γέρων*.

383. *ἐπασσύτεροι*, vgl. zu Od. π, 366. — *τὰ δ' ἐπῴχετο κῆλα*, vgl. Od. ε, 68. Hier ist der umschriebene Sinn: während auf der andern Seite die Pfeile immerfort flogen.

388. *ἠπείλησεν μῦθον*. Der schwerfällige Gang der ersten Hälfte dieses Verses deutet passend den Unmuth an, der den Sprechenden nur mit Mühe über diess Hemmniss hinwegkommen lässt.

391. *νέον* gehört zu *ἔβαν ἄγοντες*.

393. *παιδὸς ἑῆος*, den wackern Sohn, vgl. zu Od. ϑ, 325. Der Spiritus asper in *ἑῆος*, *ἑάων* neben dem lenis in *ἐύς* und *ἐύν* = *ἠύς*, *ἠύν* beruht auf ausdrücklicher Ueberlieferung der Grammatiker. Wie hier Achilleus sich selbst den wackern nennt, d. h. der es nicht verdiene, von seiner Mutter verleugnet zu werden, so steht Il. η, 75 in einer Rede des Hektor selbst *Ἕκτορι δίῳ*.

ἠ ἔπει ὤνησας κραδίην Διὸς ἠὲ καὶ ἔργῳ.
πολλάκι γάρ σεο πατρὸς ἐνὶ μεγάροισιν ἄκουσα
εὐχομένης, ὅτ' ἔφησθα κελαινεφέι Κρονίωνι
οἴη ἐν ἀθανάτοισιν ἀεικέα λοιγὸν ἀμῦναι,
ὁππότε μιν ξυνδῆσαι Ὀλύμπιοι ἤθελον ἄλλοι,
Ἥρη τ' ἠδὲ Ποσειδάων καὶ Παλλὰς Ἀθήνη.
ἀλλὰ σὺ τόν γ' ἐλθοῦσα, θεά, ὑπελύσαο δεσμῶν,
ὦχ' ἑκατόγχειρον καλέσασ' ἐς μακρὸν Ὄλυμπον,
ὃν Βριάρεων καλέουσι θεοί, ἄνδρες δέ τε πάντες
Αἰγαίων'· ὁ γὰρ αὖτε βίῃ οὗ πατρὸς ἀμείνων·
ὅς ῥα παρὰ Κρονίωνι καθέζετο κύδεϊ γαίων.
τὸν καὶ ὑπέδδεισαν μάκαρες θεοί, οὐδέ τ' ἔδησαν.
τῶν νῦν μιν μνήσασα παρέζεο καὶ λαβὲ γούνων,
αἴ κέν πως ἐθέλῃσιν ἐπὶ Τρώεσσιν ἀρῆξαι,
τοὺς δὲ κατὰ πρύμνας τε καὶ ἀμφ' ἅλα ἔλσαι Ἀχαιούς
κτεινομένους, ἵνα πάντες ἐπαύρωνται βασιλῆος,

396. *πολλάκι γάρ σεο πατρὸς κτἑ.* *σεο* hängt von *ἄκουσα* ab und hat keinen Nachdruck, ungeachtet es nachträglich durch *εὐχομένης* (= *καυχωμένης*) bestimmt wird. *πατρὸς* d. h. des Peleus, bei welchem, soviel wir aus Homer entnehmen können, Thetis nach der Vermählung blieb und den Achilleus selbst erzog; aber während des trojanischen Krieges wird sie nicht mehr bei ihm gedacht.

397. *ὅτ' ἔφησθα* d. i. *ὅτε*, wie im Lateinischen *audivi quum*.

399. *ὁππότε μιν ξυνδῆσαι κτἑ.* Dem Kerne nach wahrscheinlich ein physikalischer Mythos, nach Preller griech. Mythol. I S. 109 „das allegorische Gemälde eines furchtbaren Aufruhrs der Natur, wo der Himmel durch die vereinigten Mächte des Aethers, der Luft und des Meeres Gewalt zu leiden scheint."

404. *Αἰγαίων* ein Meergott und als solcher auch Gott der Stürme (*αἴξ*, *αἰγίς*), Sohn des Poseidon, daher *οὗ πατρὸς ἀμείνων*; nach Preller I S. 41 „der personificirte Meeresschwall mit dem furchtbaren Andrange tosender Fluthen, in welchem die Alten die Ursache der Erdbeben erkannten." — Der göttliche Name war vermuthlich dem Dichter der ältere, schon weiterher überlieferte. — *αὖτε* scheint einfach: hinwieder, seinerseits (wie Poseidon sehr stark oder stärker ist in Vergleichung mit Zeus und den andern Göttern).

408. *ἐπὶ – ἀρῆξαι* gleichsam zuhelfen, d. h helfend zustehen, beistehen.

409. *κατὰ πρύμνας τε καὶ ἀμφ' ἅλα*, zu den Schiffen (deren Hintertheile nach ν, 333. ξ, 32 landeinwärts gerichtet waren) und um das Meer, an den Rand des Meeres. Wahrscheinlich meint er, dass sie in den Raum zwischen dem Schiffslager und dem Meer selbst hineingedrängt werden sollen, wo ihnen dann gar kein Ausweg mehr übrig bleibe.

γνῷ δὲ καὶ Ἀτρείδης εὐρυκρείων Ἀγαμέμνων
ἣν ἄτην, ὅτ' ἄριστον Ἀχαιῶν οὐδὲν ἔτισεν."
τὸν δ' ἠμείβετ' ἔπειτα Θέτις κατὰ δάκρυ χέουσα
„ὤ μοι, τέκνον ἐμόν, τί νύ σ' ἔτρεφον αἰνὰ τεκοῦσα;
αἴθ' ὄφελες παρὰ νηυσὶν ἀδάκρυτος καὶ ἀπήμων
ἧσθαι, ἐπεί νύ τοι αἶσα μίνυνθά περ, οὔ τι μάλα δήν·
νῦν δ' ἅμα τ' ὠκύμορος καὶ ὀϊζυρὸς περὶ πάντων
ἔπλεο· τῷ σε κακῇ αἴσῃ τέκον ἐν μεγάροισιν.
τοῦτο δέ τοι ἐρέουσα ἔπος Διὶ τερπικεραύνῳ
εἶμ' αὐτὴ πρὸς Ὄλυμπον ἀγάννιφον, αἴ κε πίθηται.
ἀλλὰ σὺ μὲν νῦν νηυσὶ παρήμενος ὠκυπόροισιν
μήνι' Ἀχαιοῖσιν, πολέμου δ' ἀποπαύεο πάμπαν·
Ζεὺς γὰρ ἐς Ὠκεανὸν μετ' ἀμύμονας Αἰθιοπῆας
χθιζὸς ἔβη κατὰ δαῖτα, θεοὶ δ' ἅμα πάντες ἕποντο·
δωδεκάτῃ δέ τοι αὖτις ἐλεύσεται Οὔλυμπόνδε,
καὶ τότ' ἔπειτά τοι εἶμι Διὸς ποτὶ χαλκοβατὲς δῶ,
καί μιν γουνάσομαι, καί μιν πείσεσθαι ὀίω."
ὣς ἄρα φωνήσασ' ἀπεβήσετο, τὸν δ' ἔλιπ' αὐτοῦ
χωόμενον κατὰ θυμὸν ἐυζώνοιο γυναικός,

412. ἣν ἄτην eigentlich, seinen Schaden, sein Geschädigtsein, nämlich am Geiste (φρενοβλάβεια), d. h. seine ihm selbst verderbliche Bethörung und Verblendung. Das folgende ὅτι – ἔτισεν giebt den Inhalt der ἄτη an.

413. κατὰ δάκρυ χέουσα d. i. κατὰ παρειῶν δ. χ. vgl. Od. π, 190.

416. μίνυνθα — δήν stehen gewissermassen adjectivisch (μινυνθαδίη — δηναιή), sich auf kurze — lange Zeit erstreckend, sie in sich schliessend; vgl. δ, 466. Zur Verlängerung der kurzen Sylbe vor δὴν vgl. zu Od. α, 203.

418. ἔπλεο, vgl. zu Od. β, 364 ἔπλετο.

420. Ὄλυμπον ἀγάννιφον. Eine andere, mehr aus der Phantasie und der Idee eines Göttersitzes genommene Vorstellung vom Olympos giebt Odyss. ζ, 42 – 46. Vgl. Einl. zur Od. S. 17.

423. Ζεὺς γὰρ κτἑ. giebt den Grund zu 426 f. an. — ἐς Ὠκεανόν, in den Okeanos (nicht nur an denselben). Die Präposition ἐς deutet auf einen physikalisch-astronomischen Sinn dieser Götterreisen zu den Aethiopen. Vgl. Einleit. S. 12.

424. κατὰ δαῖτα, vgl. Od. γ, 72 κατὰ πρῆξιν. Nach Preller gr. Myth. I S. 293 dachte man sich in der Nähe des Helios (vgl. zu Od. α, 22 ff.) ewige Reife und ewige Ernte.

425. δωδεκάτῃ. Die lange Dauer von Zeus' Abwesenheit war dem Dichter ganz gelegen, damit unterdessen des Achilleus Entfernung vom Kampfe ihre Wirkung auf die andern Achäer äussern könne.

429. ἐυζώνοιο γυναικὸς bezeich-

τήν ῥα βίῃ ἀέκοντος ἀπηύρων. αὐτὰρ Ὀδυσσεύς
ἐς Χρύσην ἵκανεν ἄγων ἱερὴν ἑκατόμβην.
οἱ δ' ὅτε δὴ λιμένος πολυβενθέος ἐντὸς ἵκοντο,
ἱστία μὲν στείλαντο, θέσαν δ' ἐν νηὶ μελαίνῃ,
ἱστὸν δ' ἱστοδόκῃ πέλασαν προτόνοισιν ὑφέντες
καρπαλίμως, τὴν δ' εἰς ὅρμον προέρεσσαν ἐρετμοῖς.
ἐκ δ' εὐνὰς ἔβαλον, κατὰ δὲ πρυμνήσι' ἔδησαν·
ἐκ δὲ καὶ αὐτοὶ βαῖνον ἐπὶ ῥηγμῖνι θαλάσσης,
ἐκ δ' ἑκατόμβην βῆσαν ἑκηβόλῳ Ἀπόλλωνι·
ἐκ δὲ Χρυσηὶς νηὸς βῆ ποντοπόροιο.
τὴν μὲν ἔπειτ' ἐπὶ βωμὸν ἄγων πολύμητις Ὀδυσσεύς
πατρὶ φίλῳ ἐν χερσὶ τίθει, καί μιν προσέειπεν
„ὦ Χρύση, πρό μ' ἔπεμψεν ἄναξ ἀνδρῶν Ἀγαμέμνων
παῖδά τε σοὶ ἀγέμεν, Φοίβῳ θ' ἱερὴν ἑκατόμβην
ῥέξαι ὑπὲρ Δαναῶν, ὄφρ' ἱλασόμεσθα ἄνακτα,
ὃς νῦν Ἀργείοισι πολύστονα κήδε' ἐφῆκεν."
ὣς εἰπὼν ἐν χερσὶ τίθει, ὁ δ' ἐδέξατο χαίρων
παῖδα φίλην. τοὶ δ' ὦκα θεῷ κλειτὴν ἑκατόμβην
ἑξείης ἔστησαν ἐΰδμητον περὶ βωμόν,
χερνίψαντο δ' ἔπειτα καὶ οὐλοχύτας ἀνέλοντο.

net den Ursprung und Ausgangspunkt des Grolles.

430. *βίῃ ἀέκοντος ἀπηύρων*, dieselbe Verbindung und in derselben Stelle des Verses wie Od. *δ*, 646.

434. *προτόνοισιν*, vgl. zu Od. *β*, 425.

435. *προέρεσσαν*, vgl. zu Od. *ι*, 73 *προερέσσαμεν ἤπειρόνδε*. Dagegen unten 485 *ἐπ' ἠπείροιο ἔρυσσαν*, weil sie dort das Schiff längere Zeit nicht mehr zu brauchen gedachten.

436. *εὐνὰς – πρυμνήσια*, vgl. zu Od. *ι*, 136.

437. *ἐπὶ ῥηγμῖνι θαλ.*, vgl. zu Od. *δ*, 430, und zu dem Wechsel der Tempora in *βαῖνον* — *βῆσαν* — *βῆ* ebendas. *λ*, 4 f. *ἐβήσαμεν* — *βαίνομεν*, und gleich unten 446 *τίθει* — *ἐδέξατο* — *ἔστησαν*.

439. *ἐκ δὲ Χρυσηίς*. Den wichtigsten Moment der ganzen Handlung bezeichnet auch ein sehr gewichtiger Vers.

449. *χερνίψαντο*, ein wie es scheint alterthümliches und darum nicht nach der gewöhnlichen Analogie gebildetes Verbum, das indessen bei Homer nur hier vorkommt. Den Sinn drückt Od. *γ*, 445 die Umschreibung *χέρνιβα κατήρχετο* aus. Ueber *οὐλοχύτας* vgl. ebendaselbst 441 zu *οὐλάς*. Das *ἀνελέσθαι* gehört zum Ritus der Weihung. Es nahm wohl jeder der am Opfer Theilnehmenden eine Hand voll Körner aus dem am Boden stehenden Korbe, um sie dann nach Verrichtung des Gebetes auf das Opferthier auszustreuen (458 *οὐλ. προβάλοντο*).

τοῖσιν δὲ Χρύσης μεγάλ' εὔχετο, χεῖρας ἀνασχών.
„κλῦθί μευ, ἀργυρότοξ', ὃς Χρύσην ἀμφιβέβηκας
Κίλλαν τε ζαθέην, Τενέδοιό τε ἶφι ἀνάσσεις·
ἠμὲν δή ποτ' ἐμεῦ πάρος ἔκλυες εὐξαμένοιο,
τίμησας μὲν ἐμέ, μέγα δ' ἴψαο λαὸν Ἀχαιῶν·
ἠδ' ἔτι καὶ νῦν μοι τόδ' ἐπικρήηνον ἐέλδωρ·
ἤδη νῦν Δαναοῖσιν ἀεικέα λοιγὸν ἄμυνον."
ὣς ἔφατ' εὐχόμενος, τοῦ δ' ἔκλυε Φοῖβος Ἀπόλλων.
αὐτὰρ ἐπεί ῥ' εὔξαντο καὶ οὐλοχύτας προβάλοντο,
αὐέρυσαν μὲν πρῶτα καὶ ἔσφαξαν καὶ ἔδειραν,
μηρούς τ' ἐξέταμον κατά τε κνίσῃ ἐκάλυψαν
δίπτυχα ποιήσαντες, ἐπ' αὐτῶν δ' ὠμοθέτησαν.
καῖε δ' ἐπὶ σχίζῃς ὁ γέρων, ἐπὶ δ' αἴθοπα οἶνον
λεῖβε· νέοι δὲ παρ' αὐτὸν ἔχον πεμπώβολα χερσίν.
αὐτὰρ ἐπεὶ κατὰ μῆρ' ἐκάη καὶ σπλάγχν' ἐπάσαντο,
μίστυλλόν τ' ἄρα τἆλλα καὶ ἀμφ' ὀβελοῖσιν ἔπειραν,
ὤπτησάν τε περιφραδέως, ἐρύσαντό τε πάντα.
αὐτὰρ ἐπεὶ παύσαντο πόνου τετύκοντό τε δαῖτα,
δαίνυντ', οὐδέ τι θυμὸς ἐδεύετο δαιτὸς ἐίσης.
αὐτὰρ ἐπεὶ πόσιος καὶ ἐδητύος ἐξ ἔρον ἕντο,
κοῦροι μὲν κρητῆρας ἐπεστέψαντο ποτοῖο,
νώμησαν δ' ἄρα πᾶσιν ἐπαρξάμενοι δεπάεσσιν,

453. *ἠμὲν δή ποτε κτέ.* wird nur zur Begründung der eigentlichen Bitte *νῦν μοι – ἐέλδωρ* vorausgeschickt: = so wie du früher erhörtest —, so erhöre auch jetzt. In beiden Gliedern giebt der folgende Vers den Inhalt des vorangehenden an. Vgl. *π*, 236. *ξ*, 234.

457. *τοῦ δ' ἔκλυε Φοῖβος Ἀπ.* Die Wirkung des Gebetes wird kurz, aber vollkommen genügend mit Einem Satze abgethan. Ebenso 474 *ὁ δὲ – ἀκούων*.

459. *αὐέρυσαν* (wahrscheinl. aus *ἀνFέρυσαν* von *ἀνερύω* mit dem Digamma, emporziehen), vgl. Od. *γ*, 453 *ἀνελόντες ἔσχον*, worauf ebenfalls das *σφάξαι* folgt.

460. *μηροὺς ἐξέταμον* der ungenauere Ausdruck für *ἐκ μηρία τάμνον*, wie es Od. *γ*, 456 heisst, vgl. zu Od. *γ*, 9. — *κατά τε κνίσῃ*. Von diesen Worten an bis 465 *ἔπειραν* stimmt Alles wörtlich mit Od. *γ*, 457 – 462 überein, wo das Nöthige zur Erklärung bemerkt ist.

466. *ἐρύσαντο πάντα*, sie zogen alles, nachdem es gebraten war, von den Spiessen ab.

469. *αὐτὰρ – ἕντο*, vgl. zu Od. *α*, 150, und über den folgenden Vers ebend. 148. *β*, 96. Zu *ἐπεστέψαντο* vgl. *ϑ*, 232 *κρητῆρας ἐπιστεφέας οἴνοιο*.

471. *νώμησαν – ἐπαρξάμενοι*, vgl. zu Od. *γ*, 340.

οἱ δὲ πανημέριοι μολπῇ θεὸν ἱλάσκοντο, 1
καλὸν ἀείδοντες παιήονα, κοῦροι Ἀχαιῶν,
μέλποντες ἑκάεργον· ὁ δὲ φρένα τέρπετ' ἀκούων.
ἦμος δ' ἠέλιος κατέδυ καὶ ἐπὶ κνέφας ἦλθεν,
δὴ τότε κοιμήσαντο παρὰ πρυμνήσια νηός.
ἦμος δ' ἠριγένεια φάνη ῥοδοδάκτυλος ἠώς,
καὶ τότ' ἔπειτ' ἀνάγοντο μετὰ στρατὸν εὐρὺν Ἀχαιῶν·
τοῖσιν δ' ἴκμενον οὖρον ἵει ἑκάεργος Ἀπόλλων.
οἱ δ' ἱστὸν στήσαντ', ἀνά θ' ἱστία λευκὰ πέτασσαν·
ἐν δ' ἄνεμος πρῆσεν μέσον ἱστίον, ἀμφὶ δὲ κῦμα
στείρῃ πορφύρεον μεγάλ' ἴαχε νηὸς ἰούσης·
ἡ δ' ἔθεεν κατὰ κῦμα διαπρήσσουσα κέλευθον.
αὐτὰρ ἐπεί ῥ' ἵκοντο κατὰ στρατὸν εὐρὺν Ἀχαιῶν,
νῆα μὲν οἵ γε μέλαιναν ἐπ' ἠπείροιο ἔρυσσαν
ὑψοῦ ἐπὶ ψαμάθοις, ὑπὸ δ' ἕρματα μακρὰ τάνυσσαν,
αὐτοὶ δ' ἐσκίδναντο κατὰ κλισίας τε νέας τε.
αὐτὰρ ὁ μήνιε νηυσὶ παρήμενος ὠκυπόροισιν,

472. *πανημέριοι*, den ganzen übrigen Tag, bis es Nacht war (475), wie *β*, 385 und Od. *μ*, 24, wo auch beide Male schon ein grosser Theil des Tages verflossen ist.

473. *παιήονα* hier zum Dank für die glücklich überwundene Gefahr, wie *χ*, 391 zur Feier des Sieges über Hektor.

476. *παρὰ πρυμνήσια νηός* vgl. Od. *γ*, 365 *παρὰ νηὶ μελαίνῃ*.

477. *ῥοδοδάκτ.*, vgl. zu Od. *β*, 1.

479. *ἴκμ. οὖρον*, vgl. Od. *β*, 420.

481 – 483. *ἐν δ' ἄνεμος – κέλευθον* mit einer einzigen Verschiedenheit im Anfang = Od. *β*, 427 – 429.

484. *ἐπεί ῥα*, nachdem sie also, wie sich nach dem Vorigen erwarten lässt. — *κατὰ στρατόν*, eigentlich in die Gegend des Heeres, so dass sie ihm gegenüber waren; denn das Heer selbst war vom Meere etwas entfernt. Vgl. Od. *ε*, 441 *ποταμοῖο κατὰ στόμα – ἶξε*.

485 f. *ἐπ' ἠπείροιο – ἐπὶ ψαμάθοις*. Das Verbum *ἔρυσσαν* ist prägnant mit zwei Ortsbestimmungen verbunden: sie zogen das Schiff auf's Land (sonst *ἤπειρόνδε*, z. B. Od. *κ*, 403), so dass es hoch auf dem Sande ruhte, nachdem sie nämlich die langen Balken darunter gelegt.

488. *αὐτὰρ ὁ μήνιε*. Der Dichter führt uns wieder für einen Augenblick zur Hauptperson, Achilleus, zurück, um ihn dann für längere Zeit zu verlassen. Die Verse 490 – 492 beziehen sich daher, wie besonders *ποτὲ* zeigt, zum Theil proleptisch auch auf die folgenden Tage, so lange sein Groll währt, und bereiten auch durch ihren elegischen Ton auf die lange Dauer desselben vor. Vgl. *ψ*, 185 f., wo ebenfalls die Bestimmung *ἤματα καὶ νύκτας* schon der folgenden Erzählung vorgreift.

1 διογενὴς Πηλέος υἱός, πόδας ὠκὺς Ἀχιλλεύς.
οὔτε ποτ' εἰς ἀγορὴν πωλέσκετο κυδιάνειραν
οὔτε ποτ' ἐς πόλεμον, ἀλλὰ φθινύθεσκε φίλον κῆρ
αὖθι μένων, ποθέεσκε δ' ἀυτήν τε πτόλεμόν τε.
ἀλλ' ὅτε δή ῥ' ἐκ τοῖο δυωδεκάτη γένετ' ἠώς,
καὶ τότε δὴ πρὸς Ὄλυμπον ἴσαν θεοὶ αἰὲν ἐόντες
πάντες ἅμα, Ζεὺς δ' ἦρχε. Θέτις δ' οὐ λήθετ' ἐφετμέων
παιδὸς ἑοῦ, ἀλλ' ἥ γ' ἀνεδύσετο κῦμα θαλάσσης,
ἠερίη δ' ἀνέβη μέγαν οὐρανὸν Οὔλυμπόν τε.
εὗρεν δ' εὐρύοπα Κρονίδην ἄτερ ἥμενον ἄλλων
ἀκροτάτῃ κορυφῇ πολυδειράδος Οὐλύμποιο.
καί ῥα πάροιθ' αὐτοῖο καθέζετο, καὶ λάβε γούνων
σκαιῇ· δεξιτερῇ δ' ἄρ' ὑπ' ἀνθερεῶνος ἑλοῦσα
λισσομένη προσέειπε Δία Κρονίωνα ἄνακτα.
„Ζεῦ πάτερ, εἴ ποτε δή σε μετ' ἀθανάτοισιν ὄνησα
ἢ ἔπει ἢ ἔργῳ, τόδε μοι κρήηνον ἐέλδωρ.
τίμησόν μοι υἱόν, ὃς ὠκυμορώτατος ἄλλων
ἔπλετ'· ἀτάρ μιν νῦν γε ἄναξ ἀνδρῶν Ἀγαμέμνων

492. *ποθέεσκε*, er sehnte sich. Denn trotz seines Zornes war doch das Missen von Schlacht und Kampf für ihn schmerzlich und zehrte an seiner Lebenskraft.

493. *ἐκ τοῖο*, von da an, nämlich von dem durch Thetis' Rede 425 bezeichneten Zeitpuncte. Zehn, eilf oder zwölf Tage sind bei Homer sehr gewöhnliche runde Zeitbestimmungen; vgl. zu Od. *β*, 374 = *δ*, 588. Darum ist auch die Hinweisung in *ἐκ τοῖο* nicht mehr zu urgiren, als wenn wir sagen würden: Als nun die zwölf Tage herum waren. Die Fahrt des Odysseus nach Chryse 430 – 487 ist nur eine Nebenhandlung, und die darauf verwendeten zwei Tage sind nicht zu der übrigen Zeit hinzuzurechnen, sondern fallen in dieselbe.

496. *ἀνεδύσετο κῦμα θαλάσσης*, eine andere Construction als 359 *ἀνέδυ πολιῆς ἁλός*, die indessen theils durch *ν*, 225 *ἀνδύεται πόλεμον κακόν*, theils durch das analoge *κατέβαιν' ὑπερώια* Od. *σ*, 206 = *ψ*, 85 geschützt wird. Ueber die Doppelconstruction von *καταβαίνειν* vgl. zu Od. *α*, 330.

497. *ἠερίη* hier und 557 in Nebel gehüllt (als Nebelgebilde). — *οὐρανὸν Οὔλυμπόν τε*, sofern der Olympos in den Himmel hineinreicht.

499. *ἀκροτάτῃ – Οὐλύμποιο*, vgl. zu *ε*, 754.

501. *ὑπ' ἀνθερεῶνος*, eigentlich unter dem Kinne hervor. Der Genitiv bei *ὑπὸ* bezeichnet den Ausgangspunct des Anfassens.

505. *ὠκυμορώτατος ἄλλων*. Der Genitiv nach dem Superlativ hat hier dieselbe Kraft wie nach dem Comparativ: vor den andern, über die andern hinaus = *πρὸ* oder *περὶ τῶν ἄλλων*.

ἠτίμησεν· ἑλὼν γὰρ ἔχει γέρας, αὐτὸς ἀπούρας. 1
ἀλλὰ σύ πέρ μιν τῖσον, Ὀλύμπιε μητίετα Ζεῦ,
τόφρα δ' ἐπὶ Τρώεσσι τίθει κράτος, ὄφρ' ἂν Ἀχαιοί
υἱὸν ἐμὸν τίσωσιν, ὀφέλλωσίν τέ ἑ τιμῇ."
ὣς φάτο· τὴν δ' οὔ τι προσέφη νεφεληγερέτα Ζεύς,
ἀλλ' ἀκέων δὴν ἧστο. Θέτις δ' ὡς ἥψατο γούνων, –
ὣς ἔχετ' ἐμπεφυυῖα, καὶ εἴρετο δεύτερον αὖτις. –
„νημερτὲς μὲν δή μοι ὑπόσχεο καὶ κατάνευσον,
ἢ ἀπόειπ', ἐπεὶ οὔ τοι ἔπι δέος, ὄφρ' εὖ εἰδῶ
ὅσσον ἐγὼ μετὰ πᾶσιν ἀτιμοτάτη θεός εἰμι."
τὴν δὲ μέγ' ὀχθήσας προσέφη νεφεληγερέτα Ζεύς
„ἦ δὴ λοίγια ἔργ', ὅτε μ' ἐχθοδοπῆσαι ἐφήσεις -
Ἥρῃ, ὅτ' ἄν μ' ἐρέθῃσιν ὀνειδείοις ἐπέεσσιν.
ἡ δὲ καὶ αὔτως μ' αἰὲν ἐν ἀθανάτοισι θεοῖσιν
νεικεῖ, καί τέ μέ φησι μάχῃ Τρώεσσιν ἀρήγειν.
ἀλλὰ σὺ μὲν νῦν αὖτις ἀπόστιχε, μή τι νοήσῃ -
Ἥρη· ἐμοὶ δέ κε ταῦτα μελήσεται, ὄφρα τελέσσω.

509 f. *ὄφρ' ἂν Ἀχαιοὶ – τιμῇ.* Der Ausdruck ist in absichtlicher Unbestimmtheit gehalten; es wäre unpassend und würde die Thetis vorwitzig erscheinen lassen, wenn sie die Bedingung so speciell und concret ausspräche, wie sie dann in der Ausführung (ο, 597 – 600) erscheint.

511. *οὔ τι προσέφη.* Wie Zeus ungern daran geht, das Versprechen zu leisten, so zögert er nachher auch in der Vollziehung, als ein echter *Κρόνου παῖς ἀγκυλομήτεω*, so dass selbst die von ihm Begünstigten lange nicht wissen, wo er am Ende hinaus will.

512. *ὡς – ὣς ἔχετ' ἐμπ.* d. h. sie liess nicht ab. Vgl. Virg. Aen. 3, 607 *genua amplexus genibusque volutans haerebat.*

513. *εἴρετο* auch hier von der Frage, fragenden Bitte; denn nach dem Folgenden verlangt sie wirklich nur ein Ja oder Nein. Man kann daher auch 514 vor *ὑπόσχεο* ein *ἤ* hineindenken.

515. *οὔ τοι ἔπι δέος*, vgl. zu Od. *θ*, 562 f., du hast ja nichts zu fürchten (Niemandes Urtheil zu scheuen).

518. *ἦ δὴ λοίγια ἔργα*, erg. *τάδ' ἔσσεται*, wie es 573 heisst; gleichsam: das wird schlimm enden. — *ἐχθοδοπῆσαι – Ἥρῃ (τότε) ὅτ' ἂν κτέ.*, der Hera feindlich zu begegnen, wann sie mich neckt. Hera wünscht nämlich um jeden Preis, Troja zerstört zu sehen (vgl. *δ*, 51.

521. *καί τέ – φησι*, und sagt wohl gar, sogar; denn *καί*, auch, ist steigernd, *τε* verbindend. Vgl. zu Od. *ρ*, 485 *καί τε θεοί*, *ac vel dii.* – *μάχῃ Τρ. ἀρήγ.* = *ε*, 507.

523. *μελήσεται* nur hier, sonst häufig *μελήσει*, vgl. *ε*, 172 *ἐρίζεται.* *κ*, 61 *ἐπιτέλλεαι.*

1 εἰ δ' ἄγε τοι κεφαλῇ κατανεύσομαι, ὄφρα πεποίθῃς·
τοῦτο γὰρ ἐξ ἐμέθεν γε μετ' ἀθανάτοισι μέγιστον
τέκμωρ· οὐ γὰρ ἐμὸν παλινάγρετον οὐδ' ἀπατηλὸν
οὐδ' ἀτελεύτητον, ὅ τί κεν κεφαλῇ κατανεύσω.
ἦ, καὶ κυανέῃσιν ἐπ' ὀφρύσι νεῦσε Κρονίων·
ἀμβρόσιαι δ' ἄρα χαῖται ἐπερρώσαντο ἄνακτος
κρατὸς ἀπ' ἀθανάτοιο· μέγαν δ' ἐλέλιξεν Ὄλυμπον.
τώ γ' ὣς βουλεύσαντε διέτμαγεν· ἡ μὲν ἔπειτα
εἰς ἅλα ἆλτο βαθεῖαν ἀπ' αἰγλήεντος Ὀλύμπου,
Ζεὺς δὲ ἑὸν πρὸς δῶμα. θεοὶ δ' ἅμα πάντες ἀνέσταν
ἐξ ἑδέων, σφοῦ πατρὸς ἐναντίον· οὐδέ τις ἔτλη
μεῖναι ἐπερχόμενον, ἀλλ' ἀντίοι ἔσταν ἅπαντες.
ὣς ὁ μὲν ἔνθα καθέζετ' ἐπὶ θρόνου· οὐδέ μιν Ἥρη
ἠγνοίησεν ἰδοῦσ' ὅτι οἱ συμφράσσατο βουλὰς
ἀργυρόπεζα Θέτις, θυγάτηρ ἁλίοιο γέροντος.
αὐτίκα κερτομίοισι Δία Κρονίωνα προσηύδα.
„τίς δ' αὖ τοι, δολομῆτα, θεῶν συμφράσσατο βουλάς;
αἰεί τοι φίλον ἐστίν, ἐμεῦ ἀπονόσφιν ἐόντα,
κρυπτάδια φρονέοντα δικαζέμεν· οὐδέ τί πώ μοι

524. *εἰ δ' ἄγε τοι*, vgl. zu 302.

526. *ἐμόν*, etwas von mir, ein Versprechen, eine Zusage von mir.

528. *ἐπένευσε*, *annuit*. Die erhabene Idee dieser drei Verse (528 – 530) war es, welche Phidias in seinem Bilde des Zeus Olympios darstellen wollte (Strabo 2 p. 137 ed. Kram.).

531. *τώ γ' – ἔπειτα* = Od. ν, 439, wo das *βουλεύειν* noch mehr seinen gewöhnlichen Begriff zu haben scheint.

533. *Ζεὺς δὲ ἑὸν πρ. δῶμα*, erg. *ἀπέβη*, durch ein leichtes Zeugma aus *ἆλτο*.

535. *ἀντίοι ἔσταν*, sie standen auf (und traten) ihm entgegen.

536. *οὐδέ μιν Ἥρη*. So auffallend uns die folgende Scene zwischen Zeus und Hera sein mag, so natürlich ist es doch, dass angegeben werde, wie sich Hera und die andern Götter zu dem von Zeus gegebenen Versprechen verhielten, und zunächst, ob es ihnen entgangen sei oder nicht. Uebrigens ist *μιν* der anticipirte und in den Hauptsatz heraufgenommene Objectscasus aus dem abhängigen Satze *ὅτι οἱ συμφράσσατο βουλὰς Θέτις*, wofür es auch hätte heissen können *ὅτι συμφράσσατο βουλὰς Θέτιδι*; vgl. zu ω, 563 f. — *ἰδοῦσα* bezeichnet die Art und Weise des *οὐκ ἀγνοεῖν*, und der Sinn ist: aber keineswegs entging es der Hera in Beziehung auf ihn (von ihm), dass Thetis mit ihm Rath gehalten, da sie es gesehen hatte.

542. *δικαζέμεν*, Anschläge zu fassen, zu beschliessen.

πρόφρων τέτληκας εἰπεῖν ἔπος ὅ ττι νοήσῃς.“ 1
τὴν δ᾽ ἠμείβετ᾽ ἔπειτα πατὴρ ἀνδρῶν τε θεῶν τε
„Ἥρη, μὴ δὴ πάντας ἐμοὺς ἐπιέλπεο μύθους
εἰδήσειν· χαλεποί τοι ἔσοντ᾽ ἀλόχῳ περ ἐούσῃ.
ἀλλ᾽ ὃν μέν κ᾽ ἐπιεικὲς ἀκουέμεν, οὔ τις ἔπειτα
οὔτε θεῶν πρότερος τόν γ᾽ εἴσεται οὔτ᾽ ἀνθρώπων·
ὃν δέ κ᾽ ἐγὼν ἀπάνευθε θεῶν ἐθέλωμι νοῆσαι,
μή τι σὺ ταῦτα ἕκαστα διείρεο μηδὲ μετάλλα.“
τὸν δ᾽ ἠμείβετ᾽ ἔπειτα βοῶπις πότνια Ἥρη
„αἰνότατε Κρονίδη, ποῖον τὸν μῦθον ἔειπες.
καὶ λίην σε πάρος γ᾽ οὔτ᾽ εἴρομαι οὔτε μεταλλῶ,
ἀλλὰ μάλ᾽ εὔκηλος τὰ φράζεαι ἅσσ᾽ ἐθέλησθα.
νῦν δ᾽ αἰνῶς δείδοικα κατὰ φρένα μή σε παρείπῃ
ἀργυρόπεζα Θέτις, θυγάτηρ ἁλίοιο γέροντος·
ἠερίη γὰρ σοί γε παρέζετο καὶ λάβε γούνων.
τῇ σ᾽ ὀίω κατανεῦσαι ἐτήτυμον ὡς Ἀχιλῆα
τιμήσῃς, ὀλέσῃς δὲ πολέας ἐπὶ νηυσὶν Ἀχαιῶν.“
τὴν δ᾽ ἀπαμειβόμενος προσέφη νεφεληγερέτα Ζεύς
„δαιμονίη, αἰεὶ μὲν ὀίεαι, οὐδέ σε λήθω,
πρῆξαι δ᾽ ἔμπης οὔ τι δυνήσεαι, ἀλλ᾽ ἀπὸ θυμοῦ
μᾶλλον ἐμοὶ ἔσεαι· τὸ δέ τοι καὶ ῥίγιον ἔσται.
εἰ δ᾽ οὕτω τοῦτ᾽ ἐστίν, ἐμοὶ μέλλει φίλον εἶναι.

543. *πρόφρων* gehört zum Infinitiv *εἰπεῖν ἔπος.*

545. *μύθους*, hier noch nicht ausgesprochene Gedanken, Rathschlüsse.

547. *ὅν μέν κ᾽ ἐπιεικές*, erg. *ᾖ* = ε, 481, und *τινὰ* als Subject zu *ἀκουέμεν*. Im vorhergehenden *χαλεποί τοι ἔσονται* (erg. *εἰδέναι* vgl. zu 589) liegt nämlich der Gedanke, dass gewisse *μῦθοι* von Zeus gar niemanden, auch der Gemahlin nicht, mitgetheilt werden. *ἔπειτα* weist auf die im Relativsatz liegende Bedingung zurück.

550. *ταῦτα ἕκαστα* in Beziehung auf den Collectivbegriff *ὃν μὲν* (*μῦθον*) = *ἅ*.

553. *καὶ λίην*, vgl. zu Od. α, 46. Durch *οὔτε* — *οὔτε* bei verwandten Begriffen wie *εἴρομαι* und *μεταλλῶ* soll der höhere Hauptbegriff in seinem ganzen Umfange, also auch in allen Nüancen und Modificationen verneint werden. Vgl. Od. ι, 215 *οὔτε δίκας οὔτε θέμιστας.*

558. *ἐτήτυμον*, zuverlässig, bestimmt und unwiderruflich, nach 526 f.

561. *αἰεὶ ὀίεαι* immer argwöhnst (und erräthst) du. Denn er leugnet nicht, dass sie richtig vermuthe.

564. *εἰ δ᾽ οὕτω – εἶναι*, Machtspruch des unumschränkten Gebieters, *tel est notre bon plaisir.*

ἀλλ' ἀκέουσα κάθησο, ἐμῷ δ' ἐπιπείθεο μύθῳ,
μή νύ τοι οὐ χραίσμωσιν ὅσοι θεοί εἰσ' ἐν Ὀλύμπῳ
ἆσσον ἰόνθ', ὅτε κέν τοι ἀάπτους χεῖρας ἐφείω."
ὣς ἔφατ', ἔδδεισεν δὲ βοῶπις πότνια Ἥρη,
καί ῥ' ἀκέουσα καθῆστο, ἐπιγνάμψασα φίλον κῆρ·
ὤχθησαν δ' ἀνὰ δῶμα Διὸς θεοὶ Οὐρανίωνες.
τοῖσιν δ' Ἥφαιστος κλυτοτέχνης ἦρχ' ἀγορεύειν,
μητρὶ φίλῃ ἐπὶ ἦρα φέρων, λευκωλένῳ Ἥρῃ.
„ἦ δὴ λοίγια ἔργα τάδ' ἔσσεται, οὐδ' ἔτ' ἀνεκτά,
εἰ δὴ σφὼ ἕνεκα θνητῶν ἐριδαίνετον ὧδε,
ἐν δὲ θεοῖσι κολῳὸν ἐλαύνετον· οὐδέ τι δαιτός
ἐσθλῆς ἔσσεται ἦδος, ἐπεὶ τὰ χερείονα νικᾷ.
μητρὶ δ' ἐγὼ παράφημι, καὶ αὐτῇ περ νοεούσῃ,
πατρὶ φίλῳ ἐπὶ ἦρα φέρειν Διί, ὄφρα μὴ αὖτε
νεικείῃσι πατήρ, σὺν δ' ἥμιν δαῖτα ταράξῃ.
εἴ περ γάρ κ' ἐθέλῃσιν Ὀλύμπιος ἀστεροπητής
ἐξ ἑδέων στυφελίξαι· ὁ γὰρ πολὺ φέρτατός ἐστιν.
ἀλλὰ σὺ τόν γ' ἐπέεσσι καθάπτεσθαι μαλακοῖσιν·
αὐτίκ' ἔπειθ' ἵλαος Ὀλύμπιος ἔσσεται ἥμιν."
ὣς ἄρ' ἔφη, καὶ ἀναΐξας δέπας ἀμφικύπελλον

566. *μή νύ τοι οὐ χραίσμωσιν*, vgl. zu 28. Object zu *οὐ χραίσμωσιν* ist *ἆσσον ἰόντα* (*με*), wie diess durch den folgenden Satz *ὅτε κέν τοι – ἐφείω* erklärt wird. Den — freilich sächlichen — Accusativ hat *χραισμεῖν* (abwehren, fernhalten, vgl. *α*, 67 *ἡμῖν ἀπὸ λοιγὸν ἀμῦναι*) auch *η*, 134 f. *οὐ κορύνη οἱ ὄλεθρον χραῖσμε σιδηρείη*, und dass *ἆσσον ἰέναι* ebenso gut vom Angreifenden als vom Vertheidigenden gesagt werden könne, liegt in der Natur des Begriffes. Ebenso *χ*, 92 *ἀλλ' ὅγε μίμν' Ἀχιλῆα πελώριον ἆσσον ἰόντα*. Herodot. 4, 3 *λαβόντα – τὴν μάστιγα ἰέναι ἆσσον αὐτῶν*, auf sie loszugehen.

571. *τοῖσιν δ' Ἥφαιστος*. Auch diese komisch-beruhigende Scene darf nicht fehlen. Denn der Zwist unter den Göttern muss doch beigelegt und das gute Vernehmen wieder hergestellt werden; mit dem unerfreulichen Eindruck des Haders darf der Auftritt nicht schliessen. *κλυτοτέχνης*, von berühmter, gepriesener Kunst.

572. *ἐπὶ ἦρα φέρων*, vgl. zu Od. *γ*, 164.

580. *εἴ περ γάρ κ' ἐθέλῃσιν*. Der Nachsatz: „so kann er es, so vermögen wir nichts dagegen", wird durch das begründende *ὁ γὰρ πολὺ φέρτατός ἐστιν* vorausgesetzt, denn dies ist s. v. a. so ist er ja weit der mächtigste. Vgl. zu 135. Eine ähnliche Brachylogie s. Virg. Aen. 6, 119 – 123 *si potuit Manes – et mi genus ab Jove summo*.

582. *σὺ – καθάπτεσθαι*, vgl.

μητρὶ φίλῃ ἐν χειρὶ τίθει, καί μιν προσέειπεν 1
„τέτλαθι, μῆτερ ἐμή, καὶ ἀνάσχεο κηδομένη περ,
μή σε φίλην περ ἐοῦσαν ἐν ὀφθαλμοῖσιν ἴδωμαι
θεινομένην. τότε δ' οὔ τι δυνήσομαι ἀχνύμενός περ
χραισμεῖν· ἀργαλέος γὰρ Ὀλύμπιος ἀντιφέρεσθαι.
ἤδη γάρ με καὶ ἄλλοτ' ἀλεξέμεναι μεμαῶτα
ῥῖψε, ποδὸς τεταγών, ἀπὸ βηλοῦ θεσπεσίοιο.
πᾶν δ' ἦμαρ φερόμην, ἅμα δ' ἠελίῳ καταδύντι
κάππεσον ἐν Λήμνῳ· ὀλίγος δ' ἔτι θυμὸς ἐνῆεν·
ἔνθα με Σίντιες ἄνδρες ἄφαρ κομίσαντο πεσόντα."
ὣς φάτο, μείδησεν δὲ θεὰ λευκώλενος Ἥρη,
μειδήσασα δὲ παιδὸς ἐδέξατο χειρὶ κύπελλον.
αὐτὰρ ὁ τοῖς ἄλλοισι θεοῖς ἐνδέξια πᾶσιν
οἰνοχόει γλυκὺ νέκταρ, ἀπὸ κρητῆρος ἀφύσσων.
ἄσβεστος δ' ἄρ' ἐνῶρτο γέλως μακάρεσσι θεοῖσιν,
ὡς ἴδον Ἥφαιστον διὰ δώματα ποιπνύοντα.
ὣς τότε μὲν πρόπαν ἦμαρ ἐς ἠέλιον καταδύντα
δαίνυντ', οὐδέ τι θυμὸς ἐδεύετο δαιτὸς ἐίσης,
οὐ μὲν φόρμιγγος περικαλλέος, ἣν ἔχ' Ἀπόλλων,
μουσάων θ', αἳ ἄειδον ἀμειβόμεναι ὀπὶ καλῇ.
αὐτὰρ ἐπεὶ κατέδυ λαμπρὸν φάος ἠελίοιο,
οἱ μὲν κακκείοντες ἔβαν οἶκόνδε ἕκαστος,
ἧχι ἑκάστῳ δῶμα περικλυτὸς ἀμφιγυήεις

20 f. *λῦσαι – ἀζόμενοι.*

589. *ἀργαλέος γὰρ κτέ.* für uns = *ἀργαλέον γὰρ Ὀλυμπίῳ ἀντιφέρεσθαι,* wie Od. δ, 397.

591. *ἀπὸ βηλοῦ,* von der Schwelle des Himmelsthores.

592. *πᾶν δ' ἦμαρ.* Vgl. 472 *πανημέριοι.*

593. *ἐν Λήμνῳ.* Lemnos ist ein gewöhnlicher Aufenthalt des Hephästos, wegen des Vulcanes Mosychlos; doch ist seine Werkstätte bei Homer im Olympos.

594. *Σίντιες ἄνδρες,* vgl. zu Od. ϑ, 294. Ein zweites Mal wurde Hephästos von seiner Mutter Hera selbst aus dem Himmel geworfen und von der Thetis gerettet, nach σ, 395 ff.

596. *παιδὸς ἐδέξατο,* vgl. zu η, 400, und ω, 305 *ἐδέξατο ἧς ἀλόχοιο* (von seiner Gemahlin).

597. *ἐνδέξια,* vgl. Od. φ, 141 *ἐπιδέξια.*

598. *οἰνοχόει – νέκταρ* verbunden wie δ, 3, nach Analogie von *βουκολεῖν ἵππους, naves aedificare* u. dgl.

604. *ἀμειβόμεναι* d. h. eine nach der andern zum Begleite des Saitenspiels singend. Hieraus lässt sich schliessen, dass auch das Abwechseln der Rhapsoden eine sehr alte Uebung war.

1 Ἥφαιστος ποίησεν ἰδυίῃσι πραπίδεσσιν,
Ζεὺς δὲ πρὸς ὃν λέχος ἤϊ' Ὀλύμπιος ἀστεροπητής,
ἔνθα πάρος κοιμᾶθ' ὅτε μιν γλυκὺς ὕπνος ἱκάνοι.
ἔνθα καθεῦδ' ἀναβάς, παρὰ δὲ χρυσόθρονος Ἥρη.

B.

2 ἄλλοι μέν ῥα θεοί τε καὶ ἀνέρες ἱπποκορυσταί
εὗδον παννύχιοι, Δία δ' οὐκ ἔχε νήδυμος ὕπνος,
ἀλλ' ὅ γε μερμήριζε κατὰ φρένα ὡς Ἀχιλῆα
τιμήσει', ὀλέσαι δὲ πολέας ἐπὶ νηυσὶν Ἀχαιῶν.
ἥδε δέ οἱ κατὰ θυμὸν ἀρίστη φαίνετο βουλή,
πέμψαι ἐπ' Ἀτρείδῃ Ἀγαμέμνονι οὖλον ὄνειρον.
καί μιν φωνήσας ἔπεα πτερόεντα προσηύδα.
„βάσκ' ἴθι, οὖλε ὄνειρε, θοὰς ἐπὶ νῆας Ἀχαιῶν·

607. ἀμφιγυήεις nach A. Göbel „*utrinque validis artubus* i. e. brachiis *instructus*"; vgl. ψ, 627 f. χεῖρες ὤμων ἀμφοτέρωθεν ἐπαΐσσονται ἐλαφραί.

610. ἔνθα – ἱκάνοι = Od. τ, 49.

611. ἔνθα καθεῦδε. Seine Absicht war wenigstens zu schlafen und er legte sich s c h l a f e n, so dass am Schlusse dieses Tages nichts anderes angenommen und gesagt werden konnte, als Zeus schlafe nun wirklich. Dass Zeus nach β, 2 wenigstens im Verfolge der Nacht nicht oder nicht mehr schlafen konnte, gehörte jedenfalls nicht zur ersten Erwähnung des Schlafes, und bildet schon einen Bestandtheil von der Geschichte des folgenden Tages. Vgl. Od. ο, 4 – 8.

Das zweite Buch steht in genauem Zusammenhang mit dem ersten und setzt gerade die am Schlusse des vorigen angegebene Situation und Stimmung voraus. Vgl. die gründliche Beweisführung von A. Göbel in Mützell's Zeitschr. für das Gymnasialwesen 1854 S. 737 – 769.

2. οὐκ ἔχε im Gegensatz von εὗδον παννύχιοι, der Schlaf hielt ihn nicht fest; denn die Sorge weckte ihn. Verschieden ist ω, 679 ἀλλ' οὐχ Ἑρμείαν ἐριούνιον ὕπνος ἔμαρπτεν, d. h. kam gar nicht über ihn.

3. ὡς Ἀχιλῆα κτέ. gemäss der Bitte der Thetis α, 505 – 510 und Zeus' Versprechen ebend. 523, vgl. 558 f.

6. οὖλον ὄνειρον, ein verderbliches, d. h. täuschendes und am Ende Unglück bringendes Traumbild. So nennt auch Penelope Odyss. τ, 568 den ihr erschienenen Traum αἰνὸν ὄνειρον, vgl. die Anmerkung zu jener Stelle. Die Erklärung unserer Stelle giebt Lucian. Jup. tragoedus 40: Ζεὺς – ἐξαπατᾷ τὸν Ἀγαμέμνονα, ὄνειρόν τινα ψευδῆ ἐπιπέμψας, ὡς πολλοὶ τῶν Ἀχαιῶν ἀποθάνοιεν. Dass aber Zeus sich einer Täuschung bediente, war dem Zeitalter des Dichters nicht anstössig; vgl. δ, 64 ff.

8. βάσκ' ἴθι. ἴθι ermunternd, wie sonst ἄγε, *age*. Vgl. Virg. Aen. 4, 223: *Vade age, nate, voca Zephyros et labere pennis*. Der folgende Inf. ἀγορευέμεν steht wie-

ἐλθὼν ἐς κλισίην Ἀγαμέμνονος Ἀτρείδαο
πάντα μάλ' ἀτρεκέως ἀγορευέμεν ὡς ἐπιτέλλω.
θωρῆξαί ἑ κέλευε καρηκομόωντας Ἀχαιούς
πανσυδίῃ· νῦν γάρ κεν ἕλοι πόλιν εὐρυάγυιαν
Τρώων· οὐ γὰρ ἔτ' ἀμφὶς Ὀλύμπια δώματ' ἔχοντες
ἀθάνατοι φράζονται· ἐπέγναμψεν γὰρ ἅπαντας
Ἥρη λισσομένη, Τρώεσσι δὲ κήδε' ἐφῆπται."
 ὣς φάτο, βῆ δ' ἄρ' ὄνειρος, ἐπεὶ τὸν μῦθον ἄκουσεν.
καρπαλίμως δ' ἵκανε θοὰς ἐπὶ νῆας Ἀχαιῶν,
βῆ δ' ἄρ' ἐπ' Ἀτρείδην Ἀγαμέμνονα· τὸν δ' ἐκίχανεν
εὕδοντ' ἐν κλισίῃ, περὶ δ' ἀμβρόσιος κέχυθ' ὕπνος.
στῆ δ' ἄρ' ὑπὲρ κεφαλῆς Νηληΐῳ υἷι ἐοικώς,
Νέστορι, τόν ῥα μάλιστα γερόντων τῖ' Ἀγαμέμνων.
τῷ μιν ἐεισάμενος προσεφώνεε θεῖος ὄνειρος
„εὕδεις, Ἀτρέος υἱὲ δαΐφρονος ἱπποδάμοιο;
οὐ χρὴ παννύχιον εὕδειν βουληφόρον ἄνδρα,
ᾧ λαοί τ' ἐπιτετράφαται καὶ τόσσα μέμηλεν.
νῦν δ' ἐμέθεν ξύνες ὦκα· Διὸς δέ τοι ἄγγελός εἰμι,
ὃς σεῦ ἄνευθεν ἐὼν μέγα κήδεται ἠδ' ἐλεαίρει.
θωρῆξαί σε κέλευσε καρηκομόωντας Ἀχαιούς
πανσυδίῃ· νῦν γάρ κεν ἕλοις πόλιν εὐρυάγυιαν
Τρώων· οὐ γὰρ ἔτ' ἀμφὶς Ὀλύμπια δώματ' ἔχοντες
ἀθάνατοι φράζονται· ἐπέγναμψεν γὰρ ἅπαντας
Ἥρη λισσομένη, Τρώεσσι δὲ κήδε' ἐφῆπται
ἐκ Διός. ἀλλὰ σὺ σῇσιν ἔχε φρεσί, μηδέ σε λήθη
αἱρείτω, εὖτ' ἄν σε μελίφρων ὕπνος ἀνήῃ."

der für den Imperativ; vgl. zu *α*, 20 u. 323 *ἀγέμεν*.

13. *ἀμφὶς – φράζονται*, *διχογνωμονοῦσι*, *διάφορα φρονοῦσιν*.

14. *ἐπέγναμψεν*, *inflexit* Virg. Aen. 4, 22.

20. *στῆ δ' ἄρ' ὑπὲρ κεφαλῆς*. Vgl. zu Od. *δ*, 803, wo auch die folgende Anrede ähnlich ist mit unserm Vers 23.

21. *γέροντες*, *οἱ ἔντιμοι*, die Edlen, ohne Rücksicht auf das Alter.

23. *εὕδεις – ἱπποδάμοιο*. In eine Frage eingekleideter Vorwurf. Die folgenden Verse enthalten gleichsam die Antwort.

26. *Διὸς δέ τοι ἄ. ἑ.* Das Traumbild giebt sich also wieder als solches zu erkennen, wie Od. *δ*, 829 und noch deutlicher unten 33 f. *μηδέ σε λήθη κτέ.* Zu *δὲ* vgl. *αὐτὰρ* *α*, 282.

ὣς ἄρα φωνήσας ἀπεβήσετο, τὸν δ' ἔλιπ' αὐτοῦ
τὰ φρονέοντ' ἀνὰ θυμὸν ἅ ῥ' οὐ τελέεσθαι ἔμελλον.
φῆ γὰρ ὅ γ' αἱρήσειν Πριάμου πόλιν ἤματι κείνῳ,
νήπιος, οὐδὲ τὰ ᾔδη ἅ ῥα Ζεὺς μήδετο ἔργα·
θήσειν γὰρ ἔτ' ἔμελλεν ἐπ' ἄλγεά τε στοναχάς τε
Τρωσί τε καὶ Δαναοῖσι διὰ κρατερὰς ὑσμίνας.
ἔγρετο δ' ἐξ ὕπνου, θείη δέ μιν ἀμφέχυτ' ὀμφή.
ἕζετο δ' ὀρθωθείς, μαλακὸν δ' ἔνδυνε χιτῶνα,
καλὸν νηγάτεον, περὶ δὲ μέγα βάλλετο φᾶρος,
ποσσὶ δ' ὑπὸ λιπαροῖσιν ἐδήσατο καλὰ πέδιλα,
ἀμφὶ δ' ἄρ' ὤμοισιν βάλετο ξίφος ἀργυρόηλον,
εἵλετο δὲ σκῆπτρον πατρώιον, ἄφθιτον αἰεί·
σὺν τῷ ἔβη κατὰ νῆας Ἀχαιῶν χαλκοχιτώνων.
ἠὼς μέν ῥα θεὰ προσεβήσετο μακρὸν Ὄλυμπον
Ζηνὶ φόως ἐρέουσα καὶ ἄλλοις ἀθανάτοισιν·
αὐτὰρ ὁ κηρύκεσσι λιγυφθόγγοισι κέλευσεν
κηρύσσειν ἀγορήνδε καρηκομόωντας Ἀχαιούς.
οἱ μὲν ἐκήρυσσον, τοὶ δ' ἠγείροντο μάλ' ὦκα.
βουλὴν δὲ πρῶτον μεγαθύμων ἷζε γερόντων

36. *ἅ ῥ' – ἔμελλον*, was ja — wie der Dichter und durch ihn der Hörer schon weiss — nicht in Erfüllung gehen sollte. Zu dem vollern Versausgange *ἔμελλον* vgl. zu Od. *β*, 156 *ἅ περ τελέεσθαι ἔμελλον*.

38. *νήπιος*, der Kurzsichtige, Bethörte: ein Ausruf, der durch den folgenden Satz begründet wird.

39 f. *θήσειν – ὑσμίνας*. Selbst durch diese Verse wird eine noch längere Dauer des Kampfes und die Hinausschiebung des Entscheides angekündigt. *διὰ* vermittelst, gleichsam auf dem Wege.

41. *θ. ὀμφή*, die Verkündigung des Traumbildes von Seite der sinnlichen Wahrnehmung durch das Ohr, anders als Od. *γ*, 215 und *θεοῦ αὐδῇ* ebend. *ξ*, 89. — *ἀμφέχυτο* umfloss, umtönte.

42. *ἕζετο – ἔνδυνε*. Vgl. zu Od. *β*, 3. Die Imperfecta bezeichnen die dauernd nachhaltige Wirkung.

46. *ἄφθιτον αἰεί*, weil es immer bei dem Geschlechte blieb, vgl. 104 – 107.

48. *προσεβήσετο*, nämlich durch ihre Strahlen, welche zuerst die Spitze des Berges trafen (an sie hinanstiegen). Vgl. *θ*, 1.

49. *φόως ἐρέουσα*, wie *ψ*, 226 vom Morgenstern *εἶσι φόως ἐρέων ἐπὶ γαῖαν* und Od. *ν*, 94 *ἀγγέλλων φάος ἠοῦς*.

53. *βουλὴν – ἷζε*, d. h. Agamemnon hielt zuerst mit den Geronten eine Vorberathung, und legte ihnen seinen Plan zur Genehmigung vor, um sich ihrer Mitwirkung zu versichern (vgl. 75); ein Verfahren, das bei der Wichtigkeit des Vorhabens und der schwierigen Stimmung des Heeres vollkommen an seinem Platze erscheint, und auch äusser-

Νεστορέῃ παρὰ νηὶ Πυλοιγενέος βασιλῆος. 2
τοὺς ὅ γε συγκαλέσας πυκινὴν ἠρτύνετο βουλήν.
„κλῦτε, φίλοι. θεῖός μοι ἐνύπνιον ἦλθεν ὄνειρος
ἀμβροσίην διὰ νύκτα, μάλιστα δὲ Νέστορι δίῳ
εἶδός τε μέγεθός τε φυήν τ᾽ ἄγχιστα ἐῴκει.
στῆ δ᾽ ἄρ᾽ ὑπὲρ κεφαλῆς, καί με πρὸς μῦθον ἔειπεν.
„εὕδεις, Ἀτρέος υἱὲ δαΐφρονος ἱπποδάμοιο;
οὐ χρὴ παννύχιον εὕδειν βουληφόρον ἄνδρα,
ᾧ λαοί τ᾽ ἐπιτετράφαται καὶ τόσσα μέμηλεν.
νῦν δ᾽ ἐμέθεν ξύνες ὦκα· Διὸς δέ τοι ἄγγελός εἰμι,
ὃς σεῦ ἄνευθεν ἐὼν μέγα κήδεται ἠδ᾽ ἐλεαίρει.
θωρῆξαί σε κέλευσε καρηκομόωντας Ἀχαιοὺς
πανσυδίῃ· νῦν γάρ κεν ἕλοις πόλιν εὐρυάγυιαν
Τρώων· οὐ γὰρ ἔτ᾽ ἀμφὶς Ὀλύμπια δώματ᾽ ἔχοντες
ἀθάνατοι φράζονται· ἐπέγναμψεν γὰρ ἅπαντας
Ἥρη λισσομένη, Τρώεσσι δὲ κήδε᾽ ἐφῆπται
ἐκ Διός. ἀλλὰ σὺ σῇσιν ἔχε φρεσίν.“ ὣς ὁ μὲν εἰπὼν
ᾤχετ᾽ ἀποπτάμενος, ἐμὲ δὲ γλυκὺς ὕπνος ἀνῆκεν.
ἀλλ᾽ ἄγετ᾽, αἴ κέν πως θωρήξομεν υἷας Ἀχαιῶν.
πρῶτα δ᾽ ἐγὼν ἔπεσιν πειρήσομαι, ἣ θέμις ἐστίν,

lich nicht nur durch 84 und 194, sondern auch durch den Plural 98 *διοτρεφέων βασιλήων* geschützt wird.

54. *Νεστορέῃ – βασιλῆος* dieselbe Verbindungsweise wie Od. λ, 634 *Γοργείην κεφαλὴν δεινοῖο πελώρου.* In *Νεστορέῃ* liegt nämlich *Νέστορος.*

56. *κλῦτε – ὄνειρος*, auch Od. ξ, 495 von Odysseus angewendet.

57. *ἀμβροσίην διὰ νύκτα* ist zeitlich, nicht räumlich zu fassen; denn was weiss der Träumende vom Wege, den das Traumbild vor dem Erscheinen durchwandert?

58. *ἄγχιστα* ist nachdrückliche Wiederholung des schon etwas entfernten *μάλιστα* im vorigen Verse. Vgl. ω, 334 *σοὶ γάρ τε μάλιστά γε φίλτατον ἐστίν.*

59. *με* ist von dem Compositum *προσέειπεν* abhängig, = *καὶ προσέειπέ με μῦθον*, wie 156.

60 – 70. *εὕδεις – φρεσίν.* Auffallen kann die wörtliche Wiederholung dieser Verse aus 23 – 33; aber eine Abkürzung oder Zusammenziehung wäre hier ganz unzeitig gewesen, da Form und Inhalt des Traumes für den Glauben der Geronten von entscheidender Wichtigkeit sind.

71. *ᾤχετ᾽ ἀποπτάμενος*, fort war er geflogen.

72. *ἀλλ᾽ ἄγετ᾽, αἴ κεν κτἑ.* d. h. versuchen wir nun, unser Volk zu einer Hauptschlacht, einem Sturme auf Troja zu bewegen.

73. *πρῶτα δ᾽ ἐγὼν – πειρήσομαι.* Er hofft, dadurch dass er seinen durch die Länge des Krieges

2 καὶ φεύγειν σὺν νηυσὶ πολυκλήισι κελεύσω·
ὑμεῖς δ' ἄλλοθεν ἄλλος ἐρητύειν ἐπέεσσιν."
ἦ τοι ὅ γ' ὣς εἰπὼν κατ' ἄρ' ἕζετο, τοῖσι δ' ἀνέστη
Νέστωρ, ὅς ῥα Πύλοιο ἄναξ ἦν ἠμαθόεντος·
ὅ σφιν ἐυφρονέων ἀγορήσατο καὶ μετέειπεν
„ὦ φίλοι Ἀργείων ἡγήτορες ἠδὲ μέδοντες,
εἰ μέν τις τὸν ὄνειρον Ἀχαιῶν ἄλλος ἔνισπεν,
ψεῦδός κεν φαῖμεν καὶ νοσφιζοίμεθα μᾶλλον·
νῦν δ' ἴδεν ὃς μέγ' ἄριστος Ἀχαιῶν εὔχεται εἶναι.
ἀλλ' ἄγετ', αἴ κέν πως θωρήξομεν υἷας Ἀχαιῶν."
ὣς ἄρα φωνήσας βουλῆς ἐξ ἦρχε νέεσθαι,

ermüdeten, durch die Seuche und die Trennung des Achilleus entmuthigten und verstimmten Kriegern die Heimkehr freistellt, gerade das Ehrgefühl und die Kampflust in ihnen zu entflammen. — ἡ θέμις ἐστίν (vgl. zu Od. γ, 45), wie es sich ziemet, wie sich's gehört, um nicht etwa mit der Aufforderung zum Kampfe uns selbst eine Beschämung zu bereiten.

75. ἄλλοθεν ἄλλος, erg. παριστάμενοι, von hier und von dort an sie hinantretend, jeder an seinem Orte. ἄλλοθεν ἄλλος ist Formel, wie ι, 311. Od. μ, 392. ἐρητύειν näml. ἐμὲ ταῦτα λέγοντα, ἐμοὶ ἀντιλέγειν, sprechet und arbeitet gegen meinen Vorschlag (nach Göbel). Es ist, als ob Agamemnon schon den schiefen Gang, den die Sache nehmen wird, und die daraus entstehende Verwirrung ahnte. So ebnet sich aber der Dichter die Bahn für die Fortsetzung.

76. κατ' ἄρ' ἕζετο. Er war also, wie sich von selbst verstand, bei 55 ebenfalls aufgestanden, um die folgende Anrede zu halten. Vgl. η, 347 mit 354.

81. ψεῦδός κεν φαῖμεν, erg. τὸν ὄνειρον εἶναι, so möchten wir wohl den Traum für eine Täuschung, ein von einem übelwollenden Gotte gesandtes Trugbild halten, was bei Agamemnon — dem Oberkönig und Liebling des Zeus — nicht denkbar ist. κ. νοσφιζοίμεθα μᾶλλον, und würden ihn nur um so mehr noch verwerfen.

83. ἀλλ' ἄγετ αἴ κέν π. Die Berathung der Edlen ist sehr kurz, weil theils der Antrag des Agamemnon zum voraus ein grosses Uebergewicht hat und die Geronten vermuthlich schon dafür gewonnen sind, theils jeder der Fürsten denken kann, er werde auch in der Volksversammlung Gelegenheit haben, allfällige Bedenken dagegen, soweit sie bei einem unmittelbaren Befehle des Zeus überhaupt zulässig sind, geltend zu machen. Auffallend ist freilich, dass auf den zweiten Theil von Agamemnon's Vorschlag, das ἔπεσιν πειρᾶσθαι 73 ff., keinerlei Rücksicht genommen wird; aber dies will Nestor wohl ohne weiteres der Machtvollkommenheit und Einsicht des Agamemnon überlassen. Die Hauptsache aber ist: der Dichter eilt zur Schilderung der Volksversammlung selbst, die ein ungleich lebendigeres und grossartigeres Schauspiel gewähren soll. Genug, dass die Fürsten jetzt Kenntniss vom Plan des Agamemnon haben, um sein nachheriges

οἱ δ' ἐπανέστησαν πείθοντό τε ποιμένι λαῶν,
σκηπτοῦχοι βασιλῆες. ἐπεσσεύοντο δὲ λαοί.
ἠύτε ἔθνεα εἶσι μελισσάων ἀδινάων,
πέτρης ἐκ γλαφυρῆς αἰεὶ νέον ἐρχομενάων·
βοτρυδὸν δὲ πέτονται ἐπ' ἄνθεσιν εἰαρινοῖσιν·
αἱ μέν τ' ἔνθα ἅλις πεποτήαται, αἱ δέ τε ἔνθα·
ὣς τῶν ἔθνεα πολλὰ νεῶν ἄπο καὶ κλισιάων
ἠιόνος προπάροιθε βαθείης ἐστιχόωντο
ἰλαδὸν εἰς ἀγορήν. μετὰ δέ σφισιν ὄσσα δεδήει
ὀτρύνουσ' ἰέναι, Διὸς ἄγγελος· οἱ δ' ἀγέροντο.
τετρήχει δ' ἀγορή, ὑπὸ δὲ στεναχίζετο γαῖα
λαῶν ἱζόντων, ὅμαδος δ' ἦν. ἐννέα δέ σφεας
κήρυκες βοόωντες ἐρήτυον, εἴ ποτ' ἀϋτῆς
σχοίατ', ἀκούσειαν δὲ διοτρεφέων βασιλήων.
σπουδῇ δ' ἕζετο λαός, ἐρήτυθεν δὲ καθ' ἕδρας

Benehmen zu verstehen.

85. *ποιμένι λαῶν* d. i. *Ἀγαμέμνονι*, dessen Vorschlag ja angenommen worden war, vgl. 83 = 72.

87 f. *μελισσάων – ἐρχομενάων*. Die dreimalige Wiederholung der gedehnten und stark in's Ohr fallenden Endung *άων* soll gleichsam das nie endende, sich immer wieder erneuernde Schwärmen und Summen des Bienengewimmels nachahmen. Dieses unablässige Hervor- und Herzuströmen ist auch der Vergleichungspunct. Vgl. 91.

89. *πέτονται ἐπὶ* (*ἐπιπέτονται*), sie fliegen zu. Dieser und der folgende Vers enthalten die Ausmalung des wesentlichen Zuges.

90. *ἅλις πεποτήαται*, sie sind haufen- oder massenweise im Fluge begriffen, vgl. zu Od. λ, 222 *ἀποπταμένη πεπότηται*.

92. *ἠιόνος προπάροιθε βαθ.*, vom Standpuncte auf dem innern Lande betrachtet: vor dem tiefen, sich tiefhineinziehenden Gestade, d. h. diesseits desselben landeinwärts. *ἠιὼν* ist schon an sich ein flaches, nicht abschüssiges Ufer.

93. *ὄσσα* = Od. β, 216 *ὄσσα ἐκ Διός*, das vorahnende Gerücht, von dem man keinen menschlichen Ursprung kennt. Vgl. Herod. 9, 100: *φήμη ἐσέπτατο ἐς τὸ στρατόπεδον.* — *δεδήει*, es hatte sich entflammt, war entbrannt. Das Heer vermuthete nämlich aus allen Umständen, Agamemnon werde zur Heimkehr auffordern.

94. *οἱ δ' ἀγέροντο*, Aoristus: und sie waren versammelt.

95. *τετρήχει δ' ἀγορή*, rauh, uneben war d. h. unruhig wogte die Versammlung.

97 f. *εἴ ποτε* fragend: ob endlich einmal. Nach *ἀκούσειαν – βασιλήων* war vorausgesehen, dass nicht Agamemnon allein, sondern auch andere Glieder der *βουλὴ* in der Versammlung das Wort ergreifen würden.

99. *σπουδῇ*, *μόγις καὶ δυσχερῶς*, *aegre*, *vix tandem*. *ἕδραι* sind Sitze, Bänke für Viele, Sitzabtheilungen. Vgl. γ, 326 *ἵζοντο*

παυσάμενοι κλαγγῆς. ἀνὰ δὲ κρείων Ἀγαμέμνων
ἔστη σκῆπτρον ἔχων, τὸ μὲν Ἥφαιστος κάμε τεύχων.
Ἥφαιστος μὲν δῶκε Διὶ Κρονίωνι ἄνακτι,
αὐτὰρ ἄρα Ζεὺς δῶκε διακτόρῳ ἀργειφόντῃ·
Ἑρμείας δὲ ἄναξ δῶκεν Πέλοπι πληξίππῳ,
αὐτὰρ ὁ αὖτε Πέλοψ δῶκ' Ἀτρέι ποιμένι λαῶν·
Ἀτρεὺς δὲ θνήσκων ἔλιπεν πολύαρνι Θυέστῃ,
αὐτὰρ ὁ αὖτε Θυέστ' Ἀγαμέμνονι λεῖπε φορῆναι,
πολλῇσιν νήσοισι καὶ Ἄργεϊ παντὶ ἀνάσσειν.
τῷ ὅ γ' ἐρεισάμενος ἔπε' Ἀργείοισι μετηύδα.
„ὦ φίλοι ἥρωες Δαναοί, θεράποντες Ἄρηος,
Ζεύς με μέγα Κρονίδης ἄτῃ ἐνέδησε βαρείῃ,
σχέτλιος, ὃς πρὶν μέν μοι ὑπέσχετο καὶ κατένευσεν
Ἴλιον ἐκπέρσαντ' εὐτείχεον ἀπονέεσθαι,
νῦν δὲ κακὴν ἀπάτην βουλεύσατο, καί με κελεύει
δυσκλέα Ἄργος ἱκέσθαι, ἐπεὶ πολὺν ὤλεσα λαόν.

κατὰ στίχας u. Od. γ, 7 ἐννέα δ' ἕδραι ἔσαν κτέ. — ἐρήτυθεν schliesst auch den Begriff des Sitzens ein.

101. τὸ μὲν (= α, 234) – τεύχων, welches wahrlich Hephästos künstlich verfertigt hatte. Doch ist Hephästos nur der Künstler, so wie Hermes 104 der Ueberbringer des Scepters, aber dieses selbst ist von Zeus verliehen; und dieser göttliche Ursprung giebt dem königlichen Scepter die Ehrfurcht gebietende Heiligkeit.

103. διακτόρῳ ἀργειφόντῃ. Ueber διάκτορος vgl. zu Od. α, 84, über ἀργειφόντης ebend. 38.

107. Θυέστ' d. i. Θυέστα = Θυέστης, ist nachträgliche Apposition zu ὁ, wie 105 Πέλοψ. Uebrigens war Thyestes Bruder des Atreus, aber Homer weiss nichts von der Feindschaft der beiden Brüder.

108. ἀνάσσειν, zu herrschen, dass er herrsche. Auch hier ist Argos der Peloponnes, dessen mächtigster König nach 569 – 580 Agamemnon ist; doch ist sein Gebiet hyperbolisch bezeichnet, als ob es den ganzen Peloponnes umfasste. Ueber die Stadt Argos und ihr Gebiet herrschte nach 559 — 568 Diomedes.

111. μέγα Adverbium: sehr mächtig, gehört zu der ganzen Phrase ἄτῃ ἐνέδησε βαρείῃ.

113. Ἴλιον ἐκπέρσαντ' – ἀπονέεσθαι. Das Particip ἐκπέρσαντα (με) enthält eigentlich den Hauptbegriff des von Zeus gegebenen Versprechens: dass ich Ilios zerstören und dann nach Hause zurückkehren solle, d. h. erst nach Zerstörung von Ilios. Vgl. zu Od. ν, 131 κακὰ πολλὰ παθόντα.

114. νῦν δὲ gehört eigentlich zu κελεύει: das erste Verbum βουλεύσατο sollte nur untergeordneter Zwischensatz oder Participium sein, wie wenn es z. B. hiesse: νῦν δὲ κακὴν ἀπάτην βουλευσάμενος κελεύει με κτέ. Uebrigens spricht Agamemnon mit diesen Worten un-

οὕτω που Διὶ μέλλει ὑπερμενέι φίλον εἶναι,
ὃς δὴ πολλάων πολίων κατέλυσε κάρηνα
ἠδ' ἔτι καὶ λύσει· τοῦ γὰρ κράτος ἐστὶ μέγιστον.
αἰσχρὸν γὰρ τόδε γ' ἐστὶ καὶ ἐσσομένοισι πυθέσθαι,
μὰψ οὕτω τοιόνδε τοσόνδε τε λαὸν Ἀχαιῶν
ἄπρηκτον πόλεμον πολεμίζειν ἠδὲ μάχεσθαι
ἀνδράσι παυροτέροισι, τέλος δ' οὔ πώ τι πέφανται.
εἴ περ γάρ κ' ἐθέλοιμεν Ἀχαιοί τε Τρῶές τε,
ὅρκια πιστὰ ταμόντες, ἀριθμηθήμεναι ἄμφω,
Τρῶας μὲν λέξασθαι ἐφέστιοι ὅσσοι ἔασιν,
ἡμεῖς δ' ἐς δεκάδας διακοσμηθεῖμεν Ἀχαιοί,
Τρώων δ' ἄνδρα ἕκαστον ἑλοίμεθα οἰνοχοεύειν,
πολλαί κεν δεκάδες δευοίατο οἰνοχόοιο.
τόσσον ἐγώ φημι πλέας ἔμμεναι υἷας Ἀχαιῶν

bewusst die Wahrheit aus.

116 f. *οὕτω – μέγιστον*, Ausdruck der unfreiwilligen Ergebung in den Willen der Macht, gegen welche doch nichts auszurichten ist. *που μέλλει* bezeichnet das aus den obwaltenden Umständen Vermuthete.

119. *αἰσχρὸν γὰρ κτέ.* Begründung des *δυσκλέα* 115 und überhaupt der ganzen Klage, womit Agamemnon seine Rede angefangen hat. *ἐσσομένοισι* für die Nachkommen d. h. nach ihrem Urtheil.

122. *τέλος – πέφανται*, und noch zeigt sich kein Ende, ist kein Ende erschienen. Eigentlich sollte dieser Satz mit *αἰσχρὸν — ἐστὶ* construirt auch im Infinitiv stehen (*πεφάνθαι*); er enthält aber die selbständige Ausführung des für den Sprechenden wichtigsten Begriffes *μὰψ οὕτω* 120.

123. *εἴ περ γάρ κ' ἐθέλοιμεν* = *θ*, 205. Vgl. Od. *β*, 246. In *κε* liegt ein bedingender Vordersatz: wenn es möglich wäre. Die ganze Periode aber soll den im Vorigen gebrauchten Ausdruck *ἀνδράσι παυροτέροισι* rechtfertigen.

124. *ὅρκια πιστὰ ταμόντες.* Die prägnante Brachylogie dieser Phrase erklärt sich aus *γ*, 292 *ἀπὸ στομάχους ἀρνῶν τάμε νηλέι χαλκῷ. ὅρκια* vereinigt in sich die Begriffe des Zeichens (Symbols) und des Bezeichneten (*γ*, 94).

125. *λέξασθαι*, sammeln, zusammenzählen, vgl. zu *θ*, 519. — *ἐφέστιοι* = 130 *οἳ ναίουσι κατὰ πτόλιν*.

126 f. *διακοσμηθεῖμεν – ἑλοίμεθα.* Man erwartete *διακοσμηθῆναι – ἑλέσθαι*, von *ἐθέλοιμεν* abhängig; diess wäre aber, nachdem schon zwei Infinitive vorangegangen, für die lose Satzverbindung Homer's zu gebunden; er lässt lieber durch Parataxe einen neuen Satz beginnen.

129. *πλέας — Τρώων*, viel — in Vergleichung mit den Troern, also mehr als sie. — Die Zahl der Troer und ihrer Verbündeten wird *θ*, 562 f. auf 50,000 angegeben. Anderseits wird die Zahl der Achäer nach den Scholien auf 120,000 bis 140,000 geschätzt.

Τρώων, οἳ ναίουσι κατὰ πτόλιν. ἀλλ' ἐπίκουροι
πολλέων ἐκ πολίων ἐγχέσπαλοι ἄνδρες ἔασιν,
οἵ με μέγα πλάζουσι καὶ οὐκ εἰῶσ' ἐθέλοντα
Ἰλίου ἐκπέρσαι εὖ ναιόμενον πτολίεθρον.
ἐννέα δὴ βεβάασι Διὸς μεγάλου ἐνιαυτοί,
καὶ δὴ δοῦρα σέσηπε νεῶν καὶ σπάρτα λέλυνται,
αἱ δέ που ἡμέτεραί τ' ἄλοχοι καὶ νήπια τέκνα
εἵατ' ἐνὶ μεγάροις ποτιδέγμεναι· ἄμμι δὲ ἔργον
αὔτως ἀκράαντον, οὗ εἵνεκα δεῦρ' ἱκόμεσθα.
ἀλλ' ἄγεθ', ὡς ἂν ἐγὼν εἴπω, πειθώμεθα πάντες.
φεύγωμεν σὺν νηυσὶ φίλην ἐς πατρίδα γαῖαν·
οὐ γὰρ ἔτι Τροίην αἱρήσομεν εὐρυάγυιαν."

130. ἐπίκουροι (Beiknaben, Beimänner), die Verbündeten des angegriffenen Theiles. Dazu gehört ἐγχέσπαλοι ἄνδρες als Apposition.

132. πλάζουσι in demselben Sinne wie es α, 59 heisst παλιμπλαγχθέντας.

134. Διὸς — ἐνιαυτοί, vgl. Od. ξ, 93 ὅσσαι γὰρ νύκτες τε καὶ ἡμέραι ἐκ Διός εἰσιν.

135. σπάρτα, nach Grashof aus Schilf oder Binsen verfertigte Taue, die daher durch den lange unterlassenen Gebrauch verdorben sein konnten.

136. αἱ δέ, Ankündigung des nachfolgenden, aus zwei Theilen — ἄλοχοι und τέκνα — bestehenden Subjectes: jene aber oder dort aber, dagegen. Die Copula τε gehört eigentlich zu ἄλοχοι, sie wird aber bei so nahe zusammengehörenden Begriffen, wie ἡμέτ. ἄλοχοι, oft in die Mitte zwischen beiden gesetzt.

138. αὔτως ist Verstärkung zu ἀκράαντον.

141. οὐ γὰρ ἔτι κτέ. d. h. es kommt nicht mehr dazu, wir warten vergeblich auf Erfüllung dieses Wunsches. Die ganze Rede des Agamemnon 110 – 141 ist ein λόγος ἐσχηματισμένος (wie die des Klearchos und seiner ἐγκέλευστοι Xenoph. Anab. 1, 3, 9 – 19) d. i. eine verstellte Rede, deren Motive auf eine dem ausgesprochenen Zwecke entgegengesetzte Wirkung hinzielen. So sind die Verse 117 f. ὅς δὴ — μέγιστον zunächst zwar nur ein Beweis von der unwiderstehlichen Macht des Zeus, legen aber den Zuhörern auch den Gedanken nahe, dass Zeus, sowie viele andere Städte, so auch Ilios leicht zerstören könne, wenn er nur wolle; 119 – 130 αἰσχρὸν — κατὰ πτόλιν sollten, wie sie auf der einen Seite die Klage über Zeus' Härte begründen, zugleich den Ehrliebenden unter dem Heere die Vorstellung, unverrichteter Sache heimzukehren, als eine unerträgliche erscheinen lassen. Die Erwähnung der Hülfsvölker ferner sollte nach dem geringen Gewicht, das sonst (z. B. μ, 88 – 90 und besonders ρ, 220 – 222) vom Dichter auf sie gelegt wird, eher die Hoffnung, mit diesen leicht fertig zu werden, als grössere Furcht bewirken. Auch die lange Dauer des erfolglosen Krieges 134 f. vgl. mit 120 ff., hätte bei tapferen Kriegern das Verlangen nach Fortsetzung erweckt. Aber Ungeduld und Heimweh, durch 136 f.

ὣς φάτο, τοῖσι δὲ θυμὸν ἐνὶ στήθεσσιν ὄρινεν
πᾶσι μετὰ πληθύν, ὅσοι οὐ βουλῆς ἐπάκουσαν.
κινήθη δ' ἀγορὴ φὴ κύματα μακρὰ θαλάσσης,
πόντου Ἰκαρίοιο, τὰ μέν τ' Εὖρός τε Νότος τε
ὤρορ' ἐπαΐξας πατρὸς Διὸς ἐκ νεφελάων.
ὡς δ' ὅτε κινήσῃ Ζέφυρος βαθὺ λήιον ἐλθών,
λάβρος ἐπαιγίζων, ἐπί τ' ἠμύει ἀσταχύεσσιν,
ὣς τῶν πᾶσ' ἀγορὴ κινήθη. τοὶ δ' ἀλαλητῷ
νῆας ἐπ' ἐσσεύοντο, ποδῶν δ' ὑπένερθε κονίη
ἵστατ' ἀειρομένη. τοὶ δ' ἀλλήλοισι κέλευον
ἅπτεσθαι νηῶν ἠδ' ἑλκέμεν εἰς ἅλα δῖαν,
οὐρούς τ' ἐξεκάθαιρον· ἀυτὴ δ' οὐρανὸν ἶκεν

angeregt, überwogen bei der Menge alle andern Rücksichten und mussten dem Agamemnon zeigen, dass er sich im Glauben an das vorwaltende Ehrgefühl seines Heeres stark verrechnet hatte.

143. *μετὰ* hier mit dem Accusativ statt des in dieser Bedeutung gewöhnlichen Dativs; doch vgl. *ι*, 54 *μετὰ πάντας ὁμήλικας ἔπλευ ἄριστος*. *ρ*, 149.

144. *φή*, alterthümliche Partikel, welcher später als gleichbedeutend *ὡς* substituirt wurde, vielleicht aus *ᾗ* = *ὅπῃ* entstanden. *κύμ. μακρά*, wie *longi fluctus* Virg. Georg. 3, 200: langgezogene, langgestreckte Fluthen.

145. *πόντου Ἰκαρίοιο*, genauer bestimmende Apposition zu *θαλάσσης*, das nur das Element als solches bezeichnet. Das Ikarische Meer (nördlich und südlich von Ikaria vor Samos) war berüchtigt wegen häufiger Stürme.

146. *ἐπαΐξας*, sich darauf werfend, *irruens*, *incumbens*. Virg. Aen. 1, 84: *venti – incubuere mari*. Dem Begriffe nach ein Intensivum davon ist *ἐπαιγίζων* 148.

147. *ὡς δ' ὅτε κινήσῃ*. Dieses zweite Gleichniss ist nicht eine Wiederholung noch eine blosse Variation des ersten 144 – 146, sondern es drückt einen Fortschritt in der Handlung aus. Das erste *κινήθη* bezeichnet eine Bewegung innerhalb eines gewissen Raumes, ein Wogen und Wallen, einen Aufruhr; das zweite (149) eine aus jenem Raume heraustretende Bewegung, in vorwärts geneigter Richtung. *Ζέφυρος* (Abendwind) bei Homer oft einer der rauhern und heftigen Winde, da er nach Aeolis und Ionien — dem Schauplatz des Gedichtes — über die thracischen Gebirge herabkommt. — *βαθὺ λήιον* wie Od. *ι*, 134.

148. *λάβρος ἐπαιγίζων*, vgl. zu Od. *ο*, 293 *λάβρον ἐπαιγίζοντα*. — *ἐπί τ' ἠμύει ἀστ.*, erg. *τὸ λήιον*, das Saatfeld neigt sich herzu (gegen den Boden) in seinen Aehren: Fortsetzung der Vergleichung, doch in einem wieder unabhängig gewordenen Satze. Vgl. unten 210 *σμαραγεῖ δέ τε πόντος*, und zu *ἐπὶ* unten 413. *χ*, 314.

149. *πᾶσ' ἀγορὴ κιν.*, weil alle Einzelnen aus derselben in hastigem Laufe vorwärts geneigt nach den Schiffen eilten.

153. *οὐροί*, sonst *ὁλκοί*, die Erdgraben, in welchen die Schiffe in's Meer getrieben oder geschoben

2 οἴκαδε ἱεμένων· ὑπὸ δ' ἤρεον ἕρματα νηῶν.
ἔνθα κεν Ἀργείοισιν ὑπέρμορα νόστος ἐτύχθη,
εἰ μὴ Ἀθηναίην Ἥρη πρὸς μῦθον ἔειπεν.
„ὢ πόποι, αἰγιόχοιο Διὸς τέκος, ἀτρυτώνη,
οὕτω δὴ οἶκόνδε, φίλην ἐς πατρίδα γαῖαν,
Ἀργεῖοι φεύξονται ἐπ' εὐρέα νῶτα θαλάσσης,
κὰδ δέ κεν εὐχωλὴν Πριάμῳ καὶ Τρωσὶ λίποιεν
Ἀργείην Ἑλένην, ἧς εἵνεκα πολλοὶ Ἀχαιῶν
ἐν Τροίῃ ἀπόλοντο, φίλης ἀπὸ πατρίδος αἴης;
ἀλλ' ἴθι νῦν κατὰ λαὸν Ἀχαιῶν χαλκοχιτώνων·
σοῖς ἀγανοῖς ἐπέεσσιν ἐρήτυε φῶτα ἕκαστον,
μηδὲ ἔα νῆας ἅλαδ' ἑλκέμεν ἀμφιελίσσας."
ὣς ἔφατ', οὐδ' ἀπίθησε θεὰ γλαυκῶπις Ἀθήνη.
βῆ δὲ κατ' Οὐλύμποιο καρήνων ἀΐξασα,
καρπαλίμως δ' ἵκανε θοὰς ἐπὶ νῆας Ἀχαιῶν.
εὗρεν ἔπειτ' Ὀδυσῆα Διὶ μῆτιν ἀτάλαντον
ἑσταότ'· οὐδ' ὅ γε νηὸς ἐϋσσέλμοιο μελαίνης

werden.

154. *ὑπὸ δ' ἤρεον ἕρματα*, Gegensatz zu *α*, 486 *ὑπὸ δ' ἕρματα μακρὰ τάνυσσαν*.

155. *ἔνθα κεν Ἀργείοισιν κτέ.* Die Fürsten, welche an der *βουλὴ* Theil genommen hatten, waren durch die Schnelligkeit und Allgemeinheit der Flucht so überwältigt, dass sie, obgleich Agamemnon sie 75 auf diesen Fall vorbereitet hatte, doch nicht zeitig genug gefasst und bereit waren, sich der fortdrängenden Masse zu widersetzen. Darum schreiten die befreundeten Götter zum Beistand für Agamemnon ein und bringen die schon von ihm beabsichtigten und angeordneten Massregeln nun wirklich in Gang, vgl. Einleit. S. 13. — *ὑπέρμορα*, vgl. zu Od. *α*, 34 *ὑπὲρ μόρον*. Auch eine ungeheure menschliche Anstrengung oder die Macht zusammenwirkender Umstände kann das Verhängniss im einzelnen Falle vereiteln.

158 ff. *οὕτω δὴ — φεύξονται — κὰδ — Ἑλένην* d. i. *οὕτω δὴ φεύξονται, καταλιπόντες Ἑλένην κτέ.* — *εὐχωλὴν Πριάμῳ καὶ Τρωσὶ* ist Prädicat zu *Ἀργείην Ἑλένην*, als Gegenstand des Ruhmes, der Ueberhebung und des Triumphes (*materia gloriandi*) für Priamos und die Troer. Zur Wendung vgl. Virg. Aen. 4, 590: *Pro Jupiter, ibit Hic, ait, et nostris illuserit advena regnis?* ebend. 2, 577 – 582.

164. *σοῖς ἀγανοῖς ἐπ. ἐρήτυε*, Asyndeton, da sich diese Handlung unmittelbar an *ἴθι νῦν* anschliesst, und nur die nähere Erklärung der vorhergehenden allgemeinen Aufforderung enthält. Vgl. Od. *κ*, 320 *ἔρχεο νῦν συφεόνδε, μετ' ἄλλων λέξο ἑταίρων*.

168. *καρπαλίμως δ' ἵκανε κτέ.* Dieser Vers giebt einerseits das Ziel des vorangehenden *βῆ – ἀΐξασα*, anderseits aber die unentbehrliche Ortsbestimmung zum folgenden *εὗρεν* an.

ἄπτετ᾽, ἐπεί μιν ἄχος κραδίην καὶ θυμὸν ἵκανεν.
ἀγχοῦ δ᾽ ἱσταμένη προσέφη γλαυκῶπις Ἀθήνη
„διογενὲς Λαερτιάδη, πολυμήχαν᾽ Ὀδυσσεῦ,
οὕτω δὴ οἶκόνδε, φίλην ἐς πατρίδα γαῖαν,
φεύξεσθ᾽ ἐν νήεσσι πολυκλήισι πεσόντες,
κὰδ δέ κεν εὐχωλὴν Πριάμῳ καὶ Τρωσὶ λίποιτε
Ἀργείην Ἑλένην, ἧς εἵνεκα πολλοὶ Ἀχαιῶν
ἐν Τροίῃ ἀπόλοντο, φίλης ἀπὸ πατρίδος αἴης;
ἀλλ᾽ ἴθι νῦν κατὰ λαὸν Ἀχαιῶν, μηδέ τ᾽ ἐρώει,
σοῖς δ᾽ ἀγανοῖς ἐπέεσσιν ἐρήτυε φῶτα ἕκαστον,
μηδὲ ἔα νῆας ἅλαδ᾽ ἑλκέμεν ἀμφιελίσσας."
ὣς φάθ᾽, ὁ δὲ ξυνέηκε θεᾶς ὄπα φωνησάσης,
βῆ δὲ θέειν, ἀπὸ δὲ χλαῖναν βάλε· τὴν δ᾽ ἐκόμισσεν
κῆρυξ Εὐρυβάτης Ἰθακήσιος, ὅς οἱ ὀπήδει.
αὐτὸς δ᾽ Ἀτρείδεω Ἀγαμέμνονος ἀντίος ἐλθὼν
δέξατό οἱ σκῆπτρον πατρώιον, ἄφθιτον αἰεί·
σὺν τῷ ἔβη κατὰ νῆας Ἀχαιῶν χαλκοχιτώνων.
ὅν τινα μὲν βασιλῆα καὶ ἔξοχον ἄνδρα κιχείη,
τὸν δ᾽ ἀγανοῖς ἐπέεσσιν ἐρητύσασκε παραστάς.
„δαιμόνι᾽, οὔ σε ἔοικε κακὸν ὣς δειδίσσεσθαι,
ἀλλ᾽ αὐτός τε κάθησο καὶ ἄλλους ἵδρυε λαούς.
οὐ γάρ πω σάφα οἶσθ᾽ οἷος νόος Ἀτρείωνος·
νῦν μὲν πειρᾶται, τάχα δ᾽ ἴψεται υἷας Ἀχαιῶν.

170. *ἑσταότ᾽*. Ein Zeichen, dass er sich von dem allgemeinen Strome nicht mitreissen liess, sondern wohl schon selbst darauf sann, dem Willen des Agamemnon (75) Folge zu leisten. Darum ist er auch 182 f. augenblicklich bereit, dem Befehl der Athene zu gehorchen.

180. *σοῖς δ᾽ ἀγανοῖς ἐπ. ἐρ.* Die Hinzufügung von *δὲ* (vgl. 164) scheint durch den, wenngleich parenthetischen, Zwischensatz *μηδέ τ᾽ ἐρώει* (und zögere ja nicht) veranlasst.

183. *ἀπὸ – βάλε*, einzig der Eile wegen, um nicht dadurch aufgehalten zu werden.

184. *Εὐρυβάτης*, vgl. zu *α*, 320.

188. *ὅν τινα μέν*. Den Gegensatz hiezu macht 198 *ὃν δ᾽ αὖ – ἐφεύροι*. Das *δὲ* im nächsten Verse hebt nur den Nachsatz hervor.

190. *δαιμόνι᾽* hier in freundlichem Sinne, doch immer: Wunderlicher, vgl. 200. — *δειδίσσεσθαι* Intensivform von *δεδιέναι*, hier intransitiv: sich furchtsam geberden, oder sich schrecken lassen.

191. *ἄλλους – λαούς*. Vgl. zu Od. *ζ*, 84 *ἅμα τῇγε καὶ ἀμφίπολοι κίον ἄλλαι*.

193. *ἴψεται*, vgl. zu Od. *φ*, 395 über *ἶπες*.

ἐν βουλῇ δ' οὐ πάντες ἀκούσαμεν οἷον ἔειπεν.
μή τι χολωσάμενος ῥέξῃ κακὸν υἷας Ἀχαιῶν.
θυμὸς δὲ μέγας ἐστὶ διοτρεφέος βασιλῆος,
τιμὴ δ' ἐκ Διός ἐστι, φιλεῖ δέ ἑ μητίετα Ζεύς."
 ὃν δ' αὖ δήμου τ' ἄνδρα ἴδοι βοόωντά τ' ἐφεύροι,
τὸν σκήπτρῳ ἐλάσασκεν, ὁμοκλήσασκέ τε μύθῳ.
„δαιμόνι', ἀτρέμας ἧσο καὶ ἄλλων μῦθον ἄκουε,
οἳ σέο φέρτεροί εἰσι· σὺ δ' ἀπτόλεμος καὶ ἄναλκις,
οὔτε ποτ' ἐν πολέμῳ ἐναρίθμιος οὔτ' ἐνὶ βουλῇ.
οὐ μέν πως πάντες βασιλεύσομεν ἐνθάδ' Ἀχαιοί.
οὐκ ἀγαθὸν πολυκοιρανίη· εἷς κοίρανος ἔστω,
εἷς βασιλεύς, ᾧ ἔδωκε Κρόνου παῖς ἀγκυλομήτεω"
[σκῆπτρόν τ' ἠδὲ θέμιστας, ἵνα σφίσι βασιλεύῃ].
 ὣς ὅ γε κοιρανέων δίεπε στρατόν· οἱ δ' ἀγορήνδε
αὖτις ἐπεσσεύοντο νεῶν ἄπο καὶ κλισιάων
ἠχῇ, ὡς ὅτε κῦμα πολυφλοίσβοιο θαλάσσης
αἰγιαλῷ μεγάλῳ βρέμεται, σμαραγεῖ δέ τε πόντος.
 ἄλλοι μέν ῥ' ἕζοντο, ἐρήτυθεν δὲ καθ' ἕδρας·

195. *μή τι – ῥέξῃ.* Ein selbständiger Warnungssatz wie α, 26.

196. *θυμὸς – βασιλῆος.* Derselbe Gedanke wie α, 80 *κρείσσων γὰρ βασιλεὺς κτέ.* Der Schlusssatz *φιλεῖ δέ ἑ* geht auf Agamemnon, während das Vorhergehende allgemein ist.

198. *δήμου τ' ἄνδρα κτέ.* Die beiden *τε* gehören nicht zu den einzelnen Wörtern, bei denen sie stehen, sondern verbinden die ganzen Satzglieder.

200. *ἄκουε*, höre nicht nur jetzt, sondern immerfort.

203. *οὐ μέν π. π. βασιλεύσομεν.* Dieser Satz ist auch zum gemeinen Volke gesprochen an seinem Platze, und da noch piquanter, je weniger das *βασιλεῦσαι* diesem ansteht. Denn jeder, der sich den Anordnungen seiner Obern nicht fügen will, geberdet sich wie ein Selbstherrscher. Uebrigens ist es natürlich, dass dem Odysseus beim Schlusse seiner Anreden beide Theile, Fürsten und gemeine Krieger, vorschweben, obgleich es nicht eben sehr klug wäre, den Königen (188) geradezu zu sagen, sie dürften hier nicht Könige sein (203).

205. *ᾧ ἔδωκε.* Ergänze aus dem Zusammenhang *βασιλεύειν.* Denn der folgende Vers ist ein aus ι, 99 entlehntes, nur nachlässig angepasstes Einschiebsel, dessen Ausgang zum wenigsten heissen müsste *ἵνα σφίσιν ἐμβασιλεύῃ*, oder wahrscheinlicher *σφίσι βουλεύῃσιν* (nach einem Citate).

207. *δίεπε στρατόν = διὰ τῶν ἀνδρῶν ἐπορεύετο καὶ διίστα αὐτούς, διὰ τοῦ στρατοῦ ἐνήργει.*

210. *βρέμεται*, von *ὅτε* abhängig, ist Conjunctiv, wie 147 u. 395 *ὅτε κινήσῃ*, *σμαραγεῖ* aber (vgl. 463. φ, 199) davon abgelöst zur Ausmalung des Bildes, = 148.

Θερσίτης δ' ἔτι μοῦνος ἀμετροεπὴς ἐκολῴα,
ὃς ῥ' ἔπεα φρεσὶν ᾗσιν ἄκοσμά τε πολλά τε ᾔδη,
μάψ, ἀτὰρ οὐ κατὰ κόσμον, ἐριζέμεναι βασιλεῦσιν,
ἀλλ' ὅ τί οἱ εἴσαιτο γελοίιον Ἀργείοισιν
ἔμμεναι. αἴσχιστος δὲ ἀνὴρ ὑπὸ Ἴλιον ἦλθεν.
φολκὸς ἔην, χωλὸς δ' ἕτερον πόδα· τὼ δέ οἱ ὤμω
κυρτώ, ἐπὶ στῆθος συνοχωκότε· αὐτὰρ ὕπερθεν
φοξὸς ἔην κεφαλήν, ψεδνὴ δ' ἐπενήνοθε λάχνη.
ἔχθιστος δ' Ἀχιλῆι μάλιστ' ἦν ἠδ' Ὀδυσῆι·
τὼ γὰρ νεικείεσκε. τότ' αὖτ' Ἀγαμέμνονι δίῳ
ὀξέα κεκληγὼς λέγ' ὀνείδεα. τῷ δ' ἄρ' Ἀχαιοί

212. *Θερσίτης* wied schon durch seinen Namen (vom äolischen *θέρσος* = *θάρσος*, *θράσος*) seinem hervorstechenden Charakterzuge nach als der Freche, Unverschämte angekündigt, der alles Grosse und Ungemeine in den Staub zieht, dafür aber auch von der Gottheit selbst durch die abstossendste Hässlichkeit gezeichnet ist. Daher das Epitheton *ἀμετροεπής*, der in seinen Worten weder sittliches noch physisches Mass hält, rücksichtslos alle Bescheidenheit hintansetzt, nach des Dichters eigener Erklärung *ἔπεα ἄκοσμά τε πολλά τε εἰδώς*. — *ἐκολῴα* d. i. *κολῳὸν ἤλαυνε* nach *α*, 575.

213. *ἔπεα – ᾔδη* wieder vom sittlichen Habitus, dem bleibenden Sinne, vgl. zu Od. *θ*, 584. *ι*, 189.

214. *ἀτὰρ οὐ* = *οὐδέ*, ohne besondern Nachdruck, wie in derselben Verbindung Od. *γ*, 138. Die Worte *οὐ κατὰ κόσμον* machen sowohl den Gegensatz nach vorn zu *μάψ*, als sie dann wieder dem folgenden *ἀλλ' ὅ τί οἱ εἴσαιτο* rufen. *ἐριζέμεναι β.* ist die Wirkung des *ἄκοσμα εἰδέναι*.

215. *ἀλλ' ὅ τι – ἔμμεναι*, erg. das schwatzte er, so dass sich diese Worte, nur als selbständiger Satz gedacht, zunächst an *οὐ κατὰ κόσμον* anschliessen. Thersites ist also auch ein boshafter Possenreisser (*γελωτοποιός*).

216. *αἴσχιστος*, der hässlichste. Schon ein Grund, dass er beim Heere so übel angesehen war.

217. *φολκὸς ἔην κτέ.* Nähere Auseinandersetzung seiner Hässlichkeit. *φολκὸς* nach der Ueberlieferung der Alten: schielend; aber der Zusammenhang spricht mehr für die Deutung Buttmann's: krummbeinig (säbelbeinig oder sichelbeinig), wie das lateinische *valgus* (vgl. *falx*, *falcatus*), „mit oben einwärts eingebogenen, unten nach aussen divergirenden Schenkeln.“ Dies ginge also auf beide Beine, der folgende Zug nur auf den Einen Fuss.

219. *φοξὸς* wahrscheinlich: zugespitzt. *ψεδνὸς* eigentlich: abgeschabt (*ψάω*), daher dünngesäet. *λάχνη* aber bezeichnet ein mehr rauhes, borstig emporstehendes, als wolliges und volles Haar. *ἐπενήνοθε* hat hier die Kraft des Imperfecti: lag oder sass darauf.

220. *ἔχθιστος μάλιστα.* Eine ähnliche Verbindung von Superlativen, wie die zu 58 besprochene *μάλιστα ἄγχιστα*. Er musste gerade dem Achilleus und Odysseus, d. h. dem tapfersten und dem verständigsten der Helden, am meisten missfallen.

221. *νεικείεσκε*, lästerte, ver-

ἐκπάγλως κοτέοντο, νεμέσσηθέν τ' ἐνὶ θυμῷ.
αὐτὰρ ὁ μακρὰ βοῶν Ἀγαμέμνονα νείκεε μύθῳ.
„Ἀτρείδη, τέο δ' αὖτ' ἐπιμέμφεαι ἠδὲ χατίζεις;
πλεῖαί τοι χαλκοῦ κλισίαι, πολλαὶ δὲ γυναῖκες
εἰσὶν ἐνὶ κλισίῃς ἐξαίρετοι, ἅς τοι Ἀχαιοί
πρωτίστῳ δίδομεν, εὖτ' ἂν πτολίεθρον ἕλωμεν.
ἦ ἔτι καὶ χρυσοῦ ἐπιδεύεαι, ὅν κέ τις οἴσει
Τρώων ἱπποδάμων ἐξ Ἰλίου υἷος ἄποινα,
ὅν κεν ἐγὼ δήσας ἀγάγω ἢ ἄλλος Ἀχαιῶν,
ἠὲ γυναῖκα νέην, ἵνα μίσγεαι ἐν φιλότητι,
ἥν τ' αὐτὸς ἀπονόσφι κατίσχεαι; οὐ μὲν ἔοικεν
ἀρχὸν ἐόντα κακῶν ἐπιβασκέμεν υἷας Ἀχαιῶν.
ὦ πέπονες, κάκ' ἐλέγχε', Ἀχαιίδες, οὐκέτ' Ἀχαιοί,
οἴκαδέ περ σὺν νηυσὶ νεώμεθα, τόνδε δ' ἐῶμεν
αὐτοῦ ἐνὶ Τροίῃ γέρα πεσσέμεν, ὄφρα ἴδηται
ἤ ῥά τί οἱ χἠμεῖς προσαμύνομεν ἦε καὶ οὐκί.
ὃς καὶ νῦν Ἀχιλῆα, ἕο μέγ' ἀμείνονα φῶτα,
ἠτίμησεν· ἑλὼν γὰρ ἔχει γέρας, αὐτὸς ἀπούρας.

kleinerte er gewöhnlich, im Gegensatz des folgenden τότε. λέγ' ὀνείδεα = κατέλεγε, er zählte, sagte die Schmähreden her.

223. κοτέοντο geht auf ihre Stimmung im Allgemeinen, νεμέσσηθεν auf ihr Urtheil im einzelnen (gegenwärtigen) Falle.

225. τέο δ' αὖτ' ἐπιμέμφεαι, vgl. α, 65. 540.

227 f. ἅς τοι – ἕλωμεν Umschreibung von ἐξαίρετοι mit näherer Individualisirung.

231. ὅν κεν ἐγὼ δήσ. ἀγ. Ein neuer Zug im Bilde des Thersites: grosssprecherische Eitelkeit.

232. ἠὲ γυναῖκα νέην, wie die Chryseis und Briseis. Von ἐπιδεύεαι abhängig sollte eigentlich der Genitiv stehen, es schwebte aber dem Dichter ein anderes Verbum, z. B. ποθέεις, vor. Doch kann auch das nächstvorhergehende Verbum ἀγάγω den Accusativ nach sich gezogen haben.

233. ἥν τε – κατίσχεαι (κατίσχηαι), dass du sie besitzest, vgl. γ, 287 ἥ τε καὶ ἐσσομένοισι μετ' ἀνθρώποισι πέληται.

235. ἐλέγχεα concret, persönlich, wie im Lateinischen etwa *opprobria*. Ἀχαιίδες wie Virg. Aen. 9, 617: *O vere Phrygiae, neque enim Phryges.*

236. περ, allewege, jedenfalls, *utique*.

237. γέρα πεσσέμεν höhnend: seine Ehrengeschenke verdauen, wozu er jetzt Zeit genug hat; sie werden ihm aber dessen ungeachtet noch schwer genug im Magen liegen.

238. χἠμεῖς d. i. καὶ ἡμεῖς. Der Sinn ist: ob auch wir — die übrigen Achäer, das Volk — ihm noch helfen (wie bisher) oder nicht, und was es für einen Unterschied macht, wenn wir ihm nicht helfen, d. h. dass er ohne uns nichts vermag.

239. ὃς καὶ νῦν κτέ. Einer von vielen Gründen, warum ihm die andern nicht mehr helfen werden.

ἀλλὰ μάλ' οὐκ Ἀχιλῆι χόλος φρεσίν, ἀλλὰ μεθήμων·
ἦ γὰρ ἄν, Ἀτρείδη, νῦν ὕστατα λωβήσαιο."
ὣς φάτο νεικείων Ἀγαμέμνονα ποιμένα λαῶν
Θερσίτης. τῷ δ' ὦκα παρίστατο δῖος Ὀδυσσεύς,
καί μιν ὑπόδρα ἰδὼν χαλεπῷ ἠνίπαπε μύθῳ.
„Θερσῖτ' ἀκριτόμυθε, λιγύς περ ἐὼν ἀγορητής,
ἴσχεο, μηδ' ἔθελ' οἶος ἐριζέμεναι βασιλεῦσιν.
οὐ γὰρ ἐγὼ σέο φημὶ χερειότερον βροτὸν ἄλλον
ἔμμεναι, ὅσσοι ἅμ' Ἀτρείδῃς ὑπὸ Ἴλιον ἦλθον.
τῷ οὐκ ἂν βασιλῆας ἀνὰ στόμ' ἔχων ἀγορεύοις,
καί σφιν ὀνείδεά τε προφέροις, νόστον τε φυλάσσοις.
οὐδέ τί πω σάφα ἴδμεν ὅπως ἔσται τάδε ἔργα,
ἢ εὖ ἦε κακῶς νοστήσομεν υἷες Ἀχαιῶν.
[τῷ νῦν Ἀτρείδῃ Ἀγαμέμνονι, ποιμένι λαῶν,

241. *ἀλλὰ μάλ' οὐκ Ἀ. χ. φρ.* d. h. aber wahrlich, Achilleus ist kein rechter Mann, sonst könnte er auch recht zürnen und würde eine solche Schmach nicht ungestraft hinnehmen.

242. *ἦ γὰρ ἂν* = α, 232. Es ist sehr schlau und charakteristisch, dass der händelsüchtige Thersites hier die Partei des Achilleus nimmt und sich sogar dessen Worte ohne Scheu aneignet.

246. *ἀκριτόμυθε* (vgl. 796 und zu Od. τ, 560) drückt ziemlich denselben Begriff aus wie oben die Umschreibung 213 *ὅς ῥ' – ἄκοσμά τε πολλά τε ᾔδη*. — *λιγύς π. ἐ. ἀγορητής* wird ihm als ein wirklicher Vorzug zugestanden, vgl. α, 248.

247. *μηδ' ἔθελε*, erdreiste dich nicht, masse dir nicht an. Vgl. α, 277.

248. *χερειότερον – ὅσσοι*. Vor *ὅσσοι* denke ein *τῶν* oder *πάντων* hinein.

250. *τῷ*, dann, nämlich in dem durch die vorhergehenden zwei Verse bezeichneten, aber verneinten Falle, also: wenn du nicht der schlechteste aller Achäer vor Troia wärest, = sonst. Vgl. zu Od. υ, 273. Es hätte also auch heissen können: *ἦ γὰρ ἂν οὐ βασιλῆας – ἀγορεύοις*, denn wahrlich du würdest sonst nicht so die Könige durchziehen, vgl. Od. σ, 379 f. *φυλάσσειν τι*, auf etwas lauern, daher Od. δ, 670 verbunden ist *λοχήσομαι ἠδὲ φυλάξω*.

252. *οὐδέ τι πω*. Die Erwähnung des *νόστος* veranlasst den Odysseus gleichsam im Vorbeigang zu der Bemerkung zu Handen der übrigen Achäer: Und doch wissen wir noch gar nicht, wie die Sache (die wir jetzt betreiben) ausfallen wird, ob wir (wenn die Heimfahrt ausgeführt werden sollte) gut oder übel daran thun.

254–256. *τῷ νῦν Ἀτρείδῃ – ἀγορεύεις*. Der in diesen Versen enthaltene Vorwurf ist wesentlich derselbe wie in 250 f., nur speciell auf Agamemnon angewandt. Wahrscheinlich sind also diese Verse nur eine andere Gestaltung von 250 f. Beide Uebergänge neben einander können nicht wohl bestehen. K. Lehrs behält die drei Verse 254 ff. hier bei, setzt dagegen 250 – 253 an den Schluss von Odysseus' Rede

ἧσαι ὀνειδίζων, ὅτι οἱ μάλα πολλὰ διδοῦσιν
ἥρωες Δαναοί· σὺ δὲ κερτομέων ἀγορεύεις.]
ἀλλ' ἔκ τοι ἐρέω, τὸ δὲ καὶ τετελεσμένον ἔσται·
εἴ κ' ἔτι σ' ἀφραίνοντα κιχήσομαι ὥς νύ περ ὧδε,
μηκέτ' ἔπειτ' Ὀδυσῆι κάρη ὤμοισιν ἐπείη,
μηδ' ἔτι Τηλεμάχοιο πατὴρ κεκλημένος εἴην,
εἰ μὴ ἐγώ σε λαβὼν ἀπὸ μὲν φίλα εἵματα δύσω,
χλαῖνάν τ' ἠδὲ χιτῶνα, τά τ' αἰδῶ ἀμφικαλύπτει,
αὐτὸν δὲ κλαίοντα θοὰς ἐπὶ νῆας ἀφήσω
πεπληγὼς ἀγορῆθεν ἀεικέσσι πληγῇσιν."
ὣς ἄρ' ἔφη, σκήπτρῳ δὲ μετάφρενον ἠδὲ καὶ ὤμω
πλῆξεν· ὁ δ' ἰδνώθη, θαλερὸν δέ οἱ ἔκφυγε δάκρυ,
σμῶδιξ δ' αἱματόεσσα μεταφρένου ἐξυπανέστη
σκήπτρου ὕπο χρυσέου. ὁ δ' ἄρ' ἕζετο τάρβησέν τε,
ἀλγήσας δ', ἀχρεῖον ἰδὼν ἀπομόρξατο δάκρυ.
οἱ δὲ καὶ ἀχνύμενοί περ ἐπ' αὐτῷ ἡδὺ γέλασσαν.
ὧδε δέ τις εἴπεσκεν ἰδὼν ἐς πλησίον ἄλλον.

nach 264, und bezweifelt zugleich die Echtheit der zwei letzten (dann gewiss) „schwächlichen" Verse.

255. ἧσαι bezeichnet tadelnd das beharrliche, für die Hauptsache nutzlose Treiben des Thersites; vgl. α, 134.

258. ὥς νύ περ ὧδε, wie einmal so, jetzt, wie du gerade jetzt gethan. Im Vorigen ist κιχήσομαι Conjunctiv des Aoristes.

259 ff. μηκέτ' – εἰ μὴ ἐγὼ κτέ. Der eigentliche Nachsatz wäre ἐγὼ λαβών σε – ἀποδύσω, woran sich die vorangehende Betheuerung durch ἦ anschliessen könnte: ἦ μηκέτι – ἐπείη κτέ. Vgl. zu Od. π, 102.

262. τά τ' αἰδῶ ἀμφικ. die Leibbinde (μίτρη δ, 137), die auch beim Ringen getragen ward und also am wenigsten entbehrt werden konnte.

264. πεπληγὼς hat nach Classen trotz der Perfectendung Aoristbedeutung, entsprechend dem Indicativ πέπληγον. — Ebenso κεκοπώς.

265. σκήπτρῳ – πλῆξεν ist ohne Zweifel von Einem kräftigen Schlag quer über den Rücken zu verstehen, als Vorschmack der künftigen ergiebigern Züchtigung.

266. ἔκφυγε, sie entrann ihm wider Willen und indem er sie zu verbergen suchte.

267. σμῶδιξ – ἐξυπανέστη σκήπτρου, die Schwiele erhob sich unter — hervor. Ebenso anschaulich ψ, 716 πυκναὶ δὲ σμώδιγγες – ἀνέδραμον.

268. ἕζετο. Erst jetzt setzte er sich, sass also 255 noch nicht.

269. ἀλγήσας, von Schmerz ergriffen oder durchdrungen, vgl. zu Od. α, 336 δακρύσασα. — ἀχρεῖον ἰδὼν bezeichnet die alberne und verlegene Miene dessen, der vor Scham nicht weiss, wo er sein Gesicht hinwenden soll, um nicht den Blicken Anderer zu begegnen. Vgl. zu Od. σ, 163 ἀχρεῖον δ' ἐγέλασσεν.

„ὢ πόποι, ἦ δὴ μυρί' Ὀδυσσεὺς ἐσθλὰ ἔοργεν
βουλάς τ' ἐξάρχων ἀγαθὰς πόλεμόν τε κορύσσων·
νῦν δὲ τόδε μέγ' ἄριστον ἐν Ἀργείοισιν ἔρεξεν,
ὃς τὸν λωβητῆρα ἐπεσβόλον ἔσχ' ἀγοράων.
οὔ θήν μιν πάλιν αὖτις ἀνήσει θυμὸς ἀγήνωρ
νεικείειν βασιλῆας ὀνειδείοις ἐπέεσσιν."
ὣς φάσαν ἡ πληθύς· ἀνὰ δ' ὁ πτολίπορθος Ὀδυσσεὺς
ἔστη σκῆπτρον ἔχων. παρὰ δὲ γλαυκῶπις Ἀθήνη,
εἰδομένη κήρυκι, σιωπᾶν λαὸν ἀνώγει,
ὡς ἅμα θ' οἱ πρῶτοί τε καὶ ὕστατοι υἷες Ἀχαιῶν
μῦθον ἀκούσειαν καὶ ἐπιφρασσαίατο βουλήν.
ὅ σφιν ἐυφρονέων ἀγορήσατο καὶ μετέειπεν
„Ἀτρείδη, νῦν δή σε, ἄναξ, ἐθέλουσιν Ἀχαιοί

271. *πλησίον* substantivirtes Adjectiv, wie Od. *κ*, 37.

273. *βουλὰς ἐξάρχων* nach Analogie von *ἡγεῖσθαι* oder *ἡγεμονεύειν ὁδόν*. — *κορύσσων*, *adstruens* oder *instruens*, auf- oder zurüstend. Vgl. *φ*, 306 *κόρυσσε δὲ κῦμα ῥόοιο ὑψόσ' ἀειρόμενος* (*Σκάμανδρος*).

274 f. *τόδε—ὅς* für *ὅτι*. Vgl. zu Od. *σ*, 221 f. *τόδε—ὃς ἔασας*.

275. *τὸν λωβητῆρα ἐπεσβόλον*, diesen Lästerer, den grosssprecherischen, den geschwätzigen Lästerer. Wegen der Wortstellung vgl. zu *α*, 340.

276. *πάλιν αὖτις ἀνήσει* wird nochmals wieder antreiben oder anreizen. *πάλιν* hier nach späterem Gebrauche nicht örtlich; doch vgl. *ε*, 257 und zu Od. *π*, 456 *πάλιν ποίησε γέροντα*.

278. *ὁ πτολίπορθος Ὀδ.* Mit Bezug auf diese und ähnliche Stellen (z. B. Od. *χ*, 283 vgl. 230) sagt Cicero Epp. ad Famill. 10, 13: *Qui M. Antonium oppresserit, is bellum confecerit. Itaque Homerus non Aiacem nec Achillem sed Ulixem appellavit* *πτολίπορθον*. Doch vgl. auch Iliad. *θ*, 372. *ο*, 77.

280. *εἰδομένη κήρυκι*, wie dieselbe Athene die Phäaken zur Volksversammlung Od. *θ*, 7 ff. einberuft.

281. *ἅμα θ' οἱ πρῶτοί τε.* In der Verbindung *ἅμα — καὶ* wird oft dem *ἅμα* unmittelbar *τε* nachgesetzt, das eigentlich erst nach dem ersten der verbundenen Begriffe stehen sollte, z. B. *α*, 417 *ἅμα τ' ὠκύμορος καὶ ὀιζυρός* für *ἅμα ὠκύμορός τε κ. ὀ.* vgl. Od. *ξ*, 403 *ἅμα τ' αὐτίκα καὶ μετέπειτα*, und mit gemischter Construction Il. *ι*, 519 *ἅμα τ' αὐτίκα πολλὰ διδοῖ, τὰ δ' ὄπισθεν ὑπέστη*. In unserer Stelle aber steht *τε* zweimal, sowohl nach *ἅμα* als nach dem ersten der verbundenen Begriffe.

282. *ἐπιφρασσαίατο*, erkennten, d. h. sowohl vernähmen als verständen.

284. *Ἀτρείδη, νῦν δή σε.* Der Eindruck, den Odysseus durch sein festes Auftreten gegen die Fliehenden und sein wohlberechnetes Benehmen gegen Thersites bisher mehr bei Einzelnen gemacht hat, soll auch durch eine Anrede an das gesammte Heer befestigt und vermittelst eines von ihm zu fassenden Beschlusses vollendet werden. Die Rede wird aber passend zuerst an Agamemnon gerichtet, weil auch er durch das

πᾶσιν ἐλέγχιστον θέμεναι μερόπεσσι βροτοῖσιν,
οὐδέ τοι ἐκτελέουσιν ὑπόσχεσιν ἥν περ ὑπέσταν
ἐνθάδ' ἔτι στείχοντες ἀπ' Ἄργεος ἱπποβότοιο,
Ἴλιον ἐκπέρσαντ' εὐτείχεον ἀπονέεσθαι.
ὥς τε γὰρ ἢ παῖδες νεαροὶ χῆραί τε γυναῖκες
ἀλλήλοισιν ὀδύρονται οἶκόνδε νέεσθαι.
ἦ μὴν καὶ πόνος ἐστὶν ἀνιηθέντα νέεσθαι.
καὶ γάρ τίς θ' ἕνα μῆνα μένων ἀπὸ ἧς ἀλόχοιο
ἀσχαλάᾳ σὺν νηὶ πολυζύγῳ, ὅν περ ἄελλαι
χειμέριαι εἰλέωσιν ὀρινομένη τε θάλασσα·
ἡμῖν δ' εἴνατός ἐστι περιτροπέων ἐνιαυτός
ἐνθάδε μιμνόντεσσι. τῷ οὐ νεμεσίζομ' Ἀχαιούς

frühere Benehmen des Heeres am meisten verletzt und gekränkt sein musste, und ihm daher eine gewisse Genugthuung von Seiten des Heeres gebührt.

287. *ἐνθάδ' ἔτι στείχοντες*, als sie noch auf dem Wege hierher waren. Das Versprechen ist schon vor langem gegeben und sollte darum desto heiliger gehalten werden. Ueber *ἔτι* vgl. zu Od. *δ*, 736 *ὅν μοι ἔδωκε πατὴρ ἔτι δεῦρο κιούσῃ*.

289. *ἢ παῖδες – χῆραί τε γυν.* Die disjunctive und copulative Verbindung der Begriffe (durch *ἢ* — *ἢ* oder *τε* — *τε* oder *καὶ*) scheinen hier mit einander vermischt. Doch dürfte es gerathener sein, statt des disjunctiven *ἢ* das affirmative *ἦ* zu schreiben: denn fürwahr wie junge Knaben, vgl. zu Od. *τ*, 109 und Bekker hom. Blätter S. 200.

290. *ὀδύρονται – νέεσθαι*, sie klagen, jammern einander vor, nach Hause zu kehren, äussern klagend das Verlangen u. s. w. Vgl. Od. *ε*, 153 *νόστον ὀδυρομένῳ*.

291. *ἦ μὴν – νέεσθαι*. Mit Feinheit lässt Odysseus auf den scharfen Tadel des Heeres nun auch das folgen, was demselben zur Entschuldigung dient. Der Sinn ist nämlich nach dem Zusammenhange mit dem Vorhergehenden und Folgenden: *nimirum laboribus fungimur, ut moleste ferentes redire velimus* (Lehrs Aristarch. p. 88), d. h. freilich haben wir auch Beschwerden und Mühsale (darnach) zu ertragen, um unmuthig und überdrüssig nach Hause zu kehren. Zu *ἀνιηθεὶς* vgl. Od. *γ*, 117. So macht dann 297 *ἀλλὰ καὶ ἔμπης κτἑ.* den richtigen Gegensatz: aber bei alle dem ist's doch eine Schande, nach so langem Verweilen unverrichteter Sache heimzukommen.

292. *καὶ γάρ τίς θ' ἕνα κτἑ.* Begründung des Vorigen, wobei vom Kleinern auf's Grössere geschlossen wird. *καὶ* gehört zu *ἕνα μῆνα*, auch nur Einen Monat; *τε* hängt an *γὰρ* (zu Od. *α*, 50), vgl. *δ*, 536 *ὥς τίς τε*. Zur ganzen Wendung vgl. das zu Od. *ψ*, 118 Bemerkte.

293. *πολυζύγῳ*, vgl. *υ*, 247 *νηῦς ἑκατόζυγος*. *ὅν περ* auf die Person als Hauptbegriff bezogen, nicht auf das nähere Schiff. *ὀρινομένη θάλασσα* das Meer, wenn es erregt wird.

295. *περιτροπέων* wie sonst *περιτελλόμενος, περιπλόμενος*. Zur Construction *ἡμῖν* — *ἐστι μιμνόντεσσι* vgl. Od. *τ*, 192.

ἀσχαλάαν παρὰ νηυσὶ κορωνίσιν· ἀλλὰ καὶ ἔμπης 2
αἶσχρόν τοι δηρόν τε μένειν κενεόν τε νέεσθαι.
τλῆτε, φίλοι, καὶ μείνατ᾽ ἐπὶ χρόνον, ὄφρα δαῶμεν
ἢ ἐτεὸν Κάλχας μαντεύεται ἦε καὶ οὐκί.
εὖ γὰρ δὴ τόδε ἴδμεν ἐνὶ φρεσίν, ἐστὲ δὲ πάντες
μάρτυροι, οὓς μὴ κῆρες ἔβαν θανάτοιο φέρουσαι.
χθιζά τε καὶ πρώϊζ᾽ ὅτ᾽ ἐς Αὐλίδα νῆες Ἀχαιῶν
ἠγερέθοντο κακὰ Πριάμῳ καὶ Τρωσὶ φέρουσαι —
ἡμεῖς δ᾽ ἀμφὶ περὶ κρήνην ἱεροὺς κατὰ βωμοὺς
ἔρδομεν ἀθανάτοισι τεληέσσας ἑκατόμβας,
καλῇ ὑπὸ πλατανίστῳ, ὅθεν ῥέεν ἀγλαὸν ὕδωρ —
ἔνθ᾽ ἐφάνη μέγα σῆμα. δράκων ἐπὶ νῶτα δαφοινός,
σμερδαλέος, τόν ῥ᾽ αὐτὸς Ὀλύμπιος ἧκε φόωσδε,

299. *ἐπὶ χρόνον*, eine Zeit lang, eine kurze Weile, *parumper*; anders als Od. ξ, 193. Das Asyndeton in *τλῆτε, φίλοι*, lässt den lange zurückgehaltenen Hauptgedanken auf Ein Mal unmittelbar hervortreten.

303. *χθιζά τε καὶ πρώϊζ᾽, ὅτ᾽ ἐς κτἑ.* Die Formel *χθιζά τε καὶ πρώϊζα*, wie die gewöhnlichere *χθὲς καὶ πρώην* oder *πρώην τε καὶ χθές* (Herodot. 2, 53), bezeichnet immer eine nach der Ansicht des Sprechenden verhältnissmässig kurze Zeit, aber in derselben etwas Wiederholtes, sich auf mehrere Puncte der Vergangenheit Vertheilendes. Hier kann sie mit dem vorhergehenden Relativsatz *οὓς μὴ κ. ἔ. θ. φέρουσαι* (vgl. Od. ξ, 207 f.) verbunden, und dabei vorzugsweise an die von der Seuche Hinweggerafften, als die überwiegende Mehrzahl aller Verstorbenen gedacht werden. Das folgende *ὅτε* aber mit seinen Verbis wird dann analog dem häufigen *μέμνημαι ὅτε* genau mit dem obigen *εὖ — ἴδμεν* verbunden, wovon *ἐστὲ δὲ πάντες μάρτυροι* nur eine verstärkende Variation des Ausdrucks ist. Doch wird man am besten zur alten Interpunction zurückkehren und nach *φέρουσαι* 302 ein Kolon oder Punctum setzen, so dass mit *χθιζά τε καὶ πρώϊζα* die angekündigte Erzählung beginnt und dies unmittelbar mit *ὅτε — ἠγερέθοντο* verbunden wird, was Lehrs de Aristarchi studiis Homer. p. 382 f. so erklärt: vix cum Aulida advecti eramus, tum (308) portentum accidit (als so eben allmählich — sich sammelten).

304. *ἠγερέθοντο*, eine Art Intensiv- und Iterativform: sich nach und nach immer mehr sammelten.

305 f. *ἀμφὶ περὶ κρήνην*, zu beiden Seiten um eine Quelle, d. h. rings um dieselbe. *ἀμφὶ* ist Adverb., *περὶ* Präposition — ο, 647 f. — Eine reiche Quelle bei Aulis, ein wenig landeinwärts, und daneben mehrere alte Brunnen sah auch L. Ross griech. Königsreisen 2 S. 106 f. — *τεληέσσας*, d. i. *ἐφ᾽ αἷς τέλος γίγνεται* (erfolgreich, wirksam) nach Od. ρ, 496.

307. *πλατάνιστος* eine Art Superlativ zu *πλάτανος*: der morgenländische Ahorn, der seines schönen Wuchses und Schattens wegen sorgfältig gepflegt wurde.

308. *δαφοινὸς*=μ, 202 *φοινήεις*.

309. *τόν ῥ᾽ αὐτὸς — πρός ῥα.*

βωμοῦ ὑπαΐξας πρός ῥα πλατάνιστον ὄρουσεν.
ἔνθα δ' ἔσαν στρουθοῖο νεοσσοί, νήπια τέκνα,
ὄζῳ ἐπ' ἀκροτάτῳ, πετάλοις ὑποπεπτηῶτες,
ὀκτώ· ἀτὰρ μήτηρ ἐνάτη ἦν, ἣ τέκε τέκνα.
ἔνθ' ὅ γε τοὺς ἐλεεινὰ κατήσθιε τετριγῶτας.
μήτηρ δ' ἀμφεποτᾶτο ὀδυρομένη φίλα τέκνα·
τὴν δ' ἐλελιξάμενος πτέρυγος λάβεν ἀμφιαχυῖαν.
αὐτὰρ ἐπεὶ κατὰ τέκν' ἔφαγε στρουθοῖο καὶ αὐτήν,
τὸν μὲν ἀρίζηλον θῆκεν θεός, ὅς περ ἔφηνεν·
λᾶαν γάρ μιν ἔθηκε Κρόνου παῖς ἀγκυλομήτεω·
ἡμεῖς δ' ἑσταότες θαυμάζομεν οἷον ἐτύχθη.
ὡς οὖν δεινὰ πέλωρα θεῶν εἰσῆλθ' ἑκατόμβας,
Κάλχας δ' αὐτίκ' ἔπειτα θεοπροπέων ἀγόρευεν.
‚τίπτ' ἄνεω ἐγένεσθε, καρηκομόωντες Ἀχαιοί;
ἡμῖν μὲν τόδ' ἔφηνε τέρας μέγα μητίετα Ζεύς,
ὄψιμον ὀψιτέλεστον, ὅου κλέος οὔ ποτ' ὀλεῖται.
ὡς οὗτος κατὰ τέκν' ἔφαγε στρουθοῖο καὶ αὐτήν,
ὀκτώ, ἀτὰρ μήτηρ ἐνάτη ἦν, ἣ τέκε τέκνα,

Das wiederholte *ῥα*, ja, also, bekanntlich, weist auf das obige *εὖ γὰρ δὴ τόδε ἴδμεν* zurück.

314. *ἐλεεινὰ* gehört zu *τετριγῶτας*, mit derselben Freiheit der Wortstellung wie Od. *δ*, 505 *μεγάλ' ἔκλυεν αὐδήσαντος*. Zur Erhöhung der Theilnahme sind in der ganzen Erzählung die Ausdrücke von den Verhältnissen der Menschen hergenommen: so auch *ἀμφιαχυῖαν*, die (ihre Kinder) Umjammernde.

318 *ἀρίζηλον θῆκεν*, er machte sie zu einem sehr auffallenden, leicht erkennbaren Zeichen (*ἀριίδηλον* leicht zu sehen). Die Schlange behielt nämlich ohne Zweifel nach der Verwandlung ihre frühere Gestalt bei. Vgl. Ovid. Metam. 12, 22: *Ille (serpens) ut erat — Fit lapis et servat serpentis imagine saxum.* Odyss. *ν*, 156 *θεῖναι λίθον ἐγγύθι γαίης νηὶ θοῇ ἴκελον* (vom Schiff der Phäaken).

320. *θαυμάζομεν οἷον ἐτύχθη*, wir staunten, was da geschehen war. Der Relativsatz enthält eigentlich einen indirecten Ausruf; vgl. zu Od. *α*, 382.

321. *δεινὰ πέλωρα*, das gewaltige Wunderzeichen, die grosse Erscheinung (308). *εἰσῆλθε*, dazwischenkam, in die heilige Handlung hineintrat.

323. *ἄνεω* Adverbium, wie Od. *ψ*, 93 *ἡ δ' ἄνεω δὴν ἧστο*. *ἄνεω γίγνεσθαι* wie *ἀκὴν γίγνεσθαι*, verstummen.

325. *ὄψιμον ὀψιτέλεστον*. Das zweite Adjectiv ist Erklärung und Bestätigung des ersten, vgl. *α*, 99 *ἀπριάτην ἀνάποινον*.

327. *ὀκτὼ—ἐνάτη ἦν*. Die Zahlangabe ist die Hauptsache in dieser Auslegung; denn darauf beruht die ganze Aehnlichkeit.

ὣς ἡμεῖς τοσσαῦτ᾽ ἔτεα πτολεμίξομεν αὖθι,
τῷ δεκάτῳ δὲ πόλιν αἱρήσομεν εὐρυάγυιαν.‘
κεῖνος τὼς ἀγόρευε· τὰ δὴ νῦν πάντα τελεῖται.
ἀλλ᾽ ἄγε μίμνετε πάντες, ἐυκνήμιδες Ἀχαιοί,
αὐτοῦ, εἰς ὅ κεν ἄστυ μέγα Πριάμοιο ἕλωμεν.“
  ὣς ἔφατ᾽, Ἀργεῖοι δὲ μέγ᾽ ἴαχον — ἀμφὶ δὲ νῆες
σμερδαλέον κονάβησαν ἀυσάντων ὑπ᾽ Ἀχαιῶν —
μῦθον ἐπαινήσαντες Ὀδυσσῆος θείοιο.
τοῖσι δὲ καὶ μετέειπε Γερήνιος ἱππότα Νέστωρ
„ὢ πόποι, ἦ δὴ παισὶν ἐοικότες ἀγοράασθε
νηπιάχοις, οἷς οὔ τι μέλει πολεμήια ἔργα.
πῇ δὴ συνθεσίαι τε καὶ ὅρκια βήσεται ἡμιν;
ἐν πυρὶ δὴ βουλαί τε γενοίατο μήδεά τ᾽ ἀνδρῶν
σπονδαί τ᾽ ἄκρητοι καὶ δεξιαί, ᾗς ἐπέπιθμεν.
αὔτως γάρ ῥ᾽ ἐπέεσσ᾽ ἐριδαίνομεν, οὐδέ τι μῆχος
εὑρέμεναι δυνάμεσθα, πολὺν χρόνον ἐνθάδ᾽ ἐόντες.

328. *πτολεμίξομεν αὖθι*, wir werden dort (in Troja) Krieg führen. Auch *τῷ δεκ.* im folgenden Verse ist deiktisch: dann aber im zehnten.

330. *τὰ δή*, das eben, das gerade.

334. *ἀυσάντων ὑπ' Ἀχαιῶν*, vom lauten Geschrei der Achäer oder durch dasselbe = *π*, 277.

335. *ἐπαινήσαντες*, weil sie mit Wohlgefallen vernommen hatten.

336. *τοῖσι δὲ καὶ κτέ.* Auch Nestor wirft einen prüfenden Rückblick auf die ganze Verhandlung der Gemeinde, wobei er nach seinem höhern Alter und seiner anerkannten Stellung das treulose und unzuverlässige Benehmen noch offener tadelt. Daran knüpft er, um die Sache weiter zu führen, auch eine Ermunterung und einen praktischen Rath an Agamemnon, wie er sich der Pflichterfüllung des Heeres am besten versichern könne.

337. *ἀγοράασθε*, ihr verhandelt in der Versammlung durch Reden statt durch Handeln. Die Rede ist an die ganze Versammlung gerichtet, der Form nach auch den Odysseus einschliessend, damit der Tadel die übrigen desto weniger empfindlich treffe. Dem Inhalte nach aber ist dieser Vorwurf eine Bestätigung des von Odysseus 289 Gesagten.

339. *πῇ δὴ – βήσεται*, wohin wird es damit kommen, d. h. was wird daraus werden? Niemand denkt mehr daran, sie zu halten. Die *συνθεσίαι — ὅρκια* sind die 286 genannte *ὑπόσχεσις*, eine Art Fahneneid (*sacramentum*) auf Grundlage eines freiwilligen Vertrages.

340. *ἐν πυρὶ δὴ – γενοίατο*, eine Verwünschung der Ungeduld und Entrüstung: So möge denn Alles (Berathungen, Beschlüsse u. s. w.) ins Feuer kommen, d. h. wenn denn doch nichts mehr gelten soll, so wollt' ich lieber, es ginge gleich alles im Rauche auf; man wüsste dann, woran man ist. Vgl. *ε*, 215 f.

342. *μῆχος*, Rath, Mittel und Massregel, um zu unserm Ziele, der

Ἀτρείδη, σὺ δ' ἔθ', ὡς πρίν, ἔχων ἀστεμφέα βουλήν
ἄρχευ' Ἀργείοισι κατὰ κρατερὰς ὑσμίνας,
τούσδε δ' ἔα φθινύθειν, ἕνα καὶ δύο, τοί κεν Ἀχαιῶν
νόσφιν βουλεύωσ' — ἄνυσις δ' οὐκ ἔσσεται αὐτῶν —
πρὶν Ἄργοσδ' ἰέναι, πρὶν καὶ Διὸς αἰγιόχοιο
γνώμεναι εἴ τε ψεῦδος ὑπόσχεσις ἦε καὶ οὐκί.
φημὶ γὰρ οὖν κατανεῦσαι ὑπερμενέα Κρονίωνα
ἤματι τῷ ὅτε νηυσὶν ἐν ὠκυπόροισιν ἔβαινον
Ἀργεῖοι Τρώεσσι φόνον καὶ κῆρα φέροντες,
ἀστράπτων ἐπιδέξι' ἐναίσιμα σήματα φαίνων.
τῷ μή τις πρὶν ἐπειγέσθω οἶκόνδε νέεσθαι,
πρίν τινα πὰρ Τρώων ἀλόχῳ κατακοιμηθῆναι,
τίσασθαι δ' Ἑλένης ὁρμήματά τε στοναχάς τε.
εἰ δέ τις ἐκπάγλως ἐθέλει οἶκόνδε νέεσθαι,
ἁπτέσθω ἧς νηὸς ἐυσσέλμοιο μελαίνης,
ὄφρα πρόσθ' ἄλλων θάνατον καὶ πότμον ἐπίσπῃ.
ἀλλὰ ἄναξ αὐτός τ' εὖ μήδεο πείθεό τ' ἄλλῳ·
οὔ τοι ἀπόβλητον ἔπος ἔσσεται, ὅ ττί κεν εἴπω.
κρῖν' ἄνδρας κατὰ φῦλα, κατὰ φρήτρας, Ἀγάμεμνον,

Eroberung Troja's, zu kommen.

344. ἔτι gehört zu ἄρχευε: auch jetzt noch, auch fernerhin, wie bisher.

346. ἕνα καὶ δύο, einen, vielleicht auch zwei, *unum et alterum*, abschätzig verringernd. Dabei denkt Nestor wohl an Thersites und Leute seines Gelichters.

348. πρὶν–ἰέναι hängt von βουλεύωσι ab; Διὸς αἰγιόχοιο schon von γνώμεναι (vgl. δ, 357), sowie dann von ὑπόσχεσις.

351. νηυσὶν ἐν–ἔβαινον, auf den Schiffen abfuhren, vgl. zu 509.

353. ἀστράπτων–φαίνων, leichte Anakoluthie statt ἀστράπτοντα –φαίνοντα, als ob ὅτι κατένευσε vorhergegangen wäre. Das zweite Participium aber bezeichnet die Bedeutung und Absicht des ersten, vgl. ι, 236 Ζεὺς–σήματα φαίνων ἀστράπτει.

356. Ἑλένης ὁρμήματα ist subjectiv zu fassen: die Bestrebungen, Gemüthsbewegungen, das Dichten und Trachten der Helena, die hier besonders im Gegensatz der Τρώων ἄλοχοι als Gegenstand der Theilnahme ihrer Landsleute erscheint. Denn auch Nestor kann wissen, dass bei ihr frühe schon Reue eintrat, vgl. γ, 172–176. Freilich ist dieser Vers noch schicklicher, als hier, unten 590 im Munde des Menelaos. Andere erklären objectiv: Anstrengungen und Seufzer (der Achäer) um Helena, die ihretwegen bestandenen Mühsale.

359. ὄφρα–ἐπίσπῃ. Denn sein Ungehorsam gegen Zeus' Rathschluss und Befehl wird gewiss nicht ungestraft ausgehen.

362. φῦλα scheinen nach Schömann griech. Alterth. I S. 40 „die grössern Abtheilungen der Völ-

ὡς φρήτρη φρήτρηφιν ἀρήγῃ, φῦλα δὲ φύλοις. 2
εἰ δέ κεν ὣς ἔρξῃς καί τοι πείθωνται Ἀχαιοί,
γνώσῃ ἔπειθ᾽ ὅς θ᾽ ἡγεμόνων κακὸς ὅς τέ νυ λαῶν,
ἠδ᾽ ὅς κ᾽ ἐσθλὸς ἔῃσι· κατὰ σφέας γὰρ μαχέονται·
γνώσεαι δ᾽ ἢ καὶ θεσπεσίῃ πόλιν οὐκ ἀλαπάξεις
ἢ ἀνδρῶν κακότητι καὶ ἀφραδίῃ πολέμοιο.“
τὸν δ᾽ ἀπαμειβόμενος προσέφη κρείων Ἀγαμέμνων
„ἦ μὰν αὖτ᾽ ἀγορῇ νικᾷς, γέρον, υἷας Ἀχαιῶν.
αἲ γάρ, Ζεῦ τε πάτερ καὶ Ἀθηναίη καὶ Ἄπολλον,
τοιοῦτοι δέκα μοι συμφράδμονες εἶεν Ἀχαιῶν·
τῷ κε τάχ᾽ ἠμύσειε πόλις Πριάμοιο ἄνακτος
χερσὶν ὑφ᾽ ἡμετέρῃσιν ἁλοῦσά τε περθομένη τε.
ἀλλά μοι αἰγίοχος Κρονίδης Ζεὺς ἄλγε᾽ ἔδωκεν,
ὅς με μετ᾽ ἀπρήκτους ἔριδας καὶ νείκεα βάλλει.
καὶ γὰρ ἐγὼν Ἀχιλεύς τε μαχησάμεθ᾽ εἵνεκα κούρης
ἀντιβίοις ἐπέεσσιν, ἐγὼ δ᾽ ἦρχον χαλεπαίνων·
εἰ δέ ποτ᾽ ἔς γε μίαν βουλεύσομεν, οὐκέτ᾽ ἔπειτα

kerschaften“ (Stämme, *φυλαί*, *tribus*), *φρῆτραι* „die Unterabtheilungen derselben“ (Familien und Geschlechter, *φρατρίαι*, *propinquitates*). Vgl. unten 655–668.

365. *ὅς θ᾽ ἡγεμόνων κακός*, erg. *ἐστί*. Denn Feige werden allerdings vorausgesetzt; sonst wäre die ganze Massregel nicht nothwendig. Sie aber zu kennen ist vor allem erforderlich, um die angemessenen Vorkehrungen gegen den von ihnen drohenden Schaden zu treffen. Unbestimmter ist der Ausdruck in Beziehung auf die Tapfern: *ἠδ᾽ ὅς κ᾽ – ἔῃσι*, und wer etwa ist; denn gegen diese ist nichts Besonderes zu verfügen, sie thun ihre Pflicht von selbst.

367. *γνώσεαι δ᾽ ἢ καί*. *καί* ist versetzt für *γνώσεαι δὲ καὶ ἢ κτέ.* Uebrigens ist *γνώσεαι* zweisylbig zu lesen. Zu *θεσπεσίῃ* vgl. 379 *ἔς γε μίαν*.

370. *αὖτε*, wieder, auch diess Mal, wie früher gewöhnlich. Das Lob, das Agamemnon dem Nestor ertheilt, bezieht sich vorzüglich auf den guten taktischen Rath, den er gegeben hat, und wird um des Heeres willen öffentlich ausgesprochen, weil Agamemnon den Rath sogleich befolgen will.

371. *αἲ γάρ, Ζεῦ κτέ.* Die Anrufung der drei Hauptgottheiten deutet auch hier auf einen schwer oder kaum zu erfüllenden Wunsch; vgl. zu Od. δ, 341.

376. *βάλλει*, immerfort und auch jetzt wieder.

377. *εἵνεκα κούρης*, also wegen eines an sich geringfügigen Gegenstandes.

378. *ἐγὼ δ᾽ ἦρχον χαλ.* Schon jetzt bereut Agamemnon den Streit, und giebt das Gefühl seines Unrechts zu erkennen. Vgl. Einleitung S. 20f. in der Uebersicht des neunten Buches. Er geht aber nicht zurück, weil er sich auf den von Zeus gesandten Traum verlässt.

379. *εἰ δέ – γε*, zuversichtlich, im

Τρωσὶν ἀνάβλησις κακοῦ ἔσσεται, οὐδ' ἠβαιόν.
νῦν δ' ἔρχεσθ' ἐπὶ δεῖπνον, ἵνα ξυνάγωμεν Ἄρηα.
εὖ μέν τις δόρυ θηξάσθω, εὖ δ' ἀσπίδα θέσθω,
εὖ δέ τις ἵπποισιν δεῖπνον δότω ὠκυπόδεσσιν,
εὖ δέ τις ἅρματος ἀμφὶς ἰδὼν πολέμοιο μεδέσθω,
ὥς κε πανημέριοι στυγερῷ κρινώμεθ' Ἄρηι.
οὐ γὰρ παυσωλή γε μετέσσεται, οὐδ' ἠβαιόν,
εἰ μὴ νὺξ ἐλθοῦσα διακρινέει μένος ἀνδρῶν.
ἱδρώσει μέν τευ τελαμὼν ἀμφὶ στήθεσσιν
ἀσπίδος ἀμφιβρότης, περὶ δ' ἔγχεϊ χεῖρα καμεῖται·
ἱδρώσει δέ τευ ἵππος ἐΰξοον ἅρμα τιταίνων.
ὃν δέ κ' ἐγὼν ἀπάνευθε μάχης ἐθέλοντα νοήσω
μιμνάζειν παρὰ νηυσὶ κορωνίσιν, οὔ οἱ ἔπειτα
ἄρκιον ἐσσεῖται φυγέειν κύνας ἠδ' οἰωνούς."
ὣς ἔφατ', Ἀργεῖοι δὲ μέγ' ἴαχον, ὡς ὅτε κῦμα
ἀκτῇ ἐφ' ὑψηλῇ, ὅτε κινήσῃ Νότος ἐλθών
προβλῆτι σκοπέλῳ· τὸν δ' οὔ ποτε κύματα λείπει

Gegensatz zum Vorhergehenden: aber ja wenn wir einst einig sind, vgl. zu Od. *α*, 163.

381. *δεῖπνον*, schon am Morgen, weil eine Schlacht geliefert werden soll. *ξυνάγωμεν Ἄρηα*, wie *π*, 764 *σύναγον κρατερὴν ὑσμίνην*. *ξ*, 149 *ἔριδα ξυνάγοντες Ἄρηος*. Ebenso *committere proelium*.

382 f. *εὖ μὲν — εὖ δέ*, vgl. Od. *γ*, 188 mit 190 und unten 388 mit 390. *ἀσπίδα θέσθω*, er halte den Schild in Bereitschaft.

384. *ἅρματος ἀμφὶς ἰδών*, rings um den Wagen schauend, d. h. ihn von allen Seiten, also genau besichtigend. Unzweifelhaft hängt *ἅρματος* von *ἀμφὶς* ab. Das Hauptgewicht des Satzes liegt auf dem Participio *ἰδὼν*=*ἰδέτω πολέμοιο μεδόμενος*.

385. *κρινώμεθα*, uns scheiden, d. h. untereinander entscheiden. *Ἄρηι*, im Kampfe, wie *φ*, 112 *Ἄρει*. Vgl. *decernere acie, proelio*.

386. *παυσωλὴ μετέσσεται*, vgl. *τ*, 201 *ὁππότε τις μεταπαυσωλὴ πολέμοιο γένηται*.

388. *τευ*, manches, manch eines. Hieraus ist auch im folg. Verse zu *καμεῖται* zu ergänzen *τίς*. Zu *χεῖρα καμεῖται* aber vgl. *ε*, 797 *κάμνε δὲ χεῖρα*.

392. *μιμνάζειν*, eine doppelt verstärkte Form des Stammes *μένω*, dauernd und wiederholt bleiben. Die Verbindung *ἐθέλοντα μιμνάζειν* entspricht dem Begriff nach dem Herodoteischen *ἐθελοκακέειν*, doch hängt *ἐθέλοντα* (von dem sichtbaren Wollen, Streben, Suchen zu verstehen) von *νοήσω* ab, wie *ϑ*, 10.

393. *ἄρκιον*, hülfreich, aushelfend, intransitiv: sich zur Hülfe darbietend, zu Gebote stehend, leicht, *promptum et paratum*.

395. *κινήσῃ*, erg. *αὐτό*, *τὸ κῦμα*.

396. *προβλῆτι σκοπέλῳ* ist speciellere Bestimmung zu *ἀκτῇ ἐφ' ὑψηλῇ*, doch hängt es zunächst mit *ὅτε κινήσῃ Ν. ἐ.* zusammen: wann der Südwind sie herantreibt an dem

παντοίων ἀνέμων, ὅτ᾽ ἂν ἔνθ᾽ ἢ ἔνθα γένωνται. 2
ἀνστάντες δ᾽ ὀρέοντο κεδασθέντες κατὰ νῆας,
κάπνισσάν τε κατὰ κλισίας, καὶ δεῖπνον ἕλοντο.
ἄλλος δ᾽ ἄλλῳ ἔρεζε θεῶν αἰειγενετάων,
εὐχόμενος θάνατόν τε φυγεῖν καὶ μῶλον Ἄρηος.
αὐτὰρ ὁ βοῦν ἱέρευσεν ἄναξ ἀνδρῶν Ἀγαμέμνων
πίονα πενταέτηρον ὑπερμενέι Κρονίωνι,
κίκλησκεν δὲ γέροντας ἀριστῆας Παναχαιῶν,
Νέστορα μὲν πρώτιστα καὶ Ἰδομενῆα ἄνακτα,
αὐτὰρ ἔπειτ᾽ Αἴαντε δύω καὶ Τυδέος υἱόν,
ἕκτον δ᾽ αὖτ᾽ Ὀδυσῆα Διὶ μῆτιν ἀτάλαντον.
αὐτόματος δέ οἱ ἦλθε βοὴν ἀγαθὸς Μενέλαος·
ἤδεε γὰρ κατὰ θυμὸν ἀδελφεὸν ὡς ἐπονεῖτο.
βοῦν δὲ περίστησάν τε καὶ οὐλοχύτας ἀνέλοντο.
τοῖσιν δ᾽ εὐχόμενος μετέφη κρείων Ἀγαμέμνων
„Ζεῦ κύδιστε μέγιστε, κελαινεφές, αἰθέρι ναίων,
μὴ πρὶν ἐπ᾽ ἠέλιον δῦναι καὶ ἐπὶ κνέφας ἐλθεῖν,
πρίν με κατὰ πρηνὲς βαλέειν Πριάμοιο μέλαθρον
αἰθαλόεν, πρῆσαι δὲ πυρὸς δηίοιο θύρετρα,

vorspringenden Felsen.

397. *παντοίων ἀνέμων* von *κύματα* abhängig: die von allen Winden aufgeregten Wogen; vgl. zu Od. ν, 99 *ἀνέμων—δυσαήων μέγα κῦμα*. — *ὅτ᾽ ἂν—γένωνται* erg. *ἄνεμοι*, Erklärung zu *παντοίων*.

398. *ὀρέοντο* (vgl. ψ, 212), sie setzten sich in Bewegung, bewegten sich rasch und stürmisch durch die Schiffe hin, oder nach denselben sich zerstreuend.

399. *κάπνισσαν*, sie dampften, liessen Rauch aufsteigen.

402. *αὐτὰρ ὁ βοῦν*. Agamemnon veranstaltet das Mahl nicht nur für sich, sondern auch für die Geronten, die Mitglieder der *βουλή*.

409. *ὡς ἐπονεῖτο*, wie er beschäftigt war, wie viel er zu besorgen hatte; vgl. Od. π, 13 *ἄγγεα, τοῖς ἐπονεῖτο*. Auch Menelaos ist seinem ältern Bruder als Oberkönig zu allen Diensten gewärtig, wie ein *θεράπων*.

413. *ἐπὶ — δῦναι*, prägnant, gleichsam untergehend zu uns, zur Erde herabkommen, wie dann *ἐπὶ κνέφας ἐλθεῖν*, oder über die Erde hin untergehn, vgl. Od. λ, 19. Der Infinitiv hängt von dem in der Seele des Sprechenden liegenden *εὔχομαι* (411 *εὐχόμενος*) ab, oder von *δὸς* nach γ, 322. 351.

414. *πρηνές*, *praeceps*, drückt die Folge des *καταβαλεῖν* aus, nach Analogie von *πρηνὴς ἔπεσε* u. dgl. Ebenso 417 *ῥωγαλέον* zu *δαΐξαι*, 420 *ἀμέγαρτον* zu *ὄφελλεν*.

415. *αἰθαλόεν*, stehendes Beiwort zu *μέλαθρον*, vgl. Od. χ, 239 *αἰθαλόεντος ἀνὰ μεγάροιο μέλαθρον* mit d. Anmerk. Zu dem Genitiv *πυρὸς δηίοιο* vgl. zu Od. σ, 23 *πυρὸς θερέω*.

Ἑκτόρεον δὲ χιτῶνα περὶ στήθεσσι δαΐξαι
χαλκῷ ῥωγαλέον· πολέες δ' ἀμφ' αὐτὸν ἑταῖροι
πρηνέες ἐν κονίῃσιν ὀδὰξ λαζοίατο γαῖαν."
ὣς ἔφατ', οὐδ' ἄρα πώ οἱ ἐπεκραίαινε Κρονίων,
ἀλλ' ὅ γε δέκτο μὲν ἱρά, πόνον δ' ἀμέγαρτον ὄφελλεν.
αὐτὰρ ἐπεί ῥ' εὔξαντο καὶ οὐλοχύτας προβάλοντο,
αὐέρυσαν μὲν πρῶτα καὶ ἔσφαξαν καὶ ἔδειραν,
μηρούς τ' ἐξέταμον κατά τε κνίσῃ ἐκάλυψαν
δίπτυχα ποιήσαντες, ἐπ' αὐτῶν δ' ὠμοθέτησαν.
καὶ τὰ μὲν ἂρ σχίζῃσιν ἀφύλλοισιν κατέκαιον,
σπλάγχνα δ' ἄρ' ἀμπείραντες ὑπείρεχον Ἡφαίστοιο.
αὐτὰρ ἐπεὶ κατὰ μῆρ' ἐκάη καὶ σπλάγχν' ἐπάσαντο,
μίστυλλόν τ' ἄρα τἆλλα καὶ ἀμφ' ὀβελοῖσιν ἔπειραν,
ὤπτησάν τε περιφραδέως, ἐρύσαντό τε πάντα.
αὐτὰρ ἐπεὶ παύσαντο πόνου τετύκοντό τε δαῖτα,
δαίνυντ', οὐδέ τι θυμὸς ἐδεύετο δαιτὸς ἐίσης.
αὐτὰρ ἐπεὶ πόσιος καὶ ἐδητύος ἐξ ἔρον ἕντο,
τοῖς ἄρα μύθων ἦρχε Γερήνιος ἱππότα Νέστωρ.
„Ἀτρείδη κύδιστε, ἄναξ ἀνδρῶν Ἀγάμεμνον,
μηκέτι νῦν δήθ' αὖθι λεγώμεθα, μηδ' ἔτι δηρὸν
ἀμβαλλώμεθα ἔργον, ὃ δὴ θεὸς ἐγγυαλίζει·
ἀλλ' ἄγε, κήρυκες μὲν Ἀχαιῶν χαλκοχιτώνων
λαὸν κηρύσσοντες ἀγειρόντων κατὰ νῆας,

419. *οὐδ' ἄρα πώ οἱ* = *γ*, 302: aber ja nicht etwa, aber gar nicht. *πώ* ist hier nicht noch, sondern s. v. a. *πώς*. *ἄρα*, weil die Nichtgewährung schon zum voraus beschlossen und angekündigt war. Durch diesen und den folgenden Vers wird der Erfolg des darzubringenden und in seinen einzelnen Acten erst noch zu beschreibenden Opfers zum Voraus kurz zusammengefasst, vgl. *ζ*, 311.

420. *δέκτο μὲν ἱρά κτέ.* scheint beinahe schalkhaften Spott über den verblendeten Agamemnon auszudrücken. *δέκτο*, d. h. die Zeichen waren nach der Auslegung der *μάντεις* günstig. Vgl. unten 436 *ἔργον ὃ δὴ θεὸς ἐγγυαλίζει*. Virg. Aen. 4, 65: *Heu vatum ignarae mentes!*

421. *αὐτὰρ ἐπεί ῥ' εὔξαντο* = *α*, 458 ff.

435. *μηκέτι νῦν – λεγώμεθα*, lasst uns nicht mehr oder nicht noch lange hier sprechen (hin- und herreden, plaudern, vgl. zu Od. *γ*, 240). Nestor will nach dem Opfer gar keinen Verzug eintreten lassen, sondern sogleich den Kampf beginnen, wie sich nach 381 ff. erwarten lässt.

437. *Ἀχαιῶν χαλκ.* hängt vom folgenden *λαὸν* ab.

ἡμεῖς δ' ἀθρόοι ὧδε κατὰ στρατὸν εὐρὺν Ἀχαιῶν 2
ἴομεν, ὄφρα κε θᾶσσον ἐγείρομεν ὀξὺν Ἄρηα."
ὣς ἔφατ', οὐδ' ἀπίθησεν ἄναξ ἀνδρῶν Ἀγαμέμνων·
αὐτίκα κηρύκεσσι λιγυφθόγγοισι κέλευσεν
κηρύσσειν πόλεμόνδε καρηκομόωντας Ἀχαιούς.
οἱ μὲν ἐκήρυσσον, τοὶ δ' ἠγείροντο μάλ' ὦκα.
οἱ δ' ἀμφ' Ἀτρείωνα διοτρεφέες βασιλῆες
θῦνον κρίνοντες, μετὰ δὲ γλαυκῶπις Ἀθήνη
αἰγίδ' ἔχουσ' ἐρίτιμον, ἀγήρων ἀθανάτην τε,
τῆς ἑκατὸν θύσανοι παγχρύσεοι ἠερέθονται,
πάντες ἐυπλεκέες, ἑκατόμβοιος δὲ ἕκαστος.
σὺν τῇ παιφάσσουσα διέσσυτο λαὸν Ἀχαιῶν
ὀτρύνουσ' ἰέναι· ἐν δὲ σθένος ὦρσεν ἑκάστῳ
καρδίῃ, ἄλληκτον πολεμίζειν ἠδὲ μάχεσθαι.
τοῖσι δ' ἄφαρ πόλεμος γλυκίων γένετ' ἠὲ νέεσθαι
ἐν νηυσὶ γλαφυρῇσι φίλην ἐς πατρίδα γαῖαν.
ἠύτε πῦρ ἀίδηλον ἐπιφλέγει ἄσπετον ὕλην

439. *ἀθρόοι ὧδε* d. i. *ὥσπερ ἔχομεν ἀθρόοι.* — *ἡμεῖς* sind die Geronten; vgl. 445.

442. *αὐτίκα.* Das bei *αὐτίκα* gewöhnliche Asyndeton drückt den unmittelbaren Zusammenhang der Handlungen aus oder dass die zweite schon in der ersten enthalten sei.

445. *οἱ δ' ἀμφ' Ἀτρείωνα*, aber der Atride und seine Begleiter.

446. *κρίνοντες* nach dem Rathe des Nestor 362, also *κατὰ φῦλα* und *κατὰ φρήτρας.* *μετὰ δὲ*=477, in ihrer Mitte, aber unsichtbar, wie es in ähnlichem Zusammenhang *ο*, 308 ausdrücklich heisst *εἱμένος ὤμοιιν νεφέλην.*

447. *αἰγίδ' ἔχουσα* d. i. die Aegis mit sich führend (*σὺν τῇ* 450), weil sie den Kampf anregen wollte. Die Adjectiva *ἀγήρων ἀθανάτην* enthalten die Begründung zum vorangehenden *ἐρίτιμον.*

448. *τῆς — ἠερέθονται*, *ex qua suspensi sunt*, *ἀπήωροί εἰσι* nach Od. *μ*, 435.

450. *παιφάσσω* (vgl. *ε*, 803 *ἐκπαιφάσσειν*, Apoll. Rhod. 3, 1266 *μεταπαιφάσσεσθαι*) Intensivform von *φάω* leuchten, daher schnell und oft leuchten, flimmern, blitzen, und mit der Schnelligkeit des Blitzes sich bewegen, bald hier bald dort erscheinen.

451. *ἐν — ὦρσεν ἑκάστῳ καρδίῃ.* Die richtige Construction dieser Worte ergiebt sich aus Vergleichung von *λ*, 11 *Ἀχαιοῖσιν δὲ μέγα σθένος ἔμβαλ' ἑκάστῳ καρδίῃ.*

455. *ἠύτε πῦρ.* Die nun folgende, in ihrer Art einzige Masse von Gleichnissen 455—483 (vgl. *δ*, 422 ff. *λ*, 546—560. *ρ*, 725—759) ist, wenn sie auch ursprünglich von verschiedenen Dichtern herrührte, doch ohne Zweifel absichtlich verbunden worden und verbunden geblieben, um eine feierliche Vorbereitung auf das nun zu erwartende grosse Schauspiel, das Ausrücken und den Kampf des Achäischen Gesammtheeres ge-

οὔρεος ἐν κορυφῇς, ἕκαθεν δέ τε φαίνεται αὐγή,
ὣς τῶν ἐρχομένων ἀπὸ χαλκοῦ θεσπεσίοιο
αἴγλη παμφανόωσα δι᾽ αἰθέρος οὐρανὸν ἷκεν.
τῶν δ᾽, ὥς τ᾽ ὀρνίθων πετεηνῶν ἔθνεα πολλά,
χηνῶν ἢ γεράνων ἢ κύκνων δουλιχοδείρων,
Ἀσίῳ ἐν λειμῶνι Καϋστρίου ἀμφὶ ῥέεθρα
ἔνθα καὶ ἔνθα ποτῶνται ἀγαλλόμενα πτερύγεσσιν,
κλαγγηδὸν προκαθιζόντων, σμαραγεῖ δέ τε λειμών,

gen die Troer, zu bilden. Es sind aber nicht blosse Vergleichungen eines schon bekannten Gegenstandes und in demselben Momente, sondern jede derselben enthält auch in fortschreitender Folge einen neuen Zug zur Beschreibung und Erzählung des eigentlich zu schildernden Factums. So liegt namentlich in *τῶν ἐρχομένων* 457 der noch nicht angegebene Umstand, dass die Achäer nun in Masse, wenn gleich erst aus der Ferne anrücken; in *ἐς πεδίον προχέοντο* 465, dass sie sich immer näher und näher bis auf die den Kampfplatz bildende Ebene ergiessen; in *ἔσταν* 467, dass sie in ihrer Gesammtheit sich stellen; in *ἐπὶ Τρώεσσι – μεμαῶτες* 472 f., dass sie in ihrem verworrenen Gedränge doch von unaufhaltsamer Kampfgier erfüllt sind; endlich in *ἡγεμόνες διεκόσμεον* 476, dass sie unmittelbar vor dem Beginne der Schlacht noch von ihren Führern und vornehmlich von Agamemnon geordnet werden. *ἠύτε* (*ἠ ὅτε*) = *ὡς ὅτε*. Im ersten Gleichniss liegt das Hauptgewicht auf den Worten *ἕκαθεν δέ τε φαίνεται αὐγή*, denn der Vergleichungspunct ist der Glanz. Zu *ἕκαθεν φαίνεται* vgl. Od. ω, 83 *τηλεφανὴς ἐκ ποντόφιν* mit d. Anm.

457. *τῶν ἐρχομένων*, von diesen, als sie herankamen; vgl. 784 f. *τῶν ὑπὸ ποσσὶ – ἐρχομένων*. Der Dichter versetzt sich in die Stadt Troja, und sieht das Heer aus der Ferne anrücken, wobei ihm zuerst der Glanz der Waffen bemerkbar wird. *θεσπέσιος* geht auf die unermessliche Menge.

458. *δι᾽ αἰθέρος οὐρανὸν ἷκεν*, vgl. ρ, 425, er drang durch den Aether, die obere Luft, bis in den Himmel, den Sitz der Götter.

459. *τῶν δ᾽, ὥς τ᾽ ὀρνίθων*. Das zweite Gleichniss bezieht sich auf das lärmvolle Geräusch, welches beim Vorrücken des Heeres von Troja aus vernommen wird, daher *σμαραγεῖ δέ τε λειμών* 463 den Kernpunct desselben ausmacht. Dieses Geräusch steht aber im Verhältniss zur Zahl der Anrückenden; daher auch hier die Vorstellung der Menge (459 und 464) stark hervortritt. Uebrigens wird der mit *τῶν δὲ* angefangene Satz 464 mit Wiederholung von *τῶν* wieder aufgenommen und vollendet. Ebenso 474–476 *τοὺς δ᾽ – ὣς τοὺς ἡγεμόνες διεκόσμεον*.

461. *Ἀσίῳ ἐν λειμῶνι*. Von dieser Asischen Aue her in Lydien südlich vom Tmolos scheint im Verfolge Asien, das Homer als solches nicht kennt, den Namen erhalten zu haben. Die andere Lesart, *Ἀσίω = Ἀσίαο*, *Ἀσίεω*, von einem Heros *Ἀσίας*, kann besonders durch Herodot. 4, 45 unterstützt werden.

463. *κλαγγηδὸν προκαθιζόντων* ist nachträgliche Bestimmung zu *ὀρνίθων*, aber dem Sinne nach gehört es zu *σμαραγεῖ – λειμών*. Denn das sich Setzen folgt erst auf das Hinundherfliegen, und während sie sich aus der Höhe herablassen, erheben sie das lauteste Geschrei.

ὣς τῶν ἔθνεα πολλὰ νεῶν ἄπο καὶ κλισιάων 2
ἐς πεδίον προχέοντο Σκαμάνδριον· αὐτὰρ ὑπὸ χθὼν
σμερδαλέον κονάβιζε ποδῶν αὐτῶν τε καὶ ἵππων.
ἔσταν δ' ἐν λειμῶνι Σκαμανδρίῳ ἀνθεμόεντι
μυρίοι, ὅσσα τε φύλλα καὶ ἄνθεα γίγνεται ὥρῃ.
ἠύτε μυιάων ἁδινάων ἔθνεα πολλά,
αἵ τε κατὰ σταθμὸν ποιμνήιον ἠλάσκουσιν
ὥρῃ ἐν εἰαρινῇ, ὅτε τε γλάγος ἄγγεα δεύει,
τόσσοι ἐπὶ Τρώεσσι καρηκομόωντες Ἀχαιοί
ἐν πεδίῳ ἵσταντο, διαρραῖσαι μεμαῶτες.
τοὺς δ', ὥς τ' αἰπόλια πλατέ' αἰγῶν αἰπόλοι ἄνδρες
ῥεῖα διακρίνωσιν, ἐπεί κε νομῷ μιγέωσιν,
ὣς τοὺς ἡγεμόνες διεκόσμεον ἔνθα καὶ ἔνθα
ὑσμίνηνδ' ἰέναι, μετὰ δὲ κρείων Ἀγαμέμνων,
ὄμματα καὶ κεφαλὴν ἴκελος Διὶ τερπικεραύνῳ,
Ἄρεϊ δὲ ζώνην, στέρνον δὲ Ποσειδάωνι.
ἠύτε βοῦς ἀγέληφι μέγ' ἔξοχος ἔπλετο πάντων
ταῦρος· ὁ γάρ τε βόεσσι μεταπρέπει ἀγρομένῃσιν·

465. *ὑπό*, unter ihnen, darunter, gehört zwar zunächst zum Verbum *κονάβιζε*, aber doch wird von demselben auch der folgende Genitiv *ποδῶν* nachgezogen: von den Füssen her. *αὐτῶν* und *ἵππων* hängen von *ποδῶν* ab.

467. *ἔσταν*. Endlich stellt sich das Heer auf dem Kampfplatze angelangt, und hier wird nun einfach seine unübersehbare Menge bezeichnet. Doch hängt diese Vergleichung enge mit dem zweiten Gleichniss zusammen.

469. *ἠύτε μυιάων*. Die Vergleichung ist unvollendet, wie 459; sie bezieht sich (nach Nitzsch) auf das dichte Gedränge und Gewirre. Denn ein unruhiges Drängen und Treiben wird auch durch *διαρραῖσαι μεμαῶτες* bezeichnet.

470. *ἠλάσκουσιν*, Intensivform: umherschwärmen, schwarmweise umher- und nachziehen, nämlich nach den Milchgefässen. Vgl. *π*, 641 ff.

472. *τόσσοι*. Eigentlich war nach dem relativen *ἠύτε* ein *ὣς* (*οὕτως*) zu erwarten; aber *τόσσοι* steht wegen der ebenfalls stattfindenden, nur hier weniger wesentlichen Aehnlichkeit der Menge.

474. *αἰπόλια πλατέ' αἰγῶν*, vgl. zu Od. *ξ*, 101. Der Conj. aor. *διακρίνωσιν* steht zur Bezeichnung des Allgemeinen, sich in jedem Fall Wiederholenden. — *μιγέωσιν*, erg. *αἶγες* oder *αἰπόλια*.

476. *διεκόσμεον*, verschieden von dem obigen *κρίνειν* 446.

479. *ζώνην* ist nach dem Zusammenhang nothwendig auf die Gegend des Leibes zu beziehen. Die Vergleichung mit den drei Göttern setzt einen festen und anerkannten Charakter der einzelnen Götterbilder voraus.

480. *ἀγέληφι μέγ' ἔξοχος*, vgl. zu Od. *α*, 71 *πᾶσιν Κυκλώπεσσι*; zu *βοῦς ταῦρος* ebend. *ν*, 86 *ἴρηξ*

τοῖον ἄρ᾽ Ἀτρείδην θῆκε Ζεὺς ἤματι κείνῳ,
ἐκπρεπέ᾽ ἐν πολλοῖσι καὶ ἔξοχον ἡρώεσσιν.
ἔσπετε νῦν μοι, μοῦσαι Ὀλύμπια δώματ᾽ ἔχουσαι, —
ὑμεῖς γὰρ θεαί ἐστε, πάρεστέ τε, ἴστε τε πάντα,
ἡμεῖς δὲ κλέος οἶον ἀκούομεν, οὐδέ τι ἴδμεν —
οἵ τινες ἡγεμόνες Δαναῶν καὶ κοίρανοι ἦσαν.
πληθὺν δ᾽ οὐκ ἂν ἐγὼ μυθήσομαι οὐδ᾽ ὀνομήνω,
οὐδ᾽ εἴ μοι δέκα μὲν γλῶσσαι δέκα δὲ στόματ᾽ εἶεν,
φωνὴ δ᾽ ἄρρηκτος, χάλκεον δέ μοι ἦτορ ἐνείη,
εἰ μὴ Ὀλυμπιάδες μοῦσαι, Διὸς αἰγιόχοιο
θυγατέρες, μνησαίαθ᾽ ὅσοι ὑπὸ Ἴλιον ἦλθον.
ἀρχοὺς αὖ νηῶν ἐρέω νῆάς τε προπάσας.
Βοιωτῶν μὲν Πηνέλεως καὶ Λήιτος ἦρχον

κίρκος; zu *ἔπλετο* oben *α*, 418.

482. *θῆκε Ζεύς* trotz 419. Denn immerhin schützt er ihn in der verliehenen Würde und Auszeichnung.

483. *ἥρωες* heissen auch die gesammten Achäer, *ἥρωες Δαναοί*. Das zweite Glied dieser Apposition ist steigernde Erklärung des ersten. Vgl. die Umschreibung 577–580.

484 ff. *ἔσπετε νῦν μοι*. Nachdem der Dichter durch die Reihe von Gleichnissen sich einen breiten Unterbau zur Aufzählung der gesammten Streitmacht der Achäer bereitet hat, ruft er, wie auch weiterhin beim Eintritt eines wichtigen und eine aussergewöhnliche Anstrengung des Gedächtnisses erfordernden Momentes, feierlich und ernst den Beistand der Musen an, durch welchen allein er sein grosses Beginnen zu vollführen vermag. In *μοῦσαι — ἔχουσαι* beachte den vom Dichter keineswegs gemiedenen Gleichklang.

485. *πάρεστέ τε*, erg. *πᾶσι*.

488. *πληθὺν δ᾽ οὐκ ἂν ἐγὼ κτέ.*, vgl. Od. *δ*, 240. *πληθὺν* geht auf das Heer selbst.

491. *εἰ μὴ Ὀλ. μοῦσαι*. Diese könnten es allerdings, aber der Dichter ruft sie nicht dafür an, weil es für seinen Zweck unnöthig ist; darum 493 *ἀρχοὺς αὖ*.

493. *προπάσας*, alle der Reihe nach, *omnes uno et perpetuo tenore*. Zur ganzen Anrufung vgl. die Nachahmung Virgils Aen. 7, 641–646 und Georg. 2, 43 f.

494. *Βοιωτῶν μέν*. Hier folgt der sogen. *Κατάλογος νεῶν*, von den Alten gewöhnlich unter dem Namen *Βοιωτία* angeführt, wahrscheinlich weil er mit den Böotern anfängt. Er erstreckt sich eigentlich bis 759, und an ihn schliesst sich nach einem den Uebergang bildenden Rückblick (760–785) die kürzere Uebersicht der Streitkräfte der Trojaner (786–877). Beide waren nicht ursprüngliche Bestandtheile des Gedichtes, und der erstere ist wohl wie ausgeführter und vollendeter, so auch bedeutend älter als der letztere. Auch fehlt es nicht an manchen, directen und indirecten, Widersprüchen und Incongruenzen zwischen diesem Abschnitt und den übrigen Bestandtheilen der Ilias, auf welche wir, so weit es erforderlich scheint, bei den einzelnen Stellen hinweisen werden. Ueber seine

Ἀρκεσίλαός τε Προθοήνωρ τε Κλονίος τε,
οἵ θ' Ὑρίην ἐνέμοντο καὶ Αὐλίδα πετρήεσσαν
Σχοῖνόν τε Σκῶλόν τε πολύκνημόν τ' Ἐτεωνόν,
Θέσπειαν Γραῖάν τε καὶ εὐρύχορον Μυκαλησσόν,
οἵ τ' ἀμφ' Ἅρμ' ἐνέμοντο καὶ Εἰλέσιον καὶ Ἐρύθρας,
οἵ τ' Ἐλεῶν' εἶχον ἠδ' Ὕλην καὶ Πετεῶνα,
Ὠκαλέην Μεδεῶνά τ', ἐυκτίμενον πτολίεθρον,
Κώπας Εὔτρησίν τε πολυτρήρωνά τε Θίσβην,
οἵ τε Κορώνειαν καὶ ποιήενθ' Ἁλίαρτον,
οἵ τε Πλάταιαν ἔχον ἠδ' οἳ Γλίσαντ' ἐνέμοντο,
οἵ θ' Ὑποθήβας εἶχον, ἐυκτίμενον πτολίεθρον,
Ὀγχηστόν θ' ἱερόν, Ποσιδήιον ἀγλαὸν ἄλσος,
οἵ τε πολυστάφυλον Ἄρνην ἔχον, οἵ τε Μίδειαν
Νῖσάν τε ζαθέην Ἀνθηδόνα τ' ἐσχατόωσαν.
τῶν μὲν πεντήκοντα νέες κίον, ἐν δὲ ἑκάστῃ

Stellung zum Ganzen vgl. die Einleit. S. 16 in der Uebersicht des zweiten Buches. In mehrern den Achilleus betreffenden Stellen (686–694 und 761–779) ist genau die durch die ersten Gesänge gegebene Situation im Heere der Achäer vorausgesetzt; ebenso ist 576–580 die Stellung des Agamemnon zum Heere berücksichtigt. Was den Ursprung des ersten Theiles betrifft, so hat die Vermuthung Lauer's (Quaestt. Hom. 1 p. 84 vgl. A. Mommsen Philologus V S. 522–527) grosse Wahrscheinlichkeit, dass er in Böotien oder von einem Böoter gedichtet sei. Dafür spricht theils der bekannte katalogisirende Charakter der hesiodeischen Poesie, theils der kaum zufällige Umstand, dass der Katalog — und zwar in auffallender Ausführlichkeit — gerade mit Böotien anfängt, obgleich diese böotischen Helden im übrigen Gedichte nicht besonders hervorstechen. Ja nach Thukyd. 1, 12 wurden die Böoter erst sechzig Jahre nach der Einnahme von Ilios durch die Thessaler aus der Gegend von Arne (507) nach dem spätern Böotien (früher Kadmeïs) hingedrängt: weshalb er sich zu der Annahme genöthigt sieht, dass zur Zeit des trojanischen Krieges nur eine Abtheilung (*ἀποδασμός*) von ihnen bereits im spätern Böotien gewohnt habe. Vgl. aber auch *ε*, 709 f. *ξ*, 476.

496. *οἵ τε* bezieht sich natürlich auf *Βοιωτῶν*.

499. *ἀμφ' Ἅρμ' ἐνέμοντο*, vgl. 521. 574. 585 *ἀμφενέμοντο*.

505. *Ὑποθήβας*. Aus diesem Namen schliesst man, dass Theben selbst, das sonst ziemlich oft bei Homer erwähnt wird, nachdem es im zweiten Argivischen Kriege (vgl. *δ*, 378) von den Epigonen zerstört worden war, eine Zeit lang und über den trojanischen Krieg hinaus wüst gelegen habe. Unter *Ὑποθῆβαι* aber = Untertheben verstehen Manche das nachherige Potniae.

506. *Ποσιδήιον*, dem Poseidon geweiht, = *Ποσειδῶνος*. Vgl. Od. *ζ*, 321 *κλυτὸν ἄλσος — ἱρὸν Ἀθηναίης*.

509. *ἐν — βαῖνον*, sie fuhren

κοῦροι Βοιωτῶν ἑκατὸν καὶ εἴκοσι βαῖνον.
οἳ δ' Ἀσπληδόνα ναῖον ἰδ' Ὀρχομενὸν Μινύειον,
τῶν ἦρχ' Ἀσκάλαφος καὶ Ἰάλμενος, υἷες Ἄρηος,
οὓς τέκεν Ἀστυόχη δόμῳ Ἄκτορος Ἀζείδαο,
παρθένος αἰδοίη, ὑπερώιον εἰσαναβᾶσα,
Ἄρηι κρατερῷ· ὁ δέ οἱ παρελέξατο λάθρῃ.
τοῖς δὲ τριήκοντα γλαφυραὶ νέες ἐστιχόωντο.
αὐτὰρ Φωκήων Σχεδίος καὶ Ἐπίστροφος ἦρχον,
υἱέες Ἰφίτου μεγαθύμου Ναυβολίδαο,
οἳ Κυπάρισσον ἔχον Πυθῶνά τε πετρήεσσαν
Κρῖσάν τε ζαθέην καὶ Δαυλίδα καὶ Πανοπῆα,
οἵ τ' Ἀνεμώρειαν καὶ Ὑάμπολιν ἀμφενέμοντο,
οἵ τ' ἄρα πὰρ ποταμὸν Κηφισὸν δῖον ἔναιον,
οἵ τε Λίλαιαν ἔχον πηγῆς ἔπι Κηφισοῖο·
τοῖς δ' ἅμα τεσσαράκοντα μέλαιναι νῆες ἕποντο.
οἱ μὲν Φωκήων στίχας ἵστασαν ἀμφιέποντες,
Βοιωτῶν δ' ἔμπλην ἐπ' ἀριστερὰ θωρήσσοντο.

darauf, waren die Bemannung (*ἐμβάται*).

511. *οἳ δ' Ἀσπληδόνα κτἑ.* Später gehörten diese Städte zu Böotien, früher machten sie nebst dem angränzenden nördlichen Theil von Böotien das berühmte Reich der Minyer aus, dessen Hauptstadt Orchomenos (*Μινύειος*, zum Unterschied des Arkadischen 605) war. Die Aufzählung geht nämlich von Böotien nördlich, dann nach Osten und Süden bis zum Westen immer um Böotien herum, also nach Orchomenos, Phokis, Euböa, Athen nebst Salamis; dann nach Argolis nebst Aegina, Mykenae nebst Korinthos und einem Theil von Achaia, Lakedämon, Pylos, Arkadien, Elis, von da nach Dulichion und den Echinadischen Inseln hinüber; Ithaka und dem Kephallenischen Reiche, auf welcher Seite bei Aetolien abgebrochen wird. Dann wird ein Sprung gemacht nach den Inseln im Süden und Osten des Aegäischen Meeres, Kreta, Rhodos, Syme, Nisyros bis Kos und Kalydnae. Endlich kommen die Thessalischen Völkerschaften im Norden (die man nach Aetolien erwartete), aber in unklarer Reihenfolge, so dass also nur die Inseln 645–680 ausser der Reihe eingeschoben sind.

514. *ὑπερώιον* (vgl. Od. *α*, 328. *β*, 358) diente nach unserer Stelle auch als Schlafgemach der unverheirateten Töchter. Ares aber war der Schutz- und Stammgott der kriegerischen Minyer. In *τέκεν – εἰσαναβᾶσα Ἄρηι* sind die Bestimmungen mehrerer Sätze durch einander gemengt; *ὑπερώιον εἰσαναβ.* würde eig. zum folgenden *παρελέξατο* (*εἰσαναβάσῃ*) gehören, vgl. *π*, 184 f.

518. *Ἰφίτου* hat hier die mittlere Sylbe lang nach derselben Freiheit wie *ἱστίῃ* u. a. in der Odyssee, vgl. oben zu *α*, 205.

525. *οἱ μέν*, d. i. die 517 genannten zwei Anführer.

526. *Βοιτῶν δ' ἔμπλην*. Sie gehörten wie diese und die Orcho-

Λοκρῶν δ' ἡγεμόνευεν Ὀϊλῆος ταχὺς Αἴας, 2
μείων, οὔ τι τόσος γε ὅσος Τελαμώνιος Αἴας,
ἀλλὰ πολὺ μείων· ὀλίγος μὲν ἔην, λινοθώρηξ,
ἐγχείῃ δ' ἐκέκαστο Πανέλληνας καὶ Ἀχαιούς·
οἳ Κῦνόν τ' ἐνέμοντ' Ὀπόεντά τε Καλλίαρόν τε
Βῆσσάν τε Σκάρφην τε καὶ Αὐγειὰς ἐρατεινάς
Τάρφην τε Θρόνιόν τε Βοαγρίου ἀμφὶ ῥέεθρα.
τῷ δ' ἅμα τεσσαράκοντα μέλαιναι νῆες ἕποντο
Λοκρῶν, οἳ ναίουσι πέρην ἱερῆς Εὐβοίης.
  οἳ δ' Εὔβοιαν ἔχον μένεα πνείοντες Ἄβαντες,
Χαλκίδα τ' Εἰρέτριάν τε πολυστάφυλόν θ' Ἱστίαιαν
Κήρινθόν τ' ἔφαλον Δίου τ' αἰπὺ πτολίεθρον,
οἵ τε Κάρυστον ἔχον ἠδ' οἳ Στύρα ναιετάασκον,
τῶν αὖθ' ἡγεμόνευ' Ἐλεφήνωρ ὄζος Ἄρηος,
Χαλκωδοντιάδης, μεγαθύμων ἀρχὸς Ἀβάντων.
τῷ δ' ἅμ' Ἄβαντες ἕποντο θοοί, ὄπιθεν κομόωντες,
αἰχμηταί, μεμαῶτες ὀρεκτῇσιν μελίῃσιν
θώρηκας ῥήξειν δηίων ἀμφὶ στήθεσσιν.

menier (Minyer) und die gleich folgenden Lokrer zum äolischen Stamme.

527. *Λοκρῶν*. Dieser Name umfasst hier sowohl die Epiknemidischen als die Opuntischen Lokrer, die dem nördlichen Theile Euböa's gegenüber wohnen (*πέρην Εὐβοίης* 535).

528. *Τελαμώνιος Αἴας*, der 557 ganz kurz, genauer 768 bezeichnete.

529. *λινοθώρηξ*. Diese Bekleidung soll als eine ungewöhnliche erscheinen, da die Griechen sonst *χαλκοχίτωνες* waren; aber der *θώρηξ* ging nur bis auf die Hüfte (als Kürass), der *χιτών* war Kürass und Schurz in Einem Stück. Dass aber Aias Oileus' Sohn das Beiwort *λινοθώρηξ* erhält, wie unter den Troianern Amphios unten 830, lässt sich aus der Beschreibung seiner Mannschaft, der Lokrer *γ*, 713–718, wohl begreifen, ohne dass darin eine persönliche Herabwürdigung gefunden wird; dennoch konnte er für seine Person ein ausgezeichneter Lanzenschwinger sein (nach 530).

530. *Πανέλληνας καὶ Ἀχαιούς* ist zu erklären nach *καθ' Ἑλλάδα καὶ μέσον Ἄργος* Od. *α*, 344, so dass es die Griechen von Norden bis Süden, von Thessalien bis in den Peloponnes bezeichnet und das zusammenfassende *παν* dem Begriffe nach auf beide Nomina geht: „die Gesammtheit der Hellenen und der Achäer". Uebrigens kommt *Πανέλληνες* bei Homer nur hier vor.

537. *Ἱστίαιαν* ist dreisylbig zu lesen, wie *Αἰγυπτίῃ* Od. *δ*, 229.

540. *ὄζος Ἄρηος* auch im Sinne des Dichters nur bildlich, da unmittelbar nachher der menschliche Vater genannt wird. Ebenso unten 745; anders dagegen 512 vgl. mit 515.

τῷ δ' ἅμα τεσσαράκοντα μέλαιναι νῆες ἕποντο.
  οἳ δ' ἄρ' Ἀθήνας εἶχον, ἐϋκτίμενον πτολίεθρον,
δῆμον Ἐρεχθῆος μεγαλήτορος, ὅν ποτ' Ἀθήνη
θρέψε Διὸς θυγάτηρ, τέκε δὲ ζείδωρος ἄρουρα,
κὰδ δ' ἐν Ἀθήνῃς εἷσεν, ἑῷ ἐνὶ πίονι νηῷ·
ἔνθα δέ μιν ταύροισι καὶ ἀρνειοῖς ἱλάονται
κοῦροι Ἀθηναίων περιτελλομένων ἐνιαυτῶν·
τῶν αὖθ' ἡγεμόνευ' υἱὸς Πετεῶο Μενεσθεύς.
τῷ δ' οὔ πώ τις ὁμοῖος ἐπιχθόνιος γένετ' ἀνὴρ
κοσμῆσαι ἵππους τε καὶ ἀνέρας ἀσπιδιώτας.
Νέστωρ οἶος ἔριζεν· ὁ γὰρ προγενέστερος ἦεν.
τῷ δ' ἅμα πεντήκοντα μέλαιναι νῆες ἕποντο.
  Αἴας δ' ἐκ Σαλαμῖνος ἄγεν δυοκαίδεκα νῆας.
[στῆσε δ' ἄγων, ἵν' Ἀθηναίων ἵσταντο φάλαγγες.]
  οἳ δ' Ἄργος τ' εἶχον Τίρυνθά τε τειχιόεσσαν,

546. *Ἀθήνας*. Es ist bemerkenswerth, dass hier kein anderer Ort ausser der Hauptstadt genannt wird, obgleich in der Odyssee auch Sunion und Marathon vorkommen.

547. *δῆμον Ἐρεχθῆος*, vgl. zu Od. *η*, 81. Spätere nennen statt Erechtheus den Erichthonios.

550. *μιν*, d. i. den Erechtheus. Seine Verehrung war mit dem Athenecultus verbunden, vgl. Herodot. 5, 82. 8, 55. Beiden wird die erste Begründung der Landescultur zugeschrieben.

551. *περιτελλομένων ἐνιαυτῶν*. Es waren also *sacra stata, sollennia* (die Panathenäen).

552. *Πετεῶο*, vgl. *ξ*, 489 *Πηνελέωο*.

553. *τῷ δ' οὔ πώ τις ὁμοῖος*. Auf dieses Zeugniss beruft sich ein Gesandter von Athen im zweiten persischen Kriege bei dem Syrakusier Gelon, Herod. 7, 161, mit den Worten: *τῶν καὶ Ὅμηρος ὁ ἐποποιὸς ἄνδρα ἄριστον ἔφησε ἐς Ἴλιον ἀπικέσθαι τάξαι τε καὶ διακοσμῆσαι στρατόν*. Uebrigens wurden die Verse 553–555 schon im Alterthum vielfach als unecht angegriffen, und allerdings wird in der ganzen Ilias von einer besondern taktischen Kunst des Menestheus nichts erwähnt.

555. *Νέστωρ οἶος ἔριζεν* kann mit Beziehung auf *δ*, 297–309 gedichtet sein.

558. *στῆσε δ' ἄγων*. Nach einer unter den Alten sehr verbreiteten Sage soll dieser Vers von Solon oder Peisistratos zur Unterstützung der atheniensischen Ansprüche auf die Insel Salamis im Kriege gegen Megara eingeschoben worden sein. Ohne Zweifel fand sich aber vorher an dieser Stelle irgend eine andere nähere Bezeichnung dieses Aias als Rückweisung auf den anderen 527 f., welche wenigstens den Namen des Vaters und des Wohnsitzes enthielt. Jedenfalls erscheint hier Aias als attischer Stammheros, ohne Berücksichtigung seiner Abstammung von Aiakos und seiner Verwandtschaft mit Achilleus.

559. *οἳ δ' Ἄργος*. Ueber Salamis werden wir in den Peloponnes geführt. Argos ist sowohl der Na-

Ἑρμιόνην Ἀσίνην τε βαθὺν κατὰ κόλπον ἐχούσας,
Τροιζῆν' Ἠιόνας τε καὶ ἀμπελόεντ' Ἐπίδαυρον,
οἵ τ' ἔχον Αἴγιναν Μάσητά τε κοῦροι Ἀχαιῶν,
τῶν αὖθ' ἡγεμόνευε βοὴν ἀγαθὸς Διομήδης
καὶ Σθένελος, Καπανῆος ἀγακλειτοῦ φίλος υἱός.
τοῖσι δ' ἅμ' Εὐρύαλος τρίτατος κίεν, ἰσόθεος φώς,
Μηκιστέος υἱὸς Ταλαϊονίδαο ἄνακτος.
συμπάντων δ' ἡγεῖτο βοὴν ἀγαθὸς Διομήδης.
τοῖσι δ' ἅμ' ὀγδώκοντα μέλαιναι νῆες ἕποντο.
  Οἳ δὲ Μυκήνας εἶχον, ἐυκτίμενον πτολίεθρον,
ἀφνειόν τε Κόρινθον ἐυκτιμένας τε Κλεωνάς,
Ὀρνειάς τ' ἐνέμοντο Ἀραιθυρέην τ' ἐρατεινήν
καὶ Σικυῶν', ὅθ' ἄρ' Ἄδρηστος πρῶτ' ἐμβασίλευεν,
οἵ θ' Ὑπερησίην τε καὶ αἰπεινὴν Γονόεσσαν
Πελλήνην τ' εἶχον, ἠδ' Αἴγιον ἀμφενέμοντο
Αἰγιαλόν τ' ἀνὰ πάντα καὶ ἀμφ' Ἑλίκην εὐρεῖαν,
τῶν ἑκατὸν νηῶν ἦρχε κρείων Ἀγαμέμνων
Ἀτρείδης. ἅμα τῷ γε πολὺ πλεῖστοι καὶ ἄριστοι
λαοὶ ἕποντ'· ἐν δ' αὐτὸς ἐδύσετο νώροπα χαλκόν
κυδιόων, πᾶσιν δὲ μετέπρεπεν ἡρώεσσιν,
οὕνεκ' ἄριστος ἔην, πολὺ δὲ πλείστους ἄγε λαούς.

me der Stadt als des Gebietes, hier das erstere. Zum Reiche des Diomedes gehört auch die Insel Aegina.

566. *Ταλαϊονίδης* von *Ταλαός*, durch Verbindung beider patronymischen Formen *Ταλαΐων* und *Ταλαΐδης* gebildet.

569. *Μυκήνας*, auch *Μυκήνη*, η, 180 das goldreiche (*πολύχρυσος*), die Residenz des Agamemnon, in der Nähe des von Diomedes beherrschten Argos. Der übrige Theil von Agamemnon's Gebiet liegt aber nordwärts und besonders an der nördlichen Küste des Peloponnes, dem spätern Achaia, bis an Elis.

572. *πρῶτα*, d. h. ehe er nach Argos zog.

573. *Ὑπερησίην*, vgl. zu Od. ο, 254.

575. *Αἰγιαλόν τ' ἀνὰ πάντα* (*ἐνέμοντο*). Die Worte *ἀνὰ πάντα* zeigen, dass in *Αἰγιαλὸς* noch bestimmt an die appellative Bedeutung gedacht wird.

576. *τῶν ἑκατὸν νηῶν*. Der zweite Genitiv ist beschränkende Apposition zum ersten, vgl. 586 f. 609 f. 685.

577. *πολὺ πλεῖστοι*. Die überwiegende Grösse seines Reiches ergiebt sich daraus, dass er nicht nur selbst die grösste Zahl Schiffe stellte (hundert, während Nestor neunzig, Diomedes nur achtzig), sondern nach 610–614 auch den der Schifffahrt unkundigen Arkadern sechzig Schiffe lieferte.

οἳ δ' εἶχον κοίλην Λακεδαίμονα κητώεσσαν,
Φᾶρίν τε Σπάρτην τε πολυτρήρωνά τε Μέσσην,
Βρυσειάς τ' ἐνέμοντο καὶ Αὐγειὰς ἐρατεινάς,
οἵ τ' ἄρ' Ἀμύκλας εἶχον Ἕλος τ', ἔφαλον πτολίεθρον,
οἵ τε Λάαν εἶχον ἠδ' Οἴτυλον ἀμφενέμοντο,
τῶν οἱ ἀδελφεὸς ἦρχε, βοὴν ἀγαθὸς Μενέλαος,
ἑξήκοντα νεῶν· ἀπάτερθε δὲ θωρήσσοντο.
ἐν δ' αὐτὸς κίεν ᾗσι προθυμίῃσι πεποιθώς,
ὀτρύνων πόλεμόνδε· μάλιστα δὲ ἵετο θυμῷ
τίσασθαι Ἑλένης ὁρμήματά τε στοναχάς τε.
οἳ δὲ Πύλον τ' ἐνέμοντο καὶ Ἀρήνην ἐρατεινήν
καὶ Θρύον Ἀλφειοῖο πόρον, καὶ ἐύκτιτον Αἰπύ,
καὶ Κυπαρισσήεντα καὶ Ἀμφιγένειαν ἔναιον
καὶ Πτελεὸν καὶ Ἕλος καὶ Δώριον, ἔνθα τε μοῦσαι
ἀντόμεναι Θάμυριν τὸν Θρήικα παῦσαν ἀοιδῆς,
Οἰχαλίηθεν ἰόντα παρ' Εὐρύτου Οἰχαλιῆος·
στεῦτο γὰρ εὐχόμενος νικησέμεν, εἴ περ ἂν αὐταί
μοῦσαι ἀείδοιεν, κοῦραι Διὸς αἰγιόχοιο·

581. *Λακεδαίμονα*, Name des Landes. Vgl. zu Od. *δ*, 1.

587. *ἀπάτερθε δὲ θωρήσσοντο.* Diese Worte sollen wohl die politische Unabhängigkeit des Menelaos von Agamemnon andeuten.

590. *τίσασθαι κτέ.* Vgl. zu 356.

591. *Πύλον.* Darunter scheint nach der Reihenfolge der Namen auch hier das Messenische verstanden werden zu müssen; vgl. zu Od. *γ*, 4.

592. *Θρύον* wohl dasselbe was *λ*, 711 *Θρυόεσσα πόλις.* — *Ἀλφειοῖο πόρον* nach Strabo, *ὅτι πεζῇ περατὸς εἶναι δοκεῖ κατὰ τοῦτον τὸν τόπον.* — *Αἰπύ.* Die Beibehaltung des ursprünglichen Accentes in diesem aus einem Adjectiv entstandenen Eigennamen, wie in einigen andern ähnlichen, z. B. *Ἰρῇ ι*, 150, *Θεσσαλοῦ* unten 679, beruht auf ausdrücklicher Ueberlieferung der Grammatiker.

595. *Θάμυριν τὸν Θρήικα*, den Thamyris, jenen thrakischen Sänger, der ohne Zweifel aus Pieris am Olympos in Thrakien nach dem südlichen Griechenland — zunächst Böotien am Helikon — gekommen war und nach Art der spätern Aöden an den Höfen der Fürsten umherzog. Vgl. Einleit. zur Od. S. 7.

596. *Οἰχαλίηθεν*, aus Oechalia in Thessalien (730), vgl. zu Od. *θ*, 224 und *φ*, 14.

597. *στεῦτο γὰρ εὐχόμενος*, denn er vermass sich prahlend, grosssprecherisch, stellte sich in seiner Selbstgefälligkeit an. *εἴπερ ἂν αὐταὶ κτέ.*, wenn sogar die Musen selbst singen würden. Der Optativ steht, weil die Rede von *στεῦτο* abhängig ist. Dagegen *γ*, 25 *εἴ περ ἂν αὐτὸν σεύωνται.*

αἱ δὲ χολωσάμεναι πηρὸν θέσαν, αὐτὰρ ἀοιδήν
θεσπεσίην ἀφέλοντο καὶ ἐκλέλαθον κιθαριστύν·
τῶν αὖθ' ἡγεμόνευε Γερήνιος ἱππότα Νέστωρ,
τῷ δ' ἐνενήκοντα γλαφυραὶ νέες ἐστιχόωντο.
οἳ δ' ἔχον Ἀρκαδίην ὑπὸ Κυλλήνης ὄρος αἰπύ,
Αἰπύτιον παρὰ τύμβον, ἵν' ἀνέρες ἀγχιμαχηταί,
οἳ Φένεόν τ' ἐνέμοντο καὶ Ὀρχομενὸν πολύμηλον
Ῥίπην τε Στρατίην τε καὶ ἠνεμόεσσαν Ἐνίσπην,
καὶ Τεγέην εἶχον καὶ Μαντινέην ἐρατεινήν,
Στύμφηλόν τ' εἶχον καὶ Παρρασίην ἐνέμοντο,
τῶν ἦρχ' Ἀγκαίοιο πάις κρείων Ἀγαπήνωρ
ἑξήκοντα νεῶν· πολέες δ' ἐν νηὶ ἑκάστῃ
Ἀρκάδες ἄνδρες ἔβαινον, ἐπιστάμενοι πολεμίζειν.
αὐτὸς γάρ σφιν δῶκεν ἄναξ ἀνδρῶν Ἀγαμέμνων
νῆας ἐυσσέλμους περάαν ἐπὶ οἴνοπα πόντον,
Ἀτρείδης, ἐπεὶ οὔ σφι θαλάσσια ἔργα μεμήλει.
οἳ δ' ἄρα Βουπράσιόν τε καὶ Ἦλιδα δῖαν ἔναιον,
ὅσσον ἐφ' Ὑρμίνη καὶ Μύρσινος ἐσχατόωσα

599. *πηρὸν θέσαν, αὐτὰρ ἀοιδήν.* Es wird damit eine doppelte Strafe bezeichnet, wie wenn es etwa in Prosa hiesse *τοῦτο μὲν πηρὸν ἔθεσαν, τοῦτο δὲ ἀοιδὴν ἀφείλοντο.* Die zweite Strafe war die härtere, und durch sie wurde auch die erste erst recht drückend, während es von Demodokos Od. *θ*, 63 f. so wahr heisst: *τὸν πέρι μοῦσ' ἐφίλησε, δίδου δ' ἀγαθόν τε κακόν τε· ὀφθαλμῶν μὲν ἄμερσε, δίδου δ' ἡδεῖαν ἀοιδήν.*

604. *Αἰπύτιον – τύμβον,* das Grabmal eines alten Heros Aipytos, der einst im Kyllenischen Gebiete geherrscht hatte; seine Nachkommen waren noch lange Könige.

609. *Ἀγαπήνωρ.* Es ist bemerkenswerth, dass dieser einzig erwähnte Arkadische Führer in der ganzen Ilias nie wieder vorkommt, und auch die Arkader selbst (pelasgischer Abstammung) nur bei Anführung einer alten Sage *η*, 134 genannt werden. Ihre Erwähnung wird daher 610–614 gleichsam noch besonders gerechtfertigt, weil leicht ein historischer Zweifel dagegen aufsteigen konnte.

615. *Ἦλιδα δῖαν* bezeichnet nicht die Stadt, die erst nach der heroischen Zeit erbaut wurde (vgl. zu Od. *ν*, 274 f.), sondern die Landschaft, die wegen ihrer natürlichen Beschaffenheit gewöhnlich *κοίλη Ἦλις* heisst, und nicht wie Nestor's Reich 591 ff. von den Pyliern, sondern von den Epeiern 619 bewohnt wird.

616. *ὅσσον ἐφ' = ἐφ' ὅσσον* (wie Od. *ε*, 251 *τόσσον ἐπ' εὐρεῖαν*) ist mit *ἐντὸς ἐέργει* zu construiren: so weit, so viel als einschliesst. Durch die vier genannten Städte werden nämlich vier Grenzpuncte dieses Thales im Norden,

2 πέτρη τ' Ὠλενίη καὶ Ἀλείσιον ἐντὸς ἐέργει,
τῶν αὖ τέσσαρες ἀρχοὶ ἔσαν, δέκα δ' ἀνδρὶ ἑκάστῳ
νῆες ἕποντο θοαί, πολέες δ' ἔμβαινον Ἐπειοί.
τῶν μὲν ἄρ' Ἀμφίμαχος καὶ Θάλπιος ἡγησάσθην,
υἷες ὁ μὲν Κρεάτου ὁ δ' ἄρ' Εὐρύτου, Ἀκτορίωνε·
τῶν δ' Ἀμαρυγκείδης ἦρχε κρατερὸς Διώρης·
τῶν δὲ τετάρτων ἦρχε Πολύξεινος θεοειδής,
υἱὸς Ἀγασθένεος Αὐγηιάδαο ἄνακτος.
οἳ δ' ἐκ Δουλιχίοιο Ἐχινάων θ' ἱεράων
νήσων, αἳ ναίουσι πέρην ἁλός, Ἤλιδος ἄντα,
τῶν αὖθ' ἡγεμόνευε Μέγης ἀτάλαντος Ἄρηι,
Φυλείδης, ὃν τίκτε διίφιλος ἱππότα Φυλεύς,
ὅς ποτε Δουλίχιόνδ' ἀπενάσσατο πατρὶ χολωθείς.
τῷ δ' ἅμα τεσσαράκοντα μέλαιναι νῆες ἕποντο.
αὐτὰρ Ὀδυσσεὺς ἦγε Κεφαλλῆνας μεγαθύμους,
οἵ ῥ' Ἰθάκην εἶχον καὶ Νήριτον εἰνοσίφυλλον,
καὶ Κροκύλει' ἐνέμοντο καὶ Αἰγίλιπα τρηχεῖαν,

Westen, Osten und Süden bezeichnet.

621. *υἷες ὁ μέν.* *ὁ μὲν* geht auf den entferntern, Amphimachos, wie sich aus *ν*, 185 ergiebt. *Ἀκτορίωνε* heissen hier die Enkel des Aktor, während sonst die Söhne Kteatos und Eurytos (verschieden von dem 596 genannten) so bezeichnet werden (*ν*, 185. *λ*, 709. 750. *ψ*, 638). — Im vorigen Verse bemerke den Aoristus *ἡγησάσθην* = 678. 864. 867. 870.

624. *Αὐγηιάδης*, Sohn des *λ*, 701 und 739 vorkommenden Königs Augeias.

625. *οἳ δ' ἐκ Δουλιχίοιο Ἐχινάων θ' ἱερ.*, erg. *ἦσαν.* Hier wird Dulichion mit zu den vor der Mündung des Acheloos liegenden (sonst auch *Ὀξεῖαι*, die spitzigen, genannten) Echinaden gerechnet, und diese stehen unter der Herrschaft des Meges; in der Odyssee dagen ist Dulichion ein Bestandtheil des Kephallenischen Reiches unter Odysseus; vgl. zu Od. *α*, 245 f. Unsere Stelle (626 *αἳ ναίουσι πέρην ἁλός, Ἤλιδος ἄντα*) scheint aber anzudeuten, dass sich der Dichter die Echinaden und Dulichion südlicher dachte, als sie wirklich liegen.

627. *Μέγης.* Derselbe erscheint *ν*, 692 als Anführer der Epeier, und jedenfalls müssen die Inseln in einer nähern und bleibenden Verbindung mit Elis gestanden haben.

629. *ὅς ποτε* geht wohl auf den zuletzt genannten Phyleus, der nach den Scholien mit seinem Vater Augeias in Streit gerieth und darum die Heimat verliess. *ἀπενάσσατο πατρὶ χολωθείς* = Od. *ο*, 254.

631. *Κεφαλλῆνας*, vgl. zu Od. *υ*, 210.

633. *Κροκύλεια — Αἰγίλιπα.* Diese zwei Namen — wahrscheinlich kleine Inseln zwischen Ithaka und dem Festland — kommen sonst bei Homer nirgends vor.

οἵ τε Ζάκυνθον ἔχον ἠδ᾽ οἳ Σάμον ἀμφενέμοντο, 2
οἵ τ᾽ ἤπειρον ἔχον ἠδ᾽ ἀντιπέραι᾽ ἐνέμοντο.
τῶν μὲν Ὀδυσσεὺς ἦρχε Διὶ μῆτιν ἀτάλαντος,
τῷ δ᾽ ἅμα νῆες ἕποντο δυώδεκα μιλτοπάρῃοι.
Αἰτωλῶν δ᾽ ἡγεῖτο Θόας Ἀνδραίμονος υἱός,
οἳ Πλευρῶν᾽ ἐνέμοντο καὶ Ὤλενον ἠδὲ Πυλήνην
Χαλκίδα τ᾽ ἀγχίαλον Καλυδῶνά τε πετρήεσσαν.
οὐ γὰρ ἔτ᾽ Οἰνῆος μεγαλήτορος υἱέες ἦσαν,
οὐδ᾽ ἄρ᾽ ἔτ᾽ αὐτὸς ἔην, θάνε δὲ ξανθὸς Μελέαγρος,
τῷ δ᾽ ἐπὶ πάντ᾽ ἐτέταλτο ἀνασσέμεν Αἰτωλοῖσιν.
τῷ δ᾽ ἅμα τεσσαράκοντα μέλαιναι νῆες ἕποντο.
Κρητῶν δ᾽ Ἰδομενεὺς δουρικλυτὸς ἡγεμόνευεν,
οἳ Κνωσόν τ᾽ εἶχον Γόρτυνά τε τειχιόεσσαν,
Λύκτον Μίλητόν τε καὶ ἀργινόεντα Λύκαστον
Φαιστόν τε Ῥύτιόν τε, πόλεις εὖ ναιεταώσας,
ἄλλοι θ᾽ οἳ Κρήτην ἑκατόμπολιν ἀμφενέμοντο.
τῶν μὲν ἄρ᾽ Ἰδομενεὺς δουρικλυτὸς ἡγεμόνευεν
Μηριόνης τ᾽ ἀτάλαντος Ἐνυαλίῳ ἀνδρειφόντῃ·

635. *ἤπειρον* kann auch hier wie Od. ω, 378 *ἀκτὴν ἠπείροιο* auf Leukadien und Akarnanien bezogen werden; dann aber geht *ἀντιπέραια* wohl auf den Küstenstrich in Elis, wo Odysseus und die Ithaker auch Heerden hatten; vgl. Od. δ, 635.

637. *νῆες δυώδεκα*, auffallend kleine Zahl, zumal in Vergleichung mit den 40 Schiffen von Dulichion und den Echinaden (630). In Betreff des Beiwortes *μιλτοπάρῃοι* vgl. zu Od. ι, 482 *κυανοπρώροιο*.

638. *Αἰτωλῶν*. Ihr Gebiet wird ν, 217 (vgl. ξ, 116) kurz zusammengefasst durch *πάσῃ Πλευρῶνι καὶ αἰπεινῇ Καλυδῶνι*. Der Name *Ὤλενος* 639, vgl. mit *πέτρῃ Ὠλενίῃ* 617, deutet auf Stammverwandtschaft der Aetoler mit den Epeiern.

641. *Οἰνεύς*, aus Kalydon, Vater mehrerer berühmten Söhne, wie Meleagros, Tydeus. Einen von diesen, oder wenn es möglich wäre den Vater selbst, würde man daher als Führer erwarten.

642. *οὐδ᾽ ἄρ᾽ ἔτ᾽ αὐτὸς* (*Οἰνεὺς*) *ἔην*, noch lebte **natürlich** er selbst mehr.

643. *ἀνασσέμεν*, beschränkende Bestimmung zum Subject *πάντα*.

645. *Κρητῶν*. Ueber Kreta und seine zahlreiche und gemischte Bevölkerung vgl. Odyss. τ, 172—177. Hier werden, wie es scheint, nur dorische Städte genannt.

647. *Μίλητον*. Von diesem aus wurde wahrscheinlich zuerst das ionische Miletos 868 gegründet. — *ἀργινόεις cretosus*, kreidereich = 656.

649. *ἑκατόμπολιν*. Die Odyssee a. a. O. schreibt ihm *ἐννήκοντα πόληες* zu.

651. *Ἐνυαλίῳ ἀνδρειφόντῃ*. Die Vocale ω α fliessen in diesem mehrmals wiederkehrenden Versschlusse in Eine Sylbe zusammen, wie in *ὢ ἀρίγνωτε συβῶτα* Od. ρ, 375. Ue-

τοῖσι δ' ἅμ' ὀγδώκοντα μέλαιναι νῆες ἕποντο.
Τληπόλεμος δ' Ἡρακλείδης ἠΰς τε μέγας τε
ἐκ Ῥόδου ἐννέα νῆας ἄγεν Ῥοδίων ἀγερώχων,
οἳ Ῥόδον ἀμφενέμοντο διὰ τρίχα κοσμηθέντες,
Λίνδον Ἰηλυσόν τε καὶ ἀργινόεντα Κάμειρον.
τῶν μὲν Τληπόλεμος δουρικλυτὸς ἡγεμόνευεν,
ὃν τέκεν Ἀστυόχεια βίῃ Ἡρακληείῃ,
τὴν ἄγετ' ἐξ Ἐφύρης, ποταμοῦ ἄπο Σελλήεντος,
πέρσας ἄστεα πολλὰ διοτρεφέων αἰζηῶν.
Τληπόλεμος δ' ἐπεὶ οὖν τράφη ἐν μεγάρῳ εὐπήκτῳ,
αὐτίκα πατρὸς ἑοῖο φίλον μήτρωα κατέκτα,
ἤδη γηράσκοντα Λικύμνιον, ὄζον Ἄρηος.
αἶψα δὲ νῆας ἔπηξε, πολὺν δ' ὅ γε λαὸν ἀγείρας
βῆ φεύγων ἐπὶ πόντον· ἀπείλησαν γάρ οἱ ἄλλοι
υἱέες υἱωνοί τε βίης Ἡρακληείης.
αὐτὰρ ὅ γ' ἐς Ῥόδον ἶξεν ἀλώμενος, ἄλγεα πάσχων·
τριχθὰ δὲ ᾤκηθεν καταφυλαδόν, ἠδ' ἐφίληθεν
ἐκ Διός, ὅς τε θεοῖσι καὶ ἀνθρώποισιν ἀνάσσει,
καί σφιν θεσπέσιον πλοῦτον κατέχευε Κρονίων.

ber Ἐνυάλιος vgl. zu ε, 333 Ἐνυώ.

653. *Τληπόλεμον.* Dieser Held, dem hier eine so lange Stelle gewidmet ist, kommt nur noch ε, 628–669 vor, wo er durch Sarpedon fällt. Es scheint aber hier hauptsächlich um Verherrlichung der Rhodier zu thun zu sein.

655. *διὰ τρίχα κοσμ.* d. i. *τρίχα διακοσμηθέντες*, vgl. 668. Od. ι, 157 und besonders zu Od. τ, 177. Nach ihren drei Stämmen vertheilten sich die Dorier auf Rhodos in die drei Städte.

659. *ἐξ Ἐφύρης*, wahrscheinlich dem in Thesprotia, nahe am Thesprotischen Meerbusen, welches auch Od. α, 259 gemeint war. (*Ἐφύρη* = *ἔφορος*, *ἐφόριος*, *ad fines*, Grenzort = *ἐσχατόωσα*?) Ebenso hatte er aus dem benachbarten Kalydon in Aetolien die Deianira als Gemahlin heimgeführt.

661. *ἐν μεγάρῳ εὐπήκτῳ*, im Hause des Vaters in Tiryns.

662. *μήτρωα*, also den Bruder der Alkmene und Sohn des Elektryon. — Die Tödtung war zwar nach den Scholien unfreiwillig; dennoch musste er fliehen, um der Blutrache der Verwandten zu entgehen.

665. *βῆ φεύγων*, etwas verschieden von *βῆ φεύγειν*. *βῆ* ist nämlich s. v. a. *ἀπέβη*. — Zu *οἱ ἄλλοι* vgl. 674 *τῶν ἄλλων*. γ, 73. 94.

667. *ἐς Ῥόδον ἶξεν.* Diese Niederlassung von Doriern in Rhodos in der vortrojanischen Zeit ist jedenfalls ein Anachronismus, da die dorische Wanderung in den Peloponnes erst 80 Jahre nach der Einnahme Troja's Statt fand.

670. *καί σφιν – Κρονίων* hängt mit *ἠδ' ἐφίληθεν ἐκ Διὸς* als Hauptsatz zusammen. *κατέχευε* soll nur den Ueberfluss andeuten.

Νιρεὺς αὖ Σύμηθεν ἄγε τρεῖς νῆας ἐΐσας,
Νιρεὺς Ἀγλαΐης υἱὸς Χαρόποιό τ' ἄνακτος,
Νιρεὺς ὃς κάλλιστος ἀνὴρ ὑπὸ Ἴλιον ἦλθεν
τῶν ἄλλων Δαναῶν μετ' ἀμύμονα Πηλείωνα.
ἀλλ' ἀλαπαδνὸς ἔην, παῦρος δέ οἱ εἵπετο λαός.
οἳ δ' ἄρα Νίσυρόν τ' εἶχον Κράπαθόν τε Κάσον τε
καὶ Κῶν Εὐρυπύλοιο πόλιν, νήσους τε Καλύδνας,
τῶν αὖ Φείδιππός τε καὶ Ἄντιφος ἡγησάσθην,
Θεσσαλοῦ υἷε δύω Ἡρακλείδαο ἄνακτος.
τοῖς δὲ τριήκοντα γλαφυραὶ νέες ἐστιχόωντο.
νῦν αὖ τοὺς ὅσσοι τὸ Πελασγικὸν Ἄργος ἔναιον,
οἵ τ' Ἄλον οἵ τ' Ἀλόπην οἵ τε Τρηχῖν' ἐνέμοντο,
οἵ τ' εἶχον Φθίην ἠδ' Ἑλλάδα καλλιγύναικα,
Μυρμιδόνες δὲ καλεῦντο καὶ Ἕλληνες καὶ Ἀχαιοί,
τῶν αὖ πεντήκοντα νεῶν ἦν ἀρχὸς Ἀχιλλεύς.

671. *Νιρεὺς* kommt bei Homer sonst nie mehr vor, und ebensowenig die 678 genannten *Φείδιππος* und *Ἄντιφος*, wie überhaupt in der übrigen Ilias kein Held der Achäer aus einer Colonie stammt und diese keine Krieger von der Ostküste des achäischen Meeres und den kleinasiatischen Inseln unter dem achäi- Heere kennt. Uebrigens waren alle hier aufgeführten Inseln auch dorische Colonien. — Ueber die spielende Wiederholung von *Νιρεὺς* vgl. Einl. S. 4.

677. *Εὐρυπύλοιο*, Königs von Kos, mit dessen Tochter Chalkiope Herakles den *Θεσσαλὸς* 679 erzeugte. — *Καλύδνας*. Gewöhnlich wird nur Eine Insel, Kalymna, genannt.

681. *νῦν αὖ τούς*. Hier schwebte dem Dichter ein Verbum wie *λέξω* vor; diess kommt aber nicht, sondern 685 wird die Form der Rede verändert. Es folgen die thessalischen Völkerschaften in neun Abtheilungen, wobei aber noch Theile angränzender Landschaften zu Thessalien gerechnet zu sein scheinen; doch ist es kaum möglich, diese Beschreibung mit der spätern Geographie in Einklang zu bringen. — *τὸ Πελασγικὸν Ἄργος* (im Gegensatz zu *Ἄργος Ἀχαιικόν*, vgl. zu Od. *γ*, 251) bezeichnet die Thessalische Ebene am Peneios, und im weitern Sinne Thessalien überhaupt. Hier scheint der Name im weitern Umfange genommen und gleichsam die Ueberschrift zu sämmtlichen im Verfolg aufgezählten thessalischen Völkerschaften zu bilden, so dass erst in den zwei folgenden Versen die speciel das Reich des Achilleus bildenden Städte und Gebiete (alle im nachherigen Phthiotis und dem davon südlichen Malis) genannt werden. — *Φθίην* und *Ἑλλάδα* zwei Städte nebst ihrem Gebiet, von denen die erstere der eigentliche Wohnsitz des Achilleus war; über die letztere vgl. zu Od. *α*, 343 f. Die drei Benennungen 684. gehen alle auf die Unterthanen des Achilleus, vgl. 530.

685. *πεντήκοντα νεῶν*. Ihre Bemannung wird *π*, 170 auf je 50 Mann angegeben. Ebend. 173–197

2 ἀλλ' οἵ γ' οὐ πολέμοιο δυσηχέος ἐμνώοντο·
οὐ γὰρ ἔην ὅς τίς σφιν ἐπὶ στίχας ἡγήσαιτο.
κεῖτο γὰρ ἐν νήεσσι ποδάρκης δῖος Ἀχιλλεύς,
κούρης χωόμενος Βρισηΐδος ἠυκόμοιο,
τὴν ἐκ Λυρνησσοῦ ἐξείλετο πολλὰ μογήσας,
Λυρνησσὸν διαπορθήσας καὶ τείχεα Θήβης,
κὰδ δὲ Μύνητ' ἔβαλεν καὶ Ἐπίστροφον ἐγχεσιμώρους,
υἱέας Εὐηνοῖο Σεληπιάδαο ἄνακτος.
τῆς ὅ γε κεῖτ' ἀχέων, τάχα δ' ἀνστήσεσθαι ἔμελλεν.
  οἳ δ' εἶχον Φυλάκην καὶ Πύρασον ἀνθεμόεντα,
Δήμητρος τέμενος, Ἴτωνά τε μητέρα μήλων,
ἀγχίαλόν τ' Ἀντρῶνα ἰδὲ Πτελεὸν λεχεποίην,
τῶν αὖ Πρωτεσίλαος ἀρήιος ἡγεμόνευεν
ζωὸς ἐών· τότε δ' ἤδη ἔχεν κάτα γαῖα μέλαινα.
τοῦ δὲ καὶ ἀμφιδρυφὴς ἄλοχος Φυλάκῃ ἐλέλειπτο
καὶ δόμος ἡμιτελής· τὸν δ' ἔκτανε Δάρδανος ἀνήρ
νηὸς ἀποθρῴσκοντα πολὺ πρώτιστον Ἀχαιῶν.
οὐδὲ μὲν οὐδ' οἳ ἄναρχοι ἔσαν, πόθεόν γε μὲν ἀρχόν·

werden fünf Unteranführer des Achilleus aufgezählt.

687. *ἐπὶ στίχας* enge mit *σφιν* zu verbinden: sie nach Reihen, in Reihen geordnet, reihenweise; vgl. *γ*, 113 (326). *σ*, 602.

688. *κεῖτο*, Bezeichnung der Unthätigkeit und des Missmuthes.

690. *τὴν ἐκ Λυρνησσοῦ*. Eine nachträgliche Notiz über die Heimat der Briseis, deren Einfügung bei der ersten Erwähnung derselben *α*, 184 in poetischer Hinsicht ganz unpassend gewesen wäre. — *ἐξείλετο*, als *γέρας* gewann, vgl. *λ*, 625 ff.

691. *Θήβης*, vgl. zu *α*, 366. Lyrnessos ist in derselben Gegend.

692. *Μύνης* (vgl. *τ*, 295 f.) soll nach den Scholien der Mann der Briseis gewesen sein, *Ἐπίστροφος* der Bruder desselben. Zu *κατέβαλεν* vgl. Od. *δ*, 344.

695 f. *Φυλάκην καὶ Πύρασον κτέ.* Auch diese fünf Städte gehören zu Phthiotis, nur dass sie mehr östlich an der Küste und gegen dieselbe hin liegen. Ueber *Φυλάκη* sowie über den 705 erwähnten *Ἴφικλος* vgl. zu Od. *λ*, 289.

696. *Δήμητρος τέμενος*, Apposition zu *Πύρασον*, dessen Name (von *πυρὸς* Weizen) schon auf eine getreidereiche Gegend hinweist.

669 f. *ἔχεν κάτα* = *γ*, 243 *τοὺς δ' ἤδη κάτεχεν φυσίζοος αἶα*. — *ἀμφιδρυφὴς* wird durch *ἀμφίδρυφοι παρειαὶ* *λ*, 393 erklärt.

701. *ἡμιτελής*, d. i. *χῆρος*, vom Gatten und Hausherrn verlassen, also verwaist (nur zur Hälfte vollendet). *Δάρδανος ἀνήρ*, ein Dardanier, wie *π*, 807, wo der Eigenname beigefügt ist.

703. *οὐδὲ μὲν οὐδ' οἱ*, doch wahrlich auch die nicht. Vgl. zu Od. *θ*, 32. — *πόθεόν γε μὲν ἀρχόν* = *καίπερ ποθέοντες ἀρχόν*,

ἀλλά σφεας κόσμησε Ποδάρκης ὄζος Ἄρηος, 2
Ἰφίκλου υἱὸς πολυμήλου Φυλακίδαο,
αὐτοκασίγνητος μεγαθύμου Πρωτεσιλάου
ὁπλότερος γενεῇ· ὁ δ' ἅμα πρότερος καὶ ἀρείων,
ἥρως Πρωτεσίλαος ἀρήιος· οὐδέ τι λαοί
δεύονθ' ἡγεμόνος, πόθεόν γε μὲν ἐσθλὸν ἐόντα.
τῷ δ' ἅμα τεσσαράκοντα μέλαιναι νῆες ἕποντο.
οἳ δὲ Φερὰς ἐνέμοντο παραὶ Βοιβηίδα λίμνην,
Βοίβην καὶ Γλαφύρας καὶ ἐυκτιμένην Ἰαωλκόν,
τῶν ἦρχ' Ἀδμήτοιο φίλος παῖς ἕνδεκα νηῶν,
Εὔμηλος, τὸν ὑπ' Ἀδμήτῳ τέκε δῖα γυναικῶν
Ἄλκηστις, Πελίαο θυγατρῶν εἶδος ἀρίστη.
οἳ δ' ἄρα Μηθώνην καὶ Θαυμακίην ἐνέμοντο
καὶ Μελίβοιαν ἔχον καὶ Ὀλιζῶνα τρηχεῖαν,
τῶν δὲ Φιλοκτήτης ἦρχεν, τόξων εὖ εἰδώς,
ἑπτὰ νεῶν· ἐρέται δ' ἐν ἑκάστῃ πεντήκοντα
ἐμβέβασαν, τόξων εὖ εἰδότες ἶφι μάχεσθαι.
ἀλλ' ὁ μὲν ἐν νήσῳ κεῖτο κρατέρ' ἄλγεα πάσχων,
Λήμνῳ ἐν ἠγαθέῃ, ὅθι μιν λίπον υἷες Ἀχαιῶν
ἕλκεϊ μοχθίζοντα κακῷ ὀλοόφρονος ὕδρου.
ἔνθ' ὅ γε κεῖτ' ἀχέων· τάχα δὲ μνήσεσθαι ἔμελλον
Ἀργεῖοι παρὰ νηυσὶ Φιλοκτήταο ἄνακτος.
οὐδὲ μὲν οὐδ' οἳ ἄναρχοι ἔσαν, πόθεόν γε μὲν ἀρχόν·

obgleich sie ihn als Führer vermissten, schmerzlich entbehrten.

707. *πρότερος* = 555 *προγενέστερος.*

711 f. *Φερὰς — Βοίβην κτέ.*, noch mehr nördlich und grösstentheils auf Magnesia, oben am pagasäischen Busen. Ueber *Φεραὶ* vgl. zu Od. *γ*, 488.

714. *Εὔμηλος* hatte nach Od. *δ*, 797 f. Iphthime, eine Schwester der Penelope, zur Gattin.

715. *Πελίαο*, Bruders des Neleus, also Aeoliden und Minyer. Od. *λ*, 254–257. Der ebend. 259 genannte Pheres (vgl. unten 763 f.) war Vater des Admetos.

716. *Μηθώνην — Θαυμακίην.* Auch diese Städte sind auf Magnesia zu suchen, und zwar wie es scheint an der Küste. Meliböa gilt für den Wohnort des Philoktetes.

720. *ἐμβέβασαν* = 619, vgl. 610 f. *ἐν — βαῖνον.*

724 f. *τάχα δὲ μνήσεσθαι ἔμ.*, wie 694 bei Achilleus *τάχα δ' ἀνστήσεσθαι ἔμελλεν.* Der Genitiv *Φιλοκτήταο* hängt natürlich von *μνήσεσθαι* ab. Diese Herbeiholung des Philoktetes — weil nach einer Weissagung nur mit den in seinem Besitze befindlichen Pfeilen und Bogen des Herakles Troja erobert werden konnte — kommt in

ἀλλὰ Μέδων κόσμησεν, Ὀιλῆος νόθος υἱός,
τόν ῥ᾽ ἔτεκεν Ῥήνη ὑπ᾽ Ὀιλῆι πτολιπόρθῳ.
οἳ δ᾽ εἶχον Τρίκκην καὶ Ἰθώμην κλωμακόεσσαν,
οἵ τ᾽ ἔχον Οἰχαλίην, πόλιν Εὐρύτου Οἰχαλιῆος,
τῶν αὖθ᾽ ἡγείσθην Ἀσκληπιοῦ δύο παῖδε,
ἰητῆρ᾽ ἀγαθώ, Ποδαλείριος ἠδὲ Μαχάων.
τοῖς δὲ τριήκοντα γλαφυραὶ νέες ἐστιχόωντο.
οἳ δ᾽ ἔχον Ὀρμένιον, οἵ τε κρήνην Ὑπέρειαν,
οἵ τ᾽ ἔχον Ἀστέριον Τιτάνοιό τε λευκὰ κάρηνα,
τῶν ἦρχ᾽ Εὐρύπυλος Εὐαίμονος ἀγλαὸς υἱός,
τῷ δ᾽ ἅμα τεσσαράκοντα μέλαιναι νῆες ἕποντο.
οἳ δ᾽ Ἄργισσαν ἔχον καὶ Γυρτώνην ἐνέμοντο,
Ὄρθην Ἠλώνην τε πόλιν τ᾽ Ὀλοοσσόνα λευκήν,
τῶν αὖθ᾽ ἡγεμόνευε μενεπτόλεμος Πολυποίτης,
υἱὸς Πειριθόοιο, τὸν ἀθάνατος τέκετο Ζεύς, —
τόν ῥ᾽ ὑπὸ Πειριθόῳ τέκετο κλυτὸς Ἱπποδάμεια
ἤματι τῷ ὅτε φῆρας ἐτίσατο λαχνήεντας,

der Ilias nicht vor.

727. *Μέδων*. Unten *ν*, 693 (vgl. *ο*, 334) befehligt dieser neben dem oben 704 erwähnten Podarkes aus Phylake Phthiotische Mannschaft, also aus einem ganz andern Königreiche.

729 f. *Τρίκκην καὶ Ἰθώμην κτέ.* im nordwestlichen Thessalien (Hestiäotis), Lapithenstädte am obern Laufe des Peneios. Trikke (*δ*, 202 *Τρίκη*) soll das älteste Heiligthum des Asklepios besessen haben. *κλωμακόεις*, klüftig, reich an Schründen. Wie diese zum Besitze von Schiffen kamen, wird freilich nicht angegeben, vgl. 612 ff.

734 f. *Ὀρμένιον – Ἀστέριον κτέ.* Nach der gewöhnlich angenommenen Lage von Ormenion (Orminion auf Magnesia) — ein sonderbar zusammengesetztes Gebiet; besser abgerundet erscheint es, wenn mit Unger Philolog. Supplem. 2 S. 641 Ormenion für Eins gehalten wird mit Armenion westlich vom See Boibe, in dessen Nähe nach 711 auch Pherae mit der Quelle Hypereia liegt. Die zwei letztgenannten Orte (735) liegen zwischen Trikka und Pharsalos.

736. *Εὐρύπυλος*, wohl zu unterscheiden von dem 677 genannten. Der in unserer Stelle ist einer der Hauptbelden der Ilias.

738. *Ἄργισσαν – Γυρτώνην κτέ.* Dies sind wieder Lapithenstädte am Peneios und nördlich davon im spätern Perrhäbia.

739. *λευκήν* wegen der Erdart, wie 735 *Τιτάνοιο λευκὰ κάρηνα*.

740. *Πολυποίτης*. Dieser und *Λεοντεύς* werden *μ*, 128 ff. ausdrücklich als Lapithen bezeichnet, vgl. ebend. 182 ff. *ψ*, 836 f.

741. *τὸν – Ζεύς*, vgl. *ξ*, 317 f.

742. *κλυτὸς Ἱπποδάμεια*, wie Od. *ε*, 422 *κλυτὸς Ἀμφιτρίτη*.

743. *ὅτε φῆρας ἐτίσατο*, vgl. zu *α*, 263 ff., wo auch *Καινεύς* (unten 746) erwähnt wird.

τοὺς δ' ἐκ Πηλίου ὦσε καὶ Αἰθίκεσσι πέλασσεν —,
οὐκ οἶος, ἅμα τῷ γε Λεοντεὺς ὄζος Ἄρηος,
υἱὸς ὑπερθύμοιο Κορώνου Καινείδαο.
τοῖς δ' ἅμα τεσσαράκοντα μέλαιναι νῆες ἕποντο.
Γουνεὺς δ' ἐκ Κύφου ἦγε δύω καὶ εἴκοσι νῆας·
τῷ δ' Ἐνιῆνες ἕποντο μενεπτόλεμοί τε Περαιβοί,
οἳ περὶ Δωδώνην δυσχείμερον οἰκί' ἔθεντο,
οἵ τ' ἀμφ' ἱμερτὸν Τιταρήσιον ἔργ' ἐνέμοντο,
ὅς ῥ' ἐς Πηνειὸν προϊεῖ καλλίρροον ὕδωρ.
οὐδ' ὅ γε Πηνειῷ συμμίσγεται ἀργυροδίνῃ,
ἀλλά τέ μιν καθύπερθεν ἐπιρρέει ἠΰτ' ἔλαιον·
ὅρκου γὰρ δεινοῦ Στυγὸς ὕδατός ἐστιν ἀπορρώξ.
Μαγνήτων δ' ἦρχε Πρόθοος Τενθρηδόνος υἱός,
οἳ περὶ Πηνειὸν καὶ Πήλιον εἰνοσίφυλλον
ναίεσκον. τῶν μὲν Πρόθοος θοὸς ἡγεμόνευεν,
τῷ δ' ἅμα τεσσαράκοντα μέλαιναι νῆες ἕποντο.

744. *Αἰθίκεσσι πέλασσεν*, er drängte sie bis zu den westlich (am Pindos) wohnenden Aithikern.

745. *οὐκ οἶος κτέ.* hängt mit *ἡγεμόνευε* 740 zusammen.

748. *Γουνεὺς* kommt bei Homer weiter nicht vor, und ebensowenig die im folgenden Verse genannten (pelasgischen) Völkerschaften, von denen die Enienes (Aenianes) nördlicher als ihr späterer Wohnsitz (am Spercheios) gesucht werden müssen. *Κύφος*, ein Gebirg westlich von Perrhäbia.

749. *Περαιβοί*, sonst *Περραιβοί*, von denen sich eine Niederlassung auch jenseits des Lakmongebirges östlich von Dodona (in Thesprotia) findet (*Περραιβοὶ μετανάσται*). Ihr sonstiger Wohnsitz aber ist nördlich vom Peneios am Titaresios (gewöhnlich Europos).

752. *προϊεῖ*. Vgl. zu Od. *δ*, 372 *μεθιεῖς*.

753. *οὐδ' ὅγε – συμμίσγεται*. Titaresios nämlich hat ein ganz reines und klares Wasser, Peneios ein von dem weissen Thon, den er mit sich führt, schlammiges (silberstrudliges) und daher langsamer fliessendes, so dass der Titaresios unvermischt über die Oberfläche desselben hingleitet.

755. *ὅρκου γὰρ δεινοῦ*. Vgl. zu Od. *ε*, 185 und *κ*, 514. Es ist klar, dass der Dichter einen wunderbaren und geheimnissvollen Zusammenhang des Titaresios mit der unterirdischen Styx annimmt.

756. *Μαγνήτων* geht hier nicht auf alle Völkerschaften der Halbinsel, deren mehrere schon früher aufgeführt wurden, sondern nur auf die durch die Einschränkung des folgenden Verses bezeichneten, von Tempe am Peneios und Ossa bis an den Pelion. Uebrigens kommen *Μάγνητες* und *Πρόθοος* weiter nicht vor.

759. *τεσσαράκοντα νῆες*. Als Gesammtzahl der Schiffe der Achäer ergiebt sich 1186, woraus in Verbindung mit den in 510 und 719 enthaltenen Angaben über die Beman-

οὗτοι ἄρ' ἡγεμόνες Δαναῶν καὶ κοίρανοι ἦσαν.
τίς τ' ἂρ τῶν ὄχ' ἄριστος ἔην, σύ μοι ἔννεπε, μοῦσα,
αὐτῶν ἠδ' ἵππων, οἳ ἅμ' Ἀτρείδῃσιν ἕποντο.
ἵπποι μὲν μέγ' ἄρισται ἔσαν Φηρητιάδαο,
τὰς Εὔμηλος ἔλαυνε ποδώκεας ὄρνιθας ὥς,
ὄτριχας οἰέτεας, σταφύλῃ ἐπὶ νῶτον ἐίσας·
τὰς ἐν Πηρείῃ θρέψ' ἀργυρότοξος Ἀπόλλων,
ἄμφω θηλείας, φόβον Ἄρηος φορεούσας.
ἀνδρῶν αὖ μέγ' ἄριστος ἔην Τελαμώνιος Αἴας,
ὄφρ' Ἀχιλεὺς μήνιεν· ὁ γὰρ πολὺ φέρτατος ἦεν,
ἵπποι θ' οἳ φορέεσκον ἀμύμονα Πηλείωνα.
ἀλλ' ὁ μὲν ἐν νήεσσι κορωνίσι ποντοπόροισιν
κεῖτ' ἀπομηνίσας Ἀγαμέμνονι ποιμένι λαῶν,
Ἀτρείδῃ· λαοὶ δὲ παρὰ ῥηγμῖνι θαλάσσης
δίσκοισιν τέρποντο καὶ αἰγανέῃσιν ἱέντες
τόξοισίν θ'· ἵπποι δὲ παρ' ἅρμασιν οἷσιν ἕκαστος
λωτὸν ἐρεπτόμενοι ἐλεόθρεπτόν τε σέλινον
ἕστασαν· ἅρματα δ' εὖ πεπυκασμένα κεῖτο ἀνάκτων

nung eines Schiffes Thukydides (1, 10) die Gesammtzahl des achäischen Heeres so berechnet, dass er die Durchschnittszahl von 120 (als der grössten) und 50 (als der kleinsten Angabe), d. h. 85 Mann, auf jedes Schiff rechnet, was die Summe von 100,810 giebt. Wenn aber die Zahl der Schiffe in runder Summe auf 1200 angesetzt und auf jedes im Durchschnitt 100 Mann gerechnet werden, so erhält man die oben zu 129 aus den Scholien angegebene Gesammtzahl 120,000.

761. *τίς τ' ἄρ.* Vgl. zu *α*, 8.

763. *ἵπποι Φηρητιάδαο*, die Rosse des Admetos (als des Sohnes von *Φέρης*), von welchem sie jetzt an den Eumelos übergegangen waren, vgl. zu 715 und *ψ*, 376.

765. *σταφύλῃ – ἐίσας*, schnurgleich über den Rücken.

766. *ἐν Πηρείῃ.* Damit scheint die Gegend von Pherä gemeint zu sein. Apollon diente nämlich als Hirt bei Admetos.

767. *ἄμφω θηλείας.* Denn die Stuten sind leichter und schneller. *φόβος* ist auch hier die Flucht.

768. *Τελαμώνιος Αἴας.* Derselbe Rang wird ihm zugetheilt Od. *λ*, 550f. = Iliad. *ρ*, 279f.

771. *ἐν νήεσσι*, d. h. in dem Raume, den die Schiffe einnehmen, also bei den Schiffen.

772. *ἀπομηνίσας* = *τ*, 62, in Groll versunken, von Zorn ergriffen und ganz in Beschlag genommen. Vgl. zu Od. *π*, 378 und Iliad. *ω*, 65 *μὴ δὴ πάμπαν ἀποσκύδμαινε θεοῖσιν.*

777. *εὖ πεπυκασμένα*, nämlich mit *πέπλοις*, dergleichen *ε*, 194 erwähnt werden. Bei *κεῖτο* beachte die Verschiedenheit des deutschen Sprachgebrauches.

ἐν κλισίῃς. οἱ δ᾽ ἀρχὸν ἀρηΐφιλον ποθέοντες 2
φοίτων ἔνθα καὶ ἔνθα κατὰ στρατόν, οὐδ᾽ ἐμάχοντο.
οἱ δ᾽ ἄρ᾽ ἴσαν ὡς εἴ τε πυρὶ χθὼν πᾶσα νέμοιτο·
γαῖα δ᾽ ὑπεστενάχιζε Διὶ ὣς τερπικεραύνῳ
χωομένῳ, ὅτε τ᾽ ἀμφὶ Τυφωέι γαῖαν ἱμάσσῃ
εἰν Ἀρίμοις, ὅθι φασὶ Τυφωέος ἔμμεναι εὐνάς.
ὣς ἄρα τῶν ὑπὸ ποσσὶ μέγα στεναχίζετο γαῖα
ἐρχομένων· μάλα δ᾽ ὦκα διέπρησσον πεδίοιο.
Τρωσὶν δ᾽ ἄγγελος ἦλθε ποδήνεμος ὠκέα Ἶρις
πὰρ Διὸς αἰγιόχοιο σὺν ἀγγελίῃ ἀλεγεινῇ·
οἱ δ᾽ ἀγορὰς ἀγόρευον ἐπὶ Πριάμοιο θύρῃσιν
πάντες ὁμηγερέες, ἠμὲν νέοι ἠδὲ γέροντες.
ἀγχοῦ δ᾽ ἱσταμένη προσέφη πόδας ὠκέα Ἶρις·
εἴσατο δὲ φθογγὴν υἷι Πριάμοιο Πολίτῃ,
ὃς Τρώων σκοπὸς ἷζε, ποδωκείῃσι πεποιθώς,
τύμβῳ ἐπ᾽ ἀκροτάτῳ Αἰσυήταο γέροντος,

778. *οἱ δὲ* sind die *ἄνακτες* des vorigen Verses d. h. die Herren der Wagen, also im Gegensatz der in den Lagerhütten stehenden *ἅρματα* die Wagenkämpfer. *ἀνάκτων* hängt von *κλισίῃς* ab.

780. *οἱ δ᾽ ἄρ᾽ ἴσαν*. Ein Rückblick auf den ganzen Katalog der Achäer, als Uebergang zu dem nun folgenden der Troer. Daher trifft die hier gebrauchte Vergleichung *ὡς εἴ τε πυρὶ κτἑ.* ziemlich mit dem ersten Gleichniss 455–458 zusammen.

781. *Διὶ ὣς* hängt von *ὑπεστενάχιζε* ab, so dass man unmittelbar nach diesem Verbum hineindenkt *σφὶ* oder *τῶν ὑπὸ ποσσί* (782).

782. *ἀμφὶ Τυφωέι*, weil Typhoeus = Typhos (der mythologische Ausdruck für alle gasartigen Dämpfe im Innern der Erde, Preller Mythol. I S. 51) von der Erde bedeckt und umfangen ist. — *γαῖαν ἱμάσσῃ*, durch die Blitzstrahlen (*κεραυνοί*), vgl. ο, 17.

785. *διέπρησσον πεδίοιο*, sie legten zurück in der Ebene, schritten durch dieselbe hin. *πεδίοιο* ist der Genitiv des Bereiches, vgl. zu Od. α, 24. ϑ, 122. unten 801.

787. *πὰρ Διός*. Eine Andeutung, dass Zeus wirklich den Traum für Agamemnon will verderblich werden lassen: die Troer sollen auf den Angriff gerüstet sein.

788. *ἀγορὰς ἀγόρευον*, sie hielten Reden in der Versammlung, also sie rathschlagten. Zum Plural *ἀγοραὶ* vgl. 275 und Od. δ, 818. *ἐπὶ Πριάμοιο θύρῃσιν* = η, 346 *παρὰ Πρ. θύρ.*, d. h. auf der Burg.

791. *εἴσατο φθογγήν*, vgl. ν, 216 *εἰσάμενος φθογγήν* von Poseidon.

793. *Αἰσυήταο*, eines trojanischen Helden, dessen Sohn Alkathoos ν, 427 (μ, 93?) als mitkämpfend erwähnt wird. Dieser Tumulus ist in der Hügelreihe, welche westlich von Süd nach Nord die Ebene begränzt, ungefähr ein Drittheil so weit von Ilios als von Sigeum, und gewährt den freiesten

2 δέγμενος ὁππότε ναῦφιν ἀφορμηθεῖεν Ἀχαιοί.
τῷ μιν ἐεισαμένη μετέφη πόδας ὠκέα Ἶρις
„ὦ γέρον, αἰεί τοι μῦθοι φίλοι ἄκριτοί εἰσιν,
ὥς ποτ' ἐπ' εἰρήνης· πόλεμος δ' ἀλίαστος ὄρωρεν.
ἦ μὲν δὴ μάλα πολλὰ μάχας εἰσήλυθον ἀνδρῶν,
ἀλλ' οὔ πω τοιόνδε τοσόνδε τε λαὸν ὄπωπα·
λίην γὰρ φύλλοισιν ἐοικότες ἢ ψαμάθοισιν
ἔρχονται πεδίοιο μαχησόμενοι προτὶ ἄστυ.
Ἕκτορ, σοὶ δὲ μάλιστ' ἐπιτέλλομαι ὧδέ γε ῥέξαι.
πολλοὶ γὰρ κατὰ ἄστυ μέγα Πριάμου ἐπίκουροι,
ἄλλη δ' ἄλλων γλῶσσα πολυσπερέων ἀνθρώπων·
τοῖσιν ἕκαστος ἀνὴρ σημαινέτω οἷσί περ ἄρχει,
τῶν δ' ἐξηγείσθω, κοσμησάμενος πολιήτας.“
ὣς ἔφαθ', Ἕκτωρ δ' οὔ τι θεᾶς ἔπος ἠγνοίησεν,
αἶψα δ' ἔλυσ' ἀγορήν· ἐπὶ τεύχεα δ' ἐσσεύοντο.
πᾶσαι δ' ὠίγνυντο πύλαι, ἐκ δ' ἔσσυτο λαός,
πεζοί θ' ἱππῆές τε· πολὺς δ' ὀρυμαγδὸς ὀρώρει.
ἔστι δέ τις προπάροιθε πόλιος αἰπεῖα κολώνη,
ἐν πεδίῳ ἀπάνευθε, περίδρομος ἔνθα καὶ ἔνθα,
τὴν ἦ τοι ἄνδρες Βατίειαν κικλήσκουσιν,

Ueberblick der trojanischen Ebene.

794. *δέγμενος ὁππότε, exspectans dum,* wie ι, 191, vgl. δ, 333f. *ναῦφιν* ist von *ἀφορμηθεῖεν* abhängiger Genitiv.

795. *μιν – μετέφη*, sie redete ihn (in der Versammlung, unter den andern) an; ungewöhnliche Construction, das Gegenstück zu Od. χ, 69 *τοῖσιν – προσεφώνεε.* Doch vgl. Apoll. Rhod. 1, 702 *Ἰφινόην μετεφώνεεν. β,* 54 *τόν γ' ἐπέεσσιν ὑπερφιάλοισι μετηύδα.*

796. *μῦθοι ἄκριτοι*, vgl. zu 246 *ἀκριτόμυθε.*

799. *τοιόνδε τοσόνδε τε*, wie Virg. Aen. 3, 641 *qualis quantusque.*

803. *πολλοὶ γὰρ κατὰ ἄστυ.* Begründung des 805 folgenden Hauptsatzes.

804. *ἄλλη δ' ἄλλων γλῶσσα*, vgl. δ, 437f.; zu *πολυσπερέων* Od. λ, 365. Die Troer sollen also ein ähnliches Verfahren beobachten wie die Achäer nach 362f.

807. *οὔ τι – ἠγνοίησεν*, d. h. er erkannte in der Botin die Göttin.

809f. *πᾶσαι – πύλαι κτέ.* = θ, 58f., das ganze (Skäische) Thor. *πύλαι* (im Plural auch von Einem Thor) wird von *θύρα* (*θύραι*) bestimmt unterschieden.

811. *πόλιος*, eine sehr ungewöhnliche Synizese, worin *ιο* Eine lange Sylbe bilden, = φ, 567. Bekker schreibt jetzt an beiden Stellen *πόλεος.*

812. *περίδρομος ἔνθα καὶ ἔνθα*, vgl. ε, 726 *περίδρομοι ἀμφοτέρωθεν* und zu Od. ξ, 6.

813. *ἦ τοι ἄνδρες*, ungefähr was

ἀθάνατοι δέ τε σῆμα πολυσκάρθμοιο Μυρίνης· 2
ἔνθα τότε Τρῶές τε διέκριθεν ἠδ' ἐπίκουροι.
Τρωσὶ μὲν ἡγεμόνευε μέγας κορυθαίολος Ἕκτωρ
Πριαμίδης· ἅμα τῷ γε πολὺ πλεῖστοι καὶ ἄριστοι
λαοὶ θωρήσσοντο, μεμαότες ἐγχείῃσιν.
Δαρδανίων αὖτ' ἦρχεν ἐὺς πάις Ἀγχίσαο
Αἰνείας, τὸν ὑπ' Ἀγχίσῃ τέκε δῖ' Ἀφροδίτη,
Ἴδης ἐν κνημοῖσι θεὰ βροτῷ εὐνηθεῖσα,
οὐκ οἶος, ἅμα τῷ γε δύω Ἀντήνορος υἷε,
Ἀρχέλοχός τ' Ἀκάμας τε, μάχης εὖ εἰδότε πάσης.
οἳ δὲ Ζέλειαν ἔναιον ὑπαὶ πόδα νείατον Ἴδης,

ἄνδρες μέν, die Menschen zwar. Der menschliche Name ist der gewöhnliche, auch in der Bedeutung alltägliche (*Βατίεια* von *ἡ βάτος*, *βατία*, der Dorn-, besonders **Brombeerstrauch**, also *collis rubis consitus*, *rubetum*); der göttliche der ältere, aber bezeichnendere, sinn- und bedeutungsvollere. Vgl. zu *α*, 404. (*ξ*, 291. *υ*, 74.)

814. *Μυρίνης*, nach den Schol. einer der Amazonen, die nach *γ*, 189 einst nach Phrygien und dann auch nach Troja gekommen waren. Als rüstige Kämpferin heisst diese *πολύσκαρθμος*, behend, hurtig, was mit *πολυάιξ* als Beiwort des Krieges verglichen werden kann.

816–877. *Τρωσὶ μέν*. Hier folgt der Katalog der Troer, welche in *Τρῶες* und *ἐπίκουροι* zerfallen. Dieser ist viel weniger ausführlich und genau, als der der Achäer; namentlich enthält er keine bestimmten Zahlenangaben. Ebenso fehlen darin mehrere Völkerschaften und Helden, die in der Ilias vorkommen, z. B. von erstern *Λέλεγες*, *Καύκωνες*, *Κίλικες*, von letztern *Ἀστεροπαῖος*, Führer der Päonier (vgl. indessen zu 848); auf der andern Seite giebt er auch Namen, die weiterhin nicht mehr vorkommen, wie *Ἔννομος* 858 (ausser beiläufig *ρ*, 218), *Ἀμφίμαχος* und *Νάστης* 870. — Als einzelne Bestandtheile des trojanischen Heeres werden angegeben: 1) fünf trojanische Völkerschaften, die Troer im engern Sinne oder von Ilios, die aus Dardania, die aus Zeleia, die aus Adrasteia, die aus Perkote, Sestos und Abydos; 2) die *ἐπίκουροι*: a) drei europäische Völker, die Thraker, Kikoner und Päoner, b) acht asiatische, Pelasger von Larissa, Paphlagoner, Halizoner, Myser, Phryger, Mäoner, Karer und Lyder. Obgleich aber hier alle Zahlangaben fehlen, so lässt sich doch aus *θ*, 562 f. die Stärke des ganzen Heeres auf 50,000 berechnen, wovon nach *β*, 123–128 auf die Troer selbst 12,000 kommen, so dass für die *ἐπίκουροι* im Ganzen die Zahl 38,000 sich ergiebt.

817. *πολὺ πλεῖστοι καὶ ἄριστοι*. Diese scheinen den eigentlichen Kern des ganzen Heeres ausgemacht zu haben.

819. *Δαρδανίων*, aus der Landschaft Dardania, von welcher aus nach *υ*, 216 (vgl. das dort Bemerkte) Ilios erst gegründet wurde. Diese waren dem Range nach das zweite Volk, daher *θ*, 497 *Τρῶες καὶ Δάρδανοι ἠδ' ἐπίκουροι*.

824 f. *ὑπαὶ πόδα νείατον*, d. h.

ἀφνειοί, πίνοντες ὕδωρ μέλαν Αἰσήποιο,
Τρῶες, τῶν αὖτ' ἦρχε Λυκάονος ἀγλαὸς υἱός
Πάνδαρος, ᾧ καὶ τόξον Ἀπόλλων αὐτὸς ἔδωκεν.
οἳ δ' Ἀδρήστειάν τ' εἶχον καὶ δῆμον Ἀπαισοῦ
καὶ Πιτύειαν ἔχον καὶ Τηρείης ὄρος αἰπύ,
τῶν ἦρχ' Ἄδρηστός τε καὶ Ἄμφιος λινοθώρηξ,
υἷε δύω Μέροπος Περκωσίου, ὃς περὶ πάντων
ᾔδεε μαντοσύνας, οὐδὲ οὓς παῖδας ἔασκεν
στείχειν ἐς πόλεμον φθισήνορα. τὼ δέ οἱ οὔ τι
πειθέσθην· κῆρες γὰρ ἄγον μέλανος θανάτοιο.
οἳ δ' ἄρα Περκώτην καὶ Πράκτιον ἀμφενέμοντο
καὶ Σηστὸν καὶ Ἄβυδον ἔχον καὶ δῖαν Ἀρίσβην,
τῶν αὖθ' Ὑρτακίδης ἦρχ' Ἄσιος, ὄρχαμος ἀνδρῶν,
Ἄσιος Ὑρτακίδης, ὃν Ἀρίσβηθεν φέρον ἵπποι
αἴθωνες μεγάλοι, ποταμοῦ ἄπο Σελλήεντος.
Ἱππόθοος δ' ἄγε φῦλα Πελασγῶν ἐγχεσιμώρων,
τῶν οἳ Λάρισαν ἐριβώλακα ναιετάασκον.
τῶν ἦρχ' Ἱππόθοός τε Πύλαιός τ' ὄζος Ἄρηος,
υἷε δύω Λήθοιο Πελασγοῦ Τευταμίδαο.
αὐτὰρ Θρήικας ἦγ' Ἀκάμας καὶ Πείροος ἥρως,
ὅσσους Ἑλλήσποντος ἀγάρροος ἐντὸς ἐέργει.

am nördlichen Fusse. — *μέλαν* also klar und durchsichtig, vgl. zu Od. *δ*, 359.

827. *τόξον – αὐτὸς ἔδωκεν.* Diess scheint ein anderer Bogen, als von dem *δ*, 106–111 die Rede ist, oder doch nach einem andern Mythos. Pandaros war ein ausgezeichneter Bogenschütze.

828. *Ἀδρήστειαν*, nach dem Namen des Führers und Fürsten Adrastos (830), Stadt und Gegend. — *Ἀπαισοῦ*, vgl. zu *ε*, 612 *ἐνὶ Παισῷ*.

831. *Μέροπος Περκωσίου.* Daraus scheint zu schliessen, dass Adrasteia eine Colonie von *Περκώτη* 835 gewesen sei.

832. *οὐδὲ – ἔασκεν*, d. h. er wehrte es ihnen, mahnte sie davon ab.

835 f. *Περκώτην – Ἀρίσβην*, Städte auf der Südseite des Hellespontos, ausser Sestos, welches, Abydos gegenüber, im Thrakischen Chersones liegt. Nur *Πράκτιος* ist sonst der Name eines Flusses, wozu *ἀμφενέμοντο* gut passen würde.

841. *Λάρισαν*, wahrscheinlich das bei Kyme in Aeolis, mit dem Beinamen Phrikonis, möglicher Weise auch das in der Kaystrischen Ebene im Gebiete von Ephesos, vgl. *ρ*, 288–303 und besonders 301 *τῆλ' ἀπὸ Λαρ. ἐριβ.* Nach Andern das in Troas.

845. *ὅσσους – ἐέργει*, welche — umschliesst, also die hellespontischen Thraker, denen *δ*, 520 auch noch die Stadt Aenos zugeschrieben wird. — *ἀγάρροος* = *μ*, 30. Nach

Εὔφημος δ' ἀρχὸς Κικόνων ἦν αἰχμητάων, 2
υἱὸς Τροιζήνοιο διοτρεφέος Κεάδαο.
  αὐτὰρ Πυραίχμης ἄγε Παίονας ἀγκυλοτόξους
τηλόθεν ἐξ Ἀμυδῶνος, ἀπ' Ἀξιοῦ εὐρυρέοντος,
Ἀξιοῦ οὗ κάλλιστον ὕδωρ ἐπικίδναται αἶαν.
  Παφλαγόνων δ' ἡγεῖτο Πυλαιμένεος λάσιον κῆρ
ἐξ Ἐνετῶν, ὅθεν ἡμιόνων γένος ἀγροτεράων,
οἵ ῥα Κύτωρον ἔχον καὶ Σήσαμον ἀμφενέμοντο
ἀμφί τε Παρθένιον ποταμὸν κλυτὰ δώματ' ἔναιον,
Κρῶμνάν τ' Αἰγιαλόν τε καὶ ὑψηλοὺς Ἐρυθίνους.
  αὐτὰρ Ἁλιζώνων Ὀδίος καὶ Ἐπίστροφος ἦρχον
τηλόθεν ἐξ Ἀλύβης, ὅθεν ἀργύρου ἐστὶ γενέθλη.
  Μυσῶν δὲ Χρόμις ἦρχε καὶ Ἔννομος οἰωνιστής·
ἀλλ' οὐκ οἰωνοῖσιν ἐρύσσατο κῆρα μέλαιναν,
ἀλλ' ἐδάμη ὑπὸ χερσὶ ποδώκεος Αἰακίδαο
ἐν ποταμῷ, ὅθι περ Τρῶας κεράιζε καὶ ἄλλους.
  Φόρκυς αὖ Φρύγας ἦγε καὶ Ἀσκάνιος θεοειδής

Forchhammer ist im ganzen Mittelmeer keine Strömung, die an Stärke und Schnelligkeit mit der des Hellespont verglichen werden kann.

846. *Κικόνων*, westlich von den letztgenannten, vgl. zu Od. *ι*, 39. Ihr Führer heisst *ρ*, 73 nicht Euphemos, sondern Mentes.

848. *Πυραίχμης* kommt nur noch *π*, 287 vor. In den andern Stellen (*μ*, 102. *ρ*, 217. 351. *φ*, 140ff. *ψ*, 560. 808) wird er *Ἀστεροπαῖος* genannt, was vielleicht ursprünglich nur ein zweiter Name desselben Heros war (der Feuerlanzige und der Blitzende, Blitzer), so dass aus dem doppelten Namen die doppelte Sage entstand. Die beiden vorigen Völker kamen als Nachbarn zu Hülfe, die Päoner als alte Stammverwandte (Teukrer), vgl. Herod. 5, 13. 7, 20. 75.

849. *Ἀξιοῦ*, westlich vom Strymon. Zwischen beiden Flüssen liegt die Landschaft Mygdonia (Herod. 7, 123). Was übrigens hier vom Axios gerühmt wird, findet sich beinahe mit denselben Worten Od. *λ*, 239 dem Enipeus beigelegt.

851f. *Πυλαιμένεος* — *Ἐνετῶν*, vgl. Livius I, 1 zu Anfang. Die folgenden Ortsnamen finden sich grösstentheils auf der Südseite des Pontus Euxinus östlich vom Flusse Parthenios. Unter diesen *Παφλαγόνες* scheinen aber auch die *κ*, 429 und *υ*, 329 erwähnten *Καύκωνες* begriffen zu sein.

856. *Ἁλιζώνων*. Diese mit ihrem Führer kommen auch *ε*, 39 vor. Der Name *Ἀλύβη* deutet wohl auf die spätern Chalyber, *Χάλυβες*, im Osten des Pontus.

858. *Μυσῶν*, auf der Südseite der Propontis gegen Bithynien, vgl. *ν*, 5. — *Χρόμις* = *Χρομίος* *ρ*, 218, wo auch Ennomos und Phorkys genannt werden.

862f. *Φρύγες*, in der Nähe der Myser mit der *Λίμνη Ἀσκανία*,

2 τῆλ' ἐξ Ἀσκανίης· μέμασαν δ' ὑσμῖνι μάχεσθαι.
Μῄοσιν αὖ Μέσθλης τε καὶ Ἄντιφος ἡγησάσθην,
υἷε Ταλαιμένεος, τὼ Γυγαίη τέκε λίμνη,
οἳ καὶ Μῄονας ἦγον ὑπὸ Τμώλῳ γεγαῶτας.
Νάστης αὖ Καρῶν ἡγήσατο βαρβαροφώνων,
οἳ Μίλητον ἔχον Φθειρῶν τ' ὄρος ἀκριτόφυλλον
Μαιάνδρου τε ῥοὰς Μυκάλης τ' αἰπεινὰ κάρηνα.
τῶν μὲν ἄρ' Ἀμφίμαχος καὶ Νάστης ἡγησάσθην,
Νάστης Ἀμφίμαχός τε, Νομίονος ἀγλαὰ τέκνα,
ὃς καὶ χρυσὸν ἔχων πόλεμόνδ' ἴεν ἠύτε κούρη,
νήπιος, οὐδέ τί οἱ τό γ' ἐπήρκεσε λυγρὸν ὄλεθρον,
ἀλλ' ἐδάμη ὑπὸ χερσὶ ποδώκεος Αἰακίδαο
ἐν ποταμῷ, χρυσὸν δ' Ἀχιλεὺς ἐκόμισσε δαΐφρων.
Σαρπηδὼν δ' ἦρχεν Λυκίων καὶ Γλαῦκος ἀμύμων
τηλόθεν ἐκ Λυκίης, Ξάνθου ἄπο δινήεντος.

Γ.

3 αὐτὰρ ἐπεὶ κόσμηθεν ἅμ' ἡγεμόνεσσιν ἕκαστοι,
Τρῶες μὲν κλαγγῇ τ' ἐνοπῇ τ' ἴσαν, ὄρνιθες ὥς,
ἠύτε περ κλαγγὴ γεράνων πέλει οὐρανόθι πρό,
αἵ τ' ἐπεὶ οὖν χειμῶνα φύγον καὶ ἀθέσφατον ὄμβρον,

vgl. *ν*, 792 f., von den Troern verschieden.

867. *βαρβαροφώνων*, d. h. der unverständlich redenden. Das einfache *βάρβαρος* hat Homer nie. Vgl. Od. *ϑ*, 294 *Σίντιας ἀγριοφώνους* und oben 804. Schömann bezieht (Griech. Alterth. I. S. 86) *βαρβαρόφωνος* vorzüglich auf die Härte und Rauhigkeit der Mundart.

872. *ὅς* geht natürlich auf *Νάστης*, der sowohl durch 867, als durch die Stellung in 871 als die Hauptperson bezeichnet ist.

Die Verse 1–14 bilden den Uebergang zu der dann folgenden Darstellung der beginnenden Kämpfe, also ein Mittelglied, um von den vorhergehenden Katalogen wieder auf den eigentlichen Gegenstand einzulenken.

1. *ἐπεὶ κόσμηθεν ἅμ' ἡγεμόνεσσιν ἕκαστοι*. Eine Zurückweichung auf *β*, 476 *ὡς τοὺς ἡγεμόνες διεκόσμεον κτέ.* — *ἕκαστοι*, die einzelnen Abtheilungen beider Heere.

2. *Τρῶες* umfasst hier das ganze troische Heer aller Völkerschaften, wie auf der andern Seite 8 *Ἀχαιοί*.

3. *ἠύτε περ – πέλει* ist mit dem Vorigen zu verbinden, da kein Nachsatz folgt. — *οὐρανόθι πρό* = *πρὸ οὐρανοῦ* (vgl. zu Od. *ε*, 469. *ϑ*, 581), vor dem Himmel d. h. vorwärts an oder unter dem Himmel, also auch unter dem Himmel hin.

4. *χειμῶνα φύγον*. Die Kra-

κλαγγῇ ταί γε πέτονται ἐπ' Ὠκεανοῖο ῥοάων,
ἀνδράσι Πυγμαίοισι φόνον καὶ κῆρα φέρουσαι·
ἠέριαι δ' ἄρα ταί γε κακὴν ἔριδα προφέρονται·
οἱ δ' ἄρ' ἴσαν σιγῇ μένεα πνείοντες Ἀχαιοί,
ἐν θυμῷ μεμαῶτες ἀλεξέμεν ἀλλήλοισιν.
  ἠύτ' ὄρεος κορυφῇσι Νότος κατέχευεν ὀμίχλην,
ποιμέσιν οὔ τι φίλην, κλέπτῃ δέ τε νυκτὸς ἀμείνω·
τόσσον τίς τ' ἐπὶ λεύσσει ὅσον τ' ἐπὶ λᾶαν ἵησιν·
ὣς ἄρα τῶν ὑπὸ ποσσὶ κονίσαλος ὤρνυτ' ἀελλὴς
ἐρχομένων· μάλα δ' ὦκα διέπρησσον πεδίοιο.
  οἱ δ' ὅτε δὴ σχεδὸν ἦσαν ἐπ' ἀλλήλοισιν ἰόντες,
Τρωσὶν μὲν προμάχιζεν Ἀλέξανδρος θεοειδής,
παρδαλέην ὤμοισιν ἔχων καὶ καμπύλα τόξα
καὶ ξίφος· αὐτὰρ ὁ δοῦρε δύω κεκορυθμένα χαλκῷ

niche ziehen beim Herannahen des Winters nach Libyen (Africa), also in der Richtung nach dem südöstlichen Ocean. αἵ τε, Subject des gleich folgenden Nebensatzes ἐπεὶ κτέ., wird durch ταί γε im Hauptsatz wieder aufgenommen.

6. *Πυγμαίοισι*, einem fabelhaften Volk in Indien oder Aegypten (an den Quellen des Nil) von ausserordentlicher Kleinheit. Mit ihnen führen die Kraniche Krieg, indem sie die besäeten Aecker durchwühlen.

7. *ἔριδα προφέρονται*, gleichsam: sie bringen den Kampf zum Vorschein, beginnen ihn, *certamen edunt*.

8. *οἱ δ' ἄρ' ἴσαν.* Auch δ, 428–431 werden die Achäer als die geordnetern und besser disciplinirten bezeichnet.

10. *ἠύτ' ὄρεος κορυφῇσι*, nach Buttmann's durch Povelsen modificirtem Vorschlag für εὖτ' ὄρεος: wie auf den Kuppen des Berges. Vgl. zu τ, 386. ὄρεος ist zweisylbig zu lesen, wie ὄρους oder ὄρευς.

11. *κλέπτῃ – ἀμείνω*, weil die Heerden jetzt weniger als bei Nacht vor ihm verwahrt sind.

12. *τόσσον – ἐπί*, vgl. zu β, 616 ὅσσον ἐφ' Ὑρμίνη.

13. *κονίσαλος ἀελλής*, ein zusammengedrängter, dichter Staub (eine Staubwolke). ἀελλής scheint in Form und Bedeutung ziemlich mit dem häufigern ἀολλής zusammenzutreffen, und soll eine undurchdringliche Dichtigkeit, durch die man nicht durchzusehen vermag, bezeichnen.

15f. *οἱ δ' ὅτε δὴ σχεδὸν ἦσαν.* Hier erwartet man, dass der so lange vorbereitete Kampf der beiden Heere beginne; dieser erfolgt aber nicht, und somit bleibt die Erwartung des Hörers oder Lesers unbefriedigt. Doch findet diese darin einigen Ersatz, dass gerade die bei der Veranlassung des Krieges zunächst Betheiligten, Paris und Menelaos, ihren Heeren voranziehn und dann im Zweikampfe gegen einander auftreten. Die daher rührende neue Spannung lässt das Gefühl der getäuschten Erwartung nicht zum Bewusstsein kommen.

16. *Τρωσὶν μὲν προμάχιζεν.* Den Gegensatz hierzu macht 21 τὸν δ' ὡς οὖν ἐνόησεν κτέ.

3 πάλλων Ἀργείων προκαλίζετο πάντας ἀρίστους
ἀντίβιον μαχέσασθαι ἐν αἰνῇ δηιοτῆτι.
τὸν δ' ὡς οὖν ἐνόησεν ἀρηίφιλος Μενέλαος
ἐρχόμενον προπάροιθεν ὁμίλου μακρὰ βιβάντα,
ὥς τε λέων ἐχάρη μεγάλῳ ἐπὶ σώματι κύρσας,
εὑρὼν ἢ ἔλαφον κεραὸν ἢ ἄγριον αἶγα
πεινάων· μάλα γάρ τε κατεσθίει, εἴ περ ἂν αὐτόν
σεύωνται ταχέες τε κύνες θαλεροί τ' αἰζηοί·
ὣς ἐχάρη Μενέλαος Ἀλέξανδρον θεοειδέα
ὀφθαλμοῖσιν ἰδών· φάτο γὰρ τίσεσθαι ἀλείτην.
αὐτίκα δ' ἐξ ὀχέων σὺν τεύχεσιν ἆλτο χαμᾶζε.
τὸν δ' ὡς οὖν ἐνόησεν Ἀλέξανδρος θεοειδής
ἐν προμάχοισι φανέντα, κατεπλήγη φίλον ἦτορ,
ἂψ δ' ἑτάρων εἰς ἔθνος ἐχάζετο κῆρ' ἀλεείνων.
ὡς δ' ὅτε τίς τε δράκοντα ἰδὼν παλίνορσος ἀπέστη
οὔρεος ἐν βήσσῃς, ὑπό τε τρόμος ἔλλαβε γυῖα,
ἂψ τ' ἀνεχώρησεν, ὦχρός τέ μιν εἷλε παρειάς,
ὣς αὖτις καθ' ὅμιλον ἔδυ Τρώων ἀγερώχων
δείσας Ἀτρέος υἱὸν Ἀλέξανδρος θεοειδής.
τὸν δ' Ἕκτωρ νείκεσσεν ἰδὼν αἰσχροῖς ἐπέεσσιν.

18. *αὐτὰρ ὁ* soll mit Nachdruck den Hauptbegriff *προκαλίζετο* anknüpfen = *atque (hic)*, und was die Hauptsache ist; denn das Vorhergehende ist in Vergleichung damit bedeutungslos. *κεκορυθμένα χαλκῷ*, mit Erz gespitzt, mit ehernen Spitzen.

21. *ἀρηίφιλος* kehrt in diesem Buche sehr oft als Beiwort des Menelaos wieder, während es sonst weder von ihm noch von Andern häufig ist.

23. *ὥς τε λέων ἐχάρη* gehört zum Nachsatz 27 *ὣς ἐχ. Μενέλαος*, und veranschaulicht nicht nur die Grösse, sondern auch die Art der Freude des Menelaos und seinen Rachedurst. *μεγάλῳ ἐπὶ σώματι*, auf ein zwar todtes, aber eben erst auf der noch andauernden Jagd erlegtes Thier. Homer braucht *σῶμα* nur vom todten Leibe.

25. *μάλα γάρ τε. μάλα* drückt nur die subjective Zuversicht des Sprechenden aus, etwa wie *πάντως*, freilich. Ueber *εἴπερ ἂν* vgl. zu *β*, 597. — *αὐτόν*, ihn selbst, also mit eigener Gefahr.

29. *ἐξ ὀχέων*. Paris war (22) schon zu Fusse.

31. *κατεπλήγη* wohl besonders im Bewusstsein seiner Verschuldung an Menelaos.

33. *ὡς δ' ὅτε τίς τε δράκοντα*. Vgl. die Nachahmung Virgil's Aen. 2, 379 f.: *Improvisum aspris veluti qui sentibus anguem Pressit humi nitens trepidusque repente refugit* etc. Das verbindende *τε* kann sowohl zu *ὡς* als zu *ὅτε* gezogen werden, vgl. Od. *δ*, 535 *ὥς τίς τε κατέκτανε* und Il. *δ*, 259 *ὅτε πέρ τε*.

„Δύσπαρι, εἶδος ἄριστε, γυναιμανές, ἠπεροπευτά,
αἴθ' ὄφελες ἄγονός τ' ἔμεναι ἄγαμός τ' ἀπολέσθαι.
καί κε τὸ βουλοίμην, καί κεν πολὺ κέρδιον ἦεν
ἢ οὕτω λώβην τ' ἔμεναι καὶ ὑπόψιον ἄλλων.
ἦ που καγχαλόωσι καρηκομόωντες Ἀχαιοί
φάντες ἀριστῆα πρόμον ἔμμεναι, οὕνεκα καλόν
εἶδος ἔπ'· ἀλλ' οὐκ ἔστι βίη φρεσίν, οὐδέ τις ἀλκή.
ἦ τοιόσδε ἐὼν ἐν ποντοπόροισι νέεσσιν
πόντον ἐπιπλώσας, ἑτάρους ἐρίηρας ἀγείρας,
μιχθεὶς ἀλλοδαποῖσι γυναῖκ' εὐειδέ' ἀνῆγες
ἐξ ἀπίης γαίης, νυὸν ἀνδρῶν αἰχμητάων,
πατρί τε σῷ μέγα πῆμα πόληί τε παντί τε δήμῳ,
δυσμενέσιν μὲν χάρμα, κατηφείην δὲ σοὶ αὐτῷ;

39. *Δύσπαρι*, vgl. zu Od. ψ, 97 *μῆτερ ἐμὴ δύσμητερ*. — *ἠπεροπευτά*, Beschwatzer, Bethörer. Vgl. Od. ο, 421 *τά τε φρένας ἠπεροπεύει*.

40. *αἴθ' ὄφελες ἄγονός τ' ἔμεναι κτέ.*, wärst du doch nie geboren und (da du einmal geboren warst) unvermählt umgekommen. Hektor verbindet beide Wünsche durch *τε*, weil er im Aussprechen des ersten sich schon bewusst wird, dass derselbe nicht mehr erfüllt werden kann. Vgl. Od. δ, 684 f.

41. *καί κε τὸ βουλοίμην*. *καὶ* gehört zu *βουλοίμην*, welches den Nachdruck im Satze hat, vgl. Od. α, 390 *καί κεν τοῦτ' ἐθέλοιμι*.

42. *ὑπόψιον ἄλλων*, *invisum aliis*, übel angesehen von allen andern, ihnen verhasst.

44. *φάντες*, d. i. *οἳ ἔφασαν*, welche wähnten, besonders bei dem Auftreten 18–20. *ἀριστῆα πρόμον*, ein trefflicher, tapferer Vorkämpfer.

45. *εἶδος ἔπ'*, vgl. α, 515 *οὔ τοι ἔπι δέος*. *ἀλλ' οὐκ ἔστι βίη φρ.* ist auch aus der Seele der Achäer und ihrer Wahrnehmung gesprochen: aber jetzt sehen sie, dass keine Kraft noch Muth in deinem Herzen wohnt; daher mögen sie lachen (*καγχαλόωσι*), da sie einen so ungefährlichen Feind in dir kennen lernen.

46–52. *ἦ τοιόσδε ἐὼν – οὐκ ἂν δὴ μείνειας*. Die beiden Fragen stehen in engem Zusammenhange und bilden eine logische Periode: hast du ein solcher — heraufgeführt? willst du denn nicht Stand halten? d. h. du schämtest dich nicht das eine zu thun, aber zum andern hast du keinen Muth? *τοιόσδε ἐὼν* verringernd: indem du nur ein solcher warst.

47. *ἀγείρας* ist dem vorhergehenden Particip *ἐπιπλώσας* subordinirt (= *collectis sociis*), dagegen *μιχθεὶς* ihm gleichstehend.

50 f. *μέγα πῆμα – κατηφείην δέ*. Diese Accusative der Apposition, wenigstens die beiden letzten, gehören nicht unmittelbar zu *γυναῖκ' εὐειδέα*, sondern zur ganzen Handlung *γυναῖκ' εὐειδέ' ἀνῆγες*. Denn das Heimbringen dieses Weibes, nicht sie selbst, war das Unglück und der Grund der Schadenfreude und Beschämung. So ω, 735 *ῥίψει – λυγρὸν ὄλεθρον*.

οὐκ ἂν δὴ μείνειας ἀρηίφιλον Μενέλαον;
γνοίης χ' οἵου φωτὸς ἔχεις θαλερὴν παράκοιτιν.
οὐκ ἄν τοι χραίσμῃ κίθαρις τά τε δῶρ' Ἀφροδίτης,
ἥ τε κόμη τό τε εἶδος, ὅτ' ἐν κονίῃσι μιγείης.
ἀλλὰ μάλα Τρῶες δειδήμονες· ἦ τέ κεν ἤδη
λάινον ἕσσο χιτῶνα κακῶν ἕνεχ' ὅσσα ἔοργας."
τὸν δ' αὖτε προσέειπεν Ἀλέξανδρος θεοειδής
„Ἕκτορ, ἐπεί με κατ' αἶσαν ἐνείκεσας οὐδ' ὑπὲρ αἶσαν,
αἰεί τοι κραδίη πέλεκυς ὥς ἐστιν ἀτειρής,
ὅς τ' εἶσιν διὰ δουρὸς ὑπ' ἀνέρος, ὅς ῥά τε τέχνῃ
νήιον ἐκτάμνῃσιν, ὀφέλλει δ' ἀνδρὸς ἐρωήν·
ὥς σοὶ ἐνὶ στήθεσσιν ἀτάρβητος νόος ἐστίν.
μή μοι δῶρ' ἐρατὰ πρόφερε χρυσέης Ἀφροδίτης·
οὔ τοι ἀπόβλητ' ἐστὶ θεῶν ἐρικυδέα δῶρα,
ὅσσα κεν αὐτοὶ δῶσιν, ἑκὼν δ' οὐκ ἄν τις ἕλοιτο.
νῦν αὖτ' εἴ μ' ἐθέλεις πολεμίζειν ἠδὲ μάχεσθαι,
ἄλλους μὲν κάθισον Τρῶας καὶ πάντας Ἀχαιούς,
αὐτὰρ ἔμ' ἐν μέσσῳ καὶ ἀρηίφιλον Μενέλαον

53. *γνοίης χ'*, erkennen würdest du dann, wenn du ihm Stand hieltest.

54. *οὐκ ἄν τοι χραίσμῃ*, nicht dürfte, nicht würde dir dann helfen. Statt des Conjunctivs würde man eig. den von Bekker vorgezogenen Optativ erwarten; so steht aber auch das Futurum für den Conditionalis, z. B. 412 *Τρωαὶ δέ μ' ὀπίσσω πᾶσαι μωμήσονται.* — *τά τε δῶρ' – ἥ τε κόμη.* Der Artikel auf die angeredete Person hinweisend, wie im Lateinischen *iste*.

55. *ὅτε μιγείης* im Optativ, weil der Fall doch nur im Gebiete der Vorstellung existirt.

56. *ἦ τέ κεν*, wie *β*, 242 *ἦ γὰρ ἄν*: traun du wärest schon, wenn nämlich die Troer nicht feige wären.

59. *ἐπεί με – ὑπὲρ αἶσαν.* Ueber diesen begründenden Zwischensatz vgl. zu Od. *γ*, 103. Der eigentliche Hauptgedanke in der Rede des Paris ist in 64 enthalten; die vier vorhergehenden Verse bilden zwar formel den Nachsatz, sind aber im Grunde nur einleitend vorausgeschickt, gleichsam um den Hektor durch diese Anerkennung zu begütigen.

60. *ἀτειρής* gehört zu *πέλεκυς*: wie das unverwüstbare, unbezwingliche Beil. Auf den innern Sinn angewandt heisst es dann 63 *ἀτάρβητος*.

61. *τέχνῃ*. Vgl. Einleit. zur Od. S. 18.

62. *ὀφέλλει – ἐρωήν* steht parallel mit *ὅς τ' εἶσιν*: es mehrt die Schwungkraft des Mannes, die Wucht seines Hiebes.

66. *ὅσσα κεν αὐτοὶ δῶσιν* epexegetisch zu *θεῶν δῶρα*, als wesentliches Merkmal der rechten Göttergaben. *ἑκών*, nach Willkür.

συμβάλετ' ἀμφ' Ἑλένῃ καὶ κτήμασι πᾶσι μάχεσθαι.
ὁππότερος δέ κε νικήσῃ κρείσσων τε γένηται,
κτήμαθ' ἑλὼν εὖ πάντα γυναῖκά τε οἴκαδ' ἀγέσθω·
οἱ δ' ἄλλοι φιλότητα καὶ ὅρκια πιστὰ ταμόντες
ναίοιτε Τροίην ἐριβώλακα, τοὶ δὲ νεέσθων
Ἄργος ἐς ἱππόβοτον καὶ Ἀχαιίδα καλλιγύναικα."
ὣς ἔφαθ', Ἕκτωρ δ' αὖτ' ἐχάρη μέγα μῦθον ἀκούσας,
καί ῥ' ἐς μέσσον ἰὼν Τρώων ἀνέεργε φάλαγγας,
μέσσου δουρὸς ἑλών· τοὶ δ' ἱδρύνθησαν ἅπαντες.
τῷ δ' ἐπετοξάζοντο καρηκομόωντες Ἀχαιοί,
ἰοῖσίν τε τιτυσκόμενοι λάεσσί τ' ἔβαλλον.
αὐτὰρ ὁ μακρὸν ἄυσε ἄναξ ἀνδρῶν Ἀγαμέμνων
„ἴσχεσθ', Ἀργεῖοι, μὴ βάλλετε, κοῦροι Ἀχαιῶν·
στεῦται γάρ τι ἔπος ἐρέειν κορυθαίολος Ἕκτωρ."
ὣς ἔφαθ', οἱ δ' ἔσχοντο μάχης ἄνεῴ τ' ἐγένοντο
ἐσσυμένως. Ἕκτωρ δὲ μετ' ἀμφοτέροισιν ἔειπεν
„κέκλυτέ μευ, Τρῶες καὶ ἐυκνήμιδες Ἀχαιοί,
μῦθον Ἀλεξάνδροιο, τοῦ εἵνεκα νεῖκος ὄρωρεν.
ἄλλους μὲν κέλεται Τρῶας καὶ πάντας Ἀχαιούς
τεύχεα κάλ' ἀποθέσθαι ἐπὶ χθονὶ πουλυβοτείρῃ,
αὐτὸν δ' ἐν μέσσῳ καὶ ἀρηίφιλον Μενέλαον

70. *συμβάλετ'*. Vgl. α, 8 *ξυνέηκε*.

72. *εὖ πάντα*, vgl. zu Odyss. σ, 260.

73. *οἱ δ' ἄλλοι – ταμόντες* geht auf beide streitende Theile, dann aber wird das allgemeine Subject *οἱ δ' ἄλλοι* durch *ναίοιτε* (= *ὑμεῖς μὲν ναίοιτε*) und *τοὶ δὲ νεέσθων* getheilt und erhält jede Abtheilung ihr besonderes Prädicat. Ebenso, nur in verschiedener Person 256–258, vgl. 94.

75. *Ἄργος – καὶ Ἀχαιίδα*, d. h. nach Griechenland von Süden bis Norden; vgl. zu Od. α, 344. — Ueber *ἱππόβοτος*, rosseweidend, eig. wo Rosse weiden, vgl. Vorwort zum zweiten Band d. Odyss. 4. Aufl. S. XVII und Od. ν, 246 *αἰγίβοτος δ' ἀγαθὴ καὶ βούβοτος*.

78. *μέσσου δουρὸς ἑλών*, in der Mitte fassend den Speer, so dass er mit der ganzen Länge desselben die Reihen zurückdrängte.

80. *λάεσσί τ' ἔβαλλον*. Regelmässiger wäre *λ. τε βάλλοντες*, da diess wie *ἰοῖσι τιτυσκόμενοι* nur nähere Bestimmung zu dem ein Zeugma enthaltenden *ἐπετοξάζοντο*, nicht eine neue Handlung ist.

82. *ἴσχεσθ', Ἀ., μὴ βάλλετε*. Die ängstliche Hast des Agamemnon drückt sich gut im Asyndeton aus und giebt Zeugniss für seine Rechtlichkeit. Vgl. Odyss. ω, 54.

οἵους ἀμφ' Ἑλένῃ καὶ κτήμασι πᾶσι μάχεσθαι.
ὁππότερος δέ κε νικήσῃ κρείσσων τε γένηται,
κτήμαθ' ἑλὼν εὖ πάντα γυναῖκά τε οἴκαδ' ἀγέσθω·
οἱ δ' ἄλλοι φιλότητα καὶ ὅρκια πιστὰ τάμωμεν."
ὣς ἔφαθ', οἱ δ' ἄρα πάντες ἀκὴν ἐγένοντο σιωπῇ.
τοῖσι δὲ καὶ μετέειπε βοὴν ἀγαθὸς Μενέλαος
„κέκλυτε νῦν καὶ ἐμεῖο· μάλιστα γὰρ ἄλγος ἱκάνει
θυμὸν ἐμόν· φρονέω δὲ διακρινθήμεναι ἤδη
Ἀργείους καὶ Τρῶας, ἐπεὶ κακὰ πολλὰ πέποσθε
εἵνεκ' ἐμῆς ἔριδος καὶ Ἀλεξάνδρου ἕνεκ' ἀρχῆς.
ἡμέων δ' ὁπποτέρῳ θάνατος καὶ μοῖρα τέτυκται,
τεθναίη· ἄλλοι δὲ διακρινθεῖτε τάχιστα.
οἴσετε δ' ἄρν', ἕτερον λευκὸν ἑτέρην δὲ μέλαιναν,
γῇ τε καὶ ἠελίῳ· Διὶ δ' ἡμεῖς οἴσομεν ἄλλον.
ἄξετε δὲ Πριάμοιο βίην, ὄφρ' ὅρκια τάμνῃ
αὐτός, ἐπεί οἱ παῖδες ὑπερφίαλοι καὶ ἄπιστοι,
μή τις ὑπερβασίῃ Διὸς ὅρκια δηλήσηται.
αἰεὶ δ' ὁπλοτέρων ἀνδρῶν φρένες ἠερέθονται·

91. *κτήμασι πᾶσι* = 70. Die Erklärung giebt *χ*, 114–117.

98. *φρονέω δὲ διακρινθήμεναι ἤδη*, ich denke, jetzt scheiden sich (friedlich), jetzt legen den Streit bei u. s. w., d. h. der Augenblick der Schlichtung des Haders sei gekommen.

100. *εἵνεκ' ἐμῆς ἔριδος καὶ – ἀρχῆς*, ein ἓν διὰ δυοῖν = wegen meines Streites mit Alexandros, den jedoch dieser angefangen. Vgl. *β*, 377 f. *καὶ γὰρ – μαχησάμεθ'* — — —, *ἐγὼ δ' ἦρχον χαλεπαίνων*.

102. *διακρινθεῖτε*, mildere Aufforderung als durch den Imperativ *διακρίνθητε*.

103. *ἄρν'* für *ἄρνε*, daher 117 *ἄρνας* dafür steht. *ἕτερον λευκόν*, also ein weisses männliches für Helios, während das schwarze weibliche für die Erde (wie sonst für die Götter der Unterwelt).

104. *οἴσομεν ἄλλον*. Also nur Eines, vielleicht aber ein desto grösseres, weil die Achäer auch nur Einem, aber dem höchsten Gott — zugleich Beschützer des Eides (107) und des durch Paris verletzten Gastrechts — opfern sollten. Vgl. Schömann griech. Alterth. I S. 59.

105 f. *ὄφρ' ὅρκια τάμνῃ αὐτός*, nicht: dass er selbst die Opferthiere schlachte (diess thut nach 273 und 292 Agamemnon), sondern damit er persönlich den Bundeseid vollziehe und den Vertrag abschliesse, der erst durch seine Mitwirkung eine feste Gewähr erhält.

106. *ἐπεί οἱ παῖδες κτέ.*, „denn seine Söhne sind" ist zunächst im Hinblick auf Paris gesagt, der sowohl bei der Beleidigung als dem bevorstehenden Zweikampf unmittelbar betheiligt ist.

108. *φρένες ἠερέθονται*, der

οἷς δ᾽ ὁ γέρων μετέῃσιν, ἅμα πρόσσω καὶ ὀπίσσω 3
λεύσσει, ὅπως ὄχ᾽ ἄριστα μετ᾽ ἀμφοτέροισι γένηται."
ὣς ἔφαθ᾽, οἱ δ᾽ ἐχάρησαν Ἀχαιοί τε Τρῶές τε,
ἐλπόμενοι παύσεσθαι ὀϊζυροῦ πολέμοιο.
καί ῥ᾽ ἵππους μὲν ἔρυξαν ἐπὶ στίχας, ἐκ δ᾽ ἔβαν αὐτοί,
τεύχεά τ᾽ ἐξεδύοντο. τὰ μὲν κατέθεντ᾽ ἐπὶ γαίῃ
πλησίον ἀλλήλων, ὀλίγη δ᾽ ἦν ἀμφὶς ἄρουρα·
Ἕκτωρ δὲ προτὶ ἄστυ δύω κήρυκας ἔπεμπεν
καρπαλίμως ἄρνας τε φέρειν Πρίαμόν τε καλέσσαι.
αὐτὰρ ὁ Ταλθύβιον προΐει κρείων Ἀγαμέμνων
νῆας ἔπι γλαφυρὰς ἰέναι, ἠδ᾽ ἄρν᾽ ἐκέλευεν
οἰσέμεναι· ὁ δ᾽ ἄρ᾽ οὐκ ἀπίθησ᾽ Ἀγαμέμνονι δίῳ.
Ἶρις δ᾽ αὖθ᾽ Ἑλένῃ λευκωλένῳ ἄγγελος ἦλθεν,
εἰδομένη γαλόῳ, Ἀντηνορίδαο δάμαρτι,
τὴν Ἀντηνορίδης εἶχε κρείων Ἑλικάων,
Λαοδίκην Πριάμοιο θυγατρῶν εἶδος ἀρίστην.
τὴν δ᾽ εὗρ᾽ ἐν μεγάρῳ· ἡ δὲ μέγαν ἱστὸν ὕφαινεν,
δίπλακα πορφυρέην, πολέας δ᾽ ἐνέπασσεν ἀέθλους

Sinn schwebt in den Lüften, *ἐν ἀέρι κρέμανται*, ist luftig und allzubeweglich.

109. *οἷς δ᾽ ὁ γέρων μ.* Im Nachsatz sollte eigentlich *τούτοις* stehen: welchen der Greis (als Gattungsbegriff, die Idee) beiwohnt, für die schaut er vorwärts und rückwärts. Dafür könnte auch stehen *ἐὰν δ᾽ ὁ γέρων μετέῃσι (τισίν)*.

113. *ἔρυξαν ἐπὶ στίχας*, drängten oder zogen die Rosse und Wagen reihenweise zurück, vgl. *β*, 687.

114. *κατέθεντο*, näml. die Helden in beiden Heeren.

115. *πλησίον ἀλλήλων* geht auf das Object *τὰ μὲν (τεύχεα)*, sie legten ihre Waffen jeder neben die Waffen des andern. — *ἀμφίς*, zu beiden Seiten, also zwischen den Rüstungen der Einzelnen. Durch diesen Zug soll die Menge der Rüstungen anschaulich gemacht werden. Die Helden selbst aber setzen sich nieder und bilden so gleichsam eine grosse Kampfrichtersitzung.

121. *Ἶρις*, vgl. *β*, 786. Damit Helena auf dem Schauplatz der Handlung erscheine, lässt der Dichter sie durch die Götterbotin herbeiholen, und führt so die Handlung weiter. Iris thut dies aber aus eigenem Antrieb.

124. *Λαοδίκην.* Der Name ist bei Homer, wie gewöhnlich, vom nähern Relativsatz *τὴν — εἶχε* angezogen, statt nach *γαλόῳ — δάμαρτι* gerichtet zu sein. Laodike heisst die schönste von Priamos' Töchtern nach Iliad. *ζ*, 252; dagegen *ν*, 365 f. wird Kassandra als solche bezeichnet. Vgl. zu *β*, 850 *Ἀξιοῦ οὗ κάλλιστον κτέ.*

125. *ἐν μεγάρῳ* nach den Schol. = *ἐν θαλάμῳ*, dem Aufenthalte der Verheirateten (*γαμηθεισῶν*).

126. *δίπλακα* = Od. *τ*, 226

Τρώων θ' ἱπποδάμων καὶ Ἀχαιῶν χαλκοχιτώνων,
οὓς ἕθεν εἵνεκ' ἔπασχον ὑπ' Ἄρηος παλαμάων.
ἀγχοῦ δ' ἱσταμένη προσέφη πόδας ὠκέα Ἶρις
„δεῦρ' ἴθι, νύμφα φίλη, ἵνα θέσκελα ἔργα ἴδηαι
Τρώων θ' ἱπποδάμων καὶ Ἀχαιῶν χαλκοχιτώνων.
οἳ πρὶν ἐπ' ἀλλήλοισι φέρον πολύδακρυν Ἄρηα
ἐν πεδίῳ, ὀλοοῖο λιλαιόμενοι πολέμοιο,
οἱ δὴ νῦν ἕαται σιγῇ — πόλεμος δὲ πέπαυται —
ἀσπίσι κεκλιμένοι, παρὰ δ' ἔγχεα μακρὰ πέπηγεν.
αὐτὰρ Ἀλέξανδρος καὶ ἀρηίφιλος Μενέλαος
μακρῇς ἐγχείῃσι μαχήσονται περὶ σεῖο·
τῷ δέ κε νικήσαντι φίλη κεκλήσῃ ἄκοιτις.“
ὣς εἰποῦσα θεὰ γλυκὺν ἵμερον ἔμβαλε θυμῷ
ἀνδρός τε προτέροιο καὶ ἄστεος ἠδὲ τοκήων.
αὐτίκα δ' ἀργεννῇσι καλυψαμένη ὀθόνῃσιν
ὡρμᾶτ' ἐκ θαλάμοιο, τέρεν κατὰ δάκρυ χέουσα,
οὐκ οἴη· ἅμα τῇ γε καὶ ἀμφίπολοι δύ' ἕποντο,
Αἴθρη Πιτθῆος θυγάτηρ Κλυμένη τε βοῶπις.
αἶψα δ' ἔπειθ' ἵκανον ὅθι Σκαιαὶ πύλαι ἦσαν.

διπλῆν (vgl. 241). Schol. *δίπλακα. χλαῖναν ἣν ἔστι διπλῆν ἀμφιέσασθαι.* In Betreff der kunstreichen Weberei vgl. *χ*, 440f.

128. *ἕθεν* orthotonirt, weil der Begriff nothwendig die Betonung verlangt im Verhältniss zu den vorhergehenden Verbis *ὕφαινεν* und *ἐνέπασσεν*: ihretwegen. Vgl. *ξ*, 309 *νῦν δὲ σεῦ εἵνεκα.*

130. *νύμφα φίλη* = Od. *δ*, 743. — *δεῦρ' ἴθι*, komm her d. h. mit mir, wohin ich dich führe.

132. *πρὶν* zuvor, aber von der nächsten, noch unvollendeten Vergangenheit: d. h. so eben noch. *ἐπ' ἀλλήλοισι φέρον*, *sibi inferebant* (*bellum*).

140. *ἠδὲ τοκήων.* Tyndareos und Leda werden also vom Dichter als noch lebend gedacht. Gleichwohl kann er 199 die Helena *Διὸς ἐκγεγαυῖα* nennen.

143. *οὐκ οἴη κτέ.* = Od. *α*, 331.

144. *Αἴθρη … Κλυμένη τε.* Diess ist die einzige Stelle der Ilias, wo die Begleiterinnen einer edlen Frau mit Namen genannt werden, wie Od. *σ*, 182. Der Name Aethra, besonders in Verbindung mit dem des Vaters Pittheus, macht den Vers verdächtig durch die Erinnerung an die Mutter des Theseus (vgl. zu Od. *λ*, 321–325), die nach der (wohl spätern) Sage in die Hände der Dioskuren fiel, als diese ihre von Theseus geraubte und unter dem Schutz der Aethra verwahrte Schwester Helena in Aphidna befreiten. Doch ist es höchst unwahrscheinlich, dass diese Aethra hier gemeint sein könne.

οἱ δ' ἀμφὶ Πρίαμον καὶ Πάνθοον ἠδὲ Θυμοίτην
Λάμπον τε Κλυτίον θ' Ἱκετάονά τ' ὄζον Ἄρηος,
Οὐκαλέγων τε καὶ Ἀντήνωρ, πεπνυμένω ἄμφω,
εἵατο δημογέροντες ἐπὶ Σκαιῇσι πύλῃσιν,
γήραϊ δὴ πολέμοιο πεπαυμένοι, ἀλλ' ἀγορηταί
ἐσθλοί, τεττίγεσσιν ἐοικότες, οἵ τε καθ' ὕλην
δενδρέῳ ἐφεζόμενοι ὄπα λειριόεσσαν ἱεῖσιν·
τοῖοι ἄρα Τρώων ἡγήτορες ἧντ' ἐπὶ πύργῳ.
οἱ δ' ὡς οὖν εἴδονθ' Ἑλένην ἐπὶ πύργον ἰοῦσαν,
ἦκα πρὸς ἀλλήλους ἔπεα πτερόεντ' ἀγόρευον.
„οὐ νέμεσις Τρῶας καὶ ἐυκνήμιδας Ἀχαιούς
τοιῇδ' ἀμφὶ γυναικὶ πολὺν χρόνον ἄλγεα πάσχειν·
αἰνῶς ἀθανάτῃσι θεῇς εἰς ὦπα ἔοικεν.
ἀλλὰ καὶ ὧς, τοίη περ ἐοῦσ', ἐν νηυσὶ νεέσθω,
μηδ' ἡμῖν τεκέεσσί τ' ὀπίσσω πῆμα λίποιτο.“
ὧς ἄρ' ἔφαν, Πρίαμος δ' Ἑλένην ἐκαλέσσατο φωνῇ.

146 f. *οἱ δ' ἀμφὶ Πρίαμον κτἑ.*, vgl. zu *β*, 445. Od. *χ*, 281. Die folgenden Namen könnten auch unabhängig im Nominativ stehen, sind aber ebenfalls von *ἀμφὶ* regiert, wie *ζ*, 436 f. *μ*, 139 f.

148. *Οὐκαλέγων τε καὶ Ἀντήνωρ*. Erst diese stehen wirklich selbständig, weil sie durch das Epitheton *πεπνυμένω ἄμφω* als Individuen ausgezeichnet werden sollen. Den Grund dieses Lobes giebt nach der allgemeinen Ueberlieferung in Beziehung auf den letztern und Aeneas Livius I, 1 mit den Worten an: *quia pacis reddendaeque Helenae semper auctores fuerant.*

149. *δημογέροντες*, Apposition zu den vorhergehenden Namen (ausser Priamos). *ἐπὶ Σκ. πύλῃσιν*, d. h. auf der breiten Mauer über dem Thore.

151. *τεττίγεσσιν ἐοικότες*. Die Vergleichung bezieht sich nur auf die Anmuth, sich gleichbleibende Ruhe und Unermüdlichkeit ihrer Rede. Der *τέττιξ* hat daher bei Hesiodos das Epitheton *ἠχέτα*, Töner, im Deutschen Singer, im Holländischen Leierer.

152. *λειριόεις*, verstärkende Verlängerung von *λείριος* (*λεῖρος*, *λεῖος*), sehr fein, zart. Apoll. Rhod. 4, 903 von den Sirenen: *ἵεσαν ἐκ στομάτων ὄπα λείριον.*

153. *τοῖοι* mit *ἧντο* zu verbinden: als solche, so sassen, *tales erant — qui sedebant.*

156. *οὐ νέμεσις* (*οὐ νεμεσητόν*), vgl. zu Od. *υ*, 330. Diese Anerkennung der Schönheit Helena's aus dem Munde besonnener und durch ihren Charakter ehrwürdiger Greise ist das Wirksamste, was zu ihrem Lobe gesagt werden kann.

158. *εἰς ὦπα*, Verstärkung zu *ἔοικεν*, gleichsam: beim genauesten Ansehen.

160. *ἡμῖν - πῆμα*, uns und unsern Kindern einst noch zum Unheil = *ὀπίσω πῆμα γενησομένη.*

161. *ἐκαλέσσατο φωνῇ*, wie sonst *φωνήσας προσέφη* u. dgl. = Od. *ω*, 530 *ἤυσεν φωνῇ*. Dagegen

„δεῦρο πάροιθ᾽ ἐλθοῦσα, φίλον τέκος, ἵζευ ἐμεῖο,
ὄφρα ἴδῃ πρότερόν τε πόσιν πηούς τε φίλους τε·
οὔ τί μοι αἰτίη ἐσσί· θεοί νύ μοι αἴτιοί εἰσιν,
οἵ μοι ἐφώρμησαν πόλεμον πολύδακρυν Ἀχαιῶν· —
ὥς μοι καὶ τόνδ᾽ ἄνδρα πελώριον ἐξονομήνῃς,
ὅς τις ὅδ᾽ ἐστὶν Ἀχαιὸς ἀνὴρ ἠΰς τε μέγας τε.
ἦ τοι μὲν κεφαλῇ καὶ μείζονες ἄλλοι ἔασιν·
καλὸν δ᾽ οὕτω ἐγὼν οὔ πω ἴδον ὀφθαλμοῖσιν,
οὐδ᾽ οὕτω γεραρόν· βασιλῆι γὰρ ἀνδρὶ ἔοικεν."
τὸν δ᾽ Ἑλένη μύθοισιν ἀμείβετο, δῖα γυναικῶν,
„αἰδοῖός τέ μοί ἐσσι, φίλε ἑκυρέ, δεινός τε·
ὡς ὄφελεν θάνατός μοι ἁδεῖν κακός, ὁππότε δεῦρο
υἱέι σῷ ἑπόμην, θάλαμον γνωτούς τε λιποῦσα
παῖδά τε τηλυγέτην καὶ ὁμηλικίην ἐρατεινήν.
ἀλλὰ τά γ᾽ οὐκ ἐγένοντο· τὸ καὶ κλαίουσα τέτηκα.
τοῦτο δέ τοι ἐρέω, ὅ μ᾽ ἀνείρεαι ἠδὲ μεταλλᾷς.
οὗτός γ᾽ Ἀτρείδης εὐρυκρείων Ἀγαμέμνων,
ἀμφότερον βασιλεύς τ᾽ ἀγαθὸς κρατερός τ᾽ αἰχμητής.
δαὴρ αὖτ᾽ ἐμὸς ἔσκε κυνώπιδος, εἴ ποτ᾽ ἔην γε."

Od. ρ, 330 *νεῦσ᾽ ἐπὶ οἷ καλέσας*.

162. *ἐμεῖο* hängt von dem entfernten *πάροιθε* ab, obgleich diess auch zu *ἐλθοῦσα* passen würde. Vgl. π, 255.

163. *πηούς*. Vgl. zu Od. κ, 441.

166. *ὥς μοι – ἐξονομήνῃς*, dass du mir auch nennest, steht parallel mit 163 *ὄφρα ἴδῃ*, als Bezeichnung des entferntern und speciellern Zweckes. Ueber das chronologisch Auffallende dieser Scene vgl. Einleit. S. 17 in der Uebersicht des dritten Buches.

168. *ἦ τοι μὲν* d. h. es ist freilich wahr, ich muss zugeben. *κεφαλῇ* (= 193) *καὶ μείζονες*, von Haupt noch höher d. h. an Wuchs.

172. *αἰδοῖός τε – δεινός τε*, ehrwürdig und furchtbar, das erstere durch deine edle, liebevolle Gesinnung, das letztere durch das Bewusstsein meiner Schuld und Strafwürdigkeit. Die beiden Endsylben in *φίλε ἑκυρέ* werden je durch das folgende Digamma verlängert.

173. *ὡς – ἁδεῖν κακός*, hätte ich doch den bösen, verhassten Tod gewählt, wäre ich freiwillig gestorben.

174. *γνωτοὺς* neben *θάλαμον* geht wohl auf die eigenen Blutsverwandten.

175. *τηλυγέτην*, vgl. zu Od. δ, 11.

176. *τέτηκα* nicht = *τήκομαι*, sondern wahres Perfectum: ich habe mich abgehärmt, ich bin vom Gram abgezehrt.

180. *αὖτ᾽ – ἔσκε*, dann war er auch, d. h. er war aber auch. Vgl. Od. λ, 338. — *εἴ ποτ᾽ ἔην γε* (vgl. zu Od. ο, 268): „wenn er es je war".

ὣς φάτο, τὸν δ' ὁ γέρων ἠγάσσατο, φώνησέν τε
„ὦ μάκαρ Ἀτρείδη, μοιρηγενές, ὀλβιόδαιμον,
ἦ ῥά νύ τοι πολλοὶ δεδμήατο κοῦροι Ἀχαιῶν.
ἤδη καὶ Φρυγίην εἰσήλυθον ἀμπελόεσσαν,
ἔνθα ἴδον πλείστους Φρύγας ἀνέρας, αἰολοπώλους,
λαοὺς Ὀτρῆος καὶ Μύγδονος ἀντιθέοιο,
οἵ ῥα τότ' ἐστρατόωντο παρ' ὄχθας Σαγγαρίοιο·
καὶ γὰρ ἐγὼν ἐπίκουρος ἐὼν μετὰ τοῖσιν ἐλέχθην
ἤματι τῷ ὅτε τ' ἦλθον Ἀμαζόνες ἀντιάνειραι·
ἀλλ' οὐδ' οἱ τόσοι ἦσαν ὅσοι ἑλίκωπες Ἀχαιοί."
δεύτερον αὖτ' Ὀδυσῆα ἰδὼν ἐρέειν' ὁ γεραιός
„εἴπ' ἄγε μοι καὶ τόνδε, φίλον τέκος, ὅς τις ὅδ' ἐστίν
μείων μὲν κεφαλῇ Ἀγαμέμνονος Ἀτρείδαο,
εὐρύτερος δ' ὤμοισιν ἰδὲ στέρνοισιν ἰδέσθαι.
τεύχεα μέν οἱ κεῖται ἐπὶ χθονὶ πουλυβοτείρῃ,
αὐτὸς δὲ κτίλος ὣς ἐπιπωλεῖται στίχας ἀνδρῶν.
ἀρνειῷ μιν ἔγωγε ἐίσκω πηγεσιμάλλῳ,
ὅς τ' οἰῶν μέγα πῶυ διέρχεται ἀργεννάων."

182. *μοιρηγενές, ὀλβιόδαιμον* kommen beide nur hier vor, die Begriffe liegen aber ganz im Kreise homerischer Vorstellungen. *μοιρηγενὴς* = Glückskind, zum Glücke Geborner, wie *α*, 418 Thetis umgekehrt sagt: *τῷ σε κακῇ αἴσῃ τέκον ἐν μεγάροισιν.* Für den Begriff von *μοῖρα* aber vgl. Od. *υ*, 76 *μοῖράν τ' ἀμμορίην τε καταθνητῶν ἀνθρώπων* und die Zusammensetzung *δυσάμμορος.* — *ὀλβιοδαίμων*, dem ein glücklicher Dämon, der Dämon (die höhere Macht) glücklich und beglückend naht. Vgl. Od. *λ*, 61 *δαίμονος αἶσα κακή. ε*, 396 *στυγερὸς δέ οἱ ἔχραε δαίμων.* — Man beachte in diesem Verse die in dem wachsenden Umfang der Wörter *ὦ – ὀλβιόδαιμον* liegende Steigerung: ein Vortheil, den auch die Redner häufig benutzen.

183. *ἦ ῥά νύ τοι δεδμήατο*, traun so waren dir denn (wie ich erst jetzt sehe) viele Achäer unterthan, dienstbar. Zu diesem Gebrauche des Imperfects oder Plusquamperfects bei *ἄρα* (scheinbar für das Präsens oder Perfectum) vgl. Od. *ϑ*, 384 *ἠδ' ἄρ' ἑτοῖμα τέτυκτο.* Iliad. *ϑ*, 163 *γυναικὸς ἄρ' ἀντὶ τέτυξο. μ*, 164.

186. *λαοὺς Ὀτρῆος κτέ.* Im Hymn. in Ven. 111 nennt Aphrodite sich die Tochter des Otreus, Königs von Phrygien, und bei Virg. Aen. 2, 341 erscheint *iuvenis Coroebus Mygdonides* als Bundesgenosse der Trojaner.

188. *μετὰ τοῖσιν ἐλέχθην.* Vgl. Od. *ι*, 335 *αὐτὰρ ἐγὼ πέμπτος μετὰ τοῖσιν ἐλέγμην.*

189. *Ἀμαζόνες.* Gegen diese zog Priamos den Phrygern zu Hülfe, vgl. zu *β*, 814.

196. *ἐπιπωλεῖται, obit, obambulat*, er schreitet (gliederweise) durch – hin (vgl. *δ*, 231. 250), = *διέρχεται* 198.

3 τὸν δ' ἠμείβετ' ἔπειθ' Ἑλένη Διὸς ἐκγεγαυῖα
„οὗτος δ' αὖ Λαερτιάδης πολύμητις Ὀδυσσεύς,
ὃς τράφη ἐν δήμῳ Ἰθάκης κραναῆς περ ἐούσης
εἰδὼς παντοίους τε δόλους καὶ μήδεα πυκνά.“
τὴν δ' αὖτ' Ἀντήνωρ πεπνυμένος ἀντίον ηὔδα
„ὦ γύναι, ἦ μάλα τοῦτο ἔπος νημερτὲς ἔειπες·
ἤδη γὰρ καὶ δεῦρό ποτ' ἤλυθε δῖος Ὀδυσσεύς,
σεῦ ἕνεκ' ἀγγελίης, σὺν ἀρηιφίλῳ Μενελάῳ·
τοὺς δ' ἐγὼ ἐξείνισσα καὶ ἐν μεγάροισι φίλησα,
ἀμφοτέρων δὲ φυὴν ἐδάην καὶ μήδεα πυκνά.
ἀλλ' ὅτε δὴ Τρώεσσιν ἐν ἀγρομένοισιν ἔμιχθεν,
στάντων μὲν Μενέλαος ὑπείρεχεν εὐρέας ὤμους,
ἄμφω δ' ἑζομένω γεραρώτερος ἦεν Ὀδυσσεύς.
ἀλλ' ὅτε δὴ μύθους καὶ μήδεα πᾶσιν ὕφαινον,
ἤ τοι μὲν Μενέλαος ἐπιτροχάδην ἀγόρευεν,
παῦρα μέν, ἀλλὰ μάλα λιγέως, ἐπεὶ οὐ πολύμυθος
οὐδ' ἀφαμαρτοεπής, ἢ καὶ γένει ὕστερος ἦεν.

200. *οὗτος δ' αὖ*, Gegensatz zu 178 *οὗτός γ' Ἀτρείδης*, also für *δὲ αὖ*. Ebenso 229 *οὗτος δ' Αἴας ἐστί*.

201. *ἐν δήμῳ Ἰθάκης*. Wie *δήμῳ* zu nehmen sei, zeigt Od. ρ, 526 *Θεσπρωτῶν ἀνδρῶν ἐν πίονι δήμῳ* = Iliad. π, 437. 514.

205. *δεῦρό ποτ' ἤλυθε*, nämlich ehe förmlich der Krieg erklärt wurde, um Genugthuung zu fordern. Vgl. λ, 138–142.

206. *σεῦ ἕνεκ' ἀγγελίης*, wegen der Botschaft über dich. *σεῦ* ist Genitiv des Objects zu *ἀγγελίης* wie Od. κ, 245 *ἀγγελίην ἑτάρων ἐρέων*, mit derselben Wortstellung wie Od. ξ, 70. 117 *Ἀγαμέμνονος εἵνεκα τιμῆς*. Zu *ἕνεκ' ἀγγελίης* vgl. Od. π, 334 *τὼ δὲ συναντήτην κῆρυξ καὶ δῖος ὑφορβὸς τῆς αὐτῆς ἕνεκ' ἀγγελίης*. Doch gestattet der Zusammenhang unserer Stelle auch, *ἀγγελίης* als Substant. masc. = *ἄγγελος* zu fassen (= deinetwegen als Bote), worüber vgl. zu δ, 384, λ, 140.

211. *ἄμφω δ' ἑζομένω*, Nominativ des Ganzen mit nachfolgendem Nomitativ des e i n e n Theiles; der andere Theil (etwa *Μενέλαος δὲ ἧττον γεραρός*) wird als sich von selbst verstehend nicht ausgesetzt. Vgl. über diese Redeweise (*μετάβασις ἀπὸ ὅλου εἰς μέρη*) zu Od. ϑ, 361.

213. *ἐπιτροχάδην*, (vgl. zu Od. σ, 26) über die Sachen hineilend und nur die Hauptpuncte berührend, kurz und bündig, *summatim*, *succincte* oder *transcursim*. Schol. *παρατρέχων τὰ πολλὰ καὶ τὰ καίρια μόνον λέγων*.

214. *λιγέως*, vernehmlich, also auch kräftig und nachdrücklich.

215. *ἀφαμαρτοεπής*, in der Rede abschweifend, von der Sache abirrend. Vgl. Od. λ, 511 *καὶ οὐχ ἡμάρτανε μύθων*. Diess begegnet aber gerade den *πολυμύθοις* am leichtesten. — *ἢ καὶ γένει ὕστερος ἦεν*, oder auch er war jün-

ἀλλ' ὅτε δὴ πολύμητις ἀναΐξειεν Ὀδυσσεύς,
στάσκεν, ὑπαὶ δὲ ἴδεσκε κατὰ χθονὸς ὄμματα πήξας,
σκῆπτρον δ' οὔτ' ὀπίσω οὔτε προπρηνὲς ἐνώμα,
ἀλλ' ἀστεμφὲς ἔχεσκεν, ἀΐδρεϊ φωτὶ ἐοικώς·
φαίης κε ζάκοτόν τέ τιν' ἔμμεναι ἄφρονά τ' αὔτως.
ἀλλ' ὅτε δή ῥ' ὄπα τε μεγάλην ἐκ στήθεος ἵει
καὶ ἔπεα νιφάδεσσιν ἐοικότα χειμερίῃσιν,
οὐκ ἂν ἔπειτ' Ὀδυσῆΐ γ' ἐρίσσειε βροτὸς ἄλλος.
οὐ τότε γ' ὧδ' Ὀδυσῆος ἀγασσάμεθ' εἶδος ἰδόντες."
τὸ τρίτον αὖτ' Αἴαντα ἰδὼν ἐρέειν' ὁ γεραιός
„τίς τ' ἄρ' ὅδ' ἄλλος Ἀχαιὸς ἀνὴρ ἠΰς τε μέγας τε,
ἔξοχος Ἀργείων κεφαλήν τε καὶ εὐρέας ὤμους;"
τὸν δ' Ἑλένη τανύπεπλος ἀμείβετο, δῖα γυναικῶν,
„οὗτος δ' Αἴας ἐστὶ πελώριος, ἕρκος Ἀχαιῶν.
Ἰδομενεὺς δ' ἑτέρωθεν ἐνὶ Κρήτεσσι θεὸς ὣς

ger an Jahren und darum weniger geübt und kunstfertig im öffentlichen Sprechen. Dieser Satz steht parallel mit ἐπεὶ οὐ πολύμυθος ἦν = ἦ καὶ ὅτι γένει ὕστερος ἦεν, und giebt einen auch möglichen Grund von Menelaos' Kürze im Sprechen an. Denn allerdings soll dieser, trotz der eingestreuten lobenden Prädicate, doch in Vergleichung mit Odysseus und seiner Rednerfülle (221–224) als ein weniger bedeutender und namentlich wortkarger Redner bezeichnet werden. Daher auch die Einführung mit ἦ τοι μὲν = 168. Zu diesem Gebrauche von ἦ καὶ vgl. Od. η, 263 Ζηνὸς ὑπ' ἀγγελίης ἢ καὶ (ὅτι) νόος ἐτράπετ' αὐτῆς.

217. κατὰ χθονὸς ist mit πήξας zu verbinden als nähere Bestimmung zu ὑπαὶ ἴδεσκε, er sah (zur Erde) nieder.

220. φαίης κε wie im Lateinischen *diceres*, *crederes*, man hätte gemeint. ἄφρονά τ' αὔτως abschätzig: und nur so ein Einfältiger (Ameis: und nur so ein Tropf). Zu αὔτως vgl. Od. ξ, 151 mit ζ, 166.

221. ὅτε δὴ – ἵει wie 212 ὅτε δὴ – ὕφαινον, von einer einmaligen, aber dauernden Handlung.

223. οὐκ ἂν – ἐρίσσειε, da hätte keiner – – gestritten, sich in einen Wettstreit eingelassen.

224. οὐ τότε – ἀγασσάμεθ' εἶδος, da erstaunten wir nicht so sehr (wie nämlich früher) über seine Gestalt (seine eigenthümliche Erscheinung betrachtend) als vielmehr über seine Redegabe.

230. Ἰδομενεὺς δ' ἑτέρωθεν. Dass Helena selbst und ungefragt auf einen andern der achäischen Helden übergeht, gewährt dem Dichter den Vortheil, die Fragen des Priamos, die nachgerade einförmig und ermüdend hätten werden müssen, und somit die ganze Teichoskopie einem passenden Schlusse zuzuführen: was durch Helena's Verwunderung über die Abwesenheit ihrer Brüder (234–242) geschieht. Eben dadurch stellt Helena sich auch sicher, dass sie nicht etwa nach Menelaos gefragt wird, was ihr nothwendig peinlich sein müsste, obgleich sie ihn jetzt 232 ganz un-

ἕστηκ', ἀμφὶ δέ μιν Κρητῶν ἀγοὶ ἠγερέθονται.
πολλάκι μιν ξείνισσεν ἀρηίφιλος Μενέλαος
οἴκῳ ἐν ἡμετέρῳ, ὁπότε Κρήτηθεν ἵκοιτο.
νῦν δ' ἄλλους μὲν πάντας ὁρῶ ἑλίκωπας Ἀχαιούς,
οὕς κεν ἐῢ γνοίην καί τ' οὔνομα μυθησαίμην·
δοιὼ δ' οὐ δύναμαι ἰδέειν κοσμήτορε λαῶν,
Κάστορά θ' ἱππόδαμον καὶ πὺξ ἀγαθὸν Πολυδεύκεα,
αὐτοκασιγνήτω, τώ μοι μία γείνατο μήτηρ.
ἦ οὐχ ἑσπέσθην Λακεδαίμονος ἐξ ἐρατεινῆς;
ἦ δεύρω μὲν ἕποντο νέεσσ' ἔνι ποντοπόροισιν,
νῦν αὖτ' οὐκ ἐθέλουσι μάχην καταδύμεναι ἀνδρῶν,
αἴσχεα δειδιότες καὶ ὀνείδεα πόλλ' ἅ μοί ἐστιν;"
ὣς φάτο, τοὺς δ' ἤδη κάτεχεν φυσίζοος αἶα
ἐν Λακεδαίμονι αὖθι, φίλῃ ἐν πατρίδι γαίῃ.
κήρυκες δ' ἀνὰ ἄστυ θεῶν φέρον ὅρκια πιστά,
ἄρνε δύω καὶ οἶνον ἐύφρονα, καρπὸν ἀρούρης,
ἀσκῷ ἐν αἰγείῳ. φέρε δὲ κρητῆρα φαεινόν
κῆρυξ Ἰδαῖος ἠδὲ χρύσεια κύπελλα·
ὤτρυνεν δὲ γέροντα παριστάμενος ἐπέεσσιν.

befangen erwähnen kann.

231. ἠγερέθονται, sie sammeln sich allmälich, einer nach dem andern, vgl. β, 304.

235. οὕς κεν ἐῢ γνοίην, hypothetisch: die ich (gefragt) wohl kennen würde und mit Namen angeben könnte.

238. αὐτοκασιγνήτω. Die Zusammenstellung selbst mit der beigefügten Erklärung, sowie die Verbindung κασίγνητος καὶ ὄπατρος λ, 257 macht wahrscheinlich, dass durch κάσις ursprünglich der Begriff Leib, Mutterleib = γαστήρ bezeichnet werde, vgl. γέγαα s. v. a. γέγονα, ὁμογάστριος = ὁμομήτριος, und ἔγκατα das Innere des Leibes, Eingeweide. — μοι μία = μοι ἡ αὐτή, eadem mihi = eadem quae me. Ebenso τ, 293.

239 f. ἦ οὐχ ἑσπέσθην – ἦ δεύρω. Zwei für sich bestehende parataktische Fragen, welche die nachdenkend gewordene Helena sich vorlegt; vgl. zu Od. α, 175.

241. αὖτε ein stärkeres δέ, wie δ, 238 und 240 (vgl. mit 232 und 237).

242. ἅ μοί ἐστιν, d. h. Schmähungen gegen mich, vgl. ζ, 524.

243 f. τοὺς δ' ἤδη κάτεχεν, d. h. sie waren beide todt und begraben, vgl. zu Od. λ, 298. — αἶα – ἐν – γαίῃ wie im Deutschen: die Erde umfing sie im Vaterlande. — ἐν Λακεδαίμονι αὖθι, dort in Lakedämon, dem Lande wo sie vorher waren. Ihr Begräbnissort war nach Pindar Therapnä.

245. κήρυκες δ' ἀνὰ ἄστυ, Fortsetzung der Haupterzählung, wo sie 116–120 stehen geblieben ist.

249. ὤτρυνεν δὲ γέροντα, indem er auf dem Rückwege beim

„ὄρσεο, Λαομεδοντιάδη. καλέουσιν ἄριστοι 3
Τρώων θ' ἱπποδάμων καὶ Ἀχαιῶν χαλκοχιτώνων
ἐς πεδίον καταβῆναι, ἵν' ὅρκια πιστὰ τάμητε.
αὐτὰρ Ἀλέξανδρος καὶ ἀρηίφιλος Μενέλαος
μακρῇς ἐγχείῃσι μαχήσοντ' ἀμφὶ γυναικί·
τῷ δέ κε νικήσαντι γυνὴ καὶ κτήμαθ' ἕποιτο·
οἱ δ' ἄλλοι φιλότητα καὶ ὅρκια πιστὰ ταμόντες
ναίοιμεν Τροίην ἐριβώλακα, τοὶ δὲ νέονται
Ἄργος ἐς ἱππόβοτον καὶ Ἀχαιίδα καλλιγύναικα."
ὣς φάτο, ῥίγησεν δ' ὁ γέρων, ἐκέλευσε δ' ἑταίροις
ἵππους ζευγνύμεναι· τοὶ δ' ὀτραλέως ἐπίθοντο.
ἂν δ' ἄρ' ἔβη Πρίαμος, κατὰ δ' ἡνία τεῖνεν ὀπίσσω·
πὰρ δέ οἱ Ἀντήνωρ περικαλλέα βήσετο δίφρον.
τὼ δὲ διὰ Σκαιῶν πεδίονδ' ἔχον ὠκέας ἵππους.
ἀλλ' ὅτε δή ῥ' ἵκοντο μετὰ Τρῶας καὶ Ἀχαιούς,
ἐξ ἵππων ἀποβάντες ἐπὶ χθόνα πουλυβότειραν
ἐς μέσσον Τρώων καὶ Ἀχαιῶν ἐστιχόωντο.
ὤρνυτο δ' αὐτίκ' ἔπειτα ἄναξ ἀνδρῶν Ἀγαμέμνων,
ἂν δ' Ὀδυσεὺς πολύμητις· ἀτὰρ κήρυκες ἀγαυοί
ὅρκια πιστὰ θεῶν σύναγον, κρητῆρι δὲ οἶνον
μίσγον, ἀτὰρ βασιλεῦσιν ὕδωρ ἐπὶ χεῖρας ἔχευαν.
Ἀτρείδης δὲ ἐρυσσάμενος χείρεσσι μάχαιραν,

Skäischen Thore vorbeikam. Zu *γέροντα* vgl. das bei *λ*, 696 Bemerkte.

252f. *ἵνα – τάμητε*, damit ihr — du und der Oberfeldherr der Achäer — einen festen Vertrag schliesset. Für das folgende *αὐτὰρ* würde man eher *γὰρ* erwarten, es steht aber ähnlich *α*, 282 *αὐτὰρ ἔγωγε λίσσομαι κτἑ.*

256f. *οἱ δ' ἄλλοι*, vgl. zu 73. Zu *ναίοιμεν* ist aus 255 *κε* herabzunehmen, und *νέονται* in der Bedeutung des Futurum.

259. *ἐκέλευσε δ' ἑταίροις*, er befahl den Begleitern (Dienern). Diese mussten also nach Priamos' Wohnung zurückkehren; was, um desto schneller zur Hauptsache zu kommen, sowie des Priamos Herabsteigen von der Mauer, nicht erwähnt wird.

261. *κατὰ – τεῖνεν* = 311. *τ*, 394: er zog an d. h. bis zum rechten Puncte.

267. *αὐτίκ' ἔπειτα* hinter dem Verbum wie Od. *ρ*, 120.

268. *ἂν δ' Ὀδυσεύς*, erg. *ὤρνυτο*, obgleich nur das Simplex vorangeht, = *η*, 163–168. Vgl. *ε*, 480f. *ἔλιπον – κὰδ δὲ (ἔλιπον)*.

269f. *οἶνον μίσγον*, nämlich den Wein beider Theile. Denn die *σπονδαὶ* waren nach *δ*, 159 = *β*, 341 *ἄκρητοι*, und ihre Mischung mit Wasser ganz unzulässig.

271. *μάχαιρα*, bei Homer immer von *ξίφος* oder *φάσγανον* unter-

ἤ οἱ πὰρ ξίφεος μέγα κουλεὸν αἰὲν ἄωρτο,
ἀρνῶν ἐκ κεφαλέων τάμνε τρίχας· αὐτὰρ ἔπειτα
κήρυκες Τρώων καὶ Ἀχαιῶν νεῖμαν ἀρίστοις.
τοῖσιν δ' Ἀτρείδης μεγάλ' εὔχετο χεῖρας ἀνασχών.
„Ζεῦ πάτερ, Ἴδηθεν μεδέων, κύδιστε μέγιστε,
ἠέλιός θ' ὃς πάντ' ἐφορᾷς καὶ πάντ' ἐπακούεις,
καὶ ποταμοὶ καὶ γαῖα, καὶ οἳ ὑπένερθε καμόντας
ἀνθρώπους τίνυσθον, ὅ τίς κ' ἐπίορκον ὀμόσσῃ,
ὑμεῖς μάρτυροι ἔστε, φυλάσσετε δ' ὅρκια πιστά.
εἰ μέν κεν Μενέλαον Ἀλέξανδρος καταπέφνῃ,
αὐτὸς ἔπειθ' Ἑλένην ἐχέτω καὶ κτήματα πάντα,
ἡμεῖς δ' ἐν νήεσσι νεώμεθα ποντοπόροισιν·
εἰ δέ κ' Ἀλέξανδρον κτείνῃ ξανθὸς Μενέλαος,
Τρῶας ἔπειθ' Ἑλένην καὶ κτήματα πάντ' ἀποδοῦναι,
τιμὴν δ' Ἀργείοις ἀποτινέμεν ἥν τιν' ἔοικεν,
ἥ τε καὶ ἐσσομένοισι μετ' ἀνθρώποισι πέληται.
εἰ δ' ἂν ἐμοὶ τιμὴν Πρίαμος Πριάμοιό τε παῖδες
τίνειν οὐκ ἐθέλωσιν Ἀλεξάνδροιο πεσόντος,
αὐτὰρ ἐγὼ καὶ ἔπειτα μαχήσομαι εἵνεκα ποινῆς

schieden; die Spätern nannten es *παραξιφὶς* (*παραξιφίδιον*).

274. *νεῖμαν ἀρίστοις* (*τρίχας*), zum Zeichen, dass Alle an dem abzuschliessenden Bundesvertrage betheiligt seien, alle gleichsam auf das Haupt des Opferthiers schwören sollen.

276. *Ἴδηθεν μ.* Denn auf dem Ida hat Zeus nach *θ*, 48 ein *τέμενος* und einen Altar. Der höchste Gott wird doch gleichsam da aufgesucht, wo er am nächsten zu finden ist.

278. *καὶ οἳ – τίνυσθον* müssen die zwei zusammengehörenden unterirdischen Gottheiten, Aides und Persephone, sein. Nach unserer Stelle und *τ*, 259f. werden die Meineidigen noch in der Unterwelt gestraft, so dass sie also wohl auch mit einem Körper und mit etwelchem Bewusstsein begabt zu denken sind, wie nach Od. *λ*, 576 – 600 Tityos, Tantalos und Sisyphos. *καμόντας*, die ermüdeten, die den Mühen des Erdenlebens im Tode erlegen sind. Vgl. zu Od. *λ*, 476.

283. *νεώμεθα*, parallel mit *ἐχέτω*, ist gleichsam die erste Person des Imperativs: wir sollen zurückkehren.

285. *Τρῶας – ἀποδοῦναι.* Ein ähnlicher Infinitiv des Wunsches oder Verlangens wie *β*, 413 *μὴ πρὶν ἐπ' ἠέλιον δῦναι κτέ.*, vgl. unten 322f.

287. *ἥ τε – πέληται*, nämlich durch den Ruf und die Erinnerung; vgl. *β*, 233 *ἥν τε – κατίσχεαι*, und für den Gedanken *ζ*, 357f.

288. *εἰ – οὐκ ἐθέλωσιν*, *si – nolint*, vgl. zu Od. *β*, 274 *εἰ δ' οὐ κείνου γ' ἐσσὶ γόνος*. *οὐκ ἐθέλειν* bildet Einen Begriff, wie *δ*, 55

αὖθι μένων, εἵως κε τέλος πολέμοιο κιχείω.“
ἦ, καὶ ἀπὸ στομάχους ἀρνῶν τάμε νηλέι χαλκῷ.
καὶ τοὺς μὲν κατέθηκεν ἐπὶ χθονὸς ἀσπαίροντας
θυμοῦ δευομένους· ἀπὸ γὰρ μένος εἵλετο χαλκός·
οἶνον δ' ἐκ κρητῆρος ἀφυσσάμενοι δεπάεσσιν
ἔκχεον, ἠδ' εὔχοντο θεοῖς αἰειγενέτῃσιν.
ὧδε δέ τις εἴπεσκεν Ἀχαιῶν τε Τρώων τε.
„Ζεῦ κύδιστε μέγιστε, καὶ ἀθάνατοι θεοὶ ἄλλοι,
ὁππότεροι πρότεροι ὑπὲρ ὅρκια πημήνειαν,
ὧδέ σφ' ἐγκέφαλος χαμάδις ῥέοι ὡς ὅδε οἶνος,
αὐτῶν καὶ τεκέων, ἄλοχοι δ' ἄλλοισι δαμεῖεν.“
ὣς ἔφαν, οὐδ' ἄρα πώ σφιν ἐπεκραίαινε Κρονίων.
τοῖσι δὲ Δαρδανίδης Πρίαμος μετὰ μῦθον ἔειπεν.
„κέκλυτέ μευ, Τρῶες καὶ ἐυκνήμιδες Ἀχαιοί.
ἦ τοι ἐγὼν εἶμι προτὶ Ἴλιον ἠνεμόεσσαν
ἄψ, ἐπεὶ οὔ πω τλήσομ' ἐν ὀφθαλμοῖσιν ὁρᾶσθαι
μαρνάμενον φίλον υἱὸν ἀρηιφίλῳ Μενελάῳ·

οὐκ εἰῶ.

291 f. *τέλος πολέμοιο*, das Ziel des Krieges, d. h. die Vollendung desselben, den entscheidenden Ausgang, den Sieg. Vgl. *π*, 630 *ἐν γὰρ χερσὶ τέλος πολέμου*. — *στόμαχος* die Kehle, der Theil des Schlundes, der im Halse liegt, vgl. *ϱ*, 47.

293. *ἀσπαίροντας – δευομένους*. Das zweite Particip enthält die Begründung des ersten. *μένος*, Kraft, Lebenskraft, während *θυμὸς* wie *ψυχὴ* allgemeiner das Leben überhaupt bezeichnet.

295. *ἀφυσσάμενοι δεπάεσσιν*, d. h. sie schöpften sich (liessen sich schöpfen) in die Becher aus dem Mischkrug, nämlich ohne Zweifel durch Vermittlung der Herolde.

299. *ὑπὲρ ὅρκια πημήνειαν* (vgl. 107 *ὑπερβασίῃ Διὸς ὅρκια δηλήσηται*) prägnante Verbindung: den Eid durch Ueberschreitung verletzen. Der Optativ im Relativsatze steht durch Einwirkung des Optativs im Hauptsatze *ὧδέ σφι* (= *τούτοις*) *ῥέοι*, vgl. zu Od. *α*, 47 *ὡς ἀπόλοιτο καὶ ἄλλος, ὅ τις τοιαῦτά γε ῥέζοι*.

300. *ὧδε – χαμάδις ῥέοι*. Diess ist die symbolische Bedeutung jedes Opfers bei der Beschwörung eines Bundes. So Liv. 1, 24: *Si prior defexit (populus Romanus) publico consilio, dolo malo, tu illo die, Juppiter, populum Romanum sic ferito, ut ego hunc porcum hic hodie feriam, tantoque magis ferito, quanto magis potes pollesque.* Genes. 15, 9 f.

301. *αὐτῶν καὶ τεκέων*, abhängig von *ἐγκέφαλος*, statt nach *σφι* gerichtet zu sein. Vgl. zu Od. *ζ*, 155 – 157 *μάλα πού σφισι θυμὸς ἰαίνεται – λευσσόντων*.

302. *οὐδ' ἄρα πω – Κρονίων*, vgl. zu *β*, 419.

306. *οὔ πω τλήσομαι*, ich kann es in keiner Weise, unmöglich ertragen. Ueber *πὼ* = *πῶς* vgl. zu Od. *γ*, 226.

Ζεὺς μέν που τό γε οἶδε καὶ ἀθάνατοι θεοὶ αλλοι,
ὁπποτέρῳ θανάτοιο τέλος πεπρωμένον ἐστίν."
ἦ ῥα, καὶ ἐς δίφρον ἄρνας θέτο ἰσόθεος φώς,
ἂν δ' ἄρ' ἔβαιν' αὐτός, κατὰ δ' ἡνία τεῖνεν ὀπίσσω·
πὰρ δέ οἱ Ἀντήνωρ περικαλλέα βήσετο δίφρον.
τὼ μὲν ἄρ' ἄψορροι προτὶ Ἴλιον ἀπονέοντο·
Ἕκτωρ δὲ Πριάμοιο πάις καὶ δῖος Ὀδυσσεὺς
χῶρον μὲν πρῶτον διεμέτρεον, αὐτὰρ ἔπειτα
κλήρους ἐν κυνέῃ χαλκήρεϊ πάλλον ἑλόντες,
ὁππότερος δὴ πρόσθεν ἀφείη χάλκεον ἔγχος.
λαοὶ δ' ἠρήσαντο, θεοῖσι δὲ χεῖρας ἀνέσχον·
ὧδε δέ τις εἴπεσκεν Ἀχαιῶν τε Τρώων τε.
„Ζεῦ πάτερ, Ἴδηθεν μεδέων, κύδιστε μέγιστε,
ὁππότερος τάδε ἔργα μετ' ἀμφοτέροισιν ἔθηκεν,
τὸν δὸς ἀποφθίμενον δῦναι δόμον Ἄιδος εἴσω,
ἡμῖν δ' αὖ φιλότητα καὶ ὅρκια πιστὰ γενέσθαι."
ὣς ἄρ' ἔφαν, πάλλεν δὲ μέγας κορυθαίολος Ἕκτωρ
ἂψ ὁρόων· Πάριος δὲ θοῶς ἐκ κλῆρος ὄρουσεν.
οἱ μὲν ἔπειθ' ἵζοντο κατὰ στίχας, ἧχι ἑκάστου
ἵπποι ἀερσίποδες καὶ ποικίλα τεύχε' ἔκειτο·

308. *Ζεὺς μέν που κτἑ.* Zeus zwar weiss es wohl, aber ich weiss es nicht, und darum möchte ich nicht Gefahr laufen, den Tod meines Sohnes mit ansehen zu müssen.

310. *ἐς δίφρον – θέτο*, wahrscheinlich damit kein gemeiner und unwürdiger Gebrauch davon gemacht werde. Denn Schwuropfer durften in der ältern Zeit nicht gegessen werden, da nach ihrer symbolischen Bedeutung ein Fluch darauf ruhte; sie waren den Unterirdischen geweiht. Vgl. *τ*, 267 f.

315. *χῶρον – διεμέτρεον.* So Virg. Aen. 12, 116 f.: *Campum ad certamen magnae sub moenibus urbis Dimensi Rutulique viri Teurique parabant.*

316. *κλήρους – πάλλον* = *ψ*, 861, sie schwangen, schüttelten die Loose (warfen das Loos). Freilich thut dies nach 324 nur Einer, aber er thut es in beider Namen; sie besorgen die Sache gemeinschaftlich. Das folgende Gebet wurde während des Schüttelns verrichtet.

321. *μετ' ἀμφοτέροισιν ἔθηκεν*, zwischen beiden angestiftet hat. Es wünschen also beide Theile, dass Paris besiegt werde und falle.

325. *ἂψ ὁρόων.* Die Loose waren wohl auch hier wie *η*, 175 bezeichnet.

326. *οἱ μέν*, die andern Krieger beider Parteien, vgl. 132–135. Natürlich waren sie während des Opfers und des Schüttelns der Loose theilnehmend aufgestanden.

327. *ἵπποι–ἔκειτο.* Ein Zeugma, das auch den Numerus des Verbi bestimmt hat. Vgl. auch zu *β*, 777.

αὐτὰρ ὅ γ' ἀμφ' ὤμοισιν ἐδύσετο τεύχεα καλά 3
δῖος Ἀλέξανδρος, Ἑλένης πόσις ἠυκόμοιο.
κνημῖδας μὲν πρῶτα περὶ κνήμῃσιν ἔθηκεν
καλάς, ἀργυρέοισιν ἐπισφυρίοις ἀραρυίας·
δεύτερον αὖ θώρηκα περὶ στήθεσσιν ἔδυνεν
οἷο κασιγνήτοιο Λυκάονος· ἥρμοσε δ' αὐτῷ.
ἀμφὶ δ' ἄρ' ὤμοισιν βάλετο ξίφος ἀργυρόηλον
χάλκεον, αὐτὰρ ἔπειτα σάκος μέγα τε στιβαρόν τε.
κρατὶ δ' ἐπ' ἰφθίμῳ κυνέην εὔτυκτον ἔθηκεν,
ἵππουριν· δεινὸν δὲ λόφος καθύπερθεν ἔνευεν.
εἵλετο δ' ἄλκιμον ἔγχος, ὅ οἱ παλάμηφιν ἀρήρει.
ὣς δ' αὔτως Μενέλαος ἀρήιος ἔντε' ἔδυνεν.
οἱ δ' ἐπεὶ οὖν ἑκάτερθεν ὁμίλου θωρήχθησαν,
ἐς μέσσον Τρώων καὶ Ἀχαιῶν ἐστιχόωντο
δεινὸν δερκόμενοι· θάμβος δ' ἔχεν εἰσορόωντας
Τρῶάς θ' ἱπποδάμους καὶ ἐυκνήμιδας Ἀχαιούς.
καί ῥ' ἐγγὺς στήτην διαμετρητῷ ἐνὶ χώρῳ
σείοντ' ἐγχείας, ἀλλήλοισιν κοτέοντε.
πρόσθε δ' Ἀλέξανδρος προΐει δολιχόσκιον ἔγχος,
καὶ βάλεν Ἀτρείδαο κατ' ἀσπίδα πάντοσ' ἐίσην·
οὐδ' ἔρρηξεν χαλκός, ἀνεγνάμφθη δέ οἱ αἰχμή

328. *ἀμφ' ὤμοισιν ἐδύσετο.* Oben als *πρόμαχος* 17 trug er nur die leichte Rüstung eines Bogenschützen. Hier aber, wo es sich um einen entscheidenden Zweikampf handelt, braucht er die volle schwere Rüstung, und hier lohnt es sich auch der Mühe, die einzelnen Bestandtheile derselben nach der Ordnung, wie sie angezogen werden, aufzuzählen.

333. *οἷο κασιγνήτοιο Λ.*, da er sich auf einen solchen Kampf nicht vorgesehen hatte.

337. *ἵππουριν.* Virg. Aen. 10,869 von Mezentius: *Aere caput fulgens cristaque hirsutus equina.*

340. *ἑκάτερθεν ὁμίλου,* d. i. ἐξ oder *πρὸς ἑκατέρου ὁμίλου,* von beiden Kriegshaufen her d. i. jeder auf Seite seines Heeres. Etwas anders ψ, 813.

344. *διαμετρητῷ ἐνὶ χώρῳ,* vgl. 315. Ohne Zweifel war auch der Abstand der beiden Kämpfer beim Ausmessen bestimmt worden.

345. *σείοντε–κοτέοντε.* Die beiden Participia bezeichnen das äussere und innere Gebaren der Helden gegen einander.

346. *δολιχόσκιον ἔγχος.* Auch die Araber sagen, der Schatten der Lanze sei der längste Schatten.

348. *οὐδ' ἔρρηξεν χαλκός,* erg. *τὴν ἀσπίδα* = η, 259. ρ, 44: aber das Erz (der Lanze) drang nicht (durch den Schild) hindurch, vielmehr bog sich seine Spitze um. So steht auch im folgenden Verse *χαλκῷ* von der Lanze.

ἀσπίδ' ἔνι κρατερῇ. ὁ δὲ δεύτερος ὤρνυτο χαλκῷ
Ἀτρείδης Μενέλαος, ἐπευξάμενος Διὶ πατρί.
„Ζεῦ ἄνα, δὸς τίσασθαι ὅ με πρότερος κάκ' ἔοργεν,
δῖον Ἀλέξανδρον, καὶ ἐμῆς ὑπὸ χερσὶ δάμασσον,
ὄφρα τις ἐρρίγῃσι καὶ ὀψιγόνων ἀνθρώπων
ξεινοδόκον κακὰ ῥέξαι, ὅ κεν φιλότητα παράσχῃ."
ἦ ῥα, καὶ ἀμπεπαλὼν προΐει δολιχόσκιον ἔγχος,
καὶ βάλε Πριαμίδαο κατ' ἀσπίδα πάντοσ' ἐίσην.
διὰ μὲν ἀσπίδος ἦλθε φαεινῆς ὄβριμον ἔγχος,
καὶ διὰ θώρηκος πολυδαιδάλου ἠρήρειστο·
ἀντικρὺ δὲ παραὶ λαπάρην διάμησε χιτῶνα
ἔγχος· ὁ δ' ἐκλίνθη καὶ ἀλεύατο κῆρα μέλαιναν.
Ἀτρείδης δὲ ἐρυσσάμενος ξίφος ἀργυρόηλον
πλῆξεν ἀνασχόμενος κόρυθος φάλον· ἀμφὶ δ' ἄρ' αὐτῷ
τριχθά τε καὶ τετραχθὰ διατρυφὲν ἔκπεσε χειρός.
Ἀτρείδης δ' ᾤμωξεν ἰδὼν εἰς οὐρανὸν εὐρύν.
„Ζεῦ πάτερ, οὔ τις σεῖο θεῶν ὀλοώτερος ἄλλος.
ἦ τ' ἐφάμην τίσεσθαι Ἀλέξανδρον κακότητος·
νῦν δέ μοι ἐν χείρεσσιν ἄγη ξίφος, ἐκ δέ μοι ἔγχος

351. *δὸς τίσασθαι* d. i. *δός μοι τίσασθαι τὸν (τοῦτον) ὅς με — ἔοργεν.* — *ἀμπεπαλὼν — ἔγχος* wird von Virg. Aen. 11, 561 ausgemalt: *adducto contortum hastile lacerto immittit.*

357 f. *διὰ μὲν ἀσπίδος κτέ.* = η, 251. δ, 135. Im Anfange des Verses wird eine an sich kurze Sylbe durch den noch vollen Anlauf der Stimme und des Tones am leichtesten verlängert.

358. *ἠρήρειστο.* Das Plusquamperfectum soll die schnell vollendete Wirkung ausdrücken: sie war (mit Einmal) durch den ihr gegebenen Schwung oder Trieb hindurchgedrängt.

359. *ἀντικρὺ παραὶ λαπάρην* gehört zusammen, wie δ, 481 *ἀντικρὺ δι' ὤμου.* π, 285 *ἀντικρὺ κατὰ μέσσον.*

362. *ἀνασχόμενος,* vgl. zu Od. ξ, 425. — *ἀμφὶ δ' — αὐτῷ (φάλῳ)* gehört zunächst zu *διατρυφέν.* Der Helmkamm und Stirnschirm war metallen und hart.

363. *τριχθά τε καὶ τετραχθὰ* ist auch in Od. ι, 71 übergegangen, wo aber die malende Kraft des Ausdrucks nicht so ganz am Platze ist, wie hier.

365. *Ζεῦ — ἄλλος* = Od. υ, 201. Es verdient bemerkt zu werden, dass die vier kleinen Reden, die mit 298, 320, 351 u. 365 beginnen, alle aus 4 Versen bestehen, sowie die frühern des Priamos und der Helena 162, 172, 182 je aus 9.

366. *κακότητος,* für das Unheil, das er mir zugefügt.

367. *ἄγη,* wie δ, 214 *ἄγεν,* mit kurzem, dagegen λ, 559 *ἐάγη* mit langem α. Vergleiche die doppelte Formation des Aor. 2. pass. bei *πλήσσω.*

ἠίχθη παλάμηφιν ἐτώσιον, οὐδ' ἔβαλόν μιν." 3
ἦ, καὶ ἐπαΐξας κόρυθος λάβεν ἱπποδασείης,
ἕλκε δ' ἐπιστρέψας μετ' ἐυκνήμιδας Ἀχαιούς·
ἄγχε δέ μιν πολύκεστος ἱμὰς ἁπαλὴν ὑπὸ δειρήν,
ὅς οἱ ὑπ' ἀνθερεῶνος ὀχεὺς τέτατο τρυφαλείης.
καί νύ κεν εἴρυσσέν τε καὶ ἄσπετον ἤρατο κῦδος,
εἰ μὴ ἄρ' ὀξὺ νόησε Διὸς θυγάτηρ Ἀφροδίτη,
ἥ οἱ ῥῆξεν ἱμάντα βοὸς ἶφι κταμένοιο·
κεινὴ δὲ τρυφάλεια ἅμ' ἕσπετο χειρὶ παχείῃ.
τὴν μὲν ἔπειθ' ἥρως μετ' ἐυκνήμιδας Ἀχαιοὺς
ῥῖψ' ἐπιδινήσας, κόμισαν δ' ἐρίηρες ἑταῖροι·
αὐτὰρ ὁ ἂψ ἐπόρουσε κατακτάμεναι μενεαίνων
ἔγχεϊ χαλκείῳ. τὸν δ' ἐξήρπαξ' Ἀφροδίτη
ῥεῖα μάλ' ὥς τε θεός, ἐκάλυψε δ' ἄρ' ἠέρι πολλῇ,
κὰδ δ' εἷσ' ἐν θαλάμῳ εὐώδεϊ κηώεντι.
αὐτὴ δ' αὖθ' Ἑλένην καλέουσ' ἴε. τὴν δ' ἐκίχανεν
πύργῳ ἐφ' ὑψηλῷ, περὶ δὲ Τρωαὶ ἅλις ἦσαν.
χειρὶ δὲ νεκταρέου ἑανοῦ ἐτίναξε λαβοῦσα,

369. *ἐπαΐξας*, erg. *Ἀλεξάνδρῳ*, das auch beim folgenden *λάβεν* und *ἕλκε*, aber im Accusativ, hinzuzudenken ist.

370. *ἕλκε δ' ἐπιστρέψας*, drehte ihn zu d. h. gegen sich und zog ihn zu den Achäern hin, riss ihn herum gegen u. s. w.

371. *ἱμὰς — ὑπὸ δειρήν*, der unten am Halse hinlaufende und wahrscheinlich an den Backenstücken befestigte Kinnriemen (Schuppenkette oder Sturmband).

372. *ὀχεὺς* ist Prädicat zu *ὅς τέτατο*, der als Träger, Halter des Helmes gespannt war.

374. *εἰ μὴ ἄρα*, wenn nicht eben, wenn nicht gerade, in demselben Momente zusammentreffend.

378. *ῥῖψ' ἐπιδινήσας*, er warf zuwirbelnd, zuschleudernd. *κόμισαν — ἑταῖροι*. Kein unbedeutender Nebenumstand; es war ein Zeichen des theilweisen Sieges.

379 f. *ἂψ ἐπόρουσε — ἔγχεϊ*, er stürmte wieder heran auf Paris mit dem Speer, um ihn zu tödten. *ἔγχεϊ χ.* gehört sowohl zu *ἐπόρουσε* als zu *κατακτάμεναι*. Menelaos hatte zwei Lanzen wie Alexandros 18.

382. *κὰδ δ' εἷσ' ἐν θαλάμῳ*, sie versetzte ihn in sein Wohngemach.

385. *νεκταρέου ἑανοῦ λαβοῦσα*, sie fassend am nektarischen Kleide. *νεκτάρεος* scheint hier und *σ*, 25 ganz wie *ἀμβρόσιος* (vgl. zu Od. *α*, 97) gebraucht, ohne Rücksicht auf Wohlgeruch. In *ἑανοῦ* sind wohl die zwei ersten Sylben durch Synizese in Eine lange zu verschmelzen, wie in *σφέας*, *ἐᾷ* Iliad. *ε*, 256 u. a., und so überall, wo das *α* kurz gebraucht scheint. Das Wort ist übrigens zuerst Adjectiv (anziehbar, zügig, geschmeidig), von *ἕννυμι*, wird dann aber auch mit Ergänzung

γρηὶ δέ μιν ἐικυῖα παλαιγενέι προσέειπεν,
εἰροκόμῳ, ἥ οἱ Λακεδαίμονι ναιεταώσῃ
ἤσκειν εἴρια καλά, μάλιστα δέ μιν φιλέεσκεν.
τῇ μιν ἐεισαμένη προσεφώνεε δῖ' Ἀφροδίτη.
„δεῦρ' ἴθ'· Ἀλέξανδρός σε καλεῖ οἶκόνδε νέεσθαι.
κεῖνος ὅ γ' ἐν θαλάμῳ καὶ δινωτοῖσι λέχεσσιν,
κάλλεΐ τε στίλβων καὶ εἵμασιν· οὐδέ κε φαίης
ἀνδρὶ μαχησάμενον τόν γ' ἐλθεῖν, ἀλλὰ χορόνδε
ἔρχεσθ' ἠὲ χοροῖο νέον λήγοντα καθίζειν."
ὣς φάτο, τῇ δ' ἄρα θυμὸν ἐνὶ στήθεσσιν ὄρινεν.
καί ῥ' ὡς οὖν ἐνόησε θεᾶς περικαλλέα δειρήν
στήθεά θ' ἱμερόεντα καὶ ὄμματα μαρμαίροντα,
θάμβησέν τ' ἄρ' ἔπειτα, ἔπος τ' ἔφατ', ἔκ τ' ὀνόμαζεν.
„δαιμονίη, τί με ταῦτα λιλαίεαι ἠπεροπεύειν;
ἦ πῄ με προτέρω πολίων εὖ ναιομενάων
ἄξεις ἢ Φρυγίης ἢ Μῃονίης ἐρατεινῆς,
εἴ τίς τοι καὶ κεῖθι φίλος μερόπων ἀνθρώπων;
οὕνεκα δὴ νῦν δῖον Ἀλέξανδρον Μενέλαος

von πέπλος (vgl. ε, 734) als Substantiv gebraucht. Vgl. zu π, 9.

388. μάλιστα δέ μιν φιλέεσκεν, nämlich Ἑλένη τὴν γραῦν, mit dem gewöhnlichen Subjectswechsel, also = καὶ ἣν αὐτὴ μάλιστα φιλέεσκεν. Vgl. zu Od. η, 171. Diese alte Dienerin wird einzig hier erwähnt.

391. κεῖνος ὅ γε, dort ist er. κεῖνος steht für das Adverbium ἐκεῖ, und wird durch das beigefügte ἐν θαλάμῳ erklärt, vgl. 244 ἐν Λακεδαίμονι αὖθι. — δινωτὸς rundgedrechselt, gerundet (an Pfosten u. Stäben).

395. θυμὸν – ὄρινεν, regte ihr Gemüth auf, erregte ihren Unwillen über die ihr unwürdig scheinende Zumuthung. Sonst heisst ὀρίνω rühren, vgl. zu δ, 208.

396. ἐνόησε, wahrnahm, erkannte. Die andern aber sahen wohl immer nur die alte Dienerin; vgl. α, 198.

399. ταῦτα ἠπεροπεύειν, mir diesen Betrug zu spielen. Vgl. Xen. Anab. 5, 7, 7: τοῦτο οὖν ἔστιν ὅπως τις ἂν ὑμᾶς ἐξαπατήσαι —;

400. πολίων εὖ ναιομ. Der Genitiv πολίων hängt von προτέρω πῃ ab: irgendwohin weiter im Bereich oder Umfang der Städte. Vgl. auch die Anmerkung zu Odyss. α, 425 ὅθι – αὐλῆς.

402. μερόπων ἀνθρ. Vgl. zu Od. υ, 49.

403 ff. οὕνεκα δὴ νῦν κτέ. Vordersatz zu 405 τοὕνεκα δὴ νῦν wie ν, 727 f., vgl. zu Od. ο, 212 οἷος ἐκείνου θυμός. Denn Helena geht in ihrer leidenschaftlichen Aufregung durch einen Sprung auf einen neuen, von dem vorigen verschiedenen Gedanken über, dass Aphrodite sie zu Paris, der sich gerade jetzt als Feigling erwiesen habe, zurückführen wolle (νῦν

νικήσας ἐθέλει στυγερὴν ἐμὲ οἴκαδ᾽ ἄγεσθαι, 3
τοὔνεκα δὴ νῦν δεῦρο δολοφρονέουσα παρέστης;
ἧσο παρ᾽ αὐτὸν ἰοῦσα, θεῶν δ᾽ ἀπόεικε κελεύθου,
μηδ᾽ ἔτι σοῖσι πόδεσσιν ὑποστρέψειας Ὄλυμπον,
ἀλλ᾽ αἰεὶ περὶ κεῖνον ὀίζυε καί ἑ φύλασσε,
εἰς ὅ κέ σ᾽ ἢ ἄλοχον ποιήσεται ἢ ὅ γε δούλην.
κεῖσε δ᾽ ἐγὼν οὐκ εἶμι — νεμεσσητὸν δέ κεν εἴη —
κείνου πορσυνέουσα λέχος· Τρωαὶ δέ μ᾽ ὀπίσσω
πᾶσαι μωμήσονται· ἔχω δ᾽ ἄχε᾽ ἄκριτα θυμῷ.“
τὴν δὲ χολωσαμένη προσεφώνεε δῖ᾽ Ἀφροδίτη
„μή μ᾽ ἔρεθε, σχετλίη, μὴ χωσαμένη σε μεθείω,
τὼς δέ σ᾽ ἀπεχθήρω ὡς νῦν ἔκπαγλ᾽ ἐφίλησα,
μέσσῳ δ᾽ ἀμφοτέρων μητίσομαι ἔχθεα λυγρά,
Τρώων καὶ Δαναῶν, σὺ δέ κεν κακὸν οἶτον ὄληαι.“
ὣς ἔφατ᾽, ἔδδεισεν δ᾽ Ἑλένη Διὸς ἐκγεγαυῖα,
βῆ δὲ κατασχομένη ἑανῷ ἀργῆτι φαεινῷ,
σιγῇ, πάσας δὲ Τρῳὰς λάθεν· ἦρχε δὲ δαίμων.

δεῦρο δολοφρονέουσα παρέστης, vgl. mit 390).

404. *στυγερὴν ἐμέ*, mich die Verhasste, Unselige, vgl. Od. *σ*, 273 *γάμος ἀντιβολήσει οὐλομένης ἐμέθεν*.

406. *ἧσο παρ᾽ αὐτὸν ἰοῦσα*, d. h. wenn dir Paris so sehr am Herzen liegt, so bleibe du selbst bei ihm und theile sein schimpfliches Loos und seine Leiden als Sterbliche (408). *θεῶν δ᾽ ἀπόεικε κελεύθου*, d. h. verzichte auf die Ehre und Seligkeit einer Göttin.

408. *καί ἑ φύλασσε*, und hüte ihn (ironisch), trag᾽ ihm Sorge, lass ihn keinen Augenblick aus den Augen.

409. *ἢ ὅ γε δούλην*, oder dann auch zur Sclavin (*παλλακίδα*). Vgl. Od. *β*, 327.

411. *πορσυνέουσα λέχος*, vgl. zu Od. *γ*, 403. So sagt Apollon. Rhod. 3, 840 von jungen Mädchen: *ἥλικες, οὔπω λέκτρα σὺν ἀνδράσι πορσύνουσαι*.

412. *μωμήσονται* = *μωμήσαιντο ἄν*, vgl. zu 54. *θ*, 400.

414. *σχετλίη* ist wohl durch Synizese zweisylbig zu lesen wie *β*, 537 *Ἱστίαιαν*. Sonst kommt dieses Feminiunm nur zwei Male bei Homer vor, aber beide Male im Anfang des Verses, im Singular Od. *ψ*, 150, im Plural ebend. *δ*, 729.

417. *σὺ δέ κεν – ὄληαι*, mittelbare Folge der angedrohten neuentflammten Feindschaft zwischen Troern und Danaern: und eines traurigen Todes müsstest du dannzumal untergehen.

418. *ἔδδεισεν δ᾽ Ἑλένη*. Es gereicht der Helena zur Ehre, dass sie erst auf die harten Drohungen der Aphrodite hin ihrer Aufforderung Folge leistet.

419. *κατασχομένη* = 141 *καλυψαμένη ὀθόνῃσιν*.

420. *πάσας – λάθεν*, nicht: sie wurde unsichtbar, sondern nur: ihr Weggehen blieb den andern Troe-

αἱ δ' ὅτ' Ἀλεξάνδροιο δόμον περικαλλέ' ἵκοντο,
ἀμφίπολοι μὲν ἔπειτα θοῶς ἐπὶ ἔργα τράποντο,
ἡ δ' εἰς ὑψόροφον θάλαμον κίε δῖα γυναικῶν.
τῇ δ' ἄρα δίφρον ἑλοῦσα φιλομμειδὴς Ἀφροδίτη
ἀντί' Ἀλεξάνδροιο θεὰ κατέθηκε φέρουσα·
ἔνθα καθῖζ' Ἑλένη κούρη Διὸς αἰγιόχοιο,
ὄσσε πάλιν κλίνασα, πόσιν δ' ἠνίπαπε μύθῳ.
„ἤλυθες ἐκ πολέμου· ὡς ὤφελες αὐτόθ' ὀλέσθαι,
ἀνδρὶ δαμεὶς κρατερῷ, ὃς ἐμὸς πρότερος πόσις ἦεν.
ἦ μὲν δὴ πρίν γ' εὔχε' ἀρηιφίλου Μενελάου
σῇ τε βίῃ καὶ χερσὶ καὶ ἔγχεϊ φέρτερος εἶναι·
ἀλλ' ἴθι νῦν προκάλεσσαι ἀρηίφιλον Μενέλαον
ἐξαῦτις μαχέσασθαι ἐναντίον. ἀλλά σ' ἔγωγε
παύεσθαι κέλομαι, μηδὲ ξανθῷ Μενελάῳ
ἀντίβιον πόλεμον πολεμίζειν ἠδὲ μάχεσθαι
ἀφραδέως, μή πως τάχ' ὑπ' αὐτοῦ δουρὶ δαμήῃς.“
τὴν δὲ Πάρις μύθοισιν ἀμειβόμενος προσέειπεν
„μή με, γύναι, χαλεποῖσιν ὀνείδεσι θυμὸν ἔνιπτε.
νῦν μὲν γὰρ Μενέλαος ἐνίκησεν σὺν Ἀθήνῃ,
κεῖνον δ' αὖτις ἐγώ· παρὰ γὰρ θεοί εἰσι καὶ ἡμῖν.
ἀλλ' ἄγε δὴ φιλότητι τραπείομεν εὐνηθέντε·

rinnen unbemerkt. Mit ihr aber entfernten sich auch ihre zwei Begleiterinnen (422 vgl. mit 143). — *δαίμων*, die Göttin = α, 222 *μετὰ δαίμονας ἄλλους*.

424. *δίφρος*, nach Grashof eine nicht hohe Bank oder ein Stuhl ohne Lehne, dergleichen sich als bequemer beim Arbeiten auch bei Vornehmern in den Nebengemächern u. Schlafzimmern finden. Vgl. ζ, 354 mit 321. Od. δ, 717. ρ, 330.

427. *ὄσσε πάλιν κλίνασα*, vgl. *aversa tuetur* Virg. Aen. 4, 362.

430. *ἦ μὲν δὴ – εὔχεο*, höhnisch spottend: ha, du prahltest sonst immer. Ebenso neckend 432 *ἀλλ' ἴθι νῦν*.

433. *ἀλλά*, mit Entrüstung und Ernst: wahrlich, vielmehr.

435. *ἀντίβιον πόλεμον* gehört zusammen, vgl. β, 121 *ἄπρηκτον πόλ.*

439. *σὺν Ἀθήνῃ*. Der Beistand einer Gottheit erhöht nicht das persönliche Verdienst; vgl. Einleit. S. 8.

440. *αὖτις*, ein ander Mal.

441. *φιλότητι τραπείομεν εὐνηθ.* nach dem zu Od. ϑ, 292 Bemerkten: lass uns gelagert zu Liebesgenuss uns wenden = *εἰς φιλότητα τραπείομεν* = ξ, 209 *εἰς εὐνὴν ἀνέσαιμι ὁμωθῆναι φιλότητι*. Vgl. zu ξ, 314. Doch wird sonst allgemein *τραπείομεν* mit Buttmann und Krüger auf *τέρπομαι* zurückgeführt, also = *τερφθῶμεν, ταρπώμεθα*.

οὐ γάρ πώ ποτέ μ᾽ ὧδέ γ᾽ ἔρως φρένας ἀμφεκάλυψεν,
οὐδ᾽ ὅτε σε πρῶτον Λακεδαίμονος ἐξ ἐρατεινῆς
ἔπλεον ἁρπάξας ἐν ποντοπόροισι νέεσσιν,
νήσῳ δ᾽ ἐν Κρανάῃ ἐμίγην φιλότητι καὶ εὐνῇ,
ὥς σεο νῦν ἔραμαι καί με γλυκὺς ἵμερος αἱρεῖ.“
ἦ ῥα, καὶ ἦρχε λέχοσδε κιών· ἅμα δ᾽ εἵπετ᾽ ἄκοιτις.
  τὼ μὲν ἄρ᾽ ἐν τρητοῖσι κατεύνασθεν λεχέεσσιν,
Ἀτρείδης δ᾽ ἀν᾽ ὅμιλον ἐφοίτα θηρὶ ἐοικώς,
εἴ που ἐσαθρήσειεν Ἀλέξανδρον θεοειδέα.
ἀλλ᾽ οὔ τις δύνατο Τρώων κλειτῶν τ᾽ ἐπικούρων
δεῖξαι Ἀλέξανδρον τότ᾽ ἀρηιφίλῳ Μενελάῳ.
οὐ μὲν γὰρ φιλότητί γ᾽ ἐκεύθανον, εἴ τις ἴδοιτο·
ἶσον γάρ σφιν πᾶσιν ἀπήχθετο κηρὶ μελαίνῃ.
τοῖσι δὲ καὶ μετέειπεν ἄναξ ἀνδρῶν Ἀγαμέμνων
„κέκλυτέ μευ, Τρῶες καὶ Δάρδανοι ἠδ᾽ ἐπίκουροι.
νίκη μὲν δὴ φαίνετ᾽ ἀρηιφίλου Μενελάου·
ὑμεῖς δ᾽ Ἀργείην Ἑλένην καὶ κτήμαθ᾽ ἅμ᾽ αὐτῇ
ἔκδοτε, καὶ τιμὴν ἀποτινέμεν ἥν τιν᾽ ἔοικεν,
ἥ τε καὶ ἐσσομένοισι μετ᾽ ἀνθρώποισι πέληται.“
ὣς ἔφατ᾽ Ἀτρείδης, ἐπὶ δ᾽ ᾔνεον ἄλλοι Ἀχαιοί.

442. *ὧδέ γε*, so sehr wenigstens, so heftig.

448. *τὼ μὲν ἄρ᾽ – κατεύνασθεν.* Damit ist nun der auf des Paris eigenes Anerbieten (vgl. 71 f. = 92 f.) geschlossene Vertrag zwischen beiden Völkern durch Paris und die Einwirkung der Aphrodite wieder gebrochen, und in Pandaros' Schuss im folgenden Buche wird der durch dieses Vorspiel angedeutete Bruch nur auch äusserlich sichtbar.

449. *Ἀτρείδης δ᾽*. Die Erzählung lenkt wieder auf den Punct von 380 – 382 ein, um noch das Ergebniss des ganzen Zusammentreffens der Heere zusammenzufassen. Dies geschieht aber in den Worten Agamemnon's 457–460.

453. *οὐ μὲν – ἐκεύθανον εἴ τις ἴδοιτο*, brachylogisch: nicht aus Liebe bargen sie ihn (und hätten ihn auch nicht geborgen), hätte ihn einer gesehen. *ἐκεύθανον* geht auf das factische Verhältniss, dagegen *εἰ – ἴδοιτο* auf die gedachte Möglichkeit.

456. *Τρῶες καὶ Δάρδανοι κτέ.* = Θ, 497,

457. *φαίνεται*, liegt zu Tage, *apparet.*

461. *ἐπὶ δ᾽ ᾔνεον – Ἀχαιοί.* Die Troer sagen nichts dazu und haben nichts zu sagen, aber durch ihr Stillschweigen anerkennen sie den Ausspruch des Agamemnon.

Δ

4 οἱ δὲ θεοὶ πὰρ Ζηνὶ καθήμενοι ἠγορόωντο
χρυσέῳ ἐν δαπέδῳ, μετὰ δέ σφισι πότνια Ἥβη
νέκταρ ἐῳνοχόει· τοὶ δὲ χρυσέοις δεπάεσσιν
δειδέχατ' ἀλλήλους, Τρώων πόλιν εἰσορόωντες.
αὐτίκ' ἐπειρᾶτο Κρονίδης ἐρεθιζέμεν Ἥρην
κερτομίοις ἐπέεσσι παραβλήδην ἀγορεύων.
„δοιαὶ μὲν Μενελάῳ ἀρηγόνες εἰσὶ θεάων,
Ἥρη τ' Ἀργείη καὶ Ἀλαλκομενηὶς Ἀθήνη.
ἀλλ' ἤ τοι ταὶ νόσφι καθήμεναι εἰσορόωσαι

Dieses Buch ist genau an das vorhergehende angeknüpft und setzt alle wesentlichen Bestandtheile desselben theils im Allgemeinen, theils durch bestimmte Beziehungen voraus. Die bei Zeus versammelten Götter haben den ganzen Vorgang zwischen Menelaos und Paris beobachtet (10–12); auch sie anerkennen den Sieg des Menelaos (13) und überlegen nun, welche weitere Massregeln zu ergreifen seien (14 – 19). Dass die vertragsmässige Zurückgabe der Helena von den Achäern nicht ausdrücklich und entschieden verlangt wird, verhindert die entschlossene Raschheit, mit welcher die Troja feindseligen Göttinnen jenen von Zeus auf die Bahn gelegten Gedanken von der Hand weisen und dagegen Hera den Vorschlag macht, von Seite der Troer durch einen Pfeilschuss auf Menelaos den geschlossenen Vertrag brechen zu lassen. Zeus willigt in diesen Vorschlag ein, weil er sieht, dass nur dadurch sein Plan, dem Achilleus gegen Agamemnon Genugthuung zu verschaffen, ohne sein unmittelbares Eingreifen erreicht werden kann. Denn aus jenem Bruch des Vertrages entspinnt sich ein allgemeiner Kampf beider Heere, der noch durch das ganze fünfte und sechste, ja bis in das siebente Buch sich fortzieht.

1. *ἠγορόωντο*, rathschlagten versammelt; denn sie waren schon während des ganzen vorhergehenden Actes bei einander.

2. *δαπέδῳ*, vgl. zu Od. *λ*, 420. — *πότνια Ἥβη*, als Jungfrau; anders Od. *λ*, 603.

3. *νέκταρ ἐῳνοχόει*, vgl. zu *α*, 598 und Od. *υ*, 255. Das *ε* in *ἐῳνοχόει* ist wie in *ἐείκοσι*, *ἐίσας* leichterer Aussprache zu Liebe vorgeschlagen (I. Bekker).

6. *παραβλήδην ἀγορεύων*, indem er die vergleichenden Worte sprach, folgenden Vergleich (zwischen Hera und Athene einerseits, Aphrodite anderseits) anstellte. Denn die ganze erste Hälfte von Zeus' Rede besteht in einer die erstern höhnenden Gegenüberstellung des beiderseitigen Benehmens, worin selbst die Beiwörter der Göttinnen beziehungsvoll gewählt sind.

8. *Ἀλαλκομενηίς*, ohne Zweifel zunächst von der böotischen Stadt Alalkomenä, wo Athene einen alten Cultus hatte, doch mit Anspielung auf *ἀλαλκεῖν* (abwehren und beistehen).

9. *νόσφι* (*Μενελάου*) *καθήμεναι*, fern von ihm sitzend.

τέρπεσθον· τῷ δ' αὖτε φιλομμειδὴς Ἀφροδίτη
αἰεὶ παρμέμβλωκε καὶ αὐτοῦ κῆρας ἀμύνει,
καὶ νῦν ἐξεσάωσεν οἰόμενον θανέεσθαι.
ἀλλ' ἤ τοι νίκη μὲν ἀρηιφίλου Μενελάου·
ἡμεῖς δὲ φραζώμεθ' ὅπως ἔσται τάδε ἔργα,
ἤ ῥ' αὖτις πόλεμόν τε κακὸν καὶ φύλοπιν αἰνὴν
ὄρσομεν, ἦ φιλότητα μετ' ἀμφοτέροισι βάλωμεν.
εἰ δ' αὖ πως τόδε πᾶσι φίλον καὶ ἡδὺ γένοιτο,
ἤ τοι μὲν οἰκέοιτο πόλις Πριάμοιο ἄνακτος,
αὖτις δ' Ἀργείην Ἑλένην Μενέλαος ἄγοιτο.“
ὣς ἔφαθ', αἱ δ' ἐπέμυξαν Ἀθηναίη τε καὶ Ἥρη.
πλησίαι αἵ γ' ἥσθην, κακὰ δὲ Τρώεσσι μεδέσθην.
ἤ τοι Ἀθηναίη ἀκέων ἦν οὐδέ τι εἶπεν,
σκυζομένη Διὶ πατρί, χόλος δέ μιν ἄγριος ᾕρει·
Ἥρῃ δ' οὐκ ἔχαδε στῆθος χόλον, ἀλλὰ προσηύδα
„αἰνότατε Κρονίδη, ποῖον τὸν μῦθον ἔειπες.
πῶς ἐθέλεις ἅλιον θεῖναι πόνον ἠδ' ἀτέλεστον,
ἱδρῶ θ' ὃν ἴδρωσα μόγῳ, καμέτην δέ μοι ἵπποι
λαὸν ἀγειρούσῃ, Πριάμῳ κακὰ τοῖό τε παισίν.
ἔρδ'· ἀτὰρ οὔ τοι πάντες ἐπαινέομεν θεοὶ ἄλλοι.“

10. *τῷ δ' αὖτε*. Paris wird nicht einmal genannt, weil die Götter das mit ihm Vorgegangene so eben mit angesehen haben.

14. *ἡμεῖς δὲ φραζώμεθα*. Zeus zeigt sich auch hier wieder recht als *παῖς ἀγκυλομήτεω*, der mit Zurückhaltung und langsam, aber desto sicherer auf sein Ziel losgeht, indem er zwar selbst sich auf keine von beiden Seiten sichtbar hinneigt, aber die Entscheidung denjenigen in die Hände spielt, deren Troja feindselige, mithin auf Fortsetzung des Krieges zielende Stimmung ihm wohl bekannt ist.

15. *φύλοπιν*. Das Treffende dieser Bezeichnung wird sehr anschaulich durch eine Schilderung wie unten 433—438, = *φύλων ὄψ*, *ἐνοπή*.

17. *εἰ δ' αὖ* (*δὴ αὖ*) *πως*, wenn denn nun vielleicht. Der zweifelnde und spöttische Ausdruck des Zeus deutet schon an, was für eine Wirkung er von diesem Vorschlag erwartet, d. h. wie Ernst es ihm damit ist.

21. *πλησίαι* — *μεδέσθην* ist parenthetisch zur Erklärung eingefügt. Zu *πλησίαι* erg. *ἀλλήλαις*.

22. *ἀκέων*, vgl. Od. *φ*, 89.

23. *ᾕρει*, er fasste sie, allmählich und immer mehr.

27 f. *καμέτην* — *ἀγειρούσῃ*, nämlich eben jetzt oder doch vor Kurzem zur Vorbereitung der noch immer nicht zur Ausführung gekommenen Hauptschlacht.

28. *Πριάμῳ κακά*, Apposition zu *λαὸν ἀγειρούσῃ*, vgl. zu *γ*, 50.

29. *ἔρδ'· ἀτὰρ κτέ.* = *π*, 443. *χ*, 181. Das Präsens *ἔρδε* hat einräumende Kraft: du magst es thun,

4 τὴν δὲ μέγ᾽ ὀχθήσας προσέφη νεφεληγερέτα Ζεύς
„δαιμονίη, τί νύ σε Πρίαμος Πριάμοιό τε παῖδες ·
τόσσα κακὰ ῥέζουσιν, ὅτ᾽ ἀσπερχὲς μενεαίνεις
Ἰλίου ἐξαλαπάξαι ἐυκτίμενον πτολίεθρον;
εἰ δὲ σύ γ᾽ εἰσελθοῦσα πύλας καὶ τείχεα μακρά
ὠμὸν βεβρώθοις Πρίαμον Πριάμοιό τε παῖδας
ἄλλους τε Τρῶας, τότε κεν χόλον ἐξακέσαιο.
ἔρξον ὅπως ἐθέλεις· μὴ τοῦτό γε νεῖκος ὀπίσσω
σοὶ καὶ ἐμοὶ μέγ᾽ ἔρισμα μετ᾽ ἀμφοτέροισι γένηται·
ἄλλο δέ τοι ἐρέω, σὺ δ᾽ ἐνὶ φρεσὶ βάλλεο σῇσιν·
ὁππότε κεν καὶ ἐγὼ μεμαὼς πόλιν ἐξαλαπάξαι
τὴν ἐθέλω ὅθι τοι φίλοι ἀνέρες ἐγγεγάασιν,
μή τι διατρίβειν τὸν ἐμὸν χόλον, ἀλλά μ᾽ ἐᾶσαι.
καὶ γὰρ ἐγὼ σοὶ δῶκα ἑκὼν ἀέκοντί γε θυμῷ.
αἳ γὰρ ὑπ᾽ ἠελίῳ τε καὶ οὐρανῷ ἀστερόεντι
ναιετάουσι πόληες ἐπιχθονίων ἀνθρώπων,
τάων μοι περὶ κῆρι τιέσκετο Ἴλιος ἱρή
καὶ Πρίαμος καὶ λαὸς ἐυμμελίω Πριάμοιο.
οὐ γάρ μοί ποτε βωμὸς ἐδεύετο δαιτὸς ἐίσης,

aber hastig und im Unwillen ausgedrückt. *πάντες* muss als nachdrücklich vorangestellte Verstärkung zu *θεοὶ ἄλλοι* den Hauptton erhalten. Vgl. zu Od. *β*, 279.

32. *ὅτ᾽ ἀσπερχὲς μενεαίνεις*. Zur Erklärung dieses brachylogischen *ὅτι* vgl. zu Od. *ε*, 340. *φ*, 254.

34 f. *εἰ δὲ σύ γε – βεβρώθοις*, ja wenn du verzehren könntest, *quid si* etc. Zu *ὠμὸν βεβρώθειν* vgl. unten *ω*, 212, wo Hekabe in Bezug auf Achilleus sagt: *τοῦ ἐγὼ μέσον ἧπαρ ἔχοιμι ἐσθέμεναι προσφῦσα*. So blieb *ὠμὸν καταφαγεῖν τινα*, *ὠμοῦ ἐσθίειν τινὸς* auch bei den Spätern sprichwörtliche Bezeichnung der rohesten Rachewuth.

37. *ἔρξον – μὴ τοῦτό γε* — d. h. ich werde mich zwar deinem Willen nicht widersetzen; aber wenn nur nicht dieser Hader einst später noch grossen Zwist zwischen uns veranlasst! ich besorge dies möchte der Fall sein.

39. *ἄλλο δέ τοι ἐρέω*, Eins jedoch muss ich dir sagen — Formel, die Aufmerksamkeit auf eine zu ertheilende Erinnerung zu erregen, auch wenn der Gegenstand derselben vom Vorigen nicht verschieden ist = Od. *λ*, 454.

40. *μεμαὼς* gehört zu *ἐθέλω*, wann ich voll Eifer verlange, heftig begehre.

42. *τὸν ἐμὸν χόλον*, jenen meinen Grimm.

43. *ἑκὼν ἀέκοντί γε θυμῷ*, freiwillig (d. h. ungezwungen) wenn auch widerstrebenden Herzens.

46. *περὶ κῆρι*, im Herzen (mit Betonung des letztern Wortes); vgl. zu Od. *ε*, 36.

48 f. *οὐ γάρ – ἡμεῖς – ω*, 69 f.

λοιβῆς τε κνίσης τε· τὸ γὰρ λάχομεν γέρας ἡμεῖς."
τὸν δ' ἠμείβετ' ἔπειτα βοῶπις πότνια Ἥρη
„ἤ τοι ἐμοὶ τρεῖς μὲν πολὺ φίλταταί εἰσι πόληες,
Ἄργος τε Σπάρτη τε καὶ εὐρυάγυια Μυκήνη·
τὰς διαπέρσαι, ὅτ' ἄν τοι ἀπέχθωνται περὶ κῆρι·
τάων οὔ τοι ἐγὼ πρόσθ' ἵσταμαι οὐδὲ μεγαίρω.
εἴ περ γὰρ φθονέω τε καὶ οὐκ εἰῶ διαπέρσαι,
οὐκ ἀνύω φθονέουσ', ἐπεὶ ἦ πολὺ φέρτερός ἐσσι.
ἀλλὰ χρὴ καὶ ἐμὸν θέμεναι πόνον οὐκ ἀτέλεστον·
καὶ γὰρ ἐγὼ θεός εἰμι, γένος δέ μοι ἔνθεν ὅθεν σοί,
καί με πρεσβυτάτην τέκετο Κρόνος ἀγκυλομήτης,
ἀμφότερον γενεῇ τε καὶ οὕνεκα σὴ παράκοιτις
κέκλημαι· σὺ δὲ πᾶσι μετ' ἀθανάτοισιν ἀνάσσεις.
ἀλλ' ἤ τοι μὲν ταῦθ' ὑποείξομεν ἀλλήλοισιν,
σοὶ μὲν ἐγώ, σὺ δ' ἐμοί· ἐπὶ δ' ἕψονται θεοὶ ἄλλοι
ἀθάνατοι. σὺ δὲ θᾶσσον Ἀθηναίῃ ἐπιτεῖλαι
ἐλθεῖν ἐς Τρώων καὶ Ἀχαιῶν φύλοπιν αἰνήν,

λοιβή und *κνίση* sind beide unter der *δαὶς ἐίση* begriffen. *τὸ γάρ*, eigentlich *ταῦτα γάρ*, diese Dinge, solche Opfergaben.

53. *τὰς διαπέρσαι* scheint eine Anspielung auf die bei der Einwanderung der Dorier in den Peloponnes (der Rückkehr der Herakliden, vgl. zu *β*, 667) erfolgte Eroberung und theilweise Zerstörung der genannten Städte. Man beachte namentlich *ὅτ' ἄν*, wann, in dem Zeitpuncte, in welchem.

54. *οὐδὲ μεγαίρω*, erg. *τὰς διαπέρσαι* (*σε*), ich missgönne es dir nicht, wehre es dir also auch nicht.

55. *εἴ περ – φθονέω τε κτέ.* Die Verba sind im Conjunctiv; denn es ist ein nur angenommener und parenthetisch berührter Fall: gesetzt auch, dass ich es dir missgönnte und wehrte. Das Verbum im Nachsatz *οὐκ ἀνύω* ist Futurum = *οὐκ ἂν ἀνύσαιμι*, ich würde wohl nichts ausrichten.

57. *ἀλλὰ χρὴ κτέ.* ist wieder an den Hauptsatz 53 *τὰς διαπέρσαι* angeknüpft.

58. *γένος – ἔνθεν*, wie Aeneas bei Virgil Aen. 6, 123 sagt: *Et mi genus ab Jove summo.* — *δέ μοι* für *δ' ἐμοὶ* nach Bekker.

59. *καί με πρ. τέκετο*, vgl. zu Od. *ζ*, 25. *πρεσβυτάτην* geht nicht nur auf das Alter, sondern mehr noch auf Rang und Würde. Daher heisst auch Hera ausschliesslich (z. B. *ε*, 721) *πρέσβα θεά*. Vgl. Virg. Aen. 1, 46: *Ast ego, quae divom incedo regina, Jovisque Et soror et coniux.*

62. *ὑποείξομεν* ist Conjunctivus (exhortativus) parallel mit 64 *ἐπιτεῖλαι*.

63. *ἐπὶ δ' ἕψονται κτέ.* In der Doppelgestalt von Zeus und Hera vereinigt, als höchster männlichen und höchster weiblichen Gottheit, erscheint der Inbegriff der göttlichen Macht (Nägelsbach). Vgl. *ο*, 49–52.

4 πειρᾶν δ' ὥς κε Τρῶες ὑπερκύδαντας Ἀχαιούς
ἄρξωσι πρότεροι ὑπὲρ ὅρκια δηλήσασθαι."
ὣς ἔφατ', οὐδ' ἀπίθησε πατὴρ ἀνδρῶν τε θεῶν τε.
αὐτίκ' Ἀθηναίην ἔπεα πτερόεντα προσηύδα.
„αἶψα μάλ' ἐς στρατὸν ἐλθὲ μετὰ Τρῶας καὶ Ἀχαιούς,
πειρᾶν δ' ὥς κε Τρῶες ὑπερκύδαντας Ἀχαιούς
ἄρξωσι πρότεροι ὑπὲρ ὅρκια δηλήσασθαι."
ὣς εἰπὼν ὤτρυνε πάρος μεμαυῖαν Ἀθήνην,
βῆ δὲ κατ' Οὐλύμποιο καρήνων ἀίξασα.
οἷον δ' ἀστέρα ἧκε Κρόνου παῖς ἀγκυλομήτεω,
ἢ ναύτῃσι τέρας ἠὲ στρατῷ εὐρέι λαῶν,
λαμπρόν· τοῦ δέ τε πολλοὶ ἀπὸ σπινθῆρες ἵενται·
τῷ ἐικυῖ' ἤιξεν ἐπὶ χθόνα Παλλὰς Ἀθήνη,
κὰδ δ' ἔθορ' ἐς μέσσον. θάμβος δ' ἔχεν εἰσορόωντας
Τρῶάς θ' ἱπποδάμους καὶ ἐυκνήμιδας Ἀχαιούς.
ὧδε δέ τις εἴπεσκεν ἰδὼν ἐς πλησίον ἄλλον·
„ἦ ῥ' αὖτις πόλεμός τε κακὸς καὶ φύλοπις αἰνή
ἔσσεται, ἢ φιλότητα μετ' ἀμφοτέροισι τίθησιν
Ζεύς, ὅς τ' ἀνθρώπων ταμίης πολέμοιο τέτυκται."
ὣς ἄρα τις εἴπεσκεν Ἀχαιῶν τε Τρώων τε.
ἡ δ' ἀνδρὶ ἰκέλη Τρώων κατεδύσεθ' ὅμιλον,
Λαοδόκῳ Ἀντηνορίδῃ, κρατερῷ αἰχμητῇ,
Πάνδαρον ἀντίθεον διζημένη, εἴ που ἐφεύροι.
εὗρε Λυκάονος υἱὸν ἀμύμονά τε κρατερόν τε

66. *ὑπερκύδαντας*, wegen des Sieges des Menelaos (13).

73. *πάρος μεμαυῖαν*, weil sie schon zum voraus mit der Hera einverstanden war (21).

75. *οἷον δ' ἀστέρα ἧκε*. Vgl. Virg. Aen. 5, 527: *caelo ceu saepe refixa Transcurrunt crinemque volantia sidera ducunt*, vgl. ebend. 2, 693–698. Solche Sternschnuppen wurden immer als Vorbedeutungen angesehen.

78. *ἐπὶ χθόνα*, über die Erde hin vom Olympos an bis über das Lager der Achäer, vgl. zu Od. ε, 50.

79. *κὰδ δ' ἔθορ' ἐς μέσσον*, d. h sie stand plötzlich zwischen den Heeren, doch unsichtbar, vgl. 86.

82. *ἦ ῥ' αὖτις – ἤ*, gewiss wieder — oder dann; aber jedenfalls steht eine **Entscheidung** bevor.

84. *ἀνθρώπων* hängt von *ταμίης πολέμοιο* als Einem Begriffe ab.

86. *ἀνδρὶ ἰκέλη*. Der festbegrenzte Vocal ι wird, sowie vor einem einfachen Consonanten, so auch vor dem Digamma besonders leicht als lang gebraucht, vgl. ε, 71 *πόσεϊ ᾧ*.

88. *Πάνδαρον*, vgl. β, 824–827.

89. *εὗρε*. Das Asyndeton giebt

ἑσταότ᾽· ἀμφὶ δέ μιν κρατεραὶ στίχες ἀσπιστάων 4
λαῶν, οἵ οἱ ἕποντο ἀπ᾽ Αἰσήποιο ῥοάων.
ἀγχοῦ δ᾽ ἱσταμένη ἔπεα πτερόεντα προσηύδα.
„ἦ ῥά νύ μοί τι πίθοιο, Λυκάονος υἱὲ δαΐφρον;
τλαίης κεν Μενελάῳ ἐπιπροέμεν ταχὺν ἰόν,
πᾶσι δέ κε Τρώεσσι χάριν καὶ κῦδος ἄροιο,
ἐκ πάντων δὲ μάλιστα Ἀλεξάνδρῳ βασιλῆι.
τοῦ κεν δὴ πάμπρωτα παρ᾽ ἀγλαὰ δῶρα φέροιο,
αἴ κεν ἴδῃ Μενέλαον ἀρήιον Ἀτρέος υἱόν
σῷ βέλεϊ δμηθέντα πυρῆς ἐπιβάντ᾽ ἀλεγεινῆς.
ἀλλ᾽ ἄγ᾽ ὀίστευσον Μενελάου κυδαλίμοιο,
εὔχεο δ᾽ Ἀπόλλωνι λυκηγενέι κλυτοτόξῳ
ἀρνῶν πρωτογόνων ῥέξειν κλειτὴν ἑκατόμβην
οἴκαδε νοστήσας ἱερῆς εἰς ἄστυ Ζελείης.“
ὣς φάτ᾽ Ἀθηναίη, τῷ δὲ φρένας ἄφρονι πεῖθεν.
αὐτίκ᾽ ἐσύλα τόξον ἐύξοον ἰξάλου αἰγός
ἀγρίου, ὅν ῥά ποτ᾽ αὐτὸς ὑπὸ στέρνοιο τυχήσας

das nach dem Vorhergehenden Erwartete; vgl. zu Od. *κ*, 252.

94. *τλαίης κεν κτέ.* Dieser Satz enthält die Erklärung und zugleich die Antwort auf die vorhergehende wünschende Frage: Würdest du wohl mir willfahren? So würdest, dann würdest du dich erkühnen u. s. w.

95. *πᾶσι δέ κε – ἄροιο.* Zur Construction von *αἴρεσθαι χάριν τινί*, wofür man *τινὸς* oder *παρά τινος* erwarten würde, vgl. *ι*, 303 *ἦ γάρ κέ σφι μάλα μέγα κῦδος ἄροιο*. *ρ*, 16 *κλέος ἐσθλὸν ἐνὶ Τρώεσσιν ἀρέσθαι*. Vergleichen lässt sich auch, wenigstens der äussern Erscheinung nach, *δέχεσθαί τινί τι* *β*, 186 = Od. *ο*, 282.

97. *τοῦ κεν δὴ – φέροιο*, ungefähr was *οἴσει*, von ihm wirst du wohl erhalten. *παρὰ* scheint als Adverbium zu *φέροιο* gezogen werden zu müssen, vgl. *σ*, 191.

99. *δμηθέντα – ἐπιβάντα.* Die durch das erste Particip bezeichnete Handlung (*δμηθῆναι*) muss der des zweiten (*ἐπιβῆναι*) vorangegangen sein.

101. *Ἀπόλλωνι λυκηγενέι.* In der Heimat des Pandaros herrschte vornehmlich der Cultus des Apollo (der auch *Λύκειος* hiess), und die Landschaft erhielt daher den Namen *Λυκίη*, vgl. *ε*, 105. 173 (in Troas), sowie das andere Lykien am Xanthos (*β*, 876 f.).

102. *πρωτογόνων* d. h. der zuerst im Jahre geborenen, die Od. *ι*, 221 *πρόγονοι* genannt werden.

105. *ἐσύλα*, Schol. *ἐγύμνου, ἐξέβαλε τῆς θήκης*, er enthüllte, nahm aus dem *γωρυτὸς* (Od. *φ*, 54) heraus; vgl. 116 *σύλα πῶμα φαρέτρης*. — *ἰξάλου αἰγός*, von dem stössigen Geissbock oder dem behenden, pfeilschnellen Steinbock her, d. h. aus seinem Gehörn verfertigt. Der Genitiv (zur Bezeichnung des Stoffes im Allgemeinen) hängt von *τόξον* ab.

106. *ὑπὸ στέρνοιο*, also von un-

4 πέτρης ἐκβαίνοντα, δεδεγμένος ἐν προδοκῇσιν,
βεβλήκει πρὸς στῆθος· ὁ δ' ὕπτιος ἔμπεσε πέτρῃ.
τοῦ κέρα ἐκ κεφαλῆς ἑκκαιδεκάδωρα πεφύκει·
καὶ τὰ μὲν ἀσκήσας κεραοξόος ἤραρε τέκτων,
πᾶν δ' εὖ λειήνας χρυσέην ἐπέθηκε κορώνην.
καὶ τὸ μὲν εὖ κατέθηκε τανυσσάμενος, ποτὶ γαίῃ
ἀγκλίνας· πρόσθεν δὲ σάκεα σχέθον ἐσθλοὶ ἑταῖροι,
μὴ πρὶν ἀναΐξειαν ἀρήιοι υἷες Ἀχαιῶν,
πρὶν βλῆσθαι Μενέλαον ἀρήιον Ἀτρέος υἱόν.
αὐτὰρ ὁ σύλα πῶμα φαρέτρης, ἐκ δ' ἕλετ' ἰόν
ἀβλῆτα πτερόεντα, μελαινέων ἕρμ' ὀδυνάων·
αἶψα δ' ἐπὶ νευρῇ κατεκόσμει πικρὸν ὀιστόν,
εὔχετο δ' Ἀπόλλωνι λυκηγενέι κλυτοτόξῳ
ἀρνῶν πρωτογόνων ῥέξειν κλειτὴν ἑκατόμβην
οἴκαδε νοστήσας ἱερῆς εἰς ἄστυ Ζελείης.
ἕλκε δ' ὁμοῦ γλυφίδας τε λαβὼν καὶ νεῦρα βόεια·

ten her, während der Bock über eine Klippe herunterkommt; der Jäger aber hat ihn an seinem Standort (*ἐν προδοκῇσιν*), auf dem Anstand erwartet.

108. *ὕπτιος ἔμπεσε*, durch die Kraft des geschleuderten Spiesses rücklings auf den Felsen geworfen.

111 f. *κορώνην*, Schol. *τὸ ἄκρον τοῦ τόξου, εἰς ὃ ἡ νευρὰ δέδεται*, also nur am einen Ende des Bogens (dem Fussende). Der Schiessende selbst muss dann, ehe er den Bogen gebrauchen und den Pfeil auflegen kann, die Sehne auch auf das andere Ende (Kopfende des Bogens) herüberziehn und ihre Schleife daran einhängen, was durch *τανύειν*, *ἐντανύειν* (verschieden von *τείνειν* 124) bezeichnet wird, vgl. zu Od. *φ*, 75. Dies erfordert aber grosse Kraftanstrengung, daher er den Bogen auf die Erde anstemmt (*ποτὶ γαίῃ ἀνακλίνει* 112). — *εὖ κατέθηκε*, er machte zurecht, stellte in Stand zu sofortigem Gebrauche.

117. *πτερόεντα*, im eigentlichen Sinne; gefiedert, vgl. Herod. 7, 92 *ὀιστοὺς καλαμίνους ἀπτέρους* und unten 122 zu *γλυφίδας*. — *ἕρμ' ὀδυνάων* heisst der Pfeil mit Recht, sofern er durch sein Hineinzwängen und -drängen gleichsam der Stützpunkt und Grundpfeiler der Schmerzen wird, vgl. zu *γ*, 358 *καὶ διὰ θώρηκος – ἠρήρειστο*.

122. *ὁμοῦ λαβών*, zusammenfassend und zugleich fassend; die folgenden Accusative hangen von *λαβὼν* ab, so dass *ἕλκε* kein Object bei sich hat. — *γλυφίδες* (vgl. Od. *φ*, 419) sind die zwei oder vier sich in die Länge erstreckenden Einschnitte oder Vertiefungen am hintern Theile des Pfeiles, in welche die Federn oder Flügel eingelegt werden: daher sie Euripides Orest. 264 (274) *ἐκηβόλων τόξων πτερωτὰς γλυφίδας* nennt. Vgl. Herod. 8, 128 *τοξεύματος παρὰ τὰς γλυφίδας περιειλίξαντες καὶ πτερώσαντες τὸ βιβλίον ἐτόξευον*.

νευρὴν μὲν μαζῷ πέλασεν, τόξῳ δὲ σίδηρον. 4
αὐτὰρ ἐπεὶ δὴ κυκλοτερὲς μέγα τόξον ἔτεινεν,
λίγξε βιός, νευρὴ δὲ μέγ' ἴαχεν, ἆλτο δ' ὀιστός
ὀξυβελής, καθ' ὅμιλον ἐπιπτέσθαι μενεαίνων.
οὐδὲ σέθεν, Μενέλαε, θεοὶ μάκαρες λελάθοντο
ἀθάνατοι, πρώτη δὲ Διὸς θυγάτηρ ἀγελείη,
ἥ τοι πρόσθε στᾶσα βέλος ἐχεπευκὲς ἄμυνεν.
ἡ δὲ τόσον μὲν ἔεργεν ἀπὸ χροός, ὡς ὅτε μήτηρ
παιδὸς ἐέργῃ μυῖαν, ὅθ' ἡδέι λέξεται ὕπνῳ·
αὐτὴ δ' αὖτ' ἴθυνεν ὅθι ζωστῆρος ὀχῆες
χρύσειοι σύνεχον καὶ διπλόος ἤντετο θώρηξ.

123. *σίδηρον*, d. h. die eiserne Pfeilspitze. — Wie diese dem Bogen nahe ist, so das Ende des Pfeilschaftes der Brust.

125 f. *διστὸς ὀξυβελής* = *ὀιστὸς ὀξὺ βέλος ὤν*, vgl. 185 *ὀξὺ πάγη βέλος*, der Pfeil, der ein scharfes Geschoss ist, der scharfgespitzte oder scharfe Pfeil. Die ganze Schilderung ist ein Muster treuer und lebendiger Naturanschauung, hinter welcher Virgil Aen. 11, 858–862 weit zurückbleibt. — Durch *μενεαίνων* wird dem Pfeile selbst Leben und Willen beigelegt, vgl. λ, 574 *λιλαιόμενα χροὸς ἆσαι*.

127. *οὐδὲ σέθεν*. Passend drückt die Anrede die Theilnahme des Dichters an Menelaos aus, vgl. zu Od. ξ, 55.

128. *πρώτη δὲ Διὸς θ.* Dieselbe Göttin, die den treulosen Schuss auf Menelaos veranlasst hatte, beschützt auch diesen, und hatte dies schon zum voraus beabsichtigt. Menelaos sollte nur verwundet werden, damit an ihm, der den Zweikampf mit Paris siegreich bestanden hatte, die Treulosigkeit der Troer recht augenfällig würde.

130. *τόσον μὲν ἔεργεν*. *τόσον* steht deiktisch und verringernd, wie im Lateinischen *tantum, tantulum*, z. B. *ne tantulum quidem:* so viel (als ich etwa mit der Hand oder den Fingern zeige) = nur so viel, ganz wenig. — *ἀπὸ χροός*, vom blossen Leibe, so weit er unbeschützt war. *ὡς ὅτε* entspricht nicht dem *τόσον*, sondern dient nur zur Anknüpfung eines die Art und Weise veranschaulichenden Beispieles, wie gewöhnlich. Die Vergleichung bezieht sich nämlich auf das Leichte, kaum Bemerkbare der Abwehr, deutet aber durch das Subject *μήτηρ* auch die zärtliche Besorgtheit der Göttin an.

132 ff. *ἴθυνεν ὅθι*, d. i. *ἴθυνεν ἐκεῖσε ὅθι* — d. h. dahin, wo der Leib am besten geschützt war. *ζωστήρ* ist der äussere Gurt über dem Panzer, wodurch dieser zusammengehalten und genau an den Leib angeschlossen wird mit metallenen Spangen (*ὀχῆες*).

133. *ὅθι διπλόος ἤντετο θώρηξ*, wo sich zwiefach der Panzer begegnete, d. h. über einander ging und also eine doppelte Lage bildete, nämlich der eigentliche *θώραξ*, der eherne Panzer von oben und das unten von innen daran gefügte, die untere Fortsetzung davon bildende, theilweise auch noch mit einer Metallbekleidung versehene *ζῶμα* (187. 216), d. h. ein Rock von Leder oder Filz, der vom Unterleib bis auf die Kniee geht. (Rüstow und Köchly Gesch. des griech. Kriegswes.

ἐν δ' ἔπεσε ζωστῆρι ἀρηρότι πικρὸς ὀιστός·
διὰ μὲν ἂρ ζωστῆρος ἐλήλατο δαιδαλέοιο,
καὶ διὰ θώρηκος πολυδαιδάλου ἠρήρειστο
μίτρης θ', ἣν ἐφόρει ἔρυμα χροός, ἕρκος ἀκόντων,
ἥ οἱ πλεῖστον ἔρυτο· διαπρὸ δὲ εἴσατο καὶ τῆς.
ἀκρότατον δ' ἄρ' ὀιστὸς ἐπέγραψε χρόα φωτός·
αὐτίκα δ' ἔρρεεν αἷμα κελαινεφὲς ἐξ ὠτειλῆς.
 ὡς δ' ὅτε τίς τ' ἐλέφαντα γυνὴ φοίνικι μιήνῃ
Μῃονὶς ἠὲ Κάειρα, παρήιον ἔμμεναι ἵππων·
κεῖται δ' ἐν θαλάμῳ, πολέες τέ μιν ἠρήσαντο
ἱππῆες φορέειν· βασιλῆι δὲ κεῖται ἄγαλμα,
ἀμφότερον κόσμος θ' ἵππῳ ἐλατῆρί τε κῦδος·
τοῖοί τοι, Μενέλαε, μιάνθην αἵματι μηροὶ
εὐφυέες κνῆμαί τε ἰδὲ σφυρὰ κάλ' ὑπένερθεν.
 ῥίγησεν δ' ἄρ' ἔπειτα ἄναξ ἀνδρῶν Ἀγαμέμνων,
ὡς εἶδεν μέλαν αἷμα καταρρέον ἐξ ὠτειλῆς.
ῥίγησεν δὲ καὶ αὐτὸς ἀρηίφιλος Μενέλαος·
ὡς δὲ ἴδεν νεῦρόν τε καὶ ὄγκους ἐκτὸς ἐόντας,

S. 12.) *διὰ θώρηκος* 136 geht also auf beide Bestandtheile oder den *διπλόος θώρηξ*. Unten 187. 216 wird der *θώρηξ* zwar nicht besonders genannt, muss aber auch verstanden werden.

137. *μίτρη*, ein auf dem blossen Leibe über den Hüften (vgl. *ε*, 857) getragenes und daher mit Wolle gefüttertes oder umwickeltes Blech, dessen Bestimmung aus unserer Stelle klar wird.

138. *ἥ οἱ πλεῖστον ἔρυτο* (vgl. *ε*, 538), welche ihm das Meiste abwehrte, die meisten Geschosse fernhielt.

141. *ἐλέφαντα φοίνικι*, nachgeahmt von Virg. Aen. 12, 67: *Indum sanguineo veluti violaverit ostro Si quis ebur aut mixta rubent ubi lilia multa Alba rosa.*

142. *παρήιον ἔμμεναι ἵππων*, zum Wagenschmuck, Backengeschmeide für Rosse (d. h. als Verzierung vom Gebisse aufwärts und den Backenknochen entlang gehend und einem ledernen Riemen aufgelegt.) *ἵππων* hängt vom substantivischen *παρήιον* ab, und der Plural bezeichnet den Gattungsbegriff im Allgemeinen. Vgl. *θ*, 83 *τρίχες ἵππων*. *κ*, 259 *χάρη αἰζηῶν*.

143. *ἐν θαλάμῳ*, vgl. zu Od. *β*, 337.

145. *ἐλατῆρι κῦδος*, dem Lenker (z. B. bei einem Wagenrennen) zur Ehre, ein Gegenstand des Stolzes.

146. *μιάνθην*, verlängert aus *μίανθεν* = *ἐμιάνθησαν*. Die Verlängerung ist vielleicht bloss Sache der spätern Orthographie.

151. *νεῦρον* hier, wie die Verbindung mit *ὄγκους* zeigt, verschieden von *νευρά* 122, nach den Alten = *τὸ κύκλῳ σφίγγον τὴν τοῦ σιδήρου τοῦ βέλους ἐμβολήν*. Vgl. zu *ζ*, 320 über *πόρκης*. Die *ὄγκοι* befinden sich am hintern Theile der

ἄψορρόν οἱ θυμὸς ἐνὶ στήθεσσιν ἀγέρθη. 4
τοῖς δὲ βαρὺ στενάχων μετέφη κρείων Ἀγαμέμνων,
χειρὸς ἔχων Μενέλαον· ἐπεστενάχοντο δ᾽ ἑταῖροι.
„φίλε κασίγνητε, θάνατόν νύ τοι ὅρκι᾽ ἔταμνον,
οἶον προστήσας πρὸ Ἀχαιῶν Τρωσὶ μάχεσθαι,
ὥς σ᾽ ἔβαλον Τρῶες, κατὰ δ᾽ ὅρκια πιστὰ πάτησαν.
οὐ μέν πως ἅλιον πέλει ὅρκιον αἷμά τε ἀρνῶν
σπονδαί τ᾽ ἄκρητοι καὶ δεξιαί, ᾗς ἐπέπιθμεν.
εἴ περ γάρ τε καὶ αὐτίκ᾽ Ὀλύμπιος οὐκ ἐτέλεσσεν,
ἔκ τε καὶ ὀψὲ τελεῖ, σύν τε μεγάλῳ ἀπέτισαν,
σὺν σφῇσιν κεφαλῇσι γυναιξί τε καὶ τεκέεσσιν.
εὖ γὰρ ἐγὼ τόδε οἶδα κατὰ φρένα καὶ κατὰ θυμόν.

Pfeilspitze, also zunächst vor dem *νεῦρον*, und *ἐκτὸς ἐόντας* geht auf beide Nomina.

153. *τοῖς δέ*, unter ihnen, in ihrer Mitte. Denn Agamemnon war nicht allein bei ihm, sondern auch andere Gefährten, wie der folgende Vers zeigt.

155. *θάνατον* von *ὅρκι᾽ ἔταμνον* in Einen Begriff gefasst abhängig, wie wenn es *ὁρκιοτομεῖν* hiesse, etwa mit dem Begriff des lateinischen *pacisci*. Diesse Stelle weist sehr deutlich auf die Handlung des vorigen Buches zurück, vgl. unten 168. 235 und ebenso die Worte des Idomeneus 269–271. — Zur Prosodie von *φίλε* = *φ*, 308. vgl. die Anmerkg. zu *γ*, 357.

157. *ὥς σ᾽ ἔβαλον* indirect folgernd = *καθά σε ἔβαλον*, nach dem wie —, wie sich daraus ergiebt dass —. Vgl. zu Od. *β*, 233. *δ*, 373.

158. *ὅρκιον*, bei Homer nur hier im Singular.

159. *δεξιαὶ ᾗς ἐπέπιθμεν*. Diese waren zwar im vorigen Buch nicht erwähnt, aber sie gehörten so sehr zum feststehenden Ritus bei Verträgen, dass sie auch unerwähnt dennoch verstanden werden.

160 f. *εἴ περ γάρ τε – ἔκ τε*, vgl. *α*, 81 *εἴ περ γάρ τε – ἀλλά τε*. Das im Vorder- und Nachsatz beigefügte *τε* drückt die Wechselbeziehung, das gleichmässige Nebeneinanderbestehen beider Glieder aus. — *ἐτέλεσσεν – τελεῖ*, erg. *τὰ ὅρκια, τὰς σπονδάς*. Der Vertrag wird aber von Zeus erfüllt und vollzogen, wenn er den Uebertreter desselben die angedrohte Strafe treffen lässt, vgl. *γ*, 299–301.

161. *σὺν μεγάλῳ*, nicht ohne Grosses, d. i. grossen Nachtheil, so dass ein grosser Nachtheil davon untrennbar ist. Herodot. 7, 9, 2 — *ὥστε σὺν κακῷ μεγάλῳ οἱ νικῶντες ἀπαλλάσσονται*. Der Aoristus *ἀπέτισαν* steht zur Vergegenwärtigung der schnellen und unfehlbaren Wirkung: und dann (wann das *ἐκτελεῖ* eingetreten ist) haben sie es mit Einmal schwer gebüsst, die Strafe hat sie erreicht. Vgl. 164 *ὅτ᾽ ἄν ποτ᾽ ὀλώλῃ*.

162. *σὺν σφῇσιν κεφ. κτέ.* Dieses *σὺν* steht mehr in Bezug auf *γυναιξὶ* und *τεκέεσσιν*, als auf *σφῇσιν κεφαλῇσι*, oder es schliesst auch das Adverbium z u g l e i c h in sich.

163 ff. *εὖ γὰρ ἐγὼ τόδε οἶδα*. Noch bedeutungsvoller sind diese drei Verse als Ahnung im Munde des Hektor *ζ*, 447 ff. *οἶδα*, zuweilen

4 ἔσσεται ἦμαρ ὅτ' ἄν ποτ' ὀλώλῃ Ἴλιος ἱρὴ
καὶ Πρίαμος καὶ λαὸς ἐυμμελίω Πριάμοιο,
Ζεὺς δέ σφι Κρονίδης ὑψίζυγος, αἰθέρι ναίων,
αὐτὸς ἐπισσείῃσιν ἐρεμνὴν αἰγίδα πᾶσιν
τῆσδ' ἀπάτης κοτέων. τὰ μὲν ἔσσεται οὐκ ἀτέλεστα·
ἀλλά μοι αἰνὸν ἄχος σέθεν ἔσσεται, ὦ Μενέλαε,
αἴ κε θάνῃς καὶ πότμον ἀναπλήσῃς βιότοιο.
καί κεν ἐλέγχιστος πολυδίψιον Ἄργος ἱκοίμην·
αὐτίκα γὰρ μνήσονται Ἀχαιοὶ πατρίδος αἴης·
κὰδ δέ κεν εὐχωλὴν Πριάμῳ καὶ Τρωσὶ λίποιμεν
Ἀργείην Ἑλένην. σέο δ' ὀστέα πύσει ἄρουρα
κειμένου ἐν Τροίῃ ἀτελευτήτῳ ἐπὶ ἔργῳ.
καί κέ τις ὧδ' ἐρέει Τρώων ὑπερηνορεόντων
τύμβῳ ἐπιθρώσκων Μενελάου κυδαλίμοιο
,αἴθ' οὕτως ἐπὶ πᾶσι χόλον τελέσει' Ἀγαμέμνων,
ὡς καὶ νῦν ἅλιον στρατὸν ἤγαγεν ἐνθάδ' Ἀχαιῶν,
καὶ δὴ ἔβη οἶκόνδε φίλην ἐς πατρίδα γαῖαν
σὺν κεινῇσιν νηυσί, λιπὼν ἀγαθὸν Μενέλαον.'
ὥς ποτέ τις ἐρέει· τότε μοι χάνοι εὐρεῖα χθών."

von einer festen, subjectiven Ueberzeugung.

167. *ἐρεμνὴν αἰγίδα*, die panzerähnliche Waffe des Zeus, vgl. ε, 738–742, wo die Schilderung derselben mit den Worten schliesst *Διὸς τέρας αἰγιόχοιο*. Sie scheint ein Symbol des Sturmes und der ihn herbeiführenden Gewitterwolke.

169. *ἀλλά μοι αἰνὸν ἄχος*. Agamemnon kommt von dem Gedanken an die Zukunft und ihre Hoffnungen in noch ungewisser Ferne wieder auf die Gegenwart und ihre Sorgen zurück, und wird, dem Zuge düsterer Phantasie folgend, von der Angst um Menelaos so übernommen, dass er sich den Tod desselben als schon nahe bevorstehend vor Augen stellt und in seinen, möglicher Weise den ganzen Kriegszug vereitelnden, Folgen ausmalt.

172. *αὐτίκα γὰρ μνήσονται* = *μνήσαιντο ἄν*, näml. sobald du gestorben sein würdest.

173. *κὰδ δέ κεν – λίποιμεν* = β, 160. 176, coordinirt mit 171 *καί κεν – ἱκοίμην*.

175. *ἐν Τροίῃ* = β, 237 *αὐτοῦ ἐνὶ Τροίῃ*. — *ἀτελευτήτῳ ἐπὶ ἔργῳ*, bei und nach unvollendetem Werke, dagegen 178 *ἐπὶ πᾶσι* einfach: in, bei allem.

179. *ἅλιον* gehört als Prädicat zu *ἤγαγεν*, als ein vergebliches, vergeblich geführt hat; vgl. zu Od. β, 257 *λῦσεν δ' ἀγορὴν αἰψηρήν*. Aehnlich gleich nachher 182 *χάνοι εὐρεῖα χθών* = weit öffne sich mir die Erde.

180. *καὶ δὴ* mit einer gewissen Ironie und gleichsam hinweisend: und wirklich.

181. *σὺν κεινῇσιν νηυσί*, vgl. β, 298 *κενεόν τε νέεσθαι*.

τὸν δ' ἐπιθαρσύνων προσέφη ξανθὸς Μενέλαος 4
„θάρσει, μηδέ τί πω δειδίσσεο λαὸν Ἀχαιῶν.
οὐκ ἐν καιρίῳ ὀξὺ πάγη βέλος, ἀλλὰ πάροιθεν
εἰρύσατο ζωστήρ τε παναίολος ἠδ' ὑπένερθεν
ζῶμά τε καὶ μίτρη, τὴν χαλκῆες κάμον ἄνδρες."
τὸν δ' ἀπαμειβόμενος προσέφη κρείων Ἀγαμέμνων
„αἲ γὰρ δὴ οὕτως εἴη, φίλος ὦ Μενέλαε.
ἕλκος δ' ἰητὴρ ἐπιμάσσεται, ἠδ' ἐπιθήσει
φάρμαχ', ἅ κεν παύσῃσι μελαινάων ὀδυνάων."
ἦ, καὶ Ταλθύβιον θεῖον κήρυκα προσηύδα
„Ταλθύβι', ὅττι τάχιστα Μαχάονα δεῦρο κάλεσσον,
φῶτ' Ἀσκληπιοῦ υἱὸν ἀμύμονος ἰητῆρος,
ὄφρα ἴδῃ Μενέλαον ἀρήιον ἀρχὸν Ἀχαιῶν,
ὅν τις ὀιστεύσας ἔβαλεν, τόξων εὖ εἰδώς,
Τρώων ἢ Λυκίων, τῷ μὲν κλέος, ἄμμι δὲ πένθος."
ὣς ἔφατ', οὐδ' ἄρα οἱ κῆρυξ ἀπίθησεν ἀκούσας,
βῆ δ' ἰέναι κατὰ λαὸν Ἀχαιῶν χαλκοχιτώνων
παπταίνων ἥρωα Μαχάονα. τὸν δ' ἐνόησεν
ἑσταότ'· ἀμφὶ δέ μιν κρατεραὶ στίχες ἀσπιστάων
λαῶν, οἵ οἱ ἕποντο Τρίκης ἐξ ἱπποβότοιο.
ἀγχοῦ δ' ἱστάμενος ἔπεα πτερόεντα προσηύδα.

184. *μηδέ τί πω*, und ja nicht, ja nicht etwa.

185. *πάροιθεν*, von vorn, d. h. eine Schutzwehr davor bildend, mit *εἰρύσατο* zu verbinden, aber mit Bezug auf alle drei Subjecte, *ζωστήρ*, *ζῶμα* und *μίτρη*. *ὑπένερθεν* dagegen geht nur auf das Verhältniss der zwei letztgenannten zum ersten: darunter, d. h. davon bedeckt, vgl. zu 132 f.

189. *αἲ γὰρ δὴ – Μενέλ.* Beachte den die Gemüthsstimmung des Sprechenden trefflich malenden Rhythmus.

193. *Μαχάονα*, vgl. *β*, 729–733, wo auch sein Bruder *Ποδαλείριος* ein Arzt genannt wird. Seinen Namen hat er wohl von der Kunst, dem Schneiden (*μαχέω* = *τέμνω*), was er nach *λ*, 844 vermittelst des Schneidemessers, der *μάχαιρα*, übt.

194. *φῶτ' Ἀσκληπιοῦ υἱόν*, vgl. Od. *φ*, 26 *φῶθ' Ἡρακλῆα*. *Ἀσκληπιὸς* ist bei Homer nur noch Mensch und Schüler des *Χείρων* (219); vgl. *λ*, 518.

197. *Λυκίων*, als Theil für das Ganze = *ἐπικούρων*. Es sind aber hier die eigentlichen Lykier, nicht die zu den Troern gerechneten aus Zeleia gemeint.

199. *κατὰ λαόν*, unter die Menge hin, in die Schaar hinein und durch sie hin. So 209 *καθ' ὅμιλον*. Denn es ergiebt sich aus *παπταίνων*, dass er eine Strecke weit das Heer durchschreiten musste.

„ὄρσ', Ἀσκληπιάδη. καλέει κρείων Ἀγαμέμνων,
ὄφρα ἴδῃ Μενέλαον ἀρήιον ἀρχὸν Ἀχαιῶν,
ὅν τις ὀιστεύσας ἔβαλεν, τόξων εὖ εἰδώς,
Τρώων ἢ Λυκίων, τῷ μὲν κλέος, ἄμμι δὲ πένθος."
ὣς φάτο, τῷ δ' ἄρα θυμὸν ἐνὶ στήθεσσιν ὄρινεν·
βὰν δ' ἰέναι καθ' ὅμιλον ἀνὰ στρατὸν εὐρὺν Ἀχαιῶν.
ἀλλ' ὅτε δή ῥ' ἵκανον ὅθι ξανθὸς Μενέλαος
βλήμενος ἦν, περὶ δ' αὐτὸν ἀγηγέραθ' ὅσσοι ἄριστοι
κυκλόσ', ὁ δ' ἐν μέσσοισι παρίστατο ἰσόθεος φώς,
αὐτίκα δ' ἐκ ζωστῆρος ἀρηρότος ἕλκεν ὀιστόν·
τοῦ δ' ἐξελκομένοιο πάλιν ἄγεν ὀξέες ὄγκοι.
λῦσε δέ οἱ ζωστῆρα παναίολον ἠδ' ὑπένερθεν
ζῶμά τε καὶ μίτρην, τὴν χαλκῆες κάμον ἄνδρες.
αὐτὰρ ἐπεὶ ἴδεν ἕλκος, ὅθ' ἔμπεσε πικρὸς ὀιστός,
αἷμ' ἐκμυζήσας ἐπ' ἄρ' ἤπια φάρμακα εἰδὼς
πάσσε, τά οἵ ποτε πατρὶ φίλα φρονέων πόρε Χείρων.

204. *ὄρσ', Ἀσκληπιάδη.* Der nach der ersten Interpunction in den anapästischen Rhythmus übergehende Vers hat eine besonders aufregende und ermunternde Kraft.

208. *τῷ δ' ἄρα – ὄρινεν*, hier anders als *γ*, 395, nämlich: er erregte sein Mitleid, seine theilnehmende Bestürzung.

210. *ὅθι – Μενέλαος βλήμενος ἦν*, wo Menelaos verwundet war, d. h. wo Menelaos als Verwundeter sich befand. *βλήμενος* = *βεβλημένος*, vgl. *ϑ*, 514. *μ*, 391.

211 f. *ἀγηγέραθ' ὅσσοι ἄρ. κυκλόσε*, wo die Tapfersten alle (*fortissimi quique*) rings um ihn versammelt waren, sich um ihn in einen Kreis gesammelt hatten. *ὁ δέ*, d. i. *Μενέλαος*. Der Nachsatz beginnt im folgenden Verse.

214. *πάλιν ἄγεν ὀξέες ὄγκοι.* *πάλιν* ist prägnant mit *ἄγεν* (*ἐάγησαν*, vgl. *γ*, 367) verbunden, und der Sinn ist: die spitzigen Widerhaken wurden rückwärts gebrochen, zerbrachen in der dem Zuge des Pfeiles entgegengesetzten Richtung, weil sie eben vorstehende Haken waren, die beim Herausziehen anstossen mussten. Dieser Umstand ist als bedeutungsvoll beigefügt, um zu zeigen, wie gefährlich die Haken dem Menelaos hätten werden können, wenn sie nicht nur (wie unsere Stelle zeigt) in den Gürtel und Panzer, sondern auch in den Leib selbst eingedrungen wären; dies letztere war aber nach 151 nicht der Fall.

218. *αἷμ' ἐκμυζήσας*, ohne Zweifel mit dem Munde, was auch noch in spätern Zeiten geschah. *ἄρα* drückt die natürliche Folge der vorhergehenden Handlung aus, was sich nach derselben von selbst erwarten lässt, gleichsam: versteht sich. *εἰδώς*, als ein Kundiger = *ἐπισταμένως*.

219. *τά οἵ ποτε – Χείρων*, welche einst Cheiron aus Freundschaft seinem Vater geschenkt hatte. *οἱ* Dativus ethicus, der eigentlich nur das Hauptobject *πατρὶ* näher bestimmen soll = *πατρί οὐ*. Vgl.

ὄφρα τοὶ ἀμφεπένοντο βοὴν ἀγαθὸν Μενέλαον, 4
τόφρα δ' ἐπὶ Τρώων στίχες ἤλυθον ἀσπιστάων·
οἱ δ' αὖτις κατὰ τεύχε' ἔδυν, μνήσαντο δὲ χάρμης.
ἔνθ' οὐκ ἂν βρίζοντα ἴδοις Ἀγαμέμνονα δῖον,
οὐδὲ καταπτώσσοντ', οὐδ' οὐκ ἐθέλοντα μάχεσθαι,
ἀλλὰ μάλα σπεύδοντα μάχην ἐς κυδιάνειραν.
ἵππους μὲν γὰρ ἔασε καὶ ἅρματα ποικίλα χαλκῷ·
καὶ τοὺς μὲν θεράπων ἀπάνευθ' ἔχε φυσιόωντας
Εὐρυμέδων, υἱὸς Πτολεμαίου Πειραΐδαο,
τῷ μάλα πόλλ' ἐπέτελλε παρισχέμεν, ὁππότε κέν μιν
γυῖα λάβῃ κάματος πολέας διὰ κοιρανέοντα·
αὐτὰρ ὁ πεζὸς ἐὼν ἐπεπωλεῖτο στίχας ἀνδρῶν.
καί ῥ' οὓς μὲν σπεύδοντας ἴδοι Δαναῶν ταχυπώλων,
τοὺς μάλα θαρσύνεσκε παριστάμενος ἐπέεσσιν.
„Ἀργεῖοι, μή πώ τι μεθίετε θούριδος ἀλκῆς·
οὐ γὰρ ἐπὶ ψευδέσσι πατὴρ Ζεὺς ἔσσετ' ἀρωγός,
ἀλλ' οἵ περ πρότεροι ὑπὲρ ὅρκια δηλήσαντο,

Od. δ, 771 *οὐδέ τι οἶδεν ὅ οἱ φόνος υἷι τέτυκται* = Iliad. ρ, 195. 324.

221. *τόφρα δ' ἐπί.* Auch die übrigen Troer, durch Pandaros' Beispiel verlockt und gewissermassen genöthigt, rücken zur Erneuerung des Kampfes vor, und Agamemnon muss denselben annehmen.

222. *οἱ δὲ* d. i. *οἱ ἀμφ' Ἀγαμέμνονα, οἱ Ἀχαιοί.* — *χάρμη* (*χράω*, an einander gerathen), das Handgemenge, *congressio.* Vgl. μ, 347 *ζαχρηεῖς τελέθουσι κατὰ κρατερὰς ὑσμίνας.*

223. *οὐκ ἂν βρίζοντα ἴδοις.* Denn zu rechtlichen Erörterungen über das Verfahren der Troer (einem *certamen iuris* Liv. 21, 6) war jetzt keine Zeit. Es folgt von hier an zunächst die sogenannte *ἐπιπώλησις Ἀγαμέμνονος* (vgl. 231. 250), wobei er sich als tüchtigen Heerführer darstellen kann; der eigentliche Kampf beginnt 446.

226. *ἅρματα*, hier vom Wagen ohne Pferde, und zwar vom einzigen des Agamemnon. Um nämlich leichter überall herumzukommen und auch die Einzelnen anreden zu können, war Agamemnon vom Wagen gestiegen.

228. *Εὐρυμέδων.* Ein anderer Eurymedon ist *θεράπων* des Nestor θ, 114 = λ, 620.

229. *παρισχέμεν* erg. *τὰ ἅρματα.*

230. *πολέας διὰ κοιρανέοντα*, vgl. Od. α, 247 *Ἰθάκην κάτα κοιρανέουσιν.* Unten 250 umschrieben *κοιρανέων ἐπεπωλεῖτο.*

232. *σπεύδοντας* = *ἐνεργοῦντας*, eifrig, thätig, dagegen 240 *μεθιέντας*, lässig.

235. *οὐ γ. ἐπὶ ψευδέσσι – ἔσσετ' ἀρωγός*, nicht wird Zeus Lügnern ein Beistand sein, ihnen als Helfer beitreten. *ψευδέσσι* = *ψεύσταις*, den wortbrüchigen Troern.

236. *ὑπὲρ ὅρκια δηλήσαντο* entspricht genau dem *ὑπὲρ ὅρκια*

τῶν ἤ τοι αὐτῶν τέρενα χρόα γῦπες ἔδονται,
ἡμεῖς αὖτ' ἀλόχους τε φίλας καὶ νήπια τέκνα
ἄξομεν ἐν νήεσσιν, ἐπὴν πτολίεθρον ἕλωμεν."
οὕς τινας αὖ μεθιέντας ἴδοι στυγεροῦ πολέμοιο,
τοὺς μάλα νεικείεσκε χολωτοῖσιν ἐπέεσσιν.
„Ἀργεῖοι ἰόμωροι, ἐλεγχέες, οὔ νυ σέβεσθε;
τίφθ' οὕτως ἕστητε τεθηπότες ἠύτε νεβροί,
αἵ τ' ἐπεὶ οὖν ἔκαμον πολέος πεδίοιο θέουσαι,
ἑστᾶσ', οὐδ' ἄρα τίς σφι μετὰ φρεσὶ γίγνεται ἀλκή.
ὣς ὑμεῖς ἕστητε τεθηπότες, οὐδὲ μάχεσθε.
ἦ μένετε Τρῶας σχεδὸν ἐλθέμεν, ἔνθα τε νῆες
εἰρύατ' εὔπρυμνοι, πολιῆς ἐπὶ θινὶ θαλάσσης,
ὄφρα ἴδητ' αἴ κ' ὔμμιν ὑπέρσχῃ χεῖρα Κρονίων;"
ὣς ὅ γε κοιρανέων ἐπεπωλεῖτο στίχας ἀνδρῶν.
ἦλθε δ' ἐπὶ Κρήτεσσι κιὼν ἀνὰ οὐλαμὸν ἀνδρῶν.
οἱ δ' ἀμφ' Ἰδομενῆα δαΐφρονα θωρήσσοντο·

πημήνειαν γ, 299.

237. *τῶν* hängt zwar von *χρόα* ab, muss aber auch bei *ἀλόχους* und *τέκνα* hinzugedacht werden. Nach *ἤ τοι*, worin auch ein dem folgenden *αὖτε* entsprechendes *μὲν* liegt, wird schicklich eine Pause gemacht, wodurch der Gegensatz zwischen *αὐτῶν* und *ἀλόχους καὶ τέκνα* stärker hervortritt, auch der Hiatus in *ἤ τοι αὐτῶν* gemildert wird. *γῦπες*, d. h. Raubvögel, die sich vom Aas nähren.

242. *ἰόμωροι* (vgl. zu Od. γ, 188 über *ἐγχεσίμωρος*) hat hier und ξ, 479, wo es einzig noch bei Homer vorkommt, einen verächtlichen Nebenbegriff, da der Kämpfer, der sich ausschliesslich des Bogens bedient, in Hinsicht auf Bewaffnung und Kampfart (vgl. ν, 713–721) nur eine untergeordnete Geltung und viel weniger Anspruch auf den Namen eines Kriegers hat, als der in der vollen schweren Rüstung. Daher auch Paris von Diomedes λ, 385 neben andern entehrenden Bezeichnungen abschätzig mit *τοξότα* und *κέραι ἀγλαὲ* angeredet wird. — Für *ἕστητε* hier und 216 verlangt Krüger *ἔστητε*.

244. *ἐπεὶ οὖν*, vgl. γ, 4. — *ἔκαμον*, sie sind ermüdet, weil sie eine grosse Ebene durchlaufen.

247. *σχεδὸν ἐλθέμεν, ἔνθα τε* — dass sie in die Nähe und also dahin kommen, wo unsere Schiffe hingezogen und aufgestellt sind. Die Schiffe sind mit der Vorderseite dem Meere zugekehrt; vom Lande aus erscheinen sie daher als *εὔπρυμνοι*.

249. *ὄφρα ἴδητε κτέ.* spottend = um in aller eigenen Unthätigkeit einen recht handgreiflichen Beweis vom Beistand der Götter zu erhalten.

251 f. *ἐπὶ Κρήτεσσι*, vgl. 273 *ἐπ' Αἰάντεσσι*. So stand auch γ, 231 Idomeneus neben dem Telamonischen Aias (*ἑτέρωθεν*). — *ἀμφ' Ἰδομενῆα* gehört zu *θωρήσσοντο*, vgl. υ, 2.

Ἰδομενεὺς μὲν ἐνὶ προμάχοις, συῒ εἴκελος ἀλκήν, 4
Μηριόνης δ' ἄρα οἱ πυμάτας ὤτρυνε φάλαγγας.
τοὺς δὲ ἰδὼν γήθησεν ἄναξ ἀνδρῶν Ἀγαμέμνων,
αὐτίκα δ' Ἰδομενῆα προσηύδα μειλιχίοισιν.
„Ἰδομενεῦ, περὶ μέν σε τίω Δαναῶν ταχυπώλων
ἠμὲν ἐνὶ πτολέμῳ ἠδ' ἀλλοίῳ ἐπὶ ἔργῳ
ἠδ' ἐν δαίθ', ὅτε πέρ τε γερούσιον αἴθοπα οἶνον
Ἀργείων οἱ ἄριστοι ἐνὶ κρητῆρι κέρωνται.
εἴ περ γάρ τ' ἄλλοι γε καρηκομόωντες Ἀχαιοί
δαιτρὸν πίνωσιν, σὸν δὲ πλεῖον δέπας αἰεί
ἕστηχ' ὥς περ ἐμοί, πιέειν ὅτε θυμὸς ἀνώγοι.
ἀλλ' ὄρσευ πόλεμόνδ', οἷος πάρος εὔχεαι εἶναι.“
τὸν δ' αὖτ' Ἰδομενεὺς Κρητῶν ἀγὸς ἀντίον ηὔδα
„Ἀτρείδη, μάλα μέν τοι ἐγὼν ἐρίηρος ἑταῖρος
ἔσσομαι, ὡς τὸ πρῶτον ὑπέστην καὶ κατένευσα·
ἀλλ' ἄλλους ὄτρυνε καρηκομόωντας Ἀχαιούς,
ὄφρα τάχιστα μαχώμεθ', ἐπεὶ σύν γ' ὅρκι' ἔχευαν
Τρῶες. τοῖσιν δ' αὖ θάνατος καὶ κήδε' ὀπίσσω
ἔσσετ', ἐπεὶ πρότεροι ὑπὲρ ὅρκια δηλήσαντο.“
ὣς ἔφατ', Ἀτρείδης δὲ παρῴχετο γηθόσυνος κῆρ.
ἦλθε δ' ἐπ' Αἰάντεσσι κιὼν ἀνὰ οὐλαμὸν ἀνδρῶν·
τὼ δὲ κορυσσέσθην, ἅμα δὲ νέφος εἵπετο πεζῶν.
ὡς δ' ὅτ' ἀπὸ σκοπιῆς εἶδεν νέφος αἰπόλος ἀνήρ

253. *συῒ εἴκελος ἀλκήν* = ρ, 281.

256. *μειλιχίοισιν*, wie α, 539 *κερτομίοισι* und anderswo *ὀνειδείοισιν*.

257. *περὶ* (Hoffmann *πέρι*) *μέν σε τίω*, Grund warum Idomeneus sich auch im Kampfe auszeichnen soll (264).

259. *ὅτε πέρ τε γερούσιον κτέ.*, vgl. zu Od. ν, 8. Doch geschah dies nicht etwa täglich, sondern nur, wenn der Oberkönig aus einer besondern Veranlassung des Rathes seiner Geronten verlangte.

261. *καρηκομόωντες Ἀχαιοὶ* geht hier nur auf die vorhin bezeichneten *ἄριστοι*.

262. *σὸν δὲ πλεῖον – αἰεί*. Ein Beweis der Auszeichnung, die Agamemnon ihm zu Theil werden lässt, indem sein Becher immer wieder aufgefüllt wird. Daher *δὲ* zur Hervorhebung im Gegensatze der *ἄλλοι*. Vgl. μ, 310 f. *τετιμήμεσθα μάλιστα ἕδρῃ τε κρέασίν τε ἰδὲ πλείοις δεπάεσσιν*.

264. *πάρος εὔχεαι*. Vgl. zu Od. δ, 810.

275. *ὡς δ' ὅτ' ἀπὸ σκοπιῆς – νέφος*. Durch den vorhin gleichsam nur *ἐν παρόδῳ* gebrauchten bildlichen Ausdruck *νέφος πεζῶν* wird die ganze Vergleichung des Heeres der beiden Aias mit der dunkeln

ἐρχόμενον κατὰ πόντον ὑπὸ Ζεφύροιο ἰωῆς·
τῷ δέ τ' ἄνευθεν ἐόντι μελάντερον, ἠΰτε πίσσα,
φαίνετ' ἰὸν κατὰ πόντον, ἄγει δέ τε λαίλαπα πολλήν·
ῥίγησέν τε ἰδών, ὑπό τε σπέος ἤλασε μῆλα·
τοῖαι ἅμ' Αἰάντεσσι διοτρεφέων αἰζηῶν
δήιον ἐς πόλεμον πυκιναὶ κίνυντο φάλαγγες
κυάνεαι, σάκεσίν τε καὶ ἔγχεσι πεφρικυῖαι.
καὶ τοὺς μὲν γήθησεν ἰδὼν κρείων Ἀγαμέμνων,
καί σφεας φωνήσας ἔπεα πτερόεντα προσηύδα.
„Αἴαντ', Ἀργείων ἡγήτορε χαλκοχιτώνων,
σφῶι μὲν — οὐ γὰρ ἔοικ' ὀτρυνέμεν — οὔ τι κελεύω·
αὐτὼ γὰρ μάλα λαὸν ἀνώγετον ἶφι μάχεσθαι.
αἲ γάρ, Ζεῦ τε πάτερ καὶ Ἀθηναίη καὶ Ἄπολλον,
τοῖος πᾶσιν θυμὸς ἐνὶ στήθεσσι γένοιτο·
τῷ κε τάχ' ἠμύσειε πόλις Πριάμοιο ἄνακτος
χερσὶν ὑφ' ἡμετέρῃσιν ἁλοῦσά τε περθομένη τε.“
ὣς εἰπὼν τοὺς μὲν λίπεν αὐτοῦ, βῆ δὲ μετ' ἄλλους.
ἔνθ' ὅ γε Νέστορ' ἔτετμε, λιγὺν Πυλίων ἀγορητήν,
οὓς ἑτάρους στέλλοντα καὶ ὀτρύνοντα μάχεσθαι,

Gewitterwolke herbeigeführt. Der Vergleichungspunct liegt in der Dunkelheit, welche beim Heer eine Folge der dichten Menge ist, und in der Schrecken verbreitenden Wirkung.

277. *τῷ δέ τ' ἄνευθεν ἐόντι κτέ.* Der Comparativ *μελάντερον* scheint sich auf *ἄνευθεν ἐόντι* zu beziehen und das damit im Verhältniss stehende auszudrücken: ihm, der davon entfernt ist, erscheint sie (um so) schwärzer (d. h. noch schwärzer, als sie wirklich und in der Nähe ist), so (schwarz) wie Pech: die grössere Entfernung giebt ihr einen noch dunklern Grund. Nachgeahmt scheint diese Wendung von Apoll. Rhod. 1, 269: *ὣς ἔχετο κλαίουσ' ἀδινώτερον, ἠΰτε κούρη.* Ueberhaupt steht der Comparativ oft zur Bezeichnung des das gewöhnliche Mass Ueberschreitenden, wie ε, 641 *ἕξ οἴῃς σὺν νηυσὶ καὶ ἀνδράσι παυροτέροισιν.* Herod. 3, 23 *ἐπὶ κρήνην σφι ἡγήσασθαι, ἀπ' ἧς λουόμενοι λιπαρώτεροι ἐγίνοντο, κατά περ εἰ ἐλαίου εἴη.*

281. *δήιον ἐς πόλεμον*, zum erbitterten Kampfe.

282. *κυάνεαι*, nachträgliche Erklärung zu *τοῖαι*. *φρίσσειν* wird schon von Wolf mit dem französischen hérisser (sich sträuben, sich borstig stellen) verglichen, vgl. ν, 339 *ἔφριξεν δὲ μάχη – ἐγχείῃσιν μακρῇς.*

286. *σφῶι μὲν κτέ.* Der Accusativ *σφῶι* hängt von *κελεύω* ab, wiewohl er auch von dem nähern *ὀτρυνέμεν* angezogen sein kann, da *κελεύω* gewöhnlich den Dativ regiert. Bei *κελεύω* ist aus dem Folgenden *μάχεσθαι* hinzuzudenken.

288–291. *αἲ γάρ κτέ.*, vgl. β,

ἀμφὶ μέγαν Πελάγοντα Ἀλάστορά τε Χρομίον τε
Αἵμονά τε κρείοντα Βίαντά τε ποιμένα λαῶν.
ἱππῆας μὲν πρῶτα σὺν ἵπποισιν καὶ ὄχεσφιν,
πεζοὺς δ' ἐξόπιθε στῆσεν πολέας τε καὶ ἐσθλούς,
ἕρκος ἔμεν πολέμοιο· κακοὺς δ' ἐς μέσσον ἔλασσεν,
ὄφρα καὶ οὐκ ἐθέλων τις ἀναγκαίῃ πολεμίζοι.
ἱππεῦσιν μὲν πρῶτ' ἐπετέλλετο· τοὺς γὰρ ἀνώγει
σφοὺς ἵππους ἐχέμεν μηδὲ κλονέεσθαι ὁμίλῳ.
„μηδέ τις ἱπποσύνῃ τε καὶ ἠνορέηφι πεποιθὼς
οἶος πρόσθ' ἄλλων μεμάτω Τρώεσσι μάχεσθαι,
μηδ' ἀναχωρείτω· ἀλαπαδνότεροι γὰρ ἔσεσθε.
ὃς δέ κ' ἀνὴρ ἀπὸ ὧν ὀχέων ἕτερ' ἅρμαθ' ἵκηται,
ἔγχει ὀρεξάσθω, ἐπεὶ ἦ πολὺ φέρτερον οὕτως.
ὧδε καὶ οἱ πρότεροι πόλιας καὶ τείχε' ἐπόρθεον,
τόνδε νόον καὶ θυμὸν ἐνὶ στήθεσσιν ἔχοντες."
  ὣς ὁ γέρων ὤτρυνε πάλαι πολέμων εὖ εἰδώς.
καὶ τὸν μὲν γήθησεν ἰδὼν κρείων Ἀγαμέμνων,
καί μιν φωνήσας ἔπεα πτερόεντα προσηύδα.

371–374.

295. ἀμφὶ μέγαν Πελάγοντα κτέ. ist zu construiren mit οὓς ἑτάρους στέλλοντα κ. ὀ., vgl. zu 252: er fand den Nestor seine Gefährten ordnend und ermahnend um den Pelagon u. s. w., d. h. die ihnen untergebenen Abtheilungen, τοὺς ἀμφὶ Πελάγοντα κτέ. Von diesen Namen allen kam im Kataloge keiner vor.

297. ἱππῆας, die Wagenkämpfer, wie 301, und ἱπποσύνῃ 303, die Kunst des Wagenkampfes.

301 f. τοὺς γὰρ ἀνώγει, Inhalt des ἐπετέλλετο. σφοὺς ἵππους ἐχέμεν, festzuhalten und zu lenken die eigenen Rosse, ehe sie sich auf Gerathewohl unter die Feinde wagten.

303. μηδέ τις ἱπποσύνῃ κτέ. Aus der abhängigen Rede, worin die Ermahnungen des Nestor begonnen haben, wird in die directe übergegangen; weil aber diese doch eine Fortsetzung der vorigen ist, wird sie durch μηδὲ angeknüpft.

305. μηδ' ἀναχωρείτω, und eben so wenig weiche er zurück. ἀλαπαδνότεροι – ἔσεσθε, im einen wie im andern Falle würdet ihr euch als Ganzes schwächen. Der Sinn ist also, sie sollen ihre Streitwagen alle in Einer Linie behalten und diese ja nicht brechen.

306. ὃς δέ κ' ἀνὴρ κτέ. d. h. wer aber von seinem Wagen aus (und dessen richtigem Standorte) den andern (feindlichen) Wagen (und dessen Kämpfer) erreicht, der — und nur der — strecke sich aus mit der Lanze und kämpfe nach bester Kraft. Der Hauptnachdruck ruht also auf ἀπὸ ὧν ὀχέων, im Gegensatz von πρόσθ' ἄλλων. Zu ἔγχει ὀρεξάσθω vgl. β, 543.

308. οἱ πρότεροι = πρότεροι ἀνέρες Od. θ, 223. λ, 630, die Hel-

„ὦ γέρον, εἴθ', ὡς θυμὸς ἐνὶ στήθεσσι φίλοισιν,
ὥς τοι γούναθ' ἕποιτο, βίη δέ τοι ἔμπεδος εἴη.
ἀλλά σε γῆρας τείρει ὁμοίιον· ὡς ὄφελέν τις
ἀνδρῶν ἄλλος ἔχειν, σὺ δὲ κουροτέροισι μετεῖναι."
τὸν δ' ἠμείβετ' ἔπειτα Γερήνιος ἱππότα Νέστωρ
„Ἀτρείδη, μάλα μέν κεν ἐγὼν ἐθέλοιμι καὶ αὐτός
ὣς ἔμεν ὡς ὅτε δῖον Ἐρευθαλίωνα κατέκταν.
ἀλλ' οὔ πως ἅμα πάντα θεοὶ δόσαν ἀνθρώποισιν·
εἰ τότε κοῦρος ἔα, νῦν αὖτέ με γῆρας ὀπάζει.
ἀλλὰ καὶ ὣς ἱππεῦσι μετέσσομαι ἠδὲ κελεύσω
βουλῇ καὶ μύθοισι· τὸ γὰρ γέρας ἐστὶ γερόντων.
αἰχμὰς δ' αἰχμάσσουσι νεώτεροι, οἵ περ ἐμεῖο
ὁπλότεροι γεγάασι πεποίθασίν τε βίηφιν."
ὣς ἔφατ', Ἀτρείδης δὲ παρῴχετο γηθόσυνος κῆρ.
εὗρ' υἱὸν Πετεῶο Μενεσθῆα πλήξιππον
ἑσταότ'· ἀμφὶ δ' Ἀθηναῖοι, μήστωρες ἀυτῆς.
αὐτὰρ ὁ πλησίον ἑστήκει πολύμητις Ὀδυσσεύς,
πὰρ δὲ Κεφαλλήνων ἀμφὶ στίχες οὐκ ἀλαπαδναί
ἕστασαν. οὐ γάρ πώ σφιν ἀκούετο λαὸς ἀυτῆς,

den früherer Menschenalter.

314. *γούναθ' ἕποιτο*, vgl. zu Od. υ, 237.

316. *ἀνδρῶν ἄλλος ἔχειν*, erg. *τὸ γῆρας*, vgl. Od. κ, 376 *κρατερὸν δέ με πένθος ἔχοντα.*

319. *ὣς ἔμεν.* Statt des Adverbium *ὥς* würde man das adjectivische *τοιοῦτος* erwarten; aber vgl. λ, 762 (vgl. ψ, 643) *ὣς ἔον, εἴ ποτ' ἔον γε, μετ' ἀνδράσιν. εἶναι* ist also hier vollständiges Prädicat = beschaffen sein. *Ἐρευθαλίων*, ein Arkadischer Held und Vorkämpfer — *θεράπων* des Königs Lykurgos —, welchen Nestor als Jüngling im Zweikampfe erlegte; vgl. η, 132 – 156.

320. *ἀλλ' οὔ πως ἅμα πάντα*, vgl. ν, 729 ff., wo der Gedanke noch genauer ausgeführt wird.

321. *εἰ τότε κοῦρος ἔα. εἰ* ist hier nicht sowohl bedingend, als gleichstellend: sowie, eben so gut als; beides beruht auf der Ordnung der Natur. Aehnlich α, 280 *εἰ δὲ σὺ καρτερός ἐσσι – ἀλλ' ὅδε φέρτερός ἐστιν.* Zu *ὀπάζει* vgl. θ, 103 *χαλεπὸν δέ σε γῆρας ὀπάζει*, es folgt, begleitet, mit dem Nebenbegriffe des Lästigen; ebend. 341.

324 f. *νεώτεροι – ὁπλότεροι.* Ueber das Verhältniss dieser Begriffe vgl. zu Od. γ, 465.

327. *υἱὸν Πετεῶο*, vgl. β, 552.

328. *μήστωρες ἀυτῆς* d. i. *μνήμονες, ἐπιστήμονες πολέμου.*

330 f. *πὰρ δὲ – ἀμφὶ – ἕστασαν*, neben ihm standen umher oder zu beiden Seiten, und zwar nach 333 *μένοντες*, noch unthätig.

331. *οὐ γάρ πώ σφιν κτἑ.* Grund, warum diese beiden Heeresabtheilungen noch unthätig warten.

ἀλλὰ νέον συνορινόμεναι κίνυντο φάλαγγες 4
Τρώων ἱπποδάμων καὶ Ἀχαιῶν· οἱ δὲ μένοντες
ἕστασαν, ὁππότε πύργος Ἀχαιῶν ἄλλος ἐπελθὼν
Τρώων ὁρμήσειε καὶ ἄρξειαν πολέμοιο.
τοὺς δὲ ἰδὼν νείκεσσεν ἄναξ ἀνδρῶν Ἀγαμέμνων,
καί σφεας φωνήσας ἔπεα πτερόεντα προσηύδα.
„ὦ υἱὲ Πετεῶο διοτρεφέος βασιλῆος,
καὶ σύ, κακοῖσι δόλοισι κεκασμένε, κερδαλεόφρον,
τίπτε καταπτώσσοντες ἀφέστατε, μίμνετε δ' ἄλλους;
σφῶιν μέν τ' ἐπέοικε μετὰ πρώτοισιν ἐόντας
ἑστάμεν ἠδὲ μάχης καυστειρῆς ἀντιβολῆσαι·
πρώτω γὰρ καὶ δαιτὸς ἀκουάζεσθον ἐμεῖο,
ὁππότε δαῖτα γέρουσιν ἐφοπλίζωμεν Ἀχαιοί.
ἔνθα φίλ' ὀπταλέα κρέα ἔδμεναι ἠδὲ κύπελλα
οἴνου πινέμεναι μελιηδέος, ὄφρ' ἐθέλητον·
νῦν δὲ φίλως χ' ὁρόῳτε καὶ εἰ δέκα πύργοι Ἀχαιῶν

σφιν geht auf die zwei genannten Führer, Menestheus und Odysseus; = (λαὸς) αὐτῶν.

332. νέον συνορινόμεναι, eben erst sich gegen einander erhebend.

334. ὁππότε πύργος. Jedes φῦλον, (vgl. zu β, 362) scheint einen besondern πύργος ausgemacht zu haben, vgl. 347 δέκα πύργοι Ἀχαιῶν. Die Athener und Kephallener wollen erst in zweiter Linie zum Angriff vorrücken.

340. τίπτε – ἀφέστατε κτέ. Die Rüge des etwas leidenschaftlich ungeduldigen Agamemnon gilt wohl besonders dem Odysseus, an den nach seiner ganzen Stellung zum Heere grössere Anforderungen gemacht werden konnten. Darum wird er auch in der Anrede, wiewohl ohne Nennung des Namens, viel schärfer bezeichnet, und er allein antwortet 349 ff.

341. σφῶιν μέν τ' ἐπέοικε, euch in Wahrheit geziemt es. μέν τε wie ν, 47.

343. δαιτὸς ἀκουάζεσθον ἐμεῖο, ihr höret allemal auf die Mahlzeit von mir her (so dass beide Genitive vom Verbo abhangen), d. h. ihr erhaltet die Einladung zur Mahlzeit von mir und gebet derselben Gehör (δαιτὶ ὑπακούετε), oder einfacher: ihr horcht auf mich auf das Mahl, so dass die beiden Genitive ἐμεῖο und δαιτὸς nach dem σχῆμα καθ' ὅλον καὶ μέρος verbunden sind, wonach das Ganze und der vornehmlich betroffene Theil im gleichen Casus neben einander stehen (Bekker). Der Ausdruck ἀκουάζεσθαι δαιτὸς scheint scherzhaft dem ἀκούεσθαι αὐτῆς 331 nachgebildet. Uebrigens gehört Menestheus nach β, 404 – 407 auch nicht zu den eigentlichen Geronten des Heeres.

345. φίλα ist Prädicat zu ὀπταλέα κρέα, und der Infinitiv dient zur näheren Bestimmung des Adjectivs; vgl. zu α, 107.

346. ὄφρ' ἐθέλητον, so lange ihr Lust habt, möget: vgl. 263 πιέειν ὅτε θυμὸς ἀνώγοι.

4 *ὑμείων προπάροιθε μαχοίατο νηλέι χαλκῷ.“*
τὸν δ᾽ ἄρ᾽ ὑπόδρα ἰδὼν προσέφη πολύμητις Ὀδυσσεύς
„Ἀτρείδη, ποῖόν σε ἔπος φύγεν ἕρκος ὀδόντων.
πῶς δὴ φῂς πολέμοιο μεθιέμεν; ὁππότ᾽ Ἀχαιοί
Τρωσὶν ἐφ᾽ ἱπποδάμοισιν ἐγείρομεν ὀξὺν Ἄρηα,
ὄψεαι, ἢν ἐθέλῃσθα καὶ αἴ κέν τοι τὰ μεμήλῃ,
Τηλεμάχοιο φίλον πατέρα προμάχοισι μιγέντα
Τρώων ἱπποδάμων· σὺ δὲ ταῦτ᾽ ἀνεμώλια βάζεις.“
τὸν δ᾽ ἐπιμειδήσας προσέφη κρείων Ἀγαμέμνων,
ὡς γνῶ χωομένοιο· πάλιν δ᾽ ὅ γε λάζετο μῦθον.
„διογενὲς Λαερτιάδη, πολυμήχαν᾽ Ὀδυσσεῦ,
οὔτε σε νεικείω περιώσιον οὔτε κελεύω·
οἶδα γὰρ ὥς τοι θυμὸς ἐνὶ στήθεσσι φίλοισιν
ἤπια δήνεα οἶδε· τὰ γὰρ φρονέεις ἅ τ᾽ ἐγώ περ.
ἀλλ᾽ ἴθι· ταῦτα δ᾽ ὄπισθεν ἀρεσσόμεθ᾽, εἴ τι κακὸν νῦν
εἴρηται· τὰ δὲ πάντα θεοὶ μεταμώνια θεῖεν.“
ὣς εἰπὼν τοὺς μὲν λίπεν αὐτοῦ, βῆ δὲ μετ᾽ ἄλλους.
εὗρε δὲ Τυδέος υἱὸν ὑπέρθυμον Διομήδεα
ἑσταότ᾽ ἔν θ᾽ ἵπποισι καὶ ἅρμασι κολλητοῖσιν·
πὰρ δέ οἱ ἑστήκει Σθένελος Καπανήιος υἱός.
καὶ τὸν μὲν νείκεσσεν ἰδὼν κρείων Ἀγαμέμνων,

351. *μεθιέμεν* d. i. *μεθήμονας εἶναι (ἡμᾶς)*, vgl. 240. — *ὁππότ᾽ Ἀχαιοί.* Selten beginnt so am Ende eines Verses eine neue Periode.

352. *Τρωσὶν ἐφ᾽ ἱπποδ.* Wegen des nicht accentuirten *ἐφ᾽* vgl. zu *α*, 350.

354. *Τηλεμάχοιο φίλον πατέρα*, vgl. *β*, 260 *μηδ᾽ ἔτι Τηλεμάχοιο πατὴρ κεκλημένος εἴην. Τηλέμαχος*, der Sohn des in der Ferne Kämpfenden, vgl. zu Od. *δ*, 11 *Μεγαπένθης*.

357. *πάλιν δ᾽ ὅ γε λάζετο μῦθον* ist nur Nebenbestimmung des vorhergehenden Hauptverbi = *πάλιν λαζόμενος μῦθον*, *quasi retractans verba sua*, nämlich das schon gesprochene Wort; anders Od. *ν*, 254.

359. *νεικείω περιώσιον*, vgl. Od. *π*, 203 *θαυμάζειν περιώσιον*. Doch kann das, was Agamemnon dem Odysseus jetzt zugesteht, neben dem Vorhergesagten bestehen.

362. *ἀλλ᾽ ἴθι*, darum wohlan, nämlich zur Sache, zum Kampfe. Die Verbindung mit dem Folgenden ist wie *ζ*, 526 *ἀλλ᾽ ἴομεν· τὰ δ᾽ ὄπισθεν ἀρεσσόμεθα.* Auch hier haben die Reden des Odysseus 350 ff. u. Agamemnon 359 ff. gleich viel Verse, vgl. 404 und 412.

363. *τὰ δὲ πάντα* d. i. *ταῦτα ἃ κακὰ νῦν εἴρηται.*

366. *ἔν θ᾽ ἵπποισι καὶ ἅρμασι* (vgl. 419): auf dem rossebespannten wohlgefügten Wagen — *ἓν διὰ δυοῖν.*

368. *καὶ τὸν μέν*, nämlich die

καί μιν φωνήσας ἔπεα πτερόεντα προσηύδα. 4
„ὤ μοι, Τυδέος υἱὲ δαΐφρονος ἱπποδάμοιο,
τί πτώσσεις, τί δ' ὀπιπεύεις πολέμοιο γεφύρας;
οὐ μὲν Τυδέι γ' ὧδε φίλον πτωσκαζέμεν ἦεν,
ἀλλὰ πολὺ πρὸ φίλων ἑτάρων δηίοισι μάχεσθαι,
ὡς φάσαν οἵ μιν ἴδοντο πονεύμενον· οὐ γὰρ ἔγωγε
ἤντησ' οὐδὲ ἴδον· περὶ δ' ἄλλων φασὶ γενέσθαι.
ἦ τοι μὲν γὰρ ἄτερ πολέμου εἰσῆλθε Μυκήνας
ξεῖνος ἅμ' ἀντιθέῳ Πολυνείκεϊ, λαὸν ἀγείρων,
οἵ ῥα τότ' ἐστρατόωνθ' ἱερὰ πρὸς τείχεα Θήβης·
καί ῥα μάλα λίσσοντο δόμεν κλειτοὺς ἐπικούρους.
οἱ δ' ἔθελον δόμεναι καὶ ἐπήνεον, ὡς ἐκέλευον·
ἀλλὰ Ζεὺς ἔτρεψε παραίσια σήματα φαίνων.
οἱ δ' ἐπεὶ οὖν ᾤχοντο ἰδὲ πρὸ ὁδοῦ ἐγένοντο,
Ἀσωπὸν δ' ἵκοντο βαθύσχοινον λεχεποίην,
ἔνθ' αὖτ' ἀγγελίην ἐπὶ Τυδῆ στεῖλαν Ἀχαιοί.
αὐτὰρ ὁ βῆ, πολέας δὲ κιχήσατο Καδμείωνας

Hauptperson Diomedes, da der nächst vorhergehende, Sthenelos, nur beiläufig genannt worden ist.

371. *πολέμοιο γεφύρας*, Schol. *τὰς διόδους τῶν φαλάγγων*, die Zwischenräume zwischen den einzelnen Phalangen; vgl. besonders λ, 160. ϑ, 378.

372. *οὐ φίλον ἦεν*, es war nicht seine Art, wie Od. ρ, 15 *ἐμοὶ φίλ' ἀληθέα μυθήσασθαι*, vgl. ε, 253 *οὐ γάρ μοι γενναῖον κτέ.* — *πτωσκαζέμεν*, Frequentativform als Ausdruck des Unwillens: sich immerfort zu verstecken, zu verkriechen.

374f. *οἵ μιν ἴδοντο πονεύμενον*, die ihn im Kampfe sahn. Dieses *πονεύμενον* muss auch bei den folgenden Verbis *ἤντησ' οὐδὲ ἴδον* hinzugedacht werden. Denn nach 376 sah Agamemnon den Tydeus *ἄτερ πολέμου*, ausser dem Kampfe, als er erst das Heer zum Zug gegen Theben sammelte. Vgl. über Tydeus ξ, 115–125.

377. *ξεῖνος*, als Gastfreund, nicht als Feind. *ἀγείρων* = *ὅτε ἤγειρε*.

378. *οἵ ῥα τότ' ἐστρ.*, d. i. Polyneikes und Tydeus, sein Schwager.

380. *οἱ δέ*, jene, d. i. die Andern, die Angesprochenen. Damals herrschte noch Thyestes, vgl. β, 106f. — *ἐπήνεον ὡς ἐκέλευον*, sie sagten zu, willigten ein, wie sie verlangten, vgl. ψ, 539.

381. *ἔτρεψε*, erg. *αὐτοὺς μὴ δοῦναι ἐπικούρους*.

382. *πρὸ ὁδοῦ ἐγένοντο*, ihres Weges weiter gezogen waren. *πρὸ* ist Adverb.

384. *ἀγγελίην ἐπὶ Τυδῆ στεῖλαν*, sie sandten den Tydeus als Boten zu, nämlich an die schon im Vorigen angedeuteten Feinde in Theben, die Kadmeier, 385. *ἐπὶ* ist mit *στεῖλαν* zu verbinden und *ἀγγελίην* mit E. Wunder als Nomen mascul. zu nehmen (vgl. zu γ, 206), verstärkte Form von *ἄγγελος*, wie *λοξίας* = *λοξός*, *γοργίας* = *γοργός*. Ebenso ο, 640. ν, 252. λ, 140.

385. *Καδμείωνες*, Verlängerung

4 δαινυμένους κατὰ δῶμα βίης Ἐτεοκληείης.
ἔνθ᾽ οὐδὲ ξεῖνός περ ἐὼν ἱππηλάτα Τυδεύς
τάρβει, μοῦνος ἐὼν πολέσιν μετὰ Καδμείοισιν,
ἀλλ᾽ ὅ γ᾽ ἀεθλεύειν προκαλίζετο, πάντα δ᾽ ἐνίκα
ῥηιδίως· τοίη οἱ ἐπίρροθος ἦεν Ἀθήνη.
οἱ δὲ χολωσάμενοι Καδμεῖοι, κέντορες ἵππων,
ἂψ ἀναερχομένῳ πυκινὸν λόχον εἷσαν ἄγοντες,
κούρους πεντήκοντα· δύω δ᾽ ἡγήτορες ἦσαν,
Μαίων Αἱμονίδης ἐπιείκελος ἀθανάτοισιν,
υἱός τ᾽ Αὐτοφόνοιο μενεπτόλεμος Πολυφόντης.
Τυδεὺς μὲν καὶ τοῖσιν ἀεικέα πότμον ἐφῆκεν·
πάντας ἔπεφν᾽, ἕνα δ᾽ οἶον ἵει οἶκόνδε νέεσθαι·
Μαίον᾽ ἄρα προέηκε, θεῶν τεράεσσι πιθήσας.
τοῖος ἔην Τυδεὺς Αἰτώλιος· ἀλλὰ τὸν υἱόν
γείνατο εἷο χέρηα μάχῃ, ἀγορῇ δέ τ᾽ ἀμείνω."
ὣς φάτο, τὸν δ᾽ οὔ τι προσέφη κρατερὸς Διομήδης,
αἰδεσθεὶς βασιλῆος ἐνιπὴν αἰδοίοιο.
τὸν δ᾽ υἱὸς Καπανῆος ἀμείψατο κυδαλίμοιο
„Ἀτρείδη, μὴ ψεύδε᾽ ἐπιστάμενος σάφα εἰπεῖν.
ἡμεῖς τοι πατέρων μέγ᾽ ἀμείνονες εὐχόμεθ᾽ εἶναι.
ἡμεῖς καὶ Θήβης ἕδος εἵλομεν ἑπταπύλοιο,

von *Καδμεῖοι* 388. 391 ohne Unterschied der Bedeutung.

389. *ἀεθλεύειν προκαλίζετο*, nach der Mahlzeit, wie Od. *θ*, 98 ff.

392. *ἂψ ἀναερχομένῳ.* Bekker mit Bentley *ἂψ ἄρ᾽ ἀνερχομένῳ.* Zum ungewöhnlichen Hiatus vgl. Od. *ι*, 122 *καταΐσχεται*, Iliad. *ι*, 167 = Od. *β*, 294 *ἐπιόψομαι* und die zu *λ*, 358 angeführten Beispiele. Apollon. Rhod. 1, 821 scheint unsere Stelle vor Augen gehabt zu haben.

396. *Τυδεὺς μὲν καί*, Tydeus wahrlich verhängte auch —. *μὲν* bekräftigt das oben im Allgemeinen ausgesprochene Lob des Tydeus auch für diesen einzelnen Fall.

399. *θεῶν*, der Gesammtmacht der Götter als Einheit gedacht, wiewohl der eigentliche Sender der *τέρατα* Zeus ist, vgl. 381. — *πιθήσας*, aus Vertrauen gehorchend, im Glauben, dass auch diese Selbstverleugnung ihren Lohn bringen werde; vgl. *ζ*, 183.

400. *ἀγορῇ δέ τ᾽ ἀμείνω.* Auch dies war kein Lob im Munde des Agamemnon, und konnte im Ohr des Diomedes nicht angenehm klingen; es war nicht das Ziel seines Ehrgeizes.

406. *Θήβης ἕδος ἑπταπύλοιο* = Od. *λ*, 263; vgl. oben zu *β*, 505. Diese Einnahme Thebe's erfolgte zehn Jahre nach dem ersten thebanischen Kriege, im sogen. Epigonenkriege, an welchem Diomedes und Sthenelos Theil nahmen.

παυρότερον λαὸν ἀγαγόνθ᾽ ὑπὸ τεῖχος ἄρειον, 4
πειθόμενοι τεράεσσι θεῶν καὶ Ζηνὸς ἀρωγῇ·
κεῖνοι δὲ σφετέρῃσιν ἀτασθαλίῃσιν ὄλοντο.
τῷ μή μοι πατέρας ποθ᾽ ὁμοίῃ ἔνθεο τιμῇ.“
τὸν δ᾽ ἄρ᾽ ὑπόδρα ἰδὼν προσέφη κρατερὸς Διομήδης
„τέττα, σιωπῇ ἧσο, ἐμῷ δ᾽ ἐπιπείθεο μύθῳ.
οὐ γὰρ ἐγὼ νεμεσῶ Ἀγαμέμνονι ποιμένι λαῶν
ὀτρύνοντι μάχεσθαι ἐυκνήμιδας Ἀχαιούς·
τούτῳ μὲν γὰρ κῦδος ἅμ᾽ ἕψεται, εἴ κεν Ἀχαιοί
Τρῶας δῃώσωσιν ἕλωσί τε Ἴλιον ἱρήν,
τούτῳ δ᾽ αὖ μέγα πένθος Ἀχαιῶν δῃωθέντων.
ἀλλ᾽ ἄγε δὴ καὶ νῶι μεδώμεθα θούριδος ἀλκῆς.“
ἦ ῥα, καὶ ἐξ ὀχέων σὺν τεύχεσιν ἆλτο χαμᾶζε·
δεινὸν δ᾽ ἔβραχε χαλκὸς ἐπὶ στήθεσσιν ἄνακτος
ὀρνυμένου· ὑπό κεν ταλασίφρονά περ δέος εἷλεν.
ὡς δ᾽ ὅτ᾽ ἐν αἰγιαλῷ πολυηχέι κῦμα θαλάσσης

407. παυρότερον in Vergleichung mit den Vätern. Der Dual ἀγαγόντε geht auf die zwei hier als Hauptpersonen Erscheinenden, wenn sie schon nicht die einzigen waren.

408. πειθόμενοι schliesst hier auch das verwandte πεποιθότες ein, daher auch ἀρωγῇ damit verbunden ist.

409. σφετέρῃσιν ἀτασθαλίῃσιν, dergleichen z. B. bei Aeschyl. Sept. contra Theb. 427–431 von Kapaneus berichtet werden.

410. μὴ – ἔνθεο, vgl. zu Od. ω, 248 σὺ δὲ μὴ χόλον ἔνθεο θυμῷ. Il. σ, 134 μή πω καταδύσεο.

412. σιωπῇ ἧσο, halte dich ruhig, schweige still. Dass ἧσο nicht eigentlich zu nehmen sei, zeigt 366 ἑσταότ᾽ ἔν θ᾽ ἵπποισι κτέ. Der grössere Theil des Verses ist = α, 565.

413. οὐ γὰρ ἐγὼ νεμεσῶ κτέ. In dieser Unterdrückung aller Empfindlichkeit und Eigenliebe zeigt sich die gediegene Heldenkraft, und diesem Zuge entspricht es auch ganz, dass Diomedes gerade im folgenden Buche die glänzendsten Thaten vollbringt.

414. ὀτρύνοντι = ὅτι ὀτρύνει als Object von νεμεσῶ.

421. ὑπὸ in Bezug auf δεινὸν ἔβραχε χαλκός, davor, durch die Einwirkung dieses Geklirres.

422 ff. ὡς δ᾽ ὅτ᾽ ἐν αἰγιαλῷ. Die ἐπιπώλησις Ἀγαμέμνονος hat hier ein Ende, und Agamemnon begiebt sich nun zu seiner Abtheilung, was zwar nicht ausdrücklich gesagt, aber in 428 κέλευε δὲ οἷσιν ἕκαστος ἡγεμόνων mit eingeschlossen ist. Die Verse 422–445 enthalten gleichsam das Ergebniss vom bisherigen Inhalte des Buches, wie durch Agamemnon's Bemühungen angeregt die Danaer dichtgedrängt, aber in lautloser Stille zum Kampfe gegen die lärmenden Troer heranwogen, und dieser nun im Grossen losbrechen soll. ὡς δ᾽ ὅτ᾽ – ὄρνυται. Der Modus ist zweifelhaft; doch vgl. zu Od. ω, 88 ὅτε κεν – ζώννυνταί τε νέοι κτέ. — πόντος hier deutlich das hohe Meer, die

ὄρνυτ' ἐπασσύτερον Ζεφύρου ὕπο κινήσαντος·
πόντῳ μέν τε πρῶτα κορύσσεται, αὐτὰρ ἔπειτα
χέρσῳ ῥηγνύμενον μεγάλα βρέμει, ἀμφὶ δέ τ' ἄκρας
κυρτὸν ἰὸν κορυφοῦται, ἀποπτύει δ' ἁλὸς ἄχνην·
ὣς τότ' ἐπασσύτεραι Δαναῶν κίνυντο φάλαγγες
νωλεμέως πόλεμόνδε. κέλευε δὲ οἷσιν ἕκαστος
ἡγεμόνων· οἱ δ' ἄλλοι ἀκὴν ἴσαν — οὐδέ κε φαίης
τόσσον λαὸν ἕπεσθαι ἔχοντ' ἐν στήθεσιν αὐδήν —
σιγῇ δειδιότες σημάντορας· ἀμφὶ δὲ πᾶσιν
τεύχεα ποικίλ' ἔλαμπε, τὰ εἱμένοι ἐστιχόωντο.
Τρῶες δ', ὥς τ' ὄιες πολυπάμονος ἀνδρὸς ἐν αὐλῇ
μυρίαι ἑστήκασιν ἀμελγόμεναι γάλα λευκόν,
ἀζηχὲς μεμακυῖαι ἀκούουσαι ὄπα ἀρνῶν,
ὣς Τρώων ἀλαλητὸς ἀνὰ στρατὸν εὐρὺν ὀρώρει·
οὐ γὰρ πάντων ἦεν ὁμὸς θρόος οὐδ' ἴα γῆρυς,
ἀλλὰ γλῶσσ' ἐμέμικτο, πολύκλητοι δ' ἔσαν ἄνδρες.
ὦρσε δὲ τοὺς μὲν Ἄρης, τοὺς δὲ γλαυκῶπις Ἀθήνη,
δεῖμός τ' ἠδὲ φόβος καὶ Ἔρις ἄμοτον μεμαυῖα,

Meerestiefe im Gegensatz der Meeresküste.

426. *κυρτὸν ἰόν*, gewölbt hingehend, sich gekrümmt herumziehend und anschmiegend. *κορυφοῦται*, gleichsam sie gipfelt sich, läuft in lauter Spitzen und Ecken (*κορυφάς*) aus.

428. *νωλεμέως*, endlos, vgl. zu Od. δ, 288.

429 ff. *ἀκὴν ἴσαν*, vgl. γ, 8 *οἱ δ' ἄρ' ἴσαν σιγῇ*, und über den Lärm der Troer ebend. 2–6.

433 ff. *Τρῶες – ὣς Τρώων*. Vgl. β, 459 und mit Hinsicht auf die Anakoluthie des Satzes zu Od. ν, 81–84. Der Hauptpunct in der Vergleichung mit den Schafen liegt im Participium *ἀζηχὲς μεμακυῖαι*, „unablässig blökend“, während das Verbum *ἑστήκασιν* nur einen Nebenumstand ausdrückt. Auch hier bezeichnet die Häufung der Gleichnisse den bedeutenden Abschnitt in der Erzählung, vgl. zu β, 455.

435. *ἀκούουσαι*, Grund und Veranlassung des *μεμηκέναι*, also nicht coordinirt mit *μεμακυῖαι*.

437. *θρόος*, Geräusch, Ton, wie *γῆρυς*, Laut, beides unbestimmte Bezeichnung der Sprache. Daher auch *ἀλλόθροοι ἄνθρωποι*.

439. *τοὺς μέν*, die zuletzt genannten, die Troer. Man beachte die Vertheilung der Götter zur Andeutung der n a t i o n a l e n Verschiedenheit auch in der K r i e g s weise.

440 f. *δεῖμός τ' ἠδὲ φόβος κτέ.*, erg. *ὦρσαν αὐτούς*, mit Bezug auf beide vorhergehenden Objecte, die Troer sowohl als die Achäer; denn es liesse sich kein Grund denken, warum *Ἔρις* bloss die letztern antreiben sollte, vgl. 444 f. Die hier genannten Wesen nämlich sind keine eigentlichen und individuellen Götter mit Persönlichkeit und selbständigem Willen wie Ares und

Ἄρεος ἀνδροφόνοιο κασιγνήτη ἑτάρη τε, 4
ἥ τ' ὀλίγη μὲν πρῶτα κορύσσεται, αὐτὰρ ἔπειτα
οὐρανῷ ἐστήριξε κάρη καὶ ἐπὶ χθονὶ βαίνει.
ἥ σφιν καὶ τότε νεῖκος ὁμοίιον ἔμβαλε μέσσῳ
ἐρχομένη καθ' ὅμιλον, ὀφέλλουσα στόνον ἀνδρῶν.
οἱ δ' ὅτε δή ῥ' ἐς χῶρον ἕνα ξυνιόντες ἵκοντο,
σύν ῥ' ἔβαλον ῥινούς, σὺν δ' ἔγχεα καὶ μένε' ἀνδρῶν
χαλκεοθωρήκων· ἀτὰρ ἀσπίδες ὀμφαλόεσσαι
ἔπληντ' ἀλλήλῃσι, πολὺς δ' ὀρυμαγδὸς ὀρώρει.
ἔνθα δ' ἅμ' οἰμωγή τε καὶ εὐχωλὴ πέλεν ἀνδρῶν
ὀλλύντων τε καὶ ὀλλυμένων, ῥέε δ' αἵματι γαῖα.
ὡς δ' ὅτε χείμαρροι ποταμοὶ κατ' ὄρεσφι ῥέοντες
ἐς μισγάγκειαν συμβάλλετον ὄβριμον ὕδωρ
κρουνῶν ἐκ μεγάλων κοίλης ἔντοσθε χαράδρης·
τῶν δέ τε τηλόσε δοῦπον ἐν οὔρεσιν ἔκλυε ποιμήν·
ὣς τῶν μισγομένων γένετο ἰαχή τε πόνος τε.

Athene, sondern nur Eigenschaften und Erscheinungen an einer göttlichen Person, dem Ares, dann freilich auch als geistige, dämonische Gewalten gedacht, aber immer noch mit jener Person durch ein menschlich geartetes Verhältniss verbunden. So erscheint ἔρις hier als Schwester des Ares, φόβος ν, 299 als Sohn und Begleiter desselben, δεῖμος und φόβος ο, 119 als seine Diener und wohl auch Söhne.

442. ἥ τ' ὀλίγη μὲν κτἑ. Treffliches Bild zur Veranschaulichung des oft aus kleinem Anfang in's Unendliche fortgehenden Wachsthums eines Zwistes, von Virg. Aen. 4, 176 auf die Fama übergetragen: *Parva metu primo, mox sese attollit in auras, Ingrediturque solo et caput inter nubila condit.*

446. οἱ δ' ὅτε δή. Beginn des allgemeinen Kampfes. ἐς χῶρον — ἵκοντο = ὁμόσε ἐχώρησαν.

447 f. μένε' ἀνδρῶν = μεμαότας ἄνδρας. Für den Begriff von ὀμφαλόεις vgl. λ, 34 f., wo am Schild des Agamemnon 21 ὀμφαλοὶ erscheinen.

450. πέλεν, Imperfectum in der Beschreibung.

451. ὀλλύντων in Beziehung auf εὐχωλή, ὀλλυμένων auf οἰμωγή. Die letztere geht auch in der Wirklichkeit voraus.

453. συμβάλλετον, Conjunct. Der Dual, weil von zwei, von verschiedenen Seiten kommenden Strömen die Rede ist, wie auch die Vergleichung mit zwei Heeren erfordert. — χαράδρη bezeichnet den ausgehöhlten, oft wasserleeren Raum, in dem die Bäche zusammenfallen.

455. τηλόσε, bis in die Ferne, wo der Hirt sich befindet. Vgl. Virg. Aen. 2, 307: *stupet inscius alto Accipiens sonitum saxi de vertice pastor.*

456. τῶν hängt von ἰαχή τε πόνος τε ab. Zu der wohl absichtlich malenden Verbindung γένετο ἰαχή vgl. μ, 144 (= ο, 396. π, 366). πόνος wie 470 ἔργον ἀργαλέον.

πρῶτος δ' Ἀντίλοχος Τρώων ἕλεν ἄνδρα κορυστὴν
ἐσθλὸν ἐνὶ προμάχοισι, Θαλυσιάδην Ἐχέπωλον·
τόν ῥ' ἔβαλε πρῶτος κόρυθος φάλον ἱπποδασείης,
ἐν δὲ μετώπῳ πῆξε, πέρησε δ' ἄρ' ὀστέον εἴσω
αἰχμὴ χαλκείη· τὸν δὲ σκότος ὄσσε κάλυψεν,
ἤριπε δ', ὡς ὅτε πύργος, ἐνὶ κρατερῇ ὑσμίνῃ.
τὸν δὲ πεσόντα ποδῶν ἔλαβε κρείων Ἐλεφήνωρ
Χαλκωδοντιάδης, μεγαθύμων ἀρχὸς Ἀβάντων,
ἕλκε δ' ὑπὲκ βελέων, λελιημένος ὄφρα τάχιστα
τεύχεα συλήσειε· μίνυνθα δέ οἱ γένεθ' ὁρμή.
νεκρὸν γάρ ῥ' ἐρύοντα ἰδὼν μεγάθυμος Ἀγήνωρ
πλευρά, τά οἱ κύψαντι παρ' ἀσπίδος ἐξεφαάνθη,
οὔτησε ξυστῷ χαλκήρεϊ, λῦσε δὲ γυῖα.
ὣς τὸν μὲν λίπε θυμός, ἐπ' αὐτῷ δ' ἔργον ἐτύχθη
ἀργαλέον Τρώων καὶ Ἀχαιῶν· οἱ δὲ λύκοι ὣς
ἀλλήλοις ἐπόρουσαν, ἀνὴρ δ' ἄνδρ' ἐδνοπάλιζεν.
ἔνθ' ἔβαλ' Ἀνθεμίωνος υἱὸν Τελαμώνιος Αἴας,
ἠΐθεον θαλερόν, Σιμοείσιον, ὅν ποτε μήτηρ
Ἴδηθεν κατιοῦσα παρ' ὄχθῃσιν Σιμόεντος
γείνατ', ἐπεί ῥα τοκεῦσιν ἅμ' ἕσπετο μῆλα ἰδέσθαι.
τοὔνεκά μιν κάλεον Σιμοείσιον· οὐδὲ τοκεῦσιν
θρέπτρα φίλοις ἀπέδωκε, μινυνθάδιος δέ οἱ αἰὼν

457. *Ἀντίλοχος.* Vgl. sein Lob aus dem Munde des Menelaos ο, 569–571. Die hier folgenden Einzelkämpfe sind gleichsam das Vorspiel der grösseren des Diomedes im fünften Buche.

463. *Ἐλεφήνωρ* = β, 540 f.

465. *λελιημένος ὄφρα*, vgl. ζ, 361 *ἤδη γάρ μοι θυμὸς ἐπέσσυται ὄφρ' ἐπαμύνω Τρώεσσι*, und zu π, 652–655.

466. *μίνυνθα*, für kurze Zeit, *εἰς βραχύ*, = *μινυνθαδίη* nach 478, vgl. zu α, 416.

467. *Ἀγήνωρ*, einer der Söhne des Antenor nach λ, 59.

468. *παρ' ἀσπίδος ἐξεφαάνθη*, prägnant: vom Schilde, von Seite des Schildes (entblösst) sichtbar wurde. Der Genitiv nach *παρὰ* steht wegen *ἐξεφαάνθη*, dagegen Il. π, 312. 400 *στέρνον γυμνωθέντα παρ' ἀσπίδα* neben dem Schilde entblösst an der Brust.

470. *τὸν μέν*, d. i. *Ἐλεφήνορα*, auf den sich auch *ἐπ' αὐτῷ* (über ihm und über ihn) bezieht. Zur Stellung der Partikel *δὲ* vgl. υ, 418 *προτὶ οἷ δ' ἔλαβ' ἔντερα.* η, 248 *ἐν τῇ δ' ἑβδομάτῃ ῥινῷ.*

472. *ἐδνοπάλιζεν*, vgl. zu Od. ξ, 512.

478. *θρέπτρα*, der Inbegriff alles dessen, was das Kind den Aeltern — zum Dank für die Erziehung — schuldig ist. Diesen thätlichen Dank

ἔπλεθ᾽ ὑπ᾽ Αἴαντος μεγαθύμου δουρὶ δαμέντι.
πρῶτον γάρ μιν ἰόντα βάλε στῆθος παρὰ μαζόν
δεξιόν. ἀντικρὺ δὲ δι᾽ ὤμου χάλκεον ἔγχος
ἦλθεν. ὁ δ᾽ ἐν κονίῃσι χαμαὶ πέσεν, αἴγειρος ὥς.
ἥ ῥά τ᾽ ἐν εἱαμενῇ ἕλεος μεγάλοιο πεφύκῃ
λείη, ἀτάρ τέ οἱ ὄζοι ἐπ᾽ ἀκροτάτῃ πεφύασιν·
τὴν μέν θ᾽ ἁρματοπηγὸς ἀνὴρ αἴθωνι σιδήρῳ
ἐξέταμ᾽, ὄφρα ἴτυν κάμψῃ περικαλλέι δίφρῳ·
ἡ μέν τ᾽ ἀζομένη κεῖται ποταμοῖο παρ᾽ ὄχθας.
τοῖον ἄρ Ἀνθεμίδην Σιμοείσιον ἐξενάριξεν
Αἴας διογενής. τοῦ δ᾽ Ἄντιφος αἰολοθώρηξ
Πριαμίδης καθ᾽ ὅμιλον ἀκόντισεν ὀξέι δουρί.

zu erstatten galt so sehr für heilige Pflicht, dass die Unterlassung bei Hesiod. *ἔργ. κ. ἡμέρ.* 188 als ein Kennzeichen des ganz entarteten eisernen Zeitalters angeführt wird.

479. *ὑπ᾽ Αἴαντος κτέ.* Die Wortfolge ist: *δαμέντι ὑπὸ δουρὶ μεγαθύμου Αἴαντος.*

480. *πρῶτον γάρ μιν κτέ.*, ihn traf, da er zuvorderst (in der ersten Reihe der Kämpfer, *ἐν τοῖς προμάχοις*) einherschritt. *πρῶτον* bezieht sich also auf *μίν*.

482. *αἴγειρος ὥς*, d. i. der ganzen Länge nach. Denn auf die Länge und das plötzliche Niederstürzen des langen Baumes (486 *ἐξέταμε*) geht die Vergleichung.

483. *ἐν εἱαμενῇ.* Für die Schreibung mit dem Spiritus asper vgl. Apoll. Rhod. 2, 795 *ὑφ᾽ εἱαμεναῖς.*

484. *λείη* d. i. *λείη τὰ μὲν ἄλλα*, im Gegensatz des Folgenden: glatt (im Uebrigen), aber zu oberst sind Zweige daran gewachsen (*ἐπιπεφύασιν*).

486. *ὄφρα ἴτυν. ἴτυς* bezeichnet nach der gewöhnlichen Erklärung auch hier, wie unzweifelhaft *ε*, 724, den Radkranz oder die Felgen des Rades. Da aber hierzu das weiche Holz der Schwarzpappel nicht geeignet ist, auch nicht abzusehen wäre, warum dann der Baumstamm am Ufer des Flusses liegen bliebe, so wird *ἴτυς* von Rumpf nach dem Vorgange einiger alten Erklärer (Apollon. Soph. s. v. *ἴτυς· ἔστι δὲ καὶ παντὸς τοῦ περιφεροῦς τὸ τελευταῖον μέρος.* Etym. M. *ἡ περιφέρεια τοῦ ἅρματος κτέ.*) hier für gleichbedeutend mit *ἄντυξ* (*φ*, 38 *ἄντυγες*) genommen und als Wagenkranz gedeutet, d. h. der um den obern Rand des Streitwagens herumlaufende, ja bei den einfachsten Formen fast die ganze Wagenwand bildende, auch bis zur offenen Rückseite des Wagens hinabgekrümmte Stab, der als Lehne, Griff und zum Anbinden der Zügel diente. Dazu aber brauchte der Wagner nur die biegsamen Aeste an der Krone oder diese selbst, und liess daher den Stamm nach 487 am Ufer liegen und vertrocknen.

488. *Ἀνθεμίδην*, nach 473 eig. für *Ἀνθεμιωνίδην*, wie *Δευκαλίδης* von *Δευκαλίων*, vgl. zu Od. *α*, 8. Zu *τοῖον* vgl. oben *γ*, 153.

489 f. *τοῦ — καθ᾽ ὅμιλον ἀκόντισεν*, nach ihm schoss ins Gedränge hinein. Wie Odysseus und sein Gefährte Leukos gerade hierher kommen, wäre eine vorwitzige Frage;

4 τοῦ μὲν ἅμαρθ', ὁ δὲ Λεῦκον Ὀδυσσέος ἐσθλὸν ἑταῖρον
βεβλήκει βουβῶνα, νέκυν ἑτέρωσ' ἐρύοντα·
ἤριπε δ' ἀμφ' αὐτῷ, νεκρὸς δέ οἱ ἔκπεσε χειρός.
τοῦ δ' Ὀδυσεὺς μάλα θυμὸν ἀποκταμένοιο χολώθη,
βῆ δὲ διὰ προμάχων κεκορυθμένος αἴθοπι χαλκῷ,
στῆ δὲ μάλ' ἐγγὺς ἰών, καὶ ἀκόντισε δουρὶ φαεινῷ
ἀμφὶ ἓ παπτήνας. ὑπὸ δὲ Τρῶες κεκάδοντο
ἀνδρὸς ἀκοντίσσαντος. ὁ δ' οὐχ ἅλιον βέλος ἧκεν,
ἀλλ' υἱὸν Πριάμοιο νόθον βάλε Δημοκόωντα,
ὅς οἱ Ἀβυδόθεν ἦλθε παρ' ἵππων ὠκειάων.
τόν ῥ' Ὀδυσεὺς ἑτάροιο χολωσάμενος βάλε δουρί
κόρσην. ἡ δ' ἑτέροιο διὰ κροτάφοιο πέρησεν
αἰχμὴ χαλκείη· τὸν δὲ σκότος ὄσσε κάλυψεν,
δούπησεν δὲ πεσών, ἀράβησε δὲ τεύχε' ἐπ' αὐτῷ.
χώρησαν δ' ὑπό τε πρόμαχοι καὶ φαίδιμος Ἕκτωρ·
Ἀργεῖοι δὲ μέγα ἴαχον, ἐρύσαντο δὲ νεκρούς,
ἴθυσαν δὲ πολὺ προτέρω. νεμέσησε δ' Ἀπόλλων
Περγάμου ἐκκατιδών, Τρώεσσι δὲ κέκλετ' ἀύσας
„ὄρνυσθ', ἱππόδαμοι Τρῶες, μηδ' εἴκετε χάρμης
Ἀργείοις, ἐπεὶ οὔ σφι λίθος χρὼς οὐδὲ σίδηρος
χαλκὸν ἀνασχέσθαι ταμεσίχροα βαλλομένοισιν.
οὐ μὰν οὐδ' Ἀχιλεὺς Θέτιδος παῖς ἠυκόμοιο
μάρναται, ἀλλ' ἐπὶ νηυσὶ χόλον θυμαλγέα πέσσει."

nur so viel ist klar, dass er in die Reihe der **tapfersten Helden** gestellt werden soll.

493. *ἀμφ' αὐτῷ*, er stürzte **über** ihn hin, vgl. Od. *θ*, 527 *ἀμφ' αὐτῷ χυμένη* mit ebend. 523 *φίλον πόσιν ἀμφιπεσοῦσα*.

494. *τοῦ δ'* ist mit *χολώθη* zu construiren: um ihn, um seinetwillen = 501.

500. *ὅς οἱ Ἀβυδόθεν ἦλθε*. Vermuthlich war in Abydos eine Art Stuterei (*ἱπποφόρβια*) des Priamos, über welche Demokoon die Aufsicht führte.

502f. *ἡ δ' — — αἰχμή*. Vgl. zu Od. *ε*, 68. Hier aber ist der durch *ἡ δέ* = *τὸ δὲ (δόρυ)* bezeichnete Begriff schon im Vorigen enthalten, also *αἰχμὴ χαλκείη* im Grunde entbehrliche Epexegese.

505. *χώρησαν δ' ὑπό*. Vgl. 497 *ὑπὸ δὲ — κεκάδοντο* und zu 421.

508. *Περγάμου ἐκκατιδών*, wo er neben seinem Aufenthalt im Olympos beständig anwesend gedacht wird, doch für gewöhnliche Menschen unsichtbar. Vgl. Einl. S. 11f.

513. *χόλον* = *μῆνιν α*, 1. d. i. *κότον πολυχρόνιον*. *χ. πέσσει*, er daut an seinem Grolle, d. h. er

ὣς φάτ' ἀπὸ πτόλιος δεινὸς θεός· αὐτὰρ Ἀχαιοὺς 4
ὦρσε Διὸς θυγάτηρ κυδίστη τριτογένεια,
ἐρχομένη καθ' ὅμιλον, ὅθι μεθιέντας ἴδοιτο.
ἔνθ' Ἀμαρυγκείδην Διώρεα μοῖρ' ἐπέδησεν.
χερμαδίῳ γὰρ βλῆτο παρὰ σφυρὸν ὀκριόεντι
κνήμην δεξιτερήν· βάλε δὲ Θρῃκῶν ἀγὸς ἀνδρῶν,
Πείροος Ἰμβρασίδης, ὃς ἄρ' Αἰνόθεν εἰληλούθει.
ἀμφοτέρω δὲ τένοντε καὶ ὀστέα λᾶας ἀναιδὴς
ἄχρις ἀπηλοίησεν· ὁ δ' ὕπτιος ἐν κονίῃσιν
κάππεσεν, ἄμφω χεῖρε φίλοις ἑτάροισι πετάσσας
θυμὸν ἀποπνείων. ὁ δ' ἐπέδραμεν ὅς ῥ' ἔβαλέν περ,
Πείροος, οὖτα δὲ δουρὶ παρ' ὀμφαλόν· ἐκ δ' ἄρα πᾶσαι
χύντο χαμαὶ χολάδες, τὸν δὲ σκότος ὄσσε κάλυψεν,
τὸν δὲ Θόας Αἰτωλὸς ἀπεσσύμενον βάλε δουρί
στέρνον ὑπὲρ μαζοῖο, πάγη δ' ἐν πνεύμονι χαλκός.
ἀγχίμολον δέ οἱ ἦλθε Θόας, ἐκ δ' ὄβριμον ἔγχος
ἐσπάσατο στέρνοιο, ἐρύσσατο δὲ ξίφος ὀξύ,
τῷ ὅ γε γαστέρα τύψε μέσην, ἐκ δ' αἴνυτο θυμόν.
τεύχεα δ' οὐκ ἀπέδυσε· περίστησαν γὰρ ἑταῖροι
Θρήικες ἀκρόκομοι, δολίχ' ἔγχεα χερσὶν ἔχοντες,
οἵ ἑ μέγαν περ ἐόντα καὶ ἴφθιμον καὶ ἀγαυόν
ὦσαν ἀπὸ σφείων· ὁ δὲ χασσάμενος πελεμίχθη.
ὣς τώ γ' ἐν κονίῃσι παρ' ἀλλήλοισι τετάσθην,
ἦ τοι ὁ μὲν Θρῃκῶν ὁ δ' Ἐπειῶν χαλκοχιτώνων.

hängt ihm unablässig und mit einer gewissen Befriedigung nach, hegt ihn und brütet darüber.

515. τριτογένεια, vgl. zu Od. γ, 378.

517. Ἀμαρ. Διώρεα = β, 622. μοῖρ' ἐπέδησεν, d. h. er musste sterben, vgl. zu Od. γ, 269.

521. ἀμφοτέρω δὲ τένοντε κ. ὀστ., beide Sehnen und dazu auch die Knochen. Zwei Sehnen werden von Homer und Hesiodos in der Regel als zusammengehörend bezeichnet, nicht nur im Genicke, sondern auch an der Hüftpfanne (ε, 307). λᾶας ἀναιδής = Od. λ, 598.

522. ἄχρις (χράω), berührend, erreichend, bis in den Gegenstand selbst eindringend, *penitus*. In ἀπηλοίησεν bezeichnet ἀπό die Vollendung = zermalmen.

527. Θόας Αἰτωλὸς = β, 638. ἀπεσσύμενον = ἀφορμῶντα, da er hinwegeilte, zurücksprang.

535. πελεμίχθη geht auf die ängstliche Hast und Beweglichkeit (*trepidatio*) des Zurückfliehenden.

4 ἡγεμόνες· πολλοὶ δὲ περικτείνοντο καὶ ἄλλοι.
ἔνθα κεν οὐκέτι ἔργον ἀνὴρ ὀνόσαιτο μετελθών,
ὅς τις ἔτ' ἄβλητος καὶ ἀνούτατος ὀξέι χαλκῷ
δινεύοι κατὰ μέσσον, ἄγοι δέ ἑ Παλλὰς Ἀθήνη
χειρὸς ἑλοῦσ', αὐτὰρ βελέων ἀπερύκοι ἐρωήν·
πολλοὶ γὰρ Τρώων καὶ Ἀχαιῶν ἤματι κείνῳ
πρηνέες ἐν κονίῃσι παρ' ἀλλήλοισι τέταντο.

E.

5 ἔνθ' αὖ Τυδείδῃ Διομήδεϊ Παλλὰς Ἀθήνη
δῶκε μένος καὶ θάρσος, ἵν' ἔκδηλος μετὰ πᾶσιν

538. *περικτείνοντο. περὶ* in dieser Zusammensetzung ist rein örtliches Adverbium: viele wurden ringsum getödtet; vgl. *γ*, 384. *ζ*, 419.

539. *οὐκέτι*, nicht mehr, d. h. wenn man auch früher etwas daran auszusetzen gehabt hätte, jetzt konnte man es nicht mehr; so vollständig und allgemein hatte sich der Kampf über alle Theile des Heeres verbreitet; es was ein *iustum praelium.* Zu Gedanken und Ausdruck vgl. *ν*, 127 *φάλαγγες καρτεραί, ἃς οὔτ' ἄν κεν Ἄρης ὀνόσαιτο μετελθών, οὔτε κ' Ἀθηναίη λαοσσόος*; zu *οὐκέτι* Od. *ι*, 350; zu *μετελθὼν* Od. *α*, 229 *ὅστις μετέλθοι.*

540f. *ὅς τις – δινεύοι*, der als unbetheiligter Zuschauer Alles ruhig und gefahrlos betrachten könnte. *ἄβλητος – ἀνούτατος*, weder aus der Ferne noch aus der Nähe verwundet; vgl. zu Od. *λ*, 535; zu *δινεύοι* Od. *ι*, 153 *ἐδινεόμεσθα κατ' αὐτήν* (*τὴν νῆσον*).

541. *ἄγοι δέ ἑ*, d. h. nur unter dem besonderen Schutze einer Gottheit dürfte er sich dahin wagen. Diese sechs Verse bilden auf der einen Seite einen zusammenfassenden Rückblick auf den bisherigen Kampf, den man sich als noch fortdauernd zu denken hat, vgl. 538. 543f.; auf der andern Seite eine Unterlage zu den noch grössern Kämpfen des folgenden Buchs, und einen Ruhepunct vor dem Uebergange zu denselben, so dass sie ganz passend den Schluss des Buches ausmachen.

Der Held, dessen Thaten im fünften Buche gefeiert werden, ist, wie gleich der glänzende Eingang 1 – 8 ankündigt, Diomedes, neben Aias der Tapferste nach Achilleus. Passend folgt seine *ἀριστεία*, ursprünglich wohl ein besonderes und älteres Lied, auf das vorige Buch, da er den ihm dort 370ff. von Agamemnon gemachten Vorwurf der Feigheit und Unthätigkeit unmöglich konnte auf sich liegen lassen; und schon nach der würdigen und masshaltenden Weise, womit er damals sich über Agamemnon's Rede aussprach (*δ*, 412—418), war zu erwarten, dass er seinen angetasteten Heldenruhm genügend rechtfertigen werde. Die Thaten anderer Helden, die hin und wieder eingeflochten werden (37–84. 528–595. 610–710), dienen nur, dem Gemälde grössere Mannigfaltigkeit und der Hauptperson eine vortheilhaftere Beleuchtung zu geben.

1. *Παλλὰς Ἀθήνη*, die nach *δ*, 439 überhaupt die Argeier zum Kampfe anregte.

Ἀργείοισι γένοιτο ἰδὲ κλέος ἐσθλὸν ἄροιτο.
δαῖέ οἱ ἐκ κόρυθός τε καὶ ἀσπίδος ἀκάματον πῦρ,
ἀστέρ᾽ ὀπωρινῷ ἐναλίγκιον, ὅς τε μάλιστα
λαμπρὸν παμφαίνῃσι λελουμένος Ὠκεανοῖο.
τοῖόν οἱ πῦρ δαῖεν ἀπὸ κρατός τε καὶ ὤμων,
ὦρσε δέ μιν κατὰ μέσσον, ὅθι πλεῖστοι κλονέοντο.
ἦν δέ τις ἐν Τρώεσσι Δάρης ἀφνειὸς ἀμύμων,
ἱρεὺς Ἡφαίστοιο· δύω δέ οἱ υἱέες ἤστην,
Φηγεὺς Ἰδαῖός τε, μάχης εὖ εἰδότε πάσης.
τώ οἱ ἀποκρινθέντε ἐναντίω ὁρμηθήτην·
τὼ μὲν ἀφ᾽ ἵπποιιν, ὁ δ᾽ ἀπὸ χθονὸς ὤρνυτο πεζός.
οἱ δ᾽ ὅτε δὴ σχεδὸν ἦσαν ἐπ᾽ ἀλλήλοισιν ἰόντες,
Φηγεύς ῥα πρότερος προΐει δολιχόσκιον ἔγχος·
Τυδείδεω δ᾽ ὑπὲρ ὦμον ἀριστερὸν ἤλυθ᾽ ἀκωκὴ
ἔγχεος, οὐδ᾽ ἔβαλ᾽ αὐτόν. ὁ δ᾽ ὕστερος ὤρνυτο χαλκῷ
Τυδείδης· τοῦ δ᾽ οὐχ ἅλιον βέλος ἔκφυγε χειρός,
ἀλλ᾽ ἔβαλε στῆθος μεταμάζιον, ὦσε δ᾽ ἀφ᾽ ἵππων.
Ἰδαῖος δ᾽ ἀπόρουσε λιπὼν περικαλλέα δίφρον,
οὐδ᾽ ἔτλη περιβῆναι ἀδελφειοῦ κταμένοιο·
οὐδὲ γὰρ οὐδέ κεν αὐτὸς ὑπέκφυγε κῆρα μέλαιναν,
ἀλλ᾽ Ἥφαιστος ἔρυτο, σάωσε δὲ νυκτὶ καλύψας,
ὡς δή οἱ μὴ πάγχυ γέρων ἀκαχήμενος εἴη.
ἵππους δ᾽ ἐξελάσας μεγαθύμου Τυδέος υἱός

5. *ἀστέρ᾽ ὀπωρινῷ*, d. h. dem Hundsstern, *Σείριος* (*κύων Ὠρίωνος*), mit dessen Aufgang die *ὀπώρα* begann. Vgl. die ausführlichere Beschreibung *χ*, 26–31. *ὅς τε — παμφαίνῃσι*, welcher und wann er am meisten Glanz ausstrahlt. Vgl. zu Od. *τ*, 109 ff. Andere lesen *παμφαίνησι* als Indicativ (nach dem *σχῆμα Ἰβύκειον*).

6. *λελουμένος Ὠκεανοῖο* zu erklären nach Analogie von Od. *ζ*, 224 *ἐκ ποταμοῦ χρόα νίζετο*. Vgl. Virg. Aen. 10, 270 von Aeneas: *Ardet apex capiti, cristisque a vertice flamma Funditur – Non secus ac liquida si quando nocte cometae Sanguinei lugubre rubent aut Sirius ardor* etc.

12. *ἀποκρινθέντε*, sich von den Ihrigen trennend, aus der Reihe herausfahrend, vgl. *δ*, 304 *οἶος πρόσθ᾽ ἄλλων*.

13. *ὁ δ᾽ ἀπὸ χθονός*, übereinstimmend mit *δ*, 419, wo er kampfbegierig vom Wagen herabsprang.

20. *ἀπόρουσε*. Denn er erkannte das unentrinnbare Verderben (22).

24. *ὡς δή*, *silicet ut*. *δή* soll die klar vorliegende Absicht herausheben.

δῶκεν ἑταίροισιν κατάγειν κοίλας ἐπὶ νῆας.
Τρῶες δὲ μεγάθυμοι ἐπεὶ ἴδον υἷε Δάρητος
τὸν μὲν ἀλευάμενον, τὸν δὲ κτάμενον παρ᾽ ὄχεσφιν,
πᾶσιν ὀρίνθη θυμός. ἀτὰρ γλαυκῶπις Ἀθήνη
χειρὸς ἑλοῦσ᾽ ἐπέεσσι προσηύδα θοῦρον Ἄρηα.
„Ἆρες Ἄρες βροτολοιγέ, μιαιφόνε, τειχεσιπλῆτα,
οὐκ ἂν δὴ Τρῶας μὲν ἐάσαιμεν καὶ Ἀχαιούς
μάρνασθ᾽, ὁπποτέροισι πατὴρ Ζεὺς κῦδος ὀρέξῃ,
νῶι δὲ χαζώμεσθα, Διὸς δ᾽ ἀλεώμεθα μῆνιν;“
ὣς εἰποῦσα μάχης ἐξήγαγε θοῦρον Ἄρηα.
τὸν μὲν ἔπειτα καθεῖσεν ἐπ᾽ ἠιόεντι Σκαμάνδρῳ,
Τρῶας δ᾽ ἔκλιναν Δαναοί· ἕλε δ᾽ ἄνδρα ἕκαστος
ἡγεμόνων. πρῶτος δὲ ἄναξ ἀνδρῶν Ἀγαμέμνων
ἀρχὸν Ἁλιζώνων, Ὀδίον μέγαν, ἔκβαλε δίφρου·
πρώτῳ γὰρ στρεφθέντι μεταφρένῳ ἐν δόρυ πῆξεν
ὤμων μεσσηγύς, διὰ δὲ στήθεσφιν ἔλασσεν.
δούπησεν δὲ πεσών, ἀράβησε δὲ τεύχε᾽ ἐπ᾽ αὐτῷ.
Ἰδομενεὺς δ᾽ ἄρα Φαῖστον ἐνήρατο, Μῄονος υἱόν
Βώρου, ὃς ἐκ Τάρνης ἐριβώλακος εἰληλούθει.
τὸν μὲν ἄρ᾽ Ἰδομενεὺς δουρικλυτὸς ἔγχεϊ μακρῷ
νύξ᾽ ἵππων ἐπιβησόμενον κατὰ δεξιὸν ὦμον·

29 f. Ἀθήνη – Ἄρηα, welche beide nach δ, 439 die Heere anfeuerten. Für das zweite Ἄρες schreibt Bekker ἀρὲς als Adjectiv, das er als den Positiv von ἀρείων, ἄριστος auffasst. Ares sollte dem von der Athene begünstigten Diomedes an seinem Ehrentage wenigstens für den ersten Theil des Kampfes Raum geben; erst als die Gefahr für die Troer wächst, nimmt er, von Apollon 454 ff. aufgefordert, wieder am Kampfe Theil.

31. μιαιφόνος, d. i. μιαινόμενος φόνῳ oder φόνοις, *qui se caedibus, cruore contaminat.* ἠιόεις nach Et. M. ὁ καλὰς ἠιόνας ἔχων.

32 – 34. οὐκ ἂν δὴ – ἐάσαιμεν – χαζώμεσθα. Zuerst beliebende Frage: wollen wir nicht (wie 456 und Od. ζ, 57, vgl. oben γ, 52), dann directe Aufforderung.

34. Διὸς δ᾽ ἀλεώμεθα μῆνιν. Der Zorn des Zeus ist nur ihr Vorwand; sie will die Argeier begünstigen.

37. ἔκλιναν, d. i. κλιθῆναι ἐποίησαν, wie *inclinare* im Lateinischen. ἕλε, er überwältigte, bezwang, erlegte.

39. ἀρχὸν Ἁλιζώνων, vgl. β, 856.

40. πρώτῳ στρεφθέντι, ihm der zuerst sich wandte. πρώτῳ entspricht dem πρῶτος 38.

41. ἔλασσεν, er trieb hindurch = λ, 448, vgl. χ, 284.

43. Φαῖστος als Männername kommt im Katalogos nicht vor (zu unterscheiden ist der Stadtname Φαιστός β, 648), und ebensowenig

ἤριπε δ' ἐξ ὀχέων, στυγερὸς δ' ἄρα μιν σκότος εἷλεν.
  τὸν μὲν ἄρ' Ἰδομενῆος ἐσύλευον θεράποντες·
υἱὸν δὲ Στροφίοιο Σκαμάνδριον, αἵμονα θήρης,
Ἀτρείδης Μενέλαος ἕλ' ἔγχεϊ ὀξυόεντι,
ἐσθλὸν θηρητῆρα· δίδαξε γὰρ Ἄρτεμις αὐτή
βάλλειν ἄγρια πάντα, τά τε τρέφει οὔρεσιν ὕλη.
ἀλλ' οὔ οἱ τότε γε χραῖσμ' Ἄρτεμις ἰοχέαιρα,
οὐδὲ ἑκηβολίαι, ᾗσιν τὸ πρίν γ' ἐκέκαστο·
ἀλλά μιν Ἀτρείδης δουρικλειτὸς Μενέλαος
πρόσθεν ἕθεν φεύγοντα μετάφρενον οὔτασε δουρί,
ὤμων μεσσηγύς, διὰ δὲ στήθεσφιν ἔλασσεν.
ἤριπε δὲ πρηνής, ἀράβησε δὲ τεύχε' ἐπ' αὐτῷ.
  Μηριόνης δὲ Φέρεκλον ἐνήρατο, Τέκτονος υἱόν
Ἁρμονίδεω, ὃς χερσὶν ἐπίστατο δαίδαλα πάντα
τεύχειν· ἔξοχα γάρ μιν ἐφίλατο Παλλὰς Ἀθήνη·
ὃς καὶ Ἀλεξάνδρῳ τεκτήνατο νῆας ἐίσας
ἀρχεκάκους, αἳ πᾶσι κακὸν Τρώεσσι γένοντο

Βῶρος und die Stadt *Τάρνη*. Vgl. *β*, 864–866. — *ἐνήρατο sustulit, interemit*, im deutlichen Gegensatz mit *ἐσύλευον* 48.

48. *θεράποντες* hier wie sonst *ἑταῖροι*, während in der Iliade meistens ein Fürst nur Einen *θεράπων* hat.

49. *Σκαμάνδριος*, der sonst nie vorkommt, muss ein wirklicher Trojaner sein; ein passender Name für einen Jäger (*ἐσθλὸν θηρητῆρα*). *αἵμονα θήρ.* erklärt G. Hermann *ferocem et cruore gaudentem* (*αἷμα*): den blutigen Jäger.

50. *Μενέλαος* wird durch seine leichte Verwundung nicht am Kampfe gehindert, wie Pandaros selbst 206–208 bezeugt. — *ὀξυόεντι*, vgl. zu Od. *τ*, 33.

53. *οὔ οἱ χραῖσμε*, vgl. zu *α*, 28. *ἰοχέαιρα* = *ἡ ἰοὺς χέουσα*, die Pfeile Ausschüttende, Sendende, vgl. 618 *Τρῶες δ' ἐπὶ δούρατ' ἔχευαν*. *θ*, 159 *ἐπὶ δὲ Τρῶες* — *βέλεα στονόεντα χέοντο* = *ο*, 590.

56. *πρόσθεν ἕθεν* = 80, vgl. dagegen zu Od. *η*, 217.

59. *Τέκτονος* ist nach Grashof's wahrscheinlicher Vermuthung als (bedeutungsvoller) Eigenname geschrieben, so dass *Ἁρμονίδεω* (von *ἁρμονία*, vgl. Od. *ε*, 248. 361) das Patronymicum dazu ist, wie der Sänger Phemios Od. *χ*, 330 *Τερπιάδης*, der Sohn der Ergötzung, genannt wird; vgl. auch Od. *θ*, 114 *Πολυνήου Τεκτονίδαο*, und Iliad. *η*, 220 *ὃ οἱ Τυχίος κάμε τεύχων*.

60. *ὅς* scheint hier und 62 auf die, obgleich entferntere, Hauptperson, Phereklos, zu gehen, ebenso wie 44 auf *Φαῖστος*. Durch die Benennungen des Vaters, *Τέκτονος Ἁρμονίδεω*, werden zugleich die Eigenschaften des Sohnes bezeichnet.

63. *ἀρχεκάκους κτέ.* Vgl. Virg. Aen. 4, 169: *Ille dies primus leti*

οἷ τ' αὐτῷ, ἐπεὶ οὔ τι θεῶν ἐκ θέσφατα ᾔδη.
τὸν μὲν Μηριόνης ὅτε δὴ κατέμαρπτε διώκων,
βεβλήκει γλουτὸν κατὰ δεξιόν· ἡ δὲ διαπρὸ
ἀντικρὺ κατὰ κύστιν ὑπ' ὀστέον ἤλυθ' ἀκωκή.
γνὺξ δ' ἔριπ' οἰμώξας, θάνατος δέ μιν ἀμφεκάλυψεν.
Πήδαιον δ' ἄρ' ἔπεφνε Μέγης, Ἀντήνορος υἱόν,
ὅς ῥα νόθος μὲν ἔην, πύκα δ' ἔτρεφε δῖα Θεανώ,
ἶσα φίλοισι τέκεσσι, χαριζομένη πόσεϊ ᾧ.
τὸν μὲν Φυλείδης δουρικλυτὸς ἐγγύθεν ἐλθὼν
βεβλήκει κεφαλῆς κατὰ ἰνίον ὀξέι δουρί·
ἀντικρὺ δ' ἀν' ὀδόντας ὑπὸ γλῶσσαν τάμε χαλκός.
ἤριπε δ' ἐν κονίῃ, ψυχρὸν δ' ἕλε χαλκὸν ὀδοῦσιν.
Εὐρύπυλος δ' Εὐαιμονίδης Ὑψήνορα δῖον,
υἱὸν ὑπερθύμου Δολοπίονος, ὅς ῥα Σκαμάνδρου
ἀρητὴρ ἐτέτυκτο, θεὸς δ' ὣς τίετο δήμῳ,
τὸν μὲν ἄρ' Εὐρύπυλος Εὐαίμονος ἀγλαὸς υἱὸς
πρόσθεν ἕθεν φεύγοντα μεταδρομάδην ἔλασ' ὦμον,
φασγάνῳ ἀίξας, ἀπὸ δ' ἔξεσε χεῖρα βαρεῖαν.

primusque malorum Caussa fuit.

64. *οἵ τ' αὐτῷ*, und für ihn, den Baumeister, selbst. Vgl. Od. *δ*, 667 =*χ*, 214 *οἷ αὐτῷ*. 683 *σφίσι δ' αὐτοῖς*. Il. *ο*, 226 *οἷ αὐτῷ*. *ἐκ* gehört zu *ᾔδη*, wie das Verbum *ἔξοιδα* auch bei Spätern vorkommt.

66. *γλουτὸν κατὰ δεξιόν* = *κατὰ δεξιὸν γλουτόν*, nicht *κατὰ γλουτὸν δεξιόν*. Der Accent in *κατὰ* ist, obgleich es hinter dem Nomen steht, nicht zurückgezogen, weil die Präposition enger mit dem Adjectiv als mit dem Substantiv zusammenhängt. Denn *γλουτὸν* könnte auch unmittelbar von *βεβλήκει* regiert sein. *ἡ δὲ – ἀκωκή*, vgl. zu *δ*, 502.

67. *ὑπ' ὀστέον ἤλυθε*, sie kam, drang unter dem Bein (Schambein) hindurch.

70. *Θεανώ* nach *ζ*, 300 auch Priesterin der Athene.

73. *κατὰ ἰνίον* wie *ξ*, 495 *διὰ ἰνίου*. Der scheinbare Hiatus wird durch das Digamma in *ἰνίον* wie in *ἶνες* gedeckt. *ἰνίον* ist nämlich so benannt *διὰ τὸ νευρῶδες εἶναι*, *ea capitis pars, in qua in unum concurrunt τὼ τένοντε* (Hoffmann).

74. *ἀν' ὀδόντας*, durch die Zähne hin, von hinten bis vorn. *ὑπὸ γλῶσσαν τάμε*, schnitt unter der Zunge hin, durchschnitt sie unterhalb.

75. *ψυχρόν* im eigentlichen Sinn: (für das Gefühl) kalt anzurühren. In dem Ausdruck *ψυχρὸν – ὀδοῦσιν* liegt ein gewisser schadenfroher Spott.

76. *Εὐρύπυλος*, vgl. *β*, 736.

79 f. *τὸν – ἔλασ' ὦμον*. *ἐλαύνειν* mit dem Accusativ der Person (und dem Accusativ des Theiles) wird von einer Verwundung aus der Nähe durch Schwert, Beil u. dgl. gebraucht.

81. *ἀπὸ δ' ἔξεσε*, schnitzte hinweg: zur Bezeichnung der Leichtigkeit.

αἱματόεσσα δὲ χεὶρ πεδίῳ πέσε· τὸν δὲ κατ᾽ ὄσσε
ἔλλαβε πορφύρεος θάνατος καὶ μοῖρα κραταιή.
ὣς οἱ μὲν πονέοντο κατὰ κρατερὴν ὑσμίνην·
Τυδείδην δ᾽ οὐκ ἂν γνοίης, ποτέροισι μετείη,
ἠὲ μετὰ Τρώεσσιν ὁμιλέοι ἦ μετ᾽ Ἀχαιοῖς.
θῦνε γὰρ ἂμ πεδίον ποταμῷ πλήθοντι ἐοικὼς
χειμάρρῳ, ὅς τ᾽ ὦκα ῥέων ἐκέδασσε γεφύρας·
τὸν δ᾽ οὔτ᾽ ἄρ τε γέφυραι ἐεργμέναι ἰσχανόωσιν,
οὔτ᾽ ἄρα ἕρκεα ἴσχει ἀλωάων ἐριθηλέων,
ἐλθόντ᾽ ἐξαπίνης, ὅτ᾽ ἐπιβρίσῃ Διὸς ὄμβρος·
πολλὰ δ᾽ ὑπ᾽ αὐτοῦ ἔργα κατήριπε κάλ᾽ αἰζηῶν.
ὣς ὑπὸ Τυδείδῃ πυκιναὶ κλονέοντο φάλαγγες
Τρώων, οὐδ᾽ ἄρα μιν μίμνον πολέες περ ἐόντες.
τὸν δ᾽ ὡς οὖν ἐνόησε Λυκάονος ἀγλαὸς υἱὸς
θύνοντ᾽ ἂμ πεδίον πρὸ ἕθεν κλονέοντα φάλαγγας,
αἶψ᾽ ἐπὶ Τυδείδῃ ἐτιταίνετο καμπύλα τόξα,
καὶ βάλ᾽ ἐπαΐσσοντα, τυχὼν κατὰ δεξιὸν ὦμον,
θώρηκος γύαλον· διὰ δ᾽ ἔπτατο πικρὸς ὀϊστός,

85. *Τυδείδην κτέ.*, Rückkehr zur Hauptperson des Buches, bei der nunmehr die Schilderung beinahe ununterbrochen verweilt. *ποτέροισι – ἠὲ – ἦ.* Diess ist der eigentliche Gebrauch von *πότερος* und seinen Ableitungen: welcher von beiden, entweder — oder; aber gewöhnlich wird bei den Spätern das erste *ἦ* weggelassen und das dazu gehörende Glied gleich mit *πότερον* zusammengefasst, z. B. *πότερον μετὰ Τρώεσσιν ὁμιλέοι ἢ μετ᾽ Ἀχαιοῖς.* Vgl. Herodot. 5, 119: *ἐβουλεύοντο περὶ σωτηρίης, ὁκότερα ἢ παραδόντες σφέας αὐτοὺς Πέρσῃσι ἢ ἐκλιπόντες τὸ παράπαν τὴν Ἀσίην ἄμεινον πρήξουσι.*

89. *οὔτ᾽ ἄρ τε*, vgl. ω, 337 *ὡς μήτ᾽ ἄρ τις ἴδῃ μήτ᾽ ἄρ τε νοήσῃ.* *γέφυραι ἐεργμέναι* prägnant: die zur Hemmung und Einschliessung des Flusses aufgeführten, entgegengedämmten Wälle, vgl. Virg. Aen. 2, 497: *oppositasque evicit gurgite moles (spumeus amnis).*

90. *ἕρκεα ἴσχει. ἴσχω* hatte nach Savelsberg das Digamma, vgl. Od. ι, 122 *καταΐσχεται.*

97. *αἶψ᾽ ἐπὶ Τυδείδῃ.* Durch den glücklichen Erfolg des Schusses auf Menelaos aufgemuntert wagt sich Pandaros jetzt allein und später 239 ff. in Verbindung mit Aeneas auch an Diomedes, was ihm dann 290–296 den wohlverdienten Tod herbeiführt.

99. *θώρηκος γύαλον* bezeichnet nicht einen speciellen Theil, sondern den ganzen gewölbten Panzer, natürlich hier das Bruststück. Pausanias 10, 26, 5 beschreibt nämlich den Panzer so: *δύο ἦν χαλκᾶ ποιήματα, τὸ μὲν στέρνῳ καὶ τοῖς ἀμφὶ τὴν γαστέρα ἁρμόζον, τὸ δὲ ὡς νώτου σκέπην εἶναι· γύαλα ἐκαλοῦντο· τὸ μὲν ἔμπροσθεν τὸ*

ἀντικρὺ δὲ διέσχε, παλάσσετο δ' αἵματι θώρηξ.
τῷ δ' ἐπὶ μακρὸν ἄυσε Λυκάονος ἀγλαὸς υἱός
„ὄρνυσθε, Τρῶες μεγάθυμοι, κέντορες ἵππων·
βέβληται γὰρ ἄριστος Ἀχαιῶν, οὐδέ ἕ φημι
δήθ' ἀνσχήσεσθαι κρατερὸν βέλος, εἰ ἐτεόν με
ὦρσεν ἄναξ Διὸς υἱὸς ἀπορνύμενον Λυκίηθεν."
ὣς ἔφατ' εὐχόμενος· τὸν δ' οὐ βέλος ὠκὺ δάμασσεν,
ἀλλ' ἀναχωρήσας πρόσθ' ἵπποιιν καὶ ὄχεσφιν
ἔστη, καὶ Σθένελον προσέφη Καπανήιον υἱόν
„ὄρσο, πέπον Καπανηιάδη, καταβήσεο δίφρου,
ὄφρα μοι ἐξ ὤμοιο ἐρύσσῃς πικρὸν ὀιστόν."
ὣς ἄρ' ἔφη, Σθένελος δὲ καθ' ἵππων ἆλτο χαμᾶζε,
πὰρ δὲ στὰς βέλος ὠκὺ διαμπερὲς ἐξέρυσ' ὤμου·
αἷμα δ' ἀνηκόντιζε διὰ στρεπτοῖο χιτῶνος.
δὴ τότ' ἔπειτ' ἠρᾶτο βοὴν ἀγαθὸς Διομήδης
„κλῦθί μευ, αἰγιόχοιο Διὸς τέκος, ἀτρυτώνη.
εἴ ποτέ μοι καὶ πατρὶ φίλα φρονέουσα παρέστης
δηίῳ ἐν πολέμῳ, νῦν αὖτ' ἐμὲ φῖλαι, Ἀθήνη,
δὸς δέ τέ μ' ἄνδρα ἑλεῖν, καὶ ἐς ὁρμὴν ἔγχεος ἐλθεῖν,

δὲ ὄπισθεν προσῆγον, ἔπειτα περόναις συνῆπτον πρὸς ἄλληλα.

100. *ἀντικρὺ δὲ διέσχε* intr. mit Ergänzung von *τοῦ ὤμου*, der Pfeil ging gerade (durch die Schulter) hindurch, vgl. ν, 519 *δι' ὤμου δ' ὄβριμον ἔγχος ἔσχεν* und unten 112.

101. *τῷ δ' ἐπὶ μακρὸν ἄυσε*, über ihm (oder über ihn, den Getroffenen, *Τυδείδῃ*) rief laut jauchzend, vgl. 106 *εὐχόμενος*, 119 *ἐπεύχεται*. Dass *τῷ* hier wie 283 u. θ, 160 persönlich zu nehmen sei, zeigt 347 *τῇ δ' ἐπὶ μακρὸν ἄυσε*. *ἐπὶ* gehört im Grunde zu *ἄυσε*, wie ο, 321 *ἐπὶ δ' αὐτὸς ἄυσε μάλα μέγα* und Hesiod. Scut. Herc. 309 *ἐπὶ δὲ πλῆμναι μέγ' ἀύτευν*.

105. *Λυκίηθεν*, vgl. zu δ, 101.

111. *καθ' ἵππων*, vom Wagen herab.

112. *διαμπερὲς ἐξέρυσ' ὤμου*, er zog den Pfeil durchdringend (*διαπείρων* oder *διαπερῶν*), ganz hindurch (und) aus der Schulter heraus, weil derselbe so tief eingedrungen war, dass das Zurückziehen wegen der Widerhaken nur die Wunde grösser und gefährlicher gemacht hätte, vgl. δ, 151. 214. Diess hiess *ἡ κατὰ διωσμὸν βελουλκία*, die δ, 214 bezeichnete *ἐξολκή*.

113. *στρεπτοῖο χιτῶνος* = *τοῦ λεπιδωτοῦ* oder noch besser *κρικωτοῦ* (geringelt). Wie lässt sich diess mit 99 *θώρηκος γύαλον* vereinigen?

116. *φίλα φρονέουσα* von der Athene auch Od. η, 15. 42. Zur Bildung der ganzen Periode vgl. α, 37 – 42 und über *μοι – πατρὶ* zu δ, 219.

118. *καὶ ἐς ὁρμὴν ἔγχεος ἐλθεῖν*, erg. *ἄνδρα*, dass er in den

ὅς μ' ἔβαλε φθάμενος καὶ ἐπεύχεται, οὐδέ μέ φησιν
δηρὸν ἔτ' ὄψεσθαι λαμπρὸν φάος ἠελίοιο."
ὣς ἔφατ' εὐχόμενος· τοῦ δ' ἔκλυε Παλλὰς Ἀθήνη,
γυῖα δ' ἔθηκεν ἐλαφρά, πόδας καὶ χεῖρας ὕπερθεν,
ἀγχοῦ δ' ἱσταμένη ἔπεα πτερόεντα προσηύδα.
„θαρσῶν νῦν, Διόμηδες, ἐπὶ Τρώεσσι μάχεσθαι·
ἐν γάρ τοι στήθεσσι μένος πατρώιον ἧκα
ἄτρομον, οἷον ἔχεσκε σακέσπαλος ἱππότα Τυδεύς·
ἀχλὺν δ' αὖ τοι ἀπ' ὀφθαλμῶν ἕλον, ἣ πρὶν ἐπῆεν,
ὄφρ' εὖ γιγνώσκῃς ἠμὲν θεὸν ἠδὲ καὶ ἄνδρα.
τῷ νῦν, αἴ κε θεὸς πειρώμενος ἐνθάδ' ἵκηται,
μή τι σύ γ' ἀθανάτοισι θεοῖς ἀντικρὺ μάχεσθαι
τοῖς ἄλλοις· ἀτὰρ εἴ κε Διὸς θυγάτηρ Ἀφροδίτη
ἔλθῃσ' ἐς πόλεμον, τήν γ' οὐτάμεν ὀξέι χαλκῷ."
ἡ μὲν ἄρ' ὣς εἰποῦσ' ἀπέβη γλαυκῶπις Ἀθήνη,
Τυδεΐδης δ' ἐξαῦτις ἰὼν προμάχοισιν ἐμίχθη·
καὶ πρίν περ θυμῷ μεμαὼς Τρώεσσι μάχεσθαι,
δὴ τότε μιν τρὶς τόσσον ἕλεν μένος, ὥς τε λέοντα,

Wurf oder Schuss meiner Lanze komme. Eigentlich sollte dieses Glied dem andern *ἄνδρα μ' ἑλεῖν* vorangehen, da es die Bedingung dazu enthält.

122. *γυῖα*, vgl. zu Od. *κ*, 363. *σ*, 88. Der Beistand der Göttin war nach der Verwundung doppelt nöthig; denn dass diese nicht ganz unbedeutend war, ergiebt sich neben 100 und 112 auch aus 794–798.

127. *ἀχλὺν δ' – ἕλον κτἑ.* Also könnte Diomedes sonst Götter und Sterbliche nicht erkennen noch unterscheiden, und wäre in Gefahr, sich auch an den ersteren zu vergreifen.

129. *πειρώμενος*, dich auf die Probe stellend. Denn der Kampf gegen einen Unsterblichen bleibt für den Sterblichen immer ein gefährliches Wagestück, dessen Nachtheile nur durch den Beistand eines andern Gottes abgewandt werden können. Indessen ist die hier ertheilte Vorschrift für Diomedes nicht eine bleibende, sondern nur auf die nächste Zukunft berechnet, daher sie auch bald wieder abgeändert wird.

131. *ἀτὰρ – Ἀφροδίτη.* Diese echt weibliche neckische Eifersucht gegen die Nebenbuhlerin (wegen des Lobes von Zeus *δ*, 10 – 12) macht an der ernsten Göttin einen besonders erheiternden Eindruck.

133. *ἀπέβη*, d. h. sie verschwand aus der Nähe des Diomedes, doch weilte sie noch unsichtbar im Kampfe, wie sich aus 290 vgl. mit *δ*, 128–133 ergiebt.

135 f. *καὶ πρίν περ – μεμαὼς – δὴ τότε μιν.* Plötzlicher Constructionswechsel, ähnlich wie *ζ*, 510 f. *ὁ δ' ἀγλαΐηφι πεποιθώς, ῥίμφα ἑ γοῦνα φέρει.* Vgl. Virg. Aen. 1, 234 – 237 *Certe – pollicitus, quae te, genitor, sententia vertit?*

136. *ὥς τε λέοντα.* Die Vergleichung bezieht sich namentlich dar-

ὅν ῥά τε ποιμὴν ἀγρῷ ἐπ᾽ εἰροπόκοις ὀίεσσιν
χραύσῃ μέν τ᾽ αὐλῆς ὑπεράλμενον, οὐδὲ δαμάσσῃ·
τοῦ μέν τε σθένος ὦρσεν, ἔπειτα δέ τ᾽ οὐ προσαμύνει,
ἀλλὰ κατὰ σταθμοὺς δύεται, τὰ δ᾽ ἐρῆμα φοβεῖται·
αἱ μέν τ᾽ ἀγχιστῖναι ἐπ᾽ ἀλλήλῃσι κέχυνται,
αὐτὰρ ὁ ἐμμεμαὼς βαθέης ἐξάλλεται αὐλῆς.
ὣς μεμαὼς Τρώεσσι μίγη κρατερὸς Διομήδης.
ἔνθ᾽ ἕλεν Ἀστύνοον καὶ Ὑπείρονα ποιμένα λαῶν,
τὸν μὲν ὑπὲρ μαζοῖο βαλὼν χαλκήρεϊ δουρί,
τὸν δ᾽ ἕτερον ξίφεϊ μεγάλῳ κληῖδα παρ᾽ ὦμον
πλῆξ᾽, ἀπὸ δ᾽ αὐχένος ὦμον ἐέργαθεν ἠδ᾽ ἀπὸ νώτου.
τοὺς μὲν ἔασ᾽, ὁ δ᾽ Ἄβαντα μετῴχετο καὶ Πολύιδον,
υἱέας Εὐρυδάμαντος ὀνειροπόλοιο γέροντος,
τοῖς οὐκ ἐρχομένοις ὁ γέρων ἐκρίνατ᾽ ὀνείρους,
ἀλλά σφεας κρατερὸς Διομήδης ἐξενάριξεν.
βῆ δὲ μετὰ Ξάνθον τε Θόωνά τε Φαίνοπος υἷε,

auf, dass Diomedes nach der Verwundung muthiger wird und grössere Thaten vollbringt, als vorher (*σθένος ὦρσεν* im Aorist).

137. *ἐπ᾽ – ὀίεσσιν*, d. h. indem er dieselben hütet.

138. *οὐδὲ δαμάσσῃ*, d. h. nicht tödtet.

139. *οὐ προσαμύνει*, erg. *αὐταῖς, ταῖς οἰσίν*.

140. *κατὰ σταθμοὺς δύεται*, erg. *ὁ ποιμήν*, er verbirgt sich im Stalle. *τὰ δ᾽ – φοβεῖται*, jene aber fliehen verlassen (und werden vom Löwen getödtet). Das Neutrum *τὰ* bezieht sich auf das mit *ὄϊες* gleichbedeutende *μῆλα* oder einen synonymen Begriff, obgleich nachher wieder zum Femininum *αἱ μὲν* zurückgekehrt wird. Vgl. *π*, 353 *ὑπὲκ μήλων, αἵ τ᾽ ἐν ὄρεσσιν – διέτμαγεν*.

141. *αἱ μὲν – κέχυνται* schildert die vom Löwen angerichtete Verheerung als vollendet, und bildet im Verhältniss zum Folgenden gleichsam einen Vordersatz = endlich, wann sie alle todt neben und auf einander liegen, stürzt der Löwe aus dem Gehege heraus.

142. *ἐμμεμαώς*, Verstärkung von *μεμαώς*, voll Hitze und Wuth (eigentlich im Innern voll Eifer).

145 ff. *βαλὼν – πλῆξε*. Derselbe Wechsel der Construction wie *γ*, 80.

147. *ἐέργαθεν*, Intensivform zur Bezeichnung der dauernden Wirkung wie *λ*, 437.

148. *Πολύιδον*. Der Name des Sohnes (Vielwisser) deutet auf die Kunst des Vaters (*ὀνειροπόλος*, vgl. *α*, 63); vgl. oben 60. So finden wir *ν*, 663. 666 einen Wahrsager *Πολύιδος* in Korinth.

150. *ἐρχομένοις*, beim Weggang, als sie in den Kampf zogen = 198 *ἐρχομένῳ*. — *οὐκ ἐκρίνατ᾽ ὀνείρους*. Denn hätte er diess gethan, so wären sie nicht ihrem unglücklichen Schicksal selbst entgegengegangen.

152. *Φαῖνοψ* muss ein von dem *ρ*, 312 genannten verschiedener sein, da er nach den zwei folgenden

ἄμφω τηλυγέτω· ὁ δὲ τείρετο γήραϊ λυγρῷ,
υἱὸν δ' οὐ τέκετ' ἄλλον ἐπὶ κτεάτεσσι λιπέσθαι.
ἔνθ' ὅ γε τοὺς ἐνάριζε, φίλον δ' ἐξαίνυτο θυμόν
ἀμφοτέρω, πατέρι δὲ γόον καὶ κήδεα λυγρά
λεῖπ', ἐπεὶ οὐ ζώοντε μάχης ἐκνοστήσαντε
δέξατο· χηρωσταὶ δὲ διὰ κτῆσιν δατέοντο.
ἔνθ' υἷας Πριάμοιο δύω λάβε Δαρδανίδαο
εἰν ἑνὶ δίφρῳ ἐόντας, Ἐχέμμονά τε Χρομίον τε.
ὡς δὲ λέων ἐν βουσὶ θορὼν ἐξ αὐχένα ἄξῃ
πόρτιος ἠὲ βοός, ξύλοχον κάτα βοσκομενάων,
ὣς τοὺς ἀμφοτέρους ἐξ ἵππων Τυδέος υἱός
βῆσε κακῶς ἀέκοντας, ἔπειτα δὲ τεύχε' ἐσύλα·
ἵππους δ' οἷς ἑτάροισι δίδου μετὰ νῆας ἐλαύνειν.
τὸν δ' ἴδεν Αἰνείας ἀλαπάζοντα στίχας ἀνδρῶν,
βῆ δ' ἴμεν ἄν τε μάχην καὶ ἀνὰ κλόνον ἐγχειάων
Πάνδαρον ἀντίθεον διζήμενος, εἴ που ἐφεύροι.
εὗρε Λυκάονος υἱὸν ἀμύμονά τε κρατερόν τε,
στῆ δὲ πρόσθ' αὐτοῖο, ἔπος τέ μιν ἀντίον ηὔδα.
„Πάνδαρε, ποῦ τοι τόξον ἰδὲ πτερόεντες ὀιστοί
καὶ κλέος; ᾧ οὔ τίς τοι ἐρίζεται ἐνθάδε γ' ἀνήρ,
οὐδέ τις ἐν Λυκίῃ σέο γ' εὔχεται εἶναι ἀμείνων.

Versen ausser Xanthos und Thoon keinen Sohn hatte.

154. *ἐπὶ κτεάτεσσι λιπέσθαι*, auf seinem Besitzthum zu bleiben.

155. *ἐνάριζε* wie 151 *ἐξενάριξεν*, in der eigentlichen Bedeutung = 164 *τεύχε' ἐσύλα*.

158. *χηρωσταὶ – δατέοντο* = Hesiod. Theogon. 607 *ἀποφθιμένου δὲ διὰ κτῆσιν δατέονται χηρωσταί*, gleichsam lachende Erben, eigentlich entferntere oder Seitenverwandte, welche die Verpflichtung haben, Kinderlose, Verwaiste (*χῆροι*) u. s. w. zu besorgen und zu pflegen (daher auch *ὀρφανισταὶ* genannt), dafür aber das Vermögen derselben erben (unter sich vertheilen, *διαδατέονται*).

159f. *δύω – εἰν ἑνὶ δίφρῳ*. Der unverkennbare Gegensatz zwischen *δύω* und *ἑνὶ* (vgl. *λ*, 102 f. 126 f.) macht die engste Verbindung des Particip. *ἐόντας* mit *λάβε* nothwendig.

161. *ἐν βουσὶ θορών*, in eine Rinderheerde sich stürzend.

170. *ἔπος τέ μιν ἀντίον ηὔδα*, vgl. Od. *ε*, 28 *Ἑρμείαν υἱὸν φίλον ἀντίον ηὔδα*. Auch das einfache *εἰπεῖν* wird mit dem doppelten Accusativ verbunden; vgl. Od. *ψ*, 91 *εἴ τί μιν εἴποι*.

172. *ᾧ* geht natürlich auf *τόξον* als den Hauptbegriff, in welchem auch *ὀιστοὶ* und *κλέος* als Theil und Wirkung mit enthalten sind, gleichsam ein *ἓν διὰ τριῶν*. Zu *ᾧ – ἐρίζεται* vgl. Od. *δ*, 80 *μοι ἐρίσσεται – κτήμασιν*.

5 ἀλλ' ἄγε τῷδ' ἔφες ἀνδρὶ βέλος, Διὶ χεῖρας ἀνασχών,
ὅς τις ὅδε κρατέει καὶ δὴ κακὰ πολλὰ ἔοργεν
Τρῶας, ἐπεὶ πολλῶν τε καὶ ἐσθλῶν γούνατ' ἔλυσεν·
εἰ μή τις θεός ἐστι κοτεσσάμενος Τρώεσσιν
ἱρῶν μηνίσας· χαλεπὴ δὲ θεοῦ ἔπι μῆνις."
τὸν δ' αὖτε προσέειπε Λυκάονος ἀγλαὸς υἱός
„Αἰνεία Τρώων βουληφόρε χαλκοχιτώνων,
Τυδείδῃ μιν ἔγωγε δαΐφρονι πάντα ἐίσκω,
ἀσπίδι γιγνώσκων αὐλώπιδί τε τρυφαλείῃ,
ἵππους τ' εἰσορόων· σάφα δ' οὐκ οἶδ' εἰ θεός ἐστιν.
εἰ δ' ὅ γ' ἀνὴρ ὅν φημι, δαΐφρων Τυδέος υἱός,
οὐχ ὅ γ' ἄνευθε θεοῦ τάδε μαίνεται, ἀλλά τις ἄγχι
ἕστηκ' ἀθανάτων, νεφέλῃ εἰλυμένος ὤμους,
ὃς τούτου βέλος ὠκὺ κιχήμενον ἔτραπεν ἄλλῃ.
ἤδη γάρ οἱ ἐφῆκα βέλος, καί μιν βάλον ὦμον
δεξιόν, ἀντικρὺ διὰ θώρηκος γυάλοιο,
καί μιν ἔγωγ' ἐφάμην Ἀιδωνῆι προϊάψειν,
ἔμπης δ' οὐκ ἐδάμασσα· θεός νύ τίς ἐστι κοτήεις.
ἵπποι δ' οὐ παρέασι καὶ ἅρματα, τῶν κ' ἐπιβαίην.
ἀλλά που ἐν μεγάροισι Λυκάονος ἕνδεκα δίφροι
καλοὶ πρωτοπαγεῖς νεοτευχέες· ἀμφὶ δὲ πέπλοι

175. *ὅς τις ὅδε κρατέει. ὅδε* für das Adverbium: da, vgl. zu Od. *α*, 185.

178. *ἱρῶν μηνίσας*, Grund des *κοτέσσασθαι*. Vgl. *α*, 65 *εἴτ' – εὐχωλῆς ἐπιμέμφεται εἴθ' ἑκατόμβης*.

182. *αὐλώπιδι τρυφαλείῃ*, am hochröhrigen oder hochkuppigen Helme. Der Helmbügel nämlich erhält zuweilen die Gestalt einer aufrechtstehenden Röhre, worein der Helmschmuck (Helmbusch, gewöhnlich aus Rosshaaren) gesteckt wird. *αὐλῶπις* wie eine Röhre anzusehen.

183. *σάφα δ' οὐκ οἶδ' κτέ.*, d. h. es wäre aber doch möglich, dass es ein Gott wäre.

184. *εἰ δ' ὅ γ' ἀνὴρ ὅν φημι*, erg. *ἐστίν*, ist es aber wirklich der Mann, den ich meine. Pandaros zeigt sich in seinem Urtheil höchst schwankend und unentschieden, was zu seiner Unbesonnenheit gut passt.

187. *τούτου – ἔτραπεν ἄλλῃ*, von diesem anderswohin gewandt hat, vgl. zu *σ*, 138 *πάλιν τράπεθ' υἷος ἑῆος. κιχήμενον*, da es ihn erreichte.

191. *θεὸς – κοτήεις*, ein Gott ist wohl erzürnt, mir feindlich gesinnt, und vereitelt alle meine Anstrengungen (vgl. 177).

193. *Λυκάονος*, d. h. meines Vaters (179).

πέπτανται· παρὰ δέ σφιν ἑκάστῳ δίζυγες ἵπποι
ἑστᾶσι, κρῖ λευκὸν ἐρεπτόμενοι καὶ ὀλύρας.
ἦ μέν μοι μάλα πολλὰ γέρων αἰχμητὰ Λυκάων
ἐρχομένῳ ἐπέτελλε δόμοις ἔνι ποιητοῖσιν·
ἵπποισίν μ᾽ ἐκέλευε καὶ ἅρμασιν ἐμβεβαῶτα
ἀρχεύειν Τρώεσσι κατὰ κρατερὰς ὑσμίνας·
ἀλλ᾽ ἐγὼ οὐ πιθόμην — ἦ τ᾽ ἂν πολὺ κέρδιον ἦεν —
ἵππων φειδόμενος, μή μοι δευοίατο φορβῆς
ἀνδρῶν εἰλομένων, εἰωθότες ἔδμεναι ἄδδην.
ὣς λίπον, αὐτὰρ πεζὸς ἐς Ἴλιον εἰλήλουθα,
τόξοισιν πίσυνος· τὰ δέ μ᾽ οὐκ ἄρ᾽ ἔμελλον ὀνήσειν.
ἤδη γὰρ δοιοῖσιν ἀριστήεσσιν ἐφῆκα,
Τυδείδῃ τε καὶ Ἀτρείδῃ, ἐκ δ᾽ ἀμφοτέροιιν
ἀτρεκὲς αἷμ᾽ ἔσσευα βαλών, ἤγειρα δὲ μᾶλλον.
τῷ ῥα κακῇ αἴσῃ ἀπὸ πασσάλου ἀγκύλα τόξα
ἤματι τῷ ἑλόμην, ὅτε Ἴλιον εἰς ἐρατεινὴν
ἡγεόμην Τρώεσσι φέρων χάριν Ἕκτορι δίῳ.
εἰ δέ κε νοστήσω καὶ ἐσόψομαι ὀφθαλμοῖσιν
πατρίδ᾽ ἐμὴν ἄλοχόν τε καὶ ὑψερεφὲς μέγα δῶμα,
αὐτίκ᾽ ἔπειτ᾽ ἀπ᾽ ἐμεῖο κάρη τάμοι ἀλλότριος φώς,
εἰ μὴ ἐγὼ τάδε τόξα φαεινῷ ἐν πυρὶ θείην
χερσὶ διακλάσσας· ἀνεμώλια γάρ μοι ὀπηδεῖ."
τὸν δ᾽ αὖτ᾽ Αἰνείας Τρώων ἀγὸς ἀντίον ηὔδα

195 f. *πέπτανται*, um sie vor dem Staube zu schützen. — *δίζυγες ἵπποι*. Zwei Rosse gehören zu jedem Streitwagen. — *ὀλύρας* mit *κρῖ* verbunden wie Odyss. δ, 41 *ζειάς*; vgl. Herod. 2, 36.

200. *ἀρχεύειν Τρώεσσι* = 211. Denn die Einwohner von Zeleia werden auch zu den Troern gerechnet; vgl. zu β, 816 ff. 826 f.

203. *ἀνδρῶν εἰλομένων*, wenn die Männer zusammengedrängt, eingeschlossen würden, d. h. eine Belagerung aushalten müssten. Vgl. σ, 286 f.

205. *οὐκ ἄρ᾽ ἔμελλον*, vgl. zu Od. δ, 107 *τῷ δ᾽ ἄρ᾽ ἔμελλεν*.

208. *ἀτρεκὲς αἷμα*, d. i. *ἀληθὲς καὶ μὴ φαντασιῶδες*. Andere verbinden *ἀτρεκὲς* mit *βαλών*, d. i. „ich hatte ganz genau getroffen". — *ἤγειρα δὲ μᾶλλον*, erg. *αὐτώ*, *τὼ ἀριστῆε*, in dem Sinne wie 139 *τοῦ μέν τε σθένος ὦρσεν*. *μᾶλλον* = β, 81.

209. *κακῇ αἴσῃ* = α, 418. *ἀπὸ πασσάλου*, wie Penelope den Bogen des Odysseus Od. φ, 53.

214. *αὐτίκ᾽ ἔπειτ᾽ — φώς*. Ueber Sinn und Construction dieses Verses vgl. zu Od. π, 102 und Iliad. β, 259.

„μὴ δ' οὕτως ἀγόρευε· πάρος δ' οὐκ ἔσσεται ἄλλως,
πρίν γ' ἐπὶ νὼ τῷδ' ἀνδρὶ σὺν ἵπποισιν καὶ ὄχεσφιν
ἀντιβίην ἐλθόντε σὺν ἔντεσι πειρηθῆναι.
ἀλλ' ἄγ' ἐμῶν ὀχέων ἐπιβήσεο, ὄφρα ἴδηαι
οἷοι Τρώιοι ἵπποι, ἐπιστάμενοι πεδίοιο
κραιπνὰ μάλ' ἔνθα καὶ ἔνθα διωκέμεν ἠδὲ φέβεσθαι·
τὼ καὶ νῶι πόλινδε σαώσετον, εἴ περ ἂν αὖτε
Ζεὺς ἐπὶ Τυδείδῃ Διομήδεϊ κῦδος ὀρέξῃ.
ἀλλ' ἄγε νῦν μάστιγα καὶ ἡνία σιγαλόεντα
δέξαι, ἐγὼ δ' ἵππων ἐπιβήσομαι, ὄφρα μάχωμαι·
ἠὲ σὺ τόνδε δέδεξο, μελήσουσιν δ' ἐμοὶ ἵπποι."
τὸν δ' αὖτε προσέειπε Λυκάονος ἀγλαὸς υἱός
„Αἰνεία, σὺ μὲν αὐτὸς ἔχ' ἡνία καὶ τεὼ ἵππω·
μᾶλλον ὑφ' ἡνιόχῳ εἰωθότι καμπύλον ἅρμα
οἴσετον, εἴ περ ἂν αὖτε φεβώμεθα Τυδέος υἱόν·
μὴ τὼ μὲν δείσαντε ματήσετον, οὐδ' ἐθέλητον
ἐκφερέμεν πολέμοιο, τεὸν φθόγγον ποθέοντε,

218. *μὴ δ' οὕτως ἀγόρευε*, vgl. zu α, 131. Die folgende Wendung *πάρος — ἄλλως* kommt bei Homer nur hier vor.

219. *πρίν γ' ἐπὶ νὼ κτέ. ἐπὶ* gehört zu *ἐλθόντε* (wie 225 vgl. 335 zu *ὀρέξῃ*), und *νὼ* ist Subject zu *πειρηθῆναι*.

221. *ὀχέων*. Der Plural wie gewöhnlich von Einem Wagen; so auch *ἅρματα*.

222. *Τρώιοι ἵπποι* sind nicht Troische Rosse überhaupt, wie z. B. ν, 262 *δούρατα Τρώια*, sondern nach 265 – 272 von Tros, d. h. von den Rossen des Tros, die ihm Zeus geschenkt, abstammende. Ebenso ψ, 291. 377 f. — *πεδίοιο* gehört zu *διωκέμεν ἠδὲ φέβεσθαι*.

224. *εἴ περ ἂν αὖτε*, gesetzt auch dass wieder, wenn dann auch wieder, vgl. 232.

226. *σιγαλόεντα*, beständiges Beiwort der Zügel, auch bei Maulthieren Od. ζ, 81, wahrscheinlich von dem durch Politur oder eine Art Lack gegebenen Glanze.

227. *ἵππων ἐπιβήσομαι*. Auch Aeneas besteigt den Wagen 239 (vgl. 167 – 170 = 275); *ἐγὼ* aber steht eigentlich in Bezug auf *ὄφρα μάχωμαι*.

228. *δέδεξο*, empfang ihn zum Kampfe, *excipe eum*.

231. *ὑφ' ἡνιόχῳ εἰωθότι*. Obgleich Aeneas sonst gewiss *παραιβάτης* war, und einen andern Wagenlenker hatte, den er jetzt absteigen lässt, so kann doch für den gegenwärtigen Fall Er als *ἡνίοχος εἰωθὼς* bezeichnet werden, da die Pferde natürlich auch seine Stimme kennen.

233. *ματᾶν*, sich vergeblich bemühen, nichts fördern, oder wie *ματάζω* sich thöricht benehmen (dumm thun), was hier nach dem Zusammenhange ein „sich Sträuben, stätig und ungehorsam Sein" einzuschliessen scheint.

νῶι δ' ἐπαΐξας μεγαθύμου Τυδέος υἱός
αὐτώ τε κτείνῃ καὶ ἐλάσσῃ μώνυχας ἵππους.
ἀλλὰ σύ γ' αὐτὸς ἔλαυνε τέ' ἅρματα καὶ τεὼ ἵππω,
τόνδε δ' ἐγὼν ἐπιόντα δεδέξομαι ὀξέι δουρί."
ὣς ἄρα φωνήσαντες, ἐς ἅρματα ποικίλα βάντες,
ἐμμεμαῶτ' ἐπὶ Τυδείδῃ ἔχον ὠκέας ἵππους.
τοὺς δὲ ἴδε Σθένελος Καπανήιος ἀγλαὸς υἱός,
αἶψα δὲ Τυδείδην ἔπεα πτερόεντα προσηύδα.
„Τυδείδη Διόμηδες, ἐμῷ κεχαρισμένε θυμῷ,
ἄνδρ' ὁρόω κρατερὼ ἐπὶ σοὶ μεμαῶτε μάχεσθαι,
ἶν' ἀπέλεθρον ἔχοντας. ὁ μὲν τόξων εὖ εἰδώς,
Πάνδαρος, υἱὸς δ' αὖτε Λυκάονος εὔχεται εἶναι·
Αἰνείας δ' υἱὸς μὲν ἀμύμονος Ἀγχίσαο
εὔχεται ἐκγεγάμεν, μήτηρ δέ οἵ ἐστ' Ἀφροδίτη.
ἀλλ' ἄγε δὴ χαζώμεθ' ἐφ' ἵππων, μηδέ μοι οὕτως
θῦνε διὰ προμάχων, μή πως φίλον ἦτορ ὀλέσσῃς."
τὸν δ' ἄρ' ὑπόδρα ἰδὼν προσέφη κρατερὸς Διομήδης
„μή τι φόβονδ' ἀγόρευ', ἐπεὶ οὐδὲ σὲ πεισέμεν οἴω·
οὐ γάρ μοι γενναῖον ἀλυσκάζοντι μάχεσθαι

235. *νῶι* zu verbinden mit *αὐτὼ κτείνῃ*.

240. *ἐμμεμαῶτ'* (vgl. 244 *ἐπὶ σοὶ μεμαῶτε μάχεσθαι*) gehört unmittelbar zu *ἔχον*, während die vorhergehenden zwei Participia gesonderte und auf einander folgende Handlungen bezeichnen.

245. *ὁ μὲν – εἰδώς*, erg. *ἐστίν*. Vgl. zu Od. *ε*, 477 *ὁ μὲν φυλίης, ὁ δ' ἐλαίης*.

247. *υἱὸς – Ἀγχίσαο – ἐκγεγάμεν*, als Sohn dem Anchises zu entstammen. Vgl. zu Od. *φ*, 335 *πατρὸς δ' ἐξ ἀγαθοῦ γένος εὔχεται ἔμμεναι υἱός*.

249. *χαζώμεθ' ἐφ' ἵππων*, lass uns auf den Wagen uns zurückziehn. Diomedes kämpfte nach 134 – 165 immer noch in den vordersten Reihen zu Fuss, und wird nun von Sthenelos, der ihm ohne Zweifel nachgefahren war oder sonst mit dem Wagen in der Nähe stand, aufgefordert, den Wagen zu besteigen, um sich bis in die Linie der andern Wagen zurückzuziehn. Dies aber erscheint dem kühntrotzigen Diomedes schon als feige Flucht, daher er sich weigert, auch nur den Wagen zu besteigen (252 – 256).

252. *μή τι φόβονδ' ἀγόρευε*, sinnlich malender Ausdruck: rede mir nicht auf die Flucht hin, dazu ermunternd oder sie anrathend. Vgl. *π*, 697 *οἱ δ' ἄλλοι φύγαδε μνώοντο ἕκαστος* mit *θ*, 139 *φόβονδ' ἔχε μώνυχας ἵππους*. *λ*, 21. *πεύθετο Κύπρονδε*.

253. *γενναῖον* hier in seiner ursprünglichen Bedeutung: *ἐγγενές, πάτριον*, in der Art (dem Geschlechte) liegend. Dieser Ausdruck, sowie die verwandten *γέννα* und *γεννάω*, kommen sonst weder bei Homer noch Hesiodus vor. *ἀλυσκά-*

οὐδὲ καταπτώσσειν· ἔτι μοι μένος ἔμπεδόν ἐστιν.
ὀκνείω δ᾽ ἵππων ἐπιβαινέμεν, ἀλλὰ καὶ αὔτως
ἀντίον εἶμ᾽ αὐτῶν· τρεῖν μ᾽ οὐκ ἐᾷ Παλλὰς Ἀθήνη.
τούτω δ᾽ οὐ πάλιν αὖτις ἀποίσετον ὠκέες ἵπποι
ἄμφω ἀφ᾽ ἡμείων, εἴ γ᾽ οὖν ἕτερός γε φύγῃσιν.
ἄλλο δέ τοι ἐρέω, σὺ δ᾽ ἐνὶ φρεσὶ βάλλεο σῇσιν.
αἴ κέν μοι πολύβουλος Ἀθήνη κῦδος ὀρέξῃ
ἀμφοτέρω κτεῖναι, σὺ δὲ τούσδε μὲν ὠκέας ἵππους
αὐτοῦ ἐρυκακέειν, ἐξ ἄντυγος ἡνία τείνας,
Αἰνείαο δ᾽ ἐπαΐξαι μεμνημένος ἵππων,
ἐκ δ᾽ ἐλάσαι Τρώων μετ᾽ ἐυκνήμιδας Ἀχαιούς.
τῆς γάρ τοι γενεῆς, ἧς Τρωί περ εὐρύοπα Ζεὺς
δῶχ᾽ υἷος ποινὴν Γανυμήδεος, οὕνεκ᾽ ἄριστοι
ἵππων ὅσσοι ἔασιν ὑπ᾽ ἠῶ τ᾽ ἠέλιόν τε.

ζοντι μάχεσθαι, als ein Ausweichender zu kämpfen. Von eigentlicher Flucht ist auch hier nicht die Rede.

255. καὶ αὔτως, auch sonst, gerade wie ich hier bin, ohne einen bespannten Wagen.

256. οὐκ ἐᾷ zu lesen, wie Od. φ, 233 οὐκ ἐάσουσιν. τρεῖν bei Homer fliehen, gewöhnlich mit dem Nebenbegriff der Schnelligkeit, vgl. 295 παρέτρεσσαν.

257 f. τούτω – ἄμφω, Aeneas und Pandaros auf ihrem Wagen.

258. εἴ γ᾽ οὖν – γε φύγῃσιν, wenn wirklich auch der eine entkommen sollte. Zu dem doppelten γε in Einem Satze vgl. 287 f. (zweimal). 827. π, 30. χ, 266. Das Compositum γοῦν kommt bei Homer noch nicht vor.

260. πολύβουλος Ἀθήνη ist von hier auch in Od. π, 282 übergegangen.

261. τούσδε μὲν ὠκέας ἵππους, d. h. unsere, die an unsern Wagen gehörenden Rosse.

262. ἐξ ἄντυγος ἡνία τείνας = 322: die Zügel an den Wagenrand, Wagenkranz (und zwar an den vordern Theil desselben) hängend und daran herumschlingend; vgl. zu δ, 486 über ἴτυς, mit dem hier ἄντυξ gleichbedeutend ist. ἄντυξ von ἀντί, wie ἄμπυξ von ἀμφί, nach Rumpf = *id quod obstat*, das Entgegenstehende, Hervorragende, am Wagen die Lehne oder Einfassung; im engsten Sinne ein einfacher hölzerner Stab, der am obern Wagenrande herumläuft.

263. Αἰνείαο δ᾽ – ἵππων, im Gegensatz von τούσδε μὲν – ἵππους, hängt von ἐπαΐξαι ab, vgl. ν, 687 ἐπαΐσσοντα νεῶν. In unserer Stelle wurde ἐπαΐξαι wegen des beigefügten μεμνημένος (d. h. diess ja nicht vergessend, geflissentlich) um so eher mit dem Genitiv construirt; in der Parallelstelle 323 steht ἐπαΐξας absolut.

264. ἐκ δ᾽ ἐλάσαι Τρώων, erg. τοὺς Αἰνείου ἵππους, welche auch Subject sind im folgenden Verse.

265. ἧς, aus welchem, vgl. 268.

266. υἷος ποινήν, Ersatz für den geraubten Sohn, vgl. υ, 231–235. Mit οὕνεκ᾽ ἄριστοι ἵππων κτέ. wird der Grund angegeben, warum Zeus den Ersatz gerade aus diesen wählte.

267. ὑπ᾽ ἠῶ κτέ., vgl. zu Od. β,

τῆς γενεῆς ἔκλεψεν ἄναξ ἀνδρῶν Ἀγχίσης,
λάθρῃ Λαομέδοντος ὑποσχὼν θήλεας ἵππους.
τῶν οἱ ἓξ ἐγένοντο ἐνὶ μεγάροισι γενέθλη·
τοὺς μὲν τέσσαρας αὐτὸς ἔχων ἀτίταλλ' ἐπὶ φάτνῃ,
τὼ δὲ δύ' Αἰνείᾳ δῶκεν, μήστωρι φόβοιο.
εἰ τούτω κε λάβοιμεν, ἀροίμεθά κε κλέος ἐσθλόν."
ὣς οἱ μὲν τοιαῦτα πρὸς ἀλλήλους ἀγόρευον,
τὼ δὲ τάχ' ἐγγύθεν ἦλθον, ἐλαύνοντ' ὠκέας ἵππους.
τὸν πρότερος προσέειπε Λυκάονος ἀγλαὸς υἱός
„καρτερόθυμε, δαΐφρον, ἀγαυοῦ Τυδέος υἱέ,
ἦ μάλα σ' οὐ βέλος ὠκὺ δαμάσσατο, πικρὸς ὀιστός.
νῦν αὖτ' ἐγχείῃ πειρήσομαι, αἴ κε τύχωμι."
ἦ ῥα, καὶ ἀμπεπαλὼν προΐει δολιχόσκιον ἔγχος
καὶ βάλε Τυδεΐδαο κατ' ἀσπίδα· τῆς δὲ διαπρό
αἰχμὴ χαλκείη πταμένη θώρηκι πελάσθη.
τῷ δ' ἐπὶ μακρὸν ἄυσε Λυκάονος ἀγλαὸς υἱός
„βέβληαι κενεῶνα διαμπερές, οὐδέ σ' ὀίω
δηρὸν ἔτ' ἀνσχήσεσθαι· ἐμοὶ δὲ μέγ' εὖχος ἔδωκας."
τὸν δ' οὐ ταρβήσας προσέφη κρατερὸς Διομήδης
„ἤμβροτες, οὐδ' ἔτυχες· ἀτὰρ οὐ μὲν σφῶί γ' ὀίω
πρίν γ' ἀποπαύσεσθαι, πρίν γ' ἢ ἕτερόν γε πεσόντα
αἵματος ἆσαι Ἄρηα ταλαύρινον πολεμιστήν."
ὣς φάμενος προέηκε· βέλος δ' ἴθυνεν Ἀθήνη
ῥῖνα παρ' ὀφθαλμόν, λευκοὺς δ' ἐπέρησεν ὀδόντας.

181 ὑπ' αὐγὰς ἠελίοιο.

272. *μήστωρι φόβοιο* von Aeneas wie *θ*, 108; vgl. *δ*, 328 *Ἀθηναῖοι, μήστωρες ἀυτῆς.*

275. *τὼ δέ*, Aeneas und Pandaros, die wir 240 verlasssen haben.

278. *ἦ μάλα* wie sonst *ἦ μέν*, *ἦ τοι μέν*, einräumend: wohl, freilich, im Gegensatz des folgenden *νῦν αὖτε* (jetzt denn).

283–285. *τῷ δ' ἐπὶ – ἔδωκας*, vgl. 101–105.

289. *ταλαύρινος* von *ταλαός* (*ταλάω*), ausharrend, beharrlich führend, und dem digammirten *ῥινός* = *qui clipeum sustinet.* Vgl. *χαλαῦροιψ* *ψ*, 845. Vgl. den adverbialen Gebrauch *η*, 239.

290. *βέλος δ' ἴθυνεν Ἀθήνη.* Athene selbst, die *δ*, 93–103 den Pandaros zu dem treulosen Pfeilschusse beredet hatte, leitet jetzt die Lanze ihres Lieblings Diomedes zur tödtlichen Verwundung des Leichtsinnigen. Die Götter also, scheinbar die Urheber des Frevels, verlangten und betrieben auch seine Bestrafung. *ῥῖνα* auf die Frage wohin? Accusativ des erreichten Zieles.

τοῦ δ' ἀπὸ μὲν γλῶσσαν πρυμνὴν τάμε χαλκὸς ἀτειρής,
αἰχμὴ δ' ἐξεσύθη παρὰ νείατον ἀνθερεῶνα.
ἤριπε δ' ἐξ ὀχέων, ἀράβησε δὲ τεύχε' ἐπ' αὐτῷ
αἰόλα παμφανόωντα, παρέτρεσσαν δε οἱ ἵπποι
ὠκύποδες· τοῦ δ' αὖθι λύθη ψυχή τε μένος τε.
  Αἰνείας δ' ἀπόρουσε σὺν ἀσπίδι δουρί τε μακρῷ,
δείσας μή πώς οἱ ἐρυσαίατο νεκρὸν Ἀχαιοί.
ἀμφὶ δ' ἄρ' αὐτῷ βαῖνε λέων ὣς ἀλκὶ πεποιθώς,
πρόσθε δέ οἱ δόρυ τ' ἔσχε καὶ ἀσπίδα πάντοσ' ἐίσην,
τὸν κτάμεναι μεμαὼς ὅς τις τοῦ γ' ἀντίος ἔλθοι,
σμερδαλέα ἰάχων. ὁ δὲ χερμάδιον λάβε χειρί
Τυδείδης, μέγα ἔργον, ὃ οὐ δύο γ' ἄνδρε φέροιεν,
οἷοι νῦν βροτοί εἰσ'· ὁ δέ μιν ῥέα πάλλε καὶ οἶος.
τῷ βάλεν Αἰνείαο κατ' ἰσχίον, ἔνθα τε μηρός
ἰσχίῳ ἐνστρέφεται, κοτύλην δέ τέ μιν καλέουσιν·
θλάσσε δέ οἱ κοτύλην, πρὸς δ' ἄμφω ῥῆξε τένοντε·
ὦσε δ' ἀπὸ ῥινὸν τρηχὺς λίθος. αὐτὰρ ὅ γ' ἥρως
ἔστη γνὺξ ἐριπών, καὶ ἐρείσατο χειρὶ παχείῃ

292. τοῦ – γλῶσσαν πρυμνήν, ihm – das Ende, die Wurzel der Zunge.

296. ψυχή τε μένος τε (vgl. γ, 294 θυμοῦ – μένος), Leben und jede (sich äusserlich bethätigende) Lebenskraft.

297. ἀπόρουσε, vom Wagen herab, mit dem die Rosse seitwärts gesprungen waren und wohl noch weiter eilten, zu dem Leichnam des Pandaros, um ihn gegen die Achäer zu schützen.

299. ἀμφὶ – βαῖνε (vgl. ξ, 477. ρ, 4), d. h. er trat über ihn (zu seinem Schutze).

301. τοῦ γ' ἀντίος ἔλθοι, d. i. τοῦ νεκροῦ.

304. οἷοι νῦν βροτοί εἰσι. Schon diese viermal in der Iliade (nie in der Odyssee) vorkommende Formel zeigt, dass der Dichter die von ihm geschilderte Zeit für bedeutend früher hält als die seinige. Uebrigens ist es ein unter den verschiedensten Völkern alter und neuer Zeit herrschender Glaube, dass die Menschen der Vorzeit den spätern Geschlechtern an Vorzügen aller Art und vornehmlich auch an Körperkraft weit überlegen gewesen seien; vgl. α, 260. 271 f. Dennoch ist ὃ οὐ – φέροιεν unzweifelhaft ein hyperbolischer Ausdruck, und beim Sagendichter nicht so aufzufassen, wie bei einem Geschichtschreiber.

307. ἄμφω τένοντε, vgl. zu δ, 521.

308. ὦσε δ' ἀπὸ ῥινὸν τρ. λ. könnte als Begründung des Vorigen auch durch γὰρ verbunden sein: denn der rauhe Stein hatte ihm den Schild weggestossen, auf die Seite geschoben (vgl. 300); sonst hätte er ihn nicht so stark an der Hüfte verletzen können.

309 f. ἔστη – ἐκάλυψεν = Λ, 355 f.: er stand (mit dem einen, dem

γαίης· ἀμφὶ δὲ ὄσσε κελαινὴ νὺξ ἐκάλυψεν.
καί νύ κεν ἔνθ' ἀπόλοιτο ἄναξ ἀνδρῶν Αἰνείας,
εἰ μὴ ἄρ' ὀξὺ νόησε Διὸς θυγάτηρ Ἀφροδίτη,
μήτηρ, ἥ μιν ὑπ' Ἀγχίσῃ τέκε βουκολέοντι·
ἀμφὶ δ' ἑὸν φίλον υἱὸν ἐχεύατο πήχεε λευκώ,
πρόσθε δέ οἱ πέπλοιο φαεινοῦ πτύγμ' ἐκάλυψεν,
ἕρκος ἔμεν βελέων, μή τις Δαναῶν ταχυπώλων
χαλκὸν ἐνὶ στήθεσσι βαλὼν ἐκ θυμὸν ἕλοιτο.
ἡ μὲν ἑὸν φίλον υἱὸν ὑπεξέφερεν πολέμοιο·
οὐδ' υἱὸς Καπανῆος ἐλήθετο συνθεσιάων
τάων ἃς ἐπέτελλε βοὴν ἀγαθὸς Διομήδης,
ἀλλ' ὅ γε τοὺς μὲν ἑοὺς ἠρύκακε μώνυχας ἵππους
νόσφιν ἀπὸ φλοίσβου, ἐξ ἄντυγος ἡνία τείνας,
Αἰνείαο δ' ἐπαΐξας καλλίτριχας ἵππους
ἐξέλασε Τρώων μετ' ἐυκνήμιδας Ἀχαιούς,
δῶκε δὲ Δηιπύλῳ ἑτάρῳ φίλῳ, ὃν περὶ πάσης
τῖεν ὁμηλικίης, ὅτι οἱ φρεσὶν ἄρτια ᾔδη,
νηυσὶν ἔπι γλαφυρῇσιν ἐλαυνέμεν. αὐτὰρ ὅ γ' ἥρως
ὧν ἵππων ἐπιβὰς ἔλαβ' ἡνία σιγαλόεντα,
αἶψα δὲ Τυδείδην μέθεπε κρατερώνυχας ἵππους

rechten Bein, weil er auf der Seite des Schildes verwundet war) eingesunken in's Knie, und stützte sich mit der kräftigen Hand (wohl der linken) auf die Erde. Die Formel *ἀμφὶ δὲ ὄσσε κτέ.*, die gewöhnlich das Sterben bezeichnet, geht hier und λ, 356 nur auf eine Ohnmacht; ähnlich ξ, 438. χ, 466.

311. *καί νύ κεν ἔνθ' ἀπόλοιτο.* Gewöhnlicher wäre hier der Aorist. indic. statt des Optativs, wie β, 155. γ, 373; doch vgl. auch unten 388.

314. *ἀμφὶ — ἐχεύατο*, sie schlang — um, vgl. Od. π, 214 *ἀμφιχυθεὶς πατέρ' ἐσθλόν*. Il. β, 41.

315. *πρόσθε δέ οἱ — ἐκάλυψεν* prägnant: breitete umhüllend vor ihm aus.

319. *οὐδ' υἱὸς Κ.* wie δ, 127 *οὐδὲ σέθεν, Μενέλαε.* — *συνθεσιάων τάων.* Wegen der Stellung und Kraft des Pronomens vgl. Od. β, 119 *παλαιῶν τάων αἳ πάρος ἦσαν*, unten 332.

323. *Αἰνείαο — ἵππους*, vgl. zu 263. Doch könnte der Accusativ *καλλ. ἵππους* auch zu *ἐπαΐξας* gezogen werden, wie μ, 308 *τεῖχος ἐπαΐξαι.*

326. *ὁμηλικίης*, vgl. zu Od. β, 158. *ὅτι — ᾔδη*, vgl. zu Od. τ, 248.

329. *Τυδείδην μέθεπε κρ. ἵππους.* Eine nur hier vorkommende Construction, *μεθέπω* mit doppeltem Accusativ. Vgl. π, 724. 732. *Πατρόκλῳ ἔφεπε κρατερών. ἵππους.*

ἐμμεμαώς. ὁ δὲ Κύπριν ἐπῴχετο νηλέι χαλκῷ,
γιγνώσκων ὅτ' ἄναλκις ἔην θεός, οὐδὲ θεάων
τάων αἵ τ' ἀνδρῶν πόλεμον κάτα κοιρανέουσιν,
οὔτ' ἄρ' Ἀθηναίη οὔτε πτολίπορθος Ἐνυώ.
ἀλλ' ὅτε δή ῥ' ἐκίχανε πολὺν καθ' ὅμιλον ὀπάζων,
ἔνθ' ἐπορεξάμενος μεγαθύμου Τυδέος υἱός
ἄκρην οὔτασε χεῖρα μετάλμενος ὀξέι δουρί
ἀβληχρήν· εἶθαρ δὲ δόρυ χροὸς ἀντετόρησεν
ἀμβροσίου διὰ πέπλου, ὅν οἱ χάριτες κάμον αὐταί,
πρυμνὸν ὕπερ θέναρος. ῥέε δ' ἄμβροτον αἷμα θεοῖο,
ἰχώρ, οἷός πέρ τε ῥέει μακάρεσσι θεοῖσιν·
οὐ γὰρ σῖτον ἔδουσ', οὐ πίνουσ' αἴθοπα οἶνον·
τοὔνεκ' ἀναίμονές εἰσι καὶ ἀθάνατοι καλέονται.
ἡ δὲ μέγα ἰάχουσα ἀπὸ ἕο κάββαλεν υἱόν.
καὶ τὸν μὲν μετὰ χερσὶν ἐρύσσατο Φοῖβος Ἀπόλλων
κυανέῃ νεφέλῃ, μή τις Δαναῶν ταχυπώλων
χαλκὸν ἐνὶ στήθεσσι βαλὼν ἐκ θυμὸν ἕλοιτο·
τῇ δ' ἐπὶ μακρὸν ἄυσε βοὴν ἀγαθὸς Διομήδης
„εἶκε, Διὸς θύγατερ, πολέμου καὶ δηιοτῆτος.
ἦ οὐχ ἅλις ὅττι γυναῖκας ἀνάλκιδας ἠπεροπεύεις;
εἰ δὲ σύ γ' ἐς πόλεμον πωλήσεαι, ἦ τέ σ' ὀίω
ῥιγήσειν πόλεμόν γε, καὶ εἴ χ' ἑτέρωθι πύθηαι."

330. *Κύπριν.* Diese Benennung der Aphrodite kommt in diesem Buche ziemlich oft vor (422. 458. 760. 883), sonst aber nirgends bei Homer (ausser den Hymnen). Ebenso wird die sonst mehrmals (z. B. λ, 21) genannte Insel *Κύπρος* nur in der Episode Od. ϑ, 362f. als ein besonderer Sitz des Aphroditecultus bezeichnet.

332. *αἵ τε* verallgemeinernd: welche immer, welche etwa, vgl. 340 *οἷός πέρ τε.*

333. *πτολίπορθος Ἐνυώ,* vgl. 592 *πότνι' Ἐνυώ,* wo sie als Begleiterin des Ares erscheint. Die Beiwörter zeigen, dass sie als wirkliche Göttin gedacht wird, etwa als weibliches Gegenbild des Ares, der daher auch von ihr den Beinamen *Ἐνυάλιος* (β, 651) hat.

334. *ἐκίχανε,* erg. *Κύπριν.*

336f. *χεῖρα ἀβληχρήν,* Gegensatz von *χεὶρ παχεῖα* (309).

337. *χροὸς ἀντετόρησεν,* drang in die Haut ein, bohrte von vorn durch dieselbe.

339f. *πρυμνὸν ὕπερ θέναρος,* über dem (hintern) Ende der (flachen) Hand. *θέναρ· τὸ κοῖλον τῆς χειρὸς καὶ τοῦ ποδός. ἰχὼρ* nur hier und 416.

350. *εἰ δὲ σὺ – πωλήσεαι,* d. h. wenn du künftig den Kriegskampf besuchen, regelmässig und gewöhnlich in Schlachten kommen willst.

351. *καὶ εἴ χ' ἑτ. πύθηαι,* auch wenn du auf der anderen Seite, nur

ὣς ἔφαθ', ἡ δ' ἀλύουσ' ἀπεβήσετο, τείρετο δ' αἰνῶς.
τὴν μὲν ἄρ' Ἶρις ἑλοῦσα ποδήνεμος ἔξαγ' ὁμίλου
ἀχθομένην ὀδύνῃσι· μελαίνετο δὲ χρόα καλόν.
εὗρεν ἔπειτα μάχης ἐπ' ἀριστερὰ θοῦρον Ἄρηα
ἥμενον· ἠέρι δ' ἔγχος ἐκέκλιτο καὶ ταχέ' ἵππω.
ἡ δὲ γνὺξ ἐριποῦσα κασιγνήτοιο φίλοιο
πολλὰ λισσομένη χρυσάμπυκας ᾔτεεν ἵππους.
„φίλε κασίγνητε, κόμισαί τέ με δός τέ μοι ἵππους,
ὄφρ' ἐς Ὄλυμπον ἵκωμαι, ἵν' ἀθανάτων ἕδος ἐστίν.
λίην ἄχθομαι ἕλκος, ὅ με βροτὸς οὔτασεν ἀνήρ
Τυδείδης, ὃς νῦν γε καὶ ἂν Διὶ πατρὶ μάχοιτο."
ὣς φάτο, τῇ δ' ἄρ' Ἄρης δῶκε χρυσάμπυκας ἵππους.
ἡ δ' ἐς δίφρον ἔβαινεν ἀκηχεμένη φίλον ἦτορ.
πὰρ δέ οἱ Ἶρις ἔβαινε καὶ ἡνία λάζετο χερσίν,
μάστιξεν δ' ἐλάαν· τὼ δ' οὐκ ἄκοντε πετέσθην.
αἶψα δ' ἔπειθ' ἵκοντο θεῶν ἕδος, αἰπὺν Ὄλυμπον.
ἔνθ' ἵππους ἔστησε ποδήνεμος ὠκέα Ἶρις
λύσασ' ἐξ ὀχέων, παρὰ δ' ἀμβρόσιον βάλεν εἶδαρ·
ἡ δ' ἐν γούνασι πῖπτε Διώνης δῖ' Ἀφροδίτη,
μητρὸς ἑῆς. ἡ δ' ἀγκὰς ἐλάζετο θυγατέρα ἥν,

in der Ferne, davon hörest; der blosse Name des Kriegs wird dich schon mit Grauen erfüllen.

352. *ἀλύουσα*, verwirrt und betäubt, besinnungslos.

356. *ἠέρι δ' ἔγχος ἐκέκλιτο*, in Nebel gehüllt lag seine Lanze, vgl. *κ*, 471 f. *ἔντεα δέ σφιν – χθονὶ κέκλιτο*. — *ταχέ' ἵππω* ist durch ein Zeugma beigefügt, vgl. *γ*, 327.

357. *κασιγνήτοιο φίλοιο* hängt von *ᾔτεεν* ab, wie man sonst sagt *αἰτεῖν τι παρά τινος*, oder dann von *ἵππους*, auf keinen Fall von *γνύξ*.

358. *πολλὰ λισσομένη* = *φ*, 368 *πολλὰ λισσόμενος*. *χ*, 91 *πολλὰ λισσομένω*. Vgl. zu Od. *ω*, 299 *ποῦ δὲ νηῦς ἕστηκε*. — *χρυσάμπυκας*, Beiwort der Rosse des Ares und der Hera (720), von *ἄμπυξ*, das Stirnband (entweder ein Riemen oder ein metallener Halbreif), das vom *παρήιον* der einen Seite (*δ*, 142) bis zu dem der andern geht. Zu bemerken ist übrigens, dass oben 29–36 Wagen und Rosse des Ares gar nicht erwähnt sind und nicht einmal gut gedacht werden können.

365. *πὰρ δέ οἱ – ἔβαινε* als *ἡνίοχος*, wie Her. 7, 40 a. E. *παραβεβήκεε δέ οἱ ἡνίοχος κτέ.*

370. *ἐν γούνασι πῖπτε*, sie warf sich oder sank in den Schooss; denn ohne Zweifel sass Dione. — *Διώνη*, von *Διός* gebildet, scheint auch dem Wesen nach eigentlich nur eine Nebengestalt der Hera und mit ihr identisch zu sein, = *Juno* von *Jovis*; allmählich wurde sie aber von ihr ganz verdrängt. Bei Homer

χειρί τέ μιν κατέρεξεν, ἔπος τ' ἔφατ', ἔκ τ' ὀνόμαζεν.
„τίς νύ σε τοιάδ' ἔρεξε, φίλον τέκος, Οὐρανιώνων
μαψιδίως, ὡς εἴ τι κακὸν ῥέζουσαν ἐνωπῇ;“
τὴν δ' ἠμείβετ' ἔπειτα φιλομμειδὴς Ἀφροδίτη
„οὖτά με Τυδέος υἱὸς ὑπέρθυμος Διομήδης,
οὕνεκ' ἐγὼ φίλον υἱὸν ὑπεξέφερον πολέμοιο
Αἰνείαν, ὃς ἐμοὶ πάντων πολὺ φίλτατός ἐστιν.
οὐ γὰρ ἔτι Τρώων καὶ Ἀχαιῶν φύλοπις αἰνή,
ἀλλ' ἤδη Δαναοί γε καὶ ἀθανάτοισι μάχονται.“
τὴν δ' ἠμείβετ' ἔπειτα Διώνη δῖα θεάων
„τέτλαθι, τέκνον ἐμόν, καὶ ἀνάσχεο κηδομένη περ·
πολλοὶ γὰρ δὴ τλῆμεν Ὀλύμπια δώματ' ἔχοντες
ἐξ ἀνδρῶν, χαλέπ' ἄλγε' ἐπ' ἀλλήλοισι τιθέντες.
τλῆ μὲν Ἄρης, ὅτε μιν Ὦτος κρατερός τ' Ἐφιάλτης,
παῖδες Ἀλωῆος, δῆσαν κρατερῷ ἐνὶ δεσμῷ·
χαλκέῳ δ' ἐν κεράμῳ δέδετο τρισκαίδεκα μῆνας.
καί νύ κεν ἔνθ' ἀπόλοιτο Ἄρης ἆτος πολέμοιο,
εἰ μὴ μητρυιὴ περικαλλὴς Ἠερίβοια
Ἑρμέᾳ ἐξήγγειλεν· ὁ δ' ἐξέκλεψεν Ἄρηα

kommt sie nur hier vor.

373. *τίς — Οὐρανιώνων* = φ, 509 (von der Artemis).

374. *ἐνωπῇ*, im Antlitz d. i. vor Aller Augen, *coram*, also ganz ungescheut und frech.

384. *χαλέπ' ἄλγε' ἐπ' ἀλλήλοισι τιθέντες*, indem wir (Götter) — um der Menschen willen und durch dieselben — einander schwere Leiden bereiten und aufbürden: wie im gegenwärtigen Falle nach 405 Athene es ist, die den Diomedes gegen Aphrodite aufgestiftet hat. In demselben Sinne klagt unten auch Ares 873–884.

385 ff. *τλῆ μὲν Ἄρης.* Um die Aphrodite zu beruhigen, erinnert Dione an mehrere Beispiele von Göttern, die durch Sterbliche misshandelt und dem Untergange nahe gebracht wurden: Ares, Hera, Aides. Der Mythos von Ares und den Aloiden ist allegorischer Art, über dessen theilweise Deutung vgl. zu Od. λ, 305 und Preller Mythol. 2 Ausg. I S. 79. Die Förderer des Landbaues sind natürliche Feinde des Krieges, darum legen sie den Kriegsgott in Fesseln (in ein ehernes Fass), und er blieb dreizehn Monate gefesselt, weil es ein volles Jahr braucht, bis die Erzeugnisse des Landbaues gereift und eingesammelt sind.

389. *μητρυιὴ* d. h. die Stiefmutter der Aloiden (die Mutter heisst *Ἰφιμέδεια*, Od. λ, 305), die ihnen als Stiefsöhnen feindselig war.

390. *Ἑρμέᾳ*, als dem gewandten, Alles vermittelnden und aus allen Verlegenheiten helfenden Diener der Götter.

ἤδη τειρόμενον, χαλεπὸς δέ ἑ δεσμὸς ἐδάμνα.
τλῆ δ' Ἥρη, ὅτε μιν κρατερὸς παῖς Ἀμφιτρύωνος
δεξιτερὸν κατὰ μαζὸν ὀιστῷ τριγλώχινι
βεβλήκει· τότε καί μιν ἀνήκεστον λάβεν ἄλγος.
τλῆ δ' Ἀίδης ἐν τοῖσι πελώριος ὠκὺν ὀιστόν,
εὖτέ μιν ωὑτὸς ἀνήρ, υἱὸς Διὸς αἰγιόχοιο,
ἐν Πύλῳ ἐν νεκύεσσι βαλὼν ὀδύνῃσιν ἔδωκεν.
αὐτὰρ ὁ βῆ πρὸς δῶμα Διὸς καὶ μακρὸν Ὄλυμπον
κῆρ ἀχέων, ὀδύνῃσι πεπαρμένος· αὐτὰρ ὀιστός
ὤμῳ ἔνι στιβαρῷ ἠλήλατο, κῆδε δὲ θυμόν.
τῷ δ' ἐπὶ Παιήων ὀδυνήφατα φάρμακα πάσσων
ἠκέσατ'· οὐ μὲν γάρ τι καταθνητός γ' ἐτέτυκτο.

392. *τλῆ δ' Ἥρη*. Diess scheint auf denselben Vorfall zu gehen, wie das Folgende 395 – 402, nämlich den Kampf des Herakles gegen Pylos, wobei viele Götter und darunter auch Hera und Aides dem Neleus zu Hülfe kamen (Apollod. Biblioth. 2, 7, 3), und nach Hesiod. Scut. Herc. 359–367 selbst Ares von Herakles dem Untergange nahe gebracht wurde. *κρατερὸς παῖς Ἀμφιτρ.* = Od. λ, 270 *Ἀμφιτρύωνος υἱὸς μένος αἰὲν ἀτειρής*.

395. *τλῆ δ' Ἀίδης ἐν τοῖσι*. Die Formel *ἐν τοῖσι* „unter diesen" weist auf die vorher genannten und angedeuteten (383 *πολλοὶ*) Götter zurück, die auch von Sterblichen leiden mussten. Vgl. Od. χ, 217 *ἐν δὲ σὺ τοῖσιν ἔπειτα πεφήσεαι*.

396. *ωὑτὸς* bei Homer nur hier vorkommende Krasis = *ὤριστος* λ, 288 und π, 521.

397. *ἐν Πύλῳ* scheint demnach hier nicht anders zu nehmen, als λ, 689. Aristarch aber schreibt *ἐν πύλῳ* von dem sonst nie vorkommenden *πύλος*, das Thor, und versteht das Thor des Aides oder die Unterwelt selbst, *εὐρυπυλὲς Ἄιδος δῶ* (Od. λ, 571), *πύλας Ἀΐδαο* (Iliad. ψ, 71). Vgl. Preller Mythol. 2 Ausg. I S. 629. — *ἐν νεκύεσσι βαλών*, eigentlich ihn unter die Todten, die Gefallenen hinwerfend, stürzend, d. h. ihn für todt liegen lassend; vgl. 886 *ἐν αἰνῇσιν νεκάδεσσιν*. Die Vorstellung, dass der Gott des Todes oder der Unterwelt von Sterblichen im Kampfe verwundet, ja sogar erlegt worden sei, findet sich in verschiedener Einkleidung bei Homer, z. B. λ, 490 f., wo die vier Namen *Πάνδοχος*, *Λύσανδρος*, *Πύρασος* und *Πυλάρτης* (vgl. ϑ, 367) wohl nichts anderes als Eigenschaften und Epitheta des Gottes der Unterwelt bezeichnen.

398. *αὐτὰρ ὁ βῆ*. Denn er gehört doch zur grossen Götterfamilie und die andern Götter können ihn nicht als den Ihrigen verleugnen (402 *οὐ μὲν γάρ τι καταθνητός γ' ἐτέτυκτο*), sie müssen ihm beistehen. Darum kann er auch mit Recht und übereinstimmend mit ο, 193 *γαῖα δ' ἔτι ξυνὴ πάντων καὶ μακρὸς Ὄλυμπος* — unten 404 den Olympischen Göttern beigezählt werden; er heisst ja auch ι, 457 *Ζεὺς καταχθόνιος*.

401. *Παιήων* = 899 f. Sonst kommt dieser Name des Götterarztes nur noch Od. δ, 232 vor, wo die Anmerkung zu vergleichen.

σχέτλιος, ὀβριμοεργός, ὃς οὐκ ὄθετ' αἴσυλα ῥέζων,
ὃς τόξοισιν ἔκηδε θεούς, οἳ Ὄλυμπον ἔχουσιν.
σοὶ δ' ἐπὶ τοῦτον ἀνῆκε θεὰ γλαυκῶπις Ἀθήνη.
νήπιος, οὐδὲ τὸ οἶδε κατὰ φρένα Τυδέος υἱός,
ὅττι μάλ' οὐ δηναιὸς ὃς ἀθανάτοισι μάχηται,
οὐδέ τί μιν παῖδες ποτὶ γούνασι παππάζουσιν
ἐλθόντ' ἐκ πολέμοιο καὶ αἰνῆς δηιοτῆτος.
τῷ νῦν Τυδείδης, εἰ καὶ μάλα καρτερός ἐστιν,
φραζέσθω μή τίς οἱ ἀμείνων σεῖο μάχηται,
μὴ δὴν Αἰγιάλεια περίφρων Ἀδρηστίνη
ἐξ ὕπνου γοόωσα φίλους οἰκῆας ἐγείρῃ,
κουρίδιον ποθέουσα πόσιν, τὸν ἄριστον Ἀχαιῶν,
ἰφθίμη ἄλοχος Διομήδεος ἱπποδάμοιο."
ἦ ῥα, καὶ ἀμφοτέρῃσιν ἀπ' ἰχῶ χειρὸς ὀμόργνυ·
ἄλθετο χείρ, ὀδύναι δὲ κατηπιόωντο βαρεῖαι.
αἱ δ' αὖτ' εἰσορόωσαι Ἀθηναίη τε καὶ Ἥρη
κερτομίοις ἐπέεσσι Δία Κρονίδην ἐρέθιζον.

403. *σχέτλιος, ὀβριμοεργός.* Ein Ausruf in Beziehung auf Herakles (wie *α*, 231 *δημοβόρος βασιλεύς*), der in einem Heraklesliede ganz an seinem Platze, für den Zweck der Dione aber eine, wenn auch kurze, Abschweifung ist. Uebrigens zeigt diese Stelle einen ähnlichen leidenschaftlichen Affect, wie ein Theil der auf Herakles bezüglichen Verse Od. *λ*, 605–614.

405. *ἐπὶ* scheint mit *ἀνῆκε* verbunden werden zu müssen, gleichsam: dir hat diesen angehetzt, gegen dich hat diesen aufgehetzt.

407. *ὅττι μάλ' οὐ δηναιός.* Derselbe Gedanke wie *ζ*, 130f., wo statt des nur hier vorkommenden Adjectivs *δηναιὸς* das Adverbium steht, *δὴν ἦν.*

408. *ποτὶ γούνασι*, bei den Knieen, indem sie begrüssend seine Kniee umfassen. *παππάζουσιν*, wie Nausikaa Od. *ζ*, 57 ihren Vater *πάππα φίλ'* anredet.

411. *μή τις – ἀμείνων*, nämlich einer von den andern Göttern.

412. *δήν*, lange, weil sie dann seine Heimkehr vergeblich erwartet. *περίφρων* gehört näher zu *Ἀδρηστίνη* als zu *Αἰγιάλεια*, wie 813 *δαΐφρονος* zu *Οἰνείδαο.* Vgl. *λ*, 490. 563. 591. *Ἀδρηστίνη*, die Tochter des Adrastos, wie bei Hesiodus *Ὠκεανίνη* die Tochter des Okeanos, vgl. *ξ*, 319 *Δανάης – Ἀκρισιώνης.* Diomedes war also der Schwager seines Vaters Tydeus und hatte seine Mutterschwester zur Ehe (*ξ*, 121). — *οἰκῆας* s. v. a. *οἰκείους*, wie *ζ*, 366; in der Odyssee = *οἰκέτης* (*δ*, 245. *ξ*, 4, 63. *π*, 303.

414. *τὸν ἄριστον Ἀχαιῶν* aus der Seele der Aigialeia.

416. *ἀπ' ἰχῶ χειρὸς ὀμόργνυ*, wie Od. *λ*, 529 *παρειῶν δάκρυ ὀμορξάμενον* = Iliad. *σ*, 123.

417. *ἄλθετο χείρ.* Die leichte Wunde ward durch die blosse Berührung der Dione sogleich heil.

419. *κερτομίοις ἐπέεσσι* als Er-

τοῖσι δὲ μύθων ἦρχε θεὰ γλαυκῶπις Ἀθήνη.
„Ζεῦ πάτερ, ἦ ῥά τί μοι κεχολώσεαι ὅ ττί κεν εἴπω;
ἦ μάλα δή τινα Κύπρις Ἀχαιιάδων ἀνιεῖσα
Τρωσὶν ἅμα σπέσθαι, τοὺς νῦν ἔκπαγλ' ἐφίλησεν,
τῶν τινα καρρέζουσα Ἀχαιιάδων εὐπέπλων
πρὸς χρυσέῃ περόνῃ καταμύξατο χεῖρα ἀραιήν.“
ὣς φάτο, μείδησεν δὲ πατὴρ ἀνδρῶν τε θεῶν τε,
καί ῥα καλεσσάμενος προσέφη χρυσέην Ἀφροδίτην
„οὔ τοι, τέκνον ἐμόν, δέδοται πολεμήια ἔργα,
ἀλλὰ σύ γ' ἱμερόεντα μετέρχεο ἔργα γάμοιο·
ταῦτα δ' Ἄρηι θοῷ καὶ Ἀθήνῃ πάντα μελήσει.“
ὣς οἱ μὲν τοιαῦτα πρὸς ἀλλήλους ἀγόρευον,
Αἰνείᾳ δ' ἐπόρουσε βοὴν ἀγαθὸς Διομήδης,
γιγνώσκων ὅ οἱ αὐτὸς ὑπείρεχε χεῖρας Ἀπόλλων.
ἀλλ' ὅ γ' ἄρ' οὐδὲ θεὸν μέγαν ἅζετο, ἵετο δ' αἰεί
Αἰνείαν κτεῖναι καὶ ἀπὸ κλυτὰ τεύχεα δῦσαι.
τρὶς μὲν ἔπειτ' ἐπόρουσε κατακτάμεναι μενεαίνων,
τρὶς δέ οἱ ἐστυφέλιξε φαεινὴν ἀσπίδ' Ἀπόλλων.
ἀλλ' ὅτε δὴ τὸ τέταρτον ἐπέσσυτο δαίμονι ἶσος,
δεινὰ δ' ὁμοκλήσας προσέφη ἑκάεργος Ἀπόλλων

wiederung auf die spöttische Vergleichung des Zeus δ, 7–12.

420. τοῖσι δὲ – ἦρχε, unter ihnen begann, vgl. zu Od. ε, 202.

421. ἦ ῥά τι – κεχολώσεαι, vgl. Od. α, 158 ἦ καί μοι νεμεσήσεαι κτέ.

422. ἦ μάλα δὴ ironisch wie φ, 55.

423. Τρωσὶν ἅμα σπέσθαι nach dem Beispiele der Helena.

424. τῶν τινα Wiederaufnahme von τινὰ Ἀχαιιάδων 422. Das folgende Ἀχαιιάδων εὐπέπλων ist ausschmückende Epexegese zu τῶν. καρρέζουσα, um sie zum Mitgehen zu bewegen. Die ganze Stelle ahmt die zwanglose Nachlässigkeit der Umgangssprache nach.

426. ὣς φάτο. Dass Here nichts beifügt, ist sehr natürlich; Athene hatte in beider Namen gesprochen. Umgekehrt war δ, 22 die letztere stumm geblieben.

434. οὐδὲ θεὸν – ἅζετο d. h. er vergriff sich zwar nicht an Apollon selbst, liess sich aber durch dessen Nähe auch nicht von fernern Angriffen auf Aeneas abhalten; handelte also der Vorschrift der Athene 130f. doch nicht entgegen.

437. οἱ ἐστυφέλιξε φαεινὴν ἀσπίδα, er gab ihm einen kräftigen Stoss auf den Schild und trieb ihn dadurch zurück. Vgl. π, 774 χερμάδια μεγάλ' ἀσπίδας ἐστυφέλιξαν.

439. δεινὰ δ' ὁμοκλήσας. Hier ist δὲ nicht viel schwächer als δὴ oder δὴ τότε (454). Vgl. das Verhältniss von μὴν und μέν.

„φράζεο, Τυδείδη, καὶ χάζεο, μηδὲ θεοῖσιν
ἶσ᾽ ἔθελε φρονέειν, ἐπεὶ οὔ ποτε φῦλον ὁμοῖον
ἀθανάτων τε θεῶν χαμαὶ ἐρχομένων τ᾽ ἀνθρώπων.“
ὣς φάτο, Τυδείδης δ᾽ ἀνεχάζετο τυτθὸν ὀπίσσω,
μῆνιν ἀλευάμενος ἑκατηβόλου Ἀπόλλωνος.
Αἰνείαν δ᾽ ἀπάτερθεν ὁμίλου θῆκεν Ἀπόλλων
Περγάμῳ εἰν ἱερῇ, ὅθι οἱ νηός γ᾽ ἐτέτυκτο.
ἦ τοι τὸν Λητώ τε καὶ Ἄρτεμις ἰοχέαιρα
ἐν μεγάλῳ ἀδύτῳ ἀκέοντό τε κύδαινόν τε·
αὐτὰρ ὁ εἴδωλον τεῦξ᾽ ἀργυρότοξος Ἀπόλλων
αὐτῷ τ᾽ Αἰνείᾳ ἴκελον καὶ τεύχεσι τοῖον,
ἀμφὶ δ᾽ ἄρ᾽ εἰδώλῳ Τρῶες καὶ δῖοι Ἀχαιοί
δῄουν ἀλλήλων ἀμφὶ στήθεσσι βοείας
ἀσπίδας εὐκύκλους λαισήιά τε πτερόεντα.
δὴ τότε θοῦρον Ἄρηα προσηύδα Φοῖβος Ἀπόλλων
„Ἆρες Ἄρες βροτολοιγέ, μιαιφόνε, τειχεσιπλῆτα,
οὐκ ἂν δὴ τόνδ᾽ ἄνδρα μάχης ἐρύσαιο μετελθών,
Τυδείδην, ὃς νῦν γε καὶ ἂν Διὶ πατρὶ μάχοιτο;
Κύπριδα μὲν πρῶτον σχεδὸν οὔτασε χεῖρ᾽ ἐπὶ καρπῷ,
αὐτὰρ ἔπειτ᾽ αὐτῷ μοι ἐπέσσυτο δαίμονι ἶσος.“
ὣς εἰπὼν αὐτὸς μὲν ἐφέζετο Περγάμῳ ἄκρῃ,

440. *φράζεο καὶ χάζεο.* Ohne Zweifel ein absichtliches Wortspiel.

441. *οὔ ποτε φῦλον ὁμοῖον*, vgl. zu α, 278f. — *χαμαὶ ἐρχόμενος* wie sonst *ἐπιχθόνιος*. Es bildet, wenn auch nicht zusammengeschrieben, doch Einen Begriff, daher *τε* nachsteht; vgl. ω, 250 *βοὴν ἀγαθόν τε Πολίτην*.

447. *Λητώ τε καὶ Ἄρτεμις* theilen gewöhnlich den Tempel mit Apollon. Vgl. zu Od. η, 81.

448. *ἀδύτῳ* = 512. Ausdruck und Begriff sind sonst dem Homer fremd. *κύδαινον*, sie verherrlichten ihn durch Herstellung und Erhöhung seiner Schönheit, vgl. 906 *κύδεϊ γαίων* (vom geheilten Ares).

450. *αὐτῷ* d. i. am Leibe, macht den Gegensatz zu *τεύχεσι*, wie α, 47 *αὐτοῦ κινηθέντος*. *τοῖον* = *Αἰνείᾳ ἴκελον*.

453. *λαισήια* nach den Scholien *σάκη κοῦφα καὶ ἐλαφρά*, woher auch die Bezeichnung *πτερόεντα*, wie es τ, 386 von den Waffen des Achilleus heisst *τῷ δ᾽ ἠΰτε πτερὰ γίγνετο*. Für die Ableitung von *λάσιος* = *δασύς* spricht Herodot 7, 91: (*Κίλικες*) – *λαισήια εἶχον ἀντ᾽ ἀσπίδων, ὠμοβοέης πεποιημένα*.

454. *δὴ τότε θοῦρον Ἄρηα.* So wurde die Vorsorge der Athene 29 – 35 wegen der Verwegenheit des Diomedes 434 wieder vereitelt.

456. *μάχης ἐρύσαιο*, aus der Schlacht hinwegziehn, auf die Seite bringen. So von einem Todten ρ, 161 *καί μιν ἐρυσαίμεθα χάρμης*.

460. *αὐτὸς μὲν ἐφέζετο.* Apollon selbst verlässt die Schlacht wie-

Τρῳὰς δὲ στίχας οὖλος Ἄρης ὤτρυνε μετελθών,
εἰδόμενος Ἀκάμαντι θοῷ ἡγήτορι Θρῃκῶν.
υἱάσι δὲ Πριάμοιο διοτρεφέεσσι κέλευεν
„ὦ υἱεῖς Πριάμοιο διοτρεφέος βασιλῆος,
ἐς τί ἔτι κτείνεσθαι ἐάσετε λαὸν Ἀχαιοῖς;
ἦ εἰς ὅ κεν ἀμφὶ πύλῃς εὐποιήτῃσι μάχωνται;
κεῖται ἀνὴρ ὃν τ' ἶσον ἐτίομεν Ἕκτορι δίῳ,
Αἰνείας υἱὸς μεγαλήτορος Ἀγχίσαο.
ἀλλ' ἄγετ' ἐκ φλοίσβοιο σαώσομεν ἐσθλὸν ἑταῖρον.“
ὣς εἰπὼν ὤτρυνε μένος καὶ θυμὸν ἑκάστου.
ἔνθ' αὖ Σαρπηδὼν μάλα νείκεσεν Ἕκτορα δῖον.
„Ἕκτορ, πῇ δή τοι μένος οἴχεται, ὃ πρὶν ἔχεσκες;
φῆς που ἄτερ λαῶν πόλιν ἑξέμεν ἠδ' ἐπικούρων
οἶος, σὺν γαμβροῖσι κασιγνήτοισί τε σοῖσιν.
τῶν νῦν οὔ τιν' ἐγὼ ἰδέειν δύναμ' οὐδὲ νοῆσαι,
ἀλλὰ καταπτώσσουσι, κύνες ὣς ἀμφὶ λέοντα·
ἡμεῖς δ' αὖ μαχόμεσθ', οἵ πέρ τ' ἐπίκουροι ἔνειμεν.
καὶ γὰρ ἐγὼν ἐπίκουρος ἐὼν μάλα τηλόθεν ἥκω·
τηλοῦ γὰρ Λυκίη, Ξάνθῳ ἔπι δινήεντι,
ἔνθ' ἄλοχόν τε φίλην ἔλιπον καὶ νήπιον υἱόν,
κὰδ δὲ κτήματα πολλά, τά τ' ἔλδεται ὅς κ' ἐπιδευής.

der, nachdem er das *εἴδωλον* des Aeneas dahin gebracht und den Ares zum Kampfe aufgefordert hat.

462. *Ἀκάμαντι* = *β*, 844. Nach *ζ*, 7 war er der tapferste der Thraker. Passend nimmt aber Ares die Gestalt eines Thrakers an, weil nach *ν*, 301 (Virg. Aen. 3, 35 vgl. mit 13) auch er selbst bei den Thrakern wohnt.

465. *κτείνεσθαι – Ἀχαιοῖς*, wie *δαμῆναι* mit dem Dativ, als Dativus commodi.

466. *ἦ εἰς ὅ κεν κτέ.*, vgl. *δ*, 247 *ἦ μένετε Τρῶας σχεδὸν ἐλθέμεν κτέ.* — Zu *εὐποιήτῃσι* vgl. *π*, 636 *εὐποιητάων* und Od. *γ*, 434 *εὐποίητόν τε πυράγρην*.

472. *πῇ δή τοι – οἴχεται*, vgl. *β*, 339.

473. *φῆς που*, du wähntest wohl, hofftest. Die folgenden Worte *πόλιν ἑξέμεν* enthalten eine unzweifelhafte Anspielung auf den Namen *Ἕκτωρ*, der Halter; vgl. *ω*, 730 *ῥύσκευ ἔχες δ' ἀλόχους* und *ζ*, 403, wo der Name seines Sohnes *Ἀστυάναξ* begründet wird durch den Satz *οἶος γὰρ ἐρύετο Ἴλιον Ἕκτωρ*.

477. *ἔνειμεν* = *ἐν ὑμῖν ἐσμεν*, *adsumus vobis*, gleichsam *ἐπιδημοῦμεν*, wir weilen unter euch.

481. *κὰδ δὲ κτήματα* = *κατέλιπον δέ*, vgl. zu *γ*, 268 *ἂν δ' Ὀδυσεύς*. — *τά τ' ἔλδεται ὅς κ' ἐπιδευής*, erg. *ᾖ*, die jeder sich wünscht, der sie nicht hat. Sarpedon will aber sagen, er brauche sie sich nicht erst zu wünschen, also auch nicht Gefahren und Kämpfe dafür zu bestehen.

ἀλλὰ καὶ ὧς Λυκίους ὀτρύνω, καὶ μέμον᾽ αὐτός
ἀνδρὶ μαχήσασθαι· ἀτὰρ οὔ τί μοι ἐνθάδε τοῖον
οἷόν κ᾽ ἠὲ φέροιεν Ἀχαιοὶ ἤ κεν ἄγοιεν.
τύνη δ᾽ ἕστηκας, ἀτὰρ οὐδ᾽ ἄλλοισι κελεύεις
λαοῖσιν μενέμεν καὶ ἀμυνέμεναι ὤρεσσιν.
μή πως, ὡς ἁψῖσι λίνου ἁλόντε πανάγρου,
ἀνδράσι δυσμενέεσσιν ἕλωρ καὶ κύρμα γένησθε·
οἱ δὲ τάχ᾽ ἐκπέρσουσ᾽ εὖ ναιομένην πόλιν ὑμήν.
σοὶ δὲ χρὴ τάδε πάντα μέλειν νύκτας τε καὶ ἦμαρ,
ἀρχοὺς λισσομένῳ τηλεκλειτῶν ἐπικούρων
νωλεμέως ἐχέμεν, κρατερὴν δ᾽ ἀποθέσθαι ἐνιπήν.“
ὣς φάτο Σαρπηδών, δάκε δὲ φρένας Ἕκτορι μῦθος.
αὐτίκα δ᾽ ἐξ ὀχέων σὺν τεύχεσιν ἆλτο χαμᾶζε,
πάλλων δ᾽ ὀξέα δοῦρα κατὰ στρατὸν ᾤχετο πάντῃ,
ὀτρύνων μαχέσασθαι, ἔγειρε δὲ φύλοπιν αἰνήν.
οἱ δ᾽ ἐλελίχθησαν καὶ ἐναντίοι ἔσταν Ἀχαιῶν.
Ἀργεῖοι δ᾽ ὑπέμειναν ἀολλέες οὐδ᾽ ἐφόβηθεν.
ὡς δ᾽ ἄνεμος ἄχνας φορέει ἱερὰς κατ᾽ ἀλωάς

482. *ἀλλὰ καὶ ὧς* d. h. obgleich Lykien so entfernt und meine Habe dort sicher genug ist.

483. *ἀτὰρ οὔ τί μοι.* Wiederholung des schon in 481 liegenden Gedankens; die Verbindung könnte auch durch *καί περ* vermittelt sein.

485. *ἀτὰρ οὐδ᾽ ἄλλοισι*, Steigerung des vorigen Satzes: ja nicht einmal Andere ermahnst du u. s. w.

487. *μή πως*, wenn ihr nur nicht, seht nur zu, dass ihr nicht. Der Dual *ἁλόντε* weist auf die beiden im Vorigen bezeichneten Theile, Hektor auf der einen, das Volk (*ἄλλοι λαοί*) auf der andern Seite; durch seine Unthätigkeit verschuldet Hektor den Untergang Beider (vgl. Od. *δ*, 339 *ἀμφοτέροισι δὲ τοῖσιν* und besonders Iliad. *ψ*, 413 *ἀποχηδήσαντε* vom Wagenlenker und seinen Rossen). Auch in den folgenden Versen werden beide Theile durch die Anrede zusammengefasst (*γένησθε – ὑμήν*); erst 490 wendet sich der Sprechende wieder an Hektor besonders.

491. *ἀρχοὺς λισσομένῳ.* Das Verhältniss der Bundesgenossen war also ein sehr loses und sie mussten mit grossem Glimpf behandelt werden (vgl. *ρ*, 154 f.).

492. *ἐχέμεν* = *ἀντέχειν*, Stand zu halten; vgl. *μ*, 433 mit der Anm. *ἀποθέσθαι* (*σε*) hängt wieder von *χρὴ* ab, während es logisch richtiger, parallel mit *λισσομένῳ* und den Gegensatz dazu bildend, im Participium stände.

499. *ὡς δ᾽ ἄνεμος.* Die Vergleichung bezieht sich nur auf die weisse Färbung der Achäer durch den Staub. — *ἄχνας* nur hier und 501 die Spreu; den eigentlichen Ausdruck für diesen Begriff, *ἄχυρον*, hat Homer nie, doch das davon abgeleitete *ἀχυρμιά*, Spreuhaufe, hier 502. — *ἱερὰς κατ᾽ ἀλωάς*, vgl. *λ*, 631 *ἀλφίτου ἱεροῦ*

ἀνδρῶν λικμώντων, ὅτε τε ξανθὴ Δημήτηρ
κρίνῃ ἐπειγομένων ἀνέμων καρπόν τε καὶ ἄχνας·
αἱ δ' ὑπολευκαίνονται ἀχυρμιαί· ὣς τότ' Ἀχαιοί
λευκοὶ ὕπερθε γένοντο κονισάλῳ, ὅν ῥα δι' αὐτῶν
οὐρανὸν ἐς πολύχαλκον ἐπέπληγον πόδες ἵππων,
ἂψ ἐπιμισγομένων· ὑπὸ δ' ἔστρεφον ἡνιοχῆες.
οἱ δὲ μένος χειρῶν ἰθὺς φέρον. ἀμφὶ δὲ νύκτα
θοῦρος Ἄρης ἐκάλυψε μάχῃ Τρώεσσιν ἀρήγων,
πάντοσ' ἐποιχόμενος· τοῦ δ' ἐκραίαινεν ἐφετμάς
Φοίβου Ἀπόλλωνος χρυσαόρου, ὅς μιν ἀνώγει
Τρωσὶν θυμὸν ἐγεῖραι, ἐπεὶ ἴδε Παλλάδ' Ἀθήνην
οἰχομένην· ἡ γάρ ῥα πέλεν Δαναοῖσιν ἀρηγών.
αὐτὸς δ' Αἰνείαν μάλα πίονος ἐξ ἀδύτοιο
ἧκε, καὶ ἐν στήθεσσι μένος βάλε ποιμένι λαῶν.
Αἰνείας δ' ἑτάροισι μεθίστατο· τοὶ δ' ἐχάρησαν,
ὡς εἶδον ζωόν τε καὶ ἀρτεμέα προσιόντα
καὶ μένος ἐσθλὸν ἔχοντα. μετάλλησάν γε μὲν οὔ τι·
οὐ γὰρ ἔα πόνος ἄλλος, ὃν ἀργυρότοξος ἔγειρεν
Ἄρης τε βροτολοιγὸς Ἔρις τ' ἄμοτον μεμαυῖα.

ἀκτήν, wegen der unmittelbaren Beziehung auf die Güte und Macht der Götter.

500. *λικμώντων*, vgl. *ν*, 590 *λικμητῆρος ἐρωῇ*. — *ξανθὴ* Beiwort der Demeter mit Rücksicht auf die weiss- und röthlichgelbe Farbe des reifen Getreides, Roggen, Hafer, Gerste, Weizen.

502. *αἱ δ' ὑπολ. ἀχυρμιαί*, dann, dort aber färben sich, sammeln sich weiss, vgl. zu Od. *ε*, 68 *ἡ δ' αὐτοῦ τετάνυστο κτέ*.

504. *πολύχαλκον*, vgl. zu Od. *γ*, 2.

505. *ἂψ ἐπιμισγομένων*, welche oder als sie (die Rosse der Troer) sich wieder unter sie (die Achäer) mischten, wieder in ihre Reihen eindrangen. Der Satz *ὑπὸ δ' ἔστρεφον ἡν.* könnte auch durch *γὰρ* angefügt sein: denn umkehrten die Lenker der (troischen) Wagen.

506. *οἱ δέ* näml. *ἐπιβάται*, im Gegensatz von *ἵππων*. Zu *μένος χειρῶν* vgl. *δ*, 447 *μένε' ἀνδρῶν* (*συνέβαλον*).

507. *μάχῃ – ἀρήγων* wie *α*, 521 *μάχῃ Τρώεσσιν ἀρήγειν*.

509. *χρυσαόρου*. Das heroische Zeitalter lieh auch seinen Göttern denselben Waffenschmuck, den die Helden trugen.

510. *ἐπεὶ ἴδε – οἰχομένην*. Der Moment hiervon ist nicht angegeben: doch zwischen 290 und 418 muss er gedacht werden.

514. *μεθίστατο*, er stellte sich unter sie, stand mit Einmal unter ihnen.

517f. *ἀργυρότοξος* hier für den Namen, wie in der Odyssee *γλαυκῶπις*, *ἠριγένεια*. *ἔγειρεν* nach 460 von der Burg aus. Zu *Ἄρης τε – ἔρις τε* vgl. *δ*, 439f.

τοὺς δ' Αἴαντε δύω καὶ Ὀδυσσεὺς καὶ Διομήδης
ὤτρυνον Δαναοὺς πολεμιζέμεν· οἱ δὲ καὶ αὐτοί
οὔτε βίας Τρώων ὑπεδείδισαν οὔτε ἰωκάς,
ἀλλ' ἔμενον νεφέλῃσιν ἐοικότες, ἅς τε Κρονίων
νηνεμίης ἔστησεν ἐπ' ἀκροπόλοισιν ὄρεσσιν
ἀτρέμας, ὄφρ' εὕδῃσι μένος Βορέαο καὶ ἄλλων
ζαχρηῶν ἀνέμων, οἵ τε νέφεα σκιόεντα
πνοιῇσιν λιγυρῇσι διασκιδνᾶσιν ἀέντες.
ὣς Δαναοὶ Τρῶας μένον ἔμπεδον οὐδ' ἐφέβοντο.
Ἀτρείδης δ' ἀν' ὅμιλον ἐφοίτα πολλὰ κελεύων.
„ὦ φίλοι, ἀνέρες ἔστε καὶ ἄλκιμον ἦτορ ἕλεσθε,
ἀλλήλους τ' αἰδεῖσθε κατὰ κρατερὰς ὑσμίνας.
αἰδομένων ἀνδρῶν πλέονες σόοι ἠὲ πέφανται·
φευγόντων δ' οὔτ' ἂρ κλέος ὄρνυται οὔτε τις ἀλκή."
ἦ, καὶ ἀκόντισε δουρὶ θοῶς, βάλε δὲ πρόμον ἄνδρα,
Αἰνείεω ἕταρον μεγαθύμου, Δηικόωντα
Περγασίδην, ὃν Τρῶες ὁμῶς Πριάμοιο τέκεσσιν
τῖον, ἐπεὶ θοὸς ἔσκε μετὰ πρώτοισι μάχεσθαι.
τόν ῥα κατ' ἀσπίδα δουρὶ βάλε κρείων Ἀγαμέμνων·
ἡ δ' οὐκ ἔγχος ἔρυτο, διαπρὸ δὲ εἴσατο χαλκός,
νειαίρῃ δ' ἐν γαστρὶ διὰ ζωστῆρος ἔλασσεν.
δούπησεν δὲ πεσών, ἀράβησε δὲ τεύχε' ἐπ' αὐτῷ.
ἔνθ' αὖτ' Αἰνείας Δαναῶν ἕλεν ἄνδρας ἀρίστους,

519. *τοὺς δέ*, jene aber, auf der andern Seite, wird durch *Δαναοὺς* erklärt. Man bemerke, wie Diomedes nach und nach und für Einmal in den Hintergrund tritt und nur seltener erscheint, als ob der Dichter auf den 794 eintretenden Fall vorbereiten wollte, wo jener, durch seine Wunde gedrückt, sich für einige Zeit ganz aus dem Kampfe zurückziehen muss.

522. *νεφέλῃσιν*, dergleichen in der Schweiz Stotzwolken, anderswo Schmarotzerwolken genannt werden.

523. *ἐπ' ἀκροπόλοισιν ὄρεσσιν*, vgl. zu Od. τ, 205.

529. *ἄλκιμον ἦτορ ἕλεσθε*, eine seltenere Ausdrucksweise, etwa wie wir sagen: sich ein Herz fassen.

531. *αἰδομένων ἀνδρῶν* von Männern, die sich vor einander scheuen, einer des andern gerechten Tadel meiden. *πέφανται* hat Präsensbedeutung.

539. *νειαίρῃ δ' ἐν γαστρί*. Die Form *νείαιρα* als Adjectiv ist ein unregelmässig gebildetes Femininum zu *νεαρός* (β 289 *παῖδες νεαροί*), also Positiv nach Analogie von *πίειρα*, *πρέσβειρα*, wird aber nur in örtlicher Bedeutung gebraucht für die untere, äussere, vgl. *νέατος*. Im Uebrigen vgl. zu 41 und ρ, 519.

υἷε Διοκλῆος Κρήθωνά τε Ὀρσίλοχόν τε,
τῶν ῥα πατὴρ μὲν ἔναιεν ἐυκτιμένῃ ἐνὶ Φηρῇ
ἀφνειὸς βιότοιο, γένος δ' ἦν ἐκ ποταμοῖο
Ἀλφειοῦ, ὅς τ' εὐρὺ ῥέει Πυλίων διὰ γαίης,
ὃς τέκετ' Ὀρσίλοχον πολέεσσ' ἄνδρεσσιν ἄνακτα·
Ὀρσίλοχος δ' ἄρ' ἔτικτε Διοκλῆα μεγάθυμον,
ἐκ δὲ Διοκλῆος διδυμάονε παῖδε γενέσθην,
Κρήθων Ὀρσίλοχός τε, μάχης εὖ εἰδότε πάσης.
τὼ μὲν ἄρ' ἡβήσαντε μελαινάων ἐπὶ νηῶν
Ἴλιον εἰς εὔπωλον ἅμ' Ἀργείοισιν ἑπέσθην,
τιμὴν Ἀτρείδῃς Ἀγαμέμνονι καὶ Μενελάῳ
ἀρνυμένω· τὼ δ' αὖθι τέλος θανάτοιο κάλυψεν.
οἵω τώ γε λέοντε δύω ὄρεος κορυφῇσιν
ἐτραφέτην ὑπὸ μητρὶ βαθείης τάρφεσιν ὕλης·
τὼ μὲν ἄρ' ἁρπάζοντε βόας καὶ ἴφια μῆλα
σταθμοὺς ἀνθρώπων κεραΐζετον, ὄφρα καὶ αὐτώ
ἀνδρῶν ἐν παλάμῃσι κατέκταθεν ὀξέι χαλκῷ·
τοίω τὼ χείρεσσιν ὑπ' Αἰνείαο δαμέντε
καππεσέτην, ἐλάτῃσιν ἐοικότες ὑψηλῇσιν.
  τὼ δὲ πεσόντ' ἐλέησεν ἀρηίφιλος Μενέλαος,
βῆ δὲ διὰ προμάχων κεκορυθμένος αἴθοπι χαλκῷ,
σείων ἐγχείην· τοῦ δ' ὤτρυνεν μένος Ἄρης,
τὰ φρονέων, ἵνα χερσὶν ὑπ' Αἰνείαο δαμείη.
τὸν δ' ἴδεν Ἀντίλοχος μεγαθύμου Νέστορος υἱός,
βῆ δὲ διὰ προμάχων· περὶ γὰρ δίε ποιμένι λαῶν,

542 f. *Διοκλῆος — Φηρῇ*, vgl. zu Od. γ, 488.

554. *οἵω τώ γε λέοντε δύω.* τὼ ist auch hier hinweisend: wie dort zwei Löwen, wie jene zwei Löwen. Der Vergleichungspunkt ist in dem Nebensatze 557 f. *ὄφρα — κατέκταθεν* enthalten, also in der parenthetischen Ausführung des Gleichnisses.

556. *ἴφια*, nur in dieser Form und Verbindung übliches Adjectiv, wozu Bekker als Singular das adverbiale *ἶφι* (also von *ἶφις*, vgl. ι, 667) zieht.

560. *ἐλάτῃσιν ἐοικότες* geht auf die Art des Niederstürzens.

563. *τοῦ δ' ὤτρυνεν — Ἄρης.* Ares regt (in berechnender Absicht zu schaden) auch den Gegner zum Kampfe an; noch mehr wirken seine Begleiter, *δεῖμος, φόβος, ἔρις* u. s. w., auf die feindliche Partei. Vgl. zu δ, 440.

566. *περὶ γὰρ δίε.* *περὶ* steht in doppelter Beziehung, theils als Verstärkung zu *δίε*, er war sehr besorgt (wie ρ, 666 = Od. χ, 96, in wel-

μή τι πάθοι, μέγα δέ σφας ἀποσφήλειε πόνοιο.
τὼ μὲν δὴ χεῖράς τε καὶ ἔγχεα ὀξυόεντα
ἀντίον ἀλλήλων ἐχέτην μεμαῶτε μάχεσθαι·
Ἀντίλοχος δὲ μάλ' ἄγχι παρίστατο ποιμένι λαῶν.
Αἰνείας δ' οὐ μεῖνε, θοός περ ἐὼν πολεμιστής,
ὡς εἶδεν δύο φῶτε παρ' ἀλλήλοισι μένοντε.
οἱ δ' ἐπεὶ οὖν νεκροὺς ἔρυσαν μετὰ λαὸν Ἀχαιῶν,
τὼ μὲν ἄρα δειλὼ βαλέτην ἐν χερσὶν ἑταίρων,
αὐτὼ δὲ στρεφθέντε μετὰ πρώτοισι μαχέσθην.
ἔνθα Πυλαιμένεα ἑλέτην ἀτάλαντον Ἄρηι,
ἀρχὸν Παφλαγόνων μεγαθύμων ἀσπιστάων.
τὸν μὲν ἄρ' Ἀτρείδης δουρικλειτὸς Μενέλαος
ἑσταότ' ἔγχεϊ νύξε, κατὰ κληῖδα τυχήσας·
Ἀντίλοχος δὲ Μύδωνα βάλ' ἡνίοχον θεράποντα,
ἐσθλὸν Ἀτυμνιάδην — ὁ δ' ὑπέστρεφε μώνυχας ἵππους —
χερμαδίῳ ἀγκῶνα τυχὼν μέσον· ἐκ δ' ἄρα χειρῶν
ἡνία λεύκ' ἐλέφαντι χαμαὶ πέσον ἐν κονίῃσιν.
Ἀντίλοχος δ' ἄρ' ἐπαΐξας ξίφει ἤλασε κόρσην·

chen Stellen kein Dativ darauf folgt), theils als Präposition zu *ποιμένι λαῶν*, da das einfache *δέδια* wohl nicht mit dem Dativ construirt wird (um den Hirten der Völker), wie λ, 508 *τῷ ῥα περίδδεισαν*.

567. *μέγα δέ σφας ἀποσφήλειε πόν.*, und er sie weit abirren liesse von der Arbeit, d. h. den Zweck des Kampfes ganz verfehlen liesse. Die verkürzte Form *σφὰς* aus *σφέας* findet sich bei Homer nur hier.

573. *οἱ δέ*, Menelaos und Antilochos, auf welche 575 *αὐτὼ* geht; *νεκροὺς* d. i. den Krethon und Orsilochos, die auch durch *τὼ δειλώ*, diese Armen, bezeichnet werden.

576. *Πυλαιμένεα ἑλέτην.* Da *ἑλεῖν* in diesem Zusammenhange nichts anderes bedeuten kann als tödten, erlegen (vgl. δ, 457. ε, 37): so findet unstreitig ein Widerspruch statt zwischen unserer Stelle und ν, 658, wo Pylaemenes noch lebend der Leiche seines Sohnes folgt. Doch ist das hier über Pylaemenes Gesagte auffallend kurz und wie absichtlich unvollendet. Zur Dehnung der Endsilbe in *Πυλαιμένεα*, die zugleich mit *ἑλέτην* einen Hiatus bildet, vgl. zu α, 45.

579. *ἑσταότα*, nämlich auf seinem Wagen, wie das Folgende zeigt.

580. *ἡνίοχον θεράποντα*, den Wagenlenker des Pylaemenes, also wohl auch einen Paphlagonier. Dagegen ist der nach π, 317 ebenfalls von Antilochos getödtete Atymnios nach dem Zusammenhang jener Stelle ein Lykier.

581. *ὁ δ' ὑπέστρεφε*, er wandte eben den Wagen, wollte entweichen.

582. *ἀγκῶνα – μέσον.* Der Accusativ hängt nicht als Object von *τυχὼν* ab, sondern drückt die Beziehung oder den Theil aus: „grad' an des Armes Gelenk". Vgl. 579 *κατὰ κληῖδα τυχήσας*.

αὐτὰρ ὅ γ' ἀσθμαίνων εὐεργέος ἔκπεσε δίφρου
κύμβαχος ἐν κονίῃσιν ἐπὶ βρεχμόν τε καὶ ὤμους.
δηθὰ μάλ' ἑστήκει — τύχε γάρ ῥ' ἀμάθοιο βαθείης —,
ὄφρ' ἵππω πλήξαντε χαμαὶ βάλον ἐν κονίῃσιν.
τοὺς δ' ἵμασ' Ἀντίλοχος, μετὰ δὲ στρατὸν ἤλασ' Ἀχαιῶν.
τοὺς δ' Ἕκτωρ ἐνόησε κατὰ στίχας, ὦρτο δ' ἐπ' αὐτούς
κεκληγώς· ἅμα δὲ Τρώων εἵποντο φάλαγγες
καρτεραί. ἦρχε δ' ἄρα σφιν Ἄρης καὶ πότνι' Ἐνυώ,
ἡ μὲν ἔχουσα κυδοιμὸν ἀναιδέα δηιοτῆτος·
Ἄρης δ' ἐν παλάμῃσι πελώριον ἔγχος ἐνώμα,
φοίτα δ' ἄλλοτε μὲν πρόσθ' Ἕκτορος ἄλλοτ' ὄπισθεν.
τὸν δὲ ἰδὼν ῥίγησε βοὴν ἀγαθὸς Διομήδης.
ὡς δ' ὅτ' ἀνὴρ ἀπάλαμνος, ἰὼν πολέος πεδίοιο,
στήῃ ἐπ' ὠκυρόῳ ποταμῷ ἅλαδε προρέοντι,
ἀφρῷ μορμύροντα ἰδών, ἀνά τ' ἔδραμ' ὀπίσσω,
ὣς τότε Τυδείδης ἀνεχάζετο, εἶπέ τε λαῷ
„ὦ φίλοι, οἷον δὴ θαυμάζομεν Ἕκτορα δῖον

585. *αὐτὰρ — δίφρου* = *ν*, 399, wie denn jene ganze Stelle 394–401 eine ähnliche, nur weniger ins Unglaubliche ausgemalte Heldenthat des Antilochos meldet.

587. *δηθὰ μάλ' ἑστήκει*, er stand noch recht lange, noch eine Weile. *δηθὰ* bezeichnet nur eine relative Zeitlänge, im Verhältniss zu der höchst auffallenden und ungewöhnlichen Stellung. Da er übrigens zwischen Wagen und Pferde fiel und die Füsse, während die Pferde momentan stillstanden, sich an den Vordertheil des Wagens anlehnen konnten, so ist die Sache nicht undenkbar. *τύχε — βαθείης*, denn er hatte tiefen Sand getroffen, war gerade auf sandigen Boden gefallen.

588. *πλήξαντε*, an ihn anstossend, näml. als sie wieder zu laufen begannen.

592. *ἦρχε δ' ἄρα — Ἄρης*, im unmittelbaren Begleite des Hektor und selbst in Gestalt eines Sterblichen, vgl. 595. 603 f.

593. *ἔχουσα κυδοιμόν*. *κυδοιμός*, der Dämon des Kriegsgetümmels in sichtbarer Erscheinung, vgl. zu *δ*, 440. Unten *σ*, 535 w a n d e l t er gleich der *ἔρις* und *κήρ* zwischen den Kämpfenden in der Schlacht umher, hier begleitet er die Kriegsgöttin Enyo (333), doch, wie es scheint, mehr i n ihr und a n ihr, als n e b e n ihr.

596. *τὸν δὲ ἰδών*, nämlich den Ares, den er in der Umgebung des Hektor erkannte, da Athene ihm (127) die Augen geöffnet hatte. *ῥίγησε*, denn er weiss, dass er sich jetzt zurückziehen muss; daher der Befehl 605 f.

601. *οἷον δὴ θαυμάζομεν*, d. h. warum mögen wir ihn doch so bewundern. In Diomedes regt sich auch Neid über den Ruhm des Hektor.

αἰχμητήν τ' ἔμεναι καὶ θαρσαλέον πολεμιστήν.
τῷ δ' αἰεὶ πάρα εἷς γε θεῶν, ὃς λοιγὸν ἀμύνει·
καὶ νῦν οἱ πάρα κεῖνος Ἄρης βροτῷ ἀνδρὶ ἐοικώς.
ἀλλὰ πρὸς Τρῶας τετραμμένοι αἰὲν ὀπίσσω
εἴκετε, μηδὲ θεοῖς μενεαινέμεν ἶφι μάχεσθαι."
ὣς ἄρ' ἔφη, Τρῶες δὲ μάλα σχεδὸν ἤλυθον αὐτῶν.
ἔνθ' Ἕκτωρ δύο φῶτε κατέκτανεν εἰδότε χάρμης
εἰν ἑνὶ δίφρῳ ἐόντε, Μενέσθην Ἀγχίαλόν τε.
τὼ δὲ πεσόντ' ἐλέησε μέγας Τελαμώνιος Αἴας,
στῆ δὲ μάλ' ἐγγὺς ἰών, καὶ ἀκόντισε δουρὶ φαεινῷ,
καὶ βάλεν Ἄμφιον Σελάγου υἱόν, ὅς ῥ' ἐνὶ Παισῷ
ναῖε πολυκτήμων πολυλήιος· ἀλλά ἑ μοῖρα
ἦγ' ἐπικουρήσοντα μετὰ Πρίαμόν τε καὶ υἷας.
τόν ῥα κατὰ ζωστῆρα βάλεν Τελαμώνιος Αἴας,
νειαίρῃ δ' ἐν γαστρὶ πάγη δολιχόσκιον ἔγχος,
δούπησεν δὲ πεσών. ὁ δ' ἐπέδραμε φαίδιμος Αἴας
τεύχεα συλήσων· Τρῶες δ' ἐπὶ δούρατ' ἔχευαν
ὀξέα παμφανόωντα· σάκος δ' ἀνεδέξατο πολλά.
αὐτὰρ ὁ λὰξ προσβὰς ἐκ νεκροῦ χάλκεον ἔγχος
ἐσπάσατ'· οὐδ' ἄρ' ἔτ' ἄλλα δυνήσατο τεύχεα καλά
ὤμοιιν ἀφελέσθαι· ἐπείγετο γὰρ βελέεσσιν.
δεῖσε δ' ὅ γ' ἀμφίβασιν κρατερὴν Τρώων ἀγερώχων,
οἳ πολλοί τε καὶ ἐσθλοὶ ἐφέστασαν ἔγχε' ἔχοντες,

604. *καὶ νῦν – κεῖνος Ἄρης*, auch jetzt steht Ares dort bei ihm, vgl. *γ*, 391.

605. *πρὸς Τρῶας τετρ.* — *εἴκετε* d. i. *ἐπὶ πόδα ἀναχωρεῖτε*, *gradum* oder *pedem referte*.

609. *Μενέσθην Ἀγχίαλόν τε*, zwei nur hier vorkommende Personen, der erstere zu unterscheiden von *Μενεσθεὺς* dem Athener (*β*, 552) und *Μενέσθιος*, der andere von zwei gleichnamigen Helden der Odyssee.

612. *Ἄμφιον – Παισῷ*. Vgl. *β*, 830, wo ein *Ἄμφιος*, der aber Sohn des *Μέροψ Περκώσιος* ist, als Führer derer aus dem *δῆμος Ἀπαισοῦ* genannt wird. Doch kann der *Ἄμφιος* unserer Stelle von jenem verschieden sein, da die *β*, 830 bezeichneten Söhne des *Μέροψ* *λ*, 329 von Diomedes getödtet werden. Vgl. auch *ζ*, 37 *Ἄδρηστον*.

613. *πολυλήιος*, vgl. zu *ι*, 125. — *ἀλλά ἑ μοῖρα*, vgl. *β*, 834 *κῆρες γὰρ ἄγον μέλανος θανάτοιο*.

623. *ἀμφίβασιν* (nur hier) bezeichnet wohl das Umschreiten, die Umzingelung von beiden Seiten, mit dem subjectiven Genitiv *Τρώων ἀγερώχων*.

οἵ ἑ μέγαν περ ἐόντα καὶ ἴφθιμον καὶ ἀγαυόν
ὦσαν ἀπὸ σφείων· ὁ δὲ χασσάμενος πελεμίχθη.
ὣς οἱ μὲν πονέοντο κατὰ κρατερὴν ὑσμίνην·
Τληπόλεμον δ' Ἡρακλείδην ἠΰν τε μέγαν τε
ὦρσεν ἐπ' ἀντιθέῳ Σαρπηδόνι μοῖρα κραταιή.
οἱ δ' ὅτε δὴ σχεδὸν ἦσαν ἐπ' ἀλλήλοισιν ἰόντες,
υἱός θ' υἱωνός τε Διὸς νεφεληγερέταο,
τὸν καὶ Τληπόλεμος πρότερος πρὸς μῦθον ἔειπεν.
„Σαρπῆδον Λυκίων βουληφόρε, τίς τοι ἀνάγκη
πτώσσειν ἐνθάδ' ἐόντι μάχης ἀδαήμονι φωτί;
ψευδόμενοι δέ σέ φασι Διὸς γόνον αἰγιόχοιο
εἶναι, ἐπεὶ πολλὸν κείνων ἐπιδεύεαι ἀνδρῶν
οἳ Διὸς ἐξεγένοντο ἐπὶ προτέρων ἀνθρώπων.
ἀλλοῖόν τινά φασι βίην Ἡρακληείην
εἶναι, ἐμὸν πατέρα θρασυμέμνονα θυμολέοντα,
ὅς ποτε δεῦρ' ἐλθὼν ἕνεχ' ἵππων Λαομέδοντος
ἓξ οἴῃς σὺν νηυσὶ καὶ ἀνδράσι παυροτέροισιν
Ἰλίου ἐξαλάπαξε πόλιν, χήρωσε δ' ἀγυιάς.
σοὶ δὲ κακὸς μὲν θυμός, ἀποφθινύθουσι δὲ λαοί.
οὐδέ τί σε Τρώεσσιν ὀίομαι ἄλκαρ ἔσεσθαι
ἐλθόντ' ἐκ Λυκίης, οὐδ' εἰ μάλα καρτερός ἐσσι,
ἀλλ' ὑπ' ἐμοὶ δμηθέντα πύλας Ἀίδαο περήσειν."
τὸν δ' αὖ Σαρπηδὼν Λυκίων ἀγὸς ἀντίον ηὔδα

628–698. *Τληπόλεμον* (vgl. *β*, 653–670). Zweikampf des Tlepolemos und Sarpedon, in welchem der erstere seinen Tod findet (*ὦρσεν – μοῖρα κραταιή*). Derselbe wird auch durch seine Epitheta mehr hervorgehoben.

632. *καὶ – πρότερος*, wie er überhaupt vom Verhängniss getrieben wurde; vgl. zu *α*, 249.

633 f. *τίς τοι – – φωτί;* d. h. was brauchtest du hierher zu kommen, um dich dann doch nur feige dem Kampfe zu entziehen?

638. *ἀλλοῖόν τινά φασι κτέ.* Ausdruck ruhiger Emphase: Ein ganz anderer war, so sagen sie. Zum Masculinum *ἀλλοῖον* neben *βίην Ἡρακληείην* vgl. Od. *λ*, 90 f. *ψυχὴ – Τειρεσίαο – σκῆπτρον ἔχων*.

639. *θρασυμέμνονα θυμολέοντα* = Od. *λ*, 267, das erstere sonst nirgends, das andere auch von Achilleus (*η*, 228) und Odysseus (Od. *δ*, 724. 814.).

641. *παυροτέροισιν*, vgl. zu *δ*, 277 *μελάντερον*.

645. *οὐδ' εἰ μάλα καρτ. ἐσσι.* Hier räumt er ihm doch die zuerst

„Τληπόλεμ', ἤ τοι κεῖνος ἀπώλεσεν Ἴλιον ἱρήν
ἀνέρος ἀφραδίῃσιν ἀγαυοῦ Λαομέδοντος,
ὅς ῥά μιν εὖ ἔρξαντα κακῷ ἠνίπαπε μύθῳ,
οὐδ' ἀπέδωχ' ἵππους, ὧν εἵνεκα τηλόθεν ἦλθεν.
σοὶ δ' ἐγὼ ἐνθάδε φημὶ φόνον καὶ κῆρα μέλαιναν
ἐξ ἐμέθεν τεύξεσθαι, ἐμῷ δ' ὑπὸ δουρὶ δαμέντα
εὖχος ἐμοὶ δώσειν, ψυχὴν δ' Ἄιδι κλυτοπώλῳ."
  ὣς φάτο Σαρπηδών, ὁ δ' ἀνέσχετο μείλινον ἔγχος
Τληπόλεμος. καὶ τῶν μὲν ἁμαρτῇ δούρατα μακρά
ἐκ χειρῶν ἤιξαν. ὁ μὲν βάλεν αὐχένα μέσσον
Σαρπηδών, αἰχμὴ δὲ διαμπερὲς ἦλθ' ἀλεγεινή·
τὸν δὲ κατ' ὀφθαλμῶν ἐρεβεννὴ νὺξ ἐκάλυψεν.
Τληπόλεμος δ' ἄρα μηρὸν ἀριστερὸν ἔγχεϊ μακρῷ
βεβλήκειν, αἰχμὴ δὲ διέσσυτο μαιμώωσα,
ὀστέῳ ἐγχριμφθεῖσα· πατὴρ δ' ἔτι λοιγὸν ἄμυνεν.
  οἱ μὲν ἄρ' ἀντίθεον Σαρπηδόνα δῖοι ἑταῖροι
ἐξέφερον πολέμοιο· βάρυνε δέ μιν δόρυ μακρόν
ἑλκόμενον. τὸ μὲν οὔ τις ἐπεφράσατ' οὐδ' ἐνόησεν,
μηροῦ ἐξερύσαι δόρυ μείλινον, ὄφρ' ἐπιβαίη,
σπευδόντων· τοῖον γὰρ ἔχον πόνον ἀμφιέποντες.

ganz abgesprochene Tapferkeit ein.

648. *ἀπώλεσεν – ἀφραδίῃσιν*, d. h. nicht eigenem Verdienst, sondern fremder Thorheit hatte er den glücklichen Erfolg zu verdanken.

653. *τεύξεσθαι* nur hier, wie sonst *τετεύξεσθαι*, passiv oder intransitiv = *obtingere*.

654. *Ἄιδι κλυτοπώλῳ*, dem Aides mit den berühmten, trefflichen Rossen, mit denen er die Menschen auf seinem Wagen in die Unterwelt entführt.

662. *πατήρ*, der Vater des Sarpedon, d. i. Zeus. Durch diesen proleptischen Satz wird die im Folgenden 663–698 erzählte, unverhoffte Rettung des Sarpedon für den gegenwärtigen Fall angekündigt; *ἔτι* aber deutet an, dass er später (*π*, 502) doch noch in diesem Kriege den Tod fand. Vgl. auch zu *μ*, 292.

665. *ἑλκόμενον* gehört zu *δόρυ*: nachgeschleift; *τὸ μὲν* hängt von den beiden folgenden als synonym verbundenen Verbis *ἐπεφράσατο* und *ἐνόησεν* ab und kündigt den als Erklärung nachfolgenden Infinitiv *μ. ἐξερύσαι δ. μ.* an: das beachtete und bedachte Keiner. Vgl. Od. *φ*, 126 *ἐπιελπόμενος τό γε θυμῷ, νευρὴν ἐντανύσειν κτέ.*— Erst nachdem Sarpedon in Sicherheit gebracht ist, wird ihm die Lanze herausgezogen (692–695).

666. *ὄφρ' ἐπιβαίη*, dass er auftreten und, wenn auch gestützt, selbst gehen könnte.

667. *σπευδόντων* enthält den Grund von *οὔ τις ἐπεφράσατο κτέ.*, und geht, wie der folgende Satz zeigt, auf die eilfertige Hast, mit

Τληπόλεμον δ' ἑτέρωθεν ἐυκνήμιδες Ἀχαιοί
ἐξέφερον πολέμοιο· νόησε δὲ δῖος Ὀδυσσεύς
τλήμονα θυμὸν ἔχων, μαίμησε δέ οἱ φίλον ἦτορ.
μερμήριξε δ' ἔπειτα κατὰ φρένα καὶ κατὰ θυμόν
ἢ προτέρω Διὸς υἱὸν ἐριγδούποιο διώκοι,
ἦ ὅ γε τῶν πλεόνων Λυκίων ἀπὸ θυμὸν ἕλοιτο.
οὐδ' ἄρ' Ὀδυσσῆι μεγαλήτορι μόρσιμον ἦεν
ἴφθιμον Διὸς υἱὸν ἀποκτάμεν ὀξέι χαλκῷ·
τῷ ῥα κατὰ πληθὺν Λυκίων τράπε θυμὸν Ἀθήνη.
ἔνθ' ὅ γε Κοίρανον εἷλεν Ἀλάστορά τε Χρομίον τε
Ἄλκανδρόν θ' Ἅλιόν τε Νοήμονά τε Πρύτανίν τε.
καί νύ κ' ἔτι πλέονας Λυκίων κτάνε δῖος Ὀδυσσεύς,
εἰ μὴ ἄρ' ὀξὺ νόησε μέγας κορυθαίολος Ἕκτωρ.
βῆ δὲ διὰ προμάχων κεκορυθμένος αἴθοπι χαλκῷ,
δεῖμα φέρων Δαναοῖσι· χάρη δ' ἄρα οἱ προσιόντι
Σαρπηδὼν Διὸς υἱός, ἔπος δ' ὀλοφυδνὸν ἔειπεν.
„Πριαμίδη, μὴ δή με ἕλωρ Δαναοῖσιν ἐάσῃς
κεῖσθαι, ἀλλ' ἐπάμυνον. ἔπειτά με καὶ λίποι αἰών
ἐν πόλει ὑμετέρῃ, ἐπεὶ οὐκ ἄρα μέλλον ἔγωγε
νοστήσας οἶκόνδε φίλην ἐς πατρίδα γαῖαν
εὐφρανέειν ἄλοχόν τε φίλην καὶ νήπιον υἱόν."
  ὣς φάτο· τὸν δ' οὔ τι προσέφη κορυθαίολος Ἕκτωρ,
ἀλλὰ παρήιξεν, λελιημένος ὄφρα τάχιστα

der sie auch selbst sich gegen die Angriffe der Feinde (672) zu wehren hatten.

670. *τλήμονα* d. i. *τλητικόν, ὑπομενητικόν*. Die andern hatten genug mit der Sicherstellung ihrer eigenen Person zu thun. — *μαίμησε – ἦτορ*, es trieb ihn — durch den Anblick des getödteten Tlepolemos angeregt — das Verlangen, dessen Tod irgendwie zu rächen. Vgl. Virg. Aen. 2, 575: *Exarsere ignes animo, subit ira* etc.

673. *τῶν πλεόνων Λυκίων* wird erklärt durch 676 *κατὰ πληθὺν Λυκίων* (der Lykier Schaar d. i. ihr Gewalthaufe). Vgl. *κ*, 506 *τῶν πλεόνων Θρῃκῶν*. *φ*, 211 *ἔτι πλέονας Παίονας*. Der Artikel *τῶν* bezeichnet die auf der andern, entgegengesetzten Seite.

677. *Ἀλάστορά τε Χρομίον τε.* Es ist für Beurtheilung der Bedeutsamkeit und Objectivität der homerischen Namen zu beachten, dass diese zwei, wie der 695 genannte *Πελάγων*, auch *δ*, 295, aber als Gefährten des Nestor vorkommen, ebenso Noëmon *ψ*, 612 als Gefährte des Antilochos.

684. *μὴ δή με – ἐάσῃς*, lass mich doch jetzt nicht liegen. Denn das Gegentheil (*ἐπάμυνον*) soll auf der Stelle geschehen.

ὤσαιτ᾽ Ἀργείους, πολέων δ᾽ ἀπὸ θυμὸν ἕλοιτο.
οἱ μὲν ἄρ᾽ ἀντίθεον Σαρπηδόνα δῖοι ἑταῖροι
εἷσαν ὑπ᾽ αἰγιόχοιο Διὸς περικαλλέι φηγῷ·
ἐκ δ᾽ ἄρα οἱ μηροῦ δόρυ μείλινον ὦσε θύραζε
ἴφθιμος Πελάγων, ὅς οἱ φίλος ἦεν ἑταῖρος.
τὸν δ᾽ ἔλιπε ψυχή, κατὰ δ᾽ ὀφθαλμῶν κέχυτ᾽ ἀχλύς.
αὖτις δ᾽ ἀμπνύνθη, περὶ δὲ πνοιὴ Βορέαο
ζώγρει ἐπιπνείουσα κακῶς κεκαφηότα θυμόν.
Ἀργεῖοι δ᾽ ὑπ᾽ Ἄρηι καὶ Ἕκτορι χαλκοκορυστῇ
οὔτε ποτὲ προτρέποντο μελαινάων ἐπὶ νηῶν
οὔτε ποτ᾽ ἀντεφέροντο μάχῃ, ἀλλ᾽ αἰὲν ὀπίσσω
χάζονθ᾽, ὡς ἐπύθοντο μετὰ Τρώεσσιν Ἄρηα.
ἔνθα τίνα πρῶτον, τίνα δ᾽ ὕστατον ἐξενάριξαν
Ἕκτωρ τε Πριάμοιο πάις καὶ χάλκεος Ἄρης;
ἀντίθεον Τεύθραντ᾽, ἐπὶ δὲ πλήξιππον Ὀρέστην,
Τρῆχόν τ᾽ αἰχμητὴν Αἰτώλιον, Οἰνόμαόν τε,
Οἰνοπίδην θ᾽ Ἕλενον, καὶ Ὀρέσβιον αἰολομίτρην,
ὅς ῥ᾽ ἐν Ὕλῃ ναίεσκε μέγα πλούτοιο μεμηλώς,
λίμνῃ κεκλιμένος Κηφισίδι· πὰρ δέ οἱ ἄλλοι

693. *ὑπ᾽ αἰγ. – φηγῷ*, auf dem Wege nach dem Skäischen Thor und ganz in der Nähe desselben, vgl. ζ, 237. ι, 354. λ, 170.

694. *ἐκ δ᾽ – ὦσε*, vgl. zu Od. κ, 560 *ἐκ δέ οἱ αὐχὴν ἀστραγάλων ἐάγη*.

696. *ἔλιπε ψυχή*, es kam eine Ohnmacht (*λειποψυχία*) über ihn.

697. *περὶ* gehört zu *ἐπιπνείουσα*, (rings anhauchend); *κεκ. θυμόν* aber zu *ζώγρει*, er belebte wieder, d. h. erhielt am Leben, liess nicht sterben. Vgl. unten ζ, 46.

699 – 702. *Ἀργεῖοι – Ἄρηα*. Diese vier Verse fassen das fortdauernde Verhalten der Argiver während des ganzen von 607 an bis 711 ff. (dem Eingreifen der Göttinnen) geschilderten Kampfes zusammen: weder wandten sie sich vorwärts zu offener Flucht, noch rückten sie dem Feinde näher zu einer förmlichen Schlacht, sondern sie zogen sich — nach Diomedes' Anweisung 605 f. — schrittweise und den Troern entgegengewandt zurück.

703 f. *ἔνθα – ἐξενάριξαν*, vgl. λ, 299. *χάλκεος Ἄ.*, weil der kriegerische Waffenschmuck und Rüstzeug des Zeitalters grösstentheils aus Erz bereitet wurde.

705 f. *Ὀρέστην – Οἰνόμαόν τε*. Vgl. μ, 139 f., wo unter einer Anzahl trojanischer Helden auch diese zwei Namen vorkommen. — Zu *ἐπὶ δὲ* vgl. ϑ, 507.

708. *ὅς ῥ᾽ ἐν Ὕλῃ ναίεσκε*, also ein Böotier; vgl zu β, 494. Uebrigens hat dort 500 *Ὕλην* ein langes υ, dagegen η, 221 ein kurzes wie hier.

709. *λίμνῃ – Κηφισίδι*, die ältere Benennung des Kopaischen Sees, weil sich der aus Phokis kom-

ναῖον Βοιωτοί, μάλα πίονα δῆμον ἔχοντες.
τοὺς δ᾽ ὡς οὖν ἐνόησε θεὰ λευκώλενος Ἥρη
Ἀργείους ὀλέκοντας ἐνὶ κρατερῇ ὑσμίνῃ,
αὐτίκ᾽ Ἀθηναίην ἔπεα πτερόεντα προσηύδα.
„ὢ πόποι, αἰγιόχοιο Διὸς τέκος, ἀτρυτώνη,
ἦ ῥ᾽ ἅλιον τὸν μῦθον ὑπέστημεν Μενελάῳ,
Ἴλιον ἐκπέρσαντ᾽ εὐτείχεον ἀπονέεσθαι,
εἰ οὕτω μαίνεσθαι ἐάσομεν οὖλον Ἄρηα.
ἀλλ᾽ ἄγε δὴ καὶ νῶι μεδώμεθα θούριδος ἀλκῆς.“
ὣς ἔφατ᾽, οὐδ᾽ ἀπίθησε θεὰ γλαυκῶπις Ἀθήνη.
ἡ μὲν ἐποιχομένη χρυσάμπυκας ἔντυεν ἵππους
Ἥρη πρέσβα θεά, θυγάτηρ μεγάλοιο Κρόνοιο·
Ἥβη δ᾽ ἀμφ᾽ ὀχέεσσι θοῶς βάλε καμπύλα κύκλα,
χάλκεα ὀκτάκνημα, σιδηρέῳ ἄξονι ἀμφίς.
τῶν ἦ τοι χρυσέη ἴτυς ἄφθιτος, αὐτὰρ ὕπερθεν
χάλκε᾽ ἐπίσσωτρα προσαρηρότα, θαῦμα ἰδέσθαι·
πλῆμναι δ᾽ ἀργύρου εἰσὶ περίδρομοι ἀμφοτέρωθεν.
δίφρος δὲ χρυσέοισι καὶ ἀργυρέοισιν ἱμᾶσιν
ἐντέταται, δοιαὶ δὲ περίδρομοι ἄντυγές εἰσιν.
τοῦ δ᾽ ἐξ ἀργύρεος ῥυμὸς πέλεν· αὐτὰρ ἐπ᾽ ἄκρῳ

mende Fluss Kephisos darein ergiesst, vgl. Pausan. 9, 24, 1.

711. *τοὺς δὲ* d. i. *Ἕκτορα καὶ χάλκεον Ἄρη.*

714ff. *ὢ πόποι.* Vgl. die denselben Hass gegen Troja athmende Rede der Hera δ, 25–29.

720. *ἡ μὲν ἐποιχομένη.* Hera und Athene begeben sich selbst in den Kampf, um dem Wüthen des Ares Einhalt zu thun, und Götter kämpfen nun gegen Götter. So noch im zwanzigsten und einundzwanzigsten Buche.

721. *πρέσβα θεά*, vgl. zu δ, 59 *πρεσβυτάτην.*

723. *ὀκτάκνημα.* Der Radkranz hatte wahrscheinlich gewöhnlich vier Felgen (d. h. einzelne krumm gearbeitete Stücke Holz, die den Zirkel des Wagenrades bilden); so wurde wohl jede Felge von zwei Speichen gestützt.

724. *ἴτυς.* Ueber *ἴτυς* und *ἄντυγες* vgl. zu δ, 486.

726. *περίδρομοι ἀμφοτέρωθεν*, umlaufend, sich herumdrehend von beiden Seiten, nämlich um die Enden der Achse.

727. *δίφρος – ἐντέταται*, der Wagenstuhl, das Gestelle hängt in Riemen und ist dadurch an die Achse u. s. w. angespannt und befestigt.

728. *δοιαὶ δὲ περίδρομοι ἄ. εἰσ.*, d. h. eine doppelte (obere und untere) Einfassung läuft um denselben (den Wagenstuhl) herum (wenn sie auch an den meisten Wagen nicht ganz im Kreise herumgeht, sondern hinten offen ist).

729f. *τοῦ δ᾽ ἐξ*, d. i. *ἐκ τοῦ δίφρου*, von diesem aus war . . . ge-

δῆσε χρύσειον καλὸν ζυγόν, ἐν δὲ λέπαδνα
κάλ' ἔβαλε, χρύσει'. ὑπὸ δὲ ζυγὸν ἤγαγεν Ἥρη
ἵππους ὠκύποδας, μεμαυῖ' ἔριδος καὶ ἀυτῆς.
αὐτὰρ Ἀθηναίη, κούρη Διὸς αἰγιόχοιο,
πέπλον μὲν κατέχευεν ἑανὸν πατρὸς ἐπ' οὔδει,
ποικίλον, ὅν ῥ' αὐτὴ ποιήσατο καὶ κάμε χερσίν·
ἡ δὲ χιτῶν' ἐνδῦσα Διὸς νεφεληγερέταο
τεύχεσιν ἐς πόλεμον θωρήσσετο δακρυόεντα.
ἀμφὶ δ' ἄρ' ὤμοισιν βάλετ' αἰγίδα θυσσανόεσσαν
δεινήν, ἣν πέρι μὲν πάντῃ φόβος ἐστεφάνωται,
ἐν δ' ἔρις, ἐν δ' ἀλκή, ἐν δὲ κρυόεσσα ἰωκή,
ἐν δέ τε Γοργείη κεφαλὴ δεινοῖο πελώρου,

macht, daran war ... angebracht, oder nach Grashof: streckte sich, ragte die Deichsel, welche selbst wohl festgemacht und unbeweglich war. Das Imperfect πέλεν nach den Präsentia 724–728 dient zur Rückkehr aus der Beschreibung in die Erzählung. ἐπ' ἄκρῳ, erg. ῥυμῷ, vgl. ω, 271 ἐυξέστῳ ἐπὶ ῥυμῷ, πέζῃ ἔπι πρώτῃ. Denn ganz vorn an der Spitze der Deichsel wurde durch Anbinden (vgl. ω, 272–274) das Joch befestigt. λέπαδνα, breite lederne Riemen, Lederplatten, zwei für jedes Pferd, wahrscheinlich in schildartiger Form, um sich an den Bug des Pferdes, zu beiden Seiten des Halses, bequem anzulegen; unter dem Halse werden sie zusammengenommen und fest verbunden (ἐν ἔβαλε). Nach Grashof. — χρύσεια, mit Gold belegt, wie vorher das χρύσειον ζυγόν.

734. πέπλον, d. h. ihr eigenes Gewand. Ueber ἑανὸν vgl. zu γ, 385. — κατέχευεν, sie liess es herabgleiten und legte es ab.

736. χιτῶνα im Gegensatz zu πέπλον und nach der weitern verallgemeinernden Bestimmung Διὸς – τεύχεσιν (vgl. indessen auch θ, 376) bezeichnet den Panzer des Zeus. Wie Athene hier und θ, 387 die Waffen des Zeus anzieht, so lässt sie λ, 45 in Verbindung mit Hera auch donnern.

738. βάλετ' αἰγίδα. Denn auch die Aegis ist eigentlich das Attribut des Zeus, und nur zuweilen für besondere Zwecke wird sie von ihm der Athene (z. B. β, 446 – 452) oder dem Apollo (ο, 308 – 311) geliehen.

739. ἣν πέρι – ἐστεφάνωται κτέ. Symbolischer Ausdruck für den Gedanken, dass die Aegis überall um sich her Schrecken, Kampfwuth, u. s. w. verbreite, diese Affecte, Stimmungen und Leidenschaften errege. Die Phantasie ist erst in dem Geschäfte begriffen, dämonische Wirkungen zu eigenen Wesen zu gestalten, aber noch ist das Bild nicht zu abgeschlossener Persönlichkeit vollendet (Nitzsch Od. I S. 178).

741. Γοργείη – πελώρου = Od. λ, 634. Das mit Schlangen eingefasste Haupt der Gorgo wird als wirklich auf der Aegis in grellen Zügen und Farben abgebildet gedacht, nach der uralten Sitte, die Wölbung in der Mitte des Schildes mit einem Furcht und Schrecken einflössenden Angesicht zu bemalen; es nimmt auch auf dem Schilde

δεινή τε σμερδνή τε, Διὸς τέρας αἰγιόχοιο.
κρατὶ δ' ἐπ' ἀμφίφαλον κυνέην θέτο τετραφάληρον
χρυσείην, ἑκατὸν πολίων πρυλέεσσ' ἀραρυῖαν.
ἐς δ' ὄχεα φλόγεα ποσὶ βήσετο, λάζετο δ' ἔγχος
βριθὺ μέγα στιβαρόν, τῷ δάμνησι στίχας ἀνδρῶν
ἡρώων, τοῖσίν τε κοτέσσεται ὀβριμοπάτρη.
Ἥρη δὲ μάστιγι θοῶς ἐπεμαίετ' ἄρ' ἵππους·
αὐτόμαται δὲ πύλαι μύκον οὐρανοῦ, ἃς ἔχον Ὧραι,
τῇς ἐπιτέτραπται μέγας οὐρανὸς Οὔλυμπός τε,
ἠμὲν ἀνακλῖναι πυκινὸν νέφος ἠδ' ἐπιθεῖναι.
τῇ ῥα δι' αὐτάων κεντρηνεκέας ἔχον ἵππους.
εὗρον δὲ Κρονίωνα θεῶν ἄτερ ἥμενον ἄλλων
ἀκροτάτῃ κορυφῇ πολυδειράδος Οὐλύμποιο.
ἔνθ' ἵππους στήσασα θεὰ λευκώλενος Ἥρη

des Agamemnon λ, 36 f. dieselbe Stelle ein.

742. Διὸς τέρας, weil sie sich auf **seiner** Aegis befindet.

743. ἀμφίφαλον nach **Hoffmann's** Vermuthung „oberhalb eines jeden Auges (ἀμφὶ) zum Schutz einen Knauf oder Buckel habend". τετραφάληρος (von φάλαρα Backenstücke oder Seitenschirme) heisst ein Helm, „welcher Stirn-, Nacken- und Backenschirme hat, vierschirmig", nach **Rüstow** und **Köchly** griech. Kriegswes. S. 9.

744. ἑκατὸν πολ. – ἀραρυῖαν, verziert, geschmückt mit den Vorkämpfern von hundert Städten, natürlich in Bildern aus Metall. Für den Gebrauch von ἀραρυῖαν (eigentlich zusammengefügt, versehen), und die Hyperbel vgl. ξ, 181 ζώνην ἑκατὸν θυσάνοις ἀραρυῖαν (ο, 737 πόλις πύργοις ἀραρυῖα). — πρυλεῖς (πρό) hier wahrscheinlich πρόμαχοι (ἀριστεῖς); nach G. Hermann *praesules, praesultores, qui ante ceteros progressi saltationem cum armis* (πυρρίχη, bei den Kretern πρύλις genannt) *praeeunt;* nach Nitzsch: **Voranspringende, Springer und Vorkämpfer.** In unserer Stelle und φ, 90 ist es offenbar Substantiv; adjectivisch dagegen — vordringend, vorkämpfend — erscheint es λ, 49 = μ, 77.

745. ἐς δ' ὄχεα φλόγεα ποσί. Die Häufung der vielen kurzen, nur durch eine schwache Position oder den Ictus verlängerten Sylben ist wohl nicht Nachlässigkeit, sondern Nachahmung des leichtemporschwebenden Ganges der Göttin.

746f. βριθὺ μέγα κτέ. Vgl. zu Od. α, 99–101.

749. πύλαι οὐρανοῦ sind nach 751 die Wolken, die den Himmel gleichsam begrenzen und schliessen. Die Horen (vgl. zu Od. β, 107), sofern sie die in atmosphärischen Veränderungen sich kundgebenden Jahreszeiten bezeichnen, haben auch das Pförtneramt des Himmels.

751. ἠμὲν – ἐπιθεῖναι, nachgeahmt Od. λ, 525 und von Virgil Aen. 1, 62 *regemque dedit (Aeolum), qui foedere certo Et premere et laxas sciret dare iussus habenas,* vgl. ebend. 66.

753f. εὗρον – Οὐλύμποιο = α, 498f. ἀκροτάτῃ κορυφῇ zu oberst

Ζῆν' ὕπατον Κρονίδην ἐξείρετο καὶ προσέειπεν
„Ζεῦ πάτερ, οὐ νεμεσίζῃ Ἄρει τάδε καρτερὰ ἔργα,
ὁσσάτιόν τε καὶ οἷον ἀπώλεσε λαὸν Ἀχαιῶν
μάψ, ἀτὰρ οὐ κατὰ κόσμον, ἐμοὶ δ' ἄχος; οἱ δὲ ἕκηλοι
τέρπονται Κύπρις τε καὶ ἀργυρότοξος Ἀπόλλων
ἄφρονα τοῦτον ἀνέντες, ὃς οὔ τινα οἶδε θέμιστα.
Ζεῦ πάτερ, ἦ ῥά τί μοι κεχολώσεαι, αἴ κεν Ἄρηα
λυγρῶς πεπληγυῖα μάχης ἐξαποδίωμαι;“
τὴν δ' ἀπαμειβόμενος προσέφη νεφεληγερέτα Ζεύς
„ἄγρει μάν οἱ ἔπορσον Ἀθηναίην ἀγελείην,
ἥ ἑ μάλιστ' εἴωθε κακῇς ὀδύνῃσι πελάζειν.“
ὣς ἔφατ', οὐδ' ἀπίθησε θεὰ λευκώλενος Ἥρη,
μάστιξεν δ' ἵππους· τὼ δ' οὐκ ἄκοντε πετέσθην
μεσσηγὺς γαίης τε καὶ οὐρανοῦ ἀστερόεντος.
ὅσσον δ' ἠεροειδὲς ἀνὴρ ἴδεν ὀφθαλμοῖσιν

(und nach dem Vorigen auch zu äusserst) auf einer Kuppe, einem Gipfel. Denn auch die beiden Göttinnen kommen vom Olympos (750) und zwar nach der Natur der Sache von einem noch höhern Theile desselben, nämlich dem in den Aether und über denselben hinaufragenden (vgl. β, 458).

758. *ὁσσάτιον*. Die einzige Form dieser Art bei Homer, der nur *τοσσάτιον* bei spätern Epikern entspricht: im Grunde doch eine Verstärkungs- oder Vergrösserungsform nach Analogie des Superlativs (vgl. *ὑστάτιος*, *μεσσάτιος*), wie es umgekehrt im Lateinischen Verkleinerungsformen der Correlativa giebt, z. B. *tantulus*, *quantulus*.

759. *μάψ – ἄχος*. Durch die mehrfachen, adverbialen und appositionellen Bestimmungen des Nebensatzes *ὁσσάτιον – ἀπώλεσε* tritt die fragende Kraft des Hauptsatzes *οὐ νεμεσίζῃ κτέ.* in den Hintergrund. Daher kann wenigstens der Satz *οἱ δὲ ἕκηλοι – θέμιστα* nicht mehr als Theil der Frage bezeichnet werden, und so fällt auch das Fragezeichen weg. Zu *ἐμοὶ δ' ἄχος* vgl. γ, 50f.

761. *ἀνέντες* gilt streng genommen nur von Apollon (455 – 459), doch ist unstreitig auch Aphrodite mit der Sache einverstanden (vgl. 427–430).

765. *ἄγρει μάν*, wohlan denn = η, 459. Ueber die wirkliche Stimmung des Zeus bei solchen Zulassungen vgl. zu δ, Anf. und 14.

770. *ὅσσον δ' ἠεροειδὲς – ἴδεν*, so weit einer in nebliger Ferne (etwas) schaut, etwas nur nebelartig, als Nebelgestalt sieht, d. h. so weit er durch die freie Luft sehen kann, bis ihm das Gesehene in dunkeln Nebel verschwimmt. So sagt Diodor. Sic. 5, 42 zur Bezeichnung einer weiten Entfernung: *ἀπὸ γὰρ τοῦ πρὸς ἀνατολὰς ἀνήκοντος ἀκρωτηρίου φασὶ θεωρεῖσθαι τὴν Ἰνδικὴν ἀέριον διὰ τὸ μέγεθος τοῦ διαστήματος*, und noch ähnlicher Quint. Smyrn. ζ, 392f. *καί ῥά οἱ ἱστία νηὸς ἀποπροθι πολλὸν ἰούσης ἤδη ἀπεκρύπτοντο*

ἥμενος ἐν σκοπιῇ, λεύσσων ἐπὶ οἴνοπα πόντον,
τόσσον ἔπι θρώσκουσι θεῶν ὑψηχέες ἵπποι.
ἀλλ' ὅτε δὴ Τροίην ἷξον ποταμώ τε ῥέοντε,
ἧχι ῥοὰς Σιμόεις συμβάλλετον ἠδὲ Σκάμανδρος,
ἔνθ' ἵππους ἔστησε θεὰ λευκώλενος Ἥρη
λύσασ' ἐξ ὀχέων, περὶ δ' ἠέρα πουλὺν ἔχευεν·
τοῖσιν δ' ἀμβροσίην Σιμόεις ἀνέτειλε νέμεσθαι.
αἱ δὲ βάτην, τρήρωσι πελειάσιν ἴθμαθ' ὁμοῖαι,
ἀνδράσιν Ἀργείοισιν ἀλεξέμεναι μεμαυῖαι.
ἀλλ' ὅτε δή ῥ' ἵκανον ὅθι πλεῖστοι καὶ ἄριστοι
ἕστασαν, ἀμφὶ βίην Διομήδεος ἱπποδάμοιο
εἰλόμενοι, λείουσιν ἐοικότες ὠμοφάγοισιν
ἢ συσὶ κάπροισιν, τῶν τε σθένος οὐκ ἀλαπαδνόν,
ἔνθα στᾶσ' ἤυσε θεὰ λευκώλενος Ἥρη,
Στέντορι εἰσαμένη μεγαλήτορι χαλκεοφώνῳ,
ὃς τόσον αὐδήσασχ' ὅσον ἄλλοι πεντήκοντα.
„αἰδώς, Ἀργεῖοι, κάκ' ἐλέγχεα, εἶδος ἀγητοί.
ὄφρα μὲν ἐς πόλεμον πωλέσκετο δῖος Ἀχιλλεύς,
οὐδέ ποτε Τρῶες πρὸ πυλάων Δαρδανιάων

καὶ ἠέρι φαίνεθ' ὁμοῖα.

771. *ἥμενος ἐν σκ.* gehört unmittelbar zu *ἀνήρ*: ein Mann auf einer Warte; *λεύσσων* bezeichnet die Bedingung: wenn er über das Meer schaut, wo ihm gar nichts im Wege steht.

772. *τόσσον ἔπι θρώσκουσι*, so gross ist der jedesmalige Sprung der Götterrosse, über eine so grosse Strecke setzen sie sprungweise hinweg, vgl. *ν*, 17–20. — *ὑψηχέες*, die hoch d. i. mit gehobenem Kopfe wiehernden. Virg. Aen. 11, 496: *arrectisque fremit cervicibus alte Luxurians (equus).*

774. *Σιμόεις συμβάλλετον ἠδὲ Σκάμ.* Zur Stellung des Dualverbums zwischen beiden Subjecten vgl. Od. *κ*, 513 *εἰς Ἀχέροντα Πυριφλεγέθων τε ῥέουσιν Κωκυτός τε.*

777. *ἀμβροσίην*, weil auch die Rosse der Götter unsterblich sind. Uebrigens scheint hier die Ambrosia in der Form des sonstigen Pferdefutters, d. h. als Kraut, gedacht zu werden; vgl. oben 369 *ἀμβρόσιον εἶδαρ* (für die Rosse des Ares).

778. *πελειάσιν – ὁμοῖαι* näml. im leicht schwebenden Gange.

781 f. *ἀμφὶ βίην Δ.* d. h. in seiner Nähe, vgl. 793. — *εἰλόμενοι*, zusammengedrängt und sich zurückziehend, vgl. 699–702. 711 f. 823.

785. *Στέντωρ* kommt bei Homer in dieser einzigen Stelle vor. Zu *χαλκεοφώνῳ* vgl. *σ*, 222 *ὄπα χάλκεον Αἰακίδαο* = *ν*, 45 *ἀτειρέα φωνὴν* mit *ε*, 292 *χαλκὸς ἀτειρής*.

787. *αἰδώς*, erg. *ἐστίν*, eine Schande ist es, wie besonders *ρ*, 336 *αἰδὼς μὲν νῦν ἧδε γ' – – εἰσαναβῆναι* deutlich zeigt. Zu *κάκ' ἐλέγχεα* vgl. *β*, 235.

789. *πυλάων Δαρδανιάων*. Diese

οἴχνεσκον· κείνου γὰρ ἐδείδισαν ὄβριμον ἔγχος·
νῦν δὲ ἑκὰς πόλιος κοίλῃς ἐπὶ νηυσὶ μάχονται.“
ὣς εἰποῦσ᾽ ὤτρυνε μένος καὶ θυμὸν ἑκάστου.
Τυδείδῃ δ᾽ ἐπόρουσε θεὰ γλαυκῶπις Ἀθήνη.
εὗρε δὲ τόν γε ἄνακτα παρ᾽ ἵπποισιν καὶ ὄχεσφιν
ἕλκος ἀναψύχοντα, τό μιν βάλε Πάνδαρος ἰῷ.
ἱδρὼς γάρ μιν ἔτειρεν ὑπὸ πλατέος τελαμῶνος
ἀσπίδος εὐκύκλου· τῷ τείρετο, κάμνε δὲ χεῖρα,
ἂν δ᾽ ἴσχων τελαμῶνα κελαινεφὲς αἷμ᾽ ἀπομόργνυ.
ἱππείου δὲ θεὰ ζυγοῦ ἥψατο, φώνησέν τε
„ἦ ὀλίγον οἷ παῖδα ἐοικότα γείνατο Τυδεύς.
Τυδεύς τοι μικρὸς μὲν ἔην δέμας, ἀλλὰ μαχητής·
καί ῥ᾽ ὅτε πέρ μιν ἐγὼ πολεμίζειν οὐκ εἴασκον
οὐδ᾽ ἐκπαιφάσσειν, ὅτε τ᾽ ἤλυθε νόσφιν Ἀχαιῶν
ἄγγελος ἐς Θήβας πολέας μετὰ Καδμείωνας·
δαίνυσθαί μιν ἄνωγον ἐνὶ μεγάροισιν ἕκηλον·
αὐτὰρ ὁ θυμὸν ἔχων ὃν καρτερόν, ὡς τὸ πάρος περ,
κούρους Καδμείων προκαλίζετο, πάντα δ᾽ ἐνίκα
[ῥηιδίως· τοίη οἱ ἐγὼν ἐπιτάρροθος ἦα].

Bezeichnung kommt noch χ, 194. 413 vor, und scheint nach diesen Stellen dasselbe Thor zu bezeichnen, das sonst das Skäische (γ, 145) heisst; wenigstens muss es auf der gleichen Hauptseite der Stadt, der nordwestlichen, der Ebene zugewandt, gesucht werden. Nach Andern ist die Bezeichnung allgemein für „Thore der Dardanischen Stadt“.

791. *νῦν δὲ — μάχονται* = ν, 107. Hier ist die Ortsbestimmung *κοίλῃς ἐπὶ νηυσὶ* noch hyperbolisch oder anticipirt.

794. *εὗρε δὲ τόν γε.* Vgl. zu 519.

796. *ὑπὸ — τελαμῶνος*, unter dem Drucke des auf der Wunde liegenden Schildgehenkes.

799. *ζυγοῦ ἥψατο*, um so, wahrscheinlich den Arm auflehnend, in bequemer Stellung mit ihm sprechen zu können. Nach 837 sass aber Diomedes schon auf dem Wagen.

802. *καί ῥ᾽ ὅτε περ*, und selbst da — (war er ein tapferer Kämpfer). Dieser Vers hängt sowohl mit dem Vorhergehenden als mit dem Folgenden (806 f.) enge zusammen.

803. *ἐκπαιφάσσειν* (vgl. β, 450), hervorblitzen, wie ein Blitz ausfahren und daherstürmen. Zu *οὐκ εἴασκον* vgl. Od. τ, 25 *οὐκ εἴας.* Von demselben Vorfalle sprach schon Agamemnon δ, 384–390.

808. *ῥηιδίως — ἦα* ist aus δ, 390 und unten 828 zusammengesetzt, passt aber hier weder zu dem, was Athene vorher sagt (802 *πολεμίζειν οὐκ εἴασκον*), noch zu dem was nachfolgt (*σοὶ δ᾽ ἦ τοι μὲν ἐγὼ κτέ.*).

σοὶ δ' ἤ τοι μὲν ἐγὼ παρά θ' ἵσταμαι ἠδὲ φυλάσσω, 5
καί σε προφρονέως κέλομαι Τρώεσσι μάχεσθαι·
ἀλλά σευ ἢ κάματος πολυᾶιξ γυῖα δέδυκεν,
ἤ νύ σέ που δέος ἴσχει ἀκήριον. οὐ σύ γ' ἔπειτα
Τυδέος ἔκγονός ἐσσι δαΐφρονος Οἰνείδαο."
τὴν δ' ἀπαμειβόμενος προσέφη κρατερὸς Διομήδης
„γιγνώσκω σε, θεὰ θύγατερ Διὸς αἰγιόχοιο·
τῷ τοι προφρονέως ἐρέω ἔπος οὐδ' ἐπικεύσω.
οὔτε τί με δέος ἴσχει ἀκήριον οὔτε τις ὄκνος,
ἀλλ' ἔτι σέων μέμνημαι ἐφετμέων, ἃς ἐπέτειλας.
οὔ μ' εἴας μακάρεσσι θεοῖς ἀντικρὺ μάχεσθαι
τοῖς ἄλλοις· ἀτὰρ εἴ κε Διὸς θυγάτηρ Ἀφροδίτη
ἔλθῃσ' ἐς πόλεμον, τήν γ' οὐτάμεν ὀξέι χαλκῷ.
τοὔνεκα νῦν αὐτός τ' ἀναχάζομαι ἠδὲ καὶ ἄλλους
Ἀργείους ἐκέλευσα ἀλήμεναι ἐνθάδε πάντας·
γιγνώσκω γὰρ Ἄρηα μάχην ἀνὰ κοιρανέοντα."
τὸν δ' ἠμείβετ' ἔπειτα θεὰ γλαυκῶπις Ἀθήνη
„Τυδείδη Διόμηδες, ἐμῷ κεχαρισμένε θυμῷ,
μήτε σύ γ' Ἄρηα τό γε δείδιθι μήτε τιν' ἄλλον
ἀθανάτων· τοίη τοι ἐγὼν ἐπιτάρροθός εἰμι.
ἀλλ' ἄγ' ἐπ' Ἄρηι πρώτῳ ἔχε μώνυχας ἵππους,
τύψον δὲ σχεδίην, μηδ' ἅζεο θοῦρον Ἄρηα
τοῦτον μαινόμενον, τυκτὸν κακόν, ἀλλοπρόσαλλον,

810. *προφρονέως* ist mit *κέλομαι* zu verbinden, gleichsam *ultro* (wie 816 mit *ἐρέω*), aus eignem Antrieb, ohne alles Widerstreben.

812. *ἔπειτα* Ausdruck der unwilligen Folgerung: So bist du denn nicht; vgl. zu Od. *α*, 65.

815. *γιγνώσκω σε.* Aus diesem Ausdruck (vgl. 824) lässt sich schliessen, dass Athene die Gestalt irgend eines Sterblichen angenommen hatte, was auch aus dem 835 – 841 Erzählten wahrscheinlich wird.

818. *σέων μέμν. ἐφετμέων*, vgl. 127–132. 604–606.

823. *ἀλήμεναι*, vgl. 782 *εἱλόμενοι.*

827. *μήτε σύ γ' Ἄ. τό γε*, vgl. zu 258: hege du nicht diese (die in deinen Worten liegende) Furcht vor Ares.

830. *σχεδίην*, erg. *τυπὴν* oder *πληγήν*, vgl. *μ*, 192 *πλῆξ' αὐτοσχεδίην.* Od. *λ*, 536 *αὐτοσχεδίην οὐτασμένος.*

831. *τυκτὸν κακόν*, das (mit Fleiss und Absicht) gemachte, vollendete Uebel, das ganz und durchaus Uebel ist. Das Schlechte und Verderbliche geräth schon von selbst nur zu gut; wie viel mehr, wenn

ὃς πρώην μὲν ἐμοί τε καὶ Ἥρῃ στεῦτ' ἀγορεύων
Τρωσὶ μαχήσεσθαι, ἀτὰρ Ἀργείοισιν ἀρήξειν,
νῦν δὲ μετὰ Τρώεσσιν ὁμιλεῖ, τῶν δὲ λέλασται."
ὣς φαμένη Σθένελον μὲν ἀφ' ἵππων ὦσε χαμᾶζε,
χειρὶ πάλιν ἐρύσασ'· ὁ δ' ἄρ' ἐμμαπέως ἀπόρουσεν·
ἡ δ' ἐς δίφρον ἔβαινε παραὶ Διομήδεα δῖον
ἐμμεμαυῖα θεά. μέγα δ' ἔβραχε φήγινος ἄξων
βριθοσύνῃ· δεινὴν γὰρ ἄγεν θεὸν ἄνδρα τ' ἄριστον.
λάζετο δὲ μάστιγα καὶ ἡνία Παλλὰς Ἀθήνη·
αὐτίκ' ἐπ' Ἄρηι πρώτῳ ἔχε μώνυχας ἵππους.
ἤ τοι ὁ μὲν Περίφαντα πελώριον ἐξενάριζεν,
Αἰτωλῶν ὄχ' ἄριστον, Ὀχησίου ἀγλαὸν υἱόν.
τὸν μὲν Ἄρης ἐνάριζε μιαιφόνος· αὐτὰρ Ἀθήνη
δῦν' Ἄιδος κυνέην, μή μιν ἴδοι ὄβριμος Ἄρης.
ὡς δὲ ἴδε βροτολοιγὸς Ἄρης Διομήδεα δῖον,
ἤ τοι ὁ μὲν Περίφαντα πελώριον αὐτόθ' ἔασεν
κεῖσθαι, ὅθι πρῶτον κτείνων ἐξαίνυτο θυμόν,
αὐτὰρ ὁ βῆ ῥ' ἰθὺς Διομήδεος ἱπποδάμοιο.
οἱ δ' ὅτε δὴ σχεδὸν ἦσαν ἐπ' ἀλλήλοισιν ἰόντες,
πρόσθεν Ἄρης ὠρέξαθ' ὑπὲρ ζυγὸν ἡνία θ' ἵππων
ἔγχεϊ χαλκείῳ, μεμαὼς ἀπὸ θυμὸν ἑλέσθαι·
καὶ τό γε χειρὶ λαβοῦσα θεὰ γλαυκῶπις Ἀθήνη
ὦσεν ὑπὲκ δίφροιο ἐτώσιον ἀιχθῆναι.

man es mit Fleiss darauf anlegt!

832. *πρώην*, erst neulich, vor kurzem. Doch muss dieses Versprechen schon vor die Handlung unserer Ilias fallen: zur Erwähnung der Thatsache aber veranlasst den Dichter das Bestreben, das Beiwort *ἀλλοπρόσαλλον* zu begründen. Vgl. *φ*, 412–414.

838. *φήγινος*, aus dem Holze der überall in Griechenland wild wachsenden Speiseiche (693 *φηγῷ*). Zu *μέγα δ' ἔβραχε – ἄξων* vgl. Virg. Aen. 6, 413: *Gemuit sub pondere cumba Sutilis* (vom Kahne des Charon, nachdem er den Aeneas aufgenommen).

842f. *ἐξενάριζεν* = 844, das Imperfectum, weil sie ihn gerade mitten im Geschäfte antrafen, wie *λ*, 368. Daher 847 *αὐτόθ' ἔασεν κεῖσθαι*.

845. *δῦν' Ἄιδος κυνέην*, d. h. sie machte sich auch für Götter (Ares) unsichtbar. Der Helm des Ais (des Unsichtbaren) scheint bei Homer, der ihn nur hier erwähnt, ein etymologischer Mythos oder auch nur ein poetisches Bild.

851. *ὑπὲρ ζυγόν*, über Joch und Zügel des Wagens des Diomedes.

854. *ὑπὲκ δίφροιο* ist mit *ἀιχθῆναι* zu construiren: sie stiess den Speer des Ares so, dass er wir-

δεύτερος αὖθ᾽ ὡρμᾶτο βοὴν ἀγαθὸς Διομήδης
ἔγχεϊ χαλκείῳ· ἐπέρεισε δὲ Παλλὰς Ἀθήνη
νείατον ἐς κενεῶνα, ὅθι ζωννύσκετο μίτρην.
τῇ ῥά μιν οὖτα τυχών, διὰ δὲ χρόα καλὸν ἔδαψεν,
ἐκ δὲ δόρυ σπάσεν αὖτις. ὁ δ᾽ ἔβραχε χάλκεος Ἄρης,
ὅσσον τ᾽ ἐννεάχιλοι ἐπίαχον ἢ δεκάχιλοι
ἀνέρες ἐν πολέμῳ, ἔριδα ξυνάγοντες Ἄρηος.
τοὺς δ᾽ ἄρ᾽ ὑπὸ τρόμος εἷλεν Ἀχαιούς τε Τρῶάς τε
δείσαντας· τόσον ἔβραχ᾽ Ἄρης ἆτος πολέμοιο.
οἵη δ᾽ ἐκ νεφέων ἐρεβεννὴ φαίνεται ἀήρ
καύματος ἐξ ἀνέμοιο δυσαέος ὀρνυμένοιο,
τοῖος Τυδείδῃ Διομήδεϊ χάλκεος Ἄρης
φαίνεθ᾽ ὁμοῦ νεφέεσσιν ἰὼν εἰς οὐρανὸν εὐρύν.
καρπαλίμως δ᾽ ἵκανε θεῶν ἕδος, αἰπὺν Ὄλυμπον,
πὰρ δὲ Διὶ Κρονίωνι καθέζετο θυμὸν ἀχεύων,
δεῖξεν δ᾽ ἄμβροτον αἷμα καταρρέον ἐξ ὠτειλῆς,
καί ῥ᾽ ὀλοφυρόμενος ἔπεα πτερόεντα προσηύδα.
„Ζεῦ πάτερ, οὐ νεμεσίζῃ ὁρῶν τάδε καρτερὰ ἔργα;
αἰεί τοι ῥίγιστα θεοὶ τετληότες εἰμέν
ἀλλήλων ἰότητι, χάριν ἄνδρεσσι φέροντες.
σοὶ πάντες μαχόμεσθα· σὺ γὰρ τέκες ἄφρονα κούρην,

kungslos unter dem *δίφρος* (dem Wagenstuhl) hinfuhr und hinter demselben wieder hervorkam.

860 f. *ὅσσον – Ἄρηος* = ξ, 148 f. *ἐπίαχον* (mit Aoristbedeutung wie *ἴαχε* σ, 219), zujauchzen, entgegenjauchzen, nämlich dem Feinde. Das colossale Bild von der Stärke des Geschreies steht doch im Verhältniss zur Person des Urhebers und seiner Situation.

862. *ὑπὸ* eig. örtlich unten, weil das Zittern in Folge des Schreckens sich zuerst unten in den Knieen fühlbar macht; vgl. χ, 452 *νέρθε δὲ γοῦνα πήγνυται.*

864. *ἐκ νεφέων*, aus den Wolken, die vorher vereinzelt standen, und sich, gleichsam zerflossen, über den ganzen Himmel ausdehnen.

865. *καύματος ἐξ* nach schwüler Hitze. Der Sinn ist: Ares erhob sich in der Gestalt einer finstern Wetterwolke oder in eine solche gehüllt in den Himmel.

873. *τετληότες εἰμέν*, Umschreibung des nicht gebräuchlichen Präsens.

874. *χάριν ἄνδρεσσι φέροντες* = 384 *ἐξ ἀνδρῶν*, wo die darauf folgenden Worte das *ἀλλήλων ἰότητι* unsers Verses erklären.

875. *σοὶ – μαχόμεσθα*, gegen dich hadern wir alle, gegen dein Verfahren müssen wir alle uns auflehnen. Vgl. ζ, 329 *σὺ δ᾽ ἂν μαχέσαιο καὶ ἄλλῳ.*

οὐλομένην, ᾗ τ' αἰὲν ἀήσυλα ἔργα μέμηλεν.
ἄλλοι μὲν γὰρ πάντες, ὅσοι θεοί εἰσ' ἐν Ὀλύμπῳ,
σοί τ' ἐπιπείθονται καὶ δεδμήμεσθα ἕκαστος·
ταύτην δ' οὔτ' ἔπεϊ προτιβάλλεαι οὔτε τι ἔργῳ,
ἀλλ' ἀνιεῖς, ἐπεὶ αὐτὸς ἐγείναο παῖδ' ἀΐδηλον·
ἣ νῦν Τυδέος υἱὸν ὑπερφίαλον Διομήδεα
μαργαίνειν ἀνέηκεν ἐπ' ἀθανάτοισι θεοῖσιν.
Κύπριδα μὲν πρῶτον σχεδὸν οὔτασε χεῖρ' ἐπὶ καρπῷ,
αὐτὰρ ἔπειτ' αὐτῷ μοι ἐπέσσυτο δαίμονι ἶσος.
ἀλλά μ' ὑπήνεικαν ταχέες πόδες· ἦ τέ κε δηρόν
αὐτοῦ πήματ' ἔπασχον ἐν αἰνῇσιν νεκάδεσσιν,
ἤ κε ζὼς ἀμενηνὸς ἔα χαλκοῖο τυπῇσιν."
τὸν δ' ἄρ' ὑπόδρα ἰδὼν προσέφη νεφεληγερέτα Ζεύς
„μή τί μοι, ἀλλοπρόσαλλε, παρεζόμενος μινύριζε.
ἔχθιστος δέ μοί ἐσσι θεῶν οἳ Ὄλυμπον ἔχουσιν·
αἰεὶ γάρ τοι ἔρις τε φίλη πόλεμοί τε μάχαι τε.
μητρός τοι μένος ἐστὶν ἀάσχετον, οὐκ ἐπιεικτόν,
Ἥρης· τὴν μὲν ἐγὼ σπουδῇ δάμνημ' ἐπέεσσιν.
τῷ σ' ὀίω κείνης τάδε πάσχειν ἐννεσίῃσιν.
ἀλλ' οὐ μάν σ' ἔτι δηρὸν ἀνέξομαι ἄλγε' ἔχοντα·

876. *ἀήσυλα*, nur hier vorkommende Zerdehnung für *αἴσυλα*.

878. *σοί τ' ἐπιπείθονται*. Die Partikel *τε* sollte eigentlich hinter *ἐπιπείθονται* stehen, vgl. *β*, 136.

879. *οὔτ' ἔπεϊ προτιβάλλεαι κτέ.*, ein Zeugma = du sagst kein (strafendes) Wort zu ihr, noch thust du ihr etwas.

880. *αὐτὸς ἐγείναο*, d. h. sie ist deine eigene Tochter. Homer weiss, so viel man sieht, nichts von der Sage, dass Athene aus dem Haupte des Zeus geboren sei.

885 f. *ἦ τέ κε δηρὸν κτέ.* Der Dichter lässt, wie der Gegensatz *ἤ κε ζὼς* 887 zeigt, für den Augenblick den Ares selbst annehmen, dass er vielleicht getödtet worden oder für todt liegen geblieben wäre, so dass er immer Todesqualen gehabt und doch nie hätte sterben können: wie *ο*, 117 f. derselbe Ares sagt: *εἴ πέρ μοι καὶ μοῖρα* (und sollte es mir auch bestimmt sein) *Διὸς πληγέντι κεραυνῷ κεῖσθαι ὁμοῦ νεκύεσσι μεθ' αἵματι καὶ κονίῃσιν.* Zu *ἦ τέ κε* vgl. *γ*, 56. — *ζὼς* concessiv: wenn auch lebend (als Unsterblicher).

890 f. *ἔχθιστος–μάχαι τε*, vgl. zu *α*, 176 f. Man übersehe nicht, wie Zeus trotz seiner jetzigen Parteistellung doch seine Würde und Objectivität als höchster Gott bewahrt.

892. *ἀάσχετον* für *ἀάνσχετον*, *μὴ ἀνεκτόν*, weil *ν* vor *σ* ausfallen musste; daher auch *δυσάσχετος* bei Apollon. Rhod. 2, 272 = *δυσάνσχετος* (Bekker).

895. *ἀλλ' οὐ μὰν κτέ.* Die Be-

ἐκ γὰρ ἐμεῦ γένος ἐσσί, ἐμοὶ δέ σε γείνατο μήτηρ. 5
εἰ δέ τευ ἐξ ἄλλου γε θεῶν γένευ ὧδ' ἀίδηλος,
καί κεν δὴ πάλαι ἦσθα ἐνέρτερος Οὐρανιώνων."
ὣς φάτο, καὶ Παιήον' ἀνώγειν ἰήσασθαι.
τῷ δ' ἐπὶ Παιήων ὀδυνήφατα φάρμακα πάσσων
ἠκέσατ'· οὐ μὲν γάρ τι καταθνητός γ' ἐτέτυκτο.
ὡς δ' ὅτ' ὀπὸς γάλα λευκὸν ἐπειγόμενος συνέπηξεν
ὑγρὸν ἐόν, μάλα δ' ὦκα περιτρέφεται κυκόωντι,
ὣς ἄρα καρπαλίμως ἰήσατο θοῦρον Ἄρηα.
τὸν δ' Ἥβη λοῦσεν, χαρίεντα δὲ εἵματα ἕσσεν·
πὰρ δὲ Διὶ Κρονίωνι καθέζετο κύδεϊ γαίων.
αἱ δ' αὖτις πρὸς δῶμα Διὸς μεγάλοιο νέοντο,
Ἥρη τ' Ἀργείη καὶ Ἀλαλκομενηὶς Ἀθήνη,
παύσασαι βροτολοιγὸν Ἄρην ἀνδροκτασιάων.

Z.

Τρώων δ' οἰώθη καὶ Ἀχαιῶν φύλοπις αἰνή· 6

sänftigung des Zeus erfolgt schneller, als man nach seiner harten Anrede erwartete.

898. *ἐνέρτερος Οὐρανιώνων* hyperbolisch: tiefer unten als die Uranionen. So aber heissen hier nach der auch von Hesiodos befolgten Genealogie der Götter (vgl. Theogon. 133 ff.) die sonst sogen. Titanen, d. h. das Göttergeschlecht, das mit Kronos herrschte, aber auch mit ihm von den Kroniden (= *Ὀλύμπιοι*) besiegt und in den Tartarus verstossen ward. Vgl. *θ*, 479–481, wo Iapetos und Kronos als im Tartarus befindlich bezeichnet werden: = *ξ*, 279 *τοὺς ὑποταρταρίους, οἳ Τιτῆνες καλέονται*. *ο*, 225 *νέρτεροι θεοί, Κρόνον ἀμφὶς ἐόντες*. Allgemeiner ist der Begriff in *θεοὶ Οὐρανίωνες* Od. *η*, 242. Vgl. übrigens auch Il. *ξ*, 201=246.

902. *ὀπός*, Feigenlab, sonst *πιτύα*, bei den Doriern *τάμισος*. Zu den Verbis *συνέπηξεν* und *περιτρέφεται* vgl. Od. *ι*, 246 *ἥμισυ θρέψας λευκοῖο γάλακτος*, und ebend. zu *ξ*, 476.

905. *Ἥβη λοῦσεν*, vgl. Od. *γ*, 464 *λοῦσεν καλὴ Πολυκάστη*.

1. *Τρώων δ' οἰώθη*. Die Situation ist noch dieselbe wie am Ende des vorigen Buches, dessen Handlung hier fortläuft. Die Götter, welche den Kampf vorzüglich angeregt hatten, haben das Schlachtfeld verlassen (*οἰώθη – φύλοπις*) und der Kampf wird allmählich schwächer; einzelne Helden vollbringen zwar noch tapfere Thaten, aber es giebt auch Raum zu ruhigen Scenen, die sowohl den Kämpfenden als den Zuhörern des Dichters Erholung und erwünschten Wechsel gewähren. Der Vortheil scheint im Ganzen auf Seite der Achäer (73–76) zu sein, und Diomedes ist immer der gefährlichste und am meisten gefürchtete Gegner der Troer (96–101. 305–310).

πολλὰ δ᾽ ἄρ᾽ ἔνθα καὶ ἔνθ᾽ ἴθυσε μάχη πεδίοιο
ἀλλήλων ἰθυνομένων χαλκήρεα δοῦρα,
μεσσηγὺς Σιμόεντος ἰδὲ Ξάνθοιο ῥοάων.
    Αἴας δὲ πρῶτος Τελαμώνιος, ἕρκος Ἀχαιῶν,
Τρώων ῥῆξε φάλαγγα, φόως δ᾽ ἑτάροισιν ἔθηκεν,
ἄνδρα βαλὼν ὃς ἄριστος ἐνὶ Θρῄκεσσι τέτυκτο,
υἱὸν Ἐυσσώρου Ἀκάμαντ᾽ ἠύν τε μέγαν τε.
τόν ῥ᾽ ἔβαλε πρῶτος κόρυθος φάλον ἱπποδασείης,
ἐν δὲ μετώπῳ πῆξε, πέρησε δ᾽ ἄρ᾽ ὀστέον εἴσω
αἰχμὴ χαλκείη· τὸν δὲ σκότος ὄσσε κάλυψεν.
    Ἄξυλον δ᾽ ἄρ᾽ ἔπεφνε βοὴν ἀγαθὸς Διομήδης
Τευθρανίδην, ὃς ἔναιεν ἐυκτιμένῃ ἐν Ἀρίσβῃ
ἀφνειὸς βιότοιο, φίλος δ᾽ ἦν ἀνθρώποισιν·
πάντας γὰρ φιλέεσκεν ὁδῷ ἔπι οἰκία ναίων.
ἀλλά οἱ οὔ τις τῶν γε τότ᾽ ἤρκεσε λυγρὸν ὄλεθρον
πρόσθεν ὑπαντιάσας, ἀλλ᾽ ἄμφω θυμὸν ἀπηύρα,
αὐτὸν καὶ θεράποντα Καλήσιον, ὅς ῥα τόθ᾽ ἵππων
ἔσκεν ὑφηνίοχος· τὼ δ᾽ ἄμφω γαῖαν ἐδύτην.
    Δρῆσον δ᾽ Εὐρύαλος καὶ Ὀφέλτιον ἐξενάριξεν·
βῆ δὲ μετ᾽ Αἴσηπον καὶ Πήδασον, οὕς ποτε νύμφη
νηὶς Ἀβαρβαρέη τέκ᾽ ἀμύμονι Βουκολίωνι.
Βουκολίων δ᾽ ἦν υἱὸς ἀγαυοῦ Λαομέδοντος

3. *ἀλλήλων* hängt von *ἰθυνομένων* ab: als sie (die Kämpfenden beider Theile) auf einander richteten. Vgl. *ν*, 498 *τιτυσκομένων καθ᾽ ὅμιλον ἀλλήλων.*

4. *μεσσηγὺς Σιμόεντος* ist wegen der Cäsur unmittelbar zu verbinden; vgl. *ϑ*, 560. Der allgemeine Inhalt dieser vier Verse macht den schicklichen Uebergang zu dem neuen Abschnitt des Kampfes; darum auch die neue Ortsangabe.

5. *πρῶτος*, nämlich nach der Entfernung der Götter.

9–11. *τόν ῥ᾽ ἔβαλε – κάλυψεν* = *δ*, 459–461.

15. *πάντας γὰρ φιλέεσκεν*, das Wesen eines *φιλόξεινος*, vgl. Einl. zu Odyss. S. 18. und den Eigennamen *Πολύξεινος* Iliad. *β*, 623.

16. *ἀλλά οἱ οὔ τις*, Ausdruck des Bedauerns, vgl. *ε*, 53f.

19f. *ὑφηνίοχος*, vgl. zu Odyss. *γ*, 422.

20. *Εὐρύαλος*, Unteranführer des Diomedes nach *β*, 565f., vgl. unten 28.

21. *Αἴσηπον καὶ Πήδασον*, sonst geographische Namen, der erstere eines Flusses (*β*, 825), der letztere einer trojanischen Stadt, die gleich 35 vorkommt, vgl. auch *Πιδύτης* 30 (*πιδύω* quellen).

22. *Ἀβαρβαρέη*, vielleicht die Schlammlose (*βόρβορος*) zur Bezeichnung der reinen und klaren

πρεσβύτατος γενεῇ, σκότιον δέ ἑ γείνατο μήτηρ· 6
ποιμαίνων δ' ἐπ' ὄεσσι μίγη φιλότητι καὶ εὐνῇ,
ἡ δ' ὑποκυσαμένη διδυμάονε γείνατο παῖδε.
καὶ μὲν τῶν ὑπέλυσε μένος καὶ φαίδιμα γυῖα
Μηκιστηιάδης, καὶ ἀπ' ὤμων τεύχε' ἐσύλα.
Ἀστύαλον δ' ἄρ' ἔπεφνε μενεπτόλεμος Πολυποίτης·
Πιδύτην δ' Ὀδυσεὺς Περκώσιον ἐξενάριξεν
ἔγχεϊ χαλκείῳ, Τεῦκρος δ' Ἀρετάονα δῖον.
Ἀντίλοχος δ' Ἄβληρον ἐνήρατο δουρὶ φαεινῷ
Νεστορίδης, Ἔλατον δὲ ἄναξ ἀνδρῶν Ἀγαμέμνων·
ναῖε δὲ Σατνιόεντος ἐυρρείταο παρ' ὄχθας
Πήδασον αἰπεινήν. Φύλακον δ' ἕλε Λήιτος ἥρως
φεύγοντ'· Εὐρύπυλος δὲ Μελάνθιον ἐξενάριξεν.
Ἄδρηστον δ' ἄρ' ἔπειτα βοὴν ἀγαθὸς Μενέλαος
ζωὸν ἕλ'· ἵππω γάρ οἱ ἀτυζομένω πεδίοιο
ὄζῳ ἔνι βλαφθέντε μυρικίνῳ, ἀγκύλον ἅρμα
ἄξαντ' ἐν πρώτῳ ῥυμῷ αὐτὼ μὲν ἐβήτην
πρὸς πόλιν, ᾗ περ οἱ ἄλλοι ἀτυζόμενοι φοβέοντο,
αὐτὸς δ' ἐκ δίφροιο παρὰ τροχὸν ἐξεκυλίσθη
πρηνὴς ἐν κονίῃσιν ἐπὶ στόμα. πὰρ δέ οἱ ἔστη
Ἀτρείδης Μενέλαος ἔχων δολιχόσκιον ἔγχος.
Ἄδρηστος δ' ἄρ' ἔπειτα λαβὼν ἐλλίσσετο γούνων.
„ζώγρει, Ἀτρέος υἱέ, σὺ δ' ἄξια δέξαι ἄποινα.

Quelle, vgl. ξ, 444 *νύμφη νηὶς ἀμύμων*.

25. *μίγη*, näml. *τῇ νύμφῃ*. Vgl. γ, 445.

31 f. *Ἀρετάονα – Ἄβληρον*. Die meisten dieser Troernamen kommen nur hier vor, und scheinen sonst unbekannte Thraker und andere *ἐπίκουροι* zu bezeichnen, also vom Dichter frei gebildet oder gewählt zu sein. Vgl. Einl. S. 3.

35. *Πήδ. αἰπεινήν* = φ, 87 *Πήδ. αἰπήεσσαν*.

37. *Ἄδρηστος*, vgl. zu ε, 612.

38. *ἀτυζομένω πεδίοιο* (vgl. zu Od. λ, 606), scheu durch die Ebene eilend = σ, 7, wo aber von Menschen die Rede ist.

40. *ἐν πρώτῳ ῥυμῷ*, vorn an der Deichsel, *ἐπ' ἄκρῳ* (*ῥυμῷ*) ε, 729, wo sie sehr dünn gewesen zu sein scheint, so dass sie auch π, 371 an derselben Stelle zerbricht. Vermuthlich brach sie hier kurz hinter dem Joche ab, so dass die Pferde noch durch das Joch verbunden davonlaufen konnten. *αὐτὼ μὲν* ist Wiederaufnahme des Subjectes *ἵππω* (sie zwar, sie selbst), um auf den Gegensatz mit dem Herrn des Wagens (42 *αὐτὸς δὲ*) vorzubereiten.

46. *ζώγρει*, d. h. schenke mir das Leben, vgl. zu ε, 698.

πολλὰ δ' ἐν ἀφνειοῦ πατρὸς κειμήλια κεῖται,
χαλκός τε χρυσός τε πολύκμητός τε σίδηρος,
τῶν κέν τοι χαρίσαιτο πατὴρ ἀπερείσι' ἄποινα,
εἴ κεν ἐμὲ ζωὸν πεπύθοιτ' ἐπὶ νηυσὶν Ἀχαιῶν."
ὣς φάτο, τῷ δ' ἄρα θυμὸν ἐνὶ στήθεσσιν ὄρινεν.
καὶ δή μιν τάχ' ἔμελλε θοὰς ἐπὶ νῆας Ἀχαιῶν
δώσειν ᾧ θεράποντι καταξέμεν· ἀλλ' Ἀγαμέμνων
ἀντίος ἦλθε θέων, καὶ ὁμοκλήσας ἔπος ηὔδα.
„ὦ πέπον, ὦ Μενέλαε, τίη δὲ σὺ κήδεαι οὕτως
ἀνδρῶν; ἦ σοὶ ἄριστα πεποίηται κατὰ οἶκον
πρὸς Τρώων. τῶν μή τις ὑπεκφύγοι αἰπὺν ὄλεθρον
χεῖράς θ' ἡμετέρας, μηδ' ὅν τινα γαστέρι μήτηρ
κοῦρον ἐόντα φέροι· μηδ' ὃς φύγοι, ἀλλ' ἅμα πάντες
Ἰλίου ἐξαπολοίατ' ἀκήδεστοι καὶ ἄφαντοι."
ὣς εἰπὼν ἔτρεψεν ἀδελφειοῦ φρένας ἥρως
αἴσιμα παρειπών· ὁ δ' ἀπὸ ἕθεν ὤσατο χειρί
ἥρω' Ἄδρηστον. τὸν δὲ κρείων Ἀγαμέμνων
οὖτα κατὰ λαπάρην· ὁ δ' ἀνετράπετ', Ἀτρείδης δέ
λὰξ ἐν στήθεσι βὰς ἐξέσπασε μείλινον ἔγχος.
Νέστωρ δ' Ἀργείοισιν ἐκέκλετο μακρὸν ἀύσας
„ὦ φίλοι ἥρωες Δαναοί, θεράποντες Ἄρηος,
μή τις νῦν ἐνάρων ἐπιβαλλόμενος μετόπισθεν
μιμνέτω, ὥς κεν πλεῖστα φέρων ἐπὶ νῆας ἵκηται,
ἀλλ' ἄνδρας κτείνωμεν. ἔπειτα δὲ καὶ τὰ ἕκηλοι
νεκροὺς ἂμ πεδίον συλήσετε τεθνηῶτας."
ὣς εἰπὼν ὤτρυνε μένος καὶ θυμὸν ἑκάστου.

52. *τάχ' ἔμελλε*, er war schon im Begriffe, vgl. zu Od. *χ*, 9.

53. *καταξέμεν*, Aorist, wie *ψ*, 50 = 111. *ω*, 663 *ἀξέμεν* und *ἀξέμεναι*. Vgl. zu Od. *δ*, 274 *κελευσέμεναι δέ σ' ἔμελλεν*.

55. *ὦ πέπον, ὦ Μενέλαε*. Doppelte Anrede, als Ausdruck der angelegentlichen Hast. *τίη δέ* = *τί δὲ δή*, vgl. zu Od. *ο*, 326.

56. *ἦ σοὶ ἄριστα κτέ.* ironisch: wahrlich, die Troer haben an dir in deinem eigenen Hause (an der Helena) auch gar schön gehandelt.

60. *ἄφαντοι*, unbezeichnet, spurlos, ohne auch nur ein Denkmal zu hinterlassen. Vgl. *υ*, 303 *ὄφρα μὴ ἄσπερμος γενεὴ καὶ ἄφαντος ὄληται*.

68. *ἐνάρων ἐπιβαλλόμενος*, Hand an die Beute legend. Nestor will, dass sie zuerst sich des Sieges versichern, ehe sie an Beute und Gewinn für sich selbst denken.

ἔνθα κεν αὖτε Τρῶες ἀρηιφίλων ὑπ' Ἀχαιῶν
Ἴλιον εἰσανέβησαν ἀναλκείῃσι δαμέντες,
εἰ μὴ ἄρ' Αἰνείᾳ τε καὶ Ἕκτορι εἶπε παραστάς
Πριαμίδης Ἕλενος, οἰωνοπόλων ὄχ' ἄριστος,
„Αἰνεία τε καὶ Ἕκτορ, ἐπεὶ πόνος ὔμμι μάλιστα
Τρώων καὶ Λυκίων ἐγκέκλιται, οὕνεκ' ἄριστοι
πᾶσαν ἐπ' ἰθύν ἐστε μάχεσθαί τε φρονέειν τε,
στῆτ' αὐτοῦ, καὶ λαὸν ἐρυκάκετε πρὸ πυλάων
πάντῃ ἐποιχόμενοι, πρὶν αὖτ' ἐν χερσὶ γυναικῶν
φεύγοντας πεσέειν, δηίοισι δὲ χάρμα γενέσθαι.
αὐτὰρ ἐπεί κε φάλαγγας ἐποτρύνητον ἁπάσας,
ἡμεῖς μὲν Δαναοῖσι μαχησόμεθ' αὖθι μένοντες,
καὶ μάλα τειρόμενοί περ· ἀναγκαίη γὰρ ἐπείγει·
Ἕκτορ, ἀτὰρ σὺ πόλινδε μετέρχεο, εἰπὲ δ' ἔπειτα
μητέρι σῇ καὶ ἐμῇ· ἡ δὲ ξυνάγουσα γεραιάς
νηὸν Ἀθηναίης γλαυκώπιδος ἐν πόλει ἄκρῃ,
οἴξασα κληῖδι θύρας ἱεροῖο δόμοιο,
πέπλον, ὅ οἱ δοκέει χαριέστατος ἠδὲ μέγιστος
εἶναι ἐνὶ μεγάρῳ καί οἱ πολὺ φίλτατος αὐτῇ,
θεῖναι Ἀθηναίης ἐπὶ γούνασιν ἠυκόμοιο,

76. *Πριαμίδης Ἕλενος* tritt hier zum ersten Male auf, hat aber sowohl hier als η, 44–53 entscheidenden Einfluss auf den Gang der Ereignisse.

77. *Αἰνεία*. Merkwürdig ist die grosse Bedeutung, die hier dem Aeneas beigelegt wird; vgl. zu υ, 307.

78. *Λυκίων*, vgl. δ, 197. Die Lykier werden hier wieder passend statt aller andern *ἐπίκουροι* genannt, weil nun bald auch der andere ihrer Anführer, Glaukos, auf den Schauplatz hervortreten soll.

80. *στῆτ' αὐτοῦ*, d. h. hemmt eure Flucht; vgl. Od. ζ, 199.

81 f. *πρὶν–πεσέειν* verächtlich: ehe sie sich wieder (wie auch schon früher) fliehend den Weibern in die Arme werfen.

84. *ἡμεῖς μέν*, wir andern und zunächst ich (Helenos) und Aeneas.

86. *εἰπὲ* hat den Inhalt der folgenden Verse 87–97 zum Object; vgl. 75 mit 77 ff. — Zur Wortstellung *Ἕκτορ, ἀτὰρ σὺ* vgl. 429. *ἀτὰρ σὺ* macht den Gegensatz zu *ἡμεῖς μὲν* 84.

87. *ξυνάγουσα*, „vereint hinführend" ist gleichzeitig gedacht mit der Haupthandlung *θεῖναι* (92) = *ξυναγέτω καὶ – θέτω*. Von *ξυνάγουσα* hängt auch *νηὸν Ἀθηναίης* ab, auf die Frage wohin? *οἴξασα* bezeichnet eine dem *θεῖναι* untergeordnete und vorübergehende Handlung.

92. *Ἀθηναίης ἐπὶ γούνασιν* = 273. 303; vgl. zu Od. α, 267. Strabo: *Πολλὰ δὲ τῶν ἀρχαίων τῆς Ἀθηνᾶς ξοάνων καθήμενα δείκνυται, καθάπερ ἐν Φωκαίᾳ, Μασσαλίᾳ, Ῥώμῃ, Χίῳ καὶ ἄλλαις πλείοσιν.*

καί οἱ ὑποσχέσθαι δυοκαίδεκα βοῦς ἐνὶ νηῷ
ἤνις ἠκέστας ἱερευσέμεν, αἴ κ' ἐλεήσῃ
ἄστυ τε καὶ Τρώων ἀλόχους καὶ νήπια τέκνα,
αἴ κεν Τυδέος υἱὸν ἀπόσχῃ Ἰλίου ἱρῆς,
ἄγριον, αἰχμητήν, κρατερὸν μήστωρα φόβοιο,
ὃν δὴ ἐγὼ κάρτιστον Ἀχαιῶν φημὶ γενέσθαι.
οὐδ' Ἀχιλῆά ποθ' ὧδέ γ' ἐδείδιμεν, ὄρχαμον ἀνδρῶν,
ὅν πέρ φασι θεᾶς ἐξέμμεναι· ἀλλ' ὅδε λίην
μαίνεται, οὐδέ τίς οἱ δύναται μένος ἰσοφαρίζειν."
ὣς ἔφαθ', Ἕκτωρ δ' οὔ τι κασιγνήτῳ ἀπίθησεν.
αὐτίκα δ' ἐξ ὀχέων σὺν τεύχεσιν ἆλτο χαμᾶζε,
πάλλων δ' ὀξέα δοῦρα κατὰ στρατὸν ᾤχετο πάντῃ
ὀτρύνων μαχέσασθαι, ἔγειρε δὲ φύλοπιν αἰνήν.
οἱ δ' ἐλελίχθησαν καὶ ἐναντίοι ἔσταν Ἀχαιῶν·
Ἀργεῖοι δ' ὑπεχώρησαν, λῆξαν δὲ φόνοιο,
φὰν δέ τιν' ἀθανάτων ἐξ οὐρανοῦ ἀστερόεντος
Τρωσὶν ἀλεξήσοντα κατελθέμεν· ὣς ἐλέλιχθεν.
Ἕκτωρ δὲ Τρώεσσιν ἐκέκλετο μακρὸν ἀύσας
„Τρῶες ὑπέρθυμοι τηλεκλειτοί τ' ἐπίκουροι,
ἀνέρες ἔστε, φίλοι, μνήσασθε δὲ θούριδος ἀλκῆς,
ὄφρ' ἂν ἐγὼ βείω προτὶ Ἴλιον, ἠδὲ γέρουσιν

94. *ἤνις ἠκέστας*, vgl. Od. *γ*, 382.

100. *ὅν πέρ φασι*, von dem sie doch sagen, obgleich man sagt, vgl. *β*, 286 *ἥν περ ὑπέσταν*. — *θεᾶς ἐξέμμεναι*, vgl. *ε*, 637 *οἳ Διὸς ἐξεγένοντο*. *υ*, 305 *οἳ ἔθεν ἐξεγένοντο*. Das Compositum *ἔξειμι* von *εἰμί* kommt freilich sonst als Personale nur *ω*, 387 vor: *τέων δ' ἔξεσσι τοκήων;*

102. *Ἕκτωρ δ' οὔ τι — ἀπίθησεν*. Hektor leistet dem Helenos sogleich Folge und entfernt sich — nachdem er jedoch vorher 104–115 das Nöthige gethan um die Schlacht herzustellen — vom Kampfplatz nach der Stadt (116). Die Anrufung der Athene und der in Aussicht gestellte Beistand dieser Stadtbeschützerin ist ihm keineswegs zu gering, um für so lange seinen Arm dem Kampfe zu entziehen. Zudem will er aber auch den geflüchteten Paris wieder in die Schlacht zurückführen (280 f. 313–331) und die Seinigen — vielleicht zum letzten Male — sehen (305–502).

103–106. *αὐτίκα — Ἀχαιῶν* = *ε*, 494–497.

108. *φὰν δέ τιν' ἀθανάτων*, wie ja in dieser Schlacht selbst Ares und Apollon, was immer Einzelne unter dem Heere wussten (*ε*, 603 f.).

113 f. *γέρουσιν — βουλευτῇσι*. Diese werden freilich bei der Ausführung des Vorhabens nicht besonders erwähnt (vgl. 237–241. 269–312). Ebenso ist 115 *ἑκατόμβας* (vgl. 93 f.) hyperbolisch gebraucht.

εἴπω βουλευτῇσι καὶ ἡμετέρῃς ἀλόχοισιν 6
δαίμοσιν ἀρήσασθαι, ὑποσχέσθαι δ' ἑκατόμβας."
ὣς ἄρα φωνήσας ἀπέβη κορυθαίολος Ἕκτωρ·
ἀμφὶ δέ μιν σφυρὰ τύπτε καὶ αὐχένα δέρμα κελαινόν,
ἄντυξ ἣ πυμάτη θέεν ἀσπίδος ὀμφαλοέσσης.
Γλαῦκος δ' Ἱππολόχοιο πάϊς καὶ Τυδέος υἱός
ἐς μέσον ἀμφοτέρων συνίτην μεμαῶτε μάχεσθαι.
οἱ δ' ὅτε δὴ σχεδὸν ἦσαν ἐπ' ἀλλήλοισιν ἰόντες,
τὸν πρότερος προσέειπε βοὴν ἀγαθὸς Διομήδης
„τίς δὲ σύ ἐσσι, φέριστε, καταθνητῶν ἀνθρώπων;
οὐ μὲν γάρ ποτ' ὄπωπα μάχῃ ἔνι κυδιανείρῃ
τὸ πρίν· ἀτὰρ μὲν νῦν γε πολὺ προβέβηκας ἁπάντων
σῷ θάρσει, ὅτ' ἐμὸν δολιχόσκιον ἔγχος ἔμεινας.
δυστήνων δέ τε παῖδες ἐμῷ μένει ἀντιόωσιν.
εἰ δέ τις ἀθανάτων γε κατ' οὐρανοῦ εἰλήλουθας,
οὐκ ἂν ἔγωγε θεοῖσιν ἐπουρανίοισι μαχοίμην.

117. ἀμφὶ nach Hoffmann Adverbium = oben und unten, erklärt durch σφυρὰ καὶ αὐχένα.

118. ἄντυξ (vgl. zu ε, 728), am Schilde der Rand, der auch entgegen- und vorsteht. Das Relativum ἣ sollte dem Sinne nach auf δέρμα κελαινὸν gerichtet sein, statt auf das Prädicat ἄντυξ. ἄντυξ πυμάτη = σ, 608, auch ἄντυξ πρώτη υ, 275, die äusserste Einfassung des Randes, war inwendig mit einem Felle gefüttert, um das Anschlagen des schweren Schildes am Nacken und den Füssen weniger fühlbar zu machen.

119. Γλαῦκος, vgl. β, 876. Diese Episode zwischen Glaukos und Diomedes gewährt dem Dichter den Vortheil, dass er nicht den misslichen Versuch machen muss, den Diomedes, der schon im vorigen Buche als Kämpfer das Höchste geleistet, hier gleichsam sich selbst überbieten zu lassen.

120. ἐς μέσον ἀμφοτέρων, in die Mitte zwischen beiden Heeren, das μεταίχμιον.

123. τίς δὲ σύ ἐσσι. Diese Unbekanntschaft im zehnten Jahre des Krieges ist allerdings auffallend, doch nicht gerade unglaublich, wenn man bedenkt, dass Glaukos nicht unter die Helden ersten Ranges gehörte: dagegen kennt er unten 145 den Diomedes. Vgl. übrigens zu γ, 166.

126. ὅτι – ἔμεινας giebt die Art und Weise des προβέβηκας an = τούτῳ ὅτι, καθότι – ἔμεινας.

127. δυστήνων – ἀντιόωσιν = φ, 151. Die Söhne Unglücklicher, weil die Väter bald den Tod derselben werden beklagen müssen.

128 f. εἰ δέ τις – μαχοίμην, vgl. unten 142. Diomedes hat freilich im vorigen Buche auch gegen Götter gekämpft, gegen Aphrodite 330–339, und gegen Ares 855–859, doch beides nur auf ausdrückliche Aufforderung der Athene und beim letztern so, dass ihm die Göttin beinahe den Arm lenkte. Dennoch kann er jetzt wieder, und gerade wegen des Vorganges mit Ares, eine tiefe Scheu, ja ein Grauen

οὐδὲ γὰρ οὐδὲ Δρύαντος υἱὸς κρατερὸς Λυκόοργος
δὴν ἦν, ὅς ῥα θεοῖσιν ἐπουρανίοισιν ἔριζεν,
ὅς ποτε μαινομένοιο Διωνύσοιο τιθήνας
σεῦε κατ' ἠγάθεον Νυσήιον· αἱ δ' ἅμα πᾶσαι
θύσθλα χαμαὶ κατέχευαν, ὑπ' ἀνδροφόνοιο Λυκούργου
θεινόμεναι βουπλῆγι. Διώνυσος δὲ φοβηθείς
δύσεθ' ἁλὸς κατὰ κῦμα, Θέτις δ' ὑπεδέξατο κόλπῳ
δειδιότα· κρατερὸς γὰρ ἔχε τρόμος ἀνδρὸς ὁμοκλῇ.
τῷ μὲν ἔπειτ' ὀδύσαντο θεοὶ ῥεῖα ζώοντες,
καί μιν τυφλὸν ἔθηκε Κρόνου παῖς· οὐδ' ἄρ' ἔτι δήν
ἦν, ἐπεὶ ἀθανάτοισιν ἀπήχθετο πᾶσι θεοῖσιν.
οὐδ' ἂν ἐγὼ μακάρεσσι θεοῖς ἐθέλοιμι μάχεσθαι.
εἰ δέ τίς ἐσσι βροτῶν, οἳ ἀρούρης καρπὸν ἔδουσιν,
ἆσσον ἴθ', ὥς κεν θᾶσσον ὀλέθρου πείραθ' ἵκηαι."
τὸν δ' αὖθ' Ἱππολόχοιο προσηύδα φαίδιμος υἱός
„Τυδείδη μεγάθυμε, τίη γενεὴν ἐρεείνεις;
οἵη περ φύλλων γενεή, τοίη δὲ καὶ ἀνδρῶν.
φύλλα τὰ μέν τ' ἄνεμος χαμάδις χέει, ἄλλα δέ θ' ὕλη
τηλεθόωσα φύει, ἔαρος δ' ἐπιγίγνεται ὥρη·

vor jedem ferneren Kampfe gegen einen Gott empfinden. Die Gabe aber, Götter und Sterbliche zu unterscheiden, die ihm Athene ε, 127f. vgl. mit 603f. gewährt hatte, sollte wohl keine bleibende, sondern nur für jenen einzelnen Fall gegeben sein.

130. *Δρύαντος – Λυκόοργος* wollte den Bacchusdienst nicht in seinem Lande einführen lassen, und verjagte daher die Wärterinnen (Verehrerinnen) des Bacchus, so dass dieser selbst sich in's Meer flüchtete. Zur Strafe ward er geblendet und verlor bald auch das Leben.

131. *δὴν ἦν*, vgl. α, 416 mit ε, 407 *οὐ δηναιός*.

132. *μαινομένοιο Διωνύσοιο*, des schwärmenden Dionysos. Ueber die Erwähnungen dieses Gottes bei Homer vgl. Einl. S. 6f.

136. *Θέτις δ' ὑπεδέξατο κόλπῳ*, wie σ, 398 den Hephästos.

140. *ἐπεὶ – ἀπήχθετο.* So erscheint frühzeitiger Tod als natürliche Folge des Unwillens der Götter.

142. *βροτῶν οἳ – ἔδουσιν*, vgl. zu Od. ι, 89. Dieser Begriff der beschränkten und bedürftigen menschlichen Natur passt nirgends bei Homer, wo die Menschen *ἀλφησταὶ* genannt werden.

146. *τοίη δὲ καὶ ἀνδρῶν*, so ist hinwieder auch das der Menschen. Das Gleichniss ist nicht bloss weitere Ausmalung von β, 468, sondern Anwendung auf die Vergänglichkeit und den schnellen Wechsel der menschlichen Geschlechtsfolgen.

148. *ἔαρος δ' ἐπιγίγνεται ὥρη*, parataktische Zeitbestimmung des Vorigen, wodurch jedoch, der Stellung der Sätze nach, das Eintreten des Frühjahrs mehr als Folge denn

ὣς ἀνδρῶν γενεὴ ἡ μὲν φύει ἡ δ' ἀπολήγει. 6
εἰ δ' ἐθέλεις καὶ ταῦτα δαήμεναι, ὄφρ' εὖ εἰδῇς
ἡμετέρην γενεήν· πολλοὶ δέ μιν ἄνδρες ἴσασιν·
ἔστι πόλις Ἐφύρη μυχῷ Ἄργεος ἱπποβότοιο,
ἔνθα δὲ Σίσυφος ἔσκεν, ὃ κέρδιστος γένετ' ἀνδρῶν,
Σίσυφος Αἰολίδης· ὁ δ' ἄρα Γλαῦκον τέκεθ' υἱόν,
αὐτὰρ Γλαῦκος ἔτικτεν ἀμύμονα Βελλεροφόντην.
τῷ δὲ θεοὶ κάλλος τε καὶ ἠνορέην ἐρατεινήν
ὤπασαν. αὐτάρ οἱ Προῖτος κακὰ μήσατο θυμῷ,
ὅς ῥ' ἐκ δήμου ἔλασσεν, ἐπεὶ πολὺ φέρτερος ἦεν,
Ἀργείων· Ζεὺς γάρ οἱ ὑπὸ σκήπτρῳ ἐδάμασσεν.
τῷ δὲ γυνὴ Προίτου ἐπεμήνατο, δῖ' Ἄντεια,
κρυπταδίῃ φιλότητι μιγήμεναι· ἀλλὰ τὸν οὔ τι
πεῖθ' ἀγαθὰ φρονέοντα δαΐφρονα Βελλλεροφόντην.

als Ursache der blühenden Blätter erscheint.

149. *φύει.* Der Gegensatz mit *ἀπολήγει* und die Genauigkeit der Vergleichung fordert, dass *φύει* hier intransitiv genommen werde; vgl. Meineke zu Theokrit. 7, 75.

150f. *εἰ δ' ἐθέλεις – ἴσασιν* = υ, 213f. Der sich von selbst verstehende Nachsatz zu *εἰ δ' ἐθέλεις – δαήμεναι* ist: „so vernimm es" oder „so will ich dir's sagen".

152. *Ἐφύρη* = *Κόρινθος* β, 570, verschieden von dem β, 659 = Od. α, 259 erwähnten. Nach Aristarch braucht Homer den Namen Korinthos, wo er als Dichter in eigener Person spricht, dagegen wo er einen seiner Heroen sprechen lässt, den Namen Ephyre. — *μυχῷ Ἄργεος ἱπποβότοιο*, vgl. zu Od. γ, 263.

153. *Σίσυφος*, vgl. zu Od. λ, 593.

154. *Αἰολίδης* = Od. γ, 237, wo Kretheus (Bruder des Salmoneus) so bezeichnet wird.

155. *Βελλεροφόντης* soll eigentl. *Ἱππόνοος* geheissen und einen Verwandten oder Fürsten in Korinth, Namens *Βέλλερος*, getödtet haben. Wegen dieser Blutschuld floh er zum tirynthischen König Proetos (157), Gemahl der Anteia (160) — der Tochter des lykischen Königs Iobates (170 *ᾧ πενθερῷ*, vgl. 173) — und ward von ihm gereinigt. Sein ferneres Schicksal enthält unsere Stelle, vgl. Preller Mythol. 2. Aufl. 2 S. 77–89.

156. *κάλλος τε καὶ ἠνορέην ἐρατεινήν*, beides mit Bezug auf die folgende Erzählung erwähnt.

157. *αὐτάρ οἱ Προῖτος κτέ.*, nämlich später, in Folge der Verleumdungen der Anteia 160 – 166. Denn auch wenn das Motiv seiner Entfernung das in diesen Versen angegebene war, musste Proetos der *πολὺ φέρτερος* sein und war B. in der That ein Vertriebener.

159. *Ἀργείων* ist nachträgliche Erklärung zu *ἐκ δήμου*, auch um anzudeuten, dass Bellerophontes jetzt in Argolis war. Der vorhergehende Satz aber *ἐπεὶ – ἦεν* geht auf Proetos in seinem Verhältniss zu Bellerophontes. *ἐδάμασσεν*, erg. *δῆμον Ἀργείων*.

160. *δῖ' Ἄντεια*, vgl. zu Od. γ, 266 *δῖα Κλυταιμνήστρη*.

162. *ἀγαθὰ φρονέοντα* hier anders als Od. α, 43. Il. ω, 173.

6 ἡ δὲ ψευσαμένη Προῖτον βασιλῆα προσηύδα
,τεθναίης, ὦ Προῖτ', ἢ κάκτανε Βελλεροφόντην,
ὅς μ' ἔθελεν φιλότητι μιγήμεναι οὐκ ἐθελούσῃ.'
ὣς φάτο, τὸν δὲ ἄνακτα χόλος λάβεν, οἷον ἄκουσεν.
κτεῖναι μέν ῥ' ἀλέεινε, σεβάσσατο γὰρ τό γε θυμῷ,
πέμπε δέ μιν Λυκίηνδε, πόρεν δ' ὅ γε σήματα λυγρά,
γράψας ἐν πίνακι πτυκτῷ θυμοφθόρα πολλά,
δεῖξαι δ' ἠνώγειν ᾧ πενθερῷ ὄφρ' ἀπόλοιτο.
αὐτὰρ ὁ βῆ Λυκίηνδε θεῶν ὑπ' ἀμύμονι πομπῇ.
ἀλλ' ὅτε δὴ Λυκίην ἷξε Ξάνθον τε ῥέοντα,
προφρονέως μιν τῖεν ἄναξ Λυκίης εὐρείης.
ἐννῆμαρ ξείνισσε καὶ ἐννέα βοῦς ἱέρευσεν.
ἀλλ' ὅτε δὴ δεκάτη ἐφάνη ῥοδοδάκτυλος ἠώς,
καὶ τότε μιν ἐρέεινε καὶ ᾔτεε σῆμα ἰδέσθαι,
ὅ ττί ῥά οἱ γαμβροῖο πάρα Προίτοιο φέροιτο.
αὐτὰρ ἐπεὶ δὴ σῆμα κακὸν παρεδέξατο γαμβροῦ,
πρῶτον μέν ῥα Χίμαιραν ἀμαιμακέτην ἐκέλευσεν
πεφνέμεν. ἡ δ' ἄρ' ἔην θεῖον γένος, οὐδ' ἀνθρώπων,

164. *τεθναίης*, mögest du sterben, es ist das Beste für dich, du sterbest, oder dann tödte den B.

165. *ὅς μ' ἔθελεν – ἐθελούσῃ*, ein unzweifelhaftes Beispiel der Elision des Diphthonges *οι* im Dativ sing., und zwar vor einem kurzen Vocale. Vgl. zu *α*, 170.

167. *σεβάσσατο – θυμῷ* = 417; denn daraus machte er sich ein Gewissen. Vgl. Od. *α*, 263 *ἐπεί ῥα θεοὺς νεμεσίζετο αἰὲν ἐόντας*.

168f. *σήματα λυγρά, γράψας*. Ohne Zweifel sind symbolische Zeichen, gewisse Bilder, *εἴδωλα*, gemeint, keine Schrift; vgl. Einl. zu Od. S. 10. *γράψας – πολλά*, deren er viele tödtliche, auf einen Mord hindeutende, in die doppeltgefaltete (natürlich verschlossene) Tafel (*δίπτυχον*) eingegraben oder geritzt hatte. *γράψας* = *ἐγχαράξας*.

171. *ἀμύμονι*, weil göttlich; vgl. Od. *μ*, 261 *θεοῦ ἐς ἀμύμονα νῆσον*, von der Insel des Sonnengottes.

172. *Ξάνθον τε ῥέοντα*, vgl. 4 *ἰδὲ Ξάνθοιο ῥοάων*.

174. *ἐννῆμαρ ξείνισσε*. Zuerst wurde der Fremdling aufgenommen und eine Zeit lang bewirthet, dann erst musste er sich ausweisen (durch die *tessera hospitalis*). Zu der Zeitbestimmung *ἐννῆμαρ* vgl. 217 *ξείνισσ' – ἐείκοσιν ἤματ' ἐρύξας*.

176. *ᾔτεε σῆμα ἰδέσθαι*. Bellerophontes hatte sich also schon mündlich als von Proetos Empfohlenen angekündigt.

179. *Χίμαιρα* hier Eigenname, 181 Appellativum. Ueber *ἀμαιμάκετος* vgl. zu Od. *ξ*, 311.

180. *ἡ δ' ἄρ' ἔην κτέ.*, vgl. Od. *μ*, 118 *ἡ δέ τοι οὐ θνητὴ ἀλλ' ἀθάνατον κακόν ἐστιν*. Die Vorstellung unsers Dichters von der Chimära ist noch einfacher als die

πρόσθε λέων, ὄπιθεν δὲ δράκων, μέσση δὲ χίμαιρα,
δεινὸν ἀποπνείουσα πυρὸς μένος αἰθομένοιο.
καὶ τὴν μὲν κατέπεφνε θεῶν τεράεσσι πιθήσας,
δεύτερον αὖ Σολύμοισι μαχήσατο κυδαλίμοισιν·
καρτίστην δὴ τήν γε μάχην φάτο δύμεναι ἀνδρῶν.
τὸ τρίτον αὖ κατέπεφνεν Ἀμαζόνας ἀντιανείρας.
τῷ δ' ἄρ' ἀνερχομένῳ πυκινὸν δόλον ἄλλον ὕφαινεν·
κρίνας ἐκ Λυκίης εὐρείης φῶτας ἀρίστους
εἷσε λόχον. τοὶ δ' οὔ τι πάλιν οἰκόνδε νέοντο·
πάντας γὰρ κατέπεφνεν ἀμύμων Βελλεροφόντης.
ἀλλ' ὅτε δὴ γίγνωσκε θεοῦ γόνον ἠὺν ἐόντα,
αὐτοῦ μιν κατέρυκε, δίδου δ' ὅ γε θυγατέρα ἥν,
δῶκε δέ οἱ τιμῆς βασιληίδος ἥμισυ πάσης·
καὶ μέν οἱ Λύκιοι τέμενος τάμον ἔξοχον ἄλλων,
καλὸν φυταλιῆς καὶ ἀρούρης, ὄφρα νέμοιτο.
ἡ δ' ἔτεκε τρία τέκνα δαΐφρονι Βελλεροφόντῃ,
Ἴσανδρόν τε καὶ Ἱππόλοχον καὶ Λαοδάμειαν.
Λαοδαμείῃ μὲν παρελέξατο μητίετα Ζεύς,
ἡ δ' ἔτεκ' ἀντίθεον Σαρπηδόνα χαλκοκορυστήν.
ἀλλ' ὅτε δὴ καὶ κεῖνος ἀπήχθετο πᾶσι θεοῖσιν,
ἤ τοι ὁ κὰπ πεδίον τὸ Ἀλήιον οἶος ἀλᾶτο,

des Hesiodos Theog. 319–322, und er weiss noch nichts vom Pegasos, ebend. 325.

184. *Σολύμοισι*, einem kriegerischen Volke in Lykien, vgl. Od. *ε*, 283.

185. *καρτίστην – φάτο δύμεναι*. Vgl. *η*, 155, wo Nestor sich rühmt: *τὸν δὴ μήκιστον καὶ κάρτιστον κτάνον ἄνδρα*. Od. *μ*, 258.

191. *θεοῦ γόνον ἠὺν ἐόντα*. Er wurde auch wirklich für einen Sohn des Poseidon gehalten.

193. *δῶκε δέ οἱ κτέ*. d. h. er nahm ihn zum Mitregenten an mit der Aussicht auf einstige Nachfolge.

194. *τέμενος*, ὁ ἀποτετμημένος τόπος. Vgl. *υ*, 184f., *μ*, 313f.

200. *καὶ κεῖνος ἀπήχθετο*, wie oben 140 Lykurgos und gemäss dem Unbestand alles menschlichen Glükkes. Dass er aber den Göttern verhasst sei, schloss man aus seiner in den zwei folgenden Versen beschriebenen Krankheit (Schwermuth, Melancholie) und dem gänzlichen Umschlag seines Glückes (203 – 205). So sagen die Kyklopen zu Polyphemos, den sie für wahnsinnig halten, Od. *ι*, 411 *νοῦσόν γ' οὔ πως ἔστι Διὸς μεγάλου ἀλέασθαι*.

201. *πεδίον τὸ Ἀλήιον – ἀλᾶτο*. Die Benennung *Ἀλήιον* ist vom Dichter ohne Zweifel wegen des Gleichklanges mit *ἀλᾶτο* und *ἀλεείνων* gewählt und in seinem Sinne davon abzuleiten. Ein *Ἀλήιον πεδίον* in Kilikien (oberhalb Mallos, um den Fluss Pyramos) erwähnt

ὃν θυμὸν κατέδων, πάτον ἀνθρώπων ἀλεείνων,
Ἴσανδρον δέ οἱ υἱὸν Ἄρης ἆτος πολέμοιο
μαρνάμενον Σολύμοισι κατέκτανε κυδαλίμοισιν,
τὴν δὲ χολωσαμένη χρυσήνιος Ἄρτεμις ἔκτα.
Ἱππόλοχος δ' ἔμ' ἔτικτε, καὶ ἐκ τοῦ φημὶ γενέσθαι·
πέμπε δέ μ' ἐς Τροίην, καί μοι μάλα πόλλ' ἐπέτελλεν,
αἰὲν ἀριστεύειν καὶ ὑπείροχον ἔμμεναι ἄλλων,
μηδὲ γένος πατέρων αἰσχυνέμεν, οἳ μέγ' ἄριστοι
ἔν τ' Ἐφύρῃ ἐγένοντο καὶ ἐν Λυκίῃ εὐρείῃ.
ταύτης τοι γενεῆς τε καὶ αἵματος εὔχομαι εἶναι."
ὣς φάτο, γήθησεν δὲ βοὴν ἀγαθὸς Διομήδης.
ἔγχος μὲν κατέπηξεν ἐπὶ χθονὶ πουλυβοτείρῃ,
αὐτὰρ ὁ μειλιχίοισι προσηύδα ποιμένα λαῶν.
„ἦ ῥά νύ μοι ξεῖνος πατρώιός ἐσσι παλαιός·
Οἰνεὺς γάρ ποτε δῖος ἀμύμονα Βελλεροφόντην
ξείνισ' ἐνὶ μεγάροισιν ἐείκοσιν ἤματ' ἐρύξας.
οἱ δὲ καὶ ἀλλήλοισι πόρον ξεινήια καλά·
Οἰνεὺς μὲν ζωστῆρα δίδου φοίνικι φαεινόν,
Βελλεροφόντης δὲ χρύσεον δέπας ἀμφικύπελλον,
καί μιν ἐγὼ κατέλειπον ἰὼν ἐν δώμασ' ἐμοῖσιν.
Τυδέα δ' οὐ μέμνημαι, ἐπεί μ' ἔτι τυτθὸν ἐόντα
κάλλιφ', ὅτ' ἐν Θήβῃσιν ἀπώλετο λαὸς Ἀχαιῶν.
τῷ νῦν σοὶ μὲν ἐγὼ ξεῖνος φίλος Ἄργεϊ μέσσῳ

auch Herod. 6, 95.

205. *χρυσήνιος Ἄρτεμις* wie Od. *ϑ*, 285 *χρυσήνιος Ἄρης* (vgl. Iliad. *ε*, 509 *Φοίβου Ἀπόλλωνος χρυσαόρου*. Herod. 8, 77 in einem Orakel *Ἀρτέμιδος χρυσαόρου*). Sie führten also goldene d. h. mit Goldplatten belegte Zügel oder überhaupt goldene Waffen und Wehrgehänge.

209. *μηδὲ γένος πατέρων αἰσχυνέμεν κτέ.* Deutliche Hinweisung auf ein edles und auch zur Zeit des Dichters hochgeehrtes Geschlecht, wie denn nach Herodot. 1, 147 ein Theil der kleinasiatischen Ioner *βασιλέας ἐστήσαντο Λυκίους ἀπὸ Γλαύκου τοῦ Ἱππολόχου γεγονότας*.

219. *ζωστῆρα*, vgl. zu *δ*, 132 ff.

221. *μιν*, das *χρύσεον δέπας*. — *ἰὼν discedens*, als ich in den Krieg zog. Vgl. Virg. Aen. 11, 46, wo *discedens* und *euntem* im gleichen Sinne mit einander abwechseln.

222. *Τυδέα δ' οὐ μέμνημαι* muss nach dem Zusammenhange wohl heissen: von Tydeus aber entsinne ich mich nicht, ob er die Gastfreundschaft mit Bellerophontes oder Hippolochos irgendwie unterhielt und fortsetzte. Dann geht Diomedes 224 auf sich selbst über.

εἰμί, σὺ δ' ἐν Λυκίῃ, ὅτε κεν τῶν δῆμον ἵκωμαι.
ἔγχεα δ' ἀλλήλων ἀλεώμεθα καὶ δι' ὁμίλου·
πολλοὶ μὲν γὰρ ἐμοὶ Τρῶες κλειτοί τ' ἐπίκουροι,
κτείνειν ὅν κε θεός γε πόρῃ καὶ ποσσὶ κιχείω,
πολλοὶ δ' αὖ σοὶ Ἀχαιοί, ἐναιρέμεν ὅν κε δύνηαι.
τεύχεα δ' ἀλλήλοις ἐπαμείψομεν, ὄφρα καὶ οἵδε
γνῶσιν ὅτι ξεῖνοι πατρώιοι εὐχόμεθ' εἶναι."
 ὣς ἄρα φωνήσαντε, καθ' ἵππων ἀίξαντε
χεῖράς τ' ἀλλήλων λαβέτην καὶ πιστώσαντο.
ἔνθ' αὖτε Γλαύκῳ Κρονίδης φρένας ἐξέλετο Ζεύς,
ὃς πρὸς Τυδείδην Διομήδεα τεύχε' ἄμειβεν
χρύσεα χαλκείων, ἑκατόμβοι' ἐννεαβοίων.
 Ἕκτωρ δ' ὡς Σκαιάς τε πύλας καὶ φηγὸν ἵκανεν,
ἀμφ' ἄρα μιν Τρώων ἄλοχοι θέον ἠδὲ θύγατρες
εἰρόμεναι παῖδάς τε κασιγνήτους τε ἔτας τε
καὶ πόσιας. ὁ δ' ἔπειτα θεοῖς εὔχεσθαι ἀνώγει
πάσας ἑξείης· πολλῇσι δὲ κήδε' ἐφῆπτο.
 ἀλλ' ὅτε δὴ Πριάμοιο δόμον περικαλλέ' ἵκανεν,

225. *τῶν δῆμον*, d. i. *Λυκίων*.

229. *ὅν κε δύνηαι* ist in demselben Sinne zu nehmen, wie im vorigen Vers *ὅν κε θεός γε πόρῃ κ. π. κιχ.*

230. *τεύχεα δ' – ἐπαμείψομεν*, vgl. zu *θ*, 192–195.

233. *πιστώσαντο* reciprok: gaben und empfingen das Gelöbniss der Freundschaft.

234 ff. *ἔνθ' αὖτε κτέ.* Der gewichtige Anfang dieser drei Verse mit der Cäsur nach der Arsis des dritten Fusses soll auf den bedeutsamen Schluss der Episode und den Uebergang zu einem neuen Abschnitte aufmerksam machen. Es scheint aber der Gedanke darin angedeutet, dass ein so unverhältnissmässiger Vortheil, wie der des Diomedes war, nur durch eine ganz ausserordentliche Begünstigung der Götter, die sich sogar in Bethörung des andern Theils äussert, erlangt werden könne.

237. *Ἕκτωρ δ' ὡς.* Hier schliesst sich die Erzählung wieder an 118 an, und führt uns erst im Anfange des folgenden Buches auf's Schlachtfeld zurück. Die Speiseiche scheint durch ein Hysteronproteron dem Skäischen Thore nachgestellt zu sein; wenigstens ist sie *ε*, 693 und *η*, 60 ausserhalb der Stadt. Also ist wohl der Sinn: Als er, an der Speiseiche vorbei, zum Skäischen Thore gekommen war.

239. *εἰρόμεναι παῖδας κτέ.*, fragend nach ihren Söhnen u. s. w. Vgl. *ω*, 390 *εἴρεαι Ἕκτορα δῖον.* Ueber *ἔται* vgl. zu Od. *δ*, 3. *κασίγνητοί τε ἔται τε* sind auch Od. *ο*, 273 verbunden; hier können Geliebte oder Verlobte unter *ἔται* verstanden werden, unten 262 Mitbürger.

242. *δόμον*, das Haus im Ganzen, wie Od. *δ*, 43, nach seinen 316 aufgezählten drei Haupttheilen, also mit Einschluss des Hofes, worin die

6 ξεστῆς αἰθούσῃσι τετυγμένον — αὐτὰρ ἐν αὐτῷ
πεντήκοντ' ἔνεσαν θάλαμοι ξεστοῖο λίθοιο,
πλησίοι ἀλλήλων δεδμημένοι· ἔνθα δὲ παῖδες
κοιμῶντο Πριάμοιο παρὰ μνηστῇς ἀλόχοισιν.
κουράων δ' ἑτέρωθεν ἐναντίοι ἔνδοθεν αὐλῆς
δώδεκ' ἔσαν τέγεοι θάλαμοι ξεστοῖο λίθοιο,
πλησίοι ἀλλήλων δεδμημένοι· ἔνθα δὲ γαμβροί
κοιμῶντο Πριάμοιο παρ' αἰδοίῃς ἀλόχοισιν.
ἔνθα οἱ ἠπιόδωρος ἐναντίη ἤλυθε μήτηρ
Λαοδίκην ἐσάγουσα, θυγατρῶν εἶδος ἀρίστην,
ἔν τ' ἄρα οἱ φῦ χειρί, ἔπος τ' ἔφατ', ἔκ τ' ὀνόμαζεν.
„τέκνον, τίπτε λιπὼν πόλεμον θρασὺν εἰλήλουθας;
ἦ μάλα δὴ τείρουσι δυσώνυμοι υἷες Ἀχαιῶν
μαρνάμενοι περὶ ἄστυ· σὲ δ' ἐνθάδε θυμὸς ἀνῆκεν
ἐλθόντ' ἐξ ἄκρης πόλιος Διὶ χεῖρας ἀνασχεῖν.
ἀλλὰ μέν', ὄφρα κέ τοι μελιηδέα οἶνον ἐνείκω,
ὡς σπείσῃς Διὶ πατρὶ καὶ ἄλλοις ἀθανάτοισιν

θάλαμοι (244 und 248). Vgl. zu Od. β, 299 und ζ, 53.

243. ξεστῇς αἰθούσῃσι τετυγμένον, das mit geglätteten Hallen erbaut d. h. mit Hallen aus behauenen Steinen auf beiden Seiten umgeben war. Ueber die zwei Säulenhallen (αἴθουσαι) am Hofe vgl. zu Od. θ, 57. — ἐν αὐτῷ, im Umfang des Hauses, im Hofe, an der einen Seite der Hofmauer. Diesem entspricht 247 ἑτέρωθεν – ἔνδοθεν αὐλῆς.

245. πλησίοι ἀλλήλων δεδμημένοι = 249. Od. ξ, 13 f. ἐντοσθεν δ' αὐλῆς συφεοὺς δυοκαίδεκα ποίει πλησίον ἀλλήλων.

248. τέγεοι = σκεπαστοί, ἐσκεπασμένοι, gedeckt, mit einem Dache versehen. Nach Andern = ὑπερῷοι d. i. ἐπὶ τοῦ τέγους ᾠκοδομημένοι, gegen die zu 242 geäusserte Ansicht über die Lage der θάλαμοι.

251. ἐναντίη ἤλυθε, sie kam ihm entgegen, aus dem Frauengemach in den Hof, vgl. Od. ζ, 53 f. τῷ δὲ θύραζε ἐρχομένῳ ξύμβλητο und unten 286.

252. Λαοδίκην ἐσάγουσα κτέ. scheint auf γ, 124 zurückzuweisen. Da man indessen nicht sieht, wozu sie die Laodike einführte oder wohin eigentlich, so ist Λαοδίκην ἐσάγουσα — freilich gegen den sonstigen Sprachgebrauch des Dichters — wohl mit Schol. Ven. zu erklären: εἰσιοῦσα, εἰσπορευομένη πρὸς τὴν Λαοδίκην, und in diesem Sinne vermuthete auch Bentley Λαοδίκηνδ' ἐσάγουσα, mit Verweisung auf ω, 338 Πηλειωνάδ' ἱκέσθαι. Wollte sie wohl sich erkundigen, warum und mit welchem Erfolg Laodike die Helena γ, 124 nach der Mauer geführt habe? Oder kann der Sinn sein: von Laodike begleitet?

255. δυσώνυμοι υἷες Ἀχαιῶν, vgl. zu Od. τ, 260 Κακοΐλιον οὐκ ὀνομαστήν.

257. ἐξ ἄκρης πόλιος gehört zu χεῖρας ἀνασχεῖν.

πρῶτον, ἔπειτα δὲ καὐτὸς ὀνήσεαι, αἴ κε πίῃσθα.
ἀνδρὶ δὲ κεκμηῶτι μένος μέγα οἶνος ἀέξει,
ὡς τύνη κέκμηκας ἀμύνων σοῖσιν ἔτῃσιν.“
  τὴν δ' ἠμείβετ' ἔπειτα μέγας κορυθαίολος Ἕκτωρ
„μή μοι οἶνον ἄειρε μελίφρονα, πότνια μῆτερ,
μή μ' ἀπογυιώσῃς, μένεος δ' ἀλκῆς τε λάθωμαι.
χερσὶ δ' ἀνίπτοισιν Διὶ λείβειν αἴθοπα οἶνον
ἅζομαι· οὐδέ πῃ ἔστι κελαινεφέι Κρονίωνι
αἵματι καὶ λύθρῳ πεπαλαγμένον εὐχετάασθαι.
ἀλλὰ σὺ μὲν πρὸς νηὸν Ἀθηναίης ἀγελείης
ἔρχεο σὺν θυέεσσιν, ἀολλίσσασα γεραιάς·
πέπλον δ', ὅς τίς τοι χαριέστατος ἠδὲ μέγιστος
ἔστιν ἐνὶ μεγάρῳ καί τοι πολὺ φίλτατος αὐτῇ,
τὸν θὲς Ἀθηναίης ἐπὶ γούνασιν ἠυκόμοιο,
καί οἱ ὑποσχέσθαι δυοκαίδεκα βοῦς ἐνὶ νηῷ
ἤνις ἠκέστας ἱερευσέμεν, αἴ κ' ἐλεήσῃ
ἄστυ τε καὶ Τρώων ἀλόχους καὶ νήπια τέκνα,
αἴ κεν Τυδέος υἱὸν ἀπόσχῃ Ἰλίου ἱρῆς,
ἄγριον αἰχμητήν, κρατερὸν μήστωρα φόβοιο.
ἀλλὰ σὺ μὲν πρὸς νηὸν Ἀθηναίης ἀγελείης
ἔρχευ· ἐγὼ δὲ Πάριν μετελεύσομαι, ὄφρα καλέσσω,
αἴ κ' ἐθέλῃσ' εἰπόντος ἀκουέμεν. ὥς κέ οἱ αὖθι
γαῖα χάνοι· μέγα γάρ μιν Ὀλύμπιος ἔτρεφε πῆμα
Τρωσί τε καὶ Πριάμῳ μεγαλήτορι τοῖό τε παισίν.
εἰ κεῖνόν γε ἴδοιμι κατελθόντ' Ἄιδος εἴσω,

260. ἔπειτα δὲ καὐτὸς ὀνήσεαι ist, unmittelbar nach πρῶτον, auch von ὡς abhängig zu machen. Ueber die Krasis καὐτὸς vgl. zu Od. γ, 255.

261. μένος μέγα – ἀέξει, vgl. Od. ρ, 489 μέγα πένθος ἄεξεν.

264. ἄειρε, Schol. πρόσφερε, δίδου.

265. ἀπογυιόω verstärktes γυιόω θ, 402. 416: ganz lähmen (gleichsam gliederkrank machen). λάθωμαι, vgl. zu Od. κ, 236 ἵνα πάγχυ λαθοίατο πατρίδος αἴης.

267. οὐδέ πῃ ἔστι = ω, 71. πῃ, deutlich von der Art und Weise.

281. ὥς κέ οἱ – χάνοι, eine gleichsam unwillkürlich ausgestossene Verwünschung, wie η, 390 ὡς πρὶν ὤφελλ' ἀπολέσθαι mitten in der Rede des Heroldes.

284. εἰ κεῖνόν γε ἴδοιμι, gleichsam sich selbst versichernd: ja wenn ich jenen, wenn ich nur jenen — sähe.

φαίην κε φρέν' ἀτέρπου ὀιζύος ἐκλελαθέσθαι."
 ὣς ἔφαθ', ἡ δὲ μολοῦσα ποτὶ μέγαρ' ἀμφιπόλοισιν
κέκλετο· ταὶ δ' ἄρ' ἀόλλισσαν κατὰ ἄστυ γεραιάς.
αὐτὴ δ' ἐς θάλαμον κατεβήσετο κηώεντα,
ἔνθ' ἔσαν οἱ πέπλοι παμποίκιλοι, ἔργα γυναικῶν
Σιδονίων, τὰς αὐτὸς Ἀλέξανδρος θεοειδὴς
ἤγαγε Σιδονίηθεν ἐπιπλὼς εὐρέα πόντον,
τὴν ὁδὸν ἣν Ἑλένην περ ἀνήγαγεν εὐπατέρειαν.
τῶν ἕν' ἀειραμένη Ἑκάβη φέρε δῶρον Ἀθήνῃ,
ὃς κάλλιστος ἔην ποικίλμασιν ἠδὲ μέγιστος,
ἀστὴρ δ' ὣς ἀπέλαμπεν· ἔκειτο δὲ νείατος ἄλλων.
βῆ δ' ἰέναι, πολλαὶ δὲ μετεσσεύοντο γεραιαί.
 αἱ δ' ὅτε νηὸν ἵκανον Ἀθήνης ἐν πόλει ἄκρῃ,
τῇσι θύρας ὤιξε Θεανὼ καλλιπάρῃος
Κισσηίς, ἄλοχος Ἀντήνορος ἱπποδάμοιο·
τὴν γὰρ Τρῶες ἔθηκαν Ἀθηναίης ἱέρειαν.
αἱ δ' ὀλολυγῇ πᾶσαι Ἀθήνῃ χεῖρας ἀνέσχον.

285. *φαίην κε – ἐκλελαθέσθαι*, dann würd' ich sagen, ich hätte im Herzen des unseligen Jammers vergessen. Zu *ἐκλελαθέσθαι φρένα* (Accusativ der Beziehung) vgl. Od. *κ*, 557 *καὶ ἐκλάθετο φρεσὶν ᾗσιν* und *θ*, 131 *πάντες ἐτέρφθησαν φρέν' ἀέθλοις*.

286. *μολοῦσα ποτὶ μέγαρα*, da sie bisher nach dem zu 242 und 251 Bemerkten nicht im eig. *μέγαρον* (*οἶκος γυναικῶν*), sondern im Hofe gewesen war.

288. *αὐτὴ δ' ἐς θάλαμον κατεβήσετο κ.* = Od. *ο*, 99 (vgl. ebend. *β*, 337), welcher Vers, so wie ebend. 105–108 aus unserer Stelle genommen zu sein scheinen. Solche *θάλαμοι* lagen wohl etwas tiefer, als die übrigen Gemächer des Hauses.

289–292. *ἔνθ' ἔσαν – εὐπατέρειαν*. Diese vier Verse führt Herodot. 2, 116 als der *ἀριστεία Διομήδους* angehörend an; vgl. oben die einleitenden Bemerkungen zu diesem Buche.

291 f. *ἤγαγε Σιδονίηθεν*. Denn auf der Heimfahrt aus Sparta wurde er durch einen Sturm aus dem Aegäischen Meere nach Aegypten verschlagen und kam von da durch Phönicien nach Troja zurück. Vgl. Herod. 2, 113–116. — *ἀνήγαγεν*, vgl. *γ*, 48: er führte über die hohe See (von Sparta nach Troja, welches die bei Homer am meisten vorkommende Seefahrt ist).

299. *Κισσηΐς* d. h. die Tochter des *Κισσῆς λ*, 223 f., eines Thrakischen Königs.

301. *ὀλολυγῇ* (das Nomen bei Homer nur hier), mit Klagegesang; vgl. zu Od. *γ*, 450. Das wirkliche Gebet verrichtet Theano, als Priesterin. Vgl. Herodot. 4, 189 in der Beschreibung von Libyen: *δοκέει δ' ἔμοιγε καὶ ἡ ὀλολυγὴ ἐπ' ἱροῖσι ἐνθαῦτα πρῶτον γενέσθαι· κάρτα γὰρ ταύτῃ χρέωνται αἱ Λίβυσσαι καὶ χρέωνται καλῶς*.

ἡ δ᾽ ἄρα πέπλον ἑλοῦσα Θεανὼ καλλιπάρῃος
θῆκεν Ἀθηναίης ἐπὶ γούνασιν ἠυκόμοιο,
εὐχομένη δ᾽ ἠρᾶτο Διὸς κούρῃ μεγάλοιο.
„πότνι᾽ Ἀθηναίη, ἐρυσίπτολι, δῖα θεάων,
ἆξον δὴ ἔγχος Διομήδεος, ἠδὲ καὶ αὐτόν
πρηνέα δὸς πεσέειν Σκαιῶν προπάροιθε πυλάων,
ὄφρα τοι αὐτίκα νῦν δυοκαίδεκα βοῦς ἐνὶ νηῷ
ἤνις ἠκέστας ἱερεύσομεν, αἴ κ᾽ ἐλεήσῃς
ἄστυ τε καὶ Τρώων ἀλόχους καὶ νήπια τέκνα."
ὣς ἔφατ᾽ εὐχομένη, ἀνένευε δὲ Παλλὰς Ἀθήνη.
ὣς αἱ μέν ῥ᾽ εὔχοντο Διὸς κούρῃ μεγάλοιο,
Ἕκτωρ δὲ πρὸς δώματ᾽ Ἀλεξάνδροιο βεβήκει
καλά, τά ῥ᾽ αὐτὸς ἔτευξε σὺν ἀνδράσιν οἳ τότ᾽ ἄριστοι
ἦσαν ἐνὶ Τροίῃ ἐριβώλακι τέκτονες ἄνδρες,
οἵ οἱ ἐποίησαν θάλαμον καὶ δῶμα καὶ αὐλήν
ἐγγύθι τε Πριάμοιο καὶ Ἕκτορος ἐν πόλει ἄκρῃ.
ἔνθ᾽ Ἕκτωρ εἰσῆλθε διίφιλος, ἐν δ᾽ ἄρα χειρί
ἔγχος ἔχ᾽ ἑνδεκάπηχυ· πάροιθε δὲ λάμπετο δουρός
αἰχμὴ χαλκείη, περὶ δὲ χρύσεος θέε πόρκης.
τὸν δ᾽ εὗρ᾽ ἐν θαλάμῳ περικαλλέα τεύχε᾽ ἕποντα,

311. *ἀνένευε δὲ Π. Ἀθήνη.* Die unerwartete und summarische Angabe der Erfolglosigkeit des Gebetes, ehe die Handlung selbst eigentlich vollendet ist, thut hier grosse Wirkung; vgl. zu *β*, 419f. und zu Od. *κ*, 481. Der folgende Vers soll nur den Uebergang zu dem machen, was Hektor gleichzeitig mit der Procession der Frauen that. Zur Aufeinanderfolge der zwei mit *ὣς* anfangenden Verse vgl. Od. *ν*, 184f. und zu Iliad. *ρ*, 423f.

313. *πρὸς δώματ᾽ Ἀλεξάνδροιο.* Die Söhne und Schwiegersöhne des Königs wohnten zwar in der Regel beim Vater (daher die vielen *θάλαμοι* 244–250); aber einzelne hervorragende unter denselben erbauten sich auch ihre eigenen Wohnungen in der Nähe des Vaterhauses (317). So auch Hektor 365 und 370.

316. *θάλαμον καὶ δῶμα καὶ αὐλήν*, vgl. zu Od. *χ*, 494 *μέγαρον καὶ δῶμα καὶ αὐλήν.* Was hier der *θάλαμος* sei, wird auch aus 323f. klar.

318–320. *Ἕκτωρ – διίφιλος – πόρκης* = *θ*, 493–495, wo die Stellung dieser Verse ursprünglicher zu sein scheint. Zu der Grösse des Speerschaftes vgl. den doppelt so langen *ο*, 677f. *ξυστὸν μέγα ναύμαχον – δυωκαιεικοσίπηχυ*, womit Aias auf den Schiffen kämpft. *πόρκης* ist an der Lanze dasselbe, was am Pfeile (*δ*, 151) das *νεῦρον*. Die Spitze der Lanze ist nämlich in den Schaft eingetrieben, und um diesen läuft der Ring.

321. *ἐν θαλάμῳ*, im Frauenge-

ἀσπίδα καὶ θώρηκα, καὶ ἀγκύλα τόξ᾽ ἁφόωντα·
Ἀργείη δ᾽ Ἑλένη μετ᾽ ἄρα δμωῇσι γυναιξὶν
ἧστο, καὶ ἀμφιπόλοισι περικλυτὰ ἔργα κέλευεν.
τὸν δ᾽ Ἕκτωρ νείκεσσεν ἰδὼν αἰσχροῖς ἐπέεσσιν.
„δαιμόνι᾽, οὐ μὲν καλὰ χόλον τόνδ᾽ ἔνθεο θυμῷ.
λαοὶ μὲν φθινύθουσι περὶ πτόλιν αἰπύ τε τεῖχος
μαρνάμενοι· σέο δ᾽ εἵνεκ᾽ ἀϋτή τε πτόλεμός τε
ἄστυ τόδ᾽ ἀμφιδέδηε· σὺ δ᾽ ἂν μαχέσαιο καὶ ἄλλῳ,
ὅν τινά που μεθιέντα ἴδοις στυγεροῦ πολέμοιο.
ἀλλ᾽ ἄνα, μὴ τάχα ἄστυ πυρὸς δηίοιο θέρηται.“
τὸν δ᾽ αὖτε προσέειπεν Ἀλέξανδρος θεοειδής
„Ἕκτορ, ἐπεί με κατ᾽ αἶσαν ἐνείκεσας οὐδ᾽ ὑπὲρ αἶσαν,
τοὔνεκά τοι ἐρέω· σὺ δὲ σύνθεο καί μευ ἄκουσον.
οὔ τοι ἐγὼ Τρώων τόσσον χόλῳ οὐδὲ νεμέσσι

mach, innerhalb des Männersaales. Hektor kommt aber, wie sich aus 354 vgl. mit 369 ergiebt, nur etwa bis zur Schwelle des offenstehenden Frauengemaches, nachdem er den Männersaal durchschritten hat. Im folgenden Vers ist *ἀσπίδα καὶ θώρηκα* erklärende Apposition zu *περικ. τεύχεα.*

322 f. *ἁφόωντα. ἁφάω* Intensivform von *ἅπτομαι.* Häufiger ist besonders in der Odyssee das Compositum *ἀμφαφάω* = *ἐρευνάω, ψηλαφάω.* — Im Folg. bemerke *δμωῇσι* u. *ἀμφιπόλοισι* ohne allen Unterschied gebraucht, wie Od. ζ, 99. 109.

325. *αἰσχροῖς ἐπέεσσιν*, mit schändenden, d. h. beschimpfenden, schmähenden Worten, vgl. ψ, 473 *αἰσχρῶς ἐνένιπεν.*

326. *χόλον τόνδ᾽ ἔνθεο θυμῷ.* Obgleich Hektor nicht sagt, wodurch seiner Meinung nach dieser Zorn veranlasst worden sei, so lässt sich doch aus der Antwort des Paris (335 f.) verglichen mit seiner eigenen Aeusserung (329 f.) entnehmen, dass aus der plötzlichen Entfernung des Paris vom Schlachtfelde auf eine Erbitterung bei ihm geschlossen wurde. Denn ohne Zweifel hatte Hektor, wie die andern Trojaner, keine Ahnung von der wunderbaren Einwirkung der Aphrodite (γ, 380–382). Wir müssen daher vermuthen, Paris sei dadurch über seine Landsleute erbittert worden, dass es auch ihm nicht entgangen war, mit welcher grossen Parteilosigkeit dieselben vor seinem Zweikampf die Entscheidung der Götter angefleht hatten (γ, 320–323), vgl. unten 524 f.

329. *ἀμφιδέδηε*, vgl. β, 93 *μετὰ δέ σφισιν ὄσσα δεδήει.*

331. *πυρὸς – θέρηται* = λ, 667, vgl. zu Od. ρ, 23 *πυρὸς θερέω.*

333 f. *ἐπεί με – τοὔνεκά τοι ἐρέω* = Od. υ, 227–229; vgl. dagegen oben zu γ, 59.

335. *οὐδὲ νεμέσσι*, noch weil ich ihnen etwas vorzuwerfen habe. Vgl. θ, 407 *Ἥρῃ δ᾽ οὔ τι τόσον νεμεσίζομαι οὐδὲ χολοῦμαι.*

ἥμην ἐν θαλάμῳ, ἔθελον δ' ἄχεϊ προτραπέσθαι.
νῦν δέ με παρειποῦσ' ἄλοχος μαλακοῖς ἐπέεσσιν
ὥρμησ' ἐς πόλεμον· δοκέει δέ μοι ὧδε καὶ αὐτῷ
λώιον ἔσσεσθαι· νίκη δ' ἐπαμείβεται ἄνδρας.
ἀλλ' ἄγε νῦν ἐπίμεινον, ἀρήια τεύχεα δύω·
ἢ ἴθ', ἐγὼ δὲ μέτειμι· κιχήσεσθαι δέ σ' ὀίω."
ὣς φάτο· τὸν δ' οὔ τι προσέφη κορυθαίολος Ἕκτωρ.
τὸν δ' Ἑλένη μύθοισι προσηύδα μειλιχίοισιν.
„δᾶερ ἐμεῖο κυνὸς κακομηχάνου ὀκρυοέσσης,
ὥς μ' ὄφελ' ἤματι τῷ, ὅτε με πρῶτον τέκε μήτηρ,
οἴχεσθαι προφέρουσα κακὴ ἀνέμοιο θύελλα
εἰς ὄρος ἢ εἰς κῦμα πολυφλοίσβοιο θαλάσσης,
ἔνθα με κῦμ' ἀπόερσε πάρος τάδε ἔργα γενέσθαι.
αὐτὰρ ἐπεὶ τάδε γ' ὧδε θεοὶ κακὰ τεκμήραντο,
ἀνδρὸς ἔπειτ' ὤφελλον ἀμείνονος εἶναι ἄκοιτις,
ὃς ᾔδη νέμεσίν τε καὶ αἴσχεα πόλλ' ἀνθρώπων.
τούτῳ δ' οὔτ' ἂρ νῦν φρένες ἔμπεδοι οὔτ' ἄρ' ὀπίσσω
ἔσσονται· τῷ καί μιν ἐπαυρήσεσθαι ὀίω.

336. *ἔθελον δ' ἄ. προτραπέσθαι* macht den Gegensatz zu *οὔ τοι τόσσον κτέ.*, und sollte also eig. heissen: *ὅσον* (*ἥμην ἐν θ.*) *ἐθέλων ἄχει* (*εἰς ἄχος*) *προτραπέσθαι* = sondern ich wollte (nur) meinem Kummer nachhängen und suchte darum die Einsamkeit. Vgl. φ, 275 *ἄλλος δ' οὔ τίς μοι τόσον αἴτιος Οὐρανιώνων, ἀλλὰ φίλη μήτηρ.*

339. *νίκη δ' ἐπαμείβεται ἄνδρας.* Mit demselben Gedanken hatte sich Paris schon oben γ, 439 f. getröstet.

340. *ἀλλ' ἄγε – δύω* (Aor. conj.): aber wohlan, ich will anziehen. Vgl. ψ, 71 *θάπτε με ὅττι τάχιστα, πύλας Ἀίδαο περήσω.* χ, 450. Od. γ, 17 f. *ἀλλ' ἄγε νῦν ἰθὺς κίε – εἴδομεν κτέ.*

342. *τὸν δ' οὔ τι προσέφη.* Denn zu loben war nichts an der gegebenen Erklärung, und tadeln wollte er nicht, zumal in Gegenwart der Helena, um nicht ihr wehe zu thun.

344. *ὀκρυόεις* sonst gewöhnlich vom Krieg und der Flucht: eisiges Grauen erregend. Vgl. ι, 64 *πολέμου – ἐπιδημίου ὀκρυόεντος* mit ε, 740 *κρυόεσσα ἰωκή.*

348. *ἀπόερσε*, weggespült, fortgeschwemmt (eig. weggewässert) hätte (*ἄρδω*). Nach Buttmann, welcher passend auch *ἔρση, ἕρση* (*ἐέρση*) zu diesem Stamme zieht.

351. *ὃς ᾔδη νέμεσίν τε κτέ.*, welcher Sinn hätte für Missbilligung und harten Tadel der Menschen d. h. ein Gefühl für das Drückende verdienter Verachtung.

352. *φρένες ἔμπεδοι*, ein fester, sich gleichbleibender Sinn, *animi constantia.* Den Gegensatz drückt γ, 108 aus: *αἰεὶ δ' ὁπλοτέρων ἀνδρῶν φρένες ἠερέθονται.*

ἀλλ᾽ ἄγε νῦν εἴσελθε καὶ ἕζεο τῷδ᾽ ἐπὶ δίφρῳ,
δᾶερ, ἐπεί σε μάλιστα πόνος φρένας ἀμφιβέβηκεν
εἵνεκ᾽ ἐμεῖο κυνὸς καὶ Ἀλεξάνδρου ἕνεκ᾽ ἄτης,
οἷσιν ἐπὶ Ζεὺς θῆκε κακὸν μόρον, ὡς καὶ ὀπίσσω
ἀνθρώποισι πελώμεθ᾽ ἀοίδιμοι ἐσσομένοισιν."
τὴν δ᾽ ἠμείβετ᾽ ἔπειτα μέγας κορυθαίολος Ἕκτωρ
„μή με κάθιζ᾽, Ἑλένη, φιλέουσά περ· οὐδέ με πείσεις·
ἤδη γάρ μοι θυμὸς ἐπέσσυται ὄφρ᾽ ἐπαμύνω
Τρώεσσ᾽, οἳ μέγ᾽ ἐμεῖο ποθὴν ἀπεόντος ἔχουσιν.
ἀλλὰ σύ γ᾽ ὄρνυθι τοῦτον, ἐπειγέσθω δὲ καὶ αὐτός,
ὥς κεν ἔμ᾽ ἔντοσθεν πόλιος καταμάρψῃ ἐόντα.
καὶ γὰρ ἐγὼν οἶκόνδ᾽ ἐσελεύσομαι, ὄφρα ἴδωμαι
οἰκῆας, ἄλοχόν τε φίλην καὶ νήπιον υἱόν.
οὐ γάρ τ᾽ οἶδ᾽ ἢ ἔτι σφιν ὑπότροπος ἵξομαι αὖτις,
ἦ ἤδη μ᾽ ὑπὸ χερσὶ θεοὶ δαμόωσιν Ἀχαιῶν."
ὣς ἄρα φωνήσας ἀπέβη κορυθαίολος Ἕκτωρ.
αἶψα δ᾽ ἔπειθ᾽ ἵκανε δόμους εὖ ναιετάοντας,
οὐδ᾽ εὗρ᾽ Ἀνδρομάχην λευκώλενον ἐν μεγάροισιν,
ἀλλ᾽ ἥ γε ξὺν παιδὶ καὶ ἀμφιπόλῳ εὐπέπλῳ
πύργῳ ἐφεστήκει γοόωσά τε μυρομένη τε.
Ἕκτωρ δ᾽ ὡς οὐκ ἔνδον ἀμύμονα τέτμεν ἄκοιτιν,
ἔστη ἐπ᾽ οὐδὸν ἰών, μετὰ δὲ δμωῇσιν ἔειπεν
„εἰ δ᾽ ἄγε μοι, δμωαί, νημερτέα μυθήσασθε.
πῇ ἔβη Ἀνδρομάχη λευκώλενος ἐκ μεγάροιο;

356. *Ἀλεξάνδρου ἕνεκ᾽ ἄτης*, wegen der Verschuldung, des Frevels von Alexandros; vgl. zu Od. φ, 302 *ἣν ἄτην ὀχέων* und über die Wortstellung zu Il. γ, 206.

357. *οἷσιν ἐπὶ Ζ. θῆκε κτέ.* Derselbe Gedanke wie Od. ϑ, 579 *ἐπεκλώσαντο δ᾽ ὄλεθρον ἀνθρώποις, ἵνα ᾖσι καὶ ἐσσομένοισιν ἀοιδή.*

359. *κορυθαίολος* = *ὁ συνεχῶς κινῶν* (d. i. *κινουμένην ἔχων*) *τὴν κόρυθα*. Vgl. χ, 132 *ἶσος Ἐνυαλίῳ κορυθάϊκι πτολεμιστῇ* und unten 470.

360. *μή με κάθιζ᾽, Ἑλένη*. Hektor vergisst keinen Augenblick, dass seine baldige Rückkehr in die Schlacht dringende Nothwendigkeit ist; nur die Seinigen (*οἰκῆας* 366) muss er vorher noch sehen, bei der Ungewissheit, ob er je wieder zu ihnen zurückkehren werde (367 f.).

373. *πύργῳ ἐφεστήκει* vgl. ϱ, 609 *δίφρῳ ἐφεσταότος*. γ, 153 *ἧντ᾽ ἐπὶ πύργῳ*, unten 431 *αὐτοῦ μίμν᾽ ἐπὶ πύργῳ* auf dem Thurme (nach seinem ganzen Umfange).

376. *νημερτέα* ist Object zu *μυθήσασθε*.

ἠέ πη ἐς γαλόων ἢ εἰνατέρων εὐπέπλων 6
ἦ ἐς Ἀθηναίης ἐξοίχεται, ἔνθα περ ἄλλαι
Τρωαὶ ἐυπλόκαμοι δεινὴν θεὸν ἱλάσκονται;“
τὸν δ᾽ αὖτ᾽ ὀτρηρὴ ταμίη πρὸς μῦθον ἔειπεν
„Ἕκτορ, ἐπεὶ μάλ᾽ ἄνωγας ἀληθέα μυθήσασθαι,
οὔτε πη ἐς γαλόων οὔτ᾽ εἰνατέρων εὐπέπλων
οὔτ᾽ ἐς Ἀθηναίης ἐξοίχεται, ἔνθα περ ἄλλαι
Τρωαὶ ἐυπλόκαμοι δεινὴν θεὸν ἱλάσκονται,
ἀλλ᾽ ἐπὶ πύργον ἔβη μέγαν Ἰλίου, οὕνεκ᾽ ἄκουσεν
τείρεσθαι Τρῶας, μέγα δὲ κράτος εἶναι Ἀχαιῶν.
ἡ μὲν δὴ πρὸς τεῖχος ἐπειγομένη ἀφικάνει,
μαινομένῃ ἐικυῖα· φέρει δ᾽ ἅμα παῖδα τιθήνη.“
ἦ ῥα γυνὴ ταμίη· ὁ δ᾽ ἀπέσσυτο δώματος Ἕκτωρ
τὴν αὐτὴν ὁδὸν αὖτις ἐυκτιμένας κατ᾽ ἀγυιάς.
εὖτε πύλας ἵκανε διερχόμενος μέγα ἄστυ
Σκαιάς — τῇ γὰρ ἔμελλε διεξίμεναι πεδίονδε —,
ἔνθ᾽ ἄλοχος πολύδωρος ἐναντίη ἦλθε θέουσα
Ἀνδρομάχη, θυγάτηρ μεγαλήτορος Ἠετίωνος —,
Ἠετίων ὃς ἔναιεν ὑπὸ Πλάκῳ ὑληέσσῃ,
Θήβῃ ὑποπλακίῃ, Κιλίκεσσ᾽ ἄνδρεσσιν ἀνάσσων·
τοῦ περ δὴ θυγάτηρ ἔχεθ᾽ Ἕκτορι χαλκοκορυστῇ·

378 f. ἠέ πη – ἦ – ἐξοίχεται sind auch directe und wirkliche Fragen; daher das Fragezeichen seine herkömmliche Stelle auch nach dem angehängten Relativsatz (ἔνθα περ – ἱλάσκονται) behalten hat.

388. πρὸς τεῖχος ἐπειγομένη ἀφικάνει, sie ist eilig nach der Mauer gegangen (und dahin gekommen).

390. ἦ ῥα γυνὴ τ. Die Formel ἦ ῥα hat bei Homer nur hier, χ, 77 und Od. γ, 337 das Subject bei sich ausgesetzt.

394. ἄλοχος πολύδωρος = χ, 88, vgl. zu Od. ω, 294. Daher heisst es in Beziehung auf Andromache selbst χ, 471 f. ὅτε μιν – ἠγάγεθ᾽ Ἕκτωρ – ἐπεὶ πόρε μυρία ἕδνα. Vgl. auch π, 175 καλὴ Πολυδώρη mit 178 πορὼν ἀπερείσια ἕδνα; ebend. 179 Εὔδωρος mit 190.

396. Ἠετίων ὃς ἔναιεν. Der Name Ἠετίων ist zwar allerdings Epanalepsis (Anaphora) des vorhergegangenen Ἠετίωνος, richtet sich aber im Casus nicht nach diesem, sondern nach dem folgenden Relativum ὅς. Anders Od. α, 23 Αἰθίοπας τοὶ δ. δεδαίαται. Πλάκος, ein östlicher Seitenarm des Idagebirges, der von dem Gipfel Gargaros (im Süden) ausgeht.

397. Κίλικες verschieden von den (Syrischen) Kilikern im Südosten Kleinasiens, in der von ihnen benannten Landschaft.

ἥ οἱ ἔπειτ' ἤντησ', ἅμα δ' ἀμφίπολος κίεν αὐτῇ
παῖδ' ἐπὶ κόλπῳ ἔχουσ' ἀταλάφρονα, νήπιον αὔτως,
Ἑκτορίδην ἀγαπητόν, ἀλίγκιον ἀστέρι καλῷ,
τόν ῥ' Ἕκτωρ καλέεσκε Σκαμάνδριον, αὐτὰρ οἱ ἄλλοι
Ἀστυάνακτ'· οἶος γὰρ ἐρύετο Ἴλιον Ἕκτωρ.
ἦ τοι ὁ μὲν μείδησεν ἰδὼν ἐς παῖδα σιωπῇ·
Ἀνδρομάχη δέ οἱ ἄγχι παρίστατο δακρυχέουσα,
ἔν τ' ἄρα οἱ φῦ χειρί, ἔπος τ' ἔφατ', ἔκ τ' ὀνόμαζεν.
„δαιμόνιε, φθίσει σε τὸ σὸν μένος, οὐδ' ἐλεαίρεις
παῖδά τε νηπίαχον καὶ ἔμ' ἄμμορον, ἣ τάχα χήρη
σεῦ ἔσομαι· τάχα γάρ σε κατακτανέουσιν Ἀχαιοί
πάντες ἐφορμηθέντες. ἐμοὶ δέ κε κέρδιον εἴη
σεῦ ἀφαμαρτούσῃ χθόνα δύμεναι· οὐ γὰρ ἔτ' ἄλλη
ἔσται θαλπωρή, ἐπεὶ ἂν σύ γε πότμον ἐπίσπῃς,
ἀλλ' ἄχε'· οὐδέ μοι ἔστι πατὴρ καὶ πότνια μήτηρ.
ἦ τοι γὰρ πατέρ' ἁμὸν ἀπέκτανε δῖος Ἀχιλλεύς,
ἐκ δὲ πόλιν πέρσεν Κιλίκων εὖ ναιετάωσαν,
Θήβην ὑψίπυλον· κατὰ δ' ἔκτανεν Ἠετίωνα,
οὐδέ μιν ἐξενάριξε, σεβάσσατο γὰρ τό γε θυμῷ,
ἀλλ' ἄρα μιν κατέκηε σὺν ἔντεσι δαιδαλέοισιν
ἠδ' ἐπὶ σῆμ' ἔχεεν· περὶ δὲ πτελέας ἐφύτευσαν
νύμφαι ὀρεστιάδες, κοῦραι Διὸς αἰγιόχοιο.
οἳ δέ μοι ἑπτὰ κασίγνητοι ἔσαν ἐν μεγάροισιν,
οἱ μὲν πάντες ἰῷ κίον ἤματι Ἄιδος εἴσω·
πάντας γὰρ κατέπεφνε ποδάρκης δῖος Ἀχιλλεὺς
βουσὶν ἐπ' εἰλιπόδεσσι καὶ ἀργεννῇς ὀίεσσιν.

399. ἦ demonstrativ, wie Od. η, 13 ἦ οἱ πῦρ ἀνέκαιε.

403. Ἀστυάνακτα. Der Name des Sohnes bezeichnet auch hier das Thun des Vaters; vgl. Od. δ, 11 über Μεγαπένθης.

407. δαιμόνιε mild strafend: böser Mann. Daher nachher οὐδ' ἐλεαίρεις κτἑ. Dagegen ist 486 δαιμονίη mehr: Arme.

408. ἄμμορον wie ω, 773, vgl. Od. υ, 76 μοῖράν τ' ἀμμορίην τε.

417. οὐδέ μιν ἐξενάριξε, eine Hauptstelle für den eigentlichen Begriff von ἐναρίζω und ἐξεναρίζω, vgl. 480 ἔναρα βροτόεντα und die Umschreibung μ, 195 τοὺς ἐνάριζον ἀπ' ἔντεα μαρμαίροντα.

420. νύμφαι ὀρεστιάδες, vgl. zu Od. ζ, 106.

421. οἳ δέ μοι — οἱ μέν. Derselbe Satzbau wie γ, 132 – 134.

μητέρα δ', ἣ βασίλευεν ὑπὸ Πλάκῳ ὑληέσσῃ,
τὴν ἐπεὶ ἂρ δεῦρ' ἤγαγ' ἅμ' ἄλλοισι κτεάτεσσιν,
ἂψ ὅ γε τὴν ἀπέλυσε λαβὼν ἀπερείσι' ἄποινα,
πατρὸς δ' ἐν μεγάροισι βάλ' Ἄρτεμις ἰοχέαιρα.
„Ἕκτορ, ἀτὰρ σύ μοί ἐσσι πατὴρ καὶ πότνια μήτηρ
ἠδὲ κασίγνητος, σὺ δέ μοι θαλερὸς παρακοίτης·
ἀλλ' ἄγε νῦν ἐλέαιρε καὶ αὐτοῦ μίμν' ἐπὶ πύργῳ,
μὴ παῖδ' ὀρφανικὸν θήῃς χήρην τε γυναῖκα.
λαὸν δὲ στῆσον παρ' ἐρινεόν, ἔνθα μάλιστα
ἀμβατός ἐστι πόλις καὶ ἐπίδρομον ἔπλετο τεῖχος.
τρὶς γὰρ τῇ γ' ἐλθόντες ἐπειρήσανθ' οἱ ἄριστοι
ἀμφ' Αἴαντε δύω καὶ ἀγακλυτὸν Ἰδομενῆα
ἠδ' ἀμφ' Ἀτρείδας καὶ Τυδέος ἄλκιμον υἱόν·
ἤ πού τίς σφιν ἔνισπε θεοπροπίων εὖ εἰδώς,
ἤ νυ καὶ αὐτῶν θυμὸς ἐποτρύνει καὶ ἀνώγει."

425. *βασίλευεν*, vgl. zu Od. *λ*, 285 *ἡ δὲ Πύλου βασίλευε.*

426. *ἄλλοισι κτεάτεσσιν.* Auch die erbeuteten Frauen werden nur unter die Habe (*κτέατα*) gerechnet.

429. *Ἕκτορ, ἀτὰρ σύ* = 86, Gegensatz zum Vorigen von 414 an. Ueber die Wortstellung vgl. zu Od. *π*, 130.

433. *παρ' ἐρινεόν.* Dieser wilde Feigenbaum muss ziemlich nahe an der Mauer und dem Skäischen Thore, vielleicht schon auf der Anhöhe gedacht werden, da nach 431 Hektor auf dem Thurme bleiben und also wohl von dort aus das Heer befehligen soll.

433f. *ἔνθα μάλιστα – τεῖχος.* Nach einer späteren, vielleicht durch den Ausdruck *θεοπροπίων εὖ εἰδώς* 438 veranlassten Sage (Pindar. Olymp. VIII, 41–58) soll bei Erbauung von Ilios' Mauern durch Poseidon und Apollon auf dieser Seite gerade Aeakos, ein Sterblicher, an der Mauer gearbeitet haben, daher sie auch vergänglich wurde.

435. *τρὶς γὰρ κτέ.* Davon findet sich in den frühern Büchern der Ilias nichts.

436. *ἀμφ' Αἴαντε δύω κτέ.* d. h. unter Anführung der genannten Helden. Vgl. zu *β*, 445. *γ*, 146.

438f. *ἤ που – ἤ νυ*, entweder hat vielleicht – oder dann = sei es dass – oder dass. *θεοπροπίων εὖ εἰδώς*, ein kundiger Seher, der alte Göttersprüche kennt oder wahre Eingebungen erhält. Ohne genügenden Grund werden die sieben Verse 433–439 von einem Theile der Alten für unecht erklärt, als ob sie für die sprechende Person nicht passten, und weil auch Hektor in seiner Antwort keine Rücksicht darauf nehme. Allerdings würde mit 432 die Rede der Andromache kräftig und gemüthlich schliessen; aber auch der folgende Rath kann nicht als der sorgsamen Liebe unangemessen erscheinen. Und sollte nicht sowie einerseits durch *μίμν' ἐπὶ πύργῳ* 431 ein solcher in Aussicht gestellt, so anderseits auch in Hektor's Schlussworten 490–493 einige Rücksicht darauf genommen sein?

6 τὴν δ᾽ αὖτε προσέειπε μέγας κορυθαίολος Ἕκτωρ
„ἦ καὶ ἐμοὶ τάδε πάντα μέλει, γύναι· ἀλλὰ μάλ᾽ αἰνῶς
αἰδέομαι Τρῶας καὶ Τρῳάδας ἑλκεσιπέπλους,
αἴ κε κακὸς ὣς νόσφιν ἀλυσκάζω πολέμοιο.
οὐδέ με θυμὸς ἄνωγεν, ἐπεὶ μάθον ἔμμεναι ἐσθλός
αἰεὶ καὶ πρώτοισι μετὰ Τρώεσσι μάχεσθαι,
ἀρνύμενος πατρός τε μέγα κλέος ἠδ᾽ ἐμὸν αὐτοῦ.
εὖ γὰρ ἐγὼ τόδε οἶδα κατὰ φρένα καὶ κατὰ θυμόν·
ἔσσεται ἦμαρ ὅτ᾽ ἄν ποτ᾽ ὀλώλῃ Ἴλιος ἱρή
καὶ Πρίαμος καὶ λαὸς ἐυμμελίω Πριάμοιο.
ἀλλ᾽ οὔ μοι Τρώων τόσσον μέλει ἄλγος ὀπίσσω,
οὔτ᾽ αὐτῆς Ἑκάβης οὔτε Πριάμοιο ἄνακτος
οὔτε κασιγνήτων, οἵ κεν πολέες τε καὶ ἐσθλοί
ἐν κονίῃσι πέσοιεν ὑπ᾽ ἀνδράσι δυσμενέεσσιν,
ὅσσον σεῦ, ὅτε κέν τις Ἀχαιῶν χαλκοχιτώνων
δακρυόεσσαν ἄγηται, ἐλεύθερον ἦμαρ ἀπούρας.
καί κεν ἐν Ἄργει ἐοῦσα πρὸς ἄλλης ἱστὸν ὑφαίνοις,
καί κεν ὕδωρ φορέοις Μεσσηίδος ἢ Ὑπερείης
πόλλ᾽ ἀεκαζομένη, κρατερὴ δ᾽ ἐπικείσετ᾽ ἀνάγκη.
καί ποτέ τις εἴπῃσιν ἰδὼν κατὰ δάκρυ χέουσαν
‚Ἕκτορος ἥδε γυνή, ὃς ἀριστεύεσκε μάχεσθαι
Τρώων ἱπποδάμων, ὅτε Ἴλιον ἀμφεμάχοντο.‘
ὥς ποτέ τις ἐρέει· σοὶ δ᾽ αὖ νέον ἔσσεται ἄλγος
χήτεϊ τοιοῦδ᾽ ἀνδρός, ἀμύνειν δούλιον ἦμαρ.

441. *τάδε πάντα* weist deutlich auf 432 zurück, die *ὀρφανία* und *χηρεία*.

443. *ἀλυσκάζω*. Diess wäre das 431 empfohlene *μίμνειν ἐπὶ πύργῳ*.

444. *οὐδέ με θυμὸς ἄνωγεν*, auch verbietet mir das mein Muth, mein eigener tapferer Sinn.

447–449. *εὖ γὰρ – Πριάμοιο*, vgl. zu δ, 163–165.

452 f. *οἵ κεν – πέσοιεν*, die wohl — fallen werden.

456. *πρὸς ἄλλης* = *ὑπ᾽ ἄλλης κελευομένη*, im Dienst einer Andern.

457. *ὕδωρ φορέοις*. Als Wasser tragend stellen die spätern Dichter die Andromache wirklich dar. — *Μεσσηίδος*. Eine hierher passende Quelle Messeis weist Pausanias 3, 20, 1 bei Therapne in Lakonika nach (vgl. E. Curtius Peloponnesos 2 S. 240); Andere setzen sie gleich *Ὑπέρεια* (vgl. β, 734) mit Strabo IX p. 298 Kram. in die Nähe von Pherä in Thessalien.

459. *καί – τις εἴπῃσιν* ist unbestimmter als das 462 folgende *ὥς ποτέ τις ἐρέει*, vgl. Od. ζ, 201 *οὐδὲ γένηται*.

463. *ἀμύνειν δ. ἦμαρ* hängt von *τοιοῦδ᾽ ἀνδρὸς* ab = *ὃς ἂν ἀμύ-*

ἀλλά με τεθνηῶτα χυτὴ κατὰ γαῖα καλύπτοι 6
πρίν γ' ἔτι σῆς τε βοῆς σοῦ θ' ἑλκηθμοῖο πυθέσθαι.
ὣς εἰπὼν οὗ παιδὸς ὀρέξατο φαίδιμος Ἕκτωρ.
ἂψ δ' ὁ πάϊς πρὸς κόλπον ἐυζώνοιο τιθήνης
ἐκλίνθη ἰάχων πατρὸς φίλου ὄψιν ἀτυχθείς,
ταρβήσας χαλκόν τε ἰδὲ λόφον ἱππιοχαίτην,
δεινὸν ἀπ' ἀκροτάτης κόρυθος νεύοντα νοήσας.
ἐκ δ' ἐγέλασσε πατήρ τέ φίλος καὶ πότνια μήτηρ.
αὐτίκ' ἀπὸ κρατὸς κόρυθ' εἵλετο φαίδιμος Ἕκτωρ,
καὶ τὴν μὲν κατέθηκεν ἐπὶ χθονὶ παμφανόωσαν·
αὐτὰρ ὅ γ' ὃν φίλον υἱὸν ἐπεὶ κύσε πῆλέ τε χερσίν,
εἶπεν ἐπευξάμενος Διί τ' ἄλλοισίν τε θεοῖσιν
„Ζεῦ ἄλλοι τε θεοί, δότε δὴ καὶ τόνδε γενέσθαι
παῖδ' ἐμόν, ὡς καὶ ἐγώ περ, ἀριπρεπέα Τρώεσσιν,
ὧδε βίην τ' ἀγαθὸν κάὶ Ἰλίου ἶφι ἀνάσσειν.
καί ποτέ τις εἴπῃσι ‚πατρός γ' ὅδε πολλὸν ἀμείνων'
ἐκ πολέμου ἀνιόντα· φέροι δ' ἔναρα βροτόεντα
κτείνας δήιον ἄνδρα, χαρείη δὲ φρένα μήτηρ."
ὣς εἰπὼν ἀλόχοιο φίλης ἐν χερσὶν ἔθηκεν
παῖδ' ἑόν· ἡ δ' ἄρα μιν κηώδεϊ δέξατο κόλπῳ
δακρυόεν γελάσασα. πόσις δ' ἐλέησε νοήσας,
χειρί τέ μιν κατέρεξεν, ἔπος τ' ἔφατ', ἔκ τ' ὀνόμαζεν.
„δαιμονίη, μή μοί τι λίην ἀκαχίζεο θυμῷ·
οὐ γάρ τίς μ' ὑπὲρ αἶσαν ἀνὴρ Ἄιδι προϊάψει·
μοῖραν δ' οὔ τινά φημι πεφυγμένον ἔμμεναι ἀνδρῶν,

νοι oder τοῦ ἀμυνοῦντος.

465. ἔτι, noch, zu allen andern traurigen Erlebnissen. — σοῦ θ' ἑλκηθμοῖο ist durch ein Zeugma auch von πυθέσθαι abhängig, obgleich dies (vgl. Od. σ, 224 ῥυστακτύος ἀλεγεινῆς) nicht gehört, vernommen, sondern gesehen wird. Vgl. Od. ι, 166f.

468f. ἐκλίνθη ἰάχων κτἑ. Das Participium ἀτυχθεὶς enthält den Grund zu ἐκλίνθη ἰάχων, ταρβήσας die speciellere Erklärung zu ἀτυχθείς, νοήσας endlich die äussere Veranlassung der ganzen Handlung = ἐπεὶ ἐνόησε.

470. δεινὸν gehört, als Adverbium zu νεύοντα.

477. ἀριπρεπέα Τρώεσσιν. Vgl. zu Od. α, 71.

478. ἀνάσσειν sollte eigentlich dem βίην τ' ἀγαθὸν entsprechend heissen ἀνάσσοντα. Ἰλίου kann zweisylbig gelesen werden (vgl. zu β, 537) wegen des Digamma in ἶφι.

484. ἐλέησε, er wurde (in diesem Moment) von Mitleid ergriffen.

οὐ κακὸν οὐδὲ μὲν ἐσθλόν, ἐπὴν τὰ πρῶτα γένηται.
ἀλλ' εἰς οἶκον ἰοῦσα τὰ σ' αὐτῆς ἔργα κόμιζε,
ἱστόν τ' ἠλακάτην τε, καὶ ἀμφιπόλοισι κέλευε
ἔργον ἐποίχεσθαι. πόλεμος δ' ἄνδρεσσι μελήσει
πᾶσιν, ἐμοὶ δὲ μάλιστα, τοὶ Ἰλίῳ ἐγγεγάασιν."
ὣς ἄρα φωνήσας κόρυθ' εἵλετο φαίδιμος Ἕκτωρ
ἵππουριν· ἄλοχος δὲ φίλη οἶκόνδε βεβήκει
ἐντροπαλιζομένη, θαλερὸν κατὰ δάκρυ χέουσα.
αἶψα δ' ἔπειθ' ἵκανε δόμους εὖ ναιετάοντας
Ἕκτορος ἀνδροφόνοιο, κιχήσατο δ' ἔνδοθι πολλάς
ἀμφιπόλους, τῇσιν δὲ γόον πάσῃσιν ἐνῶρσεν.
αἱ μὲν ἔτι ζωὸν γόον Ἕκτορα ᾧ ἐνὶ οἴκῳ·
οὐ γάρ μιν ἔτ' ἔφαντο ὑπότροπον ἐκ πολέμοιο
ἵξεσθαι, προφυγόντα μένος καὶ χεῖρας Ἀχαιῶν.
οὐδὲ Πάρις δήθυνεν ἐν ὑψηλοῖσι δόμοισιν,
ἀλλ' ὅ γ' ἐπεὶ κατέδυ κλυτὰ τεύχεα, ποικίλα χαλκῷ,
σεύατ' ἔπειτ' ἀνὰ ἄστυ, ποσὶ κραιπνοῖσι πεποιθώς.
ὡς δ' ὅτε τις στατὸς ἵππος, ἀκοστήσας ἐπὶ φάτνῃ,
δεσμὸν ἀπορρήξας θείῃ πεδίοιο κροαίνων,
εἰωθὼς λούεσθαι ἐυρρεῖος ποταμοῖο,
κυδιόων· ὑψοῦ δὲ κάρη ἔχει, ἀμφὶ δὲ χαῖται
ὤμοις ἀίσσονται· ὁ δ' ἀγλαΐηφι πεποιθώς,

489. *οὐδὲ μέν, neque sane*, noch wahrlich d. h. und eben so wenig.

490–493. *ἀλλ' εἰς οἶκον ἰοῦσα*. Vgl. zu Od. *α*, 356–359 und Einl. z. Iliade S. 5. *εἰς οἶκον* hier wie 495 *οἶκόνδε*, nach Hause.

496. *ἐντροπαλιζομένη* sich häufig wendend und nach Hektor umsehend.

500. *αἱ μὲν ἔτι ζωὸν γόον*. Ein rührendes Vorspiel der bald eintretenden Wehklagen um den wirklich Gefallenen *χ*, 405–515.

505. *σεύατο* „er setzte sich in schnelle Bewegung, begann dieselbe", Aorist, verschieden von *ἔσσυτο* „eilte, fuhr dahin", dem als Imperfect gebrauchten Plusquamperfect (Grashof).

506. *ὡς δ' ὅτε τις στατὸς ἵππος*. Treffendes Gleichniss zur Bezeichnung des in prangendem Waffenschmuck und leichtsinnigem Uebermuth daherstürmenden Paris.

510f. *ὁ δ' ἀγλαΐηφι πεποιθώς, ῥίμφα ἑ κτἑ.* Der plötzliche Wechsel der Construction aus der activen in die passive Wendung (umgekehrt Od. *α*, 275) lässt den ungestümen Lauf des Rosses gleichsam als einen unwillkürlichen Act erscheinen, wozu es durch sein inneres Kraftgefühl fortgerissen wird. Uebrigens ahmt 511 die leichte fliegende Hast des Renners durch das Metrum trefflich nach; vgl. Od. *λ*,

ῥίμφα ἑ γοῦνα φέρει μετά τ' ἤθεα καὶ νομὸν ἵππων· 6
ὣς υἱὸς Πριάμοιο Πάρις κατὰ Περγάμου ἄκρης,
τεύχεσι παμφαίνων ὥς τ' ἠλέκτωρ, ἐβεβήκει
καγχαλόων, ταχέες δὲ πόδες φέρον. αἶψα δ' ἔπειτα
Ἕκτορα δῖον ἔτετμεν ἀδελφεόν, εὖτ' ἄρ' ἔμελλεν
στρέψεσθ' ἐκ χώρης ὅθι ᾗ ὀάριζε γυναικί.
τὸν πρότερος προσέειπεν Ἀλέξανδρος θεοειδής
„ἠθεῖ', ἦ μάλα δή σε καὶ ἐσσύμενον κατερύκω
δηθύνων, οὐδ' ἦλθον ἐναίσιμον, ὡς ἐκέλευες."
τὸν δ' ἀπαμειβόμενος προσέφη κορυθαίολος Ἕκτωρ
„δαιμόνι', οὐκ ἄν τίς τοι ἀνήρ, ὃς ἐναίσιμος εἴη,
ἔργον ἀτιμήσειε μάχης, ἐπεὶ ἄλκιμός ἐσσι.
ἀλλὰ ἑκὼν μεθιεῖς τε καὶ οὐκ ἐθέλεις· τὸ δ' ἐμὸν κῆρ
ἄχνυται ἐν θυμῷ, ὅθ' ὑπὲρ σέθεν αἴσχε' ἀκούω
πρὸς Τρώων, οἳ ἔχουσι πολὺν πόνον εἵνεκα σεῖο.
ἀλλ' ἴομεν· τὰ δ' ὄπισθεν ἀρεσσόμεθ', αἴ κέ ποθι Ζεὺς
δώῃ ἐπουρανίοισι θεοῖς αἰειγενέτῃσιν
κρητῆρα στήσασθαι ἐλεύθερον ἐν μεγάροισιν,
ἐκ Τροίης ἐλάσαντας ἐυκνήμιδας Ἀχαιούς."

Η.

ὣς εἰπὼν πυλέων ἐξέσσυτο φαίδιμος Ἕκτωρ, 7
τῷ δ' ἅμ' Ἀλέξανδρος κί' ἀδελφεός· ἐν δ' ἄρα θυμῷ
ἀμφότεροι μέμασαν πολεμίζειν ἠδὲ μάχεσθαι.

598. — *μετὰ ἤθεα*, eig. mitten in die Wohnplätze hinein.

518. *ἠθεῖε*, vgl. zu Od. ξ, 147.

519. *ἐναίσιμον* = *ἐν αἴσῃ*, *κατὰ μοῖραν*, nach Gebühr, d. h. zu rechter Zeit. Zu *ὡς ἐκέλευες* vgl. 331 und besonders 363 f.

521. *δαιμόνιε*, gutmüthig tadelnd, weil Paris sich für etwas entschuldigt, was nicht viel auf sich hat, dagegen wichtigere Gebrechen unberührt und ungerechtfertigt an sich duldet: Seltsamer!

526. *τὰ δ' ὄπισθεν ἀρεσσόμεθα*, vgl. δ, 362. *τὰ δέ*, diess, wenn ich dich etwa durch meine Worte beleidigt habe.

529. *ἐλάσαντας* gehört zu dem bei *στήσασθαι* hinzuzudenkenden *ἡμᾶς*.

Das 7. Buch, wenigstens bis 312, ist eine sich genau anschliessende Fortsetzung des vorigen; auch die kurze Aufzählung der durch nichts Besonderes ausgezeichneten Kämpfe 8–16 ist ganz ähnlich der ζ, 5–36. Auf den ersten Zweikampf (im dritten Buche) wird 69 und 351 f. als auf etwas Bekanntes hingewiesen.

3. *μέμασαν πολεμίζειν* ganz übereinstimmend mit Hektor's Benehmen, ehe er die Schlacht verliess ζ, 104–112.

ὡς δὲ θεὸς ναύτῃσιν ἐελδομένοισιν ἔδωκεν
οὖρον, ἐπεί κε κάμωσιν ἐυξέστῃς ἐλάτῃσιν
πόντον ἐλαύνοντες, καμάτῳ δ' ὑπὸ γυῖα λέλυνται,
ὣς ἄρα τὼ Τρώεσσιν ἐελδομένοισι φανήτην.
ἔνθ' ἑλέτην ὁ μὲν υἱὸν Ἀρηιθόοιο ἄνακτος,
Ἄρνῃ ναιετάοντα Μενέσθιον, ὃν κορυνήτης
γείνατ' Ἀρηίθοος καὶ Φυλομέδουσα βοῶπις·
Ἕκτωρ δ' Ἠιονῆα βάλ' ἔγχεϊ ὀξυόεντι
αὐχέν' ὑπὸ στεφάνης εὐχάλκου, λῦσε δὲ γυῖα.
Γλαῦκος δ' Ἱππολόχοιο πάις, Λυκίων ἀγὸς ἀνδρῶν,
Ἰφίνοον βάλε δουρὶ κατὰ κρατερὴν ὑσμίνην
Δεξιάδην ἵππων ἐπιάλμενον ὠκειάων,
ὦμον· ὁ δ' ἐξ ἵππων χαμάδις πέσε, λύντο δὲ γυῖα.
τοὺς δ' ὡς οὖν ἐνόησε θεὰ γλαυκῶπις Ἀθήνη
Ἀργείους ὀλέκοντας ἐνὶ κρατερῇ ὑσμίνῃ,
βῆ ῥα κατ' Οὐλύμποιο καρήνων ἀίξασα
Ἴλιον εἰς ἱερήν. τῇ δ' ἀντίος ὤρνυτ' Ἀπόλλων
Περγάμου ἐκκατιδών, Τρώεσσι δὲ βούλετο νίκην.
ἀλλήλοισι δὲ τώ γε συναντέσθην παρὰ φηγῷ.
τὴν πρότερος προσέειπεν ἄναξ Διὸς υἱὸς Ἀπόλλων

4. *ἐελδομένοισιν* enthält hier und 7 nicht einen nur zufälligen und entbehrlichen Umstand, sondern den Hauptbegriff des Satzes und den eigentlichen Vergleichungspunct; vgl. Od. ε, 394 *ὣς δ' ὅτ' ἂν ἀσπάσιος – φανήῃ*.

6. *πόντον ἐλαύν.*, indem hier die Schiffer durch ungünstigen Wind genöthigt waren, auf hohem Meere die Ruder zu brauchen. — *καμάτῳ λέλυνται*, parenthetische Ausmalung der Vergleichung.

8. *ἔνθ' ἑλέτην* = ε, 576 *ἔνθα Πυλαιμένεα ἑλέτην.* — *Ἀρηιθόοιο.* Dieser wie es scheint Böotische Held kommt nur hier und 137 vor, der Sohn Menesthios wird weiter gar nicht erwähnt.

13. *Γλαῦκος*, vgl. ζ, 119–211. Natürlich sind diese Erlegungen nur als einzelne Beispiele von vielen angeführt; sonst wäre das Wiedereingreifen der Athene 17 ff. nicht hinlänglich begründet.

15 f. *ἐπιάλμενον* bezeichnet den Moment des *βάλε.* — *ὦμον*, nachträgliche Bestimmung zu 14 *Ἰφίνοον βάλε.*

17 f. *τοὺς δ' ὡς – ὑσμίνῃ* vgl. ε, 711 f.

20. *Ἴλιον εἰς ἱερήν.* Eigentlich wollte sie nicht in die Stadt Ilios gehen, sondern nur auf das Schlachtfeld vor derselben (*μετὰ Τρῶας καὶ Ἀχαιούς* 35). Aber *Ἴλιος* steht hier und anderswo, z. B. λ, 196, im weitern Sinne für Stadt und Gebiet zusammen, wie *Τρώων πόλις* θ, 52.

21. *ἐκκατιδών* (= δ, 508), erg. *Ἀθήνην. Τρώεσσι – νίκην*, während Athene den Achäern irgendwie

„τίπτε σὺ δ' αὖ μεμανῖα, Διὸς θύγατερ μεγάλοιο, 7
ἦλθες ἀπ' Οὐλύμποιο, μέγας δέ σε θυμὸς ἀνῆκεν;
ἦ ἵνα δὴ Δαναοῖσι μάχης ἑτεραλκέα νίκην
δῷς, ἐπεὶ οὔ τι Τρῶας ἀπολλυμένους ἐλεαίρεις.
ἀλλ' εἴ μοί τι πίθοιο, τό κεν πολὺ κέρδιον εἴη.
νῦν μὲν παύσωμεν πόλεμον καὶ δηιοτῆτα
σήμερον· ὕστερον αὖτε μαχήσοντ', εἰς ὅ κε τέκμωρ
Ἰλίου εὕρωσιν, ἐπεὶ ὣς φίλον ἔπλετο θυμῷ
ὑμῖν ἀθανάτῃσι, διαπραθέειν τόδε ἄστυ."
τὸν δ' αὖτε προσέειπε θεὰ γλαυκῶπις Ἀθήνη
„ὧδ' ἔστω, ἑκάεργε· τὰ γὰρ φρονέουσα καὶ αὐτή
ἦλθον ἀπ' Οὐλύμποιο μετὰ Τρῶας καὶ Ἀχαιούς.
ἀλλ' ἄγε, πῶς μέμονας πόλεμον καταπαυσέμεν ἀνδρῶν;"
τὴν δ' αὖτε προσέειπεν ἄναξ Διὸς υἱὸς Ἀπόλλων
„Ἕκτορος ὄρσωμεν κρατερὸν μένος ἱπποδάμοιο,
ἤν τινά που Δαναῶν προκαλέσσεται οἰόθεν οἶος
ἀντίβιον μαχέσασθαι ἐν αἰνῇ δηιοτῆτι,
οἱ δέ κ' ἀγασσάμενοι χαλκοκνήμιδες Ἀχαιοί
οἶον ἐπόρσειαν πολεμίζειν Ἕκτορι δίῳ."
ὣς ἔφατ', οὐδ' ἀπίθησε θεὰ γλαυκῶπις Ἀθήνη.
τῶν δ' Ἕλενος Πριάμοιο φίλος παῖς σύνθετο θυμῷ
βουλήν, ἥ ῥα θεοῖσιν ἐφήνδανε μητιόωσιν.
στῆ δὲ παρ' Ἕκτορ' ἰών, καί μιν πρὸς μῦθον ἔειπεν.

hülfreich zu werden wünschte.

24. *τίπτε σὺ δ' αὖ μεμανῖα.* Vgl. α, 540 *τίς δ' αὖ τοι, δολομῆτα. δ' αὖ = δὴ αὖ*, denn wieder.

26. *ἦ ἵνα δή – δῷς.* Durch diese Vermuthung beantwortet Apollon selbst seine vorige Frage.

31. *ἐπεὶ ὣς φίλον. ὣς* weist zunächst auf das Vorhergehende (*τέκμωρ – εὕρωσιν*), wird aber noch durch *διαπραθέειν τόδε ἄστυ* erklärt.

36. *μέμονας – καταπαυσέμεν*, vgl. Od. ο, 521 f. *μέμονέν τε μάλιστα – γαμέειν καὶ – ἕξειν.*

39. *οἰόθεν οἶος* = 226 *μόνος πρὸς μόνον.* Vgl. zu 97.

41 f. *οἱ δέ κ' – ἐπόρσειαν* hängt nicht eigentlich mehr von *ἤν* 39 ab, sondern drückt mehr in selbständigem Satze die Folge jener als Bedingung gefassten Frage aus. *ἀγασσάμενοι* wird durch 93 *αἴδεσθεν μὲν ἀνήνασθαι* erklärt; sie sollten von Seite ihres Stolzes und Selbstgefühles gefasst werden.

44. *Ἕλενος*, vgl. zu ζ, 76. Er allein vernahm hier das Gespräch der Götter, aber mit g e i s t i g e m Ohr, vermöge des ihm als Seher innewohnenden Feinsinnes. Vgl. Virg. Aen. 3, 359: *Troiugena interpres divum, qui numina Phoebi, Qui tripodas, Clarii laurus, qui sidera sentis Et volucrum linguas et praepetis omina pennae.*

„Ἕκτορ υἱὲ Πριάμοιο, Διὶ μῆτιν ἀτάλαντε,
ἦ ῥά νύ μοί τι πίθοιο; κασίγνητος δέ τοί εἰμι.
ἄλλους μὲν κάθισον Τρῶας καὶ πάντας Ἀχαιούς,
αὐτὸς δὲ προκάλεσσαι Ἀχαιῶν ὅς τις ἄριστος
ἀντίβιον μαχέσασθαι ἐν αἰνῇ δηιοτῆτι·
οὐ γάρ πώ τοι μοῖρα θανεῖν καὶ πότμον ἐπισπεῖν.
ὣς γὰρ ἐγὼν ὄπ' ἄκουσα θεῶν αἰειγενετάων.“
ὣς ἔφαθ', Ἕκτωρ δ' αὖτ' ἐχάρη μέγα μῦθον ἀκούσας,
καί ῥ' ἐς μέσσον ἰὼν Τρώων ἀνέεργε φάλαγγας,
μέσσου δουρὸς ἑλών· τοὶ δ' ἱδρύνθησαν ἅπαντες.
κὰδ δ' Ἀγαμέμνων εἷσεν ἐυκνήμιδας Ἀχαιούς.
κὰδ δ' ἄρ' Ἀθηναίη τε καὶ ἀργυρότοξος Ἀπόλλων
ἑζέσθην, ὄρνισιν ἐοικότες αἰγυπιοῖσιν,
φηγῷ ἐφ' ὑψηλῇ πατρὸς Διὸς αἰγιόχοιο,
ἀνδράσι τερπόμενοι· τῶν δὲ στίχες εἵατο πυκναί,
ἀσπίσι καὶ κορύθεσσι καὶ ἔγχεσι πεφρικυῖαι.
οἵη δὲ Ζεφύροιο ἐχεύατο πόντον ἔπι φρὶξ
ὀρνυμένοιο νέον, μελάνει δέ τε πόντος ὑπ' αὐτῆς,
τοῖαι ἄρα στίχες εἵατ' Ἀχαιῶν τε Τρώων τε
ἐν πεδίῳ. Ἕκτωρ δὲ μετ' ἀμφοτέροισιν ἔειπεν
„κέκλυτέ μευ, Τρῶες καὶ ἐυκνήμιδες Ἀχαιοί,
ὄφρ' εἴπω τά με θυμὸς ἐνὶ στήθεσσι κελεύει.
ὅρκια μὲν Κρονίδης ὑψίζυγος οὐκ ἐτέλεσσεν,

53. *ὣς — ὄπ' ἄκουσα* = *τοίην ὄπ' ἄκουσα.*

59f. *ὄρνισιν ἐοικότες — φηγῷ ἐφ' ὑψηλῇ.* Auch hier muss, wenn man dem Dichter nicht Gewalt anthun will, eine wirkliche Verwandlung der Götter erkannt werden; vgl. zu Od. *χ*, 240.

62. *πεφρικυῖαι* steht am eigentlichsten in Beziehung auf *ἔγχεσι*, vgl. *δ*, 282.

63. *Ζεφύροιο — φρίξ*, das Gekräusel des Zephyrs d. h. das durch ihn erregte, wann er so eben zuerst sich erhebt. *φρὶξ* = *τὸ ἐκ γαλήνης πρῶτον ἐξορθούμενον κῦμα. φρὶξ Ζεφύρου* = *ἡ πρώτη ἠρεμαία αὐτοῦ κατὰ θαλάσσης ἐπίπνοια.* Vgl. zu Od. *δ*, 402. — *ἐχεύατο*, sich ergiesst.

64. *μελάνει* verkürzte Nebenform von *μελαίνει*, doch in intransitiver Bedeutung, also — *μελαίνεται* oder *μελανεῖ*, es schwärzt sich, dunkelt; vgl. *φ*, 126 *μέλαιναν φρῖκα* von der leicht aufgeschauerten Meeresfläche. Uebrigens steht auch *υ*, 42 *κύδανον* intransitiv und als Imperfectum, also von *κυδάνω*.

65. *τοῖαι ἄρα στίχες.* Die Vergleichung bezieht sich auf das durch die grosse und immerhin unruhige Menge erregte dunkle Gewimmel.

69. *ὅρκια μὲν Κρονίδης.* Diess

ἀλλὰ κακὰ φρονέων τεκμαίρεται ἀμφοτέροισιν,
εἰς ὅ κεν ἢ ὑμεῖς Τροίην εὔπυργον ἕλητε
ἢ αὐτοὶ παρὰ νηυσὶ δαμείετε ποντοπόροισιν.
ὑμῖν δ' ἐν γὰρ ἔασιν ἀριστῆες Παναχαιῶν·
τῶν νῦν ὅν τινα θυμὸς ἐμοὶ μαχέσασθαι ἀνώγει,
δεῦρ' ἴτω ἐκ πάντων πρόμος ἔμμεναι Ἕκτορι δίῳ.
ὧδε δὲ μυθέομαι, Ζεὺς δ' ἄμμ' ἐπιμάρτυρος ἔστω.
εἰ μέν κεν ἐμὲ κεῖνος ἕλῃ ταναήκεϊ χαλκῷ,
τεύχεα συλήσας φερέτω κοίλας ἐπὶ νῆας,
σῶμα δὲ οἴκαδ' ἐμὸν δόμεναι πάλιν, ὄφρα πυρός με
Τρῶες καὶ Τρώων ἄλοχοι λελάχωσι θανόντα.
εἰ δέ κ' ἐγὼ τὸν ἕλω, δώῃ δέ μοι εὖχος Ἀπόλλων,
τεύχεα συλήσας οἴσω προτὶ Ἴλιον ἱρήν
καὶ κρεμόω προτὶ νηὸν Ἀπόλλωνος ἑκάτοιο,
τὸν δὲ νέκυν ἐπὶ νῆας ἐυσσέλμους ἀποδώσω,
ὄφρα ἑ ταρχύσωσι καρηκομόωντες Ἀχαιοί,
σῆμά τέ οἱ χεύωσιν ἐπὶ πλατεῖ Ἑλλησπόντῳ.
καί ποτέ τις εἴπῃσι καὶ ὀψιγόνων ἀνθρώπων,

ist die einzige für Hektor mögliche Entschuldigung des durch Pandaros begangenen Treubruches; auf jenen frühern Vertrag aber zurückzukommen wäre nach dem seither Vorgefallenen nicht mehr möglich; darum muss durch einen neuen Zweikampf entschieden werden, der aber nur dem weitern Blutvergiessen für heute ein Ende machen, hingegen über den eigentlichen Gegenstand des Streites nichts entscheiden soll (vgl. 29–32).

70. *κακὰ* gehört nicht nur zu *φρονέων*, sondern auch zu *τεκμαίρεται*, vgl. ζ, 349 *κακὰ τεκμήραντο*.

72. *δαμείετε*, Conjunctiv wie *ἕλητε*.

73. *ὑμῖν δ' ἐν γὰρ ἔασιν*, aber unter euch sind ja. Die Partikel *δὲ* gehört eigentlich zu dem nachfolgenden Hauptsatz *τῶν νῦν – δεῦρ' ἴτω*, das Uebrige *ἐν ὑμῖν γὰρ ἔασιν κτέ.* ist vorausgeschikte Begründung desselben. Zur Verschlingung der Sätze vgl. Od. ξ, 355 f. *ἀλλ' οὐ γάρ σφιν ἐφαίνετο – τοὶ μὲν – ἔβαινον.*

75. *Ἕκτορι δίῳ* sagt auch Hektor von sich selbst mit unbefangener Objectivität, wie 42 Apollon, 169 der Dichter. Vgl. ξ, 454 *μεγαθύμου Πανθοίδαο* in Pulydamas' eigenem Munde.

76. *ἐπιμάρτυρος ἔστω.* Vgl. zu Od. α, 273.

83. *κρεμόω*, vgl. Od. α, 25 *ἀντιόων*. Il. ζ, 368 *δαμόωσιν*. — *προτὶ νηόν*, an den Tempel, damit Alle sie sehen. Hektor ist sich klar bewusst, dass er nur von Apollon den Sieg hoffen kann.

85. *ταρχύσωσι*. *τάρχεα* (*τάρχος*) heissen nämlich überhaupt *τὰ ἀπονενομισμένα τοῖς νεκροῖς*

7 νηὶ πολυκλήιδι πλέων ἐπὶ οἴνοπα πόντον,
‚ἀνδρὸς μὲν τόδε σῆμα πάλαι κατατεθνηῶτος,
ὅν ποτ᾽ ἀριστεύοντα κατέκτανε φαίδιμος Ἕκτωρ.‘
ὥς ποτέ τις ἐρέει· τὸ δ᾽ ἐμὸν κλέος οὔ ποτ᾽ ὀλεῖται.“
ὣς ἔφαθ᾽, οἱ δ᾽ ἄρα πάντες ἀκὴν ἐγένοντο σιωπῇ·
αἴδεσθεν μὲν ἀνήνασθαι, δεῖσαν δ᾽ ὑποδέχθαι.
ὀψὲ δὲ δὴ Μενέλαος ἀνίστατο, καὶ μετέειπεν
νείκει ὀνειδίζων, μέγα δὲ στεναχίζετο θυμῷ.
„ὤ μοι, ἀπειλητῆρες, Ἀχαιίδες, οὐκέτ᾽ Ἀχαιοί.
ἦ μὲν δὴ λώβη τάδε γ᾽ ἔσσεται αἰνόθεν αἰνῶς,
εἰ μή τις Δαναῶν νῦν Ἕκτορος ἀντίος εἶσιν.
ἀλλ᾽ ὑμεῖς μὲν πάντες ὕδωρ καὶ γαῖα γένοισθε,
ἥμενοι αὖθι ἕκαστοι ἀκήριοι, ἀκλεὲς αὔτως·
τῷδε δ᾽ ἐγὼν αὐτὸς θωρήξομαι· αὐτὰρ ὕπερθεν
νίκης πείρατ᾽ ἔχονται ἐν ἀθανάτοισι θεοῖσιν.“
ὣς ἄρα φωνήσας κατεδύσετο τεύχεα καλά.
ἔνθα κέ τοι, Μενέλαε, φάνη βιότοιο τελευτή
Ἕκτορος ἐν παλάμῃσιν, ἐπεὶ πολὺ φέρτερος ἦεν,
εἰ μὴ ἀναΐξαντες ἕλον βασιλῆες Ἀχαιῶν·

πρὸς κηδείαν.

91. *τὸ δ᾽ ἐμὸν κλέος*, dieser mein Ruhm aber, d. h. mein Ruhm von da her.

92. *οἱ δ᾽ ἄρα πάντες*. Die gewünschte und beabsichtigte Wirkung (41 f.) trat wirklich ein; des frühern Zweikampfes aber konnten die Achäer bei dieser Stimmung nicht mehr gedenken.

95. *νείκει ὀνειδίζων*, mit Hader, mit ernstem Tadel sie scheltend.

97. *αἰνόθεν αἰνῶς*, eine nach Analogie von *οἰόθεν οἶος* (39) gebildete steigernde, gewissermassen superlativische Verdoppelung desselben Begriffes. Für den Ursprung und eigentlichen Sinn der Ausdrucksweise vgl. Herodot. 4, 3 *οἱ δὲ ἐνόμιζον ὅμοιοί τε καὶ ἐξ ὁμοίων ἡμῖν εἶναι.*

99. *ὕδωρ καὶ γαῖα γένοισθε*, ihr möget zu Wasser und Erde werden, d. h. ich wollte, ihr würdet alle insgesammt, wie ihr da sitzet, auf der Stelle verfaulen, d. i. schmählich und spurlos zu Grunde gehen; ein besseres Loos verdient eure Feigheit nicht.

100. *ἀκήριοι*, d. h. wie entseelt, ohne euch nur zu rühren.

101 f. *ὕπερθεν — ἔχονται*, sie hangen oben, sind in der Höhe befestigt. Der Sieg, wie jedes andere noch bevorstehende Schicksal, wird als über den Menschen schwebend und an den Enden oben befestigt, also in der Hand der unsterblichen Götter liegend (*ἐν ἀθανάτοισι θεοῖσιν*) gedacht. Vgl. 402 *ὀλέθρου πείρατ᾽ ἐφῆπται* und zu *ν*, 358–360.

106. *εἰ μὴ — ἕλον*, erg. *σέ*, hätten dich nicht bezwungen, mit Ge-

αὐτός τ' Ἀτρείδης εὐρυκρείων Ἀγαμέμνων
δεξιτερῆς ἕλε χειρός, ἔπος τ' ἔφατ', ἔκ τ' ὀνόμαζεν.
„ἀφραίνεις, Μενέλαε διοτρεφές, οὐδέ τί σε χρή
ταύτης ἀφροσύνης· ἀνὰ δ' ἴσχεο κηδόμενός περ,
μηδ' ἔθελ' ἐξ ἔριδος σεῦ ἀμείνονι φωτὶ μάχεσθαι,
Ἕκτορι Πριαμίδῃ, τόν τε στυγέουσι καὶ ἄλλοι.
καὶ δ' Ἀχιλεὺς τούτῳ γε μάχῃ ἔνι κυδιανείρῃ
ἔρριγ' ἀντιβολῆσαι, ὅ περ σέο πολλὸν ἀμείνων.
ἀλλὰ σὺ μὲν νῦν ἵζευ ἰὼν μετὰ ἔθνος ἑταίρων,
τούτῳ δὲ πρόμον ἄλλον ἀναστήσουσιν Ἀχαιοί.
εἴ περ ἀδειής τ' ἐστὶ καὶ εἰ μόθου ἔστ' ἀκόρητος,
φημί μιν ἀσπασίως γόνυ κάμψειν, αἴ κε φύγῃσιν
δηίου ἐκ πολέμοιο καὶ αἰνῆς δηιοτῆτος.“
ὣς εἰπὼν παρέπεισεν ἀδελφειοῦ φρένας ἥρως,
αἴσιμα παρειπών· ὁ δ' ἐπείθετο. τοῦ μὲν ἔπειτα
γηθόσυνοι θεράποντες ἀπ' ὤμων τεύχε' ἕλοντο·
Νέστωρ δ' Ἀργείοισιν ἀνίστατο καὶ μετέειπεν
„ὢ πόποι, ἦ μέγα πένθος Ἀχαιίδα γαῖαν ἱκάνει.
ἦ κε μέγ' οἰμώξειε γέρων ἱππηλάτα Πηλεύς,
ἐσθλὸς Μυρμιδόνων βουληφόρος ἠδ' ἀγορητής,
ὅς ποτέ μ' εἰρόμενος μέγ' ἐγήθεεν ᾧ ἐνὶ οἴκῳ,

walt zurückgehalten.

110. *ἀνὰ δ' ἴσχεο κ. π.* = α, 586 *ἀνάσχεο κηδομένη περ.*

111. *ἐξ ἔριδος – μάχεσθαι*, vgl. zu Od. δ, 343; über *μηδ' ἔθελε* zu Iliad. β, 247.

114. *ἔρριγε*, Perfect mit Präsensbedeutung, indem auf den ganzen Krieg Rücksicht genommen wird. Um aber diese Aeusserung des Agamemnon zu begreifen, übersehe man nicht, dass ihm Alles daran gelegen ist, den Menelaos vom Kampf mit Hektor abzumahnen.

117 f. *εἴ περ ἀδειής τ' ἐστὶ κτέ.*, erg. *Ἕκτωρ*, ist er auch noch so furchtlos, — so wird er doch froh sein müssen, wenn er aus dem Kampfe sich noch retten kann; so wenig fehlt es uns an tapfern Helden. *γόνυ κάμψειν* = *ἀναπαύσεσθαι*, sich niedersetzen, um sich von der Anstrengung zu erholen. Vgl. die Nachahmung τ, 71–73.

125. *ἦ κε μέγ' οἰμώξειε*, nachgeahmt von dem Lakedämonischen Gesandten Syagros bei Herodot. 7, 159: *ἦ κε μέγ' οἰμώξειε ὁ Πελοπίδης Ἀγαμέμνων πυθόμενος Σπαρτιήτας τὴν ἡγεμονίην ἀπαραιρῆσθαι ὑπὸ Γέλωνός τε καὶ Συρηκοσίων.*

127. *ὅς ποτέ μ' εἰρόμενος κτέ.* Die Gelegenheit, bei der diess geschah, scheint die λ, 769–782 bezeichnete, als Nestor und Odysseus den Achilleus in Phthia abholten.

πάντων Ἀργείων ἐρέων γενεήν τε τόκον τε.
τοὺς νῦν εἰ πτώσσοντας ὑφ' Ἕκτορι πάντας ἀκούσαι,
πολλά κεν ἀθανάτοισι φίλας ἀνὰ χεῖρας ἀείραι,
θυμὸν ἀπὸ μελέων δῦναι δόμον Ἄιδος εἴσω.
αἲ γάρ, Ζεῦ τε πάτερ καὶ Ἀθηναίη καὶ Ἄπολλον,
ἡβῷμ' ὡς ὅτ' ἐπ' ὠκυρόῳ Κελάδοντι μάχοντο
ἀγρόμενοι Πύλιοί τε καὶ Ἀρκάδες ἐγχεσίμωροι,
Φειᾶς πὰρ τείχεσσιν Ἰαρδάνου ἀμφὶ ῥέεθρα.
τοῖσι δ' Ἐρευθαλίων πρόμος ἵστατο, ἰσόθεος φώς,
τεύχε' ἔχων ὤμοισιν Ἀρηιθόοιο ἄνακτος,
δίου Ἀρηιθόου, τὸν ἐπίκλησιν κορυνήτην
ἄνδρες κίκλησκον καλλίζωνοί τε γυναῖκες,
οὕνεκ' ἄρ' οὐ τόξοισι μαχέσκετο δουρί τε μακρῷ,
ἀλλὰ σιδηρείῃ κορύνῃ ῥήγνυσκε φάλαγγας.

128. *ἐρέων* mit seinem Object *γενεήν τε τόκον τε* (Abstammung d. h. Vorfahren, und Kinder) ist Epexegese zu *μ' εἰρόμενος. πάντων Ἀργείων* geht natürlich nur auf die Theilnehmer am Feldzuge.

130. *πολλά κεν – ἀείραι* schliesst den Begriff des Flehens, *ἀρώμενος*, in sich.

132f. *αἲ γὰρ – ἡβῷμ' ὡς.* Dieser wünschende Vordersatz wird 157 *εἴθ' ὣς ἡβώοιμι* wieder aufgenommen und erhält dort auch seinen Nachsatz. Vgl. Od. *α*, 255–265.

133–135. *ἐπ' ὠκυρόῳ Κελάδοντι – ἀμφὶ ῥέεθρα.* Eine dunkle Stelle, deren Schwierigkeiten schon den Alten unauflöslich erschienen. Der Flussname *Κελάδων* (Rauschender) lässt sich in der hier passenden Gegend (dem Triphylischen Pylos oder an der Grenze desselben gegen Arkadien) nicht nachweisen und eben so wenig der 135 genannte *Ἰάρδανος*. Daher kann man vielleicht nach einer Andeutung des Pausanias 5, 5, 9 unter *Ἰάρδανος* den spätern *Ἀκίδας* (*Ἀκίδων*) nördlich von Pylos und Lepreon verstehen, der sich in den Anigros ergiesst, unter *Κελάδων* aber einen kleinen Nebenfluss, der sich in derselben Gegend und nahe am Akidas mit dem Anigros vereinigt. Dann könnte freilich mit *Φειά* nicht das Od. *ο*, 297 vorkommende *Φεαί* in Elis gemeint sein, sondern eine von Strabo VIII p. 126f. Kram. erwähnte Stadt *Χάα*, die zwischen beiden Flüssen läge und an welcher namentlich der Akidas vorbeifliesst. Doch spricht derselbe Strabo nicht unzweifelhaft von einem Flusse *Ἰάρδανος*, sondern von einem *λειμὼν καὶ τάφος Ἰαρδάνου* (Wiese und Grabmal des Iardanos), wovon in unserer Stelle sich keine Spur zeigt. Ist aber unter *Φειά* derselbe am Meere liegende Ort wie in der Odyssee zu verstehen, so müssen in der Nähe desselben zwei Flüsse angenommen werden, während Strabo VIII p. 115 Kram. nur einen erwähnt.

136. *Ἐρευθαλίων* ist auch schon *δ*, 319 in einer Rede des Nestor erwähnt. *τοῖσι* geht natürlich auf die Arkader, die Feinde des Nestor.

141. *σιδηρείῃ κορύνῃ*, vgl. Herodot. 7, 63 *ῥόπαλα ξύλων τετυλω-*

τὸν Λυκόοργος ἔπεφνε δόλῳ, οὔ τι κράτεΐ γε, 7
στεινωπῷ ἐν ὁδῷ, ὅθ' ἄρ' οὐ κορύνη οἱ ὄλεθρον
χραῖσμε σιδηρείη· πρὶν γὰρ Λυκόοργος ὑποφθάς
δουρὶ μέσον περόνησεν, ὁ δ' ὕπτιος οὔδει ἐρείσθη.
τεύχεα δ' ἐξενάριξε, τά οἱ πόρε χάλκεος Ἄρης.
καὶ τὰ μὲν αὐτὸς ἔπειτα φόρει μετὰ μῶλον Ἄρηος·
αὐτὰρ ἐπεὶ Λυκόοργος ἐνὶ μεγάροισιν ἐγήρα,
δῶκε δ' Ἐρευθαλίωνι φίλῳ θεράποντι φορῆναι.
τοῦ ὅ γε τεύχε' ἔχων προκαλίζετο πάντας ἀρίστους·
οἱ δὲ μάλ' ἐτρόμεον καὶ ἐδείδισαν, οὐδέ τις ἔτλη.
ἀλλ' ἐμὲ θυμὸς ἀνῆκε πολυτλήμων πολεμίζειν
θάρσεϊ ᾧ· γενεῇ δὲ νεώτατος ἔσκον ἁπάντων.
καὶ μαχόμην οἱ ἐγώ, δῶκεν δέ μοι εὖχος Ἀθήνη.
τὸν δὴ μήκιστον καὶ κάρτιστον κτάνον ἄνδρα·
πολλὸς γάρ τις ἔκειτο παρήορος ἔνθα καὶ ἔνθα.
εἴθ' ὣς ἡβώοιμι, βίη δέ μοι ἔμπεδος εἴη·
τῷ κε τάχ' ἀντήσειε μάχης κορυθαιόλος Ἕκτωρ.
ὑμέων δ' οἵ περ ἔασιν ἀριστῆες Παναχαιῶν,
οὐδ' οἱ προφρονέως μέμαθ' Ἕκτορος ἀντίον ἐλθεῖν.“

μένα σιδήρῳ (mit Eisen beschlagen).

142. Λυκόοργος, nicht der ζ, 130 erwähnte, sondern ein arkadischer Fürst, Sohn des Aleos (Pausan. 8, 4, 8. 10).

144. ὑποφθάς. Vgl. Od. κ, 323 ἡ δὲ μέγα ἰάχουσα ὑπέδραμε.

152f. θυμὸς – θάρσεϊ ᾧ, mein viel aushaltender, wagender Muth in seiner Kühnheit, Verwegenheit. Nestor gesteht, dass es ein Wagestück von ihm gewesen sei.

153. γενεῇ νεώτατος = *natu minimus*; zum folgenden Vers vgl. α, 271.

155. τὸν δὴ μήκιστον κτέ. Der Sinn scheint: οὗτος δὴ μήκιστος καὶ κάρτιστος πάντων ἦν οὓς ἐγὼ ἔκτανον. Vgl. ζ, 185.

156. πολλὸς γάρ τις, denn mächtig gross; vgl. ψ, 245 τύμβον δ' οὐ μάλα πολλόν. Virg. Aen. 1, 419: *adscendebant collem qui plurimus urbi imminet.* — παρήορος ἔνθα καὶ ἔνθα, (neben und vor mir) ausgestreckt in die Länge und Breite (vgl. zu Od. κ, 517) oder hierhin und dorthin, nach beiden Seiten. Zu πολλός τις vgl. Od. σ, 382 τις μέγας. Diese Stelle scheint Aeschylos vor Augen gehabt zu haben, wenn er Prometh. vinct. 365 vom Riesen Typhon sagt: καὶ νῦν ἀχρεῖον καὶ παράορον δέμας κεῖται στενωποῦ πλησίον θαλασσίου ἰπούμενος ῥίζαισιν Αἰτναίαις ὕπο.

160. οὐδ' οἱ – μέμαθ' (μέματε), die zweite Person des Verbi, als ob ὑμεῖς δ' οἵ περ ἐστὲ – οὐδ' ὑμεῖς — vorherginge. προφρονέως,

7 ὣς νείκεσσ᾽ ὁ γέρων, οἱ δ᾽ ἐννέα πάντες ἀνέσταν.
ὦρτο πολὺ πρῶτος μὲν ἄναξ ἀνδρῶν Ἀγαμέμνων,
τῷ δ᾽ ἐπὶ Τυδείδης ὦρτο κρατερὸς Διομήδης,
τοῖσι δ᾽ ἐπ᾽ Αἴαντες θοῦριν ἐπιειμένοι ἀλκήν,
τοῖσι δ᾽ ἐπ᾽ Ἰδομενεὺς καὶ ὀπάων Ἰδομενῆος
Μηριόνης, ἀτάλαντος Ἐνυαλίῳ ἀνδρειφόντῃ,
τοῖσι δ᾽ ἐπ᾽ Εὐρύπυλος Εὐαίμονος ἀγλαὸς υἱός,
ἂν δὲ Θόας Ἀνδραιμονίδης καὶ δῖος Ὀδυσσεύς·
πάντες ἄρ᾽ οἵ γ᾽ ἔθελον πολεμίζειν Ἕκτορι δίῳ.
τοῖς δ᾽ αὖτις μετέειπε Γερήνιος ἱππότα Νέστωρ
„κλήρῳ νῦν πεπάλασθε διαμπερές, ὅς κε λάχῃσιν·
οὗτος γὰρ δὴ ὀνήσει ἐυκνήμιδας Ἀχαιούς,
καὶ δ᾽ αὐτὸς ὃν θυμὸν ὀνήσεται, αἴ κε φύγῃσιν
δηίου ἐκ πολέμοιο καὶ αἰνῆς δηιοτῆτος."
ὣς ἔφαθ᾽, οἱ δὲ κλῆρον ἐσημήναντο ἕκαστος,
ἐν δ᾽ ἔβαλον κυνέῃ Ἀγαμέμνονος Ἀτρείδαο.
λαοὶ δ᾽ ἠρήσαντο, θεοῖσι δὲ χεῖρας ἀνέσχον.
ὧδε δέ τις εἴπεσκεν ἰδὼν εἰς οὐρανὸν εὐρύν.
„Ζεῦ πάτερ, ἢ Αἴαντα λαχεῖν ἢ Τυδέος υἱόν
ἢ αὐτὸν βασιλῆα πολυχρύσοιο Μυκήνης."
ὣς ἄρ᾽ ἔφαν, πάλλεν δὲ Γερήνιος ἱππότα Νέστωρ,
ἐκ δ᾽ ἔθορε κλῆρος κυνέης, ὃν ἄρ᾽ ἤθελον αὐτοί,
Αἴαντος. κῆρυξ δὲ φέρων ἀν᾽ ὅμιλον ἁπάντῃ
δεῖξ᾽ ἐνδέξια πᾶσιν ἀριστήεσσιν Ἀχαιῶν.
οἱ δ᾽ οὐ γιγνώσκοντες ἀπηνήναντο ἕκαστος.

vgl. ε, 810.

161. *ἐννέα πάντες* gehört zu *ἀνέσταν*: von jenen standen neun im Ganzen (mit einander) auf.

171. *πεπάλασθε*, vgl. zu Od. ι, 331. — *διαμπερές*, ganz hindurch, d. h. alle der Reihe nach. Das folgende *ὅς κε λάχῃσιν* ist brachylogisch angehängt: wen immer das Loos trifft, d. h. um zu sehen, wen das Loos treffe, wer es auch sein mag.

173. *ὃν θυμὸν ὀνήσεται*, er wird in seinem Herzen erfreut sein.

174. *δηίου – δηιοτῆτος* = 119; wegen der Zusammenstellung von *δηίου* und *δηιοτῆτος* vgl. auch 127 f. *εἰρόμενος – ἐρέων*.

176. *ἐν δ᾽ ἔβαλον*, erg. *τοὺς κλήρους*.

179. *ἢ Αἴαντα λαχεῖν*, vgl. zu β, 413.

182. *ὃν ἄρ᾽ ἤθελον* mit Beziehung auf die wirklichen Worte des Gebetes *ἢ Αἴαντα λαχεῖν*. Vgl zu Od. ω, 279.

184. *ἐνδέξια πᾶσιν* = α, 597.

ἀλλ' ὅτε δὴ τὸν ἵκανε φέρων ἀν' ὅμιλον ἁπάντῃ, 7
ὅς μιν ἐπιγράψας κυνέῃ βάλε, φαίδιμος Αἴας,
ἤ τοι ὑπέσχεθε χεῖρ', ὁ δ' ἄρ' ἔμβαλεν ἄγχι παραστάς.
γνῶ δὲ κλήρου σῆμα ἰδών, γήθησε δὲ θυμῷ.
τὸν μὲν πὰρ πόδ' ἑὸν χαμάδις βάλε, φώνησέν τε
„ὦ φίλοι, ἦ τοι κλῆρος ἐμός, χαίρω δὲ καὶ αὐτός
θυμῷ, ἐπεὶ δοκέω νικησέμεν Ἕκτορα δῖον.
ἀλλ' ἄγετ', ὄφρ' ἂν ἐγὼ πολεμήια τεύχεα δύω,
τόφρ' ὑμεῖς εὔχεσθε Διὶ Κρονίωνι ἄνακτι
σιγῇ ἐφ' ὑμείων, ἵνα μὴ Τρῶές γε πύθωνται,
ἠὲ καὶ ἀμφαδίην, ἐπεὶ οὔ τινα δείδιμεν ἔμπης·
οὐ γάρ τίς με βίῃ γε ἑκὼν ἀέκοντα δίηται,
οὐδέ τι ἰδρείῃ, ἐπεὶ οὐδ' ἐμὲ νήιδά γ' οὕτως
ἔλπομαι ἐν Σαλαμῖνι γενέσθαι τε τραφέμεν τε."
ὣς ἔφαθ', οἱ δ' εὔχοντο Διὶ Κρονίωνι ἄνακτι.
ὧδε δέ τις εἴπεσκεν ἰδὼν εἰς οὐρανὸν εὐρύν.
„Ζεῦ πάτερ, Ἴδηθεν μεδέων, κύδιστε μέγιστε,
δὸς νίκην Αἴαντι καὶ ἀγλαὸν εὖχος ἀρέσθαι.

188. *ὑπέσχεθε χεῖρ'*, weil er als der letzte nun schon wusste, dass es sein Loos sein müsse.

190. *πὰρ πόδ' ἑὸν — βάλε.* Ein feiger und muthloser Kämpfer hätte vielleicht das Loos (die bezeichnete Scherbe) lange und zögernd in der Hand behalten; der sofort bereitwillige, freudig entschlossene Aias wirft es rasch auf den Boden. Fr. Rauchenstein.

191. *κλῆρος ἐμός*, erg. *ἐστί*, das Loos hat mich getroffen. Vgl. 281 *ἄμφω δ' αἰχμητά* (*ἐστόν*).

195. *σιγῇ ἐφ' ὑμείων*, in der Stille bei oder für euch selbst, vgl. zu τ, 255. Dieses wünscht Aias zuerst im Ernste, weil doch Vorsicht im Kriege immer am Platze ist und die Troer nicht zu wissen brauchen, was bei den Achäern vorgeht. Dann aber nimmt er 196 ff. mit Lebhaftigkeit diesen Wunsch zurück, damit er ihm nicht etwa als Eingebung der Furcht ausgelegt werde.

197. *ἑκών* versteht sich eig. von selbst und ist nur zur Hebung des Gegensatzes dem *ἀέκοντα* vorgestellt worden; vgl. Od. ε, 155 *παρ' οὐκ ἐθέλων ἐθελούσῃ*. Diess hat auch Virgil zuweilen nachgeahmt. z. B. Aen. 3, 716: *intentis omnibus unus Fata renarrabat divum* (vgl. 2, 743). Ebend. 181: *Seque novo veterum deceptum errore locorum.*

198. *οὐδέ τι ἰδρείῃ*, noch irgend durch Kunde des Krieges = π, 359 *ἰδρείῃ πολέμοιο.*

203. *δὸς νίκην Αἴαντι.* Der Accusativ *νίκην* hängt nur von *δός*, nicht von *ἀρέσθαι* ab, daher muss nach *Αἴαντι* im Vortrag ein kurzer Einschnitt gemacht werden. Vgl. Hymn. auf Demeter 136 *δοῖεν κουριδίους ἄνδρας καὶ τέκνα τεκέσθαι.*

7 εἰ δὲ καὶ Ἕκτορά περ φιλέεις καὶ κήδεαι αὐτοῦ,
ἴσην ἀμφοτέροισι βίην καὶ κῦδος ὄπασσον."
ὣς ἄρ' ἔφαν, Αἴας δὲ κορύσσετο νώροπι χαλκῷ.
αὐτὰρ ἐπεὶ δὴ πάντα περὶ χροῒ ἕσσατο τεύχεα,
σεύατ' ἔπειθ' οἷός τε πελώριος ἔρχεται Ἄρης,
ὅς τ' εἶσιν πόλεμόνδε μετ' ἀνέρας, οὕς τε Κρονίων
θυμοβόρου ἔριδος μένεϊ ξυνέηκε μάχεσθαι.
τοῖος ἄρ' Αἴας ὦρτο πελώριος, ἕρκος Ἀχαιῶν,
μειδιόων βλοσυροῖσι προσώπασι· νέρθε δὲ ποσσὶν
ἤιε μακρὰ βιβάς, κραδάων δολιχόσκιον ἔγχος.
τὸν δὲ καὶ Ἀργεῖοι μὲν ἐγήθεον εἰσορόωντες,
Τρῶας δὲ τρόμος αἰνὸς ὑπήλυθε γυῖα ἕκαστον,
Ἕκτορί τ' αὐτῷ θυμὸς ἐνὶ στήθεσσι πάτασσεν·
ἀλλ' οὔ πως ἔτι εἶχεν ὑποτρέσαι οὐδ' ἀναδῦναι
ἂψ λαῶν ἐς ὅμιλον, ἐπεὶ προκαλέσσατο χάρμῃ.
Αἴας δ' ἐγγύθεν ἦλθε φέρων σάκος ἠύτε πύργον,
χάλκεον ἑπταβόειον, ὅ οἱ Τυχίος κάμε τεύχων,
σκυτοτόμων ὄχ' ἄριστος, Ὕλῃ ἔνι οἰκία ναίων,
ὅς οἱ ἐποίησεν σάκος αἰόλον ἑπταβόειον,
ταύρων ζατρεφέων, ἐπὶ δ' ὄγδοον ἤλασε χαλκόν.
τὸ πρόσθε στέρνοιο φέρων Τελαμώνιος Αἴας
στῆ ῥα μάλ' Ἕκτορος ἐγγύς, ἀπειλήσας δὲ προσηύδα

204. *περ* scheint hier eigentliches Adverbium zu *φιλέεις* = *περιφιλέεις*, sehr, über die Maassen liebst.

206. *κορύσσετο* = *καθωπλίζετο*. Vgl. 193 und 207. Anders Od. *μ*, 121 *κορυσσόμενος*.

208. *οἷός τε – ἔρχεται Ἄρης ὅς τ' εἶσιν – μετ' ἀνέρας*, eine Ausführung der Epitheta *θοῦρος Ἄρης*, *Mars Gradivus*; vgl. noch 213 *ἤιε μακρὰ βιβάς*.

212. *νέρθε δὲ* ist beigefügt, weil in *βλοσυροῖσι προσώπασι* auch ein *ὕπερθεν* liegt.

214. *τὸν δὲ καὶ – εἰσορόωντες* hängt zwar grammatisch mit *ἐγήθεον* zusammen, steht aber — wie namentlich das die entsprechende Wirkung des Vorhergehenden bezeichnende *καὶ* andeutet — noch mehr in Beziehung auf den folgenden Satz *Τρῶας τρόμος αἰνὸς ὑπήλυθε* = Zittern vor ihm ergriff (darum) auch die Troer, so wie ihrerseits (*μὲν*) die Achäer sich seines Anblicks freuten.

217. *οὔ πως ἔτι εἶχεν*, er konnte es (moralisch und aus Gründen der Ehre) nicht mehr.

220. *Τυχίος κάμε τεύχων*, vgl. *ε*, 59 ff. *Τέκτονος – Ἁρμονίδεω ὃς ἐπίστατο – τεύχειν*. Bereitung und Verarbeitung des Leders scheint schon frühe in Böotien einheimisch gewesen zu sein. — Der hier so geflissentlich beschriebene Schild des

„Ἕκτορ, νῦν μὲν δὴ σάφα εἴσεαι οἰόθεν οἶος 7
οἷοι καὶ Δαναοῖσιν ἀριστῆες μετέασιν,
καὶ μετ' Ἀχιλλῆα ῥηξήνορα θυμολέοντα.
ἀλλ' ὁ μὲν ἐν νήεσσι κορωνίσι ποντοπόροισιν
κεῖτ' ἀπομηνίσας Ἀγαμέμνονι ποιμένι λαῶν·
ἡμεῖς δ' εἰμὲν τοῖοι οἳ ἂν σέθεν ἀντιάσαιμεν,
καὶ πολέες. ἀλλ' ἄρχε μάχης ἠδὲ πτολέμοιο.“
τὸν δ' αὖτε προσέειπε μέγας κορυθαίολος Ἕκτωρ
„Αἶαν διογενὲς Τελαμώνιε, κοίρανε λαῶν,
μή τί μευ ἠύτε παιδὸς ἀφαυροῦ πειρήτιζε
ἠὲ γυναικός, ἣ οὐκ οἶδεν πολεμήια ἔργα.
αὐτὰρ ἐγὼν εὖ οἶδα μάχας τ' ἀνδροκτασίας τε.
οἶδ' ἐπὶ δεξιά, οἶδ' ἐπ' ἀριστερὰ νωμῆσαι βῶν
ἀζαλέην, τό μοι ἔστι ταλαύρινον πολεμίζειν·
οἶδα δ' ἐπαΐξαι μόθον ἵππων ὠκειάων,
οἶδα δ' ἐνὶ σταδίῃ δηίῳ μέλπεσθαι Ἄρηι.
ἀλλ' οὐ γάρ σ' ἐθέλω βαλέειν τοιοῦτον ἐόντα

Aias leistet auch nachher sehr gute Dienste, z. B. *ϑ*, 267 ff. *λ*, 485 f.

227 f. *καὶ Δαναοῖσιν*, auch unter den Danaern (nicht nur unter den Troern). — *καὶ μετ' Ἀχιλλῆα*, auch nach Achilles, d. h. und zwar noch ausser Achilles.

231. *τοῖοι οἵ ἄν – ἀντιάσαιμεν* d. h. *οἷοι* oder *οἷοί τε ἀντιάσαι*. Vgl. zu *ζ*, 463 *τοιοῦδ' ἀνδρὸς ἀμύνειν*.

232. *ἀλλ' ἄρχε μάχης*. Diess Anerbieten vgl. mit *φ*, 439 *ἄρχε· σὺ γὰρ γενεῆφι νεώτερος κτέ.* scheint anzudeuten, dass Aias den Hektor für den Schwächern halte; darum zeigt sich auch Hektor 235 f. über diese abschätzige Behandlung empfindlich. Beim ersten Zweikampf *γ*, 316 f. wurde durch's Loos bestimmt, wer den ersten Wurf thun solle.

235. *ἀφαυροῦ*, gering, *pusilli*. Der Positiv steht bei Homer nur hier, ausserdem Comparativ und Superlativ jeder zweimal.

238. *βῶν ἀζαλέην*, vgl. *μ*, 137 *βόας αὔας* = *ρ*, 492 und Od. *χ*, 184 *σάκος εὐρὺ γέρον, πεπαλαγμένον ἄζῃ*.

239. *τό μοι ἔστι τ. πολεμίζειν* nach dem Paraphrastes Bekk.: *διό μοι ὑπάρχει τλητικῶς καὶ ὑπομονητικῶς πολεμεῖν*. Ueber *ταλαύρινον* vgl. zu *ε*, 289.

240. *ἐπαΐξαι μόθον ἵππων*, mich in das Getümmel der Streitwagen zu stürzen, darin einzudringen. Vgl. *σ*, 159 f. *ἄλλοτ' ἐπαΐξασκε κατὰ μόθον, ἄλλοτε δ' αὖτε στάσκε μέγα ἰάχων* und *ω*, 711 *ἐπ' ἄμαξαν ἐύτροχον ἀΐξασαι*.

241. *ἐνὶ σταδίῃ* (*ὑσμίνῃ*) wird *ν*, 314 der *τοξοσύνῃ* entgegengesetzt, also von Schwerbewaffneten.

242. *ἀλλ' οὐ γάρ σ' ἐθέλω κτέ.* Und darum leiste ich der Aufforderung des Aias 232 Folge. Der Sinn ist: Auch wenn ich gewiss wäre, dass ich dir eine Wunde beibringen könnte, wollte ich es doch nicht durch einen heimtückischen Schuss,

λάθρῃ ὀπιπεύσας, ἀλλ' ἀμφαδόν, αἴ κε τύχωμι."
ἦ ῥα, καὶ ἀμπεπαλὼν προΐει δολιχόσκιον ἔγχος,
καὶ βάλεν Αἴαντος δεινὸν σάκος ἑπταβόειον
ἀκρότατον κατὰ χαλκόν, ὃς ὄγδοος ἦεν ἐπ' αὐτῷ.
ἓξ δὲ διὰ πτύχας ἦλθε δαΐζων χαλκὸς ἀτειρής,
ἐν τῇ δ' ἑβδομάτῃ ῥινῷ σχέτο. δεύτερος αὖτε
Αἴας διογενὴς προΐει δολιχόσκιον ἔγχος,
καὶ βάλε Πριαμίδαο κατ' ἀσπίδα πάντοσ' ἐίσην.
διὰ μὲν ἀσπίδος ἦλθε φαεινῆς ὄβριμον ἔγχος,
καὶ διὰ θώρηκος πολυδαιδάλου ἠρήρειστο·
ἀντικρὺ δὲ παραὶ λαπάρην διάμησε χιτῶνα
ἔγχος· ὁ δ' ἐκλίνθη καὶ ἀλεύατο κῆρα μέλαιναν.
τὼ δ' ἐκσπασσαμένω δολίχ' ἔγχεα χερσὶν ἅμ' ἄμφω
σύν ῥ' ἔπεσον, λείουσιν ἐοικότες ὠμοφάγοισιν
ἢ συσὶ κάπροισιν, τῶν τε σθένος οὐκ ἀλαπαδνόν.
Πριαμίδης μὲν ἔπειτα μέσον σάκος οὔτασε δουρί,
οὐδ' ἔρρηξεν χαλκός, ἀνεγνάμφθη δέ οἱ αἰχμή.
Αἴας δ' ἀσπίδα νύξεν ἐπάλμενος· ἡ δὲ διαπρό
ἤλυθεν ἐγχείη, στυφέλιξε δέ μιν μεμαῶτα,
τμήδην δ' αὐχέν' ἐπῆλθε, μέλαν δ' ἀνεκήκιεν αἷμα.
ἀλλ' οὐδ' ὣς ἀπέληγε μάχης κορυθαίολος Ἕκτωρ,
ἀλλ' ἀναχασσάμενος λίθον εἵλετο χειρὶ παχείῃ
κείμενον ἐν πεδίῳ, μέλανα, τρηχύν τε μέγαν τε·

sondern nur offen, versuchend, ob ich dich treffe. Durch *τοιοῦτον ἐόντα* ehrt und anerkennt er auch seinen Gegner.

246. *ἀκρότατον κατὰ χαλκόν*, in das oberste d. h. zu oberst und zu äusserst befindliche Erz; aber die Lanze blieb nicht im Erze stekken, sondern drang auch noch durch sechs Lederschichten.

248. *ἐν τῇ δ' ἑβδομάτῃ*. Zur Stellung der Partikel *δὲ* vgl. Od. ξ, 120 *ἐπὶ πολλὰ δ' ἀλήθην* und zu Iliad. δ, 470 *ἐπ' αὐτῷ δ' ἔργον ἐτύχθη*.

250–254. *καὶ βάλε – μέλαιναν* stimmen wörtlich überein mit γ, 356–360.

255. *χερσὶν ἅμ' ἄμφω*, „beide zugleich mit den Händen", gehört noch zu *ἐκσπασσαμένω*, wie ψ, 686 *χερσὶ στιβαρῇσιν ἅμ' ἄμφω* zu *ἀνασχομένω*.

260. *ἡ δὲ – ἐγχείη*. Der durch *ἡ δὲ* bezeichnete Begriff ist in *νύξε* schon enthalten, vgl. zu δ, 502 f.

262. *τμήδην δ' αὐχέν' ἐπῆλθε*, ging oder fuhr einschneidend über den Hals hin, schnitt streifend in den Hals ein.

τῷ βάλεν Αἴαντος δεινὸν σάκος ἑπταβόειον 7
μέσσον ἐπομφάλιον· περιήχησεν δ' ἄρα χαλκός.
δεύτερος αὖτ' Αἴας πολὺ μείζονα λᾶαν ἀείρας
ἧκ' ἐπιδινήσας, ἐπέρεισε δὲ ἶν' ἀπέλεθρον,
εἴσω δ' ἀσπίδ' ἔαξε βαλὼν μυλοειδέι πέτρῳ,
βλάψε δέ οἱ φίλα γούναθ'· ὁ δ' ὕπτιος ἐξετανύσθη
ἀσπίδ' ἐνιχριμφθείς· τὸν δ' αἶψ' ὤρθωσεν Ἀπόλλων.
καί νύ κε δὴ ξιφέεσσ' αὐτοσχεδὸν οὐτάζοντο,
εἰ μὴ κήρυκες, Διὸς ἄγγελοι ἠδὲ καὶ ἀνδρῶν,
ἦλθον, ὁ μὲν Τρώων ὁ δ' Ἀχαιῶν χαλκοχιτώνων,
Ταλθύβιός τε καὶ Ἰδαῖος, πεπνυμένω ἄμφω.
μέσσῳ δ' ἀμφοτέρων σκῆπτρα σχέθον, εἶπέ τε μῦθον
κῆρυξ Ἰδαῖος, πεπνυμένα μήδεα εἰδώς.
„μηκέτι, παῖδε φίλω, πολεμίζετε μηδὲ μάχεσθον·
ἀμφοτέρω γὰρ σφῶι φιλεῖ νεφεληγερέτα Ζεύς,
ἄμφω δ' αἰχμητά· τό γε δὴ καὶ ἴδμεν ἅπαντες.
νὺξ δ' ἤδη τελέθει· ἀγαθὸν καὶ νυκτὶ πιθέσθαι."
τὸν δ' ἀπαμειβόμενος προσέφη Τελαμώνιος Αἴας

266f. *βάλεν — ἐπομφάλιον = ἐπ' ὀμφαλῷ*. Vgl. zu Od. *η*, 248 *ἐφέστιον ἤγαγε*.

268f. *πολὺ μείζονα — ἀπέλεθρον* = Od. *ι*, 537f. vom Steinwurf des Kyklopen.

270. *εἴσω δ' ἀσπίδ' ἔαξε*, einwärts brach er den Schild, indem er durch die Heftigkeit des Steinwurfes ihn ein- und heransschlug.

272. *ἀσπίδ' ἐνιχριμφθείς* (vgl. *γ*, 349 *ἀσπίδ' ἔνι κρατερῇ* und zu Od. *β*, 250), nahe gebracht dem Schilde d. h. in nächster und unsanfter Berührung von demselben zugedeckt; denn er trug ihn wohl noch am Arme. — *ὤρθωσεν Ἀπ.* Nach 58–61 war Apollon immer noch in der Nähe.

275f. *ὁ μὲν Τρώων — Ἰδαῖος*. Die Eigennamen und ihre Bestimmungen sind durch Chiasmus verbunden; vgl. *α*, 320. *γ*, 248. Die Herolde leisten aber hier ungefähr das, was heutzutage die Secundanten bei einem Zweikampfe, und es zeigt sich namentlich aus der Anrede 279–282, dass sie als unparteiische Wahrer der Humanität in einem zwar traulichen, aber doch in gewisser Beziehung übergeordneten Verhältniss zu den Kämpfenden stehen.

277. *μέσσῳ δ' ἀμφοτέρων*, mitten zwischen beide hinein, vgl. *γ*, 416. — *εἰπέ τε* (nicht *δέ*), weil *Ἰδαῖος* auch bei *σχέθον* schon mit Subject war.

281. *τό γε δὴ καὶ ἴδμεν ἅ.*, das wissen, anerkennen wir denn auch alle, wie es nämlich wirklich ist.

282. *τελέθειν*, *factum esse, perfectum esse, adesse*, die Folge von *τέλλεσθαι*. Vgl. Od. *δ*, 85 *ἵνα τ' ἄρνες ἄφαρ κεραοὶ τελέθουσιν*.

7 „Ἰδαῖ', Ἕκτορα ταῦτα κελεύετε μυθήσασθαι·
αὐτὸς γὰρ χάρμῃ προκαλέσσατο πάντας ἀρίστους.
ἀρχέτω· αὐτὰρ ἐγὼ μάλα πείσομαι ᾗ περ ἂν οὗτος.“
τὸν δ' αὖτε προσέειπε μέγας κορυθαίολος Ἕκτωρ
„Αἶαν, ἐπεί τοι δῶκε θεὸς μέγεθός τε βίην τε
καὶ πινυτήν, περὶ δ' ἔγχει Ἀχαιῶν φέρτατός ἐσσι,
νῦν μὲν παυσώμεσθα μάχης καὶ δηιοτῆτος
σήμερον· ὕστερον αὖτε μαχησόμεθ', εἰς ὅ κε δαίμων
ἄμμε διακρίνῃ, δώῃ δ' ἑτέροισί γε νίκην.
νὺξ δ' ἤδη τελέθει· ἀγαθὸν καὶ νυκτὶ πιθέσθαι,
ὡς σύ τ' εὐφρήνῃς πάντας παρὰ νηυσὶν Ἀχαιούς,
σούς τε μάλιστα ἔτας καὶ ἑταίρους οἵ τοι ἔασιν·
αὐτὰρ ἐγὼ κατὰ ἄστυ μέγα Πριάμοιο ἄνακτος
Τρῶας ἐυφρανέω καὶ Τρῳάδας ἑλκεσιπέπλους,
αἵ τέ μοι εὐχόμεναι θεῖον δύσονται ἀγῶνα.
δῶρα δ' ἄγ' ἀλλήλοισι περικλυτὰ δώομεν ἄμφω,
ὄφρα τις ὧδ' εἴπῃσιν Ἀχαιῶν τε Τρώων τε

284. Ἰδαῖ', – κελεύετε. Idäos wird vorzugsweise angeredet, weil auch er vorher das Wort geführt hatte. Dennoch folgt das Verbum im Plural, weil darüber, wie über alle ihre Massregeln, beide Herolde einig sein müssen.

286. ᾗ περ ἂν οὗτος, erg. ἄρξῃ, wo (und wie) dieser vorangeht.

289. πινυτὴν (vgl. zu Od. υ, 71) ist nicht als Femininum von πινυτὸς zu betrachten, sondern unmittelbar von πνέω, πέπνυμαι herzuleiten, nach Analogie von γενετὴ (γεγένημαι), vgl. γένεσις. περὶ δ' – ἐσσι ist zweites Glied des Vordersatzes zu ἐπεί, und περὶ ähnlich zu nehmen wie 408 ἀμφί. Der folgende Vers beginnt den Nachsatz.

295. οἵ τοι ἔασιν gehört nur zu ἑταίρους und steht parallel mit dem Possessivum σούς.

298. αἵ τε – θεῖον δύσονται ἀγῶνα, welche für mich flehend in die Versammlung der Götter gehen d. h. die Tempel besuchen werden, worin die Götterbilder gleichsam bei einander versammelt sind. So heisst σ, 376 θεῖος ἀγὼν die wirkliche Versammlung der Götter im Olympos. Vgl. Virg. Aen. 4, 62 von der Dido: *Aut ante ora deum pingues spatiatur ad aras.* εὐχόμεναι aber ist auf Dankgebete für Hektor's Rettung zu beziehen, die zugleich wieder mit Gelübden für die Zukunft verbunden sind; vgl. Od. ν, 357 Odysseus' Gebet an die Nymphen nach seiner Heimkehr: νῦν δ' εὐχωλῇς ἀγανῇσιν χαίρετ'. ἀτὰρ καὶ δῶρα διδώσομεν, ὡς τὸ πάρος περ.

299. δῶρα, weil der Kampf durch freies Einverständniss beendigt wird und keiner eigentlich als Besiegter gelten soll. Gleichwohl kann Agamemnon den Aias nachher beim Mahle 321 f. als glücklichen Kämpfer (312 κεχαρηότα νίκῃ) auszeichnen.

„ἠμὲν ἐμαρνάσθην ἔριδος πέρι θυμοβόροιο, 7
ἠδ' αὖτ' ἐν φιλότητι διέτμαγεν ἀρθμήσαντε.“
ὡς ἄρα φωνήσας δῶκε ξίφος ἀργυρόηλον,
σὺν κολεῷ τε φέρων καὶ ἐυτμήτῳ τελαμῶνι·
Αἴας δὲ ζωστῆρα δίδου φοίνικι φαεινόν.
τὼ δὲ διακρινθέντε ὁ μὲν μετὰ λαὸν Ἀχαιῶν
ἤι', ὁ δ' ἐς Τρώων ὅμαδον κίε. τοὶ δ' ἐχάρησαν,
ὡς εἶδον ζωόν τε καὶ ἀρτεμέα προσιόντα
Αἴαντος προφυγόντα μένος καὶ χεῖρας ἀάπτους·
καί ῥ' ἦγον προτὶ ἄστυ, ἀελπτέοντες σόον εἶναι.
Αἴαντ' αὖθ' ἑτέρωθεν ἐυκνήμιδες Ἀχαιοί
εἰς Ἀγαμέμνονα δῖον ἄγον, κεχαρηότα νίκῃ.
οἱ δ' ὅτε δὴ κλισίῃσιν ἐν Ἀτρείδαο γένοντο,
τοῖσι δὲ βοῦν ἱέρευσεν ἄναξ ἀνδρῶν Ἀγαμέμνων
ἄρσενα πενταέτηρον ὑπερμενέι Κρονίωνι.
τὸν δέρον ἀμφί θ' ἕπον, καί μιν διέχευαν ἅπαντα,
μίστυλλόν τ' ἄρ' ἐπισταμένως, πεῖράν τ' ὀβελοῖσιν,
ὤπτησάν τε περιφραδέως, ἐρύσαντό τε πάντα.
αὐτὰρ ἐπεὶ παύσαντο πόνου τετύκοντό τε δαῖτα,
δαίνυντ', οὐδέ τι θυμὸς ἐδεύετο δαιτὸς ἐίσης.
νώτοισιν δ' Αἴαντα διηνεκέεσσι γέραιρεν
ἥρως Ἀτρείδης εὐρυκρείων Ἀγαμέμνων.
αὐτὰρ ἐπεὶ πόσιος καὶ ἐδητύος ἐξ ἔρον ἕντο,

301 f. ἠμὲν – ἠδ' αὖτε, vgl. Od. ϑ, 383 f. (zwar wohl — aber auch wieder).

304. σὺν κολεῷ, vgl. Od. φ, 54 τόξον αὐτῷ γωρυτῷ. Mit diesem von Hektor geschenkten Schwerte lässt die spätere Sage den Aias sich selbst tödten; denn ἐχθρῶν ἄδωρα δῶρα κοὐκ ὀνήσιμα (Sophocl. Ai. 665 vgl. 1027).

306 f. τὼ δὲ – ὁ μὲν – ὁ δέ. Vgl. zu Od. ϑ, 361.

312. κεχαρηότα νίκῃ ist auf Αἴαντα zu beziehen im Gegensatz zu 309; er hält sich für den Sieger, da Hektor nach 271 doch verwundet ist.

315. ἄρσ. πενταέτηρον, vgl. zu Od. τ, 420.

316. ἀμφί θ' ἕπον, wie sonst das Participium ἀμφιέποντες, vgl. zu Od. γ, 118 = Iliad. ε, 667, und für alle drei Verse Od. τ, 421–423.

317. πεῖραν, erg. τὰ μεμιστυλμένα, vgl. Virg. Aen. 1, 212: *Pars in frusta secant veribusque trementia (frusta) figunt.*

318. ἐρύσαντο, vgl. zu α, 466.

321. νώτοισιν – γέραιρεν, vgl. zu Od. ξ, 437. Auch die Spartanischen Könige erhielten nach Herodot. 6, 56 extr. von allen Opferthieren, die beim Beginne eines Feldzugs geschlachtet wurden, die

7 τοῖς ὁ γέρων πάμπρωτος ὑφαίνειν ἤρχετο μῆτιν,
Νέστωρ, οὗ καὶ πρόσθεν ἀρίστη φαίνετο βουλή·
ὅ σφιν ἐυφρονέων ἀγορήσατο καὶ μετέειπεν
„Ἀτρείδη τε καὶ ἄλλοι ἀριστῆες Παναχαιῶν,
πολλοὶ γὰρ τεθνᾶσι καρηκομόωντες Ἀχαιοί,
τῶν νῦν αἷμα κελαινὸν ἐύρροον ἀμφὶ Σκάμανδρον
ἐσκέδασ' ὀξὺς Ἄρης, ψυχαὶ δ' Ἄιδόσδε κατῆλθον·
τῷ σε χρὴ πόλεμον μὲν ἅμ' ἠοῖ παῦσαι Ἀχαιῶν,
αὐτοὶ δ' ἀγρόμενοι κυκλήσομεν ἐνθάδε νεκρούς
βουσὶ καὶ ἡμιόνοισιν· ἀτὰρ κατακήομεν αὐτούς
τυτθὸν ἀποπρὸ νεῶν, ὥς κ' ὀστέα παισὶν ἕκαστος
οἴκαδ' ἄγῃ, ὅτ' ἂν αὖτε νεώμεθα πατρίδα γαῖαν.
τύμβον δ' ἀμφὶ πυρὴν ἕνα χεύομεν ἐξαγαγόντες
ἄκριτον ἐκ πεδίου· ποτὶ δ' αὐτὸν δείμομεν ὦκα
πύργους ὑψηλούς, εἶλαρ νηῶν τε καὶ αὐτῶν.

Rücken.

324. *ὑφαίνειν — μῆτιν*, vgl. *γ*, 212 *μύθους καὶ μήδεα πᾶσιν ὕφαινον*. Sein Rath bezweckt Zeit zu gewinnen, nicht nur um die Todten zu bestatten, sondern auch um fernere und ausserordentliche Vertheidigungsanstalten zu treffen (337–343. vgl. 436–441).

328. *πολλοὶ γὰρ τεθνᾶσι* ist Begründung des 331 folgenden und durch *τῷ* angeknüpften Hauptsatzes.

332. *κυκλήσομεν* d. i. *κομίσωμεν ἐφ' ἁμαξῶν*. Damit ist *βουσὶ καὶ ἡμιόνοισι* (vgl. Od. *ζ*, 72 *ἅμαξαν ἐύτροχον ἡμιονείην*) unmittelbar zu verbinden.

334. *ὥς κ' ὀστέα — γαῖαν*. Nach Homers sonstiger Schilderung der Sitten des heroischen Zeitalters wurden alle Todten — auch die in der Heimat gestorbenen — verbrannt, auf der andern Seite auch die Asche der in Feindes Land Gefallenen dort beigesetzt; vgl. *δ*, 174f. *σ*, 332. Od. *γ*, 109–112. Daher erklärten Aristarch u. A. die Verse 334f. für unecht. Allein der ganze Abschnitt 313–482 enthält so manches Auffallende, wie namentlich den erst jetzt (vgl. zu 436) und doch ohne alle im nähern Zusammenhang nachweisbare Veranlassung beschlossenen und in wunderähnlicher Schnelligkeit vollführten Bau des Grabens und der Mauer 433–441, ferner eine ganz eigenthümliche Unklarheit der Zeitrechnung 421–441, dass man ihm wohl kein Unrecht thut, wenn man seine Entstehung in eine der spätern Perioden der — bereits sinkenden — homerischen Poesie setzt; er sollte eine sonst allerdings vorhandene Lücke in der Erzählung ausfüllen.

336. *ἐξαγαγόντες — ἐκ πεδίου* ist zu verbinden: von der Ebene aus, aus der Ebene in die Höhe, aufführend. *ἄγειν τεῖχος* = *ἐλαύνειν* sagt auch Thukydides 6, 99. vgl. 1, 93. Virg. Aen. 2, 460f.: *Turrim — summis sub astra eductam tectis.*

337. *ἄκριτον*, *ἀδιαχώριστον*, also auch *πᾶσι κοινόν*.

338. *πύργους ὑψηλοὺς* d. i. *τεῖ-*

ἐν δ' αὐτοῖσι πύλας ποιήσομεν εὖ ἀραρυίας, 7
ὄφρα δι' αὐτάων ἱππηλασίη ὁδὸς εἴη.
ἔκτοσθεν δὲ βαθεῖαν ὀρύξομεν ἐγγύθι τάφρον,
ἥ χ' ἵππους καὶ λαὸν ἐρυκάκοι ἀμφὶς ἐοῦσα,
μή ποτ' ἐπιβρίσῃ πόλεμος Τρώων ἀγερώχων."
ὣς ἔφαθ', οἱ δ' ἄρα πάντες ἐπῄνησαν βασιλῆες.
Τρώων αὖτ' ἀγορὴ γένετ' Ἰλίου ἐν πόλει ἄκρῃ,
δεινὴ τετρηχυῖα, παρὰ Πριάμοιο θύρῃσιν.
τοῖσιν δ' Ἀντήνωρ πεπνυμένος ἦρχ' ἀγορεύειν.
„κέκλυτέ μευ, Τρῶες καὶ Δάρδανοι ἠδ' ἐπίκουροι,
ὄφρ' εἴπω τά με θυμὸς ἐνὶ στήθεσσι κελεύει.
δεῦτ' ἄγετ', Ἀργείην Ἑλένην καὶ κτήμαθ' ἅμ' αὐτῇ
δώομεν Ἀτρεΐδῃσιν ἄγειν. νῦν δ' ὅρκια πιστὰ
ψευσάμενοι μαχόμεσθα· τῷ οὔ νύ τι κέρδιον ἧμιν
[ἔλπομαι ἐκτελέεσθαι, ἵνα μὴ ῥέξομεν ὧδε]."

χος πύργοις ὑψηλοῖς ἀρηρός, eine hohe Mauer mit hölzernen Thürmen, vgl. 436 f.

339. *πύλας*, bei Homer regelmässig von Einem Thore; vgl. zu *β*, 809 und als Beweisstellen für die Einheit dieses Mauerthores *μ*, 118–124. *ν*, 124. Doch lässt sich nicht leugnen, dass, abgesehen von anderen Stellen, auch hier und 438 der Ausdruck *ἐν αὐτοῖσι* leicht auf eine Mehrheit von Thoren bezogen werden könnte.

340. *εἴη*, Optativ nach dem Futurum wie 342 *ἥ χ' – ἐρυκάκοι*, zur Bezeichnung des von der Vorstellung abhängigen Zweckes; vgl. zu *α*, 344. Unten 439 folgt dieser Satz auf das Imperf. *ἐνεποίεον*.

343. *μή ποτ' ἐπιβρίσῃ*, dass nicht einst auflaste, mit seiner ganzen Last auf uns falle (und uns erdrücke), *ne quando moles belli incumbat*.

345. *Τρώων αὖτ' ἀγορή*. Durch diese gleichzeitige Versammlung der Troer und den von ihnen gefassten Beschluss (372–380) kommen die Achäer in den Vortheil, nicht selbst eine Gesandtschaft an die Troer abgehen lassen zu müssen.

346. *δεινὴ τετρηχυῖα*, eine furchtbare, stürmische; vgl. *β*, 95 *τετρήχει δ' ἀγορή*.

347. *Ἀντήνωρ*, vgl. *γ*, 203 ff.

348. *Τρῶες καὶ Δάρδανοι*. Vgl. *υ*, 215–230, nach welcher Stelle die Dardaner der ältere Stamm waren.

351. *ὅρκια πιστὰ ψευσάμενοι*, mit Verletzung der heiligen Eide. *ψεύδεσθαί τι*, lügenhaft, treulos sein in Beziehung auf etwas.

352. *τῷ οὔ νύ τι κέρδιον ἧμιν*, erg. *ἔσται* oder *γίγνεται*: darum werden wir auch nichts dadurch gewinnen oder haben nichts gewonnen, es kann kein Segen in diesem Kampfe sein.

353. *ἔλπομαι – ῥέξομεν ὧδε*. Ein nach Inhalt und Grammatik theils unnützer, theils verschrobener Vers. Würde er aber beibehalten, so müsste er in Verbindung mit dem Vorigen so gefasst werden: darum glaube ich denn gar nicht, dass wir irgend etwas gewinnen, einen Vortheil erlangen wer-

7 ἦ τοι ὅ γ' ὣς εἰπὼν κατ' ἄρ' ἕζετο· τοῖσι δ' ἀνέστη
δῖος Ἀλέξανδρος, Ἑλένης πόσις ἠυκόμοιο,
ὅς μιν ἀμειβόμενος ἔπεα πτερόεντα προσηύδα.
„Ἀντῆνορ, σὺ μὲν οὐκέτ' ἐμοὶ φίλα ταῦτ' ἀγορεύεις·
οἶσθα καὶ ἄλλον μῦθον ἀμείνονα τοῦδε νοῆσαι.
εἰ δ' ἐτεὸν δὴ τοῦτον ἀπὸ σπουδῆς ἀγορεύεις,
ἐξ ἄρα δή τοι ἔπειτα θεοὶ φρένας ὤλεσαν αὐτοί.
αὐτὰρ ἐγὼ Τρώεσσι μεθ' ἱπποδάμοις ἀγορεύσω.
ἀντικρὺ δ' ἀπόφημι, γυναῖκα μὲν οὐκ ἀποδώσω·
κτήματα δ' ὅσσ' ἀγόμην ἐξ Ἄργεος ἡμέτερον δῶ,
πάντ' ἐθέλω δόμεναι, καὶ ἔτ' οἴκοθεν ἄλλ' ἐπιθεῖναι."
ἦ τοι ὅ γ' ὣς εἰπὼν κατ' ἄρ' ἕζετο· τοῖσι δ' ἀνέστη
Δαρδανίδης Πρίαμος, θεόφιν μήστωρ ἀτάλαντος,
ὅ σφιν ἐυφρονέων ἀγορήσατο καὶ μετέειπεν
„κέκλυτέ μευ, Τρῶες καὶ Δάρδανοι ἠδ' ἐπίκουροι,
ὄφρ' εἴπω τά με θυμὸς ἐνὶ στήθεσσι κελεύει.
νῦν μὲν δόρπον ἕλεσθε κατὰ πτόλιν, ὡς τὸ πάρος περ,
καὶ φυλακῆς μνήσασθε, καὶ ἐγρήγορθε ἕκαστος·
ἠῶθεν δ' Ἰδαῖος ἴτω κοίλας ἐπὶ νῆας
εἰπέμεν Ἀτρείδῃς Ἀγαμέμνονι καὶ Μενελάῳ
μῦθον Ἀλεξάνδροιο, τοῦ εἵνεκα νεῖκος ὄρωρεν·
καὶ δὲ τόδ' εἰπέμεναι πυκινὸν ἔπος, αἴ κ' ἐθέλωσιν
παύσασθαι πολέμοιο δυσηχέος, εἰς ὅ κε νεκροὺς

den, so dass oder wesshalb wir dieses (er meint die Auslieferung der Helena und ihrer Güter) nicht thun müssten. Ein unbeholfener späterer Dichter konnte vielleicht sich so unklar ausdrücken. Zur Verlängerung der Endsylbe von *ἵνα* vgl. Od. *γ*, 327 *ἵνα νημερτὲς ἐνίσπῃ*.

354. *κατ' ἄρ' ἕζετο*. Vgl. zu *β*, 76.

357. *σὺ μὲν – ἀγορεύεις* = *σ*, 285, und mit den drei folgenden Versen = *μ*, 231 – 234: gleichsam eine Aufkündigung der bisherigen Freundschaft. Für unsere Stelle hat 360 *ἐξ – αὐτοὶ* eine unangemessene Härte. Zu *οὐκέτι* vgl. Od. *ι*, 350 *οὐκέτ' ἀνεκτῶς*.

362. *ἀπόφημι*. Das Compositum mit *ἀπὸ* steht auch hier, weil der angekündigte Satz verneinend ist (*οὐκ ἀποδώσω*); vgl. zu Od. *α*, 91 *πᾶσι μνηστήρεσσιν ἀπειπέμεν*.

370f. *νῦν μὲν – ἕκαστος* (vgl. 380) scheint aus *σ*, 298f. nachgebildet zu sein. Hier begreift man nicht, warum alle wach bleiben sollen (*ἐγρήγορθε ἕκαστος*), da sie jetzt hinter den Mauern sind.

375. *πυκινὸν ἔπος* scheint hier das ernste, angelegentliche Wort, vgl. Od. *α*, 279 *πυκινῶς ὑποθήσομαι*.

κήομεν. ὕστερον αὖτε μαχησόμεθ', εἰς ὅ κε δαίμων
ἄμμε διακρίνῃ, δώῃ δ' ἑτέροισί γε νίκην."
ὣς ἔφαθ', οἱ δ' ἄρα τοῦ μάλα μὲν κλύον ἠδ' ἐπίθοντο,
[δόρπον ἔπειθ' εἵλοντο κατὰ στρατὸν ἐν τελέεσσιν.]
ἠῶθεν δ' Ἰδαῖος ἔβη κοίλας ἐπὶ νῆας.
τοὺς δ' εὗρ' εἰν ἀγορῇ Δαναούς, θεράποντας Ἄρηος,
νηὶ πάρα πρύμνῃ Ἀγαμέμνονος· αὐτὰρ ὁ τοῖσιν
στὰς ἐν μέσσοισιν μετεφώνεεν ἠπύτα κῆρυξ
„Ἀτρείδη τε καὶ ἄλλοι ἀριστῆες Παναχαιῶν,
ἠνώγει Πρίαμός τε καὶ ἄλλοι Τρῶες ἀγαυοί
εἰπεῖν, αἴ κέ περ ὔμμι φίλον καὶ ἡδὺ γένοιτο,
μῦθον Ἀλεξάνδροιο, τοῦ εἵνεκα νεῖκος ὄρωρεν.
κτήματα μὲν ὅσ' Ἀλέξανδρος κοίλης ἐνὶ νηυσίν
ἠγάγετο Τροίηνδ' — ὡς πρὶν ὤφελλ' ἀπολέσθαι —,
πάντ' ἐθέλει δόμεναι, καὶ ἔτ' οἴκοθεν ἄλλ' ἐπιθεῖναι·
κουριδίην δ' ἄλοχον Μενελάου κυδαλίμοιο
οὔ φησιν δώσειν· ἦ μὴν Τρῶές γε κέλονται.
καὶ δὲ τόδ' ἠνώγειν εἰπεῖν ἔπος, αἴ κ' ἐθέλητε

380. *δόρπον – τελέεσσιν.* Dieser Vers soll wenigstens theilweise die Ausführung von *ἐπίθοντο* enthalten, die aber weder nothwendig noch vollständig ist; auch steht er in Widerspruch mit *κατὰ πτόλιν* 370. Wahrscheinlich ist er aus *λ*, 730 vgl. *σ*, 298 entstanden.

381. *ἠῶθεν*, am folgenden Morgen, gewiss schon lange vor der Morgenröthe wegen 421 und der Entfernung (Einl. S. 34).

382. *εἰν ἀγορῇ.* Ohne Zweifel war diese versammelt, um die Beschlüsse der *βουλή* 326–344 zu bestätigen.

387. *αἴ κέ περ – γένοιτο*, ob euch wohl lieb und genehm wäre, nämlich das geschehen zu lassen, was Alexandros vorschlägt, und euch dadurch für befriedigt zu erklären – Oratio obliqua des Berichtes; wogegen 394 *αἴ κ' ἐθέλητε.*

388. *μῦθον – ὄρωρεν* = *γ*, 87. Der Vers enthält nachträglich das Object zu *εἰπεῖν*, aber die Verbindung ist etwas holperig.

390. *ὡς – ἀπολέσθαι.* Parenthetische Verwünschung des Paris durch einen trojanischen Herold, noch stärker als das Gebet *γ*, 320–323. Zur Parenthese vgl. Virg. Aen. 2, 190: *Tum magnum exitium — quod di prius omen in ipsum Convertant — Priami imperio Phrygibusque futurum.*

392. *κουριδίην ἄλοχον*, wie sie auch Menelaos selbst bezeichnet *ν*, 626. Durch diese Benennung aber tritt Idäos ganz auf die Seite der Achäer und ebenso durch den eingeschobenen Satz *ἦ μὴν – κέλονται* d. i.: freilich zwar, allerdings ermahnen ihn dazu die Troer.

394. *αἴ κ' ἐθέλητε*, vgl. 375, als ob auch hier vorherginge *καὶ δὲ*

παύσασθαι πολέμοιο δυσηχέος, εἰς ὅ κε νεκροὺς
κήομεν. ὕστερον αὖτε μαχησόμεθ', εἰς ὅ κε δαίμων
ἄμμε διακρίνῃ, δώῃ δ' ἑτέροισί γε νίκην."
ὣς ἔφαθ', οἱ δ' ἄρα πάντες ἀκὴν ἐγένοντο σιωπῇ.
ὀψὲ δὲ δὴ μετέειπε βοὴν ἀγαθὸς Διομήδης
„μήτ' ἄρ τις νῦν κτήματ' Ἀλεξάνδροιο δεχέσθω
μήθ' Ἑλένην· γνωτὸν δέ, καὶ ὃς μάλα νήπιός ἐστιν,
ὡς ἤδη Τρώεσσιν ὀλέθρου πείρατ' ἐφῆπται."
ὣς ἔφαθ', οἱ δ' ἄρα πάντες ἐπίαχον υἷες Ἀχαιῶν,
μῦθον ἀγασσάμενοι Διομήδεος ἱπποδάμοιο.
καὶ τότ' ἄρ' Ἰδαῖον προσέφη κρείων Ἀγαμέμνων
„Ἰδαῖ', ἦ τοι μῦθον Ἀχαιῶν αὐτὸς ἀκούεις,
ὥς τοι ὑποκρίνονται· ἐμοὶ δ' ἐπιανδάνει οὕτως.
ἀμφὶ δὲ νεκροῖσιν κατακαιέμεν οὔ τι μεγαίρω·
οὐ γάρ τις φειδὼ νεκύων κατατεθνηώτων
γίγνετ', ἐπεί κε θάνωσι, πυρὸς μειλισσέμεν ὦκα.
ὅρκια δὲ Ζεὺς ἴστω, ἐρίγδουπος πόσις Ἥρης."
ὣς εἰπὼν τὸ σκῆπτρον ἀνέσχεθε πᾶσι θεοῖσιν,

τόδ' εἰπέμεν (εἴπατε).

399. *Διομήδης* nimmt passend vor allen andern das Wort, da er so eben seine *ἀριστεία* bestanden hat.

400. *Ἀλεξάνδροιο* hängt von *δεχέσθω* ab = λ, 124 *χρυσὸν Ἀλεξάνδροιο δεδεγμένος*, vgl. zu α, 596.

407. *ἐμοὶ – οὕτως*, d. i. auch ich bin damit einverstanden.

408. *ἀμφὶ δὲ νεκροῖσιν.* Aus diesen Worten, die für sich einen abgekürzten Vordersatz bilden (was aber die Todten anlangt vgl. 289) hat man zu *κατακαιέμεν* zu ergänzen *αὐτούς*.

409f. *οὐ γάρ τις φειδὼ – μειλισσέμεν ὦκα*, denn kein Sparen und Kargen der abgeschiedenen Todten, keine Verweigerung derselben, sie schnell durch Feuer (indem man sie des Feuers theilhaft werden lässt) zu besänftigen (zu begütigen, gleichsam *εὐμενίζειν*), findet Statt, ist zulässig (*γίγνεται*); es wäre unrecht, euern Wunsch zu versagen. Der Genitiv *νεκύων* ist von *φειδὼ γίγνεται* d. h. dem Prädicat des Hauptsatzes regiert (wie χ, 243 *μηδέ τι δούρων ἔστω φειδωλή*), ist aber auch als Objectsaccusativ bei *μειλισσέμεν* zu denken; dieser Infinitiv bezeichnet die Beziehung und Rücksicht, in welcher der Satz *οὔ τις γίγνεται φειδὼ* Geltung hat. Zum Genitiv *πυρὸς* vgl. β, 415 und die Analogie von *χαρίζεσθαι παρεόντων*; zur ganzen Wendung Od. ρ, 451 *ἐπεὶ οὔ τις ἐπίσχεσις οὐδ' ἐλεητὺς ἀλλοτρίων χαρίσασθαι*.

411. *Ζεὺς ἴστω κτέ.* Für die Interpunction vgl. ν, 154.

412. *τὸ σκῆπτρον ἀνέσχεθε*, er hob sein Scepter empor; womit zugleich gesagt ist, dass er — gemäss der Ankündigung 411 *ὅρκια δὲ Ζεὺς ἴστω*, Zeus sei Zeuge des

ἄψορρον δ' Ἰδαῖος ἔβη προτὶ Ἴλιον ἱρήν.
οἱ δ' ἕατ' εἰν ἀγορῇ Τρῶες καὶ Δαρδανίωνες,
πάντες ὁμηγερέες, ποτιδέγμενοι ὁππότ' ἄρ' ἔλθοι
Ἰδαῖος· ὁ δ' ἄρ' ἦλθε καὶ ἀγγελίην ἀπέειπεν
στὰς ἐν μέσσοισιν. τοὶ δ' ὁπλίζοντο μάλ' ὦκα,
ἀμφότερον νέκυάς τ' ἀγέμεν, ἕτεροι δὲ μεθ' ὕλην.
Ἀργεῖοι δ' ἑτέρωθεν ἐυσσέλμων ἀπὸ νηῶν
ὠτρύνοντο νέκυς τ' ἀγέμεν, ἕτεροι δὲ μεθ' ὕλην.
    ἠέλιος μὲν ἔπειτα νέον προσέβαλλεν ἀρούρας,
ἐξ ἀκαλαρρείταο βαθυρρόου Ὠκεανοῖο
οὐρανὸν εἰσανιών· οἱ δ' ἤντεον ἀλλήλοισιν.
ἔνθα διαγνῶναι χαλεπῶς ἦν ἄνδρα ἕκαστον·
ἀλλ' ὕδατι νίζοντες ἄπο βρότον αἱματόεντα,
δάκρυα θερμὰ χέοντες ἀμαξάων ἐπάειραν.
οὐδ' εἴα κλαίειν Πρίαμος μέγας· οἱ δὲ σιωπῇ
νεκροὺς πυρκαϊῆς ἐπενήνεον ἀχνύμενοι κῆρ,
ἐν δὲ πυρὶ πρήσαντες ἔβαν προτὶ Ἴλιον ἱρήν.
ὣς δ' αὔτως ἑτέρωθεν ἐυκνήμιδες Ἀχαιοί
νεκροὺς πυρκαϊῆς ἐπενήνεον ἀχνύμενοι κῆρ,
ἐν δὲ πυρὶ πρήσαντες ἔβαν κοίλας ἐπὶ νῆας.
    ἦμος δ' οὔτ' ἄρ πω ἠώς, ἔτι δ' ἀμφιλύκη νύξ,

Eides — den Troern die redliche Erfüllung seiner Zusage zugeschworen habe.

414 f. *Δαρδανίωνες* = *θ*, 154. — *ποτιδέγμενοι ὁππότε*, vgl. zu *β*, 794.

416. *ἀγγελίην ἀπέειπεν*, er erstattete Bericht von der Sendung, vgl. *ι*, 422 *ἀγγελίην ἀπόφασθε*.

420. *ὠτρύνοντο*, sie beeilten sich, wie *ξ*, 369 *ὀτρυνώμεθ' ἀμυνέμεν*.

421 f. *ἠέλιος – Ὠκεανοῖο* = Od. *τ*, 433 f. mit der Anmerkung, vgl. zu Od. *γ*, 1.

424. *χαλεπῶς ἦν* d. i. *χαλ. οἷόν τε ἦν, ἐξεγένετο*, es war mit Mühe nur möglich. Anders *ι*, 551 *κακῶς ἦν*. — *ἄνδρα ἕκαστον*, nämlich von den Leichnamen.

425. *νίζοντες*, Imperfectum von der oft wiederholten Handlung. Das folgende Participium *δάκρυα — χέοντες* ist zunächst mit *ἐπάειραν* zu verbinden.

428. *ἐπενήνεον*, vgl. zu Od. *α*, 147.

433. *ἦμος δ' οὔτ' ἄρ πω ἠώς*. Offenbar beginnt hier ein neuer Tag; denn zum Sammeln des Holzes, Herbeiführen, Reinigen und Verbrennen der vielen Leichen wurde gewiss der ganze Tag von Sonnenaufgang an verbraucht. Dagegen soll die Erbauung der Mauer und des Grabens, so unbegreiflich uns diess ist, nach der Ansicht des Dichters in einem einzigen Tage

7 τῆμος ἄρ' ἀμφὶ πυρὴν κριτὸς ἔγρετο λαὸς Ἀχαιῶν,
τύμβον δ' ἀμφ' αὐτὴν ἕνα ποίεον ἐξαγαγόντες
ἄκριτον ἐκ πεδίου, ποτὶ δ' αὐτὸν τεῖχος ἔδειμαν
πύργους θ' ὑψηλούς, εἶλαρ νηῶν τε καὶ αὐτῶν.
ἐν δ' αὐτοῖσι πύλας ἐνεποίεον εὖ ἀραρυίας,
ὄφρα δι' αὐτάων ἱππηλασίη ὁδὸς εἴη.
ἔκτοσθεν δὲ βαθεῖαν ἐπ' αὐτῷ τάφρον ὄρυξαν,
εὐρεῖαν μεγάλην, ἐν δὲ σκόλοπας κατέπηξαν.
ὣς οἱ μὲν πονέοντο καρηκομόωντες Ἀχαιοί·
οἱ δὲ θεοὶ πὰρ Ζηνὶ καθήμενοι ἀστεροπητῇ
θηεῦντο μέγα ἔργον Ἀχαιῶν χαλκοχιτώνων.
τοῖσι δὲ μύθων ἦρχε Ποσειδάων ἐνοσίχθων.
„Ζεῦ πάτερ, ἦ ῥά τις ἔστι βροτῶν ἐπ' ἀπείρονα γαῖαν
ὅς τις ἔτ' ἀθανάτοισι νόον καὶ μῆτιν ἐνίψει;

vor sich gehen, vgl. besonders 465f. 476. 482. — *ἔτι δ' ἀμφιλύκη νύξ*, erg. *ἦν* (vgl. Od. ε, 477), das dann auch zum vorigen Gliede gehört. Statt *ἔτι δ' ἀ. νύξ* erwartete man eigentlich *οὔτε ἔτι ὀρφναία* oder *σκοτεινὴ νύξ*, noch auch mehr dunkle Nacht, sondern eben zwielichtige Nacht, (Zwielicht). Für den Begriff dieses Ausdruckes vgl. die umschreibende Nachahmung bei Apollon. Rhod. 2, 669: *ἦμος δ' οὔτ' ἄρ πω φάος ἄμβροτον, οὔτ' ἔτι λίην ὀρφναίη πέλεται, λεπτὸν δ' ἐπιδέδρομε νυκτὶ φέγγος, ὅτ' ἀμφιλύκην μιν ἀνεγρόμενοι καλέουσιν.*

436. *τεῖχος* ist oben 337f. nicht erwähnt, wo es nur heisst *πύργους ὑψηλούς*. Die Erbauung dieser Verschanzung scheint Thukyd. 1, 11 gleich in die erste Zeit des Krieges nach der Landung der Achäer zu setzen (vgl. unten ξ, 31f.); der Dichter erwähnt sie hier, weil sie in den folgenden Gesängen als vorhanden vorausgesetzt wird.

438. *ἐν δ' αὐτοῖσι* geht auf die *πύργους* wie 339, dagegen *ἐπ' αὐτῷ* (daran) 440 auf *τεῖχος* (436), daher es 341 dafür *ἐγγύθι* hiess.

441. *ἐν δὲ* d. h. auf den Rand des Grabens.

443. *οἱ δὲ θεοὶ πὰρ Ζηνί.* Diess ist keine eigens einberufene Götterversammlung, sondern das gewöhnliche Beisammensein der Olympier im Saale des Zeus wie δ, 1. Allerdings ist auch Poseidon darunter, weil er eben bei Zeus eine Beschwerde anbringen will, womit vgl. Od. ν, 125–164. Durch diese kleine Episode aber 443–464 will vielleicht der wahrscheinlich spätere Dichter einen neuen Grund zeigen, warum die feindlichen Götter die Hoffnungen und Wünsche der Achäer in Beziehung auf die Einnahme von Ilios wenigstens nicht so schnell in Erfüllung gehen lassen.

447. *ὅς τις – ἐνίψει*, der noch den Unsterblichen Vorsatz und Entschliessungen mittheilt (*ἀνακοινώσει*) und (450) sich durch Opfer um ihre Gunst bemüht. Bald werden die Sterblichen sich gar nicht mehr um die Götter bekümmern.

οὐχ ὁράᾳς ὅτι δ' αὖτε καρηκομόωντες Ἀχαιοί 7
τεῖχος ἐτειχίσσαντο νεῶν ὕπερ, ἀμφὶ δὲ τάφρον
ἤλασαν, οὐδὲ θεοῖσι δόσαν κλειτὰς ἑκατόμβας;
τοῦ δ' ἦ τοι κλέος ἔσται ὅσον τ' ἐπικίδναται ἠώς·
τοῦ δ' ἐπιλήσονται τὸ ἐγὼ καὶ Φοῖβος Ἀπόλλων
ἥρῳ Λαομέδοντι πολίσσαμεν ἀθλήσαντες."
  τὸν δὲ μέγ' ὀχθήσας προσέφη νεφεληγερέτα Ζεύς
„ὢ πόποι, ἐννοσίγαι' εὐρυσθενές, οἷον ἔειπες.
ἄλλος κέν τις τοῦτο θεῶν δείσειε νόημα,
ὃς σέο πολλὸν ἀφαυρότερος χεῖράς τε μένος τε·
σὸν δ' ἦ τοι κλέος ἔσται ὅσον τ' ἐπικίδναται ἠώς.
ἄγρει μάν, ὅτ' ἂν αὖτε καρηκομόωντες Ἀχαιοί
οἴχωνται σὺν νηυσὶ φίλην ἐς πατρίδα γαῖαν,
τεῖχος ἀναρρήξας τὸ μὲν εἰς ἅλα πᾶν καταχεῦαι,
αὖτις δ' ἠιόνα μεγάλην ψαμάθοισι καλύψαι,
ὥς κέν τοι μέγα τεῖχος ἀμαλδύνηται Ἀχαιῶν."
  ὣς οἱ μὲν τοιαῦτα πρὸς ἀλλήλους ἀγόρευον,
δύσετο δ' ἠέλιος, τετέλεστο δὲ ἔργον Ἀχαιῶν,
βουφόνεον δὲ κατὰ κλισίας καὶ δόρπον ἕλοντο.
νῆες δ' ἐκ Λήμνοιο παρέστασαν οἶνον ἄγουσαι
πολλαί, τὰς προέηκεν Ἰησονίδης Εὔνηος,
τόν ῥ' ἔτεχ' Ὑψιπύλη ὑπ' Ἰήσονι ποιμένι λαῶν.

448. ὅτι δ' αὖτε (vgl. α, 340), dass nun wieder, abermals, als neue Probe ihres steigenden Uebermuthes.

451. ὅσον τ' = ἐπὶ τόσον, ἐφ' ὅσον, so weit als.

452f. τὸ ἐγὼ καὶ Φοῖβος Ἀπ. Siehe die ausführliche Erzählung davon φ, 441–457. — ἥρῳ, wie Od. ϑ, 483.

456. τοῦτο – δείσειε νόημα, könnte fürchtend diesen Gedanken hegen, solche Besorgniss fassen.

459. ὅτ' ἂν αὖτε. Der Dichter setzt also voraus, dass die Mauer jetzt stehen bleibe und nach dem Verhängniss ihre Wirkung thun müsse; vgl. μ, 12.

461. τεῖχος – τὸ μέν, vgl. Od. α, 116 μνηστήρων τῶν μέν. τὸ hebt den Gegensatz zwischen τεῖχος und ἠιόνα. Die in etwas anderer Weise und mit viel grösserm Kraftaufwande erfolgte Zerstörung der Mauer schildert μ, 10–33.

467. ἐκ Λήμνοιο. Mit Lemnos standen die Achäer auch während der Belagerung Troja's immer im Verkehr (φ, 40f. ψ, 746f.); denn sie waren auf ihrer Herfahrt dort besonders freundlich bewirthet worden (ϑ, 230–234), vgl. 470f. — παρέστασαν, sie waren gekommen.

468f. Ἰησονίδης–Ἰήσονι deutet wieder auf Kenntniss der Argonautensage; vgl. zu Od. μ, 70.

7 χωρὶς δ᾽ Ἀτρείδῃς Ἀγαμέμνονι καὶ Μενελάῳ
δῶκεν Ἰησονίδης ἀγέμεν μέθυ, χίλια μέτρα.
ἔνθεν ἄρ᾽ οἰνίζοντο καρηκομόωντες Ἀχαιοί,
ἄλλοι μὲν χαλκῷ, ἄλλοι δ᾽ αἴθωνι σιδήρῳ,
ἄλλοι δὲ ῥινοῖς, ἄλλοι δ᾽ αὐτῇσι βόεσσιν,
ἄλλοι δ᾽ ἀνδραπόδεσσι· τίθεντο δὲ δαῖτα θάλειαν.
παννύχιοι μὲν ἔπειτα καρηκομόωντες Ἀχαιοί
δαίνυντο, Τρῶες δὲ κατὰ πτόλιν ἠδ᾽ ἐπίκουροι·
παννύχιος δέ σφιν κακὰ μήδετο μητίετα Ζεύς
σμερδαλέα κτυπέων. τοὺς δὲ χλωρὸν δέος ᾕρει,
οἶνον δ᾽ ἐκ δεπάων χαμάδις χέον, οὐδέ τις ἔτλη
πρὶν πιέειν, πρὶν λεῖψαι ὑπερμενέι Κρονίωνι.
κοιμήσαντ᾽ ἄρ᾽ ἔπειτα καὶ ὕπνου δῶρον ἕλοντο.

Θ.

8 ἠὼς μὲν κροκόπεπλος ἐκίδνατο πᾶσαν ἐπ᾽ αἶαν,
Ζεὺς δὲ θεῶν ἀγορὴν ποιήσατο τερπικέραυνος
ἀκροτάτῃ κορυφῇ πολυδειράδος Οὐλύμποιο.

469. Ὑψιπύλη, Tochter des Königs Thoas, vgl. Apollodor. 1, 9, 17 mit Herodot. 6, 138. Einen Lemnier Thoas finden wir auch ξ, 230. ψ, 745.

471. *μέτρα*, vgl. zu Od. β, 355.

474. *αὐτῇσι βόεσσιν*, d. h. um lebende Rinder.

475. *ἀνδραπόδεσσι*. Gerade die unregelmässige Endung des Wortes (*ἅπαξ λεγόμ.*) beweist, dass sich der Dichter noch des Grundbegriffes (*ἀνδρὸς πούς*) bewusst war.

478 f. *παννύχιος – κτυπέων*. Vgl. die Vorbemerkung zum folgenden Buche.

482. *κοιμήσαντ᾽ – ἕλοντο*, vgl. ι, 713. Od. τ, 427.

Nach der in η, 478 f. gegebenen Andeutung geht nun Zeus wirklich — am Morgen des zweiten Schlachttages — an die Erfüllung des der Thetis gegebenen Versprechens, den Achilleus durch die Niederlage der Achäer zu verherrlichen. Darum untersagt er allen Göttern aufs ernstlichste, ferner noch für die eine oder andere Partei am Kampfe selbst Theil zu nehmen, und erhält so freie Hand, den Troern den Sieg zuzuwenden (70–72).

1. *ἠὼς μὲν – αἶαν*, Zeitbestimmung sowohl zu der Versammlung der Götter 2–40, als zu dem *δεῖπνον* und der sich daran anschliessenden Rüstung zur Schlacht 53 f.

3. *ἀκροτάτῃ – Οὐλύμποιο* ist hier allgemeiner zu fassen als α, 499 = ε, 754, nämlich: auf der Höhe des Olympos. An eine seitwärts gelegene Spitze lässt sich hier nicht denken.

αὐτὸς δέ σφ' ἀγόρευε, θεοὶ δ' ὑπὸ πάντες ἄκουον. 8
„κέκλυτέ μευ, πάντες τε θεοὶ πᾶσαί τε θέαιναι,
ὄφρ' εἴπω τά με θυμὸς ἐνὶ στήθεσσι κελεύει.
μήτε τις οὖν θήλεια θεὸς τό γε μήτε τις ἄρσην
πειράτω διακέρσαι ἐμὸν ἔπος, ἀλλ' ἅμα πάντες
αἰνεῖτ', ὄφρα τάχιστα τελευτήσω τάδε ἔργα.
ὃν δ' ἂν ἐγὼν ἀπάνευθε θεῶν ἐθέλοντα νοήσω
ἐλθόντ' ἢ Τρώεσσιν ἀρηγέμεν ἢ Δαναοῖσιν,
πληγεὶς οὐ κατὰ κόσμον ἐλεύσεται Οὔλυμπόνδε·
ἤ μιν ἑλὼν ῥίψω ἐς Τάρταρον ἠερόεντα,
τῆλε μάλ', ἧχι βάθιστον ὑπὸ χθονός ἐστι βέρεθρον,
ἔνθα σιδήρειαί τε πύλαι καὶ χάλκεος οὐδός,
τόσσον ἔνερθ' Ἀίδεω ὅσον οὐρανός ἐστ' ἀπὸ γαίης·
γνώσετ' ἔπειθ' ὅσον εἰμὶ θεῶν κάρτιστος ἁπάντων.
εἰ δ' ἄγε πειρήσασθε, θεοί, ἵνα εἴδετε πάντες
σειρὴν χρυσείην ἐξ οὐρανόθεν κρεμάσαντες,
πάντες δ' ἐξάπτεσθε θεοὶ πᾶσαί τε θέαιναι·
ἀλλ' οὐκ ἂν ἐρύσαιτ' ἐξ οὐρανόθεν πεδίονδε

5. *κέκλυτε – θέαιναι* = *τ*, 101. Vgl. die Einleit. S. 4.

7 f. *τό γε – ἐμὸν ἔπος*. *τό γε* ist hinweisender Vorläufer des logischen Objectsaccusativs *ἐμὸν ἔπος*. Uebrigens wird der Inhalt des Befehles selbst nicht, wie man erwarten sollte, bestimmt ausgesprochen, sondern er kann nur aus der Ankündigung der Strafe für die Uebertreter 10 f. durch die Kraft des Gegensatzes hergeleitet werden.

9. *τάδε ἔργα*, d. i. das was ich vorhabe, *ἃ μετὰ χερσὶν ἔχω*, meinen Willen (das der Thetis gegebene Versprechen).

10. *ἀπάνευθε θεῶν*, sich sondernd vom Rathschluss der andern Götter = *α*, 549. Für Construction und Ausdruck vgl. zu *β*, 392.

12. *πληγεὶς οὐ κατὰ κόσμον*, vgl. *β*, 264 *ἀεικέσσι πληγῇσιν*. Es ist aber hier an den Blitz zu denken nach 455 *πληγέντε κεραυνῷ*.

13. *ἐς Τάρταρον*, wohin Zeus auch den Kronos und die andern Titanen eingekerkert hat, vgl. 479–481 und zu *ε*, 898.

16. *τόσσον – γαίης*, vgl. Hesiod. Theogon. 720 f. *τόσσον ἔνερθ' ὑπὸ γῆς, ὅσον οὐρανός ἐστ' ἀπὸ γαίης. ἶσον γάρ τ' ἀπὸ γῆς ἐς Τάρταρον ἠερόεντα.*

18. *εἰ δ' ἄγε πειρήσασθε*. Vgl. *α*, 302 *εἰ δ' ἄγε μὴν πείρησαι κτέ.*

19 f. *κρεμάσαντες, πάντες δ' ἐξάπτεσθε*. Nach dem Participium *κρεμάσαντες* wird so fortgefahren, als ob ein selbständiges Verbum (*κρεμάσατε*) vorhergegangen wäre; das vorangestellte *πάντες δὲ* aber erhöht den Nachdruck der Aufforderung.

21. *ἐξ οὐρανόθεν*. Unter *οὐρανὸς* versteht der Dichter den ganzen obern Raum, in welchen auch

8 Ζῆν᾽ ὕπατον μήστωρ᾽, οὐδ᾽ εἰ μάλα πολλὰ κάμοιτε.
ἀλλ᾽ ὅτε δὴ καὶ ἐγὼ πρόφρων ἐθέλοιμι ἐρύσσαι,
αὐτῇ κεν γαίῃ ἐρύσαιμ᾽ αὐτῇ δὲ θαλάσσῃ.
σειρὴν μέν κεν ἔπειτα περὶ ῥίον Οὐλύμποιο
δησαίμην, τὰ δέ κ᾽ αὖτε μετήορα πάντα γένοιτο.
τόσσον ἐγὼ περί τ᾽ εἰμὶ θεῶν περί τ᾽ εἴμ᾽ ἀνθρώπων."
ὣς ἔφαθ᾽, οἱ δ᾽ ἄρα πάντες ἀκὴν ἐγένοντο σιωπῇ
μῦθον ἀγασσάμενοι· μάλα γὰρ κρατερῶς ἀγόρευσεν.
ὀψὲ δὲ δὴ μετέειπε θεὰ γλαυκῶπις Ἀθήνη
„ὦ πάτερ ἡμέτερε Κρονίδη, ὕπατε κρειόντων,
εὖ νυ καὶ ἡμεῖς ἴδμεν ὅ τοι σθένος οὐκ ἐπιεικτόν·
ἀλλ᾽ ἔμπης Δαναῶν ὀλοφυρόμεθ᾽ αἰχμητάων,
οἵ κεν δὴ κακὸν οἶτον ἀναπλήσαντες ὄλωνται.
ἀλλ᾽ ἤ τοι πολέμου μὲν ἀφεξόμεθ᾽, ὡς σὺ κελεύεις·
βουλὴν δ᾽ Ἀργείοις ὑποθησόμεθ᾽, ἥ τις ὀνήσει,
ὡς μὴ πάντες ὄλωνται ὀδυσσαμένοιο τεοῖο."
τὴν δ᾽ ἐπιμειδήσας προσέφη νεφεληγερέτα Ζεύς
„θάρσει, τριτογένεια, φίλον τέκος· οὔ νύ τι θυμῷ

der zur Erde gehörende Berg Olympos mit seinen Spitzen hineinragt; aber auch der *οὐρανὸς* ist fest, so dass Zeus darauf stehen kann.

23. *πρόφρων* (40 *θυμῷ πρόφρονι*), im Ernst, also auch mit voller Kraft.

24. *ἐρύσαιμι*, erg. *ὑμᾶς ἐξαπτομένους τῆς χρυσῆς σειρᾶς*.

25. *σειρὴν μέν κεν ἔπειτα κτἑ.* dient zur Erklärung des Vorhergehenden, indem Zeus zeigen will, wie er die Sache anfangen würde: ich würde dann (*ἔπειτα, ὁπότε ἐθέλοιμι ἐρύσαι*) die Kette (am untern Ende) um den Gipfel des Olympos schlingen und fest binden, und dieses alles (*τὰ πάντα*, Erde und Meer, weil der Olympos in der Erde festgewurzelt ist) würde hoch in der Schwebe gehalten. An die Himmelssäulen des Atlas (Od. α, 53) denkt der Dichter hier nicht, weil sie in den Kreis seiner jetzigen Vorstellung nicht passen.

32. *οὐκ ἐπιεικτόν*, vgl. zu Od. τ, 493. Zu *ὅ τοι* = *ὅτι σοι* vgl. 140. 463. σ, 197.

34. *οἵ κεν δὴ – ὄλωνται*, die nun wohl, ohne Zweifel – verderben = 354. 465.

37. *τεοῖο*, eine als Personalpronomen ganz anomalische Form, die der Analogie gemäss Possessivum von *τεὸς* sein sollte, = 468; Bekker schreibt an beiden Stellen *τεεῖο*. Aber dieses Buch enthält überhaupt des Ungewöhnlichen und Einmaligen sehr Vieles. Vgl. Apollon. Rhod. 4, 803: *μή τις ἑοῦ ἀντάξιος ἄλλος ἀνάσσοι ἀθανάτων*.

39 f. *θάρσει – εἶναι*, vgl. zu χ, 183 f. Durch diese Worte wird jedoch die Drohung oben 12 nicht zurückgenommen, wie auch der Verfolg 397 ff. zeigt. Zeus will nur

πρόφρονι μυθέομαι, ἐθέλω δέ τοι ἤπιος εἶναι.“
ὣς εἰπὼν ὑπ᾽ ὄχεσφι τιτύσκετο χαλκόποδ᾽ ἵππω,
ὠκυπέτα, χρυσέῃσιν ἐθείρῃσιν κομόωντε,
χρυσὸν δ᾽ αὐτὸς ἔδυνε περὶ χροΐ, γέντο δ᾽ ἱμάσθλην
χρυσείην εὔτυκτον, ἑοῦ δ᾽ ἐπεβήσετο δίφρου.
μάστιξεν δ᾽ ἐλάαν· τὼ δ᾽ οὐκ ἄκοντε πετέσθην
μεσσηγὺς γαίης τε καὶ οὐρανοῦ ἀστερόεντος.
Ἴδην δ᾽ ἵκανεν πολυπίδακα, μητέρα θηρῶν,
Γάργαρον· ἔνθα δέ οἱ τέμενος βωμός τε θυήεις.
ἔνθ᾽ ἵππους ἔστησε πατὴρ ἀνδρῶν τε θεῶν τε
λύσας ἐξ ὀχέων, κατὰ δ᾽ ἠέρα πουλὺν ἔχευεν.
αὐτὸς δ᾽ ἐν κορυφῇσι καθέζετο κύδεϊ γαίων,
εἰσορόων Τρώων τε πόλιν καὶ νῆας Ἀχαιῶν.
οἱ δ᾽ ἄρα δεῖπνον ἕλοντο καρηκομόωντες Ἀχαιοί
ῥίμφα κατὰ κλισίας, ἀπὸ δ᾽ αὐτοῦ θωρήσσοντο.
Τρῶες δ᾽ αὖθ᾽ ἑτέρωθεν ἀνὰ πτόλιν ὁπλίζοντο,
παυρότεροι· μέμασαν δὲ καὶ ὣς ὑσμῖνι μάχεσθαι,
χρειοῖ ἀναγκαίῃ, πρό τε παίδων καὶ πρὸ γυναικῶν.
πᾶσαι δ᾽ ὠίγνυντο πύλαι, ἐκ δ᾽ ἔσσυτο λαός,
πεζοί θ᾽ ἱππῆές τε· πολὺς δ᾽ ὀρυμαγδὸς ὀρώρει.

dahin verstanden sein, er beabsichtige nicht das völlige Verderben der Achäer.

41–50. *ὣς εἰπὼν – ἐξ ὀχέων.* Vgl. ν, 23–35; zu *ὠκυπέτα* μ, 201 *ὑψιπέτης*.

43. *χρυσόν*, d. i. *χρυσῆν πανοπλίαν* oder *αἰγίδα*, wie ω, 20 *αἰγίδι χρυσείῃ*.

48. *Γάργαρον* ist genauer bestimmende oder beschränkende Apposition zu *Ἴδην*, vgl. ξ, 292 *προσεβήσετο Γάργαρον ἄκρον Ἴδης ὑψηλῆς*. Zu *ἔνθα δὲ – ἔνθ᾽* vgl. Od. ϑ, 363f. In unserer Stelle ist kaum an einen Tempel in dem *τέμενος* zu denken.

51f. *καθέζετο – εἰσορόων*, er setzte sich (und sass nun) blickend, vgl. α, 349f. — *Τρώων πόλιν*, d. h. Stadt und Gebiet, vgl. zu η, 20. Die eigentliche Stadt konnte wegen der Vorberge nicht gesehen werden.

53. *δεῖπνον*, weil sie sogleich zur Schlacht ausrücken wollen, vgl. zu β, 381. Da war das *δεῖπνον* nothwendig, obgleich es η, 476 von der vorhergehenden Nacht heisst *παννύχιοι δαίνυντο*.

54f. *ἀπὸ δ᾽ αὐτοῦ* = *de prandio*, gleich nach dem Mahle. Aehnlich werden die Adverbia auf *θεν* gebraucht, z. B. *ἠῶθεν*. — *ὅπλα* und *ὁπλίζομαι* (*ἀφοπλίζ.*) in der Bedeutung Waffen, sich bewaffnen, kommen erst in den spätern homerischen Büchern vor.

57. *χρειοῖ ἀναγκαίῃ* mehr von der moralischen als der physischen Nöthigung, vgl. Od. κ, 273 *κρατερὴ δέ μοι ἔπλετ᾽ ἀνάγκη*. Il. ζ, 458.

58f. *πᾶσαι – ὀρώρει* = β, 809f.

8 οἱ δ' ὅτε δή ῥ' ἐς χῶρον ἕνα ξυνιόντες ἵκοντο,
σύν ῥ' ἔβαλον ῥινούς, σὺν δ' ἔγχεα καὶ μένε' ἀνδρῶν
χαλκεοθωρήκων· ἀτὰρ ἀσπίδες ὀμφαλόεσσαι
ἔπληντ' ἀλλήλῃσι, πολὺς δ' ὀρυμαγδὸς ὀρώρει.
ἔνθα δ' ἅμ' οἰμωγή τε καὶ εὐχωλὴ πέλεν ἀνδρῶν
ὀλλύντων τε καὶ ὀλλυμένων, ῥέε δ' αἵματι γαῖα.
ὄφρα μὲν ἠὼς ἦν καὶ ἀέξετο ἱερὸν ἦμαρ,
τόφρα μάλ' ἀμφοτέρων βέλε' ἥπτετο, πῖπτε δὲ λαός.
ἦμος δ' ἠέλιος μέσον οὐρανὸν ἀμφιβεβήκει,
καὶ τότε δὴ χρύσεια πατὴρ ἐτίταινε τάλαντα,
ἐν δ' ἐτίθει δύο κῆρε τανηλεγέος θανάτοιο,
Τρώων θ' ἱπποδάμων καὶ Ἀχαιῶν χαλκοχιτώνων,
ἕλκε δὲ μέσσα λαβών· ῥέπε δ' αἴσιμον ἦμαρ Ἀχαιῶν.
[αἱ μὲν Ἀχαιῶν κῆρες ἐπὶ χθονὶ πουλυβοτείρῃ
ἑζέσθην, Τρώων δὲ πρὸς οὐρανὸν εὐρὺν ἄερθεν.]
αὐτὸς δ' ἐξ Ἴδης μεγάλ' ἔκτυπε, δαιόμενον δέ
ἧκε σέλας μετὰ λαὸν Ἀχαιῶν. οἱ δὲ ἰδόντες
θάμβησαν, καὶ πάντας ὑπὸ χλωρὸν δέος εἷλεν.

60–65. *οἱ δ' ὅτε – γαῖα* = δ, 446–451. Hier ist die Wiederholung der Formel *πολὺς – ὀρώρει* nach 59 etwas anstössig.

66f. *ὄφρα – λαός* = λ, 84f. Wie der Gegensatz 68 zeigt, erstreckt sich die *ἠώς* und das *ἀέξεσθαι ἦμαρ* bis Mittag.

67. *ἀμφοτέρων* hängt von *βέλεα* ab: beider (Theile) Geschosse hafteten, trafen, d. h. beide kämpften mit gleichem Glück. Vgl. ρ, 631 *τῶν μὲν γὰρ πάντων βέλε' ἅπτεται, ὅστις ἀφείη.*

69f. *καὶ τότε – θανάτοιο.* Diese zwei Verse scheinen aus χ, 209 hergenommen zu sein, wo sie sich auf Achilleus und Hektor beziehen. Zeus (*πατὴρ* = 245 vgl. mit 132, der Vater der Götter und Menschen) erforscht zwar noch durch die Wage den Rathschluss des Schicksals, ob er mit seinen eigenen Absichten zusammentreffe, aber als höchster Gott ist er des Entscheides schon gewiss, und das Wägen ist nur plastische Form der Darstellung (Symbol des bereits gefassten Entschlusses). — *κῆρε – θανάτοιο*, zwei Todesloose.

72. *ἕλκε*, er zog die Wage empor, damit die Schalen frei schwebten.

73f. *αἱ μὲν – ἄερθεν.* Durch diese unnöthige und nur schwächende Erweiterung des vorigen Satzes *ῥέπε δ' – Ἀχαιῶν* wird die Correctheit des Bildes durchaus zerstört, indem hier jede Partei im Widerspruch mit 70 mehrere *κῆρες* hat; auch χ, 209–212 findet sich nichts ihnen Entsprechendes. Auffallend wäre endlich die Dualform *ἑζέσθην*, die nicht mit *μιάνθην* δ, 146 verglichen werden kann.

75. *μεγάλ' ἔκτυπε* = η, 479

ἔνθ᾽ οὔτ᾽ Ἰδομενεὺς τλῆ μίμνειν οὔτ᾽ Ἀγαμέμνων,
οὔτε δύ᾽ Αἴαντες μενέτην, θεράποντες Ἄρηος.
Νέστωρ οἶος ἔμιμνε Γερήνιος, οὖρος Ἀχαιῶν,
οὔ τι ἑκών, ἀλλ᾽ ἵππος ἐτείρετο, τὸν βάλεν ἰῷ
δῖος Ἀλέξανδρος, Ἑλένης πόσις ἠυκόμοιο,
ἄκρην κὰκ κορυφήν, ὅθι τε πρῶται τρίχες ἵππων
κρανίῳ ἐμπεφύασι, μάλιστα δὲ καίριόν ἐστιν.
ἀλγήσας δ᾽ ἀνέπαλτο, βέλος δ᾽ εἰς ἐγκέφαλον δῦ,
σὺν δ᾽ ἵππους ἐτάραξε κυλινδόμενος περὶ χαλκῷ.
ὄφρ᾽ ὁ γέρων ἵπποιο παρηορίας ἀπέταμνεν
φασγάνῳ ἀίσσων, τόφρ᾽ Ἕκτορος ὠκέες ἵπποι
ἦλθον ἀν᾽ ἰωχμόν, θρασὺν ἡνίοχον φορέοντες
Ἕκτορα. καί νύ κεν ἔνθ᾽ ὁ γέρων ἀπὸ θυμὸν ὄλεσσεν,
εἰ μὴ ἄρ᾽ ὀξὺ νόησε βοὴν ἀγαθὸς Διομήδης.
σμερδαλέον δ᾽ ἐβόησεν ἐποτρύνων Ὀδυσῆα
„διογενὲς Λαερτιάδη, πολυμήχαν᾽ Ὀδυσσεῦ,
πῇ φεύγεις μετὰ νῶτα βαλών, κακὸς ὣς ἐν ὁμίλῳ;
μή τίς τοι φεύγοντι μεταφρένῳ ἐν δόρυ πήξῃ.
ἀλλὰ μέν᾽, ὄφρα γέροντος ἀπώσομεν ἄγριον ἄνδρα."

σμερδαλέα κτυπέων, vgl. unten 133.

81. ἵππος ἐτείρετο, sein Ross war verwundet. Aus dem Folgenden ergiebt sich, dass es das Hand- oder Beipferd war.

86. ἵππους, die beiden andern Pferde unter dem Joche (ζυγῖται oder ζύγιοι). Vgl. zu Od. δ, 590. κυλινδόμενος περὶ χαλκῷ, sich vor Schmerz windend und wälzend um das Erz, den verwundenden Pfeil.

87. ἵπποιο παρηορίας, τὰς τοῦ παρηόρου ἡνίας. Aus π, 152 ἐν δὲ παρηορίῃσιν ἀμύμονα Πήδασον ἵει (vgl. ebend. 471. 474 und κ, 499 σὺν δ᾽ ἤειρεν ἱμᾶσι) lässt sich schliessen, dass unter παρηορίαι nicht bloss die Halfter zu verstehen sei, welche den Zaum des Beipferdes mit dem des einen Jochpferdes verband, sondern die ganze Vorrichtung zur Verbindung, namentlich auch das Zaumzeug, in das der Kopf des Beipferdes befestigt wurde (Grashof, über das Fuhrwerk bei Hom. und Hesiodus S. 3).

89. ἀν᾽ ἰωχμόν, durch die Verfolgung d. h. in dem Gedränge und Getümmel der Verfolgenden = 158.

90. Ἕκτορα, der wie es scheint im Eifer der Verfolgung die Zügel selbst ergriffen hatte. Denn unten 119 f. hat er einen besondern Wagenlenker.

92. σμερδαλέον δ᾽ ἐβόησεν. Diomedes beabsichtigt zuerst, gemeinschaftlich mit Odysseus den Nestor zu schützen; da er aber diesen nicht zum Stehen bringt, unternimmt er es 99 f. allein.

94. κακὸς ὣς ἐν ὁμίλῳ, wie ein Feiger unter der Menge, ὡς δειλὸς ἐν πλήθει, ὡς εἷς τῶν πολλῶν.

8 ὣς ἔφατ', οὐδ' ἐσάκουσε πολύτλας δῖος Ὀδυσσεύς,
ἀλλὰ παρήϊξεν κοίλας ἐπὶ νῆας Ἀχαιῶν.
Τυδείδης δ' αὐτός περ ἐὼν προμάχοισιν ἐμίχθη,
στῆ δὲ πρόσθ' ἵππων Νηληιάδαο γέροντος,
καί μιν φωνήσας ἔπεα πτερόεντα προσηύδα.
„ὦ γέρον, ἦ μάλα δή σε νέοι τείρουσι μαχηταί,
σὴ δὲ βίη λέλυται, χαλεπὸν δέ σε γῆρας ὀπάζει,
ἠπεδανὸς δέ νύ τοι θεράπων, βραδέες δέ τοι ἵπποι.
ἀλλ' ἄγ' ἐμῶν ὀχέων ἐπιβήσεο, ὄφρα ἴδηαι
οἷοι Τρώιοι ἵπποι, ἐπιστάμενοι πεδίοιο
κραιπνὰ μάλ' ἔνθα καὶ ἔνθα διωκέμεν ἠδὲ φέβεσθαι,
οὕς ποτ' ἀπ' Αἰνείαν ἑλόμην, μήστωρα φόβοιο.
τούτω μὲν θεράποντε κομείτων, τώδε δὲ νῶι
Τρωσὶν ἐφ' ἱπποδάμοις ἰθύνομεν, ὄφρα καὶ Ἕκτωρ
εἴσεται ἦ καὶ ἐμὸν δόρυ μαίνεται ἐν παλάμῃσιν."
ὣς ἔφατ', οὐδ' ἀπίθησε Γερήνιος ἱππότα Νέστωρ.
Νεστορέας μὲν ἔπειθ' ἵππους θεράποντε κομείτην
ἴφθιμοι, Σθένελός τε καὶ Εὐρυμέδων ἀγαπήνωρ·
τὼ δ' εἰς ἀμφοτέρω Διομήδεος ἅρματα βήτην.
Νέστωρ δ' ἐν χείρεσσι λάβ' ἡνία σιγαλόεντα,
μάστιξεν δ' ἵππους· τάχα δ' Ἕκτορος ἄγχι γένοντο.

97. οὐδ' ἐσάκουσε πολύτλας δ. Ὀδ., aber es hörte nicht auf ihn der (sonst so) beharrliche, ausdauernde Odysseus. πολύτλας, ein verstärktes τλήμων, vgl. zu ε, 670. Odysseus giebt ein Beispiel, wie auch der Tapfere im einzelnen Falle, besonders im Gefühl feindseliger Schickung, von der Angst und Entmuthigung überwältigt werden kann. Ihm waren übrigens 78 f. die Tapfersten mit dem Beispiel vorangegangen; aber er bleibt 261–266 auch bei der Rückkehr der Andern im Lager zurück.

99. αὐτός περ ἐών, vgl. Od. ξ, 8. 450. — προμάχοισιν ἐμίχθη, er mischte sich, wagte sich in die vordersten Reihen der Troer, wo von Achäischer Seite nur noch Nestor allein stand.

105–107. ἀλλ' ἄγ' – φέβεσθαι aus ε, 221–223, wo Aeneas diess zu Pandaros spricht, vgl. ψ, 377 f.

108. οὕς ποτ' ἀπ' – ἑλόμην, vgl. ε, 323 f., wo Sthenelos nach Diomedes' Auftrag sie erbeutet.

109. τούτω μέν, d. h. die zwei noch übrigen des Nestor. Die θεράποντε werden 114 genannt.

111. ἦ καὶ – μαίνεται. Vgl. zu Od. ν, 415.

114. ἀγαπήνωρ, männerliebend, leutselig, freundlich. Vgl. στυγάνωρ, ἀστεργάνωρ, ῥηξήνωρ.

115. ἅρματα hängt vom Verbum εἰσβήτην ab.

τοῦ δ' ἰθὺς μεμαῶτος ἀκόντισε Τυδέος υἱός.
καὶ τοῦ μέν ῥ' ἀφάμαρτεν, ὁ δ' ἡνίοχον θεράποντα,
υἱὸν ὑπερθύμου Θηβαίου Ἠνιοπῆα,
ἵππων ἡνί' ἔχοντα βάλε στῆθος παρὰ μαζόν.
ἤριπε δ' ἐξ ὀχέων, ὑπερώησαν δέ οἱ ἵπποι
ὠκύποδες· τοῦ δ' αὖθι λύθη ψυχή τε μένος τε.
Ἕκτορα δ' αἰνὸν ἄχος πύκασε φρένας ἡνιόχοιο.
τὸν μὲν ἔπειτ' εἴασε καὶ ἀχνύμενός περ ἑταίρου
κεῖσθαι, ὁ δ' ἡνίοχον μέθεπε θρασύν. οὐδ' ἄρ' ἔτι δήν
ἵππω δευέσθην σημάντορος· αἶψα γὰρ εὗρεν
Ἰφιτίδην Ἀρχεπτόλεμον θρασύν, ὅν ῥα τόθ' ἵππων
ὠκυπόδων ἐπέβησε, δίδου δέ οἱ ἡνία χερσίν.
ἔνθα κε λοιγὸς ἔην καὶ ἀμήχανα ἔργα γένοντο,
καί νύ κε σήκασθεν κατὰ Ἴλιον ἠύτε ἄρνες,
εἰ μὴ ἄρ' ὀξὺ νόησε πατὴρ ἀνδρῶν τε θεῶν τε.
βροντήσας δ' ἄρα δεινὸν ἀφῆκ' ἀργῆτα κεραυνόν,
κὰδ δὲ πρόσθ' ἵππων Διομήδεος ἧκε χαμᾶζε·
δεινὴ δὲ φλὸξ ὦρτο θεείου καιομένοιο,
τὼ δ' ἵππω δείσαντε καταπτήτην ὑπ' ὄχεσφιν.

118. τοῦ δ' ist Object zu ἀκόντισε, ἰθὺς aber gehört zu μεμαῶτος.

124. ἡνιόχοιο, von ἄχος abhängig.

126. ἡνίοχον μέθεπε θρ., er suchte, spähte nach einem muthigen Wagenlenker, war mit seinem ganzen Sinn darauf aus.

128. ἵππων ὠκυπόδων, das schnellfüssige Gespann, das Gespann der schnellfüssigen Rosse.

130. ἔνθα κε λοιγὸς ἔην, nämlich für Hektor und die Troer. Diese Besorgniss des Aeussersten tritt freilich gar zu schnell und plötzlich ein, und steht ausser Verhältniss zu dem Wenigen, was von Diomedes' Erfolgen 118–123 gemeldet wurde. Es scheint aber dem Dichter darum zu thun, die Einwirkung der Götter auf die Niederlage der Achäer sichtbar hervortreten zu lassen. ἀμήχανα ἔργα, nicht wieder gut zu machende Dinge, ἀνήκεστα κακά.

131. κατὰ Ἴλιον, nach Ilios hinein. Die Erklärung giebt φ, 295 κατὰ Ἰλιόφι κλυτὰ τείχεα λαὸν ἔλσαι Τρωικόν.

135. θεείου καιομένοιο, von dem brennenden Schwefel, da in dem Blitze wirklich Schwefelstoff enthalten scheint. Vgl. Virg. Aen. 2, 698: *et late circum loca sulfure fumant*, wo ebenfalls Donner und eine blitzähnliche Erleuchtung vorhergegangen ist.

136. καταπτήτην, sie fuhren zusammen, scheuten. Noch eigentlicher ist diess Verbum gebraucht Od. θ, 190 κατὰ δ' ἔπτηξαν ποτὶ γαίῃ Φαίηκες.

Νέστορα δ' ἐκ χειρῶν φύγον ἡνία σιγαλόεντα·
δεῖσε δ' ὅ γ' ἐν θυμῷ, Διομήδεα δὲ προσέειπεν
„Τυδείδη, ἄγε δ' αὖτε φόβονδ' ἔχε μώνυχας ἵππους.
ἦ οὐ γιγνώσκεις ὅ τοι ἐκ Διὸς οὐχ ἕπετ' ἀλκή;
νῦν μὲν γὰρ τούτῳ Κρονίδης Ζεὺς κῦδος ὀπάζει,
σήμερον· ὕστερον αὖτε καὶ ἡμῖν, αἴ κ' ἐθέλῃσιν,
δώσει. ἀνὴρ δέ κεν οὔ τι Διὸς νόον εἰρύσσαιτο,
οὐδὲ μάλ' ἴφθιμος, ἐπεὶ ἦ πολὺ φέρτερός ἐστιν.“
τὸν δ' ἠμείβετ' ἔπειτα βοὴν ἀγαθὸς Διομήδης
„ναὶ δὴ ταῦτά γε πάντα, γέρον, κατὰ μοῖραν ἔειπες·
ἀλλὰ τόδ' αἰνὸν ἄχος κραδίην καὶ θυμὸν ἱκάνει·
Ἕκτωρ γάρ ποτε φήσει ἐνὶ Τρώεσσ' ἀγορεύων
‚Τυδείδης ὑπ' ἐμεῖο φοβεύμενος ἵκετο νῆας.‘
ὥς ποτ' ἀπειλήσει· τότε μοι χάνοι εὐρεῖα χθών.“
τὸν δ' ἠμείβετ' ἔπειτα Γερήνιος ἱππότα Νέστωρ
„ὤ μοι, Τυδέος υἱὲ δαΐφρονος, οἷον ἔειπες.
εἴ περ γάρ σ' Ἕκτωρ γε κακὸν καὶ ἀνάλκιδα φήσει,
ἀλλ' οὐ πείσονται Τρῶες καὶ Δαρδανίωνες
καὶ Τρώων ἄλοχοι μεγαθύμων ἀσπιστάων,
τάων ἐν κονίῃσι βάλες θαλεροὺς παρακοίτας.“
ὣς ἄρα φωνήσας φύγαδ' ἔτραπε μώνυχας ἵππους
αὖτις ἀν' ἰωχμόν· ἐπὶ δὲ Τρῶές τε καὶ Ἕκτωρ
ἠχῇ θεσπεσίῃ βέλεα στονόεντα χέοντο.
τῷ δ' ἐπὶ μακρὸν ἄυσε μέγας κορυθαίολος Ἕκτωρ
„Τυδείδη, περὶ μέν σε τίον Δαναοὶ ταχύπωλοι

139. *ἄγε δ' αὖτε.* Denn auch Diomedes muss oben 78–102 schon auf dem Puncte gewesen sein, die Flucht zu ergreifen.

140. *ἦ οὐ γιγνώσκεις*, siehest du wirklich nicht ein? Weil aber Zeus den Achäern so augenscheinlich entgegen ist, ist es auch keine Schande für sie zu fliehen.

143. *ἀνὴρ δέ κεν οὔ τι – εἰρύσσαιτο*, ein Mann vermag nie sich gegen den Rathschluss des Zeus zu schützen, ihn von sich abzuhalten, oder zu verhindern. Anders *φ*, 230, vgl. zu Od. *ψ*, 82.

153. *εἴ περ γὰρ – φήσει*, denn gesetzt auch, dass Hektor dich – nennen wird, dich einst nenne (worüber erst die Zukunft selbst entscheiden wird).

158. *ἐπὶ δὲ* mit *χέοντο* zu verbinden: auf ihn und ihm nach — schütteten.

160. *τῷ δ' ἐπὶ – ἄυσε*, vgl. zu *ε*, 101.

ἕδρῃ τε κρέασίν τε ἰδὲ πλείοις δεπάεσσιν· 8
νῦν δέ σ᾽ ἀτιμήσουσι· γυναικὸς ἄρ᾽ ἀντὶ τέτυξο.
ἔρρε, κακὴ γλήνη, ἐπεὶ οὐκ εἴξαντος ἐμεῖο
πύργων ἡμετέρων ἐπιβήσεαι, οὐδὲ γυναῖκας
ἄξεις ἐν νήεσσι· πάρος τοι δαίμονα δώσω."
ὣς φάτο, Τυδείδης δὲ διάνδιχα μερμήριξεν
ἵππους τε στρέψαι καὶ ἐναντίβιον μαχέσασθαι.
τρὶς μὲν μερμήριξε κατὰ φρένα καὶ κατὰ θυμόν,
τρὶς δ᾽ ἄρ᾽ ἀπ᾽ Ἰδαίων ὀρέων κτύπε μητίετα Ζεύς
σῆμα τιθεὶς Τρώεσσι μάχης ἑτεραλκέα νίκην.
Ἕκτωρ δὲ Τρώεσσιν ἐκέκλετο μακρὸν ἀύσας
„Τρῶες καὶ Λύκιοι καὶ Δάρδανοι ἀγχιμαχηταί,
ἀνέρες ἔστε, φίλοι, μνήσασθε δὲ θούριδος ἀλκῆς.
γιγνώσκω δ᾽ ὅτι μοι πρόφρων κατένευσε Κρονίων
νίκην καὶ μέγα κῦδος, ἀτὰρ Δαναοῖσί γε πῆμα.
νήπιοι, οἳ ἄρα δὴ τάδε τείχεα μηχανόωντο
ἀβλήχρ᾽ οὐδενόσωρα· τὰ δ᾽ οὐ μένος ἁμὸν ἐρύξει,
ἵπποι δὲ ῥέα τάφρον ὑπερθορέονται ὀρυκτήν.
ἀλλ᾽ ὅτε κεν δὴ νηυσὶν ἔπι γλαφυρῇσι γένωμαι,
μνημοσύνη τις ἔπειτα πυρὸς δηίοιο γενέσθω,

163. *γυναικὸς ἄρ᾽ ἀντὶ τέτυξο*, vgl. zu γ, 183 *ἦ ῥά νύ τοι πολλοὶ δεδμήατο.*

164. *εἴξαντος ἐμεῖο*, indem oder so dass ich dir wiche. Zu der harten Anrede *κακὴ γλήνη* vgl. α, 225.

166. *δαίμονα* concret, den Verderber für das Verderben — eine sonst bei Homer nie vorkommende Ausdrucksweise, vgl. ι, 571 *παιδὶ δόμεν θάνατον.*

167. *διάνδιχα μερμήριξεν*, er erwog zweifelnd, ob er das thun sollte, was der folgende Vers enthält, oder nicht; das zweite Glied ist aber ausgelassen wie Od. κ, 151 f.

171. *μάχης — νίκην* hängt von dem in *σῆμα τιθεὶς* liegenden einfachen Transitivum *σημαίνων* ab; vgl. Δ, 155 *θάνατόν νύ τοι ὅρκι᾽ ἔταμνον.*

173. *καὶ Λύκιοι.* Die Lykier stehen hier wieder als das bedeutendste der Hülfsvölker für *ἐπίκουροι* überhaupt, vgl. zu Δ, 197.

175. *γιγνώσκω δ᾽ ὅτι κτἑ.* Diese Ueberzeugung ist zwar zunächst durch das günstige Zeichen 170 f. erweckt, aber zugleich auch durch die persönliche Stimmung des Hektor und den Gang der Ereignisse gestützt und bekräftigt.

178. *οὐδενόσωρα.* Nicht nur *ἅπαξ εἰρημένον*, sondern auch in der Art der Zusammensetzung ganz einzelnstehend, aber beim Dichter, der kurze bezeichnende Ausdrücke liebt, nicht anzutasten.

181. *μνημοσύνη τις ἔπειτα — γενέσθω.* In *τις* scheint eine Verstärkung der Aufforderung zu liegen, indem an die einzelnen zum

ὡς πυρὶ νῆας ἐνιπρήσω, κτείνω δὲ καὶ αὐτούς
[Ἀργείους παρὰ νηυσίν, ἀτυζομένους ὑπὸ καπνοῦ]."
ὣς εἰπὼν ἵπποισιν ἐκέκλετο φώνησέν τε
„[Ξάνθε τε καὶ σύ, Πόδαργε, καὶ Αἴθων Λάμπε τε δῖε,]
νῦν μοι τὴν κομιδὴν ἀποτίνετον, ἣν μάλα πολλὴν
Ἀνδρομάχη, θυγάτηρ μεγαλήτορος Ἠετίωνος,
ὑμῖν πὰρ προτέροισι μελίφρονα πυρὸν ἔθηκεν
[οἶνόν τ' ἐγκεράσασα πιεῖν, ὅτε θυμὸς ἀνώγοι,]
ἢ ἐμοί, ὅς πέρ οἱ θαλερὸς πόσις εὔχομαι εἶναι.
ἀλλ' ἐφομαρτεῖτον καὶ σπεύδετον, ὄφρα λάβωμεν
ἀσπίδα Νεστορέην, τῆς νῦν κλέος οὐρανὸν ἵκει,
πᾶσαν χρυσείην ἔμεναι, κανόνας τε καὶ αὐτήν,
αὐτὰρ ἀπ' ὤμοιιν Διομήδεος ἱπποδάμοιο

Handeln berufenen Subjecte gedacht und jedem derselben diess zu thun zugemuthet wird, = *τινί, ἑκάστῳ ὑμῶν*. Vgl. Herodot. 9, 45 *μνησθῆναί τινα χρὴ καὶ ἐμεῦ ἐλευθερώσιος πέρι.*

183. *Ἀργείους – καπνοῦ.* Da *αὐτοὺς* im vorigen Verse für sich selbst ebenso verständlich ist, wie in der Parallelstelle ξ, 47, so scheint dieser in den besten Handschriften fehlende und den Nachdruck schwächende Vers besser weggelassen zu werden.

185. *Ξάνθε – δῖε.* Auch dieser Vers wird von Aristarch mit Recht für unecht erklärt, hauptsächlich wegen der in der Anmerkung zu Od. ν, 81 berührten Sitte des heroischen Zeitalters. Ueberdiess sind die Namen dieser Pferde alle aus anderen Stellen des Dichters entlehnt oder nachgebildet, nämlich aus τ, 400 (vgl. π, 149 f.): *Ξάνθε τε καὶ Βαλίε, τηλεκλυτὰ τέκνα Ποδάργης* (von den Pferden des Achilleus); ψ, 295: *Αἴθην τὴν Ἀγαμεμνονέην τὸν ἑόν τε Πόδαργον* (Pferde der Atriden), und Od. ψ, 246: *Λάμπος* (ein Ross der Eos). Wer den Vers erhalten will (wie denn allerdings die Anrede nicht unschicklich wäre), muss neben den zwei (zuerst genannten) Jochpferden noch zwei Beipferde (*παρήοροι*, vgl. zu 81. 87) verstehen und annehmen, die folgenden Dualverba (*ἀποτίνετον, ἐφομαρτεῖτον καὶ σπεύδετον*) seien zunächst an die Jochpferde oder an die beiden Paare gerichtet.

186–188. *ἣν μάλα πολλήν – ὑμῖν πὰρ – ἔθηκεν.* Eine kühne sprungartige Verbindung, indem *ἣν μ. πολλήν* natürlich nicht von *παρέθηκεν*, sondern von einem dazwischen zu denkenden Participium, wie *παρέχουσα*, abhängig gemacht werden muss. An *προτέροισι* hängt *ἢ ἐμοί.*

189. *οἶνόν τ' – ἀνώγοι.* Dieser von Aristophanes und Aristarch verworfene Vers scheint von einem hinzugefügt, der es unschicklich fand, dass dem Hektor ebenfalls nur Weizen vorgesetzt werde; allein er verwirrt, auch auf diesen bezogen, die Construction.

190. *ἢ ἐμοί.* Ergänze aus dem vorhergehenden speciellen *πυρὸν* das allgemeinere *σῖτον*.

192–195. *ἀσπίδα Νεστορέην* –

δαιδάλεον θώρηκα, τὸν Ἥφαιστος κάμε τεύχων.
εἰ τούτω κε λάβοιμεν, ἐελποίμην κεν Ἀχαιοὺς
αὐτονυχὶ νηῶν ἐπιβησέμεν ὠκειάων."
ὣς ἔφατ' εὐχόμενος, νεμέσησε δὲ πότνια Ἥρη,
σείσατο δ' εἰνὶ θρόνῳ, ἐλέλιξε δὲ μακρὸν Ὄλυμπον,
καί ῥα Ποσειδάωνα μέγαν θεὸν ἀντίον ηὔδα
„ὢ πόποι, ἐννοσίγαι' εὐρυσθενές, οὐδέ νυ σοί περ
ὀλλυμένων Δαναῶν ὀλοφύρεται ἐν φρεσὶ θυμός.
οἱ δέ τοι εἰς Ἑλίκην τε καὶ Αἰγὰς δῶρ' ἀνάγουσιν
πολλά τε καὶ χαρίεντα. σὺ δέ σφισι βούλεο νίκην.
εἴ περ γάρ κ' ἐθέλοιμεν, ὅσοι Δαναοῖσιν ἀρωγοί,
Τρῶας ἀπώσασθαι καὶ ἐρυκέμεν εὐρύοπα Ζῆν,
αὐτοῦ κ' ἔνθ' ἀκάχοιτο καθήμενος οἶος ἐν Ἴδῃ."

δαιδάλεον θώρηκα. Von diesen ausserordentlichen Waffen, dem ganz goldenen Schilde des Nestor und dem von Hephästos verfertigten Panzer des Diomedes, scheint sonst die Ilias keine Kunde zu haben. Einen so kostbaren Schild hätte wohl Nestor nicht, wie ξ, 11 beiläufig erwähnt wird, seinem Sohn Thrasymedes zum Gebrauch überlassen. Und ebenso kann der kunstvolle Panzer des Diomedes nach dem Sinne des Dichters weder zu den Waffen gehören, die er nach ζ, 235 f. mit Glaukos vertauschte (sie könnten sonst dort nicht so abschätzig behandelt sein), noch zu denen, die er von Glaukos dagegen erhielt; diess hätte hier nicht unberührt bleiben können.

196. εἰ τούτω κε λάβοιμεν, wenn wir diese wirklich erhielten (vgl. 205); denn diess wäre nur möglich, wenn Nestor und Diomedes selbst erlegt oder wenigstens besiegt würden.

199. σείσατο, sie bewegte sich oft, warf sich ungestüm umher — angemessen der weiblichen Lebhaftigkeit. ἐλέλιξε δὲ — Ὄλυμπον. Dieselbe Wirkung bringt α, 530 Zeus durch das blosse Nicken mit dem Haupte hervor.

201. οὐδέ νυ σοί περ, vgl. zu Od. α, 59.

203. εἰς Ἑλίκην τε καὶ Αἰγάς, beides Städte in Achaia (vgl. β, 575) an der Nordküste des Peloponnes, wo das wilde Küstenmeer und häufige Erderschütterungen den Dienst des Poseidon als ionischer Nationalgottheit frühe geweckt haben mögen; über ein anderes Αἰγαί vgl. zu Od. ε, 381.

204. σὺ δέ σφ. βούλεο νίκην, stehe auch du ihnen bei, vgl. η, 21.

205. εἴ περ γάρ κ' ἐθέλοιμεν = β, 123.

206. Ζῆν am Ende des Verses = ξ, 265 u. ω, 331, wo allemal der folgende Vers mit einem Vocal anfängt, so dass auch ein Apostroph (Ζῆν') angebracht werden könnte. Doch wäre diess das einzige Beispiel eines am Ende des Verses apostrophirten Vocals im griechischen Hexameter.

207. αὐτοῦ κ' ἔνθ' ἀκάχοιτο, gerade dort d. h. auf der Stelle müsst' er sich grämen. αὐτοῦ ἔνθα scheint zusammenzugehören, wie Od. ε, 208 ἐνθάδε αὖθι und bei

8 τὴν δὲ μέγ' ὀχθήσας προσέφη κρείων ἐνοσίχθων
„Ἥρη ἀπτοεπές, ποῖον τὸν μῦθον ἔειπες.
οὐκ ἂν ἔγωγ' ἐθέλοιμι Διὶ Κρονίωνι μάχεσθαι
ἡμέας τοὺς ἄλλους, ἐπεὶ ἦ πολὺ φέρτερός ἐστιν."
ὣς οἱ μὲν τοιαῦτα πρὸς ἀλλήλους ἀγόρευον·
τῶν δ', ὅσον ἐκ νηῶν ἀπὸ πύργου τάφρος ἔεργεν,
πλῆθεν ὁμῶς ἵππων τε καὶ ἀνδρῶν ἀσπιστάων
εἰλομένων· εἴλει δὲ θοῷ ἀτάλαντος Ἄρηι
Ἕκτωρ Πριαμίδης, ὅτε οἱ Ζεὺς κῦδος ἔδωκεν.
καί νύ κ' ἐνέπρησεν πυρὶ κηλέῳ νῆας ἐίσας,
εἰ μὴ ἐπὶ φρεσὶ θῆκ' Ἀγαμέμνονι πότνια Ἥρη
αὐτῷ ποιπνύσαντι θοῶς ὀτρῦναι Ἀχαιούς.
βῆ δ' ἰέναι παρά τε κλισίας καὶ νῆας Ἀχαιῶν,
πορφύρεον μέγα φᾶρος ἔχων ἐν χειρὶ παχείῃ,

Herodot oft *αὐτοῦ ταύτῃ*, gerade hier, geht aber mehr auf die Zeit als auf den Ort.

209. *ἀπτοεπής* = *ἀπτόητος ἐν ἔπεσι*. Vgl. das zu 178 Bemerkte und *ἀμετροεπὴς β*, 212.

213 ff. *τῶν δ'* (erg. aus dem Zusammenhang *Ἀχαιῶν*) hängt von *πλῆθεν* ab und wird durch *ὁμῶς ἵππων τε καὶ ἀνδρῶν ἀσπ.* näher bestimmt. Das Subject zu *πλῆθεν* bildet der Satz *ὅσον ἐκ νηῶν – ἔεργεν*, d. h. der ganze Raum, den von den Schiffen aus (vom Standort der am Ufer aufgestellten Schiffe) und diesseits (zunächst am Graben) von der Mauer an (*ἀπὸ πύργου*, vgl. zu *η*, 338 *πύργους ὑψηλούς*) der Graben einschliesst, begrenzt (*ἐέργει* = *ἐντὸς ἐέργει β*, 617. 845). *ἀπὸ πύργου*, weil erst ausserhalb der Mauer der Raum frei ist. Statt *ἀπὸ πύργου* sollte man erwarten *μέχρι πύργου*, von den Schiffen bis zur Mauer = *ὅσον μεταξὺ νηῶν καὶ πύργου*; allein beide Endpuncte werden durch die entsprechenden Präpositionen *ἐκ* und *ἀπὸ* bezeichnet, wie wenn es hiesse: *τῇ μὲν ἐκ νηῶν, τῇ δὲ ἀπὸ πύργου*, von den Schiffen an einerseits, von der Mauer an anderseits.

215. *εἰλομένων· εἴλει*. Homer braucht die Formen *εἴλω* und *εἰλέω* ohne Unterschied nach Bedürfniss des Verses.

218. *εἰ μὴ ἐπὶ φρεσὶ θῆκ'* = Od. *ε*, 427 vgl. 437. Der Infinitiv *ὀτρῦναι* ist Object dazu. Uebrigens darf diese durch die höchste Noth der Achäer verursachte geistige Einwirkung der Hera nicht als Ungehorsam gegen Zeus' Gebot angesehen werden, vgl. 35–40 und *ο*, 668.

219. *αὐτῷ ποιπνύσαντι – ὀτρῦναι*, selbst sich eifrig tummelnd die Achäer schnell zu ermuntern. Nach dem Obigen 78 hatte auch Agamemnon nöthig sich erst aufzuraffen; die Achäer aber waren vor Bestürzung alle unthätig. *ποιπνύσαντι ὀτρῦναι*, beides im Aorist, wie Od. *υ*, 149 *κορήσατε ποιπνύσασαι*.

220. *νῆας Ἀχαιῶν*, die am Ufer in einem Halbkreise aufgestellt waren. Vgl. die Einleit. S. 33.

221. *πορφ. μέγα φᾶρος ἔχων*, um die Aufmerksamkeit des Heeres

στῆ δ' ἐπ' Ὀδυσσῆος μεγακήτεϊ νηὶ μελαίνῃ,
ἥ ῥ' ἐν μεσσάτῳ ἔσκε, γεγωνέμεν ἀμφοτέρωσε·
[ἠμὲν ἐπ' Αἴαντος κλισίας Τελαμωνιάδαο
ἠδ' ἐπ' Ἀχιλλῆος, τοί ῥ' ἔσχατα νῆας ἐίσας
εἴρυσαν, ἠνορέῃ πίσυνοι καὶ κάρτεϊ χειρῶν.]
ἤυσεν δὲ διαπρύσιον Δαναοῖσι γεγωνώς.
„αἰδώς, Ἀργεῖοι, κάκ' ἐλέγχεα, εἶδος ἀγητοί.
πῇ ἔβαν εὐχωλαί, ὅτε δὴ φάμεν εἶναι ἄριστοι,
ἅς, ὁπότ' ἐν Λήμνῳ κενεαυχέες ἠγοράασθε,
ἔσθοντες κρέα πολλὰ βοῶν ὀρθοκραιράων,
πίνοντες κρητῆρας ἐπιστεφέας οἴνοιο,
Τρώων ἄνθ' ἑκατόν τε διηκοσίων τε ἕκαστος
στήσεσθ' ἐν πολέμῳ· νῦν δ' οὐδ' ἑνὸς ἄξιοί εἰμεν
Ἕκτορος, ὃς τάχα νῆας ἐνιπρήσει πυρὶ κηλέῳ.
Ζεῦ πάτερ, ἦ ῥά τιν' ἤδη ὑπερμενέων βασιλήων
τῇδ' ἄτῃ ἄασας καί μιν μέγα κῦδος ἀπηύρας;
οὐ μὲν δή ποτέ φημι τεὸν περικαλλέα βωμόν

zu erregen und es zum Schweigen zu bringen, was ihm bei dem allgemeinen Getümmel durch blosses Rufen kaum gelungen wäre.

222–226. = λ, 5–9. Aber die drei letzten dieser Verse fehlen hier in den besten Handschriften und werden in den Scholien nicht berührt; auch wäre die Erwähnung des Achilleus hier nicht eben passend.

228. *αἰδὼς – ἀγητοί* = ε, 787.

229. *φάμεν* = Od. δ, 664 (π, 347). ι, 496.

230. *ἅς, ὁπότ' ἐν Λήμνῳ κτἑ.* Das Verbum zum Relativum *ἅς* ist – veranlasst durch einen neuen Relativsatz und die daran hangenden Participia – anakoluthisch ausgelassen, etwa *ἐλέγετε* oder *ἠγοράασθε*, was um so leichter geschehen konnte, weil nicht nur ein synonymes Verbum *φάμεν* vorhergeht, sondern im zweiten Relativsatze *ὁπότ' – ἠγοράασθε* der erforderliche Begriff auch vorhanden ist. Einen ähnlichen Fall s. ω, 42 f. *ὅς τ' ἐπεὶ ἄρ – εἶξας εἰσι.*

231 f. *ἔσθοντες – πίνοντες.* Die asyndetisch verbundenen Participia malen mit einem gewissen Spott das thatenlose, aber an Worten reiche Wohlleben der Achäer auf Lemnos.

233 f. *Τρώων ἄνθ'* (*ἄντα*) *ἑκατὸν – στήσεσθαι*, hundert Troern – im Kampfe Stand zu halten, während wir jetzt vor einem einzigen fliehen.

236 f. *ἦ ῥά τιν' . . ἄασας.* Ein Ausruf der bittern Klage: hast du schon Einem das gethan? In *ἄτῃ ἄασας* (vgl. λ, 340. Od. κ, 68) ist *η α* durch Synizese zu verbinden, wodurch der Vers viel gewichtiger wird. Vgl. υ, 220.

238. *τεὸν – βωμόν*, an einem Altare von dir, vgl. α, 183 *σὺν νηί τ' ἐμῇ.*

νηὶ πολυκλήϊδι παρελθέμεν ἐνθάδε ἔρρων,
ἀλλ' ἐπὶ πᾶσι βοῶν δημὸν καὶ μηρί' ἔκηα,
ἱέμενος Τροίην εὐτείχεον ἐξαλαπάξαι.
ἀλλὰ Ζεῦ τόδε πέρ μοι ἐπικρήηνον ἐέλδωρ·
αὐτοὺς δή περ ἔασον ὑπεκφυγέειν καὶ ἀλύξαι,
μηδ' οὕτω Τρώεσσιν ἔα δάμνασθαι Ἀχαιούς."
ὣς φάτο, τὸν δὲ πατὴρ ὀλοφύρατο δακρυχέοντα,
νεῦσε δέ οἱ λαὸν σῶν ἔμμεναι οὐδ' ἀπολέσθαι.
αὐτίκα δ' αἰετὸν ἧκε, τελειότατον πετεηνῶν,
νεβρὸν ἔχοντ' ὀνύχεσσι, τέκος ἐλάφοιο ταχείης·
πὰρ δὲ Διὸς βωμῷ περικαλλέϊ κάββαλε νεβρόν,
ἔνθα πανομφαίῳ Ζηνὶ ῥέζεσκον Ἀχαιοί.
οἱ δ' ὡς οὖν εἴδονθ' ὅτ' ἄρ' ἐκ Διὸς ἤλυθεν ὄρνις,
μᾶλλον ἐπὶ Τρώεσσι θόρον, μνήσαντο δὲ χάρμης.
ἔνθ' οὔ τις πρότερος Δαναῶν, πολλῶν περ ἐόντων,
εὔξατο Τυδεΐδαο πάρος σχέμεν ὠκέας ἵππους
τάφρου τ' ἐξελάσαι καὶ ἐναντίβιον μαχέσασθαι,
ἀλλὰ πολὺ πρῶτος Τρώων ἕλεν ἄνδρα κορυστήν,
Φραδμονίδην Ἀγέλαον. ὁ μὲν φύγαδ' ἔτραπεν ἵππους·
τῷ δὲ μεταστρεφθέντι μεταφρένῳ ἐν δόρυ πῆξεν

239. *ἐνθάδε ἔρρων* = ι, 364 enthält gleichsam eine Verwünschung des ganzen Zuges.

243. *αὐτοὺς δή περ*, doch uns selbst wenigstens. Auf den Sieg verzichtet er also jetzt ganz.

246. *νεῦσε δέ οἱ κτέ.* ist nur vorläufige Angabe der Bedeutung des nachher beschriebenen Anzeichens.

247. *τελειότατον*, den wirksamsten, erfüllungsreichsten. Vgl. Hymn. auf Hermes 544 ff. *τελήεντες οἰωνοὶ* und *μαψιλόγοι*.

250. *πανομφαίῳ Ζηνί.* Den Grund dieser Bezeichnung des Zeus giebt folgendes Scholion an: *οἱ γὰρ ἄλλοι πάντες ὑποφῆται Διός εἰσιν, εἴτε δαίμονες ἐκεῖνοι εἴτε ἄνθρωποι.*

251. *ὅτ' ἄρ'* = *ὅτι ἄρα*, dass also, dass demnach, weil nämlich der Adler als Vogel des Zeus das Hirschkalb neben dem Altare des Zeus hatte herabfallen lassen.

253 f. *πρότερος* und *Τυδεΐδαο πάρος* stehen *ἐκ παραλλήλου*, indem das noch unbestimmte *πρότερος* durch *πάρος* mit seinem Genitiv wieder aufgenommen wird. Diomedes hatte sich aber auch 157–169 als der letzte zurückgezogen. *σχέμεν ἵππους*, die Rosse lenken, also (hinaus)fahren; vgl. 396. Nun ist durch Zeus' momentanes Erbarmen der Vortheil wieder auf Seite der Achäer bis 335.

258 f. *τῷ δὲ – ἔλασσεν* ähnlich wie ε, 40 f.

ὤμων μεσσηγύς, διὰ δὲ στήθεσφιν ἔλασσεν. 8
ἤριπε δ' ἐξ ὀχέων, ἀράβησε δὲ τεύχε' ἐπ' αὐτῷ.
τὸν δὲ μετ' Ἀτρεῖδαι Ἀγαμέμνων καὶ Μενέλαος,
τοῖσι δ' ἐπ' Αἴαντες θοῦριν ἐπιειμένοι ἀλκήν,
τοῖσι δ' ἐπ' Ἰδομενεὺς καὶ ὀπάων Ἰδομενῆος
Μηριόνης, ἀτάλαντος Ἐνυαλίῳ ἀνδρειφόντῃ,
τοῖσι δ' ἐπ' Εὐρύπυλος Εὐαίμονος ἀγλαὸς υἱός.
Τεῦκρος δ' εἴνατος ἦλθε, παλίντονα τόξα τιταίνων,
στῆ δ' ἄρ' ὑπ' Αἴαντος σάκεϊ Τελαμωνιάδαο.
ἔνθ' Αἴας μὲν ὑπεξέφερεν σάκος· αὐτὰρ ὅ γ' ἥρως
παπτήνας, ἐπεὶ ἄρ τιν' ὀιστεύσας ἐν ὁμίλῳ
βεβλήκοι, ὁ μὲν αὖθι πεσὼν ἀπὸ θυμὸν ὄλεσκεν,
αὐτὰρ ὁ αὖτις ἰών, πάις ὣς ὑπὸ μητέρα, δύσκεν
εἰς Αἴανθ'· ὁ δέ μιν σάκεϊ κρύπτασκε φαεινῷ.
ἔνθα τίνα πρῶτον Τρώων ἕλε Τεῦκρος ἀμύμων;
Ὀρσίλοχον μὲν πρῶτα καὶ Ὄρμενον ἠδ' Ὀφελέστην
Δαίτορά τε Χρομίον τε καὶ ἀντίθεον Λυκοφόντην
καὶ Πολυαιμονίδην Ἀμοπάονα καὶ Μελάνιππον.
πάντας ἐπασσυτέρους πέλασε χθονὶ πουλυβοτείρῃ.
τὸν δὲ ἰδὼν γήθησεν ἄναξ ἀνδρῶν Ἀγαμέμνων,
τόξου ἄπο κρατεροῦ Τρώων ὀλέκοντα φάλαγγας·

262–265. τοῖσι δ' ἐπ' – υἱός = η, 164–167.

266. παλίντονα τόξα, vgl. zu Od. φ, 11. Nach Wex aber: der Bogen, der auf beiden Seiten eine nochmalige (entgegengesetzte) Spannung hat, wie der skythische an beiden Enden noch einmal aufwärts gebogene (⌒).

268. ὑπεξέφερεν, er nahm sachte und so viel möglich unbemerkt den Schild (vgl. dessen geflissentliche Beschreibung η, 219–223 und seine fernern guten Dienste λ, 485. 545–557) hinweg, hob ihn auf die Seite, jedesmal wenn Teukros wieder schiessen sollte. — αὐτὰρ ὅ γ' ἥρως hängt eig. schon mit dem Verbum δύσκεν zusammen; aber wegen des Zwischensatzes mit eigenem Subject ὁ μὲν (der Gegner) – ὄλεσκεν, wird durch αὐτὰρ ὁ αὖτις ἰὼν das Subject zu δύσκεν und die den Gegensatz bezeichnende Partikel nochmals wiederholt. Vgl. α, 454 f.

272. εἰς Αἴαντα, gleichsam unter das Obdach, hinter die Schutzwehr des Aias.

274 ff. Ὀρσίλοχον – Μελάνιππον. Die mehrern dieser Namen oder ihnen sehr ähnliche kommen in der Iliade auch noch andern Personen zu, Ὀρσίλοχος, Ὄρμενος, Ὀφέλτιος, Χρομίος und Μελάνιππος.

277. πάντας – πουλυβοτείρῃ = μ, 194 u. π, 418. Hier fehlt dieser Vers in mehrern der vorzüglichsten Handschriften.

στῆ δὲ παρ' αὐτὸν ἰών, καί μιν πρὸς μῦθον ἔειπεν.
„Τεῦκρε, φίλη κεφαλή, Τελαμώνιε, κοίρανε λαῶν,
βάλλ' οὕτως, αἴ κέν τι φόως Δαναοῖσι γένηαι
πατρί τε σῷ Τελαμῶνι, ὅ σ' ἔτρεφε τυτθὸν ἐόντα
καί σε νόθον περ ἐόντα κομίσσατο ᾧ ἐνὶ οἴκῳ·
τὸν καὶ τηλόθ' ἐόντα ἐυκλείης ἐπίβησον.
σοὶ δ' ἐγὼ ἐξερέω ὡς καὶ τετελεσμένον ἔσται.
αἴ κέν μοι δώῃ Ζεύς τ' αἰγίοχος καὶ Ἀθήνη
Ἰλίου ἐξαλαπάξαι ἐυκτίμενον πτολίεθρον,
πρώτῳ τοι μετ' ἐμὲ πρεσβήιον ἐν χερὶ θήσω,
ἢ τρίποδ' ἠὲ δύω ἵππους αὐτοῖσιν ὄχεσφιν
ἠὲ γυναῖχ', ἥ κέν τοι ὁμὸν λέχος εἰσαναβαίνοι."
τὸν δ' ἀπαμειβόμενος προσεφώνεε Τεῦκρος ἀμύμων
„Ἀτρείδη κύδιστε, τί με σπεύδοντα καὶ αὐτόν
ὀτρύνεις; οὐ μέν τοι, ὅση δύναμίς γε πάρεστιν,
παύομαι, ἀλλ' ἐξ οὗ προτὶ Ἴλιον ὠσάμεθ' αὐτούς,
ἐκ τοῦ δὴ τόξοισι δεδεγμένος ἄνδρας ἐναίρω.
ὀκτὼ δὴ προέηκα τανυγλώχινας ὀιστούς,
πάντες δ' ἐν χροῒ πῆχθεν ἀρηιθόων αἰζηῶν·
τοῦτον δ' οὐ δύναμαι βαλέειν κύνα λυσσητῆρα."
ἦ ῥα, καὶ ἄλλον ὀιστὸν ἀπὸ νευρῆφιν ἴαλλεν
Ἕκτορος ἀντικρύ, βαλέειν δέ ἑ ἵετο θυμός.
καὶ τοῦ μέν ῥ' ἀφάμαρθ', ὁ δ' ἀμύμονα Γοργυθίωνα,

282. *βάλλ' οὕτως*, wirf (schiesse) so fort. *φόως* vereinigt hier zwei Begriffe: Heil, Rettung (für die Danaer), Ruhm (für den Vater); vgl. 285.

284. *νόθον περ ἐόντα*, als Sohn der Trojanerin Hesione (woher auch sein Name *Τεῦκρος*, Virg. Aen. 1, 626), während des Aias Mutter Eriboia oder Periboia genannt wird. Vgl. auch zu *μ*, 371.

285. *ἐυκλείης ἐπίβησον*, vgl. zu Od. *ψ*, 13 *χαλιφρονέοντα σαοφροσύνης ἐπέβησαν*.

291. *ἥ κεν – εἰσαναβαίνοι*, welche – besteigen kann oder mag. Vgl. zu *η*, 342.

295. *ἐξ οὗ προτὶ Ἴλιον κτέ.* Auch hier sind die Achäer wieder sehr schnell und unvermerkt weit vorgerückt; vgl. zu 130.

297. *ὀκτώ*, genau die Zahl der nach 274–276 von ihm Erlegten.

298. *πάντες* geht auf *ὀιστοί*.

299. *τοῦτον – κύνα λ.*, d. i. den Hektor, vgl. 301.

302. *καὶ τοῦ μέν ῥ' ἀφάμαρθ'* = 119. Gorgythion war nach griechischen Begriffen wohl ein *νόθος*, wie auch der 318 erwähnte Kebriones nach *π*, 738.

υἱὸν ἐὺν Πριάμοιο, κατὰ στῆθος βάλεν ἰῷ,
τόν ῥ' ἐξ Αἰσύμηθεν ὀπυιομένη τέκε μήτηρ,
καλὴ Καστιάνειρα, δέμας ἐικυῖα θεῇσιν.
μήκων δ' ὡς ἑτέρωσε κάρη βάλεν, ἥ τ' ἐνὶ κήπῳ
καρπῷ βριθομένη νοτίῃσί τε εἰαρινῇσιν,
ὣς ἑτέρωσ' ἤμυσε κάρη πήληκι βαρυνθέν.
Τεῦκρος δ' ἄλλον ὀιστὸν ἀπὸ νευρῆφιν ἴαλλεν
Ἕκτορος ἀντικρύ, βαλέειν δέ ἑ ἵετο θυμός.
ἀλλ' ὅ γε καὶ τόθ' ἅμαρτε· παρέσφηλεν γὰρ Ἀπόλλων·
ἀλλ' Ἀρχεπτόλεμον, θρασὺν Ἕκτορος ἡνιοχῆα,
ἱέμενον πόλεμόνδε βάλε στῆθος παρὰ μαζόν.
ἤριπε δ' ἐξ ὀχέων, ὑπερώησαν δέ οἱ ἵπποι
ὠκύποδες· τοῦ δ' αὖθι λύθη ψυχή τε μένος τε.
Ἕκτορα δ' αἰνὸν ἄχος πύκασε φρένας ἡνιόχοιο.
τὸν μὲν ἔπειτ' εἴασε καὶ ἀχνύμενός περ ἑταίρου,
Κεβριόνην δ' ἐκέλευσεν ἀδελφεὸν ἐγγὺς ἐόντα
ἵππων ἡνί' ἑλεῖν· ὁ δ' ἄρ' οὐκ ἀπίθησεν ἀκούσας.
αὐτὸς δ' ἐκ δίφροιο χαμαὶ θόρε παμφανόωντος
σμερδαλέα ἰάχων· ὁ δὲ χερμάδιον λάβε χειρί,
βῆ δ' ἰθὺς Τεύκρου, βαλέειν δέ ἑ θυμὸς ἀνώγει.
ἤ τοι ὁ μὲν φαρέτρης ἐξείλετο πικρὸν ὀιστόν,
θῆκε δ' ἐπὶ νευρῇ· τὸν δ' αὖ κορυθαίολος Ἕκτωρ

305. *Καστιάνειρα* scheint nur eine andere Form des Namens *Κασσάνδρα* = *Ἀλεξάνδρα* zu sein, vgl. *Κάστωρ* und *Μηδεσικάστη* mit *β*, 530 u. *δ*, 339.

306. *μήκων δ' ὡς – βάλεν* ist der Vordersatz zu 308 *ὣς – ἤμυσε* (wie der Mohn zur Seite das Haupt neigt – so u. s. w.); bei *ἥ τε – βριθομένη* ist aus dem Vorhergehenden das Verbum *κάρη βάλεν* zu wiederholen, vgl. *π*, 406–409. Der Vergleichung werth ist die schöne Nachahmung Virgil's Aen. 9, 432 ff. von Euryalus: *inque humeros cervix collapsa recumbit: Purpureus veluti quum flos succisus aratro Languescit moriens lassove papavera collo Demisere caput, pluvia quum forte gravantur.*

307. *νοτίη* ist Substantiv, und zwar collectiv gebrauchtes Abstractum; vgl. *νηπίη*, *νηνεμίη*.

312. *Ἀρχεπτόλεμον* = 128. Hier enthalten die Worte *ἱέμενον πόλεμόνδε* gleichsam die Deutung des Namens.

313–317. *βάλε στῆθος – ἑταίρου* = 121 – 125.

318. *Κεβριόνην δ' ἐκέλευσεν.* Vgl. *π*, 727. *Κεβριόνῃ δ' ἐκέλευσε*, ohne bemerkbaren Unterschied in der Bedeutung.

8 αὐερύοντα παρ' ὦμον, ὅθι κληὶς ἀποέργει
αὐχένα τε στῆθός τε, μάλιστα δὲ καίριόν ἐστιν,
τῇ ῥ' ἐπὶ οἷ μεμαῶτα βάλεν λίθῳ ὀκριόεντι,
ῥῆξε δέ οἱ νευρήν· νάρκησε δὲ χεὶρ ἐπὶ καρπῷ,
στῆ δὲ γνὺξ ἐριπών, τόξον δέ οἱ ἔκπεσε χειρός.
Αἴας δ' οὐκ ἀμέλησε κασιγνήτοιο πεσόντος,
ἀλλὰ θέων περίβη καί οἱ σάκος ἀμφεκάλυψεν.
τὸν μὲν ἔπειθ' ὑποδύντε δύω ἐρίηρες ἑταῖροι,
Μηκιστεὺς Ἐχίοιο πάις καὶ δῖος Ἀλάστωρ,
νῆας ἔπι γλαφυρὰς φερέτην βαρέα στενάχοντα·
ἂψ δ' αὖτις Τρώεσσιν Ὀλύμπιος ἐν μένος ὦρσεν.
οἱ δ' ἰθὺς τάφροιο βαθείης ὦσαν Ἀχαιούς,
Ἕκτωρ δ' ἐν πρώτοισι κίε σθένεϊ βλεμεαίνων.
ὡς δ' ὅτε τίς τε κύων συὸς ἀγρίου ἠὲ λέοντος
ἅπτηται κατόπισθε, ποσὶν ταχέεσσι διώκων,
ἰσχία τε γλουτούς τε, ἑλισσόμενόν τε δοκεύει,
ὣς Ἕκτωρ ὤπαζε καρηκομόωντας Ἀχαιούς,
αἰὲν ἀποκτείνων τὸν ὀπίστατον· οἱ δ' ἐφέβοντο.
αὐτὰρ ἐπεὶ διά τε σκόλοπας καὶ τάφρον ἔβησαν

325 f. *αὐερύοντα*, erg. *τὴν νευρήν*, als er die Sehne zurückzog, gegen sich (gegen die rechte Brust oder Schulter) zog. *παρ' ὦμον* aber ist, wie die genauere Bestimmung *ὅθι κληὶς – καίριόν ἐστιν* zeigt, mit *βάλεν* zu verbinden, und wird daher auch durch das demonstrative *τῇ* wieder aufgenommen.

327. *ἐπὶ οἷ μεμαῶτα*, während er gerade auf ihn zielte, also noch ehe er den Pfeil abgeschossen hatte.

328. *ῥῆξε – νευρήν* wird erklärt durch die Worte des Teukros selbst ο, 469: *νευρὴν δ' ἐξέρρηξε νεόστροφον* (ὁ δαίμων). *νάρκησε δὲ χείρ*, ihm erstarrte die Hand, ohne Zweifel die linke, womit er den Bogen hielt. Also war er wohl auch an der linken Schulter getroffen worden.

329. *στῆ δὲ γνὺξ ἐριπών*, vgl. zu ε, 309. — *τόξον – χειρός*. Noch schlimmer erging es dem Helenos ν, 593–595.

331–334. *ἀλλὰ – στενάχοντα*, vgl. zu ν, 420–423. — *ὑποδύντε*, sich unter ihn bückend, ihn auf sich nehmend. Vgl. Virg. Aen. 2, 723: *Succedoque oneri*, ebend. 708: *Ipse subibo humeris*.

335. *ἂψ δ' αὖτις*. Der Fall des Teukros bildet nun wieder einen Wendepunkt zu Gunsten der Troer.

337. *βλεμεαίνω* hängt jedenfalls mit *βλοσυρὸς* zusammen, beide aber wahrscheinlich mit *βλύω*, *βλύζω*, *φλύω*, *φλέω*, *φλέψ* (das Schwellende, die Ader), also *tumens*, *tumidus*.

340. *ἰσχία τε γλουτούς τε* epexegetische genauere Bestimmung zu *ἅπτηται κατόπισθε*. Ueber *δοκεύει* vgl. zu Od. ε, 274. Auch der Verfolgende muss immer auf seiner Hut sein.

φεύγοντες, πολλοὶ δὲ δάμεν Τρώων ὑπὸ χερσίν, 8
οἱ μὲν δὴ παρὰ νηυσὶν ἐρητύοντο μένοντες,
ἀλλήλοισί τε κεκλόμενοι καὶ πᾶσι θεοῖσιν
χεῖρας ἀνίσχοντες μεγάλ' εὐχετόωντο ἕκαστος·
Ἕκτωρ δ' ἀμφιπεριστρώφα καλλίτριχας ἵππους,
Γοργοῦς ὄμματ' ἔχων ἠὲ βροτολοιγοῦ Ἄρηος.
τοὺς δὲ ἰδοῦσ' ἐλέησε θεὰ λευκώλενος Ἥρη,
αἶψα δ' Ἀθηναίην ἔπεα πτερόεντα προσηύδα.
„ὢ πόποι, αἰγιόχοιο Διὸς τέκος, οὐκέτι νῶι
ὀλλυμένων Δαναῶν κεκαδησόμεθ' ὑστάτιόν περ;
οἵ κεν δὴ κακὸν οἶτον ἀναπλήσαντες ὄλωνται
ἀνδρὸς ἑνὸς ῥιπῇ· ὁ δὲ μαίνεται οὐκέτ' ἀνεκτῶς
Ἕκτωρ Πριαμίδης, καὶ δὴ κακὰ πολλὰ ἔοργεν."
τὴν δ' αὖτε προσέειπε θεὰ γλαυκῶπις Ἀθήνη
„καὶ λίην οὗτός γε μένος θυμόν τ' ὀλέσειεν,
χερσὶν ὑπ' Ἀργείων φθίμενος ἐν πατρίδι γαίῃ·
ἀλλὰ πατὴρ οὑμὸς φρεσὶ μαίνεται οὐκ ἀγαθῇσιν,
σχέτλιος, αἰὲν ἀλιτρός, ἐμῶν μενέων ἀπερωεύς.
οὐδέ τι τῶν μέμνηται, ὅ οἱ μάλα πολλάκις υἱόν
τειρόμενον σώεσκον ὑπ' Εὐρυσθῆος ἀέθλων.

345–347. *οἱ μὲν δὴ – ἕκαστος.* Diese drei Verse kommen auch ο, 367–369 wieder vor, *ὡς οἱ μὲν κτέ.*, und erscheinen dort bedeutungsvoller, besser motivirt und mehr in ihrem eigentlichen Zusammenhange. Hier ist besonders auffallend die Beziehung auf den Graben (343), von welchem vorher im näheren Zusammenhange vor 336 nicht die Rede ist.

348. *Ἕκτωρ δ' ἀμφιπ.* Er war also wieder in seinen Streitwagen gestiegen.

350. *τοὺς δὲ ἰδοῦσ' ἐλέησε.* Die grosse Noth der Achäer erregt von neuem die Theilnahme der Göttinnen Hera und Athene, und veranlasst sie sogar, trotz dem strengen Verbote des Zeus (7–27), zu einem neuen, aber durch Zeus sogleich vereitelten Versuche, denselben Beistand zu leisten.

353. *κεκαδησόμεθα* von *κήδομαι* mit der gewöhnlichen Construction dieses Verbi. Vgl. auch das Activum *κεκαδήσει* Od. φ, 153. 170.

355. *ὁ δὲ μαίνεται* = Od. ι, 350 *σὺ δὲ μαίνεαι οὐκέτ' ἀνεκτῶς.*

358. *καὶ λίην – ὀλέσειεν.* In diesem Satze sind eigentlich zwei Sätze enthalten, zuerst eine Zustimmung zu der Klage über Hektor: ja wohl, du hast sehr Recht, und daran geknüpft ein Wunsch: möge er nur, wie er es verdient, bald sein Leben verlieren; aber (selbst dann wäre uns nicht ganz geholfen) mein Vater ras't in feindseligem Sinne. Ueber *καὶ λίην* vgl. zu Od. α, 46.

363. *ὑπ' Εὐρυσθῆος ἀέθλων* = τ, 133 vgl. ο, 639. Od. λ, 621 f.

8 ἤ τοι ὁ μὲν κλαίεσκε πρὸς οὐρανόν, αὐτὰρ ἐμὲ Ζεύς
τῷ ἐπαλεξήσουσαν ἀπ' οὐρανόθεν προΐαλλεν.
εἰ γὰρ ἐγὼ τάδε ᾔδε' ἐνὶ φρεσὶ πευκαλίμῃσιν,
εὖτέ μιν εἰς Ἀίδαο πυλάρταο προύπεμψεν
ἐξ Ἐρέβευς ἄξοντα κύνα στυγεροῦ Ἀίδαο,
οὐκ ἂν ὑπεξέφυγε Στυγὸς ὕδατος αἰπὰ ῥέεθρα.
νῦν δ' ἐμὲ μὲν στυγέει, Θέτιδος δ' ἐξήνυσε βουλάς,
ἥ οἱ γούνατ' ἔκυσσε καὶ ἔλλαβε χειρὶ γενείου,
λισσομένη τιμῆσαι Ἀχιλλῆα πτολίπορθον.
ἔσται μὰν ὅτ' ἂν αὖτε φίλην γλαυκώπιδα εἴπῃ.
ἀλλὰ σὺ μὲν νῦν νῶιν ἐπέντυε μώνυχας ἵππους,
ὄφρ' ἂν ἐγὼ καταδῦσα Διὸς δόμον αἰγιόχοιο
τεύχεσιν ἐς πόλεμον θωρήξομαι, ὄφρα ἴδωμαι
ἢ νῶι Πριάμοιο πάις κορυθαίολος Ἕκτωρ
γηθήσει προφανέντε ἀνὰ πτολέμοιο γεφύρας,
ἦ τις καὶ Τρώων κορέει κύνας ἠδ' οἰωνούς
δημῷ καὶ σάρκεσσι, πεσὼν ἐπὶ νηυσὶν Ἀχαιῶν."
ὣς ἔφατ', οὐδ' ἀπίθησε θεὰ λευκώλενος Ἥρη.
ἡ μὲν ἐποιχομένη χρυσάμπυκας ἔντυεν ἵππους
Ἥρη πρέσβα θεά, θυγάτηρ μεγάλοιο Κρόνοιο·

367. *εἰς Ἀίδαο πυλάρταο* = ν, 415. Od. λ, 277. *προύπεμψεν*, nämlich *Εὐρυσθεύς* (363).

368. *ἐξ Ἐρέβευς ἄξοντα*, vgl. Od. λ, 623–626, über *Ἔρεβος* ebend. zu κ, 528. Der Name des Hundes, *Κέρβερος*, kommt bei Homer nicht vor.

369. *αἰπὰ ῥέεθρα*. Schol. *προσάντη καὶ ἄνωθεν καταρρέοντα*, *fluenta ex altis scopulis descendentia*, vgl. zu Od. ε, 185 *καὶ τὸ κατειβόμενον Στυγὸς ὕδωρ*.

371. *ἥ οἱ γούνατ' ἔκυσσε*. Sie spottet, dass sich Zeus solche Liebkosungen von der Thetis gefallen liess.

373. *ἔσται μὰν κτέ.*, gewiss kommt wieder eine Zeit, da u. s. w. Zu *εἴπῃ* ergänze *με*.

376. *τεύχεσιν* muss nach dem Zusammenhange auf die Rüstung des Zeus gehen, vgl. zu ε, 736 f., unten 387 f.

377 f. *νῶι – γηθήσει*. Prägnante Construction, indem das Verbum noch den Begriff eines Participiums, wie *ὁρῶν*, in sich schliesst. Vgl. ν, 352 f. *ἤχθετο γάρ ῥα Τρωσὶν δαμναμένους (Ἀργείους)*. Zu *προφανέντε* vgl. 455 *πληγέντε*.

379. *ἦ καί*, *an potius*, oder vielmehr, wie Od. π, 239. *κορέει* Futurum, wie 415 *τελέει*.

381 – 383. *ὣς – Κρόνοιο* = ε, 719 – 721 (mit Ausnahme der Bezeichnung der Göttin im ersten Verse).

αὐτὰρ Ἀθηναίη, κούρη Διὸς αἰγιόχοιο, 8
πέπλον μὲν κατέχευεν ἑανὸν πατρὸς ἐπ' οὔδει,
ποικίλον, ὅν ῥ' αὐτὴ ποιήσατο καὶ κάμε χερσίν,
ἡ δὲ χιτῶν' ἐνδῦσα Διὸς νεφεληγερέταο
τεύχεσιν ἐς πόλεμον θωρήσσετο δακρυόεντα.
ἐς δ' ὄχεα φλόγεα ποσὶ βήσετο, λάζετο δ' ἔγχος
βριθὺ μέγα στιβαρόν, τῷ δάμνησι στίχας ἀνδρῶν
ἡρώων, τοῖσίν τε κοτέσσεται ὀβριμοπάτρη.
Ἥρη δὲ μάστιγι θοῶς ἐπεμαίετ' ἄρ' ἵππους·
αὐτόμαται δὲ πύλαι μύκον οὐρανοῦ, ἃς ἔχον ὧραι,
τῇς ἐπιτέτραπται μέγας οὐρανὸς Οὔλυμπός τε,
ἠμὲν ἀνακλῖναι πυκινὸν νέφος ἠδ' ἐπιθεῖναι.
τῇ ῥα δι' αὐτάων κεντρηνεκέας ἔχον ἵππους.
Ζεὺς δὲ πατὴρ Ἴδηθεν ἐπεὶ ἴδε, χώσατ' ἄρ' αἰνῶς,
Ἶριν δ' ὤτρυνε χρυσόπτερον ἀγγελέουσαν.
„βάσκ' ἴθι, Ἶρι ταχεῖα, πάλιν τρέπε μηδ' ἔα ἄντην
ἔρχεσθ'· οὐ γὰρ καλὰ συνοισόμεθα πτόλεμόνδε.
ὧδε γὰρ ἐξερέω, τὸ δὲ καὶ τετελεσμένον ἔσται·
γυιώσω μέν σφωιν ὑφ' ἅρμασιν ὠκέας ἵππους,
αὐτὰς δ' ἐκ δίφρου βαλέω, κατά θ' ἅρματα ἄξω·
οὐδέ κεν ἐς δεκάτους περιτελλομένους ἐνιαυτούς
ἕλκε' ἀπαλθήσεσθον, ἅ κεν μάρπτῃσι κεραυνός·
ὄφρ' εἰδῇ γλαυκῶπις, ὅτ' ἂν ᾧ πατρὶ μάχηται.
Ἥρῃ δ' οὔ τι τόσον νεμεσίζομαι οὐδὲ χολοῦμαι·
αἰεὶ γάρ μοι ἔωθεν ἐνικλᾶν ὅ ττί κεν εἴπω.“

384–396. αὐτὰρ Ἀθηναίη – ἵππους = ε, 733–737. 745–752.

397. Ἴδηθεν nach 47. 75.

399f. ἄντην ἔρχεσθαι, mir entgegen zu kommen; vgl. 428 Διὸς ἄντα – πτολεμίζειν. Denn Zeus müsste selbst auch unmittelbar feindlich gegen sie einschreiten.

400. οὐ γὰρ – συνοισόμεθα, denn nicht freundlich, unsanft würden wir einander begegnen. Zu diesem Gebrauch des Futurum vgl. γ, 412.

402. γυιώσω, vgl. zu ζ, 265. Man übersehe nicht den Unterschied zwischen σφωιν (σφωίν) 402 und σφῶιν 413. 416.

404. ἐς δεκάτους – ἐνιαυτούς = ἐς δέκατον περιτελλόμενον ἐνιαυτόν oder ἐς δέκα – ἐνιαυτούς, bis zehn Jahre herum sind.

406. ὄφρ' εἰδῇ κτέ. brachylogisch: damit sie wisse, was es heisst, was es auf sich hat, mit dem Vater zu kämpfen, damit sie es (d. h. die Folgen) erfahre.

8 ὣς ἔφατ', ὤρτο δὲ Ἶρις ἀελλόπος ἀγγελέουσα,
βῆ δ' ἐξ Ἰδαίων ὀρέων ἐς μακρὸν Ὄλυμπον.
πρώτῃσιν δὲ πύλῃσι πολυπτύχου Οὐλύμποιο
ἀντομένη κατέρυκε, Διὸς δέ σφ' ἔννεπε μῦθον.
„πῇ μέματον; τί σφῶιν ἐνὶ φρεσὶ μαίνεται ἦτορ;
οὐκ ἐάᾳ Κρονίδης ἐπαμυνέμεν Ἀργείοισιν.
ὧδε γὰρ ἠπείλησε Κρόνου παῖς, ᾗ τελέει περ,
γυιώσειν μὲν σφῶιν ὑφ' ἅρμασιν ὠκέας ἵππους,
αὐτὰς δ' ἐκ δίφρου βαλέειν, κατά θ' ἅρματα ἄξειν·
οὐδέ κεν ἐς δεκάτους περιτελλομένους ἐνιαυτούς
ἕλκε' ἀπαλθήσεσθον, ἅ κεν μάρπτῃσι κεραυνός·
ὄφρ' εἰδῇς, γλαυκῶπι, ὅτ' ἂν σῷ πατρὶ μάχηαι.
Ἥρῃ δ' οὔ τι τόσον νεμεσίζεται οὐδὲ χολοῦται·
αἰεὶ γάρ οἱ ἔωθεν ἐνικλᾶν ὅ ττί κεν εἴπῃ.
ἀλλὰ σύ γ', αἰνοτάτη, κύον ἀδδεές, εἰ ἐτεόν γε
τολμήσεις Διὸς ἄντα πελώριον ἔγχος ἀεῖραι."
ἡ μὲν ἄρ' ὣς εἰποῦσ' ἀπέβη πόδας ὠκέα Ἶρις,
αὐτὰρ Ἀθηναίην Ἥρη πρὸς μῦθον ἔειπεν.
„ὢ πόποι, αἰγιόχοιο Διὸς τέκος, οὐκέτ' ἔγωγε
νῶι ἐῶ Διὸς ἄντα βροτῶν ἕνεκα πτολεμίζειν.
τῶν ἄλλος μὲν ἀποφθίσθω ἄλλος δὲ βιώτω,
ὅς κε τύχῃ· κεῖνος δὲ τὰ ἃ φρονέων ἐνὶ θυμῷ

411 f. *πρώτῃσιν πύλῃσι*, am äussersten Thor, aussen am Thor. Zu *ἀντομένη* ist das folgende *σφι* auch heraufzunehmen und zu *κατέρυκε* der Accusativ zu ergänzen.

415. *ᾗ – περ*, vgl. zu Od. *θ*, 510.

418 f. *οὐδέ κεν – ἀπαλθήσεσθον*, Uebergang in die directe Rede, vgl. zu Od. *α*, 40.

420–424. *ὄφρ' εἰδῇς – ἀεῖραι*. Iris richtet nicht nur den ganzen Auftrag des Zeus aus, auch das was er mehr zur Entschuldigung der Hera hinzugefügt hat (421 f.), sondern macht, da sie nicht blosse Botin sein will (vgl. *ο*, 200 – 207), noch von sich aus einen Zusatz zu Handen der Athene, weil doch diese nach 374–380 die Hauptschuld an dem ganzen aufrührerischen Unterfangen trägt. Zum letzten Hauptsatze *ἀλλὰ σύ γ'*, *αἰνοτάτη* fehlt übrigens in Folge ihrer Aufregung durch eine Art von Aposiopese das Verbum = *νεμεσητὴ εἶ*, du verdienst den ganzen Unwillen des Zeus.

427. *οὐκέτ' ἔγωγε νῶι ἐῶ κτέ.* Dieselbe Wendung wie 210 f. *οὐκ ἂν ἔγωγ' ἐθέλοιμι Διὶ – μάχεσθαι κτέ.*

428. *βροτῶν ἕνεκα* (vgl. *α*, 574. *φ*, 463), um blosser Sterblichen willen, an denen doch so wenig gelegen ist.

430. *ὅς κε τύχῃ*, erg. *ἀποφθι-*

Τρωσί τε καὶ Δαναοῖσι δικαζέτω, ὡς ἐπιεικές.“
ὣς ἄρα φωνήσασα πάλιν τρέπε μώνυχας ἵππους.
τῇσιν δ᾽ ὧραι μὲν λῦσαν καλλίτριχας ἵππους,
καὶ τοὺς μὲν κατέδησαν ἐπ᾽ ἀμβροσίῃσι κάπῃσιν,
ἅρματα δ᾽ ἔκλιναν πρὸς ἐνώπια παμφανόωντα·
αὐταὶ δὲ χρυσέοισιν ἐπὶ κλισμοῖσι καθῖζον
μίγδ᾽ ἄλλοισι θεοῖσι, φίλον τετιημέναι ἦτορ.
Ζεὺς δὲ πατὴρ Ἴδηθεν ἐύτροχον ἅρμα καὶ ἵππους
Οὔλυμπόνδε δίωκε, θεῶν δ᾽ ἐξίκετο θώκους.
τῷ δὲ καὶ ἵππους μὲν λῦσε κλυτὸς ἐννοσίγαιος,
ἅρματα δ᾽ ἂμ βωμοῖσι τίθει, κατὰ λῖτα πετάσσας·
αὐτὸς δὲ χρύσειον ἐπὶ θρόνον εὐρύοπα Ζεύς
ἕζετο, τῷ δ᾽ ὑπὸ ποσσὶ μέγας πελεμίζετ᾽ Ὄλυμπος.
αἱ δ᾽ οἶαι Διὸς ἀμφὶς Ἀθηναίη τε καὶ Ἥρη
ἥσθην, οὐδέ τί μιν προσεφώνεον οὐδ᾽ ἐρέοντο.
αὐτὰρ ὁ ἔγνω ᾗσιν ἐνὶ φρεσί, φώνησέν τε
„τίφθ᾽ οὕτω τετίησθον, Ἀθηναίη τε καὶ Ἥρη;
οὐ μέν θην κάμετόν γε μάχῃ ἔνι κυδιανείρῃ
ὀλλῦσαι Τρῶας, τοῖσιν κότον αἰνὸν ἔθεσθε.

μενος ἢ βιούς. — τὰ ἃ φρονέων, seinem eigenen Sinne folgend.

431. *ὡς ἐπιεικές*, nämlich nach dem Urtheil des Sprechenden: wie es billig, recht ist. Hera ist, nachdem ihre Empörungsversuche misslungen, ganz gesetzlich geworden.

434. *καὶ – κάπῃσιν* = Od. δ, 40 *καὶ – ἐφ᾽ ἱππείῃσι κάπῃσιν*. Vgl. ebend. 42 über *ἐνώπια*.

439. *διώκειν* = *συντόνως ἐλαύνειν*, rasch treiben oder fahren. — *θεῶν θώκους* d. h. an den Ort, wo die Götter seit ihrer Versammlung (2), jeder auf seinem Sitze, beisammen sassen.

441. *ἂμ βωμοῖσι*, auf das Gerüst oder Gestell, das rechts oder links vom Eingange sich befand, vom Hofe her allmählich aufsteigend (so dass die Wagen leicht hinaufgestossen werden konnten), im Innern der Hausflur, und vom Thorweg durch eine oder einige Stufen getrennt. *κατὰ λῖτα πετάσσας* (vgl. zu Od. α, 130 *ὑπὸ λ. π*), Schol. *καταπετάσας καὶ καλύψας λιτῷ περιβολαίῳ*. Man bemerke übrigens, dass Poseidon hier den Wagen des Zeus ausspannt und versorgt.

444. *Διὸς ἀμφίς*, entfernt von Zeus, dem sie durch ihr schmollendes Wegrücken ihre Unzufriedenheit zu erkennen geben wollten; denn vorher waren sie *μίγδ᾽ ἄλλοισι θεοῖσι* 437 gesessen.

448. *οὐ μέν θην κτέ.* spottend: ihr habt euch doch wenigstens nicht ermüdet; weil sie nämlich diess Mal gar nicht in die Schlacht gekommen waren.

πάντως, οἷον ἐμόν γε μένος καὶ χεῖρες ἄαπτοι,
οὐκ ἄν με τρέψειαν ὅσοι θεοί εἰσ᾽ ἐν Ὀλύμπῳ.
σφῶιν δὲ πρίν περ τρόμος ἔλλαβε φαίδιμα γυῖα,
πρὶν πόλεμόν τ᾽ ἰδέειν πολέμοιό τε μέρμερα ἔργα.
ὧδε γὰρ ἐξερέω, τὸ δέ κεν τετελεσμένον ἦεν·
οὐκ ἂν ἐφ᾽ ὑμετέρων ὀχέων, πληγέντε κεραυνῷ,
ἂψ ἐς Ὄλυμπον ἵκεσθον, ἵν᾽ ἀθανάτων ἕδος ἐστίν."
ὣς ἔφαθ᾽, αἱ δ᾽ ἐπέμυξαν Ἀθηναίη τε καὶ Ἥρη·
πλησίαι αἵ γ᾽ ἥσθην, κακὰ δὲ Τρώεσσι μεδέσθην.
ἦ τοι Ἀθηναίη ἀκέων ἦν οὐδέ τι εἶπεν,
σκυζομένη Διὶ πατρί, χόλος δέ μιν ἄγριος ᾕρει·
Ἥρῃ δ᾽ οὐκ ἔχαδε στῆθος χόλον, ἀλλὰ προσηύδα
„αἰνότατε Κρονίδη, ποῖον τὸν μῦθον ἔειπες.
εὖ νυ καὶ ἡμεῖς ἴδμεν ὅ τοι σθένος οὐκ ἀλαπαδνόν·
ἀλλ᾽ ἔμπης Δαναῶν ὀλοφυρόμεθ᾽ αἰχμητάων,
οἵ κεν δὴ κακὸν οἶτον ἀναπλήσαντες ὄλωνται."
[ἀλλ᾽ ἦ τοι πολέμου μὲν ἀφεξόμεθ᾽, εἰ σὺ κελεύεις.
βουλὴν δ᾽ Ἀργείοις ὑποθησόμεθ᾽, ἥ τις ὀνήσει,
ὡς μὴ πάντες ὄλωνται ὀδυσσαμένοιο τεοῖο.]
τὴν δ᾽ ἀπαμειβόμενος προσέφη νεφεληγερέτα Ζεύς
„ἠοῦς δὴ καὶ μᾶλλον ὑπερμενέα Κρονίωνα

450. *πάντως* gehört zum ganzen folgenden Satz *οὐκ ἄν με τρέψειαν*, vgl. Od. τ, 91 *πάντως – οὔ τί με λήθεις*. — *οἷον – καὶ* (*οἷαι ἐμαὶ*) *χεῖρες ἄαπτοι*, *qui est meus impetus* cet.: der durch Folgerung begründende Relativsatz dem Hauptsatz vorausgeschickt; vgl. zu Od. ο, 212.

454. *ὧδε γὰρ ἐξερέω*, erg. *γενέσθαι ἄν*, was dann durch 455 f. erklärt wird. — *τὸ δέ κεν τετ. ἦεν*, und also wär' es vollendet worden, nämlich wenn ihr wirklich in den Kampf gegangen wäret.

455. *πληγέντε*, zuweilen vom Blitze wie hier, sonst aber nur von Wunden aus der Nähe.

457–462. *ὣς ἔφαθ᾽ – ἔειπες* = δ, 20–25.

463–468. *εὖ νυ – – τεοῖο* mit zwei Abweichungen = 32 – 37, wo diese Verse von Athene gesprochen werden. Die drei letzten *ἀλλ᾽ ἦ τοι – τεοῖο* sind hier jedenfalls nicht an ihrer Stelle (wie denn auch die Antwort des Zeus keine Rücksicht darauf nimmt) und fehlen in den besten Handschriften.

470. *ἠοῦς*, am Morgen, d. h. morgen früh, und den Tag hindurch = 525. Damit wird die Schlacht des nächstfolgenden Morgens angekündigt.

ὄψεαι, αἴ κ᾽ ἐθέλῃσθα, βοῶπις πότνια Ἥρη, 8
ὀλλύντ᾽ Ἀργείων πουλὺν στρατὸν αἰχμητάων·
οὐ γὰρ πρὶν πολέμου ἀποπαύσεται ὄβριμος Ἕκτωρ,
πρὶν ὄρθαι παρὰ ναῦφι ποδώκεα Πηλείωνα
[ἤματι τῷ ὅτ᾽ ἂν οἱ μὲν ἐπὶ πρύμνῃσι μάχωνται,
στείνει ἐν αἰνοτάτῳ, περὶ Πατρόκλοιο πεσόντος].
ὣς γὰρ θέσφατόν ἐστι. σέθεν δ᾽ ἐγὼ οὐκ ἀλεγίζω
χωομένης, οὐδ᾽ εἴ κε τὰ νείατα πείραθ᾽ ἵκηαι
γαίης καὶ πόντοιο, ἵν᾽ Ἰαπετός τε Κρόνος τε
ἥμενοι οὔτ᾽ αὐγῇς Ὑπερίονος ἠελίοιο
τέρποντ᾽ οὔτ᾽ ἀνέμοισι, βαθὺς δέ τε Τάρταρος ἀμφίς.
οὐδ᾽ ἢν ἔνθ᾽ ἀφίκηαι ἀλωμένη, οὐ σεῦ ἔγωγε
σκυζομένης ἀλέγω, ἐπεὶ οὐ σέο κύντερον ἄλλο."
ὣς φάτο, τὸν δ᾽ οὔ τι προσέφη λευκώλενος Ἥρη.
ἐν δ᾽ ἔπεσ᾽ Ὠκεανῷ λαμπρὸν φάος ἠελίοιο,
ἕλκον νύκτα μέλαιναν ἐπὶ ζείδωρον ἄρουραν.
Τρωσὶν μέν ῥ᾽ ἀέκουσιν ἔδυ φάος, αὐτὰρ Ἀχαιοῖς

471. *βοῶπις – Ἥρη* = σ, 357.

475 f. *ἤματι τῷ – πεσόντος* ist wohl ein späterer Zusatz. Zeus kann nicht schicklich der Hera hier schon eine solche Einzelheit voraussagen, die er ihr jedenfalls passender erst, nachdem die Entwickelung näher gerückt ist, ο, 64–67 mittheilt. Jetzt muss diess noch ein Geheimniss bleiben, da Patroklos' Tod für Achilleus eine Sühne ist, womit er seinen übermenschlichen Trotz und Uebermuth büssen soll. Auch deutet die Formel *ἤματι τῷ* auf einen entferntern Zeitpunct, als auf den folgenden Tag, der doch sowohl wegen *ἠοῦς* 470 als nach dem wirklichen Verlauf gemeint sein müsste.

476. *στείνει ἐν αἰνοτάτῳ* könnte nur bildlich von „Noth, Bedrängniss" verstanden werden. Denn um den Leichnam des Patroklos ward im freien Felde, nicht in der Enge, gekämpft.

478. *οὐδ᾽ εἴ κε – ἵκηαι*, nämlich aus Groll (*σκυζομένη* 483), um mir auf diese Weise dein Missfallen zu bezeigen und alle Gemeinschaft mit mir abzubrechen.

479. *ἵν᾽ Ἰαπετός τε κτἑ.*, vgl. zu ε, 898 *ἐνέρτερος Οὐρανιώνων*. Den Sturz des Titanengeschlechtes deutet wohl auch der Name *Ἰαπετός* an, der Herabgestürzte, Hinabgeschleuderte (*ἰάπτω*).

485. *ἐν δ᾽ ἔπεσ᾽ Ὠκεανῷ*. Dieser plötzliche Untergang der Sonne scheint nach der Absicht des Dichters (vgl. 487 f. 500 f.) als eine Einwirkung der Hera zu Gunsten der bedrängten Achäer betrachtet werden zu müssen, gerade wie σ, 239–242, wo ebenfalls eine Versammlung (*ἀγορά*) der Trojaner darauf folgt. Vgl. auch Od. ψ, 243–246, wo Athene durch ein Wunder die Nacht verlängert.

ἀσπασίη τρίλλιστος ἐπήλυθε νὺξ ἐρεβεννή.
Τρώων αὖτ' ἀγορὴν ποιήσατο φαίδιμος Ἕκτωρ,
νόσφι νεῶν ἀγαγών, ποταμῷ ἔπι δινήεντι
ἐν καθαρῷ, ὅθι δὴ νεκύων διεφαίνετο χῶρος.
ἐξ ἵππων δ' ἀποβάντες ἐπὶ χθόνα μῦθον ἄκουον,
τόν ῥ' Ἕκτωρ ἀγόρευε διίφιλος· ἐν δ' ἄρα χειρί
ἔγχος ἔχ' ἑνδεκάπηχυ· πάροιθε δὲ λάμπετο δουρός
αἰχμὴ χαλκείη, περὶ δὲ χρύσεος θέε πόρκης.
τῷ ὅ γ' ἐρεισάμενος ἔπεα Τρώεσσι μετηύδα.
„κέκλυτέ μευ, Τρῶες καὶ Δάρδανοι ἠδ' ἐπίκουροι.
νῦν ἐφάμην νῆάς τ' ὀλέσας καὶ πάντας Ἀχαιούς
ἂψ ἀπονοστήσειν προτὶ Ἴλιον ἠνεμόεσσαν·
ἀλλὰ πρὶν κνέφας ἦλθε, τὸ νῦν ἐσάωσε μάλιστα
Ἀργείους καὶ νῆας ἐπὶ ῥηγμῖνι θαλάσσης.
ἀλλ' ἤ τοι νῦν μὲν πειθώμεθα νυκτὶ μελαίνῃ
δόρπα τ' ἐφοπλισόμεσθα· ἀτὰρ καλλίτριχας ἵππους
λύσαθ' ὑπὲξ ὀχέων, παρὰ δέ σφισι βάλλετ' ἐδωδήν.
ἐκ πόλιος δ' ἄξεσθε βόας καὶ ἴφια μῆλα
καρπαλίμως, οἶνον δὲ μελίφρονα οἰνίζεσθε
σῖτόν τ' ἐκ μεγάρων, ἐπὶ δὲ ξύλα πολλὰ λέγεσθε,
ὥς κεν παννύχιοι μέσφ' ἠοῦς ἠριγενείης
καίωμεν πυρὰ πολλά, σέλας δ' εἰς οὐρανὸν ἵκῃ,
μή πως καὶ διὰ νύκτα καρηκομόωντες Ἀχαιοί

490. *ἀγαγών*, erg. *αὐτούς* und verbinde *ποταμῷ ἔπι διν.* mit *ἀγορὴν ποιήσατο.*

491. *ἐν καθαρῷ – χῶρος* = *κ*, 199 vgl. *ψ*, 61. Der Genitiv *νεκύων* hängt von *διεφαίνετο* ab: wo noch Raum sich zeigte zwischen den Leichen.

493–495. *Ἕκτωρ – διίφιλος – πόρκης* = *ζ*, 318–320.

497. *κέκλυτε.* Nach der Beobachtung von G. Curtius werden die reduplicirten Imperative *κέκλυθι, κέκλυτε* immer zum Ausdrucke des Energischen und Dringenden gebraucht, dagegen *κλῦθι, κλῦτε* bei feierlicher Anrufung der Götter und sonst bei ruhigernster Aufforderung. Vgl. *κ*, 284 mit 278.

498 f. *νῆάς τ' ὀλέσας – ἀπονοστήσειν.* Der Hauptbegriff liegt im Partic. *ὀλέσας*, vgl. zu *β*, 113.

505. *ἄξεσθε*, Imperat. aoristi, vgl. 545 *ἄξοντο.*

507. *σῖτόν τ' ἐκ μεγάρων* hängt von dem allgemeinen Begriff *ἄγεσθε* (*ἄξεσθε*) ab, der auch im nächstvorhergehenden Verbum *οἰνίζεσθε* enthalten ist; vgl. Od. *υ*, 312 f.

510. *μή πως καὶ διὰ νύκτα* = *κ*, 101. Die Ausdrucksweise ist vom Raume übergetragen.

φεύγειν ὁρμήσωνται ἐπ' εὐρέα νῶτα θαλάσσης. 8
μὴ μὰν ἀσπουδί γε νεῶν ἐπιβαῖεν ἕκηλοι,
ἀλλ' ὥς τις τούτων γε βέλος καὶ οἴκοθι πέσσῃ,
βλήμενος ἢ ἰῷ ἢ ἔγχεϊ ὀξυόεντι
νηὸς ἐπιθρώσκων, ἵνα τις στυγέῃσι καὶ ἄλλος
Τρωσὶν ἐφ' ἱπποδάμοισι φέρειν πολύδακρυν Ἄρηα.
κήρυκες δ' ἀνὰ ἄστυ διίφιλοι ἀγγελλόντων
παῖδας πρωθήβας πολιοκροτάφους τε γέροντας
λέξασθαι περὶ ἄστυ θεοδμήτων ἐπὶ πύργων·
θηλύτεραι δὲ γυναῖκες ἐνὶ μεγάροισιν ἑκάστη
πῦρ μέγα καιόντων· φυλακὴ δέ τις ἔμπεδος ἔστω,
μὴ λόχος εἰσέλθῃσι πόλιν λαῶν ἀπεόντων.
ὧδ' ἔστω, Τρῶες μεγαλήτορες, ὡς ἀγορεύω·
μῦθος δ' ὃς μὲν νῦν ὑγιής, εἰρημένος ἔστω,
τὸν δ' ἠοῦς Τρώεσσι μεθ' ἱπποδάμοις ἀγορεύσω.
εὔχομαι ἐλπόμενος Διί τ' ἄλλοισίν τε θεοῖσιν
ἐξελάαν ἐνθένδε κύνας κηρεσσιφορήτους
[οὓς κῆρες φορέουσι μελαινάων ἐπὶ νηῶν].

512f. *μὴ μὰν ἀσπουδί γε κτἑ.* mit Bitterkeit: Wahrlich nicht ohne Mühe (Kampf) sollen sie ruhig, bequem die Schiffe besteigen. Die Verbindung des folgenden Verses *ἀλλ' ὥς τις – πέσσῃ* ist etwas locker und unbeholfen. Zu *πέσσῃ* vgl. *δ*, 513 *χόλον θυμαλγέα πέσσει.*

515. *ἐπιθρώσκων* bezeichnet den Zeitpunct des *βλήμενος.*

519. *λέξασθαι*, dass sie sich sammeln, = *συλλέξασθαι*, vgl. *β*, 125 *Τρῶας μὲν λέξασθαι. ι*, 67 *φυλακτῆρες δὲ ἕκαστοι λεξάσθων παρὰ τάφρον.* — *θεοδμήτων* nach *η*, 452f.

524. *ὃς μὲν νῦν ὑγιής* (*ὑγιής*, ein bemerkenswerthes *ἅπαξ εἰρημένον*), das was jetzt zuträglich, an der Zeit und am Platze ist. *εἰρημένος ἔστω*, wie bei Herodot häufig *εἰρήσθω*, auch *λελέχθω*. Sinn: für jetzt mag das Gesagte genügen.

525. *τὸν δέ*, das andere, nämlich sofern etwas nöthig ist, als Gegensatz von *ὃς μὲν νῦν ὑγιής.*

526. *εὔχομαι – Διί*, d. h. ich setze das zuversichtliche Vertrauen auf Zeus u. s. w., gleichsam ich rühme mich der Hoffnung auf Zeus, indem *εὔχομαι ἐλπόμενος* in Einen Begriff zusammenfliessen. Das Folgende bis 541 ist eine etwas wortreiche ermunternde Schlussanrede.

528. *οὓς – νηῶν*, eine hier unpassende etymologische Erklärung des vorhergehenden (in seiner Bildung auch etwas auffallenden) *κηρεσσιφορήτους*. Der Zusammenhang würde eher erfordern *οὓς κῆρες ἐνθάδε ἤγαγον*, vgl. *β*, 834 *κῆρες γὰρ ἄγον μέλανος θανάτοιο* (vgl. unten *ι*, 306), oder dann *οὓς κῆρες φορήσουσι* nach *β*, 302 = Od. *ξ*, 207.

8 ἀλλ᾽ ἤ τοι ἐπὶ νυκτὶ φυλάξομεν ἡμέας αὐτούς,
πρῶι δ᾽ ὑπηοῖοι σὺν τεύχεσι θωρηχθέντες
νηυσὶν ἔπι γλαφυρῇσιν ἐγείρομεν ὀξὺν Ἄρηα.
εἴσομαι ἤ κέ μ᾽ ὁ Τυδείδης κρατερὸς Διομήδης
πὰρ νηῶν πρὸς τεῖχος ἀπώσεται, ἤ κεν ἐγὼ τόν
χαλκῷ δῃώσας ἔναρα βροτόεντα φέρωμαι.
αὔριον ἣν ἀρετὴν διαείσεται, εἴ κ᾽ ἐμὸν ἔγχος
μείνῃ ἐπερχόμενον. ἀλλ᾽ ἐν πρώτοισιν, ὀίω,
κείσεται οὐτηθείς, πολέες δ᾽ ἀμφ᾽ αὐτὸν ἑταῖροι,
ἠελίου ἀνιόντος ἐς αὔριον. εἰ γὰρ ἐγὼν ὥς
εἴην ἀθάνατος καὶ ἀγήρως ἤματα πάντα,
τιοίμην δ᾽ ὡς τίετ᾽ Ἀθηναίη καὶ Ἀπόλλων,
ὡς νῦν ἡμέρη ἥδε κακὸν φέρει Ἀργείοισιν."
ὣς Ἕκτωρ ἀγόρευ᾽, ἐπὶ δὲ Τρῶες κελάδησαν.
οἱ δ᾽ ἵππους μὲν λῦσαν ὑπὸ ζυγοῦ ἱδρώοντας,
δῆσαν δ᾽ ἱμάντεσσι παρ᾽ ἅρμασιν οἷσιν ἕκαστος·
ἐκ πόλιος δ᾽ ἄξοντο βόας καὶ ἴφια μῆλα
καρπαλίμως, οἶνον δὲ μελίφρονα οἰνίζοντο
σῖτόν τ᾽ ἐκ μεγάρων, ἐπὶ δὲ ξύλα πολλὰ λέγοντο.

529. *ἐπὶ νυκτί*, während der Nacht, so lange es Nacht ist, — ein ungewöhnlicher Ausdruck, vgl. indessen zu Od. *β*, 284 *ἐπ᾽ ἤματι*. — *ἡμέας αὐτοὺς* macht einen gewissen Gegensatz mit dem folgenden *νηυσὶν ἔπι γλ. ἐγείρομεν – Ἄρηα*: so lange es Nacht ist, haben wir nur für uns selbst zu sorgen.

530. *σὺν τεύχεσι* mit den Waffen, sie ja nicht niederlegend (wie jetzt) oder zurücklassend, ist mit *ἐγείρομεν* (*ἐγείρωμεν*) zu verbinden.

532. *ὁ Τυδείδης* hinweisend: jener Tydide, gegen welchen Hektor auch 194ff. grosse Anerkennung zu erkennen giebt.

533f. *ἤ κεν – φέρωμαι*. Der Sprechende neigt sich offenbar zum Letztern hin, darum der Conjunctiv.

535. *αὔριον – διαείσεται*. Hektor wird in seiner gehobenen Stimmung sogar weitschweifig und ruhmredig. Zu *διαείσεται* vgl. 406 *ὄφρ᾽ εἰδῇ*.

538ff. *ὥς*, ebenso gewiss als mir das ist, was 541 enthält. Zur ganzen Wendung vgl. *ν*, 825–829, welcher Stelle die unsrige nachgebildet scheint. **Hier** müsste *ἡμέρη ἥδε* auf den folgenden Tag gehen, der indessen seit Sonnenuntergang schon begonnen hat; anders *ν*, 828.

543. *οἱ δ᾽ – ἱδρώοντας* = Od. *δ*, 39.

544. *δῆσαν – ἕκαστος*, sie banden sie mit Riemen, Halftern (die sie für solche Zwecke im Vorrath mit sich führen mochten), jeder neben oder an seinen Wagen. Vgl. Od. *κ*, 571 *παρὰ νηὶ μελαίνῃ ἀρ-*

[ἔρδον δ' ἀθανάτοισι τεληέσσας ἑκατόμβας,]
κνίσην δ' ἐκ πεδίου ἄνεμοι φέρον οὐρανὸν εἴσω
[ἡδεῖαν. τῆς δ' οὔ τι θεοὶ μάκαρες δατέοντο,
οὐδ' ἔθελον· μάλα γάρ σφιν ἀπήχθετο Ἴλιος ἱρή
καὶ Πρίαμος καὶ λαὸς ἐυμμελίω Πριάμοιο].
οἱ δὲ μέγα φρονέοντες ἐπὶ πτολέμοιο γεφύρας
εἵατο παννύχιοι, πυρὰ δέ σφισι καίετο πολλά.
ὡς δ' ὅτ' ἐν οὐρανῷ ἄστρα φαεινὴν ἀμφὶ σελήνην
φαίνετ' ἀριπρεπέα, ὅτε τ' ἔπλετο νήνεμος αἰθήρ·
[ἔκ τ' ἔφανεν πᾶσαι σκοπιαὶ καὶ πρώονες ἄκροι
καὶ νάπαι· οὐρανόθεν δ' ἄρ' ὑπερράγη ἄσπετος αἰθήρ,]
πάντα δέ τ' εἴδεται ἄστρα, γέγηθε δέ τε φρένα ποιμήν·
τόσσα μεσηγὺ νεῶν ἠδὲ Ξάνθοιο ῥοάων
Τρώων καιόντων πυρὰ φαίνετο Ἰλιόθι πρό.
χίλι' ἄρ' ἐν πεδίῳ πυρὰ καίετο, πὰρ δὲ ἑκάστῳ
εἵατο πεντήκοντα σέλαι πυρὸς αἰθομένοιο.
ἵπποι δὲ κρῖ λευκὸν ἐρεπτόμενοι καὶ ὀλύρας,
ἑσταότες παρ' ὄχεσφιν ἐύθρονον ἠῶ μίμνον.

νειὸν κατέδησεν, und Iliad. κ, 475 ἐξ ἐπιδιφριάδος – δέδεντο.

548–552. ἔρδον δ' – Πριάμοιο. Von diesen fünf Versen findet sich nur der zweite κνίσην – εἴσω in den Handschriften und alten Ausgaben des Homer (bis auf Barnes), die vier andern sind aus [Plato] Alcibiad. sec. p. 149 D, wo sie als homerisch, jedoch ohne nähere Angabe ihrer Stelle und in abhängiger Rede ausgeführt sind, aufgenommen. Ein eigentliches Opfer zur Nachtzeit ist aber unpassend, wie es auch in Hektor's Rede nicht angekündigt ist, und der Ausdruck κνίσην – φέρον setzt kein solches nothwendig voraus. Endlich wäre hier auch die Erwähnung der Ungunst der Götter nicht am Platze.

553. ἐπὶ – γεφύρας ist mit εἵατο zu verbinden: sie setzten sich an die Gassen der Wahlstatt. Vgl. zu δ, 371.

555. φαεινὴν – σελήνην, um den leuchtenden Mond, der indessen wegen 559 πάντα – ἄστρα nicht als voll gedacht werden muss, sondern nur überhaupt als scheinend. Zu ἀριπρεπέα vgl. α, 45.

557f. ἔκ τ' – αἰθήρ. Diese hier sehr unschicklichen zwei Verse sind π, 299f., wo von einem sich vertheilenden Nebel die Rede ist, ganz an ihrer Stelle.

561. Ἰλιόθι πρό = Od. θ, 581. Wie sich der Dichter die Lage des Xanthos gegen das Schiffslager gedacht habe, ist nicht klar.

562f. χίλι' – πεντήκοντα. Ueber die hieraus sich ergebende Zahl der Trojaner vgl. zu β, 129. Zu σέλαι vgl. bei δέπαι Od. κ, 316.

I.

9 ὣς οἱ μὲν Τρῶες φυλακὰς ἔχον· αὐτὰρ Ἀχαιούς
θεσπεσίη ἔχε φύζα, φόβου κρυόεντος ἑταίρη,
πένθεϊ δ' ἀτλήτῳ βεβολήατο πάντες ἄριστοι.
ὡς δ' ἄνεμοι δύο πόντον ὀρίνετον ἰχθυόεντα,
Βορέης καὶ Ζέφυρος, τώ τε Θρήκηθεν ἄητον,
ἐλθόντ' ἐξαπίνης· ἄμυδις δέ τε κῦμα κελαινὸν
κορθύεται, πολλὸν δὲ παρὲξ ἅλα φῦκος ἔχευαν·
ὣς ἐδαΐζετο θυμὸς ἐνὶ στήθεσσιν Ἀχαιῶν.
Ἀτρείδης δ' ἄχεϊ μεγάλῳ βεβολημένος ἦτορ
φοίτα κηρύκεσσι λιγυφθόγγοισι κελεύων

Das 9. Buch schliesst sich nicht nur genau an das vorige an, sondern hat auch sonst zahlreiche und unzweideutige Beziehungen auf die frühern Bücher, z. B. 17–28. 32–36. 106–113. 131f. 273f., so wie hinwieder in den spätern Gesängen mehrfache umständliche Zurückweisungen auf den Inhalt desselben vorkommen (σ, 448–450. τ, 140–148. 172–178. 187–195). Mag auch der Gesang als Ganzes nicht zu den ältesten gehören, so ist er doch in sich gut zusammenhängend und abgerundet. Sein eigentlicher Gegenstand, die dem Achilleus angebotene, aber von ihm zurückgewiesene Versöhnung durch eine Gesandtschaft an ihn, bildet einen Kernpunkt für den Fortgang des ganzen Gedichtes, somit einen wesentlichen Bestandtheil desselben. Ausserdem scheint er vorzüglich darauf auszugehen, den Diomedes als den Tapfersten und Unverzagtesten der Achäer hervorzuheben (vgl. 31–51. 696–713), und so sich an die *Διομήδους ἀριστεία* anzuschliessen. Die Handlung fällt ganz in die Nacht der abgebrochenen Schlacht (*κόλος μάχη*).

2. *φύζα* ist hier nicht die Flucht, da es mit *φόβος* verbunden ist, sondern die Entmuthigung und Bestürzung, die sich eines geflohenen und noch immer bestürzten Heeres bemächtigt, eigentlich das Geflohensein (vgl. *πεφυζότες φ*, 6). Wir müssen uns nämlich die Achäer immer noch in der Verfassung und Stimmung denken, die *θ*, 342–347 vgl. 487f. geschildert worden ist. *φόβου ἑταίρη*, Gefährtin der Flucht, wie die Phorminx Gefährtin (*ἑταίρη* und *συνήορος*) des Mahles heisst ohne Personification, Od. *ρ*, 271. *θ*, 99.

4—7. *ὡς δ' ἄνεμοι – ἔχευαν.* Ein Gleichniss, das nach seinem Inhalte (5 *Βορέης – Θρήκηθεν ἄ.*) nothwendig in Kleinasien seinen Ursprung gehabt haben muss. *Βορέης* ist hier, wie *ψ*, 195, trotz der ionischen Schreibart wie das dorisch-attische *Βορρᾶς* zweisylbig zu lesen, was auch *ξ*, 395 = *ψ*, 692 in *Βορέω* geschehen kann. Vgl. zu Od. *ι*, 283 *νέα μέν μοι κατέαξε.* *Θρήκηθεν*, weil Thrakien sich über den ganzen Norden des Aegäischen Meeres hinzieht, und daher beide genannte Winde auf diesem zusammenfallen. *κορθύεται*, vgl. *δ*, 424 *πόντῳ μέν τε πρῶτα κορύσσεται* (*κῦμα θαλάσσης*).

8. *ἐδαΐζετο.* In dem Begriff „getheilt sein" ist auch der des Auf-

κλήδην εἰς ἀγορὴν κικλήσκειν ἄνδρα ἕκαστον, 9
μηδὲ βοᾶν· αὐτὸς δὲ μετὰ πρώτοισι πονεῖτο.
ἷζον δ' εἰν ἀγορῇ τετιηότες· ἂν δ' Ἀγαμέμνων
ἵστατο δακρυχέων ὥς τε κρήνη μελάνυδρος,
ἥ τε κατ' αἰγίλιπος πέτρης δνοφερὸν χέει ὕδωρ.
ὣς ὁ βαρὺ στενάχων ἔπε' Ἀργείοισι μετηύδα.
„ὦ φίλοι Ἀργείων ἡγήτορες ἠδὲ μέδοντες,
Ζεύς με μέγα Κρονίδης ἄτῃ ἐνέδησε βαρείῃ
σχέτλιος, ὃς τότε μέν μοι ὑπέσχετο καὶ κατένευσεν
Ἴλιον ἐκπέρσαντ' εὐτείχεον ἀπονέεσθαι,
νῦν δὲ κακὴν ἀπάτην βουλεύσατο, καί με κελεύει
δυσκλέα Ἄργος ἱκέσθαι, ἐπεὶ πολὺν ὤλεσα λαόν.
οὕτω που Διὶ μέλλει ὑπερμενέι φίλον εἶναι,
ὃς δὴ πολλάων πολίων κατέλυσε κάρηνα
ἠδ' ἔτι καὶ λύσει· τοῦ γὰρ κράτος ἐστὶ μέγιστον.
ἀλλ' ἄγεθ', ὡς ἂν ἐγὼν εἴπω, πειθώμεθα πάντες.
φεύγωμεν σὺν νηυσὶ φίλην ἐς πατρίδα γαῖαν·
οὐ γὰρ ἔτι Τροίην αἱρήσομεν εὐρυάγυιαν."
ὣς ἔφαθ', οἱ δ' ἄρα πάντες ἀκὴν ἐγένοντο σιωπῇ.
δὴν δ' ἄνεω ἦσαν τετιηότες υἷες Ἀχαιῶν·
ὀψὲ δὲ δὴ μετέειπε βοὴν ἀγαθὸς Διομήδης

geregt seins enthalten; denn das ruhige Gemüth ist in sich *einig*.

11. *κλήδην*, durch namentliche Einberufung ohne lautes Schreien.

14. *μελάνυδρος*, vgl. zu Od. δ, 359. Die Vergleichung kehrt wieder π, 3f. Agamemnon erscheint auch hier (vgl. zu δ, 169ff.) als ein leicht erregbarer, leidenschaftlicher und etwas schwankender Charakter.

17. *ὦ φίλοι κτέ.* Die Anrede = β, 79; die Rede selbst mit einer einzigen bedeutungslosen Abweichung in 19 = β, 111–118 und 139–141. Für welchen Zusammenhang auch diese Verse ursprünglich gedichtet worden seien: hier sind sie jedenfalls passend. Obgleich übrigens nur die Heerführer angeredet werden, sind doch auch die andern Achäer anwesend, vgl. 30. 50. 68; denn es ist eine Volksversammlung (*ἀγορὴ* 11. 13).

21. *κακὴν ἀπάτην*, theils durch das nichterfüllte Versprechen überhaupt, theils durch den täuschenden Traum.

24. *ὃς δή*, „welcher doch" (also auch meine Wünsche hätte erfüllen können).

27. *φεύγωμεν*. Die folgende Antwort des Diomedes zeigt, dass Agamemnon's Aufforderung zur Flucht hier ernstlich gemeint war.

31. *ὀψὲ δὲ δὴ – Διομήδης*. Seine Rede entspricht ganz seinem früher bewiesenen Charakter. Zuerst hält er dem Agamemnon den Vorwurf der Lässigkeit und Saumseligkeit vor, den jener ihm δ,

„Ἀτρείδη, σοὶ πρῶτα μαχήσομαι ἀφραδέοντι,
ἣ θέμις ἐστίν, ἄναξ, ἀγορῇ· σὺ δὲ μή τι χολωθῇς.
ἀλκὴν μέν μοι πρῶτον ὀνείδισας ἐν Δαναοῖσιν,
φὰς ἔμεν ἀπτόλεμον καὶ ἀνάλκιδα· ταῦτα δὲ πάντα
ἴσασ' Ἀργείων ἠμὲν νέοι ἠδὲ γέροντες.
σοὶ δὲ διάνδιχα δῶκε Κρόνου παῖς ἀγκυλομήτεω·
σκήπτρῳ μέν τοι δῶκε τετιμῆσθαι περὶ πάντων,
ἀλκὴν δ' οὔ τοι δῶκεν, ὅ τε κράτος ἐστὶ μέγιστον.
δαιμόνι', οὕτω που μάλα ἔλπεαι υἷας Ἀχαιῶν
ἀπτολέμους τ' ἔμεναι καὶ ἀνάλκιδας ὡς ἀγορεύεις;
εἰ δὲ σοὶ αὐτῷ θυμὸς ἐπέσσυται ὥς τε νέεσθαι,
ἔρχεο· πάρ τοι ὁδός, νῆες δέ τοι ἄγχι θαλάσσης
ἑστᾶσ', αἵ τοι ἕποντο Μυκήνηθεν μάλα πολλαί.
ἀλλ' ἄλλοι μενέουσι καρηκομόωντες Ἀχαιοί,
εἰς ὅ κέ περ Τροίην διαπέρσομεν. εἰ δὲ καὶ αὐτοί,

370–400 gemacht, und den er sich damals hatte gefallen lassen: jetzt hält er sich, weniger durch sein seitheriges Verhalten als durch Agamemnon's wenig mannhaftes Benehmen für berechtigt, den Vorwurf zurückzuweisen (32–39). Dann tritt er entschieden und fest gegen den von Agamemnon gemachten Vorschlag zur Flucht auf (40–49).

33. ἣ θέμις – ἀγορῇ, welches ein Recht, ja wohl erlaubt ist in der Versammlung, wo jeder das freie Wort hat. Vgl. zu Od. ξ, 130.

34. πρῶτον ist im Grunde eine Wiederaufnahme des πρῶτα in 32 = *ante omnia igitur*, für's erste, um vor allem davon zu sprechen. Die Verbindung ἀλκὴν – ὀνείδισας ist brachylogisch: du hast mir rücksichtlich der Tapferkeit Vorwürfe gemacht.

35. ταῦτα πάντα κτέ., wie es sich damit, mit meinem Kriegsmuth und meiner Tapferkeit verhält; darüber brauche ich also kein Wort zu verlieren.

37 ff. διάνδιχα, erg. ἐμοῦ, dir hat es Zeus gesondert von mir verliehen, du hast es anders als ich und umgekehrt, zwar grössere Ehre, aber keine Tapferkeit. — In den zwei folgenden Versen beachte den gewichtigen Ernst des Rhythmus.

41. ἀπτολέμους – καὶ ἀνάλκιδας: Rückweisung auf 35. Gerade dadurch giebt Diomedes den besten Beweis seines kriegerischen Sinnes, dass er Agamemnon's Vorschlag verwerflich findet.

42. θυμὸς ἐπέσσυται ὥς τε νέεσθαι. Ueber den Gebrauch von ὥς τε bei Epikern vgl. zu Od. ρ, 21. Hier wird durch die Einfügung desselben die Folge wie absichtlich mehr in die Ferne gerückt, vgl. ζ, 361 θυμὸς ἐπέσσυται ὄφρ' ἐπαμύνω.

43. πάρ τοι ὁδ. apocopirt für πάρα τοι ὁδ., wie ἂν μέν, ἂν δέ, und so überhaupt in der Verbindung mit Partikeln, die den Begriff jener Adverbia gleichsam sicher stellen.

46. Τροίην, hier wieder die Stadt, wie α, 129 = Od. λ, 510 πόλιν Τροίην. — εἰ δὲ καὶ αὐτοί, erg. ἐθέλουσι. αὐτοί = υἷες Ἀχαιῶν (οἱ ἄλλοι). Die Wendung εἰ δὲ – φευγόντων ist analog mit εἰ δ' ἄγε

φευγόντων σὺν νηυσὶ φίλην ἐς πατρίδα γαῖαν·
νῶι δ', ἐγὼ Σθένελός τε, μαχησόμεθ', εἰς ὅ κε τέκμωρ
Ἰλίου εὕρωμεν· σὺν γὰρ θεῷ εἰλήλουθμεν."
ὣς ἔφαθ', οἱ δ' ἄρα πάντες ἐπίαχον υἷες Ἀχαιῶν,
μῦθον ἀγασσάμενοι Διομήδεος ἱπποδάμοιο.
τοῖσι δ' ἀνιστάμενος μετεφώνεεν ἱππότα Νέστωρ
„Τυδείδη, πέρι μὲν πολέμῳ ἔνι καρτερός ἐσσι,
καὶ βουλῇ μετὰ πάντας ὁμήλικας ἔπλευ ἄριστος.
οὔ τίς τοι τὸν μῦθον ὀνόσσεται, ὅσσοι Ἀχαιοί,
οὐδὲ πάλιν ἐρέει· ἀτὰρ οὐ τέλος ἵκεο μύθων.
ἦ μὴν καὶ νέος ἐσσί, ἐμὸς δέ κε καὶ πάις εἴης
ὁπλότατος γενεῆφιν· ἀτὰρ πεπνυμένα βάζεις
Ἀργείων βασιλῆας, ἐπεὶ κατὰ μοῖραν ἔειπες.
ἀλλ' ἄγ' ἐγών, ὃς σεῖο γεραίτερος εὔχομαι εἶναι,
ἐξείπω καὶ πάντα διίξομαι· οὐδέ κέ τίς μοι
μῦθον ἀτιμήσει, οὐδὲ κρείων Ἀγαμέμνων.
ἀφρήτωρ ἀθέμιστος ἀνέστιός ἐστιν ἐκεῖνος

μήν, πείρησαι α, 302, vgl. zu Od. α, 271.

50f. ὣς ἔφαθ' – ἱπποδάμοιο = η, 403f., wo eine eben so entschiedene Aeusserung des Diomedes vorhergegangen war.

54. ἔπλευ ἄριστος = ψ, 891; vgl. 69: du hast dich (so eben) als der Trefflichste gezeigt.

56. ἀτὰρ οὐ – μύθων. Sehr fein wendet Nestor das, was er dem Vorschlage des Diomedes entgegensetzen will, so dass er es als eine blosse Ergänzung desselben darstellt. Er will nämlich den Achäern zeigen, dass sie vor allem darauf denken müssen, den Achilleus zu versöhnen und zur Wiederaufnahme des Kampfes zu bewegen. Diess thut er eigentlich in seiner zweiten Rede 104–113, aber auch schon 60–64 und in anderer Beziehung 75–78 deutet er verständlich genug darauf hin. Der übrige Inhalt seiner ersten Rede bezieht sich nur auf vorläufige Massregeln und Erzielung einer günstigen Stimmung.

57. ἦ μὴν καὶ νέος ἐσσί, entschuldigend: freilich du bist auch noch jung; vgl. β, 291.

58f. ὁπλότατος γεν., steigernde Apposition zu ἐμὸς πάις. ἀτὰρ – βασιλῆας, aber du sprichst verständig, urtheilst richtig von den Königen der Argeier, indem du 40f. voraussetzest, dass sie nicht so feige werden fliehen wollen. Zur Construction vgl. ζ, 479f. So ist ἐπεὶ – ἔειπες nicht so tautologisch, als es auf den ersten Blick scheint: denn du hast (wirklich) geziemend, angemessen geredet.

61. διίξομαι = τέλος ἵξομαι μύθων (56).

62. οὐδὲ – Ἀγαμέμνων, der bei dem zu machenden Vorschlage zunächst betheiligt ist.

63. ἀφρήτωρ – ἀνέστιος, kein echter Stamm- und Rechtsgenoss, ja nicht einmal ein treues Familienglied, unwürdig des Stamm- und

9 ὃς πολέμου ἔραται ἐπιδημίου ὀκρυόεντος.
ἀλλ' ἤ τοι νῦν μὲν πειθώμεθα νυκτὶ μελαίνῃ
δόρπα τ' ἐφοπλισόμεσθα· φυλακτῆρες δὲ ἕκαστοι
λεξάσθων παρὰ τάφρον ὀρυκτὴν τείχεος ἐκτός.
κούροισιν μὲν ταῦτ' ἐπιτέλλομαι· αὐτὰρ ἔπειτα,
Ἀτρείδη, σὺ μὲν ἄρχε· σὺ γὰρ βασιλεύτατός ἐσσι.
δαίνυ δαῖτα γέρουσιν· ἔοικέ τοι, οὔ τοι ἀεικές.
πλεῖαί τοι οἴνου κλισίαι, τὸν νῆες Ἀχαιῶν
ἠμάτιαι Θρῄκηθεν ἐπ' εὐρέα πόντον ἄγουσιν·
πᾶσά τοι ἔσθ' ὑποδεξίη, πολέεσσι δ' ἀνάσσεις.
πολλῶν δ' ἀγρομένων τῷ πείσεαι ὅς κεν ἀρίστην
βουλὴν βουλεύσῃ. μάλα δὲ χρεὼ πάντας Ἀχαιοὺς
ἐσθλῆς καὶ πυκινῆς, ὅτι δήιοι ἐγγύθι νηῶν
καίουσιν πυρὰ πολλά· τίς ἂν τάδε γηθήσειεν;
νὺξ δ' ἥδ' ἠὲ διαρραίσει στρατὸν ἠὲ σαώσει."
ὣς ἔφαθ', οἱ δ' ἄρα τοῦ μάλα μὲν κλύον ἠδ' ἐπίθοντο.
ἐκ δὲ φυλακτῆρες σὺν τεύχεσιν ἐσσεύοντο
ἀμφί τε Νεστορίδην Θρασυμήδεα, ποιμένα λαῶν,
ἠδ' ἀμφ' Ἀσκάλαφον καὶ Ἰάλμενον υἷας Ἄρηος,
ἀμφί τε Μηριόνην Ἀφαρῆά τε Δηίπυρόν τε,
ἠδ' ἀμφὶ Κρείοντος υἱόν, Λυκομήδεα δῖον.

dadurch begründeten Rechtsverbandes, ja sogar der Familiengemeinschaft; so wären aber auch wir, wenn wir an dem innern Zwist (*πολέμου ἐπιδημίου*) zwischen Achilleus und Agamemnon ein Wohlgefallen hätten, oder auch nur gleichgültig dagegen wären.

66 f. *ἕκαστοι*, wahrscheinlich die einzelnen aus jeder Abtheilung bestimmten; denn 79–86 rücken sie sogleich aus, ohne vorher erst bezeichnet zu werden. Zu *παρὰ τάφρον – ἐκτὸς* vgl. 87.

69. *σὺ μὲν ἄρχε*, du mache den Anfang oder gehe uns voran, nämlich nach 89 f. in dein Gezelt. Dort beabsichtigt Nestor (93 ff.) in Folge des zu veranstaltenden Mahles eine Berathung der Geronten über eine Gesandtschaft an Achilleus.

72. *Θρῄκηθεν*. Thrakischer Wein war auch der Od. ι, 196–211 vgl. 39 f. beschriebene aus Ismaros im Lande der Kikoner. *ἠμάτιαι* täglich d. h. immerfort.

75. *χρεὼ – Ἀχαιούς*, vgl. zu Od. α, 225 *τίπτε δέ σε χρεώ;* Schon mit diesen Versen bereitet Nestor auf den in Betreff des Achilleus zu machenden Vorschlag vor. Die *πυρὰ πολλὰ* weisen auf ϑ, 560–563 zurück.

81. *ἀμφί τε Νεστορίδην*, d. h. dem Nestoriden u. s. w. folgend; vgl. γ, 146 f. — *Θρασυμήδης* = Od. γ, 414. 448.

82. *Ἀσκάλαφον – Ἄρηος* = β, 512.

ἑπτ' ἔσαν ἡγεμόνες φυλάκων, ἑκατὸν δὲ ἑκάστῳ
κοῦροι ἅμα στεῖχον, δολίχ' ἔγχεα χερσὶν ἔχοντες.
κὰδ δὲ μέσον τάφρου καὶ τείχεος ἷζον ἰόντες·
ἔνθα δὲ πῦρ κήαντο, τίθεντο δὲ δόρπα ἕκαστος.
Ἀτρείδης δὲ γέροντας ἀριστέας ἦγεν Ἀχαιῶν
ἐς κλισίην, παρὰ δέ σφι τίθει μενοεικέα δαῖτα.
οἱ δ' ἐπ' ὀνείαθ' ἑτοῖμα προκείμενα χεῖρας ἴαλλον.
αὐτὰρ ἐπεὶ πόσιος καὶ ἐδητύος ἐξ ἔρον ἕντο,
τοῖς ὁ γέρων πάμπρωτος ὑφαίνειν ἤρχετο μῆτιν,
Νέστωρ, οὗ καὶ πρόσθεν ἀρίστη φαίνετο βουλή·
ὅ σφιν ἐυφρονέων ἀγορήσατο καὶ μετέειπεν
„Ἀτρείδη κύδιστε, ἄναξ ἀνδρῶν Ἀγάμεμνον,
ἐν σοὶ μὲν λήξω, σέο δ' ἄρξομαι, οὕνεκα πολλῶν
λαῶν ἐσσὶ ἄναξ καί τοι Ζεὺς ἐγγυάλιξεν
σκῆπτρόν τ' ἠδὲ θέμιστας, ἵνα σφίσι βουλεύῃσθα.
τῷ σε χρὴ πέρι μὲν φάσθαι ἔπος ἠδ' ἐπακοῦσαι,
κρηῆναι δὲ καὶ ἄλλῳ, ὅτ' ἄν τινα θυμὸς ἀνώγῃ
εἰπεῖν εἰς ἀγαθόν· σέο δ' ἕξεται ὅ ττί κεν ἄρχῃ.
αὐτὰρ ἐγὼν ἐρέω ὥς μοι δοκεῖ εἶναι ἄριστα.

88. *τίθεντο*, sie bereiteten sich, machten für sich zurecht, vgl. β, 382.

97. *ἐν σοὶ – ἄρξομαι*: Parataxis oder äusserliche Gleichstellung zweier Glieder, die eigentlich durch eine Conjunction verbunden sein sollten: = wie ich (so eben, 69ff.) mit dir geendet (dich zum Schlusse, zuletzt noch angeredet) habe, so will ich auch mit dir wieder anfangen, mich vor allen Andern wieder an dich wenden. Das Tempus von *λήξω* ist durch das des logischen Hauptverbi *ἄρξομαι* attrahirt.

100. *πέρι μέν*, voraus, vor allen Andern zwar. Diesem ersten Hauptgliede entspricht als zweites *κρηῆναι δὲ καὶ ἄλλῳ*; die Worte *ἠδ' ἐπακοῦσαι* sind nur als Nebenbestimmung und gewöhnliche Folge dem *φάσθαι ἔπος* beigefügt: deine Ansicht aussprechen und darüber das Urtheil der Andern vernehmen.

101. *κρηῆναι δὲ καὶ ἄλλῳ* = *ἐπιτελέσαι*, aber auch einem Andern es vollenden, wann er zum Guten zu rathen wünscht, d. h. nicht nur es ihm gewähren, gestatten, sondern, wenn er jenes wirklich thut, seinen Rath auch befolgen. Also *ἀνώγῃ εἰπεῖν* = *ἀνώγῃ εἰπεῖν καὶ εἴπῃ εἰς ἀγαθόν*.

102. *σέο δ' ἕξεται – ἄρχῃ*, an dir wird hangen, auf dich wird zurückgeführt und dir zugeschrieben werden, worin er (jener Rathgeber) vorangeht, was er auf die Bahn bringt; die allfällige Ehre wird dir zu Theil, und ebenso steht der letzte Entscheid bei dir. Nestor denkt offenbar vornehmlich an den Rath, den er zu geben beabsichtigt.

οὐ γάρ τις νόον ἄλλον ἀμείνονα τοῦδε νοήσει,
οἷον ἐγὼ νοέω, ἠμὲν πάλαι ἠδ' ἔτι καὶ νῦν,
ἐξ ἔτι τοῦ ὅτε, διογενές, Βρισηίδα κούρην
χωόμενος Ἀχιλῆος ἔβης κλισίηθεν ἀπούρας
οὔ τι καθ' ἡμέτερόν γε νόον. μάλα γάρ τοι ἔγωγε
πόλλ' ἀπεμυθεόμην· σὺ δὲ σῷ μεγαλήτορι θυμῷ
εἴξας ἄνδρα φέριστον, ὃν ἀθάνατοί περ ἔτισαν,
ἠτίμησας· ἑλὼν γὰρ ἔχεις γέρας. ἀλλ' ἔτι καὶ νῦν
φραζώμεσθ' ὥς κέν μιν ἀρεσσάμενοι πεπίθωμεν
δώροισίν τ' ἀγανοῖσιν ἔπεσσί τε μειλιχίοισιν."
τὸν δ' αὖτε προσέειπεν ἄναξ ἀνδρῶν Ἀγαμέμνων
„ὦ γέρον, οὔ τι ψεῦδος ἐμὰς ἄτας κατέλεξας.
ἀασάμην, οὐδ' αὐτὸς ἀναίνομαι. ἀντί νυ πολλῶν
λαῶν ἐστὶν ἀνὴρ ὅν τε Ζεὺς κῆρι φιλήσῃ,
ὡς νῦν τοῦτον ἔτισε, δάμασσε δὲ λαὸν Ἀχαιῶν.
ἀλλ' ἐπεὶ ἀασάμην φρεσὶ λευγαλέῃσι πιθήσας,
ἂψ ἐθέλω ἀρέσαι, δόμεναί τ' ἀπερείσι' ἄποινα.
ὑμῖν δ' ἐν πάντεσσι περικλυτὰ δῶρ' ὀνομήνω,
ἕπτ' ἀπύρους τρίποδας, δέκα δὲ χρυσοῖο τάλαντα,
αἴθωνας δὲ λέβητας ἐείκοσι, δώδεκα δ' ἵππους
πηγοὺς ἀθλοφόρους, οἳ ἀέθλια ποσσὶν ἄροντο.

106. *ἐξ ἔτι τοῦ*, genauere Bestimmung zu *πάλαι*.

107. *Ἀχιλῆος* hängt von *κλισίηθεν* ab; vgl. *α*, 322. 346.

108. *οὔ τι – νόον*, Bekräftigung des schon 105 ausgesprochenen Urtheils; vgl. *α*, 275f.

113. *ἀγανοῖσιν*, vgl. zu Od. *ν*, 357 = unten 499 *εὐχωλῇς ἀγανῇσιν*.

115. *ψεῦδος – ἄτας κατέλεξας*. Zur Construction vgl. *δ*, 155 *θάνατον – ἔταμνον*. Das offene Bekenntniss der Schuld von Seite Agamemnons und seine Bereitwilligkeit zur Sühne ist nicht unerwartet schon nach *β*, 375–380.

116. *ἀντί νυ πολλῶν*. *νὺ* folgernd, ungefähr wie sonst *ἄρα*, vgl. *ϑ*, 163.

118. *ἔτισε δάμασσε δὲ* = *ἔτισε δαμάσας*.

119. *λευγαλέος* = *ὀλέθριος*, unselig, wie sonst *οὐλόμενος*.

122. *ἀπύρους*. Für die Bedeutung dieses Beiwortes vgl. *ψ*, 267f. *ἄπυρον κατέθηκε λέβητα – λευκὸν ἔτ' αὔτως*. — *τάλαντα*, ein nicht genau bekanntes, aber jedenfalls nicht sehr grosses Gewicht, da *ψ*, 269 zwei Talente Gold erst der vierte Kampfpreis sind; vgl. zu *σ*, 507.

123. *λέβητας*, kleiner und weniger kostbar als die *τρίποδες*, daher ihre grössere Zahl.

124. *οἳ – ἄροντο*, bestimmter als *ἀθλοφόρους*, vgl. zu Od. *α*, 300 *ὅ οἱ πατέρα κλυτὸν ἔκτα* nach *πατροφονῆα*, ebend. *β*, 65f.

οὔ κεν ἀλήιος εἴη ἀνὴρ ᾧ τόσσα γένοιτο,
οὐδέ κεν ἀκτήμων ἐριτίμοιο χρυσοῖο,
ὅσσα μοι ἠνείκαντο ἀέθλια μώνυχες ἵπποι.
δώσω δ' ἑπτὰ γυναῖκας ἀμύμονα ἔργα ἰδυίας,
Λεσβίδας, ἅς, ὅτε Λέσβον ἐυκτιμένην ἕλεν αὐτός,
ἐξελόμην, αἳ κάλλει ἐνίκων φῦλα γυναικῶν.
τὰς μέν οἱ δώσω, μετὰ δ' ἔσσεται ἣν τότ' ἀπηύρων,
κούρη Βρισῆος· ἐπὶ δὲ μέγαν ὅρκον ὀμοῦμαι
μή ποτε τῆς εὐνῆς ἐπιβήμεναι ἠδὲ μιγῆναι,
ἣ θέμις ἀνθρώπων πέλει, ἀνδρῶν ἠδὲ γυναικῶν.
ταῦτα μὲν αὐτίκα πάντα παρέσσεται· εἰ δέ κεν αὖτε
ἄστυ μέγα Πριάμοιο θεοὶ δώωσ' ἀλαπάξαι,
νῆα ἅλις χρυσοῦ καὶ χαλκοῦ νηησάσθω
εἰσελθών, ὅτε κεν δατεώμεθα ληίδ' Ἀχαιοί,
Τρωιάδας δὲ γυναῖκας ἐείκοσιν αὐτὸς ἑλέσθω,

125. *ἀλήιος* (*λεία*), ohne Beute (was gewöhnlich und vorzugsweise auf Heerden bezogen wird). Achilleus würde also, obgleich er seit einiger Zeit am Kampfe nicht mehr Theil genommen hat, doch schon durch diese Rosse reichlich für die Kriegsbeute entschädigt. Wie hier dem *ἀλήιος* das *ἀκτήμων* (ohne bleibenden Besitz) entspricht, so werden 406 f. *ληιστοὶ* und *κτητοὶ* einander entgegengesetzt; vgl. *ε*, 613 *πολυκτήμων πολυλήιος*.

126. *οὐδέ κεν – χρυσοῖο* ist nur parenthetisch und nachträglich zwischen die sich entsprechenden Glieder *ᾧ τόσσα γένοιτο ὅσσα μοι ἠνείκαντο* eingeschoben.

129. *αὐτός*, er selbst, der vom Sprechenden noch nie genannte, aber seiner Vorstellung immer vorschwebende Achilleus; vgl. 118 *τοῦτον*. Ueber die früheren Streifzüge desselben von Troja aus vgl. 328–331; Agamemnon bestätigt also indirect, was dort Achilleus von sich aussagt.

130. *ἐνίκων*, das Imperfect, weil damals dieser Vorzug der entscheidende Grund war, = 272 *αἳ τότε – ἐνίκων*.

131. *μετὰ δ' ἔσσεται*, darunter soll sein, ihnen soll beigegeben werden; denn nach *τ*, 246 war Briseis die achte; sie selbst aber war nach *β*, 689–691 aus Lyrnessos in Troas.

132. *ὀμοῦμαι*, ich will, kann schwören (falls es verlangt wird).

133. *τῆς εὐνῆς*, vgl. zu Od. *β*, 206 *εἵνεκα τῆς ἀρετῆς ἐριδαίνομεν*.

134. *ἣ θέμις ἀνθρώπων*. Die regelmässige Cäsur darf hier nach *ἀνθρώπων* gesetzt und *πέλει* mehr zum Folgenden gezogen werden, weil die drei ersten Worte auch ohne das Verbum einen verständlichen Sinn geben. Vgl. *λ*, 154.

137. *χρυσοῦ καὶ χαλκοῦ* hängt von *νηησάσθω* ab als Genitiv des Ganzen. — Zu *ἅλις*, das bei Homer immer Adverbium ohne Genitiv ist, vgl. *φ*, 319.

138. *εἰσελθών*, eingedrungen in die eroberte Stadt. Vgl. *δ*, 34 *εἰσελθοῦσα πύλας καὶ τείχεα μακρά*. Dann ist *ὅτε κεν δατ. λ. Ἀ.* als Zeitbestimmung mit *νηησάσθω* zu ver-

αἴ κε μετ' Ἀργείην Ἑλένην κάλλισται ἔωσιν.
εἰ δέ κεν Ἄργος ἱκοίμεθ' Ἀχαιικόν, οὖθαρ ἀρούρης,
γαμβρός κέν μοι ἔοι· τίσω δέ μιν ἶσον Ὀρέστῃ,
ὅς μοι τηλύγετος τρέφεται θαλίῃ ἔνι πολλῇ.
τρεῖς δέ μοί εἰσι θύγατρες ἐνὶ μεγάρῳ εὐπήκτῳ,
Χρυσόθεμις καὶ Λαοδίκη καὶ Ἰφιάνασσα·
τάων ἥν κ' ἐθέλῃσι, φίλην ἀνάεδνον ἀγέσθω
πρὸς οἶκον Πηλῆος· ἐγὼ δ' ἐπὶ μείλια δώσω
πολλὰ μάλ', ὅσσ' οὔ πώ τις ἑῇ ἐπέδωκε θυγατρί.
ἑπτὰ δέ οἱ δώσω εὖ ναιόμενα πτολίεθρα,
Καρδαμύλην Ἐνόπην τε καὶ Ἱρὴν ποιήεσσαν
Φηράς τε ζαθέας ἠδ' Ἄνθειαν βαθύλειμον
καλήν τ' Αἴπειαν καὶ Πήδασον ἀμπελόεσσαν.
πᾶσαι δ' ἐγγὺς ἁλός, νέαται Πύλου ἠμαθόεντος·
ἐν δ' ἄνδρες ναίουσι πολύρρηνες πολυβοῦται,
οἵ κέ ἑ δωτίνῃσι θεὸν ὣς τιμήσουσιν

binden. Bekker aber setzt das Komma nach *νησάσθω* und erklärt den folg. Vers: „nachdem er Sitz und Stimme gehabt in dem Rath der Aeltesten, der über die Vertheilung der Beute bestimmen wird," mit Verweisung auf *λ*, 687.

141. *εἰ δέ κεν – ἱκοίμεθ'*, sollten wir — zurückkehren: Ausdruck entfernter und bloss gedachter Möglichkeit ohne Aussicht auf Entscheidung. Zu *οὖθαρ ἀρούρης* vgl. Virgil's *uber glebae*, *divitis uber agri*, Aen. 3, 164. 7, 262.

144. *τρεῖς – θύγατρες.* Die Tragiker kennen nur zwei der hier genannten, Chrysothemis und Iphigeneia (hier Iphianassa), und ausserdem Elektra; vom Opfer der Iphianassa weiss aber Homer nichts.

146. *ἀνάεδνον*, ohne Brautgeschenke (vgl. zu Od. *α*, 277). Für das jedenfalls alte *ἀνάεδνος* würde die Analogie eher erfordern *ἀνέεδνος*; doch hat auch Hesiodus *ἀνάελπτος* = *ἄελπτος*.

147. *μείλια.* Darunter ist allerdings die Mitgift zu verstehen; aber der Ausdruck *μείλια* (= *μειλίγματα θυμοῦ*) scheint gebraucht, weil auch diese Gaben noch den Zürnenden besänftigen und die Sühne gleichsam vollenden sollen. *ἐπὶ – δώσω* wie nachher *ἐπέδωκε.*

150–152. *Καρδαμύλην – Πήδασον*, alles Städte um den Messenischen Busen herum und noch weiter westlich, von denen sich aber nur Kardamyle und Pherae (vgl. *ε*, 543) mit einiger Zuverlässigkeit historisch nachweisen lassen; die übrigen scheinen alle ihre Namen gewechselt zu haben; auch der Katalogos erwähnt sie nicht. Wie kommt aber Agamemnon dazu, so frei über Messenische Städte zu verfügen? Vermuthlich bildeten diese eine Privatbesitzung (Familiendomäne) der Mykenischen Könige, die über eine unterjochte frühere Bevölkerung herrschten (Schömann griech. Alterth. 1. 2. Aufl. S. 34). Vgl. auch zu Od. *δ*, 174.

153. *νέαται Πύλου ἠμ.*, zu äusserst am sandigen Pylos d. h. zunächst an der Grenze desselben (des

καί οἱ ὑπὸ σκήπτρῳ λιπαρὰς τελέουσι θέμιστας. 9
ταῦτά κέ οἱ τελέσαιμι μεταλλήξαντι χόλοιο.
δμηθήτω — Ἀίδης τοι ἀμείλιχος ἠδ' ἀδάμαστος·
τοὔνεκα καί τε βροτοῖσι θεῶν ἔχθιστος ἁπάντων —
καί μοι ὑποστήτω, ὅσσον βασιλεύτερός εἰμι
ἠδ' ὅσσον γενεῇ προγενέστερος εὔχομαι εἶναι."
τὸν δ' ἠμείβετ' ἔπειτα Γερήνιος ἱππότα Νέστωρ
„Ἀτρείδη κύδιστε, ἄναξ ἀνδρῶν Ἀγάμεμνον,
δῶρα μὲν οὐκέτ' ὀνοστὰ διδοῖς Ἀχιλῆι ἄνακτι·
ἀλλ' ἄγετε, κλητοὺς ὀτρύνομεν, οἵ κε τάχιστα
ἔλθωσ' ἐς κλισίην Πηληιάδεω Ἀχιλῆος.
εἰ δ' ἄγε, τοὺς ἂν ἐγὼν ἐπιόψομαι· οἱ δὲ πιθέσθων.
Φοῖνιξ μὲν πρώτιστα διίφιλος ἡγησάσθω,
αὐτὰρ ἔπειτ' Αἴας τε μέγας καὶ δῖος Ὀδυσσεύς·
κηρύκων δ' Ὀδίος τε καὶ Εὐρυβάτης ἅμ' ἑπέσθων.
φέρτε δὲ χερσὶν ὕδωρ, εὐφημῆσαί τε κέλεσθε,

Messenischen Pylos, nämlich vom eig. Messenien her); vgl. λ, 712. Die geographischen Vorstellungen des Verfassers scheinen aber etwas unklar.

156. *λιπαρὰς θέμιστας* nach dem Parallelismus mit *δωτίνῃσι* = *λαμπροὺς φόρους*, reiche Gebühren.

159. *καί – βροτοῖσι*, auch den Sterblichen; vgl. zu α, 521.

160. *ὑποστήτω* = *ὑπειξάτω*, er ordne sich unter, gebe nach.

164 f. *οὐκέτ' ὀνοστά*, an denen nichts mehr auszusetzen ist, näml. wenn man auch früher dein Benehmen tadeln mochte. — Ueber *κλητοὶ* vgl. zu Od. ρ, 386. *οἵ κε – ἔλθωσι*, Ausdruck der auf Entscheidung harrenden Erwartung, nicht unmittelbar der Absicht; vgl. Od. δ, 29. τ, 403.

167. *εἰ δ' ἄγε*, erg. *τούτους ὀρτύνωμεν* oder *πέμψωμεν*, *τοὺς – ἐπιόψομαι*, oder wenn es euch gefällig ist, wohlan, so senden wir die, welche ich ersehen, erküren will (auch diese sind natürlich *κλητοί*); nur mögen diese sich unterziehen.

168. *Φοῖνιξ*, bisher noch nie erwähnt, wie sich aber aus dem Verfolge dieses Buches ergiebt, der Erzieher und väterliche Freund des Achilleus; über seine Abstammung, frühern Schicksale und Verhältnisse vgl. 447–495. Hier soll er nur als Begleiter und gleichsam Wegweiser der zwei eigentlichen Gesandten mitgehen und sie einführen; oder vielleicht — worauf der nachher von der Gesandtschaft regelmässig gebrauchte Dual leitet (182. 185. 192. 197 f.) — ihnen vorangehen. Er war aber wahrscheinlich aus Theilnahme und Neugierde zu den Andern gekommen, und von ihnen absichtlich zurückgehalten worden.

170. *Ὀδίος* als Herold bisher und überhaupt nie genannt. *Εὐρυβάτης* nach β, 184 Herold des Odysseus; der gleichnamige Herold des Agamemnon hätte nicht gepasst, weil er nach α, 320–348 die Briseis von Achilleus weggeführt hatte.

ὄφρα Διὶ Κρονίδῃ ἀρησόμεθ᾽, αἴ κ᾽ ἐλεήσῃ."
ὣς φάτο, τοῖσι δὲ πᾶσιν ἑαδότα μῦθον ἔειπεν.
αὐτίκα κήρυκες μὲν ὕδωρ ἐπὶ χεῖρας ἔχευαν,
κοῦροι δὲ κρητῆρας ἐπεστέψαντο ποτοῖο,
νώμησαν δ᾽ ἄρα πᾶσιν ἐπαρξάμενοι δεπάεσσιν.
αὐτὰρ ἐπεὶ σπεῖσάν τ᾽ ἔπιόν θ᾽ ὅσον ἤθελε θυμός,
ὡρμῶντ᾽ ἐκ κλισίης Ἀγαμέμνονος Ἀτρείδαο.
τοῖσι δὲ πόλλ᾽ ἐπέτελλε Γερήνιος ἱππότα Νέστωρ,
δενδίλλων ἐς ἕκαστον, Ὀδυσσῆι δὲ μάλιστα,
πειρᾶν ὡς πεπίθοιεν ἀμύμονα Πηλείωνα.
τὼ δὲ βάτην παρὰ θῖνα πολυφλοίσβοιο θαλάσσης,
πολλὰ μάλ᾽ εὐχομένω γαιηόχῳ ἐννοσιγαίῳ
ῥηιδίως πεπιθεῖν μεγάλας φρένας Αἰακίδαο.
Μυρμιδόνων δ᾽ ἐπί τε κλισίας καὶ νῆας ἱκέσθην,
τὸν δ᾽ εὗρον φρένα τερπόμενον φόρμιγγι λιγείῃ
καλῇ δαιδαλέῃ, ἐπὶ δ᾽ ἀργύρεον ζυγὸν ἦεν·
τὴν ἄρετ᾽ ἐξ ἐνάρων, πόλιν Ἠετίωνος ὀλέσσας·
τῇ ὅ γε θυμὸν ἔτερπεν, ἄειδε δ᾽ ἄρα κλέα ἀνδρῶν.
Πάτροκλος δέ οἱ οἶος ἐναντίος ἧστο σιωπῇ,
δέγμενος Αἰακίδην, ὁπότε λήξειεν ἀείδων.
τὼ δὲ βάτην προτέρω, ἡγεῖτο δὲ δῖος Ὀδυσσεύς,

172. ὄφρα Διὶ Κρονίδῃ κτέ., zum Schluss des Mahles und um glücklichen Erfolg der Gesandtschaft.

175. κοῦροι δὲ κρητῆρας κτέ. Zu jeder Gesammtspende (Libation) wurde der Wein neu gemischt; übrigens vgl. zu Od. γ, 340.

180. δενδίλλειν (δινέω reduplicirt?) erklärt der Scholiast des Apollon. Rhod. 3, 281 = στρέφειν, ἐν ἐπιστροφῇ τοῦ προσώπου παρεκκλίνοντα τοῖς ὀφθαλμοῖς ἐπινεύειν, d. h. beiseite und unbemerkt zuwinken.

182. τὼ δὲ βάτην, die beiden Gesandten; die übrigen waren nur Nebenpersonen. Vgl. Od. ι, 90.

184. εὐχ. γαιηόχῳ. Warum beten sie jetzt gerade zu diesem Gott?

185. Μυρμιδόνων – ἱκέσθην = α, 328.

187. ζυγὸν heisst sonst auch πῆχυς, Steg oder Querstab, worüber die Saiten gespannt sind.

188. τὴν ἄρετ᾽ ἐξ ἐνάρων, ein sehr glücklicher Gedanke; dagegen wäre es uns anstössig, wenn Achilleus die Phorminx von Hause aus mit in's Feld genommen hätte. Auch bei Paris wird das Kitharspiel γ, 54 nur spottend erwähnt.

189. κλέα ἀνδρῶν, Heldenlieder aus der durch die Sage überlieferten Geschichte früherer Zeiten, vgl. 524 und Od. θ, 73.

190. οἶος, weil Automedon als Wagenlenker (209) nicht sass.

192. Ὀδυσσεὺς als der Regsa-

στὰν δὲ πρόσθ' αὐτοῖο. ταφὼν δ' ἀνόρουσεν Ἀχιλλεύς
αὐτῇ σὺν φόρμιγγι, λιπὼν ἕδος ἔνθα θάασσεν.
ὣς δ' αὔτως Πάτροκλος, ἐπεὶ ἴδε φῶτας, ἀνέστη.
τὼ καὶ δεικνύμενος προσέφη πόδας ὠκὺς Ἀχιλλεύς
„χαίρετον· ἦ φίλοι ἄνδρες ἱκάνετον — ἦ τι μάλα χρεώ —
οἵ μοι σκυζομένῳ περ Ἀχαιῶν φίλτατοί ἐστον."
ὣς ἄρα φωνήσας προτέρω ἄγε δῖος Ἀχιλλεύς,
εἷσεν δ' ἐν κλισμοῖσι τάπησί τε πορφυρέοισιν.
αἶψα δὲ Πάτροκλον προσεφώνεεν ἐγγὺς ἐόντα
„μείζονα δὴ κρητῆρα, Μενοιτίου υἱέ, καθίστα,
ζωρότερον δὲ κέραιε, δέπας δ' ἔντυνον ἑκάστῳ·
οἱ γὰρ φίλτατοι ἄνδρες ἐμῷ ὑπέασι μελάθρῳ."
ὣς φάτο, Πάτροκλος δὲ φίλῳ ἐπεπείθεθ' ἑταίρῳ.
αὐτὰρ ὅ γε κρεῖον μέγα κάββαλεν ἐν πυρὸς αὐγῇ,
ἐν δ' ἄρα νῶτον ἔθηκ' ὄιος καὶ πίονος αἰγός,
ἐν δὲ συὸς σιάλοιο ῥάχιν τεθαλυῖαν ἀλοιφῇ.
τῷ δ' ἔχεν Αὐτομέδων, τάμνεν δ' ἄρα δῖος Ἀχιλλεύς.
καὶ τὰ μὲν εὖ μίστυλλε καὶ ἀμφ' ὀβελοῖσιν ἔπειρεν,
πῦρ δὲ Μενοιτιάδης δαῖεν μέγα, ἰσόθεος φώς.
αὐτὰρ ἐπεὶ κατὰ πῦρ ἐκάη καὶ φλὸξ ἐμαράνθη,
ἀνθρακιὴν στορέσας ὀβελοὺς ἐφύπερθε τάνυσσεν,

mere, Gewandtere und an Geisteskraft Ueberlegene.

194. *αὐτῇ σὺν φόρμιγγι* = Od. ν, 118 *αὐτῷ σὺν λίνῳ*.

197. *ἦ τι μάλα χρεώ* ist in die Rede als Parenthese eingeschoben: gewiss ist die Noth gross, drängt die Noth sehr, dass nämlich gerade ihr an mich abgeordnet worden seid; sonst hätte man wohl andere Wahlen getroffen. Der folgende Relativsatz *οἵ μοι – ἐστόν* ist Bestätigung und Verstärkung von *ἦ φίλοι ἄ. ἱκάνετον*.

200. *τάπησι*, womit die *κλισμοὶ* bedeckt waren, vgl. Od. υ, 150.

203. *ζωρότερον δὲ κέραιε*, d. i. *ἀκρατότερον*, mit weniger beigemischtem Wasser, um den Gästen Ehre zu erweisen. Im folgenden Vers ist *οἱ* Subject, *φίλτατοι ἄνδρες* gehört zum Prädicat.

206. *ὅ γε* ohne Zweifel Achilleus selbst, vgl. 209 = 218 *αὐτὸς δέ*. — *κρεῖον*, Fleischbank, Hackbrett, worauf das Fleisch (vom Schlächter) vor dem Braten in die geeigneten Stücke getheilt wird (207–210). Dagegen *ἐλεὸς* (215) der Küchentisch (die Anrichte), worauf das gebratene Fleisch in Portionen für die Gäste zerlegt wird. *ἐν πυρὸς αὐγῇ* (= Od. ζ, 305) im Glanze des auf dem Herde brennenden Feuers.

209. *Ἀχιλλεύς*. Der Name ist im Gegensatz zu *Αὐτομέδων* ausgesetzt, obgleich auch *τῷ δὲ* auf denselben geht = *ἐκεῖνος δὲ αὐτὸς* oder nur *αὐτὸς δ' ἔταμνεν*.

211. *Μενοιτιάδης*, nachdem er

9 πάσσε δ' ἁλὸς θείοιο, κρατευτάων ἐπαείρας.
αὐτὰρ ἐπεί ῥ' ὤπτησε καὶ εἰν ἐλεοῖσιν ἔχευεν,
Πάτροκλος μὲν σῖτον ἑλὼν ἐπένειμε τραπέζῃ
καλοῖς ἐν κανέοισιν, ἀτὰρ κρέα νεῖμεν Ἀχιλλεύς.
αὐτὸς δ' ἀντίον ἷζεν Ὀδυσσῆος θείοιο
τοίχου τοῦ ἑτέροιο, θεοῖσι δὲ θῦσαι ἀνώγει
Πάτροκλον ὃν ἑταῖρον· ὁ δ' ἐν πυρὶ βάλλε θυηλάς.
οἱ δ' ἐπ' ὀνείαθ' ἑτοῖμα προκείμενα χεῖρας ἴαλλον.
αὐτὰρ ἐπεὶ πόσιος καὶ ἐδητύος ἐξ ἔρον ἕντο,
νεῦσ' Αἴας Φοίνικι. νόησε δὲ δῖος Ὀδυσσεύς,
πλησάμενος δ' οἴνοιο δέπας δείδεκτ' Ἀχιλῆα.
„χαῖρ', Ἀχιλεῦ. δαιτὸς μὲν ἐίσης οὐκ ἐπιδευεῖς
ἠμὲν ἐνὶ κλισίῃ Ἀγαμέμνονος Ἀτρεΐδαο
ἠδὲ καὶ ἐνθάδε νῦν· πάρα γὰρ μενοεικέα πολλά
δαίνυσθ'· ἀλλ' οὐ δαιτὸς ἐπηράτου ἔργα μέμηλεν,
ἀλλὰ λίην μέγα πῆμα, διοτρεφές, εἰσορόωντες
δείδιμεν· ἐν δοιῇ δὲ σαωσέμεν ἢ ἀπολέσθαι

mit der Mischung des Weines fertig war.

214. πάσσε, erg. τὰ κρέα, das Fleisch an den Spiessen, während bei ἐπαείρας mehr die Spiesse selbst als Object gedacht werden müssen. κρατευτάων (κερατεύω cornutum esse?) = τῶν βάσεων, ἐφ' ὧν οἱ ὀβελίσκοι τίθενται, nach Döderlein Feuerböcke d. h. zwei eiserne Andreaskreuze, deren obere Spitzen wie Hörner emporragen.

219. τοίχου τοῦ ἑτέροιο, vgl. zu Od. ψ, 89f. — θῦσαι, vgl. zu Od. ι, 231. ξ, 446.

220. θυηλὰς d. i. ἀπαρχὰς τῶν τεθυμένων ἱερείων, ἄργματα.

221f. οἱ δ' ἐπ' – ἕντο. Stehende Formeln in der Beschreibung von Mahlzeiten, auf die hier kein grosses Gewicht zu legen ist, da die Gäste kurz vorher (90–92 vgl. 177) bei Agamemnon ein reichliches Mahl genossen hatten. Diess deutet auch Odysseus 225–228 an.

223. νεῦσ' Αἴας – νόησε δέ. Aias winkt dem Phönix zu sprechen, ohne Zweifel als dem Aeltern und Achilleus Befreundeten; aber Odysseus nimmt das Wort zuerst, weil er mit Recht findet, es sei besser, dass Phönix, als dem Achilleus näher stehend, zuletzt spreche.

225. δαιτὸς – οὐκ ἐπιδευεῖς, erg. ἐσμέν, vgl. ε, 481.

228. ἐπηράτου ist schicklicher auf den Hauptbegriff δαιτός, als auf das bloss umschreibende ἔργα gerichtet; vgl. ζ, 289.

229. λ. μέγα πῆμα – δείδιμεν, ein grosses Leid fürchten wir, es schon (im Anzug) schauend, indem es so gut als wirklich schon eingetreten ist: wir sehen es zagend vor Augen. Zuerst will Odysseus das Mitleid des Achilleus rege machen.

230. ἐν δοιῇ δέ, erg. ἐσμέν. Die beiden davon abhängigen Glieder stehen im Infinitiv, wie etwa nach μερμηρίζω. Ist die überlieferte Lesart richtig, so wechselt in σαωσέμεν (Aorist. = σαῶσαι, vgl.

νῆας ἐυσσέλμους, εἰ μὴ σύ γε δύσεαι ἀλκήν. 9
ἐγγὺς γὰρ νηῶν καὶ τείχεος αὖλιν ἔθεντο
Τρῶες ὑπέρθυμοι τηλεκλειτοί τ' ἐπίκουροι,
κηάμενοι πυρὰ πολλὰ κατὰ στρατόν, οὐδ' ἔτι φασίν
σχήσεσθ' ἀλλ' ἐν νηυσὶ μελαίνῃσιν πεσέεσθαι.
Ζεὺς δέ σφι Κρονίδης ἐνδέξια σήματα φαίνων
ἀστράπτει. Ἕκτωρ δὲ μέγα σθένεϊ βλεμεαίνων
μαίνεται ἐκπάγλως πίσυνος Διί, οὐδέ τι τίει
ἀνέρας οὐδὲ θεούς· κρατερὴ δέ ἑ λύσσα δέδυκεν.
ἀρᾶται δὲ τάχιστα φανήμεναι ἠῶ δῖαν·
στεῦται γὰρ νηῶν ἀποκόψειν ἄκρα κόρυμβα
αὐτάς τ' ἐμπρήσειν μαλεροῦ πυρός, αὐτὰρ Ἀχαιούς
δῃώσειν παρὰ τῇσιν ὀρινομένους ὑπὸ καπνοῦ.
ταῦτ' αἰνῶς δείδοικα κατὰ φρένα, μή οἱ ἀπειλάς
ἐκτελέσωσι θεοί, ἡμῖν δὲ δὴ αἴσιμον εἴη
φθίσθαι ἐνὶ Τροίῃ, ἑκὰς Ἄργεος ἱπποβότοιο.
ἀλλ' ἄνα, εἰ μέμονάς γε καὶ ὀψέ περ υἷας Ἀχαιῶν
τειρομένους ἐρύεσθαι ὑπὸ Τρώων ὀρυμαγδοῦ.
αὐτῷ σοὶ μετόπισθ' ἄχος ἔσσεται, οὐδέ τι μῆχος
ῥεχθέντος κακοῦ ἔστ' ἄκος εὑρεῖν. ἀλλὰ πολὺ πρίν
φράζευ ὅπως Δαναοῖσιν ἀλεξήσεις κακὸν ἦμαρ.

zu Od. δ, 274 κελευσέμεναι) ἢ ἀπολέσθαι die Construction, indem νῆας zu σαωσέμεν Object, zu ἀπολέσθαι Subject ist. Aber sehr einnehmend ist die Conjectur von Cobet und Bekker σόας ἔμεν κτέ., so dass auch diese Bestimmung sich auf νῆας als Subject bezieht, vgl. ϑ, 246.

235. σχήσεσθαι, sie werden sich hemmen, aufhalten lassen.

236. ἐνδέξια σήματα φαίνων, vgl. β, 353.

240. ἀρᾶται. Vgl. die Rede des Hektor ϑ, 530–541 und seine frühere Drohung ϑ, 180 ff.

241. ἄκρα κόρυμβα was sonst ἄφλαστα (ο, 717): die äussersten, hervorragenden Spitzen am Steuerende des Schiffes und die daran angebrachten Verzierungen. So schlagen bei Apollon. Rhod. Argon. 2, 601 die Symplegaden durch ihr Zusammenstossen an der Argo ἀφλάστοιο ἄκρα κόρυμβα ab.

243. παρὰ τῇσιν ὀρινομένους ὑπὸ κ., vgl. ϑ, 183. Od. χ, 23 ὀρινθέντες κατὰ δῶμα.

245. ἡμῖν – εἴη: uns aber (dann, in diesem Falle) vom Schicksal verhängt wäre, vgl. zu η, 340. 342.

248. ἐρύεσθαι ὑπὸ – ὀρυμαγδοῦ, aus der Troer Getümmel retten (heraus oder darunter hervorziehn).

249 f. οὐδέ τι – εὑρεῖν, und es giebt kein Mittel, für das vollbrachte Unglück, wann das Uebel geschehen, Heilung zu finden.

ὦ πέπον, ἦ μὲν σοί γε πατὴρ ἐπετέλλετο Πηλεύς
ἤματι τῷ, ὅτε σ' ἐκ Φθίης Ἀγαμέμνονι πέμπεν,
,τέκνον ἐμόν, κάρτος μὲν Ἀθηναίη τε καὶ Ἥρη
δώσουσ', αἴ κ' ἐθέλωσι, σὺ δὲ μεγαλήτορα θυμὸν
ἴσχειν ἐν στήθεσσι· φιλοφροσύνη γὰρ ἀμείνων·
ληγέμεναι δ' ἔριδος κακομηχάνου, ὄφρα σε μᾶλλον
τίωσ' Ἀργείων ἠμὲν νέοι ἠδὲ γέροντες.'
ὣς ἐπέτελλ' ὁ γέρων, σὺ δὲ λήθεαι. ἀλλ' ἔτι καὶ νῦν
παύε', ἔα δὲ χόλον θυμαλγέα. σοὶ δ' Ἀγαμέμνων
ἄξια δῶρα δίδωσι μεταλλήξαντι χόλοιο.
εἰ δέ, σὺ μέν μευ ἄκουσον, ἐγὼ δέ κέ τοι καταλέξω
ὅσσα τοι ἐν κλισίῃσιν ὑπέσχετο δῶρ' Ἀγαμέμνων·
ἕπτ' ἀπύρους τρίποδας, δέκα δὲ χρυσοῖο τάλαντα,
αἴθωνας δὲ λέβητας ἐείκοσι, δώδεκα δ' ἵππους
πηγοὺς ἀθλοφόρους, οἳ ἀέθλια ποσσὶν ἄροντο.
οὔ κεν ἀλήιος εἴη ἀνὴρ ᾧ τόσσα γένοιτο,
οὐδέ κεν ἀκτήμων ἐριτίμοιο χρυσοῖο,
ὅσσ' Ἀγαμέμνονος ἵπποι ἀέθλια ποσσὶν ἄροντο.
δώσει δ' ἑπτὰ γυναῖκας ἀμύμονα ἔργα ἰδυίας,
Λεσβίδας, ἅς, ὅτε Λέσβον ἐυκτιμένην ἕλες αὐτός,
ἐξέλεθ', αἳ τότε κάλλει ἐνίκων φῦλα γυναικῶν.
τὰς μέν τοι δώσει, μετὰ δ' ἔσσεται ἣν τότ' ἀπηύρα,
κούρη Βρισῆος· ἐπὶ δὲ μέγαν ὅρκον ὀμεῖται
μή ποτε τῆς εὐνῆς ἐπιβήμεναι ἠδὲ μιγῆναι,
ἣ θέμις ἐστίν, ἄναξ, ἤ τ' ἀνδρῶν ἤ τε γυναικῶν.
ταῦτα μὲν αὐτίκα πάντα παρέσσεται· εἰ δέ κεν αὖτε
ἄστυ μέγα Πριάμοιο θεοὶ δώωσ' ἀλαπάξαι,
νῆα ἅλις χρυσοῦ καὶ χαλκοῦ νηήσασθαι
εἰσελθών, ὅτε κεν δατεώμεθα ληίδ' Ἀχαιοί,
Τρωιάδας δὲ γυναῖκας ἐείκοσιν αὐτὸς ἑλέσθαι,
αἵ κε μετ' Ἀργείην Ἑλένην κάλλισται ἔωσιν.

252. *ἦ μὲν σοί γε.* Auch die Erinnerung an seinen greisen Vater soll den Achilleus erweichen. — Bei welcher Gelegenheit diess geschah, ist zu *η*, 127 berührt.

262. *εἰ δέ, σὺ μέν μευ ἄκ.* = *εἰ δ' ἄγε ἄκουσόν μου*, vgl. zu 46.

264–299. *ἕπτ' . . . χόλοιο* = 122–157. Die vorkommenden Abweichungen sind nur Folge von der

εἰ δέ κεν Ἄργος ἱκοίμεθ' Ἀχαιικόν, οὖθαρ ἀρούρης, 9
γαμβρός κέν οἱ ἔοις· τίσει δέ σε ἶσον Ὀρέστῃ,
ὅς οἱ τηλύγετος τρέφεται θαλίῃ ἔνι πολλῇ.
τρεῖς δέ οἵ εἰσι θύγατρες ἐνὶ μεγάρῳ εὐπήκτῳ,
Χρυσόθεμις καὶ Λαοδίκη καὶ Ἰφιάνασσα·
τάων ἥν κ' ἐθέλῃσθα, φίλην ἀνάεδνον ἄγεσθαι
πρὸς οἶκον Πηλῆος· ὁ δ' αὖτ' ἐπὶ μείλια δώσει
πολλὰ μάλ', ὅσσ' οὔ πώ τις ἑῇ ἐπέδωκε θυγατρί.
ἑπτὰ δέ τοι δώσει εὖ ναιόμενα πτολίεθρα,
Καρδαμύλην Ἐνόπην τε καὶ Ἱρὴν ποιήεσσαν
Φηράς τε ζαθέας ἠδ' Ἄνθειαν βαθύλειμον
καλήν τ' Αἴπειαν καὶ Πήδασον ἀμπελόεσσαν.
πᾶσαι δ' ἐγγὺς ἁλός, νέαται Πύλου ἠμαθόεντος·
ἐν δ' ἄνδρες ναίουσι πολύρρηνες πολυβοῦται,
οἵ κέ σε δωτίνῃσι θεὸν ὣς τιμήσουσιν
καί τοι ὑπὸ σκήπτρῳ λιπαρὰς τελέουσι θέμιστας.
ταῦτά κέ τοι τελέσειε μεταλλήξαντι χόλοιο.
εἰ δέ τοι Ἀτρείδης μὲν ἀπήχθετο κηρόθι μᾶλλον,
αὐτὸς καὶ τοῦ δῶρα, σὺ δ' ἄλλους περ Παναχαιούς
τειρομένους ἐλέαιρε κατὰ στρατόν, οἵ σε θεὸν ὥς
τίσουσ'· ἦ γάρ κέ σφι μάλα μέγα κῦδος ἄροιο.
νῦν γάρ χ' Ἕκτορ' ἕλοις, ἐπεὶ ἂν μάλα τοι σχεδὸν ἔλθοι
λύσσαν ἔχων ὀλοήν, ἐπεὶ οὔ τινά φησιν ὁμοῖον
οἷ ἔμεναι Δαναῶν, οὓς ἐνθάδε νῆες ἔνεικαν."
τὸν δ' ἀπαμειβόμενος προσέφη πόδας ὠκὺς Ἀχιλλεύς
„διογενὲς Λαερτιάδη, πολυμήχαν' Ὀδυσσεῦ,
χρὴ μὲν δὴ τὸν μῦθον ἀπηλεγέως ἀποειπεῖν,

verschiedenen Person des Sprechenden. Doch scheint die erste Darstellung (aus Agamemnon's Munde) die ursprüngliche oder doch ältere.

301. *σὺ δ' ἄλλους περ*, vgl. α, 353 *τιμήν π έ ρ μοι ὄφελλεν – ἐγγυαλίξαι*.

303. *σφι – ἄροιο*, vgl. zu δ, 95 *πᾶσι δέ κε – ἄροιο* (= *παρὰ πάντων, ἐκ πάντων*).

305. *λύσσαν ἔχων ὀλοήν*, vgl. θ, 299 *κύνα λυσσητῆρα*, und oben 239. — *φησὶν* steht, trotz der Enklisis, mit Nachdruck, wie sonst *εὔχεται*, vgl. 329 *ἔνδεκά φημι*.

306. *οἷ* mit nachdrücklicher Betonung vorausgestellt wie π, 47 *οἷ αὐτῷ*.

309. *τὸν μῦθον*, dieses Wort d. h. meine Antwort auf das von dir vorgetragene Anliegen. *ἀπηλεγ. ἀποειπεῖν* vgl. Od. α, 373. Schon

ἥ περ δὴ φρονέω τε καὶ ὡς τετελεσμένον ἔσται,
ὡς μή μοι τρύζητε παρήμενοι ἄλλοθεν ἄλλος.
ἐχθρὸς γάρ μοι κεῖνος ὁμῶς Ἀίδαο πύλῃσιν,
ὅς χ' ἕτερον μὲν κεύθῃ ἐνὶ φρεσίν, ἄλλο δὲ εἴπῃ.
αὐτὰρ ἐγὼν ἐρέω ὥς μοι δοκεῖ εἶναι ἄριστα.
οὔτ' ἔμεγ' Ἀτρείδην Ἀγαμέμνονα πεισέμεν οἴω
οὔτ' ἄλλους Δαναούς, ἐπεὶ οὐκ ἄρα τις χάρις ἦεν
μάρνασθαι δηίοισιν ἐπ' ἀνδράσι νωλεμὲς αἰεί.
ἴση μοῖρα μένοντι, καὶ εἰ μάλα τις πολεμίζοι·
ἐν δὲ ἰῇ τιμῇ ἠμὲν κακὸς ἠδὲ καὶ ἐσθλός·
κάτθαν' ὁμῶς ὅ τ' ἀεργὸς ἀνὴρ ὅ τε πολλὰ ἐοργώς.
οὐδέ τί μοι περίκειται, ἐπεὶ πάθον ἄλγεα θυμῷ
αἰὲν ἐμὴν ψυχὴν παραβαλλόμενος πολεμίζειν.
ὡς δ' ὄρνις ἀπτῆσι νεοσσοῖσι προφέρῃσιν
μάστακ', ἐπεί κε λάβῃσι, κακῶς δ' ἄρα οἷ πέλει αὐτῇ,
ὣς καὶ ἐγὼ πολλὰς μὲν ἀύπνους νύκτας ἴαυον,

dieser ruhig entschiedene Anfang der Antwort lässt die unbeugsame Festigkeit des Achilleus voraussehn.

311. *τρύζω = πολυλογῶ*, unaufhörlich plaudern, nach dem sprichwörtlichen *λαλίστερος τρυγόνος*. Vgl. *γ*, 151 *τεττίγεσσιν ἐοικότες*.

312. *ὁμῶς Ἀίδαο πύλῃσιν*, vgl. Od. *ρ*, 500 *μελαίνῃ κηρὶ ἔοικεν*. Iliad. *α*, 228.

315. *οὔτε* gehört zu *Ἀτρ. Ἀγαμέμνονα*, dem als zweiter Subjectsaccusativ *ἄλλους Δαναοὺς* entspricht.

316 f. *ἐπεὶ – αἰεί = ρ*, 147 f. Bei *μάρνασθαι* denkt Achilleus als Subject sich selbst.

318. *ἴση μοῖρα μένοντι κτέ.*, gleichen Theil hat der Zurückbleibende (am Kampfe keinen Theil Nehmende, was nach 332 Agamemnon gewöhnlich thut, vgl. *σ*, 64 *ἀπὸ πτολέμοιο μένοντα*), und wenn einer (= der welcher) sehr tapfer kämpft. Statt *καὶ εἰ – τις πολεμίζοι* erwartete man eigentlich *καὶ μάλα πολεμίζοντι*.

320. *κάτθαν' – ἐοργώς* ist nicht derselbe Gedanke, wie der vorhergehende, aber ein gleichartiger, und wegen dieser Gleichartigkeit damit verbunden. Der Sinn ist: und am Ende stirbt gleichmässig der Thatenlose wie der, so Vieles gethan hat; dieses letzte Loos wird also auch mir nicht entgehen, wenn ich mich schon des Kampfes entmüssige.

321. *οὐδέ τί μοι περίκειται = οὐδέ τι πλέον ἔχω*, auch habe ich nichts dadurch gewonnen.

322. *πολεμίζειν* gleichsam: um am Kriege Theil zu nehmen, nur um zu kriegen.

324. *ἐπεί κε λάβῃσι*, erg. *μάστακα*, nachdem er einen (Bissen) gefunden, erlangt hat. *κακῶς – αὐτῇ* eingeschobener, von der Construction abgelöster Nebensatz, der aber dem Sinne nach den Hauptgedanken enthält, worauf die Vergleichung beruht: während es ihm selbst übel ergeht, er selbst schlimm daran ist (seinen Hunger nicht stillen kann).

325. *ἴαυον*, vgl. zu Od. *ε*, 154.

ἤματα δ' αἱματόεντα διέπρησσον πολεμίζων,
ἀνδράσι μαρνάμενος ὀάρων ἕνεκα σφετεράων.
δώδεκα δὴ σὺν νηυσὶ πόλεις ἀλάπαξ' ἀνθρώπων,
πεζὸς δ' ἕνδεκά φημι κατὰ Τροίην ἐρίβωλον·
τάων ἐκ πασέων κειμήλια πολλὰ καὶ ἐσθλά
ἐξελόμην, καὶ πάντα φέρων Ἀγαμέμνονι δόσκον
Ἀτρείδῃ· ὁ δ' ὄπισθε μένων παρὰ νηυσὶ θοῇσιν
δεξάμενος διὰ παῦρα δασάσκετο, πολλὰ δ' ἔχεσκεν.
ἄσσα δ' ἀριστήεσσι δίδου γέρα καὶ βασιλεῦσιν,
τοῖσι μὲν ἔμπεδα κεῖται, ἐμεῦ δ' ἀπὸ μούνου Ἀχαιῶν
εἵλετ', ἔχει δ' ἄλοχον θυμαρέα· τῇ παριαύων
τερπέσθω· τί δὲ δεῖ πολεμιζέμεναι Τρώεσσιν
Ἀργείους; τί δὲ λαὸν ἀνήγαγεν ἐνθάδ' ἀγείρας
Ἀτρείδης; ἦ οὐχ Ἑλένης ἕνεκ' ἠυκόμοιο;
ἦ μοῦνοι φιλέουσ' ἀλόχους μερόπων ἀνθρώπων
Ἀτρεῖδαι; ἐπεὶ ὅς τις ἀνὴρ ἀγαθὸς καὶ ἐχέφρων,
τὴν αὐτοῦ φιλέει καὶ κήδεται, ὡς καὶ ἐγὼ τήν
ἐκ θυμοῦ φίλεον δουρικτητήν περ ἐοῦσαν.
νῦν δ' ἐπεὶ ἐκ χειρῶν γέρας εἵλετο καί μ' ἀπάτησεν,
μή μευ πειράτω εὖ εἰδότος· οὐδέ με πείσει.
ἀλλ' Ὀδυσεῦ σὺν σοί τε καὶ ἄλλοισιν βασιλεῦσιν
φραζέσθω νήεσσιν ἀλεξέμεναι δήιον πῦρ.

327. *ἀνδράσι μαρνάμενος* (vgl. 317) *ὀάρων ἕν. σφ.*, immer mit Männern (wie Hektor) kämpfend wegen ihrer Weibchen (Helena), vgl. 337–339. *σφετεράων* weist auf die Atriden, die auch ungenannt dem Achilleus immer vorschweben; der Plural *ὀάρων* aber bezeichnet nur die Gattung. Die Gattinnen der bekämpften Feinde waren nicht Motiv noch Zweck des Kampfes.

333. *διὰ παῦρα δασάσκετο.* So erschien es wenigstens dem missgünstigen Blicke des Achilleus und im Verhältniss zu dem, was der einzige Oberfeldherr behielt.

334. *ἄσσα – βασιλεῦσιν*, nach Bekker's sinnreicher Conjectur (*ἄσσα* [vgl. 367] für *ἄλλα*), so dass dieser Vers das Subject zum folgenden *κεῖται* enthält, und die *γέρα* sich unter *διὰ παῦρα δασάσκετο* fügen.

335. *τοῖσι μέν* d. i. *τοῖς μὲν ἄλλοις*.

336. *εἵλετο, τὸ ἐμὸν γέρας. ἄλοχον θυμαρέα* scheint Prädicatsaccusativ.

342. *τὴν αὐτοῦ*, die ihm gehörende, die eigene: aber eben darum vergreift er sich nicht an der Gattin eines Andern (wie Agamemnon). Ein Reflexivum *αὐτοῦ* kennt Homer noch nicht, vgl. zu *α*, 271.

345. *εὖ εἰδότος*, der ich ihn gut kenne und weiss, dass man sich vor ihm zu hüten hat.

ἦ μὲν δὴ μάλα πολλὰ πονήσατο νόσφιν ἐμεῖο,
καὶ δὴ τεῖχος ἔδειμε, καὶ ἤλασε τάφρον ἐπ᾽ αὐτῷ
εὐρεῖαν μεγάλην, ἐν δὲ σκόλοπας κατέπηξεν·
ἀλλ᾽ οὐδ᾽ ὧς δύναται σθένος Ἕκτορος ἀνδροφόνοιο
ἴσχειν. ὄφρα δ᾽ ἐγὼ μετ᾽ Ἀχαιοῖσιν πολέμιζον,
οὐκ ἐθέλεσκε μάχην ἀπὸ τείχεος ὀρνύμεν Ἕκτωρ,
ἀλλ᾽ ὅσον ἐς Σκαιάς τε πύλας καὶ φηγὸν ἵκανεν·
ἔνθα ποτ᾽ οἶον ἔμιμνε, μόγις δέ μευ ἔκφυγεν ὁρμήν.
νῦν δ᾽, ἐπεὶ οὐκ ἐθέλω πολεμιζέμεν Ἕκτορι δίῳ,
αὔριον ἱρὰ Διὶ ῥέξας καὶ πᾶσι θεοῖσιν,
νηήσας εὖ νῆας, ἐπὴν ἅλαδε προερύσσω,
ὄψεαι, ἢν ἐθέλῃσθα καὶ αἴ κέν τοι τὰ μεμήλῃ,
ἦρι μάλ᾽ Ἑλλήσποντον ἐπ᾽ ἰχθυόεντα πλεούσας
νῆας ἐμάς, ἐν δ᾽ ἄνδρας ἐρεσσέμεναι μεμαῶτας·
εἰ δέ κεν εὐπλοίην δώῃ κλυτὸς ἐννοσίγαιος,
ἤματί κε τριτάτῳ Φθίην ἐρίβωλον ἱκοίμην.
ἔστι δέ μοι μάλα πολλά, τὰ κάλλιπον ἐνθάδε ἔρρων·
ἄλλον δ᾽ ἐνθένδε χρυσὸν καὶ χαλκὸν ἐρυθρόν
ἠδὲ γυναῖκας ἐυζώνους πολιόν τε σίδηρον

348. *ἦ μὲν δὴ κτέ.* ironisch: was er ohne mich angefangen hat, mag er auch ohne mich vollenden. Zu *τεῖχος ἔδειμε κτέ.* vgl. *η*, 337 und 436; über *καὶ δὴ* zu *δ*, 180.

353. *ἀπὸ τείχεος*, von der Mauer hinweg; er entfernte sich gar nicht von derselben.

354. *ἐς Σκαιάς τε π. καὶ φηγόν*, vgl. zu *ζ*, 237. — *ὅσον* ursprünglich = *ἐπὶ τοσοῦτο ὅσον (ἐστίν)*.

355. *οἶον ἔμιμνε*, erg. *με*, da hielt er mir Einmal Stand.

356f. *νῦν – ῥέξας – νηήσας*. Nach diesem Anfang der Apodosis erwartet man ein Verbum wie *πλευσοῦμαι σὺν νηυσὶν ἐμαῖς καὶ ἀνδράσι*, der Dichter ändert aber mit Bewusstsein die Wendung der Periode durch das eingeschobene *ὄψεαι*; was erreicht er dadurch? Vgl. *λ*, 833–836, wo *ὀίομαι* einen ähnlichen Wechsel der Construction herbeiführt. *ἐπὴν – προερύσσω* gehört nur zu *νηήσας – νῆας*.

361. *ἐρεσσέμεναι μεμαῶτας*, eifrig rudern. Das Participium hängt auch von *ὄψεαι* ab.

363. *ἤματι τριτάτῳ* stimmt gut zu Od. *γ*, 180 *τέτρατον ἦμαρ ἔην κτέ.*

364. *ἔστι δέ μοι μάλα πολλά.* Antwort auf die von Agamemnon anerbotenen Geschenke, auf die er 378 – 385 nochmals zurückkommt. Hier will er sagen: seine Geschenke brauche ich nicht. *ἐνθάδε ἔρρων* = *θ*, 239.

365. *ἄλλον* ist zwar nur nach *χρυσὸν* gerichtet, geht aber auf alles nachher Aufgezählte, = *ἔτι δέ*, ausserdem aber.

ἄξομαι, ἅσσ' ἔλαχόν γε· γέρας δέ μοι, ὅς περ ἔδωκεν, 9
αὖτις ἐφυβρίζων ἕλετο κρείων Ἀγαμέμνων
Ἀτρείδης. τῷ πάντ' ἀγορευέμεν, ὡς ἐπιτέλλω,
ἀμφαδόν, ὄφρα καὶ ἄλλοι ἐπισκύζωνται Ἀχαιοί,
εἴ τινά που Δαναῶν ἔτι ἔλπεται ἐξαπατήσειν
αἰὲν ἀναιδείην ἐπιειμένος. οὐδ' ἂν ἔμοιγε
τετλαίη κύνεός περ ἐὼν εἰς ὦπα ἰδέσθαι.
οὐδέ τί οἱ βουλὰς συμφράσσομαι, οὐδὲ μὲν ἔργον·
ἐκ γὰρ δή μ' ἀπάτησε καὶ ἤλιτεν. οὐδ' ἂν ἔτ' αὖτις
ἐξαπάφοιτ' ἐπέεσσιν· ἅλις δέ οἱ. ἀλλὰ ἕκηλος
ἐρρέτω· ἐκ γάρ εὑ φρένας εἵλετο μητίετα Ζεύς.
ἐχθρὰ δέ μοι τοῦ δῶρα, τίω δέ μιν ἐν καρὸς αἴσῃ.
οὐδ' εἴ μοι δεκάκις τε καὶ εἰκοσάκις τόσα δοίη
ὅσσα τέ οἱ νῦν ἔστι, καὶ εἴ ποθεν ἄλλα γένοιτο,

367. *γέρας δέ μοι.* Seine Gereiztheit bringt ihn nochmals auf dieses zurück, obgleich er schon davon gesprochen (335–345).

369 f. *τῷ πάντ' ἀγορευέμεν*, sag' ihm nur Alles — und zwar offen, vor Jedermann. Zu der letztern Bestimmung gehört der Nebensatz *ὄφρα – ἐπισκύζωνται*, erg. *αὐτῷ*.

374. *οὐδὲ μὲν ἔργον* durch Zeugma mit *συμφράσσομαι* verbunden; erg. *συμπράξω*.

375. *ἐκ γὰρ δή μ' – ἤλιτεν.* Das Adverbium *ἐκ* — sowie das Object *με* — muss auch zum zweiten Verbum *ἤλιτεν* gezogen werden, obgleich das Compositum *ἐξαλιταίνω* sonst nicht vorkommt. Vgl. zu Od. *χ*, 56 *ὅσσα τοι ἐκπέποται καὶ ἐδήδοται*, ebend. *δ*, 820 *τοῦ δ' ἀμφιτρομέω καὶ δείδια*.

376. *ἕκηλος*, ruhig, d. h. ohne dass ich ihm etwas in den Weg lege.

378. *τίω δέ μιν ἐν καρὸς αἴσῃ.* Unter den verschiedenen Erklärungen des Ausdrucks *ἐν καρὸς αἴσῃ* wird die von Aristophanes und Aristarch = *ἐν κηρὸς μοίρᾳ*, gleich dem Tode (vgl. zu 312 und *γ*, 454 *ἶσον γάρ σφιν πᾶσιν ἀπήχθετο κηρὶ μελαίνῃ*) durch den Zusammenhang am meisten empfohlen. Denn nicht als verächtlich, sondern **als in den Tod verhasst** muss Agamemnon dem Achilleus in seiner auf's Höchste gesteigerten Wuth erscheinen. Freilich lässt sich die Verkürzung des *α* aus *η* durch keine Analogie weder aus dem dorischen, noch einem andern Dialecte, am wenigsten aus Homer selbst belegen. Beachtenswerth ist indessen auch die Erklärung von **Königshoff**, welcher *μιν* auf *δῶρα* bezieht (wie Od. *κ*, 212. *ρ*, 268 auf *δώματα*) und *κάρ* mit Rost u. A. von *κείρω* herleitet, mit Berufung auf die Glossen des Hesychius *τὸ ἀκαρές, τὸ βραχύ, ὃ οὐδὲ κεῖραι οἷόντε*, und *καριμοίρους, τοὺς ἐν ὀυδεμιᾷ μοίρᾳ* und unsere Phrase mit dem lateinischen „*ne pili quidem facere*“ vergleicht.

379. *οὐδ' εἴ μοι κτέ.* Achilleus bekräftigt noch seinen Ausspruch durch die stärksten Hyperbeln.

οὐδ᾽ ὅσ᾽ ἐς Ὀρχομενὸν ποτινίσσεται, οὐδ᾽ ὅσα Θήβας
Αἰγυπτίας, ὅθι πλεῖστα δόμοις ἐν κτήματα κεῖται,
(αἵ θ᾽ ἑκατόμπυλοί εἰσι, διηκόσιοι δ᾽ ἀν᾽ ἑκάστας
ἀνέρες ἐξοιχνεῦσι σὺν ἵπποισιν καὶ ὄχεσφιν·)
οὐδ᾽ εἴ μοι τόσα δοίη ὅσα ψάμαθός τε κόνις τε,
οὐδέ κεν ὧς ἔτι θυμὸν ἐμὸν πείσει᾽ Ἀγαμέμνων,
πρίν γ᾽ ἀπὸ πᾶσαν ἐμοὶ δόμεναι θυμαλγέα λώβην.
κούρην δ᾽ οὐ γαμέω Ἀγαμέμνονος Ἀτρείδαο,
οὐδ᾽ εἰ χρυσείῃ Ἀφροδίτῃ κάλλος ἐρίζοι,
ἔργα δ᾽ Ἀθηναίῃ γλαυκώπιδι ἰσοφαρίζοι·
οὐδέ μιν ὧς γαμέω· ὁ δ᾽ Ἀχαιῶν ἄλλον ἑλέσθω,
ὅς τις οἷ τ᾽ ἐπέοικε καὶ ὃς βασιλεύτερός ἐστιν.
ἢν γάρ δή με σόωσι θεοὶ καὶ οἴκαδ᾽ ἵκωμαι,
Πηλεύς θήν μοι ἔπειτα γυναῖκά γε μάσσεται αὐτός.
[πολλαὶ Ἀχαιίδες εἰσὶν ἀν᾽ Ἑλλάδα τε Φθίην τε,
κοῦραι ἀριστήων, οἵ τε πτολίεθρα ῥύονται·
τάων ἥν κ᾽ ἐθέλωμι, φίλην ποιήσομ᾽ ἄκοιτιν.

381 f. ἐς Ὀρχομενόν, vgl. zu β, 511. — ποτινίσσεται = πρόσεισι, προσέρχεται, eingeht, besonders in das an Weihgeschenken reiche Heiligthum der Chariten. Θήβας — κεῖται, vgl. zu Od. δ, 126.

383. ἑκατόμπυλοι. Vgl. Pomponius Mela 1, 19: *Thebae, — ut Homero dictum est, centum portas seu, ut alii aiunt, centum aulas habent, totidem olim principum domos* (Pforten = Burgen). — ἀν᾽ ἑκάστας, πύλας, weil auch von Einem Thore αἱ πύλαι gesagt wird; vgl. zu β, 809. Es soll aber hier die Grösse der Heeresmacht, nicht die Einwohnerzahl angegeben werden, und zwar in runder Summe, 20,000 Streiter und doppelt so viel Pferde.

385. ὅσα ψάμαθός τε κόνις τε, erg. εἰσίν oder ἐστί. Diese Hyperbel ist an sich stärker als die vorhergehenden, macht aber auf uns, da sie in allen Sprachen sprichwörtlich geworden ist, einen schwächern Eindruck. Dennoch war die Zusammenfassung der andern Hyperbeln vor dem nun folgenden Hauptsatze natürlich und wohl angebracht.

387. ἀπὸ πᾶσαν δόμεναι d. h. ganz vergütet, wieder gut macht.

392. ὅς τις οἷ τ᾽ ἐπέοικε = ὅν τινα ἑαυτοῦ ἄξιον ἡγεῖται, der ihm genehm ist, ansteht, vgl. 397 und zu Od. β, 207 ἃς ἐπιεικὲς ὀπυιέμεν ἐστὶν ἑκάστῳ. Die Worte ὃς βασιλεύτερός ἐστιν sind nicht Ironie, sondern im Ernst gesprochen; denn Achilleus verschmäht auch Agamemnon's höhere Stellung, die dieser selbst 160 geltend macht.

394. μάσσεται (μαίομαι = ζητήσει), er wird aussuchen, ausersehen, ἐπιόψεται nach Od. β, 294, vgl. Od. ν, 367 μαιομένη κευθμῶνας. — Zur Sache vgl. Od. δ, 10. —

395. Ἑλλάδα τε Φθίην τε, hier nach dem Zusammenhang Landschaften; ebenso 447 vgl. mit 478 f. 484.

ἔνθα δέ μοι μάλα πολλὸν ἐπέσσυτο θυμὸς ἀγήνωρ
γήμαντι μνηστὴν ἄλοχον, ἐικυῖαν ἄκοιτιν,
κτήμασι τέρπεσθαι τὰ γέρων ἐκτήσατο Πηλεύς.
οὐ γὰρ ἐμοὶ ψυχῆς ἀντάξιον οὐδ' ὅσα φασὶν
Ἴλιον ἐκτῆσθαι, εὖ ναιόμενον πτολίεθρον,
τὸ πρὶν ἐπ' εἰρήνης, πρὶν ἐλθεῖν υἷας Ἀχαιῶν,
οὐδ' ὅσα λάινος οὐδὸς ἀφήτορος ἐντὸς ἐέργει
Φοίβου Ἀπόλλωνος Πυθοῖ ἔνι πετρηέσσῃ.
ληιστοὶ μὲν γάρ τε βόες καὶ ἴφια μῆλα,
κτητοὶ δὲ τρίποδές τε καὶ ἵππων ξανθὰ κάρηνα·
ἀνδρὸς δὲ ψυχὴ πάλιν ἐλθεῖν οὔτε λεϊστή
οὔθ' ἑλετή, ἐπεὶ ἄρ κεν ἀμείψεται ἕρκος ὀδόντων.
μήτηρ γάρ τέ μέ φησι θεά, Θέτις ἀργυρόπεζα,
διχθαδίας κῆρας φερέμεν θανάτοιο τέλοσδε.
εἰ μέν κ' αὖθι μένων Τρώων πόλιν ἀμφιμάχωμαι,
ὤλετο μέν μοι νόστος, ἀτὰρ κλέος ἄφθιτον ἔσται·
εἰ δέ κεν οἴκαδ' ἵκωμι φίλην ἐς πατρίδα γαῖαν,
ὤλετό μοι κλέος ἐσθλόν, ἐπὶ δηρὸν δέ μοι αἰὼν

398. *ἔνθα δὲ* ist zu verbinden mit dem Infinitiv *γήμαντι κτήμ. τέρπεσθαι*. — *μάλα πολλὸν ἐπέσσυτο* (Plusquamperf.) *θυμός*, verlangte gar sehr mein Herz, nämlich von jeher, schon in meiner Jugend.

401. *ψυχῆς ἀντάξιον* substantivisches Prädicat zu *ὅσα φασὶν – ἐκτῆσθαι κτέ.* Sinn: das Leben gäbe ich nicht für alle Schätze der Welt.

404. *λάινος οὐδός* = Od. *θ*, 80, wo des delphischen Orakels ganz deutliche Erwähnung geschieht; vgl. auch Od. *λ*, 581. — *ἀφήτωρ*, der Entsender, Pfeilentsender (vgl. *κ*, 372): Beiname des Apollo, parallel mit *ἰοχέαιρα*.

406. *ληιστοὶ – κτητοί*, vgl. zu 125 *ἀλήιος – ἀκτήμων*.

408. *πάλιν ἐλθεῖν* von *λεϊστή* und *ἑλετή* abhängig und die Folge davon bezeichnend = so dass sie wiederkehrte.

409. *ἀμείψεται ἕ. ὀδόντων* hier in umgekehrter Richtung als Od. *κ*, 328 (von einem Getränke).

410. *μήτηρ – μέ φησι. με* ist Object zu *φερέμεν*: mich führe zwiefaches Geschick, führen zwiefache, getheilte Keren zum Ziele des Todes. Ein solches Doppelgeschick, ja zum Theil ein dreifaches, weissagt Teiresias dem Odysseus Od. *λ*, 110 – 116. Etwas anders *α*, 416 – 418.

413. *ὤλετο – νόστος* d. i. *πεπρωμένον ἐστίν, ὀλέσθαι μοι νόστον*. Ebenso 415.

415. *ἐπὶ δηρὸν – αἰών*, vgl. *τ*, 27 *ἐκ δ' αἰὼν πέφαται*. Dazu ergänze *ἔσται* aus 413. Dagegen scheint 416 ein unnützer und schwächender Zusatz, den schon Zenodot und Aristarch verwarfen; zum Theil aus Od. *ρ*, 476 gebildet.

[ἔσσεται, οὐδέ κέ μ' ὦκα τέλος θανάτοιο κιχείη].
καὶ δ' ἂν τοῖς ἄλλοισιν ἐγὼ παραμυθησαίμην
οἴκαδ' ἀποπλείειν, ἐπεὶ οὐκέτι δήετε τέκμωρ
Ἰλίου αἰπεινῆς· μάλα γάρ ἑθεν εὐρύοπα Ζεύς
χεῖρα ἑὴν ὑπερέσχε, τεθαρσήκασι δὲ λαοί.
ἀλλ' ὑμεῖς μὲν ἰόντες ἀριστήεσσιν Ἀχαιῶν
ἀγγελίην ἀπόφασθε — τὸ γὰρ γέρας ἐστὶ γερόντων —,
ὄφρ' ἄλλην φράζωνται ἐνὶ φρεσὶ μῆτιν ἀμείνω,
ἥ κέ σφιν νῆάς τε σόῳ καὶ λαὸν Ἀχαιῶν
νηυσὶν ἔπι γλαφυρῆς, ἐπεὶ οὔ σφισιν ἥδε γ' ἑτοίμη,
ἣν νῦν ἐφράσσαντο, ἐμεῦ ἀπομηνίσαντος.
Φοῖνιξ δ' αὖθι παρ' ἄμμι μένων κατακοιμηθήτω,
ὄφρα μοι ἐν νήεσσι φίλην ἐς πατρίδ' ἕπηται
αὔριον, ἢν ἐθέλῃσιν· ἀνάγκῃ δ' οὔ τί μιν ἄξω."
ὣς ἔφαθ', οἱ δ' ἄρα πάντες ἀκὴν ἐγένοντο σιωπῇ
μῦθον ἀγασσάμενοι· μάλα γὰρ κρατερῶς ἀπέειπεν.
ὀψὲ δὲ δὴ μετέειπε γέρων ἱππηλάτα Φοῖνιξ
δάκρυ ἀναπρήσας· περὶ γὰρ δίε νηυσὶν Ἀχαιῶν.
„εἰ μὲν δὴ νόστον γε μετὰ φρεσί, φαίδιμ' Ἀχιλλεῦ,
βάλλεαι, οὐδέ τι πάμπαν ἀμύνειν νηυσὶ θοῇσιν
πῦρ ἐθέλεις ἀίδηλον, ἐπεὶ χόλος ἔμπεσε θυμῷ,
πῶς ἂν ἔπειτ' ἀπὸ σεῖο, φίλον τέκος, αὖθι λιποίμην

417. τοῖς ἄλλοισιν d. i. ὑμῖν τοῖς ἄλλοις, euch andern: daher dann die zweite Person δήετε.

420. ὑπερέσχε, er hat erhoben und hält noch. Die Wirkung dauert fort, wie in τεθαρσήκασι.

424. σόῳ zerdehnter Conjunctiv aus der doppelt contrahirten Form σῷ (σαόῃ, σαῷ, σῷ mit vorherrschendem O-Laut). Ebenso 393 σόωσι aus σῶσι und 681 σόῳς aus σῷς.

425. ἑτοίμη, verwirklicht, in Erfüllung gegangen oder gehend, vgl. Od. ϑ, 384 ἠδ' ἄρ' ἑτοῖμα τέτυκτο.

426. ἐμεῦ ἀπομηνίσαντος causal und temporal wie 436 ἐπεὶ χόλος ἔμπεσε θυμῷ. Ueber ἀπὸ in dieser Zusammensetzung vgl. zu β, 772.

427. αὖθι παρ' ἄμμι, hier bei uns. Aus dieser Erwähnung des Phönix, sowie der spätern 612–618, lässt sich schliessen, dass derselbe doch m i t den andern Gesandten zu Achilleus gekommen sei.

433. δάκρυ ἀναπρήσας, vgl. zu Od. β, 81. περὶ δίε νηυσίν, er war sehr besorgt um die Schiffe.

434f. εἰ – μετὰ φρεσὶ – βάλλεαι, wenn du dir im Geiste vornimmst, darauf bedacht bist. Vgl. *inducere in animum*.

437. ἀπὸ σεῖο – λιποίμην οἶος, getrennt von dir, ohne dich hier

οἷος; σοὶ δέ μ' ἔπεμπε γέρων ἱππηλάτα Πηλεύς, 9
ἤματι τῷ ὅτε σ' ἐκ Φθίης Ἀγαμέμνονι πέμπεν
νήπιον, οὔ πω εἰδόθ' ὁμοιίου πολέμοιο
οὐδ' ἀγορέων, ἵνα τ' ἄνδρες ἀριπρεπέες τελέθουσιν.
τοὔνεκά με προέηκε, διδασκέμεναι τάδε πάντα,
μύθων τε ῥητῆρ' ἔμεναι πρηκτῆρά τε ἔργων.
ὡς ἂν ἔπειτ' ἀπὸ σεῖο, φίλον τέκος, οὐκ ἐθέλοιμι
λείπεσθ', οὐδ' εἴ κέν μοι ὑποσταίη θεὸς αὐτός,
γῆρας ἀποξύσας θήσειν νέον ἡβώοντα,
οἷον ὅτε πρῶτον λίπον Ἑλλάδα καλλιγύναικα,
φεύγων νείκεα πατρὸς Ἀμύντορος Ὀρμενίδαο,
ὅς μοι παλλακίδος περιχώσατο καλλικόμοιο,
τὴν αὐτὸς φιλέεσκεν, ἀτιμάζεσκε δ' ἄκοιτιν,
μητέρ' ἐμήν. ἡ δ' αἰὲν ἐμὲ λισσέσκετο γούνων
παλλακίδι προμιγῆναι, ἵν' ἐχθήρειε γέροντα.
τῇ πιθόμην καὶ ἔρεξα· πατὴρ δ' ἐμὸς αὐτίκ' ὀισθείς
πολλὰ κατηρᾶτο, στυγερὰς δ' ἐπεκέκλετ' ἐρινῦς,
μή ποτε γούνασιν οἷσιν ἐφέσσεσθαι φίλον υἱόν
ἐξ ἐμέθεν γεγαῶτα· θεοὶ δ' ἐτέλειον ἐπαράς,

allein zurückbleiben. Zur Frageform *πῶς ἔπειτα* vgl. bei Od. α, 65.

439. *ἤματι – πέμπεν* = λ, 766.

441. *ἵνα τ'* = *ἐν οἷς* d. i. *ἐν πολέμῳ καὶ ἐν ἀγοραῖς.*

443. *μ. ῥητῆρα* und *πρηκτῆρα ἔργ.* (*oratorem verborum actoremque rerum* bei Cic. de orat. 3 § 57) beziehen sich auf das bei *διδασκέμεναι* zu ergänzende *σέ.*

444. *ὡς ἂν ἔπειτ'*, wie ich denn, daher ich denn, darum. Vgl. zu Od. ϑ, 239 *ὡς ἂν σὴν ἀρετὴν βροτὸς οὔ τις ὄνοιτο.*

446. *νέον ἡβώοντα* = *νεωστὶ ἀκμάζοντα*, von neuem aufblühend. Vgl. Od. δ, 112 *νέον γεγαῶτα.* τ, 519 *ἔαρος νέον ἱσταμένοιο.*

449. *ὅς μοι – περιχώσατο*, der auf mich wegen des Kebsweibes heftig erzürnt war, nämlich wegen des erst zu erzählenden Factums.

450. *ἀτιμάζεσκε* d. h. nicht als Gattin behandelte. Vgl. Herodot. 1, 61: *τὸν δὲ (Μεγακλέα) δεινόν τι ἔσχε ἀτιμάζεσθαι πρὸς Πεισιστράτου.*

452. *ἐχθήρειε*, erg. *ἡ παλλακίς.*

453. *τῇ π. κ. ἔρεξα*, mit Empfindung und dem Ausdruck der Reue gesprochen.

454. *κατηρᾶτο – ἐπεκέκλετ' ἐρ.* d. i. *κατηρᾶτο ἐπικεκλόμενος στυγερὰς ἐρινῦς.* — *μή ποτε – ἐφέσσεσθαι* (von *κατηρᾶτο* abhängig) transitiv (vgl. Od. π, 443): nie möge er einen von mir gezeugten Sohn auf seine Kniee setzen, d. h. er wünschte mir Unfruchtbarkeit, Kinderlosigkeit, verwünschte meinen Samen.

456. *θεοὶ δ' ἐτέλειον ἐπαράς.* So büsst im A. T. Ruben, der Sohn Jakobs, dasselbe Vergehen mit dem

Ζεύς τε καταχθόνιος καὶ ἐπαινὴ Περσεφόνεια.
τὸν μὲν ἐγὼ βούλευσα κατακτάμεν ὀξέϊ χαλκῷ·
ἀλλά τις ἀθανάτων παῦσεν χόλον, ὅς ῥ' ἐνὶ θυμῷ
δήμου θῆκε φάτιν καὶ ὀνείδεα πόλλ' ἀνθρώπων,
ὡς μὴ πατροφόνος μετ' Ἀχαιοῖσιν καλεοίμην.
ἔνθ' ἐμοὶ οὐκέτι πάμπαν ἐρητύετ' ἐν φρεσὶ θυμός
πατρὸς χωομένοιο κατὰ μέγαρα στρωφᾶσθαι.
ἦ μὲν πολλὰ ἔται καὶ ἀνεψιοὶ ἀμφὶς ἐόντες
αὐτοῦ λισσόμενοι κατερήτυον ἐν μεγάροισιν,
πολλὰ δὲ ἴφια μῆλα καὶ εἰλίποδας ἕλικας βοῦς
ἔσφαζον, πολλοὶ δὲ σύες θαλέθοντες ἀλοιφῇ
εὑόμενοι τανύοντο διὰ φλογὸς Ἡφαίστοιο,
πολλὸν δ' ἐκ κεράμων μέθυ πίνετο τοῖο γέροντος.
εἰνάνυχες δέ μοι ἀμφ' αὐτῷ παρὰ νύκτας ἴαυον·
οἱ μὲν ἀμειβόμενοι φυλακὰς ἔχον, οὐδέ ποτ' ἔσβη
πῦρ, ἕτερον μὲν ὑπ' αἰθούσῃ εὐερκέος αὐλῆς,

Verlust seines Erstgeburtsrechtes, vgl. Genes. 35, 22 mit 49, 4. 1 Chronik. 5, 1. 2.

457. *ἐπαινὴ Π.*, vgl. zu Od. *κ*, 491.

458. *τὸν μὲν ἐγὼ βούλευσα* = Od. *ι* 299. Uebrigens sind uns die vier Verse 458–461 nur durch Plutarch erhalten worden, nach dessen Zeugniss Aristarch dieselben aus Aengstlichkeit wegen des bösen Beispiels aus dem Text entfernt haben soll.

459. *ἐνὶ θυμῷ θῆκε*, mich bedenken, erwägen liess.

462f. *ἔνθ' ἐμοὶ οὐκέτι κτέ.* d. h. ich konnte es nicht mehr aushalten, im väterlichen Hause zu bleiben. Vgl. *ν*, 280. Nach dem Folgenden müssen wir uns den Zustand des Phönix als einen hohen Grad von Schwermuth vorstellen, die zuweilen selbst in Raserei ausbrach, welche aber der Dichter als unmittelbare Folge der Verwünschung des Vaters und Strafe der Erinyen betrachtet. Scham und Schuldbewusstsein machten dem Phönix den längern Aufenthalt im väterlichen Hause zur Qual, und immer trachtete er zu entweichen. Daher werden alle Freunde und Verwandte aufgeboten, um ihn zu begütigen, Gastmahle zu seiner Aufheiterung veranstaltet, er selbst zur Nachtzeit bewacht; aber Alles umsonst. — *πατρὸς χωομένοιο* ist mehr absoluter Casus, als von *μέγαρα* abhängig; vgl. 465.

465. *αὐτοῦ ἐν μεγάροισιν* = *ζ*, 431 *αὐτοῦ μίμν' ἐπὶ πύργῳ*.

469. *πολλὸν – τοῖο γέροντος* d. h. mein Vater liess sich gern alle Opfer gefallen, um mich wo möglich zum Bleiben zu bewegen.

470. *εἰνάνυχες* wahrscheinlich Adjectiv (vom ungebr. *εἰνάνυξ*), wie auch die Adjectiva *πάννυχος, παννύχιος, ἔννυχος, ἐννύχιος* statt der Adverbia gebraucht werden. *μοι ἀμφ' αὐτῷ*, gerade, zunächst um mich.

472. *ὑπ' αἰθούσῃ – αὐλῆς*, vgl. zu Od. *χ*, 449.

ἄλλο δ' ἐνὶ προδόμῳ, πρόσθεν θαλάμοιο θυράων. 9
ἀλλ' ὅτε δὴ δεκάτη μοι ἐπήλυθε νὺξ ἐρεβεννή,
καὶ τότ' ἐγὼ θαλάμοιο θύρας πυκινῶς ἀραρυίας
ῥήξας ἐξῆλθον, καὶ ὑπέρθορον ἑρκίον αὐλῆς,
ῥεῖα λαθὼν φύλακάς τ' ἄνδρας δμωάς τε γυναῖκας.
φεῦγον ἔπειτ' ἀπάνευθε δι' Ἑλλάδος εὐρυχόροιο,
Φθίην δ' ἐξικόμην ἐριβώλακα, μητέρα μήλων,
ἐς Πηλῆα ἄναχθ'. ὁ δέ με πρόφρων ὑπέδεκτο,
καί με φίλησ' ὡς εἴ τε πατὴρ ὃν παῖδα φιλήσῃ
μοῦνον τηλύγετον πολλοῖσιν ἐπὶ κτεάτεσσιν,
καί μ' ἀφνειὸν ἔθηκε, πολὺν δέ μοι ὤπασε λαόν·
ναῖον δ' ἐσχατιὴν Φθίης, Δολόπεσσιν ἀνάσσων.
καί σε τοσοῦτον ἔθηκα, θεοῖς ἐπιείκελ' Ἀχιλλεῦ,
ἐκ θυμοῦ φιλέων, ἐπεὶ οὐκ ἐθέλεσκες ἅμ' ἄλλῳ
οὔτ' ἐς δαῖτ' ἰέναι οὔτ' ἐν μεγάροισι πάσασθαι,
πρίν γ' ὅτε δή σ' ἐπ' ἐμοῖσιν ἐγὼ γούνεσσι καθίσσας
ὄψου τ' ἄσαιμι προταμὼν καὶ οἶνον ἐπισχών.
πολλάκι μοι κατέδευσας ἐπὶ στήθεσσι χιτῶνα

473. ἐνὶ προδόμῳ, vgl. zu Od. α, 103 und ξ, 5. Der πρόδομος begreift auch die innere αἴθουσα in sich. θύραι wie πύλαι beinahe regelmässig, wo auch nur von Einer Thür die Rede ist. Der θάλαμος aber, das Schlafgemach des jungen Phönix, muss wohl zu äusserst rechts oder links von der innern αἴθουσα, an die αὐλή und ebenso an die nicht gar hohe Seitenmauer derselben (ἑρκίον αὐλῆς 476, vgl. zu Od. σ, 102) anstossend, gedacht werden.

477. ῥεῖα λαθὼν nach Bekker verbunden, wie Od. ρ, 305, vgl. Il. π, 745. ῥεῖα κυβιστᾷ d. h. ἀμογητί, ohne Schwierigkeit. Die φύλακες befanden sich an den regelmässigen Ausgängen. Zu δμωάς τε γυναῖκας vgl. Od. υ, 110, wo eine von Odysseus' Mägden auch noch tief in der Nacht an ihrer Arbeit (dem Mahlen) ist.

481. καί με φίλησ'. φιλέω hier in der bei Spätern gewöhnlichen Bedeutnng von στέργω, vgl. 486. Aus der Vergleichung ὡς πατὴρ lässt sich schliessen, dass Peleus älter als Phönix war.

482. πολλοῖσιν ἐπὶ κτεάτεσσιν deutet auf die auch äusserlich günstige Lage, in die Phönix gesetzt wurde.

484. Δόλοπες, als Bewohner eines Theiles von Phthia (β, 683) im Katalogos nicht genannt.

485. καί σε τοσ. ἔθηκα, und ich habe dich so gross, bis zum Manne erzogen.

488. ἐπ' ἐμοῖσιν – γούν. καθίσσας, vgl. χ, 500 ἑοῦ ἐπὶ γούνασι πατρός, wo auch aus dem nächstfolgenden Verse zu ersehen ist, was Phönix hier durch ὄψον (= πᾶν τὸ προσεσθιόμενον) vorzüglich bezeichnen will. Zu ἐπισχὼν vgl. χ, 494 κοτύλην τις τυτθὸν ἐπέσχεν. Das Object davon, οἶνον, hätte eigentlich dem

οἴνου ἀποβλύζων ἐν νηπιέῃ ἀλεγεινῇ.
ὣς ἐπὶ σοὶ μάλα πόλλ' ἔπαθον καὶ πόλλ' ἐμόγησα,
τὰ φρονέων, ὅ μοι οὔ τι θεοὶ γόνον ἐξετέλειον
ἐξ ἐμεῦ· ἀλλὰ σὲ παῖδα, θεοῖς ἐπιείκελ' Ἀχιλλεῦ,
ποιεύμην, ἵνα μοί ποτ' ἀεικέα λοιγὸν ἀμύνῃς.
ἀλλ' Ἀχιλεῦ δάμασον θυμὸν μέγαν· οὐδέ τί σε χρὴ
νηλεὲς ἦτορ ἔχειν· στρεπτοὶ δέ τε καὶ θεοὶ αὐτοί,
τῶν περ καὶ μείζων ἀρετὴ τιμή τε βίη τε.
καὶ μὲν τοὺς θυέεσσι καὶ εὐχωλῇς ἀγανῇσιν
λοιβῇ τε κνίσῃ τε παρατρωπῶσ' ἄνθρωποι
λισσόμενοι, ὅτε κέν τις ὑπερβήῃ καὶ ἁμάρτῃ.
καὶ γάρ τε λιταί εἰσι Διὸς κοῦραι μεγάλοιο,
χωλαί τε ῥυσαί τε παραβλῶπές τ' ὀφθαλμώ,
αἵ ῥά τε καὶ μετόπισθ' ἄτης ἀλέγουσι κιοῦσαι.
ἡ δ' ἄτη σθεναρή τε καὶ ἀρτίπος, οὕνεκα πάσας
πολλὸν ὑπεκπροθέει, φθάνει δέ τε πᾶσαν ἐπ' αἶαν
βλάπτουσ' ἀνθρώπους· αἱ δ' ἐξακέονται ὀπίσσω.
ὃς μέν τ' αἰδέσεται κούρας Διὸς ἆσσον ἰούσας,

ὄψου entsprechen sollen.

491. *ἐν νηπιέῃ ἀλεγ.*, in mühsamer Kindesart oder — Unart.

492. *ἐπὶ σοί*, um dich, gleichsam als Preis, d. h. um dich mir anzueignen, als Sohn zu gewinnen, wie die folgenden drei Verse deutlich machen. Vgl. Od. λ, 548 *τοιῷδ' ἐπ' ἀέθλῳ.*

495. *ἵνα – ἀμύνῃς.* Das aber sollte Achilleus für Phönix und alle Achäer jetzt thun, vgl. ω, 489.

498. *καὶ μείζων*, nicht nur gleich gross, sondern **selbst** grösser (als die menschliche).

499. *καὶ μὲν τούς*, wahrlich auch diese; vgl. zu Od. ξ, 85. 88 *καὶ μὲν δυσμενέες – καὶ μὲν τοῖς.*

502. *λιταί*, die Bitten (Abbitten), allegorische Personen als Organe des *λίσσεσθαι*, sind Töchter des Zeus, da dieser Beschützer auch der Schutzflehenden ist (*ἐπιτιμήτωρ ἱκετάων τε ξείνων τε* Od. ι 270).

503. *χωλαί κτέ.* Warum erhalten die *λιταὶ* die Epitheta *χωλαί, ῥυσαὶ* und *παραβλῶπες*?

504. *καὶ μετόπισθ' ἄτης.* Der Genitiv *ἄτης* hängt zunächst von *μετόπισθε* ab und diess gehört zu *κιοῦσαι.* Als Object von *ἀλέγουσι* ist aber auch *ἄτης* zu denken, dem Sinne nach = *τῶν ὑπὸ τῆς ἄτης πεπραγμένων.* Der Sinn ist nämlich: welche auch (wenn gleich) hinter der Verschuldung einhergehend **dafür besorgt** sind, ihre besorgte Theilnahme beweisen (und das durch die Ate Verdorbene wieder gut zu machen suchen, *ἐξακέονται ὀπίσσω* nach 507).

505. *πάσας*, erg. *λιτάς*, die Verschuldung und der durch sie verursachte Schaden eilt allen Reubitten zuvor.

506. *φθάνει* mit langem α wie φ, 262.

508. *ὃς μέν τ' αἰδέσεται.* Durch diese Verse und vorzüglich durch

τὸν δὲ μέγ' ὤνησαν καί τ' ἔκλυον εὐχομένοιο· 9
ὃς δέ κ' ἀνήνηται καί τε στερεῶς ἀποείπῃ,
λίσσονται δ' ἄρα ταί γε Δία Κρονίωνα κιοῦσαι
τῷ ἄτην ἅμ' ἕπεσθαι, ἵνα βλαφθεὶς ἀποτίσῃ.
ἀλλ' Ἀχιλεῦ πόρε καὶ σὺ Διὸς κούρῃσιν ἕπεσθαι
τιμήν, ἥ τ' ἄλλων περ ἐπιγνάμπτει νόον ἐσθλῶν.
εἰ μὲν γὰρ μὴ δῶρα φέροι, τὰ δ' ὄπισθ' ὀνομάζοι
Ἀτρείδης, ἀλλ' αἰὲν ἐπιζαφελῶς χαλεπαίνοι,
οὐκ ἂν ἔγωγέ σε μῆνιν ἀπορρίψαντα κελοίμην
Ἀργείοισιν ἀμυνέμεναι, χατέουσί περ ἔμπης·
νῦν δ' ἅμα τ' αὐτίκα πολλὰ διδοῖ, τὰ δ' ὄπισθεν ὑπέστη,
ἄνδρας δὲ λίσσεσθαι ἐπιπροέηκεν ἀρίστους
κρινάμενος κατὰ λαὸν Ἀχαιικόν, οἵ τε σοὶ αὐτῷ
φίλτατοι Ἀργείων· τῶν μὴ σύ γε μῦθον ἐλέγξῃς
μηδὲ πόδας· πρὶν δ' οὔ τι νεμεσσητὸν κεχολῶσθαι.
οὕτω καὶ τῶν πρόσθεν ἐπευθόμεθα κλέα ἀνδρῶν

die auf ein Factum, eine concrete Erscheinung hinweisenden Aoriste *ὤνησαν καί τ' ἔκλυον* 509 wird dem Achilleus die Anwendung der ganzen Allegorie auf sich selbst nahe gelegt; er soll die *λιταί*, die sich hinter der *ἄτη* Agamemnon's ihm auch nähern, mit Scheu und Ehrfurcht aufnehmen.

509. *τὸν δὲ μέγ' ὤνησαν κτέ.*, dem stehen sie hinwieder mächtig bei und erhören sein Flehen (sich bei Zeus und den andern Göttern für ihn zu verwenden, wenn auch er in den Fall kommt, Verzeihung und Fürbitte zu bedürfen).

512. *τῷ ἄτην ἅμ' ἕπεσθαι*, dass ihm (der die Bitten der Reue so hart und starr abgewiesen) die Verschuldung und der Schaden folge und zu ihm übergehe, d. h. er sich auch freveInd verschulde und dafür büssen müsse. Dieser Fall tritt buchstäblich bei Achilleus ein; seine unmenschliche Härte gegen alle Bitten des Agamemnon ist auch eine *ἄτη*, und diese büsst er durch den Tod des Patroklos.

513 f. *πόρε – ἕπεσθαι τιμήν*, gewähre auch du den Bitten von deiner Seite Ehrfurcht und Scheu, *αἴδεσαι Διὸς κούρας* = lass dich von ihnen erweichen, so dass du die Ehre erwiederst, die sie dir erzeigen.

515. *δῶρα φέροι* = *δῶρα τὰ μὲν φέροι* oder *αὐτίκα διδοίη* nach 519, als Gegensatz von *τὰ δ' ὄπισθε*.

519. *τὰ δ' ὄπισθεν ὑπέστη.* Auch hier ist die angefangene Construction geändert; es hätte eigentlich folgen sollen *ἅμα τ' ὄπισθε πολλὰ ὑπέστη*.

520. *ἀρίστους* ist enger mit *κρινάμενος* als mit *ἐπιπροέηκεν* zu verbinden.

522. *μὴ σύ γε – – μηδὲ πόδας*, mache ja nicht ihre Worte noch ihre Füsse zu Schanden, so dass sie vergeblich so viel gesprochen, vergeblich diesen Weg gemacht haben.

524. *κλέα*, Kunden, rühmliche Kunden.

ἡρώων, ὅτε κέν τιν᾽ ἐπιζάφελος χόλος ἵκοι·
δωρητοί τε πέλοντο παράρρητοί τ᾽ ἐπέεσσιν.
μέμνημαι τόδε ἔργον ἐγὼ πάλαι, οὔτι νέον γε,
ὡς ἦν· ἐν δ᾽ ὑμῖν ἐρέω πάντεσσι φίλοισιν.
Κουρῆτές τ᾽ ἐμάχοντο καὶ Αἰτωλοὶ μενεχάρμαι
ἀμφὶ πόλιν Καλυδῶνα, καὶ ἀλλήλους ἐνάριζον,
Αἰτωλοὶ μὲν ἀμυνόμενοι Καλυδῶνος ἐραννῆς,
Κουρῆτες δὲ διαπραθέειν μεμαῶτες Ἄρηι.
καὶ γὰρ τοῖσι κακὸν χρυσόθρονος Ἄρτεμις ὦρσεν,
χωσαμένη ὅ οἱ οὔ τι θαλύσια γουνῷ ἀλωῆς

528. *ὡς ἦν* vgl. 551. *Κουρήτεσσι κακῶς ἦν* und 324.

529. *Κουρῆτες καὶ Αἰτωλοί*, die erstern mit der Hauptstadt Pleuron, die letztern in Kalydon am Fluss Euenos, vgl. zu *β*, 638.

532. *διαπραθέειν Ἄρηι*, durch Kampf, im Kriege zu zerstören, erg. *Καλυδῶνα*. Uebrigens gehören die vier Verse 529 – 532 dem Zusammenhang nach eigentlich erst zwischen 549 und 550. Der historische Zusammenhang der etwas verwickelten Sage ist nämlich folgender. Wegen eines unterlassenen Opfers sandte Artemis dem Oeneus, Beherrscher von Kalydon, einen Eber, der seine Saaten verheerte. Zu dessen Bekämpfung vereinigten sich die Aetoler (von Kalydon) und die Kureten (von Pleuron) nebst vielen andern (544), und Meleager, Sohn des Oeneus, erlegte denselben. Aber über den Hauptbestand der Beute — Kopf und Haut des Ebers — erregte Artemis Streit zwischen Meleager und den Brüdern seiner Mutter Althäa, Söhnen des Thestios, welche die Führer der Kureten waren. Daraus entspann sich ein Krieg zwischen den Kureten und Aetolern, so dass Kalydon von jenen belagert wurde, und in diesem tödtete Meleager einen der Brüder der Althäa (567); diese aber verfluchte ihren Sohn (566 – 572), und die Erinys erhörte ihren Fluch. Erbittert darüber zog sich Meleager vom Kampfe zurück, und seine Volksgenossen wurden immer mehr bedrängt. Vergeblich flehten ihn Vater, Mutter, Schwestern, Mitbürger um Beistand an, vergeblich boten ihm die letztern ein reiches Ehrengeschenk an; er blieb unerbittlich in seinem Grolle. Endlich als schon die Feinde die Mauern der Stadt erstiegen und sie in Brand zu stecken anfingen, liess er sich durch die Wehklagen seiner Gattin Kleopatra (590 ff. vgl. 556 – 564) erweichen und wehrte den Untergang von seiner Vaterstadt ab; aber sein Verdienst blieb nun unbelohnt, das früher anerbotene Geschenk wurde ihm nicht gegeben. Vor diesem Beispiele wird Achilleus gewarnt; sonst werde auch er am Ende zwar nachgeben müssen, aber dessen keinen Dank haben.

533. *καὶ γὰρ τοῖσι*. Die Erzählung geht hier auf die erste Veranlassung des im Vorigen bezeichneten Krieges zurück. *τοῖσι* ist auf beide Völker zu beziehen, da die Strafe der Artemis auch über die Kureten viel Unglück brachte.

534. *θαλύσια*, hier allen Göttern geweiht, sonst der Demeter und andern Göttern des Landbaues. — *γουνῷ ἀλωῆς*, vgl. zu Od. *α*, 193.

Οἰνεὺς ῥέξ'· ἄλλοι δὲ θεοὶ δαίνυνθ' ἑκατόμβας,
οἴῃ δ' οὐκ ἔρρεξε Διὸς κούρῃ μεγάλοιο,
ἢ λάθετ' ἢ οὐκ ἐνόησεν· ἀάσατο δὲ μέγα θυμῷ.
ἡ δὲ χολωσαμένη, δῖον γένος, ἰοχέαιρα
ὦρσεν ἔπι χλούνην σῦν ἄγριον ἀργιόδοντα,
ὃς κακὰ πόλλ' ἔρδεσκεν ἔθων Οἰνῆος ἀλωήν·
πολλὰ δ' ὅ γε προθέλυμνα χαμαὶ βάλε δένδρεα μακρὰ
αὐτῇσιν ῥίζῃσι καὶ αὐτοῖς ἄνθεσι μήλων.
τὸν δ' υἱὸς Οἰνῆος ἀπέκτεινεν Μελέαγρος,
πολλέων ἐκ πολίων θηρήτορας ἄνδρας ἀγείρας
καὶ κύνας· οὐ μὲν γάρ κ' ἐδάμη παύροισι βροτοῖσιν·
τόσσος ἔην, πολλοὺς δὲ πυρῆς ἐπέβησ' ἀλεγεινῆς.
ἡ δ' ἀμφ' αὐτῷ θῆκε πολὺν κέλαδον καὶ ἀυτήν,
ἀμφὶ συὸς κεφαλῇ καὶ δέρματι λαχνήεντι,
Κουρήτων τε μεσηγὺ καὶ Αἰτωλῶν μεγαθύμων.
ὄφρα μὲν οὖν Μελέαγρος ἀρηίφιλος πολέμιζεν,
τόφρα δὲ Κουρήτεσσι κακῶς ἦν, οὐδ' ἐδύναντο
τείχεος ἔκτοσθεν μίμνειν πολέες περ ἐόντες·

537. *ἢ λάθετ' ἢ οὐκ* (Synizesis) *ἐνόησεν* = *εἴ τε* – *εἴ τε* –, an das Vorige angehängt: sei's dass er es vergass (aber doch sich eigentlich vorgenommen hatte), oder gar nicht (und nie) daran dachte; in beiden Fällen war es eine Vernachlässigung der Göttin, die sich bei dem Weinbauer (*Οἰνεὺς*) gegen die Göttin der Jagd begreifen lässt.

538. *δῖον γένος* wird Artemis ganz eigentlich genannt als *Διὸς κούρη* (536); vgl. auch κ, 290 *δῖα θεὰ* als Anrede der Athene.

539. *χλούνην* wahrscheinlich nach Apollonius = *χλοεύνην, τὸν ἐν τῇ χλόῃ εὐναζόμενον*, im Grase lagernd, also im Freien lebend, im Gegensatz von *οἰκοτραφής*.

540. *ἔθων*, gewohnt, nach Gewohnheit, d. h. nicht nur Einmal, sondern immer, regelmässig wiederkehrend, *ἐξ ἔθους ἐπιφοιτῶν*. Doch erklärten es die Glossographen auch durch *βλάπτων, φθείρων*. Viell. eigentlich: aufwühlend, aufstörend, welcher Begriff auch für π, 260 *ἐριδμαίνωσιν ἔθοντες* gut in den Zusammenhang passen würde.

541. *προθέλυμνα* mit *βάλε* als Prädicat zu verbinden = *πρόρριζα*, so dass der Grund, das Unterste, hervor und an den Tag kommt, *funditus, radicitus*, = κ, 15. Deutlich in diesem Sinne braucht das Wort Aristophanes Friede 1210: *Οἴμ' ὡς προθέλυμνόν μ', ὦ Τρυγαῖ', ἀπώλεσας.*

543. *Μελέαγρος* = *ᾧ μέλει ἄγρα*, der Jagdfreund, Jäger.

546. *ἔην* – *ἐπέβησε*, der Eber nämlich, der noch viele Jäger tödtete.

548. *ἀμφὶ* – *λαχνήεντι*, nähere Erklärung des allgemeinen *ἀμφ' αὐτῷ*, wobei der örtliche Begriff von *ἀμφί*, um, sich dem figürlichen, um – willen nähert.

551. f. *οὐδ' ἐδύναντο* – *μίμνειν*, vgl. ε, 94, sie mussten sich (vor ihm)

ἀλλ᾽ ὅτε δὴ Μελέαγρον ἔδυ χόλος, ὅς τε καὶ ἄλλων
οἰδάνει ἐν στήθεσσι νόον πύκα περ φρονεόντων,
ἤ τοι ὁ μητρὶ φίλῃ Ἀλθαίῃ χωόμενος κῆρ
κεῖτο παρὰ μνηστῇ ἀλόχῳ, καλῇ Κλεοπάτρῃ,
κούρῃ Μαρπήσσης καλλισφύρου Εὐηνίνης
Ἴδεώ θ᾽, ὃς κάρτιστος ἐπιχθονίων γένετ᾽ ἀνδρῶν
τῶν τότε, καί ῥα ἄνακτος ἐναντίον εἵλετο τόξον
Φοίβου Ἀπόλλωνος καλλισφύρου εἵνεκα νύμφης.
τὴν δὲ τότ᾽ ἐν μεγάροισι πατὴρ καὶ πότνια μήτηρ
Ἀλκυόνην καλέεσκον ἐπώνυμον, οὕνεκ᾽ ἄρ᾽ αὐτῆς
μήτηρ ἀλκυόνος πολυπενθέος οἶτον ἔχουσα
κλαῖ᾽, ὅτε μιν ἑκάεργος ἀνήρπασε Φοῖβος Ἀπόλλων.
τῇ ὅ γε παρκατέλεκτο χόλον θυμαλγέα πέσσων,
ἐξ ἀρέων μητρὸς κεχολωμένος, ἥ ῥα θεοῖσιν
πόλλ᾽ ἀχέουσ᾽ ἠρᾶτο κασιγνήτοιο φόνοιο,

immer wieder von den Mauern der belagerten Stadt zurückziehen, ihre Angriffe wurden abgeschlagen. Der Ausdruck *τείχεος ἔκτοσθεν μίμνειν* würde allerdings eher auf Belagerte und ihre Ausfälle leiten, wesshalb Einige die Verse 550 – 552 auf eine Belagerung der in Pleuron eingeschlossenen Kureten im Anfange des Krieges und vor der Belagerung Kalydon's (530. 573) beziehen; allein für diese Beziehung giebt der ganze übrige Zusammenhang nicht den mindesten Anhaltspunkt, und es lässt sich überhaupt nicht leicht absehen, wie die im Vortheil stehenden Aetoler gleich bei Beginn des Krieges die ohnehin geschädigten Kureten hätten in ihrer Stadt angreifen und darin einschliessen sollen.

553. *ὅς τε καὶ ἄλλων*. Leise und schonende Hindeutung auf Achilleus.

557. *Μαρπήσσης – Εὐην.* Marpessa, die schöne und berühmte Tochter des ätolischen Königs Euenos, war die Mutter der Kleopatra von dem Lakedämonier (Messenier) Idas, der sie aus Aetolien entführte und selbst gegen Apollo, welcher sie ihm aus Liebe rauben wollte, mit dem Bogen vertheidigte (559 f.). Zu *ἄνακτος – Φοίβου* vgl. 404 f. *ἀφήτορος – Φοίβου Ἀπόλλωνος* und 564. Die Abschweifung der Verse 557 – 564 kommt auf Rechnung des redseligen Alters; mit 565 lenkt Phönix wieder ein.

561. *τὴν δέ*, die Kleopatra (556). *τότε*, nach dem in den zwei vorhergehenden Versen erwähnten Vorfall und durch denselben veranlasst. Denn Marpessa wurde oder blieb doch die Gattin des Idas.

562. *αὐτῆς μήτηρ*, Marpessa. Wieder ein Beispiel, dass das Kind nach der Stimmung, Eigenschaft oder Lage der Aeltern benannt wird, wie Megapenthes Od. δ, 11. — *ἀλκυών*, das Weibchen des Meereisvogels, das, vom Männchen getrennt oder nach dem Tode desselben, unablässig wehmüthige Klagetöne von sich giebt.

564. *ὅτε μιν – ἀνήρπασε κτλ.* Während dieser Zeit hatte Marpessa wenigstens vorübergehend

πολλὰ δὲ καὶ γαῖαν πολυφόρβην χερσὶν ἀλοία
κικλήσκουσ' Ἀίδην καὶ ἐπαινὴν Περσεφόνειαν
πρόχνυ καθεζομένη, δεύοντο δὲ δάκρυσι κόλποι,
παιδὶ δόμεν θάνατον· τῆς δ' ἠεροφοῖτις ἐρινὺς
ἔκλυεν ἐξ Ἐρέβεσφιν, ἀμείλιχον ἦτορ ἔχουσα.
τῶν δὲ τάχ' ἀμφὶ πύλας ὅμαδος καὶ δοῦπος ὀρώρει
πύργων βαλλομένων. τὸν δὲ λίσσοντο γέροντες
Αἰτωλῶν, πέμπον δὲ θεῶν ἱερῆας ἀρίστους,
ἐξελθεῖν καὶ ἀμῦναι, ὑποσχόμενοι μέγα δῶρον.
ὁππόθι πιότατον πεδίον Καλυδῶνος ἐραννῆς,
ἔνθα μιν ἤνωγον τέμενος περικαλλὲς ἑλέσθαι
πεντηκοντόγυον, τὸ μὲν ἥμισυ οἰνοπέδοιο,
ἥμισυ δὲ ψιλὴν ἄροσιν πεδίοιο ταμέσθαι.
πολλὰ δέ μιν λιτάνευε γέρων ἱππηλάτα Οἰνεύς,
οὐδοῦ ἐπεμβεβαὼς ὑψηρεφέος θαλάμοιο,
σείων κολλητὰς σανίδας, γουνούμενος υἱόν·
πολλὰ δὲ τόν γε κασίγνηται καὶ πότνια μήτηρ
ἐλλίσσονθ'· ὁ δὲ μᾶλλον ἀναίνετο. πολλὰ δ' ἑταῖροι,
οἵ οἱ κεδνότατοι καὶ φίλτατοι ἦσαν ἁπάντων·

das Loos des Eisvogels.

568. *γαῖαν – ἀλοία*, wie um die Götter der Unterwelt durch Pochen aufmerksam zu machen.

569 – 571. *Ἀίδην – ἐρινύς*. Umgekehrt war das Verhältniss der Angerufenen und der Erhörenden oben 454 – 456 f. *ἐρινῦς – θεοὶ κτἑ.* – *δόμεν* hängt noch von dem entfernten *ἠρᾶτο* ab, dessen Begriff auch in *γαῖαν ἀλοία* symbolisirt ist.

572. *ἔκλυεν ἐξ Ἐρ.*, vgl. λ, 603 *κλισίηθεν ἀκούσας*.

573. *τῶν δὲ – πύλας*, also *Αἰτωλῶν*: Wirkung der den Fluch erhörenden Erinys, in dessen Folge sich auch Meleager dem Kampfe entzogen hatte (553 – 566).

575. *ἀρίστους*, die durch ihren Stand und ihre Persönlichkeit angesehensten.

579 f. *οἰνοπέδοιο – ταμέσθαι*. Der von *τέμενος* abhängige Genitiv *οἰνοπέδοιο* soll, wie es scheint, den Inhalt dieses Nomens angeben: aus Weinland, in Weinland bestehend; vgl. Il. ζ, 195. μ, 314. υ, 185, wo allemal *φυταλιῆς καὶ ἀρούρης* auch von *τέμενος* abhängt. Im folgenden Verse aber ist *ψιλὴν ἄροσιν* Prädicativ zu *ἥμισυ ταμέσθαι* und zwar in concretem Sinne (wie Od. ι, 134 *ἄροσις λείη*): als kahles, baumloses Pflugland vom Felde für sich abzugrenzen, so dass *ταμέσθαι* parallel mit *ἑλέσθαι* (sich auszuwählen) steht mit Anspielung auf die Etymologie von *τέμενος*. Im Wesentlichen nach Ed. Göbel.

583. *γουνούμενος* nur figürlich: anflehend, weil er ja nicht in den *θάλαμος* selbst kam.

585. *μᾶλλον* = *ἔτι μᾶλλον* 678; vgl. β, 81.

586. *κεδνότατοι κ. φ.* = 642

ἀλλ' οὐδ' ὡς τοῦ θυμὸν ἐνὶ στήθεσσιν ἔπειθον,
πρίν γ' ὅτε δὴ θάλαμος πύκα βάλλετο, τοὶ δ' ἐπὶ πύργων
βαῖνον Κουρῆτες καὶ ἐνέπρηθον μέγα ἄστυ.
καὶ τότε δὴ Μελέαγρον ἐΰζωνος παράκοιτις
λίσσετ' ὀδυρομένη, καί οἱ κατέλεξεν ἅπαντα,
κήδε' ὅσ' ἀνθρώποισι πέλει τῶν ἄστυ ἁλώῃ·
ἄνδρας μὲν κτείνουσι, πόλιν δέ τε πῦρ ἀμαθύνει,
τέκνα δέ τ' ἄλλοι ἄγουσι βαθυζώνους τε γυναῖκας.
τοῦ δ' ὠρίνετο θυμὸς ἀκούοντος κακὰ ἔργα,
βῆ δ' ἰέναι, χροῒ δ' ἔντε' ἐδύσετο παμφανόωντα.
ὣς ὁ μὲν Αἰτωλοῖσιν ἀπήμυνεν κακὸν ἦμαρ
εἴξας ᾧ θυμῷ· τῷ δ' οὐκέτι δῶρ' ἐτέλεσσαν
πολλά τε καὶ χαρίεντα, κακὸν δ' ἤμυνε καὶ αὔτως.
ἀλλὰ σὺ μή μοι ταῦτα νόει φρεσί, μηδέ σε δαίμων
ἐνταῦθα τρέψειε, φίλος· κάκιον δέ κεν εἴη
νηυσὶν καιομένῃσιν ἀμυνέμεν· ἀλλ' ἐπὶ δώρων
ἔρχεο· ἶσον γάρ σε θεῷ τίσουσιν Ἀχαιοί.
εἰ δέ κ' ἄτερ δώρων πόλεμον φθισήνορα δύῃς,

κήδιστοι κ. φ. Od. *κ*, 225 *κήδιστος ἑτάρων κεδνότατός τε.*

588. *θάλαμος – βάλλετο*, weil die Burg des Fürsten wohl auch mit der Stadtmauer zusammenhing oder vielleicht die Stadt mit Ausnahme der Burg schon erobert war.

591 f. *ἅπαντα, κήδε' ὅσ' ἀνθρ.* Betreffend die mit Bekker geänderte Interpunction vgl. Il. *σ*, 511 f. Od. *η*, 242. *ι*, 15.

592. *ἁλώῃ* Conjunctiv im bedingenden Relativsatze.

593. *ἄνδρας μὲν κτείνουσι κτέ.* Der Erzählende macht in lebendiger Darstellung die fremde Rede zu seiner eigenen, daher oratio directa statt der indirecta. Vgl. zu Od. *α*, 40.

594. *ἄλλοι ἄγουσι*, vgl. *γ*, 301 *ἄλοχοι δ' ἄλλοισι δαμεῖεν.*

596. *χροῒ – ἐδύσετο* wie sonst *δῦνε, δύσετο περὶ χροΐ, ἀμφ' ὤμοισιν ἐδύσετο.*

598. *εἴξας ᾧ θυμῷ* in Beziehung auf *τοῦ δ' ὠρίνετο θυμὸς* 595: seinem eigenen Gemüthe folgend, nicht durch die Bitten und Geschenke der Andern bewogen. Vgl. *ξ*, 132 *θυμῷ ἦρα φέροντες ἀφεστᾶσ' οὐδὲ μάχονται.* Döderlein dagegen erklärt unter Zustimmung von Nitzsch: *sero nec nisi postquam indulserat irae*, (erst) nachdem er seinem Zorn gefröhnt, ihm ganz zu Willen geworden. So soll aber Achilleus aus Scheu vor den *λιταῖς* nicht thun, damit er nicht auch die Geschenke verliere.

602. *καιομένῃσιν*, erst wenn sie schon brennen. — *ἐπὶ δώρων* gleichsam: zu der Zeit, da du noch Geschenke dafür erhältst, dich auch Andern gefällig erzeigst und ihren Dank erwirbst. Gegensatz 604 *ἄτερ δώρων.*

οὐκέθ' ὁμῶς τιμῆς ἔσεαι, πόλεμόν περ ἀλαλκών."
τὸν δ' ἀπαμειβόμενος προσέφη πόδας ὠκὺς Ἀχιλλεύς
„Φοῖνιξ, ἄττα γεραιέ, διοτρεφές, οὔ τί με ταύτης
χρεὼ τιμῆς· φρονέω δὲ τετιμῆσθαι Διὸς αἴσῃ,
ἥ μ' ἕξει παρὰ νηυσὶ κορωνίσιν, εἰς ὅ κ' ἀυτμή
ἐν στήθεσσι μένῃ καί μοι φίλα γούνατ' ὀρώρῃ.
ἄλλο δέ τοι ἐρέω, σὺ δ' ἐνὶ φρεσὶ βάλλεο σῇσιν.
μή μοι σύγχει θυμὸν ὀδυρόμενος καὶ ἀχεύων,
Ἀτρείδῃ ἥρωι φέρων χάριν· οὐδέ τί σε χρή
τὸν φιλέειν, ἵνα μή μοι ἀπέχθηαι φιλέοντι.
καλόν τοι σὺν ἐμοὶ τὸν κήδειν ὅς κ' ἐμὲ κήδῃ.
ἶσον ἐμοὶ βασίλευε, καὶ ἥμισυ μείρεο τιμῆς.
οὗτοι δ' ἀγγελέουσι, σὺ δ' αὐτόθι λέξεο μίμνων
εὐνῇ ἔνι μαλακῇ· ἅμα δ' ἠοῖ φαινομένηφιν
φρασσόμεθ' ἤ κε νεώμεθ' ἐφ' ἡμέτερ' ἦ κε μένωμεν."
ἦ, καὶ Πατρόκλῳ ὅ γ' ἐπ' ὀφρύσι νεῦσε σιωπῇ
Φοίνικι στορέσαι πυκινὸν λέχος, ὄφρα τάχιστα
ἐκ κλισίης νόστοιο μεδοίατο. τοῖσι δ' ἄρ' Αἴας
ἀντίθεος Τελαμωνιάδης μετὰ μῦθον ἔειπεν.
„διογενὲς Λαερτιάδη, πολυμήχαν' Ὀδυσσεῦ,
ἴομεν· οὐ γάρ μοι δοκέει μύθοιο τελευτή
τῇδέ γ' ὁδῷ κρανέεσθαι· ἀπαγγεῖλαι δὲ τάχιστα
χρὴ μῦθον Δαναοῖσι, καὶ οὐκ ἀγαθόν περ ἐόντα,
οἵ που νῦν ἕαται ποτιδέγμενοι. αὐτὰρ Ἀχιλλεύς

605. *τιμῆς*, vgl. σ, 475 *τιμῆντα*. Od. η, 110 *τεχνῆσσαι*.

607. *οὔ τί με – χρεώ*, vgl. zu Od. α, 225.

608. *Διὸς αἴσῃ*, durch die Schickung des Zeus, die von Zeus mir verliehene Bestimmung (als erster Held der Achäer anerkannt zu sein).

609. *ἥ μ' ἕξει* = *ἣν ἕξω*, *ἥ μοι παραμενεῖ*. Das Relativum bezieht sich natürlich auf *αἶσα*, aber dieses schliesst nach dem Zusammenhang den Begriff von *τιμή* in sich. Achilleus ist schon wieder etwas ruhiger geworden und von der leidenschaftlichen Gereiztheit zurückgekommen, die ihn oben 356 – 363 und 417 – 419 hatte aussprechen lassen.

616. *μείρεο*. Das Präsens hat Homer nur hier; vgl. das spätere *μερίζεσθαι*, sich zutheilen lassen.

620. *ἐπ'* gehört zu *νεῦσε* (*Πατρόκλῳ ἐπένευσε*).

621. *πυκινὸν λέχος*, die feste, festgefügte Bettstelle. *τάχιστα*, auf's schnellste, d. h. je eher je lieber.

625. *μύθοιο τελευτή*, die Vollendung unserer Rede, d. h. die Erreichung, Verwirklichung unseres

9 ἄγριον ἐν στήθεσσι θέτο μεγαλήτορα θυμόν,
σχέτλιος, οὐδὲ μετατρέπεται φιλότητος ἑταίρων
τῆς ᾗ μιν παρὰ νηυσὶν ἐτίομεν ἔξοχον ἄλλων·
νηλής. καὶ μέν τίς τε κασιγνήτοιο φονῆος
ποινὴν ἢ οὗ παιδὸς ἐδέξατο τεθνηῶτος·
καί ῥ' ὁ μὲν ἐν δήμῳ μένει αὐτοῦ πόλλ' ἀποτίσας,
τοῦ δέ τ' ἐρητύεται κραδίη καὶ θυμὸς ἀγήνωρ
ποινὴν δεξαμένου. σοὶ δ' ἄλληκτόν τε κακόν τε
θυμὸν ἐνὶ στήθεσσι θεοὶ θέσαν εἵνεκα κούρης
οἴης. νῦν δέ τοι ἑπτὰ παρίσχομεν ἔξοχ' ἀρίστας
ἄλλα τε πόλλ' ἐπὶ τῇσι. σὺ δ' ἵλαον ἔνθεο θυμόν,
αἴδεσσαι δὲ μέλαθρον· ὑπωρόφιοι δέ τοί εἰμεν
πληθύος ἐκ Δαναῶν, μέμαμεν δέ τοι ἔξοχον ἄλλων
κήδιστοί τ' ἔμεναι καὶ φίλτατοι, ὅσσοι Ἀχαιοί."
τὸν δ' ἀπαμειβόμενος προσέφη πόδας ὠκὺς Ἀχιλλεύς
„Αἶαν διογενὲς Τελαμώνιε, κοίρανε λαῶν,
πάντα τί μοι κατὰ θυμὸν ἐείσαο μυθήσασθαι·
ἀλλά μοι οἰδάνεται κραδίη χόλῳ, ὁππότ' ἐκείνων
μνήσομαι, ὥς μ' ἀσύφηλον ἐν Ἀργείοισιν ἔρεξεν

Zweckes, vgl. Od. α, 249 τελευτὴν ποιῆσαι.

629. ἄγριον θέτο = ἐξηγρίωσε, *exasperavit*, er hat erbittert, verhärtet, unversöhnlich gestimmt, vgl. 636 f.

632. νηλής, steigernde Wiederaufnahme von σχέτλιος, daher mit gehobener Stimme zu sprechen. — καὶ μέν τίς τε κτέ., vgl. zu β, 292 und Od. ψ, 118. — φονῆος hängt von ἐδέξατο ab: er nimmt vom Mörder seines Bruders ein Lösegeld an.

633. ἢ οὗ παιδὸς τεθνηῶτος = ἢ παιδὸς φονῆος, oder, wenn sein Sohn erschlagen wurde, vom Mörder des eigenen Sohnes.

634. ὁ μὲν d. i. ὁ φονεύς. Gewöhnlich musste der Mörder sich für ein Jahr in die Verbannung begeben, um der Blutrache der Verwandten zu entgehen, vgl. Od. ψ, 118 ff.

635. ἐρητύεται, wird bezähmt, von Gewaltthat zurückgehalten.

640. αἴδεσσαι μέλαθρον, ehre das (gastliche) Obdach, indem du dich gegen uns, deine Gastfreunde, nachgiebig erzeigst; vgl. 204.

641. πληθύος ἐκ Δαναῶν, aus der Gesammtzahl der Danaer, gleichsam als Vertreter der Nation.

642. φίλτατοι (πάντων) ὅσσοι Ἀχαιοί. Die Worte ἔξοχον ἄλλων sind Verstärkung zu den Superlativen.

645. πάντα τι, Alles irgendwie, ich weiss nicht wie Alles. Durch τι wird das allzustarke πάντα gemildert. Vgl. zu φ, 101. Od. ι, 11.

647. ἀσύφηλον, von ungewisser Etymologie (σαφής σοφός?), ist jedenfalls hier Neutrum des Accusativs, wie ἀτάσθαλον (ἄνδρα ἑώργει) Od. δ, 693. Für den Begriff scheint am besten zu passen: thö-

Ἀτρείδης ὡς εἴ τιν᾽ ἀτίμητον μετανάστην. 9
ἀλλ᾽ ὑμεῖς ἔρχεσθε καὶ ἀγγελίην ἀπόφασθε·
οὐ γὰρ πρὶν πολέμοιο μεδήσομαι αἱματόεντος,
πρίν γ᾽ υἱὸν Πριάμοιο δαΐφρονος, Ἕκτορα δῖον,
Μυρμιδόνων ἐπί τε κλισίας καὶ νῆας ἱκέσθαι
κτείνοντ᾽ Ἀργείους, κατά τε σμῦξαι πυρὶ νῆας.
ἀμφὶ δέ τοι τῇ ἐμῇ κλισίῃ καὶ νηὶ μελαίνῃ
Ἕκτορα καὶ μεμαῶτα μάχης σχήσεσθαι ὀίω.“
ὣς ἔφαθ᾽, οἱ δὲ ἕκαστος ἑλὼν δέπας ἀμφικύπελλον
σπείσαντες παρὰ νῆας ἴσαν πάλιν· ἦρχε δ᾽ Ὀδυσσεύς.
Πάτροκλος δ᾽ ἑτάροισιν ἰδὲ δμωῇσι κέλευσεν
Φοίνικι στορέσαι πυκινὸν λέχος ὅττι τάχιστα.
αἱ δ᾽ ἐπιπειθόμεναι στόρεσαν λέχος ὡς ἐκέλευσεν,
κώεά τε ῥῆγός τε λίνοιό τε λεπτὸν ἄωτον.
ἔνθ᾽ ὁ γέρων κατέλεκτο καὶ ἠῶ δῖαν ἔμιμνεν.
αὐτὰρ Ἀχιλλεὺς εὗδε μυχῷ κλισίης εὐπήκτου·
τῷ δ᾽ ἄρα παρκατέλεκτο γυνή, τὴν Λεσβόθεν ἦγεν,
Φόρβαντος θυγάτηρ Διομήδη καλλιπάρῃος.
Πάτροκλος δ᾽ ἑτέρωθεν ἐλέξατο· πὰρ δ᾽ ἄρα καὶ τῷ
Ἶφις ἐύζωνος, τήν οἱ πόρε δῖος Ἀχιλλεύς
Σκῦρον ἑλὼν αἰπεῖαν, Ἐνυῆος πτολίεθρον.

richt, frevelhaft.

648. *Ἀτρείδης – μετανάστην* = *π*, 59. *μετανάστης*, bei Hesiod. Theog. 401 *μεταναιέτης*, s. v. a. *μέτοικος*, Ansasse, Niedergelassner, der als solcher keinen Theil an den Ehrenstellen, ja selbst der Rechtsgemeinschaft des Staates hatte (*ἀτίμητος*) und daher mancherlei Kränkungen blossgestellt war.

654 f. *ἀμφὶ δέ τοι κτέ.* Die Dative *κλισίῃ* und *νηὶ* müssen von *ἀμφὶ* (mit örtlichem Begriffe) abhängig gemacht werden, da sonst diess Wort ganz müssig wäre. *τῇ ἐμῇ* (durch Krasis oder Synizese zu lesen wie *θ*, 360 *οὑμός*) gehört zu beiden folgenden Nominibus, *κλισίῃ* und *νηί*, bei meiner Hütte und meinem Schiff hier. — *καὶ μεμαῶτα*, so eifrig er sein mag. Uebrigens geht Achilleus in der selbstsüchtigen Bedingung, die er in seinem gereizten Stolze 650–655 aufstellt, noch über seine ursprüngliche Forderung *α*, 409 f. hinaus.

657. *παρὰ νῆας ἴσαν* ist zu erklären nach 182 *βάτην παρὰ θῖνα θαλάσσης*.

663. *μυχῷ* Schol. *ἐν τῷ ἐνδοτάτῳ τόπῳ τῆς σκηνῆς*, *in penetrali recessu*, vgl. zu Od. *γ*, 402.

664. *Λεσβόθεν*, vgl. 129. Diese Umständlichkeit in Dingen, die nicht zur Sache gehören, und die vielen sonst nicht vorkommenden Eigennamen 658–668 deuten auf einen spätern Ursprung von einem etwas vorwitzigen und lüsternen Dichter.

668. *Σκῦρον* ist von einer Stadt

9 οἱ δ' ὅτε δὴ κλισίῃσιν ἐν Ἀτρείδαο γένοντο,
τοὺς μὲν ἄρα χρυσέοισι κυπέλλοις υἷες Ἀχαιῶν
δειδέχατ' ἄλλοθεν ἄλλος ἀνασταδόν, ἔκ τ' ἐρέοντο·
πρῶτος δ' ἐξερέεινεν ἄναξ ἀνδρῶν Ἀγαμέμνων
„εἴπ' ἄγε μ', ὦ πολύαιν' Ὀδυσεῦ, μέγα κῦδος Ἀχαιῶν·
ἤ ῥ' ἐθέλει νήεσσιν ἀλεξέμεναι δήιον πῦρ,
ἦ ἀπέειπε, χόλος δ' ἔτ' ἔχει μεγαλήτορα θυμόν;"
τὸν δ' αὖτε προσέειπε πολύτλας δῖος Ὀδυσσεύς
„Ἀτρείδη κύδιστε, ἄναξ ἀνδρῶν Ἀγάμεμνον,
κεῖνός γ' οὐκ ἐθέλει σβέσσαι χόλον, ἀλλ' ἔτι μᾶλλον
πιμπλάνεται μένεος, σὲ δ' ἀναίνεται ἠδὲ σὰ δῶρα.
αὐτὸν σὲ φράζεσθαι ἐν Ἀργείοισιν ἄνωγεν
ὅππως κεν νῆάς τε σόῳς καὶ λαὸν Ἀχαιῶν·
αὐτὸς δ' ἠπείλησεν ἅμ' ἠοῖ φαινομένηφιν
νῆας ἐυσσέλμους ἅλαδ' ἑλκέμεν ἀμφιελίσσας.
καὶ δ' ἂν τοῖς ἄλλοισιν ἔφη παραμυθήσασθαι
οἴκαδ' ἀποπλείειν, ἐπεὶ οὐκέτι δήετε τέκμωρ
Ἰλίου αἰπεινῆς· μάλα γάρ ἑθεν εὐρύοπα Ζεύς
χεῖρα ἑὴν ὑπερέσχε, τεθαρσήκασι δὲ λαοί.
ὣς ἔφατ'· εἰσὶ καὶ οἵδε τάδ' εἰπέμεν, οἵ μοι ἕποντο,
Αἴας καὶ κήρυκε δύω, πεπνυμένω ἄμφω.
Φοῖνιξ δ' αὖθ' ὁ γέρων κατελέξατο· ὣς γὰρ ἀνώγει,
ὄφρα οἱ ἐν νήεσσι φίλην ἐς πατρίδ' ἕπηται
αὔριον, ἢν ἐθέλῃσιν· ἀνάγκῃ δ' οὔ τί μιν ἄξει."
ὣς ἔφαθ', οἱ δ' ἄρα πάντες ἀκὴν ἐγένοντο σιωπῇ

in Klein-Phrygien zu verstehen, dergleichen Achilleus nach 329 auf seinen Streifzügen eilf eroberte.

673. *εἴπ' ἄγε μ', ὦ* d. i. *εἴπ' ἄγε μοι, ὦ* Vgl. zu α, 170.

674. *ἦ ῥ' ἐθέλει* nicht abhängig vom vorhergehenden *εἰπέ*, und dadurch lebhafter.

679. *ἀναίνεται = παραιτεῖται*, er weist zurück, verschmäht.

680. *αὐτὸν σὲ κτέ.* = 423 f. vgl. 346 f.

682. *αὐτὸς* gehört zum Infinitiv *ἑλκέμεν*, vgl. 358 ff.

684–687 = *καὶ δ' ἂν* = 417–420.

685. *ἐπεὶ οὐκέτι δήετε κτέ.* sollte eig. oblique ausgedrückt sein (vgl. zu 593 f.); daher nachher 688 *ὣς ἔφατ'*, erg. *Ἀχιλλεύς*. Warum aber berichtet Odysseus nur die ihm von Achilleus zu Theil gewordene Antwort und verschweigt die etwas nachgiebigere und anscheinend günstigere an Aias (650–655)?

688. *εἰσί = πάρεισι* oder *οἷοί τέ εἰσιν*.

[μῦθον ἀγασσάμενοι· μάλα γὰρ κρατερῶς ἀγόρευσεν]. 9
δὴν δ' ἄνεῳ ἦσαν τετιηότες υἷες Ἀχαιῶν·
ὀψὲ δὲ δὴ μετέειπε βοὴν ἀγαθὸς Διομήδης
„Ἀτρείδη κύδιστε, ἄναξ ἀνδρῶν Ἀγάμεμνον,
μηδ' ὄφελες λίσσεσθαι ἀμύμονα Πηλείωνα,
μυρία δῶρα διδούς· ὁ δ' ἀγήνωρ ἐστὶ καὶ ἄλλως·
νῦν αὖ μιν πολὺ μᾶλλον ἀγηνορίῃσιν ἐνῆκας.
ἀλλ' ἤ τοι κεῖνον μὲν ἐάσομεν, ἤ κεν ἴῃσιν
ἦ κε μένῃ· τότε δ' αὖτε μαχήσεται, ὁππότε κέν μιν
θυμὸς ἐνὶ στήθεσσιν ἀνώγῃ καὶ θεὸς ὄρσῃ.
ἀλλ' ἄγεθ', ὡς ἂν ἐγὼν εἴπω, πειθώμεθα πάντες.
νῦν μὲν κοιμήσασθε τεταρπόμενοι φίλον ἦτορ
σίτου καὶ οἴνοιο· τὸ γὰρ μένος ἐστὶ καὶ ἀλκή·
αὐτὰρ ἐπεί κε φανῇ καλὴ ῥοδοδάκτυλος ἠώς,
καρπαλίμως πρὸ νεῶν ἐχέμεν λαόν τε καὶ ἵππους
ὀτρύνων, καὶ δ' αὐτὸς ἐνὶ πρώτοισι μάχεσθαι."
ὣς ἔφαθ', οἱ δ' ἄρα πάντες ἐπῄνησαν βασιλῆες,
μῦθον ἀγασσάμενοι Διομήδεος ἱπποδάμοιο.
καὶ τότε δὴ σπείσαντες ἔβαν κλισίηνδε ἕκαστος,
ἔνθα δὲ κοιμήσαντο καὶ ὕπνου δῶρον ἕλοντο.

K.

ἄλλοι μὲν παρὰ νηυσὶν ἀριστῆες Παναχαιῶν 10
εὗδον παννύχιοι, μαλακῷ δεδμημένοι ὕπνῳ·

694. *μῦθον – ἀγόρευσεν* nach 431 wiederholt, aber hier ganz unpassend. Zum Folgenden vgl. das bei 31 Bemerkte.

699. *ἀγήνωρ* hier tadelnd: hochmüthig, trotzig, (*ὁ διὰ τῆς ἀνδρείας ὑπερπεπτωκὼς εἰς ὕβριν*).

706. *τὸ γὰρ μένος ἐστὶ κ. ἀ.*, denn das (Essen und Trinken) ist Leben (Lebenskraft) und Stärke, ist das Wesen davon, bewirkt Leben und Stärke.

708. *πρὸ νεῶν* d. i. zwischen dem Lager und der Mauer. Zu *ἐχέμεν – ἵππους* vgl. *θ*, 254 *σχέμεν – ἵππους*. Die Rede wendet sich hier wieder an den zuerst (697) Angeredeten.

712f. *ἔβαν κλισίηνδε κτέ.*, vgl. *α*, 606 – 611.

Nicht nur die Stelle, welche das 10. Buch in der Ilias einnimmt, sondern auch gerade der Anfang 1 – 4 und die ganze durch dasselbe vorausgesetzte Situation beider Heere (vgl. 11 – 16. 56. 180 – 193. 200f. ferner *θ*, 560ff. = *ι*, 66f. 76f.) zeigen deutlich, dass die Handlung des Buches nach der Absicht des Dichters in die gleiche Nacht fallen soll, wie die im vorigen Buche erzählte

ἀλλ' οὐκ Ἀτρείδην Ἀγαμέμνονα ποιμένα λαῶν
ὕπνος ἔχε γλυκερός, πολλὰ φρεσὶν ὁρμαίνοντα.
ὡς δ' ὅτ' ἂν ἀστράπτῃ πόσις Ἥρης ἠυκόμοιο,
τεύχων ἢ πολὺν ὄμβρον ἀθέσφατον ἠὲ χάλαζαν
ἢ νιφετόν, ὅτε πέρ τε χιὼν ἐπάλυνεν ἀρούρας,
ἠέ ποθι πτολέμοιο μέγα στόμα πευκεδανοῖο,
ὣς πυκίν' ἐν στήθεσσιν ἀνεστενάχιζ' Ἀγαμέμνων
νειόθεν ἐκ κραδίης, τρομέοντο δέ οἱ φρένες ἐντός.
ἤ τοι ὅτ' ἐς πεδίον τὸ Τρωικὸν ἀθρήσειεν,
θαύμαζεν πυρὰ πολλά, τὰ καίετο Ἰλιόθι πρό,

Gesandtschaft an Achilleus, d. h. die Nacht unmittelbar nach der *κόλος μάχη*. Dadurch kommt allerdings eine grosse Unwahrscheinlichkeit in die Sache, zumal wenn man erwägt, dass in beiden Handlungen derselbe Odysseus eine Hauptrolle spielt; aber der überhaupt etwas schwache und matte, mehr wort- als gedankenreiche Dichter nahm daran keinen Anstoss. Ueberdiess lässt sich nicht leugnen, was schon die Alten fühlten, dass dieses Buch, ohne dem Ganzen irgend Abbruch zu thun, aus der Reihe der übrigen herausgenommen werden könnte, indem es keinen eig. Fortschritt der Handlung enthält, ohne Einfluss auf den Gang der Ereignisse bleibt und nirgends eine Rückweisung oder Beziehung auf dasselbe stattfindet. Auch die Sprache hat viele Eigenheiten und Willkürlichkeiten, ungewöhnliche Wörter, Wortformen und Bedeutungen.

1 f. *ἄλλοι μὲν — εὗδον κτέ.* Der Uebergang ganz ähnlich wie *β*, 1 ff. vgl. Od. *ο*, 4–8, aber hier weniger passend, weil auch viele der andern *ἀριστῆες* mitten in der Nacht aufgeweckt werden.

5. *ὡς δ' ὅτ' ἂν ἀστράπτῃ.* Aus dem in der Anwendung des Gleichnisses 9 beigefügten *πυκινὰ* ergiebt sich, dass sich die etwas unklare Vergleichung auf die schnelle (gleichsam dichte) Aufeinanderfolge der Blitze, des Wetterleuchtens vor einem Gewitter bezieht; ebenso schnell und dicht folgten sich die Seufzer, die sich aus der gepressten Brust Agamemnon's los machten. Aber die Darstellung dieser Angst und Bangigkeit hat einige Uebertreibung (15 f. 93 f.).

6. *τεύχων*, wann er bereitet und also durch das Blitzen auch ankündigt. Richtig kann daher 7 auch das Schneegestöber *νιφετὸς* erwähnt werden, da oft auch dieses aus einem Gewitter, zumal im Frühling, hervorgeht. *ἀθέσφατον* ist verstärkend dem *πολὺν* nachgesandt.

8. *ἠέ ποθι πτολέμοιο.* Wie man während des Wetterleuchtens noch nicht weiss, welche Art der Witterung es herbeiführt, so ist man auch darüber ungewiss, ob dasselbe nur eine der genannten Naturerscheinungen, oder ein anderes wichtiges Ereigniss, z. B. Krieg und dgl., vorbedeute. Vgl. *ρ*, 547–550. — *πτολέμοιο μ. στόμα* auch von *τεύχων* abhängig: den weiten Rachen des unglückbringenden Krieges (vorbereitend).

11. *ὅτ' — ἀθρήσειεν*, von seiner Hütte (*κλισίη*) aus, indem ihn die innere Unruhe nie lange auf dem Lager ruhen liess, bis er endlich 17 ff. ganz aufstand.

αὐλῶν συρίγγων τ' ἐνοπὴν ὅμαδόν τ' ἀνθρώπων·
αὐτὰρ ὅτ' ἐς νῆάς τε ἴδοι καὶ λαὸν Ἀχαιῶν,
πολλὰς ἐκ κεφαλῆς προθελύμνους ἕλκετο χαίτας
ὑψόθ' ἐόντι Διί, μέγα δ' ἔστενε κυδάλιμον κῆρ.
ἥδε δέ οἱ κατὰ θυμὸν ἀρίστη φαίνετο βουλή,
Νέστορ' ἔπι πρῶτον Νηλήιον ἐλθέμεν ἀνδρῶν,
εἴ τινά οἱ σὺν μῆτιν ἀμύμονα τεκτήναιτο,
ἥ τις ἀλεξίκακος πᾶσιν Δαναοῖσι γένοιτο.
ὀρθωθεὶς δ' ἔνδυνε περὶ στήθεσσι χιτῶνα,
ποσσὶ δ' ὑπὸ λιπαροῖσιν ἐδήσατο καλὰ πέδιλα,
ἀμφὶ δ' ἔπειτα δαφοινὸν ἑέσσατο δέρμα λέοντος
αἴθωνος μεγάλοιο ποδηνεκές, εἵλετο δ' ἔγχος.
ὣς δ' αὔτως Μενέλαον ἔχε τρόμος — οὐδὲ γὰρ αὐτῷ
ὕπνος ἐπὶ βλεφάροισιν ἐφίζανε — μή τι πάθοιεν
Ἀργεῖοι, τοὶ δὴ ἕθεν εἵνεκα πουλὺν ἐφ' ὑγρὴν
ἤλυθον ἐς Τροίην, πόλεμον θρασὺν ὁρμαίνοντες.
παρδαλέῃ μὲν πρῶτα μετάφρενον εὐρὺ κάλυψεν
ποικίλῃ, αὐτὰρ ἐπὶ στεφάνην κεφαλῆφιν ἀείρας
θήκατο χαλκείην, δόρυ δ' εἵλετο χειρὶ παχείῃ.
βῆ δ' ἴμεν ἀνστήσων ὃν ἀδελφεόν, ὃς μέγα πάντων

13. *αὐλῶν συρίγγων τε*, nach barbarischer (phrygischer, nicht hellenischer) Art. Doch haben diese Instrumente wohl keine Beziehung auf den Krieg, sondern werden von den Trojanern nur gebraucht, um sich aufzuheitern und die Zeit zu verkürzen. So kommen σ, 495 auch *αὐλοὶ φόρμιγγές τε* in der Beschreibung der Hochzeit vor.

16. *ὑψόθ' ἐόντι Διί*. Dieser Zusatz zeigt, dass das Ausraufen der Haare nicht nur ein Ausdruck des Schmerzes, sondern mit zu den Geberden des brünstigsten Gebetes um Hülfe zu rechnen und gewissermassen ein Opfer ist. Vgl. χ, 77 f., wo die Worte *οὐδ' Ἕκτορι θυμὸν ἔπειθεν* zu beachten sind.

21. *ὀρθωθείς*, vgl. zu β, 42.

23. *δαφοινὸν δέρμα λέοντος*. Der Dichter dieses Gesanges liebt es, die Helden in ungewohntem und alterthümlichem Aufzug erscheinen zu lassen. Eine Löwenhaut hat auch Diomedes 177; Menelaos 29 ein Pantherfell wie γ, 17 Paris; Dolon 334 f. eine Wolfshaut und einen noch ausgesuchtern Helm.

24. *αἴθωνος* nach *δαφοινὸν δέρμα* und neben *μεγάλοιο* muss unzweifelhaft auf die Beschaffenheit des Innern, den feurigen Muth, bezogen werden.

26. *ἐφίζανε*, er setzte sich, wie 91 f. *μή τι πάθοιεν* hängt ab von *ἔχε τρόμος*, worin ein *δεδιότα* enthalten ist.

27. *ὑγρήν*, vgl. zu Od. α, 97 = δ, 709 mit Iliad. ξ, 308 *ἐπὶ τραφερὴν τε καὶ ὑγρήν*.

30 f. *ἐπὶ* ist mit *θήκατο* zusammenzunehmen, und von *ἐπεθήκατο* hängt der Dativ *κεφαλῆφιν* ab, vgl.

Ἀργείων ἤνασσε, θεὸς δ' ὣς τίετο δήμῳ.
τὸν δ' εὗρ' ἀμφ' ὤμοισι τιθήμενον ἔντεα καλά
νηὶ πάρα πρύμνῃ· τῷ δ' ἀσπάσιος γένετ' ἐλθών.
τὸν πρότερος προσέειπε βοὴν ἀγαθὸς Μενέλαος
„τίφθ' οὕτως, ἠθεῖε, κορύσσεαι; ἦ τιν' ἑταίρων
ὀτρυνέεις Τρώεσσιν ἐπίσκοπον; ἀλλὰ μάλ' αἰνῶς
δείδω μὴ οὔ τίς τοι ὑπόσχηται τόδε ἔργον,
ἄνδρας δυσμενέας σκοπιαζέμεν οἶος ἐπελθών
νύκτα δι' ἀμβροσίην· μάλα τις θρασυκάρδιος ἔσται."
τὸν δ' ἀπαμειβόμενος προσέφη κρείων Ἀγαμέμνων
„χρεὼ βουλῆς ἐμὲ καὶ σέ, διοτρεφὲς ὦ Μενέλαε,
κερδαλέης, ἥ τίς κεν ἐρύσσεται ἠδὲ σαώσει
Ἀργείους καὶ νῆας, ἐπεὶ Διὸς ἐτράπετο φρήν.
Ἑκτορέοις ἄρα μᾶλλον ἐπὶ φρένα θῆχ' ἱεροῖσιν·
οὐ γάρ πω ἰδόμην, οὐδ' ἔκλυον αὐδήσαντος,
ἄνδρ' ἕνα τοσσάδε μέρμερ' ἐπ' ἤματι μητίσασθαι,
ὅσσ' Ἕκτωρ ἔρρεξε διίφιλος υἷας Ἀχαιῶν,
αὔτως, οὔτε θεᾶς υἱὸς φίλος οὔτε θεοῖο.
ἔργα δ' ἔρεξ' ὅσα φημὶ μελησέμεν Ἀργείοισιν
δηθά τε καὶ δολιχόν· τόσα γὰρ κακὰ μήσατ' Ἀχαιούς.
ἀλλ' ἴθι νῦν, Αἴαντα καὶ Ἰδομενῆα κάλεσσον
ῥίμφα θέων παρὰ νῆας· ἐγὼ δ' ἐπὶ Νέστορα δῖον

46. 257.

34. *τιθήμενον*, wie ψ, 83. 247 *τιθήμεναι*, vgl. *καλήμεναι* 125.

38. *Τρώεσσιν ἐπίσκοπον*=342, den Troern zum Späher; vgl. Virg. Aen. 2, 47 (*machina*) *Inspectura domos.*

41. *ἔσται*=*ἂν εἴη*, es müsste sein, vgl. zu γ, 412.

44. *ἥ τίς κεν ἐρύσσεται.* Vgl. auf der einen Seite θ, 36 *ἥ τις ὀνήσει*, auf der andern unten 282 *ὅ κε Τρώεσσι μελήσει.*

45. *Διὸς ἐτράπετο φρήν.* Vgl. ι, 18–22.

46. *μᾶλλον – ἱεροῖσιν.* Vgl. Genes. 4, 4 f. *καὶ ἐπεῖδεν ὁ θεὸς ἐπὶ Ἄβελ καὶ ἐπὶ τοῖς δώροις αὐτοῦ· ἐπὶ δὲ Κάιν καὶ ἐπὶ ταῖς θυσίαις αὐτοῦ οὐ προσέσχε.*

47. *οὐ γάρ – αὐδήσαντος*, nie habe ich (selbst) gesehen noch auch erzählen (einen Erzählenden) gehört, dass u. s. w.

48. *ἐπ' ἤματι*, vgl. zu Od. β, 284.

50. *αὔτως* hier deutlich Adverbium von *αὐτός*, durch sich selbst, für sich allein, ohne einen rechten Grund und Titel, eine besondere Berechtigung (*οὔτε θεᾶς υἱὸς–οὔτε θεοῖο*). — Die zwei folgenden Verse sind nur eine Variation des Gedankens von 47–50.

54. *παρὰ νῆας* = ι, 657. Aias und Idomeneus hatten nämlich im

εἶμι, καὶ ὀτρυνέω ἀνστήμεναι, αἴ κ' ἐθέλῃσιν
ἐλθεῖν ἐς φυλάκων ἱερὸν τέλος ἠδ' ἐπιτεῖλαι.
κείνῳ γάρ κε μάλιστα πιθοίατο· τοῖο γὰρ υἱός
σημαίνει φυλάκεσσι, καὶ Ἰδομενῆος ὀπάων
Μηριόνης· τοῖσιν γὰρ ἐπετράπομέν γε μάλιστα."
τὸν δ' ἠμείβετ' ἔπειτα βοὴν ἀγαθὸς Μενέλαος
„πῶς γάρ μοι μύθῳ ἐπιτέλλεαι ἠδὲ κελεύεις;
αὖθι μένω μετὰ τοῖσι, δεδεγμένος εἰς ὅ κεν ἔλθῃς,
ἦε θέω μετὰ σ' αὖτις, ἐπὴν εὖ τοῖς ἐπιτείλω;"
τὸν δ' αὖτε προσέειπεν ἄναξ ἀνδρῶν Ἀγαμέμνων
„αὖθι μένειν, μή πως ἀβροτάξομεν ἀλλήλοιιν
ἐρχομένω· πολλαὶ γὰρ ἀνὰ στρατόν εἰσι κέλευθοι.
φθέγγεο δ' ᾗ κεν ἴῃσθα, καὶ ἐγρήγορθαι ἄνωχθι,
πατρόθεν ἐκ γενεῆς ὀνομάζων ἄνδρα ἕκαστον,
πάντας κυδαίνων· μηδὲ μεγαλίζεο θυμῷ,
ἀλλὰ καὶ αὐτοί περ πονεώμεθα. ὧδέ που ἄμμιν

Schiffslager ihren Standort neben einander, vgl. 112 f.

56. *ἱερὸν τέλος*, vgl. zu Od. ω, 81 *Ἀργείων ἱερ. στρατὸς αἰχμητάων*.

57. *τοῖο γ. υἱός* = ι, 81 *Νεστορίδην Θρασυμήδεα*. Ebend. 83 ist auch Meriones genannt, ohne dass sich für ihn irgend ein Vorzug vor den andern Befehlshabern der Wache ergäbe.

61. *πῶς γάρ μοι κτέ.* Wir würden diesen Satz eher als Einwendung und Gegensatz zum Vorigen (53) auffassen.

62. *αὖθι – μετὰ τοῖσι*, soll ich dort unter diesen, d. h. bei den Wächtern und in ihrer Mitte warten, bis du (mit Nestor) ebendahin kommst, oder soll ich, nachdem ich meinen Auftrag bei jenen ausgerichtet, dir wieder nacheilen (und hierher zu deiner *κλισίη* zurückkehren)?

65. *αὖθι μένειν*. Agamemnon hat also im Sinne, erst bei den Wachen (126 *πρὸ πυλάων ἐν φυλάκεσσι*) wieder mit Menelaos zusammenzutreffen.

67. *ἐγρήγορθαι ἄνωχθι κτέ.* ist nur auf die Wachen zu beziehen, zu denen er kommen wird, nicht auf das übrige Heer, vgl. 181 f.; jene soll er auch anrufen, damit sie ihn nicht für einen Feind halten. In *ἐγρήγορθαι* ist der Accent — der Ueberlieferung gemäss — nach Aeolischer Weise zurückgezogen (wie in *μέμορθαι, τέτορθαι* u. a.).

68. *πατρόθεν* und *ἐκ γενεῆς* stehen *ἐκ παραλλήλου*. Sinn: zeige dich gegen alle leutselig und freundlich.

69. *μηδὲ μεγαλίζεο θυμῷ*, und sei nicht zu stolz, wo etwas zu thun ist, selbst Hand anzulegen. Eine Erinnerung die bei Menelaos kaum nöthig war. Derselbe Gedanke wird dann, auf den Sprechenden mitbezogen, noch positiv ausgedrückt, *ἀλλὰ – πονεώμεθα*.

70. *ὧδέ που ἄμμιν κτέ.*, das ist nun einmal unsere Bestimmung,

Ζεὺς ἐπὶ γιγνομένοισιν ἵει κακότητα βαρεῖαν."
ὣς εἰπὼν ἀπέπεμπεν ἀδελφεόν, εὖ ἐπιτείλας,
αὐτὰρ ὁ βῆ ῥ' ἰέναι μετὰ Νέστορα ποιμένα λαῶν.
τὸν δ' εὗρεν παρά τε κλισίῃ καὶ νηὶ μελαίνῃ
εὐνῇ ἔνι μαλακῇ· παρὰ δ' ἔντεα ποικίλ' ἔκειτο,
ἀσπὶς καὶ δύο δοῦρε φαεινή τε τρυφάλεια.
πὰρ δὲ ζωστὴρ κεῖτο παναίολος, ᾧ ῥ' ὁ γεραιός
ζώννυθ', ὅτ' ἐς πόλεμον φθισήνορα θωρήσσοιτο
λαὸν ἄγων, ἐπεὶ οὐ μὲν ἐπέτρεπε γήραϊ λυγρῷ.
ὀρθωθεὶς δ' ἄρ' ἐπ' ἀγκῶνος, κεφαλὴν ἐπαείρας,
Ἀτρείδην προσέειπε καὶ ἐξερεείνετο μύθῳ
„τίς δ' οὗτος κατὰ νῆας ἀνὰ στρατὸν ἔρχεαι οἶος
νύκτα δι' ὀρφναίην, ὅτε θ' εὕδουσι βροτοὶ ἄλλοι,
ἠέ τιν' οὐρήων διζήμενος ἤ τιν' ἑταίρων;
φθέγγεο, μηδ' ἀκέων ἐπ' ἔμ' ἔρχεο· τίπτε δέ σε χρεώ;"
τὸν δ' ἠμείβετ' ἔπειτα ἄναξ ἀνδρῶν Ἀγαμέμνων
„ὦ Νέστορ Νηληιάδη, μέγα κῦδος Ἀχαιῶν,

das von Zeus uns schon bei der Geburt beschiedene Schicksal.

75. *εὐνῇ ἔνι μαλακῇ.* Ein gutes Lager musste auch für Phönix in Achilleus' Hütte ι, 621. 659–661 bereitet werden. Für den greisen Nestor ist diess keine Weichlichkeit; aber an eine Bettstelle ist hier nicht zu denken.

76. *ἀσπὶς – τρυφάλεια.* Das erste und letzte zusammen sind vornehmlich, was unter *ἔντεα* verstanden wird.

77. *ζωστήρ,* vgl. zu δ, 132 f.

80. *ὀρθωθεὶς – ἐπαείρας* d. h. auf den Ellenbogen gelehnt und das Haupt frei aufrichtend. Anders Od. ξ, 494 *ἐπ' ἀγκῶνος κεφαλὴν σχέθεν.*

82. *τίς δ' – ἔρχεαι* d. i. *τίς δὴ σὺ εἶ ὃς – ἔρχεαι; οὗτος* steht adverbial, da, wie 341, vgl. 141 *τίφθ' οὕτω κτέ.* — *κατὰ νῆας,* bei den Schiffen: *ἀνὰ στρατόν,* durch das Heer hin.

84. *ἠέ τιν' οὐρήων κτέ.* Dieser Vers wird seit **Wolf** nach Aristarch's Vorgang gewöhnlich als unecht eingeklammert. Und allerdings, wenn *οὐρήων* nur von *οὐρεύς,* Maulesel (α, 50), genommen werden könnte, so wäre die Zusammenstellung von *οὐρήων* und *ἑταίρων* unpassend und geschmacklos. Wenn aber *οὐρεὺς* nach einem Scholion und **G. Curtius** als Verlängerung von *οὖρος* (vgl. zu Od. γ, 411) mit **individualisirendem** Nebenbegriffe gefasst wird — nach Analogie von *ἀριστεὺς* zu *ἄριστος, πομπεὺς* zu *πομπός,* und vielen Eigennamen wie *Μηκιστεὺς* u. a. —: so macht es einen schicklichen Gegensatz zu *ἑταίρων* (**Führer — Gefährten**), und passt namentlich gut im Munde des *οὖρος Ἀχαιῶν* Nestor.

85. *τίπτε – χρεώ;* Vgl. zu Od. α, 225.

γνώσεαι Ἀτρείδην Ἀγαμέμνονα, τὸν περὶ πάντων 10
Ζεὺς ἐνέηκε πόνοισι διαμπερές, εἰς ὅ κ' ἀυτμὴ
ἐν στήθεσσι μένῃ καί μοι φίλα γούνατ' ὀρώρῃ.
πλάζομαι ὧδ', ἐπεὶ οὔ μοι ἐπ' ὄμμασι νήδυμος ὕπνος
ἱζάνει, ἀλλὰ μέλει πόλεμος καὶ κήδε' Ἀχαιῶν.
αἰνῶς γὰρ Δαναῶν περιδείδια, οὐδέ μοι ἦτορ
ἔμπεδον, ἀλλ' ἀλαλύκτημαι, κραδίη δέ μοι ἔξω
στηθέων ἐκθρώσκει, τρομέει δ' ὑπὸ φαίδιμα γυῖα.
ἀλλ' εἴ τι δραίνεις, ἐπεὶ οὐδὲ σέ γ' ὕπνος ἱκάνει,
δεῦρ' ἐς τοὺς φύλακας καταβείομεν, ὄφρα ἴδωμεν,
μὴ τοὶ μὲν καμάτῳ ἀδηκότες ἠδὲ καὶ ὕπνῳ
κοιμήσωνται, ἀτὰρ φυλακῆς ἐπὶ πάγχυ λάθωνται.
δυσμενέες δ' ἄνδρες σχεδὸν εἵαται· οὐδέ τι ἴδμεν,
μή πως καὶ διὰ νύκτα μενοινήσωσι μάχεσθαι."
τὸν δ' ἠμείβετ' ἔπειτα Γερήνιος ἱππότα Νέστωρ
„Ἀτρείδη κύδιστε, ἄναξ ἀνδρῶν Ἀγάμεμνον,
οὔ θην Ἕκτορι πάντα νοήματα μητίετα Ζεὺς
ἐκτελέει, ὅσα που νῦν ἔλπεται· ἀλλά μιν οἴω
κήδεσι μοχθήσειν καὶ πλείοσιν, εἴ κεν Ἀχιλλεὺς
ἐκ χόλου ἀργαλέοιο μεταστρέψῃ φίλον ἦτορ.
σοὶ δὲ μάλ' ἕψομ' ἐγώ· ποτὶ δ' αὖ καὶ ἐγείρομεν ἄλλους,

88. *γνώσεαι*, du wirst sogleich erkennen, sobald ich spreche. Vgl. Od. *β*, 40 *τάχα δ' εἴσεαι αὐτός*.

89f. *εἰς ὅ κ' – ὀρώρῃ* (aus *ι*, 609f.) soll nur Ausführung des Begriffes von *διαμπερὲς* sein: für immer, so lange u. s. w.

93. *αἰνῶς γὰρ Δαναῶν περιδείδια.* Der Genitiv *Δαναῶν* hängt von *περιδείδια* ab und bezeichnet den Ursprung, die Ursache wie *ρ*, 240 *οὔ τι τόσον νέκυος περιδείδια*; vgl. Od. *δ*, 820 *τοῦ δ' ἀμφιτρομέω καὶ δείδια*.

94. *ἔμπεδον*, fest, auf seiner Stelle bleibend, im Gegensatz von *ἔξω στηθέων ἐκθρώσκει*. *ἀλαλύκτημαι*, vgl. Herodot. 9, 70 *ἀλύκταζον*, sie waren voll Angst und Schrecken.

98f. *μὴ – κοιμήσωνται*. *μὴ* mit dem Conjunctiv zwar fragend, aber zugleich als Ausdruck der schwebenden Erwartung, der Besorgniss und des Wunsches, das Befürchtete zu verhindern. Ebenso 101. — *καμάτῳ – καὶ ὕπνῳ*, vgl. zu Od. *ζ*, 2. Vgl. das französische *être tourmenté par le sommeil*.

105. *ὅσα που νῦν ἔλπεται*, wie *τ*, 323 *ὅς που νῦν Φθίηφι τέρεν κατὰ δάκρυον εἴβει*.

106. *εἴ κεν Ἀχιλλεύς κτἑ.* Eine freilich im jetzigen Moment sehr unwahrscheinliche, und doch der Verwirklichung nahe Hoffnung.

108. *ποτὶ* wie *πρὸς ε*, 307. *χ*, 59. *προτὶ π*, 86.

ἠμὲν Τυδείδην δουρικλυτὸν ἠδ' Ὀδυσῆα
ἠδ' Αἴαντα ταχὺν καὶ Φυλέος ἄλκιμον υἱόν.
ἀλλ' εἴ τις καὶ τούσδε μετοιχόμενος καλέσειεν,
ἀντίθεόν τ' Αἴαντα καὶ Ἰδομενῆα ἄνακτα·
τῶν γὰρ νῆες ἔασιν ἑκαστάτω, οὐδὲ μάλ' ἐγγύς.
ἀλλὰ φίλον περ ἐόντα καὶ αἰδοῖον Μενέλαον
νεικέσω, εἴ πέρ μοι νεμεσήσεαι, οὐδ' ἐπικεύσω,
ὡς εὕδει, σοὶ δ' οἴῳ ἐπέτρεψεν πονέεσθαι.
νῦν ὄφελεν κατὰ πάντας ἀριστῆας πονέεσθαι
λισσόμενος· χρειὼ γὰρ ἱκάνεται οὐκέτ' ἀνεκτός."
τὸν δ' αὖτε προσέειπεν ἄναξ ἀνδρῶν Ἀγαμέμνων
„ὦ γέρον, ἄλλοτε μέν σε καὶ αἰτιάασθαι ἄνωγα·
πολλάκι γὰρ μεθιεῖ τε καὶ οὐκ ἐθέλει πονέεσθαι,
οὔτ' ὄκνῳ εἴκων οὔτ' ἀφραδίῃσι νόοιο,
ἀλλ' ἐμέ τ' εἰσορόων καὶ ἐμὴν ποτιδέγμενος ὁρμήν.
νῦν δ' ἐμέο πρότερος μάλ' ἐπέγρετο καί μοι ἐπέστη.
τὸν μὲν ἐγὼ προέηκα καλήμεναι οὓς σὺ μεταλλᾷς.
ἀλλ' ἴομεν· κείνους δὲ κιχησόμεθα πρὸ πυλάων
ἐν φυλάκεσσ'· ἵνα γάρ σφιν ἐπέφραδον ἠγερέεσθαι."
τὸν δ' ἠμείβετ' ἔπειτα Γερήνιος ἱππότα Νέστωρ

109. *Τυδείδην – ἠδ' Ὀδυσῆα*. Diese waren wohl in der Nähe gelagert, vgl. 136 ff.

110. *Αἴαντα ταχὺν* = *β*, 527 *Ὀιλῆος ταχὺς Αἴας*, vgl. *ξ*, 520. *Φυλέος–υἱόν*, Meges nach *β*, 627f.

111. *ἀλλ' εἴ τις – καλέσειεν*, erg. *καλῶς ἂν ἔχοι, ἡδομένῳ μοι γένοιτ' ἂν* = *ω*, 74. Vgl. zu Od. *φ*, 260.

113. *ἑκαστάτω – ἐγγύς*, vgl. zu Od. *χ*, 473, und über die Ortsbestimmung *ϑ*, 224 ff.

115. *οὐδ' ἐπικεύσω* verstärkende Wiederholung von *νεικέσω*. Die Bestimmung *εἴ περ – νεμεσήσεαι* (Conjunctiv: solltest du mir es auch verübeln) gehört zu beiden Verbis.

117. *κατὰ πάντας–λισσόμενος*, vgl. Od. *δ*, 44 *ϑαύμαζον κατὰ δῶμα*.

120. *καὶ* gehört zu *ἄνωγα*; zu *αἰτιάασθαι* erg. *αὐτόν, Μενέλαον*.

122. *εἴκων*, *motus*, *ductus*, mit dem Ablat.: aus (Trägheit, – Unverstand).

123. *ἐμὴν ὁρμήν*, den von mir ausgehenden Antrieb.

124. *μάλα* soll dem ganzen Satze zur affectvollen Bekräftigung dienen: wahrhaftig, in der That. *μοι ἐπέστη*, er ist (unerwartet und zuerst) zu mir gekommen.

125. *οὓς σὺ μεταλλᾷς* ist nur auf die 112 Genannten, Aias und Idomeneus, zu beziehen.

127. *ἵνα* hier demonstrativ, wie *ἔνθα*. Bekker vermuthet indess *ἵνα τ' ἄρ κτέ.* — Agamemnon deutet auf 65 *αὖθι μένειν*. — *ἠγερέεσθαι* verstärkte Form von *ἀγείρεσθαι*, wie *κυρέω* von *κύρω*.

„οὕτως οὔ τίς οἱ νεμεσήσεται οὐδ' ἀπιθήσει
Ἀργείων, ὅτε κέν τιν' ἐποτρύνῃ καὶ ἀνώγῃ."
ὣς εἰπὼν ἔνδυνε περὶ στήθεσσι χιτῶνα,
ποσσὶ δ' ὑπὸ λιπαροῖσιν ἐδήσατο καλὰ πέδιλα,
ἀμφὶ δ' ἄρα χλαῖναν περονήσατο φοινικόεσσαν
διπλῆν ἐκταδίην, οὔλη δ' ἐπενήνοθε λάχνη.
εἵλετο δ' ἄλκιμον ἔγχος, ἀκαχμένον ὀξέι χαλκῷ,
βῆ δ' ἰέναι κατὰ νῆας Ἀχαιῶν χαλκοχιτώνων.
πρῶτον ἔπειτ' Ὀδυσῆα Διὶ μῆτιν ἀτάλαντον
ἐξ ὕπνου ἀνέγειρε Γερήνιος ἱππότα Νέστωρ
φθεγξάμενος. τὸν δ' αἶψα περὶ φρένας ἤλυθ' ἰωή,
ἐκ δ' ἦλθε κλισίης, καί σφεας πρὸς μῦθον ἔειπεν.
„τίφθ' οὕτω κατὰ νῆας ἀνὰ στρατὸν οἶοι ἀλᾶσθε
νύκτα δι' ἀμβροσίην; ὅ τι δὴ χρειὼ τόσον ἵκει;"
τὸν δ' ἠμείβετ' ἔπειτα Γερήνιος ἱππότα Νέστωρ
„διογενὲς Λαερτιάδη, πολυμήχαν' Ὀδυσσεῦ,
μὴ νεμέσα· τοῖον γὰρ ἄχος βεβίηκεν Ἀχαιούς.
ἀλλ' ἕπε', ὄφρα καὶ ἄλλον ἐγείρομεν, ὅν τ' ἐπέοικεν
βουλὰς βουλεύειν, ἢ φευγέμεν ἠὲ μάχεσθαι."
ὣς φάθ', ὁ δὲ κλισίηνδε κιὼν πολύμητις Ὀδυσσεύς
ποικίλον ἀμφ' ὤμοισι σάκος θέτο, βῆ δὲ μετ' αὐτούς.
βὰν δ' ἐπὶ Τυδείδην Διομήδεα. τὸν δ' ἐκίχανον
ἐκτὸς ἀπὸ κλισίης σὺν τεύχεσιν· ἀμφὶ δ' ἑταῖροι

129. οὕτως d. h. wenn er selbst so viel Eifer und Thätigkeit zeigt.

133. φοινικόεσσαν, vgl. zu Od. ξ, 500. – ἀμφὶ δ' ἄρα d. i. ἀμφ' ὤμοις, wie es bei Apollon. Rhod. 1, 721 f. heisst: αὐτὰρ ὅ γ' ἀμφ' ὤμοισι – δίπλακα πορφυρέην περονήσατο.

134. ἐκταδίην, vergl. oben 24 ποδηνεκές.

139. περὶ φρένας ἤλυθ' ἰωή. Ein ähnlicher Versausgang Od. ρ, 261 περὶ δέ σφεας ἤλυθ' ἰωή.

142. ὅ τι δὴ χρειὼ τ. ἵκει; Scheinbar plötzlicher Uebergang aus der directen in die indirecte Frage; doch ist im Grunde ein Verbum εἴπατέ μοι oder τί γέγονεν, τί ποτέ ἐστιν davor zu denken. Vgl. Od. α, 171 mit 169. Anders oben 85 τίπτε δέ σε χρεώ;

147. ἢ φευγέμεν ἠὲ μάχεσθαι ist von βουλεύειν abhängig, wie zuweilen nach μερμηρίζω der Infinitiv steht: sei's nun zu fliehen oder zu kämpfen.

148 f. ὁ δὲ κλισίηνδε – αὐτούς. Der entschlossene, besonnene, vorsichtige Odysseus zaudert keinen Augenblick, verliert kein Wort, sondern h a n d e l t, aber auf's zweckmässigste.

151. ἐκτὸς ἀπὸ κλισίης = 74 παρά τε κλισίῃ καὶ νηὶ μελαίνῃ.

εὗδον, ὑπὸ κρασὶν δ' ἔχον ἀσπίδας· ἔγχεα δέ σφιν
ὄρθ' ἐπὶ σαυρωτῆρος ἐλήλατο, τῆλε δὲ χαλκός
λάμφ' ὥς τε στεροπὴ πατρὸς Διός. αὐτὰρ ὅ γ' ἥρως
εὗδ', ὑπὸ δ' ἔστρωτο ῥινὸν βοὸς ἀγραύλοιο,
αὐτὰρ ὑπὸ κράτεσφι τάπης τετάνυστο φαεινός.
τὸν παρστὰς ἀνέγειρε Γερήνιος ἱππότα Νέστωρ,
λὰξ ποδὶ κινήσας, ὤτρυνέ τε νείκεσέ τ' ἄντην.
„ἔγρεο, Τυδέος υἱέ. τί πάννυχον ὕπνον ἀωτεῖς;
οὐκ αἴεις ὡς Τρῶες ἐπὶ θρωσμῷ πεδίοιο
εἵαται ἄγχι νεῶν, ὀλίγος δ' ἔτι χῶρος ἐρύκει;“
ὣς φάθ', ὁ δ' ἐξ ὕπνοιο μάλα κραιπνῶς ἀνόρουσεν,
καί μιν φωνήσας ἔπεα πτερόεντα προσηύδα.
„σχέτλιός ἐσσι, γεραιέ· σὺ μὲν πόνου οὔ ποτε λήγεις.
οὔ νυ καὶ ἄλλοι ἔασι νεώτεροι υἷες Ἀχαιῶν,
οἵ κεν ἔπειτα ἕκαστον ἐγείρειαν βασιλήων
πάντῃ ἐποιχόμενοι; σὺ δ' ἀμήχανός ἐσσι, γεραιέ.“
τὸν δ' αὖτε προσέειπε Γερήνιος ἱππότα Νέστωρ
„ναὶ δὴ ταῦτά γε πάντα, τέκος, κατὰ μοῖραν ἔειπες.
εἰσὶν μέν μοι παῖδες ἀμύμονες, εἰσὶ δὲ λαοί
καὶ πολέες, τῶν κέν τις ἐποιχόμενος καλέσειεν·
ἀλλὰ μάλα μεγάλη χρειὼ βεβίηκεν Ἀχαιούς·
νῦν γὰρ δὴ πάντεσσιν ἐπὶ ξυροῦ ἵσταται ἀκμῆς

156. *τάπης* nach Od. δ, 124 *μαλακοῦ ἐρίοιο*, nach Il. π, 224 *οὖλος*, wollig, wahrscheinlich auf der einen oder auf beiden Seiten mit weichem Schafpelz besetzt.

160. *ἐπὶ θρωσμῷ πεδίοιο*, an der Erhebung der Ebene. Diese Bezeichnung und die dadurch gemeinte Sache kommt hier zum ersten Mal vor (weiterhin noch λ, 56. υ, 3), während früher der Ort, wo sich die Trojaner jetzt befinden, ganz allgemein durch *νόσφι νεῶν ποταμῷ ἔπι δινήεντι* (ϑ, 490), *μεσηγὺ νεῶν ἠδὲ Ξάνθοιο ῥοάων* und *ἐν πεδίῳ* (ϑ, 560. 562), sogar *ἐγγύθι νηῶν* (ι, 76) bezeichnet wurde.

164. *σχέτλιος* hier mehr Ausdruck der bewundernden Scheu als Od. μ, 279 (wo der Begriff des Tadels vorherrscht, wie auch Iliad. ϑ, 361): unermüdlich, nicht zu bezwingen. Ebenso 167 *ἀμήχανος*.

165. *οὔ νυ*, vgl. zu Od. α, 60.

166. *ἔπειτα* hier ziemlich müssig und durch seine Breite lästig. Vergleichen lässt sich indess Od. ρ, 185 *ἐπεὶ ἂρ δὴ ἔπειτα πόλινδ' ἰέναι μενεαίνεις σήμερον*, wo es auch nur zum Ausfüllen zu dienen scheint.

173. *ἐπὶ ξυροῦ ἵσταται ἀκμῆς*. Sowohl die ganze sprichwörtliche

ἢ μάλα λυγρὸς ὄλεθρος Ἀχαιοῖς ἠὲ βιῶναι.
ἀλλ' ἴθι νῦν, Αἴαντα ταχὺν καὶ Φυλέος υἱὸν
ἄνστησον — σὺ γάρ ἐσσι νεώτερος —, εἴ μ' ἐλεαίρεις."
ὣς φάθ', ὁ δ' ἀμφ' ὤμοισιν ἐέσσατο δέρμα λέοντος
αἴθωνος μεγάλοιο ποδηνεκές, εἵλετο δ' ἔγχος.
βῆ δ' ἰέναι, τοὺς δ' ἔνθεν ἀναστήσας ἄγεν ἥρως.
οἱ δ' ὅτε δὴ φυλάκεσσιν ἐν ἀγρομένοισιν ἔμιχθεν,
οὐδὲ μὲν εὕδοντας φυλάκων ἡγήτορας εὗρον,
ἀλλ' ἐγρηγορτὶ σὺν τεύχεσιν εἵατο πάντες.
ὡς δὲ κύνες περὶ μῆλα δυσωρήσωσιν ἐν αὐλῇ
θηρὸς ἀκούσαντες κρατερόφρονος, ὅς τε καθ' ὕλην
ἔρχηται δι' ὄρεσφι· πολὺς δ' ὀρυμαγδὸς ἐπ' αὐτῷ
ἀνδρῶν ἠδὲ κυνῶν, ἀπό τέ σφισιν ὕπνος ὄλωλεν·
ὣς τῶν νήδυμος ὕπνος ἀπὸ βλεφάροιιν ὀλώλει
νύκτα φυλασσομένοισι κακήν· πεδίονδε γὰρ αἰεί
τετράφαθ', ὁππότ' ἐπὶ Τρώων ἀίοιεν ἰόντων.
τοὺς δ' ὁ γέρων γήθησεν ἰδών, θάρσυνέ τε μύθῳ
[καί σφεας φωνήσας ἔπεα πτερόεντα προσηύδα]·
„οὕτω νῦν, φίλα τέκνα, φυλάσσετε· μηδέ τιν' ὕπνος
αἱρείτω, μὴ χάρμα γενώμεθα δυσμενέεσσιν."

Redensart als die einzelnen Ausdrücke ξυρὸν und ἀκμὴ finden sich bei Homer sonst nie. Das Subject zu ἵσταται enthält übrigens der folgende Vers ἤ – ὄλεθρος ἠὲ βιῶναι d. h. die Entscheidung oder Wahl zwischen. Deutlicher ist die Construction in der sonst sehr ähnlichen Stelle Herodot. 6, 11: ἐπὶ ξυροῦ γὰρ ἀκμῆς ἔχεται ἡμῖν τὰ πρήγματα, – ἢ εἶναι ἐλευθέροισι ἢ δούλοισι.

176. εἴ μ' ἐλεαίρεις mit Beziehung auf 164–167.

179. τοὺς δ' ἔνθεν – ἥρως. ἥρως ist nachträgliche Bezeichnung des Subjectes auch zu βῆ, τοὺς δὲ aber geht auf die 175 = 110 Genannten. – ἔνθεν, von da, wo sie waren und wo er sie antraf. Er führte sie aber an den von Agamemnon 65 bezeichneten Ort, zu den Wachen, wo nun nach dem folgenden Vers alle zusammentreffen.

180. ἐν ziehe zu ἔμιχθεν. Der Nachsatz wird durch δὲ in οὐδὲ μὲν hervorgehoben.

185. ἐπ' αὐτῷ, ἐπὶ τῷ θηρί.

187 f. τῶν – φυλασσομένοισι, wie ξ, 139 – 141. Ueber die umgekehrte Construction vgl. zu Od. ζ, 155 – 157 σφίσι – λευσσόντων. Der Dual βλεφάροιιν steht mit Bezug auf die Einzelnen (distributiv).

189. ὁππότε indirect fragend, wie nach einem Verbum des Erwartens. ἐπὶ verbinde mit ἰόντων, und ἀίω ist construirt wie λ, 463. Die Trojaner kamen nicht wirklich.

10 ὣς εἰπὼν τάφροιο διέσσυτο· τοὶ δ' ἅμ' ἕποντο
Ἀργείων βασιλῆες, ὅσοι κεκλήατο βουλήν.
τοῖς δ' ἅμα Μηριόνης καὶ Νέστορος ἀγλαὸς υἱός
ἤισαν· αὐτοὶ γὰρ κάλεον συμμητιάασθαι.
τάφρον δ' ἐκδιαβάντες ὀρυκτὴν ἑδριόωντο
ἐν καθαρῷ, ὅθι δὴ νεκύων διεφαίνετο χῶρος
πιπτόντων· ὅθεν αὖτις ἀπετράπετ' ὄβριμος Ἕκτωρ
ὀλλὺς Ἀργείους, ὅτε δὴ περὶ νὺξ ἐκάλυψεν.
ἔνθα καθεζόμενοι ἔπε' ἀλλήλοισι πίφαυσκον.
τοῖσι δὲ μύθων ἦρχε Γερήνιος ἱππότα Νέστωρ.
„ὦ φίλοι, οὐκ ἂν δή τις ἀνὴρ πεπίθοιθ' ἑῷ αὐτοῦ
θυμῷ τολμήεντι μετὰ Τρῶας μεγαθύμους
ἐλθεῖν; εἴ τινά που δηίων ἕλοι ἐσχατόωντα,
ἤ τινά που καὶ φῆμιν ἐνὶ Τρώεσσι πύθοιτο,
ἅσσα τε μητιόωσι μετὰ σφίσιν, ἢ μεμάασιν
αὖθι μένειν παρὰ νηυσὶν ἀπόπροθεν, ἦε πόλινδε
ἂψ ἀναχωρήσουσιν, ἐπεὶ δαμάσαντό γ' Ἀχαιούς.
ταῦτά κε πάντα πύθοιτο, καὶ ἂψ εἰς ἡμέας ἔλθοι
ἀσκηθής. μέγα κέν οἱ ὑπουράνιον κλέος εἴη
πάντας ἐπ' ἀνθρώπους, καί οἱ δόσις ἔσσεται ἐσθλή·
ὅσσοι γὰρ νήεσσιν ἐπικρατέουσιν ἄριστοι,

194. *διέσσυτο*, er eilte hindurch (in die Ebene), natürlich durch das Thor (und über einen Damm). Von welcher Art ihre Bewegung war, zeigt 198 *ἐκδιαβάντες*.

196. *Μηριόνης καὶ Νέστορος — υἱός* als die vorzüglichsten unter den Befehlshabern der Wache nach 57–59, die an der Berathung der *βασιλῆες* (*αὐτοί* 197) Theil nehmen sollten.

199. *ἐν—χῶρος—θ*, 491, wo ungefähr dieselbe Gegend bezeichnet wird. Vgl. überhaupt ebend. 485–501.

200. *πιπτόντων* = *πεπτωκότων*.

204. *ὦ φίλοι, οὐκ ἂν δή τις*. Ueber dieselbe Wendung in verschiedener Bedeutung vgl. zu Od. σ, 414.

206. *εἴ τινα κτέ.* indirect fragend, zur Ausführung von *μετὰ Τρῶας — ἐλθεῖν*. — *πιθέσθαι ἑῷ — θυμῷ* seinem eignen Muthe folgen, d. h. aus eignem Entschlusse, ohne Befehl von aussen, etwas wagen.

209. *ἀπόπροθεν*, nämlich in Beziehung auf ihre Stadt, vgl. *πόλινδε ἀναχωρήσουσιν*. Uebrigens sind die Glieder *ἢ μεμάασιν — ἦε — ἀναχωρ.* beide dem *ἅσσα μητιόωσι* untergeordnet.

213. *ἔσσεται* gleichbedeutend mit dem vorhergehenden *κεν εἴη* = 223.

214. *ὅσσοι — ἄριστοι* scheint nach Od. α, 245 gebildet: *ὅσσοι γὰρ νήσοισιν ἐπικρατέουσιν*

τῶν πάντων οἱ ἕκαστος ὄϊν δώσουσι μέλαιναν
θῆλυν ὑπόρρηνον — τῇ μὲν κτέρας οὐδὲν ὁμοῖον —,
αἰεὶ δ' ἐν δαίτῃσι καὶ εἰλαπίνῃσι παρέσται.“
ὣς ἔφαθ', οἱ δ' ἄρα πάντες ἀκὴν ἐγένοντο σιωπῇ.
τοῖσι δὲ καὶ μετέειπε βοὴν ἀγαθὸς Διομήδης
„Νέστορ, ἔμ' ὀτρύνει κραδίη καὶ θυμὸς ἀγήνωρ
ἀνδρῶν δυσμενέων δῦναι στρατὸν ἐγγὺς ἐόντων,
Τρώων. ἀλλ' εἴ τίς μοι ἀνὴρ ἅμ' ἕποιτο καὶ ἄλλος,
μᾶλλον θαλπωρὴ καὶ θαρσαλεώτερον ἔσται.
σύν τε δύ' ἐρχομένω καί τε πρὸ ὁ τοῦ ἐνόησεν,
ὅππως κέρδος ἔῃ· μοῦνος δ' εἴ πέρ τε νοήσῃ,
ἀλλά τέ οἱ βράσσων τε νόος λεπτὴ δέ τε μῆτις.“
ὣς ἔφαθ', οἱ δ' ἔθελον Διομήδεϊ πολλοὶ ἕπεσθαι.
ἠθελέτην Αἴαντε δύω, θεράποντες Ἄρηος,
ἤθελε Μηριόνης, μάλα δ' ἤθελε Νέστορος υἱός,
ἤθελε δ' Ἀτρείδης δουρικλειτὸς Μενέλαος,
ἤθελε δ' ὁ τλήμων Ὀδυσεὺς καταδῦναι ὅμιλον

ἄριστοι, was allerdings natürlicher gesprochen ist als unsere Stelle.

216. τῇ μὲν κτέρας οὐδὲν ὁμοῖον d. i. τοίῃ, dem (so einem) ist fürwahr kein Besitzthum zu vergleichen - ausmalende Parenthese; es versteht sich aber, dass diess nur ein hyperbolischer Ausdruck der Umgangssprache ist, etwa wie wir sagen: „es giebt nichts Schöneres“ = es ist recht schön.

217. αἰεὶ - παρέσται. Dieses war nicht bei allen der Anwesenden sonst schon der Fall, namentlich nicht bei dem kleinern Aias, Meges, Thrasymedes und Meriones.

219. Διομήδης bleibt auch hier seinem Charakter treu, vergl. zu ι, 31.

224. σύν τε δύ' ἐρχομένω καί τε. Dieselbe Verbindung wie γ, 211 ἄμφω δ' ἑζομένω κτέ., nur dass hier durch πρὸ ὁ τοῦ (je der eine vor dem andern) auch wieder das ganze Subject (δύο) umfasst wird, wie η, 306 τὼ δὲ διακρινθέντε ὁ μὲν - ὁ δέ. — σὺν Adverb zu ἐρχομένω, zugleich mit einander. — καί τε auch wohl (nicht etwa nur jeder für sich). Zur Stellung der Worte πρὸ ὁ τοῦ vgl. zu Od. ε, 155 παρ' οὐκ ἐθέλων ἐθελούσῃ.

225. εἴ πέρ τε νοήσῃ, wenn er auch achtsam, verständig ist. Vgl. α, 577.

226. βράσσων wird gewöhnlich für βραδύτερος genommen: langsamer, im Gegensatz von πρὸ ὁ τοῦ 224; aber nach richtigerer Analogie (vgl. ἐλάσσων, θάσσων) mit Curtius für βραχίων = βραχύτερος, in geistigem Sinne wie βραχυγνώμων, kurzsichtig. In λεπτὴ liegt auch der Comparativ λεπτοτέρη, nämlich: als wenn beide vereinigt sind.

227-231. ἔθελον - ἤθελε. Vgl. α, 436-439 ἐκ δ' - ἔβαλον - ἐκ δὲ - βῆ.

Τρώων· αἰεὶ γάρ οἱ ἐνὶ φρεσὶ θυμὸς ἐτόλμα.
τοῖσι δὲ καὶ μετέειπεν ἄναξ ἀνδρῶν Ἀγαμέμνων
„Τυδείδη Διόμηδες, ἐμῷ κεχαρισμένε θυμῷ,
τὸν μὲν δὴ ἕταρόν γ' αἱρήσεαι, ὅν κ' ἐθέλῃσθα,
φαινομένων τὸν ἄριστον, ἐπεὶ μεμάασί γε πολλοί.
μηδὲ σύ γ' αἰδόμενος σῇσι φρεσὶ τὸν μὲν ἀρείω
καλλείπειν, σὺ δὲ χείρον' ὀπάσσεαι αἰδοῖ εἴκων
ἐς γενεὴν ὁρόων, μηδ' εἰ βασιλεύτερός ἐστιν."
ὣς ἔφατ', ἔδδεισεν δὲ περὶ ξανθῷ Μενελάῳ.
τοῖς δ' αὖτις μετέειπε βοὴν ἀγαθὸς Διομήδης
„εἰ μὲν δὴ ἕταρόν γε κελεύετέ μ' αὐτὸν ἑλέσθαι,
πῶς ἂν ἔπειτ' Ὀδυσῆος ἐγὼ θείοιο λαθοίμην,
οὗ πέρι μὲν πρόφρων κραδίη καὶ θυμὸς ἀγήνωρ
ἐν πάντεσσι πόνοισι, φιλεῖ δέ ἑ Παλλὰς Ἀθήνη.
τούτου γ' ἑσπομένοιο καὶ ἐκ πυρὸς αἰθομένοιο
ἄμφω νοστήσαιμεν, ἐπεὶ περίοιδε νοῆσαι."
τὸν δ' αὖτε προσέειπε πολύτλας δῖος Ὀδυσσεύς
„Τυδείδη, μήτ' ἄρ με μάλ' αἴνεε μήτε τι νείκει·

232. *ἐτόλμα* = *ἦν τολμήεις*, wie *audere* = *audacem esse*. Virg. Aen. 2, 347 : *audere in proelia*.

235 f. *ἕταρον* Prädicat zum Object *τὸν μ. δή* = *συνεργόν*, vgl. *ν*, 456 *ἑταρίσσαιτο*. — *φαινομένων* von denen die sich darstellen, zum Begleit anerbieten.

238. *σὺ δέ*, als ob der Gegensatz im Subject läge, während er doch im Object (*τὸν μὲν ἀρείω*) enthalten ist. Vgl. zu *α*, 191. — *αἰδοῖ εἴκων* wiederholt das vorhergehende *αἰδόμενος σῇσι φρεσί*, um diesen Begriff in abrathendem Sinne ja recht nahe zu legen. Zu *ὀπάσσεαι* vgl. Od. *κ*, 59.

239. *ἐς γενεὴν ὁρόων*, Grund und Veranlassung zu *αἰδοῖ εἴκων*. — *μηδέ*, auch nicht, nämlich geselle dir den Schlechtern zu (*χείρον' ὀπάσσεαι*), auch dann nimm nicht zum Begleiter den schwächern Krieger, wenn u. s. w.

240. *ἔδδεισεν δὲ* könnte auch durch *γὰρ* verbunden sein; denn dieser Vers soll den Grund der vorhergehenden Aeusserung des Agamemnon angeben.

243. *πῶς – λαθοίμην*, vgl. zu Od. *α*, 65.

244. *πέρι μέν*, vgl. Od. *μ*, 279 *πέρι τοι μένος*. Das entsprechende Glied ist *φιλεῖ δὲ κτέ*.

245. *φιλεῖ δέ ἑ* = *ὃν δὲ καὶ Παλλὰς Ἀθ. φιλεῖ*.

246. *ἑσπομένοιο*, vgl. zu Od. *δ*, 38; über den Optativ ohne *ἄν* (*κε*) in unabhängigem Satze zu Od. *γ*, 231.

247. *περίοιδε νοῆσαι* wird erklärt und gerechtfertigt durch *ν*, 728 *βουλῇ περιίδμεναι ἄλλων*.

249. *μήτ' – αἴνεε μήτε – νείκει*. Das zweite Glied ist nur zur Ergänzung des ersten als Gegensatz hinzugefügt, und der Sinn ist: mache nicht viele Worte, das Ueber-

εἰδόσι γάρ τοι ταῦτα μετ' Ἀργείοις ἀγορεύεις.
ἀλλ' ἴομεν· μάλα γὰρ νὺξ ἄνεται, ἐγγύθι δ' ἠώς,
ἄστρα δὲ δὴ προβέβηκε, παρῴχηκεν δὲ πλέων νύξ
τῶν δύο μοιράων, τριτάτη δ' ἔτι μοῖρα λέλειπται."
  ὣς εἰπόνθ' ὅπλοισιν ἔνι δεινοῖσιν ἐδύτην.
Τυδείδῃ μὲν δῶκε μενεπτόλεμος Θρασυμήδης
φάσγανον ἄμφηκες — τὸ δ' ἑὸν παρὰ νηὶ λέλειπτο —
καὶ σάκος· ἀμφὶ δέ οἱ κυνέην κεφαλῆφιν ἔθηκεν
ταυρείην, ἄφαλόν τε καὶ ἄλλοφον, ἥ τε καταῖτυξ
κέκληται, ῥύεται δὲ κάρη θαλερῶν αἰζηῶν.
Μηριόνης δ' Ὀδυσῆι δίδου βιὸν ἠδὲ φαρέτρην
καὶ ξίφος, ἀμφὶ δέ οἱ κυνέην κεφαλῆφιν ἔθηκεν
ῥινοῦ ποιητήν· πολέσιν δ' ἔντοσθεν ἱμᾶσιν
ἐντέτατο στερεῶς· ἔκτοσθε δὲ λευκοὶ ὀδόντες
ἀργιόδοντος ὑὸς θαμέες ἔχον ἔνθα καὶ ἔνθα

mass thut nirgends gut; es bedarf des Lobes so wenig als des Tadels, da mich die Argeier schon kennen. Ueber diese Verbindung entgegengesetzter Begriffe, um den höheren Begriff erschöpfend zu bezeichnen, vgl. zu Od. χ, 415 *οὐ κακόν, οὐδὲ μὲν ἐσθλόν*.

252 f. *παρῴχηκεν — λέλειπται*. Die Nacht war, wie der Tag (Iliad. φ, 111), in drei Theile (Nachtwachen) eingetheilt, auf welche Eintheilung auch Od. μ, 312 = ξ, 483 Rücksicht genommen ist. In unserer Stelle heisst *πλέων νύξ*, die Nacht einem grössern Theile nach und der zusammengehörende Genitiv *τῶν δύο μοιράων* hängt von *πλέων* ab; der Gedanke ist aber in der ungenauen und hyperbolischen Sprache des täglichen Lebens ausgedrückt: schon sind gut zwei Drittel der Nacht (ein grösserer Theil der Nacht als zwei Drittel) herum, ein (knappes) Dritttheil ist noch übrig. *δύο* ist bei Homer als Indeclinabile behandelt ν, 407 *δύω κανόνεσσ' ἀραρυῖαν* und Od. κ, 515 *δύω ποταμῶν ἐριδούπων*. Der Artikel *τῶν* steht vor *δύο*, weil bei einem in eine bekannte Anzahl von Theilen zerlegten Ganzen auch je die einen Theile durch den Gegensatz der andern bestimmt sind. Vgl. Od. ξ, 26 *οἱ τρεῖς, τὸν δὲ τέταρτον*, und ζ, 63 *οἱ δύ' ὀπυίοντες, τρεῖς δ' ἠίθεοι*.

254. *ὅπλοισιν ἔνι — ἐδύτην* = 272 scheint die neuere Construction in Vergleichung mit β, 42 *ἔνδυνε χιτῶνα*, die auch oben 21. 131 vorkommt. — Ueber *ὅπλα* vgl. zu θ,55.

258. *ἄφαλον*, (ohne metallenen Kamm) um desto eher unbemerkt zu bleiben, vgl. 153 f. — Ueber *κυνέη*, die Fellkappe, vgl. zu Od. ω, 231.

259. *κάρη — αἰζηῶν*. Zur Verbindung von Singular und Plural vgl. δ, 142 *παρήιον ἔμμεναι ἵππων*.

263. *ἐντέτατο*, er war inwendig (in der innern Wölbung) bespannt, so dass die sich kreuzenden Riemen ein festes Geflecht bildeten. *λευκοὶ* scheint wie erklärend dem Beiwort *ἀργιόδοντος* hinzugefügt.

264. *ἔχον*, erg. *αὐτήν*, es umfin-

εὖ καὶ ἐπισταμένως· μέσσῃ δ' ἐνὶ πῖλος ἀρήρει.
τήν ῥά ποτ' ἐξ Ἐλεῶνος Ἀμύντορος Ὀρμενίδαο
ἐξέλετ' Αὐτόλυκος πυκινὸν δόμον ἀντιτορήσας,
Σκάνδειαν δ' ἄρα δῶκε Κυθηρίῳ Ἀμφιδάμαντι·
Ἀμφιδάμας δὲ Μόλῳ δῶκε ξεινήιον εἶναι,
αὐτὰρ ὁ Μηριόνῃ δῶκεν ᾧ παιδὶ φορῆναι.
δὴ τότ' Ὀδυσσῆος πύκασεν κάρη ἀμφιτεθεῖσα.
τὼ δ' ἐπεὶ οὖν ὅπλοισιν ἔνι δεινοῖσιν ἐδύτην,
βάν ῥ' ἰέναι, λιπέτην δὲ κατ' αὐτόθι πάντας ἀρίστους.
τοῖσι δὲ δεξιὸν ἧκεν ἐρωδιὸν ἐγγὺς ὁδοῖο
Παλλὰς Ἀθηναίη· τοὶ δ' οὐκ ἴδον ὀφθαλμοῖσιν
νύκτα δι' ὀρφναίην, ἀλλὰ κλάγξαντος ἄκουσαν.
χαῖρε δὲ τῷ ὄρνιθ' Ὀδυσεύς, ἠρᾶτο δ' Ἀθήνῃ.
„κλῦθί μευ, αἰγιόχοιο Διὸς τέκος, ἥ τέ μοι αἰεί
ἐν πάντεσσι πόνοισι παρίστασαι, οὐδέ σε λήθω
κινύμενος. νῦν αὖτε μάλιστά με φῖλαι, Ἀθήνη,
δὸς δὲ πάλιν ἐπὶ νῆας ἐυκλεῖας ἀφικέσθαι,
ῥέξαντας μέγα ἔργον, ὅ κε Τρώεσσι μελήσει."

gen, umragten ihn; der Helm war damit besetzt.

265. πῖλος. Aus Missverstand dieser Stelle, womit ein gewöhnlicher Bestandtheil dieser Art von Helm gemeint ist, gaben die spätern Maler und Bildhauer dem Odysseus immer einen Filzhut.

266. Ἀμύντορος Ὀρμενίδαο. Dieser muss von dem ι, 448 erwähnten Vater des Phönix aus Thessalien verschieden und in Eleon in Böotien (β, 500) wohnhaft gedacht werden. Αὐτόλυκος aber war am Parnassos in Phokis, also in der Nähe, zu Hause, vgl. Od. τ, 394. Der Genitiv Ἀμύντορος hängt zunächst von ἐξέλετο ab, ist aber auch bei δόμον hinzuzudenken. Zu ἀντιτορήσας mit dem Accusativ (= Hymn. auf Hermes 178 μέγαν δόμον ἀντιτορήσων) vgl. λ, 236 οὐδ' ἔτορε ζωστῆρα.

268. Σκάνδειαν = εἰς Σκάνδειαν (Stadt auf Kythera), nach der Construction von λ, 21 πεύθετο γὰρ Κύπρονδε μέγα κλέος.

269. Μόλος nach ν, 249 Vater des Meriones, also Bruder des Idomeneus. So war auch dieser Helm, obgleich weniger merkwürdig als Agamemnon's Scepter (β, 102–108), doch durch manche berühmte Hand gegangen.

277. τῷ ὄρνιθι, über dieses Vogelzeichen, *augurium*; denn der Reiher galt als ein günstiges Anzeichen für heimliche Unternehmungen; er liebt aber sumpfige Gegenden.

278–280. κλῦθι – Ἀθήνη aus ε, 115, Od. ν, 301 und Iliad. ε, 117 zusammengefügt. — Ueber κλῦθι und κέκλυθι (284) vgl. zu θ, 497.

281. ἐυκλεῖας bezieht sich auf das Subject von ἀφικέσθαι (ἡμᾶς), vgl. Od. φ, 331, und wird durch ῥέξαντας μ. ἔ. κτἑ. erklärt.

δεύτερος αὖτ' ἠρᾶτο βοὴν ἀγαθὸς Διομήδης
„κέκλυθι νῦν καὶ ἐμεῖο, Διὸς τέκος, ἀτρυτώνη.
σπεῖό μοι ὡς ὅτε πατρὶ ἅμ' ἕσπεο Τυδέι δίῳ
ἐς Θήβας, ὅτε τε πρὸ Ἀχαιῶν ἄγγελος ᾔει.
τοὺς δ' ἄρ' ἐπ' Ἀσωπῷ λίπε χαλκοχίτωνας Ἀχαιούς,
αὐτὰρ ὁ μειλίχιον μῦθον φέρε Καδμείοισιν
κεῖσ'· ἀτὰρ ἂψ ἀπιὼν μάλα μέρμερα μήσατο ἔργα
σὺν σοί, δῖα θεά, ὅτε οἱ πρόφρασσα παρέστης.
ὣς νῦν μοι ἐθέλουσα παρίσταο καί με φύλασσε.
σοὶ δ' αὖ ἐγὼ ῥέξω βοῦν ἦνιν εὐρυμέτωπον
ἀδμήτην, ἣν οὔ πω ὑπὸ ζυγὸν ἤγαγεν ἀνήρ·
τήν τοι ἐγὼ ῥέξω, χρυσὸν κέρασιν περιχεύας.“
ὣς ἔφαν εὐχόμενοι, τῶν δ' ἔκλυε Παλλὰς Ἀθήνη.
οἱ δ' ἐπεὶ ἠρήσαντο Διὸς κούρῃ μεγάλοιο,
βάν ῥ' ἴμεν ὥς τε λέοντε δύω διὰ νύκτα μέλαιναν,
ἂμ φόνον, ἂν νέκυας, διά τ' ἔντεα καὶ μέλαν αἷμα.
οὐδὲ μὲν οὐδὲ Τρῶας ἀγήνορας εἴασ' Ἕκτωρ
εὕδειν, ἀλλ' ἅμυδις κικλήσκετο πάντας ἀρίστους,
ὅσσοι ἔσαν Τρώων ἡγήτορες ἠδὲ μέδοντες.
τοὺς ὅ γε συγκαλέσας πυκινὴν ἠρτύνετο βουλήν.
„τίς κέν μοι τόδε ἔργον ὑποσχόμενος τελέσειεν
δώρῳ ἔπι μεγάλῳ; μισθὸς δέ οἱ ἄρκιος ἔσται·
δώσω γὰρ δίφρον τε δύω τ' ἐριαύχενας ἵππους,
οἵ κεν ἄριστοι ἔωσι θοῇς ἐπὶ νηυσὶν Ἀχαιῶν,

285. *ὡς ὅτε πατρὶ κτέ.*, eine Anspielung auf die schon mehrmals (*δ*, 382–398. *ε*, 802–807) erwähnte Sendung des Tydeus nach Theben.

289. *μάλα μέρμερα – ἔργα*, gegen den ihm gelegten Hinterhalt *δ*, 391 ff.

290. *σὺν σοὶ κτέ.* ähnlich wie Od. *ν*, 391.

292–294. *σοὶ – περιχεύας* wörtlich gleichlautend mit Od. *γ*, 382–384, dem Gelübde des Nestor ebenfalls an Athene.

299. *οὐδὲ μὲν οὐδὲ Τρῶας κτέ.* Auch Hektor veranstaltet eine Versammlung der Führer und Ordner, und veranlasst ebenfalls die Aussendung eines Kundschafters, Dolon. Vgl. *η*, 345. *θ*, 489.

300. *ἅμυδις* hier ganz seiner Form entsprechend (vgl. *ἄλλυδις*) = *ὁμόσε*, wie 524 und *υ*, 114 *ἅμυδις στήσασα*.

303. *ὑποσχόμενος τελέσειεν*, vgl. zu Od. *ο*, 195 und *γ*, 99.

304. *ἄρκιος ἔσται*, vgl. zu Od. *σ*, 358 (= *ἑτοῖμος*) mit Il. *β*, 393.

306. *οἵ κεν ἄριστοι ἔωσι κτέ.* ist allgemeiner als was Dolon 322 f.

ὅς τίς κε τλαίη, οἷ τ' αὐτῷ κῦδος ἄροιτο,
νηῶν ὠκυπόρων σχεδὸν ἐλθέμεν, ἔκ τε πυθέσθαι
ἠὲ φυλάσσονται νῆες θοαὶ ὡς τὸ πάρος περ,
ἢ ἤδη χείρεσσιν ὑφ' ἡμετέρῃσι δαμέντες
φύξιν βουλεύουσι μετὰ σφίσιν, οὐδ' ἐθέλουσιν
νύκτα φυλασσέμεναι, καμάτῳ ἀδηκότες αἰνῷ."
ὣς ἔφαθ', οἱ δ' ἄρα πάντες ἀκὴν ἐγένοντο σιωπῇ.
ἦν δέ τις ἐν Τρώεσσι Δόλων Εὐμήδεος υἱός,
κήρυκος θείοιο, πολύχρυσος πολύχαλκος,
ὃς δή τοι εἶδος μὲν ἔην κακός, ἀλλὰ ποδώκης·
αὐτὰρ ὁ μοῦνος ἔην μετὰ πέντε κασιγνήτῃσιν.
ὅς ῥα τότε Τρωσίν τε καὶ Ἕκτορι μῦθον ἔειπεν.
„Ἕκτορ, ἔμ' ὀτρύνει κραδίη καὶ θυμὸς ἀγήνωρ
νηῶν ὠκυπόρων σχεδὸν ἐλθέμεν ἔκ τε πυθέσθαι.
ἀλλ' ἄγε μοι τὸ σκῆπτρον ἀνάσχεο, καί μοι ὄμοσσον
ἦ μὲν τοὺς ἵππους τε καὶ ἅρματα ποικίλα χαλκῷ
δωσέμεν, οἳ φορέουσιν ἀμύμονα Πηλείωνα.
σοὶ δ' ἐγὼ οὐχ ἅλιος σκοπὸς ἔσσομαι, οὐδ' ἀπὸ δόξης·
τόφρα γὰρ ἐς στρατὸν εἶμι διαμπερές, ὄφρ' ἂν ἵκωμαι
νῆ' Ἀγαμεμνονέην, ὅθι που μέλλουσιν ἄριστοι
βουλὰς βουλεύειν, ἢ φευγέμεν ἠὲ μάχεσθαι."

dafür setzt; denn dieser verlangt geradezu das Vorzüglichste in dieser Art.

307. τλαίη – ἄροιτο, vgl. δ, 94 f. τλαίης κεν – κῦδος ἄροιο. Eigentlich aber sollte ἄροιτο nicht parallel mit dem bedingenden τλαίη stehen, sondern als Participium oder abhängiger Satz die Folge von diesem bezeichnen; jetzt ist es wie in Parenthese.

311. φύξιν = 398. 447. Sonst kommt das Wort bei Homer nie vor, dagegen φύξηλιν ρ, 143 und φύξιμον Od. ε, 359.

314. ἦν δέ τις ἐν Τρώεσσι. Dieselbe Wendung wie ε, 9.

316. ὅς δή τοι. Ueber die Verbindung der Partikeln δή τοι nach einem Relativum vgl. zu Od. υ, 289, wo ebenfalls die Formel ἦν δέ τις vorhergeht und das demonstrative ὅς nachfolgt (wie hier 318).

317. μοῦνος κτέ. und daher wohl verweichlicht und mehr auf eiteln Prunk, als auf männliche Tapferkeit gerichtet.

321. τὸ σκῆπτρον, welches Hektor als Sprecher in der Versammlung auch jetzt bei sich hat, vgl. 328.

322. τοὺς ἵππους hinweisend mit Bezug auf οἳ φορέουσιν.

324. οὐδ' ἀπὸ δόξης d. i. οὐδὲ παρὰ τὴν δόξαν, ἣν περὶ ἐμοῦ ἔχεις, noch hinter deiner Erwartung zurückbleibend, vgl. zu Od. λ, 344.

325. διαμπερὲς gehört zu ἐς στρατόν.

ὣς φάθ᾽, ὁ δ᾽ ἐν χερσὶ σκῆπτρον λάβε καί οἱ ὄμοσσεν. 10
„ἴστω νῦν Ζεὺς αὐτός, ἐρίγδουπος πόσις Ἥρης,
μὴ μὲν τοῖς ἵπποισιν ἀνὴρ ἐποχήσεται ἄλλος
Τρώων, ἀλλὰ σέ φημι διαμπερὲς ἀγλαϊεῖσθαι.“
ὣς φάτο καί ῥ᾽ ἐπίορκον ἐπώμοσε, τὸν δ᾽ ὀρόθυνεν.
αὐτίκα δ᾽ ἀμφ᾽ ὤμοισιν ἐβάλλετο καμπύλα τόξα,
ἕσσατο δ᾽ ἔκτοσθεν ῥινὸν πολιοῖο λύκοιο,
κρατὶ δ᾽ ἐπὶ κτιδέην κυνέην, ἕλε δ᾽ ὀξὺν ἄκοντα,
βῆ δ᾽ ἰέναι προτὶ νῆας ἀπὸ στρατοῦ. οὐδ᾽ ἄρ᾽ ἔμελλεν
ἐλθὼν ἐκ νηῶν ἂψ Ἕκτορι μῦθον ἀποίσειν.
ἀλλ᾽ ὅτε δή ῥ᾽ ἵππων τε καὶ ἀνδρῶν κάλλιφ᾽ ὅμιλον,
βῆ ῥ᾽ ἀν᾽ ὁδὸν μεμαώς· τὸν δὲ φράσατο προσιόντα
διογενὴς Ὀδυσεύς, Διομήδεα δὲ προσέειπεν
„οὗτός τις, Διόμηδες, ἀπὸ στρατοῦ ἔρχεται ἀνήρ,
οὐκ οἶδ᾽ ἢ νήεσσιν ἐπίσκοπος ἡμετέρῃσιν,
ἤ τινὰ συλήσων νεκύων κατατεθνηώτων.
ἀλλ᾽ ἐῶμέν μιν πρῶτα παρεξελθεῖν πεδίοιο
τυτθόν· ἔπειτα δέ κ᾽ αὐτὸν ἐπαΐξαντες ἕλοιμεν
καρπαλίμως. εἰ δ᾽ ἄμμε παραφθαίησι πόδεσσιν,
αἰεί μιν ἐπὶ νῆας ἀπὸ στρατόφι προτιειλεῖν

330. *μὴ μὲν — ἐποχήσεται.* Die Abhängigkeit dieses Satzes vom vorigen (*ἴστω*) wird durch *μὴ* angedeutet, aber eigentlich sollte auch das Verbum im Infinitiv stehen (*ἄνδρα ἐποχήσεσθαι ἄλλον*).

331. *ἀγλαϊεῖσθαι*, erg. *τοῖς ἵπποις*, vgl. *δ*, 144 f.

332. *ἐπίορκον ἐπώμοσε*, nicht nach seiner Intention, sondern nach dem Erfolge. *ἐπίορκον* scheint adverbial gebrauchtes Neutrum. *ὀροθύνω*, nachhaltig, für die Dauer aufregen = *ο*, 572.

334. *ἔκτοσθεν* d. h. als Umwurf.

335. *κρατὶ δ᾽ ἐπί*, erg. *θήκατο* oder *θέτο* (vgl. 30 f.) aus dem speciellern *ἕσσατο*.

338. *ὅμιλον* hier und 499 = *πλῆθος καὶ ἄθροισμα*, welche Bedeutung sonst in der Odyssee (vgl. *λ*, 514) vorherrscht.

345. *τυτθὸν* nachträgliche Bestimmung zu *παρεξελθεῖν* (vgl. Od. *ι*, 540), doch so, dass der Genitiv *πεδίοιο* von diesem Verbum abhängt. Der Sinn ist: Lassen wir ihn zuerst durch die Ebene hin eine kleine Strecke an uns vorbeigehn (damit er nicht etwa in's trojanische Lager entkomme, vgl. 336 – 348. 365 f.). — *αὐτὸν* hat hier durchaus keinen Nachdruck; vgl. zu Od. *θ*, 347.

346. *παραφθαίησι.* Das einzige Beispiel eines Optativs 3. Pers. Sing. mit der Anhängsilbe *σι*, doch passt der Optativ in den Zusammenhang am besten: sollte er aber (vielleicht) uns voraus kommen. — Der auch conjicirte Conjunctiv hiesse nach der Analogie *παραφθήῃσι*.

347. *ἀπὸ στρατόφι*, von seinem

ἔγχει ἐπαΐσσων, μή πως προτὶ ἄστυ ἀλύξῃ."
ὣς ἄρα φωνήσαντε παρὲξ ὁδοῦ ἐν νεκύεσσιν
κλινθήτην· ὁ δ' ἄρ' ὦκα παρέδραμεν ἀφραδίῃσιν.
ἀλλ' ὅτε δή ῥ' ἀπέην ὅσσον τ' ἐπὶ οὖρα πέλονται
ἡμιόνων — αἱ γάρ τε βοῶν προφερέστεραί εἰσιν
ἑλκέμεναι νειοῖο βαθείης πηκτὸν ἄροτρον —,
τὼ μὲν ἐπεδραμέτην, ὁ δ' ἄρ' ἔστη δοῦπον ἀκούσας·
ἔλπετο γὰρ κατὰ θυμὸν ἀποστρέψοντας ἑταίρους
ἐκ Τρώων ἰέναι, πάλιν Ἕκτορος ὀτρύναντος.
ἀλλ' ὅτε δή ῥ' ἄπεσαν δουρηνεκὲς ἢ καὶ ἔλασσον,
γνῶ ῥ' ἄνδρας δηίους, λαιψηρὰ δὲ γούνατ' ἐνώμα
φευγέμεναι· τοὶ δ' αἶψα διώκειν ὡρμήθησαν.
ὡς δ' ὅτε καρχαρόδοντε δύω κύνε, εἰδότε θήρης,
ἢ κεμάδ' ἠὲ λαγωὸν ἐπείγετον ἐμμενὲς αἰεί
χῶρον ἀν' ὑλήενθ', ὁ δέ τε προθέῃσι μεμηκώς,
ὣς τὸν Τυδείδης ἠδ' ὁ πτολίπορθος Ὀδυσσεύς

Heere, dem trojanischen Lager weg, vgl. 364 λαοῦ ἀποτμήξαντε. — προτιειλεῖν für den Imperativ, daher ἐπαΐσσων (σύ).

349. φωνήσαντε im Dual, obgleich Odysseus allein gesprochen, da auch Diomedes theils hörend am Gespräch Theil genommen, theils gewiss, auch wenn es nicht erwähnt ist, mit einem Worte seine Zustimmung zu erkennen gegeben hat. Ganz ähnlich φ, 298 vgl. mit 288. — παρὲξ ὁδοῦ, nebenhin, seitwärts aus dem Wege, etwas verschieden von Od. ι, 116 παρὲκ λιμένος.

351f. ὅσσον τ' ἐπὶ οὖρα πέλονται κτέ. ἐπὶ gehört zu ὅσον τε, wie Od. ε, 251 τόσσον ἔπ' εὐρεῖαν, oben γ, 12. ο, 358 ὅσον τ' ἐπὶ δουρὸς ἐρωὴ γίγνεται. Ueber οὖρα ἡμιόνων (Ackerfurchen für Maulthiere von einer Wendung bis zur andern) vgl. zu Od. θ, 124.

352. αἱ γάρ τε βοῶν κτέ. soll den Grund angeben, warum im Vorigen οὖρα ἡμιόνων, und nicht etwa οὖρα βοῶν genannt werden. Die οὖρα ἡμιόνων sind also etwas grösser, als die insgemein bekannteren οὖρα βοῶν.

353. νειοῖο βαθείης, durch das weithin gedehnte Brachfeld, das wegen dieser Ausdehnung (Tiefe) in mehrere einzelne, successiv zu pflügende Stücke (Wendungen) oder Strecken, z. B. von je 100 Fuss oder 40 Schritten (vgl. 357), getheilt ist. Für den Begriff des Genitivs bei ἑλκέμεναι vgl. Od. ν, 32 νειὸν ἀν' ἕλκητον, wo auch das über πηκτὸν ἄροτρον Bemerkte nachzusehen ist.

354. ἐπεδραμέτην, nicht ἐδιωκέτην (359), weil Dolon jetzt noch nicht vor ihnen als Feinden flieht.

356. πάλιν – ὀτρύναντος, erg. αὐτόν d. i. εἰς τοὐπίσω, in prägnanter Kürze = indem Hektor verlange, dass er wieder zurückkehre (ihm Contreordre schicke).

362. ὁ δὲ grammatisch nur nach λαγωὸς gerichtet, aber dem Sinne nach auch auf κεμὰς zu beziehen.

363. ἠδ' ὁ πτολίπορθος. Der

λαοῦ ἀποτμήξαντε διώκετον ἐμμενὲς αἰεί.
ἀλλ' ὅτε δὴ τάχ' ἔμελλε μιγήσεσθαι φυλάκεσσιν
φεύγων ἐς νῆας, τότε δὴ μένος ἔμβαλ' Ἀθήνη
Τυδείδῃ, ἵνα μή τις Ἀχαιῶν χαλκοχιτώνων
φθαίη ἐπευξάμενος βαλέειν, ὁ δὲ δεύτερος ἔλθοι.
δουρὶ δ' ἐπαΐσσων προσέφη κρατερὸς Διομήδης
„ἠὲ μέν' ἠέ σε δουρὶ κιχήσομαι, οὐδέ σέ φημι
δηρὸν ἐμῆς ἀπὸ χειρὸς ἀλύξειν αἰπὺν ὄλεθρον."
ἦ ῥα, καὶ ἔγχος ἀφῆκεν, ἑκὼν δ' ἡμάρτανε φωτός.
δεξιτερὸν δ' ὑπὲρ ὦμον ἐΰξου δουρὸς ἀκωκὴ
ἐν γαίῃ ἐπάγη· ὁ δ' ἄρ' ἔστη τάρβησέν τε
βαμβαίνων — ἄραβος δὲ διὰ στόμα γίγνετ' ὀδόντων —
χλωρὸς ὑπαὶ δείους. τὼ δ' ἀσθμαίνοντε κιχήτην,
χειρῶν δ' ἁψάσθην. ὁ δὲ δακρύσας ἔπος ηὔδα.
„ζωγρεῖτ', αὐτὰρ ἐγὼν ἐμὲ λύσομαι· ἔστι γὰρ ἔνδον
χαλκός τε χρυσός τε πολύκμητός τε σίδηρος,
τῶν κ' ὔμμιν χαρίσαιτο πατὴρ ἀπερείσι' ἄποινα,
εἴ κεν ἐμὲ ζωὸν πεπύθοιτ' ἐπὶ νηυσὶν Ἀχαιῶν."
τὸν δ' ἀπαμειβόμενος προσέφη πολύμητις Ὀδυσσεύς
„θάρσει, μηδέ τί τοι θάνατος καταθύμιος ἔστω.
ἀλλ' ἄγε μοι τόδε εἰπὲ καὶ ἀτρεκέως κατάλεξον·

Artikel scheint den Gegensatz zu bezeichnen: und anderseits der Städteverwüster Odysseus; vgl. 536.

364. *διώκετον*, seltene Formation für *ἐδιωκέτην*. Vgl. ν, 346 *ἐτεύχετον*. σ, 583 *λαφύσσετον*.

368. *φθαίη ἐπευξάμενος*, zuvorkommend, vor ihm (dem Tydiden) sich rühmen könne. *ὁ δὲ* = *αὐτὸς δέ*, er (Diomedes) selbst aber. Zu *δεύτερος* vgl. Herodot. 1, 23 *κιθαρῳδὸν τῶν τότε ἐόντων οὐδενὸς δεύτερον*.

371. *ἐμῆς ἀπὸ χειρός*; von meiner Hand her, ist mit *αἰπὺν ὄλεθρον* zu verbinden.

372. *ἑκὼν δ' ἡμάρτανε*, um ihn lebend zum Gefangenen zu machen und dann auszuforschen.

375. *βαμβαίνων* Onomatopoiie = *ἀσαφῆ φωνὴν προιέμενος*, eig. von der unsichern, zitternden Bewegung der (bammelnden) schweren Zunge, wesshalb Bion Idyll. 4, 9 verbindet *βαμβαίνει μοι γλῶσσα*. Daher *βαμβαλύζω* und der Eigenname *Βαμβαλίων*, Stotterer = *balbus*.

383. *καταθύμιος* = *κατὰ θυμὸν γενόμενος* = ρ, 201.

384. *ἀλλ' – κατάλεξον*. Dieser in der Odyssee sehr häufige Vers kommt in der Iliade nur in diesem (405) und dem letzten Buche (380. 656, zum Theil 197) noch vor.

πῇ δ᾽ οὕτως ἐπὶ νῆας ἀπὸ στρατοῦ ἔρχεαι οἶος
νύκτα δι᾽ ὀρφναίην, ὅτε θ᾽ εὕδουσι βροτοὶ ἄλλοι;
[ἤ τινα συλήσων νεκύων κατατεθνηώτων;]
ἤ σ᾽ Ἕκτωρ προέηκε διασκοπιᾶσθαι ἕκαστα
νῆας ἔπι γλαφυράς; ἦ σ᾽ αὐτὸν θυμὸς ἀνῆκεν;"
τὸν δ᾽ ἠμείβετ᾽ ἔπειτα Δόλων, ὑπὸ δ᾽ ἔτρεμε γυῖα·
„πολλῇσίν μ᾽ ἄτῃσι παρὲκ νόον ἤγαγεν Ἕκτωρ,
ὅς μοι Πηλείωνος ἀγαυοῦ μώνυχας ἵππους
δωσέμεναι κατένευσε καὶ ἅρματα ποικίλα χαλκῷ,
ἠνώγει δέ μ᾽ ἰόντα θοὴν διὰ νύκτα μέλαιναν
ἀνδρῶν δυσμενέων σχεδὸν ἐλθέμεν, ἔκ τε πυθέσθαι
ἠὲ φυλάσσονται νῆες θοαὶ ὡς τὸ πάρος περ,
ἦ ἤδη χείρεσσιν ὑφ᾽ ἡμετέρῃσι δαμέντες
φύξιν βουλεύουσι μετὰ σφίσιν, οὐδ᾽ ἐθέλουσιν
νύκτα φυλασσέμεναι, καμάτῳ ἀδηκότες αἰνῷ."
τὸν δ᾽ ἐπιμειδήσας προσέφη πολύμητις Ὀδυσσεύς
„ἦ ῥά νύ τοι μεγάλων δώρων ἐπεμαίετο θυμός,
ἵππων Αἰακίδαο δαΐφρονος· οἱ δ᾽ ἀλεγεινοί
ἀνδράσι γε θνητοῖσι δαμήμεναι ἠδ᾽ ὀχέεσθαι,
ἄλλῳ γ᾽ ἢ Ἀχιλῆι, τὸν ἀθανάτη τέκε μήτηρ.
ἀλλ᾽ ἄγε μοι τόδε εἰπὲ καὶ ἀτρεκέως κατάλεξον·
ποῦ νῦν δεῦρο κιὼν λίπες Ἕκτορα ποιμένα λαῶν;
ποῦ δέ οἱ ἔντεα κεῖται ἀρήια, ποῦ δέ οἱ ἵπποι;
πῶς δ᾽ αἱ τῶν ἄλλων Τρώων φυλακαί τε καὶ εὐναί;"

385. *πῇ δ᾽ οὕτως* = *πῇ δὴ οὕτως κτἑ.*, vgl. 82 f. und α, 131.

387. *ἤ – κατατεθνηώτων* hier unpassend und die Symmetrie störend aus 343 wiederholt.

391. *πολλῇσιν ἄτῃσι*, durch viele (verderbliche und schuldvolle) Täuschungen, thörichte und bethörende Versprechungen. In *ἆται* fliesst hier der subjective und objective Begriff zusammen. *παρὲκ* ist mit *ἤγαγεν* zu verbinden und dieses Verbum nach dem *σχῆμα καθ᾽ ὅλον καὶ μέρος* construirt, vgl. Hymn. auf Aphrod. 36 *καί τε παρὲκ Ζηνὸς νόον ἤγαγε τερπικεραύνου.* Od. ε, 137 f. = 104 f. *Διὸς νόον – παρεξελθεῖν.*

395–399. *σχεδὸν – αἰνῷ* = 308 – 312. Hier schliessen sich die Verba *βουλεύουσι* und *ἐθέλουσιν* an *ἄνδρες δυσμενεῖς* 395 an.

402 – 404. *ἵππων – μήτηρ* wie es scheint aus ρ, 76 – 78 entlehnt. Zu *ἀλεγεινοὶ – δαμήμεναι* vgl. Od. δ, 397 *ἀργαλέος – δαμῆναι*; unten ν, 726. Bei *ὀχέεσθαι* erg. *αὐτοῖς*, nach 330.

408. *πῶς δ᾽ αἱ – εὐναί;* erg. *ἔχουσι*, wie verhält es sich damit

[ἄσσα τε μητιόωσι μετὰ σφίσιν, ἢ μεμάασιν
αὖθι μένειν παρὰ νηυσὶν ἀπόπροθεν, ἦε πόλινδε
ἂψ ἀναχωρήσουσιν, ἐπεὶ δαμάσαντό γ᾽ Ἀχαιούς.]
τὸν δ᾽ αὖτε προσέειπε Δόλων Εὐμήδεος υἱός
„τοιγὰρ ἐγώ τοι ταῦτα μάλ᾽ ἀτρεκέως καταλέξω.
Ἕκτωρ μὲν μετὰ τοῖσιν, ὅσοι βουληφόροι εἰσίν,
βουλὰς βουλεύει θείου παρὰ σήματι Ἴλου,
νόσφιν ἀπὸ φλοίσβου· φυλακὰς δ᾽ ἃς εἴρεαι, ἥρως,
ου τις κεκριμένη ῥύεται στρατὸν οὐδὲ φυλάσσει.
ὅσσαι μὲν Τρώων πυρὸς ἐσχάραι, οἷσιν ἀνάγκη,
οἱ δ᾽ ἐγρηγόρθασι φυλασσέμεναί τε κέλονται
ἀλλήλοις. ἀτὰρ αὖτε πολύκλητοι ἐπίκουροι
εὕδουσι· Τρωσὶν γὰρ ἐπιτραπέουσι φυλάσσειν·
οὐ γάρ σφιν παῖδες σχεδὸν εἵαται οὐδὲ γυναῖκες.“

= wie sind sie angeordnet, eingerichtet (416f.). Die Wendung ist ziemlich prosaisch und nach späterem Sprachgebrauch, namentlich durch die Verbindung der zwei Artikel *αἱ τῶν ἄλλων – φυλακαί*. Zu *πῶς* vgl. Od. *λ*, 336 *πῶς ὔμμιν ἀνὴρ ὅδε εἴδεται εἶναι;*

409–411. *ἄσσα – Ἀχαιοὺς* sind aus der Rede Nestor's 208 – 210 hier unpassend wiederholt.

415. *παρὰ σήματι Ἴλου* nach *λ*, 166f. vgl. 371 *μέσσον κὰπ πεδίον* d. h. in der Mitte der Ebene zwischen der Stadt und den Schiffen. Zu bemerken ist indess, dass oben weder *ϑ*, 490 noch *κ*, 300 der Standort des Hektor so genau bezeichnet wurde. Die Genealogie des Ilos s. *υ*, 232.

416. *φυλακὰς δ᾽ ἃς εἴρεαι*. Dieselbe Satzform wie Virgils: *Urbem quam statuo, vestra est,* nur dass hier aus dem Plural zu *οὔ τις κεκριμένη* der Singular *φυλακὴ* zu ergänzen ist. *κεκριμένη* ausgewählt und eigens dazu bestimmt, also auch *τεταγμένη*. Vgl. betreffend die Achäer *ι*, 80–88.

418. *ὅσσαι – ἐσχάραι κτἑ. ἐσχάραι*, sonst Hausherde, scheinen hier nach dem Zusammenhange die Feuerstätten im Lager, Wachfeuer (*πυρὰ πολλὰ ϑ*, 509. 560–563. *ι*, 234). Bei der localen Bezeichnung *ὅσσαι – ἐσχάραι* aber schweben dem Sprechenden schon die dort befindlichen Personen, die einheimischen Troianischen Krieger vor, daher im Hauptsatze das Masc. *οἱ δ᾽ ἐγρηγόρθασι* d. i. *οὗτοι, οἱ περὶ τὰς Τρώων ἐσχάρας*. Ebenso in *οἷσιν ἀνάγκη* erg. *ἐστὶν ἐγρηγορέναι καὶ φυλάσσειν*, was den Grund zum folgenden *ἐγρηγόρθασι* enthält: welche die Noth oder weil sie die Noth zwingt d. h. die unabweisliche Sorge für Heimat, Weiber und Kinder, vgl. 422. Andere nehmen *ὅσσαι – ἐσχάραι* geradezu als gleichbedeutend mit *Τρῶες ἐφέστιοι ὅσσοι ἔασιν β*, 125 vgl. mit 130 *Τ*. *οἳ ναίουσι κατὰ πτόλιν* = was einheimische und ansässige Troer sind (so viele).

420. *ἀτὰρ αὖτε – ἐπίκουροι*, Gegensatz zu *ὅσσαι – ἐσχάραι*.

421. *ἐπιτραπέουσι*, sie überlassen es immerfort: Iterativform wie *ἠγερέεσθαι* 127.

10 τὸν δ' ἀπαμειβόμενος προσέφη πολύμητις Ὀδυσσεύς
„πῶς γὰρ νῦν, Τρώεσσι μεμιγμένοι ἱπποδάμοισιν
εὕδουσ' ἦ ἀπάνευθε; δίειπέ μοι, ὄφρα δαείω."
τὸν δ' ἠμείβετ' ἔπειτα Δόλων Εὐμήδεος υἱός
„τοιγὰρ ἐγὼ καὶ ταῦτα μάλ' ἀτρεκέως καταλέξω.
πρὸς μὲν ἁλὸς Κᾶρες καὶ Παίονες ἀγκυλότοξοι
καὶ Λέλεγες καὶ Καύκωνες δῖοί τε Πελασγοί,
πρὸς Θύμβρης δ' ἔλαχον Λύκιοι Μυσοί τ' ἀγέρωχοι
καὶ Φρύγες ἱππόμαχοι καὶ Μῄονες ἱπποκορυσταί.
ἀλλὰ τίη ἐμὲ ταῦτα διεξερέεσθε ἕκαστα;
εἰ γὰρ δὴ μέματον Τρώων καταδῦναι ὅμιλον,
Θρήικες οἵδ' ἀπάνευθε νεήλυδες, ἔσχατοι ἄλλων,
ἐν δέ σφιν Ῥῆσος βασιλεύς, πάις Ἠιονῆος.
τοῦ δὴ καλλίστους ἵππους ἴδον ἠδὲ μεγίστους·
λευκότεροι χιόνος, θείειν δ' ἀνέμοισιν ὁμοῖοι.
ἅρμα δέ οἱ χρυσῷ τε καὶ ἀργύρῳ εὖ ἤσκηται.
τεύχεα δὲ χρύσεια πελώρια, θαῦμα ἰδέσθαι,
ἤλυθ' ἔχων· τὰ μὲν οὔ τι καταθνητοῖσιν ἔοικεν
ἄνδρεσσιν φορέειν, ἀλλ' ἀθανάτοισι θεοῖσιν.

424 f. *πῶς γὰρ νῦν κτέ.* Da Odysseus aus den Reden des Dolon sieht, dass bei den eigentlichen Troern nichts anzufangen sein dürfte, wohl aber bei den Bundesgenossen, so erkundigt er sich sogleich genauer nach den letztern. Subject zu *εὕδουσι* 425 sind also die *ἐπίκουροι*. Das allgemeine *πῶς* wird erklärt durch die Gegensätze *Τρώεσσι μεμιγμένοι* und *ἀπάνευθεν*, wie 545 *ὅπως* durch die zwei folgenden Glieder.

428. *πρὸς μ. ἁλός*, also westwärts.

430. *πρὸς Θύμβρης*, landeinwärts gegen Osten. Alle hier genannten Völker kommen auch im Katalogos vor (*Κᾶρες β*, 867; *Παίονες* 848; *Πελασγοί* 840; *Λύκιοι* 876; *Μυσοί* 858; *Φρύγες* 862; *Μῄονες* 864; *Θρήϊκες* 844; nur die *Λέλεγες* und *Καύκωνες* (vgl. jedoch zu *β*, 851) werden dort nicht aufgezählt. *Λέλεγες* wohnten um die Stadt *Πήδασος*, vgl. *υ*, 92–96. *φ*, 86 f.

433. *Τρώων* wieder im weitern Sinne vom ganzen verbündeten Heere wie 408.

434. *οἵδ' ἀπάνευθε*, vgl. zu Od. *α*, 185 *ἥδ' – ἐπ' ἀγροῦ νόσφι πόληος*.

435. *Ἠιονῆος*. Der Name *Ἠιονεύς* erinnert an *Ἠιών* (Ufer, Küste), Nom. pr. des Hafenortes von Amphipolis am Strymon.

437. *λευκότεροι – ὁμοῖοι*. Nicht ein ruhig gesprochenes Urtheil, sondern ein zwischeneingeschobener Ausruf der Bewunderung, wie 547. Immerhin kann man dazu ergänzen *εἰσί*; vgl. Od. *λ*, 606–608.

440 f. *τὰ μὲν* demonstrativ, wie Od. *μ*, 75 *τὸ μέν*. — *φορέειν* ist

ἀλλ᾽ ἐμὲ μὲν νῦν νηυσὶ πελάσσετον ὠκυπόροισιν,
ἠέ με δήσαντες λίπετ᾽ αὐτόθι νηλέι δεσμῷ,
ὄφρα κεν ἔλθητον καὶ πειρηθῆτον ἐμεῖο,
ἠὲ κατ᾽ αἶσαν ἔειπον ἐν ὑμῖν ἦε καὶ οὐκί.“
  τὸν δ᾽ ἄρ᾽ ὑπόδρα ἰδὼν προσέφη κρατερὸς Διομήδης
„μὴ δή μοι φύξιν γε, Δόλων, ἐμβάλλεο θυμῷ,
ἐσθλά περ ἀγγείλας, ἐπεὶ ἵκεο χεῖρας ἐς ἁμάς.
εἰ μὲν γάρ κέ σε νῦν ἀπολύσομεν ἠὲ μεθῶμεν,
ἦ τε καὶ ὕστερον εἶσθα θοὰς ἐπὶ νῆας Ἀχαιῶν
ἠὲ διοπτεύσων ἢ ἐναντίβιον πολεμίξων·
εἰ δέ κ᾽ ἐμῇς ὑπὸ χερσὶ δαμεὶς ἀπὸ θυμὸν ὀλέσσῃς,
οὐκέτ᾽ ἔπειτα σὺ πῆμά ποτ᾽ ἔσσεαι Ἀργείοισιν.“
  ἦ, καὶ ὁ μέν μιν ἔμελλε γενείου χειρὶ παχείῃ
ἁψάμενος λίσσεσθαι, ὁ δ᾽ αὐχένα μέσσον ἔλασσεν
φασγάνῳ ἀΐξας, ἀπὸ δ᾽ ἄμφω κέρσε τένοντε·
φθεγγομένου δ᾽ ἄρα τοῦ γε κάρη κονίῃσιν ἐμίχθη.
τοῦ δ᾽ ἀπὸ μὲν κτιδέην κυνέην κεφαλῆφιν ἕλοντο
καὶ λυκέην καὶ τόξα παλίντονα καὶ δόρυ μακρόν·
καὶ τά γ᾽ Ἀθηναίῃ ληΐτιδι δῖος Ὀδυσσεὺς
ὑψόσ᾽ ἀνέσχεθε χειρί, καὶ εὐχόμενος ἔπος ηὔδα.
„χαῖρε, θεά, τοῖσδεσσι· σὲ γὰρ πρώτην ἐν Ὀλύμπῳ
πάντων ἀθανάτων ἐπιδωσόμεθ᾽. ἀλλὰ καὶ αὖτις

nachträgliche Bestimmung zu *τὰ μὲν – ἔοικεν*.

447. *Δόλων*. Der Dichter lässt den Diomedes unbedenklich diesen Namen gebrauchen, obgleich jener sich nirgends genannt hat.

454 f. *ὁ μέν μιν ἔμελλε – ὁ δ᾽ αὐχένα κτέ.* *ὁ μὲν* geht auf Dolon, *ὁ δὲ* auf Diomedes, also hängt das letztere mit *ἦ καὶ* zusammen; vgl. aber über das Verhältniss der Glieder zu *Θ*, 268: während jener anzuflehen im Begriff war, hieb er u. s. w. Das Verhalten des Diomedes gegen Dolon, das in den Umständen und der Feigheit des letztern seine Rechtfertigung findet, hat Seitenstücke an Agamemnon's Benehmen gegen Adrastos *ζ*, 37–65 und gegen die Söhne des Antimachos *λ*, 130–147.

457. *φθεγγομένου – ἐμίχθη* = Od. *χ*, 329; vgl. Il. *τ*, 418. Das Participium ist in der Schwebe zwischen einem abhängigen und absoluten.

459. *λυκέην* (*δοράν*) = 334 *ῥινὸν πολιοῖο λύκοιο*.

462. *τοῖσδεσσι* (oder *τοῖσδεσι*) in der Iliade nur hier, in der Odyssee fünfmal.

463 f. *σὲ – – ἐπιδωσόμεθα* = *δώροις τιμήσομεν, ἐπιδόσεων καὶ δώρων ἀξιώσομεν*. *ἐπιδίδοσθαι* der Bedeutung nach wie ein Denominativum von *ἐπίδοσις*, = be-

πέμψον ἐπὶ Θρῃκῶν ἀνδρῶν ἵππους τε καὶ εὐνάς.“
ὣς ἄρ᾽ ἐφώνησεν, καὶ ἀπὸ ἕθεν ὑψόσ᾽ ἀείρας
θῆκεν ἀνὰ μυρίκην· δέελον δ᾽ ἐπὶ σῆμά τ᾽ ἔθηκεν,
συμμάρψας δόνακας μυρίκης τ᾽ ἐριθηλέας ὄζους,
μὴ λάθοι αὖτις ἰόντε θοὴν διὰ νύκτα μέλαιναν.
τὼ δὲ βάτην προτέρω διά τ᾽ ἔντεα καὶ μέλαν αἷμα,
αἶψα δ᾽ ἐπὶ Θρῃκῶν ἀνδρῶν τέλος ἷξον ἰόντες.
οἱ δ᾽ εὗδον καμάτῳ ἀδηκότες, ἔντεα δέ σφιν
καλὰ παρ᾽ αὐτοῖσι χθονὶ κέκλιτο, εὖ κατὰ κόσμον,
τριστοιχί· παρὰ δέ σφιν ἑκάστῳ δίζυγες ἵπποι.
Ῥῆσος δ᾽ ἐν μέσῳ εὗδε, παρ᾽ αὐτῷ δ᾽ ὠκέες ἵπποι
ἐξ ἐπιδιφριάδος πυμάτης ἱμᾶσι δέδεντο.
τὸν δ᾽ Ὀδυσεὺς προπάροιθεν ἰδὼν Διομήδεϊ δεῖξεν.
„οὗτός τοι, Διόμηδες, ἀνήρ, οὗτοι δέ τοι ἵπποι,
οὓς νῶιν πίφαυσκε Δόλων, ὃν ἐπέφνομεν ἡμεῖς.
ἀλλ᾽ ἄγε δή, πρόφερε κρατερὸν μένος· οὐδέ τί σε χρὴ
ἑστάμεναι μέλεον σὺν τεύχεσιν, ἀλλὰ λύ᾽ ἵππους·
ἠὲ σύ γ᾽ ἄνδρας ἔναιρε, μελήσουσιν δ᾽ ἐμοὶ ἵπποι.“
ὣς φάτο, τῷ δ᾽ ἔμπνευσε μένος γλαυκῶπις Ἀθήνη,
κτεῖνε δ᾽ ἐπιστροφάδην· τῶν δὲ στόνος ὤρνυτ᾽ ἀεικής
ἄορι θεινομένων, ἐρυθαίνετο δ᾽ αἵματι γαῖα.

gaben, beschenken. — *καὶ αὖτις πέμψον*, geleit' uns auch ferner, nun auch noch.

466. *δέελον*. Vgl. zu Od. *β*, 167 *εὐδείελον*. Das *δέελον σῆμα*, das er für seine eigene künftige Erinnerung anbrachte, bestand eben in dem *συμμάρψαι δόνακας κτἑ*. Die Partikel *τε* nach *σῆμα* ist mit *δὲ* zu verbinden, wie Od. *ρ*, 273 *οὐδὲ – τε*.

468. *μὴ λάθοι*, erg. *τὰ ἀνὰ μυρίκην ἀερθέντα*.

475. *ἐξ ἐπιδιφριάδος πυμάτης* wahrscheinlich s. v. a. *ἐξ ἄντυγος*, am hintersten Rande des Wagens; vgl. zu *ε*, 262 *ἐξ ἄντυγος ἡνία τείνας* und zu *θ*, 544.

476. *προπάροιθεν* von der Zeit: zuvor, vor dem andern, früher als Diomedes = *λ*, 734. *χ*, 197; etwas anders (in der Vorzeit) Od. *λ*, 483.

479. *πρόφερε – μένος*, vgl. Virg. Aen. 5, 191 f.: *nunc illas promite vires, nunc animos*, und oben *γ*, 7 *ἔριδα προφέρονται* (= Od. *θ*, 210).

480. *μέλεον* nach Aristarch Adverbium = *μελέως, ματαίως*, umsonst, wie *π*, 336 *μέλεον δ᾽ ἠκόντισαν ἄμφω*.

482. *ἔμπνευσε μένος – Ἀθήνη*, vgl. Od. *ι*, 381 *θάρσος ἐνέπνευσεν μέγα δαίμων*. Eine geistige Einwirkung; denn auch der Dichter dachte gewiss nicht, dass Athene darum habe herbeikommen müssen. Anders unten 507 und 515 ff.

483. *ἐπιστροφάδην* = *τῇ καὶ τῇ*, vgl. *φ*, 20 f.

ὡς δὲ λέων μήλοισιν ἀσημάντοισιν ἐπελθών,
αἴγεσιν ἢ ὀίεσσι, κακὰ φρονέων ἐνορούσῃ,
ὣς μὲν Θρήικας ἄνδρας ἐπῴχετο Τυδέος υἱός,
ὄφρα δυώδεκ' ἔπεφνεν. ἀτὰρ πολύμητις Ὀδυσσεύς,
ὅν τινα Τυδείδης ἄορι πλήξειε παραστάς,
τὸν δ' Ὀδυσεὺς μετόπισθε λαβὼν ποδὸς ἐξερύσασκεν,
τὰ φρονέων κατὰ θυμόν, ὅπως καλλίτριχες ἵπποι
ῥεῖα διέλθοιεν, μηδὲ τρομεοίατο θυμῷ
νεκροῖς ἀμβαίνοντες· ἀήθεσσον γὰρ ἔτ' αὐτῶν.
ἀλλ' ὅτε δὴ βασιλῆα κιχήσατο Τυδέος υἱός,
τὸν τρισκαιδέκατον μελιηδέα θυμὸν ἀπηύρα
ἀσθμαίνοντα· κακὸν γὰρ ὄναρ κεφαλῆφιν ἐπέστη
[τὴν νύκτ', Οἰνείδαο πάις, διὰ μῆτιν Ἀθήνης].
τόφρα δ' ἄρ' ὁ τλήμων Ὀδυσεὺς λύε μώνυχας ἵππους,
σὺν δ' ἤειρεν ἱμᾶσι, καὶ ἐξήλαυνεν ὁμίλου
τόξῳ ἐπιπλήσσων, ἐπεὶ οὐ μάστιγα φαεινὴν
ποικίλου ἐκ δίφροιο νοήσατο χερσὶν ἑλέσθαι.
ῥοίζησεν δ' ἄρα πιφαύσκων Διομήδεϊ δίῳ.

485. *ἀσημάντοισιν* wird erklärt durch ο, 325 *σημάντορος οὐ παρεόντος*.

488. *Ὀδυσσεὺς* wird des Gegensatzes wegen 490 wiederholt. *μετόπισθε*, hinter ihm (dem Tydiden) her, gehört zunächst zu *λαβών*, *ποδὸς* aber zu *ἐξερύσασκεν*, wie 505 *ῥυμοῦ ἐξερύοι*.

493. *ἀήθεσσον*, weil die Thraker und sie selbst nach 434. 558 *νεήλυδες* waren. In Betreff der Form *ἀήθεσσον* vgl. zu Od. ψ, 95 *ἀγνώσσασκε*; es ist bei Homer *ἅπαξ εἰρημ.*, aber Apoll. Rhod. δ, 38 (vgl. α, 1171) hat es auch.

496. *κακὸν – ἐπέστη* (er hatte eben einen schlimmen Traum) soll das vorhergehende *ἀσθμαίνοντα* erklären. *κεφαλῆφιν*, wie sonst *ὑπὲρ κεφαλῆς* (vgl. zu Od. δ, 803).

497. *τὴν νύκτ' – Ἀθήνης*. Ein ungereimter, schon von den alten Kritikern einstimmig verworfener Zusatz.

499. *σὺν δ' ἤειρεν ἱμᾶσι*, fügte oder band, koppelte sie mit Riemen zusammen. *ἤειρεν* scheint hier, da *ἀείρω, αἴρω* nicht in dieser Bedeutung vorkommt (denn ω, 590 *σὺν δ' ἕταροι ἤειραν* ist verschieden) als eine zerdehnte Form des ersten Aorists vom Thema *ἄρω* zu *ἀραρίσκω* gefasst werden zu müssen, und ebenso ο, 680 *ἐπεὶ – πίσυρας συναείρεται ἵππους*. Vgl. die Ableitungen *συνήορος* (*παρήορος, τετράορος*), *συνωρίς*.

500 f. *οὐ – νοήσατο* (vgl. ε, 665), er hatte nicht daran gedacht. *ἐκ δίφροιο*, vom Wagen des Rhesos (475–498). Wahrscheinlich war die Peitsche irgendwo an der Wagenbrüstung in eine Büchse oder dgl. eingesteckt.

502. *ῥοίζησεν – πιφαύσκων* (vgl. Od. ι, 315), er pfiff oder zischte, um ihm ein Zeichen zu geben, dass

10 αὐτὰρ ὁ μερμήριζε μένων ὅ τι κύντατον ἕρδοι,
ἢ ὅ γε δίφρον ἑλών, ὅθι ποικίλα τεύχε' ἔκειτο,
ῥυμοῦ ἐξερύοι ἢ ἐκφέροι ὑψόσ' ἀείρας,
ἦ ἔτι τῶν πλεόνων Θρῃκῶν ἀπὸ θυμὸν ἕλοιτο.
ἕως ὁ ταῦθ' ὥρμαινε κατὰ φρένα, τόφρα δ' Ἀθήνη
ἐγγύθεν ἱσταμένη προσέφη Διομήδεα δῖον
„νόστου δὴ μνῆσαι, μεγαθύμου Τυδέος υἱέ,
νῆας ἔπι γλαφυράς, μὴ καὶ πεφοβημένος ἔλθῃς,
μή πού τις καὶ Τρῶας ἐγείρῃσιν θεὸς ἄλλος."
ὣς φάθ', ὁ δὲ ξυνέηκε θεᾶς ὄπα φωνησάσης,
καρπαλίμως δ' ἵππων ἐπεβήσετο, κόπτε δ' Ὀδυσσεὺς
τόξῳ· τοὶ δ' ἐπέτοντο θοὰς ἐπὶ νῆας Ἀχαιῶν.
οὐδ' ἀλαοσκοπίην εἶχ' ἀργυρότοξος Ἀπόλλων,
ὡς ἴδ' Ἀθηναίην μετὰ Τυδέος υἱὸν ἕπουσαν·
τῇ κοτέων Τρώων κατεδύσετο πουλὺν ὅμιλον,
ὦρσεν δὲ Θρῃκῶν βουληφόρον Ἱπποκόωντα,
Ῥήσου ἀνεψιὸν ἐσθλόν. ὁ δ' ἐξ ὕπνου ἀνορούσας,
ὡς ἴδε χῶρον ἐρῆμον ὅθ' ἕστασαν ὠκέες ἵπποι,
ἄνδρας τ' ἀσπαίροντας ἐν ἀργαλέῃσι φονῇσιν,
ᾤμωξέν τ' ἄρ' ἔπειτα φίλον τ' ὀνόμηνεν ἑταῖρον.
Τρώων δὲ κλαγγή τε καὶ ἄσπετος ὦρτο κυδοιμός
θυνόντων ἄμυδις· θηεῦντο δὲ μέρμερα ἔργα,

er sich jetzt auch zurückziehen solle.

503 f. ὁ und ὅ γε gehen beide auf Diomedes. *κύντατον*, das Allerfrechste, Verwegenste. Die folgenden Sätze *ἢ – ἐξερύοι ἢ ἐκφέροι – ἦ – ἀπὸ θυμὸν ἕλοιτο* machen einige ihm vorschwebende mögliche Arten dieses *κύντατον* namhaft. Ueber das Verhältniss der Glieder, von welchen *ἢ ἐκφέροι* nur eine Unterabtheilung des ersten Hauptgliedes bildet, vgl. zu Od. ρ, 235.

506. *τῶν πλεόνων Θρῃκῶν*, vgl. zu ε, 673.

511. *μή πού τις – ἐγείρῃσιν*. Ein Fall, der dem vorigen *μὴ – ἔλθῃς* in der Wirklichkeit vorangehen muss, also zur Erläuterung nachgebracht.

513. *ἵππων ἐπεβήσετο*, er bestieg das Gespann, auf welchem Odysseus (499. 527 ff. 541) wohl schon sass. Dieses Reiten aber ist ein ganz ungewöhnliches und durch die Umstände gebotenes; vgl. zu Od. ε, 371.

515. *οὐδ' ἀλαοσκοπίην εἶχε*. Ein noch ν, 10. ξ, 135 und Od. θ, 285 vorkommender, hier schon ganz zur Formel gewordener Uebergang zum Einschreiten eines Gottes.

518. *Ἱπποκόων* kommt so wenig als Rhesos weiter vor.

522. *φ. ὀνόμηνεν ἑταῖρον*, er rief, nannte beim Namen den theuern Gefährten (Rhesos); vgl. ε, 412–415.

ὅσσ' ἄνδρες ῥέξαντες ἔβαν κοίλας ἐπὶ νῆας. **10**
οἱ δ' ὅτε δή ῥ' ἵκανον ὅθι σκοπὸν Ἕκτορος ἔκταν,
ἔνθ' Ὀδυσεὺς μὲν ἔρυξε διίφιλος ὠκέας ἵππους,
Τυδείδης δὲ χαμᾶζε θορὼν ἔναρα βροτόεντα
ἐν χείρεσσ' Ὀδυσῆι τίθει, ἐπεβήσετο δ' ἵππων.
μάστιξεν δ' ἵππους, τὼ δ' οὐκ ἄκοντε πετέσθην
[νῆας ἔπι γλαφυράς· τῇ γὰρ φίλον ἔπλετο θυμῷ].
Νέστωρ δὲ πρῶτος κτύπον ἄιε, φώνησέν τε
„ὦ φίλοι Ἀργείων ἡγήτορες ἠδὲ μέδοντες,
ψεύσομαι ἦ ἔτυμον ἐρέω; κέλεται δέ με θυμός.
ἵππων μ' ὠκυπόδων ἀμφὶ κτύπος οὔατα βάλλει.
αἲ γὰρ δὴ Ὀδυσεύς τε καὶ ὁ κρατερὸς Διομήδης
ὧδ' ἄφαρ ἐκ Τρώων ἐλασαίατο μώνυχας ἵππους.
ἀλλ' αἰνῶς δείδοικα μετὰ φρεσὶ μή τι πάθωσιν
Ἀργείων ὥριστοι ὑπὸ Τρώων ὀρυμαγδοῦ."
οὔ πω πᾶν εἴρητο ἔπος, ὅτ' ἄρ' ἤλυθον αὐτοί.
καί ῥ' οἱ μὲν κατέβησαν ἐπὶ χθόνα, τοὶ δὲ χαρέντες
δεξιῇ ἠσπάζοντο ἔπεσσί τε μειλιχίοισιν.
πρῶτος δ' ἐξερέεινε Γερήνιος ἱππότα Νέστωρ.
„εἴπ' ἄγε μ', ὦ πολύαιν' Ὀδυσεῦ, μέγα κῦδος Ἀχαιῶν,
ὅππως τούσδ' ἵππους λάβετον· καταδύντες ὅμιλον
Τρώων; ἦ τίς σφωε πόρεν θεὸς ἀντιβολήσας;
αἰνῶς ἀκτίνεσσιν ἐοικότες ἠελίοιο.
αἰεὶ μὲν Τρώεσσ' ἐπιμίσγομαι, οὐδέ τί φημι

528. *ἔναρα βροτόεντα*, erg. *Δόλωνος* nach 570, vgl. 458–466.

530. *μάστιξεν*, ohne Zweifel *Ὀδυσσεύς*, wie 513 *κόπτε δ' Ὀδυσσεὺς κτέ.*

531. *νῆας – θυμῷ* hat sich wohl aus λ, 520 hier eingeschlichen, aber unpassend, da diese Pferde nicht bei den Schiffen ihren gewöhnlichen Standort haben.

532. *ἄιε*, er vernahm, wurde inne — auch von dem, was von fern her und durch leisere, dunklere Affection Eindrücke macht.

534 f. *ψεύσομαι – θυμός*, vgl. zu Od. δ, 140. — *ἀμφὶ* Adverb., von beiden Seiten.

537. *ὧδ' ἄφαρ* (deiktisch, wie *θαμὰ τοῖον* und Aehnliches), alsbald so, gleich so (wie die jetzt Kommenden).

539. *ὥριστοι* = *οἱ ἄριστοι* (ζ, 435), vgl. zu Od. ρ, 416, d. i. *οὗτοι ἄριστοι ὄντες*, diese Trefflichsten der Argiver.

540. *οὔ πω πᾶν – ἔπος* = Od. π, 11. 351.

544. *εἴπ' – Ἀχαιῶν* = ι, 673.

546. *τίς σφωε*, vgl. α, 8 *τίς τ' ἄρ σφωε* und unten 551.

10 μιμνάζειν παρὰ νηυσί, γέρων περ ἐὼν πολεμιστής·
ἀλλ' οὔ πω τοίους ἵππους ἴδον οὐδ' ἐνόησα.
ἀλλά τιν' ὔμμ' οἴω δόμεναι θεὸν ἀντιάσαντα·
ἀμφοτέρω γὰρ σφῶι φιλεῖ νεφεληγερέτα Ζεύς
κούρη τ' αἰγιόχοιο Διός, γλαυκῶπις Ἀθήνη.“
τὸν δ' ἀπαμειβόμενος προσέφη πολύμητις Ὀδυσσεύς
„ὦ Νέστορ Νηληιάδη, μέγα κῦδος Ἀχαιῶν,
ῥεῖα θεός γ' ἐθέλων καὶ ἀμείνονας ἠέ περ οἵδε
ἵππους δωρήσαιτ', ἐπεὶ ἦ πολὺ φέρτεροί εἰσιν.
ἵπποι δ' οἵδε, γεραιέ, νεήλυδες, οὓς ἐρεείνεις,
Θρηίκιοι· τὸν δέ σφιν ἄνακτ' ἀγαθὸς Διομήδης
ἔκτανε, πὰρ δ' ἑτάρους δυοκαίδεκα πάντας ἀρίστους.
τὸν τρισκαιδέκατον σκοπὸν εἵλομεν ἐγγύθι νηῶν,
τόν ῥα διοπτῆρα στρατοῦ ἔμμεναι ἡμετέροιο
Ἕκτωρ τε προέηκε καὶ ἄλλοι Τρῶες ἀγαυοί.“
ὣς εἰπὼν τάφροιο διήλασε μώνυχας ἵππους
καγχαλόων· ἅμα δ' ἄλλοι ἴσαν χαίροντες Ἀχαιοί.
οἱ δ' ὅτε Τυδείδεω κλισίην εὔτυκτον ἵκοντο,
ἵππους μὲν κατέδησαν ἐυτμήτοισιν ἱμᾶσιν
φάτνῃ ἐφ' ἱππείῃ, ὅθι περ Διομήδεος ἵπποι
ἕστασαν ὠκύποδες μελιηδέα πυρὸν ἔδοντες,
νηὶ δ' ἐνὶ πρύμνῃ ἔναρα βροτόεντα Δόλωνος
θῆκ' Ὀδυσεύς, ὄφρ' ἱρὸν ἑτοιμασσαίατ' Ἀθήνῃ.
αὐτοὶ δ' ἱδρῶ πολλὸν ἀπενίζοντο θαλάσσῃ

549. *μιμνάζειν*, auf eine tadelnswerthe Weise und im Uebermasse zurückbleiben.

551. *ἀντιάσαντα*. Vgl. zu Od. ζ, 193 und oben 546 *ἀντιβολήσας*.

556. *ἠέ περ οἵδε*, weniger gewöhnliche Construction, vgl. zu α, 260 *ἠέ περ ὑμῖν*.

557. *φέρτεροί εἰσιν*, erg. *θεοί*.

560. *δ. πάντας ἀρίστους*, vgl. zu Od. π, 251.

561. *τὸν τρισκαιδέκατον*, Prädicat zu *σκοπόν*, als den dreizehnten dann oder hier.

570. *νηὶ δ' ἐνὶ πρύμνῃ*, wohl auch in das Schiff des Diomedes, nach dem Gegensatz 567 *ἵππους μὲν κατέδ.*, so dass das nachher erwähnte *ἱρὸν* (Dankopfer 292–294) in Beider Namen dargebracht werden sollte.

571. *ὄφρ' – ἑτοιμασσαίατ' Ἀθ.*, bis sie darbringen könnten oder um später darzubringen. *ὄφρα* wie *ἕως* in der Odyssee, vgl. zu δ, 800. Die Beute sollte der Athene zu Ehren als Schmuck am Verdeck (den *ἄφλαστα* = *κόρυμβα* ι, 241) aufgehängt sein.

ἐσβάντες, κνήμας τε ἰδὲ λόφον ἀμφί τε μηρούς. 10
αὐτὰρ ἐπεί σφιν κῦμα θαλάσσης ἱδρῶ πολλὸν
νίψεν ἀπὸ χρωτὸς καὶ ἀνέψυχθεν φίλον ἦτορ,
ἔς ῥ' ἀσαμίνθους βάντες ἐυξέστας λούσαντο.
τὼ δὲ λοεσσαμένω καὶ ἀλειψαμένω λίπ' ἐλαίῳ
δείπνῳ ἐφιζανέτην, ἀπὸ δὲ κρητῆρος Ἀθήνῃ
πλείου ἀφυσσόμενοι λεῖβον μελιηδέα οἶνον.

Λ.

ἠὼς δ' ἐκ λεχέων παρ' ἀγαυοῦ Τιθωνοῖο 11
ὤρνυθ', ἵν' ἀθανάτοισι φόως φέροι ἠδὲ βροτοῖσιν·
Ζεὺς δ' Ἔριδα προΐαλλε θοὰς ἐπὶ νῆας Ἀχαιῶν
ἀργαλέην, πολέμοιο τέρας μετὰ χερσὶν ἔχουσαν.

573. *ἀμφί τε μηρούς.* Vgl. Od. β,153 *δρυψαμένω παρειὰς ἀμφί τε δειράς.* *λόφος*, der Nacken mit seinen starken Sehnen, der äusserste Hinterkopf.

578. *δείπνῳ ἐφιζανέτην.* Ohne Zweifel wurde nun auch das verheissene Opfer geschlachtet und ein Frühmahl gehalten, weil für den kommenden Tag wieder ein ernster Kampf vorauszusehen war, und an dem *δεῖπνον* nahmen wohl auch die andern *γέροντες* Theil. — *ἀπὸ κρητῆρος*, obgleich hier der Wein nicht gemischt wurde; vgl. ψ,219.

Mit dem 11. Buche beginnt der neue, schon lange erwartete Tag, nach demjenigen, an welchem die unvollendet abgebrochene Schlacht des 8. Buches geliefert wurde. Es ist der dritte eigentliche Schlachttag und reicht, mit der sich daran schliessenden Nacht, bis ans Ende des 18. Buches. Obgleich sich aus vielen unverkennbaren Spuren ergiebt, dass dieser Gesang ursprünglich wenigstens in den Hauptpartien (*Ἀγαμέμνονος ἀριστεία*) selbständig gedichtet wurde (wie denn auch die Situation der Achäer hier von der am Ende des 8. Buches wesentlich verschieden erscheint): so ist hinwieder klar, dass er sich dem Plane des Ganzen unterordnet und einfügt, indem im Verfolge desselben Achilleus, bei einem Wendepunkt seiner Gemüthsstimmung angelangt und somit eine Wendung der Handlung selbst vorbereitend, anfängt Mitleid mit dem Schicksale seiner Volksgenossen zu zeigen und sogar aus Theilnahme den Patroklos zur Erkundigung aussendet, was der Dichter (auf seinen Tod im 16. Buche hinweisend) als den Anfang des Verderbens für ihn bezeichnet (599-604). Ebenso thut Nestor bei Patroklos einen neuen Anwurf, um den Achilleus zur Wiederaufnahme des Kampfes zu bewegen.

1 f. *ἠὼς δὲ – βροτοῖσιν*, vgl. zu Od. ε, 1.

3. *ἔριδα*, vgl. δ, 440 f. Hier wird sie 10 und 73 f. ausdrücklich Göttin genannt und den andern Göttern entgegengesetzt.

4. *πολέμοιο τέρας* bezeichnet wohl nach 27 f. und ρ, 547–550 den Regenbogen, den sich die Phantasie des Dichters von der colossalen Gestalt der Eris (δ, 442 f.) am

11 στῆ δ' ἐπ' Ὀδυσσῆος μεγακήτεϊ νηὶ μελαίνῃ,
ἥ ῥ' ἐν μεσσάτῳ ἔσκε γεγωνέμεν ἀμφοτέρωσε,
ἠμὲν ἐπ' Αἴαντος κλισίας Τελαμωνιάδαο
ἠδ' ἐπ' Ἀχιλλῆος, τοί ῥ' ἔσχατα νῆας ἐίσας
εἴρυσαν, ἠνορέῃ πίσυνοι καὶ κάρτεϊ χειρῶν.
ἔνθα στᾶσ' ἤυσε θεὰ μέγα τε δεινόν τε
ὄρθι', Ἀχαιοῖσιν δὲ μέγα σθένος ἔμβαλ' ἑκάστῳ
καρδίῃ, ἄλληκτον πολεμίζειν ἠδὲ μάχεσθαι.
[τοῖσι δ' ἄφαρ πόλεμος γλυκίων γένετ' ἠὲ νέεσθαι
ἐν νηυσὶ γλαφυρῇσι φίλην ἐς πατρίδα γαῖαν.]
Ἀτρείδης δ' ἐβόησεν ἰδὲ ζώννυσθαι ἄνωγεν
Ἀργείους· ἐν δ' αὐτὸς ἐδύσετο νώροπα χαλκόν.
κνημῖδας μὲν πρῶτα περὶ κνήμῃσιν ἔθηκεν
καλάς, ἀργυρέοισιν ἐπισφυρίοις ἀραρυίας·
δεύτερον αὖ θώρηκα περὶ στήθεσσιν ἔδυνεν,
τόν ποτέ οἱ Κινύρης δῶκε ξεινήιον εἶναι.
πεύθετο γὰρ Κύπρονδε μέγα κλέος, οὕνεκ' Ἀχαιοί
ἐς Τροίην νήεσσιν ἀναπλεύσεσθαι ἔμελλον·
τοὔνεκά οἱ τὸν δῶκε, χαριζόμενος βασιλῆι.
τοῦ δ' ἤ τοι δέκα οἶμοι ἔσαν μέλανος κυάνοιο,

Himmel und zwar gerade über dem Schiffslager der Achäer und namentlich dem Schiffe des Odysseus (3 und 5) gehalten denkt.

5–9. στῆ – χειρῶν = θ, 222–226 und unten 806. Der Plural κλισίαι steht auch von Einer Hütte.

11. ὄρθια muss nach der Stellung eine Steigerung von μέγα τε δεινόν τε sein: mit hoch erhobener Stimme (ἀνατεταμένως). — σθένος – ἑκάστῳ κτέ = β, 451 f. Der Auffrischung des Muthes bedurften sie sehr nach der Bedrängniss des vorigen Tages.

13 f. τοῖσι – γαῖαν aus β, 453 f., aber hier unpassend, da vorher von der Heimkehr keine Rede war.

15 f. Ἀτρείδης δ' ἐβόησεν κτέ. Der umgewandelte Agamemnon thut hier, wozu Diomedes schon ι, 707 – 711 unter allgemeiner Billigung ermahnt hat. — ἐν – χαλκόν = β, 578.

17–19. κνημῖδας – ἔδυνεν = γ, 330–332. Vgl. die Einl. S. 6.

21. πεύθετο – κλέος, er vernahm grosse Kunde nach Kypros d. h. die laute Kunde drang bis nach Kypros, vgl. κ, 268. οὕνεκα giebt hier nur den Inhalt von κλέος an, vgl. Od. ε, 216.

22. ἀναπλεύσεσθαι, vgl. ζ, 292 ἀνήγαγεν.

24. δέκα οἶμοι κτέ. Diese Streifen oder Stäbe (ῥάβδοι) von Blaustahl, Gold und Zinn, die vielleicht in gefälligem Verhältniss mit einander abwechselten, liefen wohl parallel mit einander, und müssen entweder genau an einander gepasst, oder theilweise über einander gehend

δώδεκα δὲ χρυσοῖο καὶ εἴκοσι κασσιτέροιο· 11
κυάνεοι δὲ δράκοντες ὀρωρέχατο προτὶ δειρήν
τρεῖς ἑκάτερθ᾽, ἴρισσιν ἐοικότες, ἅς τε Κρονίων
ἐν νέφεϊ στήριξε τέρας μερόπων ἀνθρώπων.
ἀμφὶ δ᾽ ἄρ᾽ ὤμοισιν βάλετο ξίφος· ἐν δέ οἱ ἧλοι
χρύσειοι πάμφαινον, ἀτὰρ περὶ κουλεὸν ἦεν
ἀργύρεον, χρυσέοισιν ἀορτήρεσσιν ἀρηρός.
ἂν δ᾽ ἕλετ᾽ ἀμφιβρότην πολυδαίδαλον ἀσπίδα θοῦριν,
καλήν, ἣν πέρι μὲν κύκλοι δέκα χάλκεοι ἦσαν,
ἐν δέ οἱ ὀμφαλοὶ ἦσαν ἐείκοσι κασσιτέροιο
λευκοί, ἐν δὲ μέσοισιν ἔην μέλανος κυάνοιο.
τῇ δ᾽ ἐπὶ μὲν Γοργὼ βλοσυρῶπις ἐστεφάνωτο
δεινὸν δερκομένη, περὶ δὲ δεῖμός τε φόβος τε.
τῆς δ᾽ ἐξ ἀργύρεος τελαμὼν ἦν· αὐτὰρ ἐπ᾽ αὐτοῦ
κυάνεος ἐλέλικτο δράκων, κεφαλαὶ δέ οἱ ἦσαν
τρεῖς ἀμφιστρεφέες ἑνὸς αὐχένος ἐκπεφυυῖαι.

gedacht werden, wie die Schuppen an einem Schuppenpanzer. — Das Zinn stand dem Silber an Werth ziemlich gleich.

26. *ὀρωρέχατο προτὶ δειρήν*, zum Schutze des Halses, besonders von vorn über Kehle und Schlüsselbein (vgl. *Hausse-col*), so dass ihre Biegung der des Regenbogens ähnlich war. *ἑκάτερθε* geht also wohl auf beide Seiten des Vorderstückes, vgl. zu 40 *ἀμφιστρεφέες*. Solche Kunstwerke aber hatte vermuthlich der Dichter schon gesehen, vgl. zu Od. *λ*, 613.

29 f. *ἧλοι χρύσειοι*. An diesen goldenen Buckeln, gegenüber den silbernen von *β*, 45 wird kein billiger Leser des Dichters, zumal an diesem Ehrentage des Agamemnon, Aergerniss nehmen.

31. *χρυσέοισιν ἀορτήρεσσιν*, vgl. Od. *λ*, 609. Vielleicht waren sie aus goldenen Ringen zusammengefügt oder mit Gold belegt.

33. *κύκλοι δέκα*, zehn Ringe oder Reife, die wohl nicht alle ganz am äussersten Rande dicht um einander gelegt, sondern auf den ganzen Schild gleichmässig als Parallelkreise vertheilt waren. Vgl. *υ*, 275 *ἄντυγ᾽ ὕπο πρώτην* mit 280 *διὰ δ᾽ ἀμφοτέρους ἕλε κύκλους*, und zu *σ*, 479 f.

36. *Γοργὼ – ἐστεφάνωτο*, das Bild der Gorgo ging im Kreise umher, d. h. es füllte die ganze Rundung des Schildes, vgl. *ε*, 739–741, welcher Stelle die unsrige — jedoch nicht ganz entsprechend und weniger anschaulich — nachgebildet scheint. Zu *βλοσυρῶπις* vgl. *η*, 212 *βλοσυροῖσι προσώπασι*. Das Verbum *ἐστεφάνωτο* passt eigentlich besser zum folgenden Glied *περὶ – δεῖμός τε φόβος τε*, als zu dem, wozu es zunächst gehört, *ἐπὶ – Γοργώ*.

38. *ἐπ᾽ αὐτοῦ*, *τοῦ τελαμῶνος*, wie Od. *λ*, 610 *ἵνα* (= *ἐφ᾽ οὗ*, *τελαμῶνος*) *θέσκελα ἔργα τέτυκτο*.

39. *ἐλέλικτο* verstärktes *ἐλίσσετο*, vgl. *β*, 316 mit *χ*, 95.

40 f. *ἀμφιστρεφέες*, nach Hoff-

κρατὶ δ' ἐπ' ἀμφίφαλον κυνέην θέτο τετραφάληρον
ἵππουριν· δεινὸν δὲ λόφος καθύπερθεν ἔνευεν.
εἵλετο δ' ἄλκιμα δοῦρε δύω, κεκορυθμένα χαλκῷ,
ὀξέα· τῆλε δὲ χαλκὸς ἀπ' αὐτόφιν οὐρανὸν εἴσω
λάμπ'. ἐπὶ δ' ἐγδούπησαν Ἀθηναίη τε καὶ Ἥρη,
τιμῶσαι βασιλῆα πολυχρύσοιο Μυκήνης.
　　ἡνιόχῳ μὲν ἔπειτα ἑῷ ἐπέτελλεν ἕκαστος
ἵππους εὖ κατὰ κόσμον ἐρυκέμεν αὖθ' ἐπὶ τάφρῳ,
αὐτοὶ δὲ πρυλέες σὺν τεύχεσι θωρηχθέντες
ῥώοντ'· ἄσβεστος δὲ βοὴ γένετ' ἠῶθι πρό.
φθὰν δὲ μέγ' ἱππήων ἐπὶ τάφρῳ κοσμηθέντες,
ἱππῆες δ' ὀλίγον μετεκίαθον. ἐν δὲ κυδοιμὸν
ὦρσε κακὸν Κρονίδης, κατὰ δ' ὑψόθεν ἧκεν ἐέρσας
αἵματι μυδαλέας ἐξ αἰθέρος, οὕνεκ' ἔμελλεν

mann: (zwei) „oben nach rechts und links aus einander gehend"; der mittlere war wohl kleiner. Ueber *ἀμφίφαλον – τετραφάληρον* vgl. zu *ε*, 743.

42f. *ἵππουριν – χαλκῷ*, vgl. zu Od. *χ*, 124f.

45. *ἐπὶ δ' ἐγδούπησαν* muss auf ein donnerähnliches Getöse bezogen werden, vgl. *θ*, 170 f., durch dessen Erregung Athene und Hera allerdings gewissermassen dem Zeus ins Amt greifen; aber es ist begreiflich, dass sie als Gemahlin (Schwester) und Tochter auch in der engsten Gemeinschaft der Macht und Gewalt mit ihm stehen. Virg. Aen. 1, 42: *Ipsa* (*Pallas*) *Iovis rapidum iaculata e nubibus ignem* etc.

47f. *ἡνιόχῳ – τάφρῳ*. Nachdem die Rüstung Agamemnon's von 16 bis 46 auf's ausführlichste geschildert ist, muss nun auch gesagt werden, was die ihm untergeordneten Kämpfer in Folge seiner Mahnung (15) gethan haben. Uebrigens scheinen die beiden ersten Verse aus *μ*, 84 f., der dritte aus *μ*, 77 entnommen, wo sie natürlicher und in besserm Zusammenhange stehen.

49. *πρυλέες* ist hier Adjectiv und wie es scheint mit *ῥώοντο* als Prädicat zu verbinden; vgl. zu *ε*, 744. — *σὺν τεύχεσι θωρηχθέντες* = *θ*, 530.

50. *ἠῶθι πρό*, vgl. zu Od. *ζ*, 36.

51. *φθὰν δὲ μέγ' ἱππήων*, sie selbst (*αὐτοὶ* 49, als Fusskämpfer, im Gegensatz ihrer Wagenlenker) waren den Reisigen (Wagenführern) weit voraus, nachdem sie sich am Graben geordnet (und drängten nun vorwärts dem Feinde entgegen), die Wagenführer aber (mit den Wagen) kamen ihnen eine kleine Strecke (um ihnen für den Fall der Noth doch etwas näher zu sein) nach. *φθάνω* hier mit dem Genitiv, nach Analogie von *λείπομαί τινος*; vgl. Od. *λ*, 58 *ἔφθης – ἢ ἐγώ*.

52f. *ἐν δὲ* d. h. unter den vor dem Graben geordneten Kämpfern. *κακὸν* nicht nur für die Feinde, sondern auch für sie selbst. *ἐέρσας αἵμ. μυδαλέας* hier als allgemeine Vorbedeutung, ohne so specielle Beziehung wie *π*, 459–461. Vgl. das von den lateinischen Geschichtschreibern oft erwähnte Prodigium des Blutregens (*sanguine pluere*).

πολλὰς ἰφθίμους κεφαλὰς Ἄιδι προϊάψειν. 11
Τρῶες δ' αὖθ' ἑτέρωθεν ἐπὶ θρωσμῷ πεδίοιο,
Ἕκτορά τ' ἀμφὶ μέγαν καὶ ἀμύμονα Πουλυδάμαντα
Αἰνείαν θ', ὃς Τρωσὶ θεὸς ὣς τίετο δήμῳ,
τρεῖς τ' Ἀντηνορίδας, Πόλυβον καὶ Ἀγήνορα δῖον
ἠίθεόν τ' Ἀκάμαντ', ἐπιείκελον ἀθανάτοισιν.
Ἕκτωρ δ' ἐν πρώτοισι φέρ' ἀσπίδα πάντοσ' ἐίσην.
οἷος δ' ἐκ νεφέων ἀναφαίνεται οὔλιος ἀστὴρ
παμφαίνων, τοτὲ δ' αὖτις ἔδυ νέφεα σκιόεντα,
ὣς Ἕκτωρ ὁτὲ μέν τε μετὰ πρώτοισι φάνεσκεν,
ἄλλοτε δ' ἐν πυμάτοισι κελεύων· πᾶς δ' ἄρα χαλκῷ
λάμφ' ὥς τε στεροπὴ πατρὸς Διὸς αἰγιόχοιο.
οἱ δ', ὥς τ' ἀμητῆρες ἐναντίοι ἀλλήλοισιν
ὄγμον ἐλαύνωσιν ἀνδρὸς μάκαρος κατ' ἄρουραν
πυρῶν ἢ κριθέων· τὰ δὲ δράγματα ταρφέα πίπτει·
ὣς Τρῶες καὶ Ἀχαιοὶ ἐπ' ἀλλήλοισι θορόντες
δῄουν, οὐδ' ἕτεροι μνώοντ' ὀλοοῖο φόβοιο.
ἴσας δ' ὑσμίνη κεφαλὰς ἔχεν, οἱ δὲ λύκοι ὣς
θῦνον. ἔρις δ' ἄρ' ἔχαιρε πολύστονος εἰσορόωσα·
οἴη γάρ ῥα θεῶν παρετύγχανε μαρναμένοισιν,
οἱ δ' ἄλλοι οὔ σφιν πάρεσαν θεοί, ἀλλὰ ἕκηλοι
σφοῖσιν ἐνὶ μεγάροισι καθείατο, ἧχι ἑκάστῳ
δώματα καλὰ τέτυκτο κατὰ πτύχας Οὐλύμποιο.
[πάντες δ' ᾐτιόωντο κελαινεφέα Κρονίωνα,

56. *Τρῶες δ' αὖθ' ἑτέρωθεν*, erg. *ἐκοσμήθησαν* aus 51; vgl. υ, 1–3.

62. *οἷος δ' ἐκ νεφέων κτέ.* vollständig: *οἷος δὲ οὔλιος ἀστὴρ τοτὲ μὲν παμφαίνων ἐκ νεφέων ἀναφαίνεται, τοτὲ δ' αὖτις κτέ. οὔλιος = ὄλεθρον προδηλῶν*, vom Hundsstern, nach der nähern Beschreibung χ, 26–31.

64. *φάνεσκεν*, vgl. zu Od. λ, 587.

67. *ἐναντίοι ἀλλήλοισιν*, indem sie von entgegengesetzten Enden zu schneiden anfangen.

68. *ὄγμος*, das Schwad oder der Schwaden, d. h. das in Einer Linie liegende geschnittene Getreide. Dieses ziehen die Schnitter in die Länge (*ἐλαύνω*, wie die Furche, einen Graben u. s. w.), indem sie eine Hand voll (*δράγμα*) neben der andern abgeschnitten hinfallen lassen.

72. *ἴσας – κεφαλὰς ἔχεν* folgt aus der Vergleichung mit den Schnittern: gleich viel Kämpfer waren auf beiden Seiten, beide Schlachtlinien gleich stark, und von beiden Seiten fielen auch gleich viele.

78–83. *πάντες – ὀλλυμένους τε.*

11 οὕνεκ᾽ ἄρα Τρώεσσιν ἐβούλετο κῦδος ὀρέξαι.
τῶν μὲν ἄρ᾽ οὐκ ἀλέγιζε πατήρ· ὁ δὲ νόσφι λιασθεὶς
τῶν ἄλλων ἀπάνευθε καθέζετο κύδεϊ γαίων,
εἰσορόων Τρώων τε πόλιν καὶ νῆας Ἀχαιῶν
χαλκοῦ τε στεροπήν, ὀλλύντας τ᾽ ὀλλυμένους τε.]
ὄφρα μὲν ἠὼς ἦν καὶ ἀέξετο ἱερὸν ἦμαρ,
τόφρα μάλ᾽ ἀμφοτέρων βέλε᾽ ἥπτετο, πῖπτε δὲ λαός·
ἦμος δὲ δρυτόμος περ ἀνὴρ ὁπλίσσατο δεῖπνον
οὔρεος ἐν βήσσῃσιν, ἐπεί τ᾽ ἐκορέσσατο χεῖρας
τάμνων δένδρεα μάκρ᾽, ἅδος τέ μιν ἵκετο θυμόν,
σίτου τε γλυκεροῖο περὶ φρένας ἵμερος αἱρεῖ,
τῆμος σφῇ ἀρετῇ Δαναοὶ ῥήξαντο φάλαγγας,
κεκλόμενοι ἑτάροισι κατὰ στίχας. ἐν δ᾽ Ἀγαμέμνων
πρῶτος ὄρουσ᾽, ἕλε δ᾽ ἄνδρα Βιήνορα ποιμένα λαῶν,
αὐτόν, ἔπειτα δ᾽ ἑταῖρον Ὀιλῆα πλήξιππον.
ἦ τοι ὅ γ᾽ ἐξ ἵππων κατεπάλμενος ἀντίος ἔστη·
τὸν δ᾽ ἰθὺς μεμαῶτα μετώπιον ὀξέι δουρί

Diese Verse stehen schon im Widerspruch mit dem Vorhergehenden (ἕκηλοι – καθείατο); ebenso enthält πάντες jedenfalls eine Uebertreibung, und Zeus schaut sonst nie vom Olympos, sondern vom Ida aus der Schlacht zu (θ, 47–52); auf den Ida aber begiebt er sich erst 182f.

84f. ὄφρα – λαός = θ, 66f. Ueber die Zeitbestimmung unserer Stelle im Verhältniss zu π, 777 vgl. Einleit. S. 32 in der Uebersicht der Tage.

86. ἦμος δὲ – ὁπλ. δεῖπνον brachylogisch für: als die Zeit gekommen war, wo der Holzhauer sein Mahl bereitet; vgl. zu Od. μ, 439. περ scheint hier dem relativen ἦμος angehängt, wie sonst dem ὡς, ὅτε, ὁπότε, ὅσον u.a. δεῖπνον hier wie σ, 560 das Mahl, das die Arbeiter gegen Mittag, wenigstens im vorgerücktern Vormittag einnehmen, sonst ἄριστον, vgl. zu Od. π, 2.

88. ἅδος, Ueberdruss an der Arbeit, wie ἐκορέσσατο, er hatte satt, vgl. zu Od. α, 134 μὴ – δείπνῳ ἀδήσειεν.

89. σίτου τε – αἱρεῖ hängt auch noch an ἐπεί τε. Zu περὶ – αἱρεῖ vgl. κ, 139 (vgl. Od. ι, 362) περὶ φρένας ἤλυθ᾽ ἰωή, unten 466.

90. τῆμος – φάλαγγας d. h. von da an waren die Danaer im Kampf überlegen.

93. αὐτὸν ist Wiederaufnahme des schon genannten Objectes, um daran ein zweites zu knüpfen.

94. ἦ τοι ὅ γ᾽ – ἔστη. Da diess ausdrücklich nur von Oileus bemerkt wird, lässt sich schliessen, dass Bianor auf dem Streitwagen getödtet wurde. Denn der folgende Vers (τὸν δὲ) geht auch wieder auf Oileus.

95. ἰθὺς μεμαῶτα, um den Bianor zu rächen. μετώπιον = π, 739 an der Stirne, scheint Adjectiv (für's Adverbium) wie ε, 19 μεταμάζιον, η, 267 ἐπομφάλιον.

νύξ', οὐδὲ στεφάνη δόρυ οἱ σχέθε χαλκοβάρεια,
ἀλλὰ δι' αὐτῆς ἦλθε καὶ ὀστέου, ἐγκέφαλος δέ
ἔνδον ἅπας πεπάλακτο· δάμασσε δέ μιν μεμαῶτα.
καὶ τοὺς μὲν λίπεν αὖθι ἄναξ ἀνδρῶν Ἀγαμέμνων,
στήθεσι παμφαίνοντας, ἐπεὶ περίδυσε χιτῶνας·
αὐτὰρ ὁ βῆ ῥ' Ἶσόν τε καὶ Ἄντιφον ἐξεναρίξων,
υἷε δύω Πριάμοιο, νόθον καὶ γνήσιον, ἄμφω
εἰν ἑνὶ δίφρῳ ἐόντας. ὁ μὲν νόθος ἡνιόχευεν,
Ἄντιφος αὖ παρέβασκε περικλυτός· ὥ ποτ' Ἀχιλλεύς
Ἴδης ἐν κνημοῖσι δίδη μόσχοισι λύγοισιν,
ποιμαίνοντ' ἐπ' ὄεσσι λαβών, καὶ ἔλυσεν ἀποίνων.
δὴ τότε γ' Ἀτρείδης εὐρυκρείων Ἀγαμέμνων
τὸν μὲν ὑπὲρ μαζοῖο κατὰ στῆθος βάλε δουρί,
Ἄντιφον αὖ παρὰ οὖς ἔλασε ξίφει, ἐκ δ' ἔβαλ' ἵππων.
σπερχόμενος δ' ἀπὸ τοῖιν ἐσύλα τεύχεα καλά,
γιγνώσκων· καὶ γάρ σφε πάρος παρὰ νηυσὶ θοῇσιν
εἶδεν, ὅτ' ἐξ Ἴδης ἄγαγεν πόδας ὠκὺς Ἀχιλλεύς.
ὡς δὲ λέων ἐλάφοιο ταχείης νήπια τέκνα
ῥηιδίως συνέαξε λαβὼν κρατεροῖσιν ὀδοῦσιν,
ἐλθὼν εἰς εὐνήν, ἁπαλόν τέ σφ' ἦτορ ἀπηύρα·

96. *σχέθε* Imperfect, hielt dauernd zurück, hemmte.

98. *πεπάλακτο*, durch das in Folge der Verwundung aus seinen Gefässen getretene Blut; vgl. ε,100 *πελάσσετο δ' αἵματι θώρηξ*, und zu den letzten drei Versen υ, 397 – 400.

100. *στήθεσι παμφαίνοντας*. Durch dieses Glänzen (die glänzende Weisse) der Brust soll wohl die Weichlichkeit dieser Asiaten und besonders ihre Jugend (vgl. das Gleichniss 113 – 121) bezeichnet werden. *περίδυσε* gleichsam *περιεξέδυσε*, so dass der Begriff der Trennung, des Hinwegnehmens noch hinzugedacht werden muss. (Vgl. *μεθίστημι = ἐκ τοῦ μέσου ἵστημι*, *μεταίρω = ἐκ τοῦ μέσου αἴρω*.) So trägt auch 247 Agamemnon die erbeuteten Waffen der Erschlagenen mit sich fort. — Ueber *χιτὼν* vgl. zu ν, 439.

101. *Ἄντιφον*, der auch schon δ, 489 genannt war.

104. *παρέβασκε*, er war wie gewöhnlich der *παραβάτης* des andern, der Wagenkämpfer.

105. *μόσχοισι λύγοισιν*. Das zweite speciellere Nomen ist Apposition des ersten und vertritt die Stelle eines Adjectivs: mit weidenen Gerten, mit biegsamen Schossen. Vgl. zu Od. ν, 86 *ἴρηξ κίρκος* und im Französischen *mouche-guêpe*.

111. *γιγνώσκων* d. h. weil er ihren vornehmen Stand kannte, liess er die Gelegenheit zu der guten Beute nicht unbenutzt.

113–121. *ὡς δὲ λέων – φέβοντο*. Diess Gleichniss ist wie das Gegenstück zu Od. δ, 335–340. — *ἁπαλὸν ἦτορ*, das zarte Leben, weil sie

ἡ δ' εἴ πέρ τε τύχῃσι μάλα σχεδόν, οὐ δύναταί σφιν
χραισμεῖν· αὐτὴν γάρ μιν ὑπὸ τρόμος αἰνὸς ἱκάνει·
καρπαλίμως δ' ἤιξε διὰ δρυμὰ πυκνὰ καὶ ὕλην
σπεύδουσ' ἱδρώουσα κραταιοῦ θηρὸς ὑφ' ὁρμῆς·
ὣς ἄρα τοῖς οὔ τις δύνατο χραισμῆσαι ὄλεθρον
Τρώων, ἀλλὰ καὶ αὐτοὶ ὑπ' Ἀργείοισι φέβοντο.
  αὐτὰρ ὁ Πείσανδρόν τε καὶ Ἱππόλοχον μενεχάρμην,
υἱέας Ἀντιμάχοιο δαΐφρονος, ὅς ῥα μάλιστα
χρυσὸν Ἀλεξάνδροιο δεδεγμένος, ἀγλαὰ δῶρα,
οὐκ εἴασχ' Ἑλένην δόμεναι ξανθῷ Μενελάῳ,
τοῦ περ δὴ δύο παῖδε λάβε κρείων Ἀγαμέμνων
εἰν ἑνὶ δίφρῳ ἐόντας, ὁμοῦ δ' ἔχον ὠκέας ἵππους·
ἐκ γάρ σφεας χειρῶν φύγον ἡνία σιγαλόεντα,
τὼ δὲ κυκηθήτην. ὁ δ' ἐναντίον ὦρτο λέων ὣς
Ἀτρείδης. τὼ δ' αὖτ' ἐκ δίφρου γουναζέσθην.
„ζώγρει, Ἀτρέος υἱέ, σὺ δ' ἄξια δέξαι ἄποινα·
πολλὰ δ' ἐν Ἀντιμάχοιο δόμοις κειμήλια κεῖται,
χαλκός τε χρυσός τε πολύκμητός τε σίδηρος,
τῶν κέν τοι χαρίσαιτο πατὴρ ἀπερείσι' ἄποινα,
εἰ νῶι ζωοὺς πεπύθοιτ' ἐπὶ νηυσὶν Ἀχαιῶν."
  ὣς τώ γε κλαίοντε προσαυδήτην βασιλῆα

noch so jung sind. Der Hirschkuh, die den Jungen nicht helfen kann, entspricht die Gesammtheit der Troer, welche die beiden Jünglinge ohne Beistand lässt (vgl. 117 und 121). — Uebrigens hat *ἀπηύρα* Aoristbedeutung.

118 f. *διὰ – ὕλην* = Od. *κ*, 150. 197. — Zum Rhythmus des folgenden Verses vgl. Od. *λ*, 594 *λᾶαν βαστάζοντα κτέ.*

123. *υἱέας* ist wohl zweisylbig zu lesen, vgl. 128 *σφεας*. — *ὅς ῥα μάλιστα – οὐκ εἴασχ' κτέ.*, welcher am meisten es abrieth, also an der Spitze von Paris' Partei stand.

124. *δεδεγμένος* steht in dieser einzigen homerischen Stelle in der ursprünglichen Bedeutung = *δεξάμενος*.

126. *λάβε* = *κατέλαβε*, *deprehendit*.

127. *ὁμοῦ δ' – ἵππους* (im Gegensatz von 103), zugleich suchten sie beide die Rosse zu lenken und am Ausreissen oder Durchgehen zu verhindern. Den Grund, warum beide sich dafür bemühen mussten, giebt der folgende Vers an.

128. *σφεας*, natürlich zunächst demjenigen von ihnen, welcher gerade den Wagen lenkte.

129. *τὼ δέ*, nämlich die Rosse.

130. *τὼ δ' αὖτ' – γουναζέσθην.* Der Vers malt das ängstlich zaghafte Benehmen der Jünglinge, vgl. zu Od. *φ*, 15.

131–135. *ζώγρει – Ἀχαιῶν*, vgl. *ζ*, 46–50.

μειλιχίοις ἐπέεσσιν· ἀμείλικτον δ' ὄπ' ἄκουσαν. 11
„εἰ μὲν δὴ Ἀντιμάχοιο δαΐφρονος υἱέες ἐστόν,
ὅς ποτ' ἐνὶ Τρώων ἀγορῇ Μενέλαον ἄνωγεν,
ἀγγελίην ἐλθόντα σὺν ἀντιθέῳ Ὀδυσῆι,
αὖθι κατακτεῖναι μηδ' ἐξέμεν ἂψ ἐς Ἀχαιούς,
νῦν μὲν δὴ τοῦ πατρὸς ἀεικέα τίσετε λώβην.“
ἦ, καὶ Πείσανδρον μὲν ἀφ' ἵππων ὦσε χαμᾶζε,
δουρὶ βαλὼν πρὸς στῆθος· ὁ δ' ὕπτιος οὔδει ἐρείσθη.
Ἱππόλοχος δ' ἀπόρουσε· τὸν αὖ χαμαὶ ἐξενάριξεν,
χεῖρας ἀπὸ ξίφεϊ τμήξας ἀπό τ' αὐχένα κόψας,
ὅλμον δ' ὣς ἔσσευε κυλίνδεσθαι δι' ὁμίλου.
τοὺς μὲν ἔασ'· ὁ δ', ὅθι πλεῖσται κλονέοντο φάλαγγες,
τῇ ῥ' ἐνόρουσ', ἅμα δ' ἄλλοι ἐυκνήμιδες Ἀχαιοί.
πεζοὶ μὲν πεζοὺς ὄλεκον φεύγοντας ἀνάγκῃ,
ἱππῆες δ' ἱππῆας — ὑπὸ σφίσι δ' ὦρτο κονίη
ἐκ πεδίου, τὴν ὦρσαν ἐρίγδουποι πόδες ἵππων —
χαλκῷ δηιόωντες. ἀτὰρ κρείων Ἀγαμέμνων
αἰὲν ἀποκτείνων ἕπετ', Ἀργείοισι κελεύων.
ὡς δ' ὅτε πῦρ ἀίδηλον ἐν ἀξύλῳ ἐμπέσῃ ὕλῃ·

140. *ἀγγελίην ἐλθόντα.* Zur Sache und zum Ausdruck vgl. δ, 384. Die Construction unserer Stelle wird besonders ins Klare gesetzt durch ν, 252 und ο, 640 neben β, 786 *ἄγγελος ἦλθε.*

141. *ἐξέμεν* = Od. λ, 531 *ἐξέμεναι.*

142. *τοῦ πατρός*, dieses eures Vaters, vgl. zu Od. β, 134 *ἐκ γὰρ τοῦ πατρὸς κακὰ πείσομαι.*

145. *ἀπόρουσε*, vgl. 94 *ἐξ ἵππων κατεπάλμενος*, er schwang sich vom Wagen herab und wollte sich durch die Flucht retten. *τὸν αὖ*, nämlich *Ἱππόλοχον.*

146. *χεῖρας — κόψας*, um seine specielle Erbitterung gegen Antimachos auszulassen (138 – 142). Durch diese Beziehung aber verliert das Benehmen des Agamemnon viel von seiner anscheinenden Rohheit; vgl. übrigens auch ζ, 51—65.

147. *ὅλμον δ' ὣς ἔσσευε κτέ.* erinnert an ν, 204 *ἧκε δέ μιν σφαιρηδὸν ἑλιξάμενος δι' ὁμίλου*; aber hier ist vom ganzen Rumpfe die Rede, den er durch einen Stoss in Bewegung setzte (*ἔσσευε*), ν, 204 vom Fortschleudern des Kopfes (*ἧκε*).

150. *φεύγοντας ἀνάγκῃ* in Folge des vorher erwähnten *ἐνορούσαι*: fliehend wurden sie niedergehauen.

151. *ἱππῆες.* Ein Theil der Wagenkämpfer, die 47 ff. abgestiegen waren, hatte im Verlaufe der Schlacht die Wagen wieder bestiegen.

154. *αἰὲν ἀποκτείνων ἕπετ'.* Die Cäsur nach dem dritten Fusse wird durch die Elision gemildert, sofern diese das apostrophirte Wort an das Folgende anzuschliessen nöthigt, vgl. ι, 134.

155. *ὡς δ' ὅτε — ἐμπέσῃ κτέ.*

11 πάντῃ τ᾽ εἰλυφόων ἄνεμος φέρει, οἱ δέ τε θάμνοι
πρόρριζοι πίπτουσιν ἐπειγόμενοι πυρὸς ὁρμῇ·
ὣς ἄρ᾽ ὑπ᾽ Ἀτρείδῃ Ἀγαμέμνονι πῖπτε κάρηνα
Τρώων φευγόντων, πολλοὶ δ᾽ ἐριαύχενες ἵπποι
κείν᾽ ὄχεα κροτάλιζον ἀνὰ πτολέμοιο γεφύρας,
ἡνιόχους ποθέοντες ἀμύμονας. οἱ δ᾽ ἐπὶ γαίῃ
κείατο, γύπεσσιν πολὺ φίλτεροι ἢ ἀλόχοισιν.
Ἕκτορα δ᾽ ἐκ βελέων ὕπαγε Ζεὺς ἔκ τε κονίης
ἔκ τ᾽ ἀνδροκτασίης ἔκ θ᾽ αἵματος ἔκ τε κυδοιμοῦ·
Ἀτρείδης δ᾽ ἕπετο σφεδανὸν Δαναοῖσι κελεύων.
οἱ δὲ παρ᾽ Ἴλου σῆμα παλαιοῦ Δαρδανίδαο,
μέσσον κὰπ πεδίον, παρ᾽ ἐρινεὸν ἐσσεύοντο
ἱέμενοι πόλιος· ὁ δὲ κεκληγὼς ἕπετ᾽ αἰεί
Ἀτρείδης, λύθρῳ δὲ παλάσσετο χεῖρας ἀάπτους.
ἀλλ᾽ ὅτε δὴ Σκαιάς τε πύλας καὶ φηγὸν ἵκοντο,

Zum Wechsel des Modus vgl. Od. δ, 335–339. Iliad. β, 147f. — ἀξύλῳ, ἀφ᾽ ἧς οὐδεὶς ἐξυλίσατο. ξύλον ist nur das gehauene oder gefällte Holz, nicht das stehende auf dem Stamme.

156. πάντῃ τ᾽ εἰλυφόων κτέ., vgl. υ, 492. εἰλυφάω und εἰλυφάζω, Intensivformen zu εἰλύω, wälzen, fortwirbeln.

162. γύπεσσιν – ἀλόχοισιν. Ein Ausdruck der Schadenfreude, der auf tiefgewurzelten Hass schliessen lässt, vgl. 393–395.

163. Ἕκτορα δ᾽ – ὕπαγε Ζεύς. Eine Anerkennung der Heldenkraft und Tapferkeit des Agamemnon, vermöge welcher Hektor nur durch unmittelbare Einwirkung des Zeus vor ihm geschützt werden konnte. Noch anschaulicher macht uns diess der Mythus 185–210. ὕπαγε während dieses ganzen Kampfes, der anhaltenden Verfolgung der Troer, also nicht: er entführte, sondern: er entzog (fortwährend). So erklären diese zwei Verse zugleich, wie Hektor aus dieser harten Drangsal ungefährdet und mit ungeschmälertem Ruhm hervorgehen konnte. Zur Häufung der Synonyma βελέων – κυδοιμοῦ vgl. Od. λ, 612 ὑσμῖναί τε μάχαι τε φόνοι τ᾽ ἀνδροκτασίαι τε.

165. σφεδανόν, voll Eifer, eifrig und zum Eifer antreibend = σπευστικῶς (σφοδρός, σπεύδω, σπουδή).

166.f. παρ᾽ Ἴλου σῆμα – παρ᾽ ἐρινεόν. Zu diesen Ortsbestimmungen vgl. κ, 415. ζ, 433. Auch nach unserer Stelle können das Grabmal des Ilos und der wilde Feigenbaum in ziemlicher Entfernung von einander, das erstere in der Ebene oder dem θρωσμὸς πεδίοιο, der letztere näher an der Stadt, gedacht werden, so dass die Troer an dem einen vorbei zum andern, und dann wieder von diesem gegen die Stadt fliehen.

170. Σκαιάς τε πύλας καὶ φηγόν, dieselbe Ortsbestimmung wie ζ, 237. ι, 354.

ἔνθ᾽ ἄρα δὴ ἵσταντο καὶ ἀλλήλους ἀνέμιμνον. 11
οἱ δ᾽ ἔτι κὰμ μέσσον πεδίον φοβέοντο, βόες ὥς,
ἅς τε λέων ἐφόβησε μολὼν ἐν νυκτὸς ἀμολγῷ
πάσας· τῇ δέ τ᾽ ἰῇ ἀναφαίνεται αἰπὺς ὄλεθρος·
τῆς δ᾽ ἐξ αὐχέν᾽ ἔαξε λαβὼν κρατεροῖσιν ὀδοῦσιν
πρῶτον, ἔπειτα δέ θ᾽ αἷμα καὶ ἔγκατα πάντα λαφύσσει.
ὣς τοὺς Ἀτρείδης ἔφεπε κρείων Ἀγαμέμνων,
αἰὲν ἀποκτείνων τὸν ὀπίστατον· οἱ δ᾽ ἐφέβοντο.
[πολλοὶ δὲ πρηνεῖς τε καὶ ὕπτιοι ἔκπεσον ἵππων
Ἀτρείδεω ὑπὸ χερσί· περιπρὸ γὰρ ἔγχεϊ θῦεν.]
ἀλλ᾽ ὅτε δὴ τάχ᾽ ἔμελλον ὑπὸ πτόλιν αἰπύ τε τεῖχος
ἵξεσθαι, τότε δή ῥα πατὴρ ἀνδρῶν τε θεῶν τε
Ἴδης ἐν κορυφῇσι καθέζετο πιδηέσσης,
οὐρανόθεν καταβάς· ἔχε δ᾽ ἀστεροπὴν μετὰ χερσίν.
Ἶριν δ᾽ ὄτρυνε χρυσόπτερον ἀγγελέουσαν.
„βάσκ᾽ ἴθι, Ἶρι ταχεῖα, τὸν Ἕκτορι μῦθον ἐνίσπες.
ὄφρ᾽ ἂν μέν κεν ὁρᾷ Ἀγαμέμνονα ποιμένα λαῶν
θύνοντ᾽ ἐν προμάχοισιν ἐναίροντα στίχας ἀνδρῶν,
τόφρ᾽ ἀναχωρείτω, τὸν δ᾽ ἄλλον λαὸν ἀνώχθω
μάρνασθαι δηίοισι κατὰ κρατερὴν ὑσμίνην.
αὐτὰρ ἐπεί κ᾽ ἢ δουρὶ τυπεὶς ἢ βλήμενος ἰῷ
εἰς ἵππους ἅλεται, τότε οἱ κράτος ἐγγυαλίξω
κτείνειν, εἰς ὅ κε νῆας ἐυσσέλμους ἀφίκηται
δύῃ τ᾽ ἠέλιος καὶ ἐπὶ κνέφας ἱερὸν ἔλθῃ.“

171. *ἵσταντο*, die Troer, und zwar, wie das Folgende zeigt, die einen derselben, die vordersten: so dass *οἱ μέν, οἱ μὲν πρῶτοι* hinzugedacht werden kann.

173. *ἐν ν. ἀμολγῷ*, vgl. zu Od. *δ*, 841. *ἐν* ist nur hier beigefügt.

174. *πάσας* nur wegen des Gegensatzes zu *τῇ ἰῇ* als Apposition angehängt.

176. *λαφύσσει* (*λάπτω*) onomatopoetisch = *μετὰ ποιοῦ ἤχου ἀναρροφεῖ.*

179 f. *πολλοὶ — θῦεν* scheinen hier am unrechten Platze angebracht, da nach 159 f. die nächst vorhergehenden Verse nur auf das Fussvolk gehen können; der zweite ist nach *π*, 699 gebildet, der erste erinnert an *π*, 379. *περιπρό*, umher und vorwärts, vor und um sich her, links und rechts vor sich her.

187. *ὄφρ᾽ ἂν μέν κεν.* Vgl. zu Od. *ε*, 361.

189. *ἀναχωρείτω*, nämlich vor Agamemnon, nicht überhaupt, wie das 204 gebrauchte *ὑπόειχε* und 211 – 213 zeigen.

192. *εἰς ἵππους ἅλεται*, vgl. *φ*, 536 *ἐς τεῖχος ἅληται* und unten 273 *ἐς δίφρον δ᾽ ἀνόρουσε.*

193 f. *κτείνειν εἰς ὅ κε — ἔλθῃ*

11 ὣς ἔφατ᾽, οὐδ᾽ ἀπίθησε ποδήνεμος ὠκέα Ἶρις,
βῆ δὲ κατ᾽ Ἰδαίων ὀρέων εἰς Ἴλιον ἱρήν.
εὗρ᾽ υἱὸν Πριάμοιο δαΐφρονος, Ἕκτορα δῖον,
ἑσταότ᾽ ἔν θ᾽ ἵπποισι καὶ ἅρμασι κολλητοῖσιν.
ἀγχοῦ δ᾽ ἱσταμένη προσέφη πόδας ὠκέα Ἶρις
„Ἕκτορ υἱὲ Πριάμοιο, Διὶ μῆτιν ἀτάλαντε,
Ζεύς με πατὴρ προέηκε τεῒν τάδε μυθήσασθαι.
ὄφρ᾽ ἂν μέν κεν ὁρᾷς Ἀγαμέμνονα ποιμένα λαῶν
θύνοντ᾽ ἐν προμάχοισιν ἐναίροντα στίχας ἀνδρῶν,
τόφρ᾽ ὑπόεικε μάχης, τὸν δ᾽ ἄλλον λαὸν ἄνωχθι
μάρνασθαι δηίοισι κατὰ κρατερὴν ὑσμίνην.
αὐτὰρ ἐπεί κ᾽ ἢ δουρὶ τυπεὶς ἢ βλήμενος ἰῷ
εἰς ἵππους ἅλεται, τότε τοι κράτος ἐγγυαλίξει
κτείνειν, εἰς ὅ κε νῆας ἐυσσέλμους ἀφίκηαι
δύῃ τ᾽ ἠέλιος καὶ ἐπὶ κνέφας ἱερὸν ἔλθῃ.“
ἡ μὲν ἄρ᾽ ὣς εἰποῦσ᾽ ἀπέβη πόδας ὠκέα Ἶρις,
Ἕκτωρ δ᾽ ἐξ ὀχέων σὺν τεύχεσιν ἆλτο χαμᾶζε,
πάλλων δ᾽ ὀξέα δοῦρα κατὰ στρατὸν ᾤχετο πάντῃ,
ὀτρύνων μαχέσασθαι, ἔγειρε δὲ φύλοπιν αἰνήν.
οἱ δ᾽ ἐλελίχθησαν καὶ ἐναντίοι ἔσταν Ἀχαιῶν.
Ἀργεῖοι δ᾽ ἑτέρωθεν ἐκαρτύναντο φάλαγγας.
ἀρτύνθη δὲ μάχη, στὰν δ᾽ ἀντίοι. ἐν δ᾽ Ἀγαμέμνων
πρῶτος ὄρουσ᾽, ἔθελεν δὲ πολὺ προμάχεσθαι ἁπάντων.
ἔσπετε νῦν μοι, μοῦσαι Ὀλύμπια δώματ᾽ ἔχουσαι,

= ϱ, 454 f. Diese Verheissung wird später ο, 232 – 235 beschränkt und genauer bestimmt; hier bei der noch grössern Entfernung der Erfüllung konnte sie wohl etwas allgemeiner gefasst werden. Uebrigens ist begreiflich, dass der zweite dieser Verse leicht zur Formel werden konnte.

196. εἰς Ἴλιον ἱρήν, vgl. zu η, 20 Ἴλιον εἰς ἱερήν.

211 – 214. ἐξ ὀχέων – Ἀχαιῶν = ε, 494 – 497. ζ, 103 – 106.

216. ἀρτύνθη δὲ μάχη, *instaurata est pugna*, παρητοιμάσθη δὲ ὁ πόλεμος.

218. ἔσπετε – ἔχουσαι = β, 484. Die feierliche Anrufung der Musen steht hier nicht, weil Agamemnon noch eine besonders grosse Zahl getödtet hätte (er erlegt nur noch zwei Genannte 240 und 261, aber freilich ausser diesen ohne Zweifel auch eine grössere Anzahl Ungenannter 264 f.), sondern vornehmlich weil diese neue Grossthat Agamemnon's alsobald seine Verwundung herbeiführt und ihn die Schlacht zu verlassen nöthigt. Uebrigens verlangt der Dichter nicht,

ὅς τις δὴ πρῶτος Ἀγαμέμνονος ἀντίον ἦλθεν
ἢ αὐτῶν Τρώων ἠὲ κλειτῶν ἐπικούρων.
Ἰφιδάμας Ἀντηνορίδης ἠΰς τε μέγας τε,
ὃς τράφη ἐν Θρῄκῃ ἐριβώλακι, μητέρι μήλων.
Κισσῆς τόν γ' ἔθρεψε δόμοις ἔνι τυτθὸν ἐόντα
μητροπάτωρ, ὃς τίκτε Θεανὼ καλλιπάρῃον·
αὐτὰρ ἐπεί ῥ' ἥβης ἐρικυδέος ἵκετο μέτρον,
αὐτοῦ μιν κατέρυκε, δίδου δ' ὅ γε θυγατέρα ἥν·
γήμας δ' ἐκ θαλάμοιο μετὰ κλέος ἵκετ' Ἀχαιῶν
σὺν δυοκαίδεκα νηυσὶ κορωνίσιν, αἵ οἱ ἕποντο.
τὰς μὲν ἔπειτ' ἐν Περκώτῃ λίπε νῆας ἐίσας,
αὐτὰρ ὁ πεζὸς ἐὼν εἰς Ἴλιον εἰληλούθει·
ὅς ῥα τότ' Ἀτρείδεω Ἀγαμέμνονος ἀντίος ἦλθεν.
οἱ δ' ὅτε δὴ σχεδὸν ἦσαν ἐπ' ἀλλήλοισιν ἰόντες,
Ἀτρείδης μὲν ἅμαρτε, παραὶ δέ οἱ ἐτράπετ' ἔγχος,
Ἰφιδάμας δὲ κατὰ ζώνην, θώρηκος ἔνερθεν,
νύξ', ἐπὶ δ' αὐτὸς ἔρεισε, βαρείῃ χειρὶ πιθήσας·
οὐδ' ἔτορε ζωστῆρα παναίολον, ἀλλὰ πολὺ πρὶν
ἀργύρῳ ἀντομένη, μόλιβος ὥς, ἐτράπετ' αἰχμή.
καὶ τό γε χειρὶ λαβὼν εὐρυκρείων Ἀγαμέμνων

dass ihm die Musen alle Erschlagenen nennen, sondern nur, wer dem Agamemnon **zuerst** entgegen getreten sei, wozu er also ein bestimmtes Wissen bedurfte, vgl. ξ, 508. π, 112.

223. *Κισσῆς* aus *Κισσέας*, wie *Ἑρμῆς* = *Ἑρμέας*. Vgl. ζ, 298 f. *Θεανῶ* – *Κισσηΐς*.

225. *ἥβης* – *μέτρον*, vgl. zu Od. ν, 101 *ὅρμου μέτρον*. σ, 217.

226. *αὐτοῦ* – *ἥν* = ζ, 192. Iphidamas erhielt also die Schwester seiner Mutter zur Gemahlin, wie Diomedes ε, 412.

227. *ἐκ θαλάμοιο* ist mit dem folgenden *ἵκετο* zu verbinden: gleich nach der Vermählung zog er hin nach dem Ruf der Achäer; = ν, 364 *πολέμοιο μετὰ κλέος εἰληλούθει*.

229. *ἐν Περκώτῃ* (vgl. β, 835), im Gebiet von Perkote, da die Stadt in einiger Entfernung vom Meere lag.

233. *παραὶ* – *ἐτράπετ'*, seitwärts wandte sich, flog, = ν, 605.

234. *κατὰ ζώνην. ζώνη* und *ζωστήρ* 236 sind gleichbedeutend; vgl. zu δ, 132 f. *θώρηκος ἔνερθεν*, am untern Theile des Panzers oder unten am Panzer (der durch die *ζώνη* zusammengehalten wird), wie 252 *ἀγκῶνος ἔνερθεν*, unten am Ellenbogen.

235. *αὐτός*, er selbst, mit der Kraft und Wucht des eigenen Körpers.

237. *ἀργύρῳ ἀντομένη*, auf Silber stossend, ohne Zweifel an dem mit Metallblättern belegten *ζωστήρ*,

ἕλκ' ἐπὶ οἷ μεμαὼς ὥς τε λίς, ἐκ δ' ἄρα χειρός
σπάσσατο· τὸν δ' ἄορι πλῆξ' αὐχένα, λῦσε δὲ γυῖα.
ὣς ὁ μὲν αὖθι πεσὼν κοιμήσατο χάλκεον ὕπνον
οἰκτρός, ἀπὸ μνηστῆς ἀλόχου, ἀστοῖσιν ἀρήγων,
κουριδίης, ἧς οὔ τι χάριν ἴδε, πολλὰ δ' ἔδωκεν·
πρῶθ' ἑκατὸν βοῦς δῶκεν, ἔπειτα δὲ χίλι' ὑπέστη,
αἶγας ὁμοῦ καὶ ὄις, τά οἱ ἄσπετα ποιμαίνοντο.
δὴ τότε γ' Ἀτρείδης Ἀγαμέμνων ἐξενάριξεν,
βῆ δὲ φέρων ἀν' ὅμιλον Ἀχαιῶν τεύχεα καλά.
  τὸν δ' ὡς οὖν ἐνόησε Κόων ἀριδείκετος ἀνδρῶν,
πρεσβυγενὴς Ἀντηνορίδης, κρατερόν ῥά ἑ πένθος
ὀφθαλμοὺς ἐκάλυψε κασιγνήτοιο πεσόντος.
στῆ δ' εὐρὰξ σὺν δουρί, λαθὼν Ἀγαμέμνονα δῖον,
νύξε δέ μιν κατὰ χεῖρα μέσην, ἀγκῶνος ἔνερθεν,

vgl. δ, 186.

238. *τό γε* weist auf *αἰχμὴ* zurück, doch so, dass dem Sprechenden mehr *δόρυ* (der Schaft), den Agamemnon fasst, als die Lanzenspitze vorschwebt, vgl. π, 115–118, wo beide Bestandtheile bestimmt unterschieden werden. Den umgekehrten Fall bietet φ, 164–167 dar.

239. *ὥς τε λίς.* Auch der Löwe soll dem Jäger zuweilen den Speer wegreissen und sich sogar damit verwunden. Einen ähnlichen Zug erwähnt Virgil Aen. 12, 7 vom verwundeten Löwen: *fixumque latronis* (*venatoris*) *Impavidus frangit telum et fremit ore cruento.*

240. *τὸν δὲ* d. i. *αὐτὸν δέ, Ἰφιδάμαντα.*

241. *χάλκεον ὕπνον.* So Virgil Aen. 10, 745: *Olli dura quies oculos et ferreus urguet Somnus, in aeternam clauduntur lumina noctem.*

242. *ἀπὸ – ἀλόχου* und *ἀστοῖσιν* sollen beide das Epitheton *οἰκτρὸς* begründen: das erste dieser Motive wird aber noch durch drei besondere Verse näher ausgeführt. Zur Stellung des Epitheton *κουριδίης* (das hier eine deutliche Hinweisung auf die Jugend enthält) im Verhältniss zu *μνηστῆς ἀλόχου* vgl. Od. α, 130f. *ἐς θρόνον εἷσεν ἄγων, ὑπὸ λῖτα πετάσσας, καλὸν δαιδάλεον.* – *ἧς οὔ τι χάριν ἴδε*, er erfuhr, erlebte keine Gunst, keinen Dank von ihr, wegen der gar so kurzen Verbindung (227). Daran schliesst sich passend die Erwähnung seiner reichen Brautgeschenke (*πολλὰ – ποιμαίνοντο*).

244. *χίλια*, erg. *μῆλα*, tausend Stück, wodurch *αἶγας* und *ὄις* zusammengefasst werden. Vgl. 697 *τριηκόσια* nach *πῶυ μέγ' οἰῶν.*

248. *ἀριδείκετος ἀνδρῶν*, vgl. zu Od. θ, 382.

251. *εὐρὰξ* Schol. *ἐκ τοῦ πλαγίου, πλαγίως* (eig. in die Breite).

252. *κατὰ χεῖρα μέσην*, mitten am Arme. Dass dieser, und nicht die Hand, gemeint sei, setzt die Bestimmung *ἀγκῶνος ἔνερθεν* (vgl. zu 234) ausser Zweifel. Zu einer solchen Wunde passt auch das nachherige Verhalten des Agamemnon am besten.

αντικρὺ δὲ διέσχε φαεινοῦ δουρὸς ἀκωκή. 11
ῥίγησέν τ' ἄρ' ἔπειτα ἄναξ ἀνδρῶν Ἀγαμέμνων·
ἀλλ' οὐδ' ὣς ἀπέληγε μάχης ἠδὲ πτολέμοιο,
ἀλλ' ἐπόρουσε Κόωνι ἔχων ἀνεμοτρεφὲς ἔγχος.
ἤ τοι ὁ Ἰφιδάμαντα κασίγνητον καὶ ὄπατρον
ἕλκε ποδὸς μεμαώς, καὶ ἀύτει πάντας ἀρίστους·
τὸν δ' ἕλκοντ' ἀν' ὅμιλον ὑπ' ἀσπίδος ὀμφαλοέσσης
οὔτησε ξυστῷ χαλκήρεϊ, λῦσε δὲ γυῖα·
τοῖο δ' ἐπ' Ἰφιδάμαντι κάρη ἀπέκοψε παραστάς.
ἔνθ' Ἀντήνορος υἷες ὑπ' Ἀτρείδῃ βασιλῆι
πότμον ἀναπλήσαντες ἔδυν δόμον Ἄιδος εἴσω.
αὐτὰρ ὁ τῶν ἄλλων ἐπεπωλεῖτο στίχας ἀνδρῶν
ἔγχεΐ τ' ἄορί τε μεγάλοισί τε χερμαδίοισιν,
ὄφρα οἱ αἷμ' ἔτι θερμὸν ἀνήνοθεν ἐξ ὠτειλῆς.
αὐτὰρ ἐπεὶ τὸ μὲν ἕλκος ἐτέρσετο, παύσατο δ' αἷμα,
ὀξεῖαι δ' ὀδύναι δῦνον μένος Ἀτρείδαο.
ὡς δ' ὅτ' ἂν ὠδίνουσαν ἔχῃ βέλος ὀξὺ γυναῖκα,
δριμύ, τό τε προϊεῖσι μογοστόκοι εἰλείθυιαι,

256. *ἀνεμοτρεφὲς* scheint erklärt zu werden durch *ρ*, 55f. *τὸ δέ τε (ἔρνος - ἐλαίης) πνοιαὶ δονέουσιν παντοίων ἀνέμων καί τε βρύει ἄνθεϊ λευκῷ.*

257. *κασίγνητον καὶ ὄπατρον*, vgl. zu *γ*, 238, und zu *ὄπατρος β*, 765 *ὄτριχας οἰέτεας.*

259. *τὸν δὲ* d. i. *ἐκεῖνον δέ, Κόωνα*, auf welchen sich auch *ὁ* 257 und *τοῖο* 261 beziehen. — *ὑπ' ἀσπίδος ὀμφαλ.* ist mit *οὔτησε* zu verbinden in dem Sinne: unter dem Schilde hervor d. h. indem er beim Ziehen des Leichnams sich vom Schilde entblösste. So erklärt und umschreibt *δ*, 468 *πλευρά, τά οἱ κύψαντι παρ' ἀσπίδος ἐξεφαάνθη, οὔτησε κτέ.*

261. *ἐπ' Ἰφιδάμαντι*, auf oder über Iphidamas' Leichnam, so dass dieser statt eines Blockes diente.

262. *ἔνθα* ist mit *πότμον ἀναπλήσαντες* zu verbinden: da, bei dieser Gelegenheit.

264. *ἐπεπωλεῖτο στίχας ἀνδρ.* = 540, hier in anderer Weise als *δ*, 231. 250, nämlich angreifend und kämpfend.

268. *ὀξεῖαι δ' ὀδύναι δῦνον κτέ.*, da drangen heftige Schmerzen u. s. w. So lange aber das Blut fliesst, entsteht noch keine Entzündung in der Wunde.

269. *ἔχῃ* gleichsam: inne hat, im Besitze hat, d. h. getroffen hat und nun fortdauernd quält.

270. *μογοστόκος* (eine von der sonstigen Analogie abweichende Wortbildung von *μόγος*), unter Schmerzen gebären lassend, die Anstrengung der Geburt herbeiführend. *εἰλείθυια* (vgl. zu Od. *τ*, 188) scheint eine allegorische Bezeichnung der Geburtsstunde (der gekommenen Stunde). Vgl. *τ*, 119 *σχέθε δ' εἰλειθυίας* mit Evang. Joann. 16, 21 *ἡ γυνὴ ὅταν τίκτῃ*

11 Ἥρης θυγατέρες πικρὰς ὠδῖνας ἔχουσαι,
ὣς ὀξεῖ' ὀδύναι δῦνον μένος Ἀτρείδαο.
ἐς δίφρον δ' ἀνόρουσε, καὶ ἡνιόχῳ ἐπέτελλεν
νηυσὶν ἔπι γλαφυρῇσιν ἐλαυνέμεν· ἤχθετο γὰρ κῆρ.
ἤυσεν δὲ διαπρύσιον Δαναοῖσι γεγωνώς.
„ὦ φίλοι Ἀργείων ἡγήτορες ἠδὲ μέδοντες,
ὑμεῖς μὲν νῦν νηυσὶν ἀμύνετε ποντοπόροισιν
φύλοπιν ἀργαλέην, ἐπεὶ οὐκ ἐμὲ μητίετα Ζεύς
εἴασε Τρώεσσι πανημέριον πολεμίζειν."
ὣς ἔφαθ', ἡνίοχος δ' ἵμασεν καλλίτριχας ἵππους
νῆας ἔπι γλαφυράς· τὼ δ' οὐκ ἄκοντε πετέσθην.
ἄφρεον δὲ στήθεα, ῥαίνοντο δὲ νέρθε κονίῃ,
τειρόμενον βασιλῆα μάχης ἀπάνευθε φέροντες.
Ἕκτωρ δ' ὡς ἐνόησ' Ἀγαμέμνονα νόσφι κιόντα,
Τρωσί τε καὶ Λυκίοισιν ἐκέκλετο μακρὸν ἀύσας
„Τρῶες καὶ Λύκιοι καὶ Δάρδανοι ἀγχιμαχηταί,
ἀνέρες ἔστε, φίλοι, μνήσασθε δὲ θούριδος ἀλκῆς.
οἴχετ' ἀνὴρ ὤριστος, ἐμοὶ δὲ μέγ' εὖχος ἔδωκεν
Ζεὺς Κρονίδης. ἀλλ' ἰθὺς ἐλαύνετε μώνυχας ἵππους
ἰφθίμων Δαναῶν, ἵν' ὑπέρτερον εὖχος ἄρησθε."
ὣς εἰπὼν ὤτρυνε μένος καὶ θυμὸν ἑκάστου.
ὡς δ' ὅτε πού τις θηρητὴρ κύνας ἀργιόδοντας
σεύῃ ἐπ' ἀγροτέρῳ συῒ καπρίῳ ἠὲ λέοντι,

λύπην ἔχει, ὅτι ἦλθεν ἡ ὥρα αὐτῆς.

271. ἔχουσαι, in sich enthaltend, mit sich führend.

272. ὀξεῖ' ὀδύναι, einziges Beispiel des in einer Nominalendung abgeworfenen Diphthongen αι.

274. νηυσὶν – γλαφ. ἐλ., den Schiffen zuzufahren = ε, 327. χ, 392 νηυσὶν – νεώμεθα.

275. ἤυσεν – γεγωνώς = θ, 227.

277. νηυσὶν ἀμύνετε. Natürlich ist Agamemnon, der jetzt selbst zu den Schiffen zurückkehren will (251), auch für die Sicherheit der Schiffe besorgt. Vgl. aber auch 311. 315. (569).

286. Δάρδανοι sonst auch den Troern zugezählt, vgl. zu β, 819.— Von hier an erhält Hektor das Uebergewicht im Kampfe. Doch befindet er sich noch auf derselben Seite, wohin er sich den Agamemnon meidend begeben hatte (vgl. zu 189), daher noch 498 μάχης ἐπ' ἀριστερὰ πάσης.

293. συῒ καπρίῳ. In dieser Verbindung scheint κάπριος wirkliches Adjectiv, das aber durch Auslassung von σῦς (414) wieder zum Substantiv wird.

ὡς ἐπ᾽ Ἀχαιοῖσιν σεῦε Τρῶας μεγαθύμους
Ἕκτωρ Πριαμίδης, βροτολοιγῷ ἶσος Ἄρηι.
αὐτὸς δ᾽ ἐν πρώτοισι μέγα φρονέων ἐβεβήκει,
ἐν δ᾽ ἔπεσ᾽ ὑσμίνῃ ὑπεραέι ἶσος ἀέλλῃ,
ἥ τε καθαλλομένη ἰοειδέα πόντον ὀρίνει.
ἔνθα τίνα πρῶτον, τίνα δ᾽ ὕστατον ἐξενάριξεν
Ἕκτωρ Πριαμίδης, ὅτε οἱ Ζεὺς κῦδος ἔδωκεν;
Ἀσαῖον μὲν πρῶτα καὶ Αὐτόνοον καὶ Ὀπίτην
καὶ Δόλοπα Κλυτίδην καὶ Ὀφέλτιον ἠδ᾽ Ἀγέλαον
Αἴσυμνόν τ᾽ Ὦρόν τε καὶ Ἱππόνοον μενεχάρμην.
τοὺς ἄρ᾽ ὅ γ᾽ ἡγεμόνας Δαναῶν ἕλεν, αὐτὰρ ἔπειτα
πληθύν, ὡς ὁπότε νέφεα Ζέφυρος στυφελίξῃ
ἀργεστᾶο Νότοιο, βαθείῃ λαίλαπι τύπτων·
πολλὸν δὲ τρόφι κῦμα κυλίνδεται, ὑψόσε δ᾽ ἄχνη
σκίδναται ἐξ ἀνέμοιο πολυπλάγκτοιο ἰωῆς·
ὣς ἄρα πυκνὰ καρήαθ᾽ ὑφ᾽ Ἕκτορι δάμνατο λαῶν.
ἔνθα κε λοιγὸς ἔην καὶ ἀμήχανα ἔργα γένοντο,
καί νύ κεν ἐν νήεσσι πέσον φεύγοντες Ἀχαιοί,
εἰ μὴ Τυδείδῃ Διομήδεϊ κέκλετ᾽ Ὀδυσσεύς

297. *ὑπεραέι*, Schol. *ὑπερβαλλόντως πνεούσῃ.*

299f. *ἔνθα – ἔδωκεν* erinnert an obigen 218; doch ähnlicher sind *ε*, 703 und *π*, 692, auch *θ*, 273. Nitzsch: „Eine rhetorische Formel zur Andeutung einer grossen Menge ist: wen zuerst, wen zuletzt?"

301–303. *Ἀσαῖον – Ἱππόνοον.* Neun Namen von grösstentheils unbekannten Helden; doch kommen *Αὐτόνοος*, *Δόλοψ*, *Ὀφέλτιος*, *Ἀγέλαος* auch als Benennungen anderer zum Theil trojanischer Personen vor.

305. f. *νέφεα – ἀργεστᾶο Νότοιο*, die vom Südwind gesammelten Wolken. Ueber die Kraft des Genitivs vgl. zu Od. *ν*, 99 *ἀνέμων – δυσαήων μέγα κῦμα*. *ἀργεστὴς* kann auch Beiwort des Südwindes sein, sofern er oft die Luft besonders hell und durchsichtig macht, daher auch *Λευκόνοτος*, *albus Notus*. Die Vergleichung bezieht sich auf die unwiderstehliche, nicht zu ermüdende Kraft, mit welcher Hektor die gedrängten Achäer vor sich her treibt und peitscht. Die Menge der Erschlagenen ist mehr eine zufällige Folge. *βαθείῃ* geht auf die dichte, nachhaltige Fülle des Sturmes oder Wirbels.

307. *πολλὸν* gehört als Prädicat zu *κυλίνδεται*: mächtig, gewaltig wälzt sich. Zu *τρόφι κῦμα* vgl. Od. *γ*, 290 *κύματα τροφόεντα.*

308. *ἐξ ἀνέμοιο – ἰωῆς* wie *δ*, 276 *ὑπὸ Ζεφύροιο ἰωῆς*. *πολυπλάγκτοιο* gehört zu *ἀνέμοιο*. Die beiden Verse *πολλὸν – ἰωῆς* dienen nur zur Ausmalung des Bildes.

310–312. *ἔνθα κε – εἰ μή*. Auch jetzt noch, da Zeus selbst den

11 Τυδείδη, τί παθόντε λελάσμεθα θούριδος ἀλκῆς;
ἀλλ' ἄγε δεῦρο, πέπον, παρ' ἔμ' ἵστασο· δὴ γὰρ ἔλεγχος
ἔσσεται εἴ κεν νῆας ἕλῃ κορυθαίολος Ἕκτωρ."
τὸν δ' ἀπαμειβόμενος προσέφη κρατερὸς Διομήδης
"ἦ τοι ἐγὼ μενέω καὶ τλήσομαι· ἀλλὰ μίνυνθα
ἡμέων ἔσσεται ἦδος, ἐπεὶ νεφεληγερέτα Ζεὺς
Τρωσὶν δὴ βόλεται δοῦναι κράτος ἠέ περ ἡμῖν."
ἦ, καὶ Θυμβραῖον μὲν ἀφ' ἵππων ὦσε χαμᾶζε,
δουρὶ βαλὼν κατὰ μαζὸν ἀριστερόν. αὐτὰρ Ὀδυσσεὺς
ἀντίθεον θεράποντα Μολίονα τοῖο ἄνακτος.
τοὺς μὲν ἔπειτ' εἴασαν, ἐπεὶ πολέμου ἀπέπαυσαν·
τὼ δ' ἀν' ὅμιλον ἰόντε κυδοίμεον, ὡς ὅτε κάπρω
ἐν κυσὶ θηρευτῇσι μέγα φρονέοντε πέσητον·
ὣς ὄλεκον Τρῶας παλινορμένω, αὐτὰρ Ἀχαιοί
ἀσπασίως φεύγοντες ἀνέπνεον Ἕκτορα δῖον.
ἔνθ' ἑλέτην δίφρον τε καὶ ἀνέρε δήμου ἀρίστω,

Hektor im Siegeslaufe begünstigt, halten einzelne Helden der Achäer das andringende Verderben auf.

313. *τί παθόντε* tadelnd wie bei den Spätern; vgl. zu Od. ω, 106 *τί παθόντες — γαῖαν ἔδυτε.* — Auch sie waren also von der allgemeinen Flucht eine Zeitlang fortgerissen worden.

314 f. *δὴ γὰρ — ἔσσεται*, denn es wäre doch eine Schmach, ein Vorwurf für uns; vgl. zu γ, 412.

317 f. *μίνυνθα ἡμέων ἔσσεται ἦδος*. *ἡμέων* ist Genitiv des Objects, wie σ, 80 *τῶν* in *τί μοι τῶν ἦδος;* Der Sinn ist nämlich: nur kurze Zeit wird man unser sich freuen, Genuss und Vortheil von uns haben.

319. *βόλεται*, vgl. zu Od. α, 234 *ἐβόλοντο*. Zur Construction vgl. α, 117.

322. *τοῖο ἄνακτος*, dieses seines Gebieters, Herrn (*Θυμβραῖος*), vgl. 620.

325. *μέγα φρονέοντε* hier von Ebern wie 296 von Hektor: voll Muth.

326. *παλινορμένω*, *εἰς τοὐπίσω ὁρμήσαντες*. Der Gegensatz ist unten 572 *ὄρμενα πρόσσω*. — *αὐτὰρ Ἀχαιοὶ — ἀνέπνεον* bezeichnet die Wirkung, welche das Einschreiten der beiden Helden auf die Gesammtheit der Achäer hatte. Die Wortfolge ist: *ἀσπασίως ἀνέπνεον* (freudig athmeten sie wieder auf) *φεύγοντες Ἕκτορα δ.* Eigentlich ist *Ἕκτορα δῖον* nur nachträgliche, an sich entbehrliche Ergänzung zu *φεύγοντες*.

328. *ἑλέτην*, sie erfassten und bezwangen, indem *ἑλέτην* bei jedem der zwei Objecte eine verschiedene Bedeutung hat. Die Handlung wird aber hier ungenau beiden Helden gemeinschaftlich zugeschrieben, während sich aus 333–335 ergiebt, dass sie von Diomedes allein vollbracht wurde: vgl. κ, 478. — *ἀνέρε δήμου ἀρίστω*, die edelsten Männer im Volke = μ, 447, vgl. zu Od. ζ, 34 f. *ἀριστῆες κατὰ δῆμον πάντων Φαιήκων*.

υἷε δύω Μέροπος Περκωσίου, ὃς περὶ πάντων 11
ᾔδεε μαντοσύνας, οὐδὲ οὓς παῖδας ἔασκεν
στείχειν ἐς πόλεμον φθισήνορα. τὼ δέ οἱ οὔ τι
πειθέσθην· κῆρες γὰρ ἄγον μέλανος θανάτοιο.
τοὺς μὲν Τυδείδης δουρικλειτὸς Διομήδης
θυμοῦ καὶ ψυχῆς κεκαδὼν κλυτὰ τεύχε' ἀπηύρα·
Ἱππόδαμον δ' Ὀδυσεὺς καὶ Ὑπείροχον ἐξενάριξεν.
ἔνθα σφιν κατὰ ἶσα μάχην ἐτάνυσσε Κρονίων
ἐξ Ἴδης καθορῶν· τοὶ δ' ἀλλήλους ἐνάριζον.
ἦ τοι Τυδέος υἱὸς Ἀγάστροφον οὔτασε δουρί
Παιονίδην ἥρωα κατ' ἰσχίον· οὐδὲ γὰρ ἵπποι
ἐγγὺς ἔσαν προφυγεῖν, ἀάσατο δὲ μέγα θυμῷ.
τοὺς μὲν γὰρ θεράπων ἀπάνευθ' ἔχεν, αὐτὰρ ὁ πεζός
θῦνε διὰ προμάχων, εἵως φίλον ὤλεσε θυμόν.
Ἕκτωρ δ' ὀξὺ νόησε κατὰ στίχας, ὦρτο δ' ἐπ' αὐτούς
κεκληγώς· ἅμα δὲ Τρώων εἵποντο φάλαγγες.
τὸν δὲ ἰδὼν ῥίγησε βοὴν ἀγαθὸς Διομήδης,
αἶψα δ' Ὀδυσσῆα προσεφώνεεν ἐγγὺς ἐόντα
„νῶιν δὴ τόδε πῆμα κυλίνδεται, ὄβριμος Ἕκτωρ.
ἀλλ' ἄγε δὴ στέωμεν καὶ ἀλεξώμεσθα μένοντες."
ἦ ῥα, καὶ ἀμπεπαλὼν προΐει δολιχόσκιον ἔγχος,
καὶ βάλεν, οὐδ' ἀφάμαρτε τιτυσκόμενος κεφαλῆφιν,

329–332. υἷε – θανάτοιο = β, 831–834, wo auch die Namen dieser beiden Meropiden vorhergehen, Ἄδρηστος (vgl. ζ, 37) und Ἄμφιος (ε, 612). Es erscheint daher wie absichtlich, dass hier die Namen weggelassen sind, um den Widerspruch zwischen dieser und den beiden eben angeführten Stellen weniger hervortreten zu lassen.

334. κεκαδών, vgl. zu Od. φ, 153 κεκαδήσει.

336. κατὰ ἶσα – ἐτάνυσσε (vgl. 72), er liess (eine Weile) gleich schweben den Kampf, = μ, 436 ἐπὶ ἶσα μάχη τέτατο πτόλεμός τε.

340. ἀάσατο – θυμῷ, schwer hatte er sich im Gemüthe verschuldet, nämlich durch zu grosses Selbstvertrauen und daherige Unbesonnenheit (in welcher er sich so weit von seinem Wagen entfernte).

343. νόησε, nämlich αὐτούς, Τυδείδην καὶ Ὀδυσσέα. Ebenso ἐπ' αὐτούς.

347. κυλίνδεται, Schol. ἀπὸ θεοῦ ἐπέρχεται, βαρέως καταφέρεται. Einzig das Bewusstsein, dass Zeus und das Schicksal auf Seite des Hektor seien, macht den Diomedes vor ihm zagen.

350. τιτυσκόμενος κεφαλῆφιν verbinde mit οὐδ' ἀφάμαρτε, so dass nach diesem negativen Gliede die folgende Bestimmung ἄκρην κὰκ κόρυθα wieder an βάλεν hängt, vgl. zu 376.

11 ἄκρην κὰκ κόρυθα. πλάγχθη δ' ἀπὸ χαλκόφι χαλκός,
οὐδ' ἵκετο χρόα καλόν· ἐρύκακε γὰρ τρυφάλεια
τρίπτυχος αὐλῶπις, τήν οἱ πόρε Φοῖβος Ἀπόλλων.
Ἕκτωρ δ' ὦκ' ἀπέλεθρον ἀνέδραμε, μῖκτο δ' ὁμίλῳ,
στῆ δὲ γνὺξ ἐριπών, καὶ ἐρείσατο χειρὶ παχείῃ
γαίης· ἀμφὶ δὲ ὄσσε κελαινὴ νὺξ ἐκάλυψεν.
ὄφρα δὲ Τυδείδης μετὰ δούρατος ᾤχετ' ἐρωήν
τῆλε διὰ προμάχων, ὅθι οἱ καταείσατο γαίης,
τόφρ' Ἕκτωρ ἄμπνυτο, καὶ ἂψ ἐς δίφρον ὀρούσας
ἐξέλασ' ἐς πληθύν, καὶ ἀλεύατο κῆρα μέλαιναν.
δουρὶ δ' ἐπαΐσσων προσέφη κρατερὸς Διομήδης
„ἐξ αὖ νῦν ἔφυγες θάνατον, κύον. ἦ τέ τοι ἄγχι
ἦλθε κακόν· νῦν αὖτέ σ' ἐρύσσατο Φοῖβος Ἀπόλλων,
ᾧ μέλλεις εὔχεσθαι ἰὼν ἐς δοῦπον ἀκόντων.
ἦ θήν σ' ἐξανύω γε καὶ ὕστερον ἀντιβολήσας,
εἴ πού τις καὶ ἔμοιγε θεῶν ἐπιτάρροθός ἐστιν.
νῦν αὖ τοὺς ἄλλους ἐπιείσομαι, ὅν κε κιχείω."
ἦ, καὶ Παιονίδην δουρικλυτὸν ἐξενάριζεν.
αὐτὰρ Ἀλέξανδρος, Ἑλένης πόσις ἠυκόμοιο,

353. *αὐλῶπις*, vgl. zu ε, 182.

354. *ἀνέδραμε*, er prallte (unwillkürlich und in Folge der heftigen Erschütterung) zurück, wie ε, 599 vor Erstaunen, Bestürzung.

355 f. *στῆ δὲ – ἐκάλυψεν* = ε, 309 f. *ἔστη γνὺξ ἐρ. κτέ.* (von Aeneas). Der erschütternde Lanzenstoss äusserte seine Kraft und Wirkung erst jetzt; dass diese aber betäubend war, zeigt auch 359 *ἄμπνυτο*.

358. *καταείσατο γαίης* wird erklärt durch ν, 504 *κατὰ γαίης ᾤχετο*, denn es ist von *κάτειμι* zu nehmen und die Lanze hatte, wie 357 zeigt, ihren Schwung und Trieb behalten. Vgl. 367 *ἐπιείσομαι*; φ, 424 *ἐπιεισαμένη*; α, 230 *ἀποαιρεῖσθαι*; 275 *ἀποαίρεο* und zu δ, 392.

361. *δουρὶ – Διομήδης* = κ, 369.

362–367. *ἐξ αὖ – κιχείω* = υ, 449 – 454, wo diese Verse allerdings viel passender und beziehungsvoller von Achilleus dem von Apollon (443) geretteten Hektor nachgerufen werden.

364. *ᾧ μέλλεις εὔχεσθαι ἰὼν κτέ.*, den du gewiss, sonder Zweifel immer anflehst, so oft du dich in den Kampf begiebst; kein Wunder, dass er dir beisteht.

365. *ἐξανύω* Futurum wie 454 *ἐρύουσι* nach *καθαιρήσουσι*.

366. *εἴ πού τις κτέ.* Mit Selbstgefühl denkt Diomedes hier an den oft erfahrenen Beistand der Athene.

368. *ἦ καὶ Παιονίδην κτέ.* Diomedes wendet sich etwas unerwartet wieder zum Leichnam des Agastrophos, von dem er durch Hektor's Angriff 343 abgezogen worden war. Das Imperfectum *ἐξενάριζεν* mit Rücksicht auf die noch dauernde Beraubung: er begann ihm die Rü-

Τυδείδῃ ἔπι τόξα τιταίνετο, ποιμένι λαῶν, 11
στήλῃ κεκλιμένος ἀνδροκμήτῳ ἐπὶ τύμβῳ
Ἴλου Δαρδανίδαο, παλαιοῦ δημογέροντος.
ἤ τοι ὁ μὲν θώρηκα Ἀγαστρόφου ἰφθίμοιο
αἴνυτ' ἀπὸ στήθεσφι πανaίολον ἀσπίδα τ' ὤμων
καὶ κόρυθα βριαρήν· ὁ δὲ τόξου πῆχυν ἄνελκεν
καὶ βάλεν, οὐδ' ἄρα μιν ἅλιον βέλος ἔκφυγε χειρός,
ταρσὸν δεξιτεροῖο ποδός· διὰ δ' ἀμπερὲς ἰός
ἐν γαίῃ κατέπηκτο. ὁ δὲ μάλα ἡδὺ γελάσσας
ἐκ λόχου ἀμπήδησε, καὶ εὐχόμενος ἔπος ηὔδα.
„βέβληαι, οὐδ' ἅλιον βέλος ἔκφυγεν. ὡς ὄφελόν τοι
νείατον ἐς κενεῶνα βαλὼν ἐκ θυμὸν ἑλέσθαι.
οὕτω κεν καὶ Τρῶες ἀνέπνευσαν κακότητος,
οἵ τέ σε πεφρίκασι λέονθ' ὣς μηκάδες αἶγες.“
τὸν δ' οὐ ταρβήσας προσέφη κρατερὸς Διομήδης
„τοξότα, λωβητήρ, κέραι ἀγλαέ, παρθενοπῖπα,
εἰ μὲν δὴ ἀντίβιον σὺν τεύχεσι πειρηθείης,
οὐκ ἄν τοι χραίσμῃσι βιὸς καὶ ταρφέες ἰοί·
νῦν δέ μ' ἐπιγράψας ταρσὸν ποδὸς εὔχεαι αὔτως.

stung auszuziehen; vgl. 373 f. und zu *ε*, 842 f.

371. *στήλῃ κεκλιμένος*, hinter die Säule gelehnt, daher 379 *ἐκ λόχου ἀμπήδησε*. — *ἀνδρόκμητος*, von Männern, also mit Kunst und Mühe erbaut (nicht ein natürlicher Hügel).

373–375. *ἤτοι ὁ μὲν* (*Διομήδης*) parallel mit *ὁ δὲ* (*Ἀλέξανδρος*): während j e n e r mit der Entkleidung des Agastrophos beschäftigt war, schoss dieser einen Pfeil auf ihn ab. *πῆχυν*, vgl. zu Od. *φ*, 419.

376. *καὶ βάλεν, οὐδ' – χειρός, ταρσόν*. Dieselbe Verschlingung der Sätze wie 350 f. 738 f., vgl. *ν*, 476 f.

380. *βέβληαι οὐδ'*. Die Sylben *αι* und *ου* sind durch Synizese zu verschmelzen, wodurch die beiden ersten in *βέβληαι* dem Sinne gemäss eine stärkere und nachdrücklichere Betonung erhalten, vgl. *φ*, 442 und für die Synizese *ρ*, 89. — *τοξότα* Ausdruck der Geringschätzung, vgl. zu *δ*, 242 *ἰόμωροι*, wo *ἐλεγχέες* darauf folgt, wie hier *λωβητήρ*, Schänder d. h. Schandstücke Begehender; vgl. *ω*, 239 *λωβητῆρες ἐλεγχέες*. — *κέρας*, Name des Stoffes statt des daraus Verfertigten d. h. B o g e n oder nach D ö d e r l e i n die glänzenden und schön geglätteten hörnenen Verzierungen desselben; vgl. *δ*, 109 f. Zur Form *κέραι* vgl. Od. *κ*, 316 *δέπαι* u. a.; zu *παρθενοπῖπα* Od. *τ*, 67 *ὀπιπεύσεις δὲ γυναῖκας*.

386. *σὺν τεύχεσι*, in voller Rüstung. *πειρηθείης*, erg. *ἐμοῦ*, wenn du dich mit mir messen wolltest. Statt des Conjunctivs im Nachsatz *οὐκ ἂν – χραίσμῃσι* würde in gewöhnlicher Sprache der Optativ

11 οὐκ ἀλέγω, ὡς εἴ με γυνὴ βάλοι ἢ πάις ἄφρων·
κωφὸν γὰρ βέλος ἀνδρὸς ἀνάλκιδος οὐτιδανοῖο.
ἦ τ' ἄλλως ὑπ' ἐμεῖο, καὶ εἴ κ' ὀλίγον περ ἐπαύρῃ,
ὀξὺ βέλος πέλεται, καὶ ἀκήριον αἶψα τίθησιν·
τοῦ δὲ γυναικὸς μέν τ' ἀμφίδρυφοί εἰσι παρειαί,
παῖδες δ' ὀρφανικοί· ὁ δέ θ' αἵματι γαῖαν ἐρεύθων
πύθεται, οἰωνοὶ δὲ περὶ πλέες ἠὲ γυναῖκες."
ὣς φάτο. τοῦ δ' Ὀδυσεὺς δουρικλυτὸς ἐγγύθεν ἐλθὼν
ἔστη πρόσθ'· ὁ δ' ὄπισθε καθεζόμενος βέλος ὠκὺ
ἐκ ποδὸς ἕλκ', ὀδύνη δὲ διὰ χροὸς ἦλθ' ἀλεγεινή.
ἐς δίφρον δ' ἀνόρουσε, καὶ ἡνιόχῳ ἐπέτελλεν
νηυσὶν ἔπι γλαφυρῇσιν ἐλαυνέμεν· ἤχθετο γὰρ κῆρ.
οἰώθη δ' Ὀδυσεὺς δουρικλυτός, οὐδέ τις αὐτῷ
Ἀργείων παρέμεινεν, ἐπεὶ φόβος ἔλλαβε πάντας.
ὀχθήσας δ' ἄρα εἶπε πρὸς ὃν μεγαλήτορα θυμόν
„ὤ μοι ἐγώ, τί πάθω; μέγα μὲν κακόν, αἴ κε φέβωμαι
πληθὺν ταρβήσας· τὸ δὲ ῥίγιον, αἴ κεν ἁλώω
μοῦνος· τοὺς δ' ἄλλους Δαναοὺς ἐφόβησε Κρονίων.
ἀλλὰ τίη μοι ταῦτα φίλος διελέξατο θυμός;

stehen, vgl. 433.

389. *οὐκ ἀλέγω, ὡς.* Das vergleichende ὡς folgt, als ob nach dem negativen *οὐκ ἀλέγω* noch ein positives (*ἀλλὰ*) *οὕτως ἔχω, οὕτω διάκειμαι* stände.

391. *ἦ τ' ἄλλως*, wahrlich ganz anders. Zu *ἦ τε* vgl. *γ*, 56. 366, zu *ἄλλως ε*, 638 *ἀλλοῖόν τινά φασι κτἑ.* – *καὶ εἴ κ' – ἐπαύρῃ*, erg. *τὸ ἐμὸν βέλος* und als Object *τινά*, auch wenn es einen nur ein wenig, oberflächlich berührt; vgl. 573 *πάρος χρόα λευκὸν ἐπαυρεῖν. ν*, 649.

392. *πέλεται=γίγνεται*, es zeigt sich, erweist sich. *καὶ ἀκήριον – τίθησιν*, erg. *τὸν βληθέντα*, auf den sich dann auch das folgende Pronomen *τοῦ δὲ* bezieht. Vgl. Od. *α*, 392.

393 ff. *ἀμφίδρυφοι*, vgl. *β*, 700 *τοῦ δὲ καὶ ἀμφιδρυφὴς ἄλοχος.* — Nach diesem Abschiede von Diomedes verschwindet Alexandros vom Schauplatz, und kommt erst 505 bei Machaon, 581 bei Eurypylos wieder zum Vorschein.

403. *ὀχθήσας – θυμόν* = Od. *ε*, 298. Das Beiwort *μεγαλήτορα* ist aber in unserer Stelle vorzüglich an seinem Platze; vgl. Od. *κ*, 50. Hier soll nach Entfernung des hitzigern Diomedes der kaltblütige Odysseus den *θ*, 97 f. begangenen Fehler wieder gut machen.

405. *αἴ κεν ἁλώω* im Gegensatz von *φέβωμαι* (fliehe): werd' ich von den Feinden hier allein getroffen, gerathe ich in der Feinde Gewalt. Der weitere Verlauf kann dann noch verschieden sein.

407. *ἀλλὰ τίη – θυμός;* Eine Zurechtweisung, die der Sprechende sich selbst ertheilt, wenn er einen an und für sich verwerflichen und schimpflichen Entschluss (hier

οἶδα γὰρ ὅττι κακοὶ μὲν ἀποίχονται πολέμοιο, 11
ὃς δέ κ' ἀριστεύῃσι μάχῃ ἔνι, τὸν δὲ μάλα χρεὼ
ἑστάμεναι κρατερῶς, ἤ τ' ἔβλητ' ἤ τ' ἔβαλ' ἄλλον."
Ἕως ὁ ταῦθ' ὥρμαινε κατὰ φρένα καὶ κατὰ θυμόν,
τόφρα δ' ἐπὶ Τρώων στίχες ἤλυθον ἀσπιστάων,
ἔλσαν δ' ἐν μέσσοισι, μετὰ σφίσι πῆμα τιθέντες.
ὡς δ' ὅτε κάπριον ἀμφὶ κύνες θαλεροί τ' αἰζηοί
σεύωνται· ὁ δέ τ' εἶσι βαθείης ἐκ ξυλόχοιο
θήγων λευκὸν ὀδόντα μετὰ γναμπτῇσι γένυσσιν,
ἀμφὶ δέ τ' ἀίσσονται, ὑπαὶ δέ τε κόμπος ὀδόντων
γίγνεται· οἱ δὲ μένουσιν ἄφαρ δεινόν περ ἐόντα·
ὥς ῥα τότ' ἀμφ' Ὀδυσῆα διίφιλον ἐσσεύοντο
Τρῶες. ὁ δὲ πρῶτον μὲν ἀμύμονα Δηιοπίτην
οὔτασεν ὦμον ὕπερθεν ἐπάλμενος ὀξέι δουρί,
αὐτὰρ ἔπειτα Θόωνα καὶ Ἔννομον ἐξενάριξεν.
Χερσιδάμαντα δ' ἔπειτα καθ' ἵππων ἀίξαντα,
δουρὶ κατὰ πρότμησιν ὑπ' ἀσπίδος ὀμφαλοέσσης

den Gedanken an das Weichen aus der Schlacht) auch nur in Ueberlegung genommen und sich als möglich gedacht hat. Vgl. die Einleitung S. 4.

409. *ὃς δέ κ' ἀριστεύῃσι μ. ἔνι*, wer gewohnt ist sich hervorzuthun in der Schlacht.

410. *ἤ τε – ἤ τε* relativ = *εἴτε – εἴτε*. Der Aoristus bezeichnet den jedesmaligen einzelnen Fall.

413. *ἔλσαν δ' ἐν μέσσοισι*, erg. *Ὀδυσσέα*, sie drängten ihn in ihre Mitte, trieben ihn zwischen sich hinein und immer mehr in die Enge. *μετὰ σφ. πῆμα τιθέντες*, ihr Verderben zwischen sich nehmend, ihr Unheil zwischen sich stellend; denn es wäre ihr grösserer Vortheil gewesen, ihn entkommen zu lassen, da er von 420 an ihnen noch grossen Schaden zufügt.

417. *ἀμφὶ – ἀίσσονται*, nämlich *κύνες θαλεροί τ' αἰζηοί*, ringsum dringen sie an. Wie aber sie ihm näher kommen, so giebt auch der Eber Zeichen von steigender Wuth und knirscht mit den Zähnen; er fegt die Hauer an einander, indem er den Rachen öffnet und schliesst, als ob er kaute und bisse, daher *μετὰ γναμπτῇσι γένυσσιν* = *μετὰ γαμφηλῇσι*, zwischen dem Gebisse *ν*, 200, vgl. *τ*, 394. Vgl. Virg. Aen. 10, 714: *Ille (aper) autem impavidus partes cunctatur in omnes Dentibus infrendens.* — *ὑπαὶ* unten, d. h. nahe am Boden.

418. *οἱ δὲ μένουσιν ἄφαρ*, sie halten gleich Stand, stehen sofort, ohne sich lange zu besinnen oder zu schwanken.

421. *ὕπερθεν* ist mit dem Vorhergehenden zu verbinden.

423 f. *καθ' ἵππων ἀίξαντα*, der eben vom Wagen herabsprang (sich in Bewegung gesetzt hatte). Darum konnte ihm auch Odysseus gerade von vorn am Unterleibe beikommen. *πρότμησις* heisst τὸ ἀπὸ τῆς ἥβης μέχρι τοῦ ὀμφαλοῦ, der

νύξεν· ὁ δ' ἐν κονίῃσι πεσὼν ἕλε γαῖαν ἀγοστῷ.
τοὺς μὲν ἔασ', ὁ δ' ἄρ' Ἱππασίδην Χάροπ' οὔτασε δουρί,
αὐτοκασίγνητον εὐηγενέος Σώκοιο.
τῷ δ' ἐπαλεξήσων Σῶκος κίεν, ἰσόθεος φώς,
στῆ δὲ μάλ' ἐγγὺς ἰών, καί μιν πρὸς μῦθον ἔειπεν.
„ὦ Ὀδυσεῦ πολύαινε, δόλων ἆτ' ἠδὲ πόνοιο,
σήμερον ἢ δοιοῖσιν ἐπεύξεαι Ἱππασίδῃσιν,
τοιώδ' ἄνδρε κατακτείνας καὶ τεύχε' ἀπούρας,
ἤ κεν ἐμῷ ὑπὸ δουρὶ τυπεὶς ἀπὸ θυμὸν ὀλέσσῃς."
ὣς εἰπὼν οὔτησε κατ' ἀσπίδα πάντοσ' ἐίσην.
διὰ μὲν ἀσπίδος ἦλθε φαεινῆς ὄβριμον ἔγχος,
καὶ διὰ θώρηκος πολυδαιδάλου ἠρήρειστο,
πάντα δ' ἀπὸ πλευρῶν χρόα ἔργαθεν· οὐδὲ ἔασεν
Παλλὰς Ἀθηναίη μιχθήμεναι ἔγκασι φωτός.
γνῶ δ' Ὀδυσεὺς ὅ οἱ οὔ τι τέλος κατακαίριον ἦλθεν,
ἂψ δ' ἀναχωρήσας Σῶκον πρὸς μῦθον ἔειπεν.
„ἆ δείλ', ἦ μάλα δή σε κιχάνεται αἰπὺς ὄλεθρος.
ἦ τοι μέν ῥ' ἔμ' ἔπαυσας ἐπὶ Τρώεσσι μάχεσθαι·
σοὶ δ' ἐγὼ ἐνθάδε φημὶ φόνον καὶ κῆρα μέλαιναν
ἤματι τῷδ' ἔσσεσθαι, ἐμῷ δ' ὑπὸ δουρὶ δαμέντα
εὖχος ἐμοὶ δώσειν, ψυχὴν δ' Ἄιδι κλυτοπώλῳ."
ἦ, καὶ ὁ μὲν φύγαδ' αὖτις ὑποστρέψας ἐβεβήκει,
τῷ δὲ μεταστρεφθέντι μεταφρένῳ ἐν δόρυ πῆξεν
ὤμων μεσσηγύς, διὰ δὲ στήθεσφιν ἔλασσεν.

durch bestimmte Linien (Einschnitte) begrenzte Vorderleib zwischen Hüften und Lenden.

427. *ἐυηγενέος*. Für dieses Adjectiv von zweifelhafter Bildung lies't Bekker mit Aristophanes Byz. *εὐηφενέος* wie ψ, 81 *ἐυηφενέων* (wohlbegütert, von *ἄφενος*).

435 f. *διὰ – ἠρήρειστο* = γ, 357f.

437. *ἔργαθεν*, erg. *τὸ ἔγχος*, der Speer trennte, riss ihm die Haut ganz von den Rippen, vgl. ε, 147. — *οὐδὲ ἔασεν Παλλὰς κτέ.* Eine solche Einwirkung eines Gottes aus der Ferne kann selbst Zeus nicht verhindern; sie ist gleichsam unbewusst und unwillkürlich.

439. *τέλος κατακαίριον* ist Accusativ des Zieles oder Ortes zu *ἦλθεν*, das Subject aber zu diesem wieder *ἔγχος* (oder *ἡ πληγή*): er merkte, dass ihm die Wunde nicht zur entscheidenden Vollendung, auf einen tödtlichen Punct (*εἰς καίριον τόπον*) gekommen war.

443–445. *σοὶ – κλυτοπώλῳ* mit Einer Abweichung = ε, 652 – 654.

446. *ὁ μέν, Σῶκος*, auf welchen auch das folgende *τῷ δέ* weist. Vgl. zu diesen drei Versen ϑ, 257

δούπησεν δὲ πεσών· ὁ δ᾽ ἐπεύξατο δῖος Ὀδυσσεύς 11
„ὦ Σῶχ᾽ Ἱππάσου υἱὲ δαΐφρονος ἱπποδάμοιο,
φθῆ σε τέλος θανάτοιο κιχήμενον, οὐδ᾽ ὑπάλυξας.
ἆ δείλ᾽, οὐ μὲν σοί γε πατὴρ καὶ πότνια μήτηρ
ὄσσε καθαιρήσουσι θανόντι περ, ἀλλ᾽ οἰωνοί
ὠμησταὶ ἐρύουσι, περὶ πτερὰ πυκνὰ βαλόντες.
αὐτὰρ ἔμ᾽, εἴ κε θάνω, κτεριοῦσί γε δῖοι Ἀχαιοί."
ὣς εἰπὼν Σώκοιο δαΐφρονος ὄβριμον ἔγχος
ἔξω τε χροὸς ἕλκε καὶ ἀσπίδος ὀμφαλοέσσης·
αἷμα δέ οἱ σπασθέντος ἀνέσσυτο, κῆδε δὲ θυμόν.
Τρῶες δὲ μεγάθυμοι ὅπως ἴδον αἷμ᾽ Ὀδυσῆος,
κεκλόμενοι καθ᾽ ὅμιλον ἐπ᾽ αὐτῷ πάντες ἔβησαν.
αὐτὰρ ὅ γ᾽ ἐξοπίσω ἀνεχάζετο, αὖε δ᾽ ἑταίρους.
τρὶς μὲν ἔπειτ᾽ ἤυσεν, ὅσον κεφαλὴ χάδε φωτός,
τρὶς δ᾽ ἄιεν ἰάχοντος ἀρηίφιλος Μενέλαος.
αἶψα δ᾽ ἄρ᾽ Αἴαντα προσεφώνεεν ἐγγὺς ἐόντα
„Αἶαν διογενὲς Τελαμώνιε, κοίρανε λαῶν,
ἀμφί μ᾽ Ὀδυσσῆος ταλασίφρονος ἵκετ᾽ ἀυτή,
τῷ ἰκέλη ὡς εἴ ἑ βιῴατο μοῦνον ἐόντα
Τρῶες ἀποτμήξαντες ἐνὶ κρατερῇ ὑσμίνῃ.
ἀλλ᾽ ἴομεν καθ᾽ ὅμιλον· ἀλεξέμεναι γὰρ ἄμεινον.
δείδω μή τι πάθῃσιν ἐνὶ Τρώεσσι μονωθείς,
ἐσθλὸς ἐών, μεγάλη δὲ ποθὴ Δαναοῖσι γένηται."
ὣς εἰπὼν ὁ μὲν ἦρχ᾽, ὁ δ᾽ ἅμ᾽ ἕσπετο ἰσόθεος φώς.

– 259.

451. *φθῆ σε – κιχήμενον.* Wovon hängt der Accusativ *σὲ* ab?

453. *ὄσσε καθαιρήσουσι*, vgl. Od. λ, 426 *χερσὶ κατ᾽ ὀφθαλμοὺς ἑλέειν.*

454. *ὠμησταί* = 479 *ὠμοφάγοι. πτερὰ πυκνά*, vgl. zu Od. ε, 53.

457. *ἔξω χροός*, näml. *τοῦ ἰδίου*, in welchen des Sokos Lanze nach 437 wenigstens oberflächlich eingedrungen war.

460. *κεκλόμενοι καθ᾽ ὅμιλον.* Vgl. Xenoph. Anab. 6, 1 (3), 6 *συνεβόων ἀλλήλους.*

462. *ὅσον κεφαλὴ χάδε φ.* wie in der französischen Umgangssprache *crier de toute sa tête, crier à pleine tête.*

463. *Μενέλαος*, jetzt nach Agamemnon's Entfernung vom Schlachtfeld zu besonderer Aufmerksamkeit verpflichtet, ruft (wahrscheinlich auf der Rechten) den Aias als den tapfersten aller noch übrigen Kämpfer herbei.

466. *ἀμφί μ᾽ – ἵκετ᾽ ἀυτή*, vgl. Od. ζ, 122 *ἀμφήλυθε θῆλυς ἀυτή.* π, 6. *περί τε κτύπος ἦλθε ποδοῖιν.*

11 εὗρον ἔπειτ᾽ Ὀδυσῆα διίφιλον· ἀμφὶ δ᾽ ἄρ᾽ αὐτόν
Τρῶες ἕπονθ᾽ ὡς εἴ τε δαφοινοὶ θῶες ὄρεσφιν
ἀμφ᾽ ἔλαφον κεραὸν βεβλημένον, ὅν τ᾽ ἔβαλ᾽ ἀνήρ
ἰῷ ἀπὸ νευρῆς· τὸν μέν τ᾽ ἤλυξε πόδεσσιν
φεύγων, ὄφρ᾽ αἷμα λιαρὸν καὶ γούνατ᾽ ὀρώρῃ·
αὐτὰρ ἐπεὶ δὴ τόν γε δαμάσσεται ὠκὺς ὀιστός,
ὠμοφάγοι μιν θῶες ἐν οὔρεσι δαρδάπτουσιν
ἐν νέμεϊ σκιερῷ· ἐπί τε λῖν ἤγαγε δαίμων
σίντην· θῶες μέν τε διέτρεσαν, αὐτὰρ ὁ δάπτει·
ὡς ῥα τότ᾽ ἀμφ᾽ Ὀδυσῆα δαΐφρονα ποικιλομήτην
Τρῶες ἕπον πολλοί τε καὶ ἄλκιμοι, αὐτὰρ ὅ γ᾽ ἥρως
ἀίσσων ᾧ ἔγχει ἀμύνετο νηλεὲς ἦμαρ.
Αἴας δ᾽ ἐγγύθεν ἦλθε, φέρων σάκος ἠύτε πύργον,
στῆ δὲ παρέξ· Τρῶες δὲ διέτρεσαν ἄλλυδις ἄλλος.
ἦ τοι τὸν Μενέλαος ἀρήιος ἔξαγ᾽ ὁμίλου
χειρὸς ἔχων, εἵως θεράπων σχεδὸν ἤλασεν ἵππους·
Αἴας δὲ Τρώεσσιν ἐπάλμενος εἷλε Δόρυκλον,
Πριαμίδην νόθον υἱόν, ἔπειτα δὲ Πάνδοκον οὖτα,
οὖτα δὲ Λύσανδρον καὶ Πύρασον ἠδὲ Πυλάρτην.
ὡς δ᾽ ὁπότε πλήθων ποταμὸς πεδίονδε κάτεισιν
χειμάρρους κατ᾽ ὄρεσφιν, ὀπαζόμενος Διὸς ὄμβρῳ,
πολλὰς δὲ δρῦς ἀζαλέας πολλὰς δέ τε πεύκας

473 f. *ἀμφὶ – ἕποντο* gleichbedeutend mit 482 f. *ἀμφ᾽ Ὀδυσῆα – Τρῶες ἕπον*.

475. *ἀμφ᾽ ἔλαφον*. Die Vergleichung bezieht sich nur auf die Lage des Odysseus, nicht auf seinen Charakter. Vgl. Virg. Aen. 4, 68–73. — Sämmtliche Aoriste der Vergleichung aber stehen in Beziehung auf die historische Thatsache, womit verglichen wird; vgl. zu *ε*, 136–139.

476. *τὸν μέν* d. i. *τὸν ἄνδρα*.

477. *ὄφρ᾽ αἷμα λιαρὸν* erg. *ᾖ*, so lange noch warm ist das Blut.

478. *δαμάσσεται* (*δαμάσηται*), ihn getödtet.

479. *δαρδάπτουσιν*, sie zerreissen und verzehren den Leichnam, vgl. *γ*, 23–26.

480. *λῖν*. Der Circumflex dieses Accusativs neben dem oxytonirten Nominativ *λίς* 239 beruht auf ausdrücklicher Ueberlieferung, wie in *κλείς*, *κλεῖν*.

485. *σάκος ἠύτε πύργον*. Vgl. zu *η*, 220.

486. *στῆ δὲ παρέξ*, er trat (zu seinem Schutze) seitwärts neben ihn.

488. *θεράπων*, *αὐτοῦ*, *Μενελάου*.

490. *Πριαμίδην – υἱόν*. *υἱὸν* ist zwar nur wegen *νόθον* beigefügt, verlangt aber doch unmittelbare Beziehung auf den in *Πριαμίδην* liegenden Namen *Πριάμου*. Vgl. *Τελαμώνιον υἱόν* 563. 591.

ἐσφέρεται, πολλὸν δέ τ' ἀφυσγετὸν εἰς ἅλα βάλλει, 11
ὣς ἔφεπε κλονέων πεδίον τότε φαίδιμος Αἴας,
δαΐζων ἵππους τε καὶ ἀνέρας. οὐδέ πω Ἕκτωρ
πεύθετ', ἐπεί ῥα μάχης ἐπ' ἀριστερὰ μάρνατο πάσης,
ὄχθας πὰρ ποταμοῖο Σκαμάνδρου, τῇ ῥα μάλιστα
ἀνδρῶν πῖπτε κάρηνα, βοὴ δ' ἄσβεστος ὀρώρει
Νέστορά τ' ἀμφὶ μέγαν καὶ ἀρήιον Ἰδομενῆα.
Ἕκτωρ μὲν μετὰ τοῖσιν ὁμίλει μέρμερα ῥέζων
ἔγχεΐ θ' ἱπποσύνῃ τε, νέων δ' ἀλάπαζε φάλαγγας·
οὐδ' ἄν πω χάζοντο κελεύθου δῖοι Ἀχαιοί,
εἰ μὴ Ἀλέξανδρος, Ἑλένης πόσις ἠυκόμοιο,
παῦσεν ἀριστεύοντα Μαχάονα ποιμένα λαῶν,
ἰῷ τριγλώχινι βαλὼν κατὰ δεξιὸν ὦμον.
τῷ ῥα περίδδεισαν μένεα πνείοντες Ἀχαιοί,
μή πώς μιν πολέμοιο μετακλινθέντος ἕλοιεν.

495. *ἐσφέρεται*, näml. *πεδίονδε*, mit sich in die Ebene forttreibt, daherwälzt.

496. *κλονέων* wird durch *δαΐζων – ἀνέρας* näher bestimmt.

497. *Ἕκτωρ*, Rückkehr zu Hektor, der sich nach 360, dem von Diomedes drohenden Verderben ausweichend, zu Wagen wieder in's Schlachtgedränge begeben hatte.

498. *ἐπ' ἀριστερά*. Vgl. zu 286 und 524 *ἐσχατιῇ πολέμοιο*. *ν*, 675.

499. *τῇ ῥα μάλιστα – ὀρώρει* d. h. wo der Kampf recht heiss war. Darum aber konnte auf einem andern Punkte der Kampf nicht minder heiss, und dort die Mitwirkung des Hektor noch dringender nöthig werden, wie es sich 521 ff. wirklich ergiebt.

501 f. *Νέστορα – Ἰδομενῆα*. Von diesen werden hier freilich keine besondern Thaten erzählt (wie sollte der Dichter Alles erzählen können?), aber unthätig können sie während des ganzen bisherigen Kampfes doch nicht gewesen sein, und Hektor muss da, wo er kämpft, auch seiner würdige Gegner haben. *μετὰ τοῖσιν*, in dieser Umgebung.

503. *νέων – φάλαγγας* wie *ε*, 166 *ἀλαπάζοντα στίχας ἀνδρῶν*. In *νέων* ist ein Grund enthalten, warum keine Namen genannt werden.

504. *οὐδ' ἄν – κελεύθου* (*μ*, 262), sie hätten den Feinden keinen Raum zum Vorrücken gegeben, wären nicht gewichen.

506. *παῦσεν ἀριστεύοντα*. Es wäre wohl dem Machaon, obgleich er (nach 507 *ἰῷ – βαλών*, vgl. 612. 650. 663 f. 833 – 836. *ξ*, 7 *λούσῃ – αἱματόεντα*) wirklich verwundet war, nicht unmöglich gewesen, den Kampf fortzusetzen, aber seine Landsleute wollten ihn als Arzt nicht länger der Gefahr aussetzen. Auch sollte seine Abführung aus der Schlacht in Verbindung mit der Verwundung des Eurypylos (583) die Aussendung des Patroklos (607 ff.) veranlassen.

509. *πολέμοιο μετακλινθέντος*, wenn z. B. die Achäer sich auf die

11 αὐτίκα δ' Ἰδομενεὺς προσεφώνεε Νέστορα δῖον
„ὦ Νέστορ Νηληιάδη, μέγα κῦδος Ἀχαιῶν,
ἄγρει, σῶν ὀχέων ἐπιβήσεο, πὰρ δὲ Μαχάων
βαινέτω, ἐς νῆας δὲ τάχιστ' ἔχε μώνυχας ἵππους·
ἰητρὸς γὰρ ἀνὴρ πολλῶν ἀντάξιος ἄλλων
[ἰούς τ' ἐκτάμνειν ἐπί τ' ἤπια φάρμακα πάσσειν]."
ὣς ἔφατ', οὐδ' ἀπίθησε Γερήνιος ἱππότα Νέστωρ.
αὐτίκα δ' ὧν ὀχέων ἐπεβήσετο, πὰρ δὲ Μαχάων
βαῖν', Ἀσκληπιοῦ υἱὸς ἀμύμονος ἰητῆρος.
μάστιξεν δ' ἵππους, τὼ δ' οὐκ ἄκοντε πετέσθην
νῆας ἔπι γλαφυράς· τῇ γὰρ φίλον ἔπλετο θυμῷ.
Κεβριόνης δὲ Τρῶας ὀρινομένους ἐνόησεν
Ἕκτορι παρβεβαώς, καί μιν πρὸς μῦθον ἔειπεν.
„Ἕκτορ, νῶι μὲν ἐνθάδ' ὁμιλέομεν Δαναοῖσιν,
ἐσχατιῇ πολέμοιο δυσηχέος· οἱ δὲ δὴ ἄλλοι
Τρῶες ὀρίνονται ἐπιμίξ, ἵπποι τε καὶ αὐτοί.
Αἴας δὲ κλονέει Τελαμώνιος. εὖ δέ μιν ἔγνων·
εὐρὺ γὰρ ἀμφ' ὤμοισιν ἔχει σάκος. ἀλλὰ καὶ ἡμεῖς
κεῖσ' ἵππους τε καὶ ἅρμ' ἰθύνομεν, ἔνθα μάλιστα
ἱππῆες πεζοί τε, κακὴν ἔριδα προβαλόντες,
ἀλλήλους ὀλέκουσι, βοὴ δ' ἄσβεστος ὄρωρεν."
ὣς ἄρα φωνήσας ἵμασεν καλλίτριχας ἵππους
μάστιγι λιγυρῇ· τοὶ δὲ πληγῆς αἴοντες
ῥίμφ' ἔφερον θοὸν ἅρμα μετὰ Τρῶας καὶ Ἀχαιούς,
στείβοντες νέκυάς τε καὶ ἀσπίδας. αἵματι δ' ἄξων

andere Seite zögen und dabei den Machaon blossstellen müssten. ἕλοιεν, natürlich die Feinde.

514. ἰητρὸς – ἄλλων, für ihn muss man also besondere Sorge tragen. Der folgende Vers ist ein durchaus unpassender und nach dem Zusammenhange sogar lächerlicher Zusatz.

520. φίλον ἔπλετο, erg. αὐτοῖς, es war den Pferden selbst erwünscht.

521. Κεβριόνης ist schon aus ϑ, 318 als Hektors Wagenlenker und Bruder bekannt.

524. ἐσχατιῇ πολέμοιο unbestimmter als 498 ἐπ' ἀριστερά. — οἱ δὲ κτέ. hinweisend: dort aber die andern sind durcheinander gewirrt.

529. ἱππῆες. Vgl. oben zu 151 und ausserdem 273. 399. 512. 517. — προβαλόντες, nachdem sie begonnen, angehoben.

532. αἴοντες kann hier wegen des Objects πληγῆς nur auf ein Innewerden durch das Gefühl bezogen werden; vgl. ϱ, 430f.

νέρθεν ἅπας πεπάλακτο καὶ ἄντυγες αἳ περὶ δίφρον, 11
ἃς ἄρ' ἀφ' ἱππείων ὁπλέων ῥαθάμιγγες ἔβαλλον
αἵ τ' ἀπ' ἐπισσώτρων. ὁ δὲ ἵετο δῦναι ὅμιλον
ἀνδρόμεον ῥῆξαί τε μετάλμενος· ἐν δὲ κυδοιμόν
ἧκε κακὸν Δαναοῖσι, μίνυνθα δὲ χάζετο δουρός.
αὐτὰρ ὁ τῶν ἄλλων ἐπεπωλεῖτο στίχας ἀνδρῶν
ἔγχεΐ τ' ἄορί τε μεγάλοισί τε χερμαδίοισιν,
Αἴαντος δ' ἀλέεινε μάχην Τελαμωνιάδαο.
[Ζεὺς γάρ οἱ νεμεσᾶθ', ὅτ' ἀμείνονι φωτὶ μάχοιτο.]
Ζεὺς δὲ πατὴρ Αἴανθ' ὑψίζυγος ἐν φόβον ὦρσεν.
στῆ δὲ ταφών, ὄπιθεν δὲ σάκος βάλεν ἑπταβόειον,

535. *αἱ περὶ δίφρον.* Der Artikel ist auch hier hinweisend, wie die ganze ausmalende Formel *περὶ δίφρον*, rings um den Wagen(sitz).

537. *αἵ τ' ἀπ' ἐπισσώτρων*, nämlich: *ῥαθάμιγγες*, so dass — wenigstens nach prosaischem Sprachgebrauch — vor *ἀφ' ἱππείων ὁπλέων* auch *αἵ τε* stehen sollte: die einen Spritze kamen von den Hufen der Pferde, die andern von den Schienen oder Reifen der Räder. — *ὁ δέ*, Ἕκτωρ, die Hauptperson, wie auch *αὐτὰρ ὁ* 540. — *δῦναι ὅμιλον* wie oben 360 *ἐξέλασ' ἐς πληθύν.* Hektor konnte zwar aus Ehrgefühl es nicht wohl ausschlagen, sich von Kebriones auf die andere Seite der Schlacht, wo Aias stand, bringen zu lassen; aber dennoch mied er — die kaum zu ermessende Kraft und Tapferkeit desselben anerkennend, vielleicht auch in Erinnerung des mit ihm bestandenen Zweikampfes und der gegenseitigen Beschenkung, *η*, 206–312 — den Kampf mit ihm; vgl. das oben zu 163 in Beziehung auf Agamemnon Bemerkte.

538. *μετάλμενος, saltu irruens*, wie *μ*, 305.

539. *μίνυνθα δὲ χάζετο δουρός*, nur für kurze Zeit liess er vom Speere d. h. vom Speerwurf ab, *paulisper cessabat ab hasta.*

540. *τῶν ἄλλων* = *τῶν μὲν ἄλλων*, als Gegensatz von *Αἴαντος δὲ* 542. Schon die Verbindung durch *αὐτὰρ ὁ* zeigt, dass es vom Dichter beabsichtigt ist, die beiden Helden heute nicht an einander gerathen zu lassen; daher auch das gleich folgende Eingreifen des Zeus.

543. *Ζεὺς – μάχοιτο.* Dieser in keiner Handschrift, sondern nur durch Citat bei Aristoteles und mehrere Male bei Plutarch erhaltene Vers müsste den Sinn haben: Zeus verdachte es ihm, verübelte es ihm, (*ὅτε*) wann er mit einem tapferern Manne kämpfte. Aber dieser Gedanke würde mit der von Zeus eingenommenen Parteistellung streiten; der Gott wirkt daher vielmehr auf Aias ein.

544. *Αἴανθ' – ἐν φόβον ὦρσεν.* Da Hektor am heutigen Tag von Zeus um jeden Preis begünstigt werden soll, so muss der ihm überlegene und von ihm gemiedene Aias durch eine vom höchsten Gott eingeflösste Frucht zum Rückzug selbst ohne Kampf genöthigt werden. Daher seine plötzliche Betäubung, wodurch er aber nicht verhindert wird, sich in seiner eigenthümlichen Art als „Hort der Achäer“ zu verherrlichen: vgl. 548 ff.

11 τρέσσε δὲ παπτήνας ἐφ' ὁμίλου, θηρὶ ἐοικώς.
ἐντροπαλιζόμενος, ὀλίγον γόνυ γουνὸς ἀμείβων.
ὡς δ' αἴθωνα λέοντα βοῶν ἀπὸ μεσσαύλοιο
ἐσσεύαντο κύνες τε καὶ ἀνέρες ἀγροιῶται,
οἵ τέ μιν οὐκ εἰῶσι βοῶν ἐκ πῖαρ ἑλέσθαι
πάννυχοι ἐγρήσσοντες· ὁ δὲ κρειῶν ἐρατίζων
ἰθύει, ἀλλ' οὔ τι πρήσσει· θαμέες γὰρ ἄκοντες
ἀντίον ἀΐσσουσι θρασειάων ἀπὸ χειρῶν,
καιόμεναί τε δεταί, τάς τε τρεῖ ἐσσύμενός περ·
ἠῶθεν δ' ἀπονόσφιν ἔβη τετιηότι θυμῷ·
ὣς Αἴας τότ' ἀπὸ Τρώων τετιημένος ἦτορ
ἤιε, πόλλ' ἀέκων· περὶ γὰρ δίε νηυσὶν Ἀχαιῶν.
ὡς δ' ὅτ' ὄνος παρ' ἄρουραν ἰὼν ἐβιήσατο παῖδας
νωθής, ᾧ δὴ πολλὰ περὶ ῥόπαλ' ἀμφὶς ἐάγη,

546. *τρέσσε*, schnell ergriff er die Flucht. *ἐφ' ὁμίλου* (vgl. *γ*, 5) gehört zunächst zu *τρέσσε*, nur mittelbar auch zu *παπτήνας*, er floh gegen das Gewühl, die Masse seiner Landsleute (da er bisher als *πρόμαχος* gekämpft hatte), nachdem er forschende und ängstliche Blicke umhergesendet. Vgl. *ϱ*, 84 *πάπτηνεν δ' ἄϱ' ἔπειτα κατὰ στίχας* und unten 595 *ἐπεὶ ἵκετο ἔθνος ἑταίρων*, besonders aber *ν*, 648 f. *ἑτάρων εἰς ἔθνος ἐχάζετο — πάντοσε παπταίνων, μή τις χρόα χαλκῷ ἐπαύρῃ*.

547. *ὀλίγον γόνυ — ἀμείβων*, ein Weniges, nur eine kleine Strecke Knie vor Knie setzend, ein Knie über das andere vortreten lassend, also in kurzen Schritten. Apollon. Rhod. 2, 94 sagt erklärend: *παρὲκ γόνυ γουνὸς ἀμείβων*.

548 ff. *ὡς δ' αἴθωνα λέοντα κτέ.* Die unbestimmte Vergleichung 546 *θηρὶ ἐοικὼς* veranlasst den Dichter zu einem ausgeführtern Gleichniss (548–557), das den Rückzug von Aias veranschaulicht, aber sich darauf beschränkt, denselben als einen unfreiwilligen und nur mit Widerstreben, noch immer mit Besonnenheit vollzogenen darzustellen. Das zweite Gleichniss (558–571) geht dann in richtigem Fortschritt weiter und zeigt, wie Aias durch seine kalte Ruhe und unermüdliche Kraft selbst während des Rückzuges den Feinden noch grossen Schaden thut, so dass er moralisch beinahe als Sieger erscheint, und ihr Vordringen gegen die Schiffe doch noch verhindert (569f.). *βοῶν* hängt von *μεσσαύλοιο* und diess von *ἀπὸ* ab.

557. *περὶ γὰρ δίε.* Dieser Satz bildet den Uebergang und das Band zwischen dem ersten und zweiten Gleichniss, indem er das Motiv und den Zweck des Rückzuges bezeichnet; zugleich bereitet er auf Aias' spätere Vertheidigung der jetzt noch entfernten Schiffe vor (*o*, 674 – 688).

558. *παρ' ἄρουραν ἰὼν ἐβιήσατο παῖδας*, am Saatfeld vorbeigehend die Knaben überwältigt, indem er nämlich trotz ihrem Widerstand und ihren unkräftigen Schlägen in die Saat eindringt und sich darin satt weidet.

559. *νωθής* nach Döderlein =

κείρει τ' εἰσελθὼν βαθὺ λήιον· οἱ δέ τε παῖδες
τύπτουσιν ῥοπάλοισι· βίη δέ τε νηπίη αὐτῶν·
σπουδῇ τ' ἐξήλασσαν, ἐπεί τ' ἐκορέσσατο φορβῆς·
ὣς τότ' ἔπειτ' Αἴαντα, μέγαν Τελαμώνιον υἱόν,
Τρῶες ὑπέρθυμοι πολυηγερέες τ' ἐπίκουροι
νύσσοντες ξυστοῖσι μέσον σάκος αἰὲν ἕποντο.
Αἴας δ' ἄλλοτε μὲν μνησάσκετο θούριδος ἀλκῆς
αὖτις ὑποστρεφθείς, καὶ ἐρητύσασκε φάλαγγας
Τρώων ἱπποδάμων· ὁτὲ δὲ τρωπάσκετο φεύγειν.
πάντας δὲ προέεργε θοὰς ἐπὶ νῆας ὁδεύειν,
αὐτὸς δὲ Τρώων καὶ Ἀχαιῶν θῦνε μεσηγὺς
ἱστάμενος. τὰ δὲ δοῦρα θρασειάων ἀπὸ χειρῶν
ἄλλα μὲν ἐν σάκεϊ μεγάλῳ πάγεν ὅρμενα πρόσσω,
πολλὰ δὲ καὶ μεσσηγύ, πάρος χρόα λευκὸν ἐπαυρεῖν,
ἐν γαίῃ ἵσταντο, λιλαιόμενα χροὸς ἆσαι.
τὸν δ' ὡς οὖν ἐνόησ' Εὐαίμονος ἀγλαὸς υἱός
Εὐρύπυλος πυκινοῖσι βιαζόμενον βελέεσσιν,
στῆ ῥα παρ' αὐτὸν ἰών, καὶ ἀκόντισε δουρὶ φαεινῷ,
καὶ βάλε Φαυσιάδην Ἀπισάονα, ποιμένα λαῶν,
ἧπαρ ὑπὸ πραπίδων, εἶθαρ δ' ὑπὸ γούνατ' ἔλυσεν.

οὐδενὸς οὐδὲ πληγῶν ὀθόμενος, sich an nichts, selbst an Schläge nicht kehrend, vgl. *α*, 181. *ε*, 403. *ᾧ δὴ – ἐάγη*, ein Beweis seiner Indolenz =: an dem (schon früher und von Andern) viele Knüttel entzweigeschlagen wurden (*ἀμφὶς ἐάγη*).

560. *οἱ δέ τε παῖδες* concessiv: obgleich die Knaben ihn schlagen.

562. *ἐπεί τ' ἐκορέσσατο φ.* spottend, weil das Hinaustreiben jetzt nicht mehr viel nützt.

563 – 565. *Αἴαντα* hängt von *νύσσοντες* ab, welches den Hauptbegriff enthält = *ἔνυσσον αἰὲν ἑπόμενοι*. Hinsichtlich der Verbindung von *μέγαν* vgl. Od. *γ*, 190 *Φιλοκτήτην Ποιάντιον ἀγλαὸν υἱόν*.

567. *αὖτις ὑποστρεφθείς*, indem er sich wieder gegen die Feinde kehrte, = 595 *μεταστρεφθείς*.

569. *προέεργε*, er hemmte von vorn, sich ihnen in den Weg stellend, vertrat ihnen den Weg.

571 – 574. *δοῦρα —ἆσαι*. Vgl. *ο*, 314 – 317, wo diese Verse (namentlich 573) passender und ursprünglicher zu sein scheinen. — *ὅρμενα πρόσσω*, vorwärts strebend, so dass sie ohne die Hemmung des Schildes noch weit geflogen wären.

574. *ἆσαι* intransitiv = *κορεσθῆναι*, wie *φ*, 70 *χροὸς ἄμεναι*. Dagegen *ι*, 489 ist *ἄσαιμι* transitiv.

579. *ἧπαρ – ἔλυσεν*. Ein mehrmals in sehr ähnlicher Umgebung vorkommender Vers, welcher zeigt, dass der Dichter eine solche Verwundung als tödtlich erkannte (=*ν*,

11 Εὐρύπυλος δ' ἐπόρουσε, καὶ αἴνυτο τεύχε' ἀπ' ὤμων.
τὸν δ' ὡς οὖν ἐνόησεν Ἀλέξανδρος θεοειδής
τεύχε' ἀπαινύμενον Ἀπισάονος, αὐτίκα τόξον
ἕλκετ' ἐπ' Εὐρυπύλῳ, καί μιν βάλε μηρὸν ὀιστῷ
δεξιόν· ἐκλάσθη δὲ δόναξ, ἐβάρυνε δὲ μηρόν.
ἂψ δ' ἑτάρων εἰς ἔθνος ἐχάζετο κῆρ' ἀλεείνων,
ἤυσεν δὲ διαπρύσιον Δαναοῖσι γεγωνώς.
„ὦ φίλοι Ἀργείων ἡγήτορες ἠδὲ μέδοντες,
στῆτ' ἐλελιχθέντες καὶ ἀμύνετε νηλεὲς ἦμαρ
Αἴανθ', ὃς βελέεσσι βιάζεται· οὐδέ ἕ φημι
φεύξεσθ' ἐκ πολέμοιο δυσηχέος. ἀλλὰ μάλ' ἄντην
ἵστασθ' ἀμφ' Αἴαντα, μέγαν Τελαμώνιον υἱόν."
ὣς ἔφατ' Εὐρύπυλος βεβλημένος· οἱ δὲ παρ' αὐτόν
πλησίοι ἔστησαν, σάκε' ὤμοισι κλίναντες,
δούρατ' ἀνασχόμενοι. τῶν δ' ἀντίος ἤλυθεν Αἴας,
στῆ δὲ μεταστρεφθείς, ἐπεὶ ἵκετο ἔθνος ἑταίρων.
ὣς οἱ μὲν μάρναντο δέμας πυρὸς αἰθομένοιο·
Νέστορα δ' ἐκ πολέμοιο φέρον Νηλήιαι ἵπποι
ἱδρῶσαι, ἦγον δὲ Μαχάονα ποιμένα λαῶν.
τὸν δὲ ἰδὼν ἐνόησε ποδάρκης δῖος Ἀχιλλεύς·

412. ρ, 349. vgl. υ, 469–472).

581. *τὸν δ' ὡς οὖν ἐνόησεν.* Wieder muss der feige Alexandros aus seinem Verstecke die rühmliche Anstrengung eines achäischen Helden vereiteln; dadurch aber verliert selbst der Sieg der Trojaner sein Ehrenvolles.

582. *τόξον ἕλκεσθαι* s. v. a. sonst *τόξου πῆχυν ἀνέλκειν* (375), auch *τιταίνεσθαι τόξα* (370).

584. *δόναξ, ὁ τοῦ βέλους κάλαμος.* Die Spitze des Pfeiles blieb also in der Hüfte stecken, und darum zog sich Eurypylos zurück.

588. *στῆτ' ἐλελιχθέντες,* vgl. ε, 497 *οἱ δ' ἐλελίχθησαν κτέ.*

589. *οὐδέ ἕ φημι κτέ.* soll das Dringende der Gefahr bezeichnen, so dass er, wenn ihm nicht schnell Hülfe geleistet wird, kaum mehr vom Schlachtfelde kommen wird.

590. *ἀλλὰ μάλ' ἄντην κτέ.* Schlussermahnung an die Argeier: darum stellet euch kräftig entgegen u. s. w.

592. *παρ' αὐτόν, Εὐρύπυλον* (nicht *Αἴαντα* wie 577). Vgl. ν, 488.

593. *σάκε' ὤμοισι κλίναντες,* d. h. den obern Theil der Schilde an die Schultern anlehnend, während sie den untern schräg nach aussen hielten.

597. *Νέστορα κτέ.* Fortsetzung der 520 abgebrochenen Erzählung. *Νηλήιαι* d. h. von denen des Neleus abstammend, wie *Τρώιοι* ε, 222 = θ, 106.

599. *ἐνόησε,* er bemerkte ihn, wurde aufmerksam, jener erregte seine Theilnahme, weniger wegen

ἑστήκει γὰρ ἐπὶ πρύμνῃ μεγακήτεϊ νηί,
εἰσορόων πόνον αἰπὺν ἰωκά τε δακρυόεσσαν.
αἶψα δ' ἑταῖρον ἑὸν Πατροκλῆα προσέειπεν,
φθεγξάμενος παρὰ νηός· ὁ δὲ κλισίηθεν ἀκούσας
ἔκμολεν ἶσος Ἄρηι, κακοῦ δ' ἄρα οἱ πέλεν ἀρχή.
τὸν πρότερος προσέειπε Μενοιτίου ἄλκιμος υἱός
„τίπτε με κικλήσκεις, Ἀχιλεῦ; τί δέ σε χρεὼ ἐμεῖο;"
τὸν δ' ἀπαμειβόμενος προσέφη πόδας ὠκὺς Ἀχιλλεύς
„δῖε Μενοιτιάδη, τῷ ἐμῷ κεχαρισμένε θυμῷ,
νῦν ὀίω περὶ γούνατ' ἐμὰ στήσεσθαι Ἀχαιοὺς
λισσομένους· χρειὼ γὰρ ἱκάνεται οὐκέτ' ἀνεκτός.
ἀλλ' ἴθι νῦν, Πάτροκλε διίφιλε, Νέστορ' ἔρειο
ὅν τινα τοῦτον ἄγει βεβλημένον ἐκ πολέμοιο.
ἦ τοι μὲν τά γ' ὄπισθε Μαχάονι πάντα ἔοικεν
τῷ Ἀσκληπιάδῃ, ἀτὰρ οὐκ ἴδον ὄμματα φωτός·
ἵπποι γάρ με παρήιξαν πρόσσω μεμαυῖαι."
ὣς φάτο, Πάτροκλος δὲ φίλῳ ἐπεπείθεθ' ἑταίρῳ,
βῆ δὲ θέειν παρά τε κλισίας καὶ νῆας Ἀχαιῶν.
οἱ δ' ὅτε δὴ κλισίην Νηληιάδεω ἀφίκοντο,
αὐτοὶ μέν ῥ' ἀπέβησαν ἐπὶ χθόνα πουλυβότειραν,
ἵππους δ' Εὐρυμέδων θεράπων λῦε τοῖο γέροντος

seiner wenigstens zweifelhaften Person (613 f.), als wegen des Ausganges der ganzen Schlacht und der Lage der bedeutendsten Führer (vgl. 658–664).

600. *ἐπὶ πρύμνῃ–νηί* d. h. auf dem Verdeck, am Steuer seines Schiffes. Daher ruft er 603 *παρὰ νηός*.

603. *κλισίηθεν*, von der Lagerhütte aus, in der er sich gerade befand. Vgl. *ι*, 572.

604. *κακοῦ – ἀρχή*, bedeutungsvolle Hinweisung auf die hieraus sich entwickelnden Folgen: das wurde der Anfang seines Verderbens, indem er durch seinen bevorstehenden Gang zu Nestor in den Kampf gezogen und dadurch sein Tod (*π*, 855 ff.) herbeigeführt wird.

607. *ἀπαμειβόμενος*. Durch die vorangehende Frage des Patroklos, die übrigens sehr natürlich und angemessen ist, wird die Anrede des Achilleus (*προσέειπεν* 602) zu einer Erwiederung.

609. *νῦν* stark betont: jetzt (erst recht).

615. *παρήιξαν*, vgl. *θ*, 98 *παρήιξεν*. Doch braucht Nestor nicht nahe an Achilleus vorbeigekommen zu sein; den jener hatte seinen Standort wahrscheinlich nahe am Centrum, dieser am westlichen Flügel.

618. *οἱ δέ* d. i. *οἱ ἀμφὶ Νέστορα*, vgl. 597 f.

620. *Εὐρυμέδων*, der *θ*, 114 ge-

11 ἐξ ὀχέων. τοὶ δ' ἱδρῶ ἀπεψύχοντο χιτώνων,
στάντε ποτὶ πνοιὴν παρὰ θῖν' ἁλός· αὐτὰρ ἔπειτα
ἐς κλισίην ἐλθόντες ἐπὶ κλισμοῖσι καθῖζον.
τοῖσι δὲ τεῦχε κυκειῶ ἐυπλόκαμος Ἑκαμήδη,
τὴν ἄρετ' ἐκ Τενέδοιο γέρων, ὅτε πέρσεν Ἀχιλλεύς,
θυγατέρ' Ἀρσινόου μεγαλήτορος, ἥν οἱ Ἀχαιοί
ἔξελον, οὕνεκα βουλῇ ἀριστεύεσκεν ἁπάντων.
ἥ σφωιν πρῶτον μὲν ἐπιπροΐηλε τράπεζαν
καλὴν κυανόπεζαν ἐύξοον, αὐτὰρ ἐπ' αὐτῆς
χάλκειον κάνεον, ἐπὶ δὲ κρόμυον ποτῷ ὄψον,
ἠδὲ μέλι χλωρόν, παρὰ δ' ἀλφίτου ἱεροῦ ἀκτήν,
πὰρ δὲ δέπας περικαλλές, ὃ οἴκοθεν ἦγ' ὁ γεραιός,
χρυσείοις ἥλοισι πεπαρμένον· οὔατα δ' αὐτοῦ

nannte *θεράπων* des Nestor.

621. *ἱδρῶ – χιτώνων*, den ihre Gewande durchdringenden Schweiss, die vom Schweiss durchnässten Gewande. So stellten sich auch die Helden der Nibelungen-Noth vom Kampf ermüdet an den Wind, „dass der Luft sie erküele“ (Ausgabe von Lachmann Str. 1876).

624. *κυκειῶ*, vgl. zu Od. *κ*, 235.

625. *ὅτε πέρσεν*, vgl. *ι*, 328.

626. *θυγατέρα*. Die Apposition schliesst sich, wie gewöhnlich, an den Relativsatz *τὴν ἄρετο* an, vgl. zu Od. *α*, 51 *νῆσος δενδρήεσσα*.

630. *ἐπὶ δὲ κρόμυον ποτῷ ὄψον*, und Zwiebel als Zukost (Zubiss) zum Trunke (nämlich in dem ehernen Korbe, der hier wegen *παρὰ δ' – ἀκτὴν* kein Brotkorb sein kann). Der Dativ *ποτῷ* hängt also von *ἐπὶ* ab und die eigentliche Wortstellung wäre *κρόμυον δὲ ὄψον ἐπὶ ποτῷ*. Vgl. Xenoph. Cyropäd. 1, 2, 11: *ὅταν κάρδαμον μόνον ἔχωσιν ἐπὶ τῷ σίτῳ*. 6, 2, 27: *ἐπὶ μὲν τῷ σίτῳ νῦν εὐθὺς ἀρχώμεθα πίνειν ὕδωρ*, und für die homerische Wortstellung Od. *ε*, 224 *μετὰ καὶ τόδε τοῖσι γενέσθω*. Andere nehmen *ἐπὶ* (*δέ*) als Adverbium: dazu aber, so dass *ποτῷ* von *ὄψον* abhinge.

631. *ἀλφίτου – ἀκτήν*, vgl. zu Od. *β*, 355.

633 ff. *οὔατα δ' αὐτοῦ*. Die vier Henkel lassen vermuthen, dass es ein Doppelbecher (*δέπας ἀμφικύπελλον*) war, der auf beiden Seiten als Becher gebraucht werden konnte, also auch einen doppelten Boden hatte, je nachdem man ihn auf den obern oder untern Theil stellte (*δύω πυθμένες ὑπῆσαν*). Die vier Henkel waren je zu zweien auf den obern und untern Theil des ganzen, ziemlich hoch zu denkenden Bechers symmetrisch vertheilt, so dass, von welcher Seite man ihn gebrauchen wollte, derselbe immer mit beiden Händen bei zwei Henkeln gefasst werden konnte. Um jeden Henkel befanden sich einander zugewendet zwei Tauben, also im Ganzen acht Tauben (*δοιαὶ πελειάδες ἀμφὶς ἕκαστον οὖας*, vgl. 748), welche zu weiden, immer etwas zu picken schienen (*νεμέθοντο*). Nach Lehrs' Aristarch p. 199 f. Die ganze Beschreibung ist absichtlich in's Wunderbare und Räthselhaftdunkle ausgeschmückt.

τέσσαρ' ἔσαν, δοιαὶ δὲ πελειάδες ἀμφὶς ἕκαστον 11
χρύσειαι νεμέθοντο, δύω δ' ὑπὸ πυθμένες ἦσαν.
ἄλλος μὲν μογέων ἀποκινήσασκε τραπέζης
πλεῖον ἐόν, Νέστωρ δ' ὁ γέρων ἀμογητὶ ἄειρεν.
ἐν τῷ ῥά σφι κύκησε γυνὴ εἰκυῖα θεῇσιν
οἴνῳ Πραμνείῳ, ἐπὶ δ' αἴγειον κνῆ τυρόν
κνήστι χαλκείῃ, ἐπὶ δ' ἄλφιτα λευκὰ πάλυνεν,
πινέμεναι δ' ἐκέλευσεν, ἐπεί ῥ' ὅπλισσε κυκειῶ.
τὼ δ' ἐπεὶ οὖν πίνοντ' ἀφέτην πολυκαγκέα δίψαν,
μύθοισιν τέρποντο πρὸς ἀλλήλους ἐνέποντες,
Πάτροκλος δὲ θύρῃσιν ἐφίστατο, ἰσόθεος φώς.
τὸν δὲ ἰδὼν ὁ γεραιὸς ἀπὸ θρόνου ὦρτο φαεινοῦ,
ἐς δ' ἄγε χειρὸς ἑλών, κατὰ δ' ἑδριάασθαι ἄνωγεν.
Πάτροκλος δ' ἑτέρωθεν ἀναίνετο, εἶπέ τε μῦθον.
„οὐχ ἕδος ἐστί, γεραιὲ διοτρεφές, οὐδέ με πείσεις.
αἰδοῖος νεμεσητὸς ὅ με προέηκε πυθέσθαι
ὅν τινα τοῦτον ἄγεις βεβλημένον. ἀλλὰ καὶ αὐτός
γιγνώσκω, ὁρόω δὲ Μαχάονα ποιμένα λαῶν.
νῦν δὲ ἔπος ἐρέων πάλιν ἄγγελος εἶμ' Ἀχιλῆι.
εὖ δὲ σὺ οἶσθα, γεραιὲ διοτρεφές, οἷος ἐκεῖνος
δεινὸς ἀνήρ· τάχα κεν καὶ ἀναίτιον αἰτιόῳτο."
τὸν δ' ἠμείβετ' ἔπειτα Γερήνιος ἱππότα Νέστωρ
„τίπτε τ' ἄρ' ὧδ' Ἀχιλεὺς ὀλοφύρεται υἷας Ἀχαιῶν,
ὅσσοι δὴ βέλεσιν βεβλήαται; οὐδέ τι οἶδεν

636. *ἄλλος*, ein anderer als der Besitzer, der von jeher daran gewöhnt war, auch den Vortheil kannte, wie man ihn anfassen musste.

638 f. *κύκησε – οἴνῳ Πραμνείῳ*, vgl. Od. *κ*, 235 mit d. Anm.

642. *πολυκαγκέα*. Vgl. Od. *σ*, 308 *ξύλα κάγκανα*. Alles zeigt, dass die Wunde des Machaon leicht war; übrigens vgl. zu 506.

645. *ἀπὸ θρόνου*, obgleich er sich 623 *ἐπὶ κλισμῷ* gesetzt hatte, vgl. *ω*, 515 mit 597.

648. *οὐχ ἕδος*, vgl. Od. *ε*, 347 *οὐδέ τί τοι παθέειν δέος*. Vgl. übrigens zu *ο*, 390 ff.

650. *ἀλλὰ – γιγνώσκω* d. h. ich brauche jetzt gar nicht mehr zu fragen.

656. *τίπτε – ὀλοφύρεται κτἑ.* d. h. was hilft diese empfindsame Theilnahme, wenn er sich doch um das Ganze nicht kümmert und die Gesammtheit gefühllos zu Grunde gehen lässt? Vgl. 664 – 668.

657. *βέλεσιν βεβλήαται*, vgl. Od. *φ*, 241 *κληῖσαι κληῗδι*. Seltene Ausdrucksweise. — *οὐδέ τι οἶδεν κτἑ.*, und er weiss erst noch nichts,

11 *πένθεος ὅσσον ὄρωρε κατὰ στρατόν· οἱ γὰρ ἄριστοι*
ἐν νηυσὶν κέαται βεβλημένοι οὐτάμενοί τε.
βέβληται μὲν ὁ Τυδείδης κρατερὸς Διομήδης,
οὔτασται δ' Ὀδυσεὺς δουρικλυτὸς ἠδ' Ἀγαμέμνων·
[βέβληται δὲ καὶ Εὐρύπυλος κατὰ μηρὸν ὀιστῷ·]
τοῦτον δ' ἄλλον ἐγὼ νέον ἤγαγον ἐκ πολέμοιο
ἰῷ ἀπὸ νευρῆς βεβλημένον. αὐτὰρ Ἀχιλλεὺς
ἐσθλὸς ἐὼν Δαναῶν οὐ κήδεται οὐδ' ἐλεαίρει.
ἦ μένει εἰς ὅ κε δὴ νῆες θοαὶ ἄγχι θαλάσσης,
Ἀργείων ἀέκητι, πυρὸς δηίοιο θέρωνται,
αὐτοί τε κτεινώμεθ' ἐπισχερώ; οὐ γὰρ ἐμὴ ἴς
ἔσθ' οἵη πάρος ἔσκεν ἐνὶ γναμπτοῖσι μέλεσσιν.
εἴθ' ὣς ἡβώοιμι, βίη δέ μοι ἔμπεδος εἴη,
ὡς ὁπότ' Ἠλείοισι καὶ ἡμῖν νεῖκος ἐτύχθη
ἀμφὶ βοηλασίῃ, ὅτ' ἐγὼ κτάνον Ἰτυμονῆα

er hat keine Ahnung von dem ganzen Jammer, der uns getroffen.

662. *βέβληται — ὀιστῷ.* Dieser Vers kann hier nicht richtig sein, da Eurypylos, als Nestor 516 das Treffen verliess, noch nicht verwundet war (vgl. 575–583). Er ist aus *π*, 27 genommen, wo ihm auch die drei vorigen richtig vorangehen. Im Uebrigen ist der Anfang von Nestor's Rede ganz geeignet, den selbst von Theilnahme für seine Volksgenossen erfüllten Patroklos trotz der früher geäusserten Eile (648–654) doch zurückzuhalten und unwiderstehlich zu fesseln.

665. *ἐσθλὸς ἐών*, so tapfer er sonst ist.

666. *ἄγχι θαλάσσης*, wo gerade die Schiffe des Achilleus und der Myrmidonen stehen. Die Frage enthält offenbar einen bittern Spott.

667. *Ἀργείων ἀέκητι* d. h. zu grossem Leidwesen der Argiver.

668 f. *οὐ γὰρ — μέλεσσιν*, vgl. Od. *λ*, 393 f.

670. *εἴθ' ὣς ἡβώοιμι — εἴη.* Eine schon *η*, 157 (vgl. 132 f. = *ψ*, 629) von Nestor und Od. *ξ*, 468 von Odysseus gebrauchte Formel. Die nun folgende Erzählung von Nestor's des Jünglings Heldenthaten (671 – 762) scheint zum Theil, namentlich von 685 an, aus einer ältern Sammlung von Liedern der Nestorsage (vgl. *η*, 133–156. *ψ*, 630–642) entlehnt und nur überarbeitet zu sein. Die Uebergänge sind etwas einförmig (711. 722), die Anordnung schwerfällig und unbeholfen (689f.), die Darstellung weitschweifig und breit, die Ausdrucksweise zum Theil ungewohnt (689. 696. 754); aber gerade diese Mängel lassen auf ein frühes Zeitalter der ursprünglichen Erzähler schliessen. Nur ist auffallend, dass im ersten Theil 670 – 684 die Feinde der Pylier (*ἡμῖν*) *Ἠλεῖοι* heissen, nachher hingegen 688. 694. 732. 737. 744, wie sonst bei Homer überall, nach dem ältern Namen *Ἐπειοί*, so wie anderseits dass 759 die Pylier *Ἀχαιοὶ* genannt sind.

672. *ἀμφὶ βοηλασίῃ* d. h. nach 674: da die Eleier sich für ihre Rinder, die wir als Schadenersatz für frühere Beeinträchtigungen forttrie-

ἐσθλὸν Ὑπειροχίδην, ὃς ἐν Ἤλιδι ναιετάασκεν, 11
ῥύσι᾽ ἐλαυνόμενος. ὁ δ᾽ ἀμύνων ᾗσι βόεσσιν
ἔβλητ᾽ ἐν πρώτοισιν ἐμῆς ἀπὸ χειρὸς ἄκοντι,
κὰδ δ᾽ ἔπεσεν, λαοὶ δὲ περίτρεσαν ἀγροιῶται.
ληίδα δ᾽ ἐκ πεδίου συνελάσσαμεν ἤλιθα πολλήν,
πεντήκοντα βοῶν ἀγέλας, τόσα πώεα οἰῶν,
τόσσα συῶν συβόσια, τόσ᾽ αἰπόλια πλατέ᾽ αἰγῶν,
ἵππους δὲ ξανθὰς ἑκατὸν καὶ πεντήκοντα,
πάσας θηλείας, πολλῇσι δὲ πῶλοι ὑπῆσαν.
καὶ τὰ μὲν ἠλασάμεσθα Πύλον Νηλήιον εἴσω
ἐννύχιοι προτὶ ἄστυ· γεγήθει δὲ φρένα Νηλεύς,
οὕνεκά μοι τύχε πολλὰ νέῳ πόλεμόνδε κιόντι.
κήρυκες δ᾽ ἐλίγαινον ἅμ᾽ ἠοῖ φαινομένηφιν
τοὺς ἴμεν οἷσι χρεῖος ὀφείλετ᾽ ἐν Ἤλιδι δίῃ·
οἱ δὲ συναγρόμενοι Πυλίων ἡγήτορες ἄνδρες
δαίτρευον· πολέσιν γὰρ Ἐπειοὶ χρεῖος ὄφειλον,
ὡς ἡμεῖς παῦροι κεκακωμένοι ἐν Πύλῳ ἦμεν.
ἐλθὼν γάρ ῥ᾽ ἐκάκωσε βίη Ἡρακληείη

ben, gegen uns zur Wehr setzten. In Itymoneus vermuthet Aug. Mommsen einen Hirten oder sogar Verwandten des Augeias (701).

674. *ῥύσι᾽ ἐλαυνόμενος* (Medium = 682) gehört zu *ἐγὼ κτάνον*.

676. *περίτρεσαν* = 745 *ἔτρεσαν ἄλλυδις ἄλλος*.

678. *πεντήκοντα – ἀγέλας*. Auch diese grosse Zahl verräth eine alte, durch viele Generationen überlieferte Sage. Vgl. zu diesen zwei Versen Od. ξ, 100 f.

682. *Πύλον Νηλήιον* = Od. δ, 639. Vgl. zu ebend. α, 93; Iliad. τ, 88 *ἄγριον ἄτην*. Unter Pylos aber ist für diese Erzählung und vielleicht für die Iliade überhaupt das mittlere oder Triphylische zu verstehen; anders für die Odyssee (vgl. zu γ, 4).

684. *τύχε* = *ἐπέτυχε, περιεγένετο, contigerant.*

685. *ἅμ᾽ ἠοῖ φ.*, also nach der Heimbringung der Beute (682 f. *ἠλασάμεσθα ἐννύχιοι*).

686. *τοὺς ἴμεν*, dass die gehen, zusammenkommen sollen. Zu *χρεῖος ὀφείλετο* vgl. das Od. γ, 367 Bemerkte. Bekker mit Buttmann zieht auch hier wie 688 und 698 die Form *ὀφέλλετ᾽, ὄφελλον* vor.

687. *οἱ δέ*, Vorläufer des bestimmten Subjectes *Πυλίων ἡγήτορες ἄνδρες*. Zur Sache vgl. ι, 138.

689. *ὡς ἡμεῖς – ἦμεν* in Beziehung auf *πολέσιν*, um das Verhältnissmässige zu bezeichnen: demgemäss wie, *pro eo ut*, *καθ᾽ ὅ τι* oder *καθ᾽ ὅσον*, d. i. wie sich erwarten lässt, da wir nur wenige waren und viel gelitten hatten.

690. *ἐλθὼν – βίη Ἡρακληείη*, vgl. zu ε, 638 f. Nach der chronologischen Folge würde das in 690–695 und 699–702 Erzählte an den ersten Platz gehören, woran sich

11 τῶν προτέρων ἐτέων, κατὰ δ' ἔκταθεν ὅσσοι ἄριστοι.
δώδεκα γὰρ Νηλῆος ἀμύμονος υἱέες ἦμεν·
τῶν οἶος λιπόμην, οἱ δ' ἄλλοι πάντες ὄλοντο.
ταῦθ' ὑπερηφανέοντες Ἐπειοὶ χαλκοχίτωνες,
ἡμέας ὑβρίζοντες, ἀτάσθαλα μηχανόωντο.
ἐκ δ' ὁ γέρων ἀγέλην τε βοῶν καὶ πῶυ μέγ' οἰῶν
εἵλετο, κρινάμενος τριηκόσι' ἠδὲ νομῆας.
καὶ γὰρ τῷ χρεῖος μέγ' ὀφείλετ' ἐν Ἤλιδι δίῃ,
τέσσαρες ἀθλοφόροι ἵπποι αὐτοῖσιν ὄχεσφιν,
ἐλθόντες μετ' ἄεθλα. περὶ τρίποδος γὰρ ἔμελλον
θεύσεσθαι· τοὺς δ' αὖθι ἄναξ ἀνδρῶν Αὐγείας
κάσχεθε, τὸν δ' ἐλατῆρ' ἀφίει ἀκαχήμενον ἵππων.
τῶν ὁ γέρων ἐπέων κεχολωμένος ἠδὲ καὶ ἔργων
ἐξέλετ' ἄσπετα πολλά· τὰ δ' ἄλλ' ἐς δῆμον ἔδωκεν

dann 671–688, 696–698, 703–761 schliessen. Die Schwächung der Pylier durch Herakles (690–693) gab den Epeiern den Muth, sich gegen dieselben durch den Raub des Viergespanns zu verschulden.

691. *τῶν – ἐτέων*, bemerkenswerthe Unbestimmtheit des Ausdrucks: in früheren Jahren.

692. *δώδεκα – υἱέες*, dagegen Od. *λ*, 286 nur drei.

693. *οἱ δ' ἄλλοι πάντες*. Nach den Spätern auch Neleus selbst, was aber 683 von unserm Dichter nicht anerkannt wird.

694. *ταῦθ'* (*διὰ ταῦτα*) *ὑπερηφανέοντες* = *τούτοις ἐπαρθέντες, διὰ τοῦτο ἡμῶν καταφρονήσαντες*.

696. *ὁ γέρων* d. i. *Νηλεύς* wie 703, vgl. 620. *γ*, 249. Man muss vermuthen, dass diess in einer gewissen Zeit und Gegend der wirkliche Amts- und Ehrentitel des Fürsten gewesen sei, so dass selbst Familienglieder, wie hier der Sohn, ihn statt der speciellern Bezeichnung (z. B. Vater) gebrauchten.

697. *τριηκόσι' ἠδὲ νομῆας*. Derselbe Versausgang wie Od. *φ*, 19, wo jedoch *τριηκόσια* nach der sonstigen Prosodie mit kurzer Anfangssylbe gebraucht ist, auch das hier aus *πῶυ – οἰῶν* zu ergänzende Nomen *μῆλα* wirklich vorhergeht.

699. *τέσσαρες ἵπποι*, d. h. Schadenersatz (*ῥύσια*) dafür. Betreffend das Viergespann, wobei der Dichter an Leichenspiele (*περὶ τρίποδος*), oder vielleicht auch, dem geschilderten Zeitalter voreilend, an die Olymphischen Spiele (bei Pisa in Elis) gedacht haben mag, vgl. zu Od. *ν*, 81.

701. *Αὐγείας*, der bekannte Zeitgenosse des Herakles, der ein Sohn des Helios genannt wird.

702. *ἐλατῆρα*, einen *θεράπων* des Neleus.

703. *τῶν* weist zurückgreifend auf das Vorhergehende 694 f. 702 zurück und wird dann durch *ἐπέων καὶ ἔργων* erklärt, woraus sich ergiebt, dass der Raub auch noch mit höhnenden Aeusserungen begleitet war, die der *ἐλατὴρ* dem Neleus hinterbrachte. — Zu *τῶν κεχολωμένος* vgl. *β*, 689.

δαιτρεύειν, μή τίς οἱ ἀτεμβόμενος κίοι ἴσης.
ἡμεῖς μὲν τὰ ἕκαστα διείπομεν, ἀμφί τε ἄστυ
ἔρδομεν ἱρὰ θεοῖς· οἱ δὲ τρίτῳ ἤματι πάντες
ἦλθον ὁμῶς αὐτοί τε πολεῖς καὶ μώνυχες ἵπποι,
πανσυδίῃ· μετὰ δέ σφι Μολίονε θωρήσσοντο
παῖδ᾽ ἔτ᾽ ἐόντ᾽, οὔ πω μάλα εἰδότε θούριδος ἀλκῆς.
ἔστι δέ τις Θρυόεσσα πόλις, αἰπεῖα κολώνη,
τηλοῦ ἐπ᾽ Ἀλφειῷ, νεάτη Πύλου ἠμαθόεντος·
τὴν ἀμφεστρατόωντο διαρραῖσαι μεμαῶτες.
ἀλλ᾽ ὅτε πᾶν πεδίον μετεκίαθον, ἄμμι δ᾽ Ἀθήνη
ἄγγελος ἦλθε θέουσ᾽ ἀπ᾽ Ὀλύμπου θωρήσσεσθαι
ἔννυχος, οὐδ᾽ ἀέκοντα Πύλον κάτα λαὸν ἄγειρεν
ἀλλὰ μάλ᾽ ἐσσυμένους πολεμίζειν. οὐδέ με Νηλεύς
εἴα θωρήσσεσθαι, ἀπέκρυψεν δέ μοι ἵππους·
οὐ γάρ πώ τί μ᾽ ἔφη ἴδμεν πολεμήια ἔργα.

705. δαιτρεύειν – ἴσης nach Od. ι, 42. 549, hier weder nothwendig noch ganz passend, da nicht Alle, sondern nur οἷσι χρεῖος ὀφείλετο 686 etwas bekamen, diese indess was ihnen gehörte.

706. ἀμφί τε ἄστυ, Pylos, vgl. 682. Während dieser Dank- und Siegesopfer machten die Epeier einen neuen Einfall, doch nicht auf die Stadt Pylos selbst, sondern auf die an der nördlichen Grenze von Triphylia gegen Elis liegende Stadt Thryoessa 711 = Θρύον β, 592: die Binsenreiche, Binsenstadt (θρύον φ, 351).

707 f. πάντες – πολεῖς – πανσυδίῃ. Der Erzählende kann sich in Bezeichnung ihrer Menge kaum genugthun. πολεῖς gehört speciell zu αὐτοί, in grosser Zahl.

709. Μολίονε = ψ, 638 Ἀκτορίωνε, unten 750 Ἀκτορίωνε Μολίονε, hiessen nach β, 621 Κτέατος und Εὔρυτος, Zwillingssöhne des Poseidon (751) und der Μολιόνη. Aber ihr Vater als Sterblicher war Ἄκτωρ. Ueber eine Deutung dieses Mythos vgl. zu ψ, 638.

712. τηλοῦ vom Triphylischen Pylos oberhalb Lepreon. Nach der folgenden Erzählung (715f. 723. 726) beträgt die Entfernung höchstens einen Tagmarsch.

713. διαρραῖσαι μεμαῶτες (= β, 473), nämlich die Stadt oder ihre Einwohner, vgl. 733.

714. ὅτε πᾶν πεδίον μετεκίαθον, als sie die ganze Ebene (bis zum Alpheios und der daran liegenden Stadt Thryon, vgl. 754) durchzogen und ihr Ende, die entgegengesetzte Grenze, erreicht hatten. In ἄμμι δ᾽ Ἀθήνη soll δὲ den Nachsatz als bedeutungsvoll hervorheben. Athene kommt aus eigenem Antrieb wie Iris γ, 121, und erscheint wohl nicht allem Volke, sondern etwa dem Fürsten. In 715 θέουσ᾽ ἀπ᾽ Ὀλύμπου scheint eine ältere kindliche Vorstellung zu liegen: die Göttin selbst muss laufen.

717. οὐδέ με Νηλεὺς κτέ. Doch hatte er ihn das erste Mal 671 mitziehen lassen; aber damals erschien die Sache noch nicht so gefährlich.

719. ἴδμεν als Infinitiv = Od. θ, 146. 213.

ἀλλὰ καὶ ὣς ἱππεῦσι μετέπρεπον ἡμετέροισιν,
καὶ πεζός περ ἐών, ἐπεὶ ὣς ἄγε νεῖκος Ἀθήνη.
ἔστι δέ τις ποταμὸς Μινυήιος εἰς ἅλα βάλλων
ἐγγύθεν Ἀρήνης, ὅθι μείναμεν ἠῶ δῖαν
ἱππῆες Πυλίων, τὰ δ' ἐπέρρεον ἔθνεα πεζῶν.
ἔνθεν πανσυδίῃ σὺν τεύχεσι θωρηχθέντες
ἔνδιοι ἱκόμεσθ' ἱερὸν ῥόον Ἀλφειοῖο.
ἔνθα Διὶ ῥέξαντες ὑπερμενεῖ ἱερὰ καλά,
ταῦρον δ' Ἀλφειῷ, ταῦρον δὲ Ποσειδάωνι,
αὐτὰρ Ἀθηναίῃ γλαυκώπιδι βοῦν ἀγελαίην,
δόρπον ἔπειθ' ἑλόμεσθα κατὰ στρατὸν ἐν τελέεσσιν
καὶ κατεκοιμήθημεν ἐν ἔντεσιν οἷσιν ἕκαστος
ἀμφὶ ῥοὰς ποταμοῖο. ἀτὰρ μεγάθυμοι Ἐπειοί
ἀμφίσταντο δὴ ἄστυ διαπραθέειν μεμαῶτες.
ἀλλά σφι προπάροιθε φάνη μέγα ἔργον Ἄρηος·
εὖτε γὰρ ἠέλιος φαέθων ὑπερέσχεθε γαίης,
συμφερόμεσθα μάχῃ, Διί τ' εὐχόμενοι καὶ Ἀθήνῃ.
ἀλλ' ὅτε δὴ Πυλίων καὶ Ἐπειῶν ἔπλετο νεῖκος,
πρῶτος ἐγὼν ἕλον ἄνδρα, κόμισσα δὲ μώνυχας ἵππους,
Μούλιον αἰχμητήν· γαμβρὸς δ' ἦν Αὐγείαο,
πρεσβυτάτην δὲ θύγατρ' εἶχε ξανθὴν Ἀγαμήδην,
ἣ τόσα φάρμακα ᾔδη ὅσα τρέφει εὐρεῖα χθών.

721. *ὣς ἄγε νεῖκος Ἀθ.*, vgl. Herodot. 7, 8, 1 *θεὸς οὕτω ἄγει.*

722. *εἰς ἅλα βάλλων*, wahrsch.: über einen Abhang sich ins Meer stürzend; doch war Anigros (= *Μινύειος*) schon zu Strabo's Zeit versumpft.

723. *Ἀρήνη*, vgl. *β*, 591. Hier müssen sie sich also noch in der Nacht gesammelt haben, um am Morgen aufzubrechen.

724. *ἐπέρρεον* lies dreisylbig (durch Synizese) wie 282 *ἄφρεον*.

725. *σὺν τεύχεσι*, gleichsam *σὺν τεύχεσιν ὄντες*, in den Waffen, vgl. *ϑ*, 530.

727. *ἱερὰ καλά* muss im Verhältniss zum Folgenden ein grösseres Opfer bezeichnen.

730. *δόρπον – τελέεσσιν*, vgl. *η*, 380.

734. *προπάροιθε* (vgl. *κ*, 476) = *πρὶν ἢ διαπραθέειν τὸ ἄστυ*, denn zur Zerstörung der Stadt kam es nun gar nicht.

735. *ὑπερέσχεθε γαίης*, sich über die Erde erhoben hatte (und nun darüber blieb).

738. *ἕλον ἄνδρα – Μούλιον*, vgl. 376 f. und 242 f. So gewinnt Nestor den ihm fehlenden Wagen und benutzt ihn auch sogleich 743.

740. *Ἀγαμήδη* scheint nur eine andere Form des Namens *Μήδεια* zu sein; vgl. zu 701. Wenigstens passt das von jener Ausgesagte

τὸν μὲν ἐγὼ προσιόντα βάλον χαλκήρεϊ δουρί, 11
ἤριπε δ' ἐν κονίῃσιν· ἐγὼ δ' ἐς δίφρον ὀρούσας
στῆν ῥα μετὰ προμάχοισιν. ἀτὰρ μεγάθυμοι Ἐπειοί
ἔτρεσαν ἄλλυδις ἄλλος, ἐπεὶ ἴδον ἄνδρα πεσόντα
ἡγεμόν' ἱππήων, ὃς ἀριστεύεσκε μάχεσθαι.
αὐτὰρ ἐγὼν ἐπόρουσα κελαινῇ λαίλαπι ἶσος,
πεντήκοντα δ' ἕλον δίφρους, δύο δ' ἀμφὶς ἕκαστον
φῶτες ὀδὰξ ἕλον οὖδας, ἐμῷ ὑπὸ δουρὶ δαμέντες.
καί νύ κεν Ἀκτορίωνε Μολίονε παῖδ' ἀλάπαξα,
εἰ μή σφωε πατὴρ εὐρυκρείων ἐνοσίχθων
ἐκ πολέμου ἐσάωσε, καλύψας ἠέρι πολλῇ.
ἔνθα Ζεὺς Πυλίοισι μέγα κράτος ἐγγυάλιξεν·
τόφρα γὰρ οὖν ἑπόμεσθα διὰ σπιδέος πεδίοιο,
κτείνοντές τ' αὐτοὺς ἀνά τ' ἔντεα καλὰ λέγοντες,
ὄφρ' ἐπὶ Βουπρασίου πολυπύρου βήσαμεν ἵππους
πέτρης τ' Ὠλενίης, καὶ Ἀλεισίου ἔνθα κολώνη
κέκληται· ὅθεν αὖτις ἀπέτραπε λαὸν Ἀθήνη.
ἔνθ' ἄνδρα κτείνας πύματον λίπον· αὐτὰρ Ἀχαιοί
ἂψ ἀπὸ Βουπρασίοιο Πύλονδ' ἔχον ὠκέας ἵππους,
πάντες δ' εὐχετόωντο θεῶν Διὶ Νέστορί τ' ἀνδρῶν.
ὣς ἔον, εἴ ποτ' ἔον γε, μετ' ἀνδράσιν. αὐτὰρ Ἀχιλλεύς

auch ganz auf die Medea: ebenso bezeichnen *Κλυμένη*, *Περικλυμένη* und *Ἐτεοκλυμένη* dieselbe mythische Person.

748. *πεντήκοντα δίφρους*. Aehnliche Uebertreibung der Sage wie 678.

750. *Μολίονε*. Die nochmalige Wiederholung der Molionen zeigt, dass sie in der Sage eine ganz besondere Rolle spielten.

754. *διὰ σπιδέος πεδίοιο*, durch die weit gedehnte Ebene. Zur Erklärung von *σπιδής* bietet sich nichts Befriedigenderes dar als *σπιθαμή* (Spanne) *ἐκ τοῦ σπίζω τὸ ἐκτείνω, ἀφ' οὗ σπιδὴς ὁ ἐπιμήκης* (Eustath. nach Schol. Aristoph. u. A.).

756. *ὄφρ' ἐπὶ Βουπρασίου κτἑ.* Ueber diese Ortsnamen vgl. zu *β*, 616. Ist aber die Ueberlieferung über die Lage dieser Orte richtig, so muss man annehmen, dass die eigentliche Verfolgung sich bis zum Hügel von Aleision erstreckte, Einzelne aber dieselbe bis zum Olenischen Felsen und bis Buprasion (an der äussersten Grenze beinahe am Meer) fortsetzten; aber gerade das Auffallendste, ja Unglaubliche wird von der Alles auf die Spitze treibenden Sage vorausgestellt.

759. *ἔνθα*, in Buprasion. Den letzten Erschlagenen liess Nestor liegen, weil Athene zum Rückzuge mahnte.

762 f. *εἴ ποτ' ἔον γε*, vgl. zu Od. *ο*, 268. — An die Erwähnung des Dankes und Lobes, die Nestor einst

11 οἶος τῆς ἀρετῆς ἀπονήσεται· ἦ τέ μιν οἴω
πολλὰ μετακλαύσεσθαι, ἐπεί κ' ἀπὸ λαὸς ὄληται.
ὦ πέπον, ἦ μὲν σοί γε Μενοίτιος ὧδ' ἐπέτελλεν
ἤματι τῷ ὅτε σ' ἐκ Φθίης Ἀγαμέμνονι πέμπεν.
νῶι δέ τ' ἔνδον ἐόντες, ἐγὼ καὶ δῖος Ὀδυσσεύς,
πάντα μάλ' ἐν μεγάροις ἠκούομεν ὡς ἐπέτελλεν.
Πηλῆος δ' ἱκόμεσθα δόμους εὖ ναιετάοντας
λαὸν ἀγείροντες κατ' Ἀχαιίδα καλλιγύναικα.
ἔνθα δ' ἔπειθ' ἥρωα Μενοίτιον εὕρομεν ἔνδον
ἠδὲ σέ, πὰρ δ' Ἀχιλῆα. γέρων δ' ἱππηλάτα Πηλεύς
πίονα μηρί' ἔκαιε βοὸς Διὶ τερπικεραύνῳ
αὐλῆς ἐν χόρτῳ· ἔχε δὲ χρύσειον ἄλεισον,
σπένδων αἴθοπα οἶνον ἐπ' αἰθομένοις ἱεροῖσιν.
σφῶι μὲν ἀμφὶ βοὸς ἕπετον κρέα, νῶι δ' ἔπειτα
στῆμεν ἐνὶ προθύροισι· ταφὼν δ' ἀνόρουσεν Ἀχιλλεύς,
ἐς δ' ἄγε χειρὸς ἑλών, κατὰ δ' ἑδριάασθαι ἄνωγεν,
ξείνιά τ' εὖ παρέθηκεν, ἅ τε ξείνοις θέμις ἐστίν.
αὐτὰρ ἐπεὶ τάρπημεν ἐδητύος ἠδὲ ποτῆτος,
ἦρχον ἐγὼ μύθοιο, κελεύων ὔμμ' ἅμ' ἕπεσθαι·

für seine Tapferkeit ärntete (*εὐχετόωντο Νέστορι*) schliesst sich sehr natürlich die scharfe Rüge: aber Achilleus will selbstsüchtig allein den Genuss von seiner (*τῆς*, Bekker *ἧς*) Tapferkeit haben und Andern nichts zu Liebe thun: er wird es aber bereuen.

765. *ὦ πέπον*. Plötzlich richtet Nestor die Rede wieder an Patroklos, der seit 668 ganz vergessen schien. Durch die Erinnerung an Achilleus wird er aber nothwendig wieder zu diesem geführt, weil er durch ihn auf jenen einwirken möchte. Uebrigens erinnert unsere Stelle vielfach an *ι*, 252–260, welche ihr zum Vorbild gedient zu haben scheint.

767–785. *νῶι δέ τ' – υἱός*. Eine dem redseligen Alter sehr natürliche Abschweifung, die sich von einer so fernen Vergangenheit alle Umstände vergegenwärtigen will. *ἔνδον*, im Hause des Peleus = 771.

776. *σφῶι*, du und Achilleus, wie 781 *ὔμμε*. *ἀμφὶ – ἕπετον κρέα*, ihr waret mit Zerlegen und Vertheilen des Opferfleisches beschäftigt, vgl. *ο*, 555 *Δόλοπος περὶ τεύχε' ἕπουσιν*.

777. *στῆμεν ἐνὶ προθύροισι* (vgl. zu Od. *α*, 103), wir traten in den Thorweg, an den Eingang von der Strasse nach dem umfriedigten Hofe, worin geopfert ward. *ταφὼν – Ἀχιλλεύς* = *ι*, 193. *ψ*, 101. Vgl. *ω*, 482 *θάμβος δ' ἔχει εἰσορόωντας*.

779. *ἅ τε – θέμις ἐστίν* d. i. *ἅ τε* = *οἷα* (*ξείνια*, dergleichen, vgl. Od. *μ*, 97) *παραθεῖναι ξείνοις θέμις ἐστίν*.

σφὼ δὲ μάλ' ἠθέλετον, τὼ δ' ἄμφω πόλλ' ἐπέτελλον. 11
Πηλεὺς μὲν ᾧ παιδὶ γέρων ἐπέτελλ' Ἀχιλῆι
αἰὲν ἀριστεύειν καὶ ὑπείροχον ἔμμεναι ἄλλων·
σοὶ δ' αὖθ' ὧδ' ἐπέτελλε Μενοίτιος Ἄκτορος υἱός
'τέκνον ἐμόν, γενεῇ μὲν ὑπέρτερός ἐστιν Ἀχιλλεύς,
πρεσβύτερος δὲ σύ ἐσσι· βίῃ δ' ὅ γε πολλὸν ἀμείνων.
ἀλλ' εὖ οἱ φάσθαι πυκινὸν ἔπος ἠδ' ὑποθέσθαι
καί οἱ σημαίνειν· ὁ δὲ πείσεται εἰς ἀγαθόν περ.'
ὣς ἐπέτελλ' ὁ γέρων, σὺ δὲ λήθεαι. ἀλλ' ἔτι καὶ νῦν
ταῦτ' εἴποις Ἀχιλῆι δαΐφρονι, αἴ κε πίθηται.
τίς δ' οἶδ' εἴ κέν οἱ σὺν δαίμονι θυμὸν ὀρίναις
παρειπών; ἀγαθὴ δὲ παραίφασίς ἐστιν ἑταίρου.
εἰ δέ τινα φρεσὶν ᾗσι θεοπροπίην ἀλεείνει
καί τινά οἱ πὰρ Ζηνὸς ἐπέφραδε πότνια μήτηρ,
ἀλλὰ σέ περ προέτω, ἅμα δ' ἄλλος λαὸς ἑπέσθω
Μυρμιδόνων, αἴ κέν τι φόως Δαναοῖσι γένηαι.
καί τοι τεύχεα καλὰ δότω πόλεμόνδε φέρεσθαι,
αἴ κέ σε τῷ ἴσκοντες ἀπόσχωνται πολέμοιο
Τρῶες, ἀναπνεύσωσι δ' ἀρήιοι υἷες Ἀχαιῶν
τειρόμενοι· ὀλίγη δέ τ' ἀνάπνευσις πολέμοιο.

783. *Πηλεὺς μὲν ᾧ παιδί.* Anderes, aber auch zu anderm Zwecke, wurde aus der Rede des Peleus *ι*, 254–258 angeführt: beides kann wohl neben einander gesprochen worden sein.

784. *αἰὲν – ἄλλων* = *ζ*, 208.

786. *γενεῇ, τῷ τοῦ γένους ἀξιώματι*, an Geschlecht, Geblüt.

787. *πρεσβύτερος δὲ σύ ἐσσι.* Dass der Unterschied des Alters nicht bedeutend gewesen sein kann, zeigt *π*, 857.

788. *ἀλλ' εὖ οἱ φάσθαι.* Die Stellung, in welche hier Patroklos zu Achilleus gesetzt wird, ist so ziemlich dieselbe, wie nach *ι*, 438–443 die des Phönix, wie denn überhaupt die Sage über beide ältere Freunde des Achilleus manche Vergleichungspuncte darbietet.

792f. *τίς δ' οἶδ' εἴ κεν κτέ.* ganz wie *ο*, 403f. Mit Schüchternheit ausgesprochene Hoffnung, vgl. zu Od. *β*, 332.

793. *παρειπὼν* (digammirt) ist durch Apocope zu erklären, auf dieselbe Weise wie *παρπεπιθών, παρτιθεῖ, παρφάμενος.*

795. *καί τινα* erg. *θεοπροπίην.* Achilleus selbst hat *ι*, 410–415 vgl. *α*, 415–418 eine solche erwähnt, und darum konnte auch Nestor sie nicht unberührt lassen, wie denn Patroklos *π*, 36–45 wirklich von diesem Gedanken Gebrauch macht.

801. *ὀλίγη δέ τ' ἀν. πολέμοιο.* Der Begriff *ἀνάπνευσις* ist zweimal zu denken, zuerst in Verbindung mit *ὀλίγη* als Subject, dann für sich allein, aber mit Emphase,

11 [ῥεῖα δέ κ' ἀκμῆτες κεκμηότας ἄνδρας ἀυτῇ
ὤσαισθε προτὶ ἄστυ νεῶν ἄπο καὶ κλισιάων.]"
ὣς φάτο, τῷ δ' ἄρα θυμὸν ἐνὶ στήθεσσιν ὄρινεν,
βῆ δὲ θέειν παρὰ νῆας ἐπ' Αἰακίδην Ἀχιλῆα.
ἀλλ' ὅτε δὴ κατὰ νῆας Ὀδυσσῆος θείοιο
ἷξε θέων Πάτροκλος, ἵνα σφ' ἀγορή τε θέμις τε
ἤην, τῇ δὴ καί σφι θεῶν ἐτετεύχατο βωμοί,
ἔνθα οἱ Εὐρύπυλος βεβλημένος ἀντεβόλησεν,
διογενὴς Εὐαιμονίδης, κατὰ μηρὸν ὀιστῷ,
σκάζων ἐκ πολέμου· κατὰ δὲ νότιος ῥέεν ἱδρώς
ὤμων καὶ κεφαλῆς, ἀπὸ δ' ἕλκεος ἀργαλέοιο
αἷμα μέλαν κελάρυζε· νόος γε μὲν ἔμπεδος ἦεν.
τὸν δὲ ἰδὼν ᾤκτειρε Μενοιτίου ἄλκιμος υἱός,
καί ῥ' ὀλοφυρόμενος ἔπεα πτερόεντα προσηύδα.
„ἆ δειλοὶ Δαναῶν ἡγήτορες ἠδὲ μέδοντες,
ὣς ἄρ' ἐμέλλετε, τῆλε φίλων καὶ πατρίδος αἴης,
ἄσειν ἐν Τροίῃ ταχέας κύνας ἀργέτι δημῷ.
ἀλλ' ἄγε μοι τόδε εἰπέ, διοτρεφὲς Εὐρύπυλ' ἥρως,

als Prädicat: auch eine kleine Erholung, eine kurze Ruhe vom Kampf ist doch immer eine Erholung (und als solche eine grosse Wohlthat = *καίπερ ὀλίγη οὖσα ἀνάπνευσις πολέμοιο ὡς ἀληθῶς ἐστιν ἀνάπνευσις*).

802f. *ῥεῖα – κλισιάων* scheinen aus *π*, 44f. heraufgenommen zu sein, und wären hier jedenfalls noch zu voreilig und der gedrückten Stimmung des Nestor zuwider. *ἀυτῇ* muss übrigens mit *κεκμηότας* verbunden werden.

805. *βῆ δὲ θέειν*. Ergriffen von Nestor's Rede eilt Patroklos hinweg und ist gewiss jetzt schon zu handeln entschlossen, und seine That wird entscheidend wirken. Also war Nestor's Rede zwar wohl für den Zeitpunct zu lang, keineswegs aber für ihren Zweck und Erfolg.

807. *ἵνα σφ' ἀγορή τε θέμις τε*. Man muss sich die auf's Ufer gezogenen Schiffe amphitheatralisch aufgestellt denken (vgl. Einl. S. 33), so dass in der Mitte eine hohle Vertiefung war. Die Singulare *ἀγορὴ* und *θέμις* stehen hier vom Orte, während Od. *ι*, 112 der Plural *οὔτ' ἀγοραὶ βουληφόροι οὔτε θέμιστες* von der sich wiederholenden Handlung. — Altäre im Lager fanden sich auch zu Aulis *β*, 305, vgl. *θ*, 249. — Zur vorhergehenden Ortsbestimmung *κατὰ νῆας Ὀδ.* vgl. oben 5.

811. *ἐκ πολέμου*, nachträgliche Bestimmung zu *ἀντεβόλησεν* = *ἀναχωρῶν ἐκ πολέμου*. — *νότιος ἱδρώς*, nasser d. h. quellender, heller Schweiss.

813. *νόος*, Besinnung, Bewusstsein, vgl. *ξ*, 252. Od. *κ*, 240.

817. *ὣς ἄρ' ἐμέλλετε*, so also solltet ihr: Ausruf zur Begründung des Epitheton *δειλοί*.

ἤ ῥ' ἔτι που σχήσουσι πελώριον Ἕκτορ' Ἀχαιοί,
ἦ ἤδη φθίσονται ὑπ' αὐτοῦ δουρὶ δαμέντες."
τὸν δ' αὖτ' Εὐρύπυλος πεπνυμένος ἀντίον ηὔδα
„οὐκέτι, διογενὲς Πατρόκλεις, ἄλκαρ Ἀχαιῶν
ἔσσεται, ἀλλ' ἐν νηυσὶ μελαίνῃσιν πεσέονται.
οἱ μὲν γὰρ δὴ πάντες, ὅσοι πάρος ἦσαν ἄριστοι,
ἐν νηυσὶν κέαται βεβλημένοι οὐτάμενοί τε
χερσὶν ὕπο Τρώων· τῶν δὲ σθένος ὄρνυται αἰεί.
ἀλλ' ἐμὲ μὲν σὺ σάωσον ἄγων ἐπὶ νῆα μέλαιναν,
μηροῦ δ' ἔκταμ' ὀιστόν, ἀπ' αὐτοῦ δ' αἷμα κελαινόν
νίζ' ὕδατι λιαρῷ, ἐπὶ δ' ἤπια φάρμακα πάσσε,
ἐσθλά, τά σε προτί φασιν Ἀχιλλῆος δεδιδάχθαι,
ὃν Χείρων ἐδίδαξε, δικαιότατος Κενταύρων.
ἰητροὶ μὲν γὰρ Ποδαλείριος ἠδὲ Μαχάων,
τὸν μὲν ἐνὶ κλισίῃσιν ὀίομαι ἕλκος ἔχοντα,
χρηίζοντα καὶ αὐτὸν ἀμύμονος ἰητῆρος,
κεῖσθαι· ὁ δ' ἐν πεδίῳ Τρώων μένει ὀξὺν Ἄρηα."
τὸν δ' αὖτε προσέειπε Μενοιτίου ἄλκιμος υἱός
„πῶς κεν ἔοι τάδε ἔργα; τί ῥέξομεν, Εὐρύπυλ' ἥρως;

824. *πεσέονται* erg. *Ἀχαιοί*, die keine Gegenwehr mehr zu leisten im Stande sind (*ὧν οὐκέτι ἔσσεται ἄλκαρ*), vgl. 311.

826. *ἐν νηυσίν*, bei den Schiffen, *circa naves* = 659.

831. *προτὶ* muss wohl trotz der Trennung unmittelbar mit *Ἀχιλλῆος* verbunden werden = *ὑπ' Ἀχιλλῆος*.

832. *Χείρων*, vgl. zu *δ*, 219. — *δίκαιος*, menschenfreundlich, *ἥμερος*, ähnlich wie Od. *ι*, 175, wo *οὐ δίκαιος*, parallel mit *ἄγριος*, den Gegensatz von *φιλόξεινος* macht. Die Kentauren sind sonst *Φῆρες*.

833–836. *ἰητροὶ μὲν γάρ*. Zu diesem allgemeinen Subjecte schwebte eigentl. dem Sprechenden auch ein gemeinschaftliches Prädicat vor, das etwa den Begriff ausdrückte: sind (beide) nicht zur Verfügung, können mir keine Hülfe leisten; von den getheilten Subjecten aber erhält jedes sein besonderes Prädicat; nur hätte es statt *τὸν μὲν — ὀίομαι* eigentl. heissen sollen *ὁ μὲν ἐνὶ κλισίῃσιν, (ὡς) ὀίομαι, ἕλκος ἔχων, χρηίζων καὶ αὐτὸς ἀμ. ἰητ., κεῖται*. Vgl. zu Od. *μ*, 73 mit 101, und in Betreff der veränderten Construction des ersten Gliedes Iliad. *ι*, 356–361.

838. *πῶς κεν ἔοι τάδε ἔργα; κτἑ.* Eine etwas matte und prosaische Wendung: wie lässt sich diess machen? wie fangen wir das an? Uebrigens sieht man deutlich, dass auch Patroklos den Bericht über Machaon als Nebensache behandelt und nur an den anderweitigen Auftrag des Nestor denkt. Dass er aber den Eurypylos nicht ohne Hülfe lässt, fordert die Menschlichkeit und kann, wie es unser Interesse für ihn erhöht, auch von Achilleus

11 ἔρχομαι ὄφρ' Ἀχιλῆι δαΐφρονι μῦθον ἐνίσπω,
ὃν Νέστωρ ἐπέτελλε Γερήνιος, οὖρος Ἀχαιῶν·
ἀλλ οὐδ' ὥς περ σεῖο μεθήσω τειρομένοιο."
ἦ, καὶ ὑπὸ στέρνοιο λαβὼν ἄγε ποιμένα λαῶν
ἐς κλισίην· θεράπων δὲ ἰδὼν ὑπέχευε βοείας.
ἔνθα μιν ἐκτανύσας ἐκ μηροῦ τάμνε μαχαίρῃ
ὀξὺ βέλος περιπευκές, ἀπ' αὐτοῦ δ' αἷμα κελαινὸν
νίζ' ὕδατι λιαρῷ, ἐπὶ δὲ ῥίζαν βάλε πικρὴν
χερσὶ διατρίψας, ὀδυνήφατον, ἥ οἱ ἁπάσας
ἔσχ' ὀδύνας. τὸ μὲν ἕλκος ἐτέρσετο, παύσατο δ' αἷμα.

M.

12 ὣς ὁ μὲν ἐν κλισίῃσι Μενοιτίου ἄλκιμος υἱὸς
ἰᾶτ' Εὐρύπυλον βεβλημένον· οἱ δ' ἐμάχοντο
Ἀργεῖοι καὶ Τρῶες ὁμιλαδόν. οὐδ' ἄρ' ἔμελλεν
τάφρος ἔτι σχήσειν Δαναῶν καὶ τεῖχος ὕπερθεν
εὐρύ, τὸ ποιήσαντο νεῶν ὕπερ, ἀμφὶ δὲ τάφρον
ἤλασαν — οὐδὲ θεοῖσι δόσαν κλειτὰς ἑκατόμβας —,
ὄφρα σφιν νῆάς τε θοὰς καὶ ληίδα πολλὴν
ἐντὸς ἔχον ῥύοιτο· θεῶν δ' ἀέκητι τέτυκτο
ἀθανάτων· τὸ καὶ οὔ τι πολὺν χρόνον ἔμπεδον ἦεν.

nur gebilligt werden. *ἔρχομαι*, ich bin auf dem Wege.

843. *ἐς κλισίην*, *Εὐρυπύλου*, vgl. ο, 392 *ἐνὶ κλισίῃ ἀγαπήνορος Εὐρυπύλοιο*.

846. *ῥίζαν πικρήν*, etwa die Blutwurz (Ruhrwurz, Tormentill).

Das 12. Buch, das nun den seit dem Schlusse des siebenten Buches in Aussicht gestellten Mauerkampf (*τειχομαχία*) enthält, schliesst sich als unmittelbare Fortsetzung an das vorhergehende an, obgleich in diesem der von den Achäern errichteten Mauer nebst Graben nirgends gedacht wird.

3f. *οὐδ' ἄρ' ἔμελλεν – σχήσειν* erg. *Τρῶας*. Eine Andeutung, dass nun die Mauer bezwungen werden soll. *ὕπερθεν*, darüber = *ὑπὲρ τῆς τάφρου*,

5. *ἀμφὶ – ἤλασαν*, und um welche, zu deren Schutze sie den Graben gezogen hatten. Vgl. η, 449f.

6. *οὐδὲ – δόσαν κτέ.* Nachdrückliche, wenn gleich parenthetische, Hervorhebung des leichtsinnigen Selbstvertrauens, in welchem die Achäer versäumt hatten, sich auch des Segens der Götter für ihr Unternehmen zu versichern. *ὄφρα – ῥύοιτο* hängt also von *ποιήσαντο* und *ἤλασαν* ab. Vgl. η, 448–450.

9. *τὸ καὶ οὔ τι – ἦεν* geht nach dem Folgenden auf die gänzliche Zerstörung der Mauer durch Göt-

ὄφρα μὲν Ἕκτωρ ζωὸς ἔην καὶ μήνι' Ἀχιλλεύς
καὶ Πριάμοιο ἄνακτος ἀπόρθητος πόλις ἔπλεν,
τόφρα δὲ καὶ μέγα τεῖχος Ἀχαιῶν ἔμπεδον ἦεν.
αὐτὰρ ἐπεὶ κατὰ μὲν Τρώων θάνον ὅσσοι ἄριστοι,
πολλοὶ δ' Ἀργείων οἱ μὲν δάμεν οἱ δ' ἐλίποντο,
πέρθετο δὲ Πριάμοιο πόλις δεκάτῳ ἐνιαυτῷ,
Ἀργεῖοι δ' ἐν νηυσὶ φίλην ἐς πατρίδ' ἔβησαν,
δὴ τότε μητιόωντο Ποσειδάων καὶ Ἀπόλλων
τεῖχος ἀμαλδῦναι, ποταμῶν μένος εἰσαγαγόντες,
ὅσσοι ἀπ' Ἰδαίων ὀρέων ἅλαδε προρέουσιν,
Ῥῆσός θ' Ἑπτάπορός τε Κάρησός τε Ῥοδίος τε
Γρήνικός τε καὶ Αἴσηπος δῖός τε Σκάμανδρος
καὶ Σιμόεις, ὅθι πολλὰ βοάγρια καὶ τρυφάλειαι
κάππεσον ἐν κονίῃσι καὶ ἡμιθέων γένος ἀνδρῶν.
τῶν πάντων ὁμόσε στόματ' ἔτραπε Φοῖβος Ἀπόλλων,

tergewalt. Die ganze Stelle 9–35 *τότε δ' ἀμφὶ κτέ.* scheint spätern Ursprunges zu sein und kann nur als Episode oder Einleitung zum Mauerkampfe betrachtet werden.

12. *ἔμπεδον ἦεν*, doch auch nicht ganz, sondern nur dem grössern Theile nach. Denn ein Stück davon reisst schon Sarpedon 397–399 ein; das Thor durchbricht Hektor und die Troer übersteigen die Mauer 457–470; und wieder einen Theil zerstört Apollo mit den Troern *ο*, 355–366.

14. *πολλοὶ – ἐλίποντο*, vgl. Od. *δ*, 495. Hier ist übrigens das Glied *οἱ μὲν δάμεν* vorzüglich des Gegensatzes wegen eingefügt, da eig. nur die überlebenden Argeier die Zerstörung von Troja bewirkten.

17. *Ποσειδάων*, der sich auch schon *η*, 446–453 über die Erbauung dieser Mauer beklagt hatte.

18. *ἀμαλδῦναι* = *η*, 463.

20–22. *Ῥῆσος – Σιμόεις.* Nur die drei letzten dieser Flüsse kommen auch sonst in den homerischen Gedichten vor; bei Hesiodos Theogon. 340–345 finden sich, den *Κάρησος* ausgenommen, alle. *Ῥῆσος* hiess nach Strabo auch *Ῥοείτης* (Eustath. *Ῥοΐτης*) und ist wahrscheinlich der kleine Fluss, der sich westlich von Rhoeteum in's Meer ergiesst. *ὅθι* bezieht sich auf die beiden zuletzt genannten Flüsse. Vergl. Virgil. Aen. 1, 100: *ubi (Iliacis campis) tot Simois correpta sub undis Scuta virum galeasque et fortia corpora volvit.* *βοάγρια* = *τὰ τῶν βοῶν ἀγρεύματα (βόειαι ἀσπίδες)*, *exuviae boum*, also Stierhäute (*ῥινοί*) und daraus bereitete Schilde.

23. *ἡμιθέων – ἀνδρῶν.* Die einzige homerische Stelle, wo die Heroen (*οἱ σὺν Ἀγαμέμνονι*) *ἡμίθεοι* genannt werden. Hesiodos *ἔργ. κ. ἡμέρ.* 156—173 zählt auch die Helden des thebanischen Krieges zu denselben und lässt diejenigen aus ihnen, welche diese Kriege überstanden, auf den Inseln der Seligen im Okeanos fortleben.

12 ἐννῆμαρ δ' ἐς τεῖχος ἵει ῥόον· ὗε δ' ἄρα Ζεὺς
συνεχές, ὄφρα κε θᾶσσον ἁλίπλοα τείχεα θείη.
αὐτὸς δ' ἐννοσίγαιος ἔχων χείρεσσι τρίαιναν
ἡγεῖτ', ἐκ δ' ἄρα πάντα θεμείλια κύμασι πέμπεν
φιτρῶν καὶ λάων, τὰ θέσαν μογέοντες Ἀχαιοί,
λεῖα δ' ἐποίησεν παρ' ἀγάρροον Ἑλλήσποντον,
αὖτις δ' ἠιόνα μεγάλην ψαμάθοισι κάλυψεν,
τεῖχος ἀμαλδύνας· ποταμοὺς δ' ἔτρεψε νέεσθαι
κὰρ ῥόον, ᾗ περ πρόσθεν ἵεν καλλίρροον ὕδωρ.
ὣς ἄρ' ἔμελλον ὄπισθε Ποσειδάων καὶ Ἀπόλλων
θησέμεναι· τότε δ' ἀμφὶ μάχη ἐνοπή τε δεδήει
τεῖχος ἐΰδμητον, κανάχιζε δὲ δούρατα πύργων
βαλλόμεν'. Ἀργεῖοι δὲ Διὸς μάστιγι δαμέντες
νηυσὶν ἔπι γλαφυρῇσιν ἐελμένοι ἰσχανόωντο,
Ἕκτορα δειδιότες, κρατερὸν μήστωρα φόβοιο·
αὐτὰρ ὅ γ', ὡς τὸ πρόσθεν, ἐμάρνατο ἶσος ἀέλλῃ.
ὡς δ' ὅτ' ἂν ἔν τε κύνεσσι καὶ ἀνδράσι θηρευτῇσιν
κάπριος ἠὲ λέων στρέφεται σθένεϊ βλεμεαίνων·
οἵ δέ τε πυργηδὸν σφέας αὐτοὺς ἀρτύναντες
ἀντίον ἵστανται, καὶ ἀκοντίζουσι θαμειάς
αἰχμὰς ἐκ χειρῶν· τοῦ δ' οὔ ποτε κυδάλιμον κῆρ

25 f. *ἐννῆμαρ*. Und in Einem — nicht einmal ganzen — Tage war sie erbaut worden *η*, 436–441. — Für die ungewöhnliche Verbindung *ὄφρα κε – θείη* verweis't Bäumlein auf Od. *θ*, 21. *ω*, 334.

27. *τρίαιναν*. Sonst kommt der Dreizack erst in der Odyssee vor (*δ*, 506. *ε*, 292).

28. *ἡγεῖτο* gleichsam als der Anführer der Fluthen, seines Heeres. *ἐκ – πέμπεν*, er geleitete hinaus in die Wogen, führte ihnen zu d. h. in die offene See. *κύμασι* = *εἰς κύματα*.

29. *φιτρῶν καὶ λάων*, Angabe des Stoffes zu *θεμείλια*; vgl. 259 f.

30. *παρ' – Ἑλλήσποντον* d. i. *τὰ παρ' Ἑλλήσποντον*, Alles, den Strand am Hellesponte; vgl. *β*, 845.

33. *ἵεν*, vgl. *α*, 273 *ξύνιεν*.

35 f. *ἀμφὶ – δεδήει τεῖχος* ist ohne Gewaltthätigkeit nur zu erklären nach *ζ*, 329 *ἄστυ τόδ' ἀμφιδέδηε*. Uebrigens greift hier der Dichter anticipirend gerade den Culminationspunkt der sich erst entwickelnden Handlung (vgl. 50) heraus: jetzt sind die Troer noch nicht über den Graben. *δούρατα πύργων*, die Balken der Thürme, *τὰ ἐνῳκοδομημένα τοῖς πύργοις ξύλα*. Vgl. *ι*, 573 f.

37. *Διὸς μάστιγι*, weil Zeus sie wegen Achilleus züchtigen und demüthigen wollte.

38. *ἰσχανόωντο*, *se continebant*, sie wagten sich nicht mehr hervor.

40. *ἶσος ἀέλλῃ*, vgl. *λ*, 297.

43. *οἱ δέ τε*, d. i. *ἄνδρες θη-*

ταρβεῖ οὐδὲ φοβεῖται, ἀγηνορίη δέ μιν ἔκτα·
ταρφέα τε στρέφεται στίχας ἀνδρῶν πειρητίζων·
ὅππῃ τ' ἰθύσῃ, τῇ τ' εἴκουσι στίχες ἀνδρῶν·
ὣς Ἕκτωρ ἀν' ὅμιλον ἰὼν ἐλλίσσεθ' ἑταίρους,
τάφρον ἐποτρύνων διαβαινέμεν, οὐδέ οἱ ἵπποι
τόλμων ὠκύποδες, μάλα δὲ χρεμέτιζον ἐπ' ἄκρῳ
χείλει ἐφεσταότες· ἀπὸ γὰρ δειδίσσετο τάφρος
εὐρεῖ', οὔτ' ἄρ' ὑπερθορέειν σχεδὸν οὔτε περῆσαι
ῥηιδίη· κρημνοὶ γὰρ ἐπηρεφέες περὶ πᾶσαν
ἕστασαν ἀμφοτέρωθεν, ὕπερθεν δὲ σκολόπεσσιν
ὀξέσιν ἠρήρει, τοὺς ἕστασαν υἷες Ἀχαιῶν
πυκνοὺς καὶ μεγάλους, δηίων ἀνδρῶν ἀλεωρήν.
ἔνθ' οὔ κεν ῥέα ἵππος ἐύτροχον ἅρμα τιταίνων
ἐσβαίη, πεζοὶ δὲ μενοίνεον εἰ τελέουσιν.
δὴ τότε Πουλυδάμας θρασὺν Ἕτορα εἶπε παραστάς

ρευταί.

46. *φοβεῖται*, es wird zur Flucht angetrieben. *ἀγηνορίη – ἔκτα* wird erklärt durch *π*, 753 *ἑή τέ μιν ὤλεσεν ἀλκή*.

48. *ὅππῃ τ' ἰθύσῃ τῇ τ' εἴκουσι*. Die beiden *τε* versinnlichen die logische Wechselbeziehung des Relativ- und Demonstrativsatzes.

49. *ἐλλίσσεθ' ἑταίρους*, vgl. *ε*, 491. *κ*, 118. Der Vergleichungspunct aber, der im Vordersatze durch das wiederholte *στρέφεται* hervorgehoben ist, wird hier im Nachsatze durch das Participium *ἀν' ὅμιλον ἰὼν* ausgedrückt. Für die andere Lesart *εἰλίσσεθ'*, wobei *ἑταίρους* zum Folgenden gezogen werden muss, beweist 467 *ἐλιξάμενος* nichts, da nur *ἑλισσόμενος* unserer Stelle entsprechen würde. — *τάφρον – διαβαινέμεν* = 62 *διὰ τάφρον ἐλαυνέμεν*, hier durch den eigentlichen Graben ohne Damm.

53f. *οὔτ' ἄρ' – ῥηιδίη*, beides die Folge von *εὐρεῖα*. *σχεδὸν* gehört durch Kürze des Ausdrucks zu *ὑπερθορέειν*, welches wie *περῆσαι* von *ῥηιδίη* abhängt: es war weder leicht, den Graben nahe (wie wenn es nahe gewesen wäre) (in Einem Satze) zu überspringen (wie es dann *π*, 380 die Rosse des Achilleus thun), noch hindurch zu ziehen (zu fahren).

56. *ἠρήρει* erg. *τάφρος*, der Graben war auf dem Rande damit besetzt. — Ueber *ἕστασαν* vgl. zu Od. *γ*, 182.

58. *ἔνθ' οὔ κεν – ἐσβαίη*. Allgemeine Bemerkung, doch mit Rücksicht auf den vorliegenden Fall: da könnte nicht leicht ein Ross – hineinschreiten (und darum that es auch weder Hektor noch seine Gefährten); dagegen überlegten, bedachten sie, ob sie zu Fuss, als Fussgänger es vollbringen könnten (denn *πεζοὶ* ist als Prädicat mit *τελέουσιν* zu verbinden). Darauf gründet sich nun der folgende Vorschlag des Polydamas 76–78 und die Ausführung 81–87. — Für *τελέουσιν* hätte man *τελέοιεν* erwartet; vgl. aber zu *ο*, 23 *ῥίπτασκον – ὄφρ' ἂν ἵκηται*.

60. *θρασὺν Ἕκτορα εἶπε* = 210.

12 „Ἕκτορ τ' ἠδ' ἄλλοι Τρώων ἀγοὶ ἠδ' ἐπικούρων,
ἀφραδέως διὰ τάφρον ἐλαύνομεν ὠκέας ἵππους.
ἡ δὲ μάλ' ἀργαλέη περάαν· σκόλοπες γὰρ ἐν αὐτῇ
ὀξέες ἑστᾶσιν, ποτὶ δ' αὐτοὺς τεῖχος Ἀχαιῶν.
ἔνθ' οὔ πως ἔστιν καταβήμεναι οὐδὲ μάχεσθαι
ἱππεῦσι· στεῖνος γάρ, ὅθι τρώσεσθαι ὀίω.
εἰ μὲν γὰρ τοὺς πάγχυ κακὰ φρονέων ἀλαπάζει
Ζεὺς ὑψιβρεμέτης, Τρώεσσι δὲ ἵετ' ἀρήγειν —
ἦ τ' ἂν ἔγωγ' ἐθέλοιμι καὶ αὐτίκα τοῦτο γενέσθαι,
νωνύμνους ἀπολέσθαι ἀπ' Ἄργεος ἐνθάδ' Ἀχαιούς —·
εἰ δέ χ' ὑποστρέψωσι, παλίωξις δὲ γένηται
ἐκ νηῶν καὶ τάφρῳ ἐπιπλήξωμεν ὀρυκτῇ,
οὐκέτ' ἔπειτ' ὀίω οὐδ' ἄγγελον ἀπονέεσθαι
ἄψορρον προτὶ ἄστυ ἑλιχθέντων ὑπ' Ἀχαιῶν.
ἀλλ' ἄγεθ', ὡς ἂν ἐγὼν εἴπω, πειθώμεθα πάντες.

vgl. ρ, 237 Αἶας εἶπε βοὴν ἀγαθὸν Μενέλαον.

62. ἀφραδέως – ἐλαύνομεν, d. h. Thorheit ist's, auch nur den **Versuch** zu machen u. s. w., also lassen wir es.

64. ποτὶ δ' αὐτοὺς τεῖχος Ἀχ. durch ein Zeugma mit ἑστᾶσιν verbunden, in welchem auch δέδμηται dem Begriffe nach liegt: (gebaut ist, also anstösst —), vgl. η, 337 (vgl. 436) ποτὶ δ' αὐτὸν δείμομεν ὦκα πύργους ὑψηλούς.

66. στεῖνος = δυσχερὴς τόπος. — τρώεσθαι oder τιτρώσκεσθαι nach ionischem Sprachgebrauch = ἐλαττοῦσθαι, βλάπτεσθαι, τρέπεσθαι, zu Schaden kommen, eine Niederlage erleiden, wie τρῶμα = τροπή.

67. τοὺς nach dem Gegensatze mit Τρώεσσι die Feinde (Achäer), die er gar nicht nennen mag. Polydamas scheint hier solche zuversichtliche Siegeshoffnungen im Auge zu haben, wie die λ, 288 von Hektor geäusserte: ἐμοὶ δὲ μέγ' εὖχος ἔδωκεν Ζεὺς Κρονίδης, und mit Beziehung darauf sagt er: Ja wenn Zeus selbst unsere Feinde vernichtet und entschieden auf unserer Seite bleibt, dann ist uns geholfen (πάντα καλῶς ἔχει, vgl. zu α, 135): traun ich wollte, diess geschähe auch sogleich; wenn sie aber — was doch auch möglich und sogar zu befürchten ist — wieder umkehren, dann wird auch kein Mann von uns entkommen. Also müssen wir uns auf Alles gefasst machen. ἦ τ' ἂν – ἐθέλοιμι ist also nicht eigentlicher Nachsatz, wie schon die verschiedene Form der Sätze zeigt, sondern nur parenthetisch eingeschobener Ausruf, wie Od. ι, 228 ἦ τ' ἂν πολὺ κέρδιον ἦεν.

71. παλίωξις (vgl. ἰωκὴ ε, 740) hat ein langes ι, weil es aus παλινίωξις, παλιίωξις entstanden ist.

72. ἐνιπλήξωμεν, ἀκουσίως ἐμπέσωμεν, vgl. Od. χ, 469.

74. ἑλιχθέντων, vgl. ζ, 106 οἱ δ' ἐλελίχθησαν mit λ, 588; zur Verbindung und für den Begriff von ὑπὸ π, 303. σ, 149.

ἵππους μὲν θεράποντες ἐρυκόντων ἐπὶ τάφρῳ, 12
αὐτοὶ δὲ πρυλέες σὺν τεύχεσι θωρηχθέντες
Ἕκτορι πάντες ἑπώμεθ' ἀολλέες· αὐτὰρ Ἀχαιοί
οὐ μενέουσ', εἰ δή σφιν ὀλέθρου πείρατ' ἐφῆπται."
ὣς φάτο Πουλυδάμας, ἅδε δ' Ἕκτορι μῦθος ἀπήμων,
αὐτίκα δ' ἐξ ὀχέων σὺν τεύχεσιν ἆλτο χαμᾶζε.
οὐδὲ μὲν ἄλλοι Τρῶες ἐφ' ἵππων ἠγερέθοντο,
ἀλλ' ἀπὸ πάντες ὄρουσαν, ἐπεὶ ἴδον Ἕκτορα δῖον.
ἡνιόχῳ μὲν ἔπειτα ἑῷ ἐπέτελλεν ἕκαστος
ἵππους εὖ κατὰ κόσμον ἐρυκέμεν αὖθ' ἐπὶ τάφρῳ·
οἱ δὲ διαστάντες. σφέας αὐτοὺς ἀρτύναντες,
πένταχα κοσμηθέντες ἅμ' ἡγεμόνεσσιν ἕποντο.
οἱ μὲν ἅμ' Ἕκτορ' ἴσαν καὶ ἀμύμονι Πουλυδάμαντι,
οἳ πλεῖστοι καὶ ἄριστοι ἔσαν, μέμασαν δὲ μάλιστα
τεῖχος ῥηξάμενοι κοίλῃς ἐπὶ νηυσὶ μάχεσθαι.
καί σφιν Κεβριόνης τρίτος εἵπετο· πὰρ δ' ἄρ' ὄχεσφιν
ἄλλον Κεβριόναο χερείονα κάλλιπεν Ἕκτωρ.
τῶν δ' ἑτέρων Πάρις ἦρχε καὶ Ἀλκάθοος καὶ Ἀγήνωρ,
τῶν δὲ τρίτων Ἕλενος καὶ Δηίφοβος θεοειδής,
υἷε δύω Πριάμοιο· τρίτος δ' ἦν Ἄσιος ἥρως,
Ἄσιος Ὑρτακίδης, ὃν Ἀρίσβηθεν φέρον ἵπποι
αἴθωνες μεγάλοι, ποταμοῦ ἄπο Σελλήεντος.
τῶν δὲ τετάρτων ἦρχεν ἐὺς πάις Ἀγχίσαο
Αἰνείας, ἅμα τῷ γε δύω Ἀντήνορος υἷε,
Ἀρχέλοχός τ' Ἀκάμας τε, μάχης εὖ εἰδότε πάσης.
Σαρπηδὼν δ' ἡγήσατ' ἀγακλειτῶν ἐπικούρων,

77. *αὐτοὶ — θωρηχθέντες* = *λ*, 49.

79. *εἰ δή*, wenn denn wirklich (wie Hektor behauptet), vgl. *α*, 61.

82. *οὐδὲ μέν* = *ἀλλ' οὐδέ, οὐ μὴν οὐδέ*, aber wahrlich auch nicht, vgl. Od. *κ*, 447. — *ἠγερέθοντο*, sie versammelten sich, zum Angriff und zum Vorrücken.

84 f. *ἡνιόχῳ — τάφρῳ* = *λ*, 47 f.

86. *οἱ δὲ* = *αὐτοὶ δὲ* im Gegensatze der Rosse.

88. *ἀμύμονι* wird durch *ἀμώμητος* 109 erklärt.

89. *οἳ πλεῖστοι — ἔσαν* = 197, d. i. *οἱ Ἰλιεῖς, ἐφέστιοι ὅσσοι ἔασιν*, vgl. *β*, 816–818.

92. *χερείονα*, d. i. weniger tüchtig zum Kampfe.

93 f. *τῶν δ' ἑτέρων — τῶν δὲ τρίτων*. Dies waren vermuthlich auch noch Abtheilungen der Troer, die von Aeneas Befehligten aber 98–100 Dardaner — nach *β*, 819–823.

95 f. *Ἄσιος*, vgl. *β* 837 ff.

πρὸς δ' ἕλετο Γλαῦκον καὶ ἀρήιον Ἀστεροπαῖον·
οἱ γάρ οἱ εἴσαντο διακριδὸν εἶναι ἄριστοι
τῶν ἄλλων μετά γ' αὐτόν· ὁ δ' ἔπρεπε καὶ διὰ πάντων.
οἱ δ' ἐπεὶ ἀλλήλους ἄραρον τυκτῇσι βόεσσιν,
βάν ῥ' ἰθὺς Δαναῶν λελιημένοι, οὐδ' ἔτ' ἔφαντο
σχήσεσθ' ἀλλ' ἐν νηυσὶ μελαίνῃσιν πεσέεσθαι.
ἔνθ' ἄλλοι Τρῶες τηλεκλειτοί τ' ἐπίκουροι
βουλῇ Πουλυδάμαντος ἀμωμήτοιο πίθοντο·
ἀλλ' οὐχ Ὑρτακίδης ἔθελ' Ἄσιος, ὄρχαμος ἀνδρῶν,
αὖθι λιπεῖν ἵππους τε καὶ ἡνίοχον θεράποντα,
ἀλλὰ σὺν αὐτοῖσιν πέλασεν νήεσσι θοῇσιν,
νήπιος, οὐδ' ἄρ' ἔμελλε κακὰς ὑπὸ κῆρας ἀλύξας,
ἵπποισιν καὶ ὄχεσφιν ἀγαλλόμενος παρὰ νηῶν
ἂψ ἀπονοστήσειν προτὶ Ἴλιον ἠνεμόεσσαν·
πρόσθεν γάρ μιν μοῖρα δυσώνυμος ἀμφεκάλυψεν
ἔγχεϊ Ἰδομενῆος ἀγαυοῦ Δευκαλίδαο.
εἴσατο γὰρ νηῶν ἐπ' ἀριστερά, τῇ περ Ἀχαιοί
ἐκ πεδίου νίσσοντο σὺν ἵπποισιν καὶ ὄχεσφιν·
τῇ ῥ' ἵππους τε καὶ ἅρμα διήλασεν, οὐδὲ πύλῃσιν

103. *διακριδόν*, entschieden, *distinctement*.

105. *ἀλλήλους ἄραρον* (vgl. 86 *σφέας* – *ἀρτύναντες*. *π*, 211 *μᾶλλον δὲ στίχες ἄρθεν* und ebend. 214), einander zusammengefügt, angepasst d. h. sich an einander angeschlossen hatten. Zu *βόεσσιν* vgl. *η*, 238; unten 137.

106f. *οὐδ' ἔτ' ἔφαντο* – *πεσέεσθαι* wird am natürlichsten nach *ι*, 234f. erklärt, wo auch die Troer Subject des regierenden Verbi sind. Anders 125f., wo beim Infinitiv *σχήσεσθαι* das Subject *Ἀχαιοὺς* ausgesetzt ist, vgl. *λ*, 824. Doch lässt sich in den ersten Stellen so wie *ρ*, 639 *σχήσεσθαι* auch passiv nehmen.

110. *ἀλλ' οὐχ Ὑρτακίδης*. Es ist nicht klar, wie Asios nach seiner Stellung (94–97) sich so viel herausnehmen durfte.

113–117. *οὐδ' ἄρ' ἔμελλε κτἑ.* Deutliche Hinweisung auf *ν*, 384–393, wo Asios auch wieder, aber vor seinem Wagen erscheint, und von Idomeneus erlegt wird.

118. *νηῶν ἐπ' ἀριστερά*, nach der Linken der Schiffe, vom Schiffslager aus betrachtet. Diese Linke aber war bei Rhoeteum auf der Landseite, wo bei den Schiffen des Aias auch Idomeneus stand. Vgl. *κ*, 111–113 und *ξ*, 30–36. — *τῇ περ Ἀχαιοί κτἑ.*, auf dem Wege, wo die Achäer während ihres Lagerlebens aus der Ebene (jedesmal nach einer Schlacht in der Ebene) zurückzukehren pflegten. Aus dieser Bezeichnung scheint zu schliessen, dass hier nicht das eigentliche Hauptthor in der Mitte der Mauer, sondern ein kleineres und zu solchem Zwecke bestimmtes Seitenthor gemeint sei; vgl. zu *η*, 339.

εὗρ᾽ ἐπικεκλιμένας σανίδας καὶ μακρὸν ὀχῆα,
ἀλλ᾽ ἀναπεπταμένας ἔχον ἀνέρες, εἴ τιν᾽ ἑταίρων
ἐκ πολέμου φεύγοντα σαώσειαν μετὰ νῆας.
τῇ ῥ᾽ ἰθὺς φρονέων ἵππους ἔχε, τοὶ δ᾽ ἅμ᾽ ἕποντο
ὀξέα κεκληγῶτες· ἔφαντο γὰρ οὐκέτ᾽ Ἀχαιοὺς
σχήσεσθ᾽ ἀλλ᾽ ἐν νηυσὶ μελαίνῃσιν πεσέεσθαι·
νήπιοι, ἐν δὲ πύλῃσι δύ᾽ ἀνέρας εὗρον ἀρίστους,
υἷας ὑπερθύμους Λαπιθάων αἰχμητάων,
τὸν μὲν Πειριθόου υἷα κρατερὸν Πολυποίτην,
τὸν δὲ Λεοντῆα βροτολοιγῷ ἶσον Ἄρηι.
τὼ μὲν ἄρα προπάροιθε πυλάων ὑψηλάων
ἕστασαν ὡς ὅτε τε δρύες οὔρεσιν ὑψικάρηνοι,
αἵ τ᾽ ἄνεμον μίμνουσι καὶ ὑετὸν ἤματα πάντα,
ῥίζῃσιν μεγάλῃσι διηνεκέεσσ᾽ ἀραρυῖαι·
ὣς ἄρα τὼ χείρεσσι πεποιθότες ἠδὲ βίηφιν
μίμνον ἐπερχόμενον μέγαν Ἄσιον, οὐδ᾽ ἐφέβοντο.
οἱ δ᾽ ἰθὺς πρὸς τεῖχος ἐύδμητον, βόας αὔας
ὑψόσ᾽ ἀνασχόμενοι, ἔκιον μεγάλῳ ἀλαλητῷ
Ἄσιον ἀμφὶ ἄνακτα καὶ Ἰαμενὸν καὶ Ὀρέστην
Ἀσιάδην τ᾽ Ἀδάμαντα Θόωνά τε Οἰνόμαόν τε.
οἱ δ᾽ ἤ τοι εἵως μὲν ἐυκνήμιδας Ἀχαιοὺς

121. *μακρὸν ὀχῆα* = 291 collectiv. Denn es waren, (sofern wenigstens hier dasselbe Thor gemeint ist, wie 455 f. 460) zwei von beiden Flügeln her über einander gehende und durch Einen Zapfen befestigte Riegel. Durch die Wahrnehmung des Umstandes, dass das Thor gerade offen war, mag Asios zu seinem Wagnisse veranlasst worden sein. Zu *πύλῃσιν ἐπικεκλιμένας σανίδας* vgl. σ, 275 *πύλαι σανίδες τ᾽ ἐπὶ τῆς ἀραρυῖαι*.

124. *ἰθὺς φρονέων*, gerade aus strebend, vgl. ν, 135. — *τοὶ δὲ* sind die Krieger von seiner Abtheilung = 137.

128. *Λαπιθάων*, vgl. 181. Sonst kommt dieser Volksname bei Homer nirgends vor, auch im Katalogos nicht, obgleich die beiden Helden dort 740. 745 genannt sind, und ebensowenig α, 263 f., wo mehrere Helden dieses Stammes und ihr Kampf gegen die *φῆρες* 268 angeführt ist.

134. *διηνεκέεσσι*. Vgl. zu Od. ν, 195.

137. *οἱ δ᾽ ἰθύς*. Zu bemerken ist, dass von hier an auch Asios unter den Fusskämpfern erscheint (vgl. 139. 162, und dagegen ν, 385).

140. *Ἀσιάδην τ᾽ Ἀδάμαντα*. Dieser scheint mit dem vorhergenannten Asios in keinem verwandtschaftlichen Verhältniss gestanden zu haben; vgl. ν, 759. 771.

141. *οἱ δ᾽ ἤ τοι* d. i. die *δύ᾽ ἀνέρες* 127. Nachdem 131 mit dichterischer Lebhaftigkeit gleich der

ὤρνυον ἔνδον ἐόντες ἀμύνεσθαι περὶ νηῶν·
αὐτὰρ ἐπεὶ δὴ τεῖχος ἐπεσσυμένους ἐνόησαν
Τρῶας, ἀτὰρ Δαναῶν γένετο ἰαχή τε φόβος τε,
ἐκ δὲ τὼ ἀΐξαντε πυλάων πρόσθε μαχέσθην,
ἀγροτέροισι σύεσσιν ἐοικότε, τώ τ' ἐν ὄρεσσιν
ἀνδρῶν ἠδὲ κυνῶν δέχαται κολοσυρτὸν ἰόντα,
δοχμώ τ' ἀίσσοντε περὶ σφίσιν ἄγνυτον ὕλην,
πρυμνὴν ἐκτάμνοντες, ὑπαὶ δέ τε κόμπος ὀδόντων
γίγνεται, εἰς ὅ κέ τίς τε βαλὼν ἐκ θυμὸν ἕληται.
ὣς τῶν κόμπει χαλκὸς ἐπὶ στήθεσσι φαεινός
ἄντην βαλλομένων· μάλα γὰρ κρατερῶς ἐμάχοντο,
λαοῖσιν καθύπερθε πεποιθότες ἠδὲ βίηφιν.
οἱ δ' ἄρα χερμαδίοισιν ἐυδμήτων ἀπὸ πύργων
βάλλον, ἀμυνόμενοι σφῶν τ' αὐτῶν καὶ κλισιάων
νηῶν τ' ὠκυπόρων. νιφάδες δ' ὣς πῖπτον ἔραζε,
ἅς τ' ἄνεμος ζαής, νέφεα σκιόεντα δονήσας,
ταρφειὰς κατέχευεν ἐπὶ χθονὶ πουλυβοτείρῃ.
ὣς τῶν ἐκ χειρῶν βέλεα ῥέον, ἠμὲν Ἀχαιῶν
ἠδὲ καὶ ἐκ Τρώων· κόρυθες δ' ἀμφ' αὖον ἀύτευν
βαλλόμεναι μυλάκεσσι καὶ ἀσπίδες ὀμφαλόεσσαι.
δή ῥα τότ' ᾤμωξέν τε καὶ ὣ πεπλήγετο μηρώ

Moment des wirklichen Zusammentreffens (*δύ' ἀνέρας εὗρον ἀρ.*) dargestellt war, wird hier der Détail des früheren Herganges nachgebracht; mit 143 ff. kehrt der Dichter wieder zu dem anticipirten Entscheidungspunkte (138) zurück. (Nach E. Göbel.) Ueber *εἵως μὲν* vgl. zu Od. *β*, 148 = so lange die Troer noch weiter entfernt waren, also bis dahin.

147. *κολοσυρτὸν ἰόντα* = *θόρυβον ἐπερχόμενον*, die nahende Hetze.

148. *δοχμώ τ' ἀίσσοντε* = *εἰς πλάγιον ὁρμῶντες*. Horat. Carm. III, 22, 7: *Verris obliquum meditantis ictum.*

149f. *πρυμνὴν* (*ὕλην*), zu unterst am Stamme, vom Grund ab, dem Boden nah. *τε* gehört zu dem relativen *εἰς ὅ*, vgl. zu *γ*, 33.

152. *ἄντην βαλλομένων*, da sie — sich nie um- noch abwendend — gerade von vorn getroffen wurden.

153. *λαοῖσιν – βίηφιν*, sowohl auf ihrer Völker (vgl. 154–159) als auf ihre eigene Tapferkeit. Zu *καθύπερθε* vgl. 4 und 154.

156. *πῖπτον*, erg. *τὰ χερμάδια.*

159f. *ἠμὲν – ἠδὲ – Τρώων.* Nachträgliche Erweiterung von *τῶν*, worunter zuerst nur die Achäer gemeint sein konnten. *ἐκ Τρώων* = *ἐκ χειρῶν Τρώων*. *αὖον*, dumpf oder heiser, klanglos, *aridum sonabant*, wie *καρφαλέον ν*, 409.

Ἄσιος Ὑρτακίδης, καὶ ἀλαστήσας ἔπος ηὔδα. 12
„Ζεῦ πάτερ, ἦ ῥά νυ καὶ σὺ φιλοψευδὴς ἐτέτυξο
πάγχυ μάλ᾽· οὐ γὰρ ἔγωγ᾽ ἐφάμην ἥρωας Ἀχαιοὺς
σχήσειν ἡμέτερόν γε μένος καὶ χεῖρας ἀάπτους.
οἱ δ᾽, ὥς τε σφῆκες μέσον αἰόλοι ἠὲ μέλισσαι
οἰκία ποιήσωνται ὁδῷ ἔπι παιπαλοέσσῃ,
οὐδ᾽ ἀπολείπουσιν κοῖλον δόμον, ἀλλὰ μένοντες
ἄνδρας θηρητῆρας ἀμύνονται περὶ τέκνων,
ὣς οἵδ᾽ οὐκ ἐθέλουσι πυλάων καὶ δύ᾽ ἐόντε
χάσσασθαι πρίν γ᾽ ἠὲ κατακτάμεν ἠὲ ἁλῶναι.“
ὣς ἔφατ᾽, οὐδὲ Διὸς πεῖθε φρένα ταῦτ᾽ ἀγορεύων·
Ἕκτορι γάρ οἱ θυμὸς ἐβούλετο κῦδος ὀρέξαι.
[ἄλλοι δ᾽ ἀμφ᾽ ἄλλῃσι μάχην ἐμάχοντο πύλῃσιν·
ἀργαλέον δέ με ταῦτα θεὸν ὣς πάντ᾽ ἀγορεῦσαι·
πάντῃ γὰρ περὶ τεῖχος ὀρώρει θεσπιδαὲς πῦρ
λάινον. Ἀργεῖοι δέ, καὶ ἀχνύμενοί περ, ἀνάγκῃ
νηῶν ἠμύνοντο. θεοὶ δ᾽ ἀκαχείατο θυμόν
πάντες, ὅσοι Δαναοῖσι μάχης ἐπιτάρροθοι ἦσαν.
σὺν δ᾽ ἔβαλον Λαπίθαι πόλεμον καὶ δηιοτῆτα.]
ἔνθ᾽ αὖ Πειριθόου υἱὸς κρατερὸς Πολυποίτης

164. ἦ ῥα — ἐτέτυξο, vgl. zu θ, 163 γυναικὸς ἄρ᾽ ἀντὶ τέτυξο. Die Klage des Asios geht wohl auf die den Trojanern Sieg verkündenden Anzeichen, namentlich das wiederholte Donnern, vgl. θ, 170—182.

167. ὥς τε σφῆκες. Die Vergleichung bezieht sich auf die unermüdliche Kampfwuth und zähe Beharrlichkeit (169 f.). μέσον αἰόλοι, mit beweglichem Leib in der Mitte, weil (nach Buttmann) „der Unterleib gleichsam nur durch einen Punct mit der Brust verbunden ist“ und sie daher den Unterkörper mit der grössten Leichtigkeit und auf die augenfälligste Weise hin und her bewegen können. οἰκία ποιήσωνται ist übrigens nur ein Nebenumstand, der durch einen Zwischensatz (Participium) ausgedrückt sein könnte. Ueber παιπαλόεις vgl. zu Od. γ, 170.

174. Ἕκτορι — κῦδος ὀρέξαι, wie es unten 437—466 in Erfüllung geht.

175—181. ἄλλοι — δηιοτῆτα. Eine offenbar unechte Erweiterung: mit Sicherheit lässt sich in der Mauer überhaupt nur Ein Hauptthor nachweisen, und Feuer zum Anzünden der Schiffe verlangt Hektor erst 441 und ο, 718. Der erste dieser Verse ist nach ο, 414 gebildet. — λάινον kann übrigens nur auf τεῖχος bezogen werden.

182. ἔνθ᾽ αὖ — Πολυποίτης κτέ. Die von den beiden Lapithen Getödteten werden hier zusammengefasst, obgleich ein Theil derselben gewiss schon beim ersten Zusam-

12 δουρὶ βάλεν Δάμασον κυνέης διὰ χαλκοπαρῄου·
οὐδ᾽ ἄρα χαλκείη κόρυς ἔσχεθεν, ἀλλὰ διαπρό
αἰχμὴ χαλκείη ῥῆξ᾽ ὀστέον, ἐγκέφαλος δέ
ἔνδον ἅπας πεπάλακτο· δάμασσε δέ μιν μεμαῶτα.
αὐτὰρ ἔπειτα Πύλωνα καὶ Ὄρμενον ἐξενάριξεν.
υἱὸν δ᾽ Ἀντιμάχοιο Λεοντεὺς ὄζος Ἄρηος
Ἱππόμαχον βάλε δουρί, κατὰ ζωστῆρα τυχήσας.
αὖτις δ᾽ ἐκ κολεοῖο ἐρυσσάμενος ξίφος ὀξύ
Ἀντιφάτην μὲν πρῶτον, ἐπαΐξας δι᾽ ὁμίλου,
πλῆξ᾽ αὐτοσχεδίην· ὁ δ᾽ ἄρ᾽ ὕπτιος οὔδει ἐρείσθη·
αὐτὰρ ἔπειτα Μένωνα καὶ Ἰαμενὸν καὶ Ὀρέστην
πάντας ἐπασσυτέρους πέλασε χθονὶ πουλυβοτείρῃ.
ὄφρ᾽ οἱ τοὺς ἐνάριζον ἀπ᾽ ἔντεα μαρμαίροντα,
τόφρ᾽ οἳ Πουλυδάμαντι καὶ Ἕκτορι κοῦροι ἕποντο,
οἳ πλεῖστοι καὶ ἄριστοι ἔσαν, μέμασαν δὲ μάλιστα
τεῖχός τε ῥήξειν καὶ ἐνιπρήσειν πυρὶ νῆας,
οἵ ῥ᾽ ἔτι μερμήριζον ἐφεσταότες παρὰ τάφρῳ.
ὄρνις γάρ σφιν ἐπῆλθε περησέμεναι μεμαῶσιν,
αἰετὸς ὑψιπέτης ἐπ᾽ ἀριστερὰ λαὸν ἐέργων,
φοινήεντα δράκοντα φέρων ὀνύχεσσι πέλωρον

menstosse gefallen war.

186. *δάμασσε* scheint eine Anspielung auf den Namen *Δάμασος* zu enthalten oder der Name nach seinem Schicksal gebildet.

187. *ἐξενάριξεν*, er tödtete, erschlug. Das eigentliche *ἐναρίζειν* wird erst 195 angeführt.

188. *Ἀντίμαχος*, derselbe wie *λ*, 123, wo ein Sohn desselben *Ἱππόλοχος* hiess.

192. *πλῆξ᾽ αὐτοσχεδίην*, vgl. Od. *λ*, 536.

194. *ἐπασσυτέρους*, vgl. zu Od. *π*, 366.

196–199. *τόφρ᾽ οἳ – ἕποντο – οἵ ῥ᾽ ἔτι μερμήριζον*. Der eigentliche Hauptsatz ist: *τόφρα ἔτι ἐφεσταότες π. τ. μερμήριζον* und das *οἵ ῥα* 199 ist = *οὗτοι ἄρα*, zur Wiederaufnahme des Subjectes. *οἳ – ἕποντο* aber ist Umschreibung des Subjects = *οἱ ἀμφὶ Πουλυδάμαντα καὶ Ἕκτορα*, und der zweite Relativsatz *οἳ – ἔσαν κτέ.* nähere Bestimmung (Apposition) dazu, = *πλεῖστοι – ὄντες, μεμαότες δὲ μάλιστα κτέ.* Vgl. übrigens 88–90, und zum folgenden *μερμήριζον* 59 *μενοίνεον εἰ τελέουσιν*.

201. *ἐπ᾽ ἀριστερὰ λαὸν ἐέργων*. Man denke sich den Wahrsagevogel von Osten her kommend und in der Richtung des Grabens zwischen beiden Heeren (Lagern) hinfliegend, so dass die Achäer zu seiner Rechten, die Troer (*λαὸν*) zu seiner Linken sind (er das Volk, die Mannschaft, nach der Linken hin abschneidet, begrenzt).

202. *φοινήεντα*, nämlich von der Schlange eigenem Blute. Auf diese geht auch das folgende Ver-

ζωόν, ἔτ' ἀσπαίροντα. καὶ οὔ πω λήθετο χάρμης· 12
κόψε γάρ αὐτον ἔχοντα κατὰ στῆθος παρὰ δειρήν
ἰδνωθεὶς ὀπίσω. ὁ δ' ἀπὸ ἕθεν ἧκε χαμᾶζε
ἀλγήσας ὀδύνῃσι, μέσῳ δ' ἐνὶ κάββαλ' ὁμίλῳ,
αὐτὸς δὲ κλάγξας πέτετο πνοιῇς ἀνέμοιο.
Τρῶες δ' ἐρρίγησαν, ὅπως ἴδον αἰόλον ὄφιν
κείμενον ἐν μέσσοισι, Διὸς τέρας αἰγιόχοιο.
δὴ τότε Πουλυδάμας θρασὺν Ἕκτορα εἶπε παραστάς
„Ἕκτορ, ἀεὶ μέν πώς μοι ἐπιπλήσσεις ἀγορῇσιν
ἐσθλὰ φραζομένῳ, ἐπεὶ οὐδὲ μὲν οὐδὲ ἔοικεν
δῆμον ἐόντα παρὲξ ἀγορευέμεν, οὔτ' ἐνὶ βουλῇ
οὔτε ποτ' ἐν πολέμῳ, σὸν δὲ κράτος αἰὲν ἀέξειν·
νῦν δ' αὖτ' ἐξερέω ὥς μοι δοκεῖ εἶναι ἄριστα.
μὴ ἴομεν Δαναοῖσι μαχησόμενοι περὶ νηῶν.
ὧδε γὰρ ἐκτελέεσθαι ὀίομαι, εἰ ἐτεόν γε
Τρωσὶν ὅδ' ὄρνις ἦλθε περησέμεναι μεμαῶσιν,

bum λήθετο. Vgl. β, 308 δαφοινός.

204. κόψε γάρ αὐτον. Die von Bekker u. a. beseitigte Inclination von αὐτὸν — in dieser einzigen homerischen Stelle — beruht auf Ueberlieferung der Grammatiker und soll wohl andeuten, dass das Pronomen auf den Adler zu beziehen und nicht von ἔχοντα abhängig sei.

205. ἰδνωθεὶς ὀπίσω, mit dem aus den Klauen frei emporragenden Haupte sich rückwärts biegend (gegen die Brust des Adlers).

207. πνοιῇς ἀνέμοιο, durch das Wehen des Windes und demselben folgend, davon getragen.

208. αἰόλον ὄφιν. Zu dem lang gebrauchten ο in ὄφιν vgl. χ, 307 τό οἱ ὑπὸ λαπάρην τέτατο. Das Anzeichen war für die Troer ungünstig, aber nur um dem Hektor Gelegenheit zu geben, sein festes unmittelbares Vertrauen auf Zeus und die andern Götter zu bewähren und ihm den Ruhm zuzuwenden. (241 f. 255).

211. ἀγορῇσιν. Localer Dativ: in den Versammlungen. Durch πὼς soll der allerdings so bald nach 80 ὧδε δ' Ἕκτορι μῦθος ἀπήμων starke Vorwurf wieder gemildert werden.

212. οὐδὲ μὲν οὐδὲ = οὐ μὴν οὐδέ (vgl. zu Od. κ, 551): wirklich auch nicht. Ueber οὐδὲ ἔοικεν vgl. zu Od. ε, 212.

213. δῆμον ἐόντα, wie Horat. Epist. I, 1, 59 *Plebs eris.* — παρὲξ = ἔξω τοῦ δέοντος, über das Mass hinaus, anmassend, *arroganter*, oder auch nur: gegen deinen (des Feldherrn) Sinn (eine eigene Meinung zu haben).

214. σὸν δὲ κράτος – ἀέξειν = ἀλλὰ τὸ σὸν κράτος – ἀέξειν erg. ἔοικε, προσήκει, vgl. zu Od. κ, 285 u. ι, 138.

217. εἰ ἐτεόν γε = Od. ι, 529. Diese Formel gebraucht der Seher bei aller subjectiven Zuversicht, wie Venus bei Virgil Aen. 1, 392: *Ni frustra augurium vani docuere parentes.*

12 αἰετὸς ὑψιπέτης ἐπ' ἀριστερὰ λαὸν ἐέργων,
φοινήεντα δράκοντα φέρων ὀνύχεσσι πέλωρον
ζωόν· ἄφαρ δ' ἀφέηκε, πάρος φίλα οἰκί' ἱκέσθαι,
οὐδ' ἐτέλεσσε φέρων δόμεναι τεκέεσσιν ἑοῖσιν.
ὣς ἡμεῖς, εἴ πέρ τε πύλας καὶ τεῖχος Ἀχαιῶν
ῥηξόμεθα σθένεϊ μεγάλῳ, εἴξωσι δ' Ἀχαιοί,
οὐ κόσμῳ παρὰ ναῦφιν ἐλευσόμεθ' αὐτὰ κέλευθα·
πολλοὺς γὰρ Τρώων καταλείψομεν, οὕς κεν Ἀχαιοί
χαλκῷ δῃώσουσιν ἀμυνόμενοι περὶ νηῶν.
ὧδέ χ' ὑποκρίναιτο θεοπρόπος, ὃς σάφα θυμῷ
εἰδείη τεράων καί οἱ πειθοίατο λαοί."
τὸν δ' ἄρ' ὑπόδρα ἰδὼν προσέφη κορυθαίολος Ἕκτωρ
"Πουλυδάμα, σὺ μὲν οὐκέτ' ἐμοὶ φίλα ταῦτ' ἀγορεύεις·
οἶσθα καὶ ἄλλον μῦθον ἀμείνονα τοῦδε νοῆσαι.
εἰ δ' ἐτεὸν δὴ τοῦτον ἀπὸ σπουδῆς ἀγορεύεις,
ἐξ ἄρα δή τοι ἔπειτα θεοὶ φρένας ὤλεσαν αὐτοί,
ὃς κέλεαι Ζηνὸς μὲν ἐριγδούποιο λαθέσθαι
βουλέων, ἅς τέ μοι αὐτὸς ὑπέσχετο καὶ κατένευσεν·
τύνη δ' οἰωνοῖσι τανυπτερύγεσσι κελεύεις
πείθεσθαι, τῶν οὔ τι μετατρέπομ' οὐδ' ἀλεγίζω,
εἴτ' ἐπὶ δεξί' ἴωσι πρὸς ἠῶ τ' ἠέλιόν τε,

221. *φίλα οἰκία*, sein (des Adlers) Nest.

222. *ἐτέλεσσε* (= *διετέλεσε*) *φέρων*, er brachte an's Ziel.

225. *αὐτὰ κέλευθα*, vgl. zu Od. *ϑ*, 107: dieselben Pfade oder Bahnen. Die Anwendung des Gleichnisses ist übrigens nicht ganz dem Bilde entsprechend. Eigentlich hätte gesagt werden sollen: so werden auch wir nicht im festen, sichern Besitze der Beute, des eroberten Schiffslagers bleiben, sondern mit eigenem Verluste wieder daraus verdrängt werden.

229. *καί οἱ πειθοίατο λ.* = *καὶ ᾧ πείθοιντο λαοί, ὃς ἀξιόπιστος.* Ein Zug, der auch zum Beweis seiner Tüchtigkeit dienen soll: ein anerkannter, bewährter Seher. Zur Verbindung vgl. *ξ*, 93.

231. *οὐκέτι* kann bezogen werden auf 80 *ἅδε δ' Ἕκτορι μῦθος ἀπήμων*. Doch vgl. die Bemerkung zu *η*, 357 ff., wo die Worte *σὺ μὲν – αὐτοί* (231–234) schon gleichlautend vorkommen.

235 f. *Ζηνὸς – βουλέων*. Vgl. die Botschaft durch Iris *λ*, 186–209. In Vergleichung mit solchen unmittelbaren Mittheilungen (Offenbarungen) eines Gottes und gegenüber der klar erkannten Pflicht können die gewöhnlichen Wahrzeichen in keine Betrachtung kommen (237–243).

239. *εἴτ' – ἴωσι*. *εἴτε* mit dem Conjunctiv wie sonst *ἤν τε*. Vgl.

εἴτ᾽ ἐπ᾽ ἀριστερὰ τοί γε ποτὶ ζόφον ἠερόεντα. 12
ἡμεῖς δὲ μεγάλοιο Διὸς πειθώμεθα βουλῇ,
ὃς πᾶσι θνητοῖσι καὶ ἀθανάτοισιν ἀνάσσει.
εἷς οἰωνὸς ἄριστος, ἀμύνεσθαι περὶ πάτρης.
τίπτε σὺ δείδοικας πόλεμον καὶ δηιοτῆτα;
εἴ περ γάρ τ᾽ ἄλλοι γε περικτεινώμεθα πάντες
νηυσὶν ἐπ᾽ Ἀργείων, σοὶ δ᾽ οὐ δέος ἔστ᾽ ἀπολέσθαι·
οὐ γάρ τοι κραδίη μενεδήιος οὐδὲ μαχήμων.
εἰ δὲ σὺ δηιοτῆτος ἀφέξεαι, ἠέ τιν᾽ ἄλλον
παρφάμενος ἐπέεσσιν ἀποτρέψεις πολέμοιο,
αὐτίκ᾽ ἐμῷ ὑπὸ δουρὶ τυπεὶς ἀπὸ θυμὸν ὀλέσσεις."
ὣς ἄρα φωνήσας ἡγήσατο, τοὶ δ᾽ ἅμ᾽ ἕποντο
ἠχῇ θεσπεσίῃ. ἐπὶ δὲ Ζεὺς τερπικέραυνος
ὦρσεν ἀπ᾽ Ἰδαίων ὀρέων ἀνέμοιο θύελλαν,
ἥ ῥ᾽ ἰθὺς νηῶν κονίην φέρεν· αὐτὰρ Ἀχαιῶν
θέλγε νόον, Τρωσὶν δὲ καὶ Ἕκτορι κῦδος ὄπαζεν.
τοῦ περ δὴ τεράεσσι πεποιθότες ἠδὲ βίηφιν
ῥήγνυσθαι μέγα τεῖχος Ἀχαιῶν πειρήτιζον.
κρόσσας μὲν πύργων ἔρυον, καὶ ἔρειπον ἐπάλξεις,
στήλας τε προβλῆτας ἐμόχλεον, ἃς ἄρ᾽ Ἀχαιοί

Herodot. 8, 22 *ἐπεί τε ἀνενειχθῇ καὶ διαβληθῇ πρὸς Ξέρξεα*; zur Sache Od. ο, 160.

244f. *τίπτε σὺ δείδοικας κτέ.* Bitterer Spott: „Leute deiner Art haben im Kriege wenig zu fürchten." — In *περικτεινώμεθα* hat *περι* ganz die Kraft des getrennten Adverbium.

248. *δηιοτῆτος ἀφέξεαι* muss nach dem Zusammenhang auf absichtliche Fahrlässigkeit im Kampfe, *ἐθελοκακία*, gehen, vgl. *β*, 391f. *ἐθέλοντα – μιμνάζειν*.

255. *θέλγω*, durch äussere — hier übernatürliche — Einwirkung bethören, irre machen, verwirren.

256. *βίηφιν*, auf eigene Stärke, im Gegensatz von *τέραα Διός*.

258. *κρόσσας πύργων*, wahrscheinlich Stufen, Absätze, die aus vorspringenden Kragsteinen an den Mauern hinaufgeführt waren, *βωμίδες* oder *ἀναβαθμοί*, wie bei Herodot 2, 125: *ἐποιήθη δὲ ὧδε αὕτη ἡ πυραμίς, ἀναβαθμῶν τρόπον, τὰς μετεξέτεροι κρόσσας, οἱ δὲ βωμίδας ὀνομάζουσι.* Nach Schmalfeld: „die hervorstehenden Köpfe der Steine oder Balken, auf denen die Brustwehren [*ἐπάλξεις*, auch *στεφάναι*] ruhten". Die Imperfecta *ἔρυον*, *ἔρειπον* u. s. w. sind, wie das Folgende und besonders 261 *ἕλποντο – ῥήξειν* zeigt, vom **Conatus** zu verstehen: sie suchten herauszuziehen, herunterzureissen u. s. w.

259. *στήλας προβλῆτας*, vorspringende Pfeiler, Strebepfeiler, *ἀντηρίδας*. *πρώτας*, zu äusserst, oder voran.

πρώτας ἐν γαίῃ θέσαν ἔμμεναι ἔχματα πύργων.
τὰς οἵ γ' αὔερυον, ἔλποντο δὲ τεῖχος Ἀχαιῶν
ῥήξειν. οὐδέ νύ πω Δαναοὶ χάζοντο κελεύθου,
ἀλλ' οἵ γε ῥινοῖσι βοῶν φράξαντες ἐπάλξεις
βάλλον ἀπ' αὐτάων δηίους ὑπὸ τεῖχος ἰόντας.
ἀμφοτέρω δ' Αἴαντε κελευτιόωντ' ἐπὶ πύργων
πάντοσε φοιτήτην, μένος ὀτρύνοντες Ἀχαιῶν.
ἄλλον μειλιχίοις ἄλλον στερεοῖς ἐπέεσσιν
νείκεον, ὅν τινα πάγχυ μάχης μεθιέντα ἴδοιεν.
„ὦ φίλοι, Ἀργείων ὅς τ' ἔξοχος ὅς τε μεσήεις
ὅς τε χερειότερος, ἐπεὶ οὔ πω πάντες ὁμοῖοι
ἀνέρες ἐν πολέμῳ, νῦν ἔπλετο ἔργον ἅπασιν·
καὶ δ' αὐτοὶ τόδε που γιγνώσκετε. μή τις ὀπίσσω
τετράφθω προτὶ νῆας ὁμοκλητῆρος ἀκούσας,
ἀλλὰ πρόσσω ἵεσθε καὶ ἀλλήλοισι κέλεσθε,
αἴ κε Ζεὺς δώῃσιν Ὀλύμπιος ἀστεροπητής
νεῖκος ἀπωσαμένους δηίους προτὶ ἄστυ δίεσθαι."
ὣς τώ γε προβοῶντε μάχην ὤτρυνον Ἀχαιῶν.
τῶν δ', ὥς τε νιφάδες χιόνος πίπτωσι θαμειαί

261. *αὔερυον*, sie zogen sie zurück und warfen sie dadurch um.

263. *ῥιν. φράξαντες ἐπάλξεις*, mit den Schilden die Brustwehren verzäunend, d. h. die darin entstandenen Lücken ausfüllend. Herodot 9, 61: *φράξαντες τὰ γέρρα οἱ Πέρσαι ἀπίεσαν τῶν τοξευμάτων πολλὰ ἀφειδέως.*

265. *ἐπὶ πύργων*, auf den Thürmen, der mit Thürmen besetzten Mauer.

267 f. *ἄλλον – νείκεον*. Ein Zeugma, indem das erste Glied ein allgemeineres Verbum, z. B. *ὤτρυνον*, erforderte. Vgl. *β*, 188 f. 198 f.

269. *μεσήεις*. Vom Vers geforderte Verlängerung von *μέσος*, allerdings ohne verstärkenden Begriff, vgl. zu Od. *ζ*, 33 *οξυόεις*.

270. *οὔ πω*, gar nicht, *nequaquam*, vgl. zu *γ*, 306.

272 f. *μή τις τετράφθω*, eig. keiner sei gewandt, bleibe gewandt, indem wahrscheinlich schon ein Theil sich zur Flucht gewandt oder den Rückzug angetreten hatte. *ὁμοκλητῆρος ἀκούσας* (= *ψ*, 452), nachdem er den Ermahner vernommen, vgl. 413 *ἄνακτος ὑποδδείσαντες ὁμοκλήν*. Solche *ὁμοκλητῆρες* waren gerade die beiden Aias.

274. *πρόσσω ἵεσθε* (= *ν*, 291 u. a.). Der Hauptton fällt richtig auf *πρόσσω*, welches auch den Hauptbegriff enthält.

276. *ἀπωσαμένους*, erg. *ἡμᾶς*.

277. *προβοῶντε*, nach vorn hin rufend, um auch ihre Leute vorn zu behalten (272 f.).

278. *τῶν δὲ* geht zunächst nur auf die Achäer, wird aber bei der Wiederaufnahme 287 durch das beigefügte *ἀμφοτέρωσε κτέ.* auf beide kämpfende Parteien ausgedehnt;

ἤματι χειμερίῳ, ὅτε τ' ὤρετο μητίετα Ζεύς **12**
νιφέμεν, ἀνθρώποισι πιφαυσκόμενος τὰ ἃ κῆλα·
κοιμήσας δ' ἀνέμους χέει ἔμπεδον, ὄφρα καλύψῃ
ὑψηλῶν ὀρέων κορυφὰς καὶ πρώονας ἄκρους
καὶ πεδία λωτοῦντα καὶ ἀνδρῶν πίονα ἔργα,
καί τ' ἐφ' ἁλὸς πολιῆς κέχυται λιμέσιν τε καὶ ἀκταῖς,
κῦμα δέ μιν προσπλάζον ἐρύκεται· ἄλλα τε πάντα
εἰλύαται καθύπερθ', ὅτ' ἐπιβρίσῃ Διὸς ὄμβρος·
ὣς τῶν ἀμφοτέρωσε λίθοι πωτῶντο θαμειαί,
αἱ μὲν ἄρ' ἐς Τρῶας, αἱ δ' ἐκ Τρώων ἐς Ἀχαιούς,
βαλλομένων· τὸ δὲ τεῖχος ὕπερ πᾶν δοῦπος ὀρώρει.
οὐδ' ἄν πω τότε γε Τρῶες καὶ φαίδιμος Ἕκτωρ
τείχεος ἐρρήξαντο πύλας καὶ μακρὸν ὀχῆα,
εἰ μὴ ἄρ' υἱὸν ἑὸν Σαρπηδόνα μητίετα Ζεὺς
ὦρσεν ἐπ' Ἀργείοισι, λέονθ' ὣς βουσὶν ἕλιξιν.
αὐτίκα δ' ἀσπίδα μὲν πρόσθ' ἔσχετο πάντοσ' ἐίσην
καλὴν χαλκείην ἐξήλατον, ἣν ἄρα χαλκεὺς

vgl. zu 159 f.

280. *πιφαυσκόμενος*, *ostentans*, gleichsam absichtlich enthüllend, offenbarend.

281. *χέει ἔμπεδον*, er giesst unaufhörlich, erg. *χιόνα* (*νιφάδας χιόνος*), was dann auch 284 bei *κέχυται* hinzuzudenken und 285 unter *μιν* zu verstehen ist.

284. *ἁλὸς πολιῆς* von *λιμέσιν τε καὶ ἀκταῖς* abhängig, und diese Dative von *ἐπικέχυται*.

285. *κῦμα* steht auch noch in Beziehung auf *ἁλὸς πολιῆς*, die Woge, Fluth selbst. *προσπλάζον μιν ἐρύκεται*, anschlagend (vgl. Od. λ, 583) treibt ihn, hält ihn von sich zurück, erwehrt sich seiner, so dass der Schnee nicht ganz bis an das Wasser reicht.

286. *εἰλύαται*, erg. *χιόνι*. Vgl. Od. ε, 403. *ὄμβρος* steht hier ungewöhnlich von einem starken Schneefalle. — Uebrigens geht die Vergleichung durch die vielen Einzelnheiten der Ausführung weit über den eigentlichen Vergleichspunct hinaus, besonders 284–286.

288. *αἱ μὲν ἄρ'*, näml. *ἐξ Ἀχαιῶν* nach 278.

289. *βαλλομένων* bezieht sich auf *τῶν*, indem sie (zugleich, selbst auch) getroffen wurden.

292. *εἰ μὴ — Σαρπηδόνα κτἑ.*, wahrscheinlich weil durch das Andringen des Sarpedon die Abberufung der beiden Aias und des Teukros von ihrem bisherigen Standort veranlasst und so Hektors Arbeit erleichtert ward (335–363). Mit dem ε, 660–698 Erzählten liesse sich bei gewöhnlichen Menschen (*οἷοι νῦν βροτοί εἰσιν*) das Wiederauftreten des Sarpedon nach so wenigen Tagen nicht leicht vereinigen.

293. *λέονθ' ὣς βουσὶν ἕλ.*, d. i. *ὡς λέοντα ἐπὶ βουσίν*, als ob vorhergegangen wäre *ἐπῶρσεν*.

295. *ἐξήλατος* scheint ein emphatisch gebrauchtes Beiwort, wie *τυκτός ποιητός*: wohlgehämmert, und

12 ἤλασεν, ἔντοσθεν δὲ βοείας ῥάψε θαμειάς
χρυσείῃς ῥάβδοισι διηνεκέσιν περὶ κύκλον.
τὴν ἄρ' ὅ γε πρόσθε σχόμενος, δύο δοῦρε τινάσσων,
βῆ ῥ' ἴμεν ὥς τε λέων ὀρεσίτροφος, ὅς τ' ἐπιδευής
δηρὸν ἔῃ κρειῶν, κέλεται δέ ἑ θυμὸς ἀγήνωρ
μήλων πειρήσοντα καὶ ἐς πυκινὸν δόμον ἐλθεῖν·
εἴ περ γάρ χ' εὕρῃσι παρ' αὐτόφι βώτορας ἄνδρας
σὺν κυσὶ καὶ δούρεσσι φυλάσσοντας περὶ μῆλα,
οὔ ῥά τ' ἀπείρητος μέμονε σταθμοῖο δίεσθαι,
ἀλλ' ὅ γ' ἄρ' ἢ ἥρπαξε μετάλμενος ἠὲ καὶ αὐτός
ἔβλητ' ἐν πρώτοισι θοῆς ἀπὸ χειρὸς ἄκοντι.
ὥς ῥα τότ' ἀντίθεον Σαρπηδόνα θυμὸς ἀνῆκεν
τεῖχος ἐπαΐξαι διά τε ῥήξασθαι ἐπάλξεις.
αὐτίκα δὲ Γλαῦκον προσέφη, παῖδ' Ἱππολόχοιο,
„Γλαῦκε, τίη δὴ νῶι τετιμήμεσθα μάλιστα
ἕδρῃ τε κρέασίν τε ἰδὲ πλείοις δεπάεσσιν
ἐν Λυκίῃ, πάντες δὲ θεοὺς ὥς εἰσορόωσιν;
καὶ τέμενος νεμόμεσθα μέγα Ξάνθοιο παρ' ὄχθας,
καλὸν φυταλιῆς καὶ ἀρούρης πυροφόροιο.
τῷ νῦν χρὴ Λυκίοισι μέτα πρώτοισιν ἐόντας

zwar nach aussen, herausgetrieben.

297. *χρυσείῃς ῥάβδοισι.* Diese Stäbe (golden oder vergoldet, weil der ganze Schild Sarpedon's ein besonderes Prachtstück sein sollte, vgl. Θ, 193 vom Schild des Nestor: *πᾶσαν χρυσείην ἔμεναι, κανόνας τε καὶ αὐτήν*) machen, ähnlich den *κανόνες*, eine Art Gestell und damit die Grundlage des ganzen Schildes aus, indem sie sich bis an den äussersten Reif oder Kreis hinausziehen (*διηνεκέσιν περὶ κύκλον*) und die Rindshäute hindern, sich zu biegen oder zu verwerfen.

299–301. *βῆ – ἐλθεῖν*, vgl. Od. ζ, 130–134. In dem Zwischengliede *κέλεται δέ ἑ θυμὸς – ἐλθεῖν* liegt der Vergleichungspunct, worauf sich dann die Anwendung 307 f. bezieht.

302. *παρ' αὐτόφι, παρ' αὐτῷ, τῷ δόμῳ, σταθμῷ.*

304. *οὐ – μέμονε* mit einer gewissen Ironie: er ist nicht gesonnen = er lässt es sich nicht gefallen, versteht sich nicht dazu, *οὐκ ἐθέλει δίεσθαι*, sich scheuchen, verscheuchen zu lassen.

305. *ἢ ἥρπαξε – ἠὲ – ἔβλητο.* In den beiden (gnomischen) Aoristen liegt der Hauptpunct der Vergleichung (Franke).

310–328. *Γλαῦκε – ἡμῖν.* Wieder eine anmuthige, durch beinahe kindliche Naivetät und Anspruchlosigkeit gewinnende Rede, die an die Zwiegespräche des Glaukos und Diomedes im sechsten Buche erinnert.

314. *καλὸν – ἀρούρης* = ζ, 195.

ἑστάμεν ἠδὲ μάχης καυστειρῆς ἀντιβολῆσαι,
ὄφρα τις ὧδ' εἴπῃ Λυκίων πύκα θωρηκτάων·
‚οὐ μὰν ἀκληεῖς Λυκίην κάτα κοιρανέουσιν
ἡμέτεροι βασιλῆες, ἔδουσί τε πίονα μῆλα
οἶνόν τ' ἔξαιτον μελιηδέα· ἀλλ' ἄρα καὶ ἲς
ἐσθλή, ἐπεὶ Λυκίοισι μέτα πρώτοισι μάχονται.'
ὦ πέπον, εἰ μὲν γὰρ πόλεμον περὶ τόνδε φυγόντε
αἰεὶ δὴ μέλλοιμεν ἀγήρω τ' ἀθανάτω τε
ἔσσεσθ', οὔτε κεν αὐτὸς ἐνὶ πρώτοισι μαχοίμην
οὔτε κε σὲ στέλλοιμι μάχην ἐς κυδιάνειραν·
νῦν δ' — ἔμπης γὰρ κῆρες ἐφεστᾶσιν θανάτοιο
μυρίαι, ἃς οὐκ ἔστι φυγεῖν βροτὸν οὐδ' ὑπαλύξαι —
ἴομεν, ἠέ τῳ εὖχος ὀρέξομεν ἠέ τις ἡμῖν."
ὣς ἔφατ' οὐδὲ Γλαῦκος ἀπετράπετ' οὐδ' ἀπίθησεν·
τὼ δ' ἰθὺς βήτην Λυκίων μέγα ἔθνος ἄγοντε.
τοὺς δὲ ἰδὼν ῥίγησ' υἱὸς Πετεῶο Μενεσθεύς·
τοῦ γὰρ δὴ πρὸς πύργον ἴσαν κακότητα φέροντες.
πάπτηνεν δ' ἀνὰ πύργον Ἀχαιῶν, εἴ τιν' ἴδοιτο
ἡγεμόνων, ὅς τίς οἱ ἀρὴν ἑτάροισιν ἀμύναι·
ἐς δ' ἐνόησ' Αἴαντε δύω, πολέμου ἀκορήτω,
ἑσταότας, Τεῦκρόν τε νέον κλισίηθεν ἰόντα,
ἐγγύθεν. ἀλλ' οὔ πώς οἱ ἔην βώσαντι γεγωνεῖν·

322. *πόλεμον περὶ – φυγόντε*, (Tmesis), über den Krieg hinaus gerettet, ihm entgangen und glücklich erhalten.

326. *ἔμπης*, gleichwohl, nichts desto weniger, wenn wir uns auch jeder Gefahr zu entziehen suchen, jedenfalls.

331. *υἱὸς Πετεῶο Μενεσθεύς* = *β*, 552.

332. *τοῦ γὰρ δή*. Das Demonstrativum *τοῦ* wird durch *δή* noch gehoben. Der Thurm des Menestheus muss in der Nähe des bestürmten Hauptthores gedacht werden.

333. *ἀνὰ πύργον Ἀχαιῶν*, über die Schaar der Achäer hin. *πύργος Ἀχαιῶν* gehört — nur in erweitertem Sinne — zusammen, wie *δ*, 334. 347. Das wiederholte *πύργον* aber scheint ein absichtliches Wortspiel zu bilden.

334. *ὅς τίς οἱ – ἑτάροισιν ἀμύναι*, vgl. zu *δ*, 219 *τά οἵ ποτε πατρὶ φίλα φρονέων πόρε Χείρων*.

335. *Αἴαντε δύω*, also in der Nähe der Athener, wo dem Telamonischen Aias auch der zweifelhafte Vers *β*, 558 seine Stellung anweis't.

336. *νέον – ἰόντα*, weil er nach *θ*, 324–334 (vgl. zu *ο*, 470) erst am Tage vorher von Hektor verwundet worden war und daher seitdem am Kampfe nicht Theil genommen hatte.

12 τόσσος γὰρ κτύπος ἦεν, ἀυτὴ δ᾽ οὐρανὸν ἷκεν,
βαλλομένων σακέων τε καὶ ἱπποκόμων τρυφαλειῶν
καὶ πυλέων· πᾶσαι γὰρ ἐπώχατο, τοὶ δὲ κατ᾽ αὐτάς
ἱστάμενοι πειρῶντο βίῃ ῥήξαντες ἐσελθεῖν.
αἶψα δ᾽ ἐπ᾽ Αἴαντα προΐει κήρυκα Θοώτην.
„ἔρχεο, δῖε Θοῶτα, θέων Αἴαντα κάλεσσον,
ἀμφοτέρω μὲν μᾶλλον· ὃ γάρ κ᾽ ὄχ᾽ ἄριστον ἁπάντων
εἴη, ἐπεὶ τάχα τῇδε τετεύξεται αἰπὺς ὄλεθρος.
ὧδε γὰρ ἔβρισαν Λυκίων ἀγοί, οἳ τὸ πάρος περ
ζαχρηεῖς τελέθουσι κατὰ κρατερὰς ὑσμίνας.
εἰ δέ σφιν καὶ κεῖθι πόνος καὶ νεῖκος ὄρωρεν,
ἀλλά περ οἶος ἴτω Τελαμώνιος ἄλκιμος Αἴας,
καί οἱ Τεῦκρος ἅμ᾽ ἑσπέσθω τόξων εὖ εἰδώς.“
ὣς ἔφατ᾽, οὐδ᾽ ἄρα οἱ κῆρυξ ἀπίθησεν ἀκούσας,
βῆ δὲ θέειν παρὰ τεῖχος Ἀχαιῶν χαλκοχιτώνων,
στῆ δὲ παρ᾽ Αἰάντεσσι κιών, εἶθαρ δὲ προσηύδα
„Αἴαντ᾽ Ἀργείων ἡγήτορε χαλκοχιτώνων,
ἠνώγει Πετεῶο διοτρεφέος φίλος υἱός
κεῖσ᾽ ἴμεν, ὄφρα πόνοιο μίνυνθά περ ἀντιάσητον,
ἀμφοτέρω μὲν μᾶλλον. ὃ γάρ κ᾽ ὄχ᾽ ἄριστον ἁπάντων
εἴη, ἐπεὶ τάχα κεῖθι τετεύξεται αἰπὺς ὄλεθρος·
ὧδε γὰρ ἔβρισαν Λυκίων ἀγοί, οἳ τὸ πάρος περ
ζαχρηεῖς τελέθουσι κατὰ κρατερὰς ὑσμίνας.
εἰ δὲ καὶ ἐνθάδε περ πόλεμος καὶ νεῖκος ὄρωρεν,
ἀλλά περ οἶος ἴτω Τελαμώνιος ἄλκιμος Αἴας,
καί οἱ Τεῦκρος ἅμ᾽ ἑσπέσθω τόξων εὖ εἰδώς.“

340. *πᾶσαι* (*πύλαι*) *γὰρ ἐπώχατο* (*ἐπέχω*) = *ὅλαι κεκλεισμέναι* oder *ἐπωχλισμέναι ἦσαν, ὁ ὀχεὺς ἐπὶ πάσας κεκλιμένος ἦν*, das Thor war ganz zugeriegelt, geschlossen. Den Gegensatz hatten wir *θ*, 58 *πᾶσαι δ᾽ ὠΐγνυντο πύλαι*. — *κατ᾽ αὐτάς*, *contra eas*, *e regione earum*.

342. *ἐπ᾽ Αἴαντα*. Welcher gemeint sei, zeigt 349 und lässt sich zum voraus denken; vgl. zu *η*, 220.

343. *θέων* scheint eine Anspielung auf den Namen *Θοώτης* (*θοός*) zu enthalten.

346. *ὧδε ἔβρισαν* = *οὕτω βαρέως ἦλθον, οὕτως ἐβάρησαν*, mit solcher Macht und Wucht haben sie sich auf uns geworfen, dass wir Beistand bedürfen. Zu *τὸ πάρος περ* mit dem Präsens vgl. Od. *δ*, 810.

350. *ἅμ᾽ ἑσπέσθω*, vgl. *κ*, 246 *τούτου γ᾽ ἑσπομένοιο*.

355 f. *ἠνώγει*, erg. *ὑμᾶς*. *κεῖσε*, dort zu ihm hin.

ὣς ἔφατ', οὐδ' ἀπίθησε μέγας Τελαμώνιος Αἴας.
αὐτίκ' Ὀϊλιάδην ἔπεα πτερόεντα προσηύδα.
„Αἶαν, σφῶι μὲν αὖθι, σὺ καὶ κρατερὸς Λυκομήδης,
ἑσταότες Δαναοὺς ὀτρύνετον ἶφι μάχεσθαι·
αὐτὰρ ἐγὼ κεῖσ' εἶμι καὶ ἀντιόω πολέμοιο.
αἶψα δ' ἐλεύσομαι αὖτις, ἐπὴν εὖ τοῖς ἐπαμύνω."
ὣς ἄρα φωνήσας ἀπέβη Τελαμώνιος Αἴας,
καί οἱ Τεῦκρος ἅμ' ᾖε κασίγνητος καὶ ὄπατρος·
τοῖς δ' ἅμα Πανδίων Τεύκρου φέρε καμπύλα τόξα.
εὖτε Μενεσθῆος μεγαθύμου πύργον ἵκοντο
τείχεος ἐντὸς ἰόντες — ἐπειγομένοισι δ' ἵκοντο —,
οἱ δ' ἐπ' ἐπάλξεις βαῖνον ἐρεμνῇ λαίλαπι ἶσοι,
ἴφθιμοι Λυκίων ἡγήτορες ἠδὲ μέδοντες·
σὺν δ' ἐβάλοντο μάχεσθαι ἐναντίον, ὦρτο δ' ἀυτή.
Αἴας δὲ πρῶτος Τελαμώνιος ἄνδρα κατέκτα,
Σαρπήδοντος ἑταῖρον, Ἐπικλῆα μεγάθυμον,
μαρμάρῳ ὀκριόεντι βαλών, ὅ ῥα τείχεος ἐντός
κεῖτο μέγας παρ' ἔπαλξιν ὑπέρτατος· οὐδέ κέ μιν ῥέα
χείρεσσ' ἀμφοτέρῃς ἔχοι ἀνήρ, οὐδὲ μάλ' ἡβῶν,
οἷοι νῦν βροτοί εἰσ'. ὁ δ' ἄρ' ὑψόθεν ἔμβαλ' ἀείρας,
θλάσσε δὲ τετράφαλον κυνέην, σὺν δ' ὀστέ' ἄραξεν
πάντ' ἄμυδις κεφαλῆς. ὁ δ' ἄρ' ἀρνευτῆρι ἐοικώς
κάππεσ' ἀφ' ὑψηλοῦ πύργου, λίπε δ' ὀστέα θυμός.
Τεῦκρος δὲ Γλαῦκον κρατερὸν παῖδ' Ἱππολόχοιο

366. *Λυκομήδης* kam auch ι, 84 schon vor.

368f. *αὐτὰρ ἐγὼ κτέ.* vgl. ν, 752f. und zu Od. α, 25.

371. *κασίγνητος καὶ ὄπατρος.* Einer andern Genealogie folgt der Dichter θ, 284 durch die Bezeichnung *νόθον περ ἐόντα.*

374f. *ἐπειγομένοισι δ' ἵκοντο* soll schon im Hinblick auf den folgenden Nachsatz als parenthetischer Ausruf die dringende Noth des Momentes bezeichnen. Der Nachsatz aber ist *οἱ δ' ἐπ' ἐπ. βαῖνον*, da stiegen jene gerade auf die Brustwehren.

377. *ἐναντίον, κατ' ἄνδρα, viritim.*

381. *παρ' ἔπαλξιν ὑπέρτατος*, der oberste, äusserste (der Mauer) neben oder hinter der Brustwehr, der als der oberste auch der Brustwehr am nächsten kam.

383. *ὑψόθεν – ἀείρας*, aus der Höhe, nachdem er ihn (dahin) erhoben, also hoch geschwungen.

384–386. *σὺν – θυμός* wesentlich = Od. μ, 412ff. Die Vergleichung mit dem Luftspringer oder Gaukler drückt wieder schadenfrohen Spott aus, wie auch π, 742 vgl. 745–750.

ἰῷ ἐπεσσύμενον βάλε τείχεος ὑψηλοῖο,
ᾗ ῥ' ἴδε γυμνωθέντα βραχίονα, παῦσε δὲ χάρμης.
ἂψ δ' ἀπὸ τείχεος ἆλτο λαθών, ἵνα μή τις Ἀχαιῶν
βλήμενον ἀθρήσειε καὶ εὐχετόῳτ' ἐπέεσσιν.
Σαρπήδοντι δ' ἄχος γένετο Γλαύκου ἀπιόντος,
αὐτίκ' ἐπεί τ' ἐνόησεν· ὅμως δ' οὐ λήθετο χάρμης,
ἀλλ' ὅ γε Θεστορίδην Ἀλκμάονα δουρὶ τυχήσας
νύξ', ἐκ δ' ἔσπασεν ἔγχος· ὁ δ' ἑσπόμενος πέσε δουρί
πρηνής, ἀμφὶ δέ οἱ βράχε τεύχεα ποικίλα χαλκῷ.
Σαρπηδὼν δ' ἄρ' ἔπαλξιν ἑλὼν χερσὶ στιβαρῇσιν
ἕλχ'· ἡ δ' ἕσπετο πᾶσα διαμπερές, αὐτὰρ ὕπερθεν
τεῖχος ἐγυμνώθη, πολέεσσι δὲ θῆκε κέλευθον.
τὸν δ' Αἴας καὶ Τεῦκρος ὁμαρτήσανθ' ὁ μὲν ἰῷ
βεβλήκει τελαμῶνα περὶ στήθεσσι φαεινόν
ἀσπίδος ἀμφιβρότης· ἀλλὰ Ζεὺς κῆρας ἄμυνεν
παιδὸς ἑοῦ, μὴ νηυσὶν ἔπι πρύμνῃσι δαμείη·
Αἴας δ' ἀσπίδα νύξεν ἐπάλμενος, οὐδὲ διαπρό
ἤλυθεν ἐγχείη, στυφέλιξε δέ μιν μεμαῶτα.
χώρησεν δ' ἄρα τυτθὸν ἐπάλξιος· οὐδ' ὅ γε πάμπαν
χάζετ', ἐπεί οἱ θυμὸς ἐέλπετο κῦδος ἀρέσθαι.
κέκλετο δ' ἀντιθέοισιν ἑλιξάμενος Λυκίοισιν
„ὦ Λύκιοι, τί τ' ἄρ' ὧδε μεθίετε θούριδος ἀλκῆς;
ἀργαλέον δέ μοί ἐστι, καὶ ἰφθίμῳ περ ἐόντι,
μούνῳ ῥηξαμένῳ θέσθαι παρὰ νηυσὶ κέλευθον.

388. ἰῷ gehört zu βάλε, und τείχεος ὑψ. = ἐπὶ τείχεος hängt von ἐπεσσύμενον ab, wie π, 511: wie er an die hohe Mauer hinaufstrebte (wodurch gerade sein Arm entblösst wurde). Denn er hatte sie noch nicht ganz erstiegen, vgl. 390f.

393. ὅμως. Vgl. zu Od. λ, 565.

395. ἑσπόμενος δουρί, weil der Speer nicht sogleich aus seinem Leibe herausging.

397. ἔπαλξιν ἑλών. Die Mauer scheint also an dieser Stelle kaum mehr als manneshoch gewesen zu sein; vgl. 424ff.

399. πολέεσσι – κέλευθον, nämlich so weit die ἔπαλξις das Eindringen verhindert hatte; aber nach 415f. trat noch eine andere Verhinderung ein.

400–404. ὁμαρτήσανθ' ὁ μὲν – Αἴας δέ, vgl. zu Od. θ, 361. Iliade η, 306f.

404f. οὐδὲ διαπρὸ ἤλυθεν. Die Wirkung auf Sarpedon war auch, wie das Folgende 406 – 412 zeigt, ganz unbedeutend; anders η, 260 – 262.

406. οὐδὲ πάμπαν, aber durchaus nicht; vgl. zu Od. β, 279.

411. παρὰ νηυσί, bei den Schiffen d. i. in dem Theile des Achäi-

ἀλλ' ἐφομαρτεῖτε· πλεόνων δέ τοι ἔργον ἄμεινον."
ὣς ἔφαθ', οἱ δὲ ἄνακτος ὑποδδείσαντες ὁμοκλὴν
μᾶλλον ἐπέβρισαν βουληφόρον ἀμφὶ ἄνακτα.
Ἀργεῖοι δ' ἑτέρωθεν ἐκαρτύναντο φάλαγγας
τείχεος ἔντοσθεν, μέγα δέ σφισι φαίνετο ἔργον·
οὔτε γὰρ ἴφθιμοι Λύκιοι Δαναῶν ἐδύναντο
τεῖχος ῥηξάμενοι θέσθαι παρὰ νηυσὶ κέλευθον,
οὔτε ποτ' αἰχμηταὶ Δαναοὶ Λυκίους ἐδύναντο
τείχεος ἂψ ὤσασθαι, ἐπεὶ τὰ πρῶτα πέλασθεν.
ἀλλ' ὥς τ' ἀμφ' οὔροισι δύ' ἀνέρε δηριάασθον,
μέτρ' ἐν χερσὶν ἔχοντες, ἐπιξύνῳ ἐν ἀρούρῃ,
ὥ τ' ὀλίγῳ ἐνὶ χώρῳ ἐρίζητον περὶ ἴσης,
ὣς ἄρα τοὺς διέεργον ἐπάλξιες· οἱ δ' ὑπὲρ αὐτέων
δῄουν ἀλλήλων ἀμφὶ στήθεσσι βοείας
ἀσπίδας εὐκύκλους λαισήιά τε πτερόεντα.
πολλοὶ δ' οὐτάζοντο κατὰ χρόα νηλέι χαλκῷ,
ἠμὲν ὅτεῳ στρεφθέντι μετάφρενα γυμνωθείη
μαρναμένων, πολλοὶ δὲ διαμπερὲς ἀσπίδος αὐτῆς.
πάντῃ δὴ πύργοι καὶ ἐπάλξιες αἵματι φωτῶν
ἐρράδατ' ἀμφοτέρωθεν ἀπὸ Τρώων καὶ Ἀχαιῶν.

schen Lagers, worin die Schiffe aufgestellt sind.

412. *πλεόνων δέ τοι ἔργον ἄμεινον*. In *τοι*, wodurch freilich das Digamma von *ἔργον* beeinträchtigt wird, liegt eine traulich versichernde und dadurch ermunternde Kraft.

416. *σφίσι*, d. i. beiden Theilen, zunächst den Argivern. Zu *μέγα φαίνετο ἔργον* vgl. λ, 734.

420. *τείχεος ἄψ*, von der Mauer zurück, wie Od. η, 143 *αὐτοῖο πάλιν χύτο*.

421. *ἀμφ' οὔροισι*, vgl. φ, 405 *ἔμμεναι οὖρον ἀρούρης*.

422. *ἐπιξύνῳ ἐν ἀρούρῃ*, auf gemeinsamem Felde, das sie bisher gemeinsam besassen (oder mit einander erbten), jetzt aber theilen wollen.

423. *ὀλίγῳ ἐνὶ χώρῳ*, in kleinem Raume, auf schmalem Bezirke, also auch ganz nahe an einander, wie hier die Kämpfenden nach 424. — *περὶ ἴσης*, um das was jedem gebührt.

425 f. *δῄουν – πτερόεντα* = ε, 452 f. Der Name *λαισήια* geht hier auf die Lykier, wie dort auf die Troer überhaupt.

427. *κατὰ χρόα*, im Gegensatze der Vorigen, denen nur die *Schilde* beschädigt wurden.

429. *μαρναμένων*, während des Kampfes: mehr absoluter als abhängiger Genitiv; vgl. zu κ, 457. — *πολλοὶ δὲ κτέ.* Dafür sollte es dem vorigen Gliede entsprechend eigentlich heissen *ἠδ' ὅς τις διαμπερὲς ἀσπίδος αὐτῆς* (gerade durch den Schild hindurch) *οὐτάζοιτο*.

12 ἀλλ᾽ οὐδ᾽ ὧς ἐδύναντο φόβον ποιῆσαι Ἀχαιῶν,
ἀλλ᾽ ἔχον ὥς τε τάλαντα γυνὴ χερνῆτις ἀληθής,
ἥ τε σταθμὸν ἔχουσα καὶ εἴριον ἀμφὶς ἀνέλκει
ἰσάζουσ᾽, ἵνα παισὶν ἀεικέα μισθὸν ἄρηται·
ὣς μὲν τῶν ἐπὶ ἶσα μάχη τέτατο πτόλεμός τε,
πρίν γ᾽ ὅτε δὴ Ζεὺς κῦδος ὑπέρτερον Ἕκτορι δῶκεν
Πριαμίδῃ, ὃς πρῶτος ἐσήλατο τεῖχος Ἀχαιῶν.
ἤυσεν δὲ διαπρύσιον Τρώεσσι γεγωνώς.
„ὄρνυσθ᾽, ἱππόδαμοι Τρῶες, ῥήγνυσθε δὲ τεῖχος
Ἀργείων, καὶ νηυσὶν ἐνίετε θεσπιδαὲς πῦρ.“
  ὣς φάτ᾽ ἐποτρύνων, οἱ δ᾽ οὔασι πάντες ἄκουον,
ἴθυσαν δ᾽ ἐπὶ τεῖχος ἀολλέες. οἱ μὲν ἔπειτα
κροσσάων ἐπέβαινον ἀκαχμένα δούρατ᾽ ἔχοντες,
Ἕκτωρ δ᾽ ἁρπάξας λᾶαν φέρεν, ὅς ῥα πυλάων
ἑστήκει πρόσθε, πρυμνὸς παχύς, αὐτὰρ ὕπερθεν

433. *τάλαντα*, die Wagschalen, dagegen *σταθμὸς* 434 das Gewicht, welches in die eine Schale gelegt wird. *ἔχον* (*εἶχον*) geht auf die beiden kämpfenden Theile: sie hielten fest, sie standen gegen einander, blieben, vgl. *ν*, 679. Der Relativsatz *ὥς τε γυνὴ* ist nicht vollendet, man muss dabei *ἔχει* als Transitivum hinzudenken. Eigentlich erwartete man: wie die Wagschalen in der Hand des — Weibes.

434. *ἀμφὶς* (*ἑκατέρωθεν*) *ἀνέλκει*, auf beiden Seiten, also auch beide Wagschalen emporzieht, um beider Gewicht ganz gleich zu machen. Diese Vergleichung drückt eine ähnliche Anschauung aus, wie die obige 421 – 424, nur auf einem höheren Puncte der Entwickelung. Während nämlich das erste Gleichniss den schmalen Zwischenraum anschaulich machen soll, durch den die Kämpfenden nur noch geschieden waren (424), bezeichnet das zweite das zuletzt eingetretene gänzliche Innestehen des Kampfes (436).

435. *ἵνα – μισθὸν ἄρηται*. Sie ist eine Spinnerin um Lohn, und müsste einen Abzug an dem knappen Lohne gewärtigen, wenn ihr Gespinnst nicht das volle Gewicht ausmachte.

438. *ὃς πρῶτος ἐσήλατο* (vgl. 470 *ἐσέχυντο*). Vorläufige Angabe des Hauptfactums, auf welches dann die détaillirte Erzählung 462 – 466 nochmals kommt. Wie die That des Sarpedon 292 – 399 zu diesem Erfolge beigetragen habe, ist oben zu 292 angedeutet. *οἱ μὲν* (443 = 469) zunächst die Krieger des Hektor. Hier wird auffallender Weise Sarpedon gar nicht mehr erwähnt, obgleich ihm *π*, 558 dasselbe zugeschrieben wird, was hier dem Hektor.

446. *αὐτὰρ – ὀξὺς ἔην*. Uebergang aus der Apposition in einen Satz mit eigenem Verbum. In *πρυμνὸς παχὺς* enthält das erste Adjectiv eine adverbiale Bestimmung des zweiten, = *πρυμνόθεν παχὺς* oder *πρυμνοπαχής* (Lobeck). Zu *ἀνέρε δήμου ἀρίστω* vgl. *λ*, 328.

ὀξὺς ἔην· τὸν δ' οὔ κε δύ' ἀνέρε δήμου ἀρίστω
ῥηιδίως ἐπ' ἄμαξαν ἀπ' οὔδεος ὀχλίσσειαν·
[οἷοι νῦν βροτοί εἰσ'· ὁ δέ μιν ῥέα πάλλε καὶ οἶος.]
τόν οἱ ἐλαφρὸν ἔθηκε Κρόνου παῖς ἀγκυλομήτεω.
ὡς δ' ὅτε ποιμὴν ῥεῖα φέρει πόκον ἄρσενος οἰός
χειρὶ λαβὼν ἑτέρῃ, ὀλίγον δέ μιν ἄχθος ἐπείγει,
ὣς Ἕκτωρ ἰθὺς σανίδων φέρε λᾶαν ἀείρας,
αἵ ῥα πύλας εἴρυντο πύκα στιβαρῶς ἀραρυίας,
δικλίδας ὑψηλάς· δοιοὶ δ' ἔντοσθεν ὀχῆες
εἶχον ἐπημοιβοί, μία δὲ κληὶς ἐπαρήρει.
στῆ δὲ μάλ' ἐγγὺς ἰών, καὶ ἐρεισάμενος βάλε μέσσας,
εὖ διαβάς, ἵνα μή οἱ ἀφαυρότερον βέλος εἴη,
ῥῆξε δ' ἀπ' ἀμφοτέρους θαιρούς· πέσε δὲ λίθος εἴσω
βριθοσύνῃ, μέγα δ' ἀμφὶ πύλαι μύκον, οὐδ' ἄρ' ὀχῆες
ἐσχεθέτην, σανίδες δὲ διέτμαγεν ἄλλυδις ἄλλη
λᾶος ὑπὸ ῥιπῆς. ὁ δ' ἄρ' ἔσθορε φαίδιμος Ἕκτωρ
νυκτὶ θοῇ ἀτάλαντος ὑπώπια· λάμπε δὲ χαλκῷ
σμερδαλέῳ, τὸν ἕεστο περὶ χροΐ, δοιὰ δὲ χερσίν
δοῦρ' ἔχεν. οὔ κέν τίς μιν ἐρύκακεν ἀντιβολήσας
νόσφι θεῶν, ὅτ' ἐσᾶλτο πύλας· πυρὶ δ' ὄσσε δεδήει.
κέκλετο δὲ Τρώεσσιν ἑλιξάμενος καθ' ὅμιλον
τεῖχος ὑπερβαίνειν· τοὶ δ' ὀτρύνοντι πίθοντο.
αὐτίκα δ' οἱ μὲν τεῖχος ὑπέρβασαν, οἱ δὲ κατ' αὐτάς
ποιητὰς ἐσέχυντο πύλας. Δαναοὶ δ' ἐφόβηθεν
νῆας ἀνὰ γλαφυράς, ὅμαδος δ' ἀλίαστος ἐτύχθη.

448. *ἀπ' – ὀχλίσσειαν* = Od. ι, 242.

449f. *οἷοι – – τόν οἱ – ἀγκυλομήτεω*. Beide Verse neben einander können nicht stehen; wahrscheinlich hat sich der erstere aus dem ähnlichen Zusammenhange ε, 304 = υ, 287 hier eingeschlichen.

453f. *σανίδων – πύλας*, vgl. 120f. 460f. — *πύκα* gehört zu *εἴρυντο*.

459. *θαιρούς*, die Angeln d. h. die Zapfen oben und unten am Thorflügel, die sich in einer Vertiefung der Schwellen (Mutter) drehen. — Diess Thor liegt wohl ungefähr in der Mitte der Mauer.

465. *οὔ κέν τίς μιν*. Auch hier soll die Schmach der Besiegung möglichst verringert werden.

467. *ἑλιξάμενος*, = 408, nachdem er sich umgewandt: vgl. zu 49.

CPSIA information can be obtained
at www.ICGtesting.com
Printed in the USA
LVHW110059200422
716647LV00003B/41

9 783752 598858